SUPERBUR
BIBLIOTECA UNIVERSALE RIZZOLI

Robert Ludlum

L'AGENDA ICARO

traduzione di PIER FRANCESCO PAOLINI

Biblioteca Universale Rizzoli

First published in 1988
by Random House, Inc., New York

ISBN 88-17-11390-5

Titolo originale dell'opera:
THE ICARUS AGENDA

prima edizione Superbur: marzo 1991
quarta edizione Superbur: maggio 1993

A James Robert Ludlum
Benvenuto, amico
Con l'augurio di una vita meravigliosa

Prefazione

La figura si stagliò per un istante sulla soglia, poi si precipitò nella stanza priva di finestre. Chiuse subito la porta dietro di sé e, a tentoni, raggiunse un tavolo sulla sua sinistra. Accese la lampada d'ottone che c'era sopra e una luce fioca si diffuse, creando ombre mostruose sulle pareti a pannelli di quel piccolo locale arredato a studio, soffocante ma non privo di ornamenti. Gli oggetti d'arte non provenivano però né dall'antichità né dalle varie epoche della storia dell'arte. Rappresentavano invece la fase più avanzata dell'alta tecnologia contemporanea.

La parete sulla destra riluceva dei riflessi dell'acciaio inossidabile e il tranquillo ronzìo di un condizionatore d'aria aspirapolvere assicurava, oltreché la giusta temperatura, anche assoluta pulizia. L'uomo che era appena entrato si diresse davanti a un elaboratore di parole computerizzato. Non c'era nessun altro, in quella stanza. Girò una chiavetta. Lo schermo si accese. L'uomo batté i tasti di un codice. All'istante, comparve a lettere verdi la scritta:

Ultra Maximum Secure
Nessuna intercettazione
Procedete

L'uomo si chinò sulla tastiera e, con ansia febbrile, procedette a inserire nel computer i suoi dati.

Qui comincia il mio memorandum. Gli eventi che seguono muteranno, ne sono convinto, il destino di una Nazione. Un uomo è venuto apparentemente dal nulla, simile a un ignaro e ingenuo messia. Non ha idea della sua vocazione né del suo genio, né della sua sorte. Egli è destinato a cose che trascendono il suo intelletto. E, se le mie previsioni sono esatte, questo sarà il resoconto del suo viaggio. Come sia cominciato, posso solo immaginarlo. So per certo che all'inizio era il caos.

Libro Primo

Capitolo primo

Masqat, Oman, Asia di sud-ovest
Martedì 10 agosto, ore 18,30

Le acque agitate del Golfo di Oman erano solo un preludio della tempesta che, attraverso lo Stretto di Hormuz, si dirigeva verso il Mare Arabico. Era il tramonto e nell'aria stridevano le preghiere intonate, con accenti nasali, da barbuti muezzin dall'alto dei minareti che dominano la città e il porto di Masqat. Il cielo andava oscurandosi, invaso da nuvole temporalesche che vorticavano, sinistramente nere, contro il rossastro grigiore del vespro, come inquieti leviatani. I lampi squarciavano, sporadicamente, l'orizzonte orientale, sopra i Monti Makran e la città di Turbat, nel Pakistan distante 300 chilometri, oltre il mare. Verso nord, oltre il confine con l'Afghanistan, una guerra insensata e brutale proseguiva. Verso ovest infuriava un'altra guerra, ancor più folle, combattuta da ragazzini che venivano mandati al macello da un pazzo malato, deciso a diffondere la sua cancrena maligna dall'Iran al resto del mondo arabo. E infine c'era il Libano, dove si uccideva senza alcuna remora né contrizione, dove ogni fazione, invasata da furore religioso, considerava terroristi gli avversari quando tutti – senza eccezione – praticavano un barbaro terrorismo.

Il Medio Oriente era in fiamme. Le fiamme ruggivano più che mai in tutta l'Asia di sud-ovest. Laddove gli incendi venivano domati, non tardavano poi a divampare di nuovo. Mentre le acque del Golfo di Oman ribollivano furiose, sul far della sera, mentre il cielo si offuscava minacciando diluvio e rovina, le strade di Masqat, la capitale del piccolo Sultanato di Oman, non erano meno turbolente. Terminate le preghiere vespertine, ecco cortei di scalmanati, agitando torce fumose, urlando istericamente la loro protesta, convergere di nuovo verso i cancelli di ferro dell'Ambasciata americana. Oltre la cancellata, la facciata dell'edificio era illuminata a giorno da riflettori. Di guardia stavano pattuglie di ragazzini dai lunghi capelli scarmigliati che maldestramente impugnavano armi automatiche. Erano armi dispensatrici di morte ma essi, nel loro stralunato fanatismo, neppure erano capaci di stabilire un nesso fra questa e quelle – sebbene bastasse una lieve pressione sul grilletto – perché era loro stato detto che la morte non esiste, a dispetto di ciò che i loro occhi erano in grado di vedere. Era stata loro promessa una ricompensa per il martirio. Quanto è più doloroso il sacrificio, tanto è più fulgida la gloria del martire. E il dolore dei nemici non contava nulla. Cecità! *Pazzia!*

Questa pazzia durava ormai da ventun giorni. Tanti infatti ne erano trascorsi da quando il mondo civile era stato costretto ad accettare la triste e assurda realtà della furia incoerente. La fanatica rivolta era scoppiata improvvisamente, a Masqat, da qualche focolaio imprecisato, e la ferocia si era in breve diffusa dappertutto. E nessuno sapeva perché. Nessuno, tranne alcuni osservatori, esperti nell'arte oscura dell'insurrezione pilotata: uomini e donne che incessantemente, giorno e notte, avevano analizzato gli eventi e studiato la situazione per individuare infine le radici di quella rivolta orchestrata. Difatti era questa la parola chiave. Rivolta orchestrata. Ma da chi? E perché? Che cosa vogliono realmente, costoro, e che cosa si può fare per fermarli?

Dati di fatto. Duecentoquarantasette americani erano stati prelevati, a mano armata, e presi in ostaggio. Di essi, undici erano stati già uccisi. I loro corpi erano stati gettati dalle finestre dell'Ambasciata. Ciascuno da una diversa finestra, con accompagnamento di vetri in frantumi. Qualcuno aveva consigliato a quei ragazzini di dare maggior risalto a ogni esecuzione, utilizzando il fattore sorpresa. Si facevano eccitate scommesse, fuori della cancellata. Gli scommettitori erano maniacalmente ipnotizzati dal sangue. Da quale finestra cadrà il prossimo? Sarà il cadavere di un uomo o di una donna? Quanto ci vuoi giocare? Scommettiamo!

Lassù in cima all'edificio, sul terrazzo, c'era una lussuosa piscina, schermata da un traliccio arabescato. Era intorno a quella piscina che gli ostaggi stavano in ginocchio, su diverse file, mentre gruppi di facinorosi, vagolando qua e là, li tenevano costantemente sotto tiro. Duecentotrentasei americani terrorizzati ed esausti, in attesa di venire barbaramente uccisi.

Pazzia pura!

Decisioni. Gli israeliani avevano offerto il loro aiuto, ma si era deciso di lasciarli fuori. Non era un'altra Entebbe, quella. Agli occhi degli arabi un intervento di Israele, dopo il sangue sparso in Libano, sarebbe equivalso a un abominio: ecco – avrebbero detto – gli americani assoldano terroristi per combattere il terrorismo. Era un'offerta inaccettabile. Inviare allora un drappello celere d'assalto? No: non sarebbe stato in grado di impedire il massacro – né dando la scalata all'edificio né scendendo con elicotteri sul terrazzo – dal momento che quei carnefici erano pronti a morire, a loro volta, da martiri. Oppure, il blocco navale? Con un battaglione di *marines* pronti a invadere l'Oman? A parte lo sfoggio di potenza, non avrebbe avuto alcun esito. Il Sultano e i suoi ministri erano gli ultimi, su questa terra, a volere quella violenza contro l'Ambasciata americana. La Polizia omanita, per natura paciosa, cercava di arginare l'isteria, ma non poteva tener testa alle selvagge, scorrazzanti bande di agitatori. Dopo anni di acquiescenza e quietismo non erano preparati a un simile caos. E richiamare il Regio Esercito dalle frontiere con lo Yemen avrebbe creato problemi insolubili. I soldati che pattugliavano il confine e davano la caccia ai guerriglieri erano tanto feroci quanto i loro avversari. Senza contare che, inevitabilmente, se fossero stati richiamati in città, ne sarebbero conseguite carneficine nelle zone di frontiera; quindi sarebbe scorso sangue a fiumi per le strade di Masqat, dove innocenti e colpevoli avrebbero seguito la stessa sorte.

Scacco matto.

Soluzioni. Cedere alle richieste dei rivoltosi? Impossibile. Se ne rendevano ben conto tutte le persone responsabili. Non così i loro fantocci, quei ragazzi che credevano negli slogan che intonavano a gran voce. Impossibile, cioè, che i vari governi d'Europa e del Medio Oriente scarcerassero oltre ottomila terroristi appartenenti a molteplici organizzazioni, dalle Brigate Rosse all'OLP, dalla Baader-Meinhof tedesca all'IRA, senza contare decine e decine di loro farneticanti, sordidi rampolli. Continuare a tollerare che giornalisti e telecamere tenessero inchiodata l'attenzione del mondo su quei fanatici assetati di pubblicità? Perché no? La costante messa in mostra, se non altro, poteva evitare che altri ostaggi venissero uccisi. Difatti, le esecuzioni erano state "temporaneamente sospese" affinché i "Paesi oppressori" potessero ponderare le loro scelte. Il silenzio-stampa non avrebbe fatto che infiammare maggiormente i rivoltosi, avidi di martirio. Avrebbe creato il bisogno di scalpore. Ciò che fa scalpore fa notizia. E la morte violenta fa più sensazione di tutto.

Chi?

Che cosa?

In che modo?

Chi...? Era questa la domanda essenziale. E solo rispondendo a essa si sarebbe potuto arrivare a una soluzione. Soluzione che bisognava assolutamente trovare entro cinque giorni. Le esecuzioni erano state sospese per una settimana. E già due giorni erano trascorsi, durante i quali i più qualificati dirigenti dei Servizi Segreti di sei Paesi si erano, in tutta fretta, dati convegno a Londra. Una volta deciso il consulto, nel giro di poche ore, tutti erano giunti nella capitale inglese a bordo di aviogetti supersonici. Tutti erano disposti a collaborare, ben sapendo che la prossima volta poteva toccare a una loro ambasciata. Da qualche parte. Avevano quindi lavorato senza sosta per 48 ore filate. Risultato: i fatti dell'Oman restavano un enigma. Questo Sultanato era considerato, fino all'altro ieri, una roccaforte di stabilità, retto da governanti illuminati, simile a un regime democratico quanto la divina famiglia dell'Islam poteva permettere. I sovrani provenivano da una casata privilegiata la quale era evidentemente soddisfatta di quello che Allah le aveva elargito accettando, per diritto di nascita, non soltanto i privilegi ma anche le responsabilità a essi inerenti, nella seconda metà del XX secolo.

Conclusioni. L'insurrezione era stata programmata dall'esterno. Dei duecento e passa giovani esaltati, urlanti, scarmigliati, che avevano eseguito il colpo di mano, una ventina appena erano nativi dell'Oman. Quindi, i Servizi Segreti di tutto lo scacchiere mediorientale si erano messi, anch'essi, subito all'opera: avevano interpellato i loro informatori in seno a ogni fazione estremista, usando alternativamente lusinghe e minacce.

«Chi sono questi, Aziz? Che gente è? Ben pochi, fra loro, sono omaniti. E quei pochi, perlopiù deficienti. Allora, Aziz? Se parli, farai vita da nababbo, d'ora in poi. Prova a chiedere, su: quanto vuoi per cantare?»

«Ti do sei secondi di tempo, Mahmet! Poi la tua mano destra si stacca dal polso e cade in terra. Altri sei secondi, e, zac, tocca alla sinistra. Intesi? Ecco, incomincia il conto alla rovescia, se non parli. Sputa l'osso!» *Sei, cinque, quattro... Sangue.*

Niente. Zero. *Pazzia pura.*

Poi si aprì uno spiraglio. Grazie a un vecchio muezzin: un sant'uomo le cui parole e la cui memoria erano malferme come malferma appariva la sua gracile carcassa sotto la sferza del vento che adesso infuriava da Hormuz.

«Non cercate dove sarebbe logico cercare. Guardate altrove.»

«Dove?»

«Là dove gli affanni non nascono dalla povertà e dalle privazioni. Cercate persone alle quali Allah ha profuso i suoi doni e il suo favore, in questo mondo; ma alle quali forse non darà nulla nel mondo di là.»

«Sii più chiaro, per favore, reverendo muezzin.»

«Allah non vuole una maggior chiarezza. Sia fatta la sua volontà. Forse Lui non parteggia per nessuno. Così sia.»

«Ma avrai certo un motivo, per dire ciò che dici.»

«Allah infatti me n'ha dato motivo. Sia fatta la Sua volontà.»

«Insomma, che cosa hai sentito?»

«Voci sommesse, negli angoli della moschea. Bisbigli che queste vecchie orecchie dovevano udire. Sono un po' sordo e non li avrei sentiti se Allah non avesse voluto che li sentissi.»

«E cos'è che hai sentito?»

«Quei bisbigli parlano di coloro che trarranno beneficio da tanto spargimento di sangue.»

«Chi?»

«Non si fanno nomi, non vien menzionato nessun personaggio importante.»

«Alludono a un gruppo? A un'organizzazione? A una setta? A un Paese? A un popolo? Agli sciiti? Ai sauditi?... Agli iracheni? Agli iraniani?... Ai sovietici? Per favore!»

«No. Non si parla né di credenti né di infedeli. Soltanto di "loro".»

«*Loro?*»

«Questo è quanto io sento mormorare negli angoli bui della moschea, quello che Allah vuole che io senta... Sia fatta la Sua volontà. Si allude a "loro" e basta.»

«Sapresti identificare qualcuno di quelli che hai sentito?»

«Sono quasi cieco, e c'è sempre pochissima luce nella moschea. Fra tanti fedeli, sono pochi coloro che parlano. Non saprei identificarne nessuno. So soltanto che dovevo riferire ciò che ho sentito, poiché questo è il volere di Allah.»

«Perché mai, *muezzin murderris*? Perché è questo, il volere di Allah?»

«Lo spargimento di sangue deve cessare. Dice il Corano che quando viene versato sangue e, per giustificarlo, si adducono motivi passionali, tali passioni vanno esaminate, poiché la gioventù...»

«Lascia perdere. Manderemo un paio di uomini, con te, nella moschea. Fa' un cenno, quando senti qualcosa!»

«Fra un mese, *ya Shaikh*. Sono infatti in procinto di intraprendere il mio ultimo pellegrinaggio alla Mecca. Tu fai, semplicemente, parte del mio viaggio. È il volere di...»

«*Dannazione di Dio!*»

«Il tuo Dio, *ya Shaikh*. Non il mio. Non il nostro.»

Capitolo secondo

Washington, D.C.
Mercoledì 11 agosto, ore 11,50

Il sole di mezzogiorno picchiava sulla capitale degli Stati Uniti. L'aria di mezz'agosto era afosa, oppressiva. I pedoni camminavano con sconfortata determinazione. Gli uomini avevano il colletto slacciato, la cravatta allentata. Cartelle e borsette pendevano come pesi morti allorché i loro proprietari sostavano impassibili a un incrocio in attesa del verde. Sebbene decine e decine di quegli uomini e di quelle donne – perlopiù alle dipendenze del Governo e quindi al servizio del popolo – avessero senz'altro in mente questioni urgenti, l'urgenza sembrava fuori luogo con quel caldo, per la strada. Una coltre di torpore era discesa sulla città, intontendo coloro che si avventuravano fuori dalle case, uffici e automobili con l'aria condizionata.

C'era stato un incidente all'angolo fra la 23ª Strada e Virginia Avenue. Non grave quanto a danni materiali, ma gravissimo a giudicare dagli improperi. Un taxi era andato a sbattere contro una limousine ministeriale che usciva da un parcheggio sotterraneo del Dipartimento di Stato. I due autisti – accaldati, inveleniti e convinti di avere ragione – si accusavano a vicenda, inveendo a gran voce, sotto la vampa torrida, in attesa che arrivasse la polizia. Si era subito formato un ingorgo, con aspro concerto di clacson e grida adirate da finestrini aperti di malavoglia.

Il passeggero che era a bordo del taxi ne uscì dopo un po', spazientito. Era un uomo alto e snello, sulla quarantina, e sembrava spaesato in quell'ambiente cittadino fra persone ben vestite. Lui invece indossava pantaloni kaki sgualciti, scarponi e una sudicia sahariana, senza camicia. Più che un uomo di città, sembrava una guida alpina smarritasi lontano dalle alte cime selvagge dei monti. Tuttavia il viso contrastava con l'abbigliamento. Era rasato di fresco, aveva tratti regolari, ben marcati, occhi azzurri, acuti, il cui sguardo dardeggiava intorno, per valutare rapidamente la situazione, mentre decideva sul da farsi. Posò una mano sulla spalla del litigioso tassista. Questi si volse di scatto. Il passeggero gli consegnò due biglietti da venti dollari.

«Devo scappare» disse.

«Oh, no, la prego! Lei ha visto tutto. Quel figlio di puttana è sbucato all'improvviso, senza suonare, senza badare a niente!»

«Mi spiace. Non saprei come esserle utile. Non ho visto né sentito niente, fino al momento dell'urto.»

«Oh, cavolo! Lui non vede e non sente. Non si vuole immischiare, eh?»

«Mi immischio» replicò il passeggero tranquillo estraendo un altro biglietto da venti e infilandolo nel taschino del tassista «ma non in questa faccenda.»

Ciò detto, solcò la folla di curiosi che si era radunata e si diresse verso la Terza Strada, bizzarramente vestito com'era, verso l'imponente ingresso vetrato del Dipartimento di Stato. Era l'unico, lui, che corresse, sotto quel sole.

Nel sottosuolo del Dipartimento di Stato, nel vasto complesso di uffici sotterranei, una stanza era contrassegnata dalla scritta *OHIO-4-Zero*. Tradotta, significava «Oman, allarme rosso». Oltre quella porta di metallo, file di computer ronzavano e schioccavano incessantemente. Ogni tanto una macchina – avendo ottenuto un riscontro istantaneo presso la banca centrale di dati – emetteva un breve, acuto segnale per annunciare qualche nuova informazione, non ancora riferita. Allora, uomini e donne dall'aria intenta studiavano accuratamente i tabulati, cercando di valutare ciò che vi leggevano.

Niente. Zero. *Pazzia pura!*

In fondo a quella vasta sala sotterranea, si apriva un'altra porta di metallo, più piccola, che immetteva nell'ufficio – non comunicante col corridoio – dell'alto funzionario incaricato di seguire la crisi di Masqat. Presso la scrivania, c'era una consolle con apparecchi telefonici collegati direttamente con le principali sedi del potere e dell'informazione, a Washington. L'incaricato era un vicedirettore del servizio denominato Consular Operations, una branca poco nota del Dipartimento di Stato che si occupava delle cosiddette *covert activities*. In altre parole, Servizi Segreti. L'uomo, di mezz'età, si chiamava Frank Swann e, in quel momento, dato che per lui non brillava il sole di mezzogiorno, reclinava la testa, dai capelli prematuramente grigi, fra le braccia acciambellate sul tavolo. Non dormiva regolarmente da quasi una settimana, doveva quindi accontentarsi di fugaci pisolini come quello.

Lo svegliò di soprassalto lo squillo di un telefono. Allungò di scatto una mano, pigiò il pulsante illuminato e portò il ricevitore all'orecchio. «Sì? Che c'è?» Scosse la testa, sospirando. All'altro capo c'era la sua segretaria, che chiamava dal suo ufficio, cinque piani più in alto, sopra il livello della strada. Swann ascoltò, poi disse stancamente: «Chi? Un membro del Congresso? Ci mancava pure questo tizio, adesso! Come ha fatto ad arrivare fino a me? Chi gli ha dato il mio nome?... Non importa, lascia stare. Digli che sono occupato. Digli che sono in riunione con... con Dio, digli... o, meglio ancora, col Ministro in persona».

«Gli ho già detto qualcosa del genere. Ma lui insiste.»

Swann batté gli occhi. «Ma tu, Ivy, che cosa ci stai a fare? Non sei forse la mia guardia pretoriana, tu, Ivy-la-terribile? E allora?»

«Ecco, Frank. È per via d'una cosa che m'ha detto e...»

«Cioè?»

«Che deve parlarti riguardo al problema di cui tu ti stai occupando, e poi...»

«Nessuno sa di che cosa mi occupo. Nessuno! Intesi? Poi che altro?»

«Ecco, Frank. Me lo sono segnato. Per me, è arabo. Mi ha detto di dirti: *Ma efham zain.* Testuale. Dice niente, a te, Frank?»

Sbigottito, il vicedirettore Swann scosse di nuovo la testa, cercando di schiarirsi le idee. Quel messaggio, in arabo appunto, voleva dire che lo sconosciuto avrebbe potuto *essergli di aiuto.* Allora disse: «Fallo accompagnare da una guardia quaggiù da me».

Sette minuti più tardi, la porta dell'ufficio sotterraneo venne aperta da un sergente dei *marines.* Il visitatore entrò. Salutò con un cenno del capo la sua scorta. Il sergente richiuse la porta metallica. Swann balzò in piedi, inquieto. Quel "rappresentante" non somigliava affatto ad alcun membro della Camera che egli avesse mai visto, perlomeno lì a Washington. Portava calzonacci kaki, scarponi e una sahariana che aveva ricevuto molti schizzi da padelle soffriggenti sul fuoco d'un bivacco. Si trattava forse di uno scherzo di cattivo gusto?

«Prego...?» disse il vicedirettore, che non aveva afferrato il nome, porgendogli la mano.

«Evan Kendrick, Mr. Swann» disse cordialmente il nuovo venuto stringendogliela. «Sono stato eletto nella Nona Circoscrizione del Colorado.»

«Oh, sì. Mi scusi se non...»

«Devo essere io, semmai, a scusarmi... per come mi presento. Lei non è tenuto a sapere chi sono io...»

«Permetta che precisi, a questo punto,» disse Swann piccato «che non esiste alcun motivo che *lei* sappia chi sono *io.*»

«Me ne rendo conto, ma non è stato molto difficile venirlo a sapere. Anche i neorappresentanti hanno accesso a certe cose segrete. O perlomeno, la segretaria che ho ereditato sapeva dove indirizzarmi. Al Consular Operations, appunto, e quindi...»

«Non è un nome che sta sulla bocca di tutti, questo, Mr. Kendrick» di nuovo lo interruppe Swann, e di nuovo con malcelata irritazione.

«Io invece ne avevo già sentito parlare, un tempo. Comunque, a me non occorreva un funzionario qualsiasi, sia pure esperto in affari meridionali, bensì uno che fosse bene addentro ai misteri dell'Asia di sud-ovest, uno che conoscesse la lingua araba e ne parlasse speditamente una dozzina di dialetti. Ecco l'uomo che faceva al caso mio. Insomma, avevo bisogno di lei, Mr. Swann.»

«Si è dato molto da fare.»

«E anche lei, a quanto vedo» replicò il rappresentante, accennando col mento alla sala attigua gremita di cervelli elettronici. «Presumo che lei abbia capito il mio messaggio, altrimento non sarei qui.»

«Sì» disse Swann annuendo. «Dice che potrebbe essermi d'aiuto. È proprio vero?»

«Non lo so. So soltanto che dovevo farle un'offerta.»

«Un'offerta? Di che genere?»

«Posso sedermi?»

«Prego. Non intendo essere villano. Sono solo stanco.» Quando Kendrick si fu seduto, Swann sedette a sua volta. Guardando in modo strano quella matricola della Camera, gli disse: «Mi dica. Badi, il tempo è prezioso. Ogni minuto è prezioso. Io sono alle prese con questo "problema", come lei l'ha definito parlando con la mia segretaria, da lunghe e debilitanti settimane. Orbene, non so se quello che ha da dirmi sia davvero importante o no. Ma, nel caso che lo sia, le chiedo: come mai ci ha messo tanto, ad arrivare fin qui?».

«Non sapevo niente, fino a poco fa, dei fatti dell'Oman. Di ciò che è successo... che sta succedendo là.»

«Si stenta a crederlo. Forse che i rappresentanti del Colorado vanno a trascorrere le vacanze in qualche eremo dei Benedettini?»

«Non esattamente.»

«Dovremmo allora pensare» continuò Swann con calma, parlando in fretta e in modo sgradevole, «che un ambizioso neorappresentante che parla un po' di arabo, avendo colto delle voci negli spogliatoi, ha deciso di farsi un po' di pubblicità politica? Non sarebbe la prima volta.»

Kendrick rimase immobile dov'era. Il suo viso era privo di espressione. Non così i suoi occhi. Questi erano insieme scrutatori e adirati. «Ciò è offensivo» disse.

«Né io mi sento meno offeso, date le circostanze. Undici nostri connazionali sono stati uccisi, caro signore, fra cui tre donne. Altri

236 attendono di venire trucidati. Io le chiedo se è *veramente* in grado di aiutarmi e lei mi risponde che *non lo sa*, che doveva però *offrire* aiuto. A me questo sembra il sibilo di un serpente nascosto fra l'erba, quindi bado a dove metto il piede. Lei arriva qui, usa una lingua che probabilmente avrà imparato facendo fior di dollari con qualche compagnia petrolifera e ritiene che ciò le dia il diritto di essere preso in speciale considerazione... magari in veste di "consulente". Suona bene. Una matricola della Camera si erige d'un tratto a consulente del Dipartimento di Stato, durante una grave crisi nazionale. Comunque vada, lei ci guadagna. Le faranno tanto di cappello, nel suo collegio elettorale in Colorado, dico bene?»

«Sì, certo, se venissero a saperlo.»

«Cosa?» Di nuovo Swann fissò il rappresentante, non tanto per l'irritazione quanto perché, d'un tratto, gli era parso di averlo già conosciuto.

«Lei è molto affaticato e non voglio procurarle ulteriore stress. Ma se quello che lei pensa costituisce una barriera, ebbene, scavalchiamola. Ammesso che lei decida di servirsi di me, io accetterei di prestare il mio aiuto solo sotto il sigillo dell'anonimato. Cioè, nessuno dovrà sapere che sono venuto qui. Io non ho mai parlato né con lei né con alcun altro.»

Sbigottito, Swann si appoggiò allo schienale della sedia portandosi la mano al mento. «Io la conosco» osservò sommessamente.

«Non ci siamo mai incontrati.»

«Dica quel che ha da dire. Da dove vuole cominciare?»

«Comincerò da otto ore fa» prese a dire Kendrick. «Da quasi un mese, stavo discendendo in canoa il fiume Colorado, verso l'Arizona... Ecco, era questa per me l'abbazia benedettina, da lei ipotizzata per le mie vacanze. Dunque, superate le Lava Falls, arrivai a un campo-base. C'erano altre persone, lì, naturalmente. E fu così che, per la prima volta in quasi quattro settimane, ascoltai la radio.»

«Quattro settimane?» ripeté Swann. «Lei è rimasto isolato dal mondo per tanto tempo? Le capita spesso?»

«Una volta all'anno, più o meno» rispose Kendrick. «È diventato una sorta di rito» soggiunse tranquillo. «Una vacanza solitaria. Ma questo non...»

«Bell'uomo politico!» esclamò Swann interrompendolo. Si era messo a giocherellare con una matita. «Lei può scordare il mondo, ma ha pur sempre un collegio elettorale di cui tener conto.»

«Macché politico» replicò Evan Kendrick, concedendosi un sorrisetto. «E quanto al mio collegio elettorale... be', l'ho avuto per caso, mi creda. Comunque, appena ho appreso dei fatti dell'Oman, mi sono messo subito in movimento. Ho noleggiato un idrovolante fluviale fino a Flagstaff. Qui, ho cercato di noleggiare un aereo per Washington, ma era ormai quasi notte. Troppo tardi per organizzare un volo charter. Allora ho proseguito per Phoenix e ho preso il primo aereo in partenza di là. Quei telefoni di bordo sono una meraviglia. Ne ho monopolizzato uno, per tutta la durata del viaggio. Ho telefonato alla mia segretaria e a varie altre persone. Chiedo scusa per come mi presento. Ho avuto modo di radermi a bordo ma non ho voluto perdere tempo, passando da casa a cambiarmi. Eccomi qua, Mr. Swann, ed è lei l'uomo con cui voglio parlare. Può anche darsi che lei non sappia che farsene del mio aiuto. In tal caso, me lo dirà francamente. Ma dovevo offrirglielo.»

Mentre il suo interlocutore parlava, Swann aveva scritto il nome "Kendrick" su un block-notes. Lo aveva anzi scritto diverse volte. E lo aveva sottolineato. *Kendrick. Kendrick. Kendrick.* «Offrire quale aiuto?» domandò accigliandosi e alzando gli occhi sull'intruso. «Che cosa, esattamente?»

«Dirle tutto quel che so su quella zona e sulle varie fazioni che vi operano. Oman, gli Emirati, Bahrain, Qatar... Masqat, Dubai, Abu Dhabi... su su fino al Kuwait e, giù, fino a Riad. Ci sono vissuto, in quei luoghi. Ci ho lavorato. Li conoscevo molto bene.»

«Ha vissuto... ha lavorato... in tutto lo scacchiere del sud-ovest asiatico?»

«Sì. Ho trascorso 18 mesi nella sola Masqat. Sotto contratto con la famiglia regnante.»

«Cioè, con il Sultano?»

«Quello che è morto un paio di anni fa, se non mi sbaglio. Insomma, sì. Sotto contratto con il Sultano e i suoi ministri. Gente dura, gente in gamba. Dovevi sapere il fatto tuo, con loro.»

«Sicché, lavorava per una società» disse Swann, ma era un'asserzione, non una domanda.

«Sì.»

«Quale?»

«La mia.»

«La *sua*?»

«Esatto.»

Swann fissò il suo interlocutore, poi chinò gli occhi sul nome che aveva scritto ripetutamente sul block-notes. «Buon dio!» mormorò sottovoce. «Il Gruppo Kendrick. Ecco il nesso. Ma lì per lì non lo avevo capito. Sono ormai quattro o cinque anni che non sento più il suo nome. Forse sei.»

«Quattro, per l'esattezza.»

«Ero sicuro di conoscerla già. Gliel'ho detto...»

«Sì, ma non ci eravamo mai incontrati prima d'ora.»

«Voi avete costruito tutto, in quella regione: ponti e strade, ippodromi e palazzi, *country clubs* e aeroporti... tutto quanto.»

«Tutte le opere, cioè, che ci furono appaltate.»

«Me ne ricordo. Cominciaste dieci o dodici anni fa. Eravate i ragazzi prodigio americani negli Emirati. E dico *ragazzi* sul serio. Diverse dozzine di voi, sui venti e i trent'anni, ma tecnicamente ferratissimi e pieni di coraggio e spirito d'iniziativa.»

«No, non eravamo tutti così giovani...»

«Infatti» l'interruppe Swann accigliandosi pensoso. «Avevate, come arma segreta, un vecchio architetto ebreo, con voi. Un vero mago dell'architettura. Un *israeliano*, perbacco. Ma costui era capace di disegnare ogni sorta di progetti, anche in stile islamico. E non disdegnava di sedere a mensa con i nababbi arabi della zona.»

«Si chiamava... si chiamava Emmanuel Weingrass. Nativo di New York. Del Bronx, precisamente. Abitava in Garden Street. Poi emigrò in Israele per evitare beghe legali, impicci e imbrogli con la seconda e terza moglie. Adesso Manny Weingrass è vicino agli ottanta e vive a Parigi. Molto bene, a quel che mi risulta. Ci si sente per telefono.»

«Esatto» disse Swann. «La ditta l'avete venduta... alla Bechtel, se non sbaglio. Per trenta o quaranta milioni.»

«Non alla Bechtel. A rilevarla fu la Trans-International e non per trenta o quaranta milioni, ma venticinque. Fecero un buon affare. E io me ne andai. Tutto regolare.»

Swann studiò il viso di Kendrick, specialmente quegli occhi azzurri che, più li guardavi, e più ti sembravano enigmatici. «No, non direi» disse. La sua voce sommessa era adesso gentile. Ogni traccia di ostilità era scomparsa. «Ora ricordo. Ci fu un grave incidente, in uno dei vostri cantieri presso Riad. Un crollo, in seguito a una fuga di gas. Più di settanta persone persero la vita. Fra cui i suoi soci, tutti i suoi dipendenti e anche alcuni bambini.»

«I loro figli» precisò Evan Kendrick con calma. «Tutti quanti perirono, insieme alle mogli e ai figli. Si stava festeggiando la felice conclusione della terza fase dei lavori appaltati. Eravamo tutti là. Io e i miei soci, i nostri collaboratori e dipendenti, con le mogli e con i figli, quelli che ce l'avevano. Crollò l'intera costruzione seppellendoli sotto le macerie. Nessuno si salvò. Tranne Manny Weingrass e io, per puro caso. Ci trovavamo fuori, in quel momento, per travestirci da pagliacci. Si voleva così rallegrare la festa. Fu invece una tragedia.»

«Seguì, mi ricordo, una rigorosa inchiesta. Il Gruppo Kendrick venne scagionato, completamente. La responsabilità fu addossata a una società sub-appaltatrice che aveva fornito condotte difettose, falsificando i certificati di garanzia.»

«Sì, in sostanza, andò così.»

«Fu allora che lei vendette tutto, non è vero?»

«Ciò non è pertinente e stiamo solo perdendo tempo» disse

Kendrick con semplicità. «Dal momento che sa chi sono, o meglio chi ero, mi dica: ritiene che possa rendermi utile ora?»

«Le dispiace se le faccio una domanda? Non credo sia una perdita di tempo e ritengo che sia pertinente. Occorre che tutto sia chiaro per poter valutare e giudicare. Come le dicevo poco fa, ci sono molti rappresentanti che, di continuo, cercano di trarre da noi vantaggi politici ed elettorali.»

«Qual è la domanda?»

«Eccola: perché è entrato alla Camera, Mr. Kendrick? Con i soldi che ha e la reputazione professionale di cui gode, non ne aveva certo bisogno. Né riesco a vedere quali benefici può trarne, in confronto a quelli che il settore privato le offre.»

«Secondo lei, chi si mette in politica lo fa solo a fini di lucro?»

«No, naturalmente no.» Swann fece una pausa. Poi scosse la testa. «Mi scusi, ma è troppo disinvolto. La sua è una risposta di prammatica per eludere una domanda a tranello. Ebbene, sì. Il mio sarà magari un pregiudizio, ma io sono convinto che tutti coloro – uomini e donne – che aspirano a cariche pubbliche, elettive, sono persone ambiziose, che amano mettersi in mostra e, se vincono, esercitare il potere. E ciò comporta anche, come dire?, un valore di mercato. Chiedo scusa di nuovo, il mio è un discorso cinico. D'altro canto, sono in questa città da tanto tempo e non ho mai avuto motivo di modificare il mio giudizio. Lei, insomma, mi confonde. So da dove proviene, ma non avevo mai sentito parlare della Nona Circoscrizione del Colorado. Certamente non comprende Denver.»

«No, si tratta di una zona alle pendici delle Montagne Rocciose. Un posto tranquillo.» La voce di Kendrick era neutra. «È per questo che ho trasferito là la mia impresa edile. È una zona fuori mano.»

«Ma perché? Perché si è dato alla politica? Forse intendeva, il ragazzo prodigio degli Emirati, trovare un collegio elettorale su misura? Per farne la sua rampa di lancio?»

«Nulla di più estraneo alle mie intenzioni.»

«Hmm, mi sembra più una dichiarazione che una risposta.»

Evan Kendrick rimase zitto per un po', sostenendo lo sguardo dell'alto burocrate. Poi si strinse nelle spalle, forse – così almeno parve a Swann – con un certo imbarazzo. «Diciamo che è stata una scelta aberrante. O piuttosto un episodio eccezionale, che non si ripeterà più. Fatto sta che in quel collegio era stato eletto un uomo corrotto, che si riempiva le tasche a man salva. Io avevo tempo a disposizione e la lingua sciolta. E non mi mancava il denaro, per affossarlo. Non sono necessariamente orgoglioso di quel che ho fatto né di come l'ho fatto ma, in sostanza, lui è stato fregato e io siedo alla Camera. Ci resterò due anni, forse meno. Il tempo di trovare qualcuno, di valore, che prenda il mio posto.»

«Due anni?» domandò Swann. «È stato eletto dieci mesi fa, se non sbaglio.»

«Esatto, sarà un anno il prossimo novembre.»

«Quindi, ha iniziato a gennaio il suo mandato?»

«Sì. E con questo?»

«Mi dispiace contraddirla, ma il suo mandato dura due anni. Lei non può dunque restare "altri due anni": o uno, oppure, se rieletto, tre.»

«Vede, nella Nona Circoscrizione del Colorado non c'è un vero e proprio partito d'opposizione. Orbene, per far sì che il seggio non andasse alla vecchia macchina politica, ho concordato di presentarmi, per venire rieletto, e subito dimettermi.»

«Un accordo coi fiocchi.»

«Vincolante, per quel che mi riguarda. Intendo uscirne.»

«Questo è parlare schietto, ma lei non tiene conto di un eventuale effetto collaterale.»

«Non la capisco, sa?»

«Metta che nei prossimi venti mesi lei ci prenda gusto. Che succederà, al momento di rispettare i patti?»

«È un'ipotesi che non regge. Un'eventualità che non esiste. Ma torniamo in argomento, Mr. Swann. Torniamo a Masqat. È un gran brutto pasticcio. Sono abbastanza idoneo per esprimere tale giudizio?»

«Lo è, poiché sono io quello che dispensa l'idoneità.» Il burocrate scosse la testa grigia. «Un maledetto pasticcio, e siamo convinti che è stato programmato all'esterno.»

«Questo mi pare fuori discussione» disse Kendrick.

«Lei ha qualche idea al riguardo?»

«Sì, qualcuna» rispose il rappresentante. «Credo che in primo luogo lo scopo sia quello di destabilizzare l'Oman. Chiudere tutti gli accessi e non lasciare entrare nessuno nel Paese.»

«Un colpo di Stato, in stile khomeinista?» domandò Swann. «Hmm... non funzionerebbe. La situazione è diversa da quella che era in Iran, quando fu rovesciato il Trono del Pavone e fu sgominata la SAVAK, l'odiata polizia segreta. Hmm...» Swann fece una pausa poi, pensoso, soggiunse: «Qui non abbiamo né uno Scià con il suo esercito di ladri, né un Ayatollah con le sue legioni di fanatici. Non è la stessa storia».

«Non volevo sottintendere che lo fosse. Oman è solo l'inizio. Chiunque sia a fomentare la rivolta, non vuole impadronirsi del Sultanato. Costui vuole – o costoro vogliono – semplicemente impedire ad altri di incassare il denaro.»

«*Che?* Quale denaro?»

«Miliardi di dollari. Sono pronti numerosi progetti di lungo respiro, nei paesi del Golfo Persico, in Arabia Saudita e in tutta l'Asia di sud-ovest. Si tratta di una zona relativamente stabile, in quella parte del mondo, proprio perché anche i governi la vogliono così. Quel che sta succedendo oggi in Oman non differisce molto da una paralisi, mettiamo, dei trasporti pubblici o dell'edilizia qui da noi, oppure da un blocco dei porti di New York e New Orleans, Los Angeles e San Francisco. Però là non si tratta di scioperi, bensì di terrore e minacce da parte di fanatici esaltati. E, così, tutto si ferma. Allora i progettisti, gli ingegneri, gli agrimensori, gli addetti ai rifornimenti e compagnia bella non vedono l'ora di tagliare la corda.»

«E, una volta partiti costoro» soggiunse Swann pronto «entrano in scena quelli che manovrano i terroristi e il terrore cessa. Sparisce. Cristo! Sembra un'operazione da mafia del porto!»

«In stile arabo» precisò Kendrick.

«Lo sa, questo, per certo?»

«Sì. La nostra compagnia fu minacciata numerose volte ma, per citare quello che ha detto lei, avevamo un'arma segreta: Emmanuel Weingrass.»

«Weingrass? E che cosa sapeva fare, lui?»

«Mentire con straordinaria convinzione. Una volta si spacciava per un generale israeliano in pensione, capace di scatenare un attacco aereo contro qualsiasi gruppo arabo che ci molestasse; un'altra volta, era invece un funzionario d'alto rango del Mossad il quale avrebbe inviato squadre della morte a eliminare quanti osassero anche solo minacciarci. Al pari di molti uomini di genio in là con gli anni, Manny era spesso eccentrico e quasi sempre istrionesco. Si divertiva un mondo. Purtroppo, le sue varie mogli di rado se lo godevano molto a lungo. In ogni modo, nessuno voleva impicci con un pazzo israeliano. La sua tattica era infallibile.

«Vorrebbe suggerirci di reclutarlo?» domandò Swann.

«No. A parte l'età, sta concludendo la vita a Parigi attorniato dalle più belle donne che si possano assoldare e, certo, con il più squisito cognac che si possa trovare. Non sarebbe in grado di aiutarci. Ma c'è qualcosa che può fare lei.»

«E cioè?»

«Mi ascolti.» Kendrick si sporse in avanti. «Ci sto pensando da otto ore a questa parte e sempre più, di ora in ora, mi convinco che sia una spiegazione possibile. Il problema è che disponiamo di pochissimi dati di fatto. Anzi, non ne abbiamo quasi nessuno. Ma si scorge una trama, uno schema. E questa trama è coerente con le cose che noi udivamo quattro anni fa.»

«Quali cose? Quale trama?»

«Solo vaghe voci, all'inizio. Poi arrivavano le minacce vere e proprie. Non scherzavano!»

«Continui. L'ascolto.»

«Mentre disinnescava quelle minacce alla sua maniera, offrendo loro anche del whisky proibito, una volta Weingrass udì qualcosa che era troppo logica per venire presa sottogamba. No, non erano chiacchiere da ubriachi. Gli dissero, insomma, che si stava formando, alla chetichella, un grande consorzio. Un cartello industriale, se preferisce chiamarlo così. Il quale veniva impadronendosi via via, senza scalpore, di svariate società operanti nei rami più diversi e dotate di grandi risorse tecnologiche, con personale e attrezzature di prim'ordine. L'obiettivo era evidente allora, ed è ancora più ovvio adesso. Questo "consorzio" intende egemonizzare lo sviluppo industriale dell'Asia di sud-ovest. A quel che Weingrass poté appurare, la sede segreta di questa confederazione si trova nel Bahrain. Nulla di sorprendente, in questo. Quello che sconvolse profondamente Weingrass – e lo colpì moltissimo – fu il fatto che, in seno al consiglio d'amministrazione del consorzio recondito, c'era un uomo che si faceva chiamare "il Mahdi": proprio come il fanatico condottiero musulmano che, cento anni fa, scacciò gli inglesi da Kartum.»

«Il Mahdi? *Kartum?*»

«Proprio così. Un nome simbolico, evidentemente. Tranne che, a questo nuovo Mahdi, non gliene frega niente dell'Islam e dei suoi fanatici religiosi. Se ne serve per sloggiare la concorrenza e tenerla a bada. Vuole che appalti e contratti finiscano in mani arabe. Più precisamente: nelle sue mani.»

«Attenda un momento.» Swann alzò il ricevitore e, con aria pensosa, pigiò un pulsante sulla consolle. «Quello che lei mi dice trova riscontro in un rapporto che abbiamo ricevuto da Masqat, ieri sera, dalla MI-Sei» soggiunse in fretta. «Non abbiamo potuto seguire questa pista, perché non c'era niente da seguire, nessunissima traccia. Ma, certo, è roba che lascia perplessi... Pronto! Passami Gerald Bryce, per favore...» E dopo pochi istanti: «Pronto, Gerry? Ieri sera – o meglio stamattina alle due – abbiamo ricevuto un rapporto dalla MI-Sei. Hai presente? Ebbene, trovalo e leggimelo, parola per parola, lentamente, perché voglio trascriverlo». Swann coprì il ricevitore con il palmo della mano e si rivolse a Kendrick, che aveva drizzato le orecchie, dicendogli: «Se quanto lei mi ha raccontato ha un senso, ebbene, questo potrebbe essere un buon punto di partenza».

«Sono qui apposta, Mr. Swann, puzzolente di sudore e di pesce affumicato come sono.»

Swann annuì mentre attendeva, impaziente, che l'uomo da lui chiamato Bryce tornasse al telefono. «Sì, certo, una doccia non le farebbe alcun danno... Pronto, Gerry? Sì, detta. Hmm... "Non cercate dove sarebbe logico cercare. Guardate altrove." Sì, ho scritto.

Va' avanti. Hmm... "Là dove gli affanni non nascono dalla povertà e dalle privazioni." Ecco, questo mi interessa. Va' avanti. "Cercate persone alle quali Allah ha profuso i suoi doni e il suo favore..." No, Gerry, questo saltalo. Va' un po' avanti. Dove parla di bisbigli... Sì, ci siamo. Ecco, rileggimi lentamente questo brano. Hmm... "Quei bisbigli parlano di coloro che trarranno beneficio da tanto spargimento di sangue." Grazie, Gerry. Basta così. Il resto, mi ricordo, sono chiacchiere. Non si fa nessun nome, né niente... Come? Sì, sì, lo credo anch'io... Non lo so ancora... Se c'è qualche novità, sarai tu il primo a saperlo. Frattanto, ripassa al setaccio il dossier sulle società edilizie del Bahrain. E fammi avere una lista di quelle che appaltano opere pubbliche. D'accordo?... Per quando? Per ieri, naturalmente.» Swann riagganciò. Rilesse le frasi che aveva trascritto. Poi alzò gli occhi su Evan Kendrick. «Ha sentito anche lei. Vuole che glielo rilegga?»

«Non è necessario. Non sono *kalam-faregh*, vero, secondo lei?»

«No, non sono frottole, ne sono sicuro, Mr. Kendrick. È un riscontro del tutto pertinente. Hmm... Vorrei solo sapere cosa fare, adesso.»

«Mi recluti, Mr. Swann» disse il rappresentante. «Mi spedisca a Masqat con il primo mezzo di trasporto disponibile.»

«Perché?» chiese Swann scrutando il suo interlocutore. «Cosa può fare lei di più e di meglio dei nostri agenti sul campo? Quelli, non soltanto parlano arabo, *sono* arabi perlopiù.»

«Arabi che lavorano per il suo settore» completò Kendrick.

«E con questo?»

«Sono segnati, ecco tutto. Erano segnati quattro anni fa e lo sono adesso. Se fanno una mossa falsa, sono dolori per lei. Come niente, si ritrova con una dozzina di ostaggi trucidati.»

«È allarmante, quello che lei mi dice» disse Swann lentamente, fissando con occhio acuto il suo interlocutore. «Sono *segnati*, secondo lei? Vorrebbe spiegarsi meglio?»

«Poco fa, le accennai al fatto che la sua Consular Operations è nota da quelle parti là. Lei si limitò a fare dell'ironia, gratuita, nei miei confronti. Invece, dicevo sul serio.»

«È nota?»

«Se vuole, le racconto un episodio – per illustrare meglio cosa intendo.»

«La sto a sentire.»

«A un certo punto, dopo aver completato l'aeroporto di Qufar in Arabia Saudita, fummo avvicinati da emissari del re Hussein di Giordania, interessati a un progetto analogo. Il giorno dopo ricevemmo la visita di due agenti della Cons Op, i quali cominciarono a farci domande tecniche. In quanto americani – ci dissero – è vostro dovere passarci queste informazioni, dato che Hussein è spesso in contatto con i sovietici, e via discorrendo. Il che era, ovviamente, irrilevante. Qualsiasi imbecille può sorvolare un aeroporto in costruzione e rilevarne la configurazione, o no?»

«Ebbene?»

«Manny Weingrass disse loro che le due piste principali erano lunghe undici chilometri: destinate, ovviamente, a mezzi aerei di mole eccezionale.»

«Allora?» Swann si sporse in avanti.

«Quei due agenti scapparono via, come in preda a un attacco di diarrea. Il giorno dopo, gli emissari di Hussein ci disdissero l'ordinazione. Erano venuti a sapere che avevamo ricevuto una visita dalla Cons Op. E la cosa non gli garbava affatto.»

Swann reclinò il capo sullo schienale, con uno stanco sorriso sul volto. «Sciocchezze, non le pare?»

«No, non direi» obiettò Kendrick.

«Ha ragione. Non sono sciocchezze.» Swann si sporse di nuovo in avanti. «Quindi, a suo avviso, tutto ruota intorno al denaro. Sporco *denaro*!»

«Se non si provvede, le cose andranno peggio» disse Kendrick. «Molto peggio.»

«In che senso?»

«Si tratta di una formula ben collaudata, per la conquista del potere economico. Una volta fiaccato il Governo dell'Oman, useranno la stessa tattica altrove. Negli Emirati, nel Bahrain, nel Qatar, persino in Arabia Saudita. Chi controlla i fanatici, ottiene gli appalti. E una volta che un'unica impresa – sotto qualsiasi nome si presenti – avrà in mano tutti i contratti, ebbene, potrà dettare legge anche in campo politico. E imporrà condizioni che, certo, a noi non piaceranno.»

«Buon dio, ci ha pensato su!»

«Non faccio che pensarci, da otto ore.»

«Mi dica. Se la mandassi laggiù, cosa farebbe, lei?»

«Non posso saperlo, finché non ci sarò. Però ho alcune idee. Conosco diverse persone influenti, gente seria che, di certo, non sta dalla parte dei fanatici burattini e di quelli che ne tirano i fili. Per varie ragioni – le stesse, forse, che inducevano noi a diffidare degli agenti della Cons Op – costoro non sono propensi a parlare con degli estranei. Ma *con me* parleranno. Si fidano, di me. Sono stato ospite in casa loro. Ho trascorso week-end con le loro famiglie. Ho visto le loro mogli senza velo e i loro figli...»

«Mogli senza velo e figli» fece eco Swann interrompendolo. «Il massimo dell'amicizia, nel mondo arabo. Quello che chiamano *shorbet*, brodo dell'amicizia.»

«Armoniosa miscela di ingredienti» convenne il rappresentante del Colorado. «Insomma, con me collaboreranno, con voi forse no.

Inoltre, conosco bene buona parte dei fornitori, degli addetti ai trasporti, degli spedizionieri. Anche quelli che evitano tutto ciò che è ufficiale perché preferiscono fare quattrini con ciò che ufficialmente non si ottiene. Intendo scoprire da dove vengono i soldi, i rifornimenti e le istruzioni che affluiscono all'Ambasciata in mano ai rivoltosi. Qualcuno, da qualche parte, invia loro sia gli uni che le altre.»

«Fornitori?» domandò Swann, con aria incredula, inarcando le sopracciglia. «Gente cioè che rifornisce l'Ambasciata di vettovaglie e medicinali?»

«Non solo...»

«Ma è pazzo?» esclamò Swann. «Gli ostaggi sono nostri connazionali. Siamo noi a provvedere ai rifornimenti di cibo, di tutto quello che occorre, tutto quello che possiamo far loro avere.»

«Anche armi e munizioni per i ribelli e pezzi di ricambio per le armi?»

«A quei fanatici? Naturalmente, no!»

«Da quel che mi risulta – a quanto ho letto sui giornali, durante il volo in aereo – ogni sera, a Masqat, dopo *el Maghreb*, ci sono i fuochi artificiali. Sparatorie che durano quattro o cinque ore di fila. Migliaia di cartucce sparate. I muri dell'Ambasciata crivellati da proiettili di fucile e mitragliatrice.»

«Sì, fa parte della loro messinscena, per incutere terrore» disse Swann. «Se l'immagina, lei, la scena là dentro? Persone messe con la faccia al muro, sotto la cruda luce dei riflettori, che sentono quel putiferio di spari e, ogni momento, pensano: Dio mio, adesso tocca a me. Semmai riusciremo a liberarli, quei poveretti dovranno continuare a sdraiarsi sul lettino dello psicanalista per anni, prima di sbarazzarsi di quell'incubo.»

Kendrick attese che il momento di pathos passasse. Poi riprese a dire: «I rivoltosi, quelle teste calde, non dispongono certo di un arsenale. Non credo infatti che chi li ha armati abbia dato loro un gran numero di munizioni. Quindi, vengono riforniti di giorno in giorno. Cerchi di capirmi, Mr. Swann. Forse uno su venti, fra quei pazzi fanatici, ha un minimo di intelletto. Quasi nessuno ha una ideologia. Sono feccia umana, individui manovrati, inebriati dal loro quarto d'ora di celebrità. Forse è colpa nostra. Non lo so. So per certo però che sono programmati come automi. Lo sa anche lei, questo. E a programmarli è stato un uomo che vuole per sé tutta quanta l'Asia di sud-ovest».

«Il sedicente Mahdi?»

«Sì. Chiunque sia in realtà costui.»

«E lei crede di poterlo scovare?»

«Avrò bisogno di aiuto. Le farò una lista di tutto ciò che mi occorre. Per esempio, dovrò vestire alla foggia araba...»

Swann era perplesso. «Ma *perché*? Perché vuole fare questo? Perché mai, il multimilionario imprenditore Evan Kendrick è disposto a rischiare la vita, così? Non ha più niente, là, da guadagnare. *Perché?*

«La risposta più semplice e sincera è che spero di rendermi utile. Come lei stesso ha detto, ho guadagnato un mucchio di quattrini, in quella regione. Forse è giunto il momento che io restituisca qualcosa, una piccola parte di me stesso.»

«Se si trattasse solo di denaro, o di una "piccola parte" di sé, non mi scomporrei più che tanto» disse Swann. «Ma, se le do via libera, lei si inoltrerà per un campo minato, senza essere addestrato alla sopravvivenza. Non ci ha pensato, a questo? Vale la pena di pensarci.»

«Non intendo prendere l'Ambasciata d'assalto» disse Evan Kendrick.

«Potrebbe non averne bisogno. Basta che rivolga una domanda indiscreta alla persona sbagliata e il risultato sarebbe lo stesso.»

«Potrebbe anche succedermi un incidente, viaggiando in taxi, verso mezzogiorno, all'incrocio fra la 23ª Strada e Virginia Avenue.»

«Presumo sia quanto le è successo quest'oggi.»

«Il punto è che non guidavo io. Guidava il tassista. Io sono prudente, Mr. Swann. E a Masqat so come regolarmi in mezzo al traffico che, mi creda, non è tanto caotico e imprevedibile quanto quello di Washington.»

«È mai stato sotto le armi?»

«No.»

«Eppure, ai tempi del Vietnam, aveva l'età giusta. Come si spiega?»

«Ottenni un rinvio per ragioni di studio. E così la scampai.»

«Ha mai maneggiato un'arma da fuoco?»

«Ne ho una certa, limitata, esperienza.»

«Vale a dire: sa dov'è il grilletto e da che parte la si punta.»

«Limitata, ho detto. Non da imbecille. Ai primi tempi, negli Emirati, si girava sempre armati, nei cantieri edili. E anche in seguito, qualche volta.»

«E sparare, ha mai sparato?» insistette Swann.

«Certamente» rispose Kendrick, con voce calma, senza scomporsi. «Per imparare dov'è il grilletto e da che parte si punta l'arma.»

«Spiritoso. Ma intendevo domandarle: ha mai sparato contro un essere umano?»

«Vuole proprio saperlo?»

«Sì, è necessario. Per farmi un giudizio.»

«Ebbene, sì. Ho sparato su bersagli umani.»

«Quando è stato?»

«Più volte» rispose Evan Kendrick. «Si facevano frequenti spedizioni nell'interno, in zone desolate, alla ricerca di giacimenti di argilla o ardesia. Fra i miei soci c'era un geologo. Fra le maestranze americane c'erano alcuni ex genieri dell'Esercito. Si viaggiava in camper. Diverse volte fummo attaccati dai banditi. Erano numerose le bande di nomadi, alla ricerca di preda. Un grosso problema, da quelle parti. Le autorità infatti avvertono chi viaggia nell'interno di essere pronti a difendersi. Non è poi che sia tanto diverso, nelle nostre metropoli. Fu allora, che usai un fucile.»

«Per spaventare o per uccidere, Mr. Kendrick?»

«Il più delle volte, a scopo intimidatorio. Tuttavia ci furono casi in cui ci toccò uccidere. O noi o loro. Quelli volevano ucciderci. Denunciammo regolarmente alla polizia tutti gli incidenti.»

«Capisco» disse Swann. «E quanto a forma fisica, come stiamo?»

Kendrick non nascose un moto di esasperazione. Poi: «Fumo un sigaro ogni tanto, oppure una sigaretta dopo mangiato, *dottore*, e bevo moderatamente. Non faccio sollevamento pesi né prendo parte a maratone di corsa. Sono però un bravo canoista e faccio lunghe scarpinate in montagna ogni volta che posso. Inoltre, penso che questo interrogatorio sia una buffonata».

«Lei pensi quello che vuole, Mr. Kendrick. Ma, siccome il tempo stringe, alcune semplici domande dirette possono aiutarci a valutare una persona non meno accuratamente di un circonvoluto referto psichiatrico da una delle nostre cliniche in Virginia.»

«Se la prenda con gli psichiatri, allora.»

«Mi dica...» cominciò Swann con un risolino ostile.

«No, dica lei a me» ribatté Kendrick. «I giochini sono finiti. Mi dica se vado oppure no. E, se non devo andare, mi dica perché.»

Swann alzò gli occhi. «Lei andrà. Non perché rappresenta la scelta ideale ma perché non ho altra scelta. Sono disposto a tentare di tutto, sono anche pronto ad avvalermi di un arrogante figlio di puttana. Tale credo che lei sia, sotto quell'aria compassata.»

«Forse non si sbaglia» replicò Kendrick. «Vuole darmi, ora, tutti i ragguagli del caso?»

«Le saranno consegnate delle carte, alla partenza, dalla base aerea di Andrews. Le consulterà durante il viaggio. Badi, però, che quei documenti non potranno restare nelle sue mani. Né lei potrà prendere appunti. Sarà strettamente sorvegliato.»

«Capisco.»

«Me lo auguro. Le daremo aiuto, per quanto possibile, ma non apertamente. Ci saranno severe restrizioni. Lei è un privato cittadino che agisce per conto suo, sebbene membro della Camera dei Rappresentanti. In parole povere, qualora venisse catturato da elementi ostili, noi non la conosciamo. In tale malaugurato caso, non saremo in grado di aiutarla. Non possiamo rischiare la vita di 236 ostaggi, per lei. Siamo intesi?»

«Sì. E questo si accorda con quello che le ho detto appena entrato. Cioè, che intendo agire nel più stretto anonimato. Voglio una garanzia scritta, al riguardo. Non sono mai stato qui. Non ho mai parlato con lei. Mandi una lettera al Segretario di Stato. Gli dica che ha ricevuto una telefonata da un mio alleato politico, dal Colorado, che le raccomandava di mettersi in contatto con me, dati i miei trascorsi mediorientali. Lei però ha rifiutato l'offerta – gli dica – convinto che si trattasse del solito politico alla ricerca di pubblicità. Non dovrebbe riuscirle difficile.» Kendrick, estratto di tasca un block-notes, prese una penna dal tavolo di Swann. «Le lascio l'indirizzo del mio avvocato a Washington. Mandi a lui una copia della garanzia, per fattorino, in modo tale che la riceva prima del mio imbarco ad Andrews. Se non ho la sua conferma, non salgo a bordo.»

«Quanto a questo, siamo perfettamente d'accordo. Tutto liscio e pulito. Dovrei quindi congratularmi con me stesso» disse Swann. «Perché allora non lo faccio? Perché continuo a dirmi che ci dev'essere qualcosa che lei mi tiene nascosto?»

«Perché lei è sospettoso per natura e per mestiere. Non sarebbe seduto su quella poltrona, se non lo fosse.»

«La segretezza sulla quale tanto insiste...»

«Anche lei, a quanto pare» l'interruppe Kendrick.

«Le ho spiegato i miei motivi. Ci sono 236 ostaggi americani in mano a fanatici dell'Islam. Non intendiamo offrire a nessuno la scusa per premere il grilletto. Lei, invece, se non ci rimette la buccia, ha molto da guadagnare da quest'impresa. Qual è il motivo per cui *lei* preferisce la segretezza?»

«Non è molto diverso dal suo» disse Kendrick. «Mi sono fatto moltissimi amici, in quella regione. Con alcuni di loro mi sono sempre tenuto in contatto. Ci scriviamo. Vengono spesso a trovarmi. La nostra amicizia non è segreta. Se il mio nome venisse a galla, alcuni estremisti potrebbero applicare la *jaremat thaár*.»

«Cioè ucciderli per vendetta» tradusse Swann.

«Il clima è a ciò propizio» disse Kendrick.

«Mi sembra un valido motivo» disse il vicedirettore della Cons Op, senza troppa convinzione. «Quando vuole partire?»

«Al più presto possibile. Non ho grandi preparativi da fare. Prendo un taxi, faccio un salto a casa a cambiarmi e...»

«Niente taxi. Da adesso fino al suo arrivo a Masqat, lei è un inviato speciale del Governo e viaggerà su mezzi di trasporto militari. È sotto tutela.» Swann sollevò il ricevitore. «Sarà accompagnato in garage, dove un'auto senza contrassegni la porterà a casa sua e, di là, alla base di Andrews. Per le prossime dodici ore, lei è proprietà dello Stato. E farà quello che le diremo noi di fare.»

Seduto sul sedile posteriore di un'auto del Dipartimento di Stato senza contrassegni, Evan Kendrick guardava fuori dal finestrino la lussureggiante vegetazione lungo il fiume Potomac. Fra poco l'autista avrebbe svoltato a sinistra e imboccato il viale che conduceva a casa sua. Era una villa isolata, dove – sebbene vi abitasse anche una coppia di suoi vecchi amici, e nonostante le donne che di volta in volta, sempre discrete, condividevano il suo letto – conduceva un'esistenza molto solitaria.

Da quattro anni, nulla di duraturo. Prima, invece, era molto diverso, sebbene anche allora non ci fosse nulla di permanente, nella sua vita, tranne la costante necessità di spostarsi da un cantiere all'altro, da un appalto all'altro. E, ogni volta, assicurare a tutti i collaboratori un buon alloggio e, ai loro figli, i migliori insegnanti privati. Certe volte avrebbe desiderato che quei figlioli fossero suoi. Qualcuno di essi, s'intende. Ma non aveva mai trovato il tempo per sposarsi e mettere su famiglia. Per mogli aveva le sue idee. I suoi rampolli erano i progetti edilizi. Forse per questo era sempre stato lui il capo: non aveva legami, distrazioni familiari. Le donne con cui faceva l'amore erano, di solito, irrequiete come lui. E al pari di lui cercavano l'ebbrezza momentanea, la comodità magari, di brevi storie. Piacevoli ma temporanee compagne. Erano stati nel complesso anni meravigliosi, pieni di avventure e divertimenti, momenti di paura ma anche di esaltazione, quando un'opera risultava migliore del previsto. Stavano costruendo un impero – un piccolo impero, certo – che però sarebbe cresciuto. E infine un giorno, come Weingrass diceva sempre, i bambini del Gruppo Kendrick avrebbero frequentato le migliori scuole in Svizzera, che distava soltanto poche ore d'aereo. «Diventeranno personaggi internazionali» diceva sempre Weingrass. «Avranno un'istruzione di prim'ordine e parleranno diverse lingue. Stiamo allevando una magnifica scuderia di uomini e donne di Stato, degni emuli di Disraeli e Golda Meir!»

«Zio Manny, possiamo andare a pesca?» implorava, per esempio, un minuscolo portavoce spalleggiato dai suoi congiurati.

«Certo, David. Ma che nome glorioso! Il fiume dista pochi chilometri. Cattureremo delle balene, ve l'assicuro io!»

«Manny, per favore!» obiettava allora, invariabilmente, una delle mamme. «Devono fare i compiti.»

«Macché compiti e compiti! Si va a caccia di balene sul fiume, oggi.»

Questo era il mondo di Evan Kendrick, fino a quattro anni

prima. Poi, d'un tratto, tutto era crollato. Era andato tutto in frantumi. Mille specchi rotti sotto il sole e ciascun frammento di cristallo insanguinato rifletteva un'immgine di piacevole realtà e di magnifiche speranze. Tutti gli specchi erano diventati neri, nessun riflesso, da nessuna parte. Morte.

«Non farlo!» gridò Emmanuel Weingrass. «Io sono lancinato dal dolore quanto te. Ma non lo capisci? È proprio quello che vogliono da te! Quello che s'aspettano che tu faccia! Non dar loro – non dare a lui — *questa soddisfazione! Battiti contro di loro! Battiti contro* di lui*! Io combatterò con te. Su, ragazzo, mettiti in posa da combattimento!»*

«Per chi, Manny? Contro chi?»

«Lo sai, come lo so io! Noi siamo soltanto i primi. Altri seguiranno. Ci saranno altri "infortuni" sul lavoro. Alcune persone resteranno uccise. Qualche cantiere verrà abbandonato. Vuoi forse permettere questo?»

«Non m'importa, ecco tutto.»

«Quindi, lasci che lui *vinca?»*

«Lui, chi?»

«Il Mahdi!»

«Dicerie da ubriachi e nulla più.»

«È stato lui, ti dico. Lui li ha uccisi. Lo so!»

«Non mi resta più nulla da fare, qui, vecchio mio. Non posso dare la caccia alle ombre. Non c'è più sugo. Né senso. Lascia perdere, Manny, anche tu. Ti farò ricco.»

«Non li voglio, i soldi di un vigliacco!»

«Non li accetti?»

«Sì, certo che li piglio. Però, semplicemente, non ti voglio più bene.»

Seguirono quattro anni di ansietà, cose futili e vane, noia. Si chiedeva quando il caldo vento dell'amore o il vento freddo dell'odio avrebbero, soffiando, riattizzato le braci semispente nel suo petto. Aveva sempre ripetuto a se stesso che, qualora le fiamme fossero di nuovo divampate, per qualsiasi ragione, si sarebbe fatto trovare pronto. Adesso era il momento. E lui era pronto. E niente avrebbe potuto fermarlo. C'era l'odio nel suo cuore.

Il Mahdi.

Sei stato tu, a togliere la vita ai miei amici. Tu, di sicuro. Come se tu stesso avessi installato quelle condotte. Mi toccò identificare tanti di quei cadaveri: i corpi maciullati, sfigurati, sanguinanti, di coloro che tanta importanza avevano per me. L'odio permane. È freddo e profondo e non si estinguerà finché non sarà estinta la tua vita, Mahdi. Devo tornare a raccattare i pezzi, essere di nuovo me stesso e portare a termine ciò che noi tutti stavamo costruendo insieme. Manny aveva ragione. Sono scappato, allora, con la scusa del dolore che provavo, perdonando me stesso per questo e dimenticando i nostri sogni comuni. Adesso tornerò a compir l'opera. Ti darò la caccia, Mahdi, chiunque tu sia, dovunque ti celi. E nessuno saprà che sono stato io.

«Signore? Siamo arrivati.»

«Prego?»

«Siamo davanti a casa sua» disse il *marine* autista. «Si era appisolato, ma abbiamo un orario da rispettare.»

«No, non dormivo, caporale, ma... È giusto, il tempo stringe.» Kendrick aprì lo sportello. «Starò in tutto una ventina di minuti. Perché non sale? La donna le offrirà una tazza di tè e uno spuntino, mentre aspetta.»

«Grazie, ma non posso lasciare quest'auto incustodita.»

«Perché mai?»

«Lei lavora per la OHIO, ora, signore. Non si sa mai.»

Sbigottito, già con un piede fuori dallo sportello, Evan Kendrick si volse a guardare alle sue spalle. In fondo al viale alberato e deserto c'era una macchina solitaria in sosta. Dentro, due figure immote.

Per le prossime dodici ore, lei è proprietà dello Stato. E farà quello che le diremo noi di fare.

La figura si stagliò nel vano della porta, entrò rapidamente nella stanza sterilizzata senza finestre e, al buio, raggiunse il tavolo sul quale si trovava una piccola lampada di ottone. L'accese, quindi andò all'apparecchiatura elettronica che occupava l'intera parete di destra. Sedette davanti al computer, pigiò il pulsante che ne attivava lo schermo e batté i tasti del codice segreto.

Ultra Maximum Secure
Nessuna intercettazione
Procedete

Riprese il suo memorandum. Le dita gli tremavano per l'emozione.

Tutto si è messo in moto, adesso. Il viaggio del nostro eroe è incominciato. Non posso, naturalmente, prevedere gli ostacoli che gli si pareranno di fronte. Tanto meno sapere se avrà successo o fallirà. So soltanto, grazie alle mie ultramoderne attrezzature, che è qualificato come pochi. O come nessuno. Un giorno saremo certo in grado di calcolare con maggior precisione il quoziente umano. Ma ancora non siamo arrivati a tanto. Nondimeno, se costui sopravviverà, il fulmine colpirà: le mie previsioni sono precise, su questo punto, dopo aver passato al vaglio un centinaio di incognite. Quei pochi funzionari che devono essere assolutamente tenuti al corrente sono stati già avvertiti. Un gioco da ragazzi, per le mie apparecchiature ultramoderne.

Capitolo terzo

Dalla base aerea di Andrews, negli Stati Uniti, alla base dell'aeronautica statunitense in Sicilia, c'erano oltre sette ore di volo. L'arrivo era previsto per le 5 del mattino, ora di Roma. Nell'Oman sarebbero state le 8. Dalla Sicilia all'Oman c'erano poi dalle quattro alle cinque ore di volo, a seconda della rotta di sicurezza prescelta e dell'intensità dei venti sul Mediterraneo. L'apparecchio era decollato, dalla costa atlantica, in piena notte. L'aviogetto militare era un Delta F-106, modificato. In fondo alla carlinga c'erano due sedili affiancati con, di fronte, due mensole che servivano sia da scrittoio sia per appoggiarvi il cibo. Sul soffitto c'erano faretti regolabili che consentivano, a chi stesse leggendo, di dirigere la luce e concentrarla sui fogli. Kendrick stava appunto leggendo alcune pagine che l'uomo seduto alla sua sinistra gli passava, a una a una. Erano documenti riservatissimi della OHIO-4-Zero. Prima di consegnargli il foglio successivo, l'agente della Cons Op ritirava quello che Kendrick aveva finito di leggere. La lettura dell'intero dossier richiese due ore e dodici minuti.

Stava per ricominciare da capo a consultare quelle carte, quando l'uomo alla sua sinistra, il quale si era presentato semplicemente come funzionario del Dipartimento di Stato, fece un gesto con la mano.

«Che ne direbbe, signore, di un piccolo intervallo per mangiare un boccone?» domandò.

«Oh, senz'altro.» Kendrick si raddrizzò sul busto. «Francamente, non si ricava granché di utile, da quelle carte.»

«Non mi sorprende, signore» disse il giovane funzionario.

Evan lo guardò, studiandolo attentamente per la prima volta. «Non per sminuirla, sa, assolutamente, ma lei mi sembra un po' troppo giovane per la delicata mansione che svolge per il Dipartimento di Stato. Non deve avere ancora trent'anni, lei.»

«Quasi ci siamo» rispose il funzionario. «Ma sono molto bravo nel mio lavoro.»

«E sarebbe?»

«Chiedo scusa, signore. *No comment*» disse il compagno di viaggio. «Allora, si mangia un boccone?»

«Beviamo qualcosa, prima.»

«D'accordo.» Il giovane dai capelli bruni rivolse un cenno al caporale che fungeva da steward. Questi si alzò dal suo sedile, in coda, e venne avanti. «Un bicchiere di vino bianco e un *Canadian on the rocks*, per favore.»

«Un *Canadian*...»

«È il suo drink preferito, no?»

«Vi siete dati da fare.»

«Non smettiamo mai.» Il funzionario fece un cenno al caporale, il quale si ritirò nella minuscola cambusa. «Quanto al cibo, non c'è tanto da scegliere, temo» continuò il giovane inviato della OHIO. «Al Pentagono hanno deciso di fare economia... d'accordo con la lobby dell'industria alimentare. Quel che passa il convento è filetto con asparagi e patate lesse.»

«All'anima dell'economia!»

«All'anima della lobby» soggiunse il funzionario ridacchiando. «Poi, per dessert, torta Alaska.»

«Cosa?»

«Bisogna far contenta anche la lobby dei pasticceri.»

Lo steward portò i drink, poi andò a rispondere a un citofono interno.

Il funzionario alzò il bicchiere: «Alla sua!».

«Anche alla sua. Ce l'ha un nome?»

«Ne scelga uno.»

«Le va bene Joe?»

«E Joe sia. Piacere di conoscerla, signore.»

«Poiché lei ovviamente sa chi sono, è in vantaggio su di me. Può chiamarmi per nome.»

«No, non durante questo volo.»

«Allora, chi sono io, qui?»

«Sui registri figura che lei è un "criptanalista", cioè un decifratore di crittogrammi, di nome Axelrod e diretto a Gedda, in Arabia Saudita. Il nome non significa molto: serve solo per il diario di bordo. Se qualcuno le rivolge la parola, la chiamerà semplicemente "sir". I nomi sono da evitare, durante questi viaggi.»

Il caporale chiamò: «Dottor Axelrod, prego».

Il funzionario allibì.

«"Dottore"?» fece Kendrick, lievemente sorpreso, guardando "Joe".

«Ovviamente, lei è laureato in filosofia» disse questi sottovoce.

«Molto bene» fece Evan. E, rivolto al caporale: «Sì?».

«Il pilota desidera parlare con lei, sir. Vuol seguirmi in cabina di pilotaggio, prego?»

«Senz'altro» rispose Evan. E, mentre si alzava, porgendo a "Joe" il suo bicchiere di vino, gli disse sottovoce: «Su una cosa non si era sbagliato, Junior. Mi ha chiamato "sir"».

«La cosa non mi garba» osservò l'emissario del Dipartimento di Stato. «Tutte le comunicazioni dirette a lei dovrebbero passare tramite *me*.»

«Vorrebbe forse fare una scenata?»

«Lasciamo perdere. Il pilota vuole darsi delle arie. Vuole vedere da vicino il carico speciale.»

«Il... che cosa?»

«Lasciamo perdere, dottor Axelrod. Ma si ricordi: nessuna decisione va presa senza il mio benestare.»

«Lei è un duro, Junior.»

«Dei più duri, dottor Axelrod. Inoltre, non sono "Junior". Meno che mai per lei.»

«Vuole che esponga le sue lagnanze al pilota?»

«Gli dica che gli taglio le ali, e poi le palle, se ci riprova.»

«Quando sono salito, lui era già in cabina. Quindi non l'ho ancora visto. Mi risulta che è brigadier-generale, però.»

«Brigadier-fregnone, per me.»

«Gran dio» disse Kendrick ridacchiando. «Rivalità fra i vari servizi dello Stato, a 12 mila metri di quota. Non sta bene.»

«Signore...» disse il caporale per sollecitarlo. Era nervoso.

«Vengo, vengo.»

La cabina di pilotaggio del Delta F-106 scintillava di una miriade di lucette verdi e rosse, quadranti, manometri, numeri dappertutto. Il primo e il secondo pilota stavano imbracati ai posti di guida, l'ufficiale di rotta sedeva a destra. Aveva un auricolare imbottito all'orecchio sinistro e fissava lo schermo grigliato di un computer. Evan dovette chinarsi per avanzare di pochi passi in quello spazio ristretto.

«Sì, generale?» disse. «Voleva vedermi?»

«Non voglio neanche guardarla, dottore» rispose il pilota senza stornare l'attenzione dai pannelli che aveva davanti a sé. «Mi limiterò a leggerle un dispaccio a lei indirizzato da qualcuno a nome S. Lei sa chi è questo S?»

«Credo di sì» rispose Kendrick, arguendo trattarsi di Swann, che gli inviava un messaggio dal Dipartimento di Stato. «Di che si tratta?»

«Si tratta d'una rogna per noi, ecco tutto!» esclamò il brigadier-generale. «Non ci ho mai atterrato, io, là. Non lo conosco, quell'aeroporto. In più mi risulta che quei fottutissimi italiani, là, sono più bravi a cucinare gli spaghetti al ragù che non a fornire istruzioni per l'atterraggio!»

«Ma se dobbiamo atterrare su una base americana!» protestò Evan.

«Col cavolo!» ribatté il pilota senza voltarsi, scuotendo la testa con enfasi negativamente. «Abbiamo cambiato rotta. Non si atterra più in Sicilia, ma in Sardegna. Mi toccherà bruciare i motori, per stare dentro a quella pista – se, perdio, riusciamo a trovarla!»

«Che dice il messaggio, generale?» domandò Kendrick con calma. «Ci sarà pure un valido motivo, per questo cambiamento di programma.»

«Allora, lo spieghi lei. No... non lo spieghi. Sono già incavolato abbastanza. Maledetti politicanti!»

«Il dispaccio, per favore.»

«Eccolo.» L'iroso pilota prese un foglio dai bordi perforati e lesse: «"Diversione inevitabile. Gedda esclusa. Tutti gli A.M. tenuti d'occhio..."».

«Che cosa significa?» interruppe Evan. «Gli A.M. tenuti d'occhio.»

«Esattamente quello che dice.»

«In linguaggio corrente, per favore.»

«Scusi, scordavo. Chiunque lei sia, non è certamente quello che è segnato sul giornale di bordo. Significa che tutti gli aerei militari in Sicilia e a Gedda sono tenuti sotto sorveglianza. Questi bastardi di arabi si aspettano qualcosa e hanno sguinzagliato i loro stronzi agenti mentecatti dovunque, con l'ordine di segnalare qualsiasi cosa o persona insolita.»

«Non tutti gli arabi sono bastardi o stronzi o mentecatti, generale.»

«Sul mio libro, sì, lo sono.»

«Allora è impubblicabile.»

«Che cosa?»

«Il suo libro. Il resto del dispaccio, per favore.»

Il pilota tracciò un gesto osceno quindi consegnò il foglio a Kendrick: «Se lo legga da sé, amante degli arabi. Ma quel foglio non esce da questa cabina».

Kendrick prese il dispaccio, lo accostò alla luce, e lesse.

«Diversione inevitabile. Gedda esclusa. Tutti gli A.M. tenuti d'occhio, laddove permessi. Trasbordi su aereo civile, sull'isola. E raggiunga la meta via Cipro e Riad. Tutto preordinato. Ora d'arrivo prevista: al Secondo Pilastro di el Maghreb *o giù di lì. Est orario migliore. Spiacente. S.»* Kendrick allungò una mano e lasciò cadere il foglio in grembo al pilota. «L'isola in questione presumo sia la Sardegna.»

«Esatto.»

«Quindi, deduco che mi toccherà trascorrere una decina d'ore *di più*, in aereo, passando per Cipro e l'Arabia Saudita, prima di arrivare a Masqat.»

«Le dirò una cosa, amante degli arabi» disse il pilota. «Sono contento che sia lei a volare con uno di quei trabiccoli d'aeroplani, e non io. Le do un consiglio. Si sieda vicino a un'uscita d'emergenza e, se riesce a trovare un paracadute, lo compri. Si procuri anche una maschera antigas. Mi risulta che puzzano, quegli aeroplani.»

«Terrò presente il suo generoso consiglio.»

«Ora mi dica lei una cosa» disse il generale. «Che diavolo è quel "Secondo Pilastro"?»

«Lei va in chiesa?» gli domandò Evan.

«Altroché se ci vado. Quando sono a casa, ci porto tutta la famiglia. Ah, non transigo su questo, per Cristo. Almeno una volta al mese, è la norma.»

«E anche gli arabi ci vanno. E non una volta al mese. Cinque volte al giorno. Sono buoni credenti quanto lei, o magari migliori di lei, non le pare? Il Secondo Pilastro di *el Maghreb* allude alla preghiera del tramonto. Un bell'inconveniente, eh? Lavorano sodo tutto il giorno, in genere per niente, e, quando viene il tramonto, niente drink, ma soltanto preghiere al loro dio. Forse è tutto quel che hanno. Come i negri non avevano altro che i loro canti, gli *spirituals*, nelle piantagioni d'una volta, da noi.»

Il pilota si rigirò lentamente sul sedile. Kendrick restò di stucco quando lo vide in faccia. Il brigadier-generale era negro. «Lei mi sfotte» disse freddamente.

«Scusi. Sul serio, non me n'ero accorto. D'altro canto, ha cominciato lei. Mi ha dato dell'amante degli arabi.»

L'ora del tramonto. A Masqat, in Oman. Il vecchio turbo-jet rimbalzò sulla pista con tale violenza che alcuni passeggeri strillarono, per la paura. Già si vedevano tra le fiamme. Poi, quando si resero conto di essere arrivati sani e salvi, si misero a cantare una nenia, tutti contenti. Avevano davanti a loro la prospettiva di trovare lavoro. Sian rese grazie ad Allah per la sua misericordia! Avrebbero guadagnato qualcosa, svolgendo lavori servili che gli omaniti disdegnavano. Così sia. Li attendeva una sorte migliore di quella che si erano lasciati alle spalle.

Gli uomini d'affari che occupavano la parte anteriore dell'aereo, fazzoletti al naso, si precipitarono verso l'uscita, valigette in mano, ansiosi di respirare l'aria dell'Oman. Kendrick era l'ultimo della fila e, percorrendo il corridoio, si chiedeva cosa intendesse Swann per "tutto preordinato", come si era espresso in quel dispaccio.

«Venga con me!» esclamò un arabo in barracano, uscendo dalla folla in attesa presso la dogana. «Noi usciamo da un'altra parte, dottor Axelrod.»

«Sul passaporto non figuro come Axelrod, però.»
«Appunto per questo lei viene con me.»
«E la dogana?»
«Li tenga in tasca, i suoi documenti. Nessuno glieli chiederà. Neanch'io voglio vederli.»
«Ma allora come...»
«Basta, *ya Shaikh*. Mi dia il suo bagaglio e si tenga dieci passi distante da me. Venga!»

Evan Kendrick consegnò la valigetta a quell'eccitato agente-di-contatto e lo seguì. Presero sulla destra, girarono intorno all'edificio dell'aerostazione, bianco e marrone, a un solo piano, e poi piegarono sulla sinistra, verso la rete di cinta, oltre la quale i gas di scarico di automobili, taxi, torpedoni e camion a dozzine ammorbavano l'aria. Si vedeva, oltre il recinto, una folla di gente irrequieta: correvano su e giù fra i vicoli congestionati, coi barracani svolazzanti, strillando ammonimenti e lanciando striduli richiami. Lungo il recinto stesso, per un tratto di venti o trenta metri, decine di altri arabi pigiavano il viso contro la rete metallica, per contemplare un mondo a essi estraneo di levigate piste d'asfalto e aerodinamici aeroplani che non avrebbero mai fatto parte della loro vita. Più oltre, sorgeva un grande edificio metallico, era lo scalo merci dell'aeroporto. Kendrick lo conosceva bene: ripensò alle ore che aveva trascorso con Manny Weingrass lì dentro, in attesa di macchinari già in grave ritardo, promessi, preannunciati per il prossimo volo, spesso infuriandosi con i doganieri che il più delle volte non capivano neppure i moduli che avrebbero dovuto riempire per sdoganare le merci... seppure le merci stesse fossero finalmente arrivate.

Il cancello, davanti alle porte uso-hangar del magazzino, era aperto, per lasciar passare i carrelli carichi di merci che i vari aeroplani avevano scaricato. Alcune guardie, con cani da attacco al guinzaglio, sorvegliavano la cinghia di trasmissione che trasportava dentro le merci, destinate agli ansiosi grossisti, dettaglianti, mediatori, spedizionieri in spasmodica attesa. Fra essi non mancavano mai emissari di società edilizie. Le guardie tenevano d'occhio costantemente quella frenetica attività, e in mano stringevano le mitragliette. Erano lì non soltanto per mantenere una parvenza di ordine in mezzo a quel caos o per dare man forte ai doganieri nel caso di dispute violente, ma soprattutto stavano all'erta per armi o narcotici che venissero contrabbandati nel Sultanato. Ciascuna cassa o cassetta, ciascuno scatolone o altro involucro veniva annusato dai latranti, ringhianti cani prima di venire deposto sulla cinghia di trasmissione.

L'agente-di-contatto si fermò, si volse verso Kendrick – che a sua volta si era soffermato – e gli indicò con un cenno un cancelletto laterale, sormontato da un cartello. Il cartello diceva, in arabo: *Alt! Riservato al personale. Sui trasgressori si spara a vista.* Era infatti l'uscita riservata alle guardie e altri funzionari dello Stato. C'era un grossa placca di metallo, al posto della serratura. Ma era quella la serratura – pensò Kendrick – una serratura che si poteva aprire elettronicamente dall'interno dello scalo merci. L'agente-di-contatto fece capire a Evan, a cenni, che a un suo segnale doveva dirigersi verso quel cancello dove ai "trasgressori" si sparava a vista. Kendrick si accigliò, interrogativamente, e avvertì un sordo dolore alla bocca dello stomaco. Dato che Masqat era in stato d'assedio, non ci voleva niente perché qualcuno si mettesse a sparare. L'arabo gli lesse questo dubbio sul viso e gli rivolse un cenno rassicurante. Poi si girò dall'altra parte, verso i carrelli porta-merci in fila. Quasi impercettibilmente, alzò la mano destra.

E d'un tratto scoppiò una lite, un tafferuglio. Si levarono imprecazioni, gesti esagitati, volarono pugni.

«*Contrabbando!*»

«*Bugiardo!*»

«*Tua madre è una capra, una lurida capra!*»

«*Tuo padre è uno che va a puttane! Tu sei il frutto di questo!*»

Si alzò della polvere, allorché due corpi avvinghiati ruzzolarono in terra. Si intromisero in diversi, a sostegno dell'uno o dell'altro contendente. I cani cominciarono ad abbaiare minacciosi, tendendo i guinzagli, trascinando i rispettivi custodi verso la mischia. Tutti, tranne uno di loro. Tranne una delle guardie, la quale si diresse invece verso il cancello riservato, insieme all'accompagnatore di Evan. Questi li raggiunse in un baleno.

«Buona fortuna, signore» disse la guardia, mentre il suo cane annusava i pantaloni di Kendrick, con un sommesso ringhio. La guardia batté alcuni colpi sulla placca di metallo, con la sua mitraglietta, per il segnale convenuto. Un congegno scattò e il cancelletto si aperse. Kendrick e il suo accompagnatore sgusciarono fuori e si avviarono lungo la parete metallica del magazzino.

Nel parcheggio più oltre c'era un camion scassato, con le ruote mezzo sgonfie. Il motore si mise a rombare, starnutendo, e dallo scappamento uscirono scoppi sonori. «*Besuraa!*» disse l'accompagnatore di Kendrick per invitarlo ad affrettarsi. «Ecco là il suo mezzo di trasporto.»

«Spero che cammini» borbottò Kendrick con fare dubbioso.

«Benvenuto a Masqat, *Shaikh* ignoto.»

«Lo sa bene chi sono» disse Evan adirato. «Mi ha individuato tra la folla. Quanti altri ne sarebbero stati capaci?»

«Pochissimi, signore. E chi è lei non lo so, glielo giuro su Allah.»

«Allora devo crederle, non è vero?» domandò Kendrick fissando quell'uomo.

«Non userei il nome di Allah invano, se così non fosse. Salga, su. *Besuraa!*»

«Grazie» disse Evan. Afferrò la valigetta e si diresse rapidamente verso il camion in attesa. L'autista, senza dire una parola, gli fece cenno di salire dietro, sotto il tendone che copriva il decrepito veicolo. Due mani lo aiutarono a salire. Già il camion si era messo in movimento, dando scossoni.

Lungo disteso sull'assito, Kendrick guardò l'arabo che lo sovrastava. L'uomo gli sorrise e gli indicò gli indumenti di foggia araba che stavano appesi a una stampella: la caratteristica sopravveste chiamata *aba* e una camicia lunga fino alle caviglie, detta *thobe*; accanto, appeso a un gancio, c'era il copricapo chiamato *ghotra*, nonché un paio di pantaloni bianchi, sboffanti. Il tutto costituiva il classico abbigliamento di un arabo qualsiasi. Era quello che appunto Kendrick aveva chiesto, nella lista presentata a Frank Swann, al Dipartimento di Stato. C'era inoltre un altro oggetto, piccolo ma vitale.

L'arabo glielo porse. Era un tubetto di unguento per scurirsi la pelle. Spalmato in generosa quantità, trasformava la faccia e le mani di un occidentale in quelle di un indigeno mediorientale dalla pelle permanentemente abbronzata, brunita dal rovente sole semiequatoriale. Quell'unguento assicurava una pelle scura per una decina di giorni, prima di sbiadire. Dieci giorni. Una vita – per lui o per quel mostro che si faceva chiamare il Mahdi.

La donna sostava accanto alla rete di cinta dell'aeroporto. Indossava pantaloni bianchi, leggermente svasati, e una blusa di seta verde. A tracolla portava una borsetta di cuoio. Il viso era incorniciato da lunghi capelli bruni. Un paio di enormi occhiali da sole nascondeva il bel viso dai tratti marcati. In testa portava un cappello bianco a larga tesa, adorno di un nastro verde. Lì per lì poteva sembrare una ricca turista qualsiasi, appena giunta da Roma o Parigi, da Londra o New York. Ma vista da vicino, si notava la differenza da tale stereotipo: la pelle olivastra, né bianca né nera, faceva pensare al Nord Africa. Quello che confermava la differenza era un apparecchio che aveva in mano e che pochi secondi prima aveva usato: una macchina fotografica in miniatura, lunga appena cinque centimetri, con teleobbiettivo. Un aggeggio in dotazione ad agenti dei Servizi Segreti. Il vecchio camion, scassato e fragoroso, era appena partito, aveva lasciato il parcheggio della dogana. A lei, quindi, la mini-camera non serviva più, per ora. La ripose dentro la borsa a tracolla, facendola sparire.

«*Khalehla!*» gridò un uomo obeso e calvo, sopraggiungendo di corsa. Pronunciò il suo nome arabo con accento inglese. Portava due valigie, che rendevano goffa la sua andatura. Il sudore che gli intrideva la camicia affiorava sulla stoffa del vestito nero a righini, di ottimo taglio, di quelli che si fanno su misura a Savile Row, la strada delle grandi sartorie da uomo londinesi. «Khalehla, sant'iddio, perché ti sei allontanata?»

«Mi ero semplicemente annoiata a stare in coda, *darling*» gli rispose la donna. Il suo accento inglese non era puro, tutt'altro. «E così ho fatto un giretto qui intorno.»

«Ma non è consentito, Khalehla. Non è prudente! Ti rendi conto o no? Questo posto è un vero inferno sulla terra, attualmente, senza scherzi!» Ritto di fronte a lei, l'inglese aveva il faccione acceso, gocciolante di sudore. «Ero quasi arrivato allo sportello, dopo avere fatto la fila... Mi giro, e tu non ci sei più. E quando sono andato per cercarti, tre energumeni mi hanno fermato e mi hanno condotto in uno stanzino per perquisire i nostri bagagli.»

«Tutto in ordine, spero, Tony.»

«Mi hanno sequestrato il whisky!»

«Oh, il benessere comporta pure qualche sacrificio. Non te la prendere, *darling*. Te ne procurerò dell'altro.»

Gli occhi dell'uomo d'affari inglese scrutarono il volto della giovane donna, esplorarono la sua snella figura ben modellata. «Ora andiamo a sbrigare le pratiche all'ufficio immigrazione, su, vieni con me.» Ammiccò, allusivamente. «Ho prenotato una camera stupenda, nel migliore albergo. Ti piacerà, mia cara.»

«In albergo... con te, *darling*?»

«Sì, certo.»

«Oh, no, non è proprio il caso, sai.»

«Come sarebbe? Mi avevi detto...»

«*Detto* cosa?» l'interruppe Khalehla inarcando le nere sopracciglia sopra gli occhiali da sole.

«Be', era *sottinteso*, perlomeno. Mi hai lasciato capire – chiaramente, direi – che, se fossi riuscito a procurarti un posto in quell'albergo, ce la saremmo poi spassata, insieme, qui a Masqat.»

«Spassarsela, certo. Cioè, andare a prendere l'aperitivo con vista sul Golfo, magari all'ippodromo, a cena al El Quaman... Tutto questo, sì, certo. Ma quando mai si è parlato di alloggiare nella stessa stanza?»

«Be', ecco... certi dettagli non occorre... precisarli.»

«Oh, Tony, tesoro. Non so come chiederti scusa, per questo malinteso. È stata la mia vecchia professoressa d'inglese, all'Università del Cairo, a suggerirmi di rivolgermi a te. È amica di tua moglie. Oh, no! Quello che ti sei messo in testa è assolutamente fuori luogo.»

«Merda!» sbottò il distinto gentiluomo britannico.

«*Miraya!*» gridò Kendrick, al di sopra dell'assordante fragore del vecchio camion, che percorreva una strada secondaria tutta buche, diretto a Masqat.

«Non ce l'ho, uno specchio, *ya Shaikh*» gli urlò di rimando l'arabo che era con lui e il cui inglese, dal forte accento straniero, era tuttavia abbastanza comprensibile.

«Allora, uno dei retrovisori. Dillo all'autista. Digli di staccarlo e passartelo.»

«Non può udirmi, *ya Shaikh*. Questo è un vecchio camion. Uno come ce ne sono tanti qui in Oman. È stato scelto apposta così, per passare inosservati. Non posso comunicare con il guidatore, da qui.»

«*Goddamnit!*» imprecò Evan Kendrick con il tubetto di unguento in mano. «Allora mi farai tu da occhi, *ya sahbee*» disse, chiamando quell'uomo suo amico. «Avvicinati a me e guarda bene. Dimmi tu quando sono a posto col trucco. Apri un po' il tendone.»

L'arabo alzò, arrotolandolo, un lembo del tendone che ricopriva il camion, per fare luce. Cautamente, sorreggendosi alle cinghie, si spostò in avanti finché fu a una trentina di centimetri da Kendrick. «Questo è l'*iddahwa*, signore?» domandò indicando il tubetto.

«*Iwah*» rispose Evan, annuendo, quando ebbe constatato che era proprio l'unguento che gli occorreva. Cominciò allora a spalmarlo sulle mani. Entrambi stettero a guardare. L'attesa durò meno di tre minuti.

«*Arma!*» esclamò l'arabo allungando una mano. Il colore delle mani di Kendrick era, adesso, simile a quello delle sue.

«*Kwiyis*» convenne Kendrick, cercando di calcolare la quantità di unguento che doveva applicare alla faccia, in proporzione a quanto ne aveva spalmato sulle mani. Non restava altro che provare, ormai. Si spalmò la pomata sul viso e attese, guardando ansiosamente l'arabo negli occhi.

«*Mahool!*» esclamò questi, con un sorrisetto di trionfo, dopo un po'. «*Delwatee anzur!*»

Ce l'aveva fatta. Il risultato era eccellente. Il suo colorito era adesso lo stesso di quello d'un arabo che fa vita all'aperto.

«Aiutami a indossare la *thobe* e la *aba*, per favore» gli disse Kendrick. E intanto si toglieva i vestiti, fra i sobbalzi e gli sconquassi del camion.

«Certo, senz'altro» disse l'arabo e poi, in un inglese assai più corretto di quello usato finora, soggiunse: «Adesso ci separeremo, fra poco. Mi perdoni se ho fatto l'ingenuo finora, ma non c'è da fidarsi di nessuno, qui. Neppure del Dipartimento di Stato. Lei corre rischi, *ya Shaikh*, ben più gravi di quelli che io, padre di famiglia, sarei disposto a correre. Ma questo è affar suo, non mio. La faremo scendere, fra poco, al centro di Masqat. Dopodiché dovrà vedersela da solo.»

«Grazie per avermi portato fin qui» disse Evan.

«Grazie a lei per essere venuto, *ya Shaikh*. Ma non cerchi di rintracciare quelli, dei nostri, che l'hanno aiutata. In verità, l'uccideremmo noi prima ancora che il nemico avesse modo di eseguire la sua condanna a morte. Stiamo calmi, e per questo siamo vivi, noialtri.»

«Chi siete voialtri?»

«Credenti, *ya Shaikh*. A lei basti sapere solo questo.»

«*Alfshukre*» disse Evan, ringraziando il portiere e sganciandogli una lauta mancia, per la riservatezza che gli era stata garantita. Firmò quindi il registro dell'albergo con un falso nome arabo. Il portiere gli consegnò la chiave della camera. Kendrick disse che non aveva bisongo di facchino e prese l'ascensore da solo. Salì a un piano superiore e si appostò in fondo al corridoio, per vedere se fosse stato pedinato. Rassicurato, scese le scale e raggiunse la sua suite.

Il tempo. «*Il tempo è prezioso. Ogni minuto è prezioso.*» Così aveva detto Frank Swann, del Dipartimento di Stato. La preghiera serale di *el Maghreb* era ormai terminata. L'oscurità discese; e da lontano si udiva la follia infuriare all'Ambasciata. Evan gettò la valigetta in un angolo del salottino, estrasse il portafogli e da questo tirò fuori un foglietto, ripiegato, sul quale si era segnato i nomi e i numeri di telefono – numeri che erano ormai vecchi di cinque anni – delle persone con cui voleva mettersi in contatto. Andò a sedersi accanto al telefono, dispiegò quel foglietto di carta.

Trentacinque minuti più tardi, dopo gli affettuosi e tuttavia stranamente impacciati saluti di tre amici del passato, la riunione era già stata organizzata. I nomi da lui scelti erano sette. Tutti nomi di persone influenti in vari settori, da lui conosciute durante il lungo soggiorno a Masqat. Due dei sette erano morti nel frattempo; uno era all'estero; un quarto gli disse chiaro e tondo che non era il momento opportuno, per l'incontro fra un omanita e un americano. I tre che avevano invece accettato di vederlo, con maggiore o minor riluttanza, sarebbero arrivati – separatamente – entro un'ora. Ciascuno sarebbe salito direttamente, senza passare in portineria.

Trascorsero 38 minuti, durante i quali Kendrick disfece i bagagli e ordinò tre bottiglie di whisky, di tre diverse marche. La legge islamica proibisce di bere alcolici, ma molti musulmani non se ne preoccupavano. Accanto a ciascun nome, Evan si era segnato la marca di whisky prediletta dai vari suoi amici: era una lezione che aveva appreso dall'irascibile Emmanuel Weingrass. *È un lubrificante mondano, figliolo. Se ricordi il nome della moglie d'un tizio, costui ne è contento. Se ricordi la sua marca di whisky prediletta, ah, lo fai felice. Dunque, tienila a mente.*

Un lieve tocco alla porta fece l'effetto, nel silenzio della stanza, di un colpo di fulmine. Kendrick trasse alcuni profondi sospiri, prima di andare ad aprire.

«Sei proprio tu, Evan? Mio dio, non ti sarai convertito!»

«Entra, Mustafa, accomodati. È un piacere, per me, rivederti.»

«Ma io vedo proprio *te*?» chiese l'uomo a nome Mustafa, che vestiva all'europea, in doppiopetto marrone scuro. «Hai cambiato pelle! Sei bruno quanto me, se non di più.»

«Ti spiegherò ogni cosa.» Kendrick fece un gesto per invitare l'amico del passato a sedersi. «Ho lo scotch che tu preferisci. Ti va di berne un goccio?»

«Oh, quel Manny Weingrass ha fatto scuola, eh?» disse Mustafa sedendosi sul lungo sofà di broccato. «Quel vecchio ladro.»

«Ehi, su, Musty!» protestò Evan ridendo e dirigendosi verso il mobile-bar. «A te non ha mai dato fregature.»

«No, mai. Né lui né te né gli altri vostri soci hanno mai dato fregature ad alcuno di noi. Come hai fatto senza i tuoi colleghi, amico mio? Gran brave persone! Molti di noi ne parlano ancora, dopo tutti questi anni.»

«Certe volte non è facile» disse Kendrick, sinceramente, versando da bere. «Ma bisogna rassegnarsi. E tirare avanti.» Porse il bicchiere all'amico e si sedette su una delle tre poltrone dirimpetto al sofà. «Alla tua, Musty!» Sollevò il bicchiere.

«Eh, vecchio mio! Gran brutti tempi stiamo attraversando.»

«Aspettiamo che vengano gli altri.»

«Non verranno.» Mustafa bevve lo scotch d'un sorso.

«*Cosa?*»

«Ne abbiamo discusso. E si è deciso che venissi io solo, da te. Io sono, come si dice alle conferenze d'affari, il rappresentante di determinati interessi. Inoltre sono uno dei ministri del Sultano. Si è deciso così che fossi io a portare il consenso del nostro Governo.»

«Riguardo a che cosa? Credo che tu mi precorra.»

«Tu hai precorso tutti noi, ci hai scavalcati e colti alla sprovvista, Evan, semplicemente venendo qui a Masqat e telefonandoci. Uno di noi, va bene. Forse due. Al massimo tre. Ma *sette*! No, è stato avventato da parte tua, amico, e pericoloso per tutti noi.»

«Perché? Io...»

«Ma ci hai pensato un momento?» continuò Mustafa interrompendolo. «Credi forse che tre uomini ben noti – non parliamo poi di *sette* – avrebbero potuto riunirsi qui, per incontrare uno straniero, senza che la direzione dell'albergo si accorgesse di nulla? È *assurdo*!»

Evan scrutò a lungo in faccia Mustafa, lo guardò bene negli occhi, prima di parlare. «Che c'è, Musty? Cosa stai cercando di dirmi? Qui non siamo all'Ambasciata. E la tragedia che si sta svolgendo là non ha nulla a che fare con gli imprenditori, gli industriali e il Governo dell'Oman.»

«No, è ovvio» convenne con fermezza l'arabo. «Ma quello che sto cercando di dirti è che le cose, qui, sono cambiate... E in che modo, molti di noi neppure lo capiscono.»

«Ovvio, anche questo» l'interruppe Kendrick: «Non siete terroristi.»

«No, non lo siamo. Ma vuoi saperlo, cosa dice la gente? Anche persone coscienti e responsabili?»

«Dimmelo.»

« "Passerà" dicono. "Non si interferisca. Si infiammerebbero maggiormente gli animi." Questo dicono.»

«Di non interferire?» ripeté Kendrick incredulo.

«E anche: "Se la spiccino i politici".»

«I politici non possono risolvere nulla!»

«Oh, c'è dell'altro, Evan. "La loro ira ha un certo fondamento" dicono. "Non si giustificano le uccisioni, questo no, ma nel contesto di certi eventi..." eccetera eccetera. L'ho udito, anche questo.»

«Nel contesto di certi eventi? Quali eventi?»

«Storia corrente, vecchio mio. "Reagiscono così a una politica mediorientale molto sperequata da parte degli Stati Uniti." Questo è il ritornello. "A Israele tutto, agli arabi nulla" dice la gente. "I palestinesi sono stati scacciati dalla loro terra, dalle loro case e costretti a vivere in luridi, sovraffollati campi profughi. Queste sono le cose che si sentono dire in giro.»

«Sono cazzate!» esplose Kendrick. «A parte il fatto che anche questa medaglia ha il suo rovescio, la presunta sperequazione non ha nulla a che fare con quei 236 ostaggi e con quegli undici già trucidati. Costoro non hanno mai fatto politica, sperequata o meno. Sono esseri umani innocenti, che vengono brutalmente maltrattati, atterriti e ridotti allo stremo da *bestie* feroci. Come diavolo possono – persone coscienti e responsabili – dire simili cose? Non ci sono i falchi del Pentagono, o gli intransigenti della Knesset, là. Si tratta di impiegati statali, di turisti e di lavoratori edili con i loro familiari. Ripeto: cazzate!»

L'uomo di nome Mustafa sedeva rigido sul sofà, gli occhi fissi in quelli di Evan. «Lo so, come lo sai tu» disse con calma. «E lo sanno anche loro, amico mio.»

«Allora *perché*?»

«Ecco dunque la verità» disse l'arabo senza alzare la voce. «Si sono purtroppo verificati due incresciosi incidenti che hanno forgiato un tremendo consenso – se posso usare questa parola in senso alquanto diverso da quello di prima. Insomma: la ragione per cui queste cose, queste "fregnacce", si dicono in giro è che nessuno di noi ci tiene a fare da bersaglio, nessuno vuole rischiare la vita dei suoi cari.»

«Da bersaglio? E cioè?»

«È successo a due uomini. Chiamerò l'uno Mahmud e l'altro Abdul. È meglio che tu non sappia il loro vero nome. Ebbene, la figlia di Mahmud è stata stuprata e sfigurata. Al figlio di Abdul hanno tagliato la gola in un vicolo, sotto l'ufficio del padre. "Opera di criminali, di violenti, di assassini!" dicono le autorità. Ma noi la sappiamo lunga. Fatto sta che Mahmud e Abdul si erano messi a capo di un movimento "interventista". "Bisogna intervenire con le armi in pugno" andavano dicendo ai quattro venti. "Dobbiamo prendere l'Ambasciata d'assalto" insistevano. "Non vogliamo che Masqat divenga una seconda Teheran!" Ma non sono stati puniti loro direttamente. A rimetterci sono stati i loro cari, i loro beni più preziosi. Sono questi, Evan, gli avvertimenti. Perdonami, ma se tu avessi moglie e figli, li esporresti a tali rischi? Credo di no. I gioielli più preziosi non sono di pietra, ma di carne. Le nostre famiglie. Un vero eroe vincerà la paura e rischierà la vita per quello in cui crede, ma arretrerà nel caso in cui il prezzo sia la vita dei suoi cari. Non è così, vecchio mio?»

«Mio dio» sussurrò Evan. «Non mi sarai di aiuto... tu non *puoi.*»

«C'è qualcuno disposto a vederti e ad ascoltare quello che hai da dire. Però l'incontro deve avvenire, con estrema cautela, lontano da qui, nel deserto: ai piedi dei monti di Jabal Sham.»

«A chi alludi?»

«Al Sultano.»

Kendrick restò zitto. Guardava il suo bicchiere. Infine alzò gli occhi su Mustafa. «Non ho alcuna veste ufficiale, io» disse «per arrivare fino al Sultano. Non parlo a nome del mio Governo, questo deve essere chiaro.»

«Vuoi dire che non ci tieni a incontrarlo?»

«Al contrario, ci terrei moltissimo. Voglio solo che sia chiara la mia posizione. Non ho niente a che fare con il Dipartimento di Stato, con i Servizi Segreti, o con la Casa Bianca. Men che meno la Casa Bianca.»

«Credo che ciò sia chiarissimo. Le tue vesti e il colore della pelle lo confermano. Inoltre il Sultano non vuole alcun nesso ufficiale con te, come non lo vuole Washington.»

«Sono arrugginito» disse Kendrick bevendo. «Il vecchio Sultano morì un anno dopo la mia partenza, se non sbaglio. Io non mi sono più tenuto al corrente con le faccende di qui, temo. Per una sorta di avversione naturale, direi.»

«Il che è certo comprensibile. L'attuale Sultano è il figlio di quello che conoscevi. Più vicino alla tua età che alla mia. Anzi, più giovane di te. Dopo aver studiato in Inghilterra, ha completato gli studi negli Stati Uniti. A Dartmouth e Harvard, per essere esatti.»

«Ah, sì, si chiama Ahmat» disse Kendrick ricordando. «L'ho anche incontrato un paio di volte.» Si accigliò. «Economia e scienze politiche» soggiunse.

«Cosa?»

«Questi i corsi di laurea che seguiva da noi.»

«È istruito e intelligente, ma è giovane. Troppo giovane per i compiti che ha di fronte a sé.»

«Quando potrò vederlo?»

«Stanotte stessa. Prima che altri vengano a sapere della tua presenza qui.» Mustafa guardò l'orologio. «Fra trenta minuti, esci dall'albergo. Prendi a sinistra e cammina per quattro isolati. All'incrocio, ci sarà un veicolo militare ad aspettarti. Ti porterà allo Jabal Sham.»

Lo smilzo arabo, dal sudicio barracano, stava accovacciato in un androne buio, davanti all'albergo. Insieme a lui c'era la donna di nome Khalehla, che adesso indossava un tailleur nero, indistinto nella semioscurità. Stava maldestramente applicando un teleobbiettivo alla sua minuscola macchina fotografica. A un tratto, si sentì un acuto segnale acustico: due striduli bip-bip.

«Spicciati» disse l'arabo. «Sta scendendo. È già nell'atrio.»

«Faccio più in fretta che posso» replicò la donna imprecando sottovoce, mentre trafficava con l'innesto difettoso dell'obbiettivo. «Poche cose chiedo ai miei superiori, ma almeno che mi diano apparecchi funzionanti... Ecco. È a posto.»

«Sta arrivando!»

Khalehla sollevò la mini-camera munita di lenti telescopiche a raggi infrarossi, per foto notturne. Scattò rapidamente tre fotografie di Evan Kendrick in barracano. «Mi domando quanto tempo gli daranno da vivere ancora» disse. «Devo andare a telefonare, adesso.»

Ultra Maximum Secure
Nessuna interferenza
Procedete

Il memorandum continua.

Le notizie di Masqat sono stupefacenti. Il Nostro si è trasformato in un omanita, vestito alla foggia araba, con la pelle scurita. Si muove nella città come un abitante del luogo. A quanto pare si è messo in contatto con vecchi amici e conoscenti. Le notizie però sono frammentarie, poiché l' "ombra" del Nostro – cioè la persona messa alle sue costole – riferisce direttamente al quartier generale della CIA a Langley e io non sono ancora riuscito a captare i messaggi che la CIA riceve dai Paesi del Golfo Persico. Chi lo sa cosa si cela a Langley? Ho dato istruzione ai miei cervelli elettronici di lavorare più sodo! Bisogna scoprire quei codici di accesso. Quanto al Dipartimento di Stato, naturalmente, è stato invece un gioco da ragazzi. E perché no?

Capitolo quarto

Il vasto deserto sabbioso appariva sterminato nella notte. La luna, mostrandosi a tratti, illuminava pallidamente le montagne di Jabal Sham, in lontananza: minacciosa, irta frontiera all'orizzonte cupo, apparentemente invalicabile. La pianura consisteva in un'arida mistura di terra e sabbia e, priva com'era di vento, era anche priva di quelle dune che caratterizzano l'immenso Sahara – collinette di sabbia che il vento ammassa, e che mutano forma di continuo. La strada era un tortuoso tratturo, a malapena transitabile. La berlina marrone, militare, sobbalzava sulle asperità e slittava sulle curve, in viaggio verso la zona dall'appuntamento con il Sultano. Kendrick sedeva accanto all'autista in divisa, armato. Dietro sedeva un ufficiale, anch'egli armato. Le misure di sicurezza erano severissime. Era stato avvertito, alla partenza, che una mossa falsa gli sarebbe costata cara. Dopo i saluti di prammatica, né l'uno né l'altro dei due militari aveva più fiatato.

«Questa è una zona desertica» disse Kendrick a un certo punto, in arabo. «Perché tante curve?»

«Ci sono molte strade secondarie, signore» rispose l'ufficiale che sedeva dietro. «Un'arteria diritta, in questa pianura sabbiosa, risulterebbe troppo visibile.»

Ragioni di sicurezza, pensò Evan, senza fare commenti.

Presero una "traversa" dopo una mezz'ora circa di viaggio in direzione ovest. Diverse miglia più oltre, il fuoco d'un bivacco ardeva nella notte. Quando furono più vicini, Kendrick vide un plotone di guardie in divisa, disposte intorno al falò, rivolte verso tutti i punti cardinali. Non lontano si stagliavano le sagome di due camion militari. La berlina si arrestò. L'ufficiale saltò fuori e aprì lo sportello all'americano.

«Mi preceda, signore» gli disse in inglese.

«Senz'altro» rispose Evan, cercando di individuare il giovane Sultano al riverbero delle fiamme. Non lo scorse. Non v'era nessuno che non fosse in divisa. Cercò di rammentare il viso del giovanotto che aveva incontrato oltre quattro anni addietro, l'allora studente che era tornato in Oman per le vacanze – a Natale oppure a primavera, non avrebbe saputo dire – ma ricordava soltanto che il figlio del Sultano era un giovane simpatico, appassionato di sport americani, dei quali era buon conoscitore. Ma questo era tutto: non ricordava il viso, solo il nome, Ahmat, il che gli era stato poco prima confermato da Mustafa. Tre soldati, davanti a lui, si scostarono, permettendogli così di varcare la cintura protettiva di sentinelle.

«Permette, signore?» disse un secondo ufficiale, parandosi d'un tratto di fronte a Kendrick.

«Permettere cosa?»

«È la prassi, in queste circostanze, perquisire tutti i visitatori.»

«Faccia pure.»

Rapido ed efficiente, il militare lo frugò da capo a piedi. Gli alzò una manica della *aba* al di sopra della zona su cui Evan aveva spalmato l'unguento abbronzante. Quando vide la pelle bianca del braccio, l'ufficiale non battè ciglio. Fissando Kendrick negli occhi, gli chiese: «Ha documenti con sé, *ya Shaikh*?».

«Niente. Nessun documento di identità.»

«Capisco.» Il militare lasciò ricadere la manica. «Non ha neanche armi con sé?»

«Naturalmente no.»

«A lei affermarlo, a noi accertarlo, signore.» L'ufficiale estrasse dalla cintura un aggeggio nero non più grosso di un pacchetto di sigarette. Pigiò un pulsante rosso, o arancione. «Attenda qui un istante, prego.»

«Non mi muovo» disse Evan guardando le guardie coi fucili spianati.

«No, proprio no, *ya Shaikh*» convenne il militare, allontanandosi a grandi passi verso il falò.

Kendrick guardò l'ufficiale che lo aveva accompagnato da Masqat e che parlava inglese. «Non si vogliono correre rischi, eh?» disse, tanto per dire.

«La volontà di Allah onnipotente, sir» gli rispose quello in inglese. «Il Sultano è la nostra luce, il nostro sole. Lei è *Aurobbi*, un uomo bianco. Non proteggerebbe lei il suo sovrano fino alle soglie del paradiso?»

«Se pensassi che lui mi garantisce l'ingresso, senz'altro.»

«È un brav'uomo, *ya Shaikh*. Giovane, forse, ma saggio per molti versi. Siamo arrivati a convincercene.»

«Viene qui, dunque?»

«È già arrivato, sir.»

Il rombo di una possente limousine si sentì, in quel momento, al di sopra del crepitìo delle fiamme. La lussuosa automobile dai cristalli tinteggiati si fermò bruscamente davanti alle guardie schierate in cerchio. Prima che l'autista scendesse, lo sportello posteriore si aprì e il Sultano saltò fuori. Indossava i paludamenti del suo rango ma, senza richiudere lo sportello, cominciò a toglierseli. Gettò la *aba* sul sedile, ma tenne in testa il *ghotra*. Varcò la cerchia delle sue guardie. Era di media statura, snello, muscoloso, dalle larghe spalle. Tranne per il *ghotra*, vestiva all'europa. Portava calzoni di gabardine avana e sulla maglietta recava effigiato un emblema sportivo americano, in cui spiccavano un tricorno settecentesco e una palla ovale. Sotto, la scritta: *New England Patriots*.

«Era un pezzo che non ci si vedeva, Evan Kendrick, *ya Shaikh*» disse il giovane, con un leggero accento britannico, sorridendo, nel porgere la mano. «Mi piace il suo costume, ma non è esattamente Brooks Brothers, nevvero?»

«Neanche il suo lo è, a meno che i Brooks Brothers non si siano messi a confezionare magliette sportive.» Nello stringergli la mano, Kendrick sentì la forza del Sultano. «Grazie per avermi concesso questo colloquio, Ahmat... Oh, mi scusi. Dovevo dire Altezza Reale. Chiedo venia.»

«Lei mi ha conosciuto come Ahmat, mentre io, allora, la chiamavo *Shaikh*, signore. Debbo ancora chiamarla "sir"?»

«Sarebbe fuori luogo, credo.»

«Bene. Ci si comprende a vicenda.»

«Lei è diverso da come la ricordavo.»

«Ho dovuto crescere in fretta – per forza. Da studente a maestro, senza averne i requisiti, temo.»

«Lei è molto rispettato, mi risulta.»

«La carica, non l'uomo. Devo imparare a essere all'altezza della mia carica. Venga, dobbiamo parlare. Spostiamoci da qui.» Ahmat prese Kendrick sottobraccio e fece per condurlo via, ma fu fermato dall'ufficiale che aveva perquisito Evan.

«Altezza!» esclamò questi. «La vostra sicurezza è la nostra vita! Per favore, rimanete entro il cordone di guardie.»

«A far da bersaglio presso la luce del falò?»

«Vi circondiamo noi, Altezza. I vostri uomini formano una barriera. Il territorio all'intorno è piatto.»

«Puntate invece le vostre armi oltre il cerchio di luce, *ya sahbee*» disse Ahmat, chiamando quel soldato suo amico. «Staremo solo a pochi metri di distanza.»

«Con gran pena dei nostri cuori, Vostra Altezza.»

«Passerà.» Ahmat condusse Kendrick oltre il cordone di guardie. «Ai miei conterranei piace spesso fare banali melodrammi.»

«Non mi pare tanto banale il fatto che siano disposti a far cerchio intorno a lei, per prendersi una pallottola diretta a lei.»

«Non c'è niente di speciale, in ciò, Evan, e poi, francamente, non conosco tutti gli uomini di questo corpo. Quello che abbiamo da dirci deve essere sentito soltanto da noi due.»

«Non m'ero reso conto...» Kendrick guardò il giovane Sultano di Oman mentre si addentravano nell'oscurità. «Le sue guardie del corpo...?»

«Tutto è possibile, nel corso di questa pazzia collettiva. Puoi scrutare negli occhi di un uomo, ma non scorgere il sordo risentimento che c'è dentro le sue pupille, le tentazioni che si celano nel suo animo. Fermiamoci qui. Siamo abbastanza distanti.»

Entrambi si sedettero sulla sabbia.

«Questa pazzia» disse Evan nel tenue riverbero del falò e al pallido lume di luna. «Parliamone.»

«È per questo che lei è qui, naturalmente.»

«È per questo che sono qui» disse Kendrick.

«Cosa diavolo volete che faccia?» esclamò Ahmat in un aspro bisbiglio. «Qualunque mossa facessi, un altro ostaggio potrebbe venire ucciso e un altro corpo crivellato di colpi gettato da una finestra!» Il giovane Sultano scosse il capo. «Orbene, so che lei e mio padre lavoravate egregiamente insieme. Lei e io abbiamo discusso di alcuni progetti edilizi, durante un paio di ricevimenti, ma non pretendo che lei se ne ricordi.»

«Me ne ricordo, invece» disse Kendrick. «Lei era in vacanza da Harvard, al termine del suo secondo anno di università, se non sbaglio. E stava sempre alla sinistra di suo padre, in quanto erede diretto.»

«Ho molta gratitudine verso di lei, Evan.»

«Il compito che ha adesso è veramente formidabile.»

«Lo so» disse Ahmat alzando di nuovo la voce. «Ed ecco perché debbo essere sicuro di svolgerlo bene. Certo, potrei richiamare l'Esercito dalla frontiera con lo Yemen e prendere d'assalto l'Ambasciata americana, ma questo costerebbe la vita a 236 americani. Mi sembra di vederli, i titoli dei vostri giornali: "Sultano arabo uccide..." eccetera eccetera. *Arabo.* Sarà una giornata campale, allora, alla Knesset di Gerusalemme. No, amico, così non va. Non intendo mettere in pericolo la vita di quegli ostaggi e venire, per soprammercato, tacciato di antisemitismo dalla vostra stampa. Cristo! Washington e Israele sembrano avere dimenticato che siamo *tutti* semiti, che *non tutti* gli arabi sono palestinesi e che *non tutti* i palestinesi sono terroristi. E non voglio dare a quegli arroganti bastardi di Israele un'altra scusa per mandare i loro bombardieri *americani* a uccidere altri arabi, tanto innocenti quanto i vostri ostaggi. Mi sono spiegato, Evan *Shaikh*?»

«La capisco» disse Kendrick. «Adesso, vuole calmarsi e starmi un momento a sentire?»

Il giovane, sovreccitato Sultano emise un profondo sospiro, annuendo. «S'intende, che starò ad ascoltarla. Ma dare ascolto non vuole necessariamente dire essere d'accordo su alcunché.»

«Certo.» Evan fece una pausa. I suoi occhi brillavano di luce intensa. Voleva essere capito nonostante la strana, oscura notizia che stava per dare. «Lei ha inteso parlare del Mahdi?»

«Kartum, verso il 1880.»

«No. Bahrain, un secolo dopo.»

«Cosa?»

Kendrick ripeté la storia che aveva raccontato a Frank Swann. La storia di un ignoto, ossessionato finanziere che si faceva chiamare il Mahdi, il cui scopo era quello di scacciare gli Occidentali dal Medio Oriente e dall'Asia di sud-ovest per mettere in mano agli arabi l'immensa ricchezza derivante dall'espansione industriale: nelle *sue* mani, in particolare. Costui – gli disse – aveva diffuso la dottrina della purezza islamica tra le frange più fanatiche della popolazione e, al contempo, aveva formato una rete, un silenzioso "consorzio" comprendente dozzine, forse centinaia, di piccole società, piccole aziende, tutte collegate fra loro, sotto l'ombrello della sua organizzazione segreta. Evan gli rivelò anche che l'architetto israeliano Emmanuel Weingrass aveva intravisto, nelle sue grandi linee, quella straordinaria congiura economica, prendendo lo spunto dalle minacce lanciate contro il Gruppo Kendrick – minacce alle quali aveva controbattuto con strampalati ammonimenti, assicurando cervellotiche ritorsioni – fino a convincersi, via via, che si trattava di una vera e propria congiura, che andava sempre più crescendo e che bisognava quindi denunciare pubblicamente.

«Se mi guardo alle spalle, non sono affatto fiero di come mi sono comportato» concluse Evan al tenue riverbero del falò e della luna. «Ma ho cercato di darne una spiegazione razionale alla luce di quanto era accaduto. Dovevo assolutamente andarmene da questa regione. Quindi abbandonai l'impresa, rifuggii dalla lotta alla quale invece Weingrass mi spronava, dicendo che era nostro dovere affrontarla. Io gli dissi che lui lavorava troppo di fantasia, che dava retta a imbecilli irresponsabili, e spesso ubriachi. Ricordo chiarissimamente quello che mi disse allora. "Potrebbe mai la più sfrenata fantasia" mi disse "mia o altrui, concepire qualcosa di tremendo come il Mahdi? È stato lui, a uccidere i nostri amici e compagni di lavoro!" Weingrass aveva ragione allora e ha ragione adesso. L'Ambasciata è stata occupata, dei pazzi omicidi assassinano gente innocente, e l'avvertimento suona tragicamente così: "Sta' alla larga, Occidentale! Se vieni qui, sarai un altro cadavere che vola dalla finestra!". Non si rende conto, Ahmat? C'è un Mahdi, il quale intende, sistematicamente, cacciar via tutti quanti manovrando i fanatici e usando l'arma del terrore.»

«Mi rendo conto che lei ne è proprio convinto» disse il giovane Sultano, in tono scettico.

«Molti altri ne sono ugualmente convinti, a Masqat. Non capiscono, ecco tutto. Non riescono a vedere una trama, né una spiegazione, ma hanno talmente paura che si sono rifiutati di incontrarsi con me. Con *me* che sono un loro vecchio amico, uno con cui hanno lavorato per anni, di cui si sono sempre fidati.»

«Il terrore genera ansietà. Cosa s'aspetterebbe? E poi c'è dell'altro. Lei è un americano travestito da arabo. Basta questo a spaventarli.»

«Non sapevano che fossi travestito. Avevano solo sentito la mia voce al telefono.»

«Una voce americana. Questo li ha spaventati.»

«Si sono presi paura di un occidentale?»

«Di occidentali ce ne sono molti, qui. Di americani, no. Il Governo statunitense, comprensibilmente, ne ha ordinato l'evacuazione. Tutti i voli dall'America sono sospesi. I suoi amici si saranno chiesti come ha fatto lei ad arrivare a Masqat. E perché c'è venuto. Con tutti questi pazzi per le strade, non vorranno – è comprensibile – essere immischiati nella crisi dell'Ambasciata.»

«No, è ovvio. Perché sono stati uccisi i figli di uomini che si erano immischiati.»

Ahmat si irrigidì, i suoi occhi erano pieni d'ira e sbigottimento. «Sono stati commessi crimini, è vero, e la polizia fa quello che può ma io... io non ho sentito dire niente di questo... di figli uccisi.»

«È vero. La figlia di uno è stata violentata, sfigurata in volto, e il figlio di un altro è stato sgozzato.»

«Dio la maledica, se dice il falso! Posso essere impotente, per quel che riguarda l'Ambasciata, ma non certo all'esterno di essa. Chi sono costoro? Mi dica i nomi!»

«Non mi sono stati rivelati.»

«Lei ha parlato solo con Mustafa, vero?»

«Sì.»

«Ebbene, a me li dirà, quei nomi. Ci può scommettere!»

«Si rende conto adesso, non è vero?» Il tono di Kendrick era implorante. «Della trama, voglio dire. C'è un disegno, Ahmat. Si sta creando una rete sotterranea. Questo Mahdi e i suoi uomini stanno usando i terroristi per scacciare tutti i concorrenti, attuali e potenziali. Mirano al controllo totale. Vogliono che tutto il denaro sia convogliato verso di loro.»

Il giovane Sultano esitò a replicare, poi, scuotendo la testa, disse: «Spiacente, Evan, ma non posso accettare la sua tesi. Non oserebbero mai tanto».

«Perché no?»

«Perché i computer denuncerebbero la presenza di una rete, di una trama, individuando uno schema di pagamenti indirizzati verso un punto centrale di questa rete stessa, ecco perché. Come crede che siano stati individuati e presi Cornfeld e Vesco, i due famosi finanzieri-truffatori? Da qualche parte deve esserci un nesso, deve esserci una convergenza.»

«Lei è molto più avanti di me.»

«Perché lei è rimasto indietro, per quanto riguarda le analisi mediante computer» ribatté Ahmat. «Possono trovarsi centomila sotterfugi, disperdersi i dati relativi a ventimila progetti, ma tutti i nodi vengono al pettine. Se un tempo occorrevano mesi, forse anni, per scoprire i legami esistenti, i rapporti reconditi, fra cinque-seicento aziende prestanome, società di comodo eccetera – oggi i grandi computer fanno questo lavoro in un paio di ore.»

«Molto illuminante,» disse Kendrick «tuttavia lei dimentica qualcosa.»

«Che cosa?»

«La scoperta dei legami avverrebbe solo dopo il fatto, quando tutte quelle operazioni preliminari sarebbero ormai state effettuate. A questo punto però la volpe ha già rubato un bel po' di galline. Se mi concede un'altra metafora venatoria, non molte sarebbero allora le persone interessate a mettere trappole e sguinzagliare cani, date le circostanze. Chi se ne frega? I treni viaggiano in orario e nessuno li fa saltare in aria. Naturalmente, ci sarà anche un diverso Governo al potere, il quale detterà nuove leggi, fisserà nuove regole e norme, e, se ciò non le stesse bene, lei verrebbe sostituito. Ma, di nuovo, chi se ne frega? Il sole si alza ogni mattina, e la gente deve andare al lavoro.»

«Detto così, sembrerebbe un'attraente prospettiva.»

«Oh, lo è sempre all'inizio. Mussolini fece appunto arrivare in orario quei maledetti treni e il Terzo Reich certamente rivitalizzò l'industria.»

«Capisco cosa intende, tranne che, secondo lei, qui avverrebbe l'opposto. Un monopolio industriale occuperebbe un vuoto ed esautorerebbe il mio Governo, poiché rappresenterebbe stabilità e crescita economica.»

«Due punti per il Sultano» disse Evan. «Un'altra perla per il suo harem.»

«Lo dica a mia moglie, questo. È una presbiteriana di New Bedford, Massachusetts.»

«Come ha potuto farla franca?»

«Mio padre è morto e lei ha uno spiccato senso dell'umorismo.»

«Non la seguo.»

«Sarà per un'altra volta. Mettiamo che lei abbia ragione e che si tratti di un viaggio di prova, per vedere se la barca regge il mare.

Washington vuole che si continui a parlamentare, mentre voialtri preparate un piano che, ovviamente, presuppone una certa infiltrazione, cui seguirà un contingente d'assalto. Ma siamo franchi: l'America e i suoi alleati sperano in una soluzione diplomatica poiché l'impiego della forza potrebbe risolversi in un disastro. Hanno convocato tutti i leader mediorientali – anche i più pazzi – e sono pronti a trattare con tutti, pronti, nonostante le intransigenti dichiarazioni ufficiali, a fare ogni sorta di concessione, tranne che nominare Arafat sindaco di New York. Qual è la sua idea?»

«È la stessa storia di quei suoi computer che arriverebbero troppo tardi, a giochi fatti. Rintracci la fonte dei rifornimenti che vengono fatti pervenire all'Ambasciata. Non vettovaglie o medicinali, alludo alle armi e munizioni. Insieme alle quali, senza nessun dubbio, vengono inviate istruzioni, ordini, direttive. Insomma, trovi il burattinaio che si fa chiamare il Mahdi e gli tolga di mano i fili.»

Il Sultano guardò Evan al fioco, guizzante riverbero. «Lei sa che molti giornali avanzano l'ipotesi che ci sia io, dietro questa faccenda, perché sarei stanco di vedere l'influenza americana diffondersi in tutto il Paese. "Altrimenti" pensano "perché il Sultano non muoverebbe un dito?".»

«Lo so, ma credo che si tratti di sciocchezze. Lo crede anche il Dipartimento di Stato. Nessuno, con un po' di sale in zucca, dà credito a tali congetture.»

«Il Dipartimento di Stato americano» disse Ahmat, pensosamente, gli occhi sempre fissi su Kendrick. «Se vuole saperlo, vennero da me due emissari del Dipartimento di Stato, nel 1979, al tempo della guerra civile in Iran. Ero uno studentello, allora. Non so cosa si aspettassero quei due, ma certo non uno come me. Magari si aspettavano un beduino in barracano, seduto alla turca, a fumare il narghilè. Forse, se fossi stato così travestito, mi avrebbero preso sul serio.»

«Non la seguo, di nuovo.»

«Oh, *sorry*. Insomma, non appena si resero conto che né mio padre né i suoi familiari potevano fare niente, che non eravamo in alcun rapporto con gli estremisti islamici, caddero loro le braccia. Uno di loro si mise quasi a implorarmi, dicendo che gli sembravo un *arabo* ragionevole – grazie forse al mio inglese fluente – e, quindi, mi chiese come mi sarei regolato, io, se fossi stato al Governo a Washington. Insomma, volevano un consiglio da me. E, *goddamnit*, io gli diedi quello *giusto*!»

«Cosa consigliò all'America?»

«Me lo ricordo esattamente. Dissi a quei due: "Ecco cosa avreste dovuto fare fin dall'inizio. Può darsi che ormai sia troppi tardi. Ma potete ancora provarci". Insomma, dissi loro di mettere insieme, al più presto, un corpo di spedizione bene addestrato, efficientissimo. E mandarlo non a Teheran bensì a Qom, dov'era il quartier generale di Khomeini, nel nord del Paese. In avanscoperta, inviassero ex agenti della SAVAK, la polizia segreta dello Scià. Quei bastardi, dietro congruo compenso, avrebbero fatto un buon lavoro, con gli americani alle spalle. "Catturate Khomeini a Qom" dissi loro "prendete vivi insieme a lui tutti quei mullah analfabeti. Quindi, fateli vedere al mondo intero per televisione." In tal modo, gli americani avrebbero avuto in mano la carta vincente. I khomeinisti sarebbero stati esposti pubblicamente al ludibrio e al ridicolo. E si sarebbe arrivati così a un accordo.»

Kendrick scrutò quel giovane infuriato. «Avrebbe anche potuto funzionare, questo piano» disse sommessamente. «Ma metta che Khomeini decidesse di tener duro e fare la figura del martire?»

«No, mi creda, non l'avrebbe deciso. Si sarebbe adattato a un compromesso. Tramite intermediari, naturalmente. Ma sarebbe senz'altro sceso a patti. Non ha alcuna fretta di andarci, in quel paradiso che tanto decanta, né è il tipo da scegliere la via del martirio sulla quale, invece, spinge tanti poveri ragazzi, dodicenni persino, allo sbaraglio.»

«Come mai è così sicuro?» domandò Kendrick, che invece aveva dei dubbi al riguardo.

«Perché ho conosciuto Khomeini di persona. L'ho incontrato, quel mezzo demente, a Parigi, prima della rivoluzione islamica. Badi, non intendo affatto giustificare lo Scià e i suoi eccessi, la sua feroce SAVAK o i suoi parenti ladri, questo no. Ma Khomeini è uno zelota rimbambito, uno che vuole credere a ogni costo alla propria immortalità ed è disposto a tutto pur di assicurarsela. L'ho sentito con i miei orecchi dire, a un gruppo di imbecilli leccapiedi, che lui ha, oltre ai due o tre figli legittimi, altri venti o trenta, forse quaranta figli naturali. "Ho sparso il mio seme e continuerò a spargerlo" dichiarò. "È volontà di Allah che la mia stirpe si diffonda ai quattro venti!" Cazzate! È un vecchio sporcaccione bavoso, un classico fenomeno da baraccone. Se l'immagina? Popolare il mondo intero di piccoli ayatollah! Consigliai anche, ai due emissari del Governo americano, di filmare Khomeini a sua insaputa – dopo averlo catturato – sa, con una telecamera nascosta, alla maniera di Candid Camera: riprenderlo, cioè, mentre tiene un sermone ai suoi accoliti. "Il suo carisma – dissi loro – verrebbe così travolto da una colossale ondata di risate."»

«Lei mi sta tracciando una sorta di parallelo fra Khomeini e questo Mahdi di cui le ho parlato io, non è vero?»

«Non so, forse sì. Ammesso che il "suo" Mahdi esista. Quanto a me, ne dubito. Ma se lei ha ragione e il Mahdi esiste davvero, ebbene, questi proviene dal polo opposto: è spinto da motivi di interesse molto pratico, non già da fanatismo religioso. Ad ogni modo, chiunque ritenga di dover agitare lo spettro del Mahdi in questo periodo ha qualche rotella svitata, senz'altro, ed è pericoloso. Non mi ha convinto del tutto, Evan, ma voglio darle fiducia. Quindi, farò quanto sta in me per aiutarla, per aiutare tutti noi. Ma da lontano. Senza mai espormi. Le darò un numero di telefono. Si tratta di un telefono segreto. Soltanto due altre persone conoscono questo numero. Così lei potrà arrivare direttamente fino a me, senza alcun intermediario. Vede, *Shaikh* Kendrick, io non posso permettermi di conoscerla.»

«Sono davvero molto popolare. Neanche Washington vuole conoscermi!»

«È naturale. Nessuno vuole macchiarsi le mani del sangue di quegli ostaggi.»

«Avrò bisogno di documenti e, forse, di un elenco di tutti gli spedizionieri, aerei e marittimi, delle zone che io indicherò.»

«Sì, ma solo oralmente. Nulla verrà messo per iscritto. Tranne, è ovvio, i documenti per lei. Le sarà comunicato un nome e un indirizzo. Là andrà a ritirare i documenti che le occorrono.»

«Grazie. A proposito, il Dipartimento di Stato ha detto la stessa cosa. Non mi avrebbero messo mai niente per iscritto.»

«Per lo stesso motivo.»

«Quanto a questo non si preoccupi. Ogni cosa coincide con quello che ho in mente io. Vede, Ahmat, neanche io voglio conoscere lei.»

«Davvero?»

«È lo stesso patto che ho fatto con il Dipartimento di Stato. Io non esisto, per loro, non figuro sui loro registri. E sarò, anche per lei, una non-persona.»

Il giovane Sultano si accigliò, pensoso, guardando fisso Evan. «Accetto quel che dice, ma non posso fingere di capirlo. Se lei ci rimette la vita, è un conto; ma se la sua impresa avrà successo, è un altro. Perché restare anonimo? Lei è un uomo politico, a quel che mi risulta. Un membro del Congresso.»

«Perché intendo dire addio alla politica e tornare qui, Ahmat. Intendo raccattare i cocci e rimettermi a lavorare in questa regione, dove mi sono sempre trovato a mio agio. Ma non voglio correre il rischio di fare da bersaglio. Né portarmi appresso persone che potrebbero essere prese di mira.»

«D'accordo. Accetto questo di buon grado, e con animo grato. Mio padre asseriva che lei e i suoi soci eravate i migliori. Ricordo che una volta mi disse: "Quei somari non hanno mai sballato un preventivo". Lo disse affettuosamente, naturalmente.»

«E altrettanto naturalmente veniva aggiudicato a noi il successivo appalto. Quindi, non eravamo poi tanto somari, dico bene? Il nostro concetto era di lavorare con margini ragionevoli di profitto. Ed eravamo molto bravi a calcolare i costi, per non "sballare". Ahmat, abbiamo soltanto quattro giorni di tempo, prima che riprendano le esecuzioni degli ostaggi. Dovevo accertarmi se, in caso di bisogno, potevo rivolgermi a lei: adesso lo so. Accetto le sue condizioni e lei accetta le mie. Non c'è tempo da perdere, ora. Qual è quel numero di telefono?»

«Non può essere messo per iscritto.»

«Intesi.»

Il Sultano diede a Kendrick il suo numero segreto. Anziché il solito prefisso di Masqat, 745, le prime tre cifre erano 555, seguivano tre zeri, e un altro 5. «Riesce a tenerlo a mente?»

«Non è difficile» rispose Kendrick. «Si passa attraverso un centralino della reggia?»

«No. Si tratta di una linea diretta, che fa capo a due apparecchi telefonici, entrambi racchiusi in cassetti blindati: uno nel mio ufficio, l'altro nella mia camera da letto. Invece di squilli, c'è una luce che lampeggia. In ufficio, questo lampeggiatore è incastrato in una gamba della scrivania. In camera da letto, si trova sul comodino. Entrambi gli apparecchi si attivano solo dopo il decimo segnale luminoso.»

«Dieci squilli, bisogna aspettare?»

«Sì, per dare a me il tempo di sbarazzarmi di eventuali persone presenti e poter parlare in privato. Quando sono in viaggio, o mi trovo lontano dal palazzo, porto sempre con me un apparecchio che mi segnala, acusticamente, che mi chiamano al telefono segreto. Al momento opportuno posso, così, mettermi in contatto con esso da lontano e ricevere il messaggio registrato su nastro. Il telefono segreto è, ovviamente, munito di uno *scrambler*, un "disturbatore", a salvaguardia di eventuali intercettazioni.»

«Mi ha detto che due sole altre persone hanno questo suo numero. Posso sapere chi sono o non è affar mio?»

«Glielo posso anche dire» rispose Ahmat, i cui occhi bruni erano inchiodati sull'americano. «Uno è il capo dei Servizi di sicurezza, l'altra è mia moglie.»

«Grazie per la fiducia.»

Con lo sguardo ancora fisso su Kendrick, il giovane Sultano continuò: «Una grave tragedia ha sconvolto la sua vita, Evan, qui nel nostro Paese, quattro anni fa. Una tragedia insensata, in cui hanno perso la vita tante persone a lei care, amici e collaboratori. Un disastro ancora più orrendo in quanto provocato dall'avidità. Adesso voglio chiederle una cosa: l'attuale pazzia che infuria a Masqat ha resuscitato, in lei, penose memorie, sopiti rancori, tanto da indurla a formulare improbabili teorie, onde scagliarsi contro dei fantasmi?»

«Non fantasmi, Ahmat. Spero di dimostrarglielo.»

«Forse ci riuscirà... se vivrà tanto a lungo.»

«Ora le dirò quello che ho già detto al Dipartimento di Stato. Non ho alcuna intenzione di prendere d'assalto, da solo, l'Ambasciata.»

«Se facesse qualcosa del genere, sarebbe ritenuto tanto pazzo da venire risparmiato. La pazzia riconosce i suoi adepti.»

«Adesso è lei a essere improbabile.»

«Senza dubbio» convenne il Sultano di Oman, sempre fissando negli occhi il rappresentante del Colorado. «Ha mai preso in considerazione cosa potrebbe accadere – non già se venisse scoperto e catturato dai terroristi – perché in tal caso non avrebbe neppure il tempo di fare congetture – ma se quelle stesse persone che lei desiderava incontrare si presentassero a lei e le chiedessero qual è lo scopo della sua presenza qui? Cosa racconterebbe loro?»

«Essenzialmente la verità, fin dove è possibile. Agisco per conto mio, da privato cittadino, senza alcun legame con il mio Governo, il che può venire comprovato. In passato ho fatto un mucchio di quattrini, qui, e adesso ci sono tornato, per rendermi utile. Il che rientra nei miei interessi materiali, oltretutto.»

«Mi pare che la cosa sia credibile. Lei intende, un giorno, tornare a lavorare qui da noi; quindi se si risolve questa crisi, se si pone fine a questi assurdi omicidi, lei ne trarrà un vantaggio. Viceversa, se non si fermano gli assassini, lei non avrebbe neppure un'attività imprenditoriale cui fare ritorno.»

«Più o meno, è così.»

«Stia attento, Evan. Ben pochi le crederanno. E se la paura di cui lei parla è tanto diffusa e profonda fra i suoi amici quanto lei dice, ebbene, potrebbero non essere soltanto i nemici a tentare di ucciderla.»

«Sono stato già avvertito» disse Kendrick.

«Da chi?»

«Da un uomo a bordo di un camion: un *sahbee*, un amico che mi ha aiutato.»

Kendrick giaceva sul letto, a occhi aperti, con la mente in ebollizione, esaminando un'eventualità dietro l'altra, passando in rassegna nomi vagamente ricordati, un volto, un altro volto, un ufficio, una strada... il porto, la darsena, gli spedizionieri. Continuamente il suo pensiero tornava là: al porto, ai vari porti della costa: da Masqat fino a Al Qurayyat, fino a Ra's al Hadd più a nord. *Perché?*

A un tratto si rese conto del perché. Un tempo, lui e Weingrass erano soliti recarsi spesso al porto, nelle varie città del Golfo, per parlare con gli spedizionieri, per prendere accordi, disdire o sollecitare merci in arrivo o in partenza, macchinari, materiali, attrezzi, rifornimenti per questo o quel cantiere edilizio. Innumerevoli volte. Conoscevano tutti i porti della costa, da Masqat e Matrah a Ra's al Hadd e oltre. In molte zone il trasporto di merci via terra era non solo più difficoltoso, ma anche più pericoloso. C'era il rischio di venire attaccati da *haramaya*, banditi a cavallo, predoni che facevano anche i contrabbandieri.

Era logico che le coste dell'Oman venissero sorvegliate, e difatti erano oggetto di attenzione da parte dei Servizi Segreti di almeno cinque Paesi occidentali interessati a una rapida soluzione della crisi di Masqat: Stati Uniti, Inghilterra, Francia, Italia e Germania Federale. Ma le unità navali americane scarseggiavano, nel Golfo. Quelle di altri Paesi, non che si sottraessero al loro dovere, ma neanche erano in preda a quello zelo che anima coloro per i quali è in gioco la vita di loro connazionali. E poi poteva anche darsi che ci fosse una certa riluttanza, da parte di alcuni, a ingaggiare battaglia con dei terroristi, per il timore di venire poi ritenuti responsabili se altri ostaggi fossero stati messi a morte. Fatto sta, in sostanza, che la costa meridionale dell'Oman offriva molti approdi insorvegliati.

Il telefono squillò e fu come una sirena d'allarme che tagliasse l'aria torrida della stanza d'albergo. Evan Kendrick sollevò il ricevitore. «Pronto?»

«Esca subito, lasci l'albergo immediatamente» disse una voce calma ma tesa.

«*Ahmat?*» Evan balzò fuori dal letto.

«Sì. C'è un disturbatore in funzione. Se il suo apparecchio è sotto controllo, non sentiranno – da me – altro che gorgoglii incomprensibili.»

«Sì, ma sentiranno me. E ho pronunciato il suo nome.»

«È un nome molto comune.»

«Cos'è successo?»

«Mustafa. Dopo quanto mi aveva detto lei riguardo a quei *figli*, gli ho telefonato, ordinandogli di venire da me immediatamente, a palazzo. Purtroppo, sconvolto dalla collera, accennai al motivo per cui volevo vederlo. Lui deve avere telefonato a qualcun altro, deve avere detto qualcosa a qualcuno.»

«Perché mi dice questo?»

«Mentre veniva qui da me, in macchina, gli hanno sparato.»

«Oh mio dio!»

«Se non lo hanno ucciso per impedirgli di parlare con me, lo hanno ucciso perché si era incontrato con lei. Non vedo un terzo motivo.»

«Oh, Cristo...»

«Lasci subito l'albergo, senza lasciarsi dietro niente che potrebbe identificarla. Sarebbe troppo pericoloso per lei. All'uscita, troverà due poliziotti. La seguiranno. La proteggeranno. Lungo la strada, uno dei due le dirà il nome dell'uomo che le fornirà i documenti.»

«Esco subito» disse Kendrick. E intanto elencava mentalmente tutti gli oggetti che doveva prelevare: non solo il passaporto, la cintura porta-soldi, i biglietti d'aereo, ma anche ogni indumento, ogni effetto personale che potesse far risalire a un americano arrivato a Masqat in aereo da Riad.

«Evan *Shaikh*, ora sono convinto io pure.» La voce di Ahmat al telefono era sommessa, decisa. «Il Mahdi esiste. Esistono i suoi accoliti. Dia loro la caccia. Dia la caccia al Mahdi!»

Capitolo quinto

«*Hasib!*» Si rigirò, appena sentì alle sue spalle quell'avvertimento, e si addossò al muro. Uno dei due poliziotti che lo seguivano gli fu subito accanto, per proteggerlo. Si trovavano a passare per un mercatino all'aperto. La strada stretta era gremita di bancarelle e di gente. Stavano sopraggiungendo in quel momento due giovani barbuti, scarmigliati, in cenciose uniformi paramilitari, armati di pesanti mitra. Procedevano arrogantemente, urtando le traballanti bancarelle, calpestando i tappeti dei venditori ambulanti, dando spintoni ai passanti con le loro armi per farsi largo.

«Stia attento, signore!» gli bisbigliò in inglese il poliziotto, con voce aspra, adirata e, al tempo stesso, euforica. «Non si muova.»

«Non capisco...»

I due giovani terroristi erano adesso vicinissimi.

«Contro il muro!» gli ordinò il poliziotto, facendo scudo all'americano con il proprio corpo.

«Ma perché...»

I terroristi armati passarono oltre, facendosi largo a spintoni, minacciosamente.

«Stia fermo qui, signore. Sono ubriachi, o di liquori proibiti, o di sangue versato. Ma, grazie ad Allah, qui siamo fuori dall'Ambasciata!»

«Cosa intende dire?»

«A noi in uniforme è vietato avvicinarci all'Ambasciata americana. Ma se *loro* escono *fuori*, il discorso cambia. In quel caso non abbiamo le mani legate.»

«Che succede adesso?» domandò Kendrick.

Poco più avanti, uno dei due terroristi diede una botta con il calcio del fucile a un tale, un omanita, da cui forse si era sentito offeso. Il compagno puntò il mitra sulla folla circostante, a mo' di ammonimento.

«O li mandiamo al cospetto di Allah, ad affrontare la Sua collera» rispose il poliziotto, bisbigliando, a denti stretti, con gli occhi pieni di collera, «oppure li mandiamo a raggiungere quegli altri luridi porci scalmanati che abbiamo già preso. Lei comunque resti qui, *ya Shaikh*. Mi aspetti. Torno subito. Devo darle un nome e un indirizzo.»

«Gli altri... Quali altri luridi porci?» domandò ansiosamente Evan, ma le sue parole andarono perdute.

Il poliziotto aveva già spiccato una corsa, raggiungendo in breve il suo collega. E insieme fendevano adesso quel mare agitato di *aba*. Kendrick, con il viso avvolto nelle falde del *ghotra*, corse loro dietro.

La scena che seguì fu tanto rapida e, all'occhio non avvezzo, tanto sconcertante, quanto un'operazione chirurgica, allorché il bisturi recide e il sangue sprizza. Dopo essersi scambiati un cenno d'intesa, i due poliziotti si avventarono su quei due gradassi, non appena questi ebbero svoltato per un vicolo traverso. Quasi per incanto, la folla di mercanti e compratori si disperse da tutte le parti, in un baleno.

Ancora più fulminei, i due poliziotti, estratti i pugnali, li immersero simultaneamente nel bicipite destro dei due arroganti assassini. I due gettarono alte grida, che si confusero con gli urli della folla spaventata, nel fuggi fuggi, mentre a vuoto esplodevano un paio di colpi. Sprizzò il sangue, copioso, dalle ferite e l'arroganza dei due si trasformò all'istante in infuriata debolezza: la morte era forse preferibile, per loro, alla vergogna; gli occhi gli schizzavano, come increduli, dalle orbite.

I due fidi di Ahmat trascinarono allora i due terroristi feriti, ridotti all'impotenza, nel vicoletto laterale, dopo averli disarmati. Quando Kendrick li raggiunse, i due giacevano supini, a occhi sbarrati, sul selciato del vicolo deserto. I poliziotti puntavano loro i coltelli alla gola.

«*La!*» gridò a Kendrick il primo dei due: *No!* Poi soggiunse in un inglese concitato: «Si giri! Non mostri la faccia! Non dica niente!».

Kendrick obbedì alla prima ingiunzione ma non alla seconda. Si girò dall'altra parte ma disse: «Devo chiederle una cosa. Probabilmente costoro non capiscono l'inglese».

«Può darsi di sì, invece» interloquì il secondo agente. «Qualunque cosa abbia da dire, la dirà più tardi. Lei deve fare come le diciamo noi, signore, senza discutere. Intesi?»

«Intesi.» Evan annuì e tornò sui suoi passi, nel bazar all'aperto dietro l'angolo.

«Sarò subito da lei!» gli gridò dietro il primo poliziotto. «Portiamo via questi porci, poi torniamo. Ci aspetti lì e...»

Fu interrotto da un urlo violento, inumano. Kendrick si volse, d'istinto, e subito se ne pentì. Non avrebbe mai dimenticato la scena terrificante che vide. Uno dei due terroristi, afferrato il pugnale del poliziotto che lo sovrastava, se lo conficcò in gola fino all'elsa. Kendrick ebbe un conato di vomito, a quella vista.

«Scemo!» ruggì il secondo poliziotto, non tanto per l'ira quanto per l'angoscia. «Stupido ragazzino! Perché hai fatto questo a te stesso? Perché l'hai fatto a me?» Vana era la protesta. Il giovane terrorista era già morto. La faccia barbuta era lorda di sangue.

Kendrick ebbe, netta, la sensazione di avere assistito a un microcosmo della violenza, del dolore e dell'inutilità che costituivano il mondo arabo, nell'Asia di sud-ovest e nel Medio Oriente.

«Cambia tutto, adesso» disse il primo poliziotto, sempre tenendo il suo prigioniero sotto la minaccia del coltello.

L'altro scosse la testa, come per scrollarsi dalla mente e dagli occhi il cadavere su cui stava ancora cavalcioni. Poi parlò rapidamente con il collega.

Quest'ultimo si rivolse a Kendrick e gli disse: «Ci sarà un contrattempo adesso. La notizia di questo incidente non deve diffondersi. Quindi dobbiamo muoverci di qui al più presto. L'uomo dal quale lei deve recarsi, l'uomo che l'aspetta, è noto come El-Baz. Lo troverà al mercato che sta dietro alla vecchia fortezza, nella zona sud del porto. C'è un forno dove vendono *baklava*. Chieda lì, di lui.»

«La fortezza sud... al porto?»

«Sì. Ce ne sono due, di fortini, costruiti dai portoghesi molti secoli fa. Forte Mirani e Forte Jalili...»

«Sì, li conosco» l'interruppe Evan che ancora brancolava alla ricerca di un equilibrio mentale. Evitava di guardare quel giovane stecchito, dalla gola squarciata, steso sul selciato. «Due fortezze costruite per proteggere il porto dai pirati. Sono ruderi, ormai... Un negozio dove vendono *baklava*.»

«Non c'è tempo da perdere, signore. Vada! Via di corsa, da quella parte là. Non si faccia più vedere qui. Svelto!»

«Prima lei risponda alla mia domanda» ribatté Kendrick, senza muoversi di là, e mandando così in bestia il poliziotto. «Se non mi risponde, resto qui e lei se la vedrà col suo Sultano.»

«Quale domanda? Se ne vada!»

«Lei ha detto che questi due sarebbero andati a raggiungere "altri luridi porci" – parole sue. Quali altri porci? Dove si trovano?»

«Non c'è tempo!»

«Mi risponda!»

Il poliziotto respirò profondamente dilatando le narici. Tremava tutto dalla frustrazione. «E va bene. Incidenti come quello di oggi sono accaduti già altre volte. Abbiamo preso diversi prigionieri, così. E vengono interrogati da svariate persone. Non se ne può parlare...»

«Quanti?»

«Trenta, quaranta, forse cinquanta ormai. Ma altri all'Ambasciata li rimpiazzano, via via.»

«Dov'è che li portate?»

Il poliziotto scosse la testa. «Questo no, *ya Shaikh*, non glielo posso dire, sir. Ora vada!»

«Capisco. Grazie.» Kendrick agguantò i lembi del barracano e si allontanò di corsa, voltando la testa da un'altra parte quando passò accanto al terrorista morto, il cui sangue riempiva adesso gli interstizi fra le pietre del selciato.

Svoltò per la strada principale, in fondo al vicolo. Guardò il cielo per orientarsi. Si diresse verso il porto. Là, nei paraggi dell'antica fortezza, avrebbe trovato l'uomo di nome El-Baz, che gli avrebbe fornito i documenti d'identità falsi. Ma non era a questo che pensava. Nella mente continuavano a ronzargli le parole del poliziotto: *Trenta, quaranta, forse cinquanta ormai*. Dunque, numerosi terroristi erano tenuti prigionieri in qualche carcere segreto, forse fuori città; e venivano interrogati, più o meno rudemente, da agenti dei Servizi Segreti di vari Paesi. Tuttavia, se la sua teoria era corretta, quei giovani fanatici non erano altro che la feccia dell'Islam, burattini manovrati da un mago della finanza e signore del crimine, che se ne stava nel Bahrain. Quindi, anche tutte le tecniche usate negli interrogatori nel corso dei millenni – dal tempo dei faraoni all'Inquisizione spagnola e ai campi di Hoa Binh – non sarebbero servite a nulla. A meno che... a meno che un certo nome – un nome capace di scatenare passioni incontrollabili nell'animo di un fanatico – non venisse sussurrato a uno di quei prigionieri, inducendolo a rivelare qualche cosa che, altrimenti, non avrebbe mai rivelato, neppure a prezzo della vita. Occorreva però individuare – nel mucchio – un fanatico molto speciale. Difficile ma *non* impossibile. Kendrick aveva detto a Frank Swann che forse uno su venti, fra quei terroristi, era abbastanza intelligente da agire con cognizione di causa. Uno su venti: quindi una dozzina in tutto, in mezzo all'intera masnada che occupava l'Ambasciata. Poteva anche darsi, allora, che uno di tal fatta si trovasse fra i trenta, quaranta o cinquanta terroristi tenuti prigionieri in un carcere segreto. Le probabilità erano scarse. Ma, forse, se fosse riuscito a individuare il luogo, arrivarci e trascorrere lì dentro qualche ora – un'intera notte magari – forse sarebbe anche riuscito a individuare l'uomo adatto. Valeva la pena di tentare. Ma per cominciare la ricerca aveva bisogno di qualche indizio, di una traccia anche minima, di qualcosa che servisse da punto di partenza. Bisognava assolutamente che arrrivasse fino a quel carcere segreto quella sera stessa. Fra tre giorni sarebbero riprese le esecuzioni degli ostaggi, alle dieci di mattina.

Prima però doveva procurarsi quei ducumenti da El-Baz.

Le rovine dell'antica fortezza portoghese si stagliavano sinistre contro il cielo cupo: una mole diroccata che faceva pensare alla forza e alla risolutezza di avventurieri marinareschi dei secoli passati. Kendrick percorse di buon passo il quartiere chiamato Harat Waljat dirigendosi verso il mercato di Sabat Aynub. Liberamente tradotto, questo nome significava "cesto di uve". Era un vasto mercato che occupava una piazza con botteghe tutt'intorno. L'architettura lasciava sbigottiti, poiché era un amalgama di arabo, persiano, indiano antico e influenze occidentali modernissime. Tutto ciò – pensò Kendrick – un giorno svanirà, il colore locale tornerà a prevalere; e ciò conferma, una volta di più, la transitorietà dei vari conquistatori: militari, politici o terroristi. Erano questi ultimi a preoccuparlo, adesso. *Il Mahdi.*

Arrivò in quell'ampia piazza. Al centro c'era una fontana, costituita da una grande vasca circolare, con zampilli tutt'intorno, in mezzo alla quale si levava la statua di uno sceicco, come poteva averlo concepito un qualche scultore italiano: barracano al vento, arditamente in marcia verso nessun luogo. Ma fu la folla ad attrarre l'attenzione di Evan: mercanti arabi, turisti europei indifferenti al caos dell'Ambasciata, riconoscibili dagli abiti di foggia europea e dalla profusione di braccialetti e catenelle d'oro, rilucenti simboli di sfida insolente in una città impazzita. Gli omaniti, invece, sembravano degli automi, facevano uno sforzo su se stessi per concentrarsi su certe bazzecole, cercando di non sentire gli spari che provenivano, di continuo, dall'Ambasciata americana, distante meno di ottocento metri. Dovunque si coglievano espressioni di incredulità e sgomento, in quegli occhi ammiccanti, in quelle fronti aggrondate. Quello che stava accadendo alla loro pacifica Masqat esulava dal loro comprendonio: essi non prendevano parte a quella pazzia, non c'entravano con essa, quindi facevano del loro meglio per escluderla, rimuoverla.

Vide l'insegna che cervava: *Baklava bohrtooan*, un forno specializzato in focacce all'arancia. Era una botteguccia in stile turco, con minareti dipinti sopra la vetrina, incassata fra una gioielleria e un negozio di articoli in pelle. Kendrick attraversò diagonalmente la piazza, passando accanto alla fontana monumentale, e si avvicinò all'ingresso della panetteria.

«I tuoi compagni avevano ragione» disse la donna dai capelli bruni, in tailleur nero, sbucando da un androne buio dell'Harat Waljat, con in mano la minuscola fotocamera. La puntò e schiacciò il bottone azionando una serie di scatti automatici. Riprese così diverse foto in successione di Evan Kendrick che entrava nella panetteria, nel mercato di Sabat Aynub. Dopodiché la donna chiese, rivolta a un arabo di mezz'età, basso di statura, in barracano, che stava cautamente accanto a lei: «È stato notato nel bazar?».

«Si è parlato di un uomo che correva nel vicolo, dietro ai poliziotti» rispose l'informatore, senza distogliere gli occhi dalla panetteria. «Ma tale voce è stata contraddetta in modo secondo me convincente.»

«Come? È stato visto, no?»

«Sì. Ma, nella confusione, non è stato poi visto correre via, con in mano un portafogli rubato a quei maiali. Questa è la versione che il nostro uomo ha fornito, enfaticamente, ai presenti. Naturalmente, altri confermarono subito, con altrettanta enfasi, la cosa: dato che le persone isteriche sono sempre pronte ad accettare e avallare certe informazioni, per far bella figura fra estranei. Ciò li innalza.»

«Sei molto bravo» osservò la donna ridendo sommessamente. «E anche i tuoi compagni sono bravi.»

«Bisogna essere bravi, *ya anisa* Khalehla» disse l'arabo usando il titolo di rispetto omanita. «Se non si è abbastanza bravi, si va incontro ad alternative che preferisco non prendere neanche in considerazione.»

«Perché mai quella panetteria?» domandò Khalehla. «Ne hai idea?»

«No, affatto. In più, io detesto la *baklava*. C'è troppo miele. Agli ebrei piace, lo sai?»

«Piace anche a me.»

«Allora sia tu sia gli ebrei avete dimenticato quello che vi hanno fatto i turchi, a entrambi.»

«Non credo che il nostro uomo sia entrato in quel negozio per comprare della *baklava* o per informarsi su quello che i turchi fecero, in passato, alle tribù di Egitto e di Israele.»

«È una figlia di Cleopatra a parlare così?» domandò l'informatore sorridendo.

«Questa figlia di Cleopatra non sa neppure di che diavolo parli. Sto soltanto cercando di appurare alcune cose.»

«Allora, prendi come punto di partenza quell'auto militare che prese a bordo il tuo "soggetto" a pochi isolati di distanza dall'albergo, dopo le preghiere di *el Maghreb*. Ciò mi pare rilevante.»

«Avrà amici nell'Esercito.»

«A Masqat c'è di stanza soltanto la guarnigione del Sultano.»

«E con ciò?»

«Gli ufficiali si avvicendano di quindici in quindici giorni e vengono continuamente trasferiti in questa o quell'altra guarnigione, a Gidda, a Marmul oppure lungo la frontiera con lo Yemen del Sud.»

«Che cosa vuoi dire, con questo?»

«Voglio farti osservare due cose, Khalehla. In primo luogo, che sarebbe una coincidenza davvero incredibile se il "soggetto", dopo cinque anni di assenza, avesse potuto contare su un certo amico, in seno a un corpo ufficiali relativamente piccolo, convenientemente di servizio qui a Masqat, proprio questa quindicina, tanto più che gli ufficiali stessi cambiano, con l'andare degli anni, e...»

«Una coincidenza insolita, d'accordo, ma senz'altro possibile. Qual è il secondo punto?»

«Ecco. In questo periodo, nessun veicolo militare della guarnigione di Masqat oserebbe prendere a bordo un forestiero, nella maniera in cui egli è stato prelavato, se non per ordine di una suprema autorità.»

«Ordini del Sultano?»

«E di chi altri?»

«Non oserebbe mai! È incastrato. Una mossa falsa, e gli addosserebbero la responsabilità delle esecuzioni che ne conseguirebbero. Se ciò avvenisse, gli americani raderebbero al suolo Masqat. Il Sultano lo sa, questo.»

«Forse sa anche che è ritenuto responsabile sia per quello che *fa* sia per quello che *non* fa. In una tale situazione, conviene sapere che cosa fanno gli altri, non fosse che per offrire consiglio... o per fare abortire qualche sconsiderata iniziativa.»

Khalehla guardò fisso l'informatore, alla fioca luce del luogo riparato in cui si trovavano. «Se quell'auto militare portò il "soggetto" a un appuntamento con il Sultano, lo avrà certo riportato anche indietro.»

«Sì, senz'altro» convenne l'arabo di mezz'età, con tono neutro di voce, come se avesse capito il sottinteso.

«Il che significa che le proposte fatte dal "soggetto" non sono state respinte subito.»

«Così si direbbe, *ya anisa* Khalehla.»

«E a noi occorre sapere di che proposte si è trattato, no?»

«Sarebbe estremamente pericoloso, per noi, *non* saperlo» disse l'arabo annuendo. «Qui è in gioco non solo la vita o la morte di 236 ostaggi americani. Qui è in gioco il destino di una nazione. Della *mia* nazione, devo aggiungere. E farò del mio meglio perché rimanga *nostra*. Mi capisci, mia cara Khalehla?»

«Sì, *ya sahib el Aumer*.»

«Meglio un morto in più di uno sconquasso catastrofico.»

«Capisco.»

«Davvero? Avevate maggiori vantaggi voi nel Mediterraneo, che non noi nel Golfo Persico. Adesso è la nostra ora. Non permetteremo a nessuno di fermarci.»

«Io voglio che il successo vi arrida, amico caro. Noi tutti ve lo auguriamo.»

«Allora fa' quello che devi fare, *ya sahbitee* Khalehla.»

«Senz'altro.» La giovane donna elegante infilò una mano nella borsetta e ne estrasse una pistola a canna corta. Reggendola nella sinistra, frugò ancora nella borsa finché non trovò un caricatore. Lo inserì nella rivoltella, con un deciso scatto. L'arma era adesso pronta a sparare. «Va' pure, adesso, *adeem sahbee*» disse, mettendosi la borsetta a tracolla, con la mano infilata dentro, impugnando la pistola. «Ci intendiamo, noi. E tu devi trovarti da qualche altra parte, dove altri ti vedano, non qui.»

«*Salaam aleikum*, Khalehla. Va' con Allah.»

«Ci manderò *lui* da Allah, a perorare la sua causa... Svelto! Sta uscendo ora dalla panetteria! Io lo seguirò e farò quello che va fatto. Tu hai una decina di minuti, per portarti lontano da qui.»

«Fino all'ultimo tu ci proteggi, non è vero? Sei un vero tesoro. Sta' attenta, carissima Khalehla.»

«Dillo *a lui* di stare attento. È lui l'intruso.»

«Andrò alla moschea Zawadi, a parlare con i mullah e i muezzin. A un sant'uomo nessuno fa domande indiscrete. Non è lontana da qui, la moschea, cinque minuti al massimo di strada.»

«*Aleikum salaam*» disse la donna avviandosi. Teneva d'occhio l'americano vestito all'araba che, rasentando la fontana, si stava dirigendo a rapidi passi verso il dedalo di vicoli, a est della piazza, oltre il mercato di Sabat Aynub. *Cosa fa quel dannato imbecille?*, si chiese fra sé e sé, togliendosi il cappello con la sinistra e ficcandolo dentro la borsa a tracolla dove stringeva febbrilmente l'impugnatura della pistola, con la destra. *Sta andando proprio verso el Shari el Mishkwiyis*, concluse, mescolando inglese e arabo nei suoi pensieri, alludendo a quello che era il quartiere più malfamato della città, una zona che i forestieri evitavano. *Avevano ragione. È un dilettante! Io non posso certo andare là vestita in questo modo. Eppure, devo. Mio dio, ci giochiamo la pelle tutt'e due!*

Evan Kendrick imboccò, a passi spediti, una viuzza dal selciato sconnesso, molto stretta. Gli edifici ai due lati erano bassi, cadenti, malandati, rigurgitanti: strutture fatiscenti, con teloni e pelli di animali al posto di imposte alle finestre; quelle che non erano state divelte avevano perlopiù i vetri rotti, le persiane rabberciate. Dovunque penzolavano fili elettrici pericolosamente scoperti, poiché le centraline erano state scassinate per rubare corrente. L'aroma pungente della cucina araba si confondeva a odori più forti, inconfondibili puzze: hashish, foglie di coca bruciate, fetore di escrementi. Gli abitanti di quel ghetto si muovevano lenti, cautamente, sospettosi, tra le caverne male illuminate del loro mondo, nella cui degradazione si trovavano a proprio agio, incalliti ai suoi rischi, in certo qual modo protetti da esso, e certamente assuefatti al proprio ruolo di reietti, persino allegri in mezzo a tanto miserabile squallore, come confermavano le frequenti risate che si udivano scrosciare nei sordidi interni di quelle catapecchie. L'abbigliamento delle persone era una cenciosa miscellanea: vedevi *aba* e *ghotra* coesistere insieme a blue-jeans e alle proibitissime minigonne, e poi divise di soldati e marinai d'una dozzina di diversi Paesi. Le uniformi erano sudicie e appartenevano tutte a militari di bassa forza. Era noto però che molti ufficiali si facevano prestare la divisa dai loro subordinati per potersi avventurare in quel quartiere e goderne i piaceri proibiti.

C'erano capannelli, assembramenti, sulle soglie dei tuguri, e ciò seccava Kendrick perché gli impediva di leggere i numeri civici, già mal decifrabili, sui muri di pietra arenaria. Gli seccavano anche i sudici vicoletti traversi che, inspiegabilmente, provocavano salti nella numerazione, da un tratto all'altro della strada. El-Baz abitava al numero 77 di Shari el Balah, la via dei datteri. Ma dov'era?

Ah, eccolo là. L'ingresso della casa di El-Baz si trovava in un profondo androne. La pesante porta di legno era rinforzata da sbarre di ferro. Nel portone si apriva un usciolo. Un uomo in barracano, dall'aria truce, sedeva sulla soglia.

«*Esmahlee*» disse Kendrick per chiedere permesso.

«*Lay?*» fece il figuro: perché?

«Ho un appuntamento» disse Kendrick in arabo.

«Chi ti manda?»

«Questo non ti riguarda.»

«Non sto qui per ricevere una simile risposta, io» disse l'arabo, alzandosi in piedi. Le falde della sua *aba* si dischiusero leggermente rivelando il manico di una pistola infilata nella fusciacca dei calzoni. «Torno a chiedertelo: chi ti manda?»

Forse, pensò Evan, quel poliziotto si è dimenticato di fornirmi una parola d'ordine, un qualche segno di riconoscimento per entrare qui. Il tempo stringeva. Quell'ostacolo imprevisto non ci voleva proprio. Annaspò mentalmente. Poi: «Vengo da una panetteria di Sabat Aynub» disse tutto d'un fiato. «Lì ho parlato...»

«Una panetteria?» l'interrupe il figuro inarcando le sopracciglia sotto il caratteristico copricapo. «Ce ne sono almeno tre, nel mercato di Sabat Aynub.»

«Accidenti! *Baklava!*» sputo Kendrick, la cui frustrazione cresceva, gli occhi fissi sull'impugnatura di quella pistola. «Un somaro che...»

«Basta così» disse quello, scostandosi e richiudendo il barracano. «Basta una semplice risposta, a una domanda semplice, signore. Un fornaio l'ha mandata qui, dunque.»

«Appunto. Posso entrare, adesso?»

«Prima bisogna appurare chi desidera vedere. Con chi deve parlare, signore?»

«Santo cielo! Con l'uomo che abita qui... che lavora qui.»

«È senza nome, quest'uomo?»

«È forse tenuto a saperlo, lei?» domandò Evan, alzando un po' la voce, per via del brusìo proveniente dalla strada.

«Domanda lecita, signore» disse l'arabo, annuendo pensosamente. «Tuttavia, dato che mi ha accennato a un fornaio di Sabat Aynub...»

«Cristo!» sbottò Kendrick. «E va bene. Si chiama El-Baz. Ora mi lascia entrare? Ho fretta!»

«Con piacere ora avvertirò, signore, la persona che risiede qui. La lascerà entrare lui, se sarà di *suo* gradimento. Capirà che certe cautele sono necessarie perché...»

Non finì la frase. Con un rapido cenno della testa indicò verso la strada. Era scoppiato un qualche putiferio. Un uomo gridò, altri si misero a urlare. Le stridule voci rimbombavano nell'androne.

«*Elhahoonai!*»

«*Udam!*»

Poi una voce di donna sovrastò quel coro di improperi. «*Siboni fihalee!*» gridò costei, freneticamente, chiedendo cioè di essere lasciata in pace. Poi, in inglese, aggiunse: «*You, bastards!* Brutti bastardi!».

Kendrick e l'arabo di guardia si precipitarono fuori dell'androne. In quell'istante, due colpi di pistola posero momentaneamente fine a quel cacofonico bailamme. Il sibilo delle pallottole fendette l'aria, sinistramente. La guardia araba si gettò bocconi in terra. Kendrick, rannicchiato contro lo spigolo dell'androne, si sporse a guardare. Doveva rendersi conto! Vide passare di corsa tre figure in barracano, assieme a un giovanotto e a una donna malamente vestiti all'europea: lui in laceri pantaloni kaki, con un braccio ferito e sanguinante. Cautamente, Kendrick si rialzò in piedi e si affacciò dall'androne. Quel che vide lo sbigottì.

Sul lato opposto della strada c'era una donna a capo scoperto, con un corto pugnale nella sinistra e una rivoltella nella destra. Pian piano, Kendrick sgusciò fuori e si inoltrò sullo scabro selciato. I loro occhi si incontrarono, si fissarono. La donna puntò la pistola. Kendrick si arrestò. Tentava, disperatamente, di decidere cosa fare e quando farlo, ben sapendo che se si fosse mosso rapidamente quella avrebbe sparato. Invece, con sua grande sorpresa, la donna prese ad arretrare, sempre con la pistola puntata su di lui, poi, d'un tratto – allorché il fitto rumorìo fu lacerato da uno stridulo fischio – girò sui tacchi e scappò via, per un buio vicoletto laterale. Dopo pochi istanti era scomparsa. Quella donna lo aveva dunque pedinato! Per ucciderlo? Ma perché? E chi era mai?

«*Qui!*» Era la guardia araba a chiamarlo, con voce sommessa e spaventata. Evan si girò di scatto. Vide l'arabo fargli gesti esagitati, per invitarlo a rientrare nell'androne. Vide anche che il pesante portone, adesso, era socchiuso. «Presto, signore! Le è stato concesso di entrare. Si sbrighi! Non deve essere notata la sua presenza, qui!»

Il battente si spalancò ed Evan corse dentro. Fu subito afferrato da un uomo di piccola statura. Costui gridò alla guardia nell'androne: «Vattene via di qua, adesso! Svelto!». Dopodiché richiuse il battente e tirò due catenacci, per sprangarlo. Kendrick raggrinzì le palpebre, nella penombra. Si trovava in una sorta di vestibolo, che dava in un ampio corridoio su cui si aprivano diverse porte, da ambo i lati. Il pavimento di legno ruvido era ricoperto da piccoli tappeti persiani. Tappeti – constatò fugacemente Evan – che avrebbero raggiunto alte quotazioni a una qualsiasi asta, in Occidente. Alle pareti ve n'erano altri, appesi, più grandi, ognuno dei quali – Evan ne era sicuro – valeva un piccolo patrimonio. Dunque, l'uomo chiamato El-Baz investiva una parte dei suoi profitti in quei tesori dell'arte tessile orientale. Chi se ne intendeva, avrebbe avuto subito l'impressione di trattare con un uomo importante. I non intenditori – fra cui certo molti funzionari di polizia e magistrati inquirenti – avrebbero invece pensato che quell'uomo minuscolo, dall'aria furtiva, imbottiva in tal modo i pavimenti e le pareti per evitare urgenti riparazioni. L'artista di nome El-Baz sapeva esattamente il fatto suo.

«Sono El-Baz» disse l'arabo, piccoletto e un po' curvo, porgendo una grossa mano dalle vene in rilievo. Poi continuò, in buon inglese: «Lei è chiunque lei dica di essere ed è un piacere, per me, conoscerla, preferibilmente non sotto il nome che i suoi riveriti genitori le hanno imposto. Prego, da questa parte. La seconda porta a destra. È la nostra prima e più vitale procedura. In verità, tutto il resto è stato compiuto.»

«Compiuto? *Che cosa* è stato compiuto?» domandò Evan.

«L'essenziale» rispose El-Baz. «I documenti sono stati preparati in base alle informazioni fornitemi.»

«Quali informazioni?»

«Chi lei potrebbe essere, cosa potrebbe fare, da dove potrebbe venire. È tutto quello che mi occorre.»

«Chi le ha dato queste informazioni?»

«Non ne ho la più pallida idea» disse l'anziano arabo, sospingendo Kendrick per un braccio verso la porta indicata. «Una persona sconosciuta mi ha impartito istruzioni per telefono, non so da dove. Comunque, costei ha usato le parole giuste e ho, quindi, capito che dovevo obbedirle.»

«Una donna?»

«Maschio o femmina non fa differenza, *ya Shaikh*. Quel che conta è ciò che si dice. Entri.»

Entrarono in una stanza attrezzata a studio fotografico. L'occhiata inquisitoria di Evan Kendrick non sfuggì a El-Baz. Il quale spiegò: «L'apparecchiatura fotografica, là, alla sua sinistra, serve a riprodurre fedelmente la qualità scadente dei documenti d'identità rilasciati dalla nostra anagrafe. Le fotografie sono in genere di grana grossa. Si sieda. Su quello sgabello davanti allo schermo».

El-Baz lavorò alla svelta. Di lì a poco erano pronte quattro o cinque foto-tessera, eseguite direttamente in positivo, col sistema polaroid. Ne scelse una, diede fuoco alle altre. Poi si infilò un paio di guanti di gomma sottile, da chirurgo, e, stringendo fra le dita la foto prescelta, fece un gesto in direzione di una tenda, in fondo alla saletta. Scostò il pesante tendaggio, rivelando una parete nuda, squallida. L'apparenza era ingannevole. El-Baz posò il piede destro accanto a una macchia sul parquet consunto, poi portò la mano sinistra, guantata, su un punto specifico della parete. Pigiò, simultaneamente, la mano e la punta del piede. Allora la parete si dischiuse, lentamente, e comparve una porta segreta, larga una sessantina di centimetri. El-Baz, il mago dei documenti falsi, entrò facendo cenno a Kendrick di seguirlo.

Quello che Evan vide nella stanzetta attigua era tanto moderno quanto qualsiasi macchinario esistente nel suo ufficio di Washington, e di qualità ancora migliore. V'erano due grandi computer, ciascuno dotato di stampatrice, e quattro telefoni, di quattro diversi colori, del tipo più moderno, disposti su un tavolo bianco, immacolato, di fronte a quattro poltroncine.

«Ecco qua» disse El-Baz indicando il computer sulla sinistra, sul cui schermo brillava una scritta a lettere verdi. «Vede quanto è privilegiato, lei, *ya Shaikh*. Mi è stato ordinato di trasmetterle tutta una serie di notizie e informazioni precisando la fonte di esse, ma di non metterle niente per iscritto – a parte, s'intende, i documenti d'identità. Ora sieda. E studi se stesso.»

«Studiare me stesso?» domandò Kendrick.

«Appunto. Lei è un saudita di Riad, di nome Amal Bahrudi. È ingegnere edile. Scorre un po' di sangue europeo nelle sue vene. Un nonno, credo. Sta scritto sullo schermo.»

«Sangue europeo...»

«Serve a spiegare la sua fisionomia non proprio araba, nel caso che qualcuno trovasse da ridire.»

«Un momento.» Evan si sporse verso lo schermo. «Costui è una persona *vera*?»

«Lo era. È morto ieri sera a Berlino Est. La notizia ci è giunta attraverso il telefono verde.»

«Morto? Ieri sera?»

«I Servizi Segreti della Germania Est, controllati ovviamente dai sovietici, terranno nascosta la sua morte per alcuni giorni, per qualche settimana, forse, per dare tempo ai burocrati del KGB di studiare ben bene la faccenda, pensando, è ovvio, al proprio tornaconto. Frattanto, l'arrivo qui dell'ingegner Bahrudi è stato debitamente registrato alla dogana. Qui fa testo il telefono blu. Bahrudi è munito di un visto valido trenta giorni.»

«Quindi, se qualcuno volesse controllare» disse Kendrick «risulterebbe che questo Bahrudi si trova qui legalmente; e nessuno sa che invece è morto a Berlino Est.»

«Esattamente.»

«Che succede, se vengo preso?»

«La cosa non dovrebbe preoccuparla. Diverrebbe cadavere all'istante.»

«Ma i sovietici potrebbero creare delle grane, per noi, qui. Loro lo sanno che non sono Bahrudi.»

«Potrebbero, dice? Lo vorrebbero, forse?» El-Baz si strinse nelle spalle. «Non bisogna mai perdere alcuna occasione di confondere e mettere in imbarazzo il KGB, *ya Shaikh*.»

Evan corrugò la fronte. «Mi par di capire cosa intende lei. Come si è procurato tutto questo? Cristo santo, un saudita muore a Berlino Est – la sua morte è tenuta nascosta – lei ha qui il suo dossier – questo dossier include persino un nonno – un nonno *europeo*. Ammetterà che ha dell'incredibile, tutto questo.»

«Mi creda, mio giovane amico sconosciuto, si fidi di me. Naturalmente, occorre avere complici da ogni parte, per fare il mestiere che faccio io; ma questo non la riguarda. Lei si limiti a studiare i fatti salienti: il nome dei suoi riveriti genitori, le scuole e le università che ha frequentato. Si è laureato anche negli Stati Uniti, credo, come tanti sauditi d'alto lignaggio. Oltre questo non le dovrebbe occorrere nient'altro. Casomai le occorresse, non avrebbe importanza. Poiché, tanto, sarebbe già morto.»

Kendrick uscì da quella che era una città infernale dentro la città, e si diresse verso la zona nord-est di Masqat; verso l'ospedale Waljat, i cui paraggi conosceva bene. Si trovava, adesso, a meno di cinquanta metri dai cancelli dell'Ambasciata americana. Si soffermò. L'ampia strada era piena soltanto a metà di spettatori, a quell'ora. Il sinistro riverbero delle torce e le raffiche di fucileria che si sentivano dall'interno dell'Ambasciata creavano l'illusione che la folla fosse più fitta, e più isterica, di quanto non era in realtà. Per quegli spettatori, il terrore che regnava là dentro era solo una forma di intrattenimento; i loro ranghi si assottigliavano via via che il sonno li sopraffaceva, a uno a uno. Più avanti, a meno di un quarto di miglio oltre l'ospedale Waljat, c'era Palazzo Alam, residenza del giovane Sultano, in riva al mare. Evan guardò l'orologio: l'ora e il luogo dove si trovava gli offrivano un vantaggio; il tempo stringeva: Ahmat doveva muoversi rapidamente. Cercò con lo sguardo un telefono pubblico. Ricordava, vagamente, che ce n'erano diversi, presso l'ingresso dell'ospedale. Grazie a Weingrass. Due volte, quel vecchio architetto impenitente aveva giurato che il suo brandy era avvelenato; e una volta una donna omanita gli aveva dato un tale morso alla mano indiscreta, che poi gli ci vollero sette punti di sutura. Così ora l'ospedale gli era familiare.

Le bianche cabine di plastica di tre telefoni pubblici riflettevano la luce dei lampioni stradali. Con una mano infilata nella tasca interna del barracano, dove teneva i documenti falsi, Kendrick spiccò una corsa ma poi, immediatamente, accorciò il passo. L'istinto gli diceva di non rendersi troppo evidente... o minaccioso. Raggiunse il primo telefono, inserì una moneta e formò quello strano numero, che aveva indelebilmente impresso nella memoria: 555-0005.

La fronte gli si imperlò di sudore. Contò gli squilli, che gli parvero via via più distanziati.

Finalmente una voce disse: «*Iwah?* Sì?».

«*English*» disse Evan.

«Così presto?» ribatté Ahmat stupefatto. «Che c'è?»

«Andiamo per ordine... Una donna mi ha seguito. La luce era scarsa ma, da quel che ho potuto vedere, era di media statura, con i capelli lunghi, vestita all'europea, direi piuttosto elegantemente. Inoltre, parlava speditamente sia l'inglese sia l'arabo. Le viene in mente qualcuno?»

«Se allude a una donna che potrebbe averla seguita fino a casa di El-Baz, no, assolutamente nessuno. Perché?»

«Credo che avesse intenzione di uccidermi.»

«*Cosa?*»

«E una donna ha dato a El-Baz le informazioni sul mio conto. Per telefono, s'intende.»

«Questo lo so.»

«Potrebbe esserci un nesso?»

«In che senso?»

«Qualcuno che avesse interesse, mettiamo, a procurarsi dei documenti falsi.»

«Spero di no» disse Ahmat con fermezza. «Quanto alla donna che ha parlato con El-Baz, si tratta di mia moglie. Non mi sarei fidato di rivelare la sua presenza qui a nessun altro.»

«La ringrazio, per questo. Ma qualcun altro sa che sono qui.»

«Lei ha parlato, Evan, con quattro uomini. Uno di essi, Mustafa, nostro amico comune, è stato ucciso. D'accordo, qualcun altro è al corrente della sua presenza qui. È ben per questo che gli altri tre sono sotto sorveglianza ventiquattr'ore su ventiquattro. Le consiglio di non farsi vedere, di rimanere nascosto, per almeno un giorno. Glielo trovo io, un nascondiglio sicuro. Frattanto, potremmo venire a sapere qualcosa. Poi devo parlare con lei di una cosa. Riguarda questo Amal Bahrudi. Insomma, si dia alla macchia per un giorno intero. Credo che sia la cosa migliore; no?

«No» rispose Kendrick con voce atona. «Non mi farò vedere, ma non starò nascosto, questo no.»

«Non la capisco.»

«Voglio essere arrestato, come terrorista. Voglio essere rinchiuso nel carcere che avete allestito apposta da qualche parte. Devo arrivare là stasera stessa!»

Capitolo sesto

La figura in barracano stava correndo all'impazzata in mezzo all'ampio viale Wadi Al Kabir. Era sbucato dall'ombra all'altezza della massiccia Porta Mathaib, distante varie centinaia di metri dall'antica fortezza portoghese chiamata Mirani. Aveva le vesti zuppe di acqua mista a nafta, l'acqua sporca del porto. Il copricapo gli stava appiccicato ai capelli bagnati. C'erano ancora parecchie persone per strada, nonostante l'ora tarda. Agli occhi di costoro, quell'uomo che correva disperatamente era probabilmente uno dei tanti marinai disertori che si buttavano in mare, da una nave, per entrare illegalmente nel Sultanato, un tempo così pacifico: un fuggiasco, insomma, oppure un terrorista.

Si udì in lontananza una sirena e, poco dopo, un'auto della polizia, proveniente da Wadi Al Uwar, svoltò a tutta velocità in Al Kabir, con stridore di gomme sull'asfalto. Un informatore aveva segnalato, evidentemente, lo sbarco di quel fuggiasco. La polizia era sempre all'erta, in quei giorni. La luce abbagliante di un faro investì l'uomo, gettandolo in preda al panico. Si buttò alla disperata sulla sinistra, ma si trovò di fronte solo le saracinesche abbassate dei negozi. Virò allora sulla destra, ritornò vacillando verso il centro del viale, ma qui venne intercettato da un gruppo di nottambuli. Costoro si muovevano in branco e i loro sguardi, sebbene non immuni da paura, dicevano, collettivamente, che ne avevano abbastanza. Rivolevano per sé la loro città. Un uomo basso, in doppiopetto ma con in testa un copricapo arabo, si fece avanti: cauto, ma deciso. Due uomini più corpulenti, in barracano, forse con maggior cautela ma con ugual decisione, si unirono a lui, seguiti a loro volta da altri, più esitanti. Intorno si era intanto radunata una piccola folla. E tutti insieme formarono una specie di barricata umana. V'erano fra loro anche donne col velo. A dar coraggio, a loro tutti, erano la collera e l'esasperazione. Bisognava che quella faccenda finisse!

Un poliziotto balzò fuori dall'auto e, accorrendo con la pistola spianata, gridò: «Disperdetevi! Potrebbe avere delle bombe a mano con sé! Via di qua!».

Un secondo poliziotto sopraggiungeva, sul lato sinistro della via, e anche lui si mise a urlare: «Sparpagliatevi! Non c'è da scherzare, con quello!».

I cauti nottambuli e la folla esitante, allora, si dispersero in ogni direzione, cercando scampo nella lontananza e riparo negli androni. Come se avesse atteso l'imboscata, il fuggiasco annaspò tra le pieghe del barracano zuppo, ne dischiuse i lembi e vi infilò dentro, minacciosamente, una mano. Esplosero allora dei colpi d'arma da fuoco. Il fuggiasco gridò forsennatamente, invocando la collera di Allah onnipotente e la vendetta di Al Fatah, portò una mano alla spalla, inarcò il collo e cadde a terra. Sembrava morto. Ma, alla fioca luce, nessuno avrebbe potuto determinare l'entità delle sue ferite. Urlò ancora, lanciò un ruggito, auspicando che tutte le furie dell'Islam piombassero sulle orde degli impuri infedeli, dovunque. I due poliziotti gli furono addosso. L'auto di pattuglia si portò più vicina, i freni stridettero, un terzo agente ne balzò a terra.

«Disarmatelo! Perquisitelo!» ordinò un graduato scendendo a sua volta. I due subalterni avevano già provveduto. Il graduato si chinò sul fuggiasco, per guardarlo bene in faccia. «Potrebbe essere *lui*!» disse. Poi, con voce alterata, gridò: «Là! Legato alla coscia! C'è un pacchetto! Datelo a me!».

Diverse persone stavano di nuovo avvicinandosi, attratte dalla curiosità, nel bel mezzo del viale Al Kabir, sotto la fioca luce dei lampioni.

«Credo che abbia ragione tu» disse uno degli agenti al graduato. «Guarda qua, sul collo. La cicatrice...»

«È Bahrudi!» esclamò in tono di trionfo il graduato, che intanto stava esaminando i documenti contenuti nel pacchetto impermeabile che il fuggiasco portava legato a una coscia. «È proprio Amal Bahrudi. Il fido Bahrudi! Era a Berlino Est fino all'altro ieri ma, per Allah, adesso è nelle nostre mani.»

Uno degli agenti si rivolse, con cipiglio, alla folla eccitata: «Circolare! Via, via tutti di qui! Questo porco potrebbe avere dei complici, nelle vicinanze. Non è prudente trattenersi qui. È l'infame Bahrudi, costui, il terrorista dell'Est europeo. Abbiamo chiamato rinforzi via radio. Su! Sgombrate. Qui potrebbe scapparci qualche morto!».

I curiosi se la diedero a gambe, disordinatamente, come una mandria di animali spaventati, per il viale Al Kabir. Si erano fatti coraggio, prima, ma ora la prospettiva di una sparatoria li atterriva. Tutto era incertezza, e la morte in agguato dovunque. L'unica cosa di cui quella folla era certa era che un famigerato terrorista internazionale, di nome Amal Bahrudi, era stato catturato.

«La voce si diffonderà rapidamente, nella nostra piccola città» disse il sergente di polizia, in buon inglese, aiutando il "prigioniero" a rialzarsi. «Se necessario, daremo aiuto.»

«Vorrei fare un paio di domande... forse tre!» Evan Kendrick si tolse il copricapo e fissò il sergente: «Cosa intendeva, quando ha dato a Bahrudi del terrorista?».

«La verità, signore.»

«Non capisco.»

«Salga in macchina, prego. Il tempo è prezioso. Dobbiamo andarcene di qui al più presto.»

«Esigo delle *risposte*!» replicò Kendrick mentre lo accompagnavano verso l'auto di pattuglia. «Ho accettato questa messinscena, ho fatto come mi era stato detto» continuò salendo a bordo della berlina verde «ma nessuno mi aveva detto che l'uomo che io impersono era, in realtà, un famoso terrorista, un pericoloso assassino, un dinamitardo.»

«Posso dirle soltanto quello che m'è stato detto di dirle, il che è poi, francamente, tutto quello che so» rispose il sergente sedendosi accanto a lui. «Tutto le sarà spiegato quando saremo a destinazione. Nel laboratorio...»

«Lo so, del laboratorio. Ma non so di questo Bahrudi.»

«Esiste, signore.»

«Che esiste lo so, ma non so tutto il resto.»

«Sbrigati, tu!» disse il sergente rivolto all'autista. Poi, ai suoi subalterni: «Voi restate qui».

L'auto partì in retromarcia, compì una conversione a "U" e poi si diresse sparata verso Wadi Al Uwar.

«D'accordo, Bahrudi non è una persona fittizia» tornò a insistere Kendrick parlando concitatamente. «Ma, *ripeto*, nessuno mi ha mai detto che il vero Bahrudi è, o era, un terrorista.»

«A suo tempo, signore» disse il sergente, accendendosi una sigaretta araba, marroncina. Inalò profondamente ed esalò il fumo attraverso le narici, con aria di sollievo. La sua parte, in quella strana impresa, era finita.

«Molte cose El-Baz e il suo computer non le hanno fatto sapere» disse il medico omanita, esaminando la spalla nuda di Evan Kendrick. Erano a tu per tu, in una saletta di quello che veniva chiamato semplicemente "il laboratorio". La stanza era arredata come un ambulatorio. Kendrick sedeva sul lettino, con i piedi su uno sgabello. Accanto a lui, la cintura porta-soldi. Il medico soggiunse: «In quanto medico personale di Ahmat... chiedo scusa: del nostro grande Sultano... che curo da quando aveva otto anni, sarò io, d'ora in poi, il suo *unico* tramite fra voi due, nel caso che, per qualsiasi ragione, lei non riesca a mettersi in contatto direttamente con lui. Intesi?».

«E lei, come la raggiungo?»

«Mi trova all'ospedale, oppure a casa. Le darò tra poco il mio numero privato. Adesso, finisca di spogliarsi e si tinga *tutto* il corpo. Così, a due colori, non andrebbe lontano, *ya Shaikh*. Perquisizioni a corpo nudo sono all'ordine del giorno, nel carcere. Dove, certo, non potrà tenere con sé una cintura di cuoio piena di soldi.»

«Può tenermela lei?»

«Certamente.»

«Ma ora torniamo a Bahrudi, per favore» disse Kendrick, cominciando ad applicarsi l'unguento colorante alle parti intime del corpo rimaste "occidentali", mentre il medico glielo spalmava sulla schiena. «Perché El-Baz non mi ha detto la verità?»

«Per ordine di Ahmat. Temeva che lei sollevasse obiezioni, quindi voleva spiegarle tutto lui stesso.»

«Ho parlato con lui per telefono meno di un'ora fa. Ma non mi ha detto nulla, al riguardo.»

«Non c'era tempo. Bisognava organizzare in tutta fretta la sua "cattura". Perciò ha affidato a me l'incarico di spiegarle tutto.»

«Allora, mi spieghi» disse Evan, ora meno irritato.

«Ecco. Se lei venisse preso dai terroristi, avrebbe, se non una via di scampo immediata, perlomeno una via di ripiego. Per guadagnare tempo. Per darci modo di correrle in aiuto. Ammesso che un aiuto sia ancora possibile.»

«Quale via di ripiego?»

«Semplicemente, verrebbe considerato uno dei loro. Finché non venissero a scoprire la verità.»

«Bahrudi è morto...»

«Il suo cadavere è in mano al KGB» disse il medico interrompendolo. «E il KGB è, notoriamente, temporeggiatore, per non dire indeciso, per la paura di trovarsi in difficoltà.»

«El-Baz mi ha accennato a questo.»

«Se qualcuno a Masqat può saperlo, questi è El-Baz.»

«Dunque: se Bahrudi è accettato qui in Oman, e se io vengo accettato nel ruolo di Bahrudi, potrei avere qualche carta in mano. A meno che i sovietici non mandino tutto all'aria, spifferando ogni cosa.»

«Ci penseranno su ben bene, prima di mettersi a suonare quel piffero. In primo luogo, non possono essere sicuri di niente. E poi avranno paura di un tranello, procederanno coi piedi di piombo, attendendo gli sviluppi della situazione. Ora alzi il braccio. Ecco... così.»

«Un'altra domanda» disse Kendrick con fermezza. «Come avrebbe fatto il presunto Bahrudi a entrare indisturbato nel Paese? Voi avete un Servizio di sicurezza coi fiocchi, qui, in questo momento.»

«Quanti John Smith vi sono nel suo Paese, *ya Shaikh*?»

«E con questo?»

«Bahrudi è un cognome abbastanza comune, nel mondo arabo. Più frequente al Cairo, forse, che non a Riad, ma comunque non insolito. Amal poi è quel che sarebbe "Joe" da voi.»

«Tuttavia, El-Baz lo ha inserito nel computer dell'ufficio immigrazione. Sarebbe scattato un segnale d'allarme e...»

«E lui sarebbe stato interrogato» l'interruppe subito il medico omanita. «Lo avrebbero ben bene esaminato, gli avrebbero fatto le domande di prammatica, poi l'avrebbero lasciato passare.»

«Forse perché non ho una cicatrice sul collo?» domandò Evan precipitosamente. «Uno dei poliziotti, in viale Al Kabir, accennava appunto a una cicatrice sul collo... sul collo di Bahrudi.»

«Di questo particolare non so nulla. Può darsi. E lei, certo, non ha la cicatrice. Ma vi sono motivi più fondamentali.»

«Vale a dire?»

«Un terrorista non preannuncia il suo arrivo in terra straniera, specie là dove ci sono disordini. Usa documenti falsi. La polizia sta all'erta, ma trascura coincidenze fortuite. Cosa importa, per esempio, se un certo John W. Booth, farmacista di Filadelfia, porta lo stesso nome dell'assassino di Lincoln?»

«Lei è versato in storia americana, eh?»

«Ho studiato medicina alla John Hopkins di Baltimora, Mr. *Bahrudi*. Grazie alla munificenza del vecchio Sultano, padre del Sultano attuale, il quale prese a benvolere un ragazzo beduino che aspirava a ben più che all'esistenza di un nomade, nella sua tribù.»

«Com'è accaduto?»

«Questa è un'altra storia. Abbassi pure il braccio, adesso.»

Evan guardò il suo interlocutore. «Lei è fedele al Sultano, immagino.»

Il medico omanita sostenne lo sguardo di Kendrick. «Sarei disposto a uccidere per lui, *ya Shaikh*» disse sottovoce. «Ovviamente, userei sistemi non-violenti. Una siringa, un bisturi, una diagnosi sbagliata. Sì, sarei disposto a uccidere, per ripagare il mio debito di gratitudine.»

«Non ne dubito. Quindi, lei sta dalla mia parte.»

«Senz'altro. Per dargliene la prova, le dirò un numero di telefono che, fino a poco fa, mi era ignoto: cinque, cinque, cinque – zero, zero, zero, cinque.»

«Tanto basta. Il suo nome?»

«Faisal. Dottor Amal Faisal.»

«Come dire "John Smith" in America.» Kendrick scese dal lettuccio e, nudo, si diresse a un lavandino. Si lavò le mani accuratamente, quindi osservò il proprio corpo allo specchio. La pelle andava gradatamente assumendo la tinta desiderata. Tra poco, sarebbe stato pronto per il carcere. Guardò il medico. «Com'è, là?» domandò.

«Non è posto per lei.»

«Quello che voglio sapere è: vi sono riti di passaggio? Cioè qualche rituale cui vengono sottoposti i nuovi arrivati? Ci saranno sicuramente microspie. Bei fessi, se non le avessero installate.»

«Ci sono. E i prigionieri, presumibilmente, lo sanno. Si riuniscono accanto alla porta, dove si trovano le principali microspie, e fanno un bel po' di chiasso. I soffitti sono troppo alti, e dai microfoni installati lassù non si sente niente. Altre microspie si trovano nei gabinetti. Ma anche queste devono essere state individuate. Quel poco che si riesce a captare attraverso di esse non è certo piacevole. I prigionieri, come tutti gli estremisti, fanno continuamente a gara a chi è più devoto alla causa. Vi sono di continuo nuovi arrivi. Molti non si conoscono fra loro. Quindi, i nuovi arrivati vengono interrogati, e gli interrogatori sono spesso brutali. Sono dei fanatici, ma non degli sciocchi, nel senso corrente del termine, *ya Shaikh*. Stanno allerta. "Vigilanza" è la loro parola d'ordine. Gli "infiltrati" sono la loro ossessione, è naturale.»

«Sarò vigile anch'io.» Kendrick tornò presso il lettuccio, dov'era pronta per lui la divisa da detenuto. «La mia vigilanza sarà pari alla loro. A fanatico, fanatico e mezzo.» Fece una pausa, quindi soggiunse: «Mi occorrono i nomi dei caporioni, all'interno dell'Ambasciata. Non mi è stato consentito di prendere appunti. Ma ne ricordo due, poiché ricorrono spesso nei verbali che mi sono stati dati da leggere. Uno è Abu Nassir, l'altro Abbas Zaher. Ne conosce altri, lei?».

«Nassir non lo si vede più da una settimana. Dicono che si sia dileguato. Quanto a Zaher, non è considerato un capo, ma solo uno sbruffone. Pare che a contare più di tutti adesso sia una donna di nome Zaya Yateem. Parla bene l'inglese e lo legge, anche.»

«Che aspetto ha?»

«Chi può dirlo? Porta il velo.»

«Altri?»

«C'è un giovanotto che le sta sempre al fianco. Pare che sia il suo compagno. Ha un'arma di fabbricazione russa, non so però di che tipo.»

«Il nome?»

«Lo chiamano semplicemente Azra.»

«Azra vuol dire azzurro.»

«Appunto. A proposito di colori, ce n'è un altro – un uomo prematuramente canuto – che è chiamato Ahbyahd.»

«Cioè, Bianco» disse Evan.

«Sì. È stato identificato come uno dei dirottatori dell'aereo della TWA a Beirut. In base alle foto. Il suo vero nome è ignoto.»

«Dunque: Nassir, la Yateem, Azzurro e Bianco. Dovrebbe bastare, questo.»

«Per che cosa?» domandò il dottor Faisal.

«Per quello che ho in mente di fare.»

«Ci pensi bene» disse il medico sottovoce. «Ahmat lo sa che questo suo sacrificio potrà procurarci grossi vantaggi. Ma, badi, potrebbe trattarsi di un sacrificio estremo. Ahmat vuole che lei, questo, lo sappia.

«Non sono un fesso, neanch'io» disse Kendrick. Si stava vestendo da detenuto: calzoni attillati con fusciacca elastica, casacca grigia, babbucce. «Se mi sentissi minacciato, chiamerei aiuto.»

«Ci provi, e li vedrà trasformarsi in belve idrofobe. Non sopravviverebbe dieci secondi. Nessuno potrebbe portarle soccorso in tempo.»

«D'accordo. Allora, stabiliamo un codice.» Abbottonandosi la ruvida casacca, Evan volgeva gli occhi intorno. Gli cadde lo sguardo su alcune lastre radiografiche appese a un filo. «Se gli agenti in ascolto alle microspie mi udranno dire che delle pellicole sono state portate fuori di nascosto dall'Ambasciata, ebbene, questo è il segnale: vengano in mio soccorso. Intesi?»

«"Pellicole portate fuori di nascosto..."»

«Esatto. Pronuncerò queste parole – le griderò – solo in caso di pericolo per me. Se stessero per sopraffarmi. Ora, fate loro arrivare la notizia. Le guardie si mettano a sfotterli, perché Amal Bahrudi, il capo dei terroristi islamici nell'Europa Orientale, è stato catturato in Oman. Sarà questo il mio salvacondotto per entrare con tutti gli onori nel loro covo.»

«Non si intendeva farne un covo, di quel carcere.»

«Però torna utile, adesso, che lo sia, no? Si direbbe che Ahmat ci avesse pensato, prima ancora di me. Oh, sì. Più ci penso e più mi sembra logico. Perché no?»

«È ridicolo!» protestò il dottor Faisal, levando ambo le mani al cielo. «Mi stia bene a sentire. Possiamo tutti fare ipotesi e teorizzare quanto ci pare e piace, ma non c'è niente di garantito. Il carcere è sorvegliato da soldati e nessuno può leggere nell'anima di un uomo. Metta che, fra i carcerieri, ci sia qualcuno che simpatizzi per i carcerati. Guardi cosa succede per le strade. C'è chi fa delle scommesse, in attesa che vengano uccisi altri ostaggi! Sono come animali impazziti! Non tutti i cittadini, qui da noi, e non tutti i militari, amano l'America. Sono noti i pregiudizi che nutrono, contro gli arabi, i suoi compatrioti.»

«Ahmat ha detto la stessa cosa, riguardo alla guarnigione di Masqat, alla sua stessa guardia del corpo. Solo che lui disse: "Puoi scrutare negli occhi di un uomo...".»

«Gli occhi racchiudono il segreto dell'anima, *ya Shaikh*, e quindi il Sultano aveva ragione. Noi viviamo nella costante paura del tradimento. Questi nostri soldati sono giovani, impressionabili, pronti a reagire impulsivamente a insulti reali o immaginari. Metta, in via di ipotesi, che il KGB, al fine di destabilizzare ulteriormente il Sultanato, invii un messaggio del seguente tenore: "Amal Bahrudi è morto, l'uomo che si spaccia per Bahrudi è un volgare impostore". A questo punto, non avrebbe neppure il tempo di inviarci il segnale convenuto. E la sua morte sarebbe certo atroce.»

«Ahmat avrebbe dovuto pensare, a questa eventualità.»

«Non sia ingiusto!» esclamò Faisal. «Non attribuisca a lui uno stratagemma che ha invece ideato lei stesso. Il piano di Ahmat prevedeva che l'alias di Bahrudi venisse usato, da lei, solo in casi estremi, come tattica diversiva. Lei invece ha deciso di servirsene altrimenti. Il fatto che dei cittadini qualsiasi assistessero alla cattura di un famigerato terrorista bastava, in sé e per sé, a ingenerare confusione. E questa era, appunto, la strategia di Ahmat. Creare confusione, sgomento, indecisione. Inoltre, l'alias di Bahrudi le sarebbe servito, in caso di cattura, per rinviare, non fosse che di poche ore, la sua esecuzione. E farci guadagnare tempo, per cercare di portarle soccorso. Questo era l'intento di Ahmat, e non già far di lei un *infiltrato*.»

Evan si appoggiò alla parete, a braccia conserte, scrutando l'omanita attentamente. «Allora, non capisco. Non vado a caccia di demoni, ma c'è un anello che non tiene, nella sua spiegazione.»

«E cioè?»

«Mi è stato attribuito, come alias, il nome di un noto terrorista – convenientemente defunto – allo scopo di offrirmi, parole sue, una via di ripiego.»

«Cioè, una certa *temporanea* immunità» precisò Faisal.

«Ebbene, supponga – in via di ipotesi – che a me non fosse venuto in mente di inscenare, stasera, la melodrammatica cattura del terrorista in viale Al Kabir, eh?»

«Quel melodramma non era infatti previsto» rispose Faisal con calma. «Lei ha soltanto accelerato i tempi. Una sceneggiata analoga sarebbe avvenuta, però, domattina, presso la moschea di Khor. La notizia della cattura di Bahrudi si sarebbe diffusa in un baleno. Solo che, al posto suo, avremmo usato una controfigura. Ecco tutto. Questo era il piano, né più né meno.»

«Allora, come direbbe un leguleio, siamo di fronte a una convergenza di scopi, a un accomodamento atto ad accontentare tutte le parti in causa, senza conflitti. Di frasi del genere ne sento, a Washington, ogni santo giorno. Molto scaltre.»

«Sono un medico, *ya Shaikh*, e non un avvocato.»

«D'accordo» convenne Evan sorridendo lievemente. «Ma il nostro giovane amico Ahmat mi ha detto, per telefono, che voleva parlare con me di Amal Bahrudi. Mi chiedo dove ci avrebbe condotto, quel colloquio.»

«Neanche lui è un avvocato.»

«Deve saper fare tutti i mestieri, per poter mandare avanti la baracca» replicò Kendrick aspramente. «Deve riflettere. Specie adesso... Ma noi stiamo perdendo tempo, dottore. Mi dia una strapazzata. Non pugni negli occhi o sulla bocca, ma al mento, alle mascelle. Poi mi pratichi un taglio sulla spalla. E bendi la ferita. Ma senza stagnare il sangue.»

«Come come *come*?»

«Cristo! Non vorrà che mi ferisca da solo!»

La pesante porta di metallo venne spalancata da due soldati i quali, all'istante, spianarono i fucili per rintuzzare eventuali assalti, o tentativi di evasione. Una terza guardia diede uno spintone al nuovo prigioniero, ferito e ancora sanguinante, scagliandolo dentro la vasta sala, dalle pareti di cemento armato, che fungeva da cella comune. La luce, assai fioca, proveniva da alcune lampadine, protette da grate di ferro, sull'alto soffitto. Diversi detenuti si diressero, all'istante, sul nuovo arrivato, che per effetto dello spintone era caduto in ginocchio e stava, goffamente, cercando di rialzarsi. Lo aiutarono a tirarsi su. Altri, frattanto, si erano assiepati davanti alla porta di ferro e si erano messi a parlare a gran voce fra loro – a urlare, anzi – per non far sentire, agli intercettatori, quello che si diceva nel carcere.

«*Khaleebalak!*» tuonò il nuovo arrivato, scansando con un gesto coloro che erano andati per aiutarlo. Quindi tirò un pugno sul naso a un giovane detenuto, la cui smorfia rivelò denti cariati. «Per Allah! Sfascio il grugno a chiunque osa toccarmi!»

«Tu sei uno e noi siamo in tanti!» sibilò il giovane offeso, stringendosi il naso per stagnare il sangue.

Kendrick girò intorno lo sguardo. Era più alto del più alto di quelli intorno a lui. In perfetto arabo, disse: «Siete in tanti, ma siete dei caproni. Siete stupidi! Scostatevi da me. Devo *pensare*!». E nel dire così, Evan si scrollò di dosso gli ardimentosi che si erano di nuovo fatti sotto e, al più vicino, diede una gran gomitata sul collo. Si rigirò di scatto e, a un altro, diede un colpo con le nocche sulla fronte.

Da quanto tempo non gli capitava più di attaccar briga? Di scontrarsi fisicamente con un suo simile? Se la memoria non lo ingannava, bisognava risalire ai tempi delle scuole elementari. In un lampo rivide la scena. Un ragazzo di nome Peter Tal-dei-tali aveva nascosto per dispetto il portapranzo del suo migliore amico – una cassettina di latta con personaggi di Walt Disney dipinti sopra – e, siccome il suo amichetto era piccolo e quel Peter Tal-dei-tali grande e grosso, lui lo aveva sfidato. Purtroppo, accecato dalla collera, aveva picchiato quel Peter prepotente tanto duramente che il direttore della scuola aveva mandato a chiamare suo padre ed entrambi gli adulti gli avevano fatto una severa ramanzina. Un ragazzo grande e robusto come lui non doveva attaccar briga. Non era leale... Ma, signor Direttore... Ma, papà... Niente. Gli appiopparono venti "demeriti". Ma più tardi il padre gli disse: Se ti ricapita, figliolo, fallo di nuovo.

Era accaduto di nuovo! Qualcuno lo prese per il collo da dietro. *Procedura di sopravvivenza.* Come mai gli venne in mente? Pizzicare il nervo sotto il gomito! Fa mollare la presa anche a un uomo che annega! *Diploma della Croce Rossa. Corso estivo di salvataggio.* Preso dal panico, fece scivolare la mano lungo quel braccio nudo, cercò il punto giusto sotto il gomito e pigiò con tutta la forza che aveva. Il terrorista urlò. Bastava. Kendrick inarcò la schiena e lo scaraventò a terra, con una capriola.

«Qualcuno di voi ne vuole ancora?» domandò, in un aspro bisbiglio, prima di raddrizzarsi. «Siete dei fessi! Non fosse per voialtri idioti, non mi avrebbero preso! Vi disprezzo tutti quanti. Ora, lasciatemi in pace. Ve l'ho detto, devo *pensare*!»

«Chi sei tu, per insultarci e darci degli ordini?» disse con voce stridula un giovanotto dal labbro leporino. Sembrava una scena kafkiana: prigionieri semi-pazzi propensi alla violenza istantanea, tuttavia nervosamente consapevoli di un castigo più brutale da parte delle guardie. I bisbigli divennero aspri comandi, gli insulti repressi divennero urla di sfida, mentre quelli che parlavano guardavano di continuo verso la porta d'ingresso per accertarsi che il loro chiacchiericcio sommergesse quello che essi dicevano, senza farlo sentire a orecchi nemici in ascolto.

«Sono chi *sono*! E tanto basta, per stupidi caproni come voi!»

«Le guardie ci hanno detto il tuo nome!» balbettò un altro detenuto, sulla trentina, dai capelli lunghi, sudici, e la barba arruffata. Portò le mani a coppa intorno alla bocca come per soffocare le parole. «"Amal *Bahrudi*!" ha detto quello. "Il *fidato* Bahrudi di Berlino Est. Lo abbiamo preso!"... E con ciò? Chi sei, per noi? Non mi piace neanche il tuo aspetto. Mi sembri molto strano. Chi è Amal Bahrudi? Perché ci dovrebbe importare?»

Kendrick lanciò uno sguardo verso la porta e il gruppo esagitato di detenuti che parlavano eccitatamente. Fece un passo avanti e, di nuovo, bisbigliò con asprezza. «Perché sono stato inviato da altri che stanno assai più in alto di chiunque di voi, qui, o all'Ambasciata. Molto, molto più in alto. Ve lo ripeto per l'ultima volta: lasciatemi *pensare*. Devo assolutamente far pervenire delle informazioni all'esterno.»

«Provaci solo, e finiamo tutti al muro!» esclamò un altro carcerato, tra i denti. Era basso e stranamente azzimato, tranne per inspiegabili schizzi di urina che gli macchiavano i calzoni.

«Questo ti rode?» gli disse Evan, fissandolo, con voce bassa e carica di odio. *Era il momento di farsi valere.* «Dimmi, bel tomo, hai forse paura di morire?»

«Solo perché non potrei più servire la causa!» disse il ragazzo, sulla difensiva, dardeggiando sguardi intorno, per cercare consensi. Alcuni compagni si dichiararono d'accordo fra quelli che erano abbastanza vicini per sentirlo. Ci furono cenni d'assenso, esclamazioni emotive. Tutti infatti condividevano la sua paura. Kendrick si chiese fino a che punto la paura potesse far vacillare la loro fede fanatica.

«Parla a bassa voce, scemo!» disse gelidamente. «Il martirio può attendere.» Gli volse le spalle e si diresse verso la parete di fondo dell'immensa cella, dove c'era una finestra rettangolare dalle sbarre di ferro. Gli fecero largo, esitanti.

«Non darti tante arie, tipo strano!» disse una voce rude, alle sue spalle, a malapena percepibile sopra il brusìo. Un uomo tarchiato, barbuto, si fece avanti. I compagni si scansarono da lui, con quel fare che i sottoposti assumono in presenza di un superiore di rango non elevato: un sergente, mettiamo, o un capomastro; non già un colonnello o un dirigente d'azienda. C'era forse qualcuno, in quel carcere, che aveva maggiore autorità?, si chiese Evan. Qualcuno che stesse a guardare da poco lontano? Qualcuno che impartiva ordini?

«Che c'è?» domandò Kendrick con calma, in tono abrasivo.

«E poi non mi piace il tuo aspetto. Non mi piace il tuo muso. Tanto basta, per me.»

«Basta *a che cosa*?» domandò Evan sprezzantemente, dando così commiato a quell'uomo, con un cenno del capo. Poi si sporse nel vano della piccola finestra, afferrandone tra le dita le robuste sbarre. Guardò fuori. Il terreno intorno era illuminato da riflettori.

«Girati!» ordinò quel presunto capomastro o sergente, con voce aspra, facendosi sotto.

«Mi volto quando mi pare» disse Kendrick a bassa voce.

«Subito, invece!» disse quello a voce altrettanto bassa. Poi una mano robusta calò con violenza sulla spalla destra di Kendrick, agguantando la carne intorno alla ferita sanguinante.

«Non toccarmi! È un ordine!» gridò Evan, tenendo duro, le mani aggrappate alle sbarre, per non tradire il dolore che provava, le antenne allerta, per quello che desiderava apprendere... Le dita che gli serravano la spalla si dischiusero; la mano allentò la presa senza tuttavia mollarla. Adesso però si era fatta più incerta. Ciò rivelò qualcosa: quel sottufficiale dava ordini in modo brusco, però li riceveva e li eseguiva con alacrità quando gli venivano impartiti da una voce autoritaria. Era abbastanza. Era chiaro che non era lui il capo, in quel carcere. Stava in alto, nella gerarchia, ma non abbastanza in alto. C'era davvero un capo, sopra di lui? Occorreva un'altra prova, per accertarlo.

Kendrick si irrigidì, poi, senza alcun preavviso, si girò bruscamente su se stesso e bastò quel repentino movimento per far perdere l'equilibrio all'uomo che gli posava una mano sulla spalla e farlo, ignominiosamente, barcollare. «D'accordo!» sputò fuori. E il suo aspro bisbiglio non era un'asserzione ma un'accusa. «Che cos'è che non ti piace, in me? Riferirò il tuo giudizio ad altri. Sono sicuro che gli interesserà, poiché ci tengono a sapere chi esprime *giudizi* qui a Masqat!» Fece una pausa, poi, alzando minaccioso la voce, continuò: «Tali giudizi sono considerati, da molti, alla stregua di latte cagliato di asina! Parla, dunque, imbecille! Cos'è che non ti piace, in me?».

«Io non esprimo giudizi!» gridò quel muscoloso terrorista, sulla difensiva adesso, con lo stesso tono di sgomento del ragazzino che temeva il plotone d'esecuzione. Poi, altrettanto rapidamente, il guardingo sergente-capomastro – temendo che le sue parole fossero state sentite al di sopra del chiacchiericcio di disturbo – riprese il suo atteggiamento sospettoso. «Non ti mancano le parole» bisbigliò rauco affessurando gli occhi «ma non vogliono dire niente, per noi. Come facciamo a sapere chi sei e da dove vieni? Non somigli neppure a uno di noi. Sei d'aspetto diverso.»

«Io mi muovo in ambienti ai quali voi non avete accesso. Io sì.»

«Ha gli occhi chiari!» disse, con voce soffocata, un altro detenuto, più anziano, quello con i sudici capelli lunghi e la barba arruffata, sporgendosi a sbirciare. «È una spia! È venuto qui per spiarci.» Altri si strinsero intorno, per meglio scrutare quel nuovo venuto, che adesso rappresentava per loro una minaccia.

Lentamente, Kendrick girò la testa verso il suo accusatore. «Avresti anche tu gli occhi chiari, se tuo nonno fosse europeo. Se avessi voluto cambiarli di colore, sarebbero bastate poche gocce di un liquido speciale. Naturalmente, tu e i tuoi stupidi pari siete all'oscuro di queste tecniche.»

«Hai la risposta pronta, in ogni caso, eh?» disse il sergente-capomastro. «I bugiardi hanno la lingua sciolta, poiché le parole non costano niente.»

«Possono costare la vita» ribatté Evan, volgendo lo sguardo

intorno, su quelle facce attonite, a una a una. «Io non ho intenzione di perdere la mia.»

«Hai paura di morire, allora?» lo sfidò il giovincello azzimato, dai calzoni chiazzati d'urina.

«Tu stesso hai risposto per me a questa domanda. Non ho alcuna paura della morte – nessuno di noi dovrebbe averne – ma ho paura di non poter compiere l'impresa che mi è stata affidata. Di questo ho una gran paura – per la nostra santissima causa.»

«Parole, di nuovo!» blaterò il tarchiato aspirante-capo, seccato perché alcuni detenuti stavano dando ascolto a quell'euro-arabo dallo strano aspetto e dalla lingua sciolta. «Qual è l'impresa che devi compiere qui a Masqat? Se siamo tanto stupidi, perché non ci *illumini* tu?»

«Parlerò solo a coloro che mi è stato ordinato di trovare. E a nessun altro.»

«Credo allora che dovresti parlare con me» disse il sergente – più sergente che capomastro, adesso – avanzando minaccioso di un passo. «Noi non ti conosciamo, ma tu conosci noi. Questo ti dà un vantaggio che non mi piace.»

«E a me non piace la tua stupidità!» disse Kendrick; e fece un gesto con entrambe le mani: indicando con l'una il proprio orecchio destro e, con l'altra, la piccola folla assiepata, rumoreggiante, accanto alla porta del carcere. «Non capisci?» esclamò, in un bisbiglio, sul muso di quell'uomo. «Potrebbero sentirti! Devi ammetterlo che sei stupido.»

«O, sì, lo siamo, signore.» Il sergente – decisamente un sergente – volse la testa e perlustrò con lo sguardo la vasta sala carceraria. Forse cercava con gli occhi qualcuno. Evan cercò di seguire il suo sguardo. Su un lato c'erano i cessi, una fila di latrine aperte. Diverse di esse erano occupate. E gli occupanti stavano a guardare, eccitati, sgranando tanto d'occhi. Altri detenuti, curiosi, alcuni frenetici, facevano la spola di corsa fra il gruppo assiepato accanto al pesante portone e la folla che attorniava il nuovo prigioniero. «Però, signore, mio gran signore» continuò il terrorista tarchiato sarcasticamente «abbiamo sistemi per superare la nostra stupidità. Bisogna dar credito, per certe cose, alle persone di rango inferiore.»

«Io do credito quando è dovuto...»

«E adesso è il momento!» D'un tratto, quel muscoloso fanatico alzò il braccio sinistro. Era un segnale. Molte voci intonarono allora una cantilena islamica. Altre voci si unirono alle prime, poi altre ancora, finché l'intero carcere fu pieno degli echi prodotti da una cinquantina di fanatici che cantavano le lodi di Allah. Un sacrificio stava per compiersi.

Gli furono addosso in molti. Lo colpirono alla faccia e all'addome con pugni e calci. Non poteva urlare: le labbra gli erano state sigillate da dita adunche come artigli. Temette che gli lacerassero la bocca. Il dolore era lancinante. Poi, d'un tratto, gli lasciarono libera e mezzo sformata la bocca.

«Parla!» urlò il sergente dentro l'orecchio di Kendrick. Le sue parole non potevano venire captate dalle microspie a causa delle nenie islamiche. «Chi sei? Da quale luogo dell'inferno vieni?»

«Io sono chi sono!» gridò Evan facendo una smorfia, deciso a resistere fino allo stremo. Convinto di conoscere la mentalità araba, sapeva che arriva sempre il momento in cui il rispetto per la morte di un nemico induce persino i carnefici a osservare alcuni secondi di silenzio prima che il colpo fatale venga inferto. Gli sarebbero bastati, quei pochi attimi. La morte è riverita, nell'Islam, sia quella dell'amico, sia quella dell'avversario. Aveva bisogno di quei brevi istanti: doveva avvertire le guardie. Oh, Cristo! Stavano per ucciderlo. Un pugno lo colpì al basso ventre. Quando smetteranno, per un po'? Quando mi concederanno – si chiese – quei pochi preziosi istanti?

D'un tratto, una figura sfocata lo sovrastò. Si chinò verso di lui, per osservarlo da vicino. Un altro cazzotto lo colpì sul rene sinistro. L'urlo interiore non gli uscì di bocca. Non poteva permetterselo.

«*Basta!*» gridò la voce della sagoma che lo sovrastava. «Strappategli via la camicia. Fatemi vedere il collo. Si dice che abbia un segno indelebile, lì.»

Evan sentì la stoffa che gli veniva strappata dal torace. E gli mancò il respiro, ben sapendo che per lui era davvero la fine. Non c'era alcuna cicatrice, sul suo collo.

«È proprio Amal Bahrudi» esclamò l'uomo che lo sovrastava.

Quando sentì quelle parole, Kendrick, che non era del tutto cosciente, rimase di stucco.

«Cos'è che cerchi?» domandò lo sbigottito sergente-capomastro, perdendo la pazienza.

«Quello che non c'è» rispose la voce echeggiante. «In tutta Europa sanno che Amal Bahrudi ha come contrassegno una cicatrice sul collo. È stata fatta circolare una presunta sua foto in cui la faccia è cancellata ma sul collo spicca la cicatrice di una ferita di pugnale, perfettamente a fuoco. Era la sua miglior copertura, un ingegnoso camuffamento.»

«Tu mi confondi!» gridò l'uomo tarchiato. Le sue parole vennero quasi sommerse dalla cacofonica nenia. «Quale camuffamento? Che cicatrice?»

«Una cicatrice che non c'è mai stata, un contrassegno che non è mai esistito. Tutti cercano qualcosa che non c'è. Costui è Bahrudi, l'uomo che sopporta il dolore in silenzio, il fidato Bahrudi che si aggira per le capitali occidentali senza farsi notare grazie ai cromosomi di un nonno europeo. Dev'essere giunta notizia, in Oman, che stava venendo qui. Ma, comunque, verrà rilasciato domattina, senza dubbio, con tante scuse. Perché appunto non ha alcuna cicatrice sul collo.»

Nonostante la foschìa che l'avvolgeva come una nube di lancinante dolore, Kendrick intuì che era il momento di reagire. Si sforzò di sorridere, con le labbra gonfie e roventi, gli occhi azzurri si fissarono sulla figura sfocata che incombeva su di lui. «Aiutatemi a rialzarmi» disse rauco. «E toglietemeli di torno, prima che li spedisca tutti all'inferno.»

«È Amal Bahrudi che parla?» domandò lo sconosciuto allungando una mano. «Fatelo alzare.»

«No!» ruggì il sergente trattenendolo. «Non ha senso quello che dici. Lui sarebbe chi dice di essere per via di una cicatrice che *non esiste*? Non ha senso, tutto questo!»

«Lo scoprirò, se mente» replicò la figura sovrastante.

Poco alla volta, Kendrick lo mise a fuoco. Il viso sparuto era quello di un giovane di poco più di vent'anni, dagli zigomi alti e gli intensi occhi scuri, intelligenti, il lungo naso affilato, diritto. Il suo corpo era snello, addirittura magro, ma dotato di forza e agilità. I muscoli del collo erano evidenti. «Fatelo alzare» ripeté, in tono di comando. «E, tu, dì a quelli là di smettere di cantare, gradualmente. Non di colpo. Però poi continuino a parlare fra di loro. Tutto deve apparire normale, incluse le incessanti discussioni – che non occorre certo fomentare.»

L'infuriato subalterno diede a Kendrick un'ultima botta, allargandogli la ferita sulla spalla, tanto gravemente che nuovo sangue ne sgorgò e prese a scorrere sul piancito di cemento. Dopodiché si allontanò per eseguire l'ordine ricevuto.

«Grazie» disse Evan, senza fiato, tutto tremante, tirandosi su in ginocchio, facendo smorfie per il dolore che provava da tutte le parti, conscio dei lividi sul volto, delle ammaccature sul corpo, delle ferite lacero-contuse che gli avevano inferto, a quanto gli pareva, dappertutto. «Sarei andato a raggiungere Allah, se tardavi un momento.»

«Non è detto che tu non ci vada, tra poco. Per questo ritengo inutile stagnarti il sangue.» Il giovane palestinese sospinse Kendrick verso la parete e lo fece sedere in terra, schiena al muro, con le gambe distese. «Non ho idea, vedi, se tu sei veramente Amal Bahrudi oppure no. Ho agito d'istinto. Dalle descrizioni che ho sentito, potresti essere lui. Parli un arabo colto, il che anche coincide. Inoltre, hai sopportato un durissimo pestaggio senza dare alcun segno che eri disposto a fornire le informazioni richieste. Anzi, hai reagito con insolenza. E lo sapevi, che rischiavi la pelle. Non è così che si comporta un infiltrato, che ci tiene alla sua vita sulla terra. Così può comportarsi solo uno di noi, per amore della causa. Che, come hai detto tu, è una santa causa. In verità, è santissima.»

Buon Dio! pensò Kendrick, assumendo la fredda espressione di un devoto partigiano. *Come ti sbagli! Se avessi pensato... Se fossi stato in grado di pensare... Lasciamo perdere!* Poi disse: «Cosa potrà convincerti del tutto? Ti dico subito che non intendo rivelare cose che non devono essere rivelate». Fece una pausa. Portò una mano alla gola. «Anche a costo di venir strangolato, se volete compir l'opera.»

«È quel che mi aspettavo che dicessi» disse lo smilzo, famelico terrorista, accosciandosi davanti a Evan. «Puoi dirmi, però, che cosa sei venuto a fare qui. Perché ti hanno inviato a Masqat? Con chi dovevi metterti in contatto? La tua vita dipende dalle tue risposte, Amal Bahrudi, e sono io l'unico che può prendere una decisione, al riguardo.»

Non si era dunque sbagliato. Nonostante tutte le incognite, aveva avuto ragione lui.

Evadere. Doveva evadere insieme a quel giovane terrorista, assassino per una santa causa.

Capitolo settimo

Kendrick fissava il palestinese come se gli occhi fossero realmente lo specchio dell'anima. Gli occhi di Evan erano, invece, troppo gonfi per tradire qualcosa oltre un opprimente dolore fisico. *Altre microspie si trovano nei gabinetti*, aveva detto il dottor Faisal.

«Sono stato mandato qui per dirti che, fra i vostri uomini all'Ambasciata, ci sono dei traditori.»

«Traditori?» Il terrorista dall'aria famelica restò immobile, seduto sui talloni davanti a Evan. A parte l'espressione accigliata, nessuna reazione. Poi, dopo alcuni istanti di intensa riflessione, disse: «È impossibile».

«Invece sì, purtroppo» insistette Kendrick. «Ne ho la prova.»

«In che cosa consiste?»

Il volto di Evan si contrasse. Portò una mano alla spalla ferita, che aveva ripreso a sanguinare. «Bisogna stagnare il sangue!» Cominciò a tirarsi su, contro la parete.

«Sta' fermo!» gli ordinò il giovane killer.

«Perché? Perché dovrei...? Chi mi dice che tu non sia d'accordo con i traditori? Per far soldi alle nostre spalle?»

«Soldi? Quali soldi?»

«Non te lo dirò finché non sarò certo che hai diritto di saperlo.» Di nuovo Kendrick tentò di rialzarsi, puntando le mani sul pavimento e la schiena contro il muro. «Parli come un uomo ma sei un ragazzo.»

«Sono cresciuto in fretta» replicò il terrorista, spingendo il suo strano prigioniero giù di nuovo, a sedere. «Come la maggior parte di noi.»

«Vedi di crescere *adesso*. La mia morte per dissanguamento non gioverà a nessuno dei due.» Kendrick si strappò la camicia intrisa di sangue. «È infetta» disse accennando col mento alla ferita. «È piena di sporcizia, grazie a quegli animali dei tuoi amici.»

«Non sono animali e non sono miei amici. Sono miei fratelli.»

«Le poesie, scrivile quando sei solo. Il mio tempo è troppo prezioso. C'è dell'acqua, qui? Acqua pulita?»

«Nelle latrine c'è un lavandino» rispose il palestinese.

«Aiutami ad alzarmi.»

«No. Quale *prova*? Con chi ti hanno detto di metterti in contatto, qui a Masqat?»

«Scemo!» esplose Evan. «E va bene... Dov'è Nassir? Tutti chiedono: dov'è Nassir?»

«È morto» rispose il giovane imperturbabile.

«*Cosa?*»

«Uno degli ostaggi, un *marine*, gli è saltato addosso, lo ha disarmato e gli ha sparato. Il *marine* è stato ucciso all'istante.»

«Non se n'è saputo nulla.»

«Non c'era tornaconto, a divulgare la notizia» ribatté il terrorista. «Sarebbe solo servito a fare di quel *marine* un martire. Perché poi far sapere che uno dei nostri era stato sopraffatto? Non mettiamo in mostra le nostre debolezze.»

«Nassir?» fece Kendrick cogliendo una nota di rammarico nella voce del giovane. «Nassir era un debole?»

«Era un teorico, non adatto al suo lavoro.»

«Un teorico?» Evan inarcò le sopracciglia. «E tu? Hai l'aria da studente, più che altro.»

«Questo studente sa, però, distinguere quei momenti in cui l'impegno attivo deve prendere il posto delle passive discussioni, quando le parole devono cedere alle armi. Nassir parlava troppo, disquisiva a oltranza.»

«E tu no?»

«Non si tratta di me, adesso. Ma di te. Quali prove hai del tradimento?»

«Quella donna: la Yateem» disse Kendrick, seguendo il filo del suo pensiero, e non già per rispondere a quest'ultima domanda. «Mi risulta che Zaya Yateem...»

«La Yateem avrebbe tradito?» gridò il terrorista andando su tutte le furie.

«Non ho detto questo.»

«E cos'hai detto?»

«Stavo dicendo che Zaya Yateem mi risulta fidata...»

«Altroché!» Il giovane esaltato agguantò il falso Bahrudi per quel che restava della camicia. «È assolutamente *devota* alla causa, un'attivista instancabile, è quella che si prodiga più di tutti, là all'Ambasciata!»

«Inoltre parla inglese» disse Kendrick cogliendo un altro nonsoché nella voce del giovane.

«Anch'io lo parlo!» ribatté infuriato lo studente.

«Io pure» disse Kendrick, prigioniero all'interno della prigione, lanciando uno sguardo ai vari gruppetti di detenuti, molti dei quali li stavano osservando. «Vogliamo parlare inglese, adesso?»

domandò tornando a studiare la propria ferita sanguinante. «Vuoi una prova, dici. Ovviamente non posso fornirtela. Posso solo assicurarti che l'ho vista coi miei occhi: a Berlino. Tu stesso potrai decidere se dico la verità o no... dal momento che sei così bravo a interpretare le cose. Ma non voglio che nessuno degli animali tuoi fratelli capisca quello che dico.»

«Fai l'arrogante, anche quando non dovresti.»

«Io sono chi sono.»

«L'hai già detto, questo.» Il terrorista annuì. «Parliamo pure in inglese. Dunque. Accennavi alla Yateem...»

«E tu hai creduto che volessi dire che era lei la traditrice.»

«Chi osasse...»

«Invece intendevo l'opposto» insistette Kendrick, con una smorfia di dolore, stringendo più forte la spalla ferita. «Si fidano ciecamente di lei, la portano alle stelle. Sanno che svolge brillantemente il suo lavoro. Dopo Nassir, infatti, mi hanno detto di rivolgermi a lei.» Evan ebbe un sussulto di dolore. «Nel caso che anche lei fosse stata uccisa, avrei dovuto rivolgermi a un certo Azra. Se anche Azra fosse stato irreperibile, allora avrei dovuto cercare uno coi capelli brizzolati noto col nome di Ahbyahd.»

«Sono io Azra!» esclamò lo studente dagli occhi neri. «Sono io quello chiamato Azzurro.»

Bingo, pensò allora Kendrick guardando interrogativamente il giovane. «Come mai sei in carcere, anziché all'Ambasciata?»

«Perché così ha deciso il nostro Comitato direttivo» disse Azra. «Guidato da Yateem.»

«Non capisco.»

«Si venne a sapere che erano stati catturati alcuni dei nostri. Che erano tenuti in isolamento. Che venivano torturati. Che si tentava di corromperli, per estorcere loro informazioni. Si decise, allora, che il più forte fra noi del Comitato doveva farsi a sua volta imprigionare. Per prendere in mano la situazione all'interno del carcere e organizzare la resistenza.»

«E sei stato scelto tu? La Yateem ha scelto te?»

«Zaya non ha esitato. È mia sorella. Sa bene quanto io sia fedele alla causa, così come io sono sicuro di lei. Fratello e sorella carnali, combatteremo insieme fino alla morte.»

Tombola! Evan inarcò il collo, appoggiando la nuca alla parete e i suoi occhi, colmi di dolore, vagarono sul soffitto dove nude lampadine erano protette da grate di ferro. «Quindi, ho incontrato l'uomo che cercavo proprio nel più impossibile dei luoghi possibili. Allah ci ha abbandonati.»

«Al diavolo Allah!» esclamò Azra lasciando Evan di stucco. «Tu sarai rilasciato domattina. Non hai una cicatrice sul collo. Sarai libero.»

«Non esserne tanto sicuro» disse Evan facendo di nuovo una smorfia e di nuovo stringendosi la spalla. «A dire la verità, quella mia leggendaria cicatrice adesso viene messa in forse. Quanto alla fotografia, sono risaliti – pare – fino a una cellula della *jihad*, a Roma. E adesso indagano a Riad e a Manamah, alla ricerca di mie cartelle cliniche e dentistiche. Se trovano qualcosa di preciso, mi consegneranno al carnefice israeliano. Comunque, non è di questo che adesso dobbiamo preoccuparci.»

«Se non altro, il tuo coraggio è pari alla tua arroganza.»

«Te l'ho già detto» sbottò Kendrick «dedica alle poesie il tuo tempo libero. E non farne perdere a me. Se sei Azra, è a te che devo riferire quello che ho visto a Berlino.»

«La prova del tradimento?»

«Se non tradimento, estrema stupidità. Se non stupidità, imperdonabile avidità. Il che equivale a tradimento.» Evan tentò di nuovo di rialzarsi, appoggiando la schiena al muro, le mani sul piancito. Questa volta Azra non lo fermò. «Aiutami, accidenti a te! Non riesco neppure a pensare, se prima non mi lavo la ferita e non mi rinfresco il viso.»

«Va bene» disse Azra il cui volto esprimeva adesso intensa curiosità. «Appoggiati a me» soggiunse senza entusiasmo.

«Ti ho solo chiesto di aiutarmi ad alzarmi in piedi» disse Kendrick respingendo il suo braccio, adesso che era ritto sulle gambe. «Cammino da me, grazie tante. Non ho bisogno di aiuto da ragazzini ignoranti.»

«Può darsi invece che ne avrai più bisogno di quanto non credi, del mio aiuto.»

«Oh, già, dimenticavo» l'interruppe Evan, dirigendosi verso l'ultima delle quattro latrine, dove si trovava un lavandino. «Il nostro studentello è, al tempo stesso, giudice e accusatore, nonché braccio destro di Allah, che lui manda all'inferno!»

«Sia ben chiara una cosa, uomo di fede» disse Azra con fermezza, a quell'arrogante straniero. «La mia battaglia non è né pro né contro Allah, Abramo o Gesù Cristo. Io lotto per sopravvivere e vivere come un essere umano, nonostante coloro che vorrebbero distruggermi con le loro armi e con le loro leggi. Parlo a nome di moltissimi altri, quando dico: Chi ha una fede, la pratichi, se la goda, ma non la imponga a me. Ho già il mio bel da fare per mantenermi in vita. Non foss'altro che per combattere un giorno di più.»

Kendrick gettò uno sguardo su quel giovane fanatico. «Chissà se faccio bene a parlare con te» disse stringendo gli occhi gonfi. «Magari non sei il vero Azra, quello cui m'hanno detto di rivolgermi.»

«Puoi crederci» replicò il terrorista. «In questo lavoro, si trovano accomodamenti fra persone di diversa natura, aventi scopi diversi, le quali agiscono per motivi molto egoistici. Insieme, possiamo fare molto di più, per le nostre cause individuali, che non separatamente.»

«Ci capiamo a vicenda» disse Kendrick con voce neutra.

Arrivarono al lavandino di ferro arrugginito. Evan aprì l'unico rubinetto, ne regolò il getto, vi mise sotto la testa. Si lavò la ferita alla spalla. Indugiava. Sentiva Azra farsi via via più impaziente. Il palestinese era agitato, spostava il proprio peso da un piede all'altro. Tra poco il momento sarebbe arrivato. *Ci sono delle microspie anche nell'impianto idraulico dei gabinetti.* Il momento arrivò.

«Basta!» esplose Azra agguantando Kendrick per la spalla illesa e costringendolo a girarsi. «Dimmi quello che hai da dirmi. Che cosa hai visto, a Berlino? Parla *adesso*! Qual è la prova del tradimento... o della stupidità... o avidità che sia? Qual è la prova?»

«Ci sono sicuramente coinvolte più persone» cominciò Evan tossendo, ogni colpo di tosse sempre più violento, scosso da un tremito per tutto il corpo. «Quando escono, portano fuori...» Si piegò sul lavandino portando una mano alla gola, poi si spostò, traballando, sulla tazza del cesso, lì a sinistra. «Mi viene da vomitare!» gridò aggrappandosi con le mani al bordo della tazza.

«Che cosa portano fuori?»

«Film!» disse Evan dirigendo la voce verso il punto in cui presumibilmente si trovava la microspia. «Portano fuori di nascosto dei film, dall'Ambasciata. Per venderli a scopo di lucro.»

«Film? Pellicole fotografiche?»

«Due rullini, li ho intercettati io. Li ho acquistati tutti e due. Identità... *metodi*...»

Non si poté sentire più niente, nel carcere dei terroristi. Presero a squillare, assordanti, dei segnali d'allarme. E, subito, entrarono delle guardie in divisa, armi spianate, volgendo all'intorno sguardi frenetici. In pochi istanti, scorsero l'oggetto della loro ricerca. Sei soldati si diressero di corsa verso i gabinetti.

«*Mai!*» urlò il prigioniero noto come Amal Bahrudi. «Ammazzami pure, se vuoi, ma da me non saprai *niente*! Perché tu non sei nessuno!»

Le prime due guardie si avvicinarono. Kendrick si scagliò contro di loro, cogliendole alla sprovvista, dato che quelle credevano di essere accorse per trarre in salvo un infiltrato che stava per essere ucciso. Kendrick, invece, le prese a cazzotti.

Una terza guardia, allora, lo colpì alla testa con il calcio del fucile, stordendolo.

Era buio pesto quando tornò in sé, ma sapeva di trovarsi sul lettino dell'ambulatorio della prigione. Aveva impacchi freddi sopra gli occhi, borse di ghiaccio su varie altre parti del corpo. Portò una mano alla fronte per togliersi gli impacchi. Mise a fuoco le facce che stavano chine su di lui: facce sbigottite, adirate. Non aveva tempo da perdere con loro.

«Dov'è Faisal?» disse in arabo con voce strozzata. «Voglio Faisal, il medico.»

«Sono qui, accanto al suo piede sinistro» rispose il dottor Faisal in inglese. «Le sto medicando una delle tante ferite. Questa qui è piuttosto strana, gliel'ha prodotta qualcuno a morsi.»

«E che denti aveva!» disse Evan in inglese anche lui. «Aguzzi come quelli di uno squalo. Però gialli.»

«La dieta non è sempre quella ideale da queste parti.»

«Faccia uscire tutti quanti, dottore» l'interruppe Kendrick. «Subito. Dobbiamo parlare... *Subito!*»

«Visto come si è comportato poco fa, non credo che siano tanto propensi ad andarsene. Ma, dico, è impazzito? I custodi hanno fatto irruzione nel carcere per trarre in salvo *lei*, e lei li ha accolti come un energumeno, a pugni in faccia.»

«Dovevo fare scena. Glielo spieghi. No... non gli dica niente. Per ora. Li faccia uscire e basta. Dica loro quello che le pare. Ma dobbiamo parlare, noi due. Poi lei dovrà telefonare ad Ahmat da parte mia... Da quanto tempo mi trovo qui?»

«Da quasi un'ora.»

«Cristo! Che ore sono?»

«Le quattro e un quarto di mattina.»

«Si sbrighi! Per amor del cielo, *presto*!»

Faisal congedò le guardie carcerarie, con parole rassicuranti, dicendo loro che c'erano cose che non poteva spiegare. L'ultima guardia, prima di uscire, sfilò la sua pistola dalla fondina e, sulla soglia, la porse al dottor Faisal. Questi la prese e, quando furono soli, disse a Kendrick: «Devo tenerle questa puntata addosso, mentre parliamo?».

«Prima dell'alba» disse Kendrick, togliendosi di dosso le borse di ghiaccio e levandosi a sedere sul lettuccio, a gran fatica, «voglio molti fucili puntati addosso a me. Ma la mira non sia tanto precisa, però.»

«Che cosa sta dicendo? Le va forse di scherzare?»

«Un'evasione. Ahmat deve organizzare un'evasione.»

«Che *cosa*? Lei è pazzo!»

«Mai stato più sano di mente, dottore, né ho mai parlato più seriamente di così. Ahmat scelga due o tre uomini, i migliori di cui dispone. Uomini di cui si fida ciecamente. E organizzi una sorta di trasferimento...»

«*Trasferimento?*»

Evan scosse la testa e sbatté le palpebre. Il gonfiore era diminuito, grazie agli impacchi freddi, ma era ancora evidente. Cercò le parole adatte, per lo stupefatto medico. «Mettiamola così: è stato deciso di trasferire alcuni prigionieri da questo carcere in un altro.»

«Chi potrebbe ordinare una cosa del genere? E perché?»

«Non occorrono tante spiegazioni. Avete le foto dei reclusi?»

«S'intende. È la prassi, quando si mette in carcere qualcuno, fargli la fotografia. I nomi però non servono a nulla. Quando li danno, sono nomi falsi.»

«Mi faccia vedere le foto, dunque. Tutte quante. Le dirò io chi scegliere.»

«Scegliere per che cosa?»

«Per il trasferimento. Quelli che vanno trasferiti altrove.»

«Ma *dove*? Veramente, non ha senso.»

«Lei non mi sta a sentire. A un certo punto, lungo il tragitto, in un vicolo, o in una strada buia fuori città, le guardie vengono sopraffatte, e noi scappiamo.»

«Sopraffatte...? Voi...?»

«Farò parte anch'io del gruppo. Sarò uno degli evasi. Adesso mi risbattete in prigione.»

«È una pazzia assoluta!» esclamò Faisal.

«È una cosa assolutamente sensata» controbatté Evan. «C'è un uomo, là dentro, che può condurmi dove devo andare. Condurci dove *dobbiamo* andare. Ora mi mostri quelle foto segnaletiche. Poi telefoni ad Ahmat al numero segreto. Gli dica quello che le ho detto io. Capirà. Anzi, credo che sia proprio quello che aveva in mente *lui* fin dall'inizio.»

«Anche lei, ci scommetto, *ya Shaikh*.»

«Può darsi. Forse voglio soltanto dare la colpa a qualcun altro. Non sono un uomo di questo stampo.»

«Vuole dire allora che c'è qualcosa, dentro di lei, che la spinge. Qualcosa la va riplasmando. Succede.»

Kendrick guardò il medico omanita negli occhi bruni, vellutati. «Succede» ripeté. E d'un tratto gli apparve, nella mente, la figura di un uomo tra le fiamme. Turbina il fumo, piovono calcinacci, è un vero e proprio inferno sulla terra. Il ruggito del fuoco e il fragore dei crolli sommergono le grida delle vittime. La cupa apparizione emerge dal fuoco di quella Geenna. *Il Mahdi!* Assassino di donne e bambini, di persone a lui care, amici e soci: la sua vera famiglia. L'unica famiglia che avesse mai desiderato. Tutti morti, scomparsi. E la loro comune impresa, il loro sogno comune era andato distrutto, era stato inghiottito, travolto da quella rovina. Non ne era rimasto che cenere fredda e gelo e tenebre. *Il Mahdi!* «Succede» ripeté Kendrick, sottovoce, stropicciandosi la fronte. «Mi procuri quelle foto e chiami Ahmat. Voglio essere di ritorno in carcere fra venti minuti. E dieci minuti dopo dobbiamo essere condotti via. Per amor del cielo, si sbrighi!»

Ahmat, il giovane Sultano di Oman, in blue-jeans e maglietta da tifoso dei New England Patriots, sedeva alla sua scrivania. Sulla gamba destra del tavolo, la luce rossa del telefono segreto era accesa. Stava all'apparecchio, ascoltando con intensa gravità.

«Sicché è accaduto, Faisal» disse calmo. «Sia lode ad Allah, è *accaduto*.»

«Mi ha detto che voi ve l'aspettavate» disse il medico all'altro capo, in tono dubbioso.

«Che me lo aspettassi è dir troppo, amico mio. Diciamo che ci speravo, ecco.»

«Vi ho tolto le tonsille da bambino, gran Sultano, e vi ho curato ogni qual volta siete stato malato... fra l'altro, quando vi pigliaste quella grossa paura che, poi, si rivelò infondata.»

Ahmat rise, più che altro fra sé e sé. «Dopo una settimana di follie a Los Angeles, lo sa il cielo cos'avrei potuto essermi beccato!»

«Stetti al patto. Non raccontai nulla a vostro padre.»

«Vuoi dire che ora pensi che io ti tenga nascosto qualcosa?»

«Un pensiero del genere mi è passato per la mente.»

«E va bene, vecchio mio...»

Fu interrotto dall'aprirsi della porta. Due donne entrarono nell'ufficio del giovane Sultano. La prima era sua moglie: bionda, in accappatoio, molto americana e vistosamente incinta. La seguiva una giovane donna elegantemente vestita, dai capelli neri, la pelle olivastra. Era Khalehla.

Ahmat continuò a parlare al telefono: «Mi sono lasciato guidare più dall'istinto che dal buonsenso, caro dottore. Naturalmente, ho certe fonti di informazione. Il nostro comune amico aveva bisogno di aiuto. Chi poteva prestarglielo, meglio del sovrano di Oman? Quindi, abbiamo fatto filtrare certe notizie all'Ambasciata occupata, per far sapere a quegli animali che i loro compagni prigionieri erano soggetti a brutali interrogatori, torture e tentativi di corruzione. Come previsto, essi allora decisero di mandare là qualcuno con il compito di mantenere l'ordine e la disciplina. E là Kendrick lo ha, molto opportunamente, incontrato. Dai, al nostro americano tutto quello che gli occorre. Digli soltanto di ritardare tutta l'operazione di quindici-venti minuti. Per dar tempo a due miei fidi di arrivare».

«I vostri cugini Al Kabir?»

«Diciamo, semplicemente, due fidati poliziotti.»

Seguì un breve silenzio. Poi parole molto caute, in tono circospetto: «Certe voci sono esatte, allora, Ahmat?».

«Non so a che voci alludi. Per di più le dicerie non mi interessano affatto.»

«Si dice che voi siate molto più saggio di quel che...»

«*That's sophomoric*» tagliò corto il Sultano, in inglese, per intendere che era una voce saccente e infondata.

«Anche il comune amico è di questo avviso. Certo, dovete essere molto saggio, per "mandare avanti la baracca" ha detto. Più difficile è crederlo, per uno che vi ha curato gli orecchioni.»

«Lascia perdere, dottore. Tienimi informato e basta.»

Dopo che ebbe riagganciato, Ahmat formò un altro numero, sulla tastiera del telefono segreto. Non appena gli risposero all'altro capo, parlò concisamente e recisamente: «Mi dispiace disturbarvi a quest'ora, cugini miei. Ma ho urgente bisogno di voi. Recatevi immediatamente al carcere speciale. Amal Bahrudi ha intenzione di evadere. Con dei *pesci*». Riagganciò.

La giovane moglie del Sultano, che si era soffermata sulla soglia, venne avanti a passi rapidi e domandò: «Cos'è successo?».

«Per favore» disse Ahmat guardando il ventre prominente della sua consorte. «Manca solo un mese e mezzo, Bobbie. Cammina piano.»

«Costui esagera» disse Roberta Aldridge Yamenni, rivolta a Khalehla che le stava al fianco. «Vuole persino insegnarmi come si porta un bambino. Non è esagerato?»

«È di stirpe reale, Bobbie» ribatté Khalehla sorridendo.

«Reale un corno! In pannolini sono tutti uguali. Domandalo a mia madre. Ha avuto quattro figli in sei anni... Sul serio, *darling*, che cosa è successo?»

«Il nostro americano ha preso contatto con uno di loro, nel carcere. Adesso insceneremo un'evasione.»

«Ha funzionato dunque!» esclamò Khalehla avvicinandosi.

«L'idea è stata tua» disse Ahmat.

«Per favore, dimenticalo. Io sono fuori luogo, qui.»

«*Niente* è fuori luogo» replicò il giovane Sultano con fermezza. «Nonostante le apparenze e i rischi, abbiamo bisogno di tutto l'aiuto che possiamo ottenere, di tutti i consigli che possiamo ricevere... Chiedo scusa, Khalehla. Non ti ho nemmeno salutato. Come ho detto anche ai miei cugini, quei due semplici poliziotti, mi dispiace di averti tirata giù dal letto a quest'ora, ma sapevo che avresti gradito trovarti qui.»

«Senz'altro.»

«Come ci sei riuscita? Voglio dire, a lasciare l'albergo alle quattro del mattino.»

«Grazie a Bobbie. Però, Ahmat, non ha certo giovato alla reputazione di entrambe.

Il Sultano guardò sua moglie. «Cioè?»

«Santo cielo!» disse Bobbie congiungendo le palme e parlando con l'accento di Boston. «Questa bella signora è una cortigiana del Cairo... Suona bene, eh? Date le circostanze...» E la moglie del sovrano si contornò con le mani il pancione. Poi continuò: «L'alto lignaggio offre qualche vantaggio, come suol dirsi. Enrico VIII d'Inghilterra – te lo dice una che alla Radcliffe era bravissima in storia, come può confermarti la mia compagna di scuola qui presente – usava l'espressione: *riding in the saddle*, stare in sella, essere in posizione di potere. E quando Anna Bolena era troppo indisposta per accogliere il suo Monarca, questi allora ricorreva a un'altra donna».

«Per amor del cielo, Roberta! Questo non è *Il re e io* e io non sono Yul Brynner.»

«Lo sei, adesso, amico mio!» Ridendo, la moglie di Ahmat guardò Khalehla. «Naturalmente, se tu lo tocchi, ti cavo gli occhi.»

«Non avere paura, mia cara» disse Khalehla con finta compunzione. «Fossi scema, dopo quello che mi hai raccontato.»

«Basta, voi due» disse Ahmat interrompendole. Una breve occhiata espresse la gratitudine che provava per entrambe.

«Bisogna pur ridere, di tanto in tanto» disse sua moglie. «Altrimenti si diventerebbe pazzi.»

«Pazzi furiosi, sì» convenne Ahmat con calma. Poi, rivolto alla donna del Cairo: «Come sta il tuo uomo d'affari inglese?».

«Ubriaco fradicio» rispose Khalehla. «È stato visto per l'ultima volta al bar dell'albergo, che diceva peste e corna sul mio conto.»

«Non è la cosa peggiore che póteva succedere alla tua "controfigura".»

«Certamente no. È ovvio che vengo aggiudicata al maggior offerente.»

«E che mi dici dei nostri ultrapatrioti, gli anziani principi-mercanti, i quali preferirebbero vedermi fuggire in Occidente, in preda alla frustrazione, piuttosto che vedermi qui al mio posto? Credono ancora che tu lavori per loro, non è vero?»

«Sì. Il mio "amico" mi ha detto, al mercato di Sabat Aynub, che essi sono convinti che tu ti sia incontrato con Kendrick. Secondo la sua logica, avrei dovuto convenire con lui che sei uno stupido, che vai in cerca di grosse rogne. Scusa.»

«Secondo quale logica?»

«Sanno che un'auto militare ha preso a bordo l'americano nei paraggi dell'albergo. Non ho potuto smentirlo. Ero presente.»

«Allora cercavano proprio quell'automobile lì. Masqat è piena di veicoli militari.»

«Mi dispiace, Ahmat: è stata una mossa sbagliata. Ti avrei avvertito, se avessi potuto raggiungerti. Insomma, ormai il cerchio era spezzato: essi sapevano *già* che Kendrick era qui...»

«*Mustafa*» disse il giovane Sultano interrompendola, adirato. «Mi dispiace che l'abbiano ucciso ma non che gli abbiano chiuso la bocca.»

«Forse è stato lui, forse no, a parlare» disse Khalehla. «Potrebbe anche essere stato qualcuno a Washington. Troppe persone sapevano dell'arrivo di Kendrick, troppe persone hanno collaborato. L'operazione è stata organizzata dal Dipartimento di Stato. C'è chi è molto più bravo, a fare queste cose.»

«Non sappiamo chi è il nemico, né dove cercarlo!» Ahmat serrò un pugno e si morse le nocche. «Potrebbe essere chiunque e da qualsiasi parte... anche sotto i nostri occhi! *Goddamnit*, cosa si fa?»

«Fa' come t'ha detto lui» disse Khalehla. «Lascialo agire sotto mentite spoglie. Ha stabilito un contatto. Aspetta che sia lui a farsi vivo.»

«È tutto quello che posso fare? Aspettare e basta?»

«No, c'è dell'altro» gli rispose Khalehla. «Fammi conoscere l'itinerario della fuga e procurami una macchina molto veloce. Ho portato con me il costume da "cortigiana" – è in una valigia, qui fuori, nel vestibolo – e, mentre io mi cambio, tu coordina i dettagli con i tuoi cugini e con quel medico tuo amico.»

«Ehi, suvvia!» protestò Ahmat. «Lo so che tu e Bobbie siete amiche di vecchia data, ma questo non ti dà certo il diritto di ordinarmi di mettere la tua vita a repentaglio! No, mia cara!»

«Qui non si tratta della mia vita» disse Khalehla, gelida, fissando Ahmat con i suoi occhi bruni. «O della tua, francamente. Qui si tratta del più grezzo terrorismo e della sopravvivenza dell'Asia di sud-ovest. Può anche darsi che non se ne ricavi nulla, ma è mio compito cercare di scoprire qualcosa, ed è tuo dovere permettermelo. Non è forse a questo che siamo stati, entrambi, abituati?»

«Dalle anche il tuo numero segreto» disse Roberta Yamenni, con calma. «Affinché possa mettersi in contatto con te. Con *noi*.»

«Va' a cambiarti» disse il giovane Sultano di Oman, scuotendo la testa, a occhi chiusi.

«Grazie, Ahmat. Farò in un baleno. Ma prima devo mettermi in contatto con i miei superiori. Non ho molto da dirgli, quindi farò alla svelta.»

L'uomo calvo e corpulento, in completo a righe di ottimo taglio inglese ma tutto sgualcito, era talmente ubriaco che i due compatrioti dovettero portarlo praticamente di peso dal bar dell'albergo all'ascensore. Vacillavano sotto quella mole inerte.

«Che figura di merda!» disse uno dei due che lo sorreggevano a fatica. «È una vergogna, ecco cos'è!»

«Suvvia, Dickie!» lo redarguì il suo compagno. «Anche a noi è capitato tante volte di alzare troppo il gomito.»

«Ma non in un Paese maledetto, divorato dalle fiamme alimentate da negroidi barbari! Metti che avesse provocato una rissa. Ci avrebbero impiccati a due lampioni, tutti e due. Qual è la sua camera?»

«La 23, giù in fondo. Pesante, eh?»

«Tutto lardo e whisky liscio, a mio avviso.»

«Mah, non saprei. Mi era sembrato un tipo abbastanza simpatico. Ma una prostituta gli ha dato non so quale fregatura. Roba da far perdere la tramontana a chiunque. Per chi ha detto che lavora, ti ricordi?»

«Per una ditta tessile di Manchester. La Twillingame o la Burlingame, qualcosa del genere.»

«Mai sentita nominare» disse Dickie inarcando le sopracciglia. «Siamo arrivati. Ce l'hai tu la chiave?»

«Sì. Adesso lo scaraventiamo sul letto, e via. Che si arrangi.»

«Chissà se il bar sarà ancora aperto, quando torniamo giù. Cioè, mentre noi facevamo i buoni samaritani, quello stronzo del barista potrebbe avere chiuso bottega.»

«Guai a lui!» esclamò l'altro. «Gli ho rifilato venti sterline per tenere aperto, se non altro per noi. Non intendo chiudere occhio fino all'ora in cui parte l'aereo, domani. Non mi va di farmi scannare da un qualsiasi buzzurro in preda a delirio messianico, te l'assicuro. Su, issa!»

I due inglesi scaricarono sul letto il loro corpulento compatriota, ubriaco fradicio.

«Buona notte, grasso principe!» disse quello di nome Dickie, parodiando il finale dell'*Amleto*. «E che una corte di pipistrelli ti accompagni a casa del diavolo!»

L'uomo corpulento sollevò la testa dal guanciale e tese l'orecchio. I passi si allontanarono giù per il corridoio. Rotolò allora goffamente sulla sponda del letto e si alzò in piedi. Al riverbero dei lampioni stradali, si tolse la giacca e l'appese con cura nell'armadio, lisciandone le spiegazzature. Sciolse il nodo della cravatta – di quelle che gli inglesi chiamano "reggimentali", a strisce – e se la infilò. Si sbottonò la camicia che puzzava di whisky, se la tolse, la gettò nel cestino della cartaccia. Andò nel bagno, aprì entrambi i rubinetti, si lavò il dorso con una spugna. Soddisfatto, prese una bottiglia d'acqua di colonia e se ne spruzzò generosamente. Asciugatosi, tornò in camera, aprì la valigia, che stava sopra un trespolo in un angolo, scelse una camicia nera di seta e se la mise. Se l'abbottonò, l'infilò nei pantaloni. Quindi andò alla finestra. Estrasse una scatola di fiammiferi dalla tasca dei pantaloni. Ne accese uno, lasciò che la fiammella prendesse, poi descrisse tre semicerchi con essa davanti al vetro della finestra. Dopo aver aspettato dieci secondi accese una lampada sul tavolo in fondo. Andò alla porta, aprì il chiavistello automatico e poi tornò accanto al letto. Mise i due cuscini l'uno sopra l'altro e si sdraiò sul letto, con la schiena sollevata. Guardò l'orologio e attese.

Rasparono alla porta. Tre volte. Ogni volta tracciando un semicerchio sul legno, distintamente. «Avanti» disse l'uomo sdraiato sul letto in camicia nera di seta.

Un arabo di pelle scura entrò, esitante, evidentemente intimorito dall'ambiente e dalla persona che in quell'ambiente si trovava. Il suo barracano era pulito, se non nuovo, e il suo copricapo era immacolato. La sua era una missione privilegiata. Parlò a voce bassa, in tono reverente. «Lei ha tracciato il santo segno della mezzaluna, signore, ed eccomi qui.»

«Molte grazie» disse l'inglese. «Entrate e chiudete la porta, per favore.»

«Naturalmente, *Effendi*.» L'uomo fece come gli era stato detto, ma si tenne a debita distanza.

«Mi avete portato quello che mi occorre?»

«Sissignore. Sia l'attrezzatura, sia l'informazione.»

«L'attrezzatura prima, per favore.»

«Subito.» L'arabo estrasse da sotto il barracano una grossa pistola con un cilindro perforato innestato alla canna: era un silenziatore. Quindi, con l'altra mano, tirò fuori una scatoletta grigia: conteneva 27 cartucce. Si avvicinò al letto e porse la pistola dalla parte del manico. «È carica, sir. Nove colpi. Trentasei pallottole in tutto.»

«Grazie» disse l'obeso inglese, prendendo quella che aveva chiamato "attrezzatura". Poi soggiunse: «Ora l'informazione, prego».

«*Yes, sir*. Ma prima devo dirle che la donna è stata condotta, poco fa, dall'albergo al palazzo del Sultano...»

«*Cosa?*» Stupefatto, l'uomo d'affari inglese balzò su, gettò le gambe fuori dal letto, appoggiando i piedi a terra. «Ne siete certo?»

«Sissignore. Una limousine regale è venuta a prelevarla.»

«Quando?»

«Una decina di minuti fa, dodici al massimo. Naturalmente, sono stato informato immediatamente. È là, adesso.»

«Ma, e quei vecchi? I *mercanti?*» La voce del trippone era bassa e tesa, come se stentasse a controllarsi. «Si è messa in contatto con loro, lei, non è vero?»

«Sissignore» rispose l'arabo, tremando, come se temesse un pestaggio se avesse risposto negativamente. «Ha preso il caffè con un importatore di nome Hajazzi, nella Dakhil, poi – più tardi – si è incontrata con lui al mercato di Sabat Aynub. Ha preso delle fotografie. Ha pedinato qualcuno...»

«Chi?»

«Non lo so, signore. Il mercato era affollato e lei si è dileguata. Non sono riuscito a seguirla.»

«A palazzo...?» bisbigliò il *businessman*, rauco, mentre si alzava lentamente in piedi. «Incredibile!»

«È vero, sir. La mia informazione è precisa, altrimenti non l'avrei riferita a un augusto personaggio come lei... In verità, *Effendi*, ringrazierò Allah con tutto il cuore in ogni mia preghiera per aver incontrato un vero discepolo del Mahdi.»

Lo sguardo dell'inglese dardeggiò su quella gracile figura. «Sì, questo vi è stato detto, non è vero?» disse sottovoce.

«Sì, mi è stato concesso questo privilegio.»

«Chi altri lo sa?»

«Nessun altro, signore. Unico io, tra tutti i fratelli. Glielo giuro sulla mia vita. Il suo è un sacro pellegrinaggio, da compiersi in silenzio, nell'invisibilità. Porterò nella tomba il segreto della sua presenza qui a Masqat!»

«Splendida idea!» disse l'uomo corpulento puntando la grossa pistola.

I due spari, grazie al silenziatore, furono come due colpi soffocati di tosse. Colpito in pieno petto, l'arabo fu sbattuto contro il muro e il suo immacolato barracano si intrise di sangue.

Il bar dell'albergo era in penombra. Il barista si riposava in un angolo del suo piccolo regno e, di tanto in tanto, lanciava una stanca occhiata ai due uomini seduti a un tavolino davanti alla vetrina. Questa dava sul viale e aveva la veneziana abbassata e parzialmente chiusa. L'esterno si intravvedeva appena fra una stecca e l'altra.

Gli inglesi sono fessi, pensò il barista. Non dico che la paura non sia giustificata... Tutti quanti hanno paura, in questo periodo di pazzia collettiva, qui in Oman, indigeni o forestieri. Però, questi due starebbero più al sicuro, da un assalto di cani arrabbiati, chiusi in camera loro, non visti, all'insaputa, piuttosto che qui... Oppure no?, si domandò ripensandoci. Lui stesso aveva avvertito la direzione dell'albergo che quei due intendevano restare lì tutta la notte; e il direttore, non sapendo che cosa i due stranieri avessero indosso né quali fossero le loro intenzioni, aveva dislocato tre guardie armate presso l'unico ingresso del bar, nell'atrio dell'albergo. Nondimeno – concluse fra sé e sé il barista, sbadigliando – fessi o non fessi, scemi o furbi che fossero, quei due inglesi erano estremamente generosi. E questo era quel che più contava. Questo, e la presenza della propria arma. Era lì, a portata di mano, coperta da un cencio, sotto il bancone. Ironia del destino, si trattava di un micidiale mitra israeliano. Il barista lo aveva comprato da un ebreo compiacente, al porto. Ah, gli ebrei – commentò il barista fra sé – gli ebrei sì, che sono furbi. Da quando la pazzia collettiva era cominciata, gli ebrei andavano armando mezza Masqat.

«Dickie, *guarda*!» bisbigliò il più tollerante dei due inglesi, allargando con la mano destra lo spazio fra due stecche della veneziana abbassata.

«Che c'è, Jack?» Dickie, che si era appisolato, sollevò la testa di scatto, battendo gli occhi.

«Non è il nostro compatriota sbronzo, quello là?»

«Chi? Dove... Dio mio, hai ragione!»

Fuori, nel viale deserto e male illuminato, l'uomo corpulento – chiaramente agitato – stava camminando su e giù, davanti all'ingresso dell'albergo, guardandosi nervosamente intorno. D'un tratto, accese diversi fiammiferi, uno dopo l'altro. Ne sollevava e abbassava la fiammella, tracciando come dei segnali nell'aria. Gettava via irosamente il fiammifero spento, poi ne accendeva subito un altro. Di lì a un minuto e mezzo, arrivò a tutta velocità, dal fondo della strada, un'automobile nera. Frenò bruscamente e spense i fari.

Sbigottiti, i due inglesi stavano guardando attraverso le stecche della veneziana. L'uomo corpulento, con sorprendente agilità e decisione, girò intorno al cofano dell'automobile sopraggiunta. Quando raggiunse lo sportello di destra, un arabo vestito all'europea ma con in testa un copricapo alla beduina saltò fuori. All'istante, il massiccio inglese cominciò a parlare con grande rapidità, puntando ripetutamente l'indice sul viso dell'uomo che gli stava di fronte.

Poi indicò una finestra dell'albergo. L'arabo partì a razzo. Allora, bene in vista, l'obeso uomo d'affari estrasse una grossa pistola dalla cintura, spalancò maggiormente lo sportello dell'auto e rapidamente vi si infilò dentro.

«Mio dio, hai visto?» disse Dickie.

«Sì, si è cambiato vestito.»

«Il *vestito*?»

«Naturalmente. C'è poca luce ma ho l'occhio esercitato, io. Non ha più la camicia bianca né il completo a righe. Indossa invece una camicia scura, adesso, e la giacca e i pantaloni sono neri, di tessuto grossolano, direi, e troppo pesante per il clima di qui.»

«Ma di che stai parlando?» esclamò Dickie stupefatto. «Io alludevo alla pistola!»

«Be', sì, certo. Tu sei nel ramo metalli ferrosi, io lavoro nel ramo tessile.»

«Veramente, amico, tu mi lasci sbalordito. Entrambi vediamo un tipo da un quintale e mezzo che, quindici minuti fa, era talmente sbronzo che ci è toccato trasportarlo di peso su in camera sua, e che adesso gira per strada vispo come un gallo, dà ordini a un tizio, brandisce una pistola e sale a bordo di un'auto, guidata da un pazzo, cui lui, ovviamente, ha inviato un segnale... e tutto quello che tu noti è il suo vestito!»

«Be', in effetti, non si tratta soltanto di questo, *old boy*. Ho visto anch'io la pistola, s'intende, e quell'arabo che ha preso ordini da lui, e ho notato la pazzesca velocità dell'auto – ovviamente guidata da un maniaco – ed è appunto per contrasto con tutto ciò che il suo abbigliamento mi ha colpito. Strano, non trovi?»

«Per niente!»

«Forse "strano" non è l'aggettivo più adatto...»

«E qual è quello giusto, allora, Jack?»

«Cercherò di spiegarmi meglio, allora. Quel ciccione, ubriaco o no che fosse, era però un elegantone, un dandy della più bella specie – fino a poco fa. Indossava un completo leggero a righe di ottima stoffa e ottimo taglio, una camicia di seta comprata da Angelo in Bond Street, una cravatta delle migliori che si trovano da Harrods, e scarpe di cuoio d'antilope fatte su misura in Italia. Insomma, un'eleganza di prim'ordine. E perfettamente adeguata al clima.»

«E con ciò?» domandò Dickie esasperato.

«Adesso, invece, là fuori, indossa giacca e pantaloni di qualità ordinaria, che gli vanno stretti e che sono troppo pesanti per questo maledetto clima. Un vestito che certo non fa spicco tra la folla e, men che meno, sarebbe adatto a un convegno mondano. E, per di più, io conosco tutte le società tessili di Manchester, dalla prima all'ultima, e non ce n'è nessuna che si chiami Twillingame o Burlingame o qualcosa di simile.»

«Non mi dire!»

«Ti dico.»

«Gatta ci cova, eh?»

«Secondo me, non dovremmo prendere quell'aereo stamattina.»

«Dio mio, e perché?»

«Credo che dovremmo andare subito all'Ambasciata britannica e tirare qualcuno giù dal letto.»

«*Cosa?*»

«Metti, Dickie, che quel tizio si sia travestito così per *uccidere*?»

Ultra Maximum Secure
Nessuna intercettazione
Procedete

Il memorandum continua.

Le ultime notizie sono inquietanti. Dal momento che le mie macchine non sono ancora riuscite ad avere accesso ai computer della CIA a Langley, non posso sapere se ci sono dati mancanti. Il "soggetto" ha già stabilito un contatto. L'"ombra" parla di un'operazione ad altissimo rischio che definisce "inevitabile". Una scelta inevitabile ma estremamente pericolosa.

Che cosa fa il Nostro? E come lo fa? Quali sono i suoi metodi? Chi sono i suoi referenti? Quali sono i suoi contatti? Ho bisogno di notizie dettagliate! Se il Nostro sopravviverà, mi occorreranno tutti i dettagli, dal primo all'ultimo. Poiché sono i dettagli a conferire credibilità a un'azione straordinaria. Ed è l'azione che farà del "soggetto" un eroe e gli procurerà la riconoscenza di tutta la nazione.

Ma, mi domando, sopravviverà? Oppure andrà a ingrossare la schiera di quanti perirono e periranno, nel corso di una serie di eventi che nessuno conosce? Le mie apparecchiature non sono in grado di dirmelo. Esse possono solo certificare le sue potenzialità. Il che si ridurrebbe a niente, se egli morisse. In tal caso tutto il mio lavoro risulterebbe vano.

Capitolo ottavo

I quattro terroristi prigionieri erano incatenati. Due sedevano sul lato destro del furgoncino cellulare, che filava a tutta velocità, squassandosi violentemente, e gli altri due sulla sinistra, di fronte a loro. Come predisposto, Kendrick sedeva accanto al giovane fanatico dagli occhi allucinati e dal labbro leporino. Dirimpetto, sedevano Azra e il goffo marcantonio che aveva sfidato e attaccato Evan e che questi, fra sé, chiamava sergente-capomastro. Presso la porta del furgone c'era un agente di polizia che, con la sinistra, si teneva aggrappato a una maniglia sul tetto, e con la destra stringeva un mitra MAC-10, appeso a tracolla mediante una cinghia di cuoio. Una sola raffica, e i quattro prigionieri sarebbero stati trasformati in altrettanti cadaveri sforacchiati e sanguinanti, affissi alle pareti del furgone in corsa. Inoltre – sempre come predisposto – un mazzo di chiavi era appeso alla cintura dell'agente. Erano quelle dei lucchetti delle catene cui erano assicurati i prigionieri. Si era svolta una gara contro il tempo. Il tempo era prezioso. I minuti divennero ore – via via – le ore portarono con sé un nuovo giorno.

«Lei è pazzo, lo sa questo, non è vero?»

«Dottore, non abbiamo altra scelta. Quell'uomo è Azra – è proprio lui, l'Azzurro!»

«Sbagliato, sbagliato, sbagliato! Azra porta la barba a pizzo e i capelli lunghi. Lo abbiamo visto tutti, alla televisione...»

«Si è tagliato la barba e i capelli.»

«Le chiedo: lei è Amal Bahrudi?»

«Attualmente sì.»

«No, non lo è! E così quello là non è Azra. È uno che è stato catturato e portato qui cinque ore fa. Lo hanno preso in un bazar della Waljat. È un imbecille ubriaco, un pagliaccio, uno smargiasso e nulla più. Era insieme a un compagno che, al momento della cattura, si è sgozzato da sé.»

«Ero presente al fatto, anch'io, Faisal. Costui è proprio Azra, il fratello di Zaya Yateem.»

«Perché lo dice lui?»

«No. Gli ho parlato. Sono stato ad ascoltarlo. La guerra santa che combatte Azra non è pro o contro Allah, Abramo o Cristo, poiché egli lotta per la sua sopravvivenza su questa terra.»

«Pazzia! Tutt'intorno a noi è pazzia!»

«Che cosa ha detto Ahmat?»

«Di fare come dice lei. Solo, bisogna aspettare finché arrivano due speciali agenti di polizia. Si tratta di due uomini di cui Ahmat si fida completamente.»

«Ah, sì. Il Gatto e la Volpe. Quegli stessi che mi hanno seguito dal bazar ad Al Kabir, vero?»

«Sono fidatissimi. Uno starà al volante del furgone, l'altro fungerà da sorvegliante.»

«Ottima trovata. In effetti, non farò che recitare un copione scritto da Ahmat, eh?»

«Non sia ingiusto, ora, Mr. Kendrick.»

«È un gran furbacchione, l'amico. Comunque, ecco qua: questi sono gli altri due prigionieri che dovranno essere trasferiti insieme ad Azra e me.»

«E chi sono?»

«Uno è un pazzo fanatico che lancerebbe improperi anche al plotone d'esecuzione. L'altro è l'anima nera di Azra. Fa tutto quello che l'Azzurro gli ordina di fare. Tolti di torno questi due, non resterà nessuno a far rigare dritto gli altri carcerati.»

«Lei parla per enigmi.»

«Voglio dire che gli altri canteranno. Non sanno niente, in realtà niente di importante, ma canteranno. Potrete cavar fuori qualcosa da loro. Vi consiglio di portarli fuori a due o tre per volta, rinchiuderli in celle più piccole, e poi sparare qualche raffica di fucileria contro il muro del cortile. Può darsi che alcuni di quei fanatici non siano tanto desiderosi di morire per la causa.»

«Lei cambia pelle adesso, Shaikh *Kendrick. Lei sta per entrare in un mondo del quale non sa nulla.»*

«Imparerò, dottore. Sono qui per questo.»

E venne il momento! L'agente presso la porta del furgone staccò la mano sinistra dalla maniglia e la scrollò per riattivare la circolazione. Quindi tornò ad aggrapparsi subito a quel sostegno. Avrebbe ripetuto quel gesto tra meno di un minuto e sarebbe stato il segnale: Evan avrebbe, allora, compiuto la sua prima mossa. La "coreografia" di quella specie di balletto era stata creata in fretta e furia, nell'infermeria del carcere. L'attacco sarebbe stato rapido e semplice. La reazione della guardia era il segreto della buona riuscita del piano. Ed ecco, ventidue secondi dopo, la mano sinistra dell'agente mollare di nuovo la maniglia, in un gesto di stanchezza.

Kendrick balzò dalla panca, il suo corpo un missile compatto che andò a colpire l'agente, la cui testa sbatté contro lo sportello con tale forza che l'espressione di quell'uomo, fattasi istantaneamente spaventata, mutò ancora, in una frazione di secondo, e divenne inerte. Egli crollò.

«Svelto!» ordinò Evan rivolto ad Azra. «Aiutami! Prendigli le chiavi!»

Il palestinese accorse d'un balzo, seguito dal sergente-capomastro. Tutti insieme, con le loro mani ammanettate, scansarono il mitra MAC-10 e strapparono le chiavi dalla cintola dell'agente tramortito.

«L'ammazzo subito!» squittì il fanatico dal labbro leporino, afferrando il mitra e avanzando, traballante per via degli scossoni del veicolo, con l'arma puntata alla testa della guardia.

«Fermalo!» ordinò Azra.

«Scemo!» ruggì il sergente-capomastro, togliendo il mitra di mano al giovane fanatico. «L'autista sentirà gli spari!»

«È nostro nemico giurato, costui!»

«È la nostra via di scampo, miserabile idiota!» disse Azra, togliendo le manette a Evan e porgendogli le chiavi affinché facesse altrettanto per lui.

Kendrick si accinse poi a liberare anche il sergente-capomastro.

Questi, nel porgergli i polsi, gli disse: «Mi chiamo Yosef. È un nome ebraico, poiché mia madre era ebrea. Ma non parteggiamo per gli ebrei di Israele, non ci riconosciamo in loro. E tu sei un valoroso, Amal Bahrudi».

«Non mi vanno a genio i plotoni d'esecuzione nel deserto» disse Kendrick, gettando in terra le manette e rivolgendosi adesso al più giovane dei terroristi, quello che avrebbe voluto uccidere l'agente di custodia tramortito. «Non so proprio se sia il caso di liberare anche te.»

«Perché no?» strillò il ragazzo. «Forse perché sono pronto a uccidere nella nostra guerra santa? E disposto a morire per la nostra santa causa?»

«No, giovanotto: perché potresti far uccidere noi, e noi siamo più preziosi di te.»

«Amal!» gridò Azra afferrando il braccio di Evan, per sorreggersi e per richiamare la sua attenzione. «D'accordo, è un idiota. Ma ha le sue attenuanti. In Cisgiordania, i coloni israeliani hanno fatto saltare la casa e il negozio di suo padre. Suo padre è morto nell'esplosione e la Commissione di Israele ha venduto entrambe le proprietà ai nuovi arrivati, per una cifra irrisoria.» L'Azzurro abbassò la voce, parlando all'orecchio di Kendrick: «È malato di mente, ma non aveva nessuno cui rivolgersi, tranne noi. Yosef e io lo controlleremo. Liberalo pure».

«Ne rispondi tu, poeta» ribatté Evan burbero, sciogliendo il giovane terrorista dai ferri che lo imprigionavano.

«Perché hai parlato di fucilazione nel deserto?» domandò Yosef.

«Poiché la strada che stiamo percorrendo è sabbiosa, non lo senti?» disse Kendrick che conosceva già l'itinerario predisposto. «Eravamo destinati a scomparire; bruciati, oppure sepolti nel deserto.»

«Perché proprio noi quattro?» domandò Yosef.

«Per quel che mi riguarda, la risposta l'intuisco: non sanno che farsene di me, tanto vale ammazzarmi. Se sono pericoloso o influente, sia la pericolosità sia l'influenza scompaiono con me.» Evan fece una pausa. Poi, annuendo col capo, soggiunse: «Ora che ci penso, questo vale anche per Yosef e per il ragazzo. Erano quelli che si facevano più sentire, fra tutti i carcerati, e, probabilmente, le loro voci saranno state individuate: entrambe si distinguono facilmente».

«E io?» domandò Azra fissando Kendrick.

«Puoi rispondere da solo, senza il mio aiuto» disse questi, sostenendo lo sguardo del palestinese, con un'ombra di disprezzo negli occhi. «Ho cercato di scostarmi da te, quando sono venuti a prendermi, nelle latrine, ma tu sei stato troppo lento.»

«Vuoi dire che ci hanno visti insieme?»

«Lo studente si merita un bel voto. Non soltanto *insieme* ma *appartati*, lontani da tutti gli altri detenuti.»

«Il furgone rallenta!» esclamò Yosef. Il camioncino infatti aveva frenato leggermente, all'imbocco di una curva in discesa.

«Bisogna uscire di qui» disse Evan. «Subito. Giù in fondo alla valle ci saranno dei soldati. Presto! Dobbiamo restare sull'altopiano. Da quella valle non risaliremmo mai!»

«Lo sportello!» gridò Azra. «Dev'essere chiuso con un lucchetto dall'esterno.»

«Non ne ho idea» mentì Kendrick, seguendo il copione che era stato rapidamente tracciato nell'infermeria del carcere. Erano stati allentati i bulloni, in due pannelli. «Non sono mai stato preso prigioniero qui. Ma non importa. È una lega di acciaio laminato, con saldature. Se tutti e quattro ci scagliamo contro questo sportello, ne possiamo sfondare una sezione. Quella centrale. È la più debole.» Evan agguantò il giovane dal labbro leporino per una spalla, tirandolo alla sua sinistra. «D'accordo, allora. Colpisci come se volessi abbattere il Muro del Pianto. Tutti e quattro! *Adesso!*»

«Aspetta!» Azra si spostò traballando e andò a raccattare il mitra MAC-10. Se lo mise a tracolla, con la canna verso il basso. «Sono pronto» disse raggiungendo gli altri tre.

«*Via!*» urlò Kendrick.

I quattro prigionieri si scagliarono, come un sol uomo, contro il pannello centrale dello sportello, mentre il furgone sobbalzava sulle pietre per la strada in curva e in discesa. La lamiera cedette, lungo l'imbullonatura, e il chiarore lunare si riversò dentro, dalle ampie fessure.

«Ancora!» ruggì Yosef con occhi di fuoco.

«*Ricordate!*» ordinò l'uomo che ormai era accettato come Amal Bahrudi. «Se sfondiamo, rannicchiatevi su voi stessi quando piombate al suolo. Bisogna evitare di farsi male!»

Di nuovo si avventarono contro il pannello mezzo sfondato. I bulloni di fondo saltarono. La lamiera volò via e le quattro figure precipitarono all'esterno, sulla strada tortuosa che conduceva alla valle desertica. Dentro il furgone, l'agente di custodia ruzzolò in avanti, data l'inclinazione del veicolo giù per la discesa. Il suo viso era striato dal sudore provocato dalla paura della morte. Si rialzò sulle ginocchia e picchiò ripetutamente sulla parete della cabina di guida. In risposta venne un singolo colpo. Il loro compito per quella notte era, per metà, compiuto.

I fuggiaschi ruzzolarono anch'essi, lungo il pendìo, per un breve tratto. A rialzarsi per primi furono Azra e Yosef. Torsero il collo, agitarono la testa, istintivamente si tastarono da tutte le parti, per constatare se, oltre alle ammaccature, ci fosse qualcosa di rotto. Kendrick li imitò. Aveva la spalla in fiamme, alle gambe un dolore atroce, per fortuna passeggero, e le mani graffiate. Ma, nel complesso, aveva di che essere grato alla dura esperienza di rocciatore e canoista. Era indolenzito, ma incolume. Il palestinese dal labbro leporino se l'era cavata peggio di tutti. Gemeva, steso in terra fra i sassi e le erbacce. Si dimenava cercando di rialzarsi, ma non ce la faceva. Yosef gli andò vicino, mentre Evan e Azra studiavano la vallata sottostante. Gli bastò un'occhiata per rendersi conto. «Il ragazzo si è rotto una gamba!» annunciò ai suoi due superiori.

«Allora uccidetemi subito!» strillò il giovane. «Io vado da Allah e voi continuate a combattere.»

«Oh, sta' zitto» disse Azra avvicinandosi, con il mitra impugnato, insieme a Kendrick. «Il tuo desiderio di morire finisce per venire a noia, e sarà la tua voce stridula a ucciderci, invece. Fagli a strisce la camicia, Yosef. Legagli mani e piedi e mettilo di traverso alla strada. Il furgone tornerà indietro non appena quei fessi, raggiunto il bivacco laggiù, si accorgeranno di quello che è avvenuto. E così lo troveranno.»

«Mi consegni ai nemici?» strillò il giovane.

«Sta' zitto!» ribatté Azra mettendosi il mitra a tracolla. «Ti porteranno all'ospedale, dove riceverai le cure del caso. I ragazzini non vengono uccisi, se non dalle bombe e dai missili – e anche troppo di frequente. Ma questo non c'entra.»

«Non rivelerò niente!»

«Non sai un bel niente, tu» replicò l'Azzurro. «Legalo, su, Yosef. Mettigli la gamba il più comoda possibile.» Azra si chinò sul ragazzo. «Conviene salvarsi e combattere ancora, piuttosto che morire inutilmente. Lascia che il nemico ti curi. Guarito, lo ripagherai col piombo. Tornerai da noi, indomabile combattente per la libertà. Abbiamo bisogno di te. Yosef, sbrigati!»

Mentre il subalterno eseguiva l'ordine, Azra ed Evan si portarono sul ciglio della strada. In fondo alla discesa cominciava il deserto di sabbia che si estendeva, biancheggiante alla luce della luna, a perdita d'occhio, come un vasto pavimento di alabastro, il cui tetto era la volta stellata del cielo, lassù. In lontananza, si vedeva ardere un falò: una macchia gialla pulsante, che interrompeva la candida immensità. Era un bivacco di soldati. E faceva parte intrinseca del piano di "evasione" concordato da Kendrick con il Sultano. Era troppo lontano perché le figure potessero distinguersi, ma c'erano: ed era corretto supporre che fossero soldati omaniti. Ma non era il plotone di esecuzione che i compagni del falso Bahrudi immaginavano.

«A te il terreno è più familiare che a me» disse Evan in inglese. «Quanto pensi che disti da qui quel bivacco?»

«Dieci chilometri, forse dodici, non di più. La strada è diritta, giù nella valle. Presto saranno là.»

«Allora andiamo.» Kendrick si volse. Guardò Yosef adagiare il giovane ferito in mezzo alla strada. Si diresse verso di loro.

Azra invece non si mosse. «Dove dovremmo andare ora, Amal Bahrudi?» gli gridò dietro.

Evan volse la testa di scatto. «*Dove?*» ripeté con disprezzo. «Prima di tutto, via di qua. Fra poco farà giorno e almeno una dozzina di elicotteri ci daranno la caccia dal cielo. So quello che dico. In città ci potremmo dileguare, qui no.»

«Poi che si fa? Dove si va?»

Kendrick non riusciva a vedere bene il suo interlocutore nel fioco chiarore lunare, ma sentiva il suo sguardo intenso, interrogativo, fisso su di sé. Stava per essere messo alla prova. «Passiamo parola all'Ambasciata. A tua sorella Yateem. Oppure all'uomo chiamato Ahbyahd. Stop al traffico di fotografie, e uccidere tutti quelli che vi sono implicati.»

«In che modo ci possiamo mettere in contatto con quelli all'interno dell'Ambasciata? Te l'hanno detto i tuoi amici, questo, Amal Bahrudi?»

Evan era preparato. Era una domanda inevitabile. «Francamente, non lo sa nessuno, a Berlino, dove si trovi il canale di comunicazione. Anzi, là si ritiene che tale canale cambi di giorno in giorno. È logico che sia così, se le cose si fanno con un po' di cervello. Quindi, il piano originale prevedeva che io consegnassi un biglietto, al cancello d'ingresso, indirizzato al vostro Comitato direttivo. Mi sarebbe stato allora indicato il passaggio.»

«Un biglietto del genere poteva benissimo essere un tranello. Perché avrebbero dovuto credere al tuo?»

Kendrick fece una pausa. Quando poi rispose, la sua voce era sommessa e calma, carica di convinzione. «Perché era un biglietto firmato dal Mahdi.»

Azra dilatò gli occhi. Annuì lentamente e alzò una mano. «Chi è?» domandò.

«Il biglietto era chiuso in una busta sigillata con la ceralacca. Non dovevo a nessun costo rompere quel sigillo. Mi fu arduo accettare quelle condizioni, che per me equivalevano a un insulto. Ma persino *io* eseguo gli ordini di chi paga – se capisci quel che intendo dire.

«Quelli che ci danno il denaro per fare quello che facciamo...»

«Se dentro quella busta sigillata c'era una comunicazione in codice, che ne assicurava l'autenticità, ebbene, dovevano saperlo solo i membri del vostro Comitato direttivo. Io no.»

«Dallo a me, allora, quel biglietto.»

«Idiota!» urlò Kendrick esasperato. «Quando mi vidi inseguito dalla polizia omanita, lacerai busta c biglietto e sparsi i pezzetti al vento, per il viale Al Kabir. Prima di venire catturato. Tu avresti fatto forse diversamente?»

Il palestinese restò immobile. «Avrei fatto lo stesso, ovviamente» rispose. «Ad ogni modo, adesso non ci occorre. Ci penso io, a entrare all'Ambasciata. Il "canale" – come lo chiami tu – è ben sorvegliato, sia all'interno sia fuori.»

«Tanto ben sorvegliato che quei rullini fotografici sono passati sotto il naso delle vostre guardie. Avverti tua sorella. Dille di cambiare le guardie. E di iniziare immediatamente la ricerca di quella macchina fotografica. Non appena l'avrà trovata, faccia uccidere il proprietario e tutti quelli che gli sono amici. Bisogna ucciderli tutti quanti.»

«Così, senza prove? In base alla tua denuncia e basta?» protestò Azra. «In tal modo si rischia di uccidere degli innocenti. Di sacrificare dei validi combattenti.»

«Bando alle ipocrisie!» rise Amal Bahrudi. «Non abbiamo queste esitazioni, noi, con i nostri nemici. Non uccidiamo "validi combattenti", uccidiamo persone innocenti, in modo adeguato, per far sì che il mondo ci ascolti: un mondo completamente cieco alla nostra lotta, sordo ai nostri appelli, indifferente alla nostra stessa sopravvivenza.»

«Per il tuo onnipotente Allah! Adesso sei tu a essere cieco e sordo» sputò fuori Azra. «Tu credi ciecamente a quel che scrive la stampa occidentale e sei invece sordo alle nostre ragioni. Devi sapere che, di quegli undici ostaggi gettati dalla finestra, quattro non sono stati uccisi da noi. Una donna si è suicidata perché aveva paura di essere violentata, alla maniera *araba*. Un'altra donna – molto più forte – si scagliò contro uno dei nostri, e questo imbecille, colto alla sprovvista, non seppe far altro che spararle. Due uomini, vecchi e infermi, sono morti di infarto. Sì, ne abbiamo provocato noi la morte, ma non li abbiamo passati per le armi, questi due innocenti. Tutto ciò è stato spiegato da Zaya ma nessuno ci ha creduto. Non ci crederanno mai!»

«E gli altri? Gli altri sette?»

«Sono stati regolarmente processati e condannati a morte dal nostro Comitato. Una giusta condanna. Erano agenti dei Servizi Segreti, spie che operavano contro di noi in tutta la regione del Golfo e nello scacchiere mediorientale; membri dell'infame Consular Operations – persino due *arabi* – che si erano venduti l'anima, per consegnare noi tutti all'oblìo, due traditori arabi al soldo dei sionisti e dei loro fantocci americani. Meritavano la morte, tutti costoro. Poiché volevano la nostra morte. Non solo: anche il nostro disonore. Volevano fare di noi delle caricature del Male. Invece non c'è alcuna malvagità in noi, ma soltanto il desiderio di vivere nella nostra terra...»

«Basta così, *poeta*» l'interruppe Kendrick. «Non c'è tempo per i tuoi alati sermoni. Dobbiamo andarcene al più presto da qui.»

«All'Ambasciata» disse Azra. «Attraverso il canale.»

Kendrick si avvicinò di qualche passo, lentamente, al palestinese. «All'Ambasciata, sì» gli disse. «Ma *non* per entrarci. Arriveremo soltanto fino al cancello d'ingresso. Farai recapitare – di là – un messaggio a tua sorella, spiegandole ogni cosa. Non appena sistemati i traditori, il mio compito qui sarà finito. E così pure il tuo – per almeno un paio di giorni.»

«Come sarebbe a dire?» domandò sbigottito l'Azzurro.

«Ho l'ordine di condurre *uno* di voi nel Bahrain, al più presto. E ci condurrò *te*. Io sono stato catturato, sono evaso e non posso correre altri rischi. Non adesso, almeno.»

«Vuoi condurmi nel Bahrain?»

«Sì, dal Mahdi. Sarà solo per poche ore. Ma la cosa è urgente. Il Mahdi ha da darti nuovi ordini. Ordini che intende impartire di persona a un membro del Comitato. Non si fida di nessun altro. Tu sei un membro del Comitato. E ti trovi all'esterno dell'Ambasciata, non dentro. Verrai quindi con me.»

«L'aeroporto è strettamente sorvegliato» disse Azra con fermezza. «È pattugliato da guardie e cani d'attacco. Nessuno può entrare e uscire senza venire interrogato. Non ce la faremmo mai. Lo stesso vale per il porto. Ogni imbarcazione viene fermata e perquisita e, se tenta di sfuggire, colata a picco.»

«Nulla di tutto questo ha impedito ai vostri compagni di andare e venire, attraverso il "canale". Lo so per certo. Ne ho anzi visto i risultati, a Berlino.»

«Ma tu hai fretta. E invece il "canale" è una procedura che richiede da 24 a 48 ore.»

«Perché tanto tempo?»

«È una precauzione necessaria. Viaggiamo soltanto di notte. Ci travestiamo da soldati. Indossiamo l'uniforme della guarnigione di frontiera. Se veniamo fermati, diciamo che stiamo pattugliando la costa. A sud, abbiamo appuntamento con i motoscafi d'altomare – forniti dal Bahrain, naturalmente.»

«Naturalmente.»

Dunque non mi sbagliavo, pensò Kendrick. *La costa meridionale, fino a Ra's al Hadd e oltre, fino allo Stretto di Masirah, è territorio aperto, una crudele terra desolata, con lidi rocciosi, entroterra inospitale, una manna per ladri e contrabbandieri e, soprattutto, per terroristi. E quelle divise militari sono un'ottima trovata. Assicurano protezione. I soldati delle guarnigioni di frontiera sono stati scelti per la loro lealtà ma, soprattutto, per la loro brutalità, che eguaglia – o magari supera – quella dei desperados internazionali cui lo Yemen offre rifugio.*

«Molto bene» continuò ad alta voce il falso Amal Bahrudi, in tono professionale. «Ma, in nome di Allah, come avete fatto a procurarvi quelle divise militari? So che sono diverse da quelle degli altri reparti dell'Esercito: di colore più chiaro, diverse spalline, stivaletti adatti al deserto e all'acqua...»

«Le abbiamo fatte confezionare apposta per noi» l'interruppe Azra. «Nel Bahrain, naturalmente. Sono contate e, quando non le usiamo, vengono tenute sotto chiave... Hai ragione: dobbiamo andare via di qua. Il furgone arriverà al bivacco tra un paio di minuti. Parleremo strada facendo. Vieni!»

Yosef aveva adagiato il giovane terrorista ferito, legato mani e piedi, di traverso alla strada, lo aveva calmato, gli aveva impartito istruzioni, con voce pacata ma ferma. Azra e Kendrick si avvicinarono.

Evan parlò. «Si procede più spediti lungo la strada. Quindi la seguiremo finché non vedremo, alle nostre spalle, i fari del camion di ritorno dalla valle. *Spicciamoci!*»

Furono rivolte parole di incoraggiamento al compagno caduto, poi i tre fuggiaschi si avviarono di corsa su per la strada in salita, tutta curve, che portava all'altopiano, distante diverse centinaia di metri, su in alto. Il terreno era perlopiù brullo, con radi cespugli fra i sassi e, qua e là, alberelli contorti, nodosi, che la guazza notturna proveniente dal mare incoraggiava ma che poi, durante il giorno, il caldo afoso rendeva stenti, nani.

Col respiro affannoso, il petto ansante, Yosef parlò: «A tre o quattro chilometri da qui, verso nord, ci sono più alberi. Alberi più alti. Con molto più fogliame. Per nasconderci».

«Tu sai questo?» domandò Kendrick, sgradevolmente sorpreso, poiché credeva di essere l'unico, lui, a sapere dove si trovassero.

«Non conosco questa strada in particolare, ma sono tutte uguali, nella zona. Inoltre non ce ne sono tante» disse Yosef. «Quando ci si lascia il deserto sabbioso alle spalle e si va verso il Golfo, il territorio muta aspetto, si fa più verdeggiante, e ci sono collinette. D'un tratto si arriva a Masqat. Quasi inaspettatamente, all'improvviso.»

«Yosef faceva parte di una squadra di esploratori al comando di Ahbyahd» spiegò Azra. «Vennero qui in Oman cinque giorni prima del colpo di mano all'Ambasciata USA.»

«Capisco. Ma, dico, neppure la Foresta Nera ci potrebbe offrire rifugio, quando farà giorno. L'Oman non è la Schwarzwald. Effettueranno rastrellamenti e la zona sarà sorvolata da elicotteri. Non possiamo nasconderci da nessuna parte, tranne che in Masqat.» Evan si rivolse all'uomo chiamato Azzurro. «Certo avrai dei contatti in città.»

«Numerosi.»

«Vale a dire?»

«Tra i dieci e i venti. Alcuni in alto loco. Ma perlopiù si tratta di persone che vanno e vengono, naturalmente.»

«Riuniscili tutti, a Masqat, e conducimi da loro. Ne sceglierò uno.»

«Tu ne scegli uno...»

«Me ne occorre uno soltanto. Ma dev'essere quello giusto. Porterà un messaggio da parte mia, e poi io ti condurrò nel Bahrain, nel giro di tre ore.»

«Dal Mahdi?»

«Sì.»

«Ma hai detto che non sai chi è.»

«Infatti, non lo so.»

«Però sai come raggiungerlo?»

«No» rispose Kendrick. E avvertì un improvviso vuoto nel petto. «Un altro insulto, ma più facilmente comprensibile. Io opero in Europa, non qui. Sta di fatto che presumevo che tu sapessi dove trovarlo, nel Bahrain.»

«Forse c'era scritto su quella lettera che hai distrutto in viale Al Kabir: un messaggio in codice...»

«Ma ci sono *sempre* procedure di emergenza!» disse Kendrick interrompendolo aspramente. Cercava di dominare la propria ansietà.

«Infatti, ci sono» disse Azra pensierosamente. «Ma nessuna di esse coinvolge il Mahdi direttamente. Come saprai, il suo nome viene solo pronunciato sottovoce, e tra pochissimi.»

«No, che non lo sapevo. Te l'ho detto, io opero altrove. È per questo che sono stato prescelto e inviato qui, ovviamente.»

«Sì, è ovvio» convenne l'Azzurro. «Qui ti trovi lontano dalla tua base. Qui sei il messaggero inatteso.»

«Ma insomma!» esplose Kendrick. «Stento a credere a quel che mi dici. Ricevete istruzioni ogni giorno, non è vero?»

«Sì, certo.» Azra lanciò un'occhiata a Yosef. «Ma io, al pari di te, sono soltanto un messaggero. Un porta-ordini.»

«*Cosa?*»

«Faccio parte del Comitato, questo sì. Ma non sono un capo. Sono troppo giovane. L'età non me lo consente. A capo del Comitato sono stati chiamati mia sorella Zaya e Ahbyahd, oltre Nassir, che nel frattempo è morto. Dirigono loro le operazioni. Quando arriva un plico sigillato contenente istruzioni, io mi limito a consegnarlo a Zaya o ad Ahbyahd. Non posso infrangere i sigilli. Solo Zaya e Ahbyahd sanno, quindi, come raggiungere il Mahdi: non personalmente, s'intende, non direttamente; ma tramite una serie di "contatti", di intermediari che conducono fino a lui; che gli passano parola.»

«Puoi metterti in contatto via radio con tua sorella? Oppure parlare con lei per telefono? In tal caso, lei potrebbe dirti come fare per raggiungere il Mahdi.»

«Impossibile. I nostri nemici dispongono di apparecchiature capaci di intercettare qualsiasi comunicazione via radio o per telefono. Non ci serviamo mai di questi mezzi, noi. Se non per dire cose che diremmo anche in pubblico. La radio e il telefono, insomma, non offrono garanzia di segretezza.»

«Rivolgiti allora ai tuoi amici di Masqat!» disse Evan scandendo bene le parole, con enfasi, mentre la sua fronte andava imperlandosi di freddo sudore. «Uno di loro entra all'Ambasciata e...»

«E va da mia sorella a chiederle informazioni sul Mahdi? Tu sei matto! Zaya lo farebbe *subito* passare per le armi, chiunque si azzardasse...»

«Ma bisogna assolutamente trovare la maniera di arrivare fino al Mahdi, nel Bahrain. Devo condurti da lui entro questa sera. Non posso risalire alle mie fonti in Europa, perché il rischio è troppo grande, per me, poi, come ti ho detto, questa non è la mia zona d'operazioni.»

«C'è una soluzione sola» disse Azra. «Andiamo noi stessi da mia sorella. Entriamo nell'Ambasciata.»

«Non c'è tempo, per simili *complicazioni!*» obiettò Kendrick disperatamente. «Conosco bene il Bahrain. Di là, telefoneremo a uno dei tuoi amici di Masqat e gli diremo di andare da tua sorella, o comunque di mettersi in contatto con lei. Lei troverà la maniera di raggiungere uno degli intermediari del Mahdi. Naturalmente, non dovranno essere menzionati i nostri nomi. Gli diremo di dire che c'è un'emergenza. Ecco, appunto: è sorta un'*emergenza*. Capiranno che cosa s'intende! Fisserò io il luogo dell'incontro. Una strada, una moschea, un settore del porto, oppure nei paraggi dell'aeroporto. Qualcuno verrà. Qualcuno *deve* venire.»

Il magro, muscoloso giovane terrorista di nuovo restò zitto per un po' e, frattanto, scrutava l'uomo che riteneva essere la propria controparte nella lontana Europa. Dopo una decina di secondi, meditabondo, disse: «Dimmi una cosa, Bahrudi. Tu ti comporteresti in maniera così anomala con i tuoi superiori di Berlino Est? Con le tue "fonti" finanziarie, saresti così indisciplinato, come chiedi a me di essere? Sarebbero forse tollerate – dimmi – anomalie di questo genere, a Mosca? Oppure dalle banche bulgare di Sofia? Oppure a Zagabria, da dove tanto denaro invisibile proviene?».

«In caso di grave emergenza, capirebbero.»

«Hmm! Credo piuttosto che, se tu dessi adito a una simile emergenza, ti troverebbero subito un rimpiazzo. Dopo averti fatto scannare.»

«Tu pensa alle *tue* fonti, ché alle mie ci penso io, Mr. Blue.»

«Appunto. Io so come regolarmi, con le mie fonti e con i miei superiori. Perciò, noi due andremo – *ora* – all'Ambasciata USA.»

Il forte vento che soffiava dal Golfo di Oman spazzava gli sterpi e squassava i contorti alberi nani, ma non impedì loro di udire il persistente urlo di una sirena, proveniente dalla valle desertica. *Era il segnale*. Kendrick lo aspettava. Bisognava nascondersi.

«*Correte!*» ruggì Yosef, agguantando Azra per una spalla e sospingendolo. «Correte, fratelli miei, come non avete mai corso in vita vostra!»

«All'Ambasciata!» gridò l'uomo chiamato Azzurro. «Dobbiamo essere là prima dell'alba!»

Per Evan Kendrick, rappresentante della Nona Circoscrizione del Colorado, stava per cominciare l'incubo che lo avrebbe ossessionato per il resto dei suoi giorni.

Capitolo nono

Khalehla sussultò. I suoi occhi avevano colto qualcosa sullo specchietto retrovisore: un barlume, un nonsoché di nero su fondo nero più scuro, insomma *qualcosa*. Poi la vide: un'auto la stava seguendo. Era ancora lontana. Procedeva a fari spenti. Era soltanto un'ombra minacciosa, semovente, sul colle sovrastante Masqat, lungo la strada che conduceva al deserto di Jabal Sham. Cioè verso il luogo dove doveva avere luogo "l'evasione" dei quattro prigionieri. C'era soltanto una strada d'accesso a quella valle desertica. Khalehla intendeva arrivare in macchina fino a un certo punto, poi lasciare la strada, abbandonare l'auto in un luogo nascosto, aspettare gli evasi e seguirli, di soppiatto, a piedi. Ma adesso questa sua strategia andava in fumo.

Oh, Cristo! Non posso lasciarmi sorprendere! Ucciderebbero tutti gli ostaggi, all'Ambasciata. Che ho mai fatto? Devo tornare indietro!

Rallentò, poi sterzò bruscamente sulla strada sabbiosa, sobbalzando e squassandosi sulle profonde carraie. Compì una rapida conversione a "U", quindi accelerò di nuovo puntando in direzione di Masqat. Di lì a pochi istanti incrociò l'auto che poco prima la stava seguendo a fari spenti. L'investì con gli abbaglianti. Un uomo seduto accanto all'autista tentò allora di abbassarsi, per non farsi vedere. Ma era impossibile.

E Khalehla non credette ai suoi occhi, quando lo vide.

Tuttavia dovette arrendersi all'evidenza dei fatti. Non poteva essersi sbagliata. Quell'uomo era inconfondibile. Era Tony. Proprio lui: il goffo, maldestro, pasticcione, taciturno Anthony MacDonald. Talmente pasticcione e buono a nulla che la Ditta, non potendo licenziarlo – dal momento che il suocero ne era il maggiore azionista – lo aveva praticamente esiliato al Cairo, dove avrebbe fatto meno danni. Era una specie di sinecura, la sua. Doveva solo organizzare pranzi e cene di rappresentanza, durante le quali sia lui sia la moglie – ugualmente inetta e noiosa – si ubriacavano indecentemente, invariabilmente. Era come se portassero entrambi tatuata in fronte una sentenza della Compagnia: «Indesiderabile nel Regno Unito. Si consentono solo brevi soggiorni in occasione di funerali di parenti stretti. Biglietto di andata e ritorno obbligatorio». Ma che ingegnosa trovata! Chi poteva essere più insospettabile di quel trippone ubriacone elegantone, tanto corto di cervello quanto largo di cintura? La Primula Rossa non avrebbe saputo trovare una "copertura" migliore. Che si trattasse di una copertura, Khalehla ne era ormai convintissima. Cercando di procurarsi lei stessa una maschera, aveva costretto quel maestro di finzione a rivelare il proprio vero volto!

Cercò di pensare a ritroso, di ricostruire tutta la vicenda. Come aveva fatto, il Tony, a irretirla? Ma era difficile ricostruire ora degli episodi presi alla leggera, eventi sui quali non aveva a suo tempo riflettuto. Fino a pochi minuti prima non aveva alcun motivo di dubitare, minimamente, di Tony MacDonald: una nullità assoluta, un mezzo alcolizzato. Quando lo aveva conosciuto, al Cairo, l'inglese era fuori di sé dalla paura, dato che – le aveva confessato tra i fumi del whisky – la Ditta voleva a ogni costo che si recasse a Masqat, nonostante la pericolosità della situazione nell'Oman. Lei allora aveva cercato di fargli coraggio, dicendogli – ripetutamente – che era una faccenda che riguardava gli Stati Uniti e Israele, e che quindi un inglese non aveva nulla da temere. Era come se avesse avuto una premonizione! Quando Khalehla ricevette l'ordine di recarsi, a sua volta, nell'Oman, si ricordò di MacDonald e della sua fifa. Allora gli telefonò, ritenendo che lui potesse essere il suo accompagnatore ideale. Oh, sì! Ideale davvero!

Mio dio – pensò – che uomo imprevedibile! Certo, doveva far capo a una grossa organizzazione. Poco più di un'ora prima, ubriaco fradicio, faceva la figura del somaro al bar dell'albergo. E adesso eccolo là, alle cinque del mattino, a bordo di una misteriosa automobile che seguiva la sua a fari spenti. Era ovvio, quindi, che l'aveva tenuta sotto stretta sorveglianza e che aveva seguito ogni sua mossa, con l'aiuto di spioni. Poi, quando lei era uscita in auto dalla reggia del Sultano, lui – Tony – le si era accodato. Se ne deduceva che gli spioni del misterioso inglese avevano scoperto che lei, Khalehla, era in stretti rapporti con il Sultano di Oman. Ma per chi lavorava l'inglese? Qual era la potente organizzazione che metteva al suo servizio una vasta, capillare rete di spioni e informatori, e a sua disposizione – giorno e notte – automobile con autista? E tutto ciò in un Paese in stato d'assedio, dove ogni straniero era tenuto d'occhio? Dalla parte di chi stava? E da quanti anni conduceva quel suo micidiale doppio gioco?

Chi c'era, insomma, dietro di lui? Aveva forse a che fare, la presenza dell'ambiguo MacDonald, lì a Masqat, con la missione di Evan Kendrick? Ahmat aveva soltanto accennato a tale missione, in tono cauto ed enigmatico. Si era limitato a dire che nessuna ipotesi andava scartata a priori per quanto strampalata potesse sembrare, a prima vista. A lei aveva solo rivelato che Kendrick era convinto che l'occupazione dell'Ambasciata USA rientrasse nel quadro di una congiura industriale, della quale si aveva avuto il primo, vago sentore cinque anni addietro in Arabia Saudita: un vago sentore, nessuna prova. Per poco che fosse, era più di quanto le avevano rivelato i propri superiori. Sta di fatto – ragionava Khalehla – che un americano intelligente, ricco e affermato, non corre un rischio del genere – dandosi alla macchia fra terroristi senza scrupoli – se non è animato da profonde convinzioni. Per Ahmat, Sultano di Oman e tifoso dei New England Patriots, questo era sufficiente. Le autorità americane che l'avevano inviato in Oman non erano, però, disposte a riconoscerlo e, men che meno, a dargli aiuto. «Ma io sì! Io posso aiutarlo!» aveva detto Ahmat con trasporto. Ed ecco adesso un nuovo fattore di disturbo, una nuova e inquietante incognita: Anthony MacDonald.

Ora l'istinto le diceva di levarsi di torno, scomparire, ma Khalehla non poteva dargli retta. Qualcosa era accaduto, qualcuno era intervenuto ad alterare i delicati equilibri di potere. No, non sarebbe tornata al Cairo con le pive nel sacco. Non ancora, perlomeno. Poteva farlo in qualsiasi momento, c'era un piccolo aviogetto a sua disposizione in una base segreta. Ma non sarebbe volata via. Non ancora. Non adesso. C'erano troppe cose da imparare, e pochissimo tempo. Non poteva desistere.

«Non fermarti!» ruggì l'obeso MacDonald, sorreggendosi all'apposita maniglia, mentre l'auto sobbalzava sulle asperità del terreno. «Quella donna aveva di sicuro qualche motivo per dirigersi laggiù!» Indicò con un cenno. «Non stava certo facendo una gita di piacere, a quest'ora!»

«Forse vi ha visto, *Effendi.*»

«No, non credo. Ma, anche se mi avesse visto, io per lei sono solo un cliente incazzato per lo scherzo che gli ha fatto una puttana. Bada a correre. E accendi i fari. Forse qualcuno aspetta un'automobile, più avanti, e dobbiamo scoprire chi è.»

«Chiunque sia, non sarà certo vostro amico.»

«In tal caso, io sono semplicemente un infedele sbronzo come un altro, e tu sei stato assunto dalla Ditta con l'incarico di proteggermi dai miei stessi eccessi. Non diversamente dalle altre volte, *old boy!*»

«Come volete voi, *Effendi*» disse l'autista. E accese i fari.

«Dove porta questa strada?»

«Al Jabal Sham.»

«E che diavolo è?»

«Il deserto, signore. Comincia ai piedi di questo altopiano e si estende fino alle montagne che segnano il confine con l'Arabia Saudita.»

«Ci sono altre strade che dalla costa portano al Jabal Sham?»

«Ce n'è un'altra soltanto, signore, diversi chilometri a est di qui, e molto peggiore di questa. Quasi impraticabile.»

«Cosa c'è nel Jabal Sham?»

«Niente, signore. Sabbia e basta, signore.»

«Hmm... Ho capito! Un *rendez-vous*...» disse l'inglese fra sé e sé. Poi all'autista: «Senti, *old boy*, ho cambiato idea. Spegni i fari. Tanto, ti basta la luce della luna, no?».

«Oh, sì!» rispose l'autista, e parve contento di procedere a luci spente. «Conosco questa strada molto bene. Conosco tutte le strade intorno a Masqat, signore. Anche quelle impercorribili, verso est e verso sud. Ma devo dirvi, *Effendi*, che non capisco.»

«Semplicissimo, *my boy*. La nostra puttanella stava andando, laggiù, all'appuntamento con qualcuno. Chi la stava aspettando, non vedendola, ora tornerà indietro per di qua. Prima che faccia giorno. E non manca molto all'alba.»

«Qui il cielo si schiarisce rapidamente, signore.»

«Lo so.» MacDonald collocò la pistola sopra il cruscotto. Dalla tasca estrasse un binocolo, corto e tozzo. Lo portò agli occhi e perlustrò la zona davanti a sé, attraverso il parabrezza.

«È ancora troppo buio, *Effendi*, per vedere qualcosa» disse l'autista.

«Le lenti di questo binocolo sono speciali» spiegò l'inglese. «Riuscirei a contare quegli alberi bassi laggiù, a mille metri di distanza, anche di notte.»

L'auto sbandò leggermente, nel superare una curva al tenue chiarore della luna. Dopodiché, la strada era diritta e piana e si perdeva nell'oscurità.

«Fra due chilometri, sir, comincia la discesa che porta al Jabal Sham. Dovrò andare piano, perché ci sono molte curve e la strada è accidentata, tutta sassi...»

«Perdio!» ruggì MacDonald, guardando col binocolo a raggi infrarossi. «Buttati fuori strada. Svelto!»

«Cosa, signore?»

«Fa' quel che ti dico! E spegni il motore.»

«Eh?»

«Spegnilo! E sterza fra l'erbaccia. Fin dove arrivi di slancio.»

L'autista sterzò sulla destra e la pesante automobile, portata dall'abbrivo, si inoltrò nella sterpaglia per una trentina di metri, finché non si fermò con un brusco scossone, accanto a un arbusto contorto.

«Signore...»

«Zitto!» sibilò l'inglese. Rimise il binocolo in tasca e prese la pistola. Fece per aprire lo sportello, ma si arrestò. Chiese: «Si accende la luce, all'interno, quando si apre lo sportello?».

«Sì, quella» rispose l'autista indicando sul soffitto della macchina.

MacDonald allora mandò la lampadina in frantumi con la canna della pistola. «Io scendo» disse in un bisbiglio. «Tu resta qui, non muoverti e non toccare il clacson. Se sento un rumore, sei un uomo morto. Intesi?»

«Sissignore. Ma che cosa è successo?»

«Stanno sopraggiungendo alcuni uomini, di corsa. Non so se tre o quattro.»

Ciò detto, aprì lo sportello e scese. Si muoveva rapidamente ma la ciccia gli ostacolava i movimenti. Tenendosi basso più che poteva, percorse la sterpaglia e si portò quasi sul ciglio della strada. Il vestito nero lo rendeva invisibile nell'oscurità. Si appiattì dietro un albero nano. Posò in terra la pistola ed estrasse di nuovo il binocolo. Lo puntò sulla strada e inquadrò le tre figure che avanzavano di corsa.

Riconobbe subito Azra. Senza barba, ma inconfondibile. Il fratello di Zaya Yateem, il più giovane membro del Comitato ma l'unico dotato di cervello. L'uomo alla sua sinistra... Sì, conosceva anche lui, ora però gliene sfuggiva il nome. MacDonald si era impresso nella mente tutte le loro foto segnaletiche. Le aveva studiate, come se ne andasse della sua ricchezza futura. E infatti era così. Conosceva quindi anche il secondo uomo. Era sulla quarantina. Aveva un nome ebraico. Terrorista da quasi vent'anni... Yosef? Ah, sì, *Yosef!* Addestrato in Libia, dopo la fuga dalle Alture di Golan.

Il terzo uomo, invece, era un enigma. Gli pareva di conoscerlo, ma inutilmente si spremeva il cervello. Puntò di nuovo su di lui il binocolo. Aveva quasi la stessa età di Yosef. Pochi erano quelli sopra la trentina, fra i terroristi asserragliati all'Ambasciata. E vi si trovavano per un motivo noto nel Bahrain. Gli altri erano imbecilli e teste calde: fanatici, estremisti che potevano venire facilmente manovrati.

A questo punto MacDonald notò una cosa che avrebbe dovuto balzargli subito all'occhio: i tre indossavano la divisa dei carcerati. Erano dunque prigionieri evasi. Nulla aveva un senso! Erano loro, quelli con cui Khalehla aveva appuntamento? In tal caso, ogni cosa era doppiamente incomprensibile. Quella donna lavorava per il nemico: ciò era stato confermato, nel Bahrain. Era un dato inconfutabile. Per questo lui l'aveva coltivata, al Cairo. Le aveva parlato dei suoi prossimi impegni di lavoro in Oman, per la Ditta. Le aveva detto di avere una fifa folle, a recarsi in quel luogo, date le circostanze; e che gli sarebbe piaciuto andarci in compagnia di qualcuno che sapesse il fatto suo. La donna aveva abboccato. Aveva accettato l'offerta. Lui si era consultato con Bahrain. E gli avevano dato via libera, raccomandandogli di tenerla d'occhio. Lui l'aveva tenuta d'occhio, durante il viaggio in aereo e all'arrivo a Masqat. Qui non c'era nessuno ad aspettarla. MacDonald non aveva notato sguardi d'intesa né altro. Ma a un certo punto, data la confusione alla dogana, la donna si era eclissata. Dannazione! Lui le era corso dietro e, quando l'aveva ritrovata, nei pressi dello scalo merci, era sola, e petulante come al solito. Aveva forse stabilito un contatto con qualcuno, lì, allo scalo merci? Aveva forse passato delle istruzioni al nemico? E, in tal caso, la cosa aveva a che fare con quei tre prigionieri evasi?

Che un nesso ci fosse era certo. E insieme assurdo!

Quando i tre uomini furono passati oltre, MacDonald si rialzò in piedi. Era fradicio di sudore. Controvoglia – ma, d'altro canto, erano in ballo miliardi di dollari, e tutto dipendeva dalle prossime ore – prese una decisione: occorreva risolvere l'enigma di Khalchla. E la risposta a tutte le sue angosciose domande poteva trovarla soltanto all'interno dell'Ambasciata USA. Altrimenti, non solo rischiavano di andare in fumo tutti quei miliardi ma, se la donna del Cairo tramava qualcosa di grosso, e lui non riusciva a fermarla, ebbene, nel Bahrain potevano anche condannarlo a morte. Il Mahdi era spietato, con chi faceva fiasco.

Quindi, lui doveva entrare nell'Ambasciata: fosse pure una succursale dell'inferno.

L'aereo da trasporto militare, un Hercules C-130 della Lockheed, con i contrassegni di Israele, stava sorvolando il deserto saudita a est di Al Ubaylah. Era partito da Hebron con un piano di volo piuttosto evasivo: dirigersi a sud, oltre il Negev, verso Aqaba e il Mar Rosso, procedere ancora verso sud, tenendosi equidistante dalle coste di Egitto, Sudan e Arabia Saudita. Poi virare a nord-est, evitando sia i radar dell'aeroporto della Mecca sia quelli dell'aeroporto di Qal Bishah, quindi piegare a est, presso Al Khurmah, e sorvolare il deserto di Rub 'al Khali nel sud dell'Arabia. L'aereo era stato rifornito in volo, sul Mar Rosso; di nuovo avrebbe fatto rifornimento, nello stesso modo, al ritorno. Però senza i suoi cinque passeggeri.

Questi sedevano nella stiva: cinque soldati in rozzi abiti civili. Erano tutti e cinque volontari. Appartenevano alla Brigata Masada, un corpo scelto poco conosciuto, una forza d'urto specializzata in colpi di mano, salvataggi, incursioni, attentati. Dei cinque guastatori, nessuno superava i 32 anni. Tutti parlavano correntemente, oltre all'ebraico e allo yiddish, anche l'arabo e l'inglese. Erano dotati di un fisico superbo, abbronzati dal sole del deserto dove si erano addestrati, e imbevuti di una disciplina che richiedeva decisioni fulminee sulla base di reazioni istantanee. Ciascuno aveva un quoziente d'intelligenza fra i più elevati. E tutti erano estremamente motivati, poiché tutti avevano sofferto all'estremo: o essi stessi o i loro parenti più stretti. Benché fossero capaci di ridere, erano più bravi a odiare.

Sedevano su una panca, sul lato di babordo dell'aereo, cincischiando distrattamente le cinghie del paracadute che avevano appena indossato. Parlavano tranquillamente fra loro. Cioè, quattro parlavano, uno no. L'uomo taciturno era il loro capo. Sedeva a un'estremità della panca e guardava fisso la paratia dirimpetto. Era sui 27 anni, con i capelli d'un biondo pallido, schiariti dal sole implacabile. Così pure le sopracciglia. Aveva grandi occhi castani, gli zigomi alti, il naso aquilino, le labbra sottili, la mascella forte. Non era né il più vecchio né il più giovane dei cinque, ma era senz'altro il capo: lo si vedeva dal viso, dagli occhi.

Quella loro missione in Oman era stata decisa dal Ministro della Difesa di Israele. Le loro probabilità di successo erano minime, il rischio di fallire e morire altissimo: ma il tentativo andava compiuto. Poiché fra i 236 ostaggi superstiti, all'Ambasciata USA di Masqat, c'era un alto dirigente del Mossad, i Servizi Segreti di Israele. Se l'avessero scoperto, i suoi carcerieri lo avrebbero subito spedito in una "clinica" specializzata dove certe iniezioni endovenose sarebbero risultate più efficaci delle più raffinate e tremende torture. Sicché mille segreti sarebbero stati scoperti: segreti che avrebbero messo in pericolo lo Stato di Israele ed evirato il Mossad nel Medio Oriente. La consegna era: *Tiratelo fuori se potete. Altrimenti, uccidetelo.*

Il capo del commando si chiamava Yaakov, ufficiale della Brigata Masada. L'agente del Mossad tenuto in ostaggio a Masqat era suo padre.

«*Adonim*» disse il pilota attraverso l'altoparlante, con voce calma e rispettosa rivolto ai cinque passeggeri che chiamò "signori", in ebraico. «Fra poco inizieremo la discesa» continuò in ebraico. «E saremo, alla quota prevista, sul nostro bersaglio, *adonim*, fra sei minuti e 34 secondi. Sempre che non incontriamo, oltre le montagne, venti più forti del previsto. Nel qual caso saremo sul posto fra sei minuti e 48 secondi. O forse 57. Ma del resto, chi li conta?»

Quattro uomini risero. Yaakov sbatté le palpebre, sempre con gli occhi fissi sulla paratia dirimpetto.

Il pilota proseguì: «Compiremo un giro sopra l'obiettivo a 3.000 metri di quota, uno solo. Quindi, se dovete ancora prepararvi spiritualmente, fatelo subito. A me personalmente non sorriderebbe l'idea di buttarmi col paracadute, da queste parti. Tanto per non saper né leggere né scrivere».

Yaakov sorrise. I suoi compagni risero, più forte di prima.

Il pilota continuò: «Il portello verrà aperto dal nostro fratello Jonathan Levy, il quale, come tutti i bravi portieri di Tel Aviv, si aspetta una generosa mancia da ciascuno di voi, per il suo servizio. Non si accettano "pagherò". Quando si accende la luce rossa, vorrà dire che dovete lasciare questo albergo di lusso. Ma i guardiani del posteggio, là sotto, date le circostanze, si rifiutano di andarvi a prendere le automobili. Arrangiatevi. Anche loro non sanno né leggere né scrivere, però sono stati dichiarati sani di mente. A differenza di certi turisti che prendono parte a questa crociera aerea».

Le risate rimbombarono fragorose. Anche Yaakov ridacchiò.

Il pilota continuò, ma adesso con voce mutata, non più nel tono faceto di poc'anzi: «Possa il nostro beneamato Israele esistere in eterno grazie al coraggio dei suoi figli. E che Dio onnipotente vi accompagni, miei cari, carissimi amici. Fuori».

A uno a uno i paracadute si aprirono nel cielo notturno sopra il deserto e, a uno a uno, i cinque arditi della Brigata Masada atterrarono a poca distanza l'uno dall'altro. Comunque, ciascuno di loro aveva una minuscola ricetrasmittente per tenersi in contatto coi compagni, in caso di emergenza. Appena toccato terra, ognuno di loro scavò una buca nella sabbia e vi seppellì il proprio paracadute. Dopodiché si radunarono nel luogo convenuto, guidati da una luce. Era la luce di una torcia elettrica, in mano all'uomo che era venuto apposta da Masqat per incontrarli: un agente del Mossad.

«Lasciate che vi guardi» costui disse puntando il raggio della torcia sulle facce dei cinque soldati, a turno. «Non c'è male. Sembrate teppisti dei bassifondi.»

«Come da tue istruzioni, credo» disse Yaakov.

«Non sempre vengono seguite» disse l'agente. «Tu devi essere...»

«Niente nomi» tagliò corto Yaakov.

«Accetto il rimprovero» disse l'inviato del Mossad. «Del resto, conosco solo il tuo. Il che è comprensibile.»

«Allora scordatelo.»

«Com'è che vi devo chiamare?»

«Siamo colori, soltanto colori. Da sinistra a destra: Giallo, Grigio, Nero e Rosso.»

«Un privilegio, incontrarvi» disse l'agente puntando la torcia su ciascuno di loro, da sinistra a destra. «E tu?» domandò illuminando Yaakov.

«Io sono Azzurro.»

«Naturalmente. Il colore della nostra bandiera.»

«No» disse il figlio dell'ostaggio di Masqat. «Azzurra è la fiamma più intensa.»

«Ed è anche il riflesso del ghiaccio più freddo, giovanotto. Ma lasciamo stare. La mia auto si trova a sette-ottocento metri da qui. Gambe in spalla!»

La vettura era una versione giapponese della Land-Rover, ma più comoda. Abbastanza ammaccata per passare inosservata in un Paese dove gli scontri erano all'ordine del giorno.

Partirono alla volta di Masqat: un viaggio di oltre un'ora.

Lungo la strada, quando erano a una decina di miglia dalla città, l'auto si arrestò bruscamente, a causa di una segnalazione luminosa: il lampeggio di una torcia elettrica.

«Accidenti! C'è qualche intoppo» disse l'agente del Mossad a Yaakov che gli sedeva accanto sul sedile anteriore. «La cosa non mi piace affatto. Ci sono pattuglie di polizia dappertutto. Estrai l'arma, giovanotto. Non si sa mai. Possono sempre aver fatto cantare qualcuno.»

«Chi mai?» domandò Yaakov adirato estraendo la pistola dalla fondina sotto l'ascella, all'istante. «Siamo qui in assoluta segretezza. Nessuno sa di noi. Persino mia moglie crede che sia nel Negev per le manovre.»

«Te l'ho detto, Azzurro, non si sa mai: i nostri nemici sono molto furbi. Dì ai tuoi compagni di tenersi pronti a far fuoco.»

Yaakov diede l'ordine. Le armi vennero estratte. Gli uomini si tennero pronti. La precauzione, comunque, si rivelò inutile.

«È Ben-Ami!» esclamò l'agente del Mossad, quando vide l'uomo che si stava avvicinando. «Apri lo sportello.»

Un uomo smilzo, in blue-jeans e camicia bianca, *ghotra* in testa, salì a bordo e sedette accanto a Yaakov.

«Procedi lentamente» ordinò. Non ci sono pattuglie. E abbiamo una decina di minuti, prima di venire eventualmente fermati.» Con la torcia illuminò a uno a uno i cinque soldati, per guardarli bene in volto. «Bene!» esclamò poi. «Sembrate proprio la feccia del quartiere del porto. Se veniamo fermati, attaccate a parlare in arabo, vantandovi delle vostre fornicazioni, intesi?»

«Amen» dissero tre voci.

Giallo invece dissentiva. «Il Talmud prescrive che si dica sempre la verità» disse. «Procurami una bagascia dalle tette enormi, e ci sto.»

«Sta' zitto!» disse Yaakov per nulla divertito.

«Che cosa è successo? Perché ci sei venuto incontro?» domandò l'agente del Mossad a Ben-Ami.

«Roba da matti» rispose questi. «Un nostro agente ci ha telefonato da Washington, quando l'aereo era già decollato da Hebron, per passarci una strana informazione. Riguarda un membro del

Congresso americano, nientemeno. Costui si trova qui, in Oman, sotto mentite spoglie. Da non credere!»

«Se è vero» disse l'autista stringendo forte il volante «il mio parere sui Servizi Segreti americani, che giudico del tutto incompetenti, trova ulteriore conferma. Se lo scoprono, ci fanno una figura barbina. È un rischio che non dovevano correre.»

«Eppure l'hanno corso. L'uomo è qui.»

«Dove, esattamente?»

«Non lo sappiamo.»

«Che cosa ha a che fare con noi?» obiettò Yaakov. «Un fesso americano qualsiasi. Quali sono le sue credenziali?»

«Sono notevoli. Mi spiace dirlo» gli rispose Ben-Ami. «E noi dobbiamo dargli tutto l'aiuto che possiamo.»

«Cosa?» sbottò il giovane ufficiale della Brigata Masada. «Perché?»

«Perché Washington, con buona pace del mio collega, è pienamente consapevole dei rischi, delle conseguenze potenzialmente tragiche, quindi lo ha tagliato fuori del tutto. Lui agisce per conto suo. Se catturato, non potrà fare appello al suo Governo, poiché questo lo disconoscerà, non può assolutamente riconoscerlo. Agisce da privato cittadino.»

«Torno a chiedere» insistette Yaakov «se gli americani non vogliono saperne, perché dovremmo darci pensiero noi?»

«Perché non sarebbe qui se qualcuno, in altissimo loco, non fosse convinto della sua utilità.»

«Ma noi che c'entriamo? Abbiamo il nostro lavoro da fare. Ripeto: perché noi?»

«Forse... perché noi possiamo fare qualcosa, e loro no.»

«Politicamente, è un disastro!» disse l'autista con enfasi. «Washington mette in moto una faccenda, poi se ne lava le mani e scarica tutto su di noi. È una decisione politica che deve essere stata presa dai filo-arabi, in seno al Dipartimento di Stato. Se lui fa fiasco, daranno la colpa agli ebrei. Se la prenderanno, di nuovo, con gli uccisori di Gesù Cristo!»

«Ti correggo» l'interruppe Ben-Ami. «Washington non ha affatto "scaricato" la cosa su di noi, poiché nessuno, a Washington, sa che noi siamo al corrente. E noi non ci metteremo in evidenza, se facciamo il nostro lavoro come si deve. Daremo solo un aiuto, se necessario, senza esporci in prima persona.»

«Non mi hai risposto!» gridò Yaakov. «*Perché?*»

«Te l'ho detto, ma non mi stavi a sentire, giovanotto: hai altre cose per la testa. Ho detto che facciamo quello che facciamo poiché, forse, siamo in grado di farlo. Dico forse: non ci sono garanzie, affatto. Ci sono 236 esseri umani in quel luogo orrendo, i quali soffrono pene che noi – come popolo ebraico – purtroppo conosciamo bene. Fra essi c'è anche tuo padre, uno degli uomini più preziosi di Israele. Se quest'uomo – questo americano – ha una pur remota possibilità di trovare una soluzione, ebbene, dobbiamo fare quanto è possibile, se non altro per dimostrare che ha ragione oppure che si sbaglia. Prima, però, occorre trovarlo.»

«Chi è?» domandò in tono sprezzante l'autista. «Ha un nome o hanno sepolto anche quello, gli americani?»

«Si chiama Kendrick...»

Il grosso, sconquassato veicolo sbandò. L'uomo del Mossad, nell'udire quel nome, a momenti finiva fuori strada. «Evan Kendrick?» domandò rimettendosi in carreggiata, con gli occhi sgranati per lo stupore.

«Sì.»

«Il Gruppo Kendrick!»

«Il... che?» domandò Yaakov guardandolo in faccia.

«La società da lui gestita, qui.»

«Il suo dossier ci è già stato spedito, via aerea, da Washington» disse Ben-Ami. «Lo riceveremo domani.»

«Non vi occorre!» esclamò l'autista. «Abbiamo un voluminoso fascicolo, su di lui. Abbiamo anche un dossier su Emmanuel Weingrass. Purtroppo!»

«Non ti seguo.»

«Non è questo il momento, Ben-Ami. Ci vorrebbero ore, per spiegarti chi è questo dannato Weingrass.»

«Ma qualcosa puoi pur dirmi. Di più chiaro.»

«Di approssimativo soltanto. Se Kendrick è tornato, è tornato per regolare un conto aperto cinque anni fa. Quando un'esplosione uccise una settantina di persone, fra cui donne e bambini. Erano la sua grande famiglia. Bisogna conoscere lui, per capire questo.»

«Lo hai conosciuto?» domandò Ben-Ami sporgendosi. «Lo conosci?»

«Non bene, ma abbastanza per capire. Chi lo conosce meglio di tutti – figura paterna, compagno di sbronze, confidente, consigliere, amico – è Emmanuel Weingrass.»

«Un uomo che tu disapprovi, ovviamente» disse Yaakov senza togliere gli occhi dal viso dell'autista.

«Lo disapprovo di tutto cuore» convenne l'agente segreto israeliano. «Ma non è del tutto privo di valore. Vorrei che così fosse, ma non è.»

«Di valore per il Mossad?» domandò Ben-Ami.

Fu come se l'agente al volante avesse un improvviso moto di imbarazzo. Abbassò la voce. «Ci siamo avvalsi di lui a Parigi» disse. «Bazzica ambienti strani, è in contatto con gente d'ogni sorta. In effetti... Dio! mi secca ammetterlo... è risultato più volte efficiente. Tramite lui abbiamo catturato i terroristi che compirono l'attentato dinamitardo al ristorante di Rue du Bac, a Parigi. A suo merito va anche detto» soggiunse l'agente controvoglia «che ci ha passato informazioni utili per scongiurare altri cinque simili attentati.»

«Ha salvato molte vite» disse Yaakov. «Vite di ebrei. E tuttavia lo disapprovi?»

«Tu non lo conosci. Vedi, nessuno fa molta attenzione a un viveur di 78 anni, che va in giro per i boulevard sottobraccio a un paio di parigine di facili costumi, per le quali spende e spande il denaro ricevuto dal Gruppo Kendrick.»

«Perché mai gli toglierebbe valore, questo?» domandò Ben-Ami.

«Lo manda *a noi*, il conto, quando va a cena a La Tour d'Argent! Non possiamo rifiutarci di pagare. È utile. Ci serve a dovere. Inoltre fu testimone di un evento particolarmente violento di cui noi fummo i protagonisti. Non manca mai di rammentarcelo, quel fatto, quando siamo in ritardo con i pagamenti.»

«Direi che ha diritto, a un buon stipendio» disse Ben-Ami annuendo. «È un agente del Mossad in terra straniera e deve salvare le apparenze.»

«Ci prende per il collo, quello strozzino» bisbigliò tra i denti l'autista. «E il peggio deve ancora venire.»

«Cioè?» chiese Yaakov.

«Se c'è uno che può trovare Evan Kendrick in Oman, questi è Emmanuel Weingrass. Appena arriviamo a Masqat, gli telefono a Parigi, dalla nostra sede. *Maledizione!*»

«*Je regrette*» disse il portiere dell'Hotel Pont Royale a Parigi. «Ma monsieur Weingrass non c'è. Starà via diversi giorni. È a Montecarlo. Ha lasciato il suo numero, però.»

«*Je suis désolée*» disse la centralinista dell'Hotel Hermitage di Montecarlo. «Monsieur Weingrass non è in camera. Andava a cena, stasera, al ristorante dell'Hotel de Paris, dirimpetto al casinò.»

«Ha il numero?»

«Sì, certo» rispose quella donna esuberante. «Monsieur Weingrass è un uomo *molto* affascinante. Stasera ci ha mandato dei fiori. Che pensiero gentile! Una gran brava persona. Il numero è...»

«*Désolé*» disse il maître dell'Hotel de Paris con voce untuosa. «La sala da pranzo è chiusa, ma il generosissimo monsieur Weingrass ha lasciato detto che lo si può rintracciare al casinò, fino a tardi. Chieda di Armand. Il numero è...»

«*Je suis très désolé*» gorgheggiò Armand, il factotum del casinò di Montecarlo. «Il delizioso monsieur Weingrass e la sua graziosa compagna non hanno avuto fortuna, stasera, qui da noi, alla roulette. Sicché ha deciso di trasferirsi alla Sala Loew, nella zona del porto. Una bisca di second'ordine, ma tant'è. Chieda di un certo Luigi. È un croupier italiano, semianalfabeta, ma le troverà monsieur Weingrass. Lo saluti da parte mia e gli dica che lo aspetto domani, quando la sua fortuna cambierà. Il numero è...»

«*Naturalmente!*» esclamò Luigi in tono di trionfo. «Il più caro amico che io abbia mai avuto! Il signor Weingrass. Il mio fraterno amico ebreo che parla il dialetto milanese come un vero meneghino! Sì, sì, è qui da noi.»

«Vuole pregarlo di venire al telefono? Per favore.»

«È molto preso, signore. La sua dama sta vincendo un bel po' di quattrini. Porta scarogna, distoglierlo.»

«Dica a quel bastardo di venire subito al telefono altrimenti gli verranno immerse le ebraiche palle in latte di capra araba bollente!»

«*Che cosa?*» disse Luigi in italiano.

«Faccia come le ho detto! Gli dica che lo vuole... Mossad!»

"*Pazzo!*" disse Luigi, tra sé e sé, dopo aver posato il ricevitore sulla mensola. "*Mentecatto!*" soggiunse sempre fra sé, mentre si dirigeva verso il tavolo da gioco.

Emmanuel Weingrass – dai baffetti impomatati sotto il naso aquilino che attestava un passato aristocratico, con i bianchi capelli ondulati sulla testa scultorea – se ne stava tranquillo in mezzo a una calca di frenetici, accalorati giocatori. Portava una giacca giallo-canarino con fiocchetto a pallini rossi. Volgeva lo sguardo intorno, interessandosi più ai giocatori che non al gioco. Di tanto in tanto si accorgeva di qualcuno che, fra gli astanti, lo guardava fisso. Egli capiva, come capiva quasi tutte le cose, alcune approvandole, molte disapprovandole, anzi moltissime, anche sul proprio conto. I presenti erano incuriositi dalla sua faccia, la faccia di un vecchio che conservava qualcosa di infantile. Il suo aspetto era ancora giovanile, nonostante la ragguardevole età. Vestiva elegantemente. Quelli che lo conoscevano vedevano in lui altre cose. Vedevano che i suoi occhi verdi erano vivaci, gli occhi di un vagabondo – sia intellettualmente sia geograficamente – mai soddisfatto, mai in pace con se stesso e col mondo, sempre alla ricerca di qualcosa: qualcosa da scoprire o da creare. Si capiva di primo acchito che era un eccentrico. Ma non si capiva fin dove arrivasse la sua eccentricità. Era al contempo un artista e un uomo d'affari. Era se stesso. A suo merito va detto che aveva accettato il proprio genio architettonico come facente parte del gioco, folle e insensato, della vita, un gioco che sarebbe ben presto finito per lui, suo malgrado – durante il sonno, si augurava. Ma c'erano ancora tante altre esperienze da fare, finché era in vita. Vicino com'era all'ottantina, doveva fare i conti con la dura realtà, per quanto gli seccasse, per quanto lo spaventasse. Guardava la donna, vistosamente voluttuosa, che gli stava accanto, presso il tavolo da gioco, così allegra, così vuota. L'avrebbe portata a letto, magari le avrebbe palpato un po' le tette – poi si sarebbe addormentato. *Mea culpa*. Che senso aveva?

«Signore...» sussurrò l'italiano in smoking all'orecchio di Weingrass. «La vogliono al telefono. Un tale per il quale non me la sento di avere alcun rispetto.»

«Mi stupisci, Luigi.»

«L'ha insultata, mio caro amico e pregiato ospite. Se vuole, lo mando a quel paese nella lingua dei barbari, come si merita.»

«Non tutti mi vogliono bene come mi vuoi bene tu, Luigi. Che cosa ha detto?»

«Quello che ha detto non lo ripeterei mai, neppure davanti al più volgare dei croupier francesi.»

«Tu sei molto fedele, amico mio. Ti ha detto il suo nome?»

«Sì, un certo signor Mossad. È un pazzo, glielo assicuro io, uno squilibrato!»

«Lo sono quasi tutti, loro» disse Weingrass, dirigendosi rapidamente verso il telefono.

Capitolo decimo

Il giorno spuntava, minacciosamente. Azra levò gli occhi al cielo mattutino, e imprecò tra i denti. Imprecò anche contro il rozzo Yosef che, avendo sbagliato strada nei pressi di Torre Kabritta, aveva fatto loro perdere alcuni preziosi minuti. I tre fuggiaschi avevano rabberciato alla meglio le loro tenute da galeotti, lacerando i calzoni al polpaccio e strappando via le maniche del camiciotto. In tal modo, almeno finché non fosse pieno giorno, potevano passare per manovali immigrati dal Libano o dai bassifondi di Abu Dhabi, in cerca dell'unica ricreazione a essi accessibile: le prostitute da pochi rial e il whisky clandestino di el Shari el Mishkwiyis, il quartiere dei miserabili di Masqat.

Si trovavano dentro l'androne di un ingresso secondario dell'ospedale Waljat, a meno di 200 metri dai cancelli dell'Ambasciata statunitense. A poca distanza da loro, una stradina laterale sboccava nell'ampio viale. I negozi avevano tutti le saracinesche abbassate. Restavano chiusi tutto il giorno, da quando era scoppiata la pazzia.

In lontananza, oltre la cancellata dell'Ambasciata, si vedevano cenciose squadre di giovani macilenti camminare lentamente. Il peso delle armi li ingobbiva. Sembravano muoversi come in letargo. Facevano quello che veniva loro ordinato di fare in nome della *jihad*, la guerra santa. Quell'aria letargica, però, sarebbe svanita con i primi raggi del sole, e un'energia maniacale li avrebbe invasi, non appena la zona circostante si fosse via via riempita di spettatori e, in particolare, non appena fossero arrivati gli inviati speciali della stampa e della televisione. Le telecamere li avrebbero subito ravvivati. E questi giovani sarebbero "andati in onda" fra meno di un'ora.

Azra perlustrò con lo sguardo la vasta piazza antistante i cancelli dell'Ambasciata. Dirimpetto a essa, sul lato nord, sorgevano tre edifici a due piani, adibiti a uffici. All'interno non c'era alcun segno di vita. Le finestre erano tutte buie. Nessuna luce accesa. Ma del resto non importava. Se anche ci fosse stato qualcuno, all'interno di quegli edifici, a spiare, si sarebbe trovato troppo lontano dai cancelli per sentire quello che lui avrebbe detto ai compagni, sottovoce, attraverso le sbarre. Inoltre la luce era ancora troppo scarsa perché lo si potesse identificare, ammesso che fosse già arrivata la notizia della sua evasione. Anche in tal caso, il nemico non avrebbe scatenato un attacco massiccio, avventato, sulla base di vaghe possibilità: le conseguenze sarebbero state troppo funeste.

La piazza era deserta, a parte una fila di mendicanti, dagli abiti a brandelli, accovacciati ai piedi del muro di cinta dell'Ambasciata. Di fronte a loro si trovava la ciotola per le elemosine e alcuni avevano fatto i loro bisogni corporali sul posto. I più sudici di quei reietti non erano certo agenti del Sultano o di Governi stranieri, ma gli altri avrebbero potuto esserlo. Azra li esaminò a uno a uno, cercando di cogliere quell'improvviso, brusco movimento che avrebbe tradito un impostore, non abituato a stare immobile per ore e ore come un vero mendicante. Solo qualcuno, i cui muscoli fossero assuefatti a sopportare la fatica interminabile di una posizione così scomoda, poteva reggere a lungo. Ma nessuno si muoveva, nessuno sgranchì una gamba. Non era una prova, ma era tutto quello che si poteva pretendere.

Azra schioccò le dita e, quando Yosef si avvicinò, gli consegnò il mitra MAC-10 che teneva nascosto sotto il camiciotto.

«Vado oltre» gli disse in arabo. «Tu coprimi le spalle. Se qualcuno di quei mendicanti fa una mossa poco da mendicante, intervieni.»

«Va' tranquillo. Io ti seguo e ti tengo d'occhio. La mia mira è infallibile. Alla prima mossa poco da mendicante, addio, mendicante.»

«Non essere precipitoso, Yosef. Non commettere l'errore di sparare, se non in caso di necessità. Io *devo* arrivare fino al cancello, per parlare con uno di quegli imbecilli là dentro. Mi fingerò ubriaco, camminerò barcollando.» Si rivolse a Kendrick che stava acquattato in un angolo buio. «Tu, Bahrudi» bisbigliò in inglese. «Quando Yosef ha raggiunto il primo edificio, là, esci fuori lentamente e lo segui, ma, attenzione, non renderti troppo visibile! Soffermati ogni tanto per darti una grattatina, sputacchia spesso e ricorda che il tuo aspetto esteriore non corrisponde a quello di una persona beneducata.»

«Le so da me, queste cose!» mentì Evan con enfasi impressionato da tutto quello che veniva apprendendo, via via, sui terroristi. «Credi forse che io non abbia impiegato tali tattiche, mille volte più di te?»

«Non so cosa pensare» rispose Azra semplicemente. «So che non mi è piaciuto il modo come sei passato davanti alla Moschea

Zawawi. Proprio mentre i mullah e i muezzin stavano radunandosi... Forse te la cavi meglio nelle raffinate capitali d'Europa, tu.»

«Ti assicuro che sono all'altezza» replicò Kendrick gelido, ben sapendo che doveva ostentare forza alla maniera araba. Per gli arabi la sicurezza di sé si manifesta nella fredda noncuranza. Ma tale sua recita venne resa vana allorché Azra gli sorrise. Era un sorriso genuino; il primo che gli venisse rivolto dal giovane terrorista chiamato Azzurro.

«Ne sono sicuro» disse Azra annuendo. «Se sono qui, e non un cadavere nel deserto, devo ringraziare te, Amal Bahrudi. Adesso non perdermi d'occhio. E vienimi dietro.»

Ciò detto, l'Azzurro si diresse, barcollando, verso il viale che sbucava nella piazza. Dopo pochi secondi, Yosef uscì a sua volta dall'androne, tenendosi spostato sulla destra rispetto al suo capo e procedendo rasente i muri. La figura solitaria di Azra comparve vacillante come un ubriaco sulla vasta piazza, e si diresse verso il cancello dell'Ambasciata. Yosef girò a sua volta l'angolo: teneva il micidiale mitra MAC-10 nella sinistra. Ora Kendrick doveva muoversi a sua volta. Una parte di lui, a un tratto, ebbe paura, e rimpianse di non trovarsi invece, in quel momento, nel Colorado, ai piedi delle Montagne Rocciose, in pace – seppure temporanea – con il mondo intero. Ma subito altre immagini comparvero sullo schermo della sua memoria. E rivide i muri crollare. Sentì il boato, seguìto da una serie di esplosioni. Vide il fumo levarsi. Sentì le grida disperate di chi stava per morire. Dei bambini, fra loro. E donne – giovani madri – che urlavano d'orrore, mentre tonnellate di calcinacci piovevano loro addosso. E uomini impotenti – amici, mariti, *padri* – che levavano grida di vana protesta, e quasi di sfida, ruggendo di rabbia, mentre stavano per venire sepolti sotto le macerie. Tutta colpa del Mahdi!

Evan si alzò in piedi, respirò profondamente e si avviò verso la piazza. La raggiunse, ne percorse il lato nord sul marciapiede, davanti ai negozi chiusi e barricati mediante tavole inchiodate. Teneva le spalle curve. Ogni tanto si soffermava per grattarsi, per sputacchiare.

«Quella donna aveva ragione» bisbigliò l'arabo di pelle scura in abiti europei sbirciando attraverso una fessura fra le assi, dall'interno di un negozio barricato che, fino a ventidue giorni prima, era una pasticceria di lusso e un caffè alla moda. «È passato così vicino, il maiale più vecchio, che avrei potuto toccarlo. Ti dico, ho trattenuto il fiato.»

«*Sssst!*» fece l'uomo che gli stava accanto, vestito alla foggia araba. «Sta arrivando ora quell'altro. L'americano. La statura lo tradisce.»

«Altri ancora lo tradiranno. Non sopravviverà.»

«Chi è, alla fine?» domandò quello in barracano, con voce appena percettibile.

«Non ci deve interessare. Quello che conta è che rischia la vita per noi. Dobbiamo dare retta a quella donna, ecco tutto, eseguire i suoi ordini.»

L'uomo che procedeva ricurvo per la strada, lì davanti, si soffermava ogni tanto a grattarsi, a sputacchiare. Un'altra figura, intanto, appena visibile nella luce incerta del primo mattino, si era avvicinata al cancello dell'Ambasciata.

All'interno della pasticceria barricata, l'arabo in abiti occidentali, continuando a sbirciare attraverso una fessura fra le assi, disse: «È stata quella donna a metterci sulle loro tracce, a dirci di sorvegliare le barche in arrivo al porto, e tutte le strade di accesso alla città. E di far buona guardia anche qui. Ebbene, adesso che li abbiamo avvistati, tu corri da lei, va' ad avvertirla. Poi avvisa anche gli altri, poiché non occorre più stare di vedetta».

«D'accordo» rispose l'uomo in barracano, avviandosi verso l'uscita posteriore del locale che, così deserto, con le sedie rovesciate sopra i tavoli, aveva un'aria spettrale. Ma subito si soffermò e tornò indietro, per chiedere al compagno: «E poi che dobbiamo fare, noi?».

«Te lo dirà la donna. Spicciati! Quel maiale, là, al cancello, sta facendo dei segni a qualcuno all'interno. Dunque, intendono entrare nell'Ambasciata!»

Azra si aggrappò alle sbarre del cancello e alzò lo sguardo al cielo. La luce, a oriente, andava facendosi man mano più intensa e, tra poco, il sole avrebbe inondato la piazza, coi suoi raggi abbaglianti. Sarebbe successo da un momento all'altro, come ogni mattina: un'esplosione di luce che, d'un tratto, è totale, onniavvolgente. *Svelti! Fate attenzione a me, idioti, bastardi! Guardate da questa parte. Presto! Il nemico è dovunque. Ci spia. Ci sorveglia. Attende il momento propizio per saltarci addosso. E io sono, adesso, una preda di eccezionale valore, per loro. Uno di noi deve andare nel Bahrain, raggiungere il Mahdi là. In nome del vostro maledetto Allah! Venga qui, uno di voi! Non posso alzare la voce!*

Qualcuno finalmente arrivò. Un giovanotto dalla sudicia divisa si staccò, esitante, dalla squadra di cinque elementi di cui faceva parte, e venne verso di lui aguzzando gli occhi nella luce ancora incerta, incuriosito da quella figura che stava aggrappata alle sbarre del cancello. Man mano che si avvicinava, camminava più svelto e la sua espressione mutava, lentamente, dalla perplessità allo stupore.

«Azra!» esclamò. «Sei tu?»

«Sta' zitto!» bisbigliò l'Azzurro, facendo cenno di abbassare la voce con entrambe le palme, oltre le sbarre.

Quell'adolescente era una delle reclute che lui stesso aveva addestrato, insegnando loro a maneggiare le armi da fuoco. Se ben ricordava, costui non era uno degli allievi più svegli. Ma tonti come lui ce n'erano a dozzine.

«Si diceva qui da noi che eri andato in missione segreta. Una missione tanto sacrosanta che dovevamo ringraziare l'onnipotente Allah per la tua forza.»

«Sono stato catturato...»

«Sia lode ad Allah!»

«Per che cosa?»

«Perché li hai ammazzati, gli infedeli. Altrimenti non saresti qui, ma fra le braccia di Allah benedetto.»

«Sono scappato...»

«Senza avere ammazzato gli infedeli?» domandò il giovane con tristezza nella voce.

«Sono tutti morti» rispose l'Azzurro esasperato. «Ora sta' a sentire...»

«Allah sia lodato!»

«Allah stia zitto! E sta' zitto pure tu. Stammi a sentire. Devo entrare al più presto. Corri dalla Yateem, o da Ahbyahd... corri, come se ne andasse della tua vita...»

«La mia vita non vale niente!»

«Alla mia ci tengo, invece. Corri! Va' ad avvertire che sono qui. Svelto!»

L'attesa provocò un martellamento insopportabile nel petto e alle tempie di Azra. Volgeva gli occhi al cielo, guardava la luce che dall'Oriente era prossima a inondare quell'infinitesima parte del mondo, e sapeva che sarebbe anche arrivata la sua fine: l'avrebbero ucciso, non avrebbe più potuto combattere contro quei bastardi che gli avevano rubato la vita stessa, cancellato col sangue la sua infanzia, mandati all'altro mondo i genitori, col beneplacito degli israeliani assassini.

Ricordava tutto con estrema chiarezza, dolorosamente. Suo padre, un uomo mite e intelligente, aveva studiato medicina a Tel Aviv fino a quando, al terzo anno di università, le autorità avevano ritenuto che egli fosse più adatto a fare il farmacista, allo scopo di far posto a un ebreo immigrato di recente, alla facoltà di medicina. Era il sistema consueto. Cacciar via gli arabi dalle libere professioni più prestigiose: era questo il credo di Israele. Con l'andare degli anni, però, suo padre divenne l'unico "dottore" del loro paese, in

Cisgiordania. Il medico condotto di Be'er Sheva era un incompetente. Costui però andò a lamentarsi con le autorità sanitarie e le sue lagnanze furono prese come oro colato, manco fossero stampate sul Muro del Pianto. La farmacia venne chiusa.

«Conduciamo una vita modesta e oscura, ma non ce la lasciano vivere in pace!» andava dicendo suo padre. E ciò giunse all'orecchio della Commissione Israeliana per gli Affari Arabi. Allora lo tacciarono di sobillatore. E ordinarono alla famiglia di lasciare il paese natìo.

Andarono a nord, verso il Libano, alla ricerca di un luogo dove venissero bene accolti. Durante questo esodo, si soffermarono in un campo profughi chiamato Shatila. Il mite farmacista e sua moglie avevano due figli: una femmina di nome Zaya e un maschio, che sarebbe diventato Azra il terrorista.

Azra ricordava bene, indelebilmente, il giorno in cui suo padre e sua madre vennero uccisi. Lui e la sorella li videro cadere, insieme a molti altri, crivellati da colpi d'arma da fuoco, ridotti a miseri ammassi di carne sanguinolenta. E lassù in alto, sulle colline, l'improvviso rombo delle artiglierie israeliane risuonò, trionfale. Il massacro, al campo profughi, perpetrato dai falangisti, era avvenuto con il benestare degli israeliani.

Così erano nati Zaya Yateem, trasformata da gentile fanciulla in gelida stratega, e suo fratello, noto al mondo come Azra, il nuovo principe ereditario dei terroristi.

Il flusso di ricordi s'arrestò all'apparire di un uomo che sopraggiungeva di corsa. Era Ahbyahd.

«Azzurro!» gridò questi quando fu accanto al cancello. Le ciocche canute fra i suoi capelli spiccavano evidenti, nella luce che andava crescendo, la sua voce era aspra e piena di stupore. «Nel nome di Allah, cos'è accaduto? Tua sorella è fuori di sé. Ma non può uscire all'aperto – in quanto donna – non a quest'ora, e men che meno con te qui presente. Vi sono occhi dappertutto. Allora, che ti è successo?»

«Te lo racconterò quando saremo entrati. Non c'è tempo da perdere. Spicciati!»

«Chi c'è con te?»

«Yosef, e un uomo di nome Bahrudi – un emissario del Mahdi. Svelto! Sta per sorgere il sole. Dove dobbiamo passare?»

«Dio onnipotente... il Mahdi!»

«Per favore, Ahbyahd!»

«C'è una vecchia fognatura, a una quarantina di metri dall'angolo sud del muro di cinta...»

«La conosco. Ci abbiamo lavorato. È sgombra adesso?»

«Sì. L'imboccatura si trova...»

«Lo so, lo so» disse Azra annuendo rapidamente. «Manda qualcuno là, ad aspettarci.»

Ciò detto, si staccò dal cancello chiuso con catene e corse via, lungo il muro di cinta, senza più fingersi ubriaco. Girato l'angolo, si soffermò appoggiandosi al muro e guardò verso i negozi barricati. Yosef si sporse da un androne. Non aveva perso di vista Azra un istante e voleva che il giovane capo lo constatasse. Poco dopo, il falso Bahrudi sbucò da una stradina e raggiunse Yosef nell'androne. Azra indicò con un cenno alla sua sinistra, dove una strada malamente selciata correva parallela al muro di cinta dell'Ambasciata: portava alla costa e, in distanza, si scorgeva infatti la scogliera. Uno dietro l'altro i tre fuggiaschi imboccarono quella strada, di corsa, in tenuta da galeotti, con sandali di duro cuoio ai piedi. Il sole li investì, all'improvviso.

Con Azra in testa, raggiunsero un piccolo promontorio sul Golfo di Oman. Agilissimo, il nuovo principe ereditario dei killer di tutto il mondo prese a calarsi fra i grossi macigni. Si soffermava di tanto in tanto e rivolgeva un gesto ai due seguaci, per indicare loro dove mettere i piedi, onde evitare i punti ricoperti da viscide alghe. Uno scivolone sarebbe stato fatale. In meno di un minuto, raggiunsero una specie di insenatura nella scogliera. Lì, a pelo d'acqua, semicelata da tre macigni che formavano una specie di bizzarro triangolo, si apriva una grotta. L'imboccatura era larga meno di un metro, alta poco di più. I flutti vi si avventavano contro incessantemente..

«Eccola là!» esclamò Azra esultante. «Lo sapevo che sarei riuscito a trovarla!»

«Che cos'è?» domandò Kendrick cercando di farsi sentire al di sopra del fragore dei marosi.

«Una vecchia fognatura» rispose l'Azzurro. «Costruita centinaia di anni fa. Una latrina comune che veniva continuamente lavata con acqua di mare che gli schiavi portavano su.»

«Perforarono la roccia?»

«No, Amal. Solcarono la superficie e angolarono le pietre su in alto; la natura ha fatto il resto. Un acquedotto alla rovescia, se vogliamo. È una salita ripida ma vi sono gradini, lasciati dagli schiavi che la costruirono.»

«Come ci si arriva?»

«A guado. Se il profeta Gesù camminava sull'acqua, il minimo che possiamo fare noi è guadarla. Vieni. Per di qua, dunque, all'Ambasciata!»

Grondando sudore, Anthony MacDonald salì su per la scalinata esterna di un vecchio magazzino in disuso, nella zona del porto. Lo scricchiolìo dei gradini sotto il suo peso si fondeva con i cigolìi del sartiame, lo sciabordìo dell'acqua fra le barche ormeggiate e lo strofinìo delle fiancate contro il molo. I primi raggi del sole luccicavano a barbagli sull'acqua. I primi pescherecchi si accingevano a prendere il largo. La zona di mare antistante era pattugliata da motoscafi della guardia costiera.

Dal deserto, MacDonald era tornato a Masqat procedendo lentamente, a fari spenti. Giunto in città, aveva dato ordine all'autista di prendere vie secondarie, per raggiungere la zona del porto.

Non aveva idea di dove i tre evasi fossero diretti, né dove intendessero nascondersi, dal momento che un intero esercito di poliziotti avrebbe dato loro la caccia. Certo, avrebbero trovato rifugio presso qualche insospettabile agente del Mahdi. MacDonald intendeva evitarli. Doveva imparare ancora molte cose, risolvere molte contraddizioni e ambiguità, prima di potersi confrontare con il giovane ambizioso Azra.

Tuttavia c'era un posto dove MacDonald poteva andare. C'era un uomo che poteva vedere senza il timore di essere visto: un sicario, un killer di professione, che eseguiva ogni sorta di delitti su commissione, per denaro, un rifiuto umano che prendeva contatto con potenziali clienti solo in quell'immondezzaio che era el Shari el Mishkwiyis, il quartiere del vizio e del crimine di Masqat. Solo quelli che dovevano saperlo, sapevano dove abitasse.

MacDonald era giunto quasi in cima alle scale, quando s'arrestò in bilico sull'ultimo gradino. Gli occhi gli schizzarono dalle orbite. All'improvviso, il pesante portoncino si era spalancato, su cardini ben oliati, e il sicario era comparso seminudo sulla soglia, con un pugnale nella mano sinistra. La lunga lama affilatissima luccicava ai raggi radenti del primo sole. Nella destra impugnava una piccola pistola calibro .22. Il killer venne avanti sul breve ballatoio, e accostò la punta del pugnale alla gola dell'inatteso, atterrito visitatore, appoggiandogli al contempo la canna della rivoltella a una tempia.

Incapace di respirare, l'obeso inglese si aggrappò alla ringhiera, per non cadere giù in fondo alla rampa di scale.

«Ah, siete voi!» disse il sicario quando l'ebbe riconosciuto, rabbonendosi. Era un uomo sparuto, quasi spettrale, dalle guance incavate, gli occhi infossati, la bocca limata. Ritirò la pistola, ma non il pugnale. «Non dovevate venire qui. Mai, qui!»

Inghiottendo a vuoto, l'immane corpo tutto irrigidito, MacDonald parlò rauco, con la lama di quello psicopatico assassino a contatto con la sua pappagorgia. «Non sarei mai venuto, infatti, se non si trattasse di una grave emergenza. È perfettamente chiaro, questo.»

«Quello che è chiaro è che mi hanno fregato!» replicò il killer stuzzicando col pugnale il suo interlocutore. «Ho ammazzato il figlio di quel mercante, ho stuprato e sfigurato la figlia di quell'altro... e ci sono rimasto fregato!»

«Senza volere...»

«Ah, questa è bella!»

«Comunque, rimedierò io. Adesso dobbiamo parlare. Te l'ho detto, si tratta di una grave emergenza.»

«Parlate qui. Dentro, non ci venite proprio. Non entra nessuno, da me!»

«D'accordo. Ma solo consentimi di stare un po' più comodo, anziché mezzo penzoloni per queste scale...»

«Poche chiacchiere. Parlate!»

MacDonald scese di un gradino e si deterse il sudore della fronte con un fazzoletto, senza perdere d'occhio il pugnale. «È indispensabile che io veda i capi della sommossa. Poiché essi non possono uscirne, occorre assolutamente che io entri all'Ambasciata.»

«È troppo rischioso. Sia per voi, sia per chi vi dà una mano.» Lo sparuto, spettrale sicario continuava a tenere il pugnale puntato sulla carotide dell'inglese. «Ci potete parlare per telefono.»

«Quel che ho da dirgli io, non può essere detto per telefono. È necessario che io parli con i capi di persona.»

«Posso darvi, naturalmente a pagamento, un numero che non sta sull'elenco.»

«Come lo conosci tu, lo possono conoscere anche altri. Non posso correre rischi. Devo assolutamente entrare all'Ambasciata.»

«Quanto fate il difficile!» disse lo psicopatico, con gli occhi sbarrati e una palpebra che sfarfallava. «Perché fate il difficile?»

«Perché sono immensamente ricco, e tu no. Tu hai bisogno di quattrini per le tue stravaganze... per i tuoi vizi.»

«Mi insultate!»

«Sono solo realistico. Quanto chiedi?»

Il sicario soffiò in faccia a MacDonald il suo alito fetente, poi, ringuainato il pugnale, scrutò con occhi cisposi il suo benefattore di ieri, e forse anche di domani. «Vi costerà un bel mucchio di quattrini. Più di quanto non abbiate mai pagato finora.»

«Sono preparato a concederti un ragionevole aumento. Non esorbitante, bada. Abbiamo sempre lavoro per te, noi...»

«C'è una conferenza stampa, all'Ambasciata, stamattina alle dieci» disse il sicario, che era certo drogato. «Al solito, i giornalisti saranno scelti all'ultimo momento, i loro nomi verranno chiamati sul cancello. Trovatevi là. Lasciatemi il vostro numero di telefono, così vi dirò a quale nome rispondere, entro un paio d'ore.»

MacDonald gli diede il numero di telefono dell'albergo, e quello della sua stanza. Quindi chiese: «Quanto mi costa?».

Il sicario sparò una cifra, in rial, pari a 3.000 sterline. «Ho delle spese» spiegò. «Tangenti da pagare e via discorrendo.»

«È esagerato!» esclamò MacDonald.

«Allora lasciamo perdere.»

«Pago, pago» disse subito l'inglese.

Khalehla, nella sua stanza d'albergo, si muoveva come un leone in gabbia. Aveva smesso di fumare da tempo, per la sesta volta nei suoi trentadue anni. Ma quella sera per la settima volta aveva ricominciato. E fumava una sigaretta dopo l'altra. Di continuo il suo sguardo tornava a posarsi sul telefono. Non poteva più farsi vedere a palazzo. Non era prudente. Per via di quel figlio d'un cane di MacDonald.

Questa presunta nullità, questo apparente ubriacone buono a nulla era invece un agente speciale al servizio di chissà chi e aveva una rete efficiente di spionaggio, lì a Masqat. Non che lei fosse priva di risorse. Grazie a un'antica compagna di scuola, che era poi diventata la moglie del Sultano di Oman. Era stata Khalehla stessa a presentare a Roberta il futuro marito, tanti anni addietro, quando tutti e tre frequentavano l'Università, a Cambridge nel Massachusetts. Dio mio, com'è piccolo il mondo! E come sembra sempre più restringersi!

La madre di Khalehla, nativa della California, aveva incontrato suo padre, originario di Porto Said, quando entrambi studiavano alla Berkeley. Lei si stava specializzando in egittologia, lui era laureando in scienze politiche. Entrambi aspiravano a una carriera accademica. Si innamorarono e si sposarono, la bionda californiana e l'egiziano dalla pelle olivastra.

Dopo la nascita di Khalehla, i suoceri di entrambi – fino a quel punto intransigenti fautori della purezza della razza – vennero a più miti consigli. Le barriere crollarono sotto i colpi d'ariete dell'amore. Quattro persone anziane, due coppie di coniugi predisposti ad aborrirsi a vicenda, scoprirono che invece potevano volersi bene, annullando ogni divario – di cultura, di pelle, di fede – grazie, soprattutto, alla gioia di essere nonni. Da allora presero a frequentarsi e divennero molto amici: il banchiere di San Diego e l'esportatore di Porto Said, con le rispettive mogli.

"Che faccio?" si chiese Khalehla fra sé. Non era il momento di pensare al passato. Il presente incalzava! Poi si rese conto del perché avesse divagato con la mente. Per due motivi. Innanzi tutto, l'ansietà era diventata troppo forte, e aveva sentito il bisogno di distrarsi, pensando un po' a sé, ai suoi cari. Se non altro per cercare di capire l'odio che dovunque imperversava. Il secondo motivo, però, era più importante. Echeggiavano ancora nella sua memoria certe parole pronunciate tanto tempo addietro. E rivedeva la scena, le facce intorno alla tavola imbandita. Quelle parole avevano fatto una profondissima e duratura impressione su di lei che, allora, aveva appena diciotto anni ed era in procinto di partire per gli Stati Uniti.

«I monarchi d'un tempo avevano assai scarsi meriti» aveva detto suo padre quella lontana sera, al Cairo, durante una cena che aveva riunito l'intero parentado. «Ma avevano capito una cosa che i governanti d'oggigiorno non prendono in considerazione. Non *possono* prendere in considerazione, anzi. A meno che non diventino monarchi. Il che non mi pare sia tanto auspicabile, di questi tempi, anche se alcuni veramente ci terrebbero.»

«Come sarebbe, giovanotto?» chiese il banchiere californiano. «Non ho del tutto rinunciato a una monarchia, io. Repubblicana, è ovvio.»

«Ecco: a partire dai nostri faraoni, fino agli imperatori romani e giù giù fino ai re e le regine d'Europa e gli zar della Russia, tutti costoro combinavano matrimoni allo scopo di fare di diverse nazioni un'unica famiglia. Quando le persone si conoscono fra loro in determinate circostanze – cene, danze, cacce, persino raccontandosi barzellette – è difficile avere pregiudizi stereotipati, non è vero?»

Tutti, intorno alla tavola, si guardarono in faccia, sorridendo e annuendo.

«In tali ambienti tuttavia» osservò l'esportatore di Porto Said «le cose non funzionavano sempre egregiamente. Non sono istruito, ma so che ci furono guerre, dissidi in famiglia, ambizioni ostacolate e via dicendo.»

«È vero, riverito padre, ma sarebbero andate molto peggio, le cose, senza quei matrimoni combinati.»

«Mi rifiuto di venire usata come strumento geo-politico!» esclamò ridendo la madre di Khalehla.

«In effetti, mia cara, ogni cosa fu combinata dai nostri astuti genitori. Ne hai idea, di quanto hanno tratto profitto dalla nostra unione?»

«L'unico profitto che ne ho avuto io, è la mia amabile nipotina» disse il banchiere.

«Ora parte per l'America, amico mio» disse l'esportatore. «I tuoi profitti caleranno.»

«Che effetto fa, *darling*? Una grande avventura per te, direi.»

«Non è la prima volta, nonna. Siamo venuti spesso a trovare te e il nonno. Sono stata in parecchie città.»

«Sarà diverso, adesso, cara» disse un altro dei commensali (Khalehla non ricordava chi). «Poiché adesso starai per conto tuo.»

«Non vedo l'ora. Tutti sono così cordiali! Ci si sente tanto benaccetti, benvoluti!»

Di nuovo i commensali si scambiarono occhiate.

Fu il banchiere a rompere il silenzio. «Può darsi che non sia sempre così. Vi saranno casi in cui non ti sentirai benaccetta, benvoluta. E ciò ti confonderà. Potrà anche ferirti.»

«È difficile crederlo, nonno» esclamò con foga una Khalehla ben diversa da quella di adesso.

Il californiano lanciò un'occhiata a suo genero, con occhi pieni di rammarico. «Se ci ripenso, è difficile anche per me crederlo. Non scordarti mai, ragazza, di quello che ti dico adesso: se ci fossero difficoltà, prendi il telefono – e io arrivo con il primo aereo.»

«Oh, nonno! Non riesco neanche a immaginare una simile evenienza!»

E difatti non gli aveva mai telefonato, sebbene in certi momenti fosse stata lì lì per chiamarlo in aiuto. E solo l'orgoglio gliel'aveva impedito. Si era sempre fatta forza.

Shvartzeh arviyah! «Negraccia araba!» Fu questo il suo primo incontro con l'odio. Non il cieco odio irrazionale della teppa scatenata per le strade, che inalbera cartelli e rozzi stendardi, imprecando e inveendo contro un nemico invisibile al di là di lontane frontiere, bensì l'odio di giovani istruiti, in una società pluralistica, in un ambiente universitario; giovani che frequentavano le stesse mense, le stesse aule, in un mondo dove il valore dell'individuo era altissimo, dove tutti venivano costantemente valutati, fino alla laurea. Ciascuno contribuiva all'insieme, ma in quanto se stesso o se stessa, non già a somiglianza di un robot istituzionale, tranne forse sul campo di gioco, ma anche lì il rendimento individuale era riconosciuto, persino nella sconfitta, anzi in modo più toccante, in questo caso.

Tuttavia, per molto tempo lei non era stata un individuo; aveva perduto *se stessa*. La sua individualità era stata divelta, sradicata, trasferita in un astratto, insidioso collettivo razziale chiamato *arabo*. Sporca araba, araba infida, araba assassina – araba, araba, *araba* – finché non aveva più potuto sopportarlo. Restava per conto suo, si chiudeva nella sua stanza; rifiutava gli inviti alle feste, ai balli studenteschi. Due volte le erano bastate.

La prima avrebbe già dovuto bastare. Era andata ai gabinetti delle donne ma aveva trovato l'accesso sbarrato da due studenti maschi. Erano ebrei, certo, ma erano anche americani.

«Credevo che voi arabi non beveste!» disse il primo dei due.

«È una scelta che uno fa» rispose lei.

«Mi hanno detto che voi *arviyah* pisciate in terra, nelle tende!» esclamò l'altro, sogghignando.

«Ti hanno informato male. Siamo anzi molto schizzinosi. Per favore, lasciatemi passare...»

«Via di qua, araba. Chissà come l'insudici, il gabinetto. E noi abbiamo un paio di *yehudiyah* con noi. Hai capito l'antifona, *araba*?»

Il fatto più grave, però, avvenne alla fine del secondo semestre. Khalehla si era distinta in una materia insegnata da un celebre professore ebreo, tanto che questi aveva conferito a lei il premio che dava, ogni anno, allo studente più meritevole del corso. Il premio consisteva in uno dei suoi libri, con dedica. Molti compagni di classe, ebrei e no, si erano allora congratulati con lei. Ma poi, mentre tornava al dormitorio, fu fermata, per un vialetto del campus, da tre ragazzi che avevano il viso coperto da calze di nailon.

«Che hai fatto?» le chiese uno dei tre. «Hai forse minacciato di fargli saltare in aria la casa?»

«O di uccidergli i figli a pugnalate?»

«O di fare intervenire Arafat?»

«Adesso ti daremo noi una lezione, *shvartzeh arviyah*!»

«Se questo libro significa tanto per voi, ve lo do!»

«No, araba, te lo diamo noi a te!»

La violentarono. «Questo è per Monaco!» «Questa è per i bambini del kibbutz di Golan!» «Questo è per mio cugino, che voi bastardi avete ucciso a Ashdod!» Gli stupratori non provarono alcun piacere sessuale, diedero solo sfogo alla loro furia, godettero nell'infliggere una punizione all'*araba*.

Lei era tornata al dormitorio trascinandosi, barcollando. E fu allora che una persona importante entrò nella sua vita. Una certa Roberta Aldridge, l'inestimabile Bobbie Aldridge, figlia iconoclasta degli Aldridge del New England.

«Feccia!» gridò, piena di disprezzo per gli stupratori.

«Non dire niente a nessuno!» implorò la ragazza. «Voi non *capite*!»

«Non preoccuparti per questo, tesoro. A Boston abbiamo un proverbio che dice "Chi la fa l'aspetti". E quei figli di puttana avranno il fatto loro, te l'assicuro io!»

«*No!* Poi se la prenderebbero con me. Neanche loro *capiscono*. Io non odio gli ebrei. La mia più cara amica è figlia di un rabbino. Io non odio gli ebrei. Diranno che li odio perché sono soltanto una sporca araba, ma non è vero, non li odio. In famiglia, non la pensiamo così. Noi non odiamo.»

«Calma, ragazza. Io non ho parlato di ebrei. Tu ne hai parlato. Io ho detto "figli di puttana", che è un termine onnicomprensivo, per così dire.»

«È finita per me, qui. È finita. Me ne vado.»

«Nient'affatto. Adesso ti accompagno dal mio medico, poi vieni a stare da me, nella mia stanza. Cristo! Erano almeno due anni che non avevo una causa per cui battermi!»

Sia lode a Dio e ad Allah, e a tutte le altre divinità del cielo. Ho un'amica. E così, in qualche modo, con il dolore e l'odio di quei giorni, un'idea era nata, e si era tradotta in un impegno. Una ragazza di 18 anni seppe in quel momento quello che avrebbe fatto della propria vita, da allora in poi.

Il telefono squillò. Il passato era passato, finito, il presente soltanto contava. Corse al telefono accanto al letto, sollevò il ricevitore. «Sì?»

«È qui.»

«Dove?»

«Davanti all'Ambasciata.»

«Oh, accidenti! Che succede? Che fa?»

«È insieme ad altri due...»

«Tre, sono? Non quattro?»

«Ne abbiamo visti soltanto tre. Uno adesso sta presso il cancello, vicino ai mendicanti. Ha parlato con i terroristi all'interno, e ora aspetta.»

«E l'americano dov'è?»

«Sta insieme al terzo uomo. Si tengono nascosti. Solo uno dei tre si è mostrato in piena luce. È lui quello che prende le decisioni, non l'americano.»

«Cosa intendi?»

«Crediamo che stia prendendo accordi per entrare, con gli altri due, dentro l'Ambasciata.»

«No!» strillò Khalehla. «Non possono! Lui non può... Non deve! Fermateli. Fermate*lo*!»

«Un ordine del genere deve esserci dato dal Sultano, signora.»

«Ve lo do io, quest'ordine! Vi è stato detto, no? Nel carcere, sì, poteva entrarci. Ma dentro l'Ambasciata, no. Mai! Lui non deve entrarci mai. Andate là e fermateli. Uccideteli, se occorre. Uccidete l'*americano*!»

«Presto!» gridò l'arabo in barracano quand'ebbe raggiunto di corsa il suo compagno, nel caffè-pasticceria, togliendo la sicura al suo mitra. «Abbiamo l'ordine di fermarli. Fermare l'americano. Ucciderlo, se occorre.»

«Ucciderlo?» domandò l'altro emissario del Sultano.

«Questo è l'ordine. Ucciderlo.»

«L'ordine è arrivato troppo tardi. Se ne sono già andati via.»

Ultra Maximum Secure
Nessuna Intercettazione
Procedete

La figura nella buia stanza sterilizzata prese a pigiare le lettere sulla tastiera con irosa precisione.

Ho scoperto i codici di accesso ai computer di Langley ed è pazzia pura! Non alludo alla CIA, poiché il loro agente non tiene nascosto nulla. Piuttosto, la follia è tutta del Nostro, di quello che qui chiamo "il soggetto". È entrato nell'Ambasciata. Non può sopravvivere! Verrà scoperto: al gabinetto, durante un pasto con o senza posate, in seguito a una frase sbadata qualsiasi. È stato lontano troppo a lungo. Ho calcolato ogni eventualità e le mie macchine mi concedono pochissime speranze. Forse io e le mie macchine siamo troppo affrettati, nel dare un giudizio. Forse il nostro messia nazionale non è che uno sciocco. Ma d'altronde tutti i messia sono stati considerati sciocchi, folli, idioti, fino a prova contraria. È questa la mia preghiera, la mia speranza.

Capitolo undicesimo

I tre strisciarono, nel buio, attraverso il cunicolo dell'antica fognatura e raggiunsero un tombino, protetto da una grata, che si trovava nel cortile est dell'Ambasciata. A fatica, con le mani e i piedi graffiati e sanguinanti, sbucarono alla luce abbagliante del sole. E si trovarono di fronte a una scena che Evan Kendrick avrebbe preferito, con tutto il suo essere, che fosse rimasta avvolta nelle tenebre. Una quarantina di ostaggi erano stati condotti in quel cortile, per il loro magro pasto del mattino. C'era una latrina, consistente in assi con fori circolari, sopra cassette da fruttivendolo. Gli uomini erano separati dalle donne da un tramezzo trasparente. La degradazione era completa, in quanto le guardie, uomini e donne, camminavano su e giù davanti agli ostaggi, maschi e femmine, ridendo e scherzando pesantemente, a voce alta, sulle difficoltà corporali dei loro prigionieri. La carta igienica che porgevano loro, trattenendola a lungo fuori portata delle mani tese, prima di consegnarla finalmente, consisteva in tabulati dei computer dell'Ambasciata.

Di fronte, ben visibili dalle persone umiliate e spaventate che stavano nella latrina, gli altri ostaggi avevano formato una coda davanti a tre lunghi e stretti tavolini, su cui erano scodelle di metallo contenenti pane secco e piccoli pezzi di formaggio ammuffito. C'erano poi sudicie brocche piene d'un liquido bianco-grigiastro, presumibilmente latte di capra diluito, che veniva versato, parsimoniosamente, nelle ciotole di legno dei prigionieri, da alcuni terroristi armati. Di tanto in tanto a un ostaggio veniva rifiutato il cibo o il latte; implorare era inutile poiché si ottenevano solo schiaffi o pugni quando le grida erano troppo forti.

D'un tratto, mentre gli occhi di Kendrick stavano ancora assuefacendosi alla luce violenta, un prigioniero, un ragazzo di non più di quindici anni, con il viso rigato di lacrime, la fisionomia contorta, urlò in tono di sfida: «Sporco bastardo! Mia madre è malata! Questa schifezza la fa vomitare! Datemi qualcosa di decente, brutti figli di...».

Fu interrotto da una botta in pieno viso, con la canna d'un fucile, che gli lacerò la guancia sinistra. Anziché sottometterlo, quella percossa mandò il ragazzo su tutte le furie. Si scagliò sull'uomo che l'aveva colpito e l'agguantò per la camicia, provocando così la caduta di scodelle e brocche dal tavolo, che si trovava in mezzo a loro. All'istante, altri terroristi gli furono addosso, lo strapparono dall'uomo barbuto cui si era avvinghiato, lo sbatterono per terra e lo presero a calci e a legnate col calcio dei fucili. Diversi altri ostaggi, il cui coraggio e la cui collera erano stati fomentati dall'azione di quel ragazzo, si fecero allora avanti, gridando con deboli voci rauche, agitando pateticamente le braccia contro i loro arroganti nemici assai più forti. Quel che seguì fu una brutale repressione della minirivolta. Man mano che cadevano, gli ostaggi venivano picchiati selvaggiamente, tramortiti, presi a calci come carcasse di animali abbattuti e lavorati in un mattatoio.

«Belve!» ruggì un vecchio sorreggendosi i pantaloni e venendo avanti con passo malfermo dalla latrina, con dignità e risolutezza intatte. «Belve arabe! Arabi selvaggi! Non avete più un briciolo di creanza civile? Picchiare a morte degli uomini deboli e indifesi fa forse di voi degli eroi dell'Islam? In tal caso, prendete me per meritarvi altre medaglie, ma lasciate stare quei disgraziati, in nome di Dio!»

«Del Dio di chi?» gridò un terrorista accanto al corpo inanimato del ragazzo. «Un Gesù cristiano, i cui seguaci armano i nostri nemici affinché possano massacrare i nostri figli con bombe e cannoni? Oppure un Messia vagabondo, i cui adepti ci rubano le terre e uccidono i nostri padri e le nostre madri? Sii più chiaro, quale Dio?»

«Basta!» ordinò Azra intervenendo.

Kendrick lo seguiva, controllandosi a fatica. Avrebbe avuto voglia di strappare all'Azzurro il MAC-10 e mettersi a sparare sui terroristi.

Ritto accanto al giovane sanguinante, Azra continuò, con voce disinvolta: «La lezione è stata data. Non strafate, altrimenti intontite coloro ai quali volete impartire insegnamenti. Portate costoro all'infermeria, perché siano medicati dal medico degli ostaggi. Poi trovate la madre di questo ragazzo. Portate là anche lei e procuratele da mangiare».

«Perché, Azra?» protestò il palestinese. «Non sono stati usati tanti riguardi con *mia* madre. L'hanno...»

«E neppure con la mia» interloquì l'Azzurro con fermezza. «E guardaci, adesso. Porta giù questo ragazzo e fallo stare con la madre. Che qualcuno tenga loro un discorsetto sull'eccesso di zelo e faccia finta di curarsene.»

Kendrick guardò con disgusto mentre i corpi inerti e sanguinanti venivano portati via. Poi disse ad Azra, in inglese: «Hai fatto la cosa giusta». Le sue parole, fredde e indifferenti, erano quelle di un tecnico. «Non sempre se ne ha voglia, ma bisogna saperlo, quando conviene smettere.»

L'Azzurro scrutò Evan con occhi opachi. «Ho detto sul serio quel che ho detto. Guardaci adesso. La morte dei nostri genitori ci rende diversi. Un giorno siamo bambini, il giorno dopo eccoci adulti, nonostante l'età; e siamo esperti di morte, poiché il ricordo non ci abbandona mai.»

«Capisco.»

«No, non capisci, Amal Bahrudi. La tua è una guerra ideologica. Per te la morte è un atto politico. Tu sei un credente appassionato, certo, ma quello in cui credi è pur sempre la politica. Non è questa la mia guerra. Io non ho altra ideologia che la sopravvivenza, in modo tale da rendere morte per morte – e tuttavia sopravvivere.»

«Per che cosa?» domandò Kendrick, d'un tratto terribilmente interessato.

«Strano a dirsi, per vivere in pace. Cosa che è stata negata ai miei genitori. Affinché tutti noi possiamo vivere nella nostra terra, che ci è stata rubata, consegnata ai nostri nemici, pagata dai Paesi ricchi per placare i loro sensi di colpa per crimini commessi contro un popolo, crimini, però, non commessi da noi. Adesso siamo noi le vittime. Possiamo fare altro che combattere?»

«Se pensi che questo non sia politica, ti suggerisco di ripensarci. Tu resti un poeta, Azra.»

«Col pugnale e la pistola, oltre che con il pensiero, Bahrudi.»

Ci fu un altro trambusto, nel cortile, ma stavolta non drammatico. Due figure sbucarono di corsa da una porta: una donna col velo e un uomo con ciocche bianche fra i capelli. Evan arguì che erano Zaya Yateem e Ahbyahd, l'uomo chiamato Bianco. E rimase in disparte, rigido.

Il saluto tra fratello e sorella fu singolare: si strinsero la mano formalmente, guardandosi in faccia, poi si abbracciarono. Quel senso di protezione che, universalmente, una sorella maggiore prova per un fratello più piccolo – il quale spesso appare goffo e impulsivo, agli occhi della sorella più grande e saggia – travalica razze e ideologie. Il fratello minore diverrà inevitabilmente il nerbo della casa, ma la sorella maggiore sarà sempre là a guardarlo.

Ahbyahd fu meno formale. Gli gettò le braccia al collo e lo baciò su entrambe le guance. «Avrai molte cose da raccontarci!» esclamò.

«Sì» convenne Azra indicando Evan Kendrick «grazie a quest'uomo. È Amal Bahrudi di Berlino Est, inviato a noi dal Mahdi, qui a Masqat.»

Al di sopra del velo, gli occhi intensi, persino violenti, di Zaya scrutarono il volto di Evan. «Amal Bahrudi» ripeté. «Ho sentito questo nome, s'intende. I tentacoli del Mahdi arrivano dappertutto. Qui sei molto lontano dalla tua zona d'operazione.»

«Tanto da sentirmi spaesato e scomodo» disse Kendrick parlando arabo con l'accento dialettale delle classi istruite di Riad. «Ma gli altri sono sorvegliati, ogni loro mossa viene seguita. Si è pertanto deciso di inviare un agente dall'esterno, qualcuno di inatteso. E Berlino Est è il luogo adatto, per chi vuole assentarsi senza dare nell'occhio. La gente è pronta a giurare che stai ancora là. Quando il Mahdi ha chiamato, ho risposto. In realtà, sono stato io a mettermi per primo in contatto con loro riguardo a un problema che avete voi, qui, e sul quale tuo fratello ti fornirà spiegazioni. Può darsi che abbiamo obiettivi differenti, ma tutti noi progrediamo collaborando a vicenda, specialmente quando c'è chi paga i nostri conti.»

«Ma tu,» disse Ahbyahd accigliandosi «il Bahrudi di Berlino Est, quello che si muove dovunque, come mai tu, l'inafferrabile, sei stato preso?»

«È vero che ho fama di uno che va e viene dappertutto» rispose Evan, permettendosi un mezzo sorriso. «Ma tale fama non verrà corroborata da quello che m'è successo qui.»

«Sei stato tradito, allora?» domandò Zaya Yateem.

«Sì. So chi è stato. E lo scoverò. Il suo cadavere galleggerà nel porto.»

«È stato Bahrudi a farci evadere» interruppe Azra. «Mentre io stavo a pensare, lui *agiva*. Merita tutta la reputazione di cui gode.»

«Andiamo dentro, caro fratello. Parleremo là.»

«Mia carissima sorella» disse Azzurro «abbiamo dei traditori fra noi. Questo è venuto appunto a dirci Amal. Questa e un'altra cosa. Scattano fotografie e le fanno uscire di nascosto, per venderle! Se sopravviviamo, ci daranno la caccia per anni... e ci sarà una documentazione della nostra attività, che tutto il mondo potrà vedere.»

La sorella scrutò adesso il fratello; gli occhi bruni sopra il velo erano interrogativi. «Fotografie? Prese mediante macchine fotografiche nascoste con sofisticate caratteristiche, da poter funzionare senza che alcuno se ne accorga? Ci saranno, dunque, tecnici fotografici tanto esperti, dotati di nozioni tanto avanzate, fra questi nostri fratelli e sorelle, molti dei quali sanno appena leggere?»

«Amal le ha viste, quelle fotografie. A Berlino-Est!»

«Parleremo dentro.»

I due inglesi sedevano davanti alla grande scrivania dell'Addetto commerciale, all'Ambasciata britannica. L'Addetto faceva sforzi sovrumani per restare sveglio. Indossava una vestaglia sopra il pigiama.

«*Yes, chaps*» disse sbadigliando «saranno qui fra poco. Spero proprio che ci sia della sostanza, in quello che mi avete detto. Quelli della MI-6 hanno tante di quelle rogne e di quelle gatte da pelare, che non gradirebbero certo perdere due preziose ore di sonno per niente.»

«Il mio amico Dickie, qui, era dei Granatieri!» esclamò Jack in tono difensivo e aggressivo insieme. «Se *lui* ritiene che valeva la pena di avvertirvi, io ritengo che gli si debba prestare attenzione. Dopotutto, cosa siamo qui a fare?»

«A fare soldi per le vostre Ditte?» azzardò l'Addetto.

«Sì, certo, ma non soltanto per questo» replicò Jack. «In primo luogo siamo *inglesi* e questo non va dimenticato. Non vogliamo vedere l'Impero britannico sprofondare nell'oblìo. Dico bene, Dickie?»

«Già sprofondato» disse l'Addetto soffocando un altro sbadiglio. «Quarant'anni fa.»

«Ecco» interloquì Dickie. «Il mio amico Jack è nel ramo metalli ferrosi, mentre io lavoro nell'industria tessile. E le dico che, a giudicare da com'era vestito – diversamente dal solito, cioè – quel tizio ha cattive intenzioni. I panni che veste non soltanto definiscono l'uomo ma si adeguano anche alle sue attività. Così è sempre stato, fin dai tempi remotissimi in cui la canapa venne per la prima volta filata. Probabilmente, proprio qui, in questa parte del mondo, ora che ci penso...»

«La MI-6 è stata avvertita» l'interruppe l'Addetto con l'espressione cupa di uno che ripete la stessa cosa di continuo. «Saranno qui tra poco.»

E infatti, di lì a cinque secondi, entrarono due uomini. Entrambi in maniche di camicia, con la barba non rasata, avevano un'aria tutt'altro che soddisfatta. Il secondo dei due aveva con sé un grosso plico. Il primo disse, indicando Jack e Dickie: «Siete voi, signori, la ragione per la quale siamo qui?».

«Richard Harding alla mia sinistra» disse l'Addetto. «E John Preston alla mia destra. Posso andarmene, io?»

«Spiacente, *old boy*» rispose il secondo dei due nuovi arrivati, avvicinandosi alla scrivania e aprendo il plico. «Siamo qui perché lei ci ha convocati. Ciò le dà diritto di restare.»

«Troppo gentili» disse l'Addetto tutt'altro che gentilmente. «Però non sono stato io a convocarvi. Tanto per precisare, mi sono limitato a trasmettere l'informazione che due cittadini britannici *volevano* che trasmettessi. Ciò mi dà diritto di tornarmene a letto, dal momento che il vostro operato non mi riguarda.»

«In realtà» interloquì Jack Preston «è stato Dickie, a insistere. Io, per quanto mi riguarda, ritengo che, in tempo di crisi, non si debba lasciare nulla di intentato, nessun istinto sottovalutato. E Dickie Harding, qui presente – era dei Granatieri, lui, sapete –, ha avuto alcuni ottime intuizioni, in passato.»

«Dannazione, Jack! Qui non c'entrano le intuizioni. Si tratta di quello che il tizio *indossava*. Voglio dire, si suderebbe d'inverno in Scozia, con un vestito di quella stoffa lì; e aveva la camicia di seta o di poliestere! A rischio di soffocare, addirittura! Cotone, ci vuole. Solo il cotone puro consente ai pori della pelle di respirare. Il cotone è l'unica stoffa adatta a questo clima. Poi il taglio di quel vestito, vi assicuro che...»

«Le dispiace, signore?» Alzando brevemente gli occhi al cielo, il secondo uomo della MI-6, i Servizi Segreti militari, estrasse alcune fotografie dal plico e le porse a Preston e Harding, interrompendo così il loro dialogo. «Volete dare un'occhiata a queste, e dirmi se riconoscete qualcuno?»

Pochi secondi dopo, Dickie esclamò: «Eccolo qua!».

«Credo sia lui» convenne Jack.

«E voi siete pazzi, tutt'e due» disse il primo dei due della MI-6. «Costui è Anthony MacDonald, un ubriacone dell'alta società, venuto qui dal Cairo. Il suocero è proprietario della Compagnia per cui MacDonald lavora: una fabbrica di parti di automobile. L'hanno mandato in Egitto poiché è un somaro calzato e vestito. Oltretutto, è il suo vice a dirigere in effetti l'ufficio del Cairo. Bel finto, il suo! Non valeva la pena di tirarci giù dal letto a quest'ora del mattino. Posso chiedere dove avete trascorso la notte, voi due?»

«Ecco, Dickie! Te lo dicevo io che forse esageravi, sulla base di superficiali constatazioni...»

«Un momento, prego» interloquì il secondo MI-6, raccattando la foto di MacDonald e studiandola attentamente. «Un anno fa, circa, un militare inglese di stanza qui si mise in contatto con noi e chiese un colloquio riguardante un problema E.E. che, secondo lui, stava bollendo in pentola.»

«Un problema che?» domandò l'Addetto commerciale.

«E.E. = *Equipment Evaluation*, valutazione d'equipaggiamento = spionaggio. Non volle precisare oltre per telefono. Ci disse soltanto che saremmo rimasti di stucco. "Si tratta di un ciccione inglese che lavora al Cairo", o qualcosa del genere. Potrebbe essere lo stesso uomo?»

«Io, tuttavia,» continuò Jack «ho sollecitato Dickie a non prendere la cosa sottogamba.»

«Dài, amico! Non eri poi così entusiasta. Sai... forse potremmo fare ancora in tempo a prenderlo, quell'aereo di cui tanto ti preoccupavi.»

«Cosa accadde, durante quell'incontro?» domandò l'Addetto sporgendosi, con gli occhi inchiodati sul secondo uomo della MI-6.

«Non ebbe mai luogo. Quel militare venne ucciso nella zona del porto. Sgozzato presso un magazzino in disuso. Omicidio per rapina, fu definito; poiché non gli era rimasto nulla in tasca.»

«Credo proprio che dovremmo prendere quell'aereo, Dickie.»

«Il Mahdi?» esclamò Zaya Yateem, seduta alla scrivania che, fino a tre settimane prima, era dell'Ambasciatore degli Stati Uniti. «Devi condurre uno di noi da lui nel Bahrain? Stasera stessa?»

«Come ho detto a tuo fratello» disse Kendrick seduto su una poltroncina accanto ad Ahbyahd, di fronte alla donna. «C'erano probabilmente istruzioni nella lettera sigillata che dovevo consegnarti e di cui mi sono dovuto disfare quando...»

«Sì, sì» disse Zaya spazientita. «Questo mio fratello me l'ha detto nei pochi minuti che siamo stati a tu per tu. Però ti sbagli, Bahrudi. Io non ho il modo di arrivare direttamente fino al Mahdi. Nessuno sa chi sia.»

«Presumo che tu possa raggiungere qualcuno che a sua volta lo raggiunge.»

«Naturalmente. Ma potrebbe richiedere un giorno, anche due. Le strade che portano a lui sono lunghe e complicate. Si fanno cinque telefonate, e dieci volte cinque telefonate vengono poi ritrasmesse a numeri fuori elenco del Bahrain. Una sola, su cinquanta, arriva al Mahdi.»

«Come ci si regola in caso di emergenza?»

«Non sono consentite emergenze» rispose Azra appoggiato al muro accanto a una finestra illuminata dal sole.

«Ma è ridicolo! Non possiamo fare quello che facciamo senza prevedere l'imprevisto!»

«Lo ammetto» disse Zaya annuendo. Poi scosse la testa. «Però mio fratello ha ragione. Da noi ci si aspetta che si tenga duro, anche in caso di emergenza, per una settimana se occorre. Altrimenti non ci verrebbero affidati incarichi di responsabilità.

«Molto bene» disse il rappresentante della Nona Circoscrizione del Colorado, sentendo il sudore colargli lungo la schiena nonostante il fresco che la brezza marina portava, attraverso le finestre spalancate. «Allora spiegalo tu, al Mahdi, come mai non saremo nel Bahrain per questa sera. Io la mia parte l'ho fatta, compreso, credo, salvare la vita a tuo fratello.»

«È vero, Zaya» convenne Azra staccandosi dalla parete. «In caso contrario sarei un cadavere nel deserto, a quest'ora.»

«Te ne sono grata, Bahrudi, ma non posso fare l'impossibile.»

«Credo che dovresti tentare, almeno.» Kendrick lanciò un'occhiata ad Ahbyahd, poi tornò a guardare Zaya. «Il vostro Mahdi si è dato molto disturbo, ed è incorso in forti spese, per portarmi sin qui, dal che deduco che *anche lui* sia alle prese con un'emergenza.»

«La notizia della tua cattura gli spiegherà perché non sei potuto andare nel Bahrain» disse Ahbyahd.

«Credi davvero che le forze di polizia dell'Oman darebbero questa notizia? Per ammettere poi che sono evaso?»

«Naturalmente no» disse Zaya.

«È il Mahdi a tenere in mano i cordoni della borsa...» continuò Kendrick.

«Le nostre provviste scarseggiano» interloquì Ahbyahd. «Abbiamo bisogno subito di rifornimenti, altrimenti tutto ciò che abbiamo fatto finora sarà stato inutile. Da assedianti, diverremmo assediati.»

«Può esserci una maniera» disse Zaya alzandosi in piedi, le mani sulla scrivania, gli occhi pensierosi sopra il velo. «Abbiamo in programma una conferenza stampa stamattina. Verrà teletrasmessa. La guarderà anche il Mahdi, senza dubbio. A un certo punto, gli farò intendere che abbiamo inviato messaggi urgenti ai nostri amici. E che abbiamo bisogno di urgente risposta.»

«A che servirebbe?» domandò Azra. «Tutte le comunicazioni sono intercettate, lo sappiamo. Nessuno degli uomini del Mahdi si arrischierà a mettersi in contatto con noi.»

«Non occorre» l'interruppe Evan. «Ho capito cosa intende tua sorella. Non occorre che la risposta sia verbale. Nessuna comunicazione sarà necessaria. Non chiediamo istruzioni, bensì *ne diamo*. Ne abbiamo parlato, Azra, alcune ore fa. Conosco bene il Bahrain. Sceglierò un recapito per noi, là. Uno dei vostri intermediari lo riferirà, precisando che è questo il messaggio urgente di cui tua sorella parlava alla Tv, durante la conferenza stampa.» Kendrick si rivolse a Zaya. «È questo che tu avevi in mente, non è vero?»

«Veramente, pensavo soltanto di accelerare i tempi. Ma mi pare una buona trovata.»

«È l'unica soluzione!» esclamò Ahbyahd. «E ce l'ha suggerita Bahrudi!»

«Non è risolto un bel niente» replicò la donna velata tornando a sedersi. «Come ci vanno nel Bahrain, mio fratello e Bahrudi?»

«Ci penso io» rispose Evan. Il cuore gli batteva forte. Ma la sua calma esteriore stupiva lui tesso. *Era vicino! Vicino al Mahdi!* «Ho un numero di telefono che non posso rivelarvi. Ma basteranno poche parole per procurarmi un aeroplano.»

«Così, come niente?» esclamò stupefatto Ahbyahd.

«Il tuo benefattore qui in Oman ha mezzi che noi non ci sognamo neppure.»

«Tutte le telefonate vengono intercettate» obiettò Azra.

«Udranno quello che dico io, ma non quello che mi dice la persona all'altro capo.»

«Grazie a un apparecchio di disturbo?» domandò Zaya.

«Appunto. Un sistema semplicissimo ma ingegnoso. L'interlocutore sente, gli intercettatori sentono solo suoni distorti, assolutamente incomprensibili.»

«Telefona pure» disse Zaya alzandosi.

Kendrick andò a sedersi al suo posto. Formò il numero segreto nascondendo con la mano sinistra la tastiera.

«Sì?» rispose la voce di Ahmat.

«Un aereo» disse risoluto Kendrick. «Per due passeggeri. Dove? Quando?»

«Mio dio!» sbottò il giovane Sultano di Oman. «Mi lasci pensare... All'aeroporto, s'intende. C'è una svolta sulla strada a circa un quarto di miglio dallo scalo merci. Verrete prelevati da un'auto militare. Ai terroristi dica che si tratterà di un'auto rubata, per superare i posti di blocco.»

«Quando?»

«Ci vorrà tempo, per organizzare il tutto. La meta qual è?

«La 22ª lettera dell'alfabeto, spaccata a metà.»

«V. Spaccata a metà. Una "I" obliqua. Iran?»

«No. Spacchi il numero.»

«Ventidue. Due, due. B?»

«Sì.»

«Bahrain!»

«Sì.»

«Va bene. Farò delle telefonate. Per quando le serve l'aereo?»

«Al culmine della festa. Approfitteremo della confusione per uscire di qui.»

«Vale a dire verso mezzogiorno.»

«Esatto. A proposito, il medico... ha qualcosa che mi occorre, per la mia salute.»

«La cintura porta-soldi, naturalmente. D'accordo, le sarà consegnata.»

«Bene.»

«La svolta prima dello scalo merci. Trovatevi là.»

«Senz'altro.» Evan riagganciò. «Dobbiamo essere all'aeroporto per mezzogiorno.»

«All'aeroporto?» gridò Azra. «Saremo catturati!»

«Un'auto militare rubata ci prenderà a bordo lungo la strada per l'aeroporto.»

«Troverò io chi vi porterà al luogo dell'appuntamento» disse Zaya Yateem. «Sarà a questo intermediario che darete il vostro recapito nel Bahrain. Avete circa cinque ore di tempo, prima di partire.»

«Ci occorrono vestiti. Fare una doccia e riposare un po'» disse Azra. «Non dormo da non so quanto tempo.»

«Vorrei dare un'occhiata in giro» disse Kendrick. «Posso imparare qualcosa.»

«Come vuoi, Amal Bahrudi» disse Zaya. «Hai salvato la vita a mio fratello e non trovo parole adeguate per esprimerti la mia gratitudine.»

«Basta che mi fai arrivare all'aeroporto per mezzogiorno» rispose Kendrick, senza alcun calore nella voce. «Francamente, voglio tornare a Berlino al più presto possibile.»

«Per mezzogiorno, d'accordo» disse la terrorista.

«Weingrass sarà qui per mezzogiorno» disse l'agente del Mossad a Ben-Ami e ai cinque guastatori della Brigata Masada.

Si trovavano nella cantina di una casa sita nella Jabal Sa'ali, a poca distanza dal cimitero inglese di Masqat. La cantina era stata trasformata in centro di controllo per i Servizi Segreti d'Israele.

«Come ci arriva, qui?» domandò Ben-Ami, che si era tolto il *ghotra*. «Lui ha il passaporto israeliano. Non è tanto gradito chi lo esibisce, qui.»

«Non si fanno domande a Weingrass. Probabilmente, avrà più passaporti falsi lui di chiunque altro. Ci ha detto di non fare nulla fino al suo arrivo. "Assolutamente nulla", testuali parole.»

«Non sembri disapprovarlo più tanto» disse Yaakov, in codice l'Azzurro, figlio di un ostaggio e capo del commando.

«Perché questa volta non dovrò firmare un conto spese. Non lo presenterà, difatti. È bastato fare il nome di Kendrick, ed è partito a razzo.»

«Non è detto, con questo, che non chiederà un rimborso delle spese» obiettò Ben-Ami ridacchiando.

«Oh, no. È stato messo in chiaro. Gli ho chiesto quanto ci sarebbe venuto a costare il suo aiuto; e mi ha risposto: "Offre la casa!".»

«Stiamo sprecando tempo!» protestò Yaakov. «A quest'ora dovremmo essere all'Ambasciata, a esplorare il terreno. Ci risulta che ci sono una mezza dozzina di vie, per cui entrare e uscirne con mio padre.»

Tutti sgranarono gli occhi e si girarono di scatto verso il giovane di nome Azzurro.

«Capisco» disse l'agente del Mossad.

«Chiedo scusa. Non volevo dire questo.»

«Hai pieno diritto di parlare così, tu» disse Ben-Ami.

«Però non avrei dovuto. Chiedo scusa di nuovo. Ma perché dobbiamo aspettare questo Weingrass?»

«Perché senza di lui potremmo fare un buco nell'acqua.»

«Oh, sì, certo! A voi del Mossad, adesso, preme di più aiutare quell'americano, che non liberare mio padre!»

«Il risultato potrebbe essere lo stesso, Yaakov...»

«Non sono Yaakov!» ruggì il giovane capo. «Per voi sono soltanto Azzurro – il figlio di un uomo che vide suo padre e sua madre, ad Auschwitz, finire nella camera a gas. Io intendo salvare mio padre, e lo salverò! Quanto ancora deve soffrire quell'uomo? Un'infanzia di orrori: ha visto ragazzi della sua età impiccati per aver rubato immondizia per sfamarsi, bambini violentati da porci nazisti, e poi gli è toccato stare nascosto, mezzo morto di fame, nelle foreste della Polonia, finché non arrivarono gli Alleati. In seguito, ha avuto tre figli. Ma due di loro sono stati uccisi. I miei fratelli! Sono stati trucidati a Sidone da luridi porci... terroristi *arabi*! Adesso, dovrei darmi pensiero di un cow-boy americano, di un uomo politico che vuole fare l'eroe, per poter poi recitare nei film e avere la sua foto sulle scatole di fiocchi d'avena?»

«Da quel che mi risulta» disse Ben-Ami con calma «nulla di questo è vero. L'americano rischia la vita senza alcun aiuto da parte dei suoi e senza la prospettiva di future ricompense, se sopravviverà. Come ci ha detto il nostro amico, qui, fa quello che fa per motivi non molto diversi dai tuoi. Per raddrizzare un terribile torto che è stato fatto a lui e, per così dire, alla sua famiglia.»

«Al diavolo, costui. Insisto a dire che dobbiamo muoverci subito. Andare all'Ambasciata!»

«Mi oppongo» disse l'agente posando lentamente la pistola sul tavolo. «Adesso siete agli ordini del Mossad e dovete quindi obbedire a noi.»

«Porci!» urlò Yaakov. «Siete porci, tutti quanti!»

«D'accordo» disse Ben-Ami. «Tutti noi.»

Ore 10,48, Oman. La conferenza stampa è terminata. I giornalisti e gli operatori televisivi attendono di essere riaccompagnati fuori dell'Ambasciata. Davanti ai cancelli un centinaio di giovani e donne velate marciano su e giù, con armi pronte a sparare. Nella sala della conferenza, un uomo corpulento è riuscito, con untuose parole, a superare un cordone di guardie e ora si avvicina al tavolo dove siede Zaya Yateem. Con diversi fucili puntati su di lui, si china a parlarle all'orecchio.

«Vengo da parte del Mahdi» bisbiglia «che è colui che vi paga.»

«Anche tu? L'emergenza nel Bahrain deve essere grave, allora.»

«Chiedo scusa...»

«È stato perquisito?» domandò Zaya alle guardie. A un loro cenno di assenso, soggiunse: «Allora lasciatelo stare».

«Grazie, *madame*. Quale emergenza, nel Bahrain?»

«Non lo sappiamo, naturalmente. Uno dei nostri si reca là, oggi stesso, e al ritorno ci riferirà di che si tratta.»

MacDonald fissò gli occhi della donna, sopra il velo. Un crampo doloroso gli contrasse l'enorme petto. *Che sta succedendo? Perché mai mi scavalca, Bahrain? Quale decisione è stata presa a mia insaputa? Perché sono stato escluso? Cos'ha combinato quella lurida puttana araba?* Cercando di controllare la voce e misurare le parole, disse lentamente: «L'emergenza di cui voi parlate, *madame*, è un'altra faccenda. Un nuovo sviluppo. Io sono qui per un altro motivo, ugualmente serio. Il nostro benefattore vorrebbe che venisse chiarita – immediatamente – la presenza di Khalehla qui a Masqat».

«Khalehla? Non c'è nessuna donna di nome Khalehla, fra noi, qui. D'altronde, i nomi non vogliono dire nulla, no?»

«Non qui. Non qui dentro. Ma fuori, in città. E in contatto con i vostri compagni. Con vostro fratello, anzi.»

«Mio fratello?»

«Precisamente. Tre prigionieri evasi avevano appuntamento con lei sulla strada che porta al Jabal Sham, per poi incontrarsi con il nemico.»

«Ma che dici?»

«Non dico, *madame*, io esigo. Noi esigiamo una spiegazione. Il Mahdi insiste con estremo vigore!»

«Non so di cosa parli. È vero che tre prigionieri sono evasi: mio fratello, Yosef e l'altro emissario del nostro benefattore, un uomo di nome Bahrudi, di Berlino Est.»

«Ber... *Madame*, andate troppo in fretta per me.»

«Se veramente vieni da parte del Mahdi, mi stupisce che tu non sappia nulla di Bahrudi.» Scrutò MacDonald attentamente. «D'altro canto, potresti venire da parte di qualcun altro.»

«Quando sono a Masqat, sono io *l'unica* voce del Mahdi. Chiamate Bahrain e fatevelo dire, *madame*.»

«Sapete benissimo che non è consentito telefonare.» Zaya chiamò le guardie con uno schiocco delle dita. «Prendete quest'uomo e portatelo nella sala di consiglio. Poi svegliate mio fratello e Yosef. E rintracciate Amal Bahrudi. Dobbiamo riunirci tutti immediatamente!»

I vestiti che Evan si era scelti s'intonavano con il tipico abbigliamento dei terroristi: pantaloni kaki tutti stazzonati, una sudicia giubba da soldato americano, camicia scura abbottonata fino a metà torace. A parte l'età e il colore degli occhi, somigliava alla maggior parte dei fanatici che avevano occupato l'Ambasciata. La pelle scurita lo ringiovaniva e gli occhi erano seminascosti dalla visiera del berretto. Per completare l'immagine desiderata, portava un pugnale nel fodero alla cintura, e una pistola gli gonfiava la tasca destra. Del "fido" Bahrudi si fidavano tutti, adesso: aveva salvato la vita ad Azra, principe dei terroristi, quindi poteva muoversi liberamente, nell'Ambasciata occupata, passando da una nauseante scena all'altra, da un gruppo di spaventati, esausti, disperati prigionieri all'altro.

Speranza. Era tutto quello che poteva donare, pur sapendo che in ultima analisi era probabilmente falsa, ma doveva ugualmente darla, dar loro *qualcosa* cui aggrapparsi, cui almeno pensare nelle ore più buie e terrificanti della notte.

«Sono americano» sussurrava a ostaggi traumatizzati, ogni qual volta ne trovava tre o più insieme, sotto gli occhi dei terroristi che stavano di guardia e pensavano che egli lanciasse invece insulti, rabbiosi improperi. «*Nessuno si è dimenticato di voi! Facciamo tutto il possibile! Non badate se urlo. Devo urlare per forza.*»

«Dio sia ringraziato!» era la costante risposta iniziale, seguita da lacrime e descrizioni di orrori, compreso invariabilmente il racconto dell'esecuzione dei sette ostaggi condannati a morte.

«Ci uccideranno tutti! Non gliene importa, di morire. A questi luridi porci non importa della morte – nostra o loro.»

«Fate del vostro meglio per stare calmi! Dico sul serio! Cercate di non mostrarvi spaventati. Questo è molto, molto importante. Non contradditeli, ma neanche strisciate davanti a loro. La vostra paura li eccita. È come una droga per loro. Ricordatevi questo!»

A un certo punto, Kendrick si mise a urlare veramente pesanti insulti a un gruppo di cinque americani. Aveva scorto infatti una delle guardie del corpo di Zaya Yateem che veniva verso di lui.

«Ehi, Bahrudi!»

«Sì?»

«Zaya vuole vederti subito. In sala di consiglio. Vieni!»

Evan seguì la guardia, giù per tre rampe di scale. Imboccarono un lungo corridoio e giunsero alla porta di una vasta sala. Evan si tolse il berretto. Aveva la fronte imperlata di sudore. Entrò. E quattro secondi dopo il suo mondo fu mandato in frantumi da alcune parole, che mai avrebbe voluto udire:

«Cristo! Ma tu sei Evan Kendrick!».

Capitolo dodicesimo

«*Meen ir ráh-gill da?* disse Evan, mente e corpo paralizzati, teso, costringendo se stesso a muoversi con disinvoltura, mentre chiedeva a Zaya chi fosse quell'uomo obeso che aveva parlato in inglese.

«Dice che viene da parte del Mahdi» gli rispose Azra in piedi fra Yosef e Ahbyahd.

«Cosa intendeva dire?»

«Lo hai sentito. Dice che sei un tale di nome Kendrick.»

«*Who's that?*» domandò Evan in inglese – chi è costui? – rivolgendosi ad Anthony MacDonald, tentando disperatamente di non scomporsi, mentre si abituava non solo alla vista di un uomo che non vedeva da cinque anni, ma anche alla sua stessa presenza lì, in quella stanza. *MacDonald!* Il fatuo ubriacone mondano della colonia britannica al Cairo! «Io mi chiamo Amal Bahrudi. E lei?»

«Lo sai benissimo chi sono!» urlò l'inglese, agitando l'indice e guardando a turno i quattro arabi del Comitato direttivo, specialmente Zaya Yateem. «Non è Amal chicchessìa, costui, e non è un inviato del Mahdi. È un americano di nome Evan Kendrick!»

«Ho studiato in due università americane» disse Evan sorridendo «ma nessuno mi ha mai chiamato Kendrick. Altri nomi, sì, ma non Kendrick.»

«Tu menti!»

«Al contrario, devo dire che il bugiardo è lei, se afferma di lavorare per il Mahdi. Mi sono state mostrate le fotografie di tutti i suoi... come dire?... impiegati confidenziali e lei, certamente, non figurava in mezzo a loro. Me ne ricorderei senz'altro perché... come dire?... lei ha una fisionomia molto caratteristica.»

«Bugiardo! Impostore! Tu lavori per Khalehla la puttana, il *nemico*! Stamattina, prima dell'alba, Khalehla stava andando a un appuntamento con te!»

«Di che parla?» Kendrick guardò Azra e Yosef. «Mai sentita nominare questa Khalehla, né come puttana né come nemica, e stamani prima dell'alba i miei amici e io eravamo in fuga, per salvare la pelle. Non avevamo tempo per degli amorazzi, glielo assicuro.»

«Vi giuro che costui mente! Io c'ero, là, e l'ho vista. Ho visto anche voi.»

«Ha visto anche noi?» domandò Evan alzando le sopracciglia. «Come?»

«Sono uscito fuori strada con la macchina...»

«Ci ha visto e non ci ha dato aiuto?» l'interruppe adirato Kendrick. «E sostiene di stare con il Mahdi, lei!»

«Ha ragione lui, inglese» disse Zaya. «Per quale motivo non li hai aiutati?»

«Perché c'erano cose che dovevo appurare, ecco perché. E adesso le ho appurate. Khalehla... e *lui*!»

«Lei ha molta fantasia, ecco cos'ha, lei... comunque si chiami. Non conosco il suo nome. Una cosa possiamo comunque appurare al più presto. Stiamo per recarci nel Bahrain, a incontrare il Mahdi. Lei verrà con noi. Il grand'uomo sarà certo felice di vederla, dato che è tanto importante per lui.»

«D'accordo» disse Azra con fermezza.

«Bahrain?» ruggì MacDonald. «Come diavolo ci arrivi, là?»

«Non mi dica che non lo sa!» disse Kendrick.

Emmanuel Weingrass, con il magro torace dolorante dopo un accesso di tosse, scese dalla limousine davanti al cimitero di Jabal Sa'ali. Si rivolse all'autista, che gli reggeva lo sportello, e parlò in tono reverente, con esagerato accento britannico. «Pregherò sulla tomba dei miei antenati inglesi... Ben pochi lo fanno, sapete. Tornate fra un'ora.»

«Un'ora?» domandò l'autista alzando un dito. «*Iss'a?*» ripeté in arabo.

«Sì, mio islamico amico. Questo è un mesto pellegrinaggio che io compio ogni anno. Riesci a capirmi?»

«*Yes, yes! El sallah. Allahoo Akbar!*» rispose l'autista annuendo rapidamente, dicendo che capiva le preghiere e che Dio era grande. Teneva anche dei soldi in mano, più di quanti si fosse aspettato, e sapeva che altri ne avrebbe ricevuti, quando fosse tornato lì fra un'ora.

«Lasciami, adesso» disse Weingrass. «Desidero restare solo – *sibni fihahlee.*»

«*Yes, yes!*» L'autista richiuse lo sportello, tornò a sedersi al volante e partì.

Weingrass si concesse un breve spasmo, un nuovo accesso di tosse, poi si guardò intorno per orientarsi. Quindi si avviò, attraverso il cimitero, verso una casa in muratura che distava tre o quattrocento metri.

Dieci minuti dopo, entrò nella cantina dove i Servizi Segreti di Israele avevano installato il loro comando.

«Weingrass!» esclamò l'agente del Mossad. «Che piacere riverderti!»

«No, non è vero. Non sei mai contento di vedermi, né di sentirmi per telefono. Non sai niente del mestiere che fai, sei soltanto un ragioniere – e taccagno per di più.»

«Dài, Manny, non cominciamo...»

«Invece, sì. Cominciamo subito» l'interruppe Weingrass guardando Ben-Ami e i cinque della Masada. «Avete per caso del whisky, qualcuno di voi spostati? Questo *zohlah* lo so che non ne ha» soggiunse, sottintendendo così che l'agente del Mossad era un poveraccio.

«Neanche del vino» rispose Ben-Ami. «Non è stato incluso nelle nostre provviste.»

«Fornite, manco a dirlo, da costui. E va bene, ragioniere, dimmi tutto ciò che sai. Dov'è mio figlio, Evan Kendrick?»

«Qui in Oman, ma è tutto quello che sappiamo.»

«Figurarsi! Quando mai siete al corrente di qualcosa?»

«Manny...»

«Calmati. Altrimenti ti viene un infarto, e non voglio che Israele perda il suo peggior ragioniere. Chi sa dirmi di più?»

«Io!» urlò Yaakov. «A quest'ora, anzi da diverse ore, noi dovremmo essere all'Ambasciata. Abbiamo una missione, là, che non ha niente a che fare con il tuo americano!»

«Dunque, oltre al ragioniere, avete una testa calda» disse Weingrass. «E chi altri?»

«Kendrick è privo di appoggi» precisò Ben-Ami. «È stato portato qui di nascosto, ma abbandonato a se stesso. Se venisse preso, non sarebbe reclamato da nessuno.»

«Da chi lo sapete, questo?»

«Da un nostro agente a Washington.»

Weingrass andò al telefono. «Fino a che punto è sicuro, questo apparecchio?»

«Nessuna garanzia» disse quello del Mossad. «È stato installato in fretta e furia.»

«E per pochi spiccioli, ci scommetto.»

«E dài, Manny!»

«Sta' zitto.» Weingrass estrasse un taccuino di tasca, ne sfogliò le pagine, inchiodò gli occhi su un nome e un numero. Alzò il ricevitore. Formò quel numero. Dopo pochi secondi parlò.

«Grazie, amico mio, per la sua cortesia. Il mio nome è Weingrass, che per lei non significa nulla. Non è così per il gran Sultano.

Naturalmente, non voglio disturbare la sua augusta persona, ma se lei potesse usarmi la gentilezza di dirgli che ho telefonato, forse Ahmat gliene sarà grato. Le lascio il mio numero, posso?» E glielo diede. Era segnato sull'apparecchio. «Grazie, amico mio. E vorrei aggiungere, con tutto il dovuto rispetto, che si tratta di faccenda molto urgente. Il Sultano loderà la sua diligenza, stia tranquillo. Grazie di nuovo.»

Riagganciò e si appoggiò allo schienale. Respirava affannosamente e nel suo petto c'era un rantolìo incessante. «Ora, aspettiamo» disse guardando quello del Mossad. «E speriamo che il Sultano abbia più cervello di te. Ah, mio dio! È tornato. Dopo quattro anni, mio figlio mi ha dato ascolto. Ed è tornato, finalmente!»

«Perché?» domandò Yaakov.

«Il Mahdi...» disse Weingrass con ira, fissando il pavimento.

«Chi?»

«Imparerai, testa calda.»

«Non è veramente tuo figlio, però, Manny.»

«È l'unico figlio che io abbia mai desiderato...» Il telefono squillò. Weingrass l'afferrò, lo portò all'orecchio: «Sì?».

«Sei tu, Emmanuel!»

«Ti ricordi di me?»

«Allah sia lodato! Non dimenticherò mai quelle belle serate di Los Angeles. Al rientro, sono andato prima di tutto a farmi visitare dal medico.»

«Dimmi, giovane puzzone, hai preso un buon voto, poi, per quella tua tesi sull'economia del Mondo arabo, all'università?»

«Un voto soltanto discreto, caro Manny. Avrei dovuto darti retta. Mi consigliasti, ricordo, di farla più complicata. Ai professori non piacciono le cose semplici.»

«Puoi parlare?» domandò Weingrass mutando tono.

«Io sì. Tu invece no. La mia voce arriva disturbata agli intercettatori. Tu invece bada a come parli.»

«Intesi. Il nostro comune amico. Dov'è?»

«In viaggio per il Bahrain, insieme ad altri due di quelli dell'Ambasciata. Doveva portarne uno solo, ma all'ultimo momento c'è stato un cambiamento. Non so perché.»

«Probabilmente perché c'è una pista che conduce a qualcun altro. Soltanto loro, a bordo?»

Ahmat esitò. «No, Manny» disse poi con calma. «C'è anche una donna, su quell'aereo. Ma tienilo per te. E non interferire con lei. Si chiama Khalehla. Te lo dico perché di te mi fido. Nessun altro deve saperlo, che è a bordo. Non lo sanno neanche i tre passeggeri. Sta chiusa nella cabina di pilotaggio. Se la sua presenza venisse scoperta, sarebbe una catastrofe.»

«Accidenti! Come debbo regolarmi?»

«Niente. Basta che la ignori. La cabina resterà chiusa a chiave fino all'arrivo nel Bahrain.»

«Non mi dici altro?»

«Su di lei, no.»

«Devo muovermi. Cosa puoi fare per me?»

«Ti procuro un altro aereo. Appena possibile. Il nostro amico mi chiamerà tra poco dal Bahrain e mi dirà come vanno le cose là. Quando arriverai a tua volta, telefonami subito. A questo numero.» E gli dettò le cifre del telefono segreto.

«Uno strano prefisso...»

«Infatti, è un apparecchio fuori rete» disse il giovane Sultano. «Ti ritelefono fra poco.»

«Allora aspetto qui la tua chiamata.»

«Bene. Ora organizzo tutto. Se ci fosse un aereo di linea in partenza tra breve, la cosa migliore sarebbe imbarcarti su quello.»

«Mi dispiace, non si può.»

«Perché no?»

«Si deve fare tutto di nascosto. Ho sette pavoni con me.»

«Sette...?»

«Sì. Uccelli intelligenti, dalle piume bianche e azzurre.»

Il Sultano sussultò. «Uomini del Mossad?»

«Più o meno.»

«Merda!» esclamò Ahmat.

Il piccolo aviogetto Rockwell sorvolava gli Emirati Arabi Uniti a diecimila metri di quota, diretto oltre il Golfo Persico verso lo sceiccato del Bahrain, distante 1.200 chilometri da Masqat. A bordo c'erano Anthony MacDonald, seduto in prima fila, da solo, e, nell'ultima fila, Kendrick e Azra. La porta di comunicazione con la cabina di pilotaggio era chiusa; e chiusa sarebbe rimasta fin dopo che i tre passeggeri non fossero scesi. Così aveva detto loro l'uomo che li aveva presi a bordo dell'auto militare "rubata", in prossimità dell'aeroporto di Masqat. All'arrivo, all'aeroporto Muharraq nel Bahrain, avrebbero trovato qualcuno ad aspettarli che li avrebbe aiutati a sbrigare le formalità doganali.

Evan e Azra avevano ripassato diverse volte il programma; e Azra, che non era mai stato nel Bahrain, aveva preso appunti. Si era segnato innanzi tutto il nome dei luoghi convenuti. Era stato infatti deciso che Kendrick e Azra si separassero, all'arrivo, per almeno un paio d'ore. Per via di MacDonald, il più improbabile degli agenti del Mahdi. L'inglese d'altronde poteva rappresentare una scorciatoia per arrivare fino al Mahdi stesso e, in tal caso, Kendrick avrebbe abbandonato Azra al suo destino.

«Non scordarti che siamo due evasi e che agenti segreti di vari

Paesi ci danno la caccia. Quindi non possiamo correre il rischio di farci vedere insieme, alla luce del giorno. Col favore delle tenebre, il rischio sarà minore» aveva detto Kendrick, per giustificare quelle due ore di separazione da Azra. «Nondimeno» aggiunse «anche dopo il tramonto dovremo prendere precauzioni.»

«Quali precauzioni?»

«Cambiarci vestito, innanzi tutto. Dovremo comprarne uno nuovo. Quello che abbiamo addosso, da pezzenti, era adatto a Masqat, ma non al Bahrain. Appena arrivati, tu prenderai un taxi e ti farai condurre a Manamah, la capitale dello sceiccato, e prenderai una stanza all'Hotel Aradous sul Wadi Al Ahd. All'hotel stesso troverai un negozio di abbigliamento maschile. Comprati un doppiopetto all'europea e va' dal barbiere a tagliarti i capelli. Segnati tutto.»

«Sto prendendo appunti» disse Azra scrivendo più in fretta.

«Fatti registrare sotto il nome di... non certo Yateem, anche se è un nome abbastanza comune. Ma è meglio non correre rischi.»

«Posso usare il cognome di mia madre, Ishaad.»

«No. Meglio un nome fittizio. Per esempio, Farouk. Ti telefonerò entro un paio d'ore.»

«E tu che farai nel frattempo?»

«Starò appresso all'inglese, sedicente scagnozzo del Mahdi» disse Kendrick. «Se davvero lavora per lui, potrà anche servirci da tramite. Ma, francamente, non gli credo. E, se ha mentito, cercherò di scoprire *per chi* lavora effettivamente.»

Azra guardò l'uomo che conosceva come Amal Bahrudi e parlò sottovoce. «Tu vivi in un mondo più complicato del mio. Noi li conosciamo, i nostri nemici. Puntiamo le armi su di loro e cerchiamo di ucciderli, poiché essi ucciderebbero noi. Invece tu, mi sembra, non sai neppure su chi sparare. Devi prima scoprire chi è, il tuo nemico.»

«Anche tu devi guardarti dagli infiltrati. Anche tu puoi avere falsi amici intorno. E devi cercare, anche tu, di smascherare i traditori, i doppiogiochisti. Quindi occorre anche a te prendere precauzioni non diverse da quelle che devo prendere sempre io.»

«È vero. Infiltrarsi nelle nostre file non è difficile. E quanto ai traditori, tu stesso ci hai insegnato qualcosa.»

«Io?»

«Alludo a quelle fotografie, Bahrudi.»

«Oh, sì, certo. Scusa. La mia mente è altrove.» *Bisogna che io stia più attento*, pensò Kendrick. *Non posso distrarmi. Azra mi guarda a volte in modo strano. Devo dissipare ogni suo dubbio. Alla svelta!* «Senti, Azra. A proposito di quelle fotografie. Tua sorella adesso dovrà fornire la prova che i traditori sono stati smascherati, che il losco traffico è stato estirpato. E quando dico "prove" intendo, per esempio, altre fotografie. Foto mostranti – mettiamo – un cadavere accanto a una macchina fotografica sfasciata. Quindi, le confessioni dei colpevoli. Confessioni registrate su nastro. E simili prove documentarie.»

«Sta' tranquillo. Zaya sa il fatto suo. È la più forte, fra noi. La più devota. Non si darà pace finché non avrà frugato dappertutto, messo a soqquadro ogni stanza, perquisito tutti i nostri compagni, maschi e femmine, dal primo all'ultimo. Sistematicamente.»

«Parole, poeta, belle parole e basta!» lo ammonì aspramente Kendrick. «Forse non te ne rendi conto. Quello che è successo a Masqat – quello che è successo per trascuratezza – potrebbe mettere a repentaglio le nostre attività dovunque. Se questo nefando tradimento resta impunito, da ogni parte verranno agenti nemici a infiltrarsi fra noi, e, muniti di macchine fotografiche e registratori, cercheranno di esporci al ridicolo.»

«D'accordo, d'accordo» disse Azra annuendo, poiché non gli andava di sentire altre critiche. «Mia sorella provvederà a ripulire gli angolini. Penserà a tutto lei. Non mi era sembrata tanto convinta, ti dirò, a tutta prima. Poi si è persuasa, quando ha saputo cos'hai fatto tu, per noi, a Jabal Sham; quando ti ha visto organizzare, per telefono, questo viaggio nel Bahrain. Ora, sta' tranquillo, prenderà tutti i provvedimenti necessari.»

«Bene. Riposati, ora, adirato poeta. Abbiamo una lunga serata, di fronte a noi.»

Kendrick si adagiò contro lo schienale, come se si accingesse a dormire. Ma, a occhi socchiusi, non perdeva di vista un attimo Anthony MacDonald, seduto in prima fila. C'erano molte cose cui pensare, moltissime cose da prendere in esame, che finora non aveva avuto il tempo di analizzare. Ma soprattutto c'era il Mahdi. Non quello che pose l'assedio a Kartum, Muhammad Ahmad ibn Abd Allah, e che diede tanto filo da torcere agli anglo-egiziani fra il 1881 e il 1885, bensì un altro Mahdi che, più di cent'anni dopo, fomentava rivolte e organizzava il terrore in tutta l'Asia di sud-ovest. Questo Mahdi era al centro di una complessa rete, era il tessitore di una vasta trama internazionale. Si serviva dei terroristi. Ma il terrorismo era solo uno dei tentacoli di questa mostruosa piovra.

Ora, Azra poteva guidare Kendrick fino al centro della grande congiura, così come ogni cavo elettrico, in un edificio, conduce alla fonte centrale di energia. *Su cinquanta telefonate, una sola raggiunge il Mahdi*, aveva detto Zaya. Quindi solo una persona su cinquanta che lavoravano per il Mahdi – una soltanto – sapeva dove si trovasse e chi fosse il Mahdi!

Orbene, Kendrick aveva ora creato un'emergenza. E l'aveva creata seguendo certi consigli che, a suo tempo, gli aveva dato Weingrass. *Quando hai a che fare con due clienti che non vogliono o non possono comunicare fra loro* – gli aveva detto – *ecco come devi regolarti: dì al primo che ti occorre una risposta entro mercoledì, altrimenti firmi il contratto con un altro; e, al secondo, dì che non puoi aspettare oltre giovedì, perché hai altri appalti in vista.*

Non era la stessa cosa, naturalmente. Ma era pur sempre una variante della medesima tecnica. I capi terroristi all'Ambasciata USA di Masqat erano convinti che esistesse un'emergenza, per il loro benefattore – il Mahdi – dal momento che questi aveva disposto che un certo "Amal Bahrudi" di Berlino Est conducesse da lui, nel Bahrain, un loro esponente – nel caso specifico, Azra. Al contempo, si era trovato il modo di far sapere al Mahdi stesso – tramite la televisione – che un "messaggio urgente" era stato inviato a "certi amici", per cui era necessaria una "risposta immediata" – eccola, l'*emergenza*!

Ho fatto bene, Manny? Devo trovarlo, devo combatterlo – devo ucciderlo, per quello che ha fatto a tutti noi!

Pensando a Emmanuel Weingrass, gli tornò alla mente il loro primo viaggio, insieme, nel Bahrain.

«Ora, tieni presente che abbiamo a che fare con degli isolani. Il Bahrain è un arcipelago di oltre trenta isole nel Golfo Persico...»

«Dove vuoi arrivare, Manny?»

«Cerca di capirmi, Evan. La loro forza deriva proprio dal fatto che lo sceiccato è un insieme di isole, situate fra la penisola di Qatar e le coste dell'Arabia Saudita.»

«Che cos'ha a che fare questo con il nostro appalto, Manny? Noi dobbiamo, semplicemente, allestire un campo da golf. Giochi a golf, tu, Manny? Io, per quanto mi riguarda, non me lo sono mai potuto permettere.»

«Non mi è mai sembrato che rincorrere una pallina per oltre venti ettari di terreno erboso, mentre l'artrite ti fa vedere le stelle e il cuore ti scoppia per la frustrazione, sia un'impresa da persone civili, no, no. Tuttavia, lo so che cosa ci mettiamo, in questo schifoso campo da golf.»

«Che cosa?»

«Ricordi di cose passate. Poiché esso è qualcosa che costantemente rammenta loro il presente: un "memento" per tutti. La loro forza.»

«Vuoi spiegarti meglio, per favore?»

«Leggi la Storia, Evan, leggi la storia degli assiri, dei persiani, dei greci, degli antichi romani. Dai un'occhiata alle prime mappe tracciate nel '500 dai cartografi portoghesi, leggi il giornale di bordo di Vasco de Gama. Nel corso dei secoli, tutti i popoli della regione si sono combattuti fra loro per il possesso di questo arcipelago. I portoghesi lo tennero per oltre un secolo. Perché?»

«Dimmelo tu.»

«Per la sua grande importanza strategica nel Golfo Persico, ecco perché. Per secoli è stato un invidiato centro commerciale e finanziario...»

Evan Kendrick, che era molto giovane, allora, a questo punto aveva driz-

zato le orecchie. Cominciava a capire dove l'eccentrico architetto volesse andare a parare. «È quello che succede anche oggi» disse. «Qui affluiscono correnti di denaro provenienti da ogni parte del mondo.»

«Bahrain oggi è uno Stato indipendente e non teme di venire invaso e soggiogato da altri Paesi» spiegò Weingrass. «Quindi rende servigi sia ad amici sia a nemici, indistintamente. Il casino che noi costruiremo su questo campo da golf dovrà rispecchiare tutta quanta la storia dello sceiccato. Faremo dipingere degli affreschi. Un uomo d'affari straniero, domani, alzerà gli occhi su quelle pitture murali e penserà: Cristo! Che razza di posto è questo! Quanti quattrini ci hanno speso su! E sarà, quindi, più che mai propenso a operare nello sceiccato, a concludere affari in questo Paese. È arcinoto, ignorante che non sei altro, è scienza comune che gli affari si concludono sui campi da golf. Perché credi, altrimenti, che ora vogliano allestirne uno?»

Dopo che ebbe costruito quel grottesco casino, su quel campo da golf di second'ordine, il Gruppo Kendrick ottenne appalti per la costruzione di tre banche e di tre edifici pubblici. E Weingrass fu graziato, personalmente, da un potente ministro, dopo essere stato arrestato per aver turbato la pubblica quiete, in un caffè sulla strada di Al Zubara.

Evan Kendrick chiuse gli occhi. Il ronzìo dell'aviogetto gli trapanava il cervello. Si appisolò.

«Io sono contrario a questa operazione sussidiaria ed esigo che la mia obiezione sia messa a verbale» affermò Yaakov, ufficiale della Brigata Masada, chiamato in codice l'Azzurro, non appena i sette uomini furono saliti a bordo dell'aviogetto che li attendeva all'aeroporto di Masqat.

Emmanuel Weingrass andò a sedersi accanto al pilota. Si allacciò la cintura. Tossiva sommessamente.

L'agente del Mossad era rimasto a terra. Aveva del lavoro da svolgere in Oman. Aveva passato la sua pistola a Ben-Ami. Questi la tenne impugnata, finché i cinque guastatori non ebbero preso posto a bordo.

«Sarà messo tutto quanto a verbale, sta' tranquillo, amico mio» disse Ben-Ami, mentre l'aereo si accingeva a decollare. «Tieni presente che certe cose non possono venirci dette. Noi siamo soldati. E a prendere decisioni sono i nostri comandanti. Loro fanno il loro mestiere, noi il nostro. Eseguiamo gli ordini.»

«Protesto a mia volta» disse l'uomo di nome Grigio «perché l'espressione "eseguire gli ordini" non è di mio gusto.»

«A mia volta le ricordo, signor Ben-Ami» disse l'uomo di nome Giallo «che per tre settimane siamo stati addestrati a una data missione. Una missione che noi siamo convinti di poter portare a termine, anche se molti, in Israele, ne dubitano. Ci crediamo. Siamo pronti. Ed ecco che, d'un tratto, senza tante spiegazioni, siamo distolti dalla nostra missione e dirottati sul Bahrain, a caccia di un uomo che non conosciamo, in base a un piano che non ci è stato reso noto.»

«Ammetto che un piano ci sia» disse l'uomo di nome Nero. «E non si tratti, semplicemente, di un favore che il Mossad vuol rendere – per sdebitarsi – a un antipaticissimo vecchio, il quale va alla ricerca di un americano, che chiama "figlio" ma non è suo figlio.»

Weingrass si rigirò. L'aereo stava prendendo quota rapidamente. «Statemi a sentire, teste di rapa!» gridò il vecchio architetto al di sopra del rombo dei motori. «Se quell'americano è andato nel Bahrain insieme a un terrorista arabo, vuol dire che ne aveva un buon motivo. Magari non vi siete resi conto che la sommossa di Masqat è stata manovrata dall'esterno. Ma è così, teste di rapa! Il cervello – se mi consentite un riferimento così oscuro per voi – il cervello di Masqat si trova nel Bahrain. Ed è a quello che lui mira!»

«Ammesso che quello che dice sia vero» replicò l'uomo di nome Bianco «resta il fatto che noi stiamo andando alla ventura, senza un piano prcciso. Giochiamo d'azzardo!»

«Gli azzardi sono grossi, sì, certo, ma non è vero che procediamo a vanvera. Non appena arrivati nel Bahrain, e avremo stabilito una base, io telefonerò ogni quindici minuti a Masqat, finché non avrò ottenuto l'informazione che ci occorre. Allora formuleremo un piano.»

«E come?» domandò furioso Azzurro, sospettosamente.

«Lo tracceremo noi, testa calda!»

Il corpulento inglese stava là, rigido, incredulo, a guardare il terrorista Azra allontanarsi, insieme al poliziotto bahrainese. Quest'ultimo era venuto ad attendere l'aviogetto Rockwell al suo arrivo all'aeroporto Muharraq. I tre passeggeri lo avevano seguito fino all'ultimo hangar. E qui il poliziotto e Azra si stavano separando dagli altri due.

«*Aspetta!*» gridò allora MacDonald lanciando un'occhiata apprensiva a Evan Kendrick, che gli stava accanto. «Fermati! Non puoi lasciarmi solo con quest'uomo. Te l'ho detto, non è quello che dice di essere! Non è uno dei nostri!»

«No, infatti» convenne Azra soffermandosi. «È di Berlino Est e mi ha salvato la vita. Se dici la verità, puoi stare tranquillo che salverà la tua.»

«Non puoi...»

«Devo» l'interruppe Azra rivolgendo un cenno col capo al poliziotto.

Questi disse, rivolto a Kendrick: «Sta venendo un mio collega. Eccolo là» aggiunse indicando. «Lui vi accompagnerà a un'altra uscita.»

«Azra!» gridò ancora MacDonald, ma la sua voce venne sommersa dal rombo dei motori a turbina.

«Calma, Tony» gli disse allora Kendrick, mentre il secondo poliziotto si avvicinava. «Stiamo entrando illegalmente, e, se fai il matto così, ci sparano.»

«Tu! Lo sapevo che eri tu! Tu sei Kendrick!»

«Certo che lo sono. E se lo sapessero i tuoi amici di qui, che hai rivelato il mio nome, la tua amabile Cecilia – si chiama così, quell'ubriacona di tua moglie, vero? – resterebbe vedova in men che non si dica.»

«Perdio, non posso crederci. Anni fa, tu vendesti la ditta e tornasti in America. Poi ho saputo che t'eri dato alla politica.»

«Con l'aiuto del Mahdi, potrei anche diventare Presidente.»

«Oh, mio dio!»

«Sorridi, Tony. Quest'uomo sta violando la legge per noi, e non vorrei che pensasse che siamo degli ingrati. Su! Sorridi, grasso figlio di puttana!»

Khalehla, in calzoni avana, giubbotto da aviere e berretto con visiera, stava accanto alla coda dell'aviogetto e guardava la scena, da una distanza di trenta metri. Azra era stato condotto via da un poliziotto; un secondo poliziotto stava adesso accompagnando, verso un'altra uscita, l'americano e l'incredibile MacDonald.

Quel Kendrick, da lei ritenuto un conformista, devoto a una terribile causa, era più in gamba di quanto Khalehla non avesse pensato. Non solo era sopravvissuto agli orrori dell'Ambasciata – cosa che lei avrebbe creduto impossibile, nove ore fa – ma era riuscito, adesso, a separare quei due. *Che stava combinando?*

«Svelto!» disse al pilota che stava chiacchierando con un meccanico, lì accanto. «Andiamo!»

Il pilota annuì, poi accennò ad alzare le braccia al cielo, in atto di disperazione. Si diressero insieme verso l'uscita riservata al personale di volo. Ahmat, il giovane Sultano di Oman, aveva organizzato tutto ben bene, da Masqat. I tre passeggeri – Azra, Kendrick e MacDonald – sarebbero ora stati accompagnati in due distinti punti convenuti, dove due falsi taxi – con agenti della polizia segreta del Bahrain al volante – erano ad attenderli. Ai due falsi tassisti era stato impartito soltanto un ordine: riferire la destinazione dei loro "clienti".

Khalehla e il pilota si separarono: lui si diresse verso il Centro di Controllo, per poi far ritorno a Masqat; lei verso il punto convenuto in cui l'americano sarebbe salito su un taxi, insieme a MacDonald. Li avrebbe quindi seguiti. Doveva fare ricorso a tutta la sua abilità, per seguirli senza essere vista. MacDonald l'avrebbe riconosciuta all'istante. E anche Kendrick si sarebbe ricordato, vedendola, della donna con in mano una pistola, intravista in el Shari el Mishkwiyis. Il fatto che quella pistola non fosse puntata su di lui ma contro quattro ladruncoli che, in quella via malfamata, avevano tentato di derubarla – per poi magari violentarla – non sarebbe sembrato credibile, però, a un uomo che stava di continuo allerta. E che era soggetto a uno stress incessante. Adesso era armato, e come niente – al solo vederla – avrebbe potuto avere una reazione violenta, senza chiedere tante spiegazioni. Khalehla però non aveva paura: otto anni di addestramento, di cui quattro in Medio Oriente dove la violenza era all'ordine del giorno, le avevano insegnato a prevenire ogni mossa avversaria, a uccidere prima di venire uccisa. Le sarebbe dispiaciuto, questo sì, uccidere quell'uomo, impegnato in una nobile missione, ma poteva benissimo darsi che vi fosse costretta. La cosa diventava sempre più possibile, di minuto in minuto.

Raggiunse il punto convenuto prima di Kendrick e MacDonald e si appostò in un androne. Il traffico era caotico: furgoni, camion, auto d'ogni tipo, sgangherate o lussuose.

In distanza, vide Azra in compagnia di un poliziotto. Questi fece segno a un taxi. Il terrorista vi salì a bordo. Estrasse di tasca un foglietto, per dare istruzioni all'autista, il quale partì a gran velocità.

Dopo due o tre minuti arrivarono lo strano americano e l'incredibile inglese.

C'è qualcosa che non va, pensò Khalehla, istintivamente, non appena vide MacDonald. Questi era agitato, si muoveva con gran spreco di energia, gli occhi gli schizzavano dalle orbite, la faccia mutava di continuo espressione, insomma, non sembrava padrone di sé, come avrebbe dovuto invece essere un agente segreto, con una rete di spie a sua disposizione, in una situazione incerta come quella. Era tutto sbagliato!

E poi accadde! Mentre il taxi si accostava, MacDonald diede una improvvisa, tremenda spallata all'americano, gettandolo lungo disteso per strada, davanti all'auto che sopraggiungeva. Kendrick scomparve alla vista fra il traffico intenso. Stridettero freni, ci fu un clangore di metalli, un fragore di cristalli in frantumi. *Cristo, è morto!* pensò Khalehla, accorrendo trafelata. Invece, lo vide muoversi. Tentare di rialzarsi.

Khalehla si fece largo tra la folla, in mezzo alla quale c'erano diversi poliziotti e agenti segreti, prontamente accorsi. Kendrick non riusciva a sollevarsi, il suo corpo si contorceva spasmodicamente. Khalehla si chinò sopra di lui, poi, estratta di tasca la pistola, si rivolse all'uomo in uniforme più vicino e, puntandogliela contro, gli disse:

«Il mio nome è Khalehla ed è tutto quello che devi sapere. Quest'uomo è di mia proprietà e verrà con me. Passa parola e portaci via da qui, altrimenti ti ammazzo».

L'uomo che entrò nella stanza sterilizzata era talmente agitato che sbatté la porta dietro di sé e si diresse, inciampando nell'oscurità, verso le sue apparecchiature elettroniche. Con mani tremanti, attivò il computer.

Ultra Maximum Secure
Nessuna intercettazione
Procedete

Qualcosa è accaduto! Ma chi è il cacciatore? Chi la preda? Un colpo di fortuna o un infortunio? L'ultimo rapporto parla del Bahrain, ma senza fornire dettagli. Sappiamo solo che il Nostro, in stato di grande ansietà, ha chiesto di esservi condotto immediatamente. Si desume, da ciò, che è scappato dall'Ambasciata, o che ne è stato condotto fuori di nascosto. O, anche, che non vi era mai entrato. Ma perché proprio il Bahrain? Le notizie sono troppo incomplete. Si direbbe che l' "ombra" del Nostro tenga celato qualcosa per motivi suoi. Ipotesi plausibile, visto e considerato tutto quello che è accaduto in questi ultimi anni...

Che cosa è accaduto? Che cosa sta accadendo? Le mie apparecchiature reclamano informazioni. Ma io non sono in grado di dargliele. A inserire un nome, senza specifici riferimenti, si otterrebbe soltanto una congerie di dati in precedenza immagazzinati, sovrabbondanti, addirittura inutili. Certe volte penso che il mio stesso talento mi stia sconfiggendo, poiché vedo al di là di equazioni e coefficienti – e mi appaiono visioni.

Eppure è lui, l'uomo. È proprio lui. Così mi dicono i miei apparecchi. E di loro mi fido.

Capitolo tredicesimo

Evan sentì il fastidio del cerotto intorno alla spalla sinistra, poi avvertì, insieme alle fitte al torace, l'acuto odore dell'alcol. Aprì gli occhi e fu stupito di trovarsi adagiato su un letto, con una collinetta di cuscini dietro la schiena. Era la camera di una donna. C'era una piccola toletta, con uno specchio a tre luci, bordato da piccole lampadine, piena di boccette e flaconi. Alle ampie finestre a ogiva pendevano drappi color pesca di stoffa trasparente che denunciavano – insieme ai mobili rococò – una salatissima fattura dell'arredatore. Davanti a una finestra c'era una *chaise longue*, accanto alla quale si trovava un telefono, posato su un tavolinetto, con portariviste, dal piano di marmo rosa. La parete di fronte al letto era occupata da un armadio con specchiere. Sulla destra, oltre il comodino, c'era uno scrittoio color avorio con sedia bordata d'oro. Poi, il più lungo comò che avesse mai visto: era laccato color pesca – *pêche*, come avrebbe insistito a dire Weingrass – e occupava l'intera parete. Il pavimento era ricoperto da morbidi tappeti bianchi. L'unica cosa che mancava era uno specchio sopra il letto.

La porta intarsiata era chiusa, ma al di là si sentivano voci: una d'uomo e una di donna. Torse il polso per guardare l'ora, ma non aveva più l'orologio. *Dove sono? Come sono arrivato qui? Oh, Cristo! All'uscita dall'aeroporto...* Ricordò lo spintone, ricordò che era quasi finito sotto le ruote di un'auto, che una folla si era radunata intorno a lui, finché era stato portato via, zoppicante, intontito... *Azra! Azra mi aspetta all'Hotel Aradous... E MacDonald! Scomparso! Oh, Cristo, tutto è andato a rotoli!* Prossimo al panico, solo vagamente consapevole della luce tardo-pomeridiana che filtrava dalle finestre, gettò via le coltri e scese dal letto, malfermo, barcollante, stringendo i denti a ogni movimento, però riusciva a muoversi, e questo era tutto quello che contava. Era nudo. D'un tratto, la porta si aprì.

«Sono contenta che sia riuscito ad alzarsi» disse la donna dalla pelle olivastra, mentre Kendrick, tornato barcollando sul letto, si copriva con le coltri *pêche*. Lei richiuse la porta e aggiunse: «Ciò conferma la diagnosi del medico. Se n'è appena andato. Lei è malamente ammaccato e contuso, ma dalle radiografie risulta che non ha fratture».

«Radiografie? Dove siamo? E chi diavolo è lei, signora?»

«Non si ricorda di me, dunque?»

«Se questo» esclamò irosamente Kendrick con un gesto circolare «è il suo modesto *pied-à-terre* nel Bahrain, le assicuro che non l'avevo mai visto, prima d'ora. Non è un posto che uno si scorda facilmente.»

«Non è casa mia» disse Khalehla, scuotendo la testa con un'ombra di sorriso e avvicinandosi ai piedi del letto. «Appartiene a un membro della famiglia regnante: un cugino dell'Emiro, un uomo anziano che ha la moglie giovane. Entrambi si trovano a Londra, attualmente. Lui è molto malato, e questo spiega perché ci sono attrezzature mediche negli scantinati. Compreso un gabinetto radiologico. Il rango e il denaro concedono grandi privilegi dovunque, ma specialmente qui nel Bahrain. Il Sultano di Oman, suo amico, le ha aperto le porte di questa casa principesca.»

«Ma qualcuno deve averlo avvertito.»

«Io, s'intende.»

«La conosco!» disse Kendrick accigliandosi. «Ma non ricordo dove, né come, l'ho incontrata.»

«Ero vestita diversamente. Ci siamo incontrati in spiacevoli circostanze. A Masqat, in un buio, sudicio vicoletto...»

«Davanti alla casa di El-Baz!» esclamò Evan, occhi dilatati, testa rigida. «Lei ha tentato di uccidermi. Aveva una pistola!»

«Ma ho sparato soltanto per proteggermi da alcuni teppisti, fra i quali c'era anche una ragazza.»

Kendrick chiuse brevemente gli occhi. «Me ne ricordo. Uno dei ragazzi ferito al braccio...»

«Non era un semplice ragazzo» obiettò Khalehla. «Era un drogato, strafatto al pari della sua amichetta, e tutt'e due mi avrebbero uccisa, per pagarsi la droga. Io la stavo pedinando, né più né meno. È il mio mestiere.»

«Per conto di chi?»

«Di quelli per cui lavoro.»

«Come sapeva di me?»

«A questo non rispondo.»

«Per chi lavora?»

«In senso lato, per un'organizzazione che cerca di porre fine in qualche modo ai molteplici orrori del Medio Oriente.»

«Israeliana?»

«No» rispose Khalehla con calma. «Le mie radici sono arabe.»

«Ciò non mi dice niente ma, senz'altro, mi spaventa.»

«Perché? È impossibile, per un americano, pensare che noi arabi possiamo desiderare la pace a eque condizioni?»

«Vengo dall'Ambasciata di Masqat. Quello che ho visto là non era affatto bello.»

«Neanche per noi. Posso però citare un membro del Congresso il quale ebbe a dire che "terroristi non si nasce, si diventa".»

Stupefatto, Evan guardò fisso la donna. «Questo è l'unico commento da me fatto alla Camera dei Rappresentanti. L'unico mio intervento.»

«In risposta a un discorso, particolarmente protervo, di un rappresentante della California, il quale, praticamente, invocava il massacro all'ingrosso di tutti i palestinesi abitanti in quello che egli chiamò Eretz Israel.»

«Non sapeva distinguere fra *Eretz* e *Biarritz*, quello là! Era un arraffone, un politicante che temeva di perdere il voto degli ebrei a Los Angeles. Me lo disse lui stesso, il giorno prima. Mi aveva scambiato per un suo alleato e pensava che l'approvassi. Dannazione, mi strizzò persino l'occhio!»

«Ci crede ancora, in quello che disse?»

«Sì» rispose Kendrick esitante, come in dubbio. «Nessuno, dopo aver visitato quei campi-profughi, può pensare che qualcosa di remotamente normale possa uscir fuori di là. Ma quello che ho visto a Masqat va troppo oltre. A parte le urla e le nenie selvagge, c'era un nonsoché di gelido, una metodica brutalità che si compiaceva di se stessa. Quelle belve, là, se la godevano.»

«La maggior parte di quelle belve non ha mai avuto una casa, una patria. Sono cresciuti in sudici campi-profughi, patendo la fame e gli stenti. Solo pochissimi fra loro hanno qualche mestiere. Pochi sono andati a scuola. Queste cose non erano disponibili, per loro. Erano dei reietti, nella loro terra.»

«Lo vada a dire ai figli di Auschwitz e Dachau, questo!» disse Evan con calma. «Questa gente almeno è *viva*. Fa ancora parte della razza umana.»

«Scacco matto, Mr. Kendrick. Non so che rispondere, provo solo vergogna.»

«Non so che farmene della sua vergogna. Voglio soltanto uscire di qui.»

«Lei non è in condizioni di continuare ciò che stava facendo. Si guardi. È esausto. E, inoltre, ha subìto danni fisici notevoli.»

Coprendosi con il lenzuolo, Kendrick si alzò dal letto. In piedi accanto alla sponda, parlò con calma. «Avevo una pistola, un pugnale e un orologio, nonché vari altri oggetti di valore. Gradirei riaverli, per favore.»

«Discutiamo un momentino...»

«Non c'è niente da discutere. Assolutamente nulla.»

«Metta che le dica che abbiamo rintracciato Tony MacDonald.»

«MacDonald?»

«Io faccio capo al Cairo. Vorrei tanto poter dire che lo tenevamo d'occhio da mesi, magari da anni, ma non sarebbe vero. Era invece del tutto insospettato. Fino a stamattina prima dell'alba. Quando mi ha seguito con un'auto a fari spenti...»

«Sulla strada per Jabal Sham?» domandò Evan interrompendola.

«Sì.»

«Allora lei è Cawley, o qualcosa del genere. Cawley la... la nemica, fra le altre cose.»

«Il mio nome è Khalehla, non Cawley. E sono veramente sua nemica. Ma non le altre cose... che posso facilmente immaginare.»

«Lei mi stava seguendo.»

«Sì.»

«Quindi sapeva dell' "evasione".»

«Sì.»

«Ahmat?»

«Si fida di me. Lo conosco da tanto tempo.»

«Quindi, lui si fiderà anche di quelli per i quali lei lavora.»

«Non posso assicurarle questo. Ho detto che *di me* si fida.»

«È un'ambigua asserzione.»

«La situazione è ambigua.»

«Dov'è MacDonald?»

«Rinchiuso in una stanza dell'Hotel Tylos, in via del Governo, sotto il nome di Strickland.»

«Come lo ha trovato?»

«Tramite la società dei taxi. Lungo il tragitto si è fermato in un negozio di articoli sportivi che, si sospetta, vende anche armi, illegalmente. Quindi è armato. Hmm... Diciamo che il tassista ha collaborato.»

«"Diciamo"?»

«Tanto basta. Se MacDonald compie qualche mossa, lei verrà informato immediatamente. Ha già fatto undici telefonate.»

«A chi?»

«Numeri fuori elenco. Un uomo si recherà, fra un'ora, alla Posta Centrale – quando l'amico avrà fatto tutte le telefonate che ha da fare – e saprà dirci, allora, a che nomi corrispondono quei numeri telefonici. Ce li comunicherà subito.»

«Grazie. Ne ho proprio bisogno, di quei numeri.»

Khalehla tirò a sé la seggiolina rococò davanti alla toletta e si sedette di fronte a Kendrick. «Mi dica cosa è venuto a fare qui nel Bahrain. Lasci che l'aiuti.»

«Perché dovrei? Lei non vuole restituirmi la pistola, il pugnale, l'orologio... né un certo capo di abbigliamento che, a quest'ora, avrà magari già venduto. E non vuole dirmi per chi lavora.»

«Per quanto riguarda la pistola, il pugnale, l'orologio, il portafogli, nonché una cintura porta-soldi contenente circa 50.000 dollari, nonché un accendino d'oro e un pacchetto ammaccato di sigarette americane *non* da esportazione – molto sciocco, da parte sua, averle con sé – riavrà tutto quanto solo se riuscirà a convincermi che il suo operato non provocherà il massacro dei 236 ostaggi americani di Masqat. Noi arabi non possiamo tollerare questa eventualità. Siamo già abbastanza esecrati per certi orrendi atti che sfuggono al nostro controllo. Quanto a coloro per cui lavoro, perché dovrebbe importare, a lei, più di quanto non importa al nostro comune amico Ahmat? Lei si fida di lui, lui si fida di me. Quindi anche lei può fidarsi di me. Se A è = B e B è = C, anche A è = C. Fra parentesi, i suoi abiti sono stati lavati e stirati, e si trovano lì nell'armadio, prima anta a sinistra.»

Evan, goffamente seduto sulla sponda del letto, guardò fisso la giovane donna, dischiudendo leggermente le labbra. «Perbacco, signora. Devo rifletterci un po' su, sulla sua logica algebrica.»

«Non conosco il suo programma, ma non credo che abbia molto tempo a disposizione.»

«Ho tempo fino a mezzanotte. Fra le undici e trenta e la mezzanotte di oggi» disse Kendrick senza sbilanciarsi; senza rivelare altro che una fascia oraria. «C'era un giovane, con me, sull'aereo che ci ha portati qui da Masqat. È un terrorista...»

«E alloggia all'Hotel Aradous sotto il falso nome di Farouk.»

«Ma come...?»

«Un altro tassista disposto a collaborare» rispose Khalehla concedendosi un sorriso più ampio. «"Diciamo"» soggiunse.

«Per chiunque lei lavori, i suoi amici hanno molte maniglie in molti luoghi.»

«Strano a dirsi, ma coloro per i quali lavoro non hanno niente a che fare con questo. Non si spingerebbero fino a tal punto.»

«Lei però sì.»

«Per forza. Per motivi personali. Che non posso rivelarle.»

«È un fenomeno, lei, Cawley.»

«Khalehla. Perché adesso non telefona al suo amico all'Hotel Aradous? Si è comprato un vestito, nel negozio annesso all'albergo, ed è anche andato a tagliarsi i capelli. Dietro sue istruzioni, presumo. Gli telefoni. Lo tranquillizzi.»

«Lei collabora quasi un po' troppo... come quei tassisti.»

«Perché non sono sua nemica, e voglio aiutarla. Telefoni ad Ahmat, se crede. Le dirà la stessa cosa. A proposito, ho anch'io quel numero segreto che comincia con tre cinque.»

Fu come se un invisibile velo fosse stato sollevato dal viso della donna araba: un viso grazioso, incantevole, pensò Evan, osservando quei grandi occhi castani, pieni di curiosità e premura. Tuttavia imprecò fra sé e sé, contro di sé, perché era un dilettante, uno che non sapeva distinguere il vero dal falso! *Fra le undici e trenta e mezzanotte.* Quella era l'ora zero, uno spazio di trenta minuti, durante i quali doveva trovare la via per arrivare fino al Mahdi. Poteva forse fidarsi di questa femmina, così efficiente, che gli aveva detto un tanto e non di più? D'altronde, poteva forse farcela da solo? Lei conosceva quel numero col triplice cinque... Come l'aveva avuto? D'un tratto, la stanza si mise a girargli intorno, vorticosamente, la luce del sole si frammentò in tanti sprazzi violenti arancione, si sentì venir meno.

«No, Kendrick!» gridò Khalehla. «Non adesso! Non mi crolli adesso! Faccia quella telefonata! L'aiuto io! Deve tranquillizzare il suo amico. È un terrorista! Non sa dove andare. Deve telefonargli!»

Evan sentì gli schiaffi sulla faccia, quei duri colpi che gli fecero riaffluire il sangue alla testa. E la sua testa ora era posata sul braccio destro di Khalehla, mentre lei allungava la mano sinistra per prendere un bicchiere sul comodino. «Beva questo!» gli ordinò accostandogli il bicchiere alle labbra. Obbedì. Il liquido gli esplose nella gola.

«*Cristo!*» ruggì.

«Vodka e brandy» disse Khalehla sorridendo, continuando a sorreggerlo. «Me l'ha data, la ricetta, uno 007 inglese di nome Melvyn. "Fa' bere tre cicchetti di questa roba a chi ti pare, e poi gli vendi dodici dozzine di qualsiasi articolo." Questo è quanto mi disse quel Melvyn. Posso venderle qualcosa? Per esempio, indurla a fare una telefonata.»

«Non posso comprare niente. Non ho soldi. Ce li ha lei.»

«Faccia quella telefonata, per favore» disse Khalehla liberando il suo prigioniero e tornando a sedersi sulla seggiola bordata d'oro della toletta. «Credo sia terribilmente importante.»

Kendrick scosse la testa, cercando di mettere a fuoco l'apparecchio telefonico. «Non so il numero.»

«Ce l'ho io.» Khalehla estrasse di tasca un foglietto. «Cinque-nove-cinque-nove-uno.»

«Grazie, signora segretaria.» Evan andò al telefono; si sentiva indolenzito per tutto il corpo. La stanchezza gli invadeva ogni fibra. Riuscì a fatica a formare il numero. Quando sentì la voce del terrorista all'altro capo, disse: «Pronto, Azra? Hai studiato la mappa di Manamah? Bene. Allora passo a prenderti alle dieci». Fece una pausa, gettò un'occhiata a Khalehla. «Se, per un motivo qualsiasi, dovessi tardare, allora ci incontreremo davanti alla Moschea Juma, all'incrocio con via Al Khalifa. Intesi? Bene.» Con mano tremante, riagganciò.

«Ora deve fare un'altra telefonata.»

«Mi dia un paio di minuti.» Kendrick si adagiò sui cuscini ammucchiati. Dio, se era stanco!

«Non perda tempo, via. Deve dire ad Ahmat dove si trova, che cosa ha fatto, che sta succedendo. Lui aspetta. Deve essere lei a informarlo, non io.»

«D'accordo, d'accordo.» Con uno sforzo enorme Evan si sporse e prese il telefono, che era ancora sul letto. «C'è la teleselezione, lo so. Ma qual è il prefisso di Masqat?»

«Nove-sei-otto» rispose Khalehla. «Ma prima deve fare lo zero-zero-uno.»

Kendrick riusciva a malapena a vedere i numeri sulla tastiera.

«Da quand'è che non dorme?»

«Da due... tre notti.»

«E quanto tempo è che non mangia?»

«Non ricordo... E lei? Anche lei ha avuto il suo bel da fare, mia cara.»

«Non ricordo, neanch'io... Oh, sì, ho mangiato qualcosa in una panetteria dove fanno della pessima *buklava*, tornando da el Shari el Mishkwiyis. Più per vedere chi c'era, che altro...»

Evan alzò una mano per interromperla. C'era il Sultano, all'altro capo del telefono. «Pronto?»

«Ahmat, sono Kendrick.»

«Che sollievo!»

«Io sono incazzato.»

«Che c'è? Di che parla?»

«Perché non mi ha detto di lei?»

«Di *lei* chi?»

Evan porse il ricevitore a una stupefatta Khalehla.

«Sono io, Ahmat» disse imbarazzata. Poi, dopo aver subìto una breve sfuriata del giovane Sultano, proseguì: «Non c'era tanta scelta. O questo, oppure far sapere a tutti che un americano, con indosso 50.000 dollari, era entrato nel Bahrain illegalmente, senza passare la dogana. Non avrebbero impiegato molto a scoprire che era arrivato qui a bordo di un aereo noleggiato dal Sultano di Oman. E quanto avrebbero tardato, poi, a fare illazioni sulla sua missione a Masqat?... No, non potevo lasciarlo là, steso in mezzo alla strada, tramortito. Mi sono rivolta, quindi, a nome tuo, a un fratello dell'Emiro – che conosco da anni – e lui ci ha trovato una sistemazione... Grazie, Ahmat. Ora te lo passo».

Kendrick prese il ricevitore. «È un fenomeno, questa ragazza. Comunque, sto meglio qui che non dove sarei a quest'ora, se non fosse stato per lei. Solo, non mi faccia altre sorprese, d'accordo?... Perché non dice niente?... Oh, lasci perdere. Ecco dunque il programma. E nessuna interferenza, a meno che non la richieda io. Il più giovane dei nostri amici si trova adesso all'Hotel Aradous. E quanto all'altro, suppongo sappia già come stanno le cose.» Guardò Khalehla, la quale annuì. Kendrick continuò: «MacDonald si trova all'Hotel Tylos, sotto sorveglianza. Sta facendo telefonate a tutto spiano. Quando avrà finito, avremo la lista dei numeri che ha chiamato. Fra parentesi, entrambi sono armati». Quindi Kendrick trasmise al Sultano tutti i dati relativi al luogo dell'incontro, gli stessi che erano stati forniti agli agenti del Mahdi. Poi aggiunse: «Ce ne occorre solo uno, Ahmat. Un unico uomo che ci conduca da lui. Personalmente, non mi darò pace finché non avrò l'informazione che cerco».

Ciò detto, riappese e ricadde sui cuscini.

«Ha bisogno di mangiare» disse Khalehla.

«Ordini lei» disse Evan. «È lei che ha i soldi, non io.»

«Chiederò in cucina di prepararle qualcosa.»

«Per me solo?» Con gli occhi socchiusi, Kendrick guardò quella donna di pelle olivastra seduta sulla ridicola poltroncina rococò. Il bianco dei suoi occhi era iniettato di sangue, era profondamente stanca, il bel viso era segnato da rughe più pronunciate del normale, per la sua età. «E lei non mangia?»

«Io non conto. Conta lei.»

«Ma non vede che casca dalla fame e dal sonno?»

«So resistere, grazie» replicò Khalehla sedendo eretta, guardandolo con aria di sfida.

«Dato che non vuole restituirmi l'orologio, mi dica almeno che ore sono.»

«Le quattro e dieci.»

«Tutto è a posto per il momento» disse Evan gettando le gambe oltre la sponda senza però scoprirsi «e posso anche schiacciare un sonnellino. "Il riposo è un'arma" ho letto da qualche parte. Tante battaglie sono state perdute più per mancanza di sonno che non di munizioni... Se adesso lei distoglie pudicamente lo sguardo, io vado di là in bagno ad avvolgermi in un accappatoio, e poi mi cerco un'altra camera da letto.»

«Non possiamo lasciare questa stanza se non quando lasciamo la casa.»

«Perché no?»

«Questi sono gli accordi. L'Emiro non ci tiene più di tanto alla giovane moglie del cugino; quindi le è consentito insozzare soltanto la sua camera da letto, e non le altre di questa casa. Ci sono delle guardie, qui fuori, per far rispettare quest'ordine.»

«Non ci credo!»

«Non le ho stabilite io, queste regole. Le ho soltanto rimediato un posto dove riposarsi.»

Con gli occhi che gli si chiudevano, Kendrick si rigirò su un fianco e si spostò verso la sponda opposta del grande letto. «D'accordo, Miss Cairo. Sempre che non preferisca addormentarsi su quella ridicola poltroncina, a rischio di ruzzolare per terra, si sdrai tranquillamente dall'altra parte. Ma prima dica a qualcuno di svegliarmi alle otto e mezzo in punto. Poi, mi raccomando: non russi.»

Venti tormentosi minuti dopo, non riuscendo più a tenere gli occhi aperti, e dopo essere caduta dalla poltroncina un paio di volte, Khalehla si decise a infilarsi nel letto.

L'incredibile accadde. Incredibile, perché né lui né lei se l'aspettavano. Né avevano minimamente preso in considerazione questa eventualità. Due persone spaventate, esauste, sentendo l'una la presenza fisica dell'altra, più addormentate che sveglie, si accostarono, si toccarono, sfiorandosi appena dapprima, poi, pian piano, si trovarono avvinte, strettamente abbracciate. Le labbra gonfie e screpolate si cercarono, si dischiusero al contatto, e le bocche si unirono frementi, per il disperato bisogno di quei baci che, se non altro, promettevano un momentaneo sollievo dalle loro paure. Fecero l'amore, con impeto e frenesia: non già come due estranei che imitano le bestie, bensì come un uomo e una donna che avevano comunicato fra loro, e sapevano in qualche modo che occorreva un po' di calore, un po' di conforto a entrambi, in un mondo impazzito.

«Dovrei dire, suppongo, che mi dispiace» disse Evan alla fine, con il petto ancora ansante. «Dovrei chiederti scusa.»

«No, per favore» disse Khalehla con calma. «A me non dispiace. Certe volte... certe volte noi tutti abbiamo bisogno che ci venga ricordato che facciamo parte del genere umano. Sono parole tue, no?»

«Sì, ma le dissi in un contesto diverso, credo.»

«Non tanto, se ci pensi veramente su. Ora dormi, Evan Kendrick. Non pronuncerò più il tuo nome.»

«Cosa significa, questo?»

«Dormi, dormi.»

Tre ore dopo, Khalehla scese dal letto, raccattò i vestiti sul bianco tappeto, e, guardando l'americano immerso nel sonno, si rivestì in silenzio. Scrisse un messaggio su un foglio di carta intestata, e lo collocò sul comodino, accanto al telefono. Andò alla toletta. Aprì un cassetto. Ne estrasse la pistola, il pugnale, l'orologio e gli altri oggetti personali di Kendrick, compresa la cintura porta-soldi, e mise il tutto in terra, ai piedi della sponda del letto, tranne il pacchetto di sigarette americane che si infilò in tasca. Senza fare rumore, uscì dalla stanza.

«*Esmah!*» disse sottovoce alla guardia in divisa che stava lì fuori, in tono di comando. «Lo si deve svegliare alle otto e trenta in punto. Hai capito?»

«*Iwah, iwah!*» rispose la guardia annuendo, obbediente.

«Dovrebbe arrivare una telefonata per lui. Chiederanno dell' "ospite". Non occorre che gli venga passata la comunicazione. Meglio non svegliarlo. Prendi nota tu. Si tratta soltanto di nomi e numeri di telefono. Persone che sono in affari con lui. Metti il foglio dentro una busta e infilala sotto la porta. Hai capito?»

«*Iwah, iwah!*»

«Benissimo.» Delicatamente, Khalehla infilò alcune banconote (dinari, per un valore di 50 dollari) nel taschino della guardia. E così se ne assicurò la fedeltà per tutta la vita. O almeno per le prossime cinque ore. Discese l'ampia scalinata ricurva che portava al vestibolo. Lo attraversò. Un'altra guardia le aprì il portone, inchinandosi ossequioso. Uscì sulla strada. C'era un fitto via-vai sui marciapiedi, nei due sensi: persone vestite sia alla foggia araba, sia alla foggia europea. Khalehla cercò con lo sguardo un telefono pubblico. Quando scorse una cabina, vi si infilò dentro.

Chiamò il servizio internazionale e prenotò una chiamata a carico del destinatario. Alla centralinista dettò un numero che le era stato detto di usare solo in caso di estrema necessità. Poco dopo le passarono la comunicazione.

«*Yes?*» disse una voce brusca. Proveniva da cinquemila miglia di distanza.

«Mi chiamo Khalehla. È lei, credo, la persona con cui mi è stato detto di mettermi in contatto.»

«Sì, io. La centralinista ha detto "Bahrain". Me lo confermi?»

«Sì. L'uomo è qui. Ero con lui fino a pochi minuti fa.»

«Cosa succede, adesso?»

«C'è un incontro, fra le undici e trenta e mezzanotte, presso la Moschea Juma, in via Al Khalifa. Conviene che ci vada anch'io, signore. Lui non è attrezzato. Non può cavarsela da solo.»

«Niente da fare, mia cara.»

«È un bambino inerme, in confronto a quella gente là. Io posso aiutarlo!»

«Ma puoi anche mandarci di mezzo noi. Il che è escluso. Lo sai bene, come lo sappiamo noi. Adesso, vattene via di là.»

«Me l'aspettavo... sir. Ma posso almeno spiegarvi quali sono le più gravi incognite dell'equazione, in questa particolare impresa?»

«Non voglio sentire queste fesserie. Punto e basta. Ora smamma di là!»

Il viso di Khalehla si contrasse in una smorfia, allorché Frank Swann sbatté giù il ricevitore, a Washington, D.C.

«L'Hotel Aradous e l'Hotel Tylos – li conosco entrambi» disse Emmanuel Weingrass, per telefono. Si trovava in un piccolo ufficio, presso l'aeroporto Muharraq: in un luogo sicuro. «Farouk e Strickland... Cielo, stento a crederlo! Quella testa di cavolo d'un ubriacone del Cairo?... Oh, scusa, Stinker. Volevo dire: quella mammola di Algeri. Ecco cosa volevo dire. Ora continua.» Weingrass prese appunti. All'altro capo, a Masqat, c'era un giovane per il quale il vecchio architetto provava una crescente, rispettosa ammirazione. Conosceva uomini due volte più vecchi di Ahmat, con tre volte più esperienza di lui, i quali non avrebbero retto alla tensione che invece il Sultano di Oman sosteneva egregiamente. E sì che gli toccava sopportare anche le ingiurie della stampa occidentale, la quale non si rendeva conto del suo coraggio: il coraggio di correre rischi che potevano anche provocare la sua caduta e la sua morte. «Okay, mi sono segnato tutto. Ehi, puzzone, lo sai che sei un tipo in gamba. Sei diventato un *mensch*, un vero *mensch*. S'intende, hai imparato da me, probabilmente.»

«Una cosa ho imparato da te, Manny: una verità molto importante. E cioè che bisogna affrontare le cose come sono, e non trovare scuse. Mi ci è voluto molto tempo, per capirlo.»

«Bravo, giovanotto. Insegnalo, questo, al figliolo che aspetti. Digli che è l'Undicesimo Comandamento di Weingrass.»

«Ma, Manny...»

«Sì?»

«Per favore, non metterti, lì nel Bahrain, una di quelle tue cravatte a farfalla, a pallini gialli o rossi. Sono una specie di tuo contrassegno, mi spiego?»

«Grazie per il consiglio, *arbiter elegantiae*. Ci terremo in contatto. Augura "buona caccia" a tutti noi.»

«Di tutto cuore, amico. Vorrei tanto essere lì con voi.»

«Lo so, questo. Non sarei qui se non ne fossi convinto. Se non ne fosse convinto anche il nostro amico.»

Weingrass riappese e si volse verso i sei uomini che erano con lui. Stavano seduti sulle sedie e sui tavoli, chi gingillandosi con la pistola, chi controllando le batterie della ricetrasmittente portatile, ma tutti ora alzarono gli occhi e ascoltarono attenti le parole del vecchio.

«Ci divideremo, adesso» disse. «Ben-Ami e Grigio verranno con me all'Hotel Tylos. Gli altri, guidati da Azzurro, andranno all'Hotel Aradous...» Fu interrotto da un accesso di tosse, che lo scosse per tutto il gracile corpo.

Ben-Ami e i cinque della Masada si scambiarono un'occhiata. Nessuno si mosse. Ma una cosa era chiara a tutti: quell'uomo era moribondo.

«Un po' d'acqua?» domandò Ben-Ami.

«No» rispose bruscamente Weingrass. L'accesso passò. «Una bronchitella. Tempo davvero schifoso, in Francia. Dunque... dove eravamo?»

«Io conduco gli altri all'Aradous» disse Yaakov, l'Azzurro.

«Vestitevi decentemente, però, altrimenti vi sbattono fuori. Ci sono negozi di abbigliamento, qui all'aeroporto.»

«Questi sono i nostri vestiti da lavoro» obiettò Nero.

«Conservateli, in una sacca di plastica» disse Weingrass.

«Cosa dobbiamo fare all'Aradous?» domandò Azzurro, alzandosi in piedi.

Weingrass diede una scorsa ai suoi appunti, poi guardò il giovane capo. «Nella camera 201 alloggia un uomo chiamato Azra.»

«In arabo, "azzurro"» interloquì Giallo, lanciando un'occhiata a Yaakov.

«È un terrorista e fa parte del Comitato direttivo di Masqat» disse Rosso. «Dicono che abbia guidato lui l'incursione contro il kibbutz Teverya, in Galilea, dove furono uccise 32 persone, fra cui nove bambini.»

«Ha compiuto attentati dinamitardi in tre nostri stanziamenti in Cisgiordania» rincarò Grigio. «Fra l'altro ha fatto saltare una farmacia, dopo aver dipinto a spruzzo il nome "Azra" su di una parete. Quel pezzo di muro è stato poi rimesso insieme come un puzzle e l'hanno visto tutti, quel nome, alla televisione.»

«Porco» disse Yaakov con calma, aggiustandosi la tracolla del mitra sotto la giacca. «E quando siamo all'Aradous, che facciamo? Gli offriamo tè e pasticcini? O magari una medaglia al valore?»

«Non vi fate vedere da lui!» rispose aspro Weingrass. «Ma non perdetelo di vista. Due di voi prenderanno una stanza accanto alla sua. Gli altri due si apposteranno per strada: uno davanti all'ingresso principale, l'altro davanti a quello di servizio. Tenetevi in contatto radio fra di voi. Se Azra si muove, vi muovete con lui. Ma che non sospetti minimamente di essere sorvegliato. Ricordate: è bravo quanto voi.»

«Lo dobbiamo scortare, buoni buoni, a qualche festa?» domandò sarcasticamente Yaakov. «Questo piano è molto rudimentale.»

«Il piano vero e proprio ce lo farà conoscere Kendrick» gli disse Weingrass senza insultarlo, una volta tanto. «Ammesso che ne abbia uno» soggiunse sottovoce con aria preoccupata.

«*Cosa?*» esclamò Ben-Ami più incredulo che irritato.

«Se tutto va liscio, Kendrick andrà a prendere Azra alle dieci. Dopodiché spera di mettersi in contatto con un agente del Mahdi. Uno che li conduca o dal Mahdi direttamente oppure da qualche altro intermediario che, a sua volta, li conduca dal Mahdi.»

«Per quale motivo?» domandò l'incredulo Ben-Ami.

«Il motivo è ben fondato. Il Mahdi e i suoi collaboratori ritengono che vi sia un'emergenza, ma non sanno di cosa si tratta.»

«Roba da dilettanti!» ruggì Rosso. «Vi saranno certamente fiancheggiatori, e rincalzi per tutti costoro. Cosa diavolo ci stiamo a fare, noi, qui?»

«Voi siete qui, appunto, per togliere di mezzo i fiancheggiatori e i rincalzi che stanno dietro di loro!» rispose Weingrass. «Se devo dirti io cosa cercare, allora, senti, ti conviene tornare fra i boy-scout di Tel Aviv e ricominciare tutto daccapo. Cosa dovete fare? Pedinate; proteggete; eliminate i malvagi; sgombrate il terreno per quel *dilettante* che rischia la vita. È il Mahdi la chiave di tutto. E se questo non l'avete capito ancora, io non posso farci niente. Basta che il Mahdi dica una parola – magari con una pistola puntata alla tempia – e a Masqat l'incubo finisce.»

«C'è del vero, in questo» disse Ben-Ami.

«Ma non ha senso!» gridò Yaakov. «Mettiamo che questo Kendrick arrivi fino al Mahdi. Che fa? Che dice?» Qui Yaakov si mise a imitare l'accento americano. «Ehi, amico, ho un affare coi fiocchi e controfiocchi da proporti. Tu li fai smettere, quei fanatici di Masqat, e io ti regalo un bel paio di stivali nuovi. *Ridicolo!* L'ammazzeranno seduta stante, dopo avergli domandato: "Qual è l'emergenza?".»

«C'è del vero anche in questo» ripeté Ben-Ami.

«Ma che, credete che quello sia stupido?» gridò Weingrass. «Ha messo in piedi, a suo tempo, una grande impresa edile, lui. Non è da tutti. State tranquilli. Non appena Kendrick saprà qualcosa di concreto (un nome, un luogo, una società), telefonerà a Masqat e il nostro comune amico, il Sultano, farà appello agli americani, agli inglesi, ai francesi e via dicendo, insomma a tutti quelli di cui si fida, ed *essi* si metteranno all'opera. I loro uomini, qui nel Bahrain, faranno quadrato.»

«C'è del vero» tornò a dire Ben-Ami.

«E tu che farai?» domandò Yaakov, ancora con tono di sfida.

«Catturerò una volpe grassa che ha divorato un bel po' di galline, in un pollaio del quale non sa niente nessuno» rispose Weingrass.

Kendrick aprì gli occhi di scatto. Aveva sentito un lieve rumore, un fruscìo quasi impercettibile, nel profondo silenzio della camera da letto. Si accorse che la donna non c'era più, al suo fianco. Se n'era andata. Batté le palpebre. E, nonostante tutti i pensieri che gli affollavano la mente, provò, guardando l'impronta lasciata da Khalehla sul guanciale, un momento di struggente malinconia. In quei brevi istanti trascorsi in intimità con lei aveva avvertito, al di là della frenesia dei sensi, un autentico calore umano, un profondo sentimento.

Che ore erano? Girò il polso... l'orologio non c'era. *Dannazione!* imprecò fra sé. Scese dal letto. Mise il piede su qualcosa di duro. Guardò: c'erano, lì sul tappeto, la pistola e tutte le altre sue cose. Poi vide il foglio di carta sul comodino. Lo prese.

Credo che siamo stati gentili, l'uno con l'altra, quando avevamo entrambi bisogno di gentilezza. Nessun rimpianto, tranne uno. Non ti rivedrò più. Addio.

Né firma, né indirizzo, niente. Solo *addio*. Era stato soltanto un breve incontro, fra un uomo e una donna, fra due anime ferite, un pomeriggio nel Bahrain. Ma non era più pomeriggio, ormai. Il sole era già al tramonto. Kendrick guardò l'ora: le 7,55. Aveva dormito quasi quattro ore. Era affamato. Gli anni trascorsi nel deserto, le scalate in montagna, le gite in canoa gli avevano insegnato che non è opportuno accingersi a grandi imprese a stomaco vuoto.

Si avvolse nel lenzuolo e si diresse verso la porta. Si soffermò. C'era una busta, in terra. Era quello il fruscìo che aveva sentito: una busta infilata sotto la porta. La raccolse. L'aprì. Conteneva un elenco di sedici nomi, indirizzi e numeri di telefono. *MacDonald!* Le persone che aveva chiamato. Un altro passo più vicino al Mahdi!

Evan aprì la porta. In anticamera c'era una guardia in divisa, come aveva detto Khalehla, appunto. Dopo un breve scambio di convenevoli, la guardia gli disse, in arabo: «Lei è sveglio ora signore. Mi avevano detto di non disturbarla prima delle otto e trenta».

«Ti sarei grato se mi disturbassi, ora, con della roba da mangiare. La donna mi ha detto che dalla cucina possono farmi avere qualcosa.»

«Infatti, signore. Quello che lei desidera.»

«Qualsiasi cosa riesci a trovare. Carne, riso, pane... e latte, gradirei del latte. Il più presto possibile, prego.»

«Subito, signore!» La guardia partì di corsa.

Evan richiuse la porta e si soffermò un istante, per orientarsi nella stanza ora buia. Accese una lampada sul comò, poi andò nel bagno. Una delle più lussuose stanze da bagno del Bahrain.

Dieci minuti dopo ne uscì. Aveva fatto la doccia e si era sbarbato. Indossava un corto accappatoio di spugna. Andò all'armadio, dove Khalehla gli aveva detto che c'erano i suoi vestiti, lavati e stirati. Aprì lo sportello e fece fatica a riconoscerli: sembravano quasi decenti, adesso. Andò a sedersi sulla sponda del letto. Raccattò la cintura porta-soldi. Fu tentato di controllare il contenuto. Ma ci rinunciò. Se Khalehla era una ladra, non voleva saperlo. Non in quel momento.

Squillò il telefono. Più che squilli, sembravano strilli. Guardò l'apparecchio, chiedendosi: *Chi sarà?* Forse, Khalehla. Che avesse cambiato idea? Si precipitò sull'apparecchio con il cuore in gola, in preda a imprevisti sentimenti. Portò il ricevitore all'orecchio. E subito ebbe a pentirsene.

«*Amreekanee*» disse una voce maschile, in tono piatto, carica di odio. «Se esci di casa prima di domattina, sei un uomo morto. Domani, poi, te ne torni quatto quatto a casa tua, da dove sei venuto.»

Capitolo quattordicesimo

Emmanuel Weingrass portò la radiolina alla bocca e parlò. «Va' avanti e ricorda di tenere sempre aperto il collegamento. Devo sentire *tutto*.»

«Mi sentirei alquanto più sicuro» gli rispose Ben-Ami dal suo appostamento in via del Governo «se sentisse tutto anche il nostro collega Grigio. Tu e io non siamo tanto adatti a queste situazioni quanto quei giovanotti.»

«Non hanno un grammo di cervello, fra tutti. Noi ne abbiamo invece due.»

«Qui non siamo alla *shul*, Emmanuel, qui siamo sul campo e la cosa può diventare sgradevole.»

«Ho piena fiducia in te, Benny. Basta che mi garantisci che le radio di questi ragazzi si possono sentire anche attraverso pareti blindate.»

«Sono quanto di meglio la tecnologia moderna offre. Basta pigiare il bottone giusto.»

«Non è da tutti. Da te, sì» disse Weingrass. «Andate avanti voi. Vi seguiremo quando avremo sentito che cosa diavolo dice MacDonald-Strickland.»

«Manda avanti Grigio, prego.»

Uscito dall'ombra, di fronte all'Hotel Tylos, Ben-Ami si mescolò alla folla. C'era un fitto via-vai, davanti all'ingresso dell'hotel. Uomini, perlopiù vestiti all'europea, ma anche qualche donna. I taxi scaricavano passeggeri e subito dopo ripartivano carichi. Il portiere aveva il suo da fare: si sbracciava, soffiava nello stridulo fischietto, dava ordini ai fattorini, intascava mance. Confuso nella mischia, Ben-Ami entrò nell'atrio. Andò a un apparecchio telefonico interno. E chiamò la stanza 202. Via radio, Weingrass poté seguire la conversazione seguente.

«*Pronto?*» disse Ben-Ami. «*Parlo con il signor Strickland?*»

«*Chi è?*» rispose cauto il corpulento inglese.

«*Mi trovo qui nell'atrio. Anah hénah littee gáhrah...*»

«Brutto fesso negroide!» sbottò MacDonald. *«Non parlo arabo! Perché telefoni dall'atrio?»*

«Per metterla alla prova, Mr. Strickland» replicò l'agente del Mossad. *«Un uomo sotto stress spesso si tradisce. Lei avrebbe potuto sbilanciarsi, farmi qualche domanda inopportuna. Allora avrei capito che non era lei l'uomo che...»*

«Sì, sì, capisco. Grazie al cielo sei qui. Ce n'hai messo del tempo. Ti aspettavo mezz'ora fa. Dovevi dirmi una cosa. Dilla, allora!»

«Per telefono, no» rispose l'agente. «Mai per telefono, è ovvio, dovrebbe saperlo, questo.»

«Se pensi che io ti lasci entrare in camera mia...»

«Perché no?» l'interruppe Ben-Ami. *«Sappiamo che lei è armato.»*

«Ah, sì?»

«Ogni arma venduta sottobanco è nota a noi.»

«Sì... sì, certo.»

«Apra la porta e lasci su il chiavistello. Se le mie parole non sono corrette, mi uccida.»

«Sì... d'accordo. Sono sicuro che non occorrerà. Ma cerca di capirmi, chiunque tu sia: una sillaba fuori posto, e sei cadavere.»

«Farò pratica di inglese, Shaikh Strickland.»

Una luce verde cominciò improvvisamente a lampeggiare, sulla radiolina di Weingrass. «Cos'è?» chiese.

«Trasmissione diretta» gli rispose Grigio. «Da' a me.» Pigiò un tasto e disse: «Parla».

«È solo» disse la voce di Ben-Ami. «Dobbiamo muoverci. Prenderlo adesso.»

«Noi non facciamo nessuna mossa, brutto imbecille del Mossad!» disse Weingrass agguantando la radio. «Persino quei cretini di Consular Operations, al Dipartimento di Stato, stanno a sentire quel che gli si dice. Il santo Mossad no! Quelli del Mossad ascoltano soltanto le loro stesse voci, e magari quella di Abramo, se riuscissero a captarla.»

«Manny, non c'è bisogno che insulti» disse Ben-Ami lentamente, rammaricato, via radio.

«Hai bisogno di orecchi, ecco di cosa hai bisogno, *ganza macher!* Questo MacDonald aspetta, da un momento all'altro, un emissario del Mahdi. Uno che non gli telefonerà dall'atrio, ma salirà direttamente in camera sua. Costui ha una parola d'ordine, per farsi aprire da MacDonald. È a questo punto che interveniamo noi e li acciuffiamo entrambi. Che cos'avevi in mente tu, invece? Sfondare la porta, grazie alle poderose spalle dell'uomo di Neanderthal che sta qui accanto a me.»

«Be', sì...»

«Non c'è bisogno che insulti» disse Grigio sottovoce.

«Non c'è da stupirsi che abbiate fatto fiasco a Washington,

voialtri idioti. Credevate che *Password* fosse una dritta per il Mossad anziché uno show televisivo!»

«Manny!»

«Sali al secondo piano. Saremo là fra due minuti. Giusto, pasticcione?»

«Weingrass» disse Grigio furioso, nello strappargli di mano la radio. «Sei l'uomo più irritante e sgradevole che io abbia mai incontrato!»

«*Oy*, che parole! Nel Bronx, i miei amici ti avrebbero sfasciato il grugno per questo. Su, vieni!»

Ciò detto, Weingrass si avviò, seguito da Grigio, che continuava a scuotere la testa, non in disaccordo, ma come per scrollare via i pensieri che aveva per la mente. Attraversarono la strada, entrarono nell'albergo, salirono al secondo piano.

Il corridoio era lungo, il tappeto era logoro. Era l'ora di cena e quasi tutti gli ospiti erano fuori. Weingrass stava appostato a una estremità del corridoio. Aveva tentato di fumare una Gauloise ma l'aveva subito spenta sotto il piede, bruciacchiando il tappeto, poiché gli aveva scatenato un devastante accesso di tosse. Ben-Ami si trovava accanto all'ascensore, fingendo di essere un ospite che aspetta, irritato, un ascensore che non arriva mai. L'uomo chiamato Grigio si trovava poco lontano dalla stanza 202, occupata dal sedicente Strickland. Stava appoggiato, disinvoltamente, alla parete dirimpetto, fingendo di essere uno che aspetta una donna, con cui ha un convegno clandestino.

Ed ecco che avvenne. Weingrass restò di stucco. Dall'ascensore uscì improvvisamente un uomo in livrea. Era il primo portiere del Tylos. Teneva in mano il cappello gallonato. Si avvicinò alla porta della 202. Esitò un attimo, quindi bussò. Attese che la porta si socchiudesse, trattenuta dalla catenella. E pronunciò la frase convenuta. Allora la catenella venne tolta, per lasciarlo entrare.

Ma a questo punto, veloce come il fulmine, il cosiddetto Grigio si avventò. Con la decisione e la velocità di un atleta olimpionico, si gettò sulle due persone inquadrate nel vano della porta e le scaraventò entrambe a terra. Quasi contemporaneamente estrasse una pistola e fece fuoco. La pistola che MacDonald stringeva in pugno schizzò via, e insieme a essa saltarono due dita della mano.

Weingrass e Ben-Ami si precipitarono a loro volta dentro la stanza e chiusero la porta dietro di loro.

«Cristo, guardate qua!» gridò l'inglese, sul pavimento, tenendosi la mano sanguinante. «Gesù Cristo! Non ho...»

«Va' a prendere un asciugamano nel bagno» ordinò con calma Grigio a Ben-Ami.

L'agente del Mossad obbedì a quell'uomo più giovane di lui.

«Sono solo un messaggero, io!» gridò il portiere, tremante di paura. «Ero solo venuto a portare un messaggio!»

«Col cavolo che sei un semplice messaggero» replicò Weingrass precipitandosi su di lui. «Sei un complice perfetto, tu, altroché. Tu vedi chi viene e chi va: sei i loro *occhi*, brutto figlio di puttana. Oh, voglio fare due chiacchiere con te.»

«La mia mano! Non ce l'ho più!» strillò l'obeso MacDonald. Il sangue gli colava a rivoli.

«Qua!» disse Ben-Ami e, inginocchiatosi, gli avvolse un telo intorno alla mano maciullata.

«No!» disse Grigio, tirando via l'asciugamano.

«Me l'hai detto tu di fasciarlo» protestò Ben-Ami, confuso.

«Ho cambiato idea» disse Grigio, con voce improvvisamente gelida. E afferrò l'inglese per il polso, per tenergli giù il braccio, favorendo così l'emorragia delle due dita mozze. «Il *sangue*» soggiunse parlando con voce calmissima «adesso continuerà a uscire copioso. Se non lo si stagna, morirai dissanguato. Hai capito l'antifona, *khanzeer*? E allora parla. Dov'è questo Mahdi? Chi è?»

«Non lo so!» gridò Anthony MacDonald tossendo, con le lacrime agli occhi. «Come tutti gli altri, chiamo dei numeri al telefono. Qualcuno mi richiama. È tutto quello che so!»

Grigio mollò la presa e balzò su. Aveva udito qualcosa. Era addestrato a percepire rumori, vibrazioni, che altri non sentono. «State giù!» bisbigliò raucamente a Ben-Ami e Weingrass. «Riparatevi!»

La porta della stanza si spalancò di schianto. Apparvero tre arabi, in barracano bianco. Avevano il viso coperto da un panno. Erano armati di pistole-mitragliatrici con silenziatore. E con esse aprirono il fuoco su MacDonald e sul portiere dell'albergo. Crivellati di colpi, i loro corpi sobbalzarono, poi giacquero inerti. Solo a questo punto i tre sicari si accorsero che c'era qualcun altro nella stanza. Si girarono per puntare le armi sui nuovi bersagli. Ma l'uomo della Brigata Masada non gliene diede il tempo. Grigio, che si era portato fulmineamente sulla sinistra della porta aperta, spalle al muro, aprì il fuoco sui tre con il suo mitra UZI, che portava a tracolla sotto la giacca. I tre sicari furono falciati all'istante, l'uno dopo l'altro. Non diedero neppure un sussulto. A ciascuno era stato sfondato il cranio.

«Fuori!» gridò Grigio aiutando Weingrass a rialzarsi. «Giù per le scale!»

«Se ci fermano» soggiunse Ben-Ami correndo fuori «siamo tre persone spaventate dagli spari!»

Quando furono all'esterno, attraversarono il viale e si infilarono in un vicolo che portava al boulevard Shaikh Hamad. Si fermarono per riprendere fiato.

D'un tratto, Grigio imprecò sottovoce, fra sé e sé. «Dannazione! M'è toccato ucciderli per forza.»

«Non avevi altra scelta» disse l'agente del Mossad. «Altrimenti avrebbero ucciso noi.»

«Ma se ne avessimo preso vivo almeno uno, avremmo saputo un mucchio di cose.»

«Qualcosa abbiamo appreso, pasticcione» disse Weingrass.

«La vuoi smettere di sfottermi?»

«Veramente, è un epiteto affettuoso, giovanotto.»

«Che cos'è che abbiamo appreso, Manny?»

«MacDonald deve aver parlato troppo. Certo, avrà detto per telefono, a qualcuno, qualcosa che non avrebbe dovuto dire. Quindi l'hanno condannato a morte perché troppo chiacchierone. E hanno mandato i tre sicari.»

«E il portiere?» domandò Grigio.

«L'hanno sacrificato, dopo essersene serviti come esca, perché il plotone d'esecuzione trovasse la porta aperta. Le loro armi erano silenziose. Il putiferio l'avete fatto voi. E ora, dalla condanna a morte di MacDonald perché troppo chiacchierone, possiamo dedurre qualcosa di importante.»

«E cioè, Manny?»

«Quel mio figliolo, Kendrick, ha fatto un buon lavoro. Anche migliore, forse, di quanto non creda lui stesso. Insomma: il Mahdi si è spaventato. Non sa, veramente, cosa stia succedendo. E, dato che ha fatto uccidere MacDonald, adesso nessuno può dirglielo. Ha commesso un errore. Vi pare poco? Il Mahdi ha commesso un errore.»

«E adesso, noi che si fa?»

«Si va alla Moschea Juma. A controllare quello che succede là. Dì un po', pasticcione: tu l'hai mai commesso un errore?»

«Sì, venendo qui nel Bahrain...»

Ma Emmanuel Weingrass non stava più a sentirlo. Ripiegato su se stesso, era stato colto da un nuovo attacco di tosse, nel vicoletto buio.

Sbigottito, Kendrick fissava il ricevitore che teneva ancora in mano, poi, in un impeto d'ira, lo sbatté sulla forcella. Ira, frustrazione e paura. *Se esci di casa prima di domattina, sei un uomo morto. Domani, poi, te ne torni quatto quatto a casa tua, da dove sei venuto.* Se avesse avuto bisogno di un'ulteriore conferma che il suo cerchio si stava stringendo intorno al Mahdi, ora l'aveva avuta – per quel che poteva giovargli. Era, virtualmente, prigioniero. Se avesse messo un piede fuori da quella casa principesca, gli avrebbero sparato. I suoi abiti, anche se lavati e stirati, erano inconfondibili: il classico abbigliamento del terrorista. Quanto all'ordine di tornarsene da dove era venuto, non poteva essere preso sul serio. Sì, d'accordo: uccidere un membro del Congresso americano era rischioso, dal momento che un vasto settore dell'opinione pubblica statunitense chiedeva a gran voce una prova di forza; la sua morte poteva essere la scintilla, e il Mahdi non poteva volere la distruzione di Masqat – non rientrava nei suoi interessi. D'altro canto, però, non poteva permettere a quel Kendrick di tornarsene tranquillamente a Washington. Il Mahdi era certo convinto che egli sapesse troppe cose. Cose che altri – più versati di lui nei giochi di potere – avrebbero sfruttato a proprio vantaggio. La soluzione del Mahdi era persino troppo ovvia: l'americano ficcanaso andava eliminato. Si sarebbe fatta di lui un'ennesima vittima di quei tempi calamitosi. Lo si sarebbe ucciso, quindi, insieme ad altri: un massacro all'aeroporto, un aereo fatto saltare in volo, una bomba in un caffè... Non si sarebbe badato a spese, pur di mettere a tacere un uomo che sapeva troppo.

Alla fine, le cose stavano come lui le aveva concepite all'inizio. Lui e il Mahdi. O lui o il Mahdi. E lui ormai aveva perduto la partita.

Bussarono alla porta.

«*Odkhul*» disse, e subito, istintivamente, impugnò di nascosto la pistola.

Entrò la guardia con un vassoio, che andò a deporre sullo scrittoio. «Il pranzo è servito, signore» disse in tono di trionfo. «Io stesso ho scelto i bocconcini più prelibati. Mia moglie me lo dice sempre: avrei dovuto fare il cuoco, anziché il guerriero.»

E continuò a sciogliere un peana a se stesso. Ma Kendrick non stava ad ascoltarlo. Lo guardava come ipnotizzato. Era alto circa un metro e ottanta, aveva larghe spalle e una corporatura muscolosa. Era stretto di vita. A parte questo, era della stessa taglia di Kendrick. Il cui sguardo si spostava, continuamente, dai propri abiti, appesi alla spalliera della sdraio, alla pittoresca divisa rossoblu del frustrato guerriero-cuoco. Un unico pensiero gli martellava nella testa: vestito da terrorista, sarebbe stato preso a bersaglio dai sicari appostati. Ma costoro non avrebbero sparato a una guardia dell'Emiro. Non c'era alcuna alternativa. Se non si muoveva, sarebbe stato ucciso l'indomani: da qualche parte, in qualche modo. Doveva assolutamente fare qualcosa. Allora, si portò alle spalle della guardia e gli vibrò, con tutte le forze, un colpo alla nuca, con il calcio della rivoltella.

La guardia cadde in terra, tramortita. Kendrick si sedette allo scrittoio e, rapidamente, divorò la cena. Non aveva mai mangiato così velocemente in vita sua. Dodici minuti dopo, la guardia era legata e imbavagliata sul letto. E Kendrick si guardava allo specchio. Certo, la divisa avrebbe avuto bisogno di qualche ritocco, ma anche così poteva passare.

Frugò nell'armadio, finché non trovò una sacca di plastica, dentro la quale ficcò i suoi vestiti. Guardò il telefono... No, non poteva usare quell'apparecchio. Avrebbe chiamato Azra da fuori, se fosse uscito vivo di lì.

Senza giacca, la fondina a tracolla, Azra camminava furiosamente su e giù nella sua stanza, all'Aradous. Lo rodeva il timore di essere stato tradito. Dove era Amal Bahrudi, l'uomo dagli occhi azzurri che si faceva chiamare Bahrudi? Non sarà stato invece qualcun altro? Quello scemo d'inglese lo aveva chiamato Evan Kendrick. Si trattava dunque di una trappola? Una trappola per catturare un membro del Comitato direttivo della sommossa di Masqat – un famoso terrorista? *Terrorista!* Così lo chiamavano i sionisti, dimenticando i loro misfatti, gli omicidi perpetrati dalla Irgun Zvai Leumi e dalla Haganah. Con quanta facilità – si disse – essi cancellano i massacri di Jephthah e di Deir Yasin, per non dire nulla di Sabra e Shatila! Hanno rubato una patria ai palestinesi, hanno ucciso donne e bambini (un bambino perché sventolava una bandiera palestinese), e poi chiamano terroristi *noi*!

Se l'Aradous era davvero una trappola, lui non poteva restare chiuso in quella stanza. D'altro canto, se non era una trappola, doveva restare dove poteva essere rintracciato. Il Mahdi era tutto, un suo cenno era un ordine, poiché era lui a finanziarli, a dar loro la possibilità di diffondere appelli, messaggi, richieste. Quand'è che il mondo li avrebbe compresi? Quando avrebbero cessato, i vari Mahdi del mondo, di essere indispensabili?

Squillò il telefono. Azra corse a rispondere. «Sì?»

«Ho avuto un contrattempo ma sto arrivando. Mi hanno scoperto. Per poco non m'uccidevano, all'aeroporto. Ma sono scappato. Potrebbero anche aver rintracciato te, a quest'ora.»

«Cosa?»

«Qualche falla nel sistema. Esci, ma non passare per l'atrio. Usa la scala antincendio. In fondo al corridoio. Poi attraversa il ristorante e, dall'ingresso di servizio, sbuchi in Wadi Al Ahd. Attraversa la strada. Ti raccatto io.»

«Tu, Amal Bahrudi, sei pronto? Posso fidarmi di te?»

«Nessuno dei due ha altra scelta, no?»

«Questa non è una risposta.»

«Non sono tuo nemico» mentì Evan Kendrick. «Non saremo mai amici ma non sono tuo nemico. Non posso permettermelo. E tu stai perdendo tempo, poeta, e lo fai perdere anche a me. Sarò là fra cinque minuti. Spicciati!»

«Vado.»

«Sii cauto.»

Azra riappese e andò a prendere le sue armi, che aveva pulito ripetutamente, e allineato sul comò. Prese la piccola Heckler and Koch P9S automatica e, inginocchiatosi, alzò la gamba del pantalone sinistro. Infilò la pistola nelle cinghie incrociate che gli avvolgevano il polpaccio. Rialzatosi, prese la Mauser Parabellum, più grande e potente, e l'inserì nella fondina sotto l'ascella. Prese infine il pugnale. Si mise la giacca e andò alla porta. Sgusciò fuori, nel corridoio.

Si diresse in fondo al corridoio, a destra, cercando la scala antincendio. Vide chiudersi una porta che era rimasta socchiusa. In questo, niente di allarmante. Più oltre, accortosi di aver sbagliato direzione, tornò indietro. Una seconda porta era aperta a fessura. E mentre lui passava la fessura si richiuse, in silenzio. Dunque, anche la prima porta non era rimasta socchiusa per caso. Lo avevano scovato. La sua stanza era sorvegliata. Da *chi*?

Azra continuò a camminare ma poi si addossò al muro, portò la mano al pugnale e attese. Dopo pochi secondi quella porta si aprì. Azra si infilò dentro la stanza e si trovò di fronte un uomo. Capì subito che era suo nemico. Un uomo abbronzato e muscoloso quasi della sua stessa età: gli si vedeva in faccia che era stato addestrato nel deserto. Un guastatore israeliano! Anziché un'arma, quell'ebreo aveva in mano una radio. Non era armato.

Azra vibrò una pugnalata, mirando alla gola dell'israeliano. Con mossa fulminea, la lama venne deviata. Il terrorista ferì l'israeliano al polso. La radio cadde in terra. Azra chiuse la porta con un calcio.

Stringendosi il polso ferito, l'israeliano tirò un calcio e colpì il palestinese alla rotula. Azra vacillò. Un secondo calcio, con la punta ferrata dello scarpone, lo raggiunse sul collo. Un terzo lo colpì al costato. Ma l'israeliano perse l'equilibrio. Azra si avventò e conficcò il pugnale nello stomaco dell'avversario. Il sangue sprizzò sul viso di Azra. L'israeliano cadde. Il suo nome in codice era Giallo.

Il palestinese si rialzò. Il ginocchio e il costato gli procuravano fitte lancinanti, il tendine del collo era quasi paralizzato. D'un tratto, senza che si sentisse né un passo né un fruscìo, la porta si aperse, sfondata: la serratura saltò via. Un secondo guastatore – più giovane, dalle robuste braccia nude, gli occhi furiosi – entrò e portò la mano destra all'anca, dove aveva un'arma nella fondina. Azra gli si avventò contro, lo sbatté contro la porta, richiudendola. Al guastatore – il cui nome in codice era Azzurro – la pistola cadde di mano. Ma fece in tempo a bloccare il braccio del palestinese, che brandiva il pugnale lordo di sangue. L'israeliano diede una ginocchiata sul costato del palestinese e gli torse il braccio, ma senza riuscire a fargli mollare il pugnale. I due uomini persero insieme l'equilibrio, si divisero. Si fronteggiarono, accovacciati come due giaguari sul punto di spiccare il balzo. C'era odio e disprezzo negli occhi di entrambi.

«Se vuoi uccidere ebrei, prova a uccidere me, porco!» gridò Yaakov.

«E perché no?» replicò Azra facendo una finta con il pugnale. «Tu uccidi gli arabi. Hai ucciso mio padre e mia madre, come se fossi stato tu personalmente a premere il grilletto!»

«Tu hai ucciso due miei fratelli, a Sidone!»

«Può darsi. Lo spero. Ero là!»

«Sei Azra, tu!»

Come due animali impazziti, i due giovani si scagliarono l'uno contro l'altro, con violenza incarnata, e togliere la vita – odiata vita – era l'unica loro ragione di stare sulla terra. Il sangue sprizzò dalla carne trafitta, mentre tendini venivano recisi e ossa rotte, fra urli gutturali di vendetta e di odio implacabile. Alla fine, accadde. La fine fu tanto vulcanica quanto l'eruzione iniziale. La forza bruta l'ebbe vinta.

Il pugnale trovò alloggio nella gola del terrorista, dopo essere stato invertito e diretto con forza verso il segno, dal guastatore della Brigata Masada.

Esausto e intriso di sangue, Yaakov si staccò dal corpo del nemico. Guardò il suo compagno ucciso, nome in codice Giallo, e chiuse gli occhi. «*Shalom*» bisbigliò. «Possa tu aver trovato la pace che tutti cerchiamo, amico mio.»

Nascosto nell'ombra, di fronte all'Hotel Aradous, nel Wadi Al Ahd, Kendrick sapeva di non poter aspettare oltre; né poteva arrischiarsi a usare il telefono. Ma neanche poteva restare lì senza fare niente. Il tempo stringeva. Mancava poco all'ora fissata per l'appuntamento con l'emissario del Mahdi. E per questo era indispensabile la presenza di Azra. Tutto era chiaro ormai, si disse Kendrick. Lui era stato scoperto: o in seguito ai fatti dell'aeroporto, o a causa di una fuga di notizie da Masqat, oppure per il tradimento di qualcuno dei vecchi amici d'un tempo passato, uno di quelli che – a differenza di Mustafa – non erano venuti all'appuntamento. E lo stesso uomo poteva avere ucciso Mustafa, per lo stesso motivo: salvarsi, non correre rischi. Ricordò le parole dell'amico: «*Non possiamo venire immischiati! È pura pazzia. Se la prendono con i nostri familiari... li uccidono. So di figli uccisi, di figlie violentate e sfigurate...*».

La strategia del Mahdi era evidente. Isolare l'americano e attendere Azra, da solo, all'appuntamento. E catturarlo. In tal modo fallisce la trappola, poiché non c'è trappola senza l'americano. Quanto al palestinese, è sacrificabile. Ucciderlo, ma prima farsi dire che cosa è successo a Masqat.

Dov'era Azra? Erano passati 37 minuti da quando si erano parlati per telefono. Quindi Azra era in ritardo di 32 minuti. Kendrick guardò l'orologio per l'undicesima volta e imprecò in silenzio, furiosamente. Le sue tacite parole erano al tempo stesso un'implorazione di aiuto e uno sfogo di collera, contro le vorticanti nubi della frustrazione. Doveva muoversi, fare qualcosa! Scoprire dove fosse Azra. Poiché, senza di lui, non c'era trappola per il Mahdi. L'emissario del Mahdi non si sarebbe rivelato a qualcuno che non conosceva. Così *vicino*! Così, al tempo stesso, *lontano*!

Kendrick buttò la sacca di plastica contenente i suoi vecchi vestiti nel folto di una siepe che bordava il Wadi Al Ahd. Quindi attraversò il viale, diretto verso l'ingresso secondario dell'hotel: una Guardia Reale che incede, altezzosa, arrogante, al servizio dell'Emiro. Mentre procedeva a rapidi passi sul selciato, i dipendenti che uscivano dall'hotel gli si inchinavano ossequiosi sperando, ovviamente, di non venire fermati e perquisiti alla ricerca di piccoli tesori da essi rubati in albergo: vale a dire saponette, carta igienica e avanzi di cibo sgraffignati a clienti troppo sbronzi per mangiare. Procedura standard; Evan aveva alloggiato all'Aradous; era per questo che l'aveva scelto. Lui e l'imprevedibile Weingrass, una volta, erano scappati dall'Aradous passando per le cucine, poiché un fratellastro dell'Emiro aveva inteso dire che Weingrass aveva promesso a una sorellastra del sovrano stesso la cittadinanza statunitense se essa fosse andata a letto con lui: naturalmente Weingrass non poteva mantenere la promessa fatta.

Kendrick, passando attraverso le cucine, raggiunse le scale e salì cautamente al secondo piano dell'hotel. Impugnò la rivoltella. Il corridoio era vuoto. Era infatti l'ora della sera in cui i ricchi visitatori di Bahrain erano fuori, al caffè o al casinò, nelle bische clandestine. Kendrick raggiunse la stanza 202. Tese le orecchie. Nessun rumore, niente. Bussò alla porta.

«*Odkhúloo*» disse una voce in arabo.

Kendrick girò la maniglia, si addossò al muro con una giravolta, e aprì la porta con un calcio.

Silenzio. Come se la stanza fosse una caverna deserta, e quella strana voce fosse incorporea, registrata su nastro. Impugnando la pistola (non a lui familiare, indesiderata ma necessaria) Kendrick scivolò intorno allo stipite ed entrò nella stanza... Quello che vide lo fece inorridire. Azra giaceva a terra, con un pugnale nella gola, gli occhi sbarrati. Era morto, ma il sangue continuava a colargli a rivoletti dalla ferita.

«Il tuo amico, quel porco, è morto» disse una voce pacata alle sue spalle.

Kendrick si girò e si trovò di fronte un giovane tutto lordo di sangue, non meno di Azra. Era ferito e si reggeva in piedi a fatica, appoggiandosi alla parete. In mano aveva una mitraglietta UZI.

«Chi sei?» bisbigliò Kendrick. «Che diavolo hai fatto?» aggiunse gridando.

L'uomo andò zoppicando alla porta e la chiuse. Teneva sempre la UZI puntata su Evan. «Ho ucciso un uomo che, altrimenti, mi avrebbe ucciso. Uno che uccideva i miei compatrioti ogni qual volta gli venivano a tiro.»

«Cristo! Tu sei israeliano.»

«E tu sei americano.»

«Perché l'hai fatto? Che ci fai qui?»

«Non sono qui per mia scelta.»

«Questa non è una risposta.»

«Ho l'ordine di non dare risposte.»

«Hai dovuto proprio ucciderlo?» gridò Kendrick girandosi, e facendo una smorfia alla vista del palestinese morto sgozzato.

«Per usare le sue stesse parole: "Perché no?". Essi uccidono i nostri figli nei cortili delle scuole, fanno saltare aerei pieni di nostri concittadini, mettono a morte i nostri innocenti atleti a Monaco, sparano alla nuca di poveri vecchi soltanto perché sono ebrei. Approdano strisciando sulle spiagge e assassinano i nostri fratelli e le nostre sorelle... Perché? Perché siamo ebrei e viviamo, finalmente, su un'area di terra selvatica, che noi abbiamo addomesticato. *Noi!* Non altri.»

«Lui non ha avuto...»

«Risparmiami, americano! So cosa stai per dire, e questo mi riempie di disgusto. In fondo, tutto è come è sempre stato. Sotto sotto, il mondo vuole ancora dare la colpa agli ebrei. Dopo tutto quello che è stato fatto a noi, siamo ancora noi, sempre noi gli importuni, i disturbatori della quiete. Ebbene, stammi a sentire, impiccione dilettante. Non vogliamo i vostri commenti, né i vostri sensi di colpa, né la vostra pietà. Vogliamo soltanto ciò che ci appartiene. Siamo usciti marciando dai campi di sterminio, dai forni crematori, dalle camere a gas, per reclamare quello che è nostro.»

«Che tu sia maledetto!» ruggì Kendrick indicando furiosamente il cadavere sanguinante del terrorista. «Sembri lui. Parli come lui! Quand'è che la smetterete, tutti quanti?»

«Che differenza fa per te? Torna a casa tua, americano. Lasciaci in pace. Torna al tuo Paese.»

Erano più o meno le stesse parole che la voce misteriosa gli aveva rivolto, poco prima, per telefono. Fosse per questa coincidenza, o fosse per l'improvvisa immagine dell'esplosione che aveva provocato la morte, sotto le macerie, di 78 persone a lui care, o fosse il timore che il Mahdi stesse ormai per sfuggirgli, non avrebbe saputo dirlo: fatto sta, però, che si avventò su quell'israeliano ferito e stupefatto, con lacrime d'ira che gli colavano giù per le guance, gridando: «Arrogante bastardo!». E gli strappò di mano la mitraglietta UZI, gettandola lontano. Poi sbatté l'indebolito guastatore contro il muro. «Che diritto hai di dirmi cosa devo fare o dove devo andare? Noi stiamo a guardare voi che vi uccidete a vicenda, e vi fate saltare in aria a vicenda, in nome di questa o quella cieca fede! Noi spendiamo denaro e vite umane nel tentativo di far prevalere la ragione, ma no! Nessuno di voi si sposta di un pollice! Forse dovremmo veramente lasciarvi soli, a massacrarvi a vicenda, lasciare che i fanatici si sbranino fra loro, e poi chissà, i superstiti intenderanno ragione.» D'un tratto spiccò una corsa e andò a raccattare la UZI. Ritornò presso l'israeliano, con l'arma minacciosamente puntata su di lui. «Chi sei? Perché sei qui?»

«Il mio nome in codice è Azzurro. Questa è la mia risposta e non ne darò altre...»

«Il tuo nome in codice *qual* è?»

«Azzurro.»

«Oh mio dio...» sussurrò Evan guardando il cadavere di Azra. Si rivolse all'israeliano e, senza commenti, gli porse la UZI. «Fa' pure» gli disse sottovoce. «Spara al mondo intero. Non me ne frega niente.» Ciò detto Kendrick uscì dalla stanza.

Yaakov lo seguì con lo sguardo. Poi, quando l'americano fu uscito, tirò fuori la minuscola ma potentissima radio ricetrasmittente. Pigiò un pulsante.

«*Itklem*» disse la voce di Nero, che si trovava all'esterno dell'edificio.

«Dove sono gli altri?»

«Qui sul viale Al Ahd.»

«Io sono fuori uso, almeno per il momento.»

«E Giallo?»

«Morto.»

«Cosa?»

«Non c'è tempo. È morto anche il porco. Il "soggetto" sta uscendo. Indossa una divisa rosso-blu. Seguitelo. Ha varcato i limiti. Poi chiamami nella mia stanza. Resterò là.»

Come abbacinato, Kendrick attraversò il Wadi Al Ahd e raggiunse la siepe fra i cui cespugli aveva lasciato la sacca con i vecchi abiti. Intendeva cambiarsi di nuovo, poiché pensava di potersi muovere più liberamente, e passare meglio inosservato, in abiti civili. Comunque, sapeva di essersi spinto ormai troppo oltre. Ma non poteva più tornare indietro. *Un uomo solo*, continuava a ripetere fra sé. Ma l'idea di trovare il Mahdi l'ossessionava. Doveva recarsi sul luogo di quell'appuntamento, presso la moschea. Doveva trovarlo a ogni costo!

La sacca era dove l'aveva lasciata. E c'era anche buio in quel punto. Nascosto fra i cespugli, si cambiò. Poi si incamminò verso la Moschea Juma.

«*Itklem*» disse Yaakov alla radio. Giaceva sul letto in camera sua, all'Aradous. Si era fasciato alla meglio le ferite di pugnale, con alcune salviette. Si era fatto degli impacchi.

«Sono Grigio» disse la voce all'altro capo. «Come va?»

«Qualche taglio. Ho perso sangue. Me la caverò.»

«Quindi, nel frattempo, prendo io il comando. Sei d'accordo?»

«Come prestabilito.»

«Volevo sentirtelo dire.»

«L'hai sentito.»

«Dimmi un'altra cosa. Ora che abbiamo eliminato quel porco, piantiamo tutto e ce ne torniamo a Masqat? Posso impormi, se tu sei d'accordo?»

Yaakov guardò il soffitto. Un conflitto infuriava nel suo animo. Le parole dell'americano gli bruciavano ancora. «No» disse infine. «È andato troppo oltre. Rischia troppo. Restiamo con lui.»

«Quanto all'architetto. Vorrei scaricarlo. Lasciarlo lì con te, magari.»

«Non consentirebbe mai. Si tratta di suo "figlio", non scordartelo.»

«Hai ragione, lasciamo perdere. Ti assicuro però che è uno strazio.»

«Dimmi qualcosa che non so.»

«Va bene» disse Grigio. «Il "soggetto" si è tolto la divisa ed è passato poco fa davanti a noi, sull'altro lato della strada. Cammina come un uomo morto.»

«Probabilmente lo è.»

«Chiudo.»

Kendrick, nel recarsi alla Moschea Juma, non prendeva scorciatoie. L'istinto gli consigliava di percorrere strade affollate. Dopo essere svoltato sul vasto Bab Al Bahrain, piegò a destra, dirigendosi verso via Al Khalifa. I pensieri lo bombardavano, ma erano sparsi, sconnessi, oscuri. Stava camminando in un labirinto, lo sapeva. Ma sapeva anche che, dentro questo labirinto, c'era un uomo che aspettava, guardingo. O più uomini, che aspettavano che Azra comparisse. Questo era il suo unico vantaggio. Ma era un vantaggio considerevole. Lui sapeva chi aspettavano loro; ma loro non conoscevano lui. Quindi, avrebbe girato intorno al luogo dell'appuntamento, come un falco, finché non avesse visto *qualcuno*,

qualcuno del tipo giusto, qualcuno che sapeva che avrebbe rischiato la vita se non fosse riuscito a portare Azra, principe dei terroristi, dal Mahdi. Quest'uomo si sarebbe certamente tradito. Magari avrebbe fermato delle persone, per guardarle bene in faccia. Con ansietà crescente di minuto in minuto.

Ebbene, Kendrick avrebbe individuato questo qualcuno, lo avrebbe isolato. Lo avrebbe catturato e fatto cantare... O stava semplicemente illudendosi, accecato dalla propria ossessione? Ormai non gli importava più. Nulla più gli importava. Solo, muovere un passo dopo l'altro sul duro selciato... farsi strada fra la folla notturna.

La folla. La *sentiva*. Alcuni uomini si affollavano intorno *a lui*. Una mano gli si posò sulla spalla. Si voltò di scatto per spezzare quella presa. E d'un tratto sentì l'acuta punta di un ago penetrargli nella carne alla base della spina dorsale. Poi, il buio. L'oscurità completa.

Il telefono svegliò Yaakov di soprassalto. Afferrò subito il ricevitore. «Sì?»

«Hanno preso l'americano!» disse Grigio. «Quello che più conta – *esistono* davvero!»

«Come è successo? Dove?»

«Dove, non importa. Inoltre non conosco il nome delle strade. Quel che importa è che sappiamo dove lo hanno portato!»

«Che cosa? *Come?*»

«Vedi, Weingrass... Accidenti a lui!... A un certo punto Weingrass non ce la faceva più a camminare. Allora, che ha fatto? Ha dato a un arabo *diecimila dollari* in cambio del suo scassatissimo taxi! Quello resterà sbronzo per sei mesi. Siamo tutti saliti a bordo e abbiamo seguito il "soggetto" e abbiamo visto la cosa mentre accadeva. Accidenti a Weingrass!»

«Controlla le tue tendenze omicide» ordinò Yaakov con un sorriso, che svanì rapidamente. «Dove tengono prigioniero il soggetto... *merda!* Kendrick? Dove?»

«In un edificio chiamato Sahalhuddin, in via Tujjar...»

«A chi appartiene?»

«Dacci tempo, Azzurro. Da' tempo a Weingrass. Sta telefonando a tutti i suoi debitori di Bahrain... E non so cosa penserebbe di noi la Commissione per la Pubblica Morale di Gerusalemme, se sapesse che siamo in combutta con lui.»

«Rispondi!»

«A quanto pare, sei ditte hanno sede in quell'edificio. Ora si tratta di passarle al setaccio...»

«Qualcuno venga a prendermi» ordinò Yaakov.

«E così hai trovato il Mahdi, Mr. Kendrick» disse l'arabo dalla pelle scura in barracano bianco immacolato e copricapo di seta, anch'esso bianco, adorno di zaffiri.

Si trovavano in una vasta sala, dal soffitto a cupola, adorna di mosaici. Le finestre erano alte e strette. I mobili erano scarsi e tutti scuri, di legno lucido. L'enorme scrivania d'ebano sembrava più un altare, o una cattedra, che non un funzionale tavolo da lavoro. C'era un'atmosfera da moschea, in quella stanza. L'avresti detta la residenza del sommo sacerdote di un ordine strano ma potentissimo, in una terra remota, lontana dal resto del mondo.

«Sei soddisfatto, adesso?» continuò il Mahdi, seduto alla scrivania. «Oppure sei deluso, nel constatare che sono un uomo come te? O no, non come te, né come nessuno. Ma pur sempre un uomo.»

«Sei un assassino, tu, brutto figlio di un cane!» Kendrick fece per scagliarsi contro di lui, ma le due guardie che l'affiancavano lo agguantarono subito e lo rimisero seduto sulla seggiola dallo schienale rigido. «Hai assassinato settantotto persone innocenti – uomini, donne e bambini che urlavano mentre l'edificio crollava loro addosso. Mi fai schifo!»

«Quello fu l'inizio di una guerra, Kendrick. Tutte le guerre fanno delle vittime anche fra i non combattenti. E devi darmi atto che la vinsi, quella prima battaglia. Tu, infatti, abbandonasti il campo. Sei scomparso per quattro anni. Durante i quali io ho fatto straordinari progressi. Progressi che non avrei potuto fare, forse, se tu fossi rimasto qui. O se ci fosse rimasto quell'abominevole ebreo, Weingrass, dalla bocca flatulenta.»

«Manny...? Lui badava a parlare di te, a metterci sull'avviso.»

«Io le metto a tacere, simili bocche, con una spada terribilmente veloce. Quanto a te, lo sapevo che saresti tornato. Per via di quella prima battaglia di quattro anni fa. E, fino a nove ore fa, mi hai dato una caccia spietata, tu, Amal Bahrudi.»

«Eh?»

«Ci sono, anche fra i sovietici, uomini che non disdegnano di ricevere due stipendi. Bahrudi, l'euro-arabo, è stato ucciso diversi giorni fa a Berlino Est... Il nome di Kendrick viene a galla. Un arabo defunto, dagli occhi azzurri, dalla fisionomia marcatamente occidentale, compare d'un tratto a Masqat... L'equazione era estremamente fantasiosa, quasi incredibile, ma il conto tornava. Tu devi avere ricevuto degli aiuti, non sei tanto esperto in queste faccende.»

Kendrick fissava quella faccia singolare, dagli zigomi alti e dagli occhi di fuoco, che lo guardavano fisso. «I tuoi occhi» disse scuotendo la testa, per scacciare gli ultimi effetti della droga iniettatagli in strada. «Quella maschera piatta d'una faccia. Ti ho già visto.»

«Ma sicuro, Evan. *Pensaci.*» Lentamente, il Mahdi si tolse il *ghotra*, rivelando una testa dai ricciuti capelli neri screziati di grigio. L'alta fronte liscia era posta in risalto, adesso, dalle brune sopracciglia arcuate. Era la faccia di un uomo che facilmente è in preda all'ossessione, ma che di questa si serve per i suoi scopi. «Pensa a una tenda da campo, in Iraq. O a una certa fabbrica d'armi nel Midwest degli Stati Uniti.»

«*Cristo!*» sussurrò Kendrick, mettendo le immagini a fuoco. «Sei venuto da noi a Bassora, sette od otto anni fa, e ci hai promesso una somma cospicua se avessimo rifiutato un certo appalto. C'era un piano – hai detto – per rovesciare lo Scià di Persia, e non volevi alcun aeroporto moderno in Irak.»

«Infatti, in Iran si è instaurata una perfetta società islamica.»

«Cazzate! Hai messo gli occhi, tu, sui loro campi petroliferi. E poi, sei tanto islamico quanto mio nonno scozzese. Sei di Chicago – eccola, la fabbrica d'armi del Midwest – e fosti cacciato via da Chicago venti anni fa perché persino il tuo elettorato nero – da te salassato – non poteva accettare le tue esagitate *cazzate* fasciste! Rubasti i loro soldi e poi venisti qui, per fare altri quattrini e diffondere le tue porcherie. Mio dio, Weingrass sapeva chi eri, e ti disse di levarti dai piedi. Ti diede della carogna – carogna da due soldi, se ricordo esattamente – e, se non uscivi subito da quella tenda da campo a Bassora, avrebbe perso veramente la pazienza – ti disse – e ti avrebbe gettato in faccia della candeggina, per poter dire, poi, di avere sparato a un nazista *bianco*!»

«Weingrass è – o era – ebreo» disse il Mahdi con calma. «Mi offese perché la grandezza da lui tanto desiderata lo eludeva, mentre aveva cominciato a fiorire, invece, in me. Gli ebrei odiano il successo in chiunque non appartenga al loro popolo. È per questo che sono gli agitatori del mondo...»

«Chi vuoi prendere in giro? Ti definì marcio *Shvartzeh* senza che ciò avesse a che fare coi bianchi o i neri o con alcunché d'altro. Tu sei putredine e odio, Al Falfa, o comunque ti facessi chiamare allora, e il colore della tua pelle è irrilevante. Dopo Riad... dopo quella importante battaglia... quanti altri ne hai uccisi, quanti ne hai trucidati?»

«Solo quel tanto che era necessario nella nostra guerra santa, per mantenere la purezza della razza, della cultura e della fede, in questa regione del mondo.» Le labbra del Mahdi di Chicago, Illinois, formarono un lento, freddo sorriso.

«Brutto fottuto maledetto ipocrita!» gridò Kendrick. Incapace di controllarsi, di nuovo si slanciò, protendendo le mani come artigli contro quell'assassino seduto dietro la scrivania. Altre mani lo bloccarono prima che potesse toccare il Mahdi. Venne scaraventato a terra e lo presero a calci, simultaneamente, sullo stomaco e sulla spina dorsale. Tossendo, Evan tentò di rialzarsi. Una delle guardie lo agguantò per i capelli, mentre l'altra gli puntava un pugnale alla gola.

«I tuoi atti sono tanto patetici quanto le tue parole» disse il Mahdi alzandosi. «Noi stiamo edificando un regno, qui, e l'Occidente non può farci nulla. Noi abbiamo sobillato popolo contro popolo, scatenando forze che essi non riescono a controllare; noi dividiamo e imperiamo, senza sparare un solo colpo. E tu, Evan Kendrick, ci hai reso un grosso servigio. Abbiamo tue foto, scattate all'aeroporto, al tuo arrivo dall'Oman. Abbiamo anche fotografie dei tuoi falsi documenti, delle tue armi, della tua cintura portasoldi, contenente centinaia di migliaia di dollari. Abbiamo prove documentarie che tu, membro del Congresso statunitense, hai usato un falso nome, quello di Amal Bahrudi, per entrare nell'Ambasciata americana di Masqat, dove hai ucciso un eloquente e nobile capo di nome Nassir. In seguito hai ucciso anche un giovane combattente per la libertà di nome Azra. Tutto ciò mentre era in vigore una tregua, concordata da tutti. Hai agito come agente del Governo americano. Come potrebbe essere altrimenti? Un'ondata di disprezzo si riverserà sulle cosiddette democrazie: l'annaspante bellicoso gigante ha colpito di nuovo, con sommo sprezzo per la vita dei propri cittadini.»

«*Tu...*» Evan balzò su, agguantando il polso che reggeva il pugnale, strappando via la testa dalla mano che gli acciuffava i capelli. Fu colpito alla nuca, stramazzò di nuovo a terra.

«Le esecuzioni sono state anticipate» continuò il Mahdi. «Riprenderanno domani mattina – provocate dalle tue insidiose attività, che verranno rese pubbliche. Ne conseguirà caos e spargimento di sangue, per colpa degli spregevoli, avventati americani. Finché non si arriverà a una soluzione. La *nostra* soluzione. La *mia* soluzione. Ma nulla di tutto questo riguarderà te. Tu sarai scomparso dalla faccia della terra, grazie al tuo Governo, che certo hai messo in grave imbarazzo. Il tuo Governo non è alieno dal punire il fallimento, anche mentre emette febbrili smentite. Non vi sarà alcun *corpus delicti*, non vi sarà il minimo indizio, circa la tua ubicazione. Domattina, alle prime luci dell'alba, un aereo ti porterà in alto mare; un maiale scuoiato, sanguinante, verrà legato al tuo corpo nudo; e verrai infine gettato nelle secche del Qatar, infestate dagli squali.»

Capitolo quindicesimo

«Non c'è niente, *qui*!» gridò Weingrass, chino sui documenti che stava esaminando. Si trovava nella sala da pranzo di un alto funzionario del Bahrain, che conosceva fin dall'epoca in cui il Gruppo Kendrick aveva costruito varie opere pubbliche in varie isole dell'arcipelago. «Dopo tutto quello che ho fatto per te, Hassan, dopo tutte le mazzette che ti ho sganciato, solo questa poca roba sei riuscito a procurarmi?»

«Altro materiale è in arrivo, Emmanuel» rispose l'arabo, innervosito perché le parole di Weingrass venivano sentite anche da Ben-Ami e dai quattro guastatori che sedevano, a sette metri di distanza, nell'attiguo salotto occidentaleggiante, in una villetta alla periferia della capitale.

Era stato chiamato un medico, per le ferite di Yaakov. Questi si rifiutava di stare coricato. Sedeva invece in poltrona.

Il funzionario di nome Hassan lo guardò e, tanto per cambiare discorso, dopo quell'accenno ai suoi rapporti con l'ex architetto e alle tangenti sottobanco, osservò: «Emmanuel, mi pare che il ragazzo non stia tanto bene».

«Cosa vuoi che ti dica? Si è azzuffato con un altro ragazzo, che voleva rubargli i pattini a rotelle. Ma torniamo a noi. Quale altro materiale è in arrivo? E quando? Mi occorrono dati concreti. Voglio sapere di che società si tratta. Cosa producono. Cosa vendono. Voglio i nomi dei loro dirigenti!»

«È appunto quello che sta arrivando. Capirai! Non è stato facile convincere il Ministro per la Regolamentazione delle Industrie ad alzarsi dal letto, alle due del mattino, e recarsi in ufficio per commettere, oltretutto, un'azione illegale.»

«Regolamentazione e Industria sono parole che, nel Bahrain, si escludono a vicenda.»

«Si tratta di segreti!»

«Oh, smettila! E offrimi un whisky.»

«Sei proprio incorreggibile, vecchio mio.»

«Tu l'hai detto!» venne la voce di Grigio dalla stanza accanto. Ogni quindici minuti Grigio si attaccava al telefono.

«Posso offrirvi qualcosa, signori?» domandò Hassan, passando dalla sala da pranzo al salotto, separati da un'arcata.

«Il caffè al cardamomo è più che sufficiente» rispose Ben-Ami, il più anziano dei cinque. «Inoltre è delizioso.»

«Vi sono anche liquori, se desiderate – come avrete senz'altro arguito dal signor Weingrass. Questa è una casa di gente religiosa, ma non vogliamo imporre la nostra fede agli altri.»

«No, niente liquori, Mr. Hassan» rispose Grigio. «Se tutto va bene, avremo del lavoro da fare, questa notte.»

«Se tutto va ancor meglio, io eviterò il taglio delle mani» disse l'arabo, con calma, dirigendosi verso la cucina. Si soffermò. Aveva sentito il campanello all'ingresso. Era arrivato il corriere, con quei documenti riservati.

Quarantotto minuti più tardi, dopo aver studiato numerosi documenti e tabulati, Weingrass restrinse la sua attenzione su due particolari testi. Spostava, ora, lo sguardo acuminato dall'uno all'altro foglio. Sollevò infine gli occhi e disse: «Parlami un po' di questa società, la Zareeba».

«Il nome è sudanese» rispose il corriere, che in realtà era un alto funzionario, ma aveva rifiutato di farsi presentare. «In lingua sudanese "zareeba" sta a indicare un campo fortificato, circondato da rocce o fitto fogliame, un luogo recondito.»

«Il Sudan...»

«È un paese dell'Africa.»

«Lo so, questo. Kartum...»

«Ne è la capitale.»

«Santo cielo, io credevo che fosse invece Buffalo!» l'interruppe con sarcasmo Weingrass. «Come mai questa Zareeba ha tante filiali?»

«Perché si tratta di una holding. Ha svariate branche. Deve sapere che, da noi, se una data società ha bisogno di licenze export-import dal Governo, le ottiene assai più rapidamente se fa parte di una ditta molto solida, di un conglomerato di imprese. Mi spiego?»

«*Horseshit*» disse Weingrass.

«Vale a dire?»

«In dialetto del Bronx significa "Oh, buon Dio". Chi gestisce la Zareeba?»

«C'è un Consiglio d'Amministrazione...»

«Quello non manca mai. Voglio sapere chi comanda.»

«Non lo sa nessuno, veramente. L'Amministratore delegato è

un affabile individuo... ho preso il caffè con lui, diverse volte... ma non ha l'aria di un tipo particolarmente aggressivo – se capisce cosa intendo.»

«Quindi c'è qualcun altro, sopra di lui.»

«Non saprei...»

«Dov'è l'elenco dei dirigenti?»

«Eccolo là» rispose il "corriere".

Weingrass prese il foglio indicatogli. Per la prima volta in due ore si sedette in poltrona. Lesse e rilesse ripetutamente quell'elenco di nomi. «Zareeba... Kartum...» continuava a ripetere fra sé e sé, di tanto in tanto, serrando forte gli occhi, facendo smorfie col viso rugoso, come se tentasse disperatamente di ricordare qualcosa che aveva dimenticato. Finalmente, prese una matita e tracciò un cerchio intorno a uno di quei nomi. Quindi mostrò il foglio al "corriere", che era rimasto rigidamente ritto in piedi.

«È un negro, questo qui» disse il "corriere" alludendo al nome cerchiato.

«Chi è bianco, chi è nero, da queste parti?» fece Weingrass.

«Più che dal colore della pelle, lo si riconosce, un negro, dai tratti somatici. Naturalmente, dopo secoli di incroci fra arabi e africani, certe caratteristiche si smussano.»

«Quello lì, da dove proviene?»

«Dovrebbe essere segnato qui sopra...»

«Lì dice soltanto "profugo".»

«Ah, sì» disse il "corriere", tornando a dare un'occhiata al foglio. «In genere, si tratta di persone che sono fuggite da qualche regime totalitario, di solito fascista o comunista. Noi proteggiamo queste persone se danno un contributo alla nostra società. Ovviamente, quest'uomo lo dà.»

«*Sahibe al Farrahkhaliffe*» disse Weingrass scandendo bene ogni sillaba di quel nome. «Di che nazionalità è?»

«Non ne ho idea. In parte africano, ovviamente; in parte arabo, ancor più ovviamente. Almeno a me pare ovvio.»

«Invece ti sbagli, amico!» esclamò Weingrass facendo sussultare tutti, in entrambe le stanze adiacenti. «È americano. È un truffatore! Se si tratta di chi penso io, costui è un negro di Chicago, un figlio di puttana, che è stato cacciato via dalla sua stessa gente. C'è stata una levata di scudi contro di lui, perché aveva collocato i loro risparmi – circa venti milioni di dollari, fra parentesi – presso banche compiacenti, oltreoceano. Circa vent'anni fa, costui era un faccendiere fanatico di nome Al Farrah, uno che procedeva come un rullo compressore, fra vampe di fuoco e puzzo di zolfo... Il suo fottutissimo ego non gli ha consentito di rinunciare a questa parte del proprio passato, la parte relativa agli alleluia, al coro di osanna. Sapevamo che costui faceva parte del Consiglio d'Amministrazione di una grossa società; ma non sapevamo quale. Inoltre, stavamo cercando nella direzione sbagliata. Kartum? Macché! Zona sud di Chicago! Ed ecco a voi il Mahdi.»

«Ne sei certo?» domandò Hassan in piedi sotto l'arcata. «Si tratta di un'accusa rovente!»

«Ne sono certo» disse Weingrass con calma. «Avrei dovuto ucciderlo, brutto bastardo, già allora – quando venne da noi a Bassora, anni fa, sotto quella tenda da campo.»

«Che sta dicendo?» domandò il "corriere" visibilmente scosso.

«Lasciamo stare.»

L'uomo chiamato Grigio si fece avanti e annunciò: «Nessuno è uscito, finora, dal palazzo Sahalhuddin».

«Ne sei sicuro?»

«Ho assoldato un tassista, propenso ad accettare una cospicua somma di denaro. Gli ho promesso altri soldi, se farà come gli ho detto. Gli telefono ogni quindici minuti, a un telefono pubblico. Anche adesso mi ha ripetuto che le loro due automobili sono sempre là.»

«Puoi fidarti di lui?» domandò Yaakov dalla poltrona.

«Ho il suo nome e il suo numero di patente.»

«Non significa un cavolo!» protestò Weingrass.

«Gli ho detto che, se mi avesse mentito, lo avrei senz'altro trovato e ucciso.»

«Allora ritiro, pasticcione.»

«Vuoi smetterla di...»

«Zitto. Quale parte del palazzo Sahalhuddin occupa la società Zareeba?»

«I due ultimi piani, se non mi sbaglio; i piani inferiori sono affittati alle varie filiali. La Zareeba è proprietaria dello stabile.»

«Conveniente» osservò Weingrass. «Puoi procurarci la planimetria dell'edificio? Inclusi i sistemi di allarme? Sono piuttosto bravo, a leggere questi disegni.»

«A quest'ora?» esclamò il "corriere". «Sono le tre di mattina. Non saprei come...»

«Prova con un milione di dollari» l'interruppe Weingrass sottovoce. «Manderò i soldi da Parigi. Lo giuro.»

«Co-cosa?»

«Un milione, da dividere come ti pare. C'è mio figlio, là dentro. Procurami quanto t'ho detto.»

La piccola stanza era buia. L'unica luce proveniva dai raggi della luna, attraverso una finestrella in alto, tanto in alto da non potersi raggiungere. Non c'erano altri mobili che una brandina da campo. Una guardia gli aveva lasciato una bottiglia di *seeber-too ahbyahd*, una grappa locale ad altissima gradazione, lasciando intendere che la sua sorte era meglio affrontarla in stato di torpore, da ubriaco. Ne fu tentato: aveva paura, la paura lo divorava, lo faceva sudare, al punto che aveva la camicia zuppa e i capelli grondanti. Quello che gli impedì di stappare la bottiglia fu la collera. Inoltre voleva compiere un ultimo atto: battersi con tutta la forza e la violenza che avrebbe potuto chiamare a raccolta. Forse sperava, intimamente, che una pallottola mettesse rapidamente fine a ogni cosa.

Cristo! Come aveva potuto pensare di riuscirci? Che cosa lo aveva invasato al punto di fargli credere di essere idoneo a un'impresa che tanti, più esperti di lui, consideravano suicida? Naturalmente, la risposta era contenuta nella domanda: era invasato, ecco tutto. I torridi venti dell'odio gli infiammavano l'animo; se non avesse tentato, lo avrebbero bruciato vivo. Inoltre, non aveva del tutto fallito. Pur rimettendoci la vita, aveva ottenuto un certo successo. Aveva infatti *dimostrato* l'esistenza del Mahdi! Aveva aperto un sentiero attraverso la fitta boscaglia dell'inganno e delle trame, delle congiure. Altri avrebbero seguito le sue orme. In questo trovava conforto.

Guardò di nuovo la bottiglia, quel liquido bianco che avrebbe potuto ottundergli i sensi. Fra sé e sé, scosse la testa, ripetutamente, in atto di diniego. Il Mahdi aveva detto che le sue azioni erano patetiche come le sue parole. Ma non sarebbero state patetiche, né le une né le altre, a bordo di quell'aeroplano in volo sopra le secche del Qatar.

Era inteso fin dall'inizio. Ciascun membro del commando aveva con sé, fissata mediante un cerotto al polso sinistro, una capsula di cianuro. Nessuno aveva indosso documenti o qualcosa che potesse servire all'identificazione. I loro indumenti erano stati acquistati da agenti del Mossad a Bengasi, in Libia, centro di reclutamento di terroristi. Nessun soldato della Brigata Masada poteva permettersi di venir catturato vivo, dal momento che oggi esistono sistemi chimici per far parlare i prigionieri contro la loro stessa volontà, mediante anfetamine e scopolamine. In nessun modo le loro azioni dovevano essere, sia pur lontanamente, collegate con i fatti dell'Oman. Israele non poteva permettersi di venire ritenuto responsabile per il massacro di 236 ostaggi americani. E persino il sospetto di un'interferenza di Israele andava evitato, anche a costo del suicidio di ciascuno dei membri del commando inviato nell'Asia di sud-ovest. Essi se ne rendevano conto. Ciascuno di loro, prima della partenza da Hebron, si era lasciato incerottare al polso quella letale capsula di veleno, ad azione istantanea. Bastava addentarla e inghiottire.

La via Tujjar era deserta. Una nebbiolina, proveniente dal Golfo Persico, si addensava intorno ai radi lampioni. L'edificio noto come Sahalhuddin era buio, tranne per alcune finestre illuminate al quinto e ultimo piano e per le fioche lampade al neon dell'atrio, oltre la porta a vetri dell'ingresso. Nella guardiola, un uomo sedeva con aria annoiata a leggere il giornale. C'erano, parcheggiate lì davanti, una berlina blu e una limousine nera. Due guardie private in divisa sostavano davanti all'ingresso. Probabilmente anche l'ingresso posteriore era sorvegliato.

Andarono Grigio, Nero e Rosso ad accertarsene. Sul retro c'era una sola guardia. I tre tornarono allo scassato taxi, fermo a duecento metri di distanza, all'incrocio con via Al Mothanna. Dietro, sedeva Yaakov ferito. Davanti, Weingrass e Ben-Ami. Weingrass stava ancora studiando la planimetria dell'edificio.

Quando Grigio ebbe riferito quello che avevano visto, Yaakov impartì gli ordini: «Nero e Rosso metteranno fuori uso le guardie, ed entreranno. Grigio e Ben-Ami li seguiranno e taglieranno i fili...».

«Un momento, boy-scout!» disse Weingrass rigirandosi. «Questo rudere del Mossad che siede accanto a me non s'intende di sistemi d'allarme, e sarà solo capace di farli scattare.»

«Non è vero» protestò Ben-Ami.

«Tu seguiresti la traccia di fili il cui percorso è stato alterato di proposito, rispetto allo schema, per condurre a false centraline. Tu scateneresti il putiferio, mio caro, là dentro. Ci vado io, con loro, a neutralizzare il sistema d'allarme.»

«*Weingrass!*» disse Azzurro dal sedile posteriore. «Supponiamo che ti venga un attacco di tosse... Lo abbiamo purtroppo constatato, quanto sono frequenti.»

«Non mi verrà» disse semplicemente l'architetto. «C'è mio figlio, là dentro, ve l'ho detto.»

«Gli credo» disse Grigio al finestrino. «E sarò io a rimetterci, se mi sbaglio.»

«Vai migliorando, pasticcione.»

«Vuoi smetterla di...»

«Oh, zitti. Andiamo.»

Se ci fosse stato qualche disinteressato osservatore, sulla via Tujjar, a quell'ora di notte, la scena che seguì gli sarebbe apparsa simile agli intricati movimenti di un enorme orologio, laddove ogni ruota dentata ne mette in azione un'altra, la quale, a sua volta, rimanda indietro il moto dentro il frenetico impeto del meccanismo, senza che alcuna rotella, tuttavia, interrompa la sequenza o compia una mossa falsa.

Rosso e Nero tolsero di mezzo le due guardie giurate di fronte all'ingresso prima che l'uno o l'altro di loro si accorgesse che c'era un'ostile presenza nei paraggi. Rosso si tolse la giacca e si infilò la casacca di una delle due guardie, se la abbottonò, si mise in testa il berretto con la visiera, se lo calò sugli occhi e, rapidamente, si diresse verso la porta vetrata. Bussò leggermente. Con la sinistra, si reggeva il deretano e faceva gesti atti a significare un urgente bisogno corporale. C'era un che di comico, nel suo affanno. E infatti il portiere notturno si mise a ridere. Del resto, il mal di pancia è un'afflizione universale. Deposto il giornale, il portiere pigiò un pulsante. La serratura scattò. Rosso e Nero si precipitarono dentro e, prima che il portiere si rendesse conto dell'errore commesso, giaceva tramortito sul pavimento di marmo.

Li seguì Grigio, trascinando una guardia priva di sensi. Dopo di lui entrò Weingrass, con in mano la giacca che Rosso si era tolta. Quindi Nero corse fuori a prelevare la seconda guardia, mentre Weingrass gli teneva aperto il battente. Quando furono tutti dentro, Rosso e Grigio legarono e imbavagliarono le due guardie e il portiere, nella guardiola, mentre Nero estraeva di tasca una siringa. Tolto il cappuccio, controllato il livello del liquido, praticò a ciascuno dei tre un'iniezione alla base della nuca. I tre arabi vennero quindi rinchiusi in uno sgabuzzino che si apriva in fondo alla portineria.

«Spegni subito le luci!» bisbigliò Rosso a Weingrass. «Nascondiamoci!»

«Che cosa...?»

«Ho sentito arrivare qualcuno, là fuori.»

«Eh?»

«Due o tre persone, forse. *Presto!*»

Silenzio assoluto.

Davanti alla porta vetrata, poco dopo, passarono due ubriachi, barcollando. Erano due americani, a giudicare dalla canzonaccia che cantavano, sguaiatamente ma sottovoce.

«Figlio di un cane, li hai sentiti tu per primo!» disse Weingrass, meravigliato dall'udito fine di Rosso.

«Va' sul retro» disse Grigio a Nero. «Conosci la strada?»

«Sì, certo – ho studiato le piantine. Aspetto il tuo segnale, poi metto fuori uso l'altra guardia. C'è ancora abbastanza elisir, nella siringa.» Ciò detto, Nero si allontanò per un corridoio.

Weingrass e Grigio si diressero verso una porta di ferro che immetteva negli scantinati del palazzo Sahalhuddin.

«*Merda!*» imprecò Weingrass. «È chiusa a chiave.»

«C'era da aspettarselo» disse Grigio. Poi, estratta una scatoletta nera dalla tasca, soggiunse: «Non è un problema». Dalla scatoletta estrasse un pezzo di qualcosa che sembrava mastice, lo ficcò nella serratura, vi inserì una miccia. «Sta' indietro. Non esplode, ma sprigiona un intenso calore.»

Weingrass guardò stupefatto quella specie di mastice diventare prima tutto rosso, poi d'un azzurro mai visto. L'acciaio si fuse sotto i suoi occhi e l'intera serratura cadde giù. «Sei in gamba, pasticc...»

«Non dirlo.»

«Procediamo» disse Weingrass.

Trovarono il sistema di allarme. Era contenuto dentro un alloggiamento metallico, all'estremità nord degli scantinati. «È un *Guardian* modificato» disse l'architetto estraendo di tasca un paio di pinze. «Ci sono due falsi ricettacoli per ogni sei conduttori: ciascun conduttore isolato copre da 1.600 a 2.000 metri quadrati di eventuali accessi. Il che, considerata la mole di questo edificio, significa, probabilmente, non più di diciotto cavi.»

«Diciotto cavi» ripeté Grigio esitante. «Questo significa sei falsi ricettacoli.»

«Esatto, pasticc... lasciamo stare.»

«Grazie.»

«Se tagliamo uno di quelli falsi, scateniamo una baldoria di suonerie.»

«Come fai a riconoscere i veri dai falsi? Hai detto che il tracciato segnato sugli schemi viene alterato apposta, per dilettanti come Ben-Ami. Come fai a distinguerli?»

«Grazie ai meccanici, amico mio. I pigri operai che montano questi impianti detestano leggere gli schemi, quindi facilitano le cose prima a se stessi e poi agli addetti alla manutenzione. Fanno un segno su ogni cavo falso, di solito con le pinze, in alto, in prossimità del terminale principale. In tal modo, dopo aver installato l'impianto, tornano in sede e dicono di aver impiegato un'ora a rintracciare i fili falsi, perché i diagrammi non erano chiari – non lo sono mai.»

«Metti però che ti stia sbagliando, Weingrass. Supponi che qui ci abbia lavorato un meccanico onesto.»

«Impossibile. Non ce ne sono abbastanza in giro» rispose Weingrass estraendo una piccola torcia e uno scalpello dalla tasca destra. «Suvvia, ora scardina il portello. Abbiamo circa novanta secondi, per disinnescare dodici conduttori. Su, avanti!»

«Posso usare il plastico» disse Grigio.

«Il cui calore farebbe scattare tutte le suonerie d'allarme nel palazzo. *Meshuga!* Ti rimando alla *shul*.»

«Mi fai veramente girare le...»

«Sta' zitto. Fa' il tuo lavoro, ti farò dare un distintivo.» L'architetto consegnò a Grigio lo scalpello che si era fatto dare da Hassan prevedendo, dalla planimetria degli impianti di sicurezza del Sahalhuddin, che sarebbe stato necessario. «Fa' presto. Questi apparecchi sono molto sensibili.»

Grigio infilò lo scalpello sotto la serratura del portello e – con la forza di tre uomini normali – lo spinse in dentro, scassinando così il chiavistello.

«Da' a me la torcia» disse poi. «Tu trova i fili.»

A uno a uno, da destra a sinistra, Weingrass disinnescò i cavetti, mentre Grigio gli faceva luce. *Otto, nove, dieci... undici.* «Dov'è il dodicesimo?» gridò Weingrass. «Deve essercene un altro ancora!»

«Qui. C'è un segnetto, qui!» disse Grigio indicando. «Accanto al terzo falso conduttore. Ti era sfuggito.»

«Ci siamo!» Ciò detto, Weingrass fu preso da un accesso di tosse. Si piegò in due su se stesso, cercando di soffocare quei latrati.

«Sfogati pure, Weingrass» gli disse Grigio gentilmente, toccando il vecchio su una spalla. «Tanto qui non ti sente nessuno.»

«Avevo giurato che non...»

«Ci sono promesse che non è in nostro potere mantenere.»

«Smettila di essere così fottutamente educato!» Weingrass tossì l'ultimo spasmo poi, a fatica, dolorosamente, si raddrizzò. Grigio non provò neppure ad aiutarlo. «*Okay, soldier-boy*» disse Weingrass, respirando affannosamente. «Il luogo ora è sicuro – per quanto ci riguarda. Andiamo alla ricerca di mio figlio.»

Grigio non si mosse. In tono formale, disse: «Nonostante la sua indole tutt'altro che simpatica, signore, io la rispetto. Ma, per il bene di tutti, non posso permetterle di accompagnarci».

«Cosa, cosa?»

«Non sappiamo che cosa troveremo ai piani alti...»

«Io sì, invece, che lo so. C'è mio figlio lassù!... Dammi una pistola, pasticcione, altrimenti mando un telegramma al Ministro della Difesa di Israele, dicendogli che tu sei il proprietario di un allevamento di maiali!» E Weingrass diede d'un tratto un calcio a Grigio, nello stinco.

«Sei incorreggibile!» borbottò Grigio senza spostare la gamba. «Sei *impossibile!*»

«Su, *bubbelah.* Dammi una pistola! Lo so che ce l'hai.»

«Ma, per favore, non usarla se non te lo dico io» disse Grigio sollevando il pantalone sinistro, per prendere la piccola rivoltella che portava appesa al polpaccio.

«Non te l'ho mai detto, che facevo parte della Haganah?»

«Della *Haganah*?»

«Sicuro. Io e Menachem ne abbiamo proprio fatte di tutti i colori, insieme.»

«Menachem non ha mai fatto parte della Haganah!»

«Sarà stato qualcuno che gli assomigliava, allora. Su, dunque, andiamo.»

Nell'atrio del palazzo, Ben-Ami si teneva in contatto via radio. «Ma perché è lì con te?» chiese.

«Perché è un tipo realmente impossibile!» rispose la voce irritata di Grigio.

«Non è una risposta!» insistette Ben-Ami.

«Non ne ho nessun'altra. Siamo arrivati all'ultimo piano. Ti avverto, non appena la cosa è fattibile.»

«Intesi.»

Due guastatori si misero ai lati dell'ampia porta, sulla destra del pianerottolo. Il terzo andò a porsi davanti all'unica altra porta da dove la luce filtrava attraverso una fessura.

Di malavoglia, Weingrass era rimasto per le scale. La sua ansietà provocava dei rantoli nel suo petto, ma la sua forza di volontà li sopprimeva.

«*Ora!*» bisbigliò Grigio. Ed entrambi gli uomini sfondarono la porta, con una spallata da ariete. All'istante si gettarono a terra. Due arabi in barracano si volsero e aprirono il fuoco con le loro armi automatiche. Ma non potevano tenere testa alle UZI. Entrambi caddero, colpiti da due raffiche delle mitragliette israeliane. Un terzo e un quarto uomo fecero per scappare. L'uno, in barracano bianco, era dietro un'enorme scrivania d'ebano; l'altro si trovava sul lato sinistro.

«Fermi!» gridò Grigio. «O siete morti entrambi!»

L'uomo di pelle scura, dal barracano elegante, restò immobile. Gli occhi, fissi sull'israeliano, sembravano mandare fiamme. «Avete idea di ciò che avete fatto?» domandò a voce bassa e minacciosa. «L'impianto d'allarme in questo edificio è il migliore del Bahrain. La polizia sarà qui entro pochi minuti. Deponete le armi, altrimenti sarete *uccisi*!»

«Salve, immondizia!» lo apostrofò a questo punto Emmanuel Weingrass, entrando nella stanza, con quello sforzo che è tipico dei vecchi quando le gambe non funzionano più come una volta, specie dopo una grande eccitazione. «Non dovevi fidarti tanto di quel tuo sistema d'allarme. I subappaltatori ti hanno fregato.»

«*Tu!*»

«In persona. Avrei dovuto ammazzarti anni fa, a Bassora. Ma lo sapevo che il mio figliolo sarebbe tornato e ti avrebbe scovato, *feccia* della terra. Era solo questione di tempo. Dov'è lui?»

«La mia vita per la sua.»

«Non sei in grado di contrattare...»

«Forse sì, invece» interruppe il Mahdi. «È in viaggio per un aeroporto clandestino, dove salirà su un aereo che lo porterà in alto mare. Destinazione, le secche del Qatar.»

«Gli squali» disse Weingrass con fredda ira.

«Esatto. Una comodità che offre la natura. Allora, contrattiamo? Solo io posso fermarli.»

Il vecchio architetto, il cui fragile corpo tremava tutto, guardò fisso quel negro alto, e con voce affannata rispose: «Contrattiamo. E, per l'onnipotente Iddio, ti conviene stare ai patti; in caso contrario ti darò la caccia con un esercito di mercenari».

«Sempre melodrammatico, eh, ebreo?» Il Mahdi guardò l'orologio. «C'è tempo. Come sempre, in simili voli clandestini, non ci sarà contatto radio con alcuna torre di controllo. L'aereo decollerà alle prime luci dell'alba. Appena fuori di qui, darò il contrordine. L'aereo non partirà. Ma tu te ne andrai, insieme al tuo piccolo esercito di... come ti piace chiamarli.»

«Non pensarci neppure, a far scherzi, lurido cane... Contrattiamo, dunque.»

«*No!*» Sguainato il pugnale, Grigio si slanciò sul Mahdi, e, afferratolo per il barracano, lo gettò di traverso alla scrivania. «Non si fa nessun patto! Non si pongono condizioni! Nessun negoziato! Ne va della tua vita e basta!» Grigio conficcò la punta del pugnale nella carne, sotto l'occhio sinistro del negro di Chicago. Il Mahdi cacciò un urlo. Il sangue gli colava giù per la guancia, dentro la bocca. Grigio continuò: «Falla subito, quella telefonata, altrimenti perdi prima quest'occhio, poi quell'altro. Dopo di che non potrai vedere ciò che questo coltello ti staccherà. Ma potrai sentirlo bene!» Così dicendo, il guastatore afferrò il telefono e lo accostò al Mahdi. «Dimmi il numero. Lo chiamo io, per te. Voglio essere certo che risponda un aeroporto, e non qualche caserma privata. Dammi il numero!»

«No... No, non posso!»

«Ti cavo un occhio.»

«No! Fermati! Non c'è nessun aeroporto, nessun aereo!»

«Bugiardo.»

«Non adesso. Più tardi!»

«Io ti sguercio, bugiardo!»

«È qui. Fermati! È *qui*.»

«Dove?» ruggì Weingrass avvicinandosi alla scrivania.

«Nell'ala ovest... C'è una rampa di scale che porta in soffitta...»

Emmanuel Weingrass non stette ad ascoltare oltre. Si precipitò fuori della stanza, urlando con tutto il fiato che aveva in gola: «Evan! *Evan!*...».

Kendrick credeva di avere allucinazioni. Una persona cara del passato lo stava chiamando, per fargli coraggio. Singolare privilegio di un condannato a morte, pensò. Levò gli occhi dalla branda, e guardò la finestrella. La luna stava tramontando. Il suo chiarore impallidiva. Non avrebbe visto mai un'altra luna. Tra poco non vi sarebbe stato altro che tenebra.

«Evan! *Evan!*»

Pareva proprio la voce di Weingrass. Era sempre accorso, in passato, quando il giovane amico aveva bisogno di lui. Ed ecco che, alla fine, gli veniva a portare conforto. *Oh, Dio, Manny, spero proprio che tu venga a sapere, in qualche modo, che io sono tornato! Che finalmente ti ho dato retta. L'ho scovato, Manny! Altri lo snideranno, dopo di me, lo so. Ti prego di essere un tantino orgoglioso di me...*

«Dannazione, Kendrick! Dove diavolo sei?»

Quella voce non era un'allucinazione! E neanche lo erano i passi, su per le strette scale. E poi *altri* passi. Gesù Cristo, era già morto e tutto? «Manny... Manny!» gridò.

«È qui. Questa è la stanza. Sfonda la porta, mister muscolo!»

La porta, sfondata, si spalancò con fragore.

«*Goddamn*, ragazzo!» gridò Emmanuel Weingrass, vedendo Kendrick alzarsi vacillante dalla branda. «È questa la maniera in cui si comporta un rispettabile membro del Congresso? Credevo di averti impartito migliori insegnamenti!»

Con le lacrime agli occhi, si abbracciarono.

Si trovavano, tutti, nella stanza di soggiorno di Hassan, in una villetta stile occidentale alla periferia della città. Ben-Ami si era attaccato al telefono, non appena Weingrass aveva terminato una lunga conversazione con il Sultano di Oman, Ahmat.

Intorno al tavolo, nell'attigua sala da pranzo, sedevano i rappresentanti di sette Governi: Bahrain, Oman, Francia, Inghilterra, Germania Federale, Israele e Organizzazione per la Liberazione della Palestina. Come convenuto, non v'era un esponente del Governo di Washington. Ma non sussisteva alcun dubbio circa l'interessamento di quest'ultimo (sebbene non dichiarato) nei confronti di un certo rappresentante americano. A quel tavolo era presente anche Weingrass: sedeva fra l'israeliano e l'uomo dell'OLP.

Kendrick sedeva in salotto su una poltrona accanto a Yaakov, ferito. Quest'ultimo disse, sottovoce: «Ricordo bene quello che mi hai detto all'Aradous. Ci ho riflettuto, sulle tue parole».

«Questo è tutto quello che ti chiedo» disse Kendrick.

«È difficile, sai. Ne abbiamo passate tante... Non io, s'intende. Ma i nostri genitori, i nostri nonni...»

«E le generazioni precedenti» soggiunse Evan. «Nessuno che abbia un grammo di intelligenza e di sensibilità può negarlo, questo. Ma, in un certo senso, anche *loro* hanno sofferto. I palestinesi non sono responsabili né dei pogrom né dell'Olocausto. Ma, siccome l'Occidente nutriva sensi di colpa – ed era giusto che li nutrisse – essi sono diventati le nuove vittime, senza sapere perché.»

«Lo so» disse Yaakov, annuendo lentamente. «Ho sentito i fanatici in Cisgiordania e a Gaza... Ho ascoltato anche i Meir Kahane, i quali mi spaventano molto...»

«Ti spaventano?»

«Certo. Usano le stesse parole che furono usate contro di noi ebrei, come dici bene tu, per generazioni... E tuttavia, i palestinesi uccidono! Hanno ucciso i miei due fratelli e innumerevoli altri.»

«Dovrà cessare, prima o poi, questa carneficina.»

«Devo pensarci su.»

«È già un inizio.»

D'un tratto gli uomini intorno al tavolo, in sala da pranzo, si alzarono in piedi. Si scambiarono cenni col capo e, a uno a uno, si diressero verso l'ingresso. Fuori, li attendevano le loro automobili. Non salutarono nessuno degli altri presenti.

Il padrone di casa, Hassan, si rivolse allora agli ospiti rimasti, dopo che i delegati furono usciti. Dapprincipio, fu difficile sentire le sue parole, poiché Weingrass, piegato in due, si era messo a tossire. Evan fece per accorrere. Yaakov lo trattenne per un braccio, scuotendo la testa. Kendrick capì. Weingrass non voleva essere aiutato.

Hassan annunciò i risultati della conferenza: «L'Ambasciata americana a Masqat verrà sgombrata dai terroristi entro tre ore. I terroristi stessi si recheranno, sotto scorta, al porto. Dove si imbarcheranno su una nave messa a loro disposizione da Sahibe al Farrahkhaliffe».

«E di lui che ne sarà?» domandò Kendrick irosamente.

«La sua sorte è stata già decisa ma nessuno dovrà saperne niente, al di là delle pareti di questa stanza. Ho già ricevuto istruzioni, in tal senso, dall'Emiro. Nessuna notizia dovrà trapelare. Siamo intesi? Accettate?»

Tutti annuirono.

«Ebbene» annunciò Hassan «Sahibe al Farrahkhaliffe, noto come il Mahdi, verrà giustiziato sommariamente, poiché i suoi crimini contro l'umanità sono talmente gravi da non meritare la dignità di un regolare processo. Come dicono gli americani, noi faremo "alla nostra maniera".»

«Posso parlare?» chiese Ben-Ami.

«Naturalmente» rispose Hassan.

«Io e i miei colleghi israeliani dobbiamo far ritorno a Tel Aviv. Poiché nessuno di noi ha con sé il passaporto, un aereo speciale è stato messo a nostra disposizione dall'Emiro. Ci dobbiamo quindi trovare all'aeroporto fra un'ora. Vogliate scusare la nostra frettolosa partenza. Su, venite con me» soggiunse rivolto ai quattro guastatori superstiti.

«Scusateci voi» disse Hassan «se non abbiamo niente di concreto con cui esprimere la nostra riconoscenza.»

«Hai almeno del whisky?» domandò Rosso.

«Qualsiasi cosa desideriate.»

«Qualsiasi cosa che ci puoi offrire. Il viaggio di ritorno è molto lungo. E io odio gli aerei. Ho paura di volare.»

Evan Kendrick ed Emmanuel Weingrass sedevano in poltrona, l'uno accanto all'altro, nel salotto di Hassan. Attendevano istruzioni dall'Ambasciatore americano nel Bahrain, al quale era consentito di mettersi in contatto con loro solo telefonicamente. Era come se i due vecchi amici non si fossero mai separati: il discepolo spesso sbigottito e lo stridulo maestro. Tuttavia il discepolo era diventato il capo, era lui quello che adesso comandava; e il maestro se ne rendeva conto.

«Ahmat sarà fuori di sé dalla gioia» disse Evan sorseggiando del cognac.

«Un paio di cose, però, lo angustiano.»

«Cioè?»

«C'è un gruppo che, a quanto pare, voleva sbarazzarsi di lui rimandandolo in America, con la scusa che è troppo giovane per governare il Paese. Lui li chiama, costoro, i suoi "arroganti principi mercanti". Li ha convocati a palazzo per farli rigare dritto, d'ora in poi.»

«Questa è una. L'altra cosa qual è?»

«C'è un altro gruppo che voleva risolvere la crisi con la forza, prendendo l'Ambasciata d'assalto e facendola saltare in aria, se necessario. Gente disposta a tutto. Fanatici del mitra. Di alcuni di costoro si è servita la Cons Op per far uscire te dall'aeroporto.»

«Che cosa intende fare Ahmat nei loro riguardi?»

«Non può fare molto, a meno che non voglia che il tuo nome venga gridato ai quattro venti dall'alto dei minareti. Se Ahmat li richiamasse all'ordine, quelli spiattellerebbero tutto ciò che sanno, circa il coinvolgimento del Dipartimento di Stato. Quindi tutti gli estremisti del Medio Oriente avrebbero un nuovo casus belli.»

«Ahmat farà bene, quindi, a lasciarli stare.»

«C'è poi un'altra cosa. E Ahmat dovrà sbrigarsela da solo. Deve far saltare in aria quella nave carica di terroristi. E ucciderli tutti, quei bastardi.»

«No, Manny, non è questa la maniera. Le uccisioni si susseguiranno...»

«Ti sbagli!» gridò Weingrass. «Ti sbagli! Bisogna dare esempi, continuamente, finché non avranno capito qual è il prezzo che devono pagare!»

A questo punto il vecchio architetto fu preso da un furioso attacco di tosse. Quella tosse rantolosa, persistente, echeggiante, proveniva dalle più profonde cavità del suo petto. Il suo viso era rosso, le vene sul collo e alle tempie erano rigonfie e bluastre.

Evan cinse con un braccio le spalle del suo vecchio amico, per sorreggerlo. «Ne parleremo più tardi» disse quando l'accesso cessò. «Voglio che tu venga con me, Manny, in America.»

«Per via di questa tosse?» Weingrass scosse la testa, sulla difensiva. «È solo una bronchitella. Clima schifoso in Francia purtroppo, ecco tutto.»

«No, non alludevo alla tosse» mentì Kendrick. «Ho proprio bisogno di te.»

«Per che cosa?»

«Mi occorrono i tuoi consigli, per diversi progetti futuri.» Era un'altra bugia, più debole della precedente. Quindi si affrettò a soggiungere: «Inoltre la mia casa deve essere completamente ristrutturata».

«Ma se l'hai appena costruita!»

«Avevo altre cose da fare e non ci sono stato tanto dietro. Ne è venuto fuori un orrendo pastrocchio. La vista non spazia, come avrebbe dovuto, sui monti e sui laghi.»

«Non sei mai stato tanto bravo, tu, a leggere i disegni degli esterni.»

«Ho quindi bisogno di te. Per favore.»

«Ho da fare, a Parigi. Devo spedire dei soldi. Ho dato la mia parola.»

«Spedisci i soldi miei.»

«Un milione di dollari, mettiamo?»

«Dieci, se vuoi. Se sono qui, e non sono finito in pasto ai pescicani, lo devo soprattutto a te. Non intendo implorarti, Manny. Ma tieni conto, ti prego, che ho realmente bisogno di te.»

«Be', magari, per un paio di settimane...» disse l'irascibile vecchio. «Hanno bisogno di me anche a Parigi, lo sai.»

«I profitti diminuiranno, in tutta la città, lo so questo» disse Evan sottovoce, con sollievo.

«Che cosa?»

Per fortuna il telefono squillò, impedendo così a Kendrick di ripetere quella malignità, relativa alle spese pazze dell'eccentrico vecchio a Parigi. Erano arrivate le istruzioni.

Appena sbarcato dall'aereo che lo aveva riportato in patria, alla base aerea di Andrews, in Virginia, Evan Kendrick raggiunse un telefono pubblico.

«Pronto? Sono l'uomo che lei non ha mai visto, con il quale non ha mai parlato» disse quando gli passarono la comunicazione. «E adesso ritorno in vacanza, in montagna – da dove non mi sono mai assentato, negli scorsi cinque giorni. D'accordo?»

«Intesi» gli rispose Frank Swann, vicedirettore della Consular Operations al Dipartimento di Stato. «Non cercherò nemmeno di ringraziarla.»

«Bravo.»

«Non potrei, comunque. Non conosco nemmeno il suo nome.»

Ultra Maximum Secure
Nessuna intercettazione
Procedete

L'uomo stava chino sulla tastiera: i suoi occhi erano vivi, la sua mente era allerta, quantunque il suo corpo fosse esausto, sfinito dalla stanchezza. Respirava profondamente, come se ogni respiro servisse a fargli funzionare il cervello. Non dormiva da quasi 48 ore, in attesa degli sviluppi della situazione nel Bahrain. C'era stato un black-out, a un certo punto tutte le comunicazioni si erano interrotte... Silenzio assoluto! Poi, nelle alte sfere del Dipartimento di Stato e della CIA avranno finalmente tirato un sospiro di sollievo, pensò l'uomo. Ma, fino a poco fa, certamente stavano tutti con il fiato sospeso. Il Bahrain era, fino a poco fa, una grave incognita. Ora non più. L'incubo era finito. Il "Nostro" stava facendo ritorno negli Stati Uniti. Aveva vinto la partita. L'uomo si mise a battere sui tasti.

Il nostro uomo ce l'ha fatta. Le mie apparecchiature vanno in estasi, poiché – sebbene rifiutassero di impegnarsi, di sbilanciarsi – nondimeno lasciavano intendere che avrebbe vinto. Alla loro maniera inanimata, queste macchine contemplavano la stessa mia visione.

Il "soggetto" è tornato negli Stati Uniti stamattina, clandestinamente, convinto che tutto sia finito, che la sua vita possa tornare alla normalità. Invece si sbaglia. Tutto è a posto. Il verbale è stato scritto. Occorre trovare i mezzi. Verranno trovati. Il fulmine colpirà e sarà lui, lui stesso, la folgore che cambierà il destino di una Nazione. Per il "Nostro" è soltanto l'inizio.

Libro Secondo

Ultra Maximum Secure
Nessuna Intercettazione
Procedete

I mezzi sono stati trovati! Come nelle antiche sacre scritture vediche, un dio di fuoco è giunto in veste di messaggero alle genti. Si è fatto riconoscere da me, io da lui. Il dossier Oman è adesso completo. E io ho ottenuto ogni cosa, e ho dato ogni cosa a lui. È un uomo notevole – come realisticamente credo di essere anch'io – e la sua devozione eguaglia la mia.

Completato e integralmente trascritto il dossier questo memorandum ha termine. E un altro sta per avere inizio.

Capitolo sedicesimo

Un anno dopo
Domenica 20 agosto, ore 20,30

A una a una, come eleganti cocchi silenziosi, le cinque limousine depositarono i loro proprietari davanti alla scala di marmo che conduceva all'ingresso, adorno di colonne, della sontuosa villa prospiciente la Baia di Chesapeake. Gli arrivi furono distanziati l'uno dall'altro, in modo da non dare la sensazione di qualcosa di urgente a quanti, incuriositi, si voltavano a guardare, per le strade di quella ricca località sulla costa orientale del Maryland. Agli occhi di tutti doveva trattarsi, semplicemente, di una riunione mondana come tante, fra persone immensamente ricche, che non amano l'ostentazione: un evento abbastanza comune, in un luogo come quello, abitato perlopiù da esponenti dell'alta finanza.

Gli immensamente ricchi erano generosi verso quella cittadina di provincia e la gente del posto ne traeva cospicui vantaggi. Gli avanzi dei loro banchetti erano una manna frequente per molti. Inoltre c'era un esercito di servitori e giardinieri che con poca fatica si guadagnavano lo stipendio, senza mai un rimprovero, purché le ville e le tenute fossero in perfetto ordine al ritorno dei proprietari da Londra, da Parigi o da Gstaad. Per quanti si trovavano un po' più in alto, sulla scala sociale, poteva sempre esserci un provvidenziale consiglio, l'imbeccata giusta circa i titoli da comprare in Borsa, durante una bevuta in compagnia alla taverna del paese. I banchieri, i commercianti, come pure la gente del popolo, erano affezionati ai loro signorotti; e proteggevano, con pacata fermezza, l'intimità di questi altolocati personaggi. E se la protezione della *privacy* comportava di tanto in tanto chiudere un occhio su qualche norma di legge, ebbene, era un piccolo prezzo da pagare, tutto sommato; anzi, poteva considerarsi un'infrazione moralmente giustificata visto e considerato come i pettegoli e la stampa scandalistica distorcono ogni cosa, esagerano tutto, pur di fare scalpore e vendere copie. L'uomo comune può ubriacarsi scompostamente, litigare con la moglie o col vicino, o magari rimanere vittima di un incidente stradale senza che nessuno scatti foto grottesche di lui, da pubblicarsi su giornali e riviste. Perché, invece, la persona ricca e celebre dovrebbe offrire piccanti o inquietanti o volgari letture a un volgo privo di virtù e talento? I ricchi sono davvero diversi. Essi danno lavoro, fanno generose offerte di beneficenza e spesso rendono la vita più facile a quanti vengono in contatto con loro: quindi, perché dovrebbero venire perseguitati, o perseguiti a norma di legge come i comuni mortali?

Così ragionava la gente. La stessa logica guidava i tutori dell'ordine, sempre disposti a essere di manica larga con i ricchi, in nome dell'armonia dei rapporti sociali. Insomma, quella località formava una specie di *enclave* privilegiata, in cui i ricchi godevano di una certa extra-territorialità e dove i loro segreti erano ben custoditi. La cittadina si chiamava Cynwid Hollow e lì si trovava la sontuosa villa prospiciente la Baia di Chesapeake.

Ma ogni segretezza è relativa. Capita spesso che un dossier estremamente "riservato" venga divulgato da giornalisti senza scrupoli; e le scappatelle di un certo ministro sono ignorate solo da sua moglie, come possono essere ignote solo a lui quelle di lei. «Te lo giuro, potessi morire» dicono i ragazzini di tutte le età incapaci di mantenere poi la parola data. Ma quando il rischio di morte è reale, e non un modo di dire, la segretezza deve essere davvero assoluta. Così era, infatti, per quel che riguardava le cinque limousine che quella sera giunsero a Cynwid Hollow e si diressero alla villa fuori mano prospiciente la baia.

La villa era immensa. Nell'ala più vicina al mare si trovava la biblioteca, arredata in stile molto severo. Ampia, con il soffitto alto a cassettoni, aveva un che di mascolino: vi predominavano il legno brunito e il cuoio antico. Grandi finestre a ogiva si affacciavano su un giardino illuminato a giorno; e scaffali alti tre metri formavano una imponente muraglia di sapere ovunque lo spazio lo consentisse. Soffici poltrone rivestite di cuoio, con accanto lampade a stelo, affiancavano le finestre; su un angolo c'era un'ampia scrivania di mogano, con una poltrona girevole dall'alta spalliera, di cuoio nero, dietro di essa. Al centro della stanza c'era una tavola rotonda, che ne completava il tipico aspetto e che costituiva l'ideale per riunioni d'affari da tenersi in luoghi appartati, lontano da sguardi indiscreti.

Se l'arredamento era tradizionale, tutto il resto era invece insolito. Sul tavolo, di fronte a ciascun posto c'era una lampada d'ottone, la cui luce pioveva su un taccuino giallo che faceva parte della scenografia. Era come se quei piccoli cerchi di luce intensa rendessero più facile, alle persone sedute intorno al tavolo, concentrare la propria attenzione sugli appunti che venivano via via prendendo, senza venire distratti da volti pienamente illuminati, dagli occhi di chi gli sedeva accanto o dirimpetto. Poiché non v'erano altre luci, nella stanza. Le facce rientravano nell'ombra dopo una fugace apparizione, le espressioni erano distinguibili ma non si offrivano a un lungo esame. Su un lato della stanza, appeso al soffitto, c'era un lungo rullo nero da cui, a comando, calava uno schermo d'argento. Incassato nella parete di fronte, c'era un proiettore.

Questo faceva parte di una complessa apparecchiatura di macchine elettroniche installate in una consolle che, sempre a comando, usciva dal suo alloggiamento nella parete. Fra gli apparecchi audiovisivi c'erano telecamere, registratori, radio ricetrasmittenti, e altri sofisticatissimi ritrovati della più moderna tecnologia. Grazie a uno di essi, collegato a un'antenna installata sul tetto, era possibile captare trasmissioni a onde corte e via satellite da tutto il mondo.

In quel momento, una luce rossa brillava nel proiettore centrale: vi era stata inserita una cassetta di diapositive la cui proiezione stava per cominciare.

Tutta questa attrezzatura era certamente insolita per una biblioteca del genere, sia pure in una residenza lussuosa, poiché la sua presenza faceva pensare a tutt'altro ambiente: sembrava infatti un centro di comando strategico estrapolato dalla Casa Bianca o dal Pentagono o dal quartier generale della CIA. Bastava premere un pulsante ed ecco che il mondo, passato e attuale, veniva presentato all'esame di poche persone, sottoposto al loro giudizio nel massimo isolamento.

In un altro angolo di quella straordinaria stanza c'era un curioso anacronismo: una vecchia stufa Franklin, di ghisa, la cui canna fumaria saliva fino al soffitto a poca distanza dalla parete tappezzata di libri. Più singolare ancora era il fatto che la stufa era accesa, sebbene la notte fosse umida e tiepida, tanto che era in funzione l'impianto centrale di aria condizionata.

Quella stufa, però, aveva uno scopo preciso, pertinente alla conferenza che stava per avere inizio sulla costa della Baia di Chesapeake. Vi sarebbe stato infatti bruciato tutto ciò che fosse stato messo per iscritto, compresi i taccuini d'appunti. Nulla doveva trapelare al mondo esterno. Era una tradizione nata dalla necessità internazionale. Ciò che quelle persone dicevano in quella stanza poteva causare la caduta di questo o quel Governo, la prosperità o la rovina di un'economia nazionale; guerre potevano essere scatenate, o evitate, per via delle decisioni prese da quelle poche persone. Esse erano gli eredi della più potente organizzazione segreta del mondo libero.

Erano cinque.

Ed erano esseri umani.

«L'attuale Presidente verrà rieletto a stragrande maggioranza, alle prossime elezioni, fra due anni» disse l'uomo dai capelli canuti e il naso aquilino che presiedeva la riunione. «Ciò è scontato. Egli ha il Paese in palmo di mano, è osannato dovunque, ha il favore del popolo. Quindi – a prescindere da catastrofici errori che, peraltro, i suoi consiglieri gli impediranno di commettere – nessuno potrà impedire la sua rielezione quasi plebiscitaria: neppure noi. Quindi dobbiamo prepararci all'inevitabile e piazzare il nostro uomo al posto giusto.»

«Strano termine "il nostro uomo"» osservò un individuo sulla settantina, asciutto, calvo, dalle guance incavate e i grandi occhi gentili, scuotendo la testa. «Dobbiamo muoverci rapidamente. Le cose potrebbero pur sempre cambiare. Il Presidente è una persona così affascinante, così attraente, e desidera talmente piacere...»

«È un superficiale» interloquì un negro di mezz'età, dalle larghe spalle, pacatamente, senza alcuna animosità. I suoi abiti, impeccabilmente su misura, denotavano buon gusto e ricchezza. «Personalmente non ho niente contro di lui. È ben intenzionato, guidato da sani istinti e, tutto sommato, un brav'uomo, forse anche un galantuomo. Così lo vedono i nostri connazionali e probabilmente non si sbagliano. No, non si tratta di lui. Il guaio sono quei bastardi che gli stanno alle spalle: eminenze tanto grigie che, forse, neppure lui si accorge della loro esistenza. Sa solo che hanno dato un contributo finanziario alla sua campagna elettorale.»

«Esatto» disse il quarto dei presenti, un uomo grassoccio di mezz'età, rosso di capelli, dalla faccia da cherubino, ma con gli occhi carichi di ansietà: era un docente universitario, come si poteva anche dedurre dalla giacca di tweed con le toppe di cuoio ai gomiti. «Sono pronto a scommetterci dieci dei miei brevetti, che commetterà qualche errore madornale prima della scadenza di questo quadriennio.»

«Perderesti la scommessa» replicò il quinto dei convenuti: una signora anziana, dai capelli d'argento, elegantemente vestita di nero, con pochissimi gioielli indosso. La sua voce, di persona colta, aveva qualche venatura di accento del Sud. «Non perché lo sottovaluti, ma perché lui e quelli che gli stanno alle spalle consolideranno il crescente consenso popolare finché lui diverrà politicamente invincibile. Discorsi se ne faranno in quantità, ma non sarà presa alcuna decisione di fondo finché l'opposizione non sarà stata messa praticamente a tacere. In altri termini, essi si riservano di giocare le loro maggiori carte durante il secondo quadriennio presidenziale.»

«Quindi, sei d'accordo con Jacob: bisogna muoversi al più presto» disse Samuel Winters, l'uomo dai capelli bianchi.

«Certo, Sam» gli rispose Margaret Lowell, rassettandosi distrattamente i capelli. Poi si sporse sul tavolo, appoggiandovi i gomiti e giungendo le mani. Fu un movimento brusco e mascolino, in una donna molto femminile, ma nessuno vi fece caso. Era la sua mente, il punto focale. «Realisticamente, non credo che riusciremo a muoverci abbastanza presto» soggiunse con calma. «Bisognerà trovare un sistema più drastico.»

«No, Peg» ribatté Eric Sundstrom, l'accademico dai capelli rossi. «Tutto dovrà essere perfettamente normale, come si conviene a un Governo che, all'insegna dell'ottimismo, trasforma i difetti in virtù, il passivo in attivo. Questo dovrà essere il nostro sistema. Qualsiasi deviazione dal principio dell'evoluzione naturale – essendo la natura imprevedibile – emetterebbe intollerabili segnali d'allarme. Quel consenso popolare male informato, cui tu accennavi, farebbe muro intorno alla Casa Bianca, e le eminenze grigie soffierebbero sul fuoco. Avremmo uno Stato di polizia.»

Il negro, Gideon Logan, annuì gravemente. Un sorriso gli increspò il largo volto. «Oh, sì, farebbero appello a tutti i benpensanti e creerebbero grane a non finire per la classe politica.» Fece una pausa, fissando la donna che gli sedeva di fronte. «Non vi sono scorciatoie, Margaret. Qui ha ragione Eric.»

«Non volevo fare la melodrammatica» insistette la Lowell. «Non alludevo ad attentati tipo Dallas né ad altre cose del genere. È il fattore tempo che mi preoccupa. Ce ne abbiamo, di tempo?»

«Se lo usiamo bene, ne abbiamo» le rispose Jacob Mandel. «Il fattore chiave è il candidato.»

«Allora, veniamo a lui» disse il canuto Samuel Winters, interrompendolo. «Come tutti sapete, il nostro collaboratore Varak ha portato a termine la sua ricerca ed è convinto di aver trovato l'uomo che fa per noi. Non vi annoierò parlandovi di tutti quelli che ha via via scartato. Mi limiterò a dire che, se non saremo unanimemente d'accordo sul prescelto, ripasseremo al vaglio tutti quelli eliminati, a uno a uno. Varak si è scrupolosamente attenuto alle nostre direttive: ha tenuto conto delle virtù che ci premono e dei difetti che vogliamo evitare. In sostanza, ha puntato su quelle qualità da noi privilegiate. E, a mio giudizio, ha scovato la persona più adatta. Un tipo brillante, anche se del tutto inaspettato. Non intendo ora parlare per Milos Varak, dato che lo sentirete direttamente tra poco, ma ci tengo a dirvi che, nel corso di numerosi colloqui che ho avuto con lui, ho avuto modo di constatare che è assolutamente fidato, devoto a noi quanto suo zio, Anton Varak, lo era ai nostri predecessori, quindici anni fa.» Winters fece una pausa. I suoi grigi occhi penetranti si posarono, a turno, su ciascuno degli interlocutori. «Forse ci vuole un europeo privato di ogni libertà per capire noi, per capire i motivi del nostro operato. Noi siamo gli eredi della Inver Brass, resuscitata da quelli che ci hanno preceduto. Noi stessi siamo stati prescelti da loro, dopo attente valutazioni. Quando quelle buste sigillate ci furono consegnate, ciascuno di noi comprese. Nessuno di noi aspira a trarre ulteriori vantaggi dalla società in cui viviamo, nessuno di noi mira a ottenere benefici maggiori di quelli già goduti, cariche più importanti di quelle già coperte. Grazie alle nostre capacità, con l'aiuto della fortuna, di eredità o di disgrazie altrui, abbiamo da tempo raggiunto una libertà che a ben pochi è concessa in questo mondo così turbato. Ma questa straordinaria libertà comporta responsabilità – che noi accettiamo interamente – come le accettarono i nostri predecessori prima di noi. E ci siamo impegnati a usare le risorse che abbiamo per fare del nostro un Paese migliore e, così facendo, rendere migliore il mondo.» Winters si appoggiò alla spalliera e scosse la testa pensoso. Quindi aggiunse, con voce incerta, in tono quasi interrogativo: «Il Signore lo sa, nessuno ci ha eletto, nessuno ci ha unto in nome della divina provvidenza, e nessun fulmine scagliato dall'Olimpo ha preannunciato portenti: noi facciamo quello che facciamo poiché possiamo farlo. E lo facciamo perché *crediamo* nel nostro giudizio, collettivo e spassionato».

«Non tenerti sulla difensiva, Sam» lo esortò gentilmente Margaret Lowell. «Saremo privilegiati, ma siamo anche diversi l'uno dall'altro. Non rappresentiamo alcun singolo colore dello spettro solare, noi.»

«Non so come prenderla, questa battuta, Margaret» disse il negro Gideon Logan, inarcando le sopracciglia con simulato stupore.

Gli altri membri della Inver Brass risero.

«Oh, Gideon, non ci avevo fatto caso» ribatté la Lowell sullo stesso tono di scherzo. «Sei stato a Palm Beach fuori stagione? Certo, hai preso una bella tintarella.»

«Qualcuno doveva accudire al vostro giardino, *madame*.»

«Se te ne sei incaricato tu, allora sono rimasta senza casa!»

«Per l'appunto. La tenuta è stata affidata a un consorzio di famiglie portoricane. Ne hanno fatto una comune.» Intorno al tavolo, si rise sommessamente. «Scusa, Samuel. Le nostre spiritosaggini sono fuori luogo.»

«Al contrario» replicò Jacob Mandel. «L'umorismo è un sintomo di buona salute e di lungimiranza. Guai, se non ridessimo. Soprattutto dei nostri difetti. Non avremmo ragione di trovarci qui. L'ho appreso, questo, dai miei antenati europei. Sapevano scherzare, anche sotto la minaccia dei pogrom. Era, per loro, uno dei princìpi della sopravvivenza.»

«E avevano ragione, naturalmente» convenne Sundstrom che ancora ridacchiava. «Il riso mette una distanza, per quanto breve, fra la gente e le sue difficoltà. Ma, ora, vogliamo venire al candidato? Ardo di curiosità. Sam ha detto che si tratta di un tipo brillante ma del tutto *inaspettato*. E già questo mi stupisce, dato – come diceva Peg – il fattore tempo. Cioè pensavo che si trattasse di qualcuno che fosse già in arcioni al Pegaso della politica, per intenderci.»

«Per intenderci?» l'interruppe nuovamente Mandel. «Devo leggere qualcuno dei tuoi libri, un giorno o l'altro. Parli come un rabbino, d'accordo, ma io non ti capisco.»

«Non provarci neppure» disse Winters sorridendo affabilmente a Sundstrom.

«Allora, questo candidato?» ripeté Sundstrom. «Credo di aver capito che Varak ha allestito un dossier su di lui.»

«Appunto. Con la solita sua cura per i dettagli» gli rispose Winters indicando con un cenno del capo il proiettore alla parete. «E ha scovato alcune informazioni davvero strabilianti, relative a fatti che ebbero luogo un anno fa.»

«I fatti dell'Oman?» domandò Sundstrom, guardando al di sopra della luce della sua lampada di ottone. «Una settimana fa si sono tenute cerimonie funebri commemorative in varie città.»

«Milos Varak vi spiegherà tutto» disse lo storiografo dai capelli canuti, e pigiò un pulsante.

Pochi secondi dopo, la porta della biblioteca si aprì ed entrò un uomo sui 35 anni, biondo e tarchiato, in completo estivo avana e cravatta rosso bordò. Si soffermò sulla soglia. Le larghe spalle sembravano tirare la stoffa della giacca.

Winters gli disse: «Siamo pronti, Mr. Varak. Entri pure».

«Grazie.» Milos Varak richiuse la porta e andò a collocarsi accanto allo schermo. Con cenni del capo salutò cortesemente i cinque membri della Inver Brass. Il riverbero delle lampade da tavolo, sul suo volto, metteva in risalto gli zigomi prominenti e l'ampia fronte. I biondi capelli, folti e lisci, erano pettinati all'indietro. Aveva gli occhi leggermente obliqui. La sua era una fisionomia tipicamente slava. Lo sguardo era calmo, pacato, addirittura freddo. «È un piacere per me rivedervi» disse. Il suo inglese era ottimo, ma con un marcato accento cantilenante, caratteristico dei cecoslovacchi.

«Il piacere è nostro, Milos» ribatté Jacob Mandel. E gli altri quattro fecero eco.

«Salve, Varak» disse Sundstrom.

«Ha proprio un gran bell'aspetto, Milos» disse Gideon Logan annuendo.

«Sembra un giocatore di football.» Margaret Lowell sorrise. «Non si faccia vedere dai Redskins. Vanno cercando terzini.»

«Il football americano è troppo complicato per me, *madame*.»

«Anche per loro.»

«Ho raccontato ai miei amici del lavoro da lei svolto, Varak» gli disse Winters. «Prima di rivelare l'identità dell'uomo da lei selezionato per noi, vuole illustrarci i criteri da lei seguiti?

«Senz'altro, signore.» Girò lo sguardo intorno, mentre raccoglieva le idee. «Innanzitutto, il vostro uomo deve essere fisicamente attraente, ma non "carino", senza nulla di femmineo. Uno che corrisponda, cioè, ai massimi requisiti dei "maghi dell'immagine": ove ciò non fosse, gli ostacoli sarebbero, dato anche il poco tempo a disposizione, insormontabili. Insomma, occorre una persona che gli uomini identifichino con le virtù mascoline della nostra società e che le donne trovino seducente. Non deve essere un sostenitore di ideologie inaccettabili a importanti settori dell'elettorato. Inoltre deve dare subito l'idea di essere "padrone di se stesso" e incorruttibile. Cioè, non disposto a vendersi a interessi costituiti; e perciò occorre che vi siano episodi, nel suo passato, atti a suffragare questo giudizio. Naturalmente, non deve avere zone d'ombra, segreti disdicevoli: nulla di vergognoso da tenere nascosto. Un altro requisito fondamentale è che il nostro uomo abbia un notevole fascino personale, onde far bella figura alla ribalta della politica e reggere bene i massacranti incontri con il vasto pubblico. Deve possedere molto calore umano e una buona dose di spirito, deve avere al suo attivo comprovati atti di coraggio e abnegazione, ma nulla – anche questo è molto importante – che potrebbe sfruttare al fine di mettere in ombra il Presidente e relegarlo in secondo piano.»

«I suoi fidi non lo accetterebbero mai, questo» disse Eric Sundstrom.

«In ogni caso, non avranno scelta, signore» gli replicò Varak, in tono sommesso ma convincente. «La "manipolazione" – se così vogliamo chiamarla – avverrà in quattro fasi. Nel giro di tre mesi il nostro uomo, praticamente anonimo all'inizio, si renderà rapidamente visibile; in capo a sei mesi sarà relativamente conosciuto; entro un anno avrà un grado di celebrità pari a quello dei Presidenti della Camera e del Senato. E queste sono le prime tre fasi. La quarta fase comporta che la sua effigie appaia sulle copertine dei settimanali *Time* e *Newsweek* e che di lui parlino, in modo elogiativo, gli articoli di fondo dei principali quotidiani. Idem per quanto concerne i telegiornali. Se i finanziamenti saranno adeguati, tutto questo può venire garantito. Diversi mesi prima che si svolgano i congressi dei partiti per la nomina dei candidati.» Varak fece una pausa: «Garantito, s'intende, se è stato scelto proprio chi fa per noi».

I membri della Inver Brass guardarono Milos Varak con lieve stupore, poi si scambiarono fra loro caute occhiate.

«Se l'abbiamo trovato» disse Margaret Lowell «e se ci sta, io me lo sposo.»

«Io pure» disse Gideon Logan. «In barba a chi è contrario ai matrimoni misti.»

«Chiedo scusa» disse Varak interrompendoli. «Non volevo dare l'idea di un personaggio tanto romantico. È una persona normale. Le qualità che ha sono, perlopiù, il risultato della fiducia che gli deriva dalla propria ricchezza. Ricchezza che si è guadagnata faticando duramente, correndo dei rischi, al momento giusto e nel luogo giusto. Si trova a suo agio con se stesso e con gli altri perché dagli altri non pretende niente e sa bene di che cosa è lui stesso capace.»

«Chi è?» domandò Mandel.

«Adesso ve lo mostrerò» disse Varak in tono rispettoso, scostandosi dallo schermo ed estraendo di tasca un telecomando. «Può darsi che alcuni di voi lo riconoscano. In tal caso dovrò ritirare quel che ho detto circa il suo anonimato.»

Un raggio di luce uscì dal proiettore e il volto di Evan Kendrick riempì lo schermo. La foto, a colori, accentuava l'abbronzatura, la barba di più giorni e i ciuffi di capelli castano-chiari che gli spuntavano dietro le orecchie. Stava con gli occhi socchiusi per via del sole, guardando in lontananza, con espressione al tempo stesso attenta e apprensiva.

«Sembra un hippie» disse Margaret Lowell.

«Fatto sta che questa foto» spiegò Milos Varak «è stata scattata la settimana scorsa, verso la fine di una vacanza da lui trascorsa, come ogni anno, sulle Montagne Rocciose. È un appassionato di canoa e si reca là da solo, per quattro settimane, senza guida, vivendo allo stato selvaggio.» Il cecoslovacco proseguì la proiezione delle diapositive, a intervalli di pochi secondi l'una dall'altra. Le foto mostravano vari momenti di un arduo percorso lungo le rapide di un fiume impetuoso, ora in precario equilibrio sui flutti ribollenti, ora tra insidiosi spunzoni di roccia, circondato da spruzzi e schiuma selvaggia. Le foreste montane sullo sfondo davano risalto alla piccolezza dell'uomo e della sua imbarcazione contro la maestosa grandiosità della natura.

«Un momento! Si fermi su questa!» esclamò Samuel Winters sporgendosi per meglio esaminare la foto sullo schermo. «Se non sbaglio, qui sta percorrendo un tratto di fiume che scorre in prossimità del campo-base di Lava Falls.»

«Esatto, signore.»

«Allora, deve aver superato le rapide che si trovano poco più a monte di questo tratto.»

«Sì, signore.»

«Senza una guida?»

«Appunto.»

«È pazzo! Diversi anni fa, da giovane, io percorsi quelle acque con *due* guide e ne fui spaventato a morte. Perché lo fa?»

«Lo ha sempre fatto. Per anni. Ogni qual volta tornava negli Stati Uniti.»

«Tornava?» chiese Jacob Mandel.

«Fino a cinque anni fa, aveva un'impresa edile e appaltava lavori in Medio Oriente, nel Golfo Persico. Quella parte del mondo è quanto di più diverso si possa immaginare da questi luoghi. Era quindi un sollievo per lui – suppongo – cambiare scenario. E così, dopo aver dedicato qualche giorno agli affari, al rientro in patria partiva sempre per il Nordovest.»

«Da solo» disse Eric Sundstrom.

«Non da solo, a quei tempi, signore. Spesso portava un'amica con sé.»

«Dunque non è omosessuale» osservò l'unica donna della Inver Brass.

«Mai insinuato che lo fosse.»

«Ma non ha neanche accennato a una moglie, a una famiglia. Non mi pare un'omissione da poco. Lei ha detto, semplicemente, che adesso lui va in vacanza da solo.»

«È scapolo.»

«Questo potrebbe essere un problema» interloquì Sundstrom.

«Non necessariamente, signore. Abbiamo due anni di tempo per rimediare e, anzi, un matrimonio in periodo elettorale potrebbe essere una bella trovata.»

«Con il Presidente che, magari, gli fa da testimone» disse Logan ridacchiando.

«Non è da escludersi, signore.»

«Mio dio, le pensa tutte, lei, Milos!»

«Un momento, prego.» Mandel si aggiustò gli occhiali cerchiati di metallo. «Ha detto che, cinque anni fa, lavorava in Medio Oriente.»

«Sì, faceva l'appaltatore. Poi ha venduto l'impresa.»

«Perché mai?»

«In seguito a un tragico incidente in cui perirono quasi tutti i suoi dipendenti con le loro famiglie. Questa perdita lo scosse profondamente.»

«Colpa sua?» domandò ancora Mandel, l'agente di Borsa.

«No, affatto. Una ditta sub-appaltatrice aveva fornito materiale scadente.»

«Trasse, in qualche modo, profitto da quella tragedia?» domandò Mandel e il suo sguardo mite si fece duro.

«Al contrario, signore. Ho controllato bene. Vendette l'impresa per circa la metà del suo valore di mercato. Persino i legali della società acquirente ne restarono stupefatti. Erano stati autorizzati, nientemeno, a pagare tre volte tanto.»

Tutti gli occhi della Inver Brass tornarono sullo schermo, dove un uomo in canoa navigava un fiume selvaggio.

«Chi ha scattato queste foto?» chiese Logan.

«Io stesso, signore» rispose Varak. «Senza mai farmi scorgere.»

La proiezione proseguì. E ci fu un brusco cambiamento. Il "prescelto" non vestiva più rozzi abiti da escursionista, non lottava più con le rapide d'un fiume, né si cuoceva da mangiare al fuoco d'un bivacco, in maglietta. No, in questa serie di foto era sbarbato di fresco, indossava un completo scuro, camminava per una via cittadina, con una valigetta in mano.

«Qui siamo a Washington» osservò Eric Sundstrom.

«Sì, nei pressi della Rotonda» precisò Logan.

«E qui, vicino al Campidoglio» disse Mandel, alla foto successiva.

«Lo conosco!» esclamò Sundstrom portando una mano alla tempia. «Conosco quella faccia. E c'è dietro una storia... che però non mi sovviene.»

«Non certo la storia, signore, che adesso vi racconterò.»

«Basta, Milos.» La voce di Margaret Lowell era adamantina. «Non ci tenga più sulle spine. Chi diavolo è?»

«Si chiama Kendrick. Evan Kendrick. È rappresentante alla Camera, eletto nella Nona Circoscrizione del Colorado.»

«Un rappresentante!» esclamò Jacob Mandel, guardando la foto di Kendrick sulla scalinata del Campidoglio. «Mai sentito nominare. E sì che credevo di conoscerli tutti. Di nome, se non di persona.»

«È relativamente nuovo, signore, e alla sua elezione non è stato dato grande risalto. È stato eletto per lo stesso partito del Presidente. In quella Circoscrizione, non esiste praticamente opposizione. Riuscire alle primarie significa quindi venire eletti. Lo dico perché il nostro rappresentante non sembra essere, filosoficamente, in armonia con numerose tesi politiche della Casa Bianca. Durante la campagna per le primarie, ha evitato di trattare temi di politica generale.»

«In sostanza» disse Logan «è uno che ha idee tutte sue, indipendenti: come, mettiamo, Lowell Weicker?»

«Sì, ma senza alcuna ostentazione. Sa tacere.»

«Sa tacere, è un novellino e proviene da un collegio elettorale tutt'altro che prestigioso» disse Sundstrom. «Fin qui, il suo anonimato è certo. Anche troppo. Non fa di sicuro notizia, un rappresentante di fresca nomina, mai sentito nominare, proveniente da una Circoscrizione sconosciuta. Nel Colorado, la Prima Circoscrizione è Denver, la Seconda comprende Boulder, poi abbiamo Springs nella Quinta... Dove diavolo è la Nona Circoscrizione?»

«Presso il confine con lo Utah, a sud-ovest di Telluride» rispose Jacob Mandel. Si strinse nelle spalle come per scusarsi del fatto che lo sapeva. Quindi spiegò: «Anni fa, in Borsa, dovetti occuparmi di una società mineraria che operava in quella regione, e le cui azioni erano altamente speculative. Ma questo che vediamo sullo schermo non è, ovviamente, il rappresentante che incontrammo allora e che, piuttosto disperatamente, cercava di convincerci a comprare le azioni di quella società mineraria».

«E le compraste, signore?» domandò Varak.

«No, macché» rispose Mandel. «Francamente, i rischi erano eccessivi, anche per speculatori avventati.»

«Si trattava di ciò che voi in America chiamate "scam" e noi in Europa "aggiotaggio"?» domandò Varak.

«Non ne ho la prova, Milos. Ci tirammo indietro, e basta.»

«Ma quel rappresentante fece di tutto per convincervi a trattare quel titolo?»

«Sì, in effetti.»

«Proprio per questo è Evan Kendrick, adesso, il rappresentante di quella Circoscrizione, signore.»

«Ah!»

Gideon Logan si rivolse a Eric Sundstrom, accademico e inventore, esperto di tecnologia spaziale, e gli chiese: «Tu lo conosci, Eric, non è vero? Almeno di vista».

«Sì, ne sono sicuro. Devo averlo incontrato a un cocktail, a Washington o Georgetown, tempo fa. Ricordo che qualcuno disse, allora, che c'era una grossa storia, dietro di lui. Ma il discorso finì lì. Non so di quale grossa storia si trattasse.»

«Milos ha detto, però, che qualunque fosse, questa storia cui si alludeva, non è certo la stessa che ci racconterà ora lui» disse Margaret Lowell. «Vero?» aggiunse rivolta a Varak.

«Sì, signora. Quella cui accennarono al professor Sundstrom è certo la storia dei retroscena della sua elezione a rappresentante. Praticamente, Kendrick lo ha comprato, il seggio alla Camera, per la collera, stracciando il suo avversario, seppellendolo sotto una valanga di pubblicità a pagamento, organizzando una serie di comizi costosissimi, che somigliavano più a un circo equestre che non a un'assemblea politica. Si racconta che quando l'avversario gli mosse l'accusa di violare la legge elettorale, Kendrick ribatté accusandolo di malversazione e peculato. L'altro si calmò subito e Kendrick vinse con larghissimo margine.»

«Diciamo, allora, che mise il suo denaro al servizio della propria civile indignazione» osservò Winters pacatamente. «Comunque, lei ha qualcosa di più appassionante da raccontarci, Mr. Varak. La prego, quindi, di procedere.»

«Senz'altro, signore.» Varak pigiò un pulsante e, sullo schermo, apparve un'immagine molto diversa dalle precedenti.

Si vedeva una folla araba scatenata, lungo una stretta strada fiancheggiata da edifici di architettura chiaramente islamica, con insegne in caratteri arabi.

«Siamo in Oman, un anno fa» osservò Sundstrom guardando Winters. Lo storiografo annuì.

Si susseguirono altre diapositive, l'una dietro l'altra, mostrando scene di caos e di carneficina. C'erano cadaveri crivellati di colpi e muri sbrecciati da cannonate, cancelli divelti, ostaggi atterriti in ginocchio dietro un traliccio, su un terrazzo; c'erano primi piani di giovani urlanti che brandivano armi, con aria di trionfo, con una luce selvaggia negli occhi. Terminata quella serie truculenta, comparve sullo schermo una foto in apparenza poco significativa. Su di essa si fissò l'attenzione della Inver Brass. Mostrava un uomo alto, di pelle scura, in barracano bianco, *ghotra* in testa, sulla soglia di un albergo. A questa si affiancò una seconda foto mostrante lo stesso uomo in un bazar, davanti a una fontana. Le due foto restarono appaiate sullo schermo. Lo sbigottito silenzio fu rotto da Milos Varak.

«Quell'uomo è Evan Kendrick» disse semplicemente.

Lo sbigottimento cedette allo stupore. Tranne Samuel Winters, che già era al corrente, gli altri quattro si sporsero in avanti, oltre il cono di luce delle lampade d'ottone, per osservare meglio quella figura sullo schermo.

Varak continuò: «Queste foto sono state scattate da un agente della CIA incaricato di tenere Kendrick sotto sorveglianza, fin dove fosse possibile. Costei ha fatto un buon lavoro».

«Una donna?» Margaret Lowell inarcò le sopracciglia in segno di approvazione.

«Una specialista in affari mediorientali. Il padre è egiziano, la madre americana, della California. Parla l'arabo perfettamente e la CIA si serve spesso di lei, quando scoppia una grave crisi in quello scacchiere.»

«In quello scacchiere?» bisbigliò Mandel sbalordito. «Che ci faceva, lui, là?»

«Un momento» disse Logan fissando Varak con sguardo penetrante. «Mi corregga se sbaglio, giovanotto, ma, se ricordo bene, ci fu un articolo sul *Washington Post*, l'anno scorso, in cui si alludeva a un americano, ignoto, che era intervenuto a Masqat, in quel periodo. Diverse persone pensarono che potesse trattarsi del texano Ross Perot, ma notizie più precise non apparvero mai. La cosa fu lasciata cadere.»

«Non si sbaglia, signore. Quell'americano era, appunto, Evan Kendrick. La storia fu messa a tacere in seguito a pressioni da parte della Casa Bianca.»

«Perché? Questo Kendrick avrebbe potuto trarne enormi vantaggi politici, se davvero diede un contributo alla soluzione della crisi di Masqat.»

«Un contributo decisivo, infatti.»

«Allora non mi raccapezzo» disse Logan pacato, e guardò Samuel Winters.

«Non ci capisce niente nessuno» disse lo storiografo. «Non c'è alcuna spiegazione. C'è soltanto un fascicolo sepolto negli archivi. Che Milos è però riuscito a disseppellire. A parte quel documento, non esiste alcunché, da alcuna parte, che indichi un nesso fra Kendrick e i sanguinosi fatti di Masqat.»

«Anzi, c'è una lettera indirizzata al Segretario di Stato in cui si nega l'esistenza di qualsiasi nesso del genere» precisò Varak. «Non si usano – in quella lettera – tanti riguardi a Kendrick. Lo si definisce addirittura un opportunista, si parla di lui come di un politico che intendeva trarre vantaggi personali dalla crisi degli ostaggi, perché aveva lavorato a suo tempo negli Emirati Arabi, in particolare in Oman, e sperava pertanto di inserirsi nella vicenda, a scopi pubblicitari. Insomma, in quella lettera si raccomanda al Governo di lasciar perdere Kendrick, per il bene degli ostaggi.»

«Ma ovviamente non lo lasciarono perdere affatto, anzi si servirono di lui!» esclamò Sundstrom. «Kendrick non sarebbe potuto arrivare in Oman senza il loro aiuto. Non c'erano voli di linea, in quel periodo. Lo avranno portato là di nascosto, è ovvio.»

«E altrettanto ovvio è che non era un opportunista» soggiunse Margaret Lowell. «Lo vediamo, in quelle foto, coi nostri occhi. E Milos ci dice che il suo intervento fu decisivo, per risolvere la crisi. Tuttavia, lui non ha mai fatto parola di questa sua impresa. Ne saremmo al corrente, se avesse parlato.»

«Non c'è alcuna spiegazione, dunque?» domandò Logan rivolgendosi a Varak.

«Nessuna spiegazione plausibile, signore. Io sono risalito alla fonte.»

«Cioè alla Casa Bianca?» domandò Jacob Mandel.

«No. A reclutarlo fu un funzionario di nome Frank Swann.»

«E lei come l'ha scovato?»

«Non io. A scovarlo fu Kendrick.»

«Sì, ma lei, come ha scovato Kendrick?» domandò Margaret Lowell, pressante.

«Ecco. Anch'io, come Mr. Logan, ricordavo quell'articolo su un ignoto americano a Masqat, quella storia rimasta senza seguito. Per motivi che non saprei spiegare, decisi allora di indagare al riguardo. Probabilmente, pensavo che potesse riguardare qualche personaggio altolocato, degno di venir preso in considerazione per l'incarico che voi, signori, mi avevate affidato. Ammesso che la storia avesse un fondamento di verità.» Varak fece una pausa. Un lieve sorriso – non caratteristico in lui – gli increspò le labbra. «Capita spesso che le più ovvie misure di sicurezza costituiscano invece un ostacolo, per chi desidera essere sicuro. Mi riferisco, in questo caso, al registro delle visite del Dipartimento di Stato. Da anni vige la norma che chiunque entra deve firmare un registro e passare attraverso un rivelatore di metalli. Fra le migliaia di nomi, registrati all'epoca dei fatti dell'Oman, mi balzò all'occhio quello di un oscuro rappresentante del Colorado che si recava a colloquio con un certo Mr. Swann. Questi nomi non mi dicevano niente, è ovvio. Ma i nostri computer sono meglio informati di noi. Ho potuto così appurare che Swann è il principale esperto in affari mediorientali, al Dipartimento di Stato, e che il rappresentante in questione era uno che aveva fatto fortuna negli Emirati e in Arabia Saudita. A causa dello stato di panico, per la crisi in corso, si erano scordati di cancellare il nome di Kendrick da quel registro.»

«Sicché lei si recò da questo Swann» disse Mandel togliendosi gli occhiali cerchiati di metallo.

«Esatto, signore.»

«E Swann cosa le disse?»

«Che mi sbagliavo di grosso. Che l'offerta di Kendrick era stata respinta per il semplice fatto che non poteva essere di nessun ausilio. Kendrick – mi disse anche – non era che uno dei tanti che avevano fatto offerte simili: tutta gente che aveva svolto qualche attività negli Emirati Arabi.»

«Ma lei non gli credette» interloquì Margaret Lowell.

«A ragion veduta. Kendrick non aveva firmato il registro d'uscita, dopo quella visita al Dipartimento di Stato. Era mercoledì 11 agosto. Il suo nome figurava soltanto fra gli "entrati". Ovviamente, quindi, fu fatto uscire alla chetichella. Il che di solito significa che c'è una copertura.»

«Consular Operations» disse Sundstrom. «È un organo segreto che cura i collegamenti fra il Dipartimento di Stato e la CIA.»

«Si tratta di un compromesso necessario, sia pure fatto di malavoglia» precisò Winters. «Ci si calpesta i piedi, al buio. Manco a dirlo, Mr. Varak portò avanti la sua indagine sia presso il Dipartimento di Stato sia a Langley, sede della CIA.»

«L'Eroe dell'Oman non è più ignoto» osservò Logan sottovoce guardando la figura sullo schermo.

«Un uomo politico senza macchia e senza paura» fece eco Mandel. «Un nemico giurato della corruzione!»

«Un uomo di grande coraggio» soggiunse la Lowell «che ha

rischiato la vita per salvare più di duecento connazionali, senza chiedere nulla in cambio...»

«Mentre avrebbe potuto ottenere tutto quello che voleva» completò Sundstrom. «In campo politico, almeno.»

«Ci dica ora tutto quello che sa sul conto di Evan Kendrick, per favore, Mr. Varak» disse Winters. Tutti si accinsero a prendere appunti.

«Prima però» disse Varak dopo una lieve esitazione «devo dirvi che la settimana scorsa mi sono recato nel Colorado, dove ho riscontrato qualcosa che mi lascia tuttora perplesso. Tanto vale dirvelo subito. In casa di Kendrick, nei pressi di Mesa Verde, abita un uomo anziano. Il suo nome – ho appurato – è Emmanuel Weingrass, un architetto dalla doppia cittadinanza: americana e israeliana. Diversi anni fa, costui ha subìto una grave operazione chirurgica. Da allora è convalescente.»

«Cosa c'è di significativo in questo?» domandò Eric Sundstrom.

«Non saprei. Ma vale la pena di considerare tre fatti. Innanzitutto, a quello che ho potuto appurare, questo Weingrass comparve dal nulla, poco dopo il ritorno di Kendrick dall'Oman. Secondo, c'è ovviamente uno stretto rapporto fra i due uomini. In terzo luogo – il che è piuttosto inquietante – la presenza di questo vecchio a Mesa Verde è tenuta segreta. È colpa dello stesso Weingrass se il segreto fa acqua. È un tipo ciarliero, costui, e gli piace stare in allegra compagnia. Fa comunella con gente del popolo, specialmente operai oriundi spagnoli.»

«Ciò non depone certo a suo sfavore» disse Logan sorridendo.

«Può darsi che abbia preso parte all'impresa dell'Oman» suggerì la Lowell. «E neanche questo depone a suo disdoro.»

«Tutt'altro» convenne Jacob Mandel.

Parlò di nuovo Sundstrom. «Deve esercitare una notevole influenza, costui, su Kendrick» disse prendendo appunti sul taccuino. «Non è di questo avviso, Milos?»

«Presumo di sì.»

«Direi che questo Weingrass sia – tutto sommato – un elemento positivo» dichiarò Samuel Winters. «Proceda, Mr. Varak.»

«Sì, signore. Ben sapendo che nulla deve uscire da questa stanza, ho predisposto alcune fotocopie del dossier relativo a Evan Kendrick.» Premette un pulsante del telecomando e, al posto delle foto di Kendrick travestito da arabo, comparve la riproduzione di un foglio dattiloscritto a triplo spazio. «Ciascuna diapositiva» continuò il cecoslovacco «contiene circa un quarto di una normale pagina. Tutti i negativi, naturalmente, sono stati distrutti nel laboratorio, giù in cantina. Ho fatto del mio meglio per studiare il candidato da ogni punto di vista. Posso però aver tralasciato qualche particolare che, viceversa, interessa specificamente qualcuno di voi. In tal caso, non esitate a pormi domande. Fate un cenno col capo, ciascuno di voi, quando avete finito di prendere appunti, e io passerò alla diapositiva seguente. Per un'ora circa, tutto ciò che vedrete d'ora in poi riguarderà la vita di Evan Kendrick: da quando è nato fino alla settimana scorsa.»

Dopo ogni diapositiva, era Eric Sundstrom a fare per primo un cenno con la testa. Margaret Lowell e Jacob Mandel si disputavano l'onore di arrivare per ultimi, ma a prendere più appunti era Gideon Logan. Il presidente, Samuel Winters, non ne prendeva quasi affatto: era già convinto.

Tre ore e quattro minuti più tardi, Milos Varak spense il proiettore. Di lì ad altre due ore e sette minuti, le interrogazioni ebbero termine; e Varak uscì dalla stanza.

«Ora traiamo le nostre conclusioni» disse Winters. «Ognuno di voi farà semplicemente un cenno di assenso o di dissenso con il capo. Cominciamo da Jacob.»

Lentamente, pensosamente, a uno a uno i membri della Inver Brass espressero, con un cenno del capo, il loro consenso.

«Siamo tutti d'accordo, dunque» concluse Winters. «Evan Kendrick sarà il prossimo Vicepresidente degli Stati Uniti. Ne diverrà Presidente undici mesi dopo la rielezione dell'attuale Presidente. Il suo nome in codice è Icaro. Un nome simbolico, ma anche un monito. Preghiamo fervidamente affinché egli, come Icaro, il mitico eroe da cui prende nome, e al pari di tanti suoi predecessori, non cerchi di volare troppo vicino al sole, e quindi non precipiti, annegando miseramente. E che Dio possa avere misericordia delle nostre anime.»

Capitolo diciassettesimo

Evan Kendrick, rappresentante della Nona Circoscrizione elettorale del Colorado, sedeva alla scrivania, nel suo ufficio, guardando la sua segretaria che, con fare austero, gli ricordava i suoi doveri, in ordine di priorità, e le cerimonie ufficiali alle quali doveva senz'altro assistere, qualunque cosa ne pensasse un certo suo consigliere. La donna muoveva le labbra con la rapidità di una mitraglia, e i suoni che ne uscivano – nasali – non erano più tanto bassi, a misurarli in decibel.

«Ecco qua, Mr. Kendrick: gli appuntamenti della settimana.»

«Sono un bel po', Annie. Non potrebbe mandare, a tutti quanti, una circolare in cui si dice che ho una malattia diplomatica e non voglio contagiare nessuno?»

«Per favore, la smetta!» esclamò Ann Mulcahy O'Reilly, una veterana di Washington, di mezz'età, molto energica. «Lei viene preso sottogamba, qui nella capitale, e io non lo tollero. Lo sa cosa dicono sul Colle?» domandò alludendo al Campidoglio di Washington. «Dicono che a lei non gliene importa un corno, della politica, e che spende un mucchio di soldi solo per incontrare donne ricche quanto lei.»

«E lei ci crede, Annie?»

«Come potrei? Lei non va mai da nessuna parte, non fa mai niente. Ringrazierei la madonna e i santi, se la beccassero al parco in costume adamitico con la più bella pupa di Washington! Almeno, vorrebbe dire che qualcosa *fa*.»

«Forse non mi va di fare niente.»

«Invece dovrebbe, accidenti. Ho battuto a macchina i suoi interventi su una dozzina di questioni legislative e, glielo assicuro, sono migliori di quelli dell'ottanta per cento di questi buffoni, ma nessuno vi presta attenzione.»

«Le mie proposte di legge vengono affossate perché non sono popolari, Annie. Neanch'io sono popolare. Non mi vogliono, né in un campo né in quell'altro. Quei pochi che mi hanno notato, in entrambi i partiti, mi hanno appiccicato addosso tante di quelle etichette che si escludono a vicenda. Non potendo incasellarmi, mi affossano. Il che non gli riesce difficile, dal momento che io non protesto.»

«Lo sa Iddio che sono in disaccordo con lei un mucchio di volte, ma so comunque riconoscere un cervello fine quando lo vedo al lavoro...»

«Lasciamo perdere. Ha telefonato Manny?»

«Due volte, ma non gliel'ho passato. Perché prima volevo fare questa chiacchierata con lei.»

Kendrick si sporse in avanti. I suoi occhi azzurri si fecero freddi, quasi collerici. «Non lo faccia più, Annie. Non c'è nessuno, per me, più importante di quell'uomo.»

«Sissignore.» La O'Reilly abbassò gli occhi.

«Mi spiace» disse subito Evan. «Questo non c'entrava. Lei cerca di fare il suo lavoro e io non le sono di grande aiuto. Mi scusi, di nuovo.»

«Non deve scusarsi. Lo so, quello che ha passato insieme a Mr. Weingrass e quello che significa per lei quell'uomo. Quante volte le ho portato il lavoro in ospedale? Non avevo alcun diritto di interferire. D'altro canto, è pur vero che sto cercando di fare il mio lavoro e lei non è, certo, il più disposto a collaborare, fra tutti i rappresentanti del Colle.»

«Ci sono altri colli sui quali preferirei trovarmi...»

«Me ne rendo conto. Quindi, cancelleremo dall'agenda tutti gli impegni mondani. Tanto, arrecherebbe più danni che vantaggi a se stesso, se ci andasse.» Ann O'Reilly si alzò e andò a deporre sulla scrivania, davanti a lui, un fascicolo. «Ma credo che a questa debba dargli un'occhiata. Si tratta di una proposta di legge del suo collega senatore del Colorado. Vuole spianare la cima di un monte e creare un bacino artificiale. Di solito, successivamente nasce un centro turistico, con ville e condomini.»

«Quel figlio di puttana!» disse Evan aprendo il fascicolo.

«Ora le chiamo Mr. Weingrass al telefono.»

«Si ostina a chiamarlo ancora *Mr.* Weingrass?» domandò Evan voltando le pagine. «Le ho detto mille volte di chiamarlo Manny.»

«Oh, non mi riesce facile, sa.»

«Perché? Perché strilla?»

«Santo cielo, no. Non ci si offende, per questo, quando si ha per marito un poliziotto irlandese. Ho fatto il callo a tante cose. No... non è perché strilla.»

«Per quale motivo, allora?»

«Ecco... Se mi azzardo a dargli un po' di confidenza, lui se ne prende troppa. "Cocca" mi fa "potremmo mettere su un numero di varietà, noi due, sai? Lo chiameremmo *Manny's Irish Annie*. Eh, che ne dici?" E io: "Mah... non mi pare una bella idea, Manny". Allora lui: "Pianta quell'animale di tuo marito e scappa con me. Lui capirà e porterà rispetto alla mia grande passione". Io allora gli faccio presente che uno sbirro non porta rispetto a nessuno.»

«Non dica niente a suo marito» le consigliò Kendrick sogghignando.

«Oh, gliel'ho già detto. E mi ha risposto che è disposto a pagarli lui, i biglietti dell'areo. Naturalmente, lui e Weingrass si sono sbronzati insieme un paio di volte...»

«Ubriacati? Non sapevo neppure che si conoscessero.»

«Per colpa mia. Me ne pentirò fin che campo. Fu quando lei andò a Denver, circa otto mesi fa.»

«Me ne ricordo. Per un congresso. E Manny era ancora qui, degente in ospedale. Fui io a pregarla di andare a trovarlo, di portargli i giornali di Parigi.»

«E portai anche Paddy, mio marito, con me. È bene avere un poliziotto di scorta, quando si va in giro per quelle strade la sera.»

«E che cosa è successo?»

«Divennero amiconi. Qualche sera dopo, dato che io avevo da fare, Paddy tornò a trovarlo da solo.»

Evan scosse lentamente la testa. «Mi spiace, Annie. Non lo sapevo. Non intendevo coinvolgere lei e suo marito nella mia vita privata. Manny non mi ha mai detto niente.»

«Lasciamo perdere. Adesso glielo chiamo.»

Emmanuel Weingrass stava appoggiato a un macigno, in cima a una collina che faceva parte della tenuta di Kendrick, ai piedi delle Montagne Rocciose, nel Colorado. Portava la camicia a scacchi sbottonata, per prendere il sole; e respirava a pieni polmoni quell'aria balsamica. Si guardò il torace, osservò le cicatrici dell'operazione chirurgica e, per un breve istante, si chiese se gli convenisse credere in Dio o in Evan Kendrick. I medici gli avevano assicurato – dopo l'operazione e dopo vari controlli postoperatori – di avere completamente eliminato le cellule maligne che gli divoravano la vita. Lo avevano dichiarato guarito. Aveva ottant'anni suonati. Appoggiato a quel macigno, offriva al sole il fragile corpo. Fragile ma non tanto, poiché si muoveva meglio, parlava meglio, non tossiva praticamente più. Tuttavia aveva nostalgia delle sigarette Gauloise e dei sigari Montecristo, che tanto gli piacevano. Che male potevano fargli? Al massimo, ammazzarlo qualche giorno prima della fine naturale.

Si volse a guardare l'infermiera che sedeva all'ombra di un albero, poco lontano. Era una delle tre che, a turno, lo accompagnavano dovunque. Weingrass si chiese come avrebbe reagito, se le avesse fatto una proposta ardita, all'improvviso. Sapeva molto bene che, nel suo stato, poteva essere solo uno sfogo verbale, magari divertente.

«Bella giornata, eh?» le disse.

«Stupenda» fu la risposta.

«Che ne direbbe, allora, se ci spogliassimo e ce la godessimo come si deve?»

L'espressione dell'infermiera non mutò, neppure per un attimo. La sua reazione fu calma, deliberata, persino gentile. «Sono qui, Mr. Weingrass, per prendermi cura di lei, non per procurarle un infarto.»

«Niente male. No, no, niente male.»

Il radiotelefono che si erano portati dietro, sul carrello da golf, cominciò a squillare. La donna andò a rispondere. Dopo una breve conversazione, conclusa con una risata, si rivolse a Weingrass: «La vuole Mr. Kendrick».

«Non mi dica che rideva così con lui» disse Manny, tirandosi su. «Ci scommetto che è Annie Giocamorra, a raccontarle bugie sul mio conto.»

«Infatti, mi chiedeva se non l'avessi ancora strangolata» rispose l'infermiera consegnandogli il ricevitore.

«Annie, questa donna è una peste!»

«Si fa quel che si può» gli rispose Evan Kendrick.

«Ah, credevo di parlare con la tua segretaria. È una peste, anche lei.»

«Uomo avvisato, Manny, mezzo salvato. Mi avevi chiamato. Tutto a posto?»

«Dovrei chiamare solo in caso di crisi?»

«Fatto sta che telefoni di rado. Dunque, che c'è?»

«Come stai a soldi?»

«Non mi lamento. Perché?»

«Hai presente quella soprelevazione che abbiamo costruito sul portico ovest, per avere una bella veduta?»

«Sì, certo.»

«Ebbene, mi sono trastullato a fare dei progetti. Secondo me, un terrazzo ci starebbe proprio bene, lì sopra. Due travi d'acciaio ne sosterrebbero il peso. Più un terzo, magari, se volessi installarci anche un bagno a vapore.»

«Mi pare una gran bella idea. Fa' pure.»

«Bene. Chiamerò gli idraulici oggi stesso. Ma, non appena completato questo lavoro di miglioria, me ne tornerò a Parigi.»

«Come preferisci, Manny. Però mi avevi anche promesso di costruire un gazebo, presso la confluenza dei due fiumicelli.»

«Però tu mi dicesti che non ti andava, di arrivare a piedi fin laggiù.»

«Ho cambiato idea. Sarebbe anzi l'ideale, per appartarsi a riflettere.»

«Allora non è il posto per te.»

«Sei tutto cuore. Tornerò la settimana prossima, per qualche giorno.»

«Non vedo l'ora» disse Weingrass alzando la voce e guardando l'infermiera. «Quando sarai qui tu potrò sbarazzarmi di certe maniache sessuali che mi stanno fra i piedi!»

Erano da poco suonate le dieci di sera quando Milos Varak arrivò alla Camera ed entrò dal portone per cui si accedeva agli uffici dei vari rappresentanti. Non ebbe difficoltà a esservi ammesso a quell'ora insolita poiché aveva appuntamento con un rappresentante, Arvin Partridge dell'Alabama. Varak percorse un lungo corridoio deserto e, giunto alla porta indicata, bussò. Venne subito ad aprirgli un giovanotto snello, di poco più di vent'anni, dallo sguardo ansioso dietro i grossi occhiali cerchiati in tartaruga. Probabilmente era un segretario.

Arvin Partridge, un uomo burbero e sagace, presiedeva una commissione investigativa, popolarmente denominata "la Gang di Partridge", la quale indagava sui fondi stanziati dal Governo per le forze armate. Dove andava a finire una parte cospicua di quel denaro? Erano corse voci scandalose di "ciambelle" per il gabinetto pagate 1.200 dollari l'una e tubi da 700 dollari al metro. Ma non erano tanto queste enormità palesi (e quindi eventualmente correggibili) a preoccupare "gli Uccelli" (altro nomignolo della Gang) quanto altre più sfuggenti distorsioni, malversazioni e, soprattutto, il sospetto di aste d'appalto truccate, per lavori e forniture. Quello che la Commissione investigativa aveva cominciato a scoprire era un vero e proprio fiume di corruzione, con tanti di quegli affluenti che non v'erano abbastanza esploratori per percorrerli sui canotti disponibili.

«Dovrei vedere Mr. Partridge» disse Varak sulla soglia. Il suo accento straniero rese ancora più apprensivo il giovanotto.

«L'hanno...» cominciò questi impacciatissimo. «Cioè, le guardie all'ingresso...»

«Vuol dire se hanno controllato che non sia armato?» lo aiutò il biondo cecoslovacco. «Ma certo. Stia tranquillo. Telefoni in portineria, se crede. Del resto, ho appuntamento con Mr. Partridge. Mi starà aspettando.»

«Oh, sì, certo. È nel suo ufficio. Si accomodi.» Il giovane nervoso gli fece strada fino a una seconda porta. Bussò. «C'è qui...»

«Fallo entrare!» ordinò una voce robusta dal marcato accento meridionale. «Rispondi tu alle telefonate. Non ci sono per nessuno, fosse pure il Presidente.»

«Entri pure» disse il giovane aprendo la porta.

Varak fu tentato di dirgli, per metterlo ancora più in agitazione, che era un emissario del KGB, ma non volle infierire. Quel giovane, se era lì, era lì per qualche motivo. Non arrivavano molte telefonate, a quell'ora, in ufficio.

La stanza era ampia, con un gran numero di fotografie – ai muri, sulla scrivania, sui tavoli, sulle mensole – tutte attestanti l'influenza, il patriottismo e il potere di Partridge. Questi, in piedi accanto a una finestra, era meno imponente di persona, che non in effigie. Era piuttosto basso di statura e sopra peso, con un viso irritato e rubicondo, i radi capelli tinti.

«Non lo so cosa abbia da vendere, lei, biondo» disse avanzando verso Varak come un piccione furioso «ma se è quello che credo, la scaravento giù dalle scale!»

«Non ho niente da vendere, signore. Solo qualcosa da regalare. Qualcosa di grande valore, peraltro.»

«Stronzate! Lei vuole da me una copertura, ma io non gliela darò!»

«I miei clienti non hanno bisogno di alcuna copertura, e nemmeno io ne ho bisogno. Lei però potrebbe averne bisogno, a mio modesto avviso.»

«Cazzate! Per telefono, lei mi ha detto che aveva raccolto in giro delle voci riguardanti traffici di droga. Quindi sono stato a sentirla e ho accettato di incontrarla. Nel frattempo, però, ho fatto delle indagini. E qui siamo puliti. Puliti, limpidi come un torrente dell'Alabama. Adesso voglio sapere chi l'ha mandata: dei ladri, è ovvio, dei profittatori i quali sperano di mettermi paura con stronzate del genere.»

«Non credo che le farebbe piacere, signore, se certe "stronzate" diventassero di dominio pubblico. Le notizie in mio possesso sono devastanti.»

«Notizie? Parole! Pettegolezzi! Insinuazioni, altro che notizie. Come nel caso di quel negro che cercò di mettere sotto accusa l'intero Congresso con le sue bugie.»

«Né dicerie né pettegolezzi» disse Milos Varak infilando una mano in tasca. «Solo fotografie.» Estrasse una busta che depose sulla scrivania.

«*Cosa?*» Partridge si sedette e aprì la busta. Ne estrasse le fotografie e le esaminò a una a una sotto la lampada da tavolo dal paralume verde. Sgranò tanto d'occhi. Si fece prima pallido, poi rosso di collera. Quello che aveva sotto gli occhi era qualcosa che andava ben al di là della sua immaginazione. Le foto mostravano dei giovani che sniffavano coca a tutto spiano, mediante cannucce.

C'erano poi istantanee sfocate, scattate di nascosto, di giovani che si bucavano, che inghiottivano pillole, che bevevano birra e whisky. C'erano infine alcune foto, perfettamente nitide, di coppie che facevano l'amore.

«Oggigiorno si trovano macchine fotografiche d'ogni formato» disse Varak. «Ve ne sono, grazie alla microtecnologia, anche di piccole come un bottone della giacca o della camicia...»

«Oh Cristo!» esclamò Partridge angosciato. «Qui siamo nella mia casa di Arlington! E in queste altre...»

«La scena si svolge in casa di Bookbinder, a Silver Springs. Altre ancora sono state prese in casa di altri tre membri della Commissione da lei presieduta. Vi assentate spesso da Washington, per ragioni di lavoro.»

«Chi ha scattato queste foto?» domandò Partridge con voce appena percettibile.

«Non intendo dirle chi, ma le assicuro che la persona si trova all'estero, adesso, e non ha alcuna possibilità di rientrare negli Stati Uniti. Inoltre, non è in possesso dei negativi. Diciamo che si tratta di uno studente di scienze politiche straniero, che ora è tornato a casa.»

«Tutto il nostro lavoro ora rischia di andare sprecato. Proprio quando cominciava a dare i suoi frutti. Oh, Cristo!»

«Perché sprecato?» domandò Varak con sincerità. «Questi giovani scapestrati non sono membri della Commissione. Non sono neppure vostri consulenti legali, né vostri collaboratori, né vostri impiegati. Sono ragazzi che hanno commesso terribili errori, nell'ambiente difficile della più potente capitale del mondo. Dite loro che, se non si ravvedono, saranno rovinati per sempre. Ma, per carità, non pregiudicate, per colpa loro, il lavoro della vostra benemerita Commissione.»

«Ma non si rende conto? Nessuno crederà più a noi, adesso» disse Partridge fissando il vuoto davanti a sé. «Siamo marci come coloro ai quali stiamo dando la caccia. Siamo tanti ipocriti.»

«Nessuno deve sapere...»

«Merda!» esplose il rappresentante dell'Alabama. Premette un pulsante sul telefono interno e lo tenne premuto fin tanto che non ebbe risposta. «Vieni qui!» gridò nel ricevitore.

Dopo pochi istanti comparve sulla soglia il giovane che aveva aperto a Varak.

Partridge si alzò dalla scrivania e lo investì furiosamente: «Brutto figlio di puttana! Ti avevo detto di dirmi la verità. Invece mi hai mentito!».

«Non è vero!» ribatté il giovane, i cui occhi luccicavano di lacrime dietro le lenti. «Mi hai chiesto: "Cosa sta succedendo?". E io ti ho risposto: "Niente". Ed è la verità. Non sta succedendo niente, adesso. Quella è roba di ieri. Un paio dei nostri sono stati arrestati, quattro settimane fa, e questo ha messo *a tutti* una strizza tremenda. D'accordo, abbiamo fatto sciocchezze, siamo stati dei fessi, d'accordo, ma non abbiamo fatto del male a nessuno – tranne che a noi stessi. Quindi tutto è cambiato, da un mese a questa parte. Abbiamo smesso. Ma non vi siete accorti di niente, voi. Tu e il tuo staff ci fate lavorare ottanta ore alla settimana, ci trattate da cretini, però usate il materiale che vi procuriamo noi per farvi belli davanti alle telecamere. Insomma, quello di cui non ti sei accorto è che tutta la classe dei "ragazzini" è cambiata. Gli altri se ne sono andati. Non te ne sei neppure accorto. Io sono l'unico rimasto perché *non potevo* andarmene.»

«Te ne vai ora.»

«E di volata, Imperatore Jones!»

«Chi era costui?»

«Uno che si credeva chissà chi!» disse il giovane e uscì sbattendo la porta.

«Chi è quello?» domandò Varak.

«Mio figlio, Arvin Partridge junior» rispose con calma Partridge tornando a sedersi, gli occhi sempre fissi sulla porta. «È studente di legge. Frequenta il terzo anno all'Università della Virginia. E quelli lì... i ragazzi delle foto... sono tutti suoi colleghi. Sgobbavano per noi per quattro soldi. Ma gli davamo, in cambio, anche dell'altro. Ed essi hanno tradito la nostra fiducia.»

«Cos'è che gli davate?»

«La possibilità di fare esperienza. Come non avrebbero potuto farne, né sui libri, né da nessun'altra parte. Solo qui. Denaro a parte, si sono arricchiti di qualcosa di prezioso, lavorando per noi. Mio figlio mi ha mentito... Mi ha tenuto nascosto qualcosa che può distruggere tutti quanti noi. Non potrò mai più fidarmi di lui.»

«Mi dispiace.»

«Non è un problema suo, questo!» sbottò Partridge cambiando il tono di voce. Poi aggiunse con asprezza: «Allora? Cosa vuole da me, in cambio? In modo tale che io possa continuare a tenere insieme la mia Commissione di inchiesta? Certo, dovrò valutare tutti i pro e i contro».

«Lei non ha niente da rimetterci» rispose Varak. Estrasse dalla valigetta un fascicolo e lo aprì davanti a lui, sulla scrivania. «I miei clienti» disse indicando la foto che spiccava sul frontespizio «vogliono che quest'uomo venga inserito nella Commissione da lei presieduta e...»

«Cosa c'è, dietro questa manovra?» domandò Partridge interrompendolo.

«Assolutamente nulla di compromettente. Quest'uomo non ha nulla da nascondere, nulla da rimproverarsi. Glielo ripeto: i miei clienti non fanno ricatti né cercano favori, non mirano a insabbiare qualcosa né a esercitare pressioni di sorta. Quest'uomo neanche li conosce, i miei clienti. Né essi conoscono lui di persona. Inoltre, lui non sa assolutamente nulla di questo nostro colloquio.

«E allora perché volete inserirlo nella mia Commissione?»

«Perché i miei clienti sono convinti che potrà essere utile.»

«Un singolo uomo non può fare niente, lo sa questo, non è vero?»

«Certamente.»

«Se il vostro intento è quello di piazzarlo per ottenere informazioni dall'interno, sappia che siamo a tenuta stagna.» Partridge lanciò un'occhiata alle foto delle orgette in casa sua. «O almeno, lo eravamo.»

Milos Varak radunò le foto e se le riprese. «Lo inserisca tranquillamente nella sua Commissione. Altrimenti la vostra, per usare le sue stesse parole, sarà tutta fatica sprecata. Una volta che il nostro uomo sarà insediato nella Commissione, queste foto le saranno restituite, insieme ai negativi. Dia retta.»

Partridge continuava a fissare le foto in mano a Varak. «Sta di fatto che c'è un posto vacante. Bookbinder si è dimesso proprio ieri, adducendo motivi personali.»

«Lo so» disse Milos Varak.

Partridge lo guardò negli occhi. «Chi diavolo è, lei?»

«Un uomo che ama il suo Paese d'adozione» rispose il biondo cecoslovacco. «Ma io non conto. Quell'uomo lì è importante.»

Partridge guardò il fascicolo corredato di foto che aveva davanti a sé. «Evan Kendrick, del Colorado» lesse. «L'ho sentito sì e no nominare, e non ho sentito niente di strabiliante, sul suo conto. Non è nessuno. Un ricco nessuno.»

«Non sarà sempre così, signore» replicò Varak. Poi si volse e si diresse verso l'uscita.

Evan Kendrick era appena uscito dall'ufficio, quando il suo assistente Phil Tobias si precipitò a chiamarlo, per il corridoio della Camera.

«Che c'è?» domandò Evan che si accingeva a salire in ascensore, guardando il giovane tutto trafelato. «Non è da te scalmanarti così, Phil. La Nona Circoscrizione del Colorado è forse rimasta sepolta sotto una valanga di fango?»

«Anzi, direi che è stata dissepolta dal fango, grazie a lei.»

«Insomma, che c'è?»

«Partridge! Partridge dell'Alabama.»

«È un rozzo, ma è un galantuomo. È uno che affronta dei rischi. Mi piace come lavora.»

«Ora vuole che lei lavori insieme a lui.»

«Vale a dire?»

«Che entri a far parte della sua Commissione.»

«Cosa?»

«È un grande passo avanti.»

«Indietro, altroché» ribatté Kendrick. «I membri della sua Commissione vengono intervistati al telegiornale quasi ogni settimana. E l'idea non mi sorride affatto.»

«Scusi, ma dovrebbe esserne contento, invece» disse l'assistente senza staccare gli occhi da quelli di Evan.

«Perché?»

Phil lo toccò sul braccio perché si scansasse dall'ingresso dell'ascensore. «Lei mi ha detto che intende dimettersi, dopo le prossime elezioni. E questo lo posso accettare. Ma mi ha anche detto che vuole aver voce in capitolo nella scelta del suo successore.»

«Sì, infatti.» Evan annuì. «Mi sono battuto contro la corruzione e non voglio che si ricominci con il vecchio andazzo. Cristo! Quanti imbrogli hanno escogitato, per vendere al pubblico le azioni di una miniera d'uranio inesistente e via dicendo.»

«Non avrà alcuna voce in capitolo, però, se rifiuta l'offerta di Partridge.»

«Perché no?»

«Perché lui la vuole assolutamente con sé.»

«Per quale motivo?»

«Non saprei. Di sicuro so solo che Partridge non fa niente senza un motivo. Forse intende estendere la sua influenza all'Ovest, crearsi una base nel Colorado... chi lo sa? Sta di fatto che Partridge controlla numerose delegazioni statali. E se lei gli rispondesse picche, prenderebbe tale rifiuto come un insulto. E farebbe in modo di tagliarla fuori, per la sua arroganza, sia qui sia nel Colorado. Voglio dire, è uno degli uomini di maggior potere, lui, sul Colle.»

Kendrick sospirò aggrottando la fronte. «Potrò sempre tenere la bocca chiusa, se verrano a intervistarmi.»

E così Evan Kendrick fu chiamato a far parte della Commissione Partridge. Per quanto sorprendente, la cosa non commosse nessuno, a Washington, tranne Ann Mulcahy O'Reilly e suo marito. Questi, Patrick Xavier, era stato tenente di Polizia a Boston e, trapiantato nella capitale travagliata dal crimine, prestava adesso i suoi servigi alle autorità politiche. In genere, si ritenne che Partridge avesse scelto l'oscuro rappresentante del Colorado in base a un semplice ragionamento: voleva su di sé tutte le luci della ribalta, il vecchio marpione, e non su altri membri della sua Commissione. Dato questo presupposto, Partridge non avrebbe potuto operare una scelta migliore: Kendrick, infatti, raramente apriva bocca durante le udienze che la Commissione teneva due volte la settimana, spesso riprese in diretta alla Tv. Erano trascorse tre settimane, dalla sua nomina, e il discorso più lungo che aveva tenuto era durato 23 secondi, allorché, rispondendo al benvenuto del Presidente, aveva espresso pacatamente il suo stupore per l'investitura, e la speranza di mostrarsi degno di tanto onore e della fiducia riposta in lui. L'obiettivo della telecamera lo aveva inquadrato in primo piano per appena dodici secondi poi, mentre lui parlava ancora, si era spostato su un usciere in uniforme che stava vuotando i portacenere.

L'annunciatore aveva addirittura storpiato il suo nome, quando aveva detto: «Owen Cambrick ha così completato la sua dichiarazione...».

Invece, il martedì della quarta settimana accadde un fatto del tutto insolito. L'udienza della Commissione veniva ripresa in diretta per intero quel giorno, dato l'alto interesse che rivestiva per il grosso pubblico. Era stato infatti convocato, come teste, un alto esponente del Pentagono, il colonnello Robert Barrish, dell'Ufficio per gli Approvvigionamenti. Piuttosto giovane, stempiato, brillante, aggressivo, questo colonnello si era fatto un nome come esperto di logistica ed era un militarista convinto. Era inoltre dotato di spirito caustico. Quindi erano molti a pregustarsi lo scontro in diretta fra il colonnello Barrish e l'ugualmente arguto, caustico, brillante, polemico Presidente della Commissione Partridge.

Ma quella mattina Arvin Partridge non si presentò all'appuntamento. Vane risultarono decine e decine di telefonate dei suoi collaboratori: non lo si trovò da nessuna parte. Era semplicemente scomparso.

Dato che i lavori della Camera non possono arrestarsi per l'assenza di un singolo personaggio, per quanto insigne, la seduta pubblica si tenne ugualmente, sotto la presidenza di un rappresentante del Nord Dakota. Costui era un uomo mite, devoto, molto ligio alle sacre scritture – specie per quanto riguarda l'invito evangelico a preferire l'aratro alla spada – e per di più in preda, quel mattino, a un tremendo doposbornia – inspiegabile, dal momento che era astemio – e pertanto avrebbe fatto certamente la figura dell'agnello, fra gli artigli di quel leone che era il colonnello Barrish.

«... E tengo a precisare, categoricamente, di fronte a questa Commissione inquirente di *civili*, che io sono uno strenuo sostenitore di una società libera ma *forte*. Poiché infatti noi siamo impegnati in una lotta all'ultimo sangue contro le forze del male, che ci farebbero a brandelli al primo segno di debolezza da parte nostra. Dobbiamo, dunque, lasciarci legare le mani dalla sacra Inquisizione, a causa di certe quisquilie procedurali e burocratiche? Quello che a noi sta a cuore è, in primo luogo, che il nemico non prevalga, non acquisti un vantaggio su di noi.»

«Le assicuro, colonnello,» disse il Presidente ad interim, dagli occhi cisposi, «che nessuno qui pone in forse il suo impegno per la difesa del Paese.»

«Lo spero bene, signore.»

«Non credo...»

«Un momento, soldato!» disse a questo punto Evan Kendrick intervenendo.

«Prego?»

«Ho detto "un momento", se non le dispiace.»

«Il mio grado è colonnello, e pretendo che mi si dia questa qualifica» disse l'ufficiale, piccato.

Evan lo guardò duramente, dimenticando che erano in diretta. «Mi rivolgo a lei come mi pare, pezzo di bastardo arrogante che non è altro.» Le telecamere parvero sussultare, a questa invettiva inattesa. Ma non c'era verso di rimediare. Kendrick continuò, imperterrito: «A meno che lei non abbia personalmente emendato la Costituzione. Non credo però che l'abbia mai neanche letta. Sacra Inquisizione un corno!».

«Il suo atteggiamento mi offende!»

«Molti contribuenti sono offesi dal suo» ribatté Evan. Diede un'occhiata al curriculum di Barrish e ripensò a ciò che Frank Swann aveva chiesto a lui esattamente un anno prima. «Mi permetta di chiederle, colonnello: ha mai usato un'arma da fuoco?»

«Sono un *soldato*!»

«Questo è assodato. Sappiamo che lei è un militare. Noi "inquisitori" civili le paghiamo lo stipendio... A meno che non l'abbia presa in affitto, quella divisa.» Sommesse risate, nell'aula. «Le ho chiesto: ha mai usato un'arma da fuoco?»

«Innumerevoli volte. E lei?»

«Diverse volte. Non innumerevoli. Mai in divisa.»

«Allora, credo che la questione sia chiusa.»

«Non del tutto. Ha mai usato un'arma allo scopo di uccidere un altro essere umano il cui intento era di uccidere lei?»

Seguì un lungo silenzio. Tutti notarono l'imbarazzo della risposta. «Non sono mai stato in combattimento, se è questo che intende sapere.»

«Però, poco fa, parlava di lotta all'ultimo sangue eccetera eccetera, il che lascerebbe arguire che lei si ritiene una sorta di moderno Davy Crockett, che tiene duro a Forte Alamo, oppure un novello sergente York, o magari un emulo di Indiana Jones, che fa fuori i cattivi a man salva. Ma questo non è esatto, colonnello. No: lei è un semplice contabile che cerca di giustificare il furto di milioni – forse miliardi – di pubblico denaro, denaro versato da chi paga le tasse, facendosi scudo della bandiera a stelle e strisce e in nome di un superpatriottismo.»

«Brutto figlio di...! Come osa...» Di nuovo le telecamere sussultarono e di nuovo intervennero, troppo tardi, i bip-bip di disturbo dell'audio, mentre il colonnello Barrish, in piedi, batteva i pugni sul tavolo.

«La seduta è tolta!» gridò il Presidente esausto. «Aggiornata, *perdio*!»

Nella penombra di una sala di regìa, presso una stazione televisiva di Washington, un celebre giornalista che stava seguendo sul monitor la diretta della Camera rovesciò pensoso il labbro – come milioni di spettatori lo vedevano fare quando era perplesso, durante i dibattiti – quindi si rivolse al suo assistente.

«Voglio quel tizio – chiunque diavolo sia – nel mio programma, domenica prossima.»

La donna, sconvolta, stava dicendo al telefono: «Ti assicuro, mamma, che non l'avevo mai visto in quello stato, prima d'ora, in vita mia. Ubriaco, ti dico. Ubriaco fradicio. Meno male che una brava persona, uno straniero a giudicare dall'accento, lo ha riaccompagnato qui a casa. Lo ha trovato ieri sera – mi ha detto – davanti a un ristorante del centro, che si reggeva in piedi a stento. Te l'immagini? Non riusciva neanche a camminare! Quel tale, che passava provvidenzialmente da quelle parti, lo ha riconosciuto e, da buon cristiano, ha pensato bene di levarlo dalla strada. Quello che mi lascia perplessa, mamma, è che ero convinta che non bevesse alcolici. Evidentemente, mi sbagliavo. Mi domando quali altri vizi segreti abbia, quell'uomo timorato, tutto casa e chiesa e Congresso. Stamattina, quando si è svegliato – prima di andare alla Camera per l'udienza della Commissione Partridge – mi ha detto che non ricordava niente di ieri sera, assolutamente niente. Ah, sta rientrando adesso... Oh, Gesù benedetto! Si è messo a vomitare sul tappeto nuovo del salotto, mamma!».

«Dove diavolo mi trovo?» borbottò Arvin Partridge senior, scuotendo la testa e cercando di mettere lo sguardo a fuoco, nella squallida stanza d'albergo. «In una tana di topi?»

«Non è tanto lontano dal vero» disse l'uomo biondo avvicinandosi al letto. «Con la differenza che i roditori che frequentano questo luogo, di solito, non ci restano più di un paio d'ore.»

«Lei!» urlò il rappresentante dell'Alabama, fissando il cecoslovacco. «Che cosa mi ha fatto?»

«Oh, niente di male, signore. Anzi, un favore» rispose Milos Varak. «Grazie al cielo, sono riuscito a toglierla da una situazione che avrebbe potuto risultare imbarazzante per lei.»

«*Cosa?*» Partridge si tirò su e gettò le gambe oltre la sponda del letto. Benché non si orientasse ancora, si accorse di essere completamente vestito. «Dove? In che modo?»

«Uno dei miei clienti, ieri sera, si trovava per caso al bar della Carriage House, dove lei si è incontrato con il rappresentante del Nord Dakota. Quando la situazione si è fatta incresciosa, il mio cliente mi ha telefonato. Per fortuna, abito poco lontano. E sono potuto arrivare in tempo...»

«Un momento!» gridò Partridge. «Quell'incontro era un tranello, è chiaro. A lui hanno telefonato dicendo che io volevo vederlo, a me idem. Siccome si era alla vigilia dell'udienza dedicata al colonnello Barrish, quel cazzone del Pentagono, tutt'e due ci siamo detti: "Meglio scambiarci delle idee, prima". Ma... Io gli domando: "Allora, che c'è?" e lui mi rivolge la stessa domanda.»

«Non saprei che dirle, al riguardo.»

«Porca vacca! E che cosa è successo di tanto "increscioso"?»

«Avete alzato troppo il gomito.»

«Cristo! Io ho bevuto soltanto un martini e lui una limonata.»

«Se questa è la verità, avete entrambi strane intolleranze. Lei è caduto riverso sul bancone e il rappresentante del Dakota non si reggeva in piedi.»

Partridge guardò brutto il cecoslovacco. «Ci ha drogato, tutt'e due!» disse con calma.

«Sono arrivato solo a cose fatte, io, alla Carriage House.»

«Lei è un bugiardo. Ed è molto esperto nel mentire... Cristo santo! Che ore sono?»

Prima che guardasse l'orologio, Varak gli disse: «L'udienza a quest'ora è già finita».

«Merda!»

«Il rappresentante del Dakota non ha fatto una gran bella figura, ma Kendrick ha prodotto veramente sensazione, signore. Certo, ritrasmetteranno il suo intervento al telegiornale della sera... cancellando, s'intende, certe parolacce.»

«Oh Cristo» mormorò Partridge fra sé. Alzò gli occhi sull'emissario della Inver Brass. «Cos'hanno detto di me? Della mia assenza ingiustificata?»

«Il suo ufficio ha emesso un comunicato del tutto accettabile. Lei era andato a pesca, al largo del Maryland. Il motore della barca si è guastato e lei ha dovuto gettare l'àncora a un miglio dal porto. Nessun problema. E, quanto a questo albergo, lei non è stato registrato.»

«Il mio ufficio ha emesso un comunicato del genere? Chi l'ha autorizzato?»

«Suo figlio. È un giovane che sa perdonare. Ora è qui fuori che aspetta in macchina.»

Il concessionario della Saab era raggiante di felicità e stupore. Dopo aver firmato il contratto di vendita a rate, tornò a contare i dollari dell'anticipo. «L'auto sarà pronta alle tre, chiavi in mano» disse infine.

«Va benissimo» disse l'acquirente, che aveva regolarmente declinato le proprie generalità: di professione faceva il barista e, attualmente, era occupato presso il bar del famoso ristorante Carriage House.

Capitolo diciottesimo

«Dobbiamo essere pronti per l'ora zero, Mr. Kendrick» disse il colonnello Robert Barrish, sorridendo affabilmente verso la telecamera, con voce che era la quintessenza della ragionevolezza. «Quando essa scoccherà, dobbiamo essere pronti. Ma meglio armati saremo, e più l'ora zero tarderà a scoccare.»

«Può succedere anche l'inverso. Più riempiamo gli arsenali e maggiore è il rischio che un semplice errore di calcolo faccia saltare in aria il pianeta.»

«Oh, la prego!» disse il colonnello in tono ammonitore. «Questo ragionamento ormai è diventato da tempo un *modus non operandi*. Siamo dei professionisti, noi.»

«Intende dire: i nostri?»

«È naturale che alludo ai nostri.»

«Ma, e il nemico? Non sono dei professionisti, anche quelli dall'altra parte?»

«Se tenta di paragonare l'impegno tecnologico dei nostri nemici al nostro, credo che si accorgerà di essere tanto male informato, a tale riguardo, quanto lo è riguardo all'efficacia del nostro sistema per il controllo dei costi.»

«Vuole dire, con questo, che loro non sono tanto bravi quanto noi?»

«Sagace asserzione, Mr. Kendrick. Al di là della superiorità del nostro impegno morale, l'addestramento tecnologico delle nostre Forze Armate è il migliore del mondo. Mi perdoni, ma, in quanto parte di questa grande squadra, devo proprio dire che sono orgoglioso dei nostri splendidi soldati.»

«Perbacco, lo sono anch'io» disse Evan con un lieve sorriso a fior di labbra. «Ma devo dire, a questo punto, colonnello, che non seguo più il suo ragionamento. Credevo che il suo accenno alla "professionalità" fosse in risposta alla mia osservazione circa la possibilità di un errore di calcolo, con tutti gli arsenali così pieni.»

«Appunto. Vede, Mr. Kendrick, quello che sto cercando pazientemente di spiegarle è che i nostri tecnici si attengono a procedure che escludono ogni possibilità di errore di calcolo. Siamo, virtualmente, a prova di sbaglio.»

«Noi lo saremo pure» ammise Evan. «Ma loro? Lei ha detto – credo che abbia detto – che non sono in gamba come noi. Che non c'è paragone, coi nostri. Metta che lo commettano loro, un errore di calcolo? E allora?»

«Non avrebbero la possibilità di commetterne altri. Con una perdita minima da parte nostra, noi spazzeremmo via...»

«Al tempo, *soldato*!» l'interruppe Kendrick in tono improvvisamente aspro, e fu un vero e proprio comando. «Lei dice: "Con una perdita minima da parte nostra". Cosa intende con questo?»

«Si renderà conto, spero, che non posso parlare di certe cose.»

«Di ben altre, mi rendo conto. S'intende forse per "perdita minima" solo Los Angeles, o solo New York, o magari Albuquerque o Saint Louis? Dato che tutti contribuiamo a pagarlo, questo ombrello a "minima perdita", perché non ci dice che tempo farà?»

«Se pensa che io sia disposto a mettere a repentaglio la sicurezza nazionale per fare sfoggio alla televisione, ebbene, mi dispiace sinceramente di doverlo dire, ma non credo che lei abbia alcun diritto di rappresentare nel Congresso il popolo americano.»

«Tutto intero? Mai preteso di rappresentarlo. Mi è stato detto che questo programma consisteva in un confronto fra me e lei; che, avendola io insultata per televisione, dovevo darle modo di ribattere sullo stesso terreno di gioco. È per questo che sono qui, al Foxley Show. Quindi mi risponda, colonnello. Non continui a lanciarmi contro slogan pentagonesi e basta. Ho troppo rispetto per le Forze Armate per lasciare che la facciano franca così.»

«Se parlando di "slogan" lei intende criticare i responsabili della nostra difesa – tutti uomini d'onore, campioni di fedeltà, i quali, sopra tutto, vogliono mantenere forte la nostra patria – ebbene, lei mi fa pena.»

«Oh, la smetta. Non sono qui a Washington da molto ma, fra i pochi amici che ho, vi sono alcuni pezzi grossi di Arlington che, probabilmente, faranno una smorfia quando lei tirerà in ballo i suoi "*modus non operandi*". Quello che io sto cercando *con santa pazienza* di spiegarle, colonnello, è che lei non ha più un assegno in bianco a sua disposizione, come non ce l'ho io né ce l'ha l'uomo della strada. Noi viviamo nella realtà...»

«Allora lasci che le spieghi io alcune realtà!» l'interruppe furioso Barrish.

«Mi lasci finire» disse Evan sorridendo, adesso.

«Signori, prego» disse il moderatore.

«Io non getto alcun dubbio sul suo impegno, colonnello» continuò Evan. «Lei fa il suo mestiere e protegge il suo terreno, me ne rendo conto. Ma» aggiunse tirando fuori un foglio di carta «quando lei parla, in sede di udienza, di "certe quisquilie procedurali e burocratiche", cito testualmente, ebbene, mi domando che cosa intende, con questo. Forse che lei non è tenuto a rendere conto? Che lei è al di sopra della contabilità? Se è convinto di questo, lo dica allora anche a Joe Smith, all'uomo qualunque americano che cerca di sbarcare il lunario e far quadrare i conti della famiglia.»

«Questo stesso Joe Smith si metterà in ginocchio davanti a noi, quando si renderà conto che gli assicuriamo la sopravvivenza.»

«Mi sembra di sentire mugugni da Arlington, colonnello. Il nostro Joe Smith non ha da mettersi in ginocchio davanti a nessuno. Non qui da noi.»

«Lei fraintende le mie parole, finge di non capire, quando sa perfettamente, Mr. Partridge, cosa intendo.»

«No, colonnello, io non sono Partridge.»

«Lo so bene chi è lei» disse Barrish, truce, minaccioso. «Non mi venga a parlare dell'uomo della strada, fingendo di essere lei stesso un uomo come tutti gli altri.» Barrish fece una breve pausa poi, come incapace di controllarsi oltre, sbottò: «Lei non è nemmeno sposato!».

«Questa è la cosa più esatta che lei abbia detto, in questa sede. No, non sono ammogliato, ma, se mi sta chiedendo un appuntamento galante, le dirò che ho tutte le sere impegnate con la mia ragazza.»

E così il pezzo grosso del Pentagno uscì malconcio dallo scontro diretto.

«Ma chi è?» chiese Mr. Joseph Smith ammirato, davanti al televisore, nella sua casa di Cedar Street a Clinton, New Jersey.

«Non lo so» gli rispose la signora Smith, seduta accanto a lui, in salotto. «Però è un bell'uomo, non trovi?»

«Non lo so se è bello o brutto, ma ha detto il fatto suo a uno di quegli ufficiali spocchiosi che mi hanno procurato un sacco di rogne, nel Vietnam. Io sto con lui, sento che è amico mio.»

«È in gamba» disse Eric Sundstrom della Inver Brass, alzandosi e spegnendo il televisore, nel suo appartamento di New York, prospiciente Gramercy Park. Scolò il suo calice di Montrachet e guardò Margaret Lowell e Gideon Logan, che sedevano in poltrona lì accanto. «Ha prontezza di spirito e sangue freddo. Lo conosco, quel cobra di Barrish: niente gli piace di più che fare il mattatore alla ribalta. Ma Kendrick lo ha sepolto sotto le sue stesse stronzate.»

«Il nostro è un bell'uomo, oltretutto» disse la Lowell.

«Cosa?»

«Insomma, è attraente. E questo non è certo un difetto.»

«È spiritoso» disse Logan. «E questa è di sicuro una dote. Ha la capacità e la scioltezza necessaria per passare con disinvoltura dal serio al faceto. E questo non è un talento da poco. Si è comportato allo stesso modo durante quell'udienza: non è quindi un caso, questa sera. Kennedy aveva lo stesso dono: vedeva il lato ironico e umoristico, dovunque. Alla gente questo piace... Tuttavia, mi sembra di vedere una nuvola grigia, all'orizzonte.»

«E sarebbe?» domandò Sundstrom.

«Un uomo così svelto, così sveglio... hmm, non sarà facile controllarlo.»

«Se è lui l'uomo giusto, e abbiamo tante buone ragioni per crederlo» disse Margaret Lowell «quello che dici tu, Gideon, non conta.»

«Metti che non lo sia. E se ci fosse qualcosa che ignoriamo? In tal caso, rischiamo di lanciare un uomo, non un sistema politico.»

Al centro di Manhattan, fra la Quinta e Madison Avenue, in una palazzina di sei piani, il canuto Samuel Winters sedeva di fronte al suo amico Jacob Mandel. Si trovavano nello studio di Winters, all'ultimo piano. Alle pareti, fra gli scaffali, pendevano alcuni squisiti arazzi di Gobelin e i mobili erano ugualmente mozzafiato. Tuttavia la stanza era accogliente. Era vissuta, aveva calore. Quei capolavori del passato erano là per servire, non soltanto per essere osservati. Usando il telecomando, l'aristocratico storiografo spense il televisore.

«Ebbene?» domandò all'amico.

«Voglio pensarci su un momento, Samuel» gli rispose Mandel volgendo intorno lo sguardo. «Hai tutto questo da quando sei nato» disse poi, seguendo un suo pensiero. «Tuttavia hai sempre lavorato sodo.»

«Ho scelto un campo in cui avere denaro rendeva tutto più facile» replicò Winters. «Di tanto in tanto mi sono sentito in colpa, per questo. Potevo sempre andare dove mi pareva, avere accesso ad archivi preclusi ad altri studiosi, dedicare tutto il tempo allo studio senza dovermi guadagnare da vivere. Il contributo che ho dato alla storiografia, quale che sia, non è niente in confronto al piacere che me ne è derivato. Lo diceva sempre mia moglie.» Lo storiografo guardò il ritratto di una bella donna dai capelli bruni vestita secondo la moda degli anni Quaranta: era appeso dietro la scrivania, fra due ampie finestre prospicienti la 73ª Strada.

«Hai molta nostalgia di lei, non è vero?» domandò l'agente di Borsa.

«Mi manca terribilmente. Vado là, spesso, e le parlo.»

«Non credo che potrei tirare avanti senza la mia Hannah. Eppure, stranamente, considerando quello che ha passato in Germania, prego Dio che sia lei ad andarsene per prima. Credo che la morte di un altro suo caro sarebbe un dolore troppo forte per lei. Ti sembra egoismo, il mio?»

«È, al contrario, un desiderio generoso. Come tutto ciò che dici e fai, vecchio mio. Inoltre, so quanto soffriresti se rimanessi solo. Però sapresti sopportarlo meglio di me, Jacob.»

«Sarà perché tu frequenti la sinagoga...»

«Da quanto tempo non vai più in chiesa, Samuel?»

«Fammi pensare. Mio figlio si è sposato a Parigi ma io non ci sono potuto andare, perché mi ero rotto una gamba. Mia figlia è scappata con quell'affascinante scapestrato che guadagna più di quanto non meriti scrivendo testi di film che io non capisco... Quindi, l'ultima volta che andai in chiesa dev'essere stato nel '45, al ritorno dalla guerra. Mi ci portò lei per forza, io volevo soltanto portarla a letto.»

«Oh, sei offensivo. Non ti credo neanche per un istante.»

«Ti sbagli.»

«Potrebbe essere pericoloso, costui» disse Jacob Mandel cambiando bruscamente argomento, per tornare a Evan Kendrick. Winters capì. Anche chiacchierando, il suo amico aveva continuato a riflettere.

«In che senso? Tutto quello che abbiamo appreso sul suo conto – e non credo ci sia tanto da appurare ancora – depone a suo favore: non è certo ossessionato dalla brama di potere. Scartato questo, che pericolo c'è?»

«È troppo indipendente.»

«Tanto meglio. Potrebbe persino riuscire un buon Presidente. Senza legami con i capitan Fracassa, gli adulatori e i delatori. Entrambi l'abbiamo visto come li tratta, quelli della prima categoria. Il resto è più facile.»

«Allora non sono stato chiaro» disse Mandel. «Forse perché non è chiaro neanche a me stesso.»

«O perché sono stupido io, Jacob. Cosa cerchi di dire?»

«Metti che scoprisse di noi? Supponi che venisse a sapere che il suo nome in codice è Icaro, che egli è un prodotto della Inver Brass, eh?»

«Impossibile.»

«Non è questo il punto. Supponiamo che prima o poi venga a saperlo. Quale sarebbe la sua reazione? Tieni presente che, oltre ad avere una notevole intelligenza, l'uomo è molto indipendente.»

Samuel Winters si portò una mano al mento e guardò fuori della finestra. Poi spostò lo sguardo sul ritratto della moglie. «Capisco» disse. Vaghe immagini del passato cominciavano a venirgli alla mente. «Andrebbe su tutte le furie. Considererebbe se stesso vittima di una vasta macchinazione, irrevocabilmente legato a essa, per essere stato manipolato. Sì, certo, si infurierebbe.»

«E in preda alla collera» insistette Mandel «cosa credi che farebbe? Denunciarci sarebbe inutile, o comunque irrilevante. Sarebbe qualcosa di simile alle voci secondo le quali Jimmy Carter fu scelto, dalla Trilateral Commission, solo perché Henry Luce mise la sua effigie sulla copertina della rivista *Time*, quando lui era un oscuro governatore della Georgia. C'era della verità, in quelle voci, ma a nessuno importò niente. Insomma, cosa farebbe Kendrick?» Winters guardò il vecchio amico, dilatando gli occhi. «Mio dio» disse sommessamente. «Scapperebbe disgustato.»

«Questo ti ricorda qualcosa, Samuel?»

«Sono passati tanti anni. Le cose erano molto differenti, a quel tempo...»

«Non credo che fossero poi tanto diverse. Era tutto assai meglio di adesso, ma non differente.»

«A ripensarci, sembra quasi irreale.»

«Saresti potuto salire al potere supremo, se avessi voluto. Tu, uomo di grande cultura, di ricchissima famiglia, rettore della Columbia University, un luminare il cui consiglio veniva richiesto e apprezzato dal Presidente in carica, i cui interventi in sede di Commissione, alla Camera o al Senato, potevano modificare la politica del Paese... avresti certo vinto le elezioni. Ma, poche settimane prima del Congresso in cui avresti certamente ottenuto la candidatura del partito, venisti a sapere che una organizzazione politica ignota aveva orchestrato ogni cosa e virtualmente assicurato a te la vittoria.»

«Fu un trauma, per me. Non avevo mai sentito parlare di quella organizzazione.»

«Tuttavia presumesti – a torto o a ragione – che saresti stato obbligato a eseguire i voleri di chi ti avesse fatto eleggere, e scappasti – denunciando la macchinazione.»

«Per disgusto. La faccenda era contraria ai miei princìpi di lotta politica aperta.»

«Fieramente indipendente» disse l'agente di Borsa. «E quel che ne conseguì fu un vuoto di potere: caos politico, il partito in crisi, una confusione completa. Si fecero avanti gli opportunisti. Seguirono sei lunghi anni di corruzione a ogni livello, di leggi inique, draconiane addirittura, anni politicamente infausti.»

«Dài a me la colpa di tutto questo, Jacob?»

«Una relazione c'è senz'altro, Samuel. Giulio Cesare rifiutò tre volte la corona, e si scatenò l'inferno.»

«Vuoi dire che Kendrick potrebbe rifiutare la carica che gli viene offerta?»

«Come la rifiutasti tu. Te ne andasti offeso.»

«Poiché persone a me sconosciute investivano enormi somme di denaro per favorire la mia ascesa al potere. Per quale motivo? Se erano sinceramente interessate a un Governo migliore, e non guidate da interesse privato, perché mai non si facevano avanti?»

«Perché noi non ci facciamo avanti adesso, Samuel?»

Winters guardò fisso Mandel, con occhi tristi. «Perché giochiamo a Dio, Jacob. Recitiamo la parte dell'Onnipotente. È necessario, dal momento che sappiamo ciò che altri non sanno. Sappiamo cosa avverrà, se non facciamo a modo nostro. A un certo punto, ecco che i cittadini di una grande repubblica si trovano ad avere, non già un Presidente, ma un re: l'imperatore di tutti gli Stati dell'Unione. Quello che non capiscono è cosa c'è dietro il re. Gli sciacalli che stanno alle sue spalle possono essere stanati solo eliminando lui, e rimpiazzandolo. In nessun altro modo.»

«Capisco.»

«Quindi dobbiamo stare estremamente attenti a far sì che Evan Kendrick non venga mai a sapere di noi. È tanto semplice.»

«Nulla è semplice» obiettò Mandel. «Non è uno sciocco. Varak dovrà essere uno sceneggiatore portentoso: ogni sequenza dovrà, logicamente e inevitabilmente, portare alla successiva.»

«Ho anch'io qualche perplessità» ammise Winters a bassa voce, gettando di nuovo un'occhiata al ritratto della defunta moglie. «Tante volte Jennie me l'ha detto: "Viene tutto troppo facile, Sam. Tutto coincide perfettamente. Gli altri si fanno in quattro, si affannano e si agitano come matti per avere due righe sul giornale e tu, invece, hai interi articoli di fondo che inneggiano a te e a cose che non hai ancora fatto". Fu per questo che cominciai, allora, a fare domande, a indagare, a sospettare. E così scoprii cosa era accaduto. Non *chi*, ma in che modo.»

«E così sei uscito di scena.»

«S'intende.»

«Perché? Voglio dire, veramente, perché?»

«L'hai detto tu stesso, Jacob. Ero offeso.»

«Nonostante tutto il bene che avresti potuto fare?»

«Be', sì, è ovvio.»

«È esatto dire, Samuel, che non ardeva in te la febbre di vincere e conquistare quella carica?»

«Ovvio anche questo. Encomiabile o no che sia, io non ho mai dovuto vincere alcunché. Come disse Averell una volta: "Purtroppo o per fortuna, non ho bisogno di lavorare per mangiare". Ciò riassume tutto, credo.»

«Quella febbre, Samuel. La febbre che non ti ha mai divorato, la fame che non hai mai patito deve, in qualche modo, impadronirsi di Kendrick. Insomma, egli deve voler vincere, avere un disperato bisogno di vincere.»

«Il fuoco nelle vene» disse lo storiografo. «Avremmo dovuto pensarci fin dal principio. A parte te, noi tutti abbiamo semplicemente dato per scontato che egli avrebbe colto al volo l'occasione. Dio, che stupidi siamo stati!»

«Me compreso» protestò l'agente di Borsa mostrando le palme delle mani. «Non ci avevo pensato neanch'io, fino a un'ora fa. Appena entrato qui da te, però, mi hanno assalito certi ricordi. Eri la nostra luminosa speranza, un bene prezioso, ma ti trasformasti in un valore negativo allorché, moralmente oltraggiato, te ne andasti e lasciasti libero il campo a biechi mestatori, a demagoghi senza scrupoli.»

«Mi rimorde la coscienza, Jacob. Hai ragione, sarei dovuto restare. Questo, ormai, lo so da anni. Mia moglie una volta, in un impeto di collera, me ne disse di tutti i colori. Era convinta, come te del resto, che, se anche non avessi concluso niente di buono, avrei potuto se non altro impedire tanti guai.»

«Sì, è proprio così, Samuel. Aveva ragione Harry Truman, quando disse che sono i capi a forgiare la Storia. Non vi sarebbero stati gli Stati Uniti senza Thomas Jefferson, né vi sarebbe stato il Terzo Reich senza Adolf Hitler. Ma nessuno diventa capo, se non ambisce a diventarlo. Bisogna avere un forte desiderio di potere.»

«E secondo te Kendrick non ce l'ha?»

«Credo proprio che gli manchi. L'uomo che ho visto questa sera alla televisione, e cinque giorni fa all'udienza, è un incauto, uno spericolato, uno che si getta a testa bassa quando è in preda a indignazione morale. Ha cervello, sì; coraggio, senz'altro; ha anche dello spirito e del fascino – tutte doti che sono indispensabili all'uomo ideale che fa al caso nostro – ma ho anche riscontrato in lui un nonsoché che lo accomuna al mio amico Samuel Winters: a un uomo, cioè, capace di ritirarsi dalla gara perché non arde in lui quella febbre che induce a conquistare il primo premio.»

«È così grave, Jacob? Non per quel che riguarda me – io non fui mai importante a tal punto, realmente – ma è proprio indispensabile, agli aspiranti alle cariche, avere questo fuoco nelle vene?»

«Tu non affideresti un tuo negozio a un commesso a mezzo servizio, specie qualora fosse il tuo maggior investimento. La gente giustamente si aspetta un direttore a tempo pieno, e se ne accorge, quando al capo manca la vocazione di capo, quando la sua dedizione non è costante e aggressiva. La gente vuole quanto le è dovuto, per quello che paga.»

«D'accordo» disse Winters in tono leggermente difensivo «ma non credo che la gente sia rimasta tanto fredda nei miei confronti.

E sì, che non ardevo di febbre. D'altro canto, non commisi neppure tante gaffe.»

«Gran dio! Non ne avesti l'occasione. La tua campagna elettorale fu un *blitzkrieg* televisivo, e il tuo bell'aspetto giocava senz'altro a tuo favore.»

«Presi parte a tre o quattro dibattiti, sai... Tre, per l'esattezza.»

«Con mezze calzette, Samuel. Li stracciasti con la tua classe superiore. Alla gente questo piace. Non smette mai di volgere gli occhi al cielo – allo schermo televisivo, oggigiorno – in attesa che compaia un grande re o un bellissimo principe a mostrare la giusta strada al popolo, con parole di conforto.»

«È un vero peccato. Abraham Lincoln oggi verrebbe considerato un burino imbranato e dovrebbe restarsene in Illinois.»

«O peggio» disse Mandel ridacchiando. «Abramo l'ebreo, in combutta con gli anticristiani, che sacrifica bambini battezzati.»

«Con quella barba, poi, peggio che mai» convenne Winters sorridendo e alzandosi dalla poltrona. «Bevi qualcosa?» domandò, conoscendo già la risposta dell'amico e dirigendosi verso il mobile-bar.

«Grazie. Il solito, per favore.»

«S'intende.» Lo storiografo riempì due bicchieri in silenzio: un whisky canadese e un bourbon, entrambi con ghiaccio, lisci. Tornò a sedersi e porse il bourbon a Mandel. «D'accordo, Jacob. Credo che ormai abbiamo tutti gli elementi di giudizio.»

«Lo sapevo, che sei capace di versare da bere e riflettere allo stesso tempo» disse Mandel sorridendo e levando il bicchiere. «Alla tua salute.»

«*L'chaim*» replicò lo storiografo.

«Dunque?»

«In qualche modo, in qualche maniera, questa febbre di cui parli, questa voglia di vincere il premio, deve essere instillata in Evan Kendrick. Senza di essa non sarebbe credibile e senza di essa quelli che Gideon chiama i cani bastardi – cioè, gli opportunisti e i fanatici – entrerebbero in scena.

«Sì, ne sono convinto.»

Winters sorseggiò il suo whisky, spostando lo sguardo sugli arazzi di Gobelin. «Filippo e la sua cavalleria non furono sconfitti, a Crécy, soltanto dagli arcieri inglesi e dai lunghi coltelli gallesi. Essi avevano contro anche quello che Saint-Simon, tre secoli più tardi, definirà "una corte dissanguata da vili corruttori borghesi".»

«La tua erudizione mi supera, Samuel.»

«In che modo instillare questa febbre nelle vene di Evan Kendrick? È assolutamente necessario. Ora me ne rendo chiaramente conto.»

«Credo che convenga lasciar fare a Milos Varak.»

Annie Mulchay O'Reilly era fuori di sé. Nell'ufficio di Kendrick, alla Camera, c'erano quattro telefoni che, di solito, restavano muti. Normalmente riceveva pochissime telefonate. Quel giorno, invece, era diverso. Da impazzire, addirittura. Nel giro di ventiquattr'ore, lo staff più piccolo e meno affaccendato della capitale ne divenne il più frenetico. Annie dovette chiamare anche le due archiviste, che non lavoravano mai il lunedì («Oh, dài, Annie, dopo il week-end bisogna riposarsi!»), perché venissero a dare una mano in ufficio. Dopodiché chiamò Philip Tobias, il brillante sebbene frustrato braccio destro di Kendrick, e gli intimò di lasciar perdere la partita a tennis e correre in città, pena la vita. («Che diavolo è successo?» «Non hai visto, ieri, alla Tv, il programma di Foxley?» «No. Ero in barca. Perché avrei dovuto?» «C'era *lui!*» «*Co-osa?* Non può essere! Senza passare attraverso di me?» «Gli hanno telefonato direttamente a casa.» «Quel figlio di puttana non mi ha detto niente!» «Neanche a me. Ma ho visto il suo nome sul *Washington Post*, fra i programmi Tv dell'ultima ora.» «Gesù! Procurami una registrazione del Foxley Show, Annie, per favore.» «Solo se vieni subito qui e ci dài man forte a rispondere alle telefonate, carino.» «Merda!» «Sono una signora, cazzo, e non devi dire parolacce, con me.» «Scusa, Annie, mi dispiace. Per favore! Quel nastro!»)

Infine, e solo perché era disperata, chiamò in aiuto anche suo marito, Patrick Xavier O'Reilly, che il lunedì aveva la giornata libera; e gli disse che, se non fosse venuto subito a dare una mano, lo avrebbe denunciato per violenza carnale – il che era solo un pio desiderio, soggiunse. L'unico che non riuscì a raggiungere per telefono fu proprio rappresentante della Nona Circoscrizione del Colorado.

Da casa gli rispose un "domestico" arabo, che Annie sospettava fosse invece un chirurgo disoccupato oppure un ex rettore d'università. «Mi spiace moltissimo, signora O'Reilly» gli disse costui. «Mr. Kendrick è fuori città. Starà assente alcuni giorni. Non ho idea di dove sia.»

«Non mi conti balle, Mr. Sahara...»

«Lei mi adula, signora, quanto a dimensioni.»

«Insomma! Lei adesso raggiunge subito telefonicamente Mr. Kendrick e gli dice che qui c'è l'inferno. Tutto per via del suo intervento allo show di Foxley!»

«Notevolmente efficace, non è vero?»

«Lei lo sapeva?»

«L'ho saputo dal *Washington Post*, signora. L'annuncio era pure sul *New York Times*, sulla *Chicago Tribune* e sul *Times* di Los Angeles.»

«Lui compra tutti questi giornali?»

«No, signora, li compro io. Ma lui può leggerli liberamente, se vuole.»

«Sia ringraziato il cielo!»

Il pandemonio, nella stanza attigua, era diventato intollerabile. Annie sbatté giù il ricevitore e corse alla porta. L'aprì. Con stupore, vide Evan Kendrick, assieme a suo marito, farsi largo fra la folla di giornalisti e fotografi.

Quando fu nell'ufficio della moglie, Patrick O'Reilly si presentò a Kendrick: «Sono il marito di Annie» disse ancora ansante. «Piacere di conoscerla.»

«La conosco di fama» disse Kendrick stringendogli la mano e scrutandolo dalla testa ai piedi, rapidamente. Patrick O'Reilly era largo di spalle, aveva i capelli rossi, una pancia d'un buon palmo più ampia di quanto la sua pur considerevole statura avrebbe consentito, un viso piuttosto rubicondo, occhi verdi, arguti, intelligenti. «E sono lieto di conoscerla di persona. Mi è stato di valido aiuto, poco fa, tra la folla. Mi ha fatto da terzino bloccatore, come si direbbe in gergo sportivo. Meno male che siamo arrivati contemporaneamente.»

«In tutta sincerità, signore, non è così. Questa pazza di mia moglie mi ha telefonato un'ora fa e io mi sono precipitato qui nel giro di venti, venticinque minuti. Ho visto quella ressa in corridoio e, pensando che lei sarebbe arrivato, l'ho attesa qui fuori.»

«Avresti potuto avvertirmi, irlandese pidocchioso! Stiamo diventando pazzi, qui!»

«Calma, voi due» ordinò Evan lanciando un'occhiata alla porta. «Come dobbiamo regolarci, adesso? Che cosa è sucesso?»

«C'è andato lei allo show di Foxley, non noi» rispose la signora O'Reilly. «Adesso è conosciuto da un sacco di gente.»

«È stato bravissimo, Mr. Kendrick» disse Patrick. «Un paio di colleghi poliziotti mi hanno telefonato per dirmi di dire ad Annie di ringraziarla da parte loro. Te l'ho detto, no, Annie?»

«Primo, non ne ho avuto modo finora. Poi, data questa gran confusione, me ne sarei probabilmente dimenticata, comunque. Credo che adesso la cosa migliore, per lei, sia presentarsi di là e rilasciare a quegli energumeni una sorta di dichiarazione.»

«Un momento» la interruppe Kendrick guardando Patrick O'Reilly. «Perché dovrebbero ringraziarmi, dei poliziotti?»

«Per il modo come ha tenuto testa a Barrish e l'ha demolito.»

«Questo l'avevo intuito. Ma che cosa rappresenta, per loro, Barrish?»

«È un faccendiere del Pentagono, con amici in alto loco. Inoltre, sta sullo stomaco a chi ha trascorso alcune notti insonni in appostamenti, e invece di sentirsi ringraziare riceve pure una lavata di testa!»

«Quali appostamenti? Cos'è successo?»

«Mr. Kendrick, per favore» intervenne Annie. «C'è uno *zoo* qui fuori. Deve farsi vedere, deve dire qualcosa!»

«No, voglio sentire questa storia. Continui, Mr... Posso chiamarti Patrick? o Pat?»

«Paddy mi si addice di più.» E il poliziotto si toccò la trippa. «Così infatti mi chiamano.»

«E io sono Evan. La prego, continui. In che modo Barrish si è trovato coinvolto con la polizia?»

«Non ho detto questo, io. Lui, personalmente, è pulito, come una cornamusa irlandese – che in realtà non è tanto bella, dentro – diciamo allora che è più candido e puro di un lenzuolo di bucato steso al sole.»

«Dei poliziotti non mandano a ringraziare uno che ha dato il fatto suo a un lenzuolo immacolato.»

«Mah, non è che si trattasse di una cosa tanto grossa. Anzi, si può dire, in realtà, è una piccolezza. Ma qualcosa se ne sarebbe potuto anche cavar fuori, se avessimo potuto insistere... Insomma, i colleghi stavano da tempo tenendo d'occhio un "mozzarella", che, notoriamente, riciclava denaro sporco fra qui e Miami e le Antille. Dopo quattro notti di appostamenti, all'Hotel Mayflower, pensarono di averlo incastrato. Fatto sta che un tizio di questi in scarpette da ballo, all'una di notte, sale su in camera sua, con una valigetta. L'una di notte, mi spiego? Non si fanno affari puliti, a quell'ora.»

«Non proprio.»

«Insomma, risultò invece che Scarpette da Ballo trattava legittimi affari con il Mozzarella: era stato al Pentagono fin quasi alle undici e mezza, per una conferenza sulle forniture – e i registri lo comprovarono – dopodiché doveva prendere un aereo per Los Angeles alle otto di mattina: e questo spiegava l'incontro al Mayflower a quell'ora inspiegabile.»

«E nella valigetta...?»

«Non abbiamo potuto neppure toccarla con un dito. Anzi, in alto loco si offesero a morte e tirarono in ballo la sicurezza nazionale e il segreto di Stato. Fatto sta, vede, che qualcuno aveva fatto una telefonata.»

«Ma non a un avvocato» disse Evan «bensì a un certo colonnello Barrish del Pentagono.»

«Esatto. Ci fecero fare una figura di merda, per aver sospettato di un onesto e leale americano, il quale dava solo una mano per rendere più forti gli Stati Uniti d'America. Insomma, i colleghi si beccarono una lavata di testa coi fiocchi.»

«Però lei la pensa in modo diverso. Lei è convinto che in quella stanza, al Mayflower, si trattarono affari poco puliti.»

«Se cammina come un'anatra e parla come un'anatra e somiglia a un'anatra, di solito è un'anatra. Questa è la mia logica. Ma, quanto a Scarpette da Ballo, aveva più l'aria di una puzzola, che non di un papero.»

«Grazie, Paddy.» Poi Kendrick si rivolse alla sua segretaria: «Dunque, che cosa racconto, adesso, a questi "energumeni" qui fuori?».

«Qualunque cosa le suggerisca io, Phil Tobias troverebbe da ridire, lo sa. Phil sarà qui fra poco.»

«Gli ha fatto rinunciare al tennis del lunedì? Ha un bel coraggio, lei!»

«È un tipo in gamba, Tobias. Ma non credo che, in questo frangente, il suo consiglio le sarebbe utile. Lei deve fare da sé. Tenga presente che quegli avvoltoi, là fuori, sono convinti che lei abbia semplicemente voluto mettersi in mostra: prima all'udienza della Commissione, poi allo show di Foxley. Se lei fosse stato alle regole, nessuno se ne sarebbe interessato. Lei invece ha preso di petto un peso massimo e gli ha fatto fare la figura del farabutto, dell'imbroglione. E questo fa notizia. Quelli là vogliono sapere dove lei vuole arrivare.»

«Quindi, cosa mi suggerisce? Lo sa lei, Annie, dove voglio arrivare. Che racconto, a quelli là?»

Ann Mulcahy O'Reilly guardò Kendrick negli occhi. «Quello che le pare. Con convinzione.»

«Allora sarà il mio canto del cigno, Annie.»

«Sentirà che musica, appena esce da quella porta!»

Il clamore, nella stanza attigua, si fece assordante quando comparve Kendrick sulla soglia e guizzarono i flash dei fotografi, si accesero i riflettori delle telecamere, accecanti. Fioccavano domande da tutte le parti, ognuno cercava di urlare più forte del vicino. I giornalisti di maggior prestigio reclamavano, con arroganza, il diritto di portarsi in prima fila, in posizione di preminenza. Kendrick allora, semplicemente, andò alla scrivania e, spostati alcuni oggetti, vi si sedette sopra. Sorrideva sportivamente ma, alzando le mani, si rifiutava di parlare in mezzo a tanto chiasso. A poco a poco quella cacofonia si attenuò ma di tanto in tanto si levava qualche voce stridente cui rispondeva un semplice sguardo di burlesca sorpresa da parte del rappresentante del Colorado. Finalmente tutti capirono l'antifona: Kendrick non intendeva parlare finché non si fosse fatto silenzio perfetto, in modo che tutti potessero sentirlo. E silenzio si fece.

«Molte grazie» disse Evan. «Ho bisogno di calma intorno a me, per decidere cosa devo dire – prima che *voi* diciate la vostra.»

«Mr. Kendrick» gridò in tono deciso un giornalista della televisione, ovviamente seccato di trovarsi nelle ultime file. «È vero che...»

«Oh, la prego!» l'interruppe Evan con fermezza. «Mi dia un po' di respiro, amico. Lei è abituato a queste cose, io no.»

«Non si direbbe, da come si è comportato alla televisione l'altro giorno!» ribatté il mezzobusto.

«Là si era uno contro uno. Qui, sono uno contro tutti: un unico martire contro tutti i leoni del Colosseo. Lasciatemi prima dire qualcosa... d'accordo?»

«Certo, signore.»

«Meno male che non avevo lei, di fronte, la settimana scorsa, Stan. Lei si chiama Stan, o mi sbaglio?»

«Non si sbaglia, signore.»

«Lei mi avrebbe fatto a pezzi, certamente.»

«Molto gentile, signore.»

«Sul serio? Voleva infatti essere un complimento, il mio.»

«Sì, Mr. Kendrick, lo è. Questo è il nostro mestiere.»

«E io lo rispetto. Vorrei tanto che lo faceste così bene un po' più spesso.»

«*Cosa?*»

«Uno dei membri più rispettati del mio staff» continuò rapidamente Kendrick «mi ha spiegato che dovrei rilasciare una dichiarazione. E questo mette paura, se non vi è mai stato chiesto, prima d'ora, di rilasciare dichiarazioni...»

«Lei ha partecipato alle elezioni, signore» l'interruppe un altro giornalista televisivo. «Quindi le avranno pur chiesto delle dichiarazioni, allora.»

«No, dal momento che il rappresentante uscente, in quella circoscrizione, sembrava venuto dal Pianeta delle Scimmie. Controllate pure. Io confermo quello che ho detto. Ora, posso continuare o devo semplicemente andarmene? Sarò sincero con voi: per me è lo stesso.»

«Continui, signore» disse Stan, un vero gentiluomo, con un largo sorriso sulla telegenica faccia.

«Okay. Quel valido membro del mio staff mi diceva inoltre che alcuni di voi, se non tutti voi, potreste avere l'impressione che io abbia voluto mettermi in mostra, la settimana scorsa. Vale a dire: richiamare su di me l'attenzione con pose e atti melodrammatici, in maniera, diciamolo pure, plateale. Se è questo che pensate, ebbene, devo dire che vi sbagliate, poiché io non reclamo l'attenzione né pretendo l'approvazione di chicchessìa. Ve l'assicuro: non me ne frega un tubo.»

Tutti restarono scioccati.

Kendrick aggiunse, protendendo le palme: «Sono molto sincero, al riguardo. Non prevedo di restare qui a lungo...».

«Ha problemi di salute?» gridò un giovane in fondo alla stanza.

«Vuol fare con me a braccio di ferro?... No, non ho problemi del genere, che io sappia...»

«Ero campione di pugilato, all'università, signore» continuò il giovane cronista dalle ultime file, incapace di contenersi, fra gli zittii divertiti della folla. «Scusi signore» disse vergognandosi.

«Non c'è di che, giovanotto. Se avessi il suo talento, io sfiderei il capo dell'Ufficio Approvvigionamenti del Pentagono e la sua controparte al Cremlino: in tal modo risolveremmo ogni cosa alla vecchia maniera. Si farebbe una disfida, scenderebbe in campo un campione per ogni parte in causa e così si risparmierebbero i battaglioni. Invece no, io non ho il suo talento. Ma non ho neanche problemi di salute.»

«Allora cosa intendeva dire?» domandò un celebre editorialista del *New York Times*.

«Mi lusinga vederla qui» gli disse Kendrick riconoscendolo. «Non credevo che avrebbe perso tempo con me.»

«Oh, ne vale la pena. Inoltre il mio tempo non è poi tanto prezioso. Lei da dove viene, Mr. Kendrick?»

«Non saprei dirlo con sicurezza. Ma, per rispondere alla sua prima domanda, non credo di essere di casa qui a Washington, alla Camera. Quanto poi alla sua seconda domanda, dal momento che non credo che dovrei trovarmi qui, mi trovo nella invidiabile posizione di poter dire quello che mi pare senza curarmi delle conseguenze. Delle conseguenze politiche, intendo.»

«Ciò fa notizia» disse Stan prendendo un appunto. «La sua dichiarazione, signore.»

«Grazie. Meglio levarsi il pensiero. Al pari di tanti, a me non piace quello che vedo. Sono stato lontano dagli Stati Uniti per molti anni. E, standone lontani, si capisce meglio quello che noi abbiamo – se non altro, confrontandolo con quello che gli altri non hanno. In teoria, il nostro Paese non dovrebbe essere governato da un'oligarchia, ma a quanto pare se n'è instaurata una. Non saprei puntare il dito su di essa – su di loro – ma esiste, lo so. Lo sapete anche voi. Essi vogliono salire, salire sempre di più, e dare la scalata a tutto, e di continuo fanno riferimento a un avversario che, a sua volta, è salito molto in alto sulla scala economica, sulla scala tecnologica. Dove diavolo ci fermeremo? Quando si fermeranno costoro? Quando la smetteranno di procurare incubi ai nostri figli, i quali non sentono parlare d'altro che di minacce di annientamento? Quando smetteranno di incutere ai *loro* figli certe *paure*?... Oppure dovremo continuare a salire, su questo ascensore progettato in inferno, fino a quando non saremo più in grado di ridiscendere? Il che non farà tanta differenza, comunque, poiché a quel punto tutte le strade saranno in fiamme. Perdonatemi. Lo so che non è corretto. Ma io me ne vado: non ho nessuna voglia di rispondere ad altre domande. Basta. Me ne torno sulle montagne.»

Ciò detto, Evan Kendrick discese dalla scrivania e, attraversando la folla stupefatta, si diresse alla porta. Uscì e, allungando il passo, si dileguò per il corridoio.

«Non ci andrà sulle montagne» bisbigliò Patrick Xavier O'Reilly a sua moglie. «Quel ragazzo resterà qui a Washington, te lo dico io.»

«Oh, sta' zitto!» gridò Annie con le lacrime agli occhi. «Si è tagliato fuori completamente dall'ambiente politico, dopo questa dichiarazione.»

«Dall'ambiente politico, forse. Ma non da noi. Ha messo il dito sulla piaga, senza mezzi termini. Loro fanno quattrini e noi ce la facciamo sotto dalla paura. Tienilo d'occhio, Annie, prenditi cura di lui. La sua è una voce che vogliamo sentire.»

Capitolo diciannovesimo

Kendrick camminava per le strade roventi di Washington, con la camicia aperta, la giacca su una spalla, senza sapere dove stesse andando, cercando solo di schiarirsi le idee, mettendo un piede avanti all'altro, senza meta. Spesso veniva fermato, o apostrofato, da sconosciuti, che gli rivolgevano commenti ora ostili ora a suo favore, con una lieve prevalenza dei pro sui contro. Ma questo non lo rallegrava.

«Bravo, senatore! Gli ha dato il fatto suo, a quel farabutto!»
«Non sono senatore. Grazie, comunque.»

«Chi si crede di essere, lei, per diffamare così un galantuomo come il colonnello Barrish, eh? Mi sa tanto che è pure finocchio, oltre che comunista!»
«Posso venderle del profumo? Il colonnello lo ha gradito.»
«Che schifo!»

«Ehi, mi è piaciuto il tuo intervento. Ti muovi bene e canti su un alto timbro di voce. Quel figlio di un cane ci rimanderebbe tutti in Vietnam, noi negri, come carne da cannone!»
«Non credo che faccia discriminazioni fra bianchi e negri, quel tizio: tutti carne da macello, per lui!»
«Se anche è bravo a parlare, caro lei, non è detto che abbia ragione. E se il colonnello ha perso il duello oratorio, non è detto che sia dalla parte del torto. Lui si adopera per fare di noi una grande potenza, lei – evidentemente – no!»
«Io sono per la ragionevolezza, caro lei. Ciò non esclude la potenza del Paese. Almeno lo spero.»
«Non ne ha fornito alcuna prova!»
«Spiacente. Ma le prove ci sono.»

«Grazie, Mr. Kendrick, per aver detto quello che tanti di noi pensano.»

«Perché allora non lo dite?»

«Mah, chissà. Dovunque ti rigiri, c'è qualcuno che ti grida di tenere duro. Io ho fatto la guerra ed ero alla battaglia di Bastogne, in Francia. Ero appena un ragazzo. Non occorreva che nessuno mi dicesse di fare il duro. Ero duro davvero – e avevo paura, anche. Succedeva così, ecco tutto: volevo vivere. Ma le cose adesso sono diverse. Non è più uomini contro uomini, o magari uomini contro cannoni e aeroplani. Oggi sono congegni che volano nell'aria e fanno grossi buchi nella terra. Non puoi prenderle di mira, non puoi fermarle. Puoi aspettare e basta.»

«Magari fosse stato presente, lei, a quell'udienza. Ha detto le stesse mie cose, ma molto meglio di me, con migliori credenziali.»

Veramente, non gli andava più di parlare. Era esausto, e gli sconosciuti che incontrava per strada non lo aiutavano a trovare quella solitudine di cui tanto aveva bisogno. Doveva riflettere, mettere ordine fra le sue idee, decidere sul da farsi e deciderlo alla svelta, se non altro per lasciarsi la decisione alle spalle. Aveva accettato di entrare nella Commissione Partridge per un motivo ben preciso: voleva avere voce in capitolo nella scelta dell'uomo che sarebbe subentrato a lui, nella sua Circoscrizione elettorale. Il suo assistente, Phil Tobias, lo aveva convinto che, accettando l'offerta di Partridge, si sarebbe garantito ciò. Ma Evan tuttavia si chiedeva: me ne importa veramente?

Fino a un certo punto sì, doveva ammetterlo. Ma non per motivi di prestigio personale. Era entrato nell'arengo politico spinto dall'indignazione, ma con gli occhi bene aperti. Poteva adesso piantare baracca e burattini solo perché irritato da un quarto d'ora di popolarità televisiva? Non portava un distintivo da moralista all'occhiello, ma trovava di pessimo gusto ritirarsi dalla mischia per banali seccature. D'altro canto, nel Colorado aveva già portato a termine il compito che si era prefisso: aveva cacciato i mascalzoni della Nona Circoscrizione. Cos'altro potevano desiderare da lui i suoi elettori? Li aveva svegliati, perlomeno, così credeva; e non aveva risparmiato né tempo né fatica, in quell'impresa.

Riflettere. Doveva realmente riflettere. Sarebbe probabilmente tornato a risiedere in Colorado in un futuro ancora lontano. Aveva quarantun anni. Fra diciannove, ne avrebbe compiuti sessanta. Che diavolo importava tutto questo?... Eppure, gli importava. Adesso, intendeva tornare nell'Asia di sud-ovest, al lavoro che più gli piaceva e alle persone con cui gli piaceva lavorare. Ma, al pari di Manny, non intendeva trascorrere là la vecchiaia. Manny...

Emmanuel Weingrass, un genio, un autocrate, un rinnegato, un essere umano totalmente impossibile... e, tuttavia, l'unico padre che egli avesse mai avuto. Non aveva mai conosciuto, veramente, suo padre: era sempre stato lontano ed era morto, costruendo un ponte nel Nepal, quando lui aveva appena otto anni, lasciando una moglie spiritosamente cinica, la quale asseriva che, avendo sposato un giovane capitano del genio durante la seconda guerra mondiale, aveva avuto meno episodi di felicità coniugale di Caterina d'Aragona.

«Ehi!» gridò un tizio grassoccio, appena uscito da un bar sulla 16ª Strada. «L'ho vista poco fa! Alla Tv, l'ho vista. Stava seduto su una scrivania. Sul canale dove trasmettono solo notizie, tutto il giorno. Una *noia* da non dire. Ma sì, era proprio lei. Non lo so cosa ha detto, ma certi bischeri applaudivano e certi altri fischiavano. La riconosco: è lei.»

«No, si sbaglia» disse Kendrick e affrettò il passo. Buon dio – pensò – quelli della Cable News, la televisione via cavo, si sono scapicollati a mandare in onda quell'intervista improvvisata. Era uscito dall'ufficio meno di due ore fa. Certo, non avevano perso tempo. La Cable News, è vero, aveva un bisogno incessante di materiale da mandare in onda ventiquattr'ore su ventiquattro, ma – con tanti spunti che offriva la cronaca – perché avevano scelto proprio lui? In realtà, a turbarlo era un'osservazione che Phil Tobias aveva fatto tempo addietro: «La Cable è come un'incubatrice, Mr. Kendrick, e se ne può trarre vantaggio. Le reti tradizionali sono più selettive, e magari non la considerano importante abbastanza per occuparsi di lei, però tengono sempre d'occhio i programmi della Cable News, pronte a cogliere al volo l'insolito, lo stravagante, l'inatteso. Quindi, noi potremmo creare situazioni adatte per adescare la Cable e indurla a occuparsi di lei. E credo proprio che, dato il suo *charme*, le sue battute folgoranti, le sue caustiche critiche...»

«Allora, Mr. Tobias, non facciamo mai l'errore di "adescare" quelli della Cable News, d'accordo?» Quella doccia fredda aveva ammosciato Tobias, il quale si era solo in parte consolato quando Kendrick gli aveva promesso che il suo successore sarebbe stato, certo, più propenso a collaborare con lui. Aveva detto sul serio. E anche adesso era dello stesso avviso.

Si diresse verso l'Hotel Madison, dove aveva trascorso la notte di domenica. Non era infatti rientrato a casa sua, a Fairfax, fuori città, perché aveva avuto la buona idea di telefonare, dopo la sua partecipazione al programma di Foxley, per sapere se c'erano novità.

E il dottor Sabri Hassan, il marito della sua "domestica" Kashi, gli aveva risposto in arabo, la lingua che entrambi parlavano per convenienza oltre che per altre ragioni: «Il telefono non smette mai di squillare».

«Allora resto a Washington. Non so ancora dove, ma te lo farò sapere.»

«Non ti preoccupare, Evan» gli aveva risposto Sabri. «Inoltre, probabilmente, non riusciresti a ottenere la linea. Non so, anzi, come tu abbia fatto adesso.»

«Nel caso che telefonasse Weingrass...»

«Perché non lo chiami tu stesso, senza lasciare a me il suo numero? Se non lo so, non mi toccherà mentire. I giornalisti di qui non vedono l'ora che un arabo dica una bugia, per saltargli addosso. Gli israeliani possono mentire quanto gli pare e piace, dire che il bianco è nero, che il dolce è amaro e così via, tanto la loro lobby riuscirà sempre a convincere voi americani che è per il vostro bene. Per noi questo non vale.»

«Piantala, Sabri, e...»

«Ti dobbiamo lasciare, Evan. Non ti serviamo a niente, non ti serviremo *mai* a niente.»

«Ma che diavolo dici?»

«Kashi e io abbiamo guardato la Tv, stamane. Sei stato efficacissimo, amico mio.»

«Ne parleremo poi.» Aveva quindi trascorso il pomeriggio a guardare il baseball bevendo whisky. Alle sei e mezzo si era sintonizzato sul primo telegiornale della sera. Poi era passato da una rete all'altra. Tutti i notiziari riportavano brevi frammenti del programma di Foxley, con lui in primo piano. Disgustato, era passato su un canale dove davano un documentario sulle balene e le loro abitudini sessuali, al largo della Terra del Fuoco. Roba da restare sbalorditi! Poi si era addormentato.

Non aveva disdetto la stanza al Madison, per fortuna. Giunto all'hotel, attraversò di corsa l'atrio e salì in ascensore. Chiuso in camera, si spogliò e si sdraiò sul letto. Fosse semplice curiosità o vanagloria, accese il televisore con il telecomando, e passò subito sul canale di Cable News. Sette minuti dopo vide se stesso uscire dall'ufficio.

«Signore e signori, avete assistito poco fa a una delle conferenze stampa più insolite cui chi vi parla abbia mai preso parte. Non solo insolita, ma insolitamente unilaterale. Questo rappresentante del Colorado, alla sua prima legislatura, ha sollevato questioni di indubbia rilevanza nazionale ma si rifiuta di venire interrogato circa le sue conclusioni. Se ne va, semplicemente. A suo credito va detto che, se nega di essersi voluto "mettere in mostra", è perché a quanto pare non intende restare qui a Washington – né proseguire la carriera politica. Nondimeno, ha fatto dichiarazioni molto provocatorie, per non dire altro.»

Sullo schermo apparve quindi un'annunciatrice la quale disse: «Passeremo ora, dopo questa registrazione, a una ripresa in diretta. Trasferiamoci al Ministero della Difesa. Qui, il Sottosegretario responsabile per la Prevenzione Strategica rilascerà una dichiarazione. A te la linea, Steve».

Comparve un altro mezzobusto, bruno, dai tratti sfuggenti e i denti accavallati, il quale prese a dire bisbigliando: «Il Sottosegretario alla Difesa Jasper Hefflefinger, sempre pronto a rintuzzare gli attacchi mossi al Pentagono, è subito accorso sulla breccia aperta dal rappresentante... *chi?* Henryk, del Wyoming... *cosa?*... mi correggo: del Colorado. Ed ecco a voi il Sottosegretario Hefflefinger!»

Un'altra faccia. Un bell'uomo, con un po' di pappagorgia, l'aria risoluta, una ciocca di capelli d'argento ricadente sulla tempia. Un tipo autorevole. Con una voce che avrebbe fatto invidia ai radiocronisti più in voga negli anni Quaranta. «A quel rappresentante io dico che abbiamo gradito i suoi commenti. Noi vogliamo le stesse cose, signore! Vogliamo cioè evitare una catastrofe nucleare, vogliamo la libertà e la piena democrazia...»

E via di questo passo, dicendo tutto senza dire nulla. Non fece neppure un accenno, quello stronzo, alle questioni cruciali della politica di difesa: *escalation* degli armamenti e contenimento della invadenza nemica.

Che c'entro io? gridò Kendrick a se stesso. Perché se la prende con me? Al diavolo tutto quanto! Spense il televisore, afferrò il telefono e chiamò il Colorado. «Ciao, Manny!» disse quando sentì la voce, brusca, di Weingrass.

«Ragazzo, sei in gamba!» urlò il vecchio. «Ti ho allevato bene, dopotutto!»

«Piantala, Manny. Voglio uscire da questa merda.»

«Tu vuoi *cosa*? Ti sei visto alla Tv?»

«Proprio per questo voglio uscirne fuori. Lascia perdere il bagno a vapore in terrazza e quel gazebo in fondo alla vallata. In futuro, magari. Adesso invece tu e io ce ne torniamo negli Emirati Arabi – passando per Parigi, s'intende – dove ci soffermeremo un paio di mesi, se vuoi. D'accordo?»

«Nient'affatto, buffone. Tu hai qualcosa da dire. E allora dilla! Ti ho sempre insegnato – sia che vincessimo un appalto, sia che lo perdessimo – a dire che ciò in cui credevi era giusto... D'accordo, certe volte non si era proprio puntuali, ma si eseguiva ogni lavoro a regola d'arte. E non abbiamo mai fatto pagare addizionali, quando i tempi risultavano più lunghi del previsto.»

«Manny! Tutto questo non ha niente a che fare con quello che sta accadendo ora qui...»

«Invece sì! Tu stai costruendo qualcosa... A proposito di costruzioni, indovina un po', figliolo.»

«Cosa?»

«Ho iniziato a costruire il bagno a vapore e progettato il gazebo, presso la confluenza. Nessuno interrompe Emmanuel Weingrass, finché non ha realizzato i progetti in corso, nessuno!»

«Manny, sei proprio impossibile!»

«Me lo sono sentito dire tante volte.»

Milos Varak percorse un sentiero ghiaioso, in Rock Creek Park, diretto verso una panchina prospiciente un piccolo burrone, in fondo al quale scorreva un ramo del fiume Potomac. Era una zona appartata e tranquilla, lontana dal traffico cittadino, dall'asfalto rovente, frequentata d'estate da turisti in cerca di frescura. Come il cecoslovacco si aspettava, lo Speaker, ovvero Presidente della Camera dei Rappresentanti, era già là. Sedeva su quella panchina, la zazzera di capelli canuti nascosta sotto un berretto di foggia irlandese, alto e penosamente magro, con indosso un impermeabile, del tutto fuori luogo nell'afa di quel pomeriggio d'agosto. Evidentemente, non desiderava essere notato. Varak gli si avvicinò.

«Buongiorno, Mr. Speaker. È un onore per me incontrarla, signore.»

«Figlio di puttana, sei uno straniero, sei!» La faccia sparuta dagli occhi bruni e folte sopracciglia bianche esprimeva ira. Ma la sua collera era circospetta e questo, evidentemente, gli creava disagio. «Se sei un fottuto emissario comunista, puoi pure tornartene a casa, *Ivan*! Io non mi presento neppure alle prossime elezioni. Sono vecchio, finito, kaput. Ormai non ho più niente da temere. Hai capito, *Boris*?»

«Lei ha alle spalle una illustre carriera, signore, e ha fatto sempre onore al suo Paese, che, adesso, è anche il mio. Io, per quanto mi riguarda, non sono né russo né comunista e, anzi, mi sono battuto contro di loro in questi ultimi dieci anni, come molti – in seno al Governo – sanno.»

Il vecchio dal volto di granito scrutò il suo interlocutore attentamente. «Non avresti né il coraggio né la stupidità di asserire una cosa del genere se non fossi in grado di suffragarla con prove» disse in tono acre. «Tuttavia, mi hai minacciato.»

«Soltanto per indurla a questo colloquio. Posso sedermi?»

«Siedi» disse lo Speaker, come se si rivolgesse a un cane obbediente. Poi, quando Varak si fu seduto, a rispettosa distanza, aggiunse: «Cosa sai circa gli eventi che potrebbero, o meno, avere avuto luogo negli anni '50?».

«Era, per l'esattezza, il 17 marzo 1951» rispose Varak. «Quel giorno un bambino fu dato alla luce all'ospedale Lady of Mercy di

Belfast da una giovane donna che, diversi anni prima, era emigrata negli Stati Uniti. Poi era tornata in Irlanda, perché – questa la sua pietosa spiegazione – il marito le era morto nel frattempo ed essa voleva che il figlio nascesse nella terra degli avi, presso i suoi familiari.»

Senza battere ciglio, lo Speaker disse: «E allora?».

«Credo che lei sappia la verità, signore. Non c'era alcun marito, c'era bensì un uomo che doveva averla amata molto. Un giovane politico in ascesa, intrappolato in un matrimonio infelice, dal quale non poteva uscire a causa delle leggi della Chiesa e della cieca adesione dei suoi elettori a esse. Per anni poi quest'uomo, che era anche un avvocato, continuò a mandare soldi a quella donna e andava a trovarla, in Irlanda, il più spesso possibile... Spacciandosi, s'intende, per uno zio americano del figlioletto...»

«Puoi dimostrarlo, chi erano queste persone?» l'interruppe brusco l'anziano Speaker. «Non voci, non discutibili testimonianze, bensì prove scritte, concrete... le hai?»

«Sì, che posso dimostrarlo.»

«Con che cosa? In che modo?»

«C'è stato uno scambio di lettere.»

«Bugiardo!» sbottò il settuagenario. «Lei le ha bruciate tutte, dalla prima all'ultima, prima di morire!»

«Tutte, tranne una, temo» disse Varak sottovoce. «Ritengo che essa avesse l'intenzione di distruggere anche quella, ma non si decideva mai, e la morte sopraggiunse prima del previsto. Il marito la trovò, in un cassetto della toletta. Naturalmente, non sa chi è l'uomo che si firma con la sola iniziale. Né gli interessa saperlo. È grato a sua moglie per aver declinato l'invito dell'antico amante ed essere rimasta, per vent'anni, accanto a lui.»

Il vecchio distolse la faccia. Gli occhi gli luccicavano di lacrime trattenute. Sospirò. «Mia moglie mi aveva lasciato, allora» disse poi, con voce appena percepibile. «I figli erano grandi, all'università. Non v'era più motivo, a quel punto, di continuare a fingere. Le cose erano cambiate, e io mi sentivo ormai sicuro di me, sul piano politico, come un Kennedy a Boston. Persino i preti avrebbero tenuto la bocca chiusa. Gliel'avevo detto chiaro e tondo, a qualcuno di quegli untuosi bastardi, all'arcivescovado: se ci fosse stata un'interferenza del clero, durante la campagna elettorale, avrei incoraggiato i radicali negri e gli ebrei a sollevare, alla Camera, la spinosa questione delle esenzioni fiscali di cui godono i preti. All'arcivescovo, quasi gli venne un colpo apoplettico. Mi lanciò contro ogni sorta di vituperi, dandomi del pubblico peccatore e roba del genere. Ma gli tappai la bocca. Gli dissi che sapevo che mia moglie, prima del divorzio, era stata a letto anche con lui.» Il vecchio Speaker dai capelli bianchi e dal viso rugoso tacque. «Madre di Dio» esclamò poi fra sé, non riuscendo più a trattenere le lacrime. «Rivolevo quella donna a ogni costo.»

«Non allude di certo a sua moglie.»

«Lo sai bene a chi alludo! Però, lei non volle tornare in America, da me. Un brav'uomo le aveva dato una casa, un nome a suo figlio. Erano ormai passati quindici anni. Non poteva lasciarlo, neppure per me. Ti dirò la verità: anch'io ho conservato la sua ultima lettera, come lei l'ultima mia. "Ci rivedremo in cielo, nell'aldilà saremo riuniti, ma non su questa terra, amore mio" mi scrisse. Che stronzate! Avremmo potuto essere invece felici, di nuovo, insieme, per il resto della vita, dannazione!»

«Se posso permettermi un giudizio, signore, essa si esprime, in quella lettera, come una donna innamorata, che porta tanto rispetto a lei quanto a se stessa e al figlio. Si preoccupa di lei e dei *suoi* figli. Le rivelazioni del passato possono distruggere il futuro. Lei aveva un avvenire, Mr. Speaker.»

«Avrei rinunciato volentieri a tutto...»

«Lei non poteva permetterglielo, questo, come pure non poteva distruggere la vita dell'uomo che aveva dato, a lei e al figlio, un nome e una casa.»

Il vecchio, estratto un fazzoletto, si asciugò gli occhi. La sua voce tornò aspra: «Come diavolo sa di tutto questo?».

«Non è stato difficile. Lei è il Presidente della Camera dei Rappresentanti, una delle persone più in vista del Paese. Io però volevo saperne di più, sul suo conto. Gli anziani parlano più liberamente dei giovani – anche perché non si rendono più conto di quanto importanti siano i cosiddetti segreti – inoltre sapevo che lei e sua moglie, benché entrambi cattolici, avevate divorziato. Vista e considerata la sua leva politica, data l'epoca e data la potenza della sua chiesa, dovette trattarsi di una decisione grave, sofferta.»

«Diamine, non fa una grinza, il tuo ragionamento. Quindi sei andato alla ricerca di persone, ormai vecchie, che mi frequentavano a quei tempi.»

«E le ho trovate. Appresi così che sua moglie, figlia di un ricco imprenditore edile che, avido di influenza politica, aveva letteralmente finanziato le sue prime campagne elettorali, godeva di una reputazione tutt'altro che intemerata.»

«Dì pure che era una puttana. Solo che fui io, l'ultimo a scoprirlo.»

«Però lo scoprì» disse Varak con fermezza. «E, per l'ira e la vergogna, cercò un'altra compagnia. A quell'epoca era convinto di non poter spezzare il vincolo coniugale, quindi dovette accontentarsi di un surrogato.»

«Non è questo il termine adatto. Cercavo una donna che fosse interamente mia.»

«E la trovò, in un ospedale. Dove andava a donare sangue, durante una campagna elettorale. Lei era un'infermiera diplomata, venuta dall'Irlanda da non molto.»

«Come diavolo...?»

«I vecchi parlano.»

«Pee Wee Mangiacavallo...» mormorò il vecchio, e gli occhi gli si illuminarono, d'un tratto, come se il ricordo gli arrecasse un istante di felicità. «Era un oriundo siciliano, che aveva una piccola trattoria nei pressi dell'ospedale, dove fra l'altro si mangiava bene. Piatti tipici italiani. Nessuno mi dava noia, lì. Non credo che neanche sapessero chi ero. Ah, quel boia d'un oste! Si ricorda ancora...»

«Mr. Mangiacavallo ha più di novant'anni, adesso, ma ricorda benissimo. Lei portava la sua bella infermiera là a cena e, dopo l'ora di chiusura, a mezzanotte, lui vi lasciava padroni del campo... raccomandandovi solamente di tenere basso il volume del jukebox.»

«Un gran brav'uomo.»

«E dotato di una memoria eccezionale, per uno della sua età. Senza più i freni inibitori di una volta. Chiacchiera, a ruota libera – ricorda, divaga – e racconta cose, aiutato da un buon bicchiere di Chianti, che appena qualche anno fa non avrebbe mai rivelato a nessuno.»

«Alla sua età, ha pur diritto...»

«E lei si confidava con lui, Mr. Speaker» l'interruppe Varak.

«No, non esattamente» precisò il vecchio politico. «Però Pee Wee certe cose le intuiva. Non era difficile. Dopo la partenza di lei per l'Irlanda, io tornavo sovente in quella trattoria. Bevevo più del mio solito, dato che, là, nessuno mi conosceva o si curava di me. Quindi credo di aver sciolto un po' troppo la lingua, con il buon Mangiacavallo. Per due anni, continuai ad andare spesso da lui.»

«E ci tornò anche quando la sua donna si sposò...»

«Sì, me ne ricordo perfettamente. Poi, via via, di bicchiere in bicchiere, la memoria mi si annebbia...»

«Mangiacavallo, invece, ricorda ogni cosa con estrema lucidità. Gli è rimasto impresso anche il nome di un certo paese, di certe persone... tutto quanto ricorda, di quel giorno. Cosicché, sono andato in Irlanda a controllare.»

Lo Speaker rialzò di scatto la testa, guardò Varak con occhi irosi, interrogativi. «Che cosa vuoi da me? Acqua passata. Non puoi farmi alcun male. Cosa vuoi?»

«Nulla di cui lei potrebbe poi pentirsi, signore, o vergognarsi. Anzi, sarà ben lieto, a ragion veduta, di avere accettato la raccomandazione dei miei clienti.»

«Quali clienti? Quale raccomandazione? Si tratta forse... di una poltrona?»

«Esattamente, signore.»

«Perché dovrei acconsentire?»

«C'è una cosa che non sa...»

«E sarebbe?»

«Ha mai sentito parlare di un terrorista irlandese che si fa chiamare Tam O'Shanter – un alto ufficiale dell'IRA?»

«Un *porco*! Una vergogna per l'Irlanda.»

«È suo figlio.»

Era trascorsa una settimana e, per Kendrick, fu una prova ulteriore di quanto effimera sia la fama a Washington. Le udienze della Commissione Partridge erano state sospese su richiesta del Pentagono, che aveva promesso di rivedere a fondo la sua contabilità e, inoltre, aveva provveduto a trasferire il colonnello Barrish, promosso generale, nell'isola di Guam – importantissimo avamposto della libertà.

Un certo Joseph Smith, abitante a Clinton (New Jersey) in Cedar Street, il cui padre era stato a Guam durante la guerra contro il Giappone, scoppiò a ridere quando apprese questa notizia alla televisione. E disse alla moglie: «Barrish è stato silurato, mia cara. Per merito di quel... come si chiama? Quel... hmm... Comunque, è amico mio, quello!».

Ma, come hanno termine tutti i brevi periodi di euforia, finì anche quel momento di sollievo, per il rappresentante della Nona Circoscrizione del Colorado.

«*Cristo!*» esclamò Phil Tobias, il suo primo assistente, coprendo il ricevitore con la mano. «C'è lo Speaker della Camera, che chiede di Evan. In persona! Non la sua segretaria, proprio lui!»

«Cosa aspetti a passarglielo?» domandò Annie O'Reilly. «Pigia il bottone e passagli la linea.»

«Ma non è corretto! Avrebbe dovuto, prima, far telefonare *a me*, dal suo assistente, e...»

«Passagli la linea!»

Tobias obbedì.

«Pronto, Kendrick?»

«Sì, Mr. Speaker?»

«Non avrebbe qualche momento da dedicarmi?»

«Senz'altro, Mr. Speaker, se lei lo ritiene opportuno.»

«Non telefonerei di persona a un pezzo-di-merda di matricola, se non ritenessi la cosa importante.»

«Allora, spero proprio che un pezzo-di-merda di Speaker debba parlarmi di una questione davvero vitale, altrimenti» ribatté Kendrick «manderò una parcella in base alla mia tariffa oraria. Intesi, Mr. Speaker?»

«Mi piace il suo stile, ragazzo. Militiamo in campi diversi, ma il suo stile mi piace.»

«Forse cambierà idea, quando sarò lì da lei.»

«Anzi, mi piacerà anche di più.»

Stupefatto, Kendrick stava impalato davanti alla scrivania del canuto Presidente della Camera dei Rappresentanti, fissando i suoi occhi evasivi. Il vecchio irlandese gli aveva appena fatto una proposta strabiliante, un'offerta inaspettata che, però, era scoppiata come una bomba, sconvolgendo i suoi progetti di fuga da Washington. Dopo aver deglutito, Kendrick ripeté, con ira tranquilla: «Lei mi vuole nella Sottocommissione di Controllo? Praticamente, quella che controlla i Servizi Segreti?».

«Esatto» rispose il vegliardo, gettando un'occhiata ai documenti che aveva davanti.

«Ma come si permette? Non può certo...»

«Già fatto. La sua nomina è stata annunciata.»

«Senza prima interpellarmi? Senza il mio consenso?»

«Non mi occorre. Non dirò che lei è proprio nella manica dei leader del suo stesso partito, questo no – anzi, non gode di molta popolarità, fra i politici di professione – ma non ho faticato molto a ottenere il loro nulla osta. Lei è una sorta di simbolo del... come dire?... del bipartitismo indipendente.»

«Un simbolo? Che simbolo? Non sono un simbolo, io!»

«Ce l'ha, un nastro con la registrazione dello show di Foxley?»

«Questo non fa storia. È acqua passata.»

«Oppure, ha presente la sua conferenza stampa improvvisata, il giorno seguente, nel suo ufficio? Sul *New York Times* è uscito un articolo interamente dedicato a lei, in cui un insigne editorialista la definisce... aspetti... l'ho riletto giusto ieri... ah... "una voce ragionevole in una babele di cornacchie impazzite", testualmente.»

«Tutto questo è avvenuto tanti giorni fa e se ne sono dimenticati ormai tutti. Io sono sbiadito nella memoria di ognuno.»

«Lei ha ripreso tutti i suoi colori. È rifiorito, altroché!»

«Rifiuto la nomina. Non ci tengo a sobbarcarmi dei segreti riguardanti la sicurezza nazionale. Non voglio neanche restare alla Camera. Inoltre, per essere chiari, quella che mi si offre è una carica molto pericolosa.»

«Se la rifiuta, pubblicamente, il suo partito la metterà fuori gioco – pubblicamente. Le daranno anche epiteti poco gradevoli, diranno che è un irresponsabile, che è stato un grave errore cooptarla e via discorrendo. E, al suo posto, rimetteranno quel somaro che lei ha sconfitto alle ultime elezioni. Le dirò, anzi, che molti ne hanno nostalgia, qui alla Camera.» Lo Speaker ridacchiò sotto i baffi. «Lui e i suoi scagnozzi erano sempre pronti a offrire belle vacanze, alle Hawaii, sulla Riviera francese, in alberghi di lusso... tutto a spese dei proprietari di quella miniera del Colorado. In cambio di qualche piccola legge che li favorisce. Erano prodighi, con chi li aiutava – a qualsiasi partito appartenesse. Insomma, se rifiuta la nomina, farà loro un favore.»

«Lei è davvero un pezzo-di-merda, Mr. Speaker.»

«Sono pragmatico, figliolo. È realismo, il mio.»

«Eppure, ha fatto tante cose buone, nella sua carriera...»

«Sempre per motivi pratici» l'interruppe il vecchio uomo politico. «L'aceto non serve, creda a me: molto meglio la melassa. Mi spiego?»

«Si rende conto, o no, che quello che mi dice equivale a una apologia della corruzione?»

«Nient'affatto. Semmai, posso perdonare chi accetta dei compensi... via! Una certa dose di avidità fa pur sempre parte dell'umana natura... ma poi contribuisce al varo di leggi importanti, che aiutano le persone che ne hanno veramente bisogno. E io vi contribuisco, pezzo-di-merda, semplicemente chiudendo un occhio, di tanto in tanto, su certi piccoli favori... Ma chi li riceve sa bene che non li chiudo mai tutt'e due. Lei, ricco figlio di puttana, non può capirle, certe cose. Certo, ci sono anche rappresentanti milionari. Ma la maggior parte non lo sono. Vivono con un salario annuo pari a quanto lei scialacqua in un solo mese. Non sempre riescono a mandare i figli all'università. Non sempre possono permettersi di andare in vacanza. Ebbene, sì – lo dico senza vergognarmi – qualche volta chiudo un occhio.»

«E va bene!» gridò Kendrick. «Questo posso anche capirlo. Ma non capisco perché mai mi si vuole alla Sottocommissione di Controllo. Non c'è niente, nel mio passato, che mi qualifichi per un simile incarico. Potrei farle il nome di venti, trenta personaggi più adatti di me. Il che non è difficile, dato che io non so nulla. Loro almeno le seguono, certe cose. Procura loro soddisfazione, trovarsi all'interno di simili faccende cretine. Lo ripeto, per me sono cretinate. Dia l'incarico a un altro qualsiasi. Ce ne sono tanti che sbavano dalla voglia.»

«Quel genere d'appetito non è ciò che fa per noi, figliolo» disse lo Speaker. «Un sano scetticismo, come quello di cui lei ha dato prova nel suo confronto diretto con il colonnello Barrish, ecco cosa ci occorre. Lei darà un contributo prezioso ai Servizi Segreti.»

«Si sbaglia, Mr. Speaker, poiché io non ho alcun contributo da dare, né ho il minimo interesse per la cosa. Con Barrish era diverso. Lui parlava sulle generali, abusava di luoghi comuni, si rifiutava di parlare chiaro, trinciava giudizi arroganti. Ripeto, io non ho alcun interesse per l'attività politica.»

«Si sa, amico mio, che gli interessi mutano con le circostanze, come in banca. Succede qualcosa e i tassi salgono, oppure scendono, a seconda dei casi. C'è chi la sa più lunga degli altri, riguardo a determinate zone del mondo. E lei si può ritenere un esperto, per quanto riguarda uno scacchiere molto *perturbato*. Come dice quel libro bellissimo, i talenti sepolti sottoterra non giovano a nessuno. Ma, portati alla luce, possono rendere ottimi frutti.»

«Se allude al tempo che ho trascorso negli Emirati Arabi, le faccio presente che ero là semplicemente in veste di ingegnere edile e appaltatore, interessato solo ad appalti e profitti.»

«Dice?»

«Un turista qualsiasi ne sa più di me, circa la politica e la cultura di quei Paesi. Perlopiù si stava fra noi edili, non si frequentava praticamente nessuno al di fuori della nostra cerchia.»

«Faccio fatica a crederlo. Anzi, non ci credo proprio. Ho consultato il suo dossier, conosco tutti i suoi precedenti, e le assicuro che sono rimasto impressionato. Lei ha costruito aeroporti, edifici pubblici e strade per gli arabi. Quindi avrà avuto senz'altro colloqui con gli alti papaveri di laggiù. Quando dico aeroporti, alludo anche a installazioni militari, figliolo. Inoltre mi risulta che lei parla diverse lingue arabe. Non una sola, diverse!»

«La lingua è unica, suddivisa in molti dialetti.»

«Lei è quindi prezioso, glielo assicuro io, e rientra nei suoi doveri patriottici servire il Paese condividendo quel che lei sa con altri esperti.»

«Io non sono un esperto!»

«Inoltre» proseguì lo Speaker adagiandosi contro lo schienale con aria pensosa «date le circostanze e i suoi trascorsi, se lei rifiutasse la nomina si potrebbe pensare che ha qualcosa da nascondere. Qualcosa su cui, a noi, converrebbe indagare. Lei ha qualcosa da nascondere, Mr. Kendrick» concluse lo Speaker fissandolo dritto negli occhi.

Qualcosa da nascondere? Tutto, aveva da nascondere! Perché adesso lo Speaker lo fissava a quel modo? Nessuno sapeva del Oman, di Masqat e del Bahrain. Nessuno doveva saperne mai niente! Questo era l'accordo.

«Non ho assolutamente nulla da nascondere» disse Kendrick con fermezza. «Ma lei renderebbe un cattivo servizio alla Sottocommissione, imponendo la mia nomina. Faccia un favore a se stesso: metta un altro al mio posto.»

«Quel bellissimo libro, il più santo dei libri, ha una risposta per ogni quesito, non le pare?» disse lo Speaker distogliendo lo sguardo. «E dice fra l'altro: "Molti sono i chiamati, ma pochi gli eletti". Non è giusto?»

«Oh, per amor di Dio...»

«Appunto per questo, giovanotto» l'interruppe il vecchio irlandese annuendo. «Solo il tempo lo dirà, no? Nel frattempo, i dirigenti del suo partito hanno deciso che il prescelto è lei. Quindi è lei l'eletto – sempre che non abbia qualcosa da nascondere, qualcosa su cui noi faremmo bene a indagare... E adesso, smammare. Ho da lavorare, io.»

«*Smamm?...*»

«Si tolga dai piedi, Kendrick.»

Capitolo ventesimo

I due rami del Congresso, la Camera e il Senato, hanno varie Commissioni e Sottocommissioni, i cui scopi sono analoghi e hanno spesso lo stesso nome: la Commissione Bilancio della Camera e la Commissione Bilancio del Senato, la Commissione Affari Esteri dell'una e dell'altro e così via. In particolare c'è, al Senato, la Commissione Ristretta per i Servizi Segreti e alla Camera una Commissione ugualmente denominata e avente le stesse mansioni. Quest'ultima ha una potente Sottocommissione di Controllo, detta "la Sorvegliante", il cui nome ufficiale è: Sottocommissione di Supervisione e Valutazione.

Questa dualità è uno degli esempi di quell'efficace sistema di Governo che si riassume nella formula "controlli ed equilibri". Il potere legislativo – nel cui ambito viene rappresentato e riflesso un più ampio spettro di tesi politiche che non negli altri due poteri: l'esecutivo, che è ovviamente più compatto, e il giudiziario, i cui membri sono eletti a vita – deve continuamente tenere dibattiti, all'interno di sé, patteggiare, negoziare e raggiungere un consenso, o decidere a maggioranza, su un'infinità di questioni. E fra le due Camere si deve stabilire un'intesa, per poter deliberare. Questo sistema è evidentemente frustrante, patentemente esasperante e, in genere, equo. Se il compromesso è arte di Governo, in una società pluralistica, nessuno vi eccelle, nel bene e nel male, come il Congresso statunitense, con le sue innumerevoli, spesso insopportabili e frequentemente ridicole Commissioni. Questa valutazione è esatta in quanto una società pluralistica è invisa e insopportabile agli aspiranti tiranni e quasi sempre ridicola agli occhi di coloro che vorrebbero imporre il proprio volere alla cittadinanza. La moralità di un uomo non dovrebbe mai diventare, per via dell'ideologia, la legalità di un altro, come direbbero i magistrati. Assai spesso questi fanatici battono a malincuore in ritirata di fronte ai clamori sollevati dalle Commissioni, sul Colle del Campidoglio, in nome del popolo di cui sono espressione. Nonostante alcune aberrazioni, imperdonabili ma non tanto frequenti, la *vox populi* viene di solito ascoltata. E tanto meglio per il Paese.

Ci sono però alcune Commissioni, sul Colle, la cui voce non si sente, per logica necessità. Sono, questi, dei Consigli ristretti che si occupano di strategie, di Servizi Segreti, di sicurezza nazionale. I membri di queste commissioni di controllo sono, a loro volta, controllati dai Servizi di sicurezza. Grande è il loro prestigio: essi conoscono cose che altri ignorano; sono in un certo senso dei privilegiati; quasi una razza superiore. C'è un tacito accordo con la stampa, per cui quest'ultima rispetta la riservatezza di queste particolari Commissioni. I loro esponenti non diventano, *ipso facto*, delle celebrità. Tuttavia non c'è niente di segreto, in tutta questa procedura. Le nomine vengono annunciate, ne vengono forniti i motivi, con semplicità, senza abbellimenti. Quando Kendrick venne chiamato a far parte della Sottocommissione di Controllo, un comunicato precisò che egli, in quanto ingegnere edile, aveva avuto pluriennale esperienza in Medio Oriente, specie nel Golfo Persico. Dato che gli esperti in cose mediorientali erano pochi, la nomina fu ritenuta ragionevole e non ci si fece tanto caso.

Giornalisti e politici, però, sentono a fiuto una celebrità crescente, e ne sanno cogliere tutte le sfumature; poiché la fama si accompagna al potere, a Washington. Ci sono Commissioni e Commissioni. Chi fa parte di quella per gli Affari Indiani non è certo influente come un esponente della Commissione Bilancio: la prima si occupa infatti di un popolo emarginato, praticamente privo di diritti politici, mentre la seconda provvede a esplorare le vie per stanziare fondi e reperire fonti di introito per l'erario. Né la Commissione per l'Ambiente può stare alla pari della Commissione Forze Armate: alla prima si riducono continuamente i fondi, mentre le spese per gli armamenti crescono a dismisura. Chi stanzia quattrini esercita influenza, è ovvio. Tuttavia nessuna Commissione è circondata da un alone di mistero, di tranquillo e quasi mistico rispetto, come quelle che si occupano del clandestino mondo dello spionaggio. Quando qualcuno viene inserito in uno di questi ristretti Consigli, tutti drizzano le orecchie, aguzzano gli occhi, i colleghi bisbigliano, i giornalisti stanno allerta. Di solito, non succede nulla; e i nomi dei neo-designati ben presto finiscono nel dimenticatoio. Ma non sempre. Ed Evan Kendrick, se fosse stato più avveduto, avrebbe fatto meglio a mandare l'astuto Speaker della Camera all'inferno.

Però era ignaro di certe sottigliezze; e, anche se fosse stato più scaltro, non sarebbe cambiato nulla. Nessuno poteva intralciare il cammino alla Inver Brass.

Erano le 6,30 di un lunedì mattina. Il sole stava per sorgere dai colli della Virginia quando Kendrick, completamente nudo, si tuffò in piscina convinto che una quindicina di vasche, nell'acqua fredda di ottobre, gli avrebbero schiarito le idee. La sera prima avevano bevuto troppo, lui e Weingrass, in Colorado, seduti in un gazebo ridicolmente opulento, ridendo di gusto per sciocchezze qualsiasi, presso la confluenza dei due fiumicelli.

«Presto vedrai delle balene!» aveva esclamato Manny, a un certo punto.

«Come promettesti tu ai bambini, in quel fiume mezzo asciutto... non ricordo più dove.»

«Le esche non valevano una cicca. Avrei dovuto usare, come esca, una delle loro madri. Per esempio, quella negra. Era proprio bellissima!»

«Suo marito, grande e grosso, che era maggiore del genio... ricordi?... Avrebbe trovato da obiettare, però.»

«La loro figlioletta era una bambina così graziosa!... È stata uccisa, insieme a tutti gli altri.»

«Oh, Cristo, Manny. *Perché?*»

«È ora che tu vada.»

«Non voglio andare.»

«Devi! Hai una riunione, domattina.»

«Posso sempre bigiarla. Ne ho bigiate già due o tre.»

«Una soltanto. Dandomi un grosso dispiacere. Su, muoviti. Il tuo aviogetto ti aspetta all'aeroporto di Mesa Verde. Fra quattro ore sarai a Washington.»

Ora, nella sua villa di Fairfax, in Virginia, a poca distanza da Washington, mentre nuotava in piscina, accelerando le bracciate, man mano che il torpore svaniva, Kendrick pensava all'imminente riunione della Sottocommissione di Controllo ed era contento che Manny avesse insistito tanto per farlo rientrare a Washington. Le riunioni della "Sorvegliante" lo affascinavano: lo stupivano, lo facevano incazzare, lo sgomentavano... ma, soprattutto, lo affascinavano. C'erano tante di quelle *cose* che succedevano nel mondo e delle quali egli non sapeva nulla, sia a favore sia contro gli interessi degli Stati Uniti. Ma fu solo alla terza riunione che cominciò a capire quale fosse l'errore ricorrente nel metodo dei suoi colleghi, quando interrogavano gli esponenti dei vari Servizi Segreti. L'errore consisteva nel fatto che essi cercavano difetti nelle strategie usate per svolgere determinate operazioni, senza porre in discussione – come sarebbe stato invece opportuno – l'utilità o la liceità delle operazioni stesse.

Era comprensibile che i funzionari chiamati a rispondere del loro operato davanti alla Sottocommissione di Supervisione e Valutazione perorassero la propria causa. Erano uomini (esclusivamente uomini, e questo era già un indizio) in genere pacati, tranquilli, professionisti che agivano in un mondo clandestino di violenza e intrigo, i quali tuttavia tendevano a smorzare la melodrammaticità di quel mondo. Parlavano con calma, in un gergo esoterico, senza enfasi, ma le cose che dicevano erano strabilianti. Roba da mettere in moto la fantasia adolescenziale di un adulto. Non c'erano, fra loro, dei tipi alla Barrish. Erano perlopiù ben vestiti, di bell'aspetto, coerentemente modesti e moderati. Si presentavano davanti alla "Sorvegliante" in veste di "testimoni", per spiegare in termini freddamente professionali quello che avrebbero potuto compiere, se adeguate somme di denaro fossero state stanziate, e per caldeggiarne lo stanziamento, cercando di dimostrare quanto fosse indispensabile una data operazione, per la sicurezza degli Stati Uniti. Il più delle volte la domanda era: riuscirete a farlo? Non se fosse giusto, o se avesse senso.

Questi errori di giudizio avvenivano abbastanza spesso e disturbavano Kendrick, da quando era venuto a trovarsi, sia pure come consulente, a contatto con il mondo selvaggio con il quale quei funzionari erano alle prese. Non riusciva a vederci niente di romantico; anzi lo detestava. La terribile paura mozzafiato che faceva parte di quel gioco tremendo, in cui vite umane venivano spente nell'ombra, apparteneva a un'epoca oscura, risaliva ai tempi in cui la vita stessa era misurata solo mediante la sopravvivenza. Non si viveva, in un mondo di quel genere; lo si sopportava semplicemente, con ansia e fatica, come Evan aveva sopportato il suo brusco inserimento in esso, quando si era esposto ai suoi pericoli. Ovviamente quel mondo continuava a esistere; i suoi abitanti lo avevano salvato dagli squali di Qatar. Nondimeno, durante le sessioni della "Sorvegliante" egli aveva cominciato a fare domande sempre più incalzanti, a indagare, a sondare. Si rendeva conto che il suo nome echeggiava ormai, elettricamente, enfaticamente, fra le pareti della Camera, della CIA, persino della Casa Bianca. Chi è questo agitatore? Chi è questo piantagrane? Non gliene fregava un tubo. Erano domande legittime, quelle che faceva, e voleva continuare a farle. Nessuno può porsi al di sopra della legge. Nessuno è sacrosanto e intoccabile.

A un tratto percepì un trapestìo, si sentì chiamare, intravvide qualcuno che faceva dei gesti sul bordo della piscina. Si fermò, scosse la testa per scrollare via l'acqua che gli impediva di vedere bene. Era Sabri. Ma un Sabri assai diverso dal solito. Quell'uomo di mezz'età, sempre così calmo, quel laureato in filosofia oriundo del Dubai, era adesso fuori di sé. Tentava di controllare i suoi atti e le sue parole, ma ci riusciva a fatica.

«Devi andare via!» gridò mentre Evan si sturava le orecchie dall'acqua. «Devi partire!»

«Cosa?... Che cosa?»

«Oman! *Masqat!* Ne parlano tutti i canali della televisione! Tutte le stazioni radio! Fanno persino vedere delle foto in cui sei vestito come uno *di noi*... a Masqat! Sia la radio che la televisione continuano a interrompere i normali programmi per riferire gli ultimi sviluppi. I giornali hanno fermato le macchine in attesa di ulteriori dettagli, per l'ultima edizione del mattino...»

«Cristo!» ruggì Kendrick saltando fuori dalla piscina.

«I giornalisti e altri scocciatori saranno qui a minuti, certamente» disse l'arabo, gettandogli un accappatoio sulle spalle. «Ho staccato il telefono. Kashi sta caricando la nostra macchina... Scusa, la macchina che tu generosamente ci hai messo a disposizione...»

«Lascia perdere, dài!» disse Evan dirigendosi verso casa. «Caricando la macchina... in che senso?»

«Vestiti e biancheria, per diversi giorni. Può darsi che la tua assenza debba prolungarsi. E usare la tua auto non ti conviene: potrebbero riconoscerla. La nostra, invece, non la conosce nessuno. Presumo, infatti, che avrai bisogno di qualche giorno di tranquillità per riflettere.»

«E per progettare un paio di omicidi!» convenne Evan salendo rapidamente le scale, con Sabri alle calcagna. «Come diavolo è successo? *Goddamnit!*»

«Temo che sia solo l'inizio, amico mio.»

«*Cosa?*» domandò Kendrick entrando di furia nell'ampia camera da letto, prospiciente la piscina. Cominciò ad aprire i cassetti del comò, per prendere la biancheria.

«Quelli della radio telefonano a ogni sorta di persone per avere i loro commenti. Sono per lo più positivi, s'intende.»

«Che altro potrebbero dire?» sbottò Evan infilandosi i calzini e le mutande, mentre Sabri dispiegava una camicia di bucato e gliela porgeva. «Che a quel tempo facevano il tifo per i terroristi palestinesi?» Andò all'armadio per prendere un paio di pantaloni.

La moglie di Sabri, Kashi, comparve sulla soglia.

«*Anahásfa!*» esclamò per scusarsi, e distolse lo sguardo dall'uomo in mutande.

«Non è tempo di *eltakaled*, Kashi» disse Kendrick per dirle di lasciar perdere le sue tradizioni. «Come va coi vestiti?»

«Non saranno di tua scelta, caro Evan, ma ti copriranno» rispose la donna, dal dolce viso ansioso. «Ho anche pensato che potrai telefonarci, dal luogo in cui starai nascosto, e io ti porterò ciò che ti occorre. Molti giornalisti conoscono mio marito, ma non me. Io non mi metto mai in mostra.»

«Per tua scelta, non mia» disse Kendrick infilandosi una giacca. «Forse chiuderemo questa casa, Kashi, per tornare in Colorado. Là potrai farmi ufficialmente da padrona di casa.»

«Oh, sarebbe una sciocchezza, caro Evan» disse ridendo la signora Hassan. «Non è conveniente.»

«Tu che sei professore, Sabri,» disse Kendrick pettinandosi «quand'è che le insegnerai?»

«Quand'è che mi darà retta? Le nostre donne devono avere dei vantaggi di cui noi uomini non sappiamo nulla.»

«Andiamo!»

«Le chiavi sono nella macchina, caro Evan.»

«Grazie, Kashi» disse Kendrick uscendo. Scese le scale, seguito da Sabri. Poi, attraversato il portico, i due uomini entrarono nel vasto garage, dove si trovavano la Mercedes decappottabile di Evan e la Cimarron Cadillac di Hassan. «Dimmi un po'» chiese Kendrick. «Quanto ne sanno, di quella storia?»

«Posso solo confrontare quello che ho sentito con quello che mi ha detto Weingrass, poiché tu non mi hai mai detto assolutamente nulla.»

«Non che volessi tenerti nascosto qualcosa...»

«Per favore, Evan» l'interruppe Sabri. «Da quanto tempo ci conosciamo? Perché non vuoi che si lodi ciò che hai fatto?»

«Lodando un corno!» esclamò Kendrick. «Ho fatto fiasco! Ero un uomo morto e stavo per essere gettato in pasto ai pescicani, altroché! Il merito non spetta a me. Altri hanno fatto tutto e mi hanno salvato la pelle, per giunta.»

«Senza di te, non avrebbero potuto fare niente...»

«Lascia perdere» disse Evan, giunto presso la Cadillac. «Che cosa hanno saputo?»

«Secondo me, molto poco. Una minima parte di quanto Weingrass mi ha detto, anche facendo la tara sulle sue esagerazioni. I giornalisti reclamano dettagli ma, a quanto pare, tali dettagli non vengono forniti.»

«Questo non mi dice molto. Perché hai detto che è "solo l'inizio", poco fa?»

«A causa di un tale che è stato intervistato... tirato volentieri fuori di casa sua, ovviamente... un tuo collega alla Sottocommissione sui Servizi Segreti della Camera, un certo Mason.»

«Mason?» ripeté Kendrick accigliandosi. «È un pezzo grosso a Tulsa, o a Phoenix – non ricordo dove esattamente – ma è una nullità. Anzi, qualche settimana fa si è tentato, in sordina, di estrometterlo dalla Sottocommissione.»

«Non è stato presentato così alla radio, Evan.»

«È ovvio. Insomma, cos'ha detto, questo Mason?»

«Che tu sei il più astuto membro della Sottocommissione. Che sei la mente più brillante, da cui tutti gli altri si aspettano lumi.»

«Cazzate! Ho preso qualche volta la parola, ho fatto qualche domanda ai testimoni, ma roba da poco. Quanto a Mason, non ci siamo scambiati più di qualche parola. È una balla!»

«Si è diffusa in tutto il Paese...»

In quel momento si sentì arrivare un'automobile che si fermò con stridore di freni davanti alla casa. Subito dopo, una seconda.

«Cristo!» bisbigliò Evan. «Sono incastrato!»

«Non ancora» disse Sabri. «Kashi sa come regolarsi. Farà entrare in casa questi primi arrivati, parlando ebraico, fra parentesi, e li farà accomodare nel solarium. Fingerà di non capire quel che dicono e quindi li terrà in stallo... per alcuni minuti, s'intende. Va', Evan! Prendi la stradina fra i pascoli che immette sull'autostrada, a sud. Fra un'ora, riaggancerò il telefono. Chiamaci. Kashi ti porterà tutto quello che ti occorre.»

Kendrick continuò per un bel pezzo a formare il numero. Gli dava sempre occupato. Finalmente sentì il telefono squillare all'altro capo.

«Qui casa di Mr. Kendrick...»

«Sono io, Sabri.»

«Mi stupisce, veramente, che tu sia riuscito a prendere la comunicazione. Mi fa anche piacere, così adesso posso staccare il telefono di nuovo.»

«Come vanno le cose?»

«In modo calamitoso, amico mio. Così pure in ufficio e anche a casa tua in Colorado. Siamo tutti in stato d'assedio.»

«Come lo sai?»

«Da qui, nessuno se ne va. Weingrass è riuscito, come te, a telefonare. Non ti dico gli improperi! Aveva provato per più di mezz'ora...»

«Io, per una ventina di minuti. Cosa ha detto?»

«Che la casa è circondata, c'è una gran folla, dappertutto. A quanto pare, quelli della stampa e della televisione sono arrivati in volo a Mesa Verde, dove per lo più sono rimasti bloccati, poiché tre soli taxi non potevano certo bastare per un così gran numero di persone.»

«Manny sarà fuori di sé!»

«Quello che più lo manda in bestia è la mancanza di impianti igienici.»

«Cosa?»

«Si è rifiutato di offrirglieli e, allora, ha visto gente fare i bisogni corporali da tutte le parti, intorno alla casa, e questo lo ha indotto a imbracciare il tuo fucile da caccia.»

«Oh, Cristo! Stanno pisciando nel mio giardino. Lui che ci tiene tanto!»

«Ho sentito parecchie sfuriate di Weingrass, in passato, ma mai nulla di simile. Tuttavia, è riuscito a dirmi di telefonare alla signora O'Reilly, in ufficio, perché neanche lei riusciva a chiamarmi, qui.»

«E Annie cosa ti ha detto?»

«Di dirti di stare nascosto per un po' ma – parole sue – "per amor di Dio", di chiamarla.»

«Non credo sia opportuno» disse Evan. «Meno lei ne sa e meglio è, a questo punto.»

«Dove ti trovi?» domandò Sabri.

«In un motel presso Woodbridge, sulla Statale 95. Si chiama I Tre Orsi e io occupo la capanna 23: l'ultima a sinistra, vicino al bosco.»

«Dal che arguisco che ti occorrono cose. Cibo, senz'altro. Non puoi uscire e rischiare che ti vedano. E non servono certo i pasti in camera, in un motel del genere, con le capanne.»

«No, non mi occorre cibo. Mi sono fermato a una tavola calda, per strada.»

«Nessuno ti ha riconosciuto?»

«Guardavano tutti i cartoni animati, alla Tv.»

«Allora, di cosa hai bisogno?»

«Aspetta che escano le ultime edizioni dei giornali del mattino e manda Jim, il giardiniere, a Washington, a comprare tutti quelli su cui riesce a mettere le mani. Specialmente i principali: hanno certo affidato questa storia ai loro migliori cronisti, i quali saranno riusciti a interpellare diverse persone.»

«Gliene faccio una lista. Poi Kashi te li porterà.»

Era l'una e mezzo dopo mezzogiorno, quando la moglie di Sabri, Kashi, arrivò al motel presso Woodbridge, in Virginia: I Tre Orsi. Evan aprì la porta della capanna 23 e fu contento di vedere che Kashi era venuta con il furgoncino del giardiniere. Lui non ci aveva pensato, a quello stratagemma, ma i suoi amici erano stati furbi, e non avevano fatto uscire la Mercedes dal garage, sotto gli occhi della folla che si trovava intorno alla casa. Mentre Kendrick teneva aperta la porta, Kashi fece rapidamente due o tre viaggi avanti e indietro, dalla capanna al furgoncino, poiché, oltre a una montagna di giornali, da tutti gli Stati Uniti, aveva portato anche cibarie. C'erano panini imbottiti avvolti in carta stagnola, due litri di latte in un secchiello da ghiaccio, quattro piatti caldi, equamente divisi fra specialità occidentali e arabe, e una bottiglia di whisky canadese.

«Kashi, non intendo restare qui una settimana, asserragliato» disse Kendrick.

«Questa è roba per oggi e stasera, caro Evan. Sei sotto grave stress e devi mangiare. In quella scatola sul tavolo ci sono le posate, e un fornelletto a spirito, per scaldare le vivande. C'è anche una tovaglia e i tovaglioli. Se dovessi lasciare il motel in fretta e furia, avverti, che vengo io a riprendere l'argenteria e il resto.»

«Grazie, Kashi.»

«Hai l'aria stanca, *yasahbee*. Non hai riposato?»

«No, sono stato a guardare la dannata Tv, e più la guardo, più mi irrito. Non si riposa certo, quando si è furiosi.»

«Come ha detto mio marito – e io concordo con lui – tu riesci molto efficace, alla televisione. Sabri dice anche che dobbiamo lasciarti.»

«Perché? Me lo ha detto diverse settimane fa, questo, ma non riesco a capire perché.»

«Ma sì che lo capisci. Noi siamo arabi e tu vivi in una città che non si fida di noi. Tu ti trovi in un ambiente politico che non ci tollera, noi arabi. E noi non vogliano procurarti grane.»

«Kashi, questo non è il mio ambiente. Io ne voglio uscire, sono stufo. Questa, dici, è una città che diffida di voi? Perché dovreste fare eccezione, voi arabi? Questa città non si fida di nessuno! È una città di bugiardi, di fasulli, di arrivisti, uomini e donne che passerebbero sopra il cadavere di chiunque pur di arrivare un po' più vicini al miele. Stanno facendo scempio di un sistema politico ottimo, succhiando il sangue da ogni vena che riescono a bucare, proclamando la sacrosantità della loro causa, il loro patriottismo, per fregare la gente. E la gente applaude, senza sapere quanto gli costa, lo scherzo. Non fa per me, questo ambiente, Kashi. Io me ne vado.»

«Sei sconvolto...»

«Puoi ben dirlo!» Kendrick si gettò sulla catasta di giornali sopra il letto.

«Caro Evan» l'interruppe quella donna araba. Kendrick non l'aveva mai sentita parlare con tanta fermezza. Si volse, con alcuni giornali in mano. Lei disse, fissandolo con gli occhi bruni: «Quegli articoli ti offenderanno. E, per dire la verità, certe frasi hanno offeso anche Sabri e me».

«Capisco» disse Kendrick con calma, scrutandola. «Tutti gli arabi sono terroristi. Sono sicuro che dicono tutti questo, in chiare lettere.»

«Per l'appunto.»

«Ma non è questo il punto, per te.»

«No. Ho detto che ti sentirai offeso, ma il termine non è abbastanza forte. Ti indignerai, eccome. Ma prima di fare qualcosa di irreparabile, per favore, stammi a sentire.»

«Per amor del cielo, di che si tratta, Kashi?»

«Grazie a te, mio marito e io abbiamo assistito a parecchie sedute della Camera e del Senato. Inoltre, tramite te, abbiamo avuto il privilegio di assistere ad alcune udienze della Suprema Corte di Giustizia.»

«Dunque?»

«Quello che abbiamo visto e sentito è notevole. Questioni di Stato, persino leggi, apertamente discusse in accesi dibattiti, non da semplici postulanti ma da uomini preparati. Tu vedi il lato peggiore, e senza dubbio in quel che dici c'è del vero, ma non c'è forse anche un'altra verità? Abbiamo visto molte persone farsi avanti e proclamare le loro convinzioni senza paura di venir messi a tacere o spinti in disparte...»

«Possono venir scansati ma non messi a tacere. Mai!»

«Tuttavia, essi corrono dei rischi, per perorare la loro causa, spesso rischi gravi, no?»

«Diamine, sì. Si espongono pubblicamente.»

«Per la loro fede?»

«Sì...» Kendrick lasciò che le parole svaporassero nell'aria. Il ragionamento di Kashi Hassan era chiaro: era anche un monito per lui, in quel momento di furia autodivorante.

«Quindi, vi sono delle brave persone, in un sistema che tu stesso definisci ottimo. Ti prego di tenerlo presente, questo, Evan. Non sottovalutarle, per favore. Ora io devo andare.» Kashi si diresse rapidamente alla porta. Qui si volse. «Ti scongiuro, *yasahbee*, se per la collera ti venisse l'impulso di fare qualcosa di drastico, telefona prima a mio marito, in nome di Allah, oppure a Weingrass, se preferisci. Ma è meglio se ti consulti con mio marito, che è alquanto più sereno del caro Emmanuel. Te lo dico senza pregiudizi, poiché, lo sai, voglio bene a quel nostro fratello ebreo come a te.»

«Sta' tranquilla.»

Kashi uscì.

Kendrick si avventò, letteralmente, sui giornali, e li dispose sul letto, l'uno accanto all'altro, con i titoli di testa ben visibili.

Se un urlo primordiale avesse potuto alleggerire il dolore, la sua voce avrebbe mandato in frantumi i vetri delle finestre, in quella soffocante capanna di motel.

The New York Times
New York, martedì 12 ottobre

EVAN KENDRICK DEL COLORADO
SVOLSE UN RUOLO DECISIVO NELLA CRISI DI OMAN

È STATO PIÙ FURBO DEI TERRORISTI ARABI
A QUANTO RISULTA DA UN MEMORANDUM SEGRETO

The Washington Post
Washington, D.C., martedì 12 ottobre

FU KENDRICK DEL COLORADO
L'ARMA SEGRETA DEGLI STATI UNITI IN OMAN

IMPORTANTI RIVELAZIONI SUI TERRORISTI ARABI
E I LORO OCCULTI FINANZIATORI

Los Angeles Times
Los Angeles, martedì 12 ottobre

UN DOSSIER SEGRETO RIVELA CHE KENDRICK
DEL COLORADO FU L'UOMO CHIAVE A MASQAT

I TERRORISTI PALESTINESI AVEVANO L'APPOGGIO DEGLI ARABI

Chicago Tribune
Chicago, martedì 12 ottobre

IL CAPITALISTA KENDRICK SPEZZÒ LE CATENE
DEGLI OSTAGGI IN MANO A TERRORISTI ROSSI

GLI ARABI ASSASSINI MESSI DOVUNQUE IN DIFFICOLTÀ
DA QUESTE RIVELAZIONI

New York Post
New York, martedì 12 ottobre

EVAN, IL MENSCH DI OMAN, HA FREGATO GLI ARABI!

COSA ASPETTA GERUSALEMME
A DARGLI LA CITTADINANZA ONORARIA?
NEW YORK RECLAMA GLI ONORI DEL TRIONFO, PER LUI!

USA Today
Mercoledì 13 ottobre

IL "GUASTATORE" KENDRICK – È STATO LUI!

GLI ARABI RECLAMANO LA SUA TESTA!
NOI GLI VOGLIAMO FARE UN MONUMENTO!

In piedi accanto al letto, Kendrick passava rapidamente da un titolo cubitale all'altro, e nella sua mente non v'era alcun pensiero, ma una sola domanda: *Perché?* E siccome la risposta gli sfuggiva, un'altra domanda si mise gradualmente a fuoco: *Chi?*

Capitolo ventunesimo

Se c'era una risposta, all'una o all'altra domanda, non la si sarebbe certo trovata sui giornali. Questi citavano fonti "attendibili", "riservate", "autorevoli" e "confidenziali". Perlopiù gli interpellati rispondevano con un secco «*No comment*» oppure «Non abbiamo niente da dire per ora» oppure «Gli eventi in questione vengono scrupolosamente analizzati», tutte evasive conferme.

A scatenare quel pandemonio era stato un memorandum interno, riservatissimo, su carta intestata del Dipartimento di Stato. Il documento, non firmato, era stato prelevato dagli archivi e divulgato, presumibilmente, da qualche dipendente che riteneva che una grave ingiustizia era stata commessa nei confronti di un uomo, per irragionevoli motivi di sicurezza nazionale e per paura di rappresaglie terroristiche, soprattutto. Copie del memorandum erano state inviate, contemporaneamente, ai giornali, alle agenzie di stampa e alle stazioni radio-televisive, dove erano pervenute fra le 5 e le 6 del mattino. Ogni copia era corredata da tre fotografie di Kendrick a Masqat. Il tutto a prova di smentite, dunque.

È stato programmato, pensò Evan. L'ora è stata scelta in modo da cogliere la nazione di sorpresa, appena sveglia, da un capo all'altro degli Stati Uniti.

Perché?

Quelle rivelazioni erano notevoli sia per quello che dicevano che per quello che tralasciavano di dire. Erano estremamente precise su alcuni punti: circa il modo, ad esempio, in cui Kendrick era stato portato in gran segreto in Oman, circa il suo travestimento e, persino, la pomata usata per scurirgli la pelle e renderla "compatibile con la zona di operazioni". *Cristo! La zona di operazioni!*

Si davano sommari ragguagli, spesso frutto di congetture, su incontri da lui avuti con uomini conosciuti in passato, i cui nomi erano tagliati: il memorandum presentava, per ovvie ragioni, alcuni spazi neri. C'era un paragrafo che trattava del suo volontario internamento in un carcere per terroristi, dove aveva quasi perso la vita, ma dove aveva appreso i nomi che doveva conoscere allo scopo di risalire a coloro che stavano dietro i fanatici palestinesi all'Ambasciata – in particolare un nome – anch'esso tagliato, un altro spazio nero nel documento. Aveva rintracciato quest'uomo – spazio nero al posto del nome – e lo aveva costretto a smantellare l'organizzazione terroristica che occupava l'Ambasciata a Masqat. Quest'uomo era stato giustiziato – i dettagli tagliati – e Kendrick era stato riportato, sotto copertura protettiva, negli Stati Uniti.

Erano stati convocati esperti perché esaminassero le fotografie. Ciascuna stampa fu sottoposta a esame spettroscopico, per determinarne l'autenticità in relazione all'età dei negativi e a eventuali alterazioni in laboratorio. Ogni cosa trovò conferma, si accertò persino la data esatta ingrandendo il dettaglio di un giornale in mano a un pedone in una via di Masqat. I giornali più seri fecero notare la mancanza di riscontri, di fonti alternative che potessero o meno conferire credibilità ai fatti così sommariamente esposti, ma nessuno poteva contestare l'autenticità delle foto e l'identità dell'uomo in esse raffigurato. E quest'uomo, Evan Kendrick, non era reperibile, per potergli chiedere conferma o smentita dell'incredibile storia. Il *New York Times* e il *Washington Post* interpellarono quei pochi amici e vicini che riuscirono a scovare nella capitale, in Virginia e nel Colorado. Nessuno ricordava di aver visto Kendrick, o di aver parlato con lui, durante il periodo in questione, un anno prima.

Il *Los Angeles Times* andò più lontano e, senza rivelare le fonti, pubblicò una lista delle telefonate di Kendrick. A parte quelle a vari negozi della zona e a un certo James Olsen, giardiniere, solo cinque telefonate eventualmente rilevanti erano state fatte dalla residenza del rappresentante a Fairfax in Virginia, in un periodo di quattro settimane. Tre di esse, ai Dipartimenti di Studi Arabi presso le Università di Georgetown e di Princeton; una a un diplomatico del Dubai, rientrato in patria sette mesi prima; e la quinta a un avvocato di Washington, il quale si rifiutò di parlare con la stampa. Rilevanti un corno: i cani da punta continuavano a puntare sebbene la preda fosse già volata via.

I giornali meno responsabili, vale a dire tutti quelli che non avevano risorse per finanziare estese indagini, nonché tutti i tabloid, ai quali non importava un accidente di verificare alcunché, ci sguazzavano e ci davano dentro a piene mani, con pseudogiornalistica baldanza. Presero quel memorandum (riservatissimo in origine, ma poi reso di pubblico dominio) e lo usarono come trampolino per tuffarsi nelle torbide acque delle ipotesi cervellotiche, delle supposizioni selvagge, ben sapendo che tutto sarebbe stato avidamente bevuto dai loro creduli lettori.

Quel che mancava, in tutti quei servizi giornalistici, erano certe verità, profonde verità, che andavano ben al di là delle rivelazioni, sorprendentemente accurate. Non si faceva menzione, da nessuna parte, di un coraggioso giovane principe, il Sultano di Oman, il quale aveva rischiato vita e lignaggio per aiutare Kendrick. Né si accennava agli omaniti che lo avevano protetto all'aeroporto e nei vicoli di Masqat. Né di una strana donna, altamente professionale, che lo aveva salvato all'aeroporto di Bahrain, dove era stato quasi ucciso, e lo aveva portato in un rifugio sicuro, dove un medico gli aveva curato le ferite. Soprattutto, non si faceva parola di un commando israeliano, guidato da un funzionario del Mossad, che lo aveva salvato da una morte che, tuttora, a ripensarci, gli procurava brividi di orrore. E neanche di un altro americano, un anziano architetto del Bronx, senza il quale Kendrick sarebbe morto, un anno prima, e finito in pasto ai pescicani del Qatar.

Invece, un tema comune ricorreva in tutti gli articoli: tutto ciò che era *arabo* si tingeva di inumano, di brutale, di terroristico. La stessa parola *arabo* era sinonimo di crudeltà e barbarie spietata, non un minimo di dignità veniva attribuita a un intero popolo. Più a lungo Evan studiava quei giornali, più si infuriava. D'un tratto, in un impeto d'ira, li spazzò tutti quanti via dal letto.

Perché?

Chi?

Poi provò un terribile, sordo dolore al petto. *Ahmat!* Oh, che guaio! Avrebbe capito, il giovane Sultano? Avrebbe *potuto* capire? Con le sue omissioni – con il suo silenzio – la stampa americana aveva condannato l'intero Sultanato di Oman, dando adito a insidiose congetture sul conto del Sultano stesso: impotente di fronte ai terroristi o, peggio, loro complice! Insomma, si sottintendeva una complicità nella barbara uccisione di alcuni cittadini americani.

Doveva chiamare il suo giovane amico. Telefonargli e dirgli che non era colpa sua, che tutto era avvenuto a sua insaputa e senza il suo controllo. Seduto sulla sponda del letto, agguantò il telefono e, al contempo, estrasse dalla tasca dei calzoni il portafogli. Tenendo fermo il ricevitore fra il mento e la spalla, dal portafogli estrasse la sua carta di credito. Fece lo 0, per chiamare il centralino. D'improvviso il segnale acustico scomparve e per un attimo Evan fu preso dal panico, dilatò gli occhi, guardandosi intorno e scrutando fuori dalle finestre.

«Pronto, 23?» disse una voce maschile, rauca, al telefono.

«Volevo il centralino...»

«Qualsiasi numero fa, risponde sempre la portineria.»

«Devo... devo telefonare all'estero» balbettò Evan sbigottito.

«No, non può. Da quel telefono non può.»

«Intendo usare la mia carta di credito. Mi passi il centralino. La telefonata verrà addebitata alla mia carta di credito.»

«Allora resterò in ascolto finché la telefonata non sarà stata accettata, intesi?»

No, non capiva. Era forse una trappola? Era stato rintracciato, in quel misero motel della Virginia? «Non mi pare una giusta pretesa, la sua» disse inceppandosi. «È... è una comunicazione del tutto privata.»

«Figuriamoci!» disse la voce in tono derisorio. «Allora vada a un telefono pubblico, a gettone. Ce n'è uno alla tavola calda, a otto chilometri da qui, lungo la strada. Tanti saluti, caro lei. Mi ha fatto perdere abbastanza tempo.»

«Attenda un momento! D'accordo, resti pure in linea. Ma quando il centralino mi passa la comunicazione, si tolga di mezzo. Voglio sentire il clic. Okay?»

«Be', veramente, stavo per chiamare Louella Parsons.»

«Chi?»

«Lasciamo perdere. Chiamo il centralino. Gli ospiti che restano in stanza tutto il giorno sono o maniaci sessuali o drogati.»

Da qualche parte, nelle remote contrade del Golfo Persico, un centralinista che parlava inglese con accento arabo disse che non c'era nessuna zona, in Oman, avente il prefisso 555. «Faccia il numero, la prego!» insistette Evan e soggiunse implorante: «Per favore!».

Otto squilli. Poi la voce irritata di Ahmat: «*Iwah?*».

«Pronto, Ahmat? Sono Evan» disse Kendrick in inglese. «Devo parlarti...»

«Parlarmi?» esplose il giovane Sultano. «Hai il coraggio di telefonarmi, brutto bastardo?»

«Lo sai, allora? Di... di quello che hanno detto su di me.»

«Se lo so? Uno dei vantaggi che ho, a essere ricco, è che dispongo di apparecchiature capaci di captare tutto quello che voglio, *dovunque*! Ho persino un vantaggio su te, *ya Shaikh*. Hai visto i dispacci da qui e dal Medio Oriente? Hai sentito le notizie diffuse dal Bahrain, Riad, Gerusalemme e Tel Aviv?»

«Ovviamente, no. Ho visto solo questi...»

«È tutta la stessa immondizia. Un bel mucchio, su cui metterci a sedere. Stammi bene a Washington, basta che non torni qui.»

«Ma io voglio tornare lì. Tornerò presto!»

«No. Non ci torni, in questa parte del mondo. Sappiamo leggere, sappiamo ascoltare la radio, sappiamo guardare la televisione, noi, qui. Tu hai fatto tutto *da solo*! Tu da solo hai messo *gli arabi* nel sacco! Esci dalla mia memoria, brutto figlio d'un cane!

«Ahmat!»

«*Fuori*, Evan! Non l'avrei mai creduto, mai me lo sarei aspettato, da te! È per acquistare potere a Washington, che si dà degli animali e dei terroristi a tutti noi arabi? È proprio l'unica maniera, questa?»

«Non ho mai detto una cosa simile, io!»

«Il tuo mondo lo dice. Lo dice e lo ripete continuamente, al punto che è maledettamente evidente che ci volete vedere tutti in catene. E quest'ultimo maledetto scenario è opera tua!»

«No!» protestò Evan urlando. «Non mia!»

«Leggi i giornali americani! Guarda la Tv!»

«È la stampa... Non io. Non c'entriamo noi due.»

«Tu sei tu – un bastardo arrogante come tanti esponenti dell'ipocrisia cristiano-giudaica, un fariseo come gli altri – e io invece sono io: un arabo islamico. E non sputerai più su di me!»

«Non lo farei mai, non potrei mai...»

«Né sui miei fratelli, le cui terre voi avete decretato che venissero loro rubate, costringendo intere popolazioni ad abbandonare le case, il lavoro, i miseri e insignificanti piccoli commerci – insignificanti per gli altri ma importanti per *loro*, da generazioni!»

«Per amor del cielo, Ahmat, parli come uno di *loro*!»

«Sul serio?» disse il giovane Sultano, con ira e insieme sarcasmo. «Per "loro" intendi certo i profughi palestinesi, quelle centinaia e migliaia di famiglie confinate in campi che andrebbero bene sì e no per i porci, non per la gente. Non per madri, padri e figli di famiglia. Se ti sembro uno di loro, cribbio, mi spiace. E ti dirò cos'altro mi dispiace: di esserci arrivato tanto tardi. Oggi capisco molte cose più di ieri.»

«Che significa questo?»

«Te lo ripeto. Leggi i giornali, guarda la televisione, ascolta la radio. Vi accingete, voi, popolo superiore, a sterminare tutti gli sporchi arabi, in modo da non aver più da competere con noi? O affiderete questo compito ai vostri amici di Israele, che del resto vi comandano a bacchetta? Darete loro, semplicemente, le armi nucleari?»

«Un momento!» esclamò Kendrick. «Quegli israeliani mi hanno salvato la vita!»

«Esatto, ma solo incidentalmente. Tu fosti per loro semplicemente un pretesto.»

«Che cosa stai dicendo?»

«Tanto vale che ti dica tutto, perché nessun altro te lo direbbe, nessuno stamperà mai questo. A loro non fregava un accidente di te, Mr. Eroe. Quel commando venne qui nell'Oman per prelevare *uno* degli ostaggi, un agente del Mossad, uno stratega d'alto rango che si spacciava per americano, d'accordo con il Dipartimento di Stato.»

«E Weingrass lo sapeva?»

«Se lo sapeva, tenne la bocca chiusa. Li costrinse a seguirti nel Bahrain. È così che ti salvarono la vita. Non rientrava nei loro programmi. A loro non gliene frega niente di nessuno, di niente, pensano solo a se stessi. Gli *ebrei*! Proprio come te, Mr. Eroe.»

«Dannazione, dammi ascolto, Ahmat! Io non sono responsabile per quanto è successo qui, per quello che si legge sui giornali o che trasmettono in televisione. Questa è l'ultima cosa che io volevo...»

«Cazzate!» proruppe il giovane Sultano, laureato a Harvard. «Non avrebbero potuto riferire niente, senza di te. Ho appreso cose di cui non avevo idea. Chi sono questi agenti segreti americani che scorrazzano per il *mio* Paese? Chi sono le persone con cui ti mettesti in contatto?»

«Mustafa, per esempio!»

«Ucciso! Chi ti ha portato qui di nascosto senza consultarmi? Lo governo io, fino a prova contraria, questo dannato Paese. Sono forse una semplice pedina?»

«Non so niente, Ahmat, di queste cose. Sapevo solo che dovevo arrivare in Oman.»

«E io non contavo niente, eh? O non ci si poteva fidare di me?... Naturalmente no, poiché sono *arabo*.»

«Queste sì, che sono cazzate. Ti si voleva proteggere.»

«Da cosa?»

«Oh, per amor del cielo, smettila! Non sapevo nulla, di un agente del Mossad all'Ambasciata. L'ho appreso da te poco fa. Se l'avessi saputo, te l'avrei detto. E giacché ci siamo, mio giovane improvvisato fanatico, sappi che non ho mai avuto niente a che fare con i campi profughi palestinesi, non sono stato io a deportarci tanta povera gente...»

«Siete stati voi tutti!» gridò il Sultano di Oman. «Un genocidio come un altro. Se non fosse che noi, con quell'altro, non abbiamo avuto nulla a che fare. *Chiuso!*»

La comunicazione si interruppe. Un brav'uomo e un buon amico, che gli aveva salvato la vita, era ormai perduto. Come pure erano andati in fumo i suoi progetti di far ritorno in quella parte del mondo che tanto amava.

Prima di mostrarsi di nuovo in pubblico, doveva scoprire che cosa era accaduto e chi lo aveva fatto accadere e *perché*. Doveva cominciare da qualche parte, e precisamente dal Dipartimento di Stato, da un uomo di nome Frank Swann. Un assalto frontale al Dipartimento di Stato era, naturalmente, fuori questione. Non appena si fosse identificato, infatti, sarebbe scattato l'allarme. La sua faccia era stata vista, fino alla nausea, in televisione. A Washington lo conoscevano praticamente tutti. Quindi doveva studiare ogni mossa con cura. Innanzitutto: come raggiungere Swann senza che nessuno venisse a saperlo? Un anno fa – ricordò Evan – era andato nell'ufficio di Swann e aveva parlato con una segretaria, cui aveva rivolto parole in arabo per farle intendere l'urgenza della sua visita. Essa era scomparsa in un ufficio attiguo e, dieci minuti dopo, lui e Swann erano a colloquio, nei sotterranei dell'edificio. Quella segretaria era non solo efficiente ma anche eccessivamente protettiva, come, a quanto pare, quasi tutte le segretarie, nella giungla di Washington. Siccome quella segretaria conosceva Kendrick, con il quale aveva parlato un anno fa, doveva essere propensa a dare ascolto a una voce che fosse, anch'essa, protettiva nei confronti del suo capo. Valeva quindi la pena di tentare. Del resto era l'unica via che riuscisse a intravvedere. Alzò il telefono e attese che il rauco direttore del motel gli rispondesse, con la consueta malagrazia.

«Consular Operations, ufficio del direttore Swann» disse la segretaria.

«Salve, sono Ralph, Servizio informazioni» cominciò Kendrick. «Ho una notizia per Frank.»

«Chi parla?»

«E va bene, sono un amico di Frank. Volevo solo avvertirlo che ci sarà probabilmente una riunione interdivisionale, oggi, nel tardo pomeriggio.»

«Un'altra? Non ne ha proprio bisogno.»

«Ha molto da fare?»

«Sì. Adesso è in riunione e ci resterà fino alle quattro.»

«Ebbene, se non vuole essere messo di nuovo sulla graticola, gli conviene staccare subito dopo, salire in macchina e filare a casa.»

«In macchina? Lui? Capace di paracadutarsi nella giungla del Nicaragua, non si azzarda però a guidare nel traffico di Washington.»

«Ha capito cosa intendo. C'è nervosismo, da queste parti. Potrebbero quindi infilarlo allo spiedo.»

«È in piedi dalle sei di stamattina.»

«Appunto, volevo avvertirlo.»

«Veramente, avrebbe appuntamento con il medico stasera» disse d'un tratto la segretaria, in tono d'intesa.

«Ah, sì?»

«Sul serio. Grazie, Ralph.»

«Io non le ho detto niente.»

«Naturalmente no, caro. Gli dirò di essere venuta a saperlo per caso da una collega, al Servizio informazioni.»

Evan si confuse tra la folla in attesa presso la fermata dell'autobus, all'angolo della 21ª Strada, dove era ben visibile l'ingresso del Dipartimento di Stato. Dopo aver parlato con la segretaria di Swann, aveva lasciato il motel ed era arrivato in macchina, rapidamente, a Washington: aveva fatto una breve sosta ad Alexandria, per comprarsi un paio di occhiali neri, un berretto da pescatore a tesa larga e una giacca di panno leggero. Erano le 3,48 del pomeriggio. Se la segretaria aveva seguito il proprio istinto protettivo, Frank Swann, della Consular Operations, sarebbe uscito dalla grande porta a vetri entro i prossimi quindici o venti minuti.

E così fu. Alle 4 e tre minuti, Swann uscì dal portone e si avviò sul marciapiede, sulla sinistra. Kendrick lo seguì, tenendosi a dieci metri di distanza. Si chiedeva quale mezzo di trasporto avrebbe preso, poiché non guidava. Se intendeva andare a piedi, Kendrick lo avrebbe fermato davanti a un giardinetto pubblico o in qualche altro posto dove avrebbero potuto parlare indisturbati.

Non intendeva andare a piedi. Si accingeva a prendere un autobus diretto a est, in Virginia Avenue. Swann si unì alla gente in attesa alla fermata. L'autobus stava sopraggiungendo. Evan affrettò il passo. Non poteva consentire al direttore della Cons Op di salire su quel mezzo pubblico. Gli si avvicinò, lo toccò su una spalla. «Salve, Frank» gli disse affabilmente, togliendosi gli occhiali scuri.

«Lei!» esclamò stupefatto Swann, facendo sussultare gli altri passeggeri, mentre la porta dell'autobus si apriva.

«Io» ammise Evan con calma. «Devo parlarle.»

«Cristo santo! Lei dev'essere fuori di senno!»

«Infatti. Mi ci ha guidato lei, *laggiù*, anche se non guida...»

La breve conversazione non poté proseguire, poiché, d'un tratto, una strana voce riempì la strada, rimbombando contro la fiancata dell'autobus. «È lui!» ruggì un uomo scarmigliato di strano aspetto, dagli occhi di ranocchio e dai lunghi capelli che gli ricadevano sulla fronte e sugli orecchi. «Guardate! Visto? È lui! È Kendrick. L'ho visto alla Tv! Ho sette televisori, io, a casa mia. Mi tengo al corrente di tutto quello che succede. Non mi sfugge mai niente. È proprio lui!»

Prima che Evan potesse reagire, l'uomo gli tolse il cappello.

«Ehi!» gridò Kendrick.

«Guardate! Visto? *È lui!*»

«Andiamo via di qua» disse Swann.

Si misero a correre per la strada, inseguiti da quell'uomo bizzarro, che teneva in mano il cappello di Kendrick, e agitava le braccia come un mulino a vento.

«Ci segue!» disse Swann voltandosi a guardare.

«Ha il mio cappello!» disse Kendrick.

Due isolati più avanti, una signora dai capelli azzurrini, malferma sulle gambe, stava scendendo da un taxi, sorreggendosi a un bastone. «Là!» gridò Swann. «Il taxi!» Schivando le macchine, attraversarono l'ampio viale. Kendrick salì per primo a bordo, Swann girò intorno alla vettura, aiutò l'anziana signora a scendere e, senza volerlo, diede un calcio al bastone di lei. Il bastone cadde sul marciapiede. Cadde anche l'anziana signora. «Scusi, mia cara» disse Swann saltando a bordo del taxi.

«Andiamo!» gridò Swann. «Svelto! Allontaniamoci da qui.»

«Che, avete rapinato una banca, voialtri pagliacci?» disse il tassista, mettendo in moto.

«Ti conviene filare via svelto» disse Evan.

«Filo, filo, ma non ho la patente da pilota. Devo restare attaccato alla terra, non so se mi spiego.»

Come un sol uomo, Kendrick e Swann si girarono di scatto per guardare fuori dal finestrino posteriore. Lì sull'angolo, il tipo bizzarro dai capelli scarmigliati stava scrivendo qualcosa su un giornale, con ancora in testa il cappello di Evan. «Il nome della società di taxi e il numero di questa vettura» disse calmo Swann. «Dovunque stiamo andando, dovremo cambiare vettura, dopo aver fatto un pezzo a piedi.»

«Perché? Non il cambio di vettura, ma il pezzo a piedi?»

«In modo che questo tassista non veda su quale taxi saliamo poi.»

«Hai tutta l'aria di uno che sa quello che fa» disse Evan prendendo un tono più confidenziale.

«Spero proprio che lo sappia anche tu» replicò Swann affannato, sullo stesso tono. Con un fazzoletto si deterse la fronte sudata.

Ventotto minuti e un secondo taxi più tardi, Kendrick e Swann camminavano a passo spedito per una strada scalcinata, in un quartiere malridotto di Washington. Videro l'insegna rossa di un bar, mancante di tre lettere. Era un locale degno dell'ambiente circostante. Si scambiarono un cenno d'assenso ed entrarono, alquanto stupefatti dalla penombra dell'interno, se non altro in contrasto con la chiara giornata d'ottobre, fuori in strada. L'unica fonte di luce era un televisore, incastrato un una nicchia sopra lo squallido bancone. Diversi clienti ingobbiti, scarmigliati, dagli occhi cisposi, confermavano l'infimo rango del locale. Strizzando entrambi gli occhi nella scarsa luce, Kendrick e Swann si diressero verso la zona più buia, a destra del bancone; trovarono un logoro separé e si sedettero, l'uno di fronte all'altro.

«Sei ancora dell'idea che ci dobbiamo parlare?» domandò Swann respirando profondamente, il volto acceso, ancora sudato.

«Insisto, al punto di far di te un candidato all'obitorio, altrimenti.»

«Bada, sono cintura nera.»

«In che cosa?»
Swann si accigliò. «Non saprei dirlo... Ma nei film funziona sempre, questa battuta. Ho voglia di bere.»
«Fa' tu segno al cameriere» disse Kendrick. «Io resto nell'ombra.»
«Nell'ombra?» disse Swann alzando cautamente una mano per chiamare una cameriera negra, massiccia, dalla chioma rossa. «Qui non c'è luce da nessuna parte.»
«Quando hai fatto tre flessioni di fila, l'ultima volta, Mr. Karate Kid?»
«Negli anni Sessanta. O giù di lì.»
«Da allora, non hanno più cambiato le lampadine fulminate, qui, in questo locale. Dunque, per quel che riguarda me: come hai potuto, brutto bugiardo?»
«Come diavolo puoi pensare che avrei...?» Swann si interruppe, poiché la grottesca cameriera si era avvicinata al tavolo, con le mani sui fianchi. «Cosa prendi, tu?» domandò a Evan.
«Niente.»
«Non è carino, qui. E neanche prudente. Ci porti due whisky, doppi. Canadesi, se possibile.»
«Se lo scordi» disse la truce cameriera.
«Me lo sono scordato» convenne Swann. La cameriera si allontanò. Swann tornò a fissare Kendrick. «Sei buffo, tu. Voglio dire, veramente comico. La Cons Op vuole la mia testa. Il Segretario di Stato ha emesso una direttiva da cui risulta che non sa chi sono io. E gli israeliani strillano perché pensano che il loro prezioso Mossad possa venirne compromesso, se qualcuno va a scavare e scartabellare negli archivi. Quanto agli arabi al nostro soldo, protestano a gran voce perché nessun merito viene loro attribuito. E alle tre e trenta di questo pomeriggio, il Presidente – il dannato *Presidente* – mi ha fatto un cazziatone per "negligenza nell'espletamento dei doveri". Lascia che te lo dica: ha pronunciato questa frase come se sapesse cosa voleva dire. Dal che arguisco che c'erano almeno due altre persone, in ascolto... Scappi, tu? Scappo anch'io! Dopo trent'anni in questo stupido ambiente...»
«Così l'ho definito io» l'interruppe Evan rapido, calmo. «Mi dispiace.»
«E hai ragione» disse Swann senza perdere la battuta. «Perché, chi è disposto a fare questo mestiere se non dei bastardi ancora più stupidi del sistema? Hai bisogno di noi, mio caro, non dimenticarlo. Il problema è che non guadagnamo molto. Voglio dire, non devo correre a casa per controllare se la piscina, in giardino, è stata disinfestata dalle alghe, con questo caldo. Soprattutto, perché non ho una piscina. E quanto alla casa, è rimasta a mia moglie dopo il divorzio. Voluto da lei perché era stanca di me che, per un tozzo di

pane, me ne andavo via ogni tanto, e ritornavo dopo tre mesi, con ancora la polvere dell'Afghanistan dentro gli orecchi! Oh, no, caro mio, non sono stato io a soffiare nel fischietto, come suol dirsi, nel senso di fare la spia. Anzi, ho fatto del mio meglio per andare in pensione, ma ci voglio arrivare pulito, senza avere nulla sulla coscienza.»

«Hai cercato di impedire la spiata?»

«Gli ho persino mostrato una copia del promemoria da me mandato al Capo, per sconfessarti.»

«Mostrato a chi?»

Swann guardò desolato Kendrick, mentre la cameriera portava le consumazioni. E restò lì in attesa, picchiettando con le dita sul tavolo, finché Swann non mise una mano in tasca, diede una sbirciata al conto e lo pagò. La negra fece spallucce alla mancia e si allontanò.

«A chi?» ripeté Evan.

«Su, dài» disse Swann con voce piatta, bevendo un lungo sorso di whisky. «Conficcaci pure un altro chiodo, che differenza fa? Non me ne resta poi tanto, di sangue.»

«Ne deduco che non sai chi fosse, quel tale.»

«Oh, un nome ce l'ho, e anche una qualifica, nonché una raccomandazione di prim'ordine.»

«Ebbene?»

«Non esiste.»

«Cosa?»

«Mi hai sentito. Il nome è risultato falso.»

«Non esiste...» ripeté Kendrick frustrato.

«Quel nome appartiene a qualcuno che però non corrisponde all'uomo che è venuto da me.» Swann scolò il primo bicchiere di whisky.

«Non ci credo...»

«Neanche Ivy, ci credeva. La mia segretaria. Ivy la terribile.»

«Di che stai parlando?» domandò Kendrick implorante.

«Ivy ricevette una telefonata da un tale con cui aveva avuto una storia un paio d'anni fa. Costui, adesso, è il braccio destro del senatore Allison. Ebbene, la pregò di fissarmi un appuntamento con un suo collega che stava svolgendo un certo lavoro confidenziale per Allison. E Ivy obbedì. Il giorno dopo, a presentarsi fu un biondo dall'accento straniero: mitteleuropeo, a occhio e croce. Uno "spettro", come li chiamiamo in gergo. Però in carne e ossa. E, di te, sapeva tutto. Se tu hai una voglia che solo tua madre sa dove ce l'hai, sta' pur certo che lui ne ha una foto.»

«È pazzesco» disse Evan sottovoce. «Mi domando: *perché?*»

«Anch'io. Le domande che mi pose erano cariche di DP...»

«Prego, prego?»

«Di "dati precedenti", sul tuo conto. Ne sapeva più di quanto voleva sapere da me. Un tale professionista che fui tentato, là per là, di offrirgli un incarico in Europa.»

«Ma perché *me*?»

«Come ti dicevo, me lo sono chiesto anch'io. Quindi ho pregato Ivy di controllare presso l'ufficio di Allison. In primo luogo: che se ne fa un senatore di un simile SS...»

«*Cosa?*»

«Non quel che pensi. "Super Spettro", "Super Spia". Ma, ora che ci penso, una certa connessione c'è, con le SS.»

«Per favore, non divagare.»

«Insomma» disse Swann bevendo il secondo whisky «Ivy telefona al suo vecchio amico, il quale casca dalle nuvole. Mai le aveva telefonato, né mai aveva sentito nominare quel tale che si era spacciato per suo collega.»

«Ma ci aveva pur parlato per telefono...»

«Era raffreddato, aveva una forte laringite... Ma quello che le telefonò fingendo di essere il suo ex amico sapeva un sacco di cose sul suo conto... Accennò, persino, a un paio di albergucci dove erano stati, clandestinamente. A Ivy non avrebbe fatto piacere se fosse venuto a saperle il marito, certe cose.»

«Cristo, si tratta di una vera e propria trama.» Kendrick prese il bicchiere di Swann. «Ma *perché?*»

«Perché mi freghi il whisky? Non ho una piscina, io. Ricordi? E neppure una casa.»

D'un tratto dal televisore sopra il bancone si sentì pronunciare distintamente il nome "Kendrick".

Entrambi si voltarono di scatto, sgranando tanto d'occhi, increduli.

«*E torniamo all'avvenimento del giorno, forse del decennio!*» gridò un giornalista della Tv, in mezzo a un mare di facce che guardavano verso l'obiettivo. «*Da dodici ore tutta Washington è alla ricerca di Evan Kendrick del Colorado, l'Eroe dell'Oman, ma invano. I maggiori timori, ovviamente, vertono sull'eventualità di una rappresaglia araba. Ci risulta che il Governo ha messo in stato di allerta la polizia, gli ospedali e gli obitori. Eppure, solo pochi minuti fa, Kendrick è stato visto e riconosciuto da un certo Kasimer Bola... Bola... Bolaslawski. Di dove è lei, signore?*»

«*Di Jersey City*» rispose l'uomo dagli occhi stralunati che aveva ancora in testa il cappello di Evan «*ma le mie radici sono a Varsavia. La santa Varsavia di Dio!*»

«*Lei è nato in Polonia, dunque.*»

«*Non esattamente. A Newark.*

«*Ma lei ha visto Mr. Kendrick?*»

«*Senz'altro. Stava parlando con un uomo dai capelli grigi, poco lontano da qui, alla fermata d'un autobus. Quando io mi sono messo a gridare: "È*

Kendrick! È lui!" i due si sono dati alla fuga. Lo conosco. Ho un televisore per ogni stanza in casa mia, persino al gabinetto. Non mi sfugge mai niente!»

«*Lei ha detto: poco distante da qui. Forse nei pressi del Dipartimento di Stato?*»

«*Senz'altro!*»

«*Siamo certi*» disse il telecronista sinceramente confidenziale, guardando nell'obiettivo «*che a quest'ora le autorità staranno controllando al Dipartimento di Stato per appurare se una persona come quella descritta dal nostro testimone oculare potrebbe aver preso parte a questo straordinario rendez-vous.*»

«*Li ho inseguiti!*» urlò il singolare testimone, togliendosi il cappello di Kendrick. «*Ho il suo cappello! Guardatelo: è il cappello di Kendrick, il guastatore!*»

«*Ma che cosa ha sentito, Mr. Bolaslawski, là, presso l'autobus?*»

«*Le cose, dico io, non sono sempre quelle che sembrano! Le precauzioni non sono mai troppe. Prima che si mettessero a scappare, l'uomo dai capelli grigi diede al guastatore Kendrick un ordine. Parlava con accento russo, credo, forse ebreo. Dei comunisti e degli ebrei non ci si può fidare. Mi spiego? Non vanno mai in chiesa, non vanno. Neppure lo sanno che cos'è, la Santa Messa...*»

Con un brusco stacco, andò in onda uno spot pubblicitario che esaltava le virtù di un deodorante.

«Mi arrendo» disse depresso Swann togliendo a forza di mano a Kendrick il bicchiere e scolandolo d'un sorso. «Adesso io sono una talpa. Un ebreo russo del KGB che non è mai stato a messa. C'è dell'altro, che vuoi fare per me?»

«No, perché ti credo. Ma tu puoi fare qualcosa per me. E sarà nell'interesse di entrambi. Devo scoprire chi c'è dietro questa trama. Chi è stato a fare ciò di cui danno a te la colpa. E perché.»

«E se lo scopri tu» disse Swann sporgendosi in avanti «me lo farai sapere? Questo è nel mio interesse; il mio unico interesse, per il momento. Devo levarmi da questo impiccio e metterci qualcun altro, al mio posto.»

«Sarai il primo a saperlo.»

«Cos'è che vuoi?»

«La lista di tutti quelli che erano al corrente della mia missione a Masqat.»

«Non è una lista, sono pochi nomi. Una cerchia ristrettissima.» Swann scosse la testa, non tanto per negare, quanto per spiegare. «Non sarebbe stato necessario mettere qualcuno al corrente se tu non mi avessi detto che avresti potuto avere bisogno di noi nel caso che ti fossi trovato in difficoltà. Io te lo dissi chiaro: non avremmo potuto permetterci di riconoscerti, apertamente, per via degli ostaggi.»

«Quanto ristretta è quella cerchia?»

«Ogni cosa fu orale, capisci.»

«Capito. Quanto ristretta?»

«La parte non-operativa si riduce a quel rompiballe di Herbert Dennison, il Capo di Gabinetto della Casa Bianca, al Ministro della Difesa, al Segretario di Stato e al Capo degli Stati Maggiori riuniti. Io fungevo da tramite, con questi quattro alti personaggi. E sono tutti e quattro da escludere, ai fini della tua ricerca. Tutti e quattro avevano più da rimetterci, che non da guadagnarci, dalla tua venuta a galla.» Swann si adagiò contro lo schienale, nel separé, aggrondandosi. «La sezione operativa era costituita da pochi elementi: solo gli indispensabili. Comprendeva in primo luogo Lester Crawford, della CIA. È lui il responsabile per le operazioni segrete, nello scacchiere mediorientale. Inoltre c'era il suo uomo nel Bahrain: un certo Grayson... James Grayson. Questi fece, a suo tempo, un bel po' di casino, per via di te e Weingrass, credendo che la CIA fosse impazzita, a rischiare di lasciarsi prendere così con le mani nel sacco.»

«Crawford, Grayson e chi altri?»

«Tre o quattro arabi, i migliori di cui disponessimo, la CIA e noi, nello scacchiere. A questi arabi furono mostrate tue foto, ma non fu rivelata la tua identità. Quindi, non avrebbero potuto adesso spifferare quello che non sapevano. Ne restano ancora altri due. I quali sapevano chi eri. Uno, sul posto; l'altro, alla OHIO-4-Zero: a occuparsi dei computer.»

«Computer?» domandò Kendrick. «*Tabulati?*»

«Tu fosti "programmato" solo sul suo computer, escluso dal cervellone centrale. L'uomo in questione si chiama Gerald Bryce: se è stato lui a spifferare, io vado a costituirmi all'FBI dicendo che sono davvero la talpa ebrea che ha detto Bolaslawski al servizio dei sovietici. Bryce è sveglio, brillante, ed è un mago dei computer. Non c'è nessuno migliore di lui. Dirigerà la Cons Op, un giorno, se le donne lo lasceranno un po' tranquillo.»

«Un play-boy?»

«Via! *Reverendo*, siamo uomini di mondo. Il ragazzo ha 26 anni ed è più bello del lecito. È scapolo, e le donne gli piacciono. Non ne parla però e non si vanta. Ne parlano gli altri, di lui, delle sue conquiste. Lui mai. Ho l'impressione che sia proprio per questo che mi è simpatico. Non ne sono rimasti molti, di gentiluomini, a questo mondo.»

«Già mi piace. E chi è l'ultima persona, quella sul posto, che mi conosceva?»

Frank Swann si sporse in avanti, rigirando fra le dita il bicchiere vuoto e scrutandovi dentro, prima di alzare lo sguardo su Kendrick. «Credevo che l'avresti indovinato da te.»

«Cosa? Perché?»

«Adrienne Rashad.»

«Non mi dice nulla.»

«Usava una copertura...»

«Adrienne... Una donna?» Al cenno affermativo di Swann, Evan si accigliò, poi d'un tratto spalancò gli occhi, inarcando le sopracciglia. «*Khalehla?*» sussurrò. Al nuovo cenno affermativo di Swann, soggiunse: «Era una dei tuoi?».

«Non dei miei. Una dei nostri.»

«Cristo! Mi ha salvato all'aeroporto di Bahrain! Quel gran figlio di puttana di MacDonald mi aveva sbattuto per terra, per poco non sono stato investito da un'auto e ucciso. Perdetti i sensi. Fu lei a portarmi via di là... Come abbia fatto, non lo so proprio.»

«Io lo so» disse Swann. «Minacciò di far saltare le cervella ad alcuni poliziotti, se non avessero passato il suo nome in codice a chi di dovere e non avessero ottenuto il nulla-osta per portarti via di là. Non solo ottenne il nulla-osta ma anche un'automobile.»

«Era una dei nostri, hai detto, ma non una dei tuoi. Che cosa significa?»

«È della CIA. Ma è un agente speciale: una vera intoccabile. Ha contatti in tutto il Mediterraneo Orientale e il Golfo Persico. La CIA non consente a nessuno di immischiarsi con lei.»

«Senza di lei, la mia copertura sarebbe saltata, lì, all'aeroporto di Bahrain.»

«Senza di lei avresti fatto da bersaglio a qualsiasi terrorista del Bahrain, inclusi i soldati del Mahdi.»

Kendrick restò zitto per un po', girando lo sguardo intorno, a labbra dischiuse, ricordando. «Ti ha detto dove mi nascose?»

«Si rifiutò di dirmelo.»

«Poteva permetterselo?»

«Te l'ho detto, è speciale.»

«Capisco» disse Evan sottovoce.

«Credo di capire anch'io» dise Swann.

«Cosa vuoi dire?»

«Nulla. Ti portò via dall'aeroporto e, circa sei ore dopo, si mise in contatto con noi.»

«È insolito, questo?»

«Date le circostanze, direi straordinario. Suo compito era tenerti sotto sorveglianza e riferire *immediatamente* ogni tua mossa a Crawford della CIA. A sua volta Crawford avrebbe consultato me, per ricevere istruzioni. Lei invece lasciò passare sei ore, delle quali non rese conto a nessuno.»

«Doveva proteggere la casa dove ci eravamo rifugiati.»

«S'intende. Doveva trattarsi della casa di qualche membro della famiglia regnante. Nessuno dà noie all'Emiro e ai suoi parenti, naturalmente.»

«S'intende.» Di nuovo Kendrick restò in silenzio e di nuovo guardò nelle zone buie del decrepito bar. «Era una brava persona» disse poi lentamente, esitando. «Abbiamo parlato. Lei capiva tante cose. L'ammirai.»

«Suvvia, Mr. Kendrick.» Swann si sporse sul bicchiere vuoto. «Credi che sia la prima volta?»

«Cosa?»

«Due persone in una situazione rischiosa, un uomo e una donna, nessuno dei due sa se vedrà l'alba dell'indomani. Quindi, vanno a letto insieme. È naturale. E con questo?»

«Questo è maledettamente offensivo, Frank. Lei significava qualcosa per me.»

«D'accordo. Sarò brutale. Non credo che tu significassi qualcosa per lei. È una professionista, e ne ha viste di cotte e di crude nella sua ZDO.»

«Nella sua cosa? Vuoi parlare chiaro, per favore? In arabo, magari. Ma in modo da farti capire.»

«Zona di Operazioni.»

«Hanno usato questa frase, appunto, sui giornali.»

«Non per colpa mia. Dipendesse da me, neutralizzerei quei bastardi che hanno scritto quegli articoli, dal primo all'ultimo.»

«Ti prego, non dirmi cosa significa "neutralizzare".»

«Non te lo dirò. Ti dirò che a tutti può succedere di commettere errori di tanto in tanto. Specialmente quando si è stanchi o si ha paura. Allora – quando capita – uno prende qualche ora di piacere, al sicuro, e la considera una specie di gratifica. Ci credi? Impartiamo persino lezioni, sull'argomento, a quelli che mandiamo in missione.»

«Ci credo, adesso. Per essere sincero, questo sospetto mi venne, quel giorno.»

«Bene. Allora scordala. Lei opera in Medio Oriente e qui non ha nulla a che fare. Dovresti andare in Nordafrica per rivederla.»

«Quindi, tutto quello che ho è un uomo di nome Crawford alla CIA di Langley e il suo capo-sezione nel Bahrain.»

«No. Hai anche un uomo biondo, dall'accento mitteleuropeo, che opera qui a Washington. Opera molto in profondità. Ha assunto informazioni da qualche parte, ma non da me, né dalla OHIO-4-Zero. Trovalo.»

Swann diede a Kendrick i suoi numeri di telefono, quello diretto dell'ufficio e quello privato di casa, dopodiché uscì in fretta e furia da quel buio, squallido locale come se avesse improvvisamente bisogno di aria. Evan restò. Ordinò un whisky alla cameriera negra dalla chioma di fuoco e andò cautamente al telefono, in un cantuccio oscuro. Era ora di chiamare in ufficio. Non poteva tenere ulteriormente in ansia la signora Ann Mulcahy O'Reilly. Aguzzando lo sguardo, inserì la moneta e formò il numero.

«Ufficio di Mr. Kendrick...»

«Sono io, Annie» l'interruppe Evan.

«Mio dio, dove si trova? Sono passate le cinque e qui è ancora un manicomio.»

«È proprio per questo che non sono lì.»

«Prima che me ne scordi» disse la signora Mulcahy affannata, «ha chiamato Weingrass poco fa. Senza alzare la voce. Il che lascia supporre che si tratti di cosa seria.»

«Cosa ti ha detto?»

«Di non telefonargli a casa.»

«*Cosa?*»

«Mi ha detto di dirle "*allcott massghoul*", qualunque cosa voglia dire.»

«È molto chiaro, Annie.» Infatti Weingrass aveva detto *alkhatt mashghool*, "la linea è occupata" in arabo, il che è un semplice eufemismo per intendere che le conversazioni vengono intercettate. Quindi, mediante laser, si poteva individuare, nel giro di pochi secondi, da dove proveniva la telefonata. Evan soggiunse: «Non lo chiamerò in Colorado, dunque».

«Mi ha detto di dirle che, appena le acque si saranno calmate, andrà in auto a Mesa Verde, mi chiamerà di là in ufficio e mi darà un numero dove lei potrà raggiungerlo.»

«Allora le ritelefonerò.»

«Piuttosto, Mr. Superman, è vero quello che dicono tutti? Ha fatto davvero tutte quelle cose in Oman e dintorni?»

«Solo alcune. Hanno lasciato fuori molte persone che avrebbero dovuto venire incluse. C'è chi tenta di farmi sembrare diverso da quello che sono. Come se la cava, lei?»

«Mi trincero dietro il classico "no comment" o "il capo è fuori città", ecco tutto» rispose la O'Reilly.

«Bene.»

«Macché bene! Certe gatte non si lasciano pelare. Possiamo tenere a bada i matti e la stampa e persino i suoi colleghi, ma non la Casa Bianca.»

«La Casa Bianca?»

«Quella peste del Capo di Gabinetto. Non si può rispondere "no comment" al braccio destro del Presidente.»

«Che cosa le ha detto?»

«Mi ha dato un numero di telefono, che lei deve chiamare. È un apparecchio privato. Mi ha fatto capire che poche persone, meno di dieci, a Washington, conoscono questo numero.»

«Chissà se il Presidente è una di queste» interruppe Kendrick fra il serio e il faceto.

«Pare di sì. Fatto sta, ha detto, che è il Presidente stesso a volere che lei chiami, immediatamente, il suo Capo di Gabinetto. Un ordine diretto.»

«Cosa cosa?»

«Un ordine diretto del Presidente.»

«Qualcuno, per favore, legga la Costituzione a quei pagliacci! Il potere legislativo non riceve ordini diretti dal potere esecutivo, Presidente della Repubblica incluso.»

«Ha scelto male le parole, lo ammetto,» continuò Ann O'Reilly rapidamente «ma, se mi lascia finire di riferirle ciò che ha detto, sarà più malleabile.»

«Continui.»

«Si rendono conto – ha detto – dei motivi per cui lei si tiene nascosto, quindi manderanno a prelevarla, in segreto, dovunque lei desideri. Ora, posso parlare con la voce dell'esperienza? Ho più anzianità di lei, qui a Washington, signore.»

«Dica pure.»

«Non può continuare a scappare, Evan. Prima o poi dovrà farsi vedere. Quindi è meglio che sappia cosa hanno in mente, quelli là, prima di ricomparire. Le piaccia o no, le stanno appresso. Perché, quindi, non appurare le loro intenzioni? Così, si può evitare un disastro.»

«Va bene. Mi dia quel numero.»

Capitolo ventiduesimo

Herbert Dennison, Capo di Gabinetto alla Casa Bianca, chiuse la porta della sua stanza da bagno privata e prese il flacone di Maalox, che teneva nell'angolo destro dell'armadietto dei medicinali. Ingerì, uno dietro l'altro, quattro sorsi di quel liquido bianco, gessoso. Sapeva per esperienza che gli avrebbe eliminato le vampate di calore al torace. Anni addietro, a New York, quando gli attacchi erano cominciati, si era tanto spaventato che non riusciva più a mangiare e dormire, del tutto convinto che, dopo essere scampato all'inferno della Corea, sarebbe morto in mezzo a una strada d'infarto. La moglie di allora – la prima di tre – era anch'essa fuori di sé, incapace di decidere se portarlo prima all'ospedale oppure dal loro agente assicurativo per una polizza estesa a suo favore. All'insaputa del marito, compì questa operazione. Una settimana dopo Herbert prese il coraggio a due mani e si fece ricoverare al Cornell Medical Center per un accurato esame.

Provò sollievo quando i medici gli dissero che il suo cuore era forte come quello di un toro, spiegandogli che quelle sporadiche fitte, quei bruciori, quei crampi erano dovuti a periodici spasmi legati a un eccesso di acidi gastrici che, a sua volta, era dovuto alla tensione nervosa. Da quel giorno in avanti, nelle camere da letto, negli uffici e nelle valigette, flaconi di quel bianco liquido analgesico erano sempre a sua disposizione. La tensione nervosa faceva parte della sua vita.

La diagnosi dei medici era stata talmente precisa che, nel corso degli anni seguenti, era sempre stato in grado di prevenire, con uno scarto di un'ora o due, l'insorgere di quegli attacchi di acidità. Ai tempi in cui lavorava a Wall Street, essi erano invariabilmente connessi a terremoti in Borsa o a dissidi coi colleghi. Questi ultimi cercavano di ostacolarlo in ogni modo, nel suo sforzo di raggiungere la ricchezza e una posizione sociale. Erano tutti degli stronzi rammolliti, pensava Dennison: avevano frequentato università prestigiose, erano stati iscritti a consorterie elitarie, ed erano soci di club ai quali lui, Dennison, non poteva sperare di venire ammesso. Ma che gliene importava? Quegli stessi club, oggigiorno, ammettevano anche giudei e negri e persino portoricani. Bastava che parlassero come attori finocchi o comprassero i vestiti da Paul Stuart o da qualche frocio francese. Ebbene, lui ci aveva sputato, su di loro! Li aveva stracciati. Lui aveva gli istinti viscerali di un bullo di quartiere, in Borsa, e aveva riscosso tanti successi, fatto tanti quattrini, che la Ditta aveva dovuto nominarlo presidente, altrimenti se ne sarebbe andato, portandosi dietro i migliori clienti. Dopodiché ne aveva fatto la più agguerrita, la più aggressiva, la migliore delle agenzie di Borsa. Per arrivare a questo risultato, si era sbarazzato dei fregnoni, aveva potato i rami secchi, aveva cacciato a zampate i cosiddetti apprendisti, che facevano perdere soldi e fatica a tutti. Aveva due massime, che divennero sacra scrittura aziendale. La prima diceva: *Supera le cifre dell'anno passato o togliti dai piedi*. La seconda era ugualmente succinta: *Qui non ci si addestra, qui si viene già addestrati.*

A Herbert Dennison non gliene fregava un accidente, se lo trovavano simpatico o antipatico. La teoria per cui il fine giustifica i mezzi gli andava benissimo. Aveva appreso in Corea che gli ufficiali smidollati ricevevano spesso in premio un feretro d'ordinanza, poiché non sapevano mantenere la disciplina e non esercitavano un'autorità severa, sul campo di battaglia. Lui invece si era reso conto che i suoi soldati lo odiavano visceralmente, al punto che doveva stare sempre all'erta in Corea, per non venir fatto fuori da una bomba a mano di fabbricazione USA, e, quali che fossero le perdite, era convinto che sarebbero state assai più gravi se, a comandare il reparto, fosse stato uno degli smidollati.

Come i fregnoni di Wall Street, che dicevano piagnucolando: «Dobbiamo creare fiducia, Herbert, assicurarci una continuità...». Oppure: «Il giovane apprendista di oggi sarà, domani, un dirigente fedele». *Stronzate!* Non si realizzano profitti sulla fiducia e la continuità o sulla fedeltà. Si guadagnano soldi facendo far quattrini agli altri, questa era tutta la fiducia e la continuità e la fedeltà che gli investitori pretendevano. E Dennison aveva dimostrato di avere ragione: l'elenco dei clienti si era allungato al punto che i computer stavano per scoppiare. Lui era bravo a rubare impiegati di talento alle ditte concorrenti. E dopo averli assunti sapeva sfruttarli adeguatamente. Altrimenti, un calcio in culo e via.

Sicuro, era un duro. Magari spietato. Del resto glielo dicevano in faccia, molti, e lo scrivevano anche sulla stampa. È vero, aveva perso molti buoni amici e collaboratori, strada facendo: ma l'importante era che, sulle percentuali, aveva ragione lui. Lo aveva dimostrato sia nella vita militare che in quella civile... Eppure, alla fine, in entrambe, gli stronzi rammolliti lo avevano sempre fregato. In Corea, il comandante del reggimento gli aveva più volte promesso la promozione a colonnello; ma non l'aveva mai ottenuta. A New York – *Cristo!* Era andata anche peggio, se possibile: era stato fatto con insistenza il suo nome, come dirigente della Wellington-Midlantic, la più prestigiosa società finanziaria internazionale; ma, anche qui, alla fine non se n'era fatto niente. In entrambi i casi, i vecchi legami di confraternita universitaria avevano giocato contro di lui, ed era stato respinto, proprio in prossimità della vetta. Quindi, si prese i suoi milioni e mandò tutti a farsi fottere.

Di nuovo, fece la cosa giusta. Poiché infatti trovò un uomo che aveva bisogno sia dei suoi soldi sia del suo notevole talento. Costui era un senatore dell'Idaho, il quale aveva appena cominciato ad alzare la voce – sonora, appassionata – dicendo cose in cui Herbert Dennison credeva con fervore. Era al contempo un politico capace di far ridere gli ascoltatori, divertire le folle, sempre più numerose, che lo stavano ad ascoltare. E sapeva unire l'utile al dilettevole, istruire e divertire insieme. Si chiamava Langford Jennings.

Era alto e attraente. Aveva un sorriso che non si era più visto, dai tempi di Eisenhower e Shirley Temple. Aveva sempre pronto un aneddoto e un'omelia per inneggiare ad alcuni antichi valori: il coraggio, la forza d'animo, la sicurezza di sé e, soprattutto, la libertà di scelta. Dennison si era trasferito da New York a Washington e aveva stretto un patto con l'Uomo dell'Idaho. Per tre anni, quindi, aveva profuso energie – e diversi milioni di dollari di tasca sua – nonché molti altri milioni di persone, anonime, cui aveva fatto guadagnare somme favolose in passato – fino a mettere insieme una potenza finanziaria tale da poterci comprare la cattedra di San Pietro, se il papato fosse stato più apertamente in vendita.

Herb Dennison ruttò: quel liquido biaccoso cominciava a fargli effetto, nello stomaco. Ma non abbastanza rapidamente. Doveva essere pronto, per l'uomo che sarebbe entrato nel suo ufficio fra pochi minuti. Bevve quindi altri due sorsi di Maalox. E si guardò allo specchio. Non lo rallegrò constatare che i capelli, ormai brizzolati, gli si sradicavano sempre più: li pettinava all'indietro su ambo i lati, lasciandoli mossi alla sommità del cranio. Scrutandosi allo specchio, desiderò che gli occhi, grigio-verdi, fossero un po' più grandi. Li dilatò il più possibile. Ancora troppo piccoli. La lieve pappagorgia sotto il mento dava maggiore spicco alle borse laterali. Questo gli rammentò che doveva mangiare di meno e fare più moto: entrambe le cose non lo entusiasmavano. Inoltre perché, con tutti i soldi che spendeva in vestiti, non somigliava maggiormente agli uomini delle inserzioni pubblicitarie che i suoi sarti inglesi gli mandavano? Tuttavia aveva una certa aria imponente, d'uomo forte, grazie anche alla rigida postura e all'aggetto della mascella, cose entrambe che aveva perfezionato nel corso degli anni.

Ruttò di nuovo e ingollò un altro sorso di quel suo personale elisir. *Maledetto Kendrick figlio d'un cane!* imprecò tra sé e sé. Infatti era Kendrick la causa della sua collera e inquietudine. Be'... a essere sincero con se stesso – e lui cercava sempre di essere sincero con se stesso, anche se non sempre con gli altri – non Kendrick in sé e per sé, bensì l'effetto che quel dannato bastardo aveva prodotto sul Presidente degli Stati Uniti, l'ex senatore dell'Idaho, Langford Jennings.

Merda, piscia e salsicce! Ma che s'è messo in testa, adesso, Langford? si chiese Herbert Dennison.

Il fatto che soltanto fra sé e sé poteva ancora chiamarlo Langford, familiarmente, anziché "Signor Presidente", lo fece irritare ancora di più. Anche questo accresceva la sua tensione nervosa, rammentandogli la distanza intercorrente fra il Primo Cittadino e il suo braccio destro. Fatto sta che, poco dopo l'insediamento alla Casa Bianca, Jennings aveva tenuto un pacato discorsetto al proprio Capo di Gabinetto, che da tre anni ormai lo chiamava per nome, dicendogli, durante una festa da ballo, con quella sua voce sommessa, venata di ironia e buon umore: «Lo sai, Herb, che a me non frega un corno, ma – data la carica che ricopro – l'etichetta vuole che tu ti rivolga a me chiamandomi "Signor Presidente", non sembra giusto, anche a te?». Maledetto! Era andata appunto così.

Che cosa aveva dunque in mente, Jennings? Riguardo a quel Kendrick, il Presidente si era detto d'accordo con tutto quello che Herbert gli aveva proposto, ma le sue risposte erano state fin troppo disinvolte, al limite del disinteresse, e questo preoccupava il Capo di Gabinetto. La voce melliflua di Jennings sembrava indifferente, ma il suo sguardo denotava curiosità. Di tanto in tanto Langford Jennings coglieva alla sprovvista tutti quanti i suoi collaboratori. Dennison si augurava che non avrebbe fatto altrettanto in questo caso.

Squillò il telefono, nella stanza da bagno. Era tanto vicino che il Capo di Gabinetto diede un sussulto e si versò il Maalox sulla giacca. Aveva indosso un vestito confezionato su misura a Londra, in Savile Row. Goffamente Herb staccò il telefono dal muro con la destra mentre, con la sinistra, apriva il rubinetto dell'acqua calda, per inzupparne un cencio. Se lo strofinò sulla macchia – riuscendo per fortuna a mandarla via – e intanto parlava.

«Sì?»

«È arrivato Mr. Kendrick, signore. La perquisizione è attualmente in corso.»

«La... *cosa*?»

«Lo hanno fatto spogliare per assicurarsi che non abbia con sé armi ed esplosivi...»

«Gesù! Non ho mai detto che era un terrorista! È venuto in auto governativa con due agenti dei Servizi Segreti!»

«Signore, lei stesso ci ha fatto presente che...»

«Mandatelo su immediatamente!»

«Dovrà prima rivestirsi, signore.»

«Merda!»

Sei minuti più tardi, un Evan Kendrick quietamente furioso fu fatto entrare da una segretaria in apprensione. Anziché ringraziare la donna, l'espressione di Kendrick sembrava dirle: *Esci subito di qua, voglio quest'uomo tutto per me.* Lei uscì alla svelta. Il Capo di Gabinetto tese la mano a Kendrick, ma questi non gliela strinse. «Avevo sentito parlare, Dennison, dei vostri trastulli, in questo posto» disse a bassa voce, gelidamente «ma che arrivaste al punto di perquisire un membro del Congresso non me lo sarei mai immaginato. Quello che è troppo, è troppo.»

«C'è stato un malinteso. Mio Dio! Come puoi pensare altrimenti?»

«Con te, è facile. Sono molti, i miei colleghi che hanno avuto scontri con te. Di storie dell'orrore se ne raccontano a iosa, compresa quella di te che prendi a pugni un rappresentante del Kansas il quale poi, mi risulta, ti ha steso a terra.»

«È una bugia! Quel tale non aveva osservato le procedure della Casa Bianca, per le quali io sono responsabile. L'avrò appena toccato, sì e no, per tenerlo in riga. Questo è tutto. Poi lui mi ha colpito alla sprovvista.»

«Non ci credo. Ti diede del "maggiore da due soldi", mi hanno riferito, e tu uscisti dai gangheri.»

«È falso. Hanno completamente distorto i fatti!» Dennison fece una smorfia. I succhi gastrici gli mordevano lo stomaco, di nuovo. «Chiedo scusa per la perquisizione.»

«Volevano che mi spogliassi. Ho accettato solo di togliermi la giacca, arguendo che è la normale prassi; ma quando la guardia mi ha detto di togliermi anche la camicia e i calzoni, la mia scorta è intervenuta.»

«E allora di che diavolo ti lamenti?»

«Che tu abbia preso soltanto in considerazione la cosa. Inoltre che tu abbia instaurato, qui, una tale mentalità!»

«Potrei difendermi da questa accusa, ma non me ne preoccupo. Adesso noi andremo nella Sala Ovale e, per amor di Dio, non stare a confondere l'uomo con tutte quelle fregnacce arabe. Ricorda: lui non sa cosa è accaduto e non servirebbe a niente cercare di spiegargli la situazione. Gli chiarirò ogni cosa io, in un secondo tempo.»

«Come lo so, che ne saresti capace?»

«Cosa?»

«Mi hai sentito. Chi mi dice che tu sei capace o fidato?»

«Cosa intendi dire?»

«Credo che gli chiarirai solo quello che ti pare e gli dirai solo quello che vuoi fargli sapere.»

«Chi diavolo sei, tu, per parlarmi a questo modo?»

«Uno che è, probabilmente, ricco come te. Inoltre uno che intende andarsene da questa città – come di certo ti avrà detto Swann – sicché la tua benedizione politica non significa nulla per me. Né mai l'accetterei, in ogni caso. Vuoi sapere una cosa, Dennison? Credo che tu sia un'autentica pantegana. Non un grazioso topolino, bensì un topo di fogna: brutto, schifoso, con la lunga coda, portatore di una grave malattia. Che è chiamata "irresponsabilità".»

«Non risparmi le parole, eh, Kendrick?»

«Non occorre. Me ne vado via.»

«Ma *lui* no. E io lo voglio forte e persuasivo. Lui ci conduce in una nuova era. Noi siamo di nuovo grandi. Era ora! Gli diciamo, chiaro e tondo, ai buoni a nulla di tutto il mondo: o cagate o scendete dal pitale!»

«Le tue colorite espressioni sono banali come te.»

«E tu chi sei? Un laureato in lettere? Un maestro di lingua inglese? Sappi che qui si gioca duro. Tutti quanti, nella pubblica amministrazione e nel Governo, devono spremersi le budella – o andarsene. Capito?»

«Cercherò di ricordarlo.»

«Giacché ci sei, ricorda anche che a lui non piace il dissenso. Tutto è in ordine, intesi? Non c'è niente che non va. Tutti sono felici e contenti. Intesi?»

«Ti ripeti, non è vero?»

«Sono pragmatico, io, Kendrick.»

«Sei un infido, perfido maneggione, ecco cosa sei.»

«Non ci vogliamo bene a vicenda. E con ciò? Non è la fine del mondo.»

«L'ho capito, questo» convenne Evan.

«Andiamo.»

«Non c'è fretta» disse Kendrick con fermezza, volgendo le spalle a Dennison e andando alla finestra, come se fosse in casa propria. «Qual è lo scenario? Mi pare che sia questo, il termine.»

«Che cosa intendi dire?»

«Voglio sapere che cosa si vuole da me» rispose Evan guardando il giardino. «Se sei tu quello che pensa a tutto quanto, perché io sono qui?»

«Perché ignorarti sarebbe controproducente.»

«Davvero?» Kendrick tornò a voltarsi verso il Capo di Gabinetto della Casa Bianca. «Controproducente?»

«Bisogna prendere atto di te. È chiaro abbastanza, questo? Lui non può far finta che non esisti, giusto?»

«Oh, capisco. Metti che, durante una delle sue conferenze stampa – divertenti anche se non tanto illuminanti – qualcuno tiri fuori il mio nome... il che ormai è inevitabile... lui non può certo dire che non sa per chi gioco – per i Jets o per i Giants – dico bene?»

«L'hai capita. Andiamo. Dirigerò io la conversazione.»

«Intendi controllarla, vero?»

«Dì quello che ti pare. Lui è il più grande Presidente del XX secolo, non dimenticartene. Mio compito è mantenere lo status quo.»

«Non è compito mio, però.»

«Altro che, se lo è. È compito di noi tutti. Sono stato in guerra, io, giovanotto, e ho visto uomini morire per difendere le nostre libertà, il nostro tenore di vita. Te l'assicuro, è stata un'esperienza sacrosanta. E quest'uomo, questo Presidente, ha riportato in auge quei valori, ha rivalutato quei sacrifici. Ha dato una smossa al Paese e lo sta sospingendo nella giusta direzione, con la forza della sua volontà, grazie alla sua personalità, se vuoi. È il migliore!»

«Ma non necessariamente il più intelligente!» lo interruppe Kendrick.

«Questo non significa nulla. Galileo sarebbe stato un cattivo Papa e un Cesare ancor peggiore.»

«Quanto a questo, hai ragione.»

«Senz'altro. Ora veniamo allo "scenario". La spiegazione è molto semplice. Qualche figlio di puttana ha lasciato trapelare la storia di Oman e tu vuoi che venga dimenticata al più presto possibile.»

«Dici?»

Dennison fece una pausa, scrutando il viso di Evan come se fosse decisamente repellente. «Mi baso su quello che ha detto quello stronzo di Swann al Capo di Stato Maggiore...»

«Perché dài dello stronzo a Swann? Non è stato lui a far trapelare la notizia. Anzi, ha cercato di sbattere fuori l'uomo che andò a consultarlo.»

«Ha lasciato però che trapelasse. Era lui a dirigere quell'operazione, e non ha preso le dovute cautele. Voglio la sua testa.»

«Lasciamo stare. Ma – tanto per essere certi che seguiamo entrambi lo stesso scenario, o sceneggiatura – perché vorrei, *io*, che si dimenticasse tutto al più presto?»

«Perché potrebbero esservi rappresaglie contro i tuoi schifosi amici arabi, laggiù. Questo è quanto hai detto a Swann e lui ha riferito ai suoi superiori. Vuoi cambiare le carte in tavola, adesso?»

«No, naturalmente no» rispose Kendrick sottovoce. «Lo scenario è lo stesso.»

«Bene. Organizzeremo una breve cerimonia, con lui che ti ringrazia caldamente in nome di tutta la dannata nazione. Nessuna domanda, qualche foto e via: tu ti dilegui.» Dennison indicò con un cenno la porta. Entrambi si avviarono. «Vuoi sapere una cosa?» disse Dennison, con una mano sulla maniglia. «La tua comparsa ha rovinato una eccellente "campagna di bisbigli". Eccellente per quanto riguarda le pubbliche relazioni del Governo, cioè.»

«Una "campagna di bisbigli"?»

«Sì. Più stavamo zitti, eludendo le domande in nome della sicurezza nazionale, e più il popolo avrebbe pensato che fu il Presidente, da solo, a risolvere la crisi in Oman.»

«Certo, la condusse in porto» disse Evan sorridendo affabilmente, come se ammirasse un talento che purtuttavia non approvava.

«Non avrà il cervello di Einstein, però è un genio, a suo modo, altroché» disse Dennison aprendo la porta.

Kendrick non si mosse. «Posso rammentarti che a Masqat furono assassinate undici persone? Che duecento altre avranno incubi per il resto della vita?»

«Esatto!» replicò Dennison. «È quello che ha detto anche lui, con le lacrime agli occhi! Li ha chiamati genuini eroi americani, valorosi come coloro che combatterono a Verdun, in Normandia, a Panmunjom e a Danang! Così ha detto, e diceva sul serio, amico mio. Noi possiamo camminare a testa alta!»

«Lo ha detto ai suoi fini e il messaggio era chiaro» convenne Kendrick. «Se il merito, per avere salvato la vita di quei 236 ostaggi, spetta a qualcuno – è a lui che spetta.»

«Dunque?»

«Non importa. Leviamoci questo pensiero.»

«Sei uno strano tipo. Hai davvero ragione: non sei fatto per questa città.»

Evan Kendrick aveva incontrato il Presidente degli Stati Uniti, Langford Jennings, una sola volta. L'incontro era durato cinque o sei secondi, in occasione di un ricevimento alla Casa Bianca in onore delle matricole del Congresso. Non aveva potuto esimersi dal prendervi parte. Ann Mulcahy O'Reilly aveva minacciato di dare fuoco all'ufficio, se Kendrick non avesse accettato l'invito. Non che Jennings gli fosse antipatico. Però, non era d'accordo con lui su molte questioni: forse sulla maggior parte. E alla domanda della signora Reilly che voleva sapere perché mai si fosse presentato alle elezioni come candidato dello stesso partito di Langford

Jennings, lui aveva risposto che, altrimenti, non avrebbe avuto alcuna speranza di venire eletto.

L'impressione predominante ricevuta da Evan, mentre stringeva la mano a Langford Jennings a quel ricevimento, era legata, più che altro, a un concetto astratto del potere. Quell'uomo incuteva, in virtù della sua carica, timore e rispetto. Il fatto stesso che un singolo uomo detenesse un potere così grande, tremendo, globale, era cosa da far vacillare la mente dell'uomo comune. Bastava un piccolo errore di calcolo, o di giudizio, per far saltare in aria l'intero pianeta. Eppure... eppure... nonostante la valutazione che Kendrick dava, personalmente, dell'uomo in sé – riconoscendo che aveva un intelletto meno che brillante che era incline a eccessive semplificazioni e che tollerava la presenza di fanatici pagliacci come Herbert Dennison – c'era, in Jennings, un nonsoché di grandioso, qualcosa che colpiva l'immaginazione dell'uomo qualunque, il quale voleva, appunto, alla testa della Repubblica, una personalità così carismatica. Evan aveva cercato ripetutamente di capire il segreto di quell'uomo; ed era giunto alla conclusione che non c'era proprio niente da capire: quello che in lui contava era il fascino. Analogo al suo doveva essere il fascino esercitato da Nerone, da Caligola e da chissà quanti papi e imperatori pazzi, autoritari, giù giù fino ai malvagi tiranni del XX secolo, Mussolini, Stalin, Hitler. Tuttavia Jennings non presentava alcuno dei difetti di tutti costoro, non incarnava, come loro, il male; ispirava anzi fiducia, una forte e penetrante fiducia che sembrava emanare dalla sua interiore personalità. Jennings era inoltre dotato di un aspetto fisico attraente. E aveva una fede incrollabile. La purezza della sua fede era tutto per lui. Era, infine, uno degli uomini più simpatici e accattivanti che Kendrick avesse mai visto.

«*Accidenti*, sono lieto di incontrarla, Evan. Posso chiamarla Evan?»

«Senz'altro, signor Presidente.»

Jennings girò intorno alla scrivania, nella Sala Ovale, per stringergli la mano, e gli serrò il braccio sinistro, mentre gliela stringeva. «Ho appena finito di leggere i rapporti segreti, sulla sua impresa, e, glielo assicuro, sono così orgoglioso...»

«Vi furono coinvolti molti altri, signore. Senza di essi sarei rimasto ucciso.»

«Me ne rendo conto. Si sieda, Evan, si accomodi, sieda!» Il Presidente ritornò alla sua poltrona. Herbert Dennison rimase in piedi. «Quello che lei ha fatto, Evan, da singolo individuo, servirà di lezione, farà testo, per intere generazioni di giovani, in America. Lei ha preso in mano la frusta e, perdio, l'ha fatta schioccare!»

«Non da solo, signore. C'è una lunga lista di persone che hanno rischiato la vita per aiutarmi, e diverse di loro ce l'hanno rimessa.

Come le dicevo, sarei morto a quest'ora se non fosse stato per loro. Ci furono almeno una dozzina di omaniti, dal giovane Sultano in giù, e un commando israeliano che mi venne in soccorso quando mi restavano, letteralmente, pochissime ore di vita. L'ora della mia esecuzione era stata fissata...»

«Sì, capisco tutto questo, Evan» interruppe il Presidente Jennings, annuendo e accigliandosi, con aria compassionevole. «Mi risulta però anche che i nostri amici israeliani non vogliono che si accenni al loro coinvolgimento. E i nostri Servizi Segreti non vogliono esporre a rischi i loro agenti nel Golfo Persico.»

«Il Golfo di Oman, signor Presidente.»

«Sono con lei» disse Jennings, lanciando uno dei suoi famosi sorrisi, che tanto affascinavano l'intera nazione. «Non distinguo un Golfo dall'altro, ma vedrò di rimediare, studiando la geografia. Quel famoso vignettista mi farebbe dire, certo: "Mia moglie mi lascerà senza latte e biscottini, se non imparo bene la lezione".»

«Sarebbe ingiusta, una battuta del genere, signore. Quella è una regione assai complessa...»

«Sì, però penso che persino io potrei venirne a capo, consultando una carta geografica.»

«Non volevo insinuare...»

«Lasci stare, Evan. La colpa è mia. Ogni tanto faccio errori. La questione principale, adesso, è: che farne, di lei? Come dobbiamo regolarci, date le restrizioni che ci vengono imposte, allo scopo di proteggere la vita degli agenti che lavorano per noi in quella esplosiva regione del globo?»

«Direi che queste necessarie restrizioni inducano a tenere tutto sotto silenzio, coprire tutto col segreto di Stato...»

«È un po' troppo tardi ormai, Evan» interruppe il Presidente. «Gli alibi della sicurezza nazionale possono arrivare solo fino a un certo punto. Al di là di esso, si solleva troppa curiosità. E, allora, le cose possono farsi rischiose.»

«Inoltre» interloquì Herbert Dennison rompendo burberamente il silenzio «come ti accennavo, Kendrick, il Presidente non può semplicemente ignorarti. Non sarebbe né generoso né patriottico far finta che non esisti. Ora, secondo me – e il Presidente è d'accordo – conviene indire una piccola udienza, qui nella Sala Ovale, e invitare i fotografi. Il Presidente si congratulerà con te e verranno scattate anche foto di voi due immersi in un colloquio confidenziale. Ciò sarà in armonia con il riserbo che ci impongono i servizi antiterroristici. E il Paese capirà. Non possiamo certo svelare i nostri piani tattici a quei farabutti degli arabi.»

«Senza l'aiuto di un bel po' di arabi, io non sarei approdato a nulla, e tu lo sai benissimo» disse Kendrick fissando con ira il Capo di Gabinetto.

«Oh, lo sappiamo, Evan» disse Jennings ovviamente divertito. «Perlomeno *io* lo so. A proposito, Herbert, ho ricevuto una telefonata da Sam Winters, oggi pomeriggio. E mi ha dato un ottimo suggerimento. È un'idea che non nuoce ai Servizi di sicurezza e, anzi, spiegherà molte cose.»

«Samuel Winters non è quel che si dice un amico» obiettò Dennison. «In molte occasioni si è apertamente schierato contro questo o quel disegno di legge.»

«Perché in disaccordo con noi. Questo non fa di lui, ipso facto, un nemico. Diamine, se così fosse, dovremmo schierare l'intero corpo dei *marines* intorno alla Casa Bianca! Suvvia, Herbert, sai bene che Sam Winters è stato consigliere di diversi Presidenti, di entrambi i partiti. E svolge egregiamente questa funzione, da tempo immemorabile. Solo un imbecille non accetterebbe una sua telefonata.»

«Avrebbe dovuto passare attraverso di me.»

«Vede, Evan?» disse il Presidente, inclinando la testa con un malizioso sorriso. «Posso andare a giocare in giardino, ma non posso scegliermi gli amichetti.»

«Non è affatto quello che...»

«È esattamente quello che intendevi, caro Herbert, e mi sta bene, benissimo. Tu fai rigare dritto tutti, qui intorno... non smetti mai di farmelo presente. E anche questo mi sta bene, benissimo.»

«Che cosa ha suggerito Mr. Winters... il *professor* Winters?» domandò Dennison, pronunciando con tono sarcastico il titolo accademico.

«Be', sì, è un "professore", Herb, ma non è un insegnante d'ordinaria amministrazione, no? Voglio dire, potrebbe, volendo, comprarsi un paio di buone università. Quanto a quella che ho frequentato io, potrebbe averla a buon prezzo.»

«Cosa le ha consigliato?» insistette il Capo di Gabinetto ansiosamente.

«Di insignire il mio amico Evan, qui, della Medaglia della Libertà.» Il Presidente si volse a Kendrick. «È l'equivalente civile della massima onorificenza al valor militare, Evan.»

«Lo so, questo, signore. Non la merito. E neanche la voglio.»

«Be', Sam mi ha detto un paio di cose, e credo che abbia ragione. In primo luogo, lei la merita e, le piaccia o no, io ci farei la figura del bastardo pitocco se non gliela offrissi. E questa, ragazzi, è una figura che non voglio fare. Chiaro, Herbert?»

«Sì, signor Presidente» disse Dennison con voce strozzata. «Tuttavia, dovrebbe sapere che Kendrick, anche se si presenterà alle prossime elezioni, intende dimettersi subito dopo. Quindi, non è il caso – viste e considerate le sue obiezioni – di convogliare tanta attenzione su di lui.»

«Il punto è, Herbert, che io non voglio passare per bastardo pitocco. Comunque, lui somiglia a un mio fratello minore – e da questa circostanza potremmo trarre enormi vantaggi politici. È stato Sam Winters a farmelo notare. L'immagine di una famiglia americana che fa da sé e ottiene quello che vuole, l'ha definita. Non male, no?»

«Non è necessario, signor Presidente» replicò Dennison, ora frustrato. La voce rauca lasciava intendere che non poteva insistere però più che tanto. «I timori di Kendrick sono fondati. Potrebbero esserci rappresaglie contro i suoi amici nel mondo arabo.»

Il Presidente si adagiò contro lo schienale, gli occhi fissi, blandamente, sul suo Capo di Gabinetto. «Di questo me ne faccio un baffo. Il nostro è un mondo pericoloso, ma noi ne accresciamo i pericoli, semplicemente, se ci lasciamo sgomentare da queste considerazioni eccessivamente prudenti. Comunque, potrò sempre spiegare alla nazione – da una posizione di forza, non già di paura – che non permetterò ulteriori rivelazioni sulla vicenda di Oman, per motivi di strategia antiterroristica. Tu hai ragione su questo punto, Herbert. Anche Winters è dello stesso avviso. E io, inoltre, non farò la figura del bastardo pitocco. Non è da me, semplicemente. Hai capito, Herb?»

«Sissignore.»

«Evan» disse Jennings tornando a sorridere «lei è il mio tipo d'uomo. Quello che ha fatto è strepitoso: quello che ho letto sul suo conto, sulla sua impresa. E questo Presidente non lesinerà gli encomi. A proposito, Sam Winters mi consiglia di dire che abbiamo lavorato insieme, noi due. Che diamine, i miei subalterni hanno lavorato con lei... e questa è la verità.»

«Signor Presidente...»

«Organizza questa cosa, Herb. Ho già dato un'occhiata al calendario, se ciò non ti offende. Martedì prossimo, alle dieci di mattina, andrebbe benissimo. In tal modo, saremo su tutti i telegiornali della sera. E la sera di martedì è una serata ottima.»

«Ma, signor Presidente...» cominciò Dennison rannuvolato.

«Inoltre, Herb, voglio la Banda dei *marines*. Nella Sala Azzurra. Non la farò la figura del bastardo pitocco. Non è da me.»

Un furioso Herbert Dennison tornò nel suo ufficio, seguito da Kendrick, per eseguire l'ordine del Presidente: organizzare nei dettagli la cerimonia per il conferimento dell'onorificenza, nella Sala Azzurra, il martedì seguente, con la Banda dei *marines* e tutto. Era così intensa la collera del Capo di Gabinetto che la sua larga, volitiva e salda mascella era bloccata in uno stizzoso silenzio.

«Sono proprio quello che fa al caso tuo, vero, Herbie?» lo beffeggiò Evan, notando qualcosa di bellicoso nel passo di Dennison.

«Mi vai a genio quanto il fumo negli occhi, e non chiamarmi Herbie.»

«Va bene. Però il "Nostro" te l'ha cantata, eh?»

«Certe volte il Presidente è incline a prestare ascolto alle persone sbagliate.»

Kendrick guardò il Capo di Gabinetto mentre percorrevano l'ampio corridoio. Dennison ignorava i saluti che gli rivolgevano quanti incontrava. E costoro sgranavano tanto d'occhi su Evan, riconoscendolo, evidentemente. «Non capisco» disse Kendrick. «A parte la reciproca antipatia, qual è il tuo problema? Sono io a essere stato incastrato contro la mia volontà, non tu. Perché t'incazzi?»

«Perché tu parli maledettamente troppo. Ti ho visto alla Tv: allo show di Foxley e, il giorno dopo, nel tuo ufficio. Sei controproducente.»

«Ti piace questa parola, non è vero?»

«Potrei usarne un mucchio di altre.»

«Non ne dubito. Ma, del resto, potrei avere una sorpresa, io, per te.»

«Un'altra? Di che diavolo si tratta?»

«Aspetta che arriviamo nel tuo ufficio.»

Dennison ordinò alla segretaria di non passargli nessuna telefonata, tranne quelle "rosse", vale a dire quelle di massima urgenza. Essa annuì col capo, obbediente, ma con voce timorosa spiegò: «Sono giunte più di dodici telefonate, nel frattempo, signore. Quasi tutti la pregano di richiamare subito».

«Sono forse *Priority Red?*»

La segretaria scosse il capo.

«Che cosa ti ho detto, proprio ora? Di seccarmi soltanto con le rosse, testona!» E con queste cortesi parole, il Capo di Gabinetto sospinse Kendrick nel suo ufficio e sbatté la porta. «Allora, questa sorpresa?»

«Sai, Herbie, devo proprio darti un consiglio» replicò Evan dirigendosi con disinvoltura alla finestra, dalla quale si era affacciato anche prima. Poi si volse e guardò Dennison. «Puoi essere sgarbato quanto ti pare con i tuoi subalterni, finché non si ribellano, ma non azzardarti più a mettere una mano addosso a un membro della Camera dei Rappresentanti per spingerlo dentro il tuo ufficio, come se ti accingessi a impartirgli un cazziatone.»

«Non ti ho spinto!»

«Io l'ho interpretata così, la tua mossa: ed è questo, che conta. Hai la mano pesante, Herbie. Certo, quel deputato del Kansas avrà avuto la mia stessa impressione, quando ti stese al tappeto.»

Inaspettatamente, Herbert Dennison si mise a ridere sommessamente. Rise quasi fra sé e sé, e fu un lungo chioccolìo riflessivo, né adirato né antagonistico, più di sollievo che altro. Si allentò la cravatta e sedette in una poltrona di cuoio dirimpetto alla scrivania, accavallando le gambe. «Cristo, vorrei avere dieci o dodici anni di meno, Kendrick, e pigliarti a cazzotti. Potrei misurarmi con te, se fossi più giovane. Ma ho 63 anni ormai. Alla mia età prevale la prudenza. Non che me ne freghi molto, di finire al tappeto. È che è un po' più faticoso rialzarsi, alla mia età.»

«Allora non provocare. Tu sei uno che provoca.»

«Siediti. Sulla mia poltrona, alla mia scrivania. Su, accomodati.» Kendrick obbedì. «Che effetto ti fa? Non senti un fremito giù per la schiena, un flusso di sangue alla testa?»

«Niente. È solo un posto di lavoro.»

«Ho l'impressione che siamo diversi, noi due. Vedi, in fondo al corridoio c'è l'uomo più potente del mondo, il quale conta su di me, e, a dire la verità, non sono un genio, neanch'io. Mi limito a mandare avanti la baracca. Ungo i meccanismi in modo tale che le rotelline scorrano. Ma l'olio che uso contiene molta acidità. Proprio come me. Peraltro si tratta dell'unico lubrificante che ho. E funziona.»

«Credo che ci sia del vero in questo» disse Kendrick.

«Lo credo anch'io, e non credo che tu ti offenderai. Da quando sono qui – da quando *siamo* qui – tutti si inchinano come tanti musi gialli davanti a me, mi rivolgono grandi sorrisi, mi adulano... gli occhi dicono, però, che preferirebbero darmi una coltellata. C'ero già passato prima; non mi scompone. Tu, invece, ti presenti e mi mandi a quel paese. Ebbene, la novità è gradevole. Posso vedermela, con questo. Voglio dire, mi piace non piacerti e che tu non piaccia a me. Ha un senso, ciò?»

«In modo perverso, sì. Del resto, tu sei un uomo perverso.»

«Perché? Forse perché preferisco parlare franco, anziché tortuosamente? Le adulazioni e le leccate di stivali non sono che una perdita di tempo. Se si potessero eliminare i salamelecchi, si farebbero più cose concrete, dieci volte tanto.»

«Lo hai mai detto a nessuno, questo?»

«Ci ho provato, Kendrick, com'è vero Dio, ho tentato. E vuoi saperne una? Nessuno mi crede.»

«Ci crederesti, tu, al loro posto?»

«Probabilmente no. E magari, se loro ci credessero, questa baracca si trasformerebbe in una gabbia di matti. Pensaci, Kendrick. La mia perversità ha più di una faccia.»

«Non sono qualificato per farci dei commenti ma questo colloquio mi facilita molto le cose.»

«Dici? Oh, già! Hai in serbo per me una sorpresa.»

«Sì» disse Evan. «Vedi, fino a un certo punto farò quello che tu vuoi che faccia – a un prezzo. È il mio patto col Diavolo.»

«Mi aduli.»

«Non ne ho alcuna intenzione. Non sono portato a leccare stivali, poiché è una perdita di tempo *per me*. Per te, se ho ben capito, sono "controproducente" perché ho fatto un po' di chiasso su alcune cose che detesto e quello che ho detto ti ha dato noia. Dico bene, finora?»

«Esattamente. Non ne hai l'aspetto ma, a sentirti, sembri un contestatore, di quelli che andavano in giro coi capelli lunghi. Spari le stesse stronzate.»

«Quindi, tu pensi che, se disponessi di un pulpito adeguato, farci prediche di quelle che, a te, fanno accapponare la pelle. Dico bene, di nuovo?»

«Cogli proprio nel segno. Io infatti non voglio che nessuno intralci il *suo* cammino, disturbi il *suo* discorso, lo distolga dai *suoi* impegni. Lui ci ha portato fuori dalla palude. Adesso navighiamo, con lui al timone, a gonfie vele, con il vento in poppa. È bello.»

«Non intendo seguire la sua scia.»

«Probabilmente, non ne saresti capace...»

«Ma, fondamentalmente, tu vuoi due cose da me» proseguì Evan rapidamente. «La prima, che io parli il meno possibile e che taccia del tutto su quello che riguarda l'andamento di questa baracca, e che, in particolare, non metta mai in forse la saggezza del Capo. Ci sono vicino?»

«Non potresti avvicinarti di più senza rischiare l'arresto.»

«La seconda cosa è... l'hai detto tu stesso, poco fa... che vuoi vedermi scomparire... dileguarmi al più presto. Ci ho preso?»

«Hai fatto centro.»

«E va bene. Ti accontenterò, su entrambe le cose, fino a un certo punto. Dunque: dopo questa piccola "cerimonia", martedì prossimo, che né io né te vorremmo ma bisogna pur fare contento il Presidente, il mio ufficio sarà inondato di richieste da parte della stampa e della televisione. Io faccio notizia e *loro* vogliono vendere la loro mercanzia...»

«Non mi stai dicendo niente di nuovo né di gradito» l'interruppe Dennison.

«Ebbene, non esaudirò nessuna richiesta» disse Evan piatto. «Non concederò interviste. Non farò discorsi in pubblico. Svanirò il più rapidamente possibile.»

«Ti darei un bacio, seduta stante. Se non fosse che hai detto "fino a un certo punto". E questa precisazione, controproducente mi raffredda un po'. Cosa vuol dire?»

«Vuol dire che, alla Camera, voterò secondo coscienza, e, se sarò provocato a parlare, dirò chiaro e tondo la mia opinione, il più spassionatamente possibile. Ma questo alla Camera. Fuori, non farò discorsi né commenti.»

«Noi contiamo più sulla piazza, che sulla Camera, per la nostra propaganda» disse il Capo di Gabinetto. «Ci stanno più a cuore il *Daily News* e i rotocalchi e la Tv, che non le decisioni del Congresso, dal punto di vista delle pubbliche relazioni. Ora, date le circostanze, e grazie anche a quel languido figlio d'un cane di Sam Winters, la tua offerta mi pare irresistibile. Tanto che mi domando: quale sarà il prezzo? Chiedi un prezzo, presumo.»

«Voglio sapere chi è stato a fare la spia sul mio conto. Chi ha suonato il piffero, come suol dirsi. Chi ha causato la fuga di notizie sui fatti di Oman, in modo estremamente professionale.»

«Credi che io lo sappia?» proruppe Dennison, dando un balzo in avanti. «Se fosse per me, lo annegherei, quel bastardo!»

«Allora aiutami a scoprirlo. Questo è il mio prezzo. O lo accetti, o si ripeterà la stessa solfa del Foxley. Tornerò alla televisione e dirò quello che, onestamente, penso su di te e i tuoi compari. Siete un branco di trogloditi balbettanti, alle prese con un mondo complicato di cui non capite un'acca.»

«E saresti tu, l'esperto?»

«Diamine, no. So soltanto che voi non lo siete. Sto a guardarvi, vi ascolto, vi vedo tagliare le gambe a tante persone che potrebbero esservi d'aiuto, ma hanno qualcosa che non si conforma ai vostri schemi precostituiti. Ho imparato qualcosa, questo pomeriggio. Ho visto, ho sentito. Il Presidente degli Stati Uniti ha parlato con Samuel Winters, un uomo con cui tu sei in disaccordo; ma quando hai spiegato i motivi per cui non ti va a genio – cioè, perché ha fatto opposizione a certi vostri disegni di legge – Langford Jennings ha detto qualcosa che ha prodotto una forte impressione su di me. Ha detto che, se anche questo Sam Winters non è d'accordo su questo o quel punto, ciò non fa di lui, ipso facto, un nemico.»

«Spesso il Presidente non sa distinguere i nemici dagli amici. È bravo a individuare subito quelli che gli sono ideologicamente affini e congeniali, e con essi si allea – a volte, francamente, troppo a lungo – ma spesso è troppo generoso nel dare spago a chi non dovrebbe e non riesce a snidare coloro che potrebbero, viceversa, erodere le sue posizioni, i suoi princìpi.»

«Questo è forse l'argomento più debole e più presuntuoso che io abbia mai sentito, Herbie. Da che cosa vuoi porre a riparo il tuo uomo? Dalle opinioni diverse?»

«Torniamo alla tua grossa sorpresa, Kendrick. È un discorso che m'interessa di più.»

«Non faccio fatica a crederlo.»

«Cosa sai tu, meglio di noi, circa la fuga di notizie sui fatti dell'Oman?»

«Essenzialmente, quello che ho appreso da Frank Swann. In quanto capo della OHIO-4-Zero, lui ha fatto da ufficiale di collegamento fra il Segretario di Stato, il Ministro della Difesa e il Capo degli Stati Maggiori riuniti. Tutti costoro sapevano di me. Secondo Swann, però, è da escludere che siano stati loro a far trapelare la notizia...»

«Esatto» interruppe Dennison. «Sono tutti delle pappemolli. Non sanno rispondere alle domande più semplici, alla Tv fanno sempre la figura degli idioti. Che resti fra noi, non sono idioti affatto. E sono nell'ambiente da tanto tempo che lo sanno bene cos'è un segreto di Stato e perché è tale. Che altro?»

«Quindi, a parte te – e ti escludo, francamente, poiché la mia sensazionale comparsa è controproducente per te – restano altre tre persone.»

«E chi sono?»

«Il primo, è un uomo di nome Lester Crawford, della CIA, il secondo è pure un agente della CIA, un certo James Grayson, di stanza nel Bahrain. La terza è una donna, Adrienne Rashad, residente al Cairo, un agente speciale.»

«Che mi dici su di loro?»

«Secondo Swann, erano gli unici tre che conoscessero la mia identità, quando fui portato in aereo a Masqat.»

«Tutti e tre sono, dunque, nostri agenti» disse Dennison acutamente. «Come la metti, con i tuoi amici e conoscenti di là?»

«Non ritengo impossibile che sia stato qualcuno di loro a cantare; ma dico che è una probabilità remota. I pochi con cui mi misi in contatto – a parte il giovane Sultano – non hanno alcun rapporto con Washington, non conoscono nessuno qui. Tenderei quindi a escluderli. Non può essere stato neanche Ahmat, per svariate ragioni, relative alla stabilità del suo trono e ai suoi legami con il Governo USA. Dei quattro uomini con cui parlai per telefono a Masqat, solo uno rispose al mio appello, e fu ucciso per questo: col consenso degli altri, indubbiamente. Erano spaventati, fuori di senno dalla paura. Non volevano avere nulla a che fare con me, preferivano ignorare la mia presenza in Oman. Sono quindi sicuro che non hanno mai fiatato con nessuno, per non dare adito a sospetti. Bisognava essere là, per capire. Erano tutti in preda al terrore, si sentivano il coltello dei terroristi alla gola – e alla gola dei loro familiari. C'erano state rappresaglie. A uno era stato ucciso il figlio, a un altro stuprata e sfigurata la figlia, solo per avere invocato azioni di forza contro i palestinesi. Sono convinto che nessuno di costoro avrebbe rivelato il mio nome a un cane sordo.»

«Cristo! Ma in che razza di mondo vivono, questi maledetti arabi?»

«Un mondo in cui la stragrande maggioranza tenta di sopravvivere e guadagnarsi da vivere per sé e per i propri figli. E non gli avete dato alcun aiuto, voi bigotti bastardi.»

Dennison inclinò la testa di lato e si accigliò. «Può darsi che me la sia meritata, questa frecciata. Devo pensarci su. Non tanto tempo fa era di moda odiare gli ebrei, non fidarsi di loro; adesso invece gli arabi hanno preso il loro posto, nella nostra antipatia. Può darsi che siano tutte fregnacce, chi lo sa?... Ma quello che voglio sapere, adesso, è chi ha divulgato il segreto, sul tuo conto. Secondo te, qualcuno dei nostri.»

«Per forza. Swann è stato interpellato, fraudolentemente, da un uomo biondo con accento europeo, che conosceva un sacco di cose sul mio conto. Poteva aver attinto certe informazioni solo da qualche archivio di Stato. Cercò di pormi in relazione con i fatti di Oman, ma Swann negò tutto e gli disse di aver rifiutato la mia offerta di collaborazione, a suo tempo. Tuttavia, a quanto pare, non riuscì a convincerlo.»

«Sappiamo, infatti, dello "spettro" biondo. Ma non siamo riusciti a individuarlo» disse Dennison.

«Se con Swann gli è andata male, lo "spettro" biondo è però riuscito a trovare qualcun altro che volontariamente o involontariamente gli ha confermato quello che voleva appurare. Chi è stato? Escludendo te e gli altri papaveri del Governo, restano tre persone: Crawford, Grayson e la Rashad.»

«Escludi pure i primi due» disse il Capo di Gabinetto. «Stamattina stessa ho messo Crawford sotto torchio, qui, in questo ufficio, e lui è stato lì lì per sfidarmi alla roulette russa – o roulette di Saigon, come la si chiama da noi, dopo quel famoso film – solo per aver ventilato il sospetto. Quanto a Grayson, gli ho telefonato nel Bahrain cinque ore fa e a momenti gli prende un colpo apoplettico, all'idea che fosse semplicemente ipotizzata, la cosa. Mi ha recitato alcune norme del regolamento sui Servizi Segreti, come se fossi lo scemo del villaggio, per rimproverarmi, poiché lo avevo chiamato al telefono su una linea non di massima sicurezza. Al pari di Crawford, Grayson è un professionista della vecchia scuola. Nessuno dei due si sarebbe giocato la carriera per te. Né l'uno né l'altro abboccherebbero mai, se qualcuno cercasse di farli parlare.»

Kendrick si sporse in avanti, con i gomiti sulla scrivania di Dennison. Fissò gli occhi sulla parete di fronte. Pensieri in conflitto fra loro gli scorrazzavano per la mente. Khalehla, alias Adrienne Rashad, gli aveva salvato la vita. Ma l'aveva salvato soltanto allo scopo di venderlo? Era anche amica di Ahmat, il quale avrebbe potuto subire danni se fosse stato rivelato quel rapporto fra loro. Ed Evan aveva già nuociuto abbastanza al giovane Sultano: non poteva fargli dell'altro male, denunciando Khalehla. Quest'ultima, d'altro canto, l'aveva capito, quando Evan aveva avuto bisogno di comprensione; era stata gentile, con lui, quando lui aveva avuto bisogno di gentilezza poiché era spaventato, sentendosi in pericolo di vita e inadeguato alle circostanze. Se Khalehla fosse stata indotta con l'inganno a fare la spia su di lui, per motivi suoi, ebbene, era giusto che Evan a sua volta denunciasse il suo tradimento. Quale, la verità? Stupida o bugiarda? Ingannata o ingannatrice? Kendrick doveva assolutamente risolvere questo enigma da solo, senza esporla a indagini ufficiali. Inoltre bisognava appurare a *chi* aveva spifferato. Solo così si poteva infatti sperare di stabilire perché era stata rivelata la sua impresa nell'Oman. Doveva saperlo! Disse con calma: «Dunque, rimangono dubbi solo su una persona».

«Su quella donna» convenne Dennison annuendo. «L'infilzerò allo spiedo e la farò arrostire a fuoco lento.»

«No, non lo farai» obiettò Kendrick. «Tu e i tuoi scagnozzi non vi avvicinerete neppure, a lei, finché non ve lo dirò io – semmai ve lo dirò. Non basta. La farete venire qui a Washington, al più presto, all'insaputa di tutti. Viaggerà, come si dice nel gergo delle spie, sotto copertura. Non deve sapere niente assolutamente nessuno. Siamo intesi?»

«Chi diavolo sei tu per...»

«Ne abbiamo già parlato, Herbie. Ricordi? Martedì prossimo, nella Sala Azzurra... ci sarà anche la Banda dei *marines*, oltre che una caterva di giornalisti, fotografi, e compagnia bella. Il pulpito ideale, per me, se decidessi di salirvi e tenere una bella predica, alla nazione in ascolto. Credimi, tu saresti uno dei bersagli del mio sermone, e faresti la figura del somaro vestito a festa.»

«Visto che mi ricatti così, posso almeno chiederti perché mai questo "spettro" femmina riceve un simile trattamento preferenziale?»

«Certo» rispose Evan fissando negli occhi il Capo di Gabinetto. «Quella donna mi ha salvato la vita e non ti permetterò di rovinare la sua, esponendola al ludibrio del suo popolo. Hai fatto già abbastanza malanni, qui alla Casa Bianca.»

«D'accordo, d'accordo! Ma mettiamo in chiaro una cosa. Se è lei che ha spifferato, la consegnerai a me.»

«Dipende» disse Kendrick adagiandosi sullo schienale

«Da cosa, per amor del cielo?»

«Dal "come" e dal "perché".»

«Altri enigmi, Mr. Kendrick?»

«Non per me» rispose Evan alzandosi di scatto dalla poltrona. «Fammi uscire di qui, Dennison. Inoltre, poiché non posso andare a casa mia, né qui vicino a Fairfax in Virginia né lontano a Mesa Verde in Colorado, senza rischiare di venir subissato, bisogna che qualcuno mi affitti una baracca o uno chalet in campagna, sotto falso nome. Pagherò un mese intero di affitto, se occorre. Ho solo bisogno di alcuni giorni di isolamento e tranquillità per riflettere, prima di tornare in ufficio.»

«Si è già provveduto» disse bruscamente il Capo di Gabinetto. «Anzi, è stata un'idea del Presidente: verrai messo sotto ghiaccio, per il week-end, in una "casa sterile", nel Maryland.»

«Cosa diamine è una "casa sterile"? Ti prego di usare un linguaggio a me comprensibile.»

«Mettiamola così. Tu sei ospite del Presidente degli Stati Uniti in un alloggio riservato a persone che non vogliono seccature. Lì, nessuno può trovarle. Il Presidente, da me opportunamente consigliato, emetterà una dichiarazione, su di te. Sei stato visto qui. E, com'è vero che i conigli fanno i coniglietti, la notizia si spargerà.»

«Sei tu lo sceneggiatore. Come spiegherete il mio isolamento?»

«Facile. Addurremo motivi di sicurezza. Il Presidente si è premurato, al riguardo, dopo essersi consultato con i funzionari dell'Antiterrorismo. Non preoccuparti, il nostro ufficio stampa stilerà un comunicato tale che le donne piangeranno a calde lacrime e agli uomini verrà voglia di scendere in piazza e sfilare in corteo. E siccome è Jennings ad avere l'ultima parola, in queste cose, nel comunicato si parlerà anche, probabilmente sotto metafora, di un possente Cavaliere della Tavola Rotonda che protegge un eroico collega più giovane il quale ha portato a termine, insieme a lui, una missione pericolosa.

«Se c'è del vero, nella teoria della rappresaglia» soggiunse Kendrick «ciò farà di me un bersaglio.»

«Sarebbe bellissimo» convenne Dennison annuendo di nuovo. «Telefonami, quando hai provveduto per la Rashad.»

Evan stava seduto su un divano rivestito di cuoio nella biblioteca dell'imponente "casa sterile", nel Maryland, in prossimità di Cynwid Hollow. Fuori, nel giardino cintato, illuminato a giorno, c'erano guardie che pattugliavano il terreno a palmo a palmo, fucili pronti a far fuoco, occhi bene allerta.

Kendrick spense il televisore, dopo aver assistito a una replica dell'improvvisata conferenza stampa del Presidente Langford Jennings, riguardante Evan Kendrick del Colorado. Più sfacciata di quanto Dennison non avesse previsto, addirittura di cattivo gusto, piena di pause a effettaccio e di sorrisi in serie, prefabbricati, i quali tradivano l'orgoglio e il tormento sotto la superficie dell'uomo che sorrideva così.

Il Presidente si era tenuto, come era sua abitudine, sulle generali, senza dire nulla di preciso. Tranne in un punto: «*Finché adeguate misure di sicurezza non saranno state prese, ho pregato Mr. Kendrick –*

un uomo di cui tutti siamo orgogliosi – di restare in reclusione protettiva. E qui lancio un severo e grave monito. Se dei vili terroristi effettuassero, da qualsiasi parte, un attentato alla vita del mio buon amico, mio stretto collaboratore e collega, verso cui ho la stessa considerazione che avrei per un fratello minore, ebbene, tutta la forza degli Stati Uniti d'America verrà impiegata, in terra, in mare e in cielo, contro determinate basi dei responsabili». Determinate? Oh, mio Dio!

Squillò il telefono. Evan si guardò intorno per vedere dove fosse l'apparecchio. Era su una scrivania. Si alzò dal divano e attraversò la stanza per rispondere all'intruso.

«Sì?»

«Arriverà a bordo di un aereo militare, accompagnata da un funzionario dell'Ambasciata del Cairo. Figura come sua segretaria. Il nome non importa. L'arrivo è previsto per domattina alle sette. Sarà nel Maryland per le dieci, al più tardi.»

«Lei, cosa sa?»

«Niente.»

«Le avrete pur detto qualcosa» insistette Evan.

«Le è stato detto che doveva ricevere nuove istruzioni che le sarebbero stato impartite, personalmente, qui a Washington.»

«E ha bevuto questa panzana?»

«Non aveva altra scelta. Sono passati a prelevarla a casa sua, al Cairo, e da allora si trova in custodia protettiva. Ti auguro una pessima notte, schifoso bastardo!»

«Grazie, altrettanto, Herbie.» Kendrick riappese provando, al tempo stesso sollievo e paura, alla prospettiva di trovarsi l'indomani di fronte a una donna che aveva conosciuto come Khalehla, una donna con cui aveva fatto l'amore in una frenesia di terrore e stanchezza. L'atto impulsivo e la disperazione che a esso aveva condotto ora dovevano essere dimenticati. Bisognava determinare se stava per rivedere un'amica oppure una nemica. In ogni modo, c'era adesso un programma da seguire, nelle prossime dodici o quindici ore almeno. Era ora di chiamare Ann O'Reilly e, tramite lei, raggiungere Weingrass. Non importava che si venisse a sapere dov'era lui, adesso: infatti era, ufficialmente, ospite del Presidente degli Stati Uniti.

Capitolo ventitreesimo

Emmanuel Weingrass sedeva a un tavolo dell'unico caffè di Mesa Verde, in compagnia del tarchiato, baffuto proprietario del locale. Le ultime due ore erano state affaticanti, per Weingrass, e gli avevano ricordato, in qualche modo, quei giorni pazzeschi in cui, a Parigi, lavorava per il Mossad. L'attuale situazione non era drammatica come quella di allora e gli odierni avversari non erano pronti a uccidere ma, nondimeno, lui era un vecchio che doveva andare da un posto all'altro senza essere visto o fermato. A Parigi aveva eluso una serie di agguati terroristici recandosi, senza farsi notare, dal Sacré Coeur al Boulevard de la Madeleine. Lì, in Colorado, si era recato dalla casa di Kendrick al paese, Mesa Verde, senza farsi accorgere dalla tre infermiere addette alla sua persona, nella casa assediata dai giornalisti.

«Come ha fatto?» gli domandò Gonzalez-Gonzalez, il proprietario del caffè, versandogli un bicchiere di whisky.

«Ricorrendo, Gi-Gi, a quello che è uno dei fondamentali bisogni della natura umana. Mi sono appartato al gabinetto, e poi mi sono calato dalla finestra. Dopodiché mi sono confuso facilmente tra la folla, scattando foto con una macchina fotografica di Evan, come un vero e proprio fotoreporter, sai, finché non ho preso un taxi per venire qui.»

«Ehi,» l'interruppe Gonzalez-Gonzalez «i tassinari fanno molti *dineros*, oggi!»

«Sono ladri! Salgo a bordo e la prima cosa che quel *goniff* mi dice è: "Cento dollari, di qui all'aeroporto, signore". Allora io gli dico, levandomi il cappello: "La Commissione Statale di Controllo sarà interessata a sapere di queste nuove tariffe", e lui a me: "Oh, è lei, Mr. Weingrass. Scherzavo, Mr. Weingrass", e allora io: "Fagliene pagare 200, a loro, e me portami da Gi-Gi".»

Entrambi scoppiarono a ridere. Squillò un telefono a gettone, alla parete dietro il separé. Gonzalez posò una mano sul braccio di Weingrass dicendo: «Lasci che risponda Garcia».

«Perché? Mi hai detto che il mio ragazzo ha chiamato già due volte, prima che arrivassi qui.»

«Garcia sa cosa dire. Gliel'ho spiegato.»

«E cioè?»

«Darà a Mr. Kendrick il numero del telefono del mio ufficio e gli dirà di richiamare tra due minuti.»

«Gi-Gi, cosa ti salta in mente?»

«Un paio di minuti dopo di lei, è entrato un *gringo* che non conosco.»

«E con ciò? Viene qui un mucchio di gente che non conosci.»

«Lui non è di qui, Manny. Non ha impermeabile, né cappello, né macchina fotografica, ma ugualmente non è di qui. Ha un vestito completo, con gilè.» Weingrass fece per voltarsi, ma l'oste gli afferrò un braccio dicendo: «Non si giri. Di tanto in tanto, dal suo tavolo, lui guarda da questa parte. Sta seguendo lei».

«Allora che si fa?»

«Aspetti. Si alzerà quando glielo dico io, ecco tutto.»

Il cameriere di nome Garcia riappese il ricevitore, diede un colpo di tosse e andò dall'uomo in completo scuro con gilè, dai capelli rossi. Si chinò su di lui e gli disse qualcosa all'orecchio. Quello fissò freddamente l'inatteso messaggero. Il cameriere si strinse nelle spalle e ritornò al bancone. L'uomo allora, lentamente, mise alcuni biglietti di banca sul tavolo, si alzò e uscì alla chetichella dal locale.

«*Ora*» bisbigliò Gonzalez-Gonzalez alzandosi e facendo cenno a Weingrass di seguirlo. Dieci secondi dopo si trovavano nell'ufficio in disordine del proprietario. «Richiamerà fra un paio di minuti» disse Gi-Gi, indicando la sedia dietro la scrivania, che aveva conosciuto tempi migliori decenni addietro.

«Sei sicuro che fosse Kendrick?» domandò Weingrass.

«Garcia mi ha avvertito con un colpo di tosse.»

«Cos'ha detto a quell'uomo?»

«Che il messaggio ricevuto per telefono doveva essere per lui, dato che nessun altro cliente corrispondeva alla descrizione.»

«E qual era il messaggio?»

«Molto semplice, *amigo*. Che doveva raggiungere i suoi amici, fuori di qui.»

«E basta?»

«È uscito, no? Questo ci dice qualcosa, no?»

«E cioè?»

«*Uno*, che ha davvero degli amici nei paraggi. *Dos*, che costoro si trovano nei pressi di questo caffè, oppure che lui può raggiungerli mediante altri mezzi di comunicazione – cioè, mediante un radiotelefono a bordo di un'automobile. *Tres*, non è venuto qui, così azzimato, per bersi una birra Tex-Mex che, praticamente, gli va di traverso – come il mio buon vino frizzante spesso va di traverso a lei, no? *Cuatro*, è indubbiamente un agente federale.»

«Governativo?» domandò Manny stupefatto.

«Personalmente, io non mi sono mai impicciato con quelli che attraversano illegalmente la frontiera, provenienti dalla mia amata patria, ma le storie arrivano perfino agli innocenti come me... Noi la riconosciamo certa gente, amico mio. *Comprende, hombre?*»

«L'ho sempre detto, io» disse Weingrass sedendosi alla scrivania. «Frequenta i locali di classe non classisti e verrai a saperne di più, sulla vita, che non in tutte le fogne di Parigi.»

«Parigi significa molto per lei, vero, Manny?»

«Sta sbiadendo, *amigo*. Non so perché, ma sta sbiadendo. Accade qualcosa, qui, al mio figliolo, e io non riesco a capire di cosa si tratta. Ma è qualcosa di importante.»

«Lui significa molto per lei, *vero?*»

«È mio *figlio*.» Il telefono squillò. Weingrass portò il ricevitore all'orecchio. «Sei tu, testa vuota?»

Gonzalez-Gonzalez uscì dalla stanza.

«Cos'hai, là, Manny?» domandò Kendrick dalla "casa sterile" del Maryland. «Un nucleo del Mossad che ti protegge?»

«Gente assai più efficiente» rispose il vecchio architetto del Bronx. «Non ci sono contabili, nessuno che lesina gli *shekels*. Ma dimmi di te. Che è successo?»

«Non lo so. Giuro che non lo so!» Evan raccontò la sua giornata nei dettagli, dalla sorprendente notizia di Sabri Hassan sulle rivelazioni riguardanti l'Oman, mentre lui nuotava in piscina, alla fuga precipitosa e al temporaneo nascondiglio in uno squallido motel in Virginia; dal colloquio con Frank Swann del Dipartimento di Stato al suo arrivo alla Casa Bianca sotto scorta; dall'ostile incontro con il Capo di Gabinetto all'udienza con il Presidente degli Stati Uniti, il quale aveva incasinato tutto organizzando una cerimonia per la consegna di un'onorificenza nella Sala Azzurra il martedì seguente – con la Banda dei *marines*. Infine, gli rivelò che la donna di nome Khalehla, la quale gli aveva salvato la vita nel Bahrain, era in realtà un agente della CIA e stava arrivando in America per essere interrogata da lui.

«Secondo me, non è stata lei a spifferare su di te.»

«Perché no?»

«Perché tu le credesti quando ti disse che era un'araba piena di vergogna – me lo hai riferito tu stesso. In certo qual modo, testa vuota, ti conosco meglio io di quanto tu non conosca te stesso. Tu non ti lasci ingannare facilmente, su queste questioni. È per questo che eri tanto bravo alla testa del Gruppo Kendrick. Tradirti, per quella donna, avrebbe significato solo accrescere la propria vergogna e infiammare ulteriormente il mondo pazzesco nel quale essa vive.»

«È l'unica che resta: l'unica è lei. Gli altri sono stati esclusi. Non avrebbero potuto.»

«Allora ci sono degli altri dietro questi altri.»

«Per amor del cielo, *chi*? Queste sono le uniche persone che sapevano che io ero nell'Oman.»

«Mi hai detto poco fa che Swann ti ha parlato di un bischero biondo dall'accento straniero, il quale aveva avuto sentore della tua presenza a Masqat. Dove aveva pescato questa informazione?»

«Nessuno riesce a trovarlo, neppure alla Casa Bianca.»

«Io conosco della gente che potrebbe scovarlo» interruppe Weingrass.

«No, Manny» disse Kendrick con fermezza. «Qui non siamo a Parigi e quella gente è meglio che stia lontana. Ho un grosso debito di riconoscenza, con loro. Un giorno però mi dovrai spiegare che interesse avevano in un particolare ostaggio, a Masqat.»

«Non lo so neanch'io» rispose Weingrass. «So che avevano un piano, inizialmente, e arguisco che mirasse a liberare qualcuno che stava loro a cuore, ma non mi hanno mai detto niente di preciso al riguardo. Quella è gente che sa tenere la bocca chiusa. Hmm... Quale sarà la tua prossima mossa?»

«Domattina vedrò la Rashad. Te l'ho detto.»

«E dopo?»

«Non hai guardato la televisione?»

«Sono da Gi-Gi. Lui mette su soltanto videonastri, ricordi. Stasera, c'è una partita del campionato dell'82, e quasi tutti al bar pensano che sia di oggi. Cosa c'è alla Tv?»

«Il Presidente. Ha annunciato che io sono in reclusione protettiva.»

«Mi suona come la galera.»

«In certo qual modo, lo è. Però è una prigione tollerabile e i secondini mi concedono dei privilegi.»

«Dammi il tuo numero.»

«Non lo conosco. Non è segnato sopra l'apparecchio. Ma ti terrò informato. Ti avverto se mi sposto. Nessuno può intercettare questa linea e, se anche fosse, non importerebbe.»

«Okay. Ora dimmi una cosa. Hai accennato per caso a me con qualcuno?»

«Buon dio, no. Forse di te si parla nel dossier dell'Oman. Dal canto mio ho detto che varie altre persone meritano riconoscenza, oltre a me, ma non ho mai fatto il tuo nome. Perché?»

«Sono pedinato.»

«*Cosa?*»

«Un tizio che non mi piace. Gi-Gi dice che è un agente federale. E ce ne sono altri, insieme a lui, dice.»

«Forse Dennison, quando ha saputo di te dal dossier, ti ha messo sotto scorta protettiva.»

«Per proteggermi da cosa? Persino a Parigi sono un uomo ombra, io. Altrimenti sarei morto tre anni fa. Inoltre, cosa ti fa pensare che io figuri su qualche dossier? Al di fuori di quel "nucleo" nessuno conosce il mio nome, e non furono pronunciati i nostri nomi, alla riunione che precedette la nostra partenza. Inoltre, testa vuota, se mi si proteggesse, sarebbe opportuno che mi si avvertisse. Perché, se fossi tanto pericoloso da meritarmi quel tipo di protezione, potrei anche far saltare le cervella a chi mi sta alle costole, senza sapere che è un protettore.»

«Al solito» disse Kendrick «c'è una briciola di logica nella tua consueta immensa illogicità. Controllerò.»

«Controlla pure. Non mi resteranno molti anni da vivere, ma non ci tengo a finire prematuramente i miei giorni con un proiettile nella testa – da qualsiasi parte provenga. Telefonami domani, poiché adesso devo tornare a casa, prima che la mia scomparsa venga denunciata alla Polizia.»

«Salutami Gi-Gi» disse Evan. «E digli che, quando ci sono io nel Colorado, deve tenersi lontano dai traffici di contrabbando. Inoltre, ringrazialo.» Ciò detto riappese. Ma subito dopo chiamò il centralino.

«Centralino» disse una voce femminile piuttosto esitante, dopo diversi squilli.

«Non so perché» cominciò Evan «ma ho l'impressione che lei non sia una centralinista d'ordinaria amministrazione della Bell Telephone Company.»

«Signore?»

«Non importa, miss. Mi chiamo Kendrick e devo chiamare Mr. Herbert Dennison, il Capo di Gabinetto della Casa Bianca, al più presto possibile. È urgente. La prego di fare del suo meglio per rintracciarlo e dirgli di chiamarmi entro cinque minuti. Se ciò è impossibile, sarò costretto a chiamare il marito della mia segretaria, che è tenente di Polizia, e dirgli che vengo tenuto prigioniero in un luogo che sono in grado, credo, di identificare con precisione.»

«Signore, per favore!»

«Credo di essere ragionevole e molto chiaro. Mr. Dennison deve telefonarmi entro cinque minuti, e il conto alla rovescia comincia adesso. Grazie, centralinista, buona giornata a lei.» Di nuovo Kendrick riappese, dopodiché si diresse al mobile-bar. C'era un secchiello con ghiaccio e svariate bottiglie di whisky. Si versò un drink. Guardò l'orologio. Andò alla finestra e guardò fuori. Il giardino era illuminato a giorno. Lo divertì la vista di un campo di croquet, con ai bordi tavolini e sedie di metallo smaltato. Lo divertì meno invece la vista di una guardia che indossava una poco militaresca livrea. Costui camminava su e giù lungo il muro di cinta, con un fucile a ripetizione, molto militaresco. Manny aveva ragione: era in galera. Dopo poco il telefono squillò. Kendrick andò a rispondere: «Salve, Herbie, come stai?».

«Stavo facendo la doccia, brutto figlio d'un cane! Sono tutto bagnato! Cosa vuoi?»

«Voglio sapere perché Weingrass è pedinato. Voglio sapere come mai il suo nome è venuto a galla, da qualche parte. E pretendo una spiegazione convincente!»

«Calma. Abbassa la voce, ingrato» disse brusco il Capo di Gabinetto. «Chi diavolo è Weingrass?»

«Emmanuel Weingrass è un architetto di fama internazionale. È inoltre mio ottimo amico. Abita presso di me, a Mesa Verde, in Colorado. Per ragioni che non intendo precisarti, la sua presenza in casa mia è strettamente confidenziale. A chi hai fatto il suo nome?»

«Non posso fare nomi che non conosco, dolcezza.»

«Non è che mi racconti bugie, vero, Herbie? Perché, in tal caso, posso renderti molto imbarazzanti le prossime settimane.»

«Se pensassi che, mentendo, potrei sbarazzarmi di te, mentirei, ma non ho bugie da raccontare, per quanto riguarda questo Weingrass. Non so manco chi sia, te l'ho detto.»

«Hai letto i rapporti dall'Oman, no?»

«S'intende.»

«E il nome di Weingrass non vi figura?»

«No. E me ne ricorderei, se ci fosse. È un nome buffo.»

«Non per Weingrass.» Kendrick fece una pausa, ma non tanto a lungo da dar tempo a Dennison di interromperlo. «Può darsi che la CIA lo faccia sorvegliare a tua insaputa?»

«Neanche per sogno!» gridò il factotum della Casa Bianca. «Per quanto riguarda il pasticcio che ci hai combinato tu, nessuno fa mezza mossa senza avvertirmi.»

«Un'ultima domanda. Nel dossier Oman, si accenna alla persona che è tornata insieme a me negli Stati Uniti dal Bahrain, al termine della missione?»

Fu Dennison a fare una pausa adesso. «È ovvio.»

«Se credi che non ti convenga darmi noia – e non ti conviene di certo – non fare illazioni, né ipotesi, sull'architetto e i suoi collegamenti. Lascialo in pace.»

«Lo lascerò stare» convenne il Capo di Gabinetto. «Con un nome così, si potrebbe fare anche un collegamento che mi spaventa: con il Mossad, diciamo.»

«Bene. Ora, rispondi alla mia domanda. Cosa c'è scritto sul dossier per quanto concerne il mio viaggio di ritorno in America?»

«Dal dossier risulta che, a bordo di quell'aereo militare, insieme a te c'era un arabo vestito all'europea: un vecchio subagente della Cons Op, che si recava in America per motivi di salute. Il suo nome: Alì Vattelapesca. Questo è vero, Kendrick. Nessuno, in seno al Governo, sa niente di Weingrass.»

«Grazie, Herb.»

«Grazie per non avermi chiamato "Herbie". Posso fare qualcosa per te?»

Evan guardò l'ampia finestra, il giardino sottostante illuminato a giorno, la guardia e tutto il resto. «No, niente. Almeno per ora. Però puoi chiarirmi una cosa. Questo telefono è sorvegliato, non è vero?»

«Non alla maniera solita. C'è una scatola nera, come quelle in uso a bordo degli aerei. La conversazioni vengono tutte registrate lì. Ma soltanto persone di massima fiducia hanno accesso a queste registrazioni.»

«Potresti isolare la scatola nera per, diciamo, una trentina di minuti? Voglio fare una telefonata che non dev'essere registrata. E, ti assicuro, conviene anche a te, che non lo sia.»

«D'accordo. Sì, si può fare. Mediante un congegno che i nostri adoperano spesso, quando si trovano lì. Dammi cinque minuti di tempo poi, scavalcando la scatola nera, potrai telefonare tranquillamente anche a Mosca, se vuoi.»

«Cinque minuti.»

«Posso tornare a fare la doccia, adesso?»

«Insaponati bene.» Kendrick riagganciò. Tirò fuori il portafogli. Infilò un dito sotto la patente di guida. Ed estrasse il pezzetto di carta su cui erano segnati i due numeri di Frank Swann. Di nuovo guardò l'orologio. Avrebbe atteso dieci minuti. Speriamo – si disse – che Swann sia reperibile, all'uno o all'altro numero. Lo trovò a casa. Dopo brevi convenevoli, Evan gli spiegò dove si trovava, o meglio, dove credeva di trovarsi.

«Com'è la "reclusione protettiva"?» domandò Swann che sembrava affaticato. «Sono stato in diverse "case sterili", io, per interrogare disertori. Spero che a te ne sia capitata una con un paio di piscine, una coperta e una all'aperto. Si assomigliano tutte. Credo che il Governo le compri per fare un favore a qualche miliardario che vuole sbarazzarsi di una vecchia proprietà per comprarne una nuova. Spero che qualcuno stia in ascolto. Per quanto mi riguarda, la piscina non l'ho più.»

«C'è un campo di croquet, qui. L'ho visto dalla finestra.»

«Robetta. Cos'hai da dirmi? Buone notizie?»

«Forse. Perlomeno, ho tentato di toglierti qualche gatta da pelare. Hmm... Frank, devo chiederti una cosa. Possiamo parlare tranquillamente. Fare nomi, anche. La conversazione non viene né intercettata né registrata.»

«Chi te l'ha detto?»

«Dennison.»

«E tu gli credi? D'altronde, non me ne fregherebbe niente se anche gli passassero la trascrizione di questo colloquio.»

«Gli credo, sì. Ha capito, più o meno, di cosa voglio parlare e preferisce frapporre duemila miglia fra il Governo e quello che noi ora ci diremo. Mi ha assicurato che è stato inserito un congegno.»

«Ho capito. Ha paura che possa sentirti qualcuno a lui sgradito. Dunque, che c'è?»

«Si tratta di Weingrass. Dennison mi ha detto che, nel dossier Oman, risulta che, a bordo dell'areo militare che mi portò dal Bahrain alla base di Andrews, c'era, oltre me, un vecchio arabo vestito all'europea, subagente della Consular Operations...»

«Il quale veniva in America per cure mediche, sì, lo so» interruppe Swann. «Dopo anni di assidua collaborazione con i nostri Servizi Segreti, quell'arabo, Ali Saada, se lo meritava, un occhio di riguardo.»

«Sei sicuro che è scritto proprio così, su quel dossier?»

«Sì. Chi meglio di me può saperlo? Lo scrissi io stesso.»

«Tu? Allora, sapevi che era invece Weingrass?»

«Non è difficile, prevederlo. Le istruzioni da te impartite, tramite Grayson, erano chiare. Tu esigevi – ripeto: esigevi – che una persona "innamorata" ti accompagnasse negli Stati Uniti...»

«Dovevo "coprire" il Mossad...»

«Certo. E io pure. Vedi, portare qualcuno in USA in quel modo è contro le regole – a parte le leggi – a meno che costui non venga registrato. Quindi, l'ho registrato io sotto falso nome.»

«Ma come facevi a sapere che era Weingrass?»

«Più facile ancora. Parlai con il capo delle Guardie del Bahrain, che vi faceva da scorta. Sarebbe bastata una sommaria descrizione, ma, quando mi disse che il falso arabo aveva dato un calcio al ginocchio a una delle sue guardie, solo perché ti aveva fatto inciampare scendendo dall'auto, all'aeroporto, allora non ebbi più dubbi: era proprio Weingrass. La fama – come suol dirsi – lo ha sempre preceduto.»

«Ti sono grato, per quello che hai fatto» disse Evan sottovoce. «Sia per lui che per me.»

«Era l'unica maniera per ringraziarti.»

«Quindi posso presumere che nessuno, negli ambienti dei Servizi Segreti di Washington, sa che Weingrass fu coinvolto nei fatti dell'Oman.»

«Assolutamente nessuno. Non esiste. Lui è una non-persona. Non rientra nel novero dei viventi, qui.»

«Dennison non sapeva neppure chi fosse.»

«È ovvio.»

«Lo pedinano, Frank. In Colorado, c'è chi lo tiene sotto sorveglianza.»

«Non noi. Nessuno dei nostri.»

A poca distanza – esattamente 342 metri, in direzione nord – dalla "casa sterile" in cui Kendrick stava recluso, in riva alla Baia di Chesapeake, si trovava la villa di Samuel Winters, noto storiografo, da oltre quarant'anni apprezzato consigliere di vari Presidenti della Repubblica. Da giovane, il ricchissimo accademico era un eccellente sportivo: ad attestare le sue antiche virtù c'erano coppe e trofei di tennis, polo, sci e regate veliche. Ora, in età avanzata, si dedicava solo a uno sport meno impegnativo, il croquet. Da generazioni la sua famiglia aveva una piccola passione per questo gioco tant'è vero che, fino dal 1920, ogni villa fatta costruire dai Winters aveva, in giardino, il suo bel campo di croquet regolamentare, largo 40 e lungo 75 piedi, che sono le dimensioni prescritte dalla National Croquet Association fin dal lontano 1882. Quindi, una delle cose che colpivano l'occhio dei visitatori, nella tenuta di Winters, era proprio il campo di croquet, sulla destra dell'enorme villa prospiciente le acque di Chesapeake. Il suo fascino era accentuato dai mobili in ferro battuto, laccati, che ne bordavano i confini: zona di relax per quelli che studiavano la mossa successiva o si godevano un drink.

Un identico campo di croquet si trovava nel giardino della "casa sterile", a 342 metri di distanza dalla villa di Winters, ma ciò era perfettamente normale, poiché entrambe le ville erano state costruite per lo stesso proprietario. Cinque anni addietro – allorché la Inver Brass era silenziosamente risorta – Winters aveva donato la seconda villa al Governo degli Stati Uniti perché la usasse come casa "sicura" o "sterile". La donazione era avvenuta in sordina. Allo scopo di tenere lontani i curiosi e stornare ostili sondaggi da parte di potenziali avversari degli Stati Uniti, la transazione non era infatti mai stata resa di pubblico dominio. Per il catasto e il municipio di Cynwid Hollow, la casa e il parco circostante appartenevano ancora a Samuel e Martha Jennifer Winters (quest'ultima da tempo defunta), ed erano i contabili della famiglia a pagarne le tasse, salate; che però venivano segretamente rimborsate dal grato Governo federale. Se qualche curioso, amico o nemico che fosse, faceva domande circa l'attività di quell'aristocratica dimora, gli veniva risposto che essa non aveva mai tregue, che gli ospiti andavano e venivano in limousine, che era un assiduo via vai di fornitori, che gli ospiti appartenevano al mondo accademico e all'industria, rappresentando tutti quanti gli svariati interessi di Samuel Winters. Una squadra di giovani e robusti giardinieri teneva in perfetto ordine il parco; essi stessi fungevano da servitù, accudendo ai bisogni degli ospiti. L'immagine che veniva presentata era dunque quella di un luogo dove alcuni studiosi si riunivano, una sorta di "pensatoio" dai molteplici scopi, di proprietà di un munifico multimilionario: troppo aperto, troppo alla luce del sole per essere altro da quello che dichiaratamente era.

Onde mantenere l'integrità di tale immagine, tutte le fatture e le bollette venivano mandate ai contabili di Winters, i quali pagavano pronta cassa e poi mandavano duplicati delle ricevute all'avvocato personale dello storiografo, il quale, a sua volta, le faceva recapitare a mano al Dipartimento di Stato per un rimborso segreto. Era un sistema semplice e comodo per tutte le parti interessate, così come era stato semplice e opportuno per Winters suggerire al Presidente Langford Jennings di installare Evan Kendrick nella "casa sterile" limitrofa alla sua villa, dato che, al momento, non c'erano altri ospiti: lì Kendrick sarebbe potuto restare, per qualche giorno, tranquillo, lontano dalla ribalta della cronaca. Il Presidente fu grato del suggerimento: avrebbe detto a Dennison di provvedere a tutto.

Milos Varak si tolse la cuffia e spense l'apparecchio elettronico, grazie al quale aveva intercettato la conversazione telefonica fra Kendrick e Swann. Abbassò quindi una leva, alla parete, per riportare nel suo alloggiamento la speciale antenna retrattile, sul tetto. Si alzò in piedi e si mise a camminare per la stanza, fra le sofisticatissime apparecchiature ultramoderne. Lo studio acusticamente isolato si trovava nella cantina dell'enorme villa di Samuel Winters. Milos era allarmato. Quello che aveva sentito di straforo lo rendeva perplesso.

Come Swann aveva inequivocabilmente confermato, nessuno nell'ambiente dei Servizi Segreti americani sapeva di Emmanuel Weingrass. Nessuno sapeva che il "vecchio arabo" che aveva viaggiato in aereo insieme a Kendrick dal Bahrain negli USA *era* Weingrass. Lo stesso Swann aveva provveduto, per gratitudine nei confronti di Kendrick, a far viaggiare Weingrass sotto falso nome. Una volta arrivato a destinazione, il falso arabo era burocraticamente scomparso; e Weingrass era virtualmente una "non-persona". Il sotterfugio di Swann si era reso necessario anche a causa dei legami fra Weingrass e il Mossad. Kendrick di questo si rendeva conto. Anzi, lui stesso aveva adottato misure estreme per tenere nascosta la presenza e l'identità dell'anziano amico. All'ospedale, questi era stato ricoverato sotto falso nome: Manfred Weinstein. Occupava una camera singola. Una volta dimesso, era stato portato a Mesa Verde, in Colorato, a bordo di un aviogetto privato. Milos Varak aveva verificato tutto questo.

Tutto dunque era *privato*. Il nome di Weingrass non era registrato da nessuna parte. Durante la convalescenza, l'irascibile architetto era uscito raramente di casa e non aveva mai frequentato luoghi dove Kendrick fosse conosciuto. *Dannazione!* Pensò Varak. Fatta eccezione per una ristretta cerchia di persone (la fida segretaria di Kendrick, il marito di lei, due coniugi arabi e tre infermiere profumatamente pagate anche per tenere la bocca chiusa), Weingrass non esisteva neppure! Varak tornò all'apparecchio elettronico, pigiò un pulsante, fece scorrere il nastro all'indietro per un tratto, e riascoltò l'ultima parte del colloquio fra Kendrick e Swann:

«Quindi posso presumere che nessuno, negli ambienti dei Servizi Segreti di Washington, sa che Weingrass fu coinvolto nei fatti dell'Oman.».

«Assolutamente nessuno. Non esiste. Lui è una non-persona. Non rientra nel novero dei viventi, qui.»

«Dennison non sapeva neppure chi fosse.»

«È ovvio.»

«Lo pedinano, Frank. In Colorado, c'è chi lo tiene sotto sorveglianza.»

«Non noi. Nessuno dei nostri.»

«Non noi...» *Chi allora?*

Era questo interrogativo ad angosciare Varak. Gli unici a sapere che c'era un Emmanuel Weingrass, gli unici ai quali era stato detto quanto il vecchio stesse a cuore a Kendrick, erano i cinque della Inver Brass. Possibile che uno di loro...?

Milos non voleva neppure pensarci. L'ipotesi era troppo penosa per lui.

Adrienne Rashad si destò di soprassalto, allorché l'aereo militare incontrò un vuoto d'aria. Si guardò intorno, nella carlinga in penombra, tutt'altro che comoda.

Il diplomatico che l'accompagnava, un addetto dell'Ambasciasta statunitense al Cairo, era visibilmente sconvolto: spaventato, per essere esatti. Tuttavia, data l'esperienza che aveva di viaggi di questo tipo, si era portato appresso una fiaschetta rivestita di cuoio. L'estrasse dalla valigetta e bevve a garganella. Quando si accorse che la donna era sveglia e lo guardava, le porse la fiasca. Lei scosse la testa, in segno di diniego. «Si tratta di qualche vuoto d'aria, ecco tutto» disse.

«Ehi, amici!» disse il pilota, attraverso l'intercom. «Mi spiace per questi vuoti d'aria, ma non posso farci niente. Ne avremo per un'altra mezz'ora. Stiamo seguendo una rotta diversa da quelle degli aerei di linea. Abbiate pazienza.»

L'addetto bevve ancora, a più lunghe sorsate di prima. Adrienne distolse lo sguardo da lui, non le faceva piacere osservare un uomo così spaventato. La parte araba di lei la induceva a non farci caso, la donna occidentale propendeva alla commiserazione. La sintesi che lei rappresentava fra le due l'ebbe vinta, alla fine: sorrise all'addetto, in modo rassicurante, quindi tornò ai propri pensieri, che il sonno aveva interrotti.

Perché mai le era stato ordinato così perentoriamente di tornare a Washington? Se dovevano impartirle istruzioni tanto riservate da non potersi fidare neppure di linee a prova di intercettazione, perché mai Mitchell Payton della CIA non le aveva dato, perlomeno, qualche ragguaglio? Non era da lui, consentire simili interferenze. Non era da lui lasciarla così all'oscuro. Perfino durante la crisi dell'Oman, un anno addietro, Payton – lo "zio Mitch" – le aveva mandato istruzioni sigillate, tramite corriere diplomatico, per ordinarle senza tante spiegazioni di collaborare con l'ufficio Consular Operations del Dipartimento di Stato, per quanto offesa potesse sentirsi. Adrienne aveva collaborato, e si era sentita davvero offesa. Adesso, a ciel sereno, le era stato ordinato di recarsi negli Stati Uniti, virtualmente in stato di segregazione, senza neppure un cenno da parte di Mitchel Payton.

Evan Kendrick. Nelle ultime 18 ore questo nome era risuonato in tutto il mondo come il rombo del tuono nell'imminenza del temporale. Pareva quasi di vederle, le facce spaurite di coloro che erano stati coinvolti nell'impresa dell'americano, guardare il cielo minaccioso e chiedersi se non fosse il caso di correre al riparo, di scappare per mettersi in salvo. Ci sarebbero state vendette contro chi aveva aiutato l'americano impiccione. Chissà, si chiese, chi ha causato questa fuga di notizie... no, "fuga" era una parola troppo innocua: quelle notizie erano "esplose"! I giornali del Cairo non parlavano d'altro. In tutto il Medio Oriente, Evan Kendrick era, a seconda, un gran santo o un odioso peccatore. La canonizzazione o una morte atroce gli venivano riservate, a seconda di chi lo giudicasse; anche all'interno dello stesso Paese. *Perché?* Era stato lo stesso Kendrick a divulgare le sue gesta? Aveva forse deciso, quell'uomo vulnerabile, quell'improbabile politico che aveva rischiato la vita per vendicare un orrendo crimine, aveva dunque deciso – dopo un anno di umiltà e abnegazione – di farsi alla ribalta per riscuotere un premio, per sete di potere? In tal caso, non era più l'uomo che essa aveva conosciuto, brevemente ma intimamente, un anno fa. Lo ricordava senza rimorsi ma anche senza rimpianti. Avevano fatto l'amore – freneticamente, follemente – ed era stato forse, date le circostanze, inevitabile – ma quegli stupendi momenti di piacere e conforto andavano dimenticati. Anzi, se quel suo improvviso viaggio a Washington era legato alle sfrenate ambizioni di un uomo politico – non erano mai esistiti.

Capitolo ventiquattresimo

Kendrick stava affacciato alla finestra che dava sull'ampio viale circolare di accesso alla "casa sterile". Dennison gli aveva telefonato, un'ora prima, per avvertirlo che quell'aereo proveniente dal Cairo era atterrato e che la Rashad era in viaggio, sotto scorta, a bordo di un'auto ministeriale, per Cynwid Hollow. Dennison gli aveva anche detto che la donna aveva strenuamente protestato quando, dalla base aerea di Andrews, non le era stato consentito di fare una telefonata alla CIA.

«Ha sollevato un casino della malora e non voleva salire a bordo della macchina» gli aveva detto Dennison. «Quella vacca! Voleva a ogni costo mettersi in contatto con i suoi diretti superiori. Che tutti gli altri andassero a farsi friggere. Lo sai cos'ha detto *a me*? Ci ho parlato per telefono dalla macchina che mi portava in ufficio. "Ma chi cacchio sei *tu*?" Ecco cosa ha avuto il coraggio di dirmi sul muso, la vacca. E poi, come se non bastasse, si è rivolta a chi gli stava vicino e, in modo che io sentissi, gli ha domandato: "Ma chi è questo Dennison?". Cristo!»

«È che tu sei modesto, Herb. Sei un'eminenza grigia, tu. Non gliel'hanno spiegato, questo?»

«Quei bastardi sono sbottati a ridere, altroché! A questo punto, allora, le ho detto che l'ordine, per quanto la concerneva, era stato dato dallo stesso Presidente. O sali su quella macchina – le ho detto – o ti becchi cinque anni a Leavenworth.»

«Ma è un carcere maschile!»

«Lo so, lo so. Dunque, sarà lì, da te tra un'oretta. Non scordartelo: se è stata lei, a spifferare, la consegni a me.»

«Forse.»

«Mi procuro un'ordinanza del Presidente.»

«E io la leggo al telegiornale della sera. Con note in margine.»

«Merda!»

Kendrick stava per staccarsi dalla finestra per andare a versarsi un'altra tazza di caffè, quando vide un'auto grigia imbucare il viale. Venne a fermarsi davanti all'ingresso della villa. Un maggiore dell'Aeronautica scese, girò intorno al cofano e aprì lo sportello sul lato opposto.

La donna che Kendrick aveva conosciuto come Khalehla scese e fu investita dal sole mattutino. Strizzò gli occhi, abbacinata e insicura. Era senza cappello, i lunghi capelli neri le piovevano sulle spalle, portava una blusa bianca, calzonacci verdi e scarpe basse. Sottobraccio aveva una borsetta bianca. Nel guardarla, Evan rammentò quel pomeriggio nel Bahrain. Ricordò quello che aveva provato nel vederla entrare in quella bizzarra camera da letto regale, stupefatta perché lui era corso a ficcarsi sotto le lenzuola, per coprirsi. Ricordò che, nonostante la paura, lo sbigottimento e il dolore – o forse in aggiunta a tutto ciò – era stato colpito dalla calma leggiadria del suo viso dai tratti marcati, euro-arabo, e dalla luce di intelligenza nei suoi occhi.

Non si era sbagliato. Era davvero una donna avvenente, dal portamento eretto, quasi arrogante, anche adesso che incedeva verso il massiccio portone della "casa sterile", all'interno della quale si sarebbe trovata davanti all'ignoto. Kendrick l'osservò spassionatamente: non v'era alcun impeto di ritrovato calore, nella sua reazione, soltanto una fredda, intensa curiosità. Essa gli aveva mentito quel pomeriggio nel Bahrain, sia per quello che aveva detto sia per quello che aveva taciuto. Chissà, si chiese, se gli avrebbe mentito di nuovo.

Il maggiore dell'Aeronautica aprì la porta dell'immensa sala di soggiorno ad Adrienne Rashad. Lei entrò e si soffermò, rimase immobile, fissando Evan presso la finestra. Non v'era stupore nei suoi occhi, solo quel freddo sguardo intelligente.

«Me ne vado» disse l'ufficiale.

«Grazie, maggiore.» Quando la porta si fu richiusa Kendrick mosse un passo avanti. «Salve, Khalehla. Era Khalehla il nome, se non sbaglio.»

«Come vuole lei» rispose la donna con calma.

«Ma adesso non è Khalehla, non è vero? È Adrienne. Adrienne Rashad.»

«Come vuole lei» essa ripeté.

«É un po' ridondante, non trova?»

«Tutto ciò è molto stupido, Mr. Kendrick. Mi ha fatto venire qui per avere da me un ulteriore attestato? Perché, se è così, non glielo rilascio.»

«Attestato? È l'ultima cosa che voglio.»

«Bene. Sono contenta per lei. Certo, il rappresentante del Colorado ha già tutti gli attestati di benemerenza che gli occorrono. Quindi non ha alcun bisogno che una – la cui vita, come pure la vita di tanti colleghi, dipende dall'anonimato – si faccia avanti e unisca il suo all'osanna delle folle.»

«È questo che lei pensa, dunque? Che io vada cercando encomi, applausi, attestati di benemerenza?»

«Cos'altro dovrei pensare? Mi ha distolta dal lavoro, esposta all'Ambasciata e all'Aeronautica, probabilmente rovinando una copertura che mi sono venuta costruendo nel corso di diversi anni, soltanto perché sono stata a letto con lei? È successo una volta, ma le assicuro che non succederà più!»

«Ehi, un momento, brillante signora» protestò Evan. «Non ero proprio in vena, quel giorno. Per amor del cielo! Non sapevo neppure dove fossi o che cosa mi fosse accaduto, né che cosa sarebbe successo *dopo*. Ero morto di paura, e sapevo di dover fare cose che non credevo di *poter* fare.»

«Era anche esausto» soggiunse Adrienne Rashad. «Lo ero anch'io. Succede.»

«È quel che m'ha detto Swann, appunto...»

«Quel bastardo.»

«No, un momento. Swann non è un bastardo.»

«Devo usare un altro epiteto? Tipo "ruffiano"? Un ruffiano privo di scrupoli.»

«Si sbaglia, signora. Non so in che rapporti lei fosse con lui, ma lui aveva un compito da svolgere.»

«Per esempio, sacrificare lei?»

«Può darsi. Lo ammetto, l'idea non mi seduce. Ma lui aveva l'acqua alla gola, al momento.»

«Lasci perdere, Mr. Kendrick. Perché mi trovo qui?»

«Perché devo appurare qualcosa, e lei è l'unica in grado di illuminarmi.»

«Di che si tratta?»

«Chi ha spifferato tutto su di me? Chi ha violato l'accordo da me stipulato? Mi hanno detto che nessuno di quelli che erano al corrente del mio viaggio in Oman – ed erano pochissimi, una cerchia ristretta – nessuno, dico, nessuno di loro avrebbe avuto motivo di lasciar trapelare la notizia, e validissime ragioni per serbare invece il segreto. A parte Swann e il suo esperto in computer, Gerald Bryce, sul quale è pronto a giurare, a saperlo erano solo altre sette persone. Sei sono già state controllate: tutte assolutamente negative. La settima è lei. L'unica rimasta.»

Adrienne Rashad rimase immobile, il suo viso imperturbabile, gli occhi furiosi. «Ignorante, arrogante *dilettante* che altro non è» disse lentamente con voce acida.

«Può darmi tutti i titoli che vuole» cominciò Evan con ira «ma non intendo...»

«Vogliamo andare a fare due passi?» lo interruppe lei, dirigendosi verso un ampio bovindo sul lato opposto della sala, prospiciente una piccola darsena, sulla costa rocciosa della Baia di Chesapeake.

«Cosa?»

«L'aria qui è opprimente, come la compagnia. Gradirei fare due passi, per favore.»

«D'accordo» borbottò Kendrick sbigottito. «C'è un'uscita laterale, là.»

«La vedo» disse Adrienne Khalehla, dirigendosi verso la porta in fondo alla sala.

Uscirono su un patio selciato che confinava con un prato ben tosato, in mezzo al quale un sentiero conduceva alla piccola darsena. Nel porticciolo non c'erano imbarcazioni all'ormeggio. Erano state tutte tirate a secco, nella rimessa, per via del maltempo autunnale.

«Porti pure avanti la sua arringa» continuò l'agente segreto della CIA. «Non se ne privi, la prego.»

«Un momento, miss Rashad – o come diavolo si chiama! Se lei pensa che ciò di cui sto parlando equivale a un'arringa si sbaglia di grosso...»

«Per amor del cielo, continui a camminare! Poi potrà fare tutti i discorsi che vuole, più ancora di quanti ne vuole, pezzo di fesso!» La costa della baia, sulla destra, era un misto di sabbia scura e sassi, molto comune a Chesapeake. Sulla sinistra c'era la rimessa delle barche, anch'essa comune. Quel che non era comune, però, tranne che nelle maggiori tenute, era una profusione di alberi alti, per una cinquantina di metri sia a nord che a sud del porticciolo e della rimessa. Fornivano una certa intimità, più apparente che reale, ma la vista di quegli alberi aveva attratto l'interesse della Rashad. Si diresse verso destra, sulla sabbia e i sassi, in prossimità della battigia, dove le onde si frangevano con un dolce mormorìo. Superarono il filare di alberi e continuarono a camminare finché raggiunsero una grossa roccia che spuntava da terra presso la riva. Di lì, l'enorme villa non si vedeva. «Qui va bene» disse Adrienne Rashad.

«Bene?» esclamò Kendrick. «Dove vuole andare a parare, lei? Che significa questa passeggiata? E, giacché ci siamo, mettiamo in chiaro un paio di cosette. Le sono grato per avermi, probabilmente, salvato la vita – probabilmente, dico, poiché non è affatto comprovabile – apprezzo questo, ma non ricevo ordini da lei. Inoltre, secondo la mia modesta opinione, io non sono "un pezzo di fesso". Quindi, dilettante o no che io sia, è lei che deve rispondere alle mie domande, non io alle sue. Mi ha capito, signora?»

«Ha finito?»

«Non ho neppure iniziato.»

«Allora, prima che cominci, lasci che ribatta sui punti che ha poco fa sollevato. La “passeggiata” aveva lo scopo di portarci lontani di là. Presumo che lei sappia che quella è una “casa sterile”.»

«Senz'altro.»

«E, quindi, tutto quello che uno dice, in ogni stanza, compreso il bagno, viene registrato.»

«Be', sapevo che il telefono è sotto controllo...»

«Grazie tante.»

«Io non ho niente da tenere nascosto...»

«Abbassi la voce. Parli rivolto all'acqua, come me.»

«Cosa? Perché?»

«Sorveglianza vocale elettronica. Gli alberi distorceranno i suoni non essendovi un raggio visivo diretto...»

«Cosa?»

«Il laser ha migliorato la tecnologia...»

«*Cosa?*»

«Abbassi la voce!»

«Ripeto: non ho nulla da nascondere. Forse lei sì, io no!»

«Davvero?» domandò la Rashad appoggiandosi alla enorme roccia e parlando rivolta verso le onde che lentamente si frangevano sul lido. «Vuole coinvolgere Ahmat?»

«Ho fatto il suo nome, sì. Col Presidente. Lui deve saperlo, quanto aiuto mi ha dato quel ragazzo...»

«Oh, Ahmat lo apprezzerà molto, questo. E il suo medico personale? E i suoi due cugini che hanno contribuito a proteggere lei? Ed El-Baz? E il pilota che l'ha portato in aereo nel Bahrain? Tutti quanti potrebbero venire uccisi!»

«Tranne Ahmat, non ho menzionato specificamente nessuno di loro.»

«I nomi sono irrilevanti. Le funzioni, no.»

«Per amor del cielo, era il Presidente degli Stati Uniti!»

«Il quale parlerà con qualcuno...»

«S'intende.»

«Lo sa, lei, con chi parla? Conosce personalmente queste persone? Lo sa fino a che punto sono fidate? Lo sa *lui*? Conosce gli uomini che stanno in ascolto alle microspie, là, in quella casa?»

«Naturalmente, no.»

«E io? Io sono un agente segreto che, al Cairo, dispone di una accettabile copertura. Avrebbe parlato di me?»

«Ho parlato di lei solo con Swann.»

«Non alludevo a quello che ha detto a uno che sapeva già ogni cosa. Alludo a quella casa là. Se lei avesse cominciato a interrogarmi là dentro, non avrebbe potuto, forse, fare il nome delle persone che ho poco fa menzionato? Inoltre, non è forse concepibile che avrebbe potuto persino menzionare il Mossad?»

Evan chiuse gli occhi. «Sì, avrei potuto accennarvi» disse piano annuendo. «Se ci fossimo messi a discutere.»

«Una discussione era inevitabile. Ecco perché siamo usciti all'aperto e arrivati sin qua.»

«Tutti, là dentro, stanno dalla nostra parte» protestò Kendrick.

«Ne sono convinta» convenne Adrienne «ma non conosciamo la forza o le debolezze di persone che non abbiamo mai incontrato e che non possiamo vedere, dico bene?»

«È paranoia, la sua.»

«Si addice all'ambiente. Inoltre, lei è veramente "un pezzo di fesso", come credo risulti ampiamente dal fatto che non ha la minima idea di cosa sia una "casa sterile" o "casa sicura" che dir si voglia. Tralascio la questione relativa a chi interroga e chi è interrogato, perché irrilevante; e torno subito al suo primo punto. Con ogni probabilità io non le ho salvato la vita nel Bahrain ma l'ho messa, invece, a causa di quel bastardo di Swann, in una situazione insostenibile, che i piloti chiamano "punto di non ritorno". Non era previsto che lei sopravvivesse, Mr. Kendrick. E a questo io ho trovato da obiettare.»

«Perché?»

«Perché mi stava a cuore.»

«Perché noi due...»

«Anche questo è irrilevante. Lei era un brav'uomo che cercava di compiere una buona impresa, per la quale non era attrezzato. Fatto sta che ci furono altri che l'aiutarono più di quanto io non avrei mai potuto. Mi trovavo nell'ufficio di Jimmy Grayson e provammo, entrambi, un gran sollievo quando ci informarono che lei era partito in volo dal Bahrain.»

«Grayson? Era, appunto, uno dei sette che sapevano della mia presenza laggiù.»

«Venne a saperlo solo all'ultima ora. Neppure io gliel'avrei detto. Doveva venire da Washington, l'informazione.»

«Grayson è stato messo ieri sotto torchio.»

«Per cosa?»

«Per appurare se fosse stato lui a fare il mio nome.»

«*Jimmy?* È anche più da stupidi che sospettare me. Grayson vuole fare carriera, figurarsi. Inoltre, come me, non gradirebbe che gli tagliassero la gola o lo mutilassero.»

«Lei dice con facilità queste cose. Le vengono subito, forse anche troppo rapidamente.»

«Riguardo a Jimmy?»

«No. Riguardo a lei stessa.»

«Capisco.» La donna che si era fatta chiamare Khalehla si accostò alla roccia. «Lei crede che li abbia preparati, questi discorsi.

Fra me e me, ovviamente. Dato che non ho potuto mettermi in contatto con nessuno. Inoltre, ovviamente, sono per metà araba...»

«Lei è entrata in quella stanza come se si aspettasse di trovarci me. Non rimase sorpresa, nel vedermi.»

«Me l'aspettavo. E non restai sorpresa.»

«Perché? Come mai?»

«Per eliminazione, diciamo. In più c'è un uomo che mi protegge dalle *vere* sorprese. Da un paio di giorni non si parla che di lei in tutto il Medio Oriente. E molte persone tremano, me inclusa. Non solo per me stessa, ma per molti altri di cui mi sono servita e di cui ho abusato, per tenerla d'occhio. Quelli come me costruiscono una rete basata sulla fiducia. E adesso tale fiducia – che è il mio bene supremo – viene posta in forse. Vede, Mr. Kendrick, lei ha sciupato non solo il mio tempo e la mia concentrazione ma anche un mucchio di quattrini dei contribuenti, a farmi venire qui, per pormi una domanda alla quale qualsiasi esperto agente dei Servizi Segreti avrebbe saputo rispondere.»

«Lei potrebbe avermi venduto: venduto il mio nome a un certo prezzo.»

«Per cosa? Per la mia vita? Per la vita di coloro che la sorvegliavano, uomini che sono importanti per me e per il lavoro che faccio – un lavoro che credo abbia un grande valore, come ho cercato di spiegarle nel Bahrain? Davvero lei credeva a questo?»

«Oh, Cristo, non so più a cosa credere!» ammise Evan, sospirando e scuotendo la testa. «Tutto quello che intendevo fare, tutto ciò che avevo progettato, è finito nella spazzatura. Ahmat non vuole più rivedermi. Non posso tornare in Oman. Né in alcuno degli Emirati. Lui me lo impedirebbe.»

«Lei voleva tornarci?»

«Più di qualsiasi altra cosa. Volevo ricominciare la vita nei luoghi dove ho lavorato più volentieri, in passato. Ma prima dovevo sbarazzarmi d'un figlio di puttana che aveva rovinato tutto, ucciso – per la gioia di uccidere – tante persone.»

«Il Mahdi» interruppe la Rashad annuendo. «Ahmat me lo ha detto. È stato lei. Ahmat è giovane e cambierà. Col tempo capirà ciò che lei ha fatto per tutti, là, e le sarà grato. Hmm... Così dicendo, lei ha già risposto a una mia perplessità. Pensavo che avesse potuto diffonderla lei stesso, questa storia. Invece non è stato lei, non è vero?»

«Io? Lei farnetica! Io me ne andrò di qui fra sei mesi!»

«Non ha ambizioni politiche, dunque?»

«Cristo, no! Me ne vado, armi e bagagli. Pianto tutto. Solo che, al momento, non ho dove andare. Qualcuno sta cercando di fermarmi, di farmi apparire diverso da quello che sono. Cosa diavolo mi sta succedendo?»

«A occhio e croce direi che venga riesumato.»

«E da chi?»

«Da qualcuno che ritiene che lei sia stato ingiustamente messo in disparte. Qualcuno convinto che lei meriti pubblici onori, acclamazioni, celebrità.»

«Cosa che non voglio. E il Presidente non mi aiuta. Anzi, mi conferirà la Medaglia della Libertà, il prossimo martedì, nella dannata Sala Azzurra, con l'intera Banda dei *marines*! Gliel'ho detto, che non la volevo, e quel figlio di un cane mi ha detto che devo accettarla perché lui non vuole fare la figura del bastardo pitocco. Che razza di ragionamento è mai questo?»

«Molto presidenziale...» La Rashad s'interruppe di colpo. «Camminiamo» disse in fretta, poiché due domestici, vestiti di bianco, erano comparsi nella darsena. «Non si guardi intorno. Faccia il disinvolto. Passeggeremo lungo la spiaggia.»

«Posso parlare?» domandò Kendrick avviandosi.

«Non di cose rilevanti. Aspetti quando saremo oltre quel promontorio.»

«Perché? Possono sentirci?»

«Forse sì. Non ne sono sicura.» Proseguirono lungo la riva, finché non furono giunti oltre il limite dell'insenatura. «I giapponesi hanno inventato i relè direzionali, ma io non ne ho mai visti» continuò la Rashad. Poi si soffermò e guardò Evan, con occhi interrogativi. «Ha parlato con Ahmat?» gli chiese.

«Sì, ieri. Mi ha detto di andare all'inferno e di non tornare mai più in Oman. Mai.»

«Si rende conto che lo controllerò, questo, non è vero?»

Evan provò d'un tratto stupore, poi collera. Lo stava interrogando! «Non me ne frega niente di quello che farà. Mi preoccupo di quello che potrebbe aver fatto. Lei è convincente, Khalehla... pardon! Miss Rashad – e magari crederà anche a quello che dice. Ma sei uomini che sapevano di me avevano tutto da perdere, e nulla da guadagnare, dicendo chi ero a Masqat, l'anno scorso.»

«E io, dal canto mio, non avevo nulla da perdere – tranne la vita – e la vita di coloro la cui amicizia ho coltivato in tutto lo scacchiere; alcuni dei quali, fra parentesi, mi sono molto cari, eh? Scenda dal cavallo d'Orlando, ha l'aria ridicola. Non solo è un dilettante, è anche insopportabile, lei!»

«È possibile, sa, che lei abbia commesso un *errore*!» esclamò Kendrick esasperato. «Sono quasi disposto a concederle il beneficio del dubbio. Ho ventilato questa ipotesi, con Dennison, e gli ho detto che non gli permetterò di impiccarla, per questo.»

«Oh, lei è troppo gentile, signore.»

«No, gliel'ho detto sul serio. Lei mi ha salvato la vita. E se, per sbaglio, si è lasciata sfuggire il mio nome...»

«Non dia prove ulteriori di imbecillità» interruppe la Rashad. «È di gran lunga più probabile che uno qualsiasi degli altri cinque abbia commesso questo errore, che non Grayson o io. Noi lavoriamo, come suol dirsi, "sul campo", e non in ufficio. Non siamo tipi da commettere errori del genere.»

«Camminiamo» disse Evan. Non v'erano guardie nei paraggi, erano solo i suoi dubbi e la sua confusione a costringerlo a muoversi. Il suo problema era che le credeva, credeva a quanto Weingrass aveva detto su di lei: «... *Non è stata lei a spifferare su di te... Ciò non avrebbe fatto che accrescere la sua vergogna e infiammare ulteriormente il mondo pazzesco nel quale essa vive*». E poi, avendo Kendrick detto che neanche gli altri sei potevano averlo tradito, Weingrass aveva soggiunto: «*Allora ci saranno degli altri dietro a questi altri*». Arrivarono a un sentiero in salita che, addentrandosi fra gli alberi, portava fino al muro di cinta della villa. «Andiamo per di qua?» domandò Evan.

«Perché no» rispose Adrienne freddamente.

«Dunque» continuò lui mentre si inerpicavano a fianco a fianco su per il pendìo boscoso «diciamo che io le credo...»

«Grazie tante.»

«D'accordo, le credo. Perciò le dirò una cosa che sanno solo Swann e Dennison. Gli altri non lo sanno, almeno credo che non lo sappia nessun altro.»

«E perché lo dice a me?»

«Ho bisogno di aiuto e loro non possono aiutarmi. Lei forse sì. Lei era là – con me – e sa tante cose che io non so. Lei sa in che modo certi fatti vengono messi a tacere, in che modo le informazioni segrete vengono trasmesse a coloro i quali debbono esserne edotti... insomma, conosce tutte le procedure del genere.»

«Ne conosco alcune, ma non certo tutte. La mia sede è al Cairo, non qui. Ma vada pure avanti.»

«Tempo fa, un uomo è andato da Swann: un uomo biondo, dall'accento europeo, il quale sapeva molte cose sul mio conto, informazioni riservate... di quelle che Swann chiama "DP".»

«Sta per "dati prioritari" interruppe la Rashad. «Ma anche per "dettagli privilegiati". Di solito provengono dai *caveaux*.»

«*Caveaux?* Quali *caveaux*?»

«Così si chiamano in gergo gli archivi dei Servizi Segreti. Vada avanti.»

«Costui dunque lasciò Swann letteralmente sbigottito quando gli disse che, in base a certe sue deduzioni, era convinto che io ero stato inviato a Masqat dal Dipartimento di Stato durante la crisi degli ostaggi.»

«*Cosa?*» Adrienne parve vacillare e si appoggiò al suo braccio. «Chi era?»

«Nessuno lo sa. Nessuno riesce a trovarlo. L'identità da lui usata per arrivare a Swann risultò poi falsa.»

«*Cristo*» bisbigliò la Rashad guardando il sentiero in salita davanti a lei. La luce del sole filtrava fra i rami, sopra le loro teste. «Soffermiamoci qui un momento» disse con calma, perentoria. «Si sieda.» Sedettero entrambi sul sentiero erboso, circondato da alberi e fogliame. «E poi?»

«Insomma, Swann cercò di depistarlo: gli mostrò persino una lettera da lui mandata al Segretario di Stato – pro forma ovviamente – in cui rifiutava la mia offerta di collaborazione. L'uomo non gli credette. E continuò a scavare. Finché non trovò quello che cercava. Quello che è stato rivelato ieri mattina è così preciso che può solo provenire dal dossier Oman – che si conserva nei *caveaux*, come lei dice.»

«Lo so, questo» bisbigliò la Rashad, la cui ira era innegabilmente mista a paura. «Mio dio, qualcuno è stato salassato.»

«Uno dei sette?... dei *sei*?» si corresse subito.

«Chi sono, costoro – a parte Swann e il suo braccio destro, Dennison, Grayson e me?»

«Il Ministro della Difesa, il Segretario di Stato e il Capo di Stato Maggiore.»

«Nessuno di questi potrebbe essere stato "salassato".»

«E il computerista della OHIO-4-Zero? Si chiama Gerald Bryce. È giovane. Swann metterebbe la mano sul fuoco per lui, ma è solo un suo giudizio.»

«Tendo a credergli, invece. Swann è un bastardo, ma non si lascerebbe ingannare così da Bryce. E se Bryce è tanto in gamba da dirigere il reparto computer della OHIO-4-Zero, sa benissimo che il primo a essere sospettato sarebbe lui. E sa, anche, che rischierebbe trent'anni a Leavenworth.»

Evan sorrise. «So che Dennison ha minacciato di mandarcela per cinque anni.»

«Gli ho risposto che è una prigione maschile» replicò lei sorridendo a sua volta.

«Anch'io.» E Kendrick sbottò a ridere.

«Allora, gli ho detto che me ne facevo un baffo delle sue minacce e non sarei salita sulla barca di Cleopatra, e men che meno su un'auto ministeriale.»

«Perché poi è salita?»

«Per pura curiosità. È l'unica risposta che posso darle.»

«E io l'accetto. Dunque... dove eravamo rimasti? I sette sono esclusi e un uomo biondo, europeo, sta al centro dell'enigma.»

«Mah, non so...» D'un tratto, la Rashad lo toccò di nuovo su un braccio. «Ho da farle alcune domande, ora, Evan...»

«*Evan?* Oh, grazie.»

«Mi scusi. È stato un lapsus.»

«Non si scusi, la prego. Credo, anzi, che sia opportuno chiamarci per nome.»

«Oh, la smetta...»

«Ma ti dispiace se ti chiamo Khalehla? Mi sentirei più a mio agio.»

«Io pure. La parte araba in me non ha mai veramente gradito il nome di Adrienne.»

«Fammi pure quelle domande, ora... Khalehla.»

«D'accordo. Quand'è che hai deciso di recarti a Masquat? Date le circostanze, e le tue capacità, sei arrivato là piuttosto tardi, a crisi già inoltrata.»

Kendrick respirò profondamente. «Mi trovavo in vacanza in Arizona, e, quando giunsi a un campo-base chiamato Lava Falls, ascoltai la radio per la prima volta dopo diverse settimane. Capii subito che dovevo recarmi a Washington, immediatamente...» E le raccontò i particolari di quelle frenetiche ore, durante le quali era andato da un accampamento relativamente primitivo in montagna alle sale del Dipartimento di Stato e, infine, negli scantinati dove si trovavano le sofisticatissime apparecchiature del complesso computeristico della OHIO-4-Zero. «Lì Swann e io stipulammo un patto, dopodiché partii per Masqat.»

«Facciamo un passo indietro» disse Khalehla, distogliendo solo adesso gli occhi dal viso di Evan. «Noleggiasti un idrovolante per andare da Lava Falls a Flagstaff. Qui tentasti di noleggiare un aviogetto per Washington. Esatto?»

«Sì, però era troppo tardi.»

«Eri ansioso» suggerì lei. «Probabilmente in collera. Avrai insistito, per farti valere, dicendo che eri un uomo politico, eccetera.»

«Sì, ho insistito parecchio, con molti eccetera.»

«Raggiungesti Phoenix, in Arizona, e ti imbarcasti sul primo aereo in partenza per la capitale. Come pagasti il biglietto?»

«Con la carta di credito.»

«Male» disse Khalehla. «Ma non avevi motivo per arguirlo. Al Dipartimento di Stato, sapevi già a chi rivolgerti?»

«No. Ma tenni presente che avevo lavorato in Oman e negli Emirati per anni. Quindi sapevo con che tipo di funzionario dovevo mettermi in contatto. E siccome avevo ereditato una segretaria dotata di tutti gli istinti d'un gatto randagio, dissi a lei di cercarmi la persona adatta. Doveva trattarsi – le dissi chiaro – di un esponente della Consular Operations, sezione Medio Oriente, o Asia di sud-ovest. Perlopiù, gli americani che hanno lavorato là sono in rapporto d'amicizia con queste persone. A volte, anzi, ne hanno fin sopra i capelli.»

«Quindi, questa segretaria dall'istinto di gatto randagio cominciò a telefonare qua e là, facendo domande. Ciò avrà meravigliato qualcuno. Ha una lista di tutti coloro cui telefonò?»

«Non saprei. Non gliel'ho mai chiesto. Il ritmo era frenetico e io mi tenevo in contatto con lei, durante il volo, mediante radiotelefono. Quando atterrai, essa aveva già ristretto la rosa delle possibilità a quattro o cinque nomi. Solo uno di essi aveva fama di esperto in questioni del genere: e costui era Frank Swann, della Cons Op.»

«Sarebbe interessante sapere se la tua segretaria ha conservato una lista» disse Khalehla riflettendo.

«Le telefono.»

«Ma non da qui. Inoltre, non ho ancora finito. Dunque... andasti al Dipartimento di Stato, a trovare Swann. Il che significa che ti sei presentato al Servizio di sicurezza.»

«Naturalmente.»

«All'ingresso. Ma, all'uscita?»

«Be', no. Non sono ripassato per l'atrio d'ingresso, all'uscita. Mi hanno invece condotto direttamente al garage e riportato a casa a bordo di un'auto ministeriale.»

«A casa tua?»

«Sì, per prendere l'occorrente per il viaggio in Oman.»

«E l'autista? Ti ha chiamato per nome?»

«No, mai. Ma disse qualcosa che mi stupì. Quando gli chiesi se voleva salire da me a fare uno spuntino e bere un caffè, mi rispose: "Potrebbero spararmi, se scendessi da quest'automobile", o qualcosa del genere. Il senso era questo. Dopodiché aggiunse: "Lei è della OHIO-4-Zero".»

«Il che vuol dire che lui non lo era» disse la Rashad. «E vi trovavate davanti a casa tua?»

«Sì. Dunque scesi e vidi un'altra macchina a trenta metri, dietro di noi, sull'angolo. Doveva averci seguito. Non vi sono altre case in quel tratto di strada.»

«Una scorta armata.» Khalehla annuì. «Swann ti ha coperto fin dal primo momento, e ha fatto bene. Non aveva né il tempo né le risorse per controllare cosa avresti fatto fino a meno-uno.»

Evan era sbigottito. «Ti spiace spiegarmi questo?»

«Meno-uno è tutto il periodo fino al momento in cui incontrasti Swann. Un deputato ricco e arrabbiato noleggia un aereo fino a Flagstaff e qui fa un sacco di chiasso perché vuole un aereo per Washington. Non glielo danno. Lui allora raggiunge Phoenix, dove, naturalmente, insiste per imbarcarsi sul primo aereo in partenza, e paga con la carta di credito. A bordo dell'aereo si mette a telefonare a tutto spiano alla segretaria, che ha l'istinto di un gatto randagio, dicendole di trovargli un uomo che lui non conosce ma che esiste, al Dipartimento di Stato. La segretaria fa telefonate su telefonate – freneticamente, hai detto, se non sbaglio – a diverse persone, le quali si saranno certo chieste: perché mai? Ti procura una rosa di nomi, il che significa che ha interpellato un sacco di gente, per ottenere le informazioni desiderate, e anche tutti costoro si saranno chiesti: perché? Dopodiché tu ti presenti al Dipartimento di Stato chiedendo di parlare con Frank Swann. Esatto? Nello stato in cui eri, chiedesti di vederlo?»

«Sì. Quelli cominciarono a menare il can per l'aia. Mi dissero che non c'era. Ma la mia segretaria me lo aveva confermato. Alla fine, mi lasciarono passare.»

«Hai parlato con Swann e lui ha preso la decisione di inviarti a Masqat.»

«Ebbene?»

«La cerchia ristretta di cui mi hai parlato non era poi tanto ristretta, Evan. Tu facesti quello che chiunque avrebbe fatto, nelle stesse circostanze – sotto stress com'eri. Lasciasti un bel po' di impronte, durante quell'agitatissimo viaggio da Lava Falls a Washington. Facile, seguire a ritroso le tue tracce fino a Phoenix e Flagstaff: molte persone certo ricordavano il tuo nome e l'insistenza con cui chiedevi un apparecchio a noleggio, data soprattutto l'ora tarda. Dopodiché ti presenti al Dipartimento di Stato, dove alzi altra polvere, finché non ti consentono di andare da Swann. Risulti "entrato", ma non c'è traccia della tua "uscita", sul registro della portineria.»

«Ecco...»

«Lasciami finire» l'interruppe di nuovo Khalehla. «Capirai, voglio avere un quadro completo ed esatto. Dunque... tu e Swann parlate, vi mettete d'accordo, fate il vostro patto di anonimità e tu parti in tromba per Masqat. La prima tappa è casa tua, dove ti accompagna un autista che non dipende dalla OHIO-4-Zero, come non ne dipendono le guardie nell'atrio. L'autista aveva semplicemente avuto quell'incarico e le guardie facevano il loro mestiere. Non appartengono alla "cerchia ristretta", nessuno ha il loro nome sulle agende topsecret. Però sono esseri umani; vanno a casa e chiacchierano con la moglie, con gli amici, e magari raccontano che è successo qualcosa di diverso dal solito tran tran di tutti i giorni. Può anche darsi che rispondano senza badare a domande interessate, rivolte loro da persone che essi credono appartenere alla burocrazia statale.»

«E tutti sapevano, per un verso o per l'altro, chi io fossi.»

«Come pure lo sapevano tante altre persone sia a Phoenix sia a Flagstaff. Quest'uomo importante è stravolto, ha una fretta che se lo divora; questo pezzo grosso ha un problema. La vedi, la pista che ti sei lasciato alle spalle?»

«Sì, la vedo. Ma chi sarebbe andato a indagare?»

«Non lo so. E questo mi disturba oltre ogni dire.»

«Ti disturba? Figurati me! Chiunque sia stato, ha mandato in frantumi la mia vita. Chi può essere stato?»

«Qualcuno che ha trovato un varco: un'apertura che poi lo ha condotto a tutto il resto della pista, da un remoto accampamento a Lava Falls fino ai terroristi di Masqat. Qualcuno che ha trovato qualcosa che lo ha indotto a cercare ulteriormente. Forse all'origine ci sono le telefonate della tua segretaria, oppure il casino che hai fatto tu al Dipartimento di Stato, oppure qualcosa di pazzesco come la voce, colta al volo, di un americano che agì per conto suo in Oman – tutt'altro che pazzesco, in realtà. Ne hanno infatti parlato brevemente i giornali, poi tutto è stato messo a tacere. Ma qualcuno potrebbe aver cominciato a pensarci su. Dopodiché altre cose si sono aggiunte, ed eccoti qua.»

«Devo sapere chi è stato, Khalehla, devo scoprirlo.»

«Lo sappiamo già» disse lei sottovoce, con tono neutro, come se solo ora vedesse qualcosa che avrebbe dovuto vedere prima. «Un uomo biondo dall'accento europeo.»

«*Perché?*»

Khalehla lo guardò, con occhi pieni di commiserazione, ma anche di fredda analitica intelligenza. «La risposta a questa domanda dovrà essere il tuo assillo predominante, d'ora in poi, Evan, ma io ho un altro problema ed è per questo che sono spaventata.»

«Non capisco.»

«Chiunque sia quell'uomo biondo, chiunque egli rappresenti, sta di fatto che è penetrato nel *sancta sanctorum* dello Stato e ha frugato fra documenti segreti cui non avrebbe mai dovuto avere accesso. Sono annichilita, Evan, sono *pietrificata*, ma queste parole non sono abbastanza forti per esprimere quello che provo. Non solo a causa di quello che hanno fatto a te, ma anche per quello che è stato fatto a noi. Siamo stati compromessi. Se *loro* – chiunque siano – sono in grado di trovarti nei più profondi, nei più sicuri archivi di cui disponiamo, ebbene, essi sono in grado di apprendere un mucchio di altre cose che nessuno dovrebbe venire a sapere. Questo può causare vittime, nell'ambiente in cui io opero. Non è gradevole, la prospettiva.»

Kendrick studiò il volto tirato, avvenente di Khalehla e vide che aveva le lacrime agli occhi. «Dici sul serio, vero? Sei davvero spaventata.»

«Lo saresti anche tu se conoscessi le persone che ci aiutano, che si fidano di noi, che rischiano la vita per fornirci informazioni. Ogni giorno costoro si chiedono se qualcosa che hanno fatto, o non hanno fatto, potrebbe rovinarli. Molti di loro si sono suicidati perché non reggevano più alla tensione, altri sono impazziti e sono scomparsi nel deserto, preferendo morire in pace con il loro Allah, piuttosto che continuare. Ma per lo più tirano avanti poiché credono in noi, credono che siamo nel giusto e che vogliamo veramente la pace. Hanno a che fare con pazzi a mano armata, di continuo, e, per male che vadano le cose, è merito loro se non vanno peggio, se non si versa ancor più sangue per le strade. Sì, sono spaventata perché molte di queste persone sono amici miei. Solo all'idea che vengano traditi, come sei stato tradito tu, il sangue mi si gela, mi viene voglia di addentrarmi nel deserto e, lì, lasciarmi morire, come quelli che sono impazziti. Perché qualcuno, in quei sotterranei, fruga nei nostri più segreti archivi e ne mostra il contenuto a estranei. Tutto quello che occorreva, nel tuo caso, era un nome – il tuo nome – e adesso c'è gente in preda alla paura, a Masqat, nel Bahrain. Quanti altri nomi potranno essere rivelati? Quanti altri segreti svelati?»

Evan si sporse in avanti le pose una mano sulla sua, e la strinse. «Se ne sei convinta, perché non mi aiuti?»

«Aiutarti?»

«Devo sapere chi mi fa questo, e tu devi sapere chi c'è sotto. I nostri obiettivi coincidono, no? Io tengo Dennison in una morsa dalla quale non può liberarsi: posso, quindi, chiedergli di emettere una disposizione, dalla Casa Bianca, per farti restare qui, a indagare. Anzi, ne sarà lieto: quella fuga di notizie lo ossessiona.»

Khalehla si accigliò. «Non mi pare un'idea che funzioni. Inoltre, sarei fuori del mio elemento. Qui mi trovo bene ma, fuori del mio elemento *arabo*, non sono di primo rango.»

«In primo luogo» ribatté Kendrick con fermezza «io ti considero di primissimo rango perché mi hai salvato la vita e considero la mia vita relativamente importante. Inoltre, come ho già detto, tu hai esperienza in campi a me ignoti. *Procedure*. "Vie recondite di riferimento" – ne ho sentito parlare come membro della Commissione Ristretta per i Servizi Segreti, ma non ho la più vaga idea di che cosa significhi. Ti prego. Nel Bahrain dicesti di volermi aiutare. Aiutami adesso. Aiuta te stessa.»

Adrienne Rashad, con gli occhi neri fissi, freddamente, nei suoi: «Accetto di aiutarti. Ma può darsi che tu debba fare, all'occorrenza, come ti dirò io. Sei disposto a obbedirmi?».

«Non mi sorride l'idea di buttarmi da un grattacielo o sotto il treno...»

«Ma dài! Potrei ordinarti, per esempio, di dire certe cose a certe persone. Potrà anche darsi che non sia in grado di fornirti spiegazioni. Te la senti di accettare questo?»

«Sì. Perché mi fido di te.»

«Grazie.» Gli strinse la mano. «Dovrò mettere qualcuno al corrente di tutta la faccenda.»

«Perché?»

«Innanzitutto, perché è necessario. Avrò bisogno di un trasferimento temporaneo e questa persona può procurarmelo senza fornire alcuna spiegazione; lascia perdere la Casa Bianca, è troppo pericolosa, troppo instabile. In secondo luogo, costui potrebbe essere utile in settori che non sono alla mia portata.»

«Chi è?»

«Mitchell Payton. Alla CIA dirige la sezione Progetti Speciali. È un eufemismo che vuol dire: "Non chiedere niente".»

«Puoi fidarti di lui? Voglio dire, totalmente, senza ombra di dubbio?»

«Senza ombra di dubbio. È stato lui a farmi entrare nella CIA.»

«Non è esattamente una buona ragione.»

«Il fatto che lo chiamo "zio Mitch" da quando avevo sei anni, però, lo è. Era, allora, un giovane funzionario dei Servizi Segreti sotto le mentite spoglie di insegnante universitario. Divenne amico dei miei genitori. Mio padre era professore. Mia madre, californiana. Come Mitch.»

«Ti farà avere un trasferimento?»

«Sì, certo.»

«Ne sei proprio sicura?»

«Sì.»

Capitolo venticinquesimo

Mitchell Jarvis Payton portava benissimo i suoi 63 anni, senza un filo di adipe. Era stato docente universitario, finché la CIA non lo aveva reclutato, 34 anni prima, poiché corrispondeva a una certa descrizione che qualcuno aveva fornito all'ufficio assunzioni, a quell'epoca. Quel qualcuno era poi scomparso, per dedicarsi a chissà quali nuovi programmi, e nessun altro sapeva che farne, di Payton: si sapeva che aveva i requisiti necessari, ma non si sapeva per quale mansione. Quando alla CIA si accorsero che non c'era alcun posto vacante per lui, era ormai troppo tardi: era stato già reclutato in California e spedito al quartier generale della CIA a Langley, in Virginia, dove lo avrebbero indottrinato. La situazione era imbarazzante, poiché Payton – in un impeto di fervore patriottico – aveva rassegnato le dimissioni dal corpo accademico. Fu un inizio tutt'altro che felice per un uomo che, invece, avrebbe fatto una brillante carriera.

Fino ad allora, ventinovenne, MJ – come lo chiamavano abitualmente – era stato professore associato nella stessa università dove si era laureato, in filologia araba. Una bella mattina erano andati a trovarlo due funzionari governativi i quali lo avevano convinto che il Paese aveva bisogno del suo talento. Di cosa precisamente si trattasse non potevano, ovviamente, rivelarglielo, ma, date certe premesse, pensavano che si potesse trattare di un incarico di estrema fiducia all'estero, nel campo in cui era esperto. Il giovane scapolo aveva colto l'occasione al volo. Di fronte ai dirigenti della CIA di Langley, che non sapevano che fare di lui, Payton stesso suggerì che lo mandassero in Egitto. E così lo spedirono al Cairo, dicendo: «Non ne abbiamo mai abbastanza, là, di osservatori che conoscono quella dannata lingua». All'Università, Payton aveva anche seguito un corso di letteratura americana. Fu per questo motivo che la CIA lo piazzò all'Università del Cairo, come insegnante di letteratura americana.

Là aveva conosciuto i Rashad, una simpatica coppia, ed essi divennero parte importante della sua vita. Alla prima riunione del

Consiglio di Facoltà, Payton aveva incontrato il celebre professor Rashad, si erano messi a parlare del più e del meno, e MJ aveva appreso che Rashad aveva studiato in California e che si era sposato con un'americana, sua compagna di classe. Ne nacque una profonda amicizia. Nel frattempo cresceva la reputazione di Payton in seno alla CIA. Grazie a qualità che neppure lui sapeva di possedere, e che anzi a volte lo spaventavano (per esempio scoprì di essere un convincente bugiardo), Payton si mise in luce, nell'oscuro ambiente dei Servizi Segreti. Erano tempi politicamente difficili, scoppiavano tumulti, cambiavano le alleanze, gli americani rischiavano di venire spiazzati. Payton, grazie alla sua padronanza della lingua araba e alla sua convinzione che la gente può venire conquistata con la simpatia oltre che con il denaro, fece di tutto per accattivarsi vari gruppi, militanti in seno a opposte fazioni, dato che si tradivano a vicenda. In cambio, forniva fondi per la causa degli uni e per quella degli altri: piccole spese, per la CIA allora sacrosanta, ma grossi introiti per quegli estremisti sempre a corto di denaro. Grazie all'opera svolta da Payton al Cairo, gli Stati Uniti riuscirono a togliersi da diversi impicci. C'è una logica perversa che prevale in tanti ambienti burocratici, per cui, se uno svolge un buon lavoro in periferia – senza tener conto dei fattori specifici che determinano questa riuscita in un determinato luogo – lo si trasferisce alla sede centrale, per vedere cosa riuscirà a fare. In nome di questa logica (che di solito è fallimentare, ma che eccezionalmente funzionò bene nel suo caso) Payton fu trasferito a Langley. Qui succedette a James Jesus Angleton, la "Volpe grigia" delle operazioni clandestine, come direttore della sezione Progetti Speciali. Payton non aveva mai dimenticato una frase che gli aveva detto, al Cairo, l'amico Rashad.

«Non ce l'avresti mai fatta, caro MJ, se fossi stato sposato. Tu hai sicurezza in te stesso come chi non è mai stato manipolato.»

Forse.

Tuttavia, in seguito, era stato messo a dura prova sul piano delle arti femminili, quando gli era piombata a Washington la figlia di Rashad. Non l'aveva mai vista così cocciuta. Le era successa una "cosa terribile" a Cambridge (Massachusetts) e aveva deciso di dedicare la sua vita – o almeno parte della sua vita – a combattere contro l'odio e la violenza che laceravano il Medio Oriente. Non disse allo "zio Mitch" quale "cosa terribile" le fosse successa – non occorreva dirglielo – ma non era disposta ad accettare un "no" per risposta. Era qualificata; parlava inglese e francese, oltre che arabo; stava studiando yiddish ed ebraico. Payton le suggerì, allora, di arruolarsi nell'Armata della Pace. Adrienne scagliò in terra la borsetta, davanti alla sua scrivania.

E gli disse con foga: «No! Non sono una ragazzina, zio Mitch, e non ho quel genere di impulsi benevoli. A me sta a cuore solo la terra da cui provengo, il Paese dove sono nata, e gli altri Paesi di quella regione. Se tu non vuoi utilizzarmi, troverò altri disposti a servirsi di me».

«Potrebbero essere le persone meno indicate, Adrienne.»

«Allora fermami. Ingaggiami tu!»

«Devo prima parlare con i tuoi genitori.»

«Macché! Papà è andato in pensione. Si sono ritirati dal mondo, tutti e due. Adesso vivono nel nord dell'Egitto. Non faresti che preoccuparli. E la loro angoscia finirebbe per crearmi dei problemi. Trovami un lavoro da traduttrice, oppure da consulente per le ditte d'esportazione... Puoi farlo, sicuramente! Buon dio, zio Mitch, tu facevi l'insegnante universitario, per copertura, e noi non abbiamo detto mai niente!»

«Non sapevi, mia cara...»

«Altroché, se sapevo! Quei bisbigli, in casa nostra, quando un *amico* dello zio Mitch veniva in visita. Mi obbligavano a restare chiusa in camera mia. E poi una sera vennero tre uomini, con pistole alla cintura, che io non avevo mai visto...»

«Erano casi d'emergenza, quelli. Tuo padre capiva.»

«Allora tu devi capirmi adesso, zio Mitch. Devo prendere questa strada!»

«D'accordo» acconsentì Payton. «Ma tu devi capire me, signorina. Frequenterai un corso accelerato a Fairfax, in Virginia, in una località che non figura sulle carte geografiche. Se fallisci, non potrò aiutarti.»

«Ci sto» disse Adrienne Khalehla Rashad sorridendo. «Vuoi scommettere?»

«Con te non scommetto. Vieni, andiamo a pranzo. Non bevi, tu, vero?»

«No.»

«Io sì. E berrò alla tua riuscita. Ma non scommetterò con te.»

E fece bene a non scommettere. Adrienne portò a termine il durissimo corso di dieci settimane a Fairfax superando tutti i compagni di classe. Lei, una donna, risultò più brava di 26 uomini – alla faccia del femminismo. D'altronde, aveva un motivo che altri non avevano: era per metà araba.

Questo era successo più di nove anni prima. Ma adesso – quel pomeriggio di venerdì, quasi dieci anni dopo – Mitchell Jarvis Payton rimase di stucco. L'agente segreto Adrienne Rashad, di servizio nel Mediterraneo Orientale, con sede al Cairo, gli aveva telefonato da un albergo di Washington, da un telefono a gettone! Che ci faceva, lì, in nome del cielo? Chi le aveva dato il permesso di lasciare la sede? Tutti gli agenti facenti capo alla Progetti Speciali, e in particolare l'agente Rashad, dovevano ricevere ordini solo da lui o, comunque, tramite lui. Era incredibile! Inoltre, il fatto che, non volendo venire a Langley, gli aveva dato appuntamento in una trattoria di Arlington non calmava certo i nervi di Payton. Specialmente da quando gli aveva detto: «Non devo assolutamente incontrare qualcuno che mi conosca, zio Mitch». Il tono era sinistro, per di più erano anni che non lo chiamava più "zio Mitch", dai tempi dell'università. Chiaramente, Adrienne era molto turbata.

Milos Varak scese dall'aereo a Durango, nel Colorado, e si recò subito a noleggiare un'automobile, all'aeroporto stesso. Esibì una patente falsa e una carta di credito ugualmente falsa, firmò il documento di noleggio e ricevette le chiavi della macchina assegnatagli. Nella valigetta aveva una mappa dettagliata del Colorado sud-occidentale, in cui erano illustrati tutti i luoghi turisticamente notevoli, elencati alberghi, motel e ristoranti, la maggior parte dei quali si trovavano nei centri principali della zona, come Cortez, Hesperus, Marvel e Durango. Sulla mappa figurava anche Mesa Verde, ma l'appellativo di "città" non le si addiceva. V'erano solo un emporio, un barbiere, un piccolo aeroporto privato e un caffè denominato Gi-Gi, dalle iniziali del proprietario. Era un posto di passaggio, nessuno vi abitava, a Mesa Verde. Esisteva solo per la convenienza degli agricoltori, dei braccianti e di quegli inveterati viaggiatori che, invariabilmente, si smarriscono quando percorrono le strade panoramiche dal Nuovo Messico all'Arizona. Che ci fosse un aeroporto era un'anomalia: ma era stato fatto costruire dai grandi proprietari terrieri del circondario, che non volevano rinunciare a quella comodità. Raramente costoro si facevano vedere "al centro", cioè all'emporio, dal barbiere o da Gi-Gi. Quello che occorreva loro, se lo facevano mandare per via aerea da Denver, Las Vegas o Los Angeles. A questo serviva, anche, l'aeroporto. Unica eccezione era Evan Kendrick, il quale aveva – sorprendentemente – preso parte come candidato alle ultime elezioni parlamentari. Aveva commesso l'errore di credere che Mesa Verde potesse procacciargli dei voti. Ma lì erano tutti messicani e, casomai, avrebbero votato a sud del Rio Grande.

Varak, invece, voleva proprio vederla la "città" di Mesa Verde, che gli abitanti del circondario chiamavano semplicemente Verde. Voleva vedere come vestivano gli uomini del posto, come camminavano, come li aveva ridotti la dura fatica dei campi. Per 24 o al massimo 48 ore doveva soffermarsi lì. Aveva una mansione da svolgere, che per un certo verso lo rattristava moltissimo. Ma era un compito che doveva svolgere. Se c'era un traditore, alla Inver Brass, lui doveva scoprirlo.

Dopo un'ora e 35 minuti di macchina, giunse al caffè Gi-Gi.

Non poteva entrare lì come era vestito, quindi, parcheggiata l'auto, andò all'emporio di fronte.

«Non l'avevo mai vista prima d'ora» disse l'anziano proprietario squadrandolo da capo a piedi, bonariamente. «Fa sempre piacere vedere facce nuove. Sta andando nel Nuovo Messico? Le indicherò io la strada giusta, non occorre che compri niente. Tanti entrano qui ma si vergognano di chiedere solo un'informazione stradale, e allora comprano qualcosa. Io dico sempre: non occorre, non occorre...»

«Lei è molto gentile, signore» disse Milos Varak «ma io devo veramente comprare qualcosa. Non sono soldi miei, ma del mio datore di lavoro. Del riso, ecco cosa mi serve. Si sono dimenticati di mandarcene, da Denver.»

«Ah, lei lavora per uno dei grossi proprietari terrieri dei dintorni, allora. Riso? Benissimo. Quanto ne vuole. Per contanti, vendiamo solo per contanti.»

«Non si preoccupi, signore.»

«Ehi! Lei è straniero, non è vero?»

«Scandinavo» mentì Varak. «Il mio lavoro è temporaneo. Sostituisco un autista malato.» Prese tre sacchetti di riso e li portò presso il bancone. Il proprietario andò alla cassa.

«Per chi lavora?»

«Per Kendrick, ma lui non mi conosce...»

«Ehi! Le pare niente, questo giovane Evan Kendrick? L'eroe di Oman, nientemeno! Ha ragione il Presidente, possiamo camminare a testa alta, grazie a lui. È venuto qui da me un paio di volte. Tre o quattro, forse. L'uomo più simpatico del mondo. Veramente alla mano... Mi spiego?»

«Non l'ho mai incontrato, purtroppo.»

«Sì, ma se lavora per lui, conoscerà certo Weingrass. Un gran bel tipo, non è vero? Gliel'assicuro io, quel vecchio ebreo è proprio un mattacchione.»

«Sì, irresistibile.»

«Sei dollari e 31, figliolo. Se non ha il centesimo spiccio, non fa niente.»

«Ce l'ho, ce l'ho...» Varak mise una mano in tasca. «Viene spesso qui Mr... Weingrass?»

«Un paio di volte al mese. In macchina viene, con una di quelle infermiere. Non appena però quella si gira, lui scappa da Gi-Gi. Un gran bel tipo. Ecco il resto, figliolo.»

«Grazie.» Milos Varak prese i sacchetti di riso e si diresse verso la porta.

Il proprietario disse: «Vuole sapere una cosa?» Varak si fermò, si volse. «Mi sa che quelle infermiere non lo sorvegliano a dovere.

Tant'è vero che Kendrick lo fa tenere d'occhio da altri. Ma lei lo saprà, questo.»

«Sì, certo» disse Varak sorridendo al loquace bottegaio. «Ma lei come l'ha scoperto?»

«Ieri» rispose il vecchio. «Approfittando della confusione, su alla casa, Manny Weingrass si è fatto portare da Gi-Gi, in taxi. L'ho visto. Allora sono uscito sulla porta e gli ho fatto le mie congratulazioni, per la grande notizia. E lui da lontano mi ha risposto qualcosa, che non ho capito bene. È stato allora che ho visto arrivare una macchina, a passo d'uomo. Dentro, un tale che parlava al telefono. Sa, una di quelle auto con il radiotelefono. Ha parcheggiato davanti a Gi-Gi ed è rimasto in macchina, a guardare la porta del caffè. Poi ha parlato di nuovo al telefono. Dopodiché è sceso dall'auto ed è entrato da Gi-Gi. Non c'era nessun altro, in quel momento. Quindi ho arguito che tenesse d'occhio Manny Weingrass.»

«Gli dirò di stare più attento» disse Varak sempre sorridendo. «Però, per essere sicuro che parliamo della stessa persona, che aspetto aveva quell'uomo?»

«Oh, un tipo di città, senz'altro. Scarpe di vernice e capelli impomatati.»

«Bruno di capelli?»

«No, sul rossiccio.»

«Ah, già!» disse Varak in tono convincente. «Più o meno la mia stessa taglia.»

«No, direi un tantino più alto. Forse anche più di un tantino.»

«Sì, certo» convenne Varak. «Spesso ci vediamo più alti di quello che siamo. È alquanto smilzo, costui. O forse è per via dell'altezza...»

«Smilzo, sì, proprio» disse il bottegaio. «Non tanto in carne. Non come lei, nossignore.»

«Allora, guidava la nostra Lincoln verde.»

«Una macchina blu, m'è parso; più sul blu che sul verde. Molto grossa. Ma quanto alle marche, non le distinguo l'una dall'altra. Mi sembrano tutte uguali, come tristi bagarozzi.»

«Be', grazie, signore. Dirò a quelli della squadra di essere un po' più discreti, di farsi notare meno. Non vorremmo che Manny si sconvolgesse, a sapersi sorvegliato.»

«Stia tranquillo, io non vado certo a raccontarglielo. Se il giovane Kendrick ritiene che sia il caso di farlo sorvegliare, per me va bene così. Ah, il vecchio Manny è proprio un mattacchione. Gi-Gi gli annacqua il whisky, sa? Quando può farla franca.»

«Grazie, di nuovo. Informerò Mr. Kendrick della sua splendida collaborazione.»

«Credevo che non lo conoscesse.»

«Ma lo incontrerò, prima o poi. Arrivederla.»

Milos Varak tornò in macchina, avviò il motore, partì, lasciandosi alle spalle l'emporio e il caffè Gi-Gi. *Un uomo alto e smilzo, dai capelli rossicci impomatati, che guida un'auto blu di grossa cilindrata.* La caccia era cominciata.

«Non ci credo, ecco!» disse Mitchell Jarvis Payton.

«Devi crederci, MJ» disse Adrienne Rashad. Si trovavano a un tavolo appartato della trattoria italiana di Arlington. «Che cosa sapevi, in effetti, di Oman?»

«Fu un'operazione della OHIO-4-Zero; i collegamenti fra la CIA e il Dipartimento di Stato li teneva Lester Crawford; a me, chiese una lista dei nostri agenti migliori, che avessero il maggior numero di "contatti" in tutto lo scacchiere. Questo è tutto quello che sapevo, allora. Ci saranno altri agenti più qualificati di te, ma nessuno con più "contatti".»

«Ne hai dedotto, certamente, che l'operazione aveva a che fare con gli ostaggi.»

«Certo. Lo capirono tutti, questo. A dire la verità, ero perplesso. La tua amicizia con Ahmat e sua moglie non era un segreto per me e dovevo immaginare che anche altri ne fossero al corrente. Insomma, in un primo momento, non volevo fare il tuo nome a Lester Crawford. Però mi resi conto che era inevitabile. Eri la persona più indicata. Inoltre mi resi conto che, se ti avessi esclusa per ragioni personali, e se tu in seguito fossi venuta a saperlo, avresti chiesto la mia testa.»

«Senz'altro.»

«Ti confesso un peccato veniale, però» disse Payton con un mesto sorriso. «Quando tutto finì, andai da Crawford a chiedergli di te: come te l'eri cavata? Lui mi guardò con quegli occhi di pesce e mi disse che eri rientrata al Cairo sana e salva. Era chiaro che gli seccava persino quella piccola indiscrezione da parte mia. E adesso vieni a dirmi che a spifferare tutto sarebbe stato uno dei *nostri*! I dossier della OHIO-4-Zero restano sigillati per anni, per decenni. Ce ne sono che risalgono alla Grande Guerra e che non saranno riaperti fino alla metà del prossimo secolo, semmai lo saranno.»

«Chi custodisce questi dossier, chi controlla questi archivi?»

«Vengono sepolti nell'oblio: immagazzinati in depositi dislocati in varie parti del Paese e controllati da custodi governativi con guardie armate e sistemi di allarme, così tecnicamente avanzati che avvertono, simultaneamente, noi della CIA, quelli del Dipartimento di Stato nonché il Ministero della Difesa e la Casa Bianca. Naturalmente, da una ventina d'anni a questa parte, grazie alla proliferazione di computer, la maggior parte dei dossier sono immagazzinati in banche di dati aventi codici di accesso che devono essere coordinati fra almeno tre diversi Servizi Segreti e la Sala Ovale. I documenti originali considerati di vitale importanza vengono sigillati e, come ti dicevo, sepolti nell'oblio.» Payton si strinse nelle spalle, volgendo in su le palme. «Tutto è a prova di ladri. A prova di bomba.»

«Invece è ovvio che non è così» disse la Rashad.

«È così, ti dico, una volta che i dossier hanno raggiunto il livello di massima sicurezza» ribatté Payton. «Quindi, credo sia meglio che tu mi racconti tutto quello che sai, tutto quello che Kendrick ti ha detto. Poiché, se quello che dici è vero, c'è un bastardo, da qualche parte, nella fase intermedia fra la decisione di massima segretezza e l'effettiva immissione dei segreti nella banca di dati.»

Adagiandosi contro lo schienale, Adrienne Khalehla Rashad cominciò a riferire ogni cosa. Non tralasciò niente, neppure l'interludio sessuale del Bahrain. «Non posso dire che mi dispiace, né professionalmente né personalmente, MJ. Eravamo entrambi esausti e spaventati. Inoltre, francamente, è un gran brav'uomo. Un tipo in gamba. Ne ho avuto la conferma stamattina, in quella "casa sterile" del Maryland.»

«La conferma... a letto?»

«Buon dio, no. Nel corso di un lungo colloquio. Mi ha detto quali sono le sue aspirazioni. Perché ha fatto quel che ha fatto. Perché è entrato in politica, eccetera. Adesso, come ti ho detto, vuole uscirne. È rimasto scottato, ma la sua indignazione è davvero genuina.»

«Mi pare di cogliere nella mia "nipotina" certi sentimenti che mi auguravo da tanto, tantissimo tempo.»

«Oh, sì, ci sono. Sarei un'ipocrita se lo negassi. Ma non credo che siano sentimenti duraturi. In un certo senso, siamo uguali. Credo che ci stia più a cuore, ad entrambi, quello che dobbiamo fare, come singoli individui, che non quello di cui l'altra persona ha bisogno. Tuttavia mi piace. Sì, mi piace veramente. Mi fa ridere. Non soltanto di lui, ma insieme a lui.»

«Ciò è tremendamente importante» osservò Payton, malinconicamente, e il suo sorriso si fece più triste di prima. «Io non ho mai trovato una donna che mi facesse genuinamente ridere... insieme a lei. Naturalmente, si tratta di un mio difetto di fabbricazione. Sono troppo esigente, purtroppo.»

«Non hai nessun difetto, tu» disse la Rashad. «Sei il mio zio Mitch e non voglio sentir parlare di magagne.»

«Tuo padre faceva sempre ridere tua madre. Li invidiavo, a volte, nonostante i problemi che avevano. Lui la faceva ridere, altroché!»

«Era un meccanismo di difesa. La mamma era convinta che a

lui bastasse dire tre volte "ti ripudio", alla maniera musulmana, e sarebbe stato il divorzio.»

«Sciocchezze. Lui l'adorava.» Quindi Payton tornò sull'argomento che gli stava a cuore. «In primo luogo, perché Kendrick ha insistito tanto sull'anonimato? Me l'hai già detto, lo so, ma rinfrescami la memoria.»

«Mi sembri sospettoso, ma non dovresti esserlo. La spiegazione è perfettamente logica. Lui intendeva tornare nel mondo arabo e riprendere il suo lavoro di appaltatore interrotto cinque... sei anni fa. Non sarebbe potuto tornare, col fardello dell'Oman sul groppone. Non può tornarci *adesso* perché tutti, là, vogliono la sua testa: dai fanatici palestinesi fino ad Ahmat e a tutti quelli che l'aiutarono e che adesso hanno paura di venire esposti. Quello che gli è successo in questi ultimi due giorni dimostra che aveva ragione. Vuole tornare ma non può. Nessuno glielo consentirà.»

Di nuovo Payton si accigliò: la tristezza era scomparsa, e al suo posto c'era una curiosità che sconfinava nel dubbio. «Sì, questo lo capisco, mia cara, ma tu non hai altro che la sua parola. Lo dice lui che voleva... che vuole tornare fra gli arabi.»

«Io gli credo.»

«Può darsi che ci creda lui stesso» ipotizzò il direttore della Progetti Speciali. «Ma può anche darsi che ci abbia ripensato...»

«Cosa intendi dire?»

«Ragioniamo. Uno che vuole dileguarsi da Wahington – scomparire sul serio e non aprire uno studio legale o una ditta di pubbliche relazioni, una volta lasciata la politica – non ingaggia, di solito, battaglia coi pesi massimi del Pentagono, nel corso di udienze trasmesse per televisione, né partecipa a un programma televisivo domenicale che ha il più alto indice d'ascolto, né tiene una conferenza stampa provocatoria che gli procura ulteriore celebrità. E neppure continua a fare la bestia nera di una Sottocommissione sui Servizi Segreti, facendo domande che magari non faranno circolare il suo nome tra il vasto pubblico ma, certo, lo fanno circolare in certi ambienti della capitale. Insomma, nel loro insieme, queste attività non sono il contrassegno di uno che vuole lasciare l'arena politica e rinunciare alle soddisfazioni che essa offre. C'è una certa incoerenza, non trovi?»

Adrienne annuì. «Gli ho chiesto ragione di questo. A tutta prima, lo accusai persino di pretendere, da me, un altro attestato di benemerenza, per i fatti cui ero stata testimone in Oman, e di essere insomma in preda a una forte ambizione politica. Lui andò su tutte le furie, negò di essere spinto da motivi di questo genere, insisté a dire, con veemenza, che voleva soltanto andarsene da Washington, lasciare la politica.»

«Questo non potrebbe essere frutto di un ripensamento?» congetturò Payton. «Non sarebbe tanto illogico. Ragioniamo. Un uomo di successo – e questo Kendrick è senz'altro un individualista – viene contagiato dal "virus del Potomac", vale a dire dalla febbre del potere... e allora dice a se stesso: perché non tentare la scalata alla vetta più alta? Detto e fatto, gioca tutte le carte che ha: compresa l'impresa dell'Oman. Poi, improvvisamente si risveglia e, passata la sbornia, si chiede: mio Dio! Che cosa ho fatto? Si pente di aver diffuso ad arte la notizia. Si rende conto che la politica non fa per lui. E così fa marcia indietro. Hmm... Non sarebbe la prima volta, sai. Abbiamo perso molte brave persone, qui a Washington, per questo stesso motivo: non si sentivano *di casa* qui. In genere, quelli che rinunciano, sono persone ferocemente indipendenti, le quali hanno cieca fiducia nel proprio giudizio – fiducia nata di solito dal loro successo in altri campi. A meno che non abbiano una smodata sete di potere e non siano trascinati da folle ambizione, da un enorme ego – ma il tuo istinto esclude questo, nei riguardi di Kendrick, e io mi fido dei tuoi istinti – queste persone, dicevo, non sopportano compromessi, rinvii, lungaggini, mediazioni e via discorrendo... tutto ciò che è , insomma, il pane quotidiano del nostro sistema politico. Potrebbe, Kendrick, essere un tipo del genere?»

«A occhio e croce, direi di sì. Hai fatto il suo ritratto. Ma, ripeto, si tratta solo del mio istinto.»

«Quindi, è possibile che il tuo giovane affascinante amico...»

«Oh, dài, MJ!» interruppe Adrienne. «È così *antidiluviano*!»

«Sostituirò allora "amico" con un termine che, però, mi rifiuto di usare con la mia nipotina.»

«Accetto la tua cortesia.»

«Correttezza, diciamo. Ma, insomma, può darsi benissimo che Kendrick, svegliandosi, abbia detto fra sé: ho commesso un errore, a far di me stesso un eroe, e adesso debbo rimediare. Non è possibile, questo?»

«Lo sarebbe, se Kendrick fosse un bugiardo. Ma non credo che lo sia.»

«Tuttavia vedi l'incoerenza del suo comportamento, no? Agisce in un modo, ma dice di essere l'inverso.»

«Protesta troppo, secondo te. Secondo me invece non mente, né a se stesso né a me.»

«Devo fare tutte le congetture, prima di mettermi alla ricerca di un bastardo che – se tu sei nel vero – è stato avvicinato da un altro bastardo, un europeo dai capelli biondi. Hmm... Te l'ha detto, Kendrick, perché mai attaccò pubblicamente il Pentagono, alla Tv? E perché poi mosse delle critiche, anch'esse largamente pubblicizzate, ai nostri Servizi Segreti?»

«Perché ebbe l'occasione di dire certe cose ed era convinto che andassero dette.»

«Tutta qua, la sua spiegazione?»

«Sì.»

«Ma aveva pur ambìto a raggiungerle, quelle posizioni che gli avrebbero consentito di dire la sua, no? Perdio! Prima la Commissione Partridge, poi la Sottocommissione Ristretta sui Servizi Segreti. Ti sembra poco? Sono poltrone ambitissime, queste. A ognuna di quelle poltrone concorrono centinaia di rappresentanti e senatori, che venderebbero la moglie, pur di ottenerla. Non sono certo cariche che ti piovono addosso così, senza che tu abbia mosso un dito. Bisogna darsi da fare, bisogna lottare. Come spiega la cosa, lui?»

«Non sa spiegarsela. Le cariche gli sono cadute addosso, ecco tutto. Anziché battersi per ottenerle, lui ha fatto di tutto per scansarle.»

«Cosa? Cosa?» domandò Payton stupefatto.

«Mi ha detto che, se non ci credevo, potevo chiedere al suo assistente, Phil Tobias, che dovette sudare sette camicie per indurlo ad accettare di far parte della Commissione Partridge; e potevo chiedere anche allo Speaker della Camera, quella vecchia volpe irlandese, se volevo sapere come aveva reagito Kendrick alla proposta. Fatto sta che lui non voleva né l'una né l'altra carica. Ma gli spiegarono che, se non le avesse accettate, non avrebbe avuto poi voce in capitolo nella scelta del suo successore, nella Nona Circoscrizione elettorale del Colorado. Questo gli sta molto a cuore. È il motivo per cui si presentò alle elezioni. Per spazzare via certi politici corrotti. Non vuole, quindi, che altri corrotti gli subentrino.»

Lentamente Payton si adagiò contro lo schienale, portando una mano al mento e socchiudendo gli occhi. Nel corso degli anni Adrienne Rashad aveva imparato a capire quand'era il momento di tacere, per non interrompere le riflessioni del suo mentore. Quindi ora taceva. Si aspettava diverse obiezioni, quindi restò sorpresa quando sentì, invece, Payton dire: «La cosa è diversa, mia cara. Se ben ricordo, hai detto a Kendrick che, secondo te, qualcuno lo aveva "esumato" perché era convinto che meritasse fama e onori per tutto quello che aveva fatto in Oman. Temo che la faccenda sia molto più grave. Kendrick viene "programmato" come un computer».

«Buon dio! E perché mai?»

«Non lo so. Ma bisogna scoprirlo. Con molta cautela, senza fare chiasso. Abbiamo a che fare con qualcosa di veramente straordinario.»

Varak vide la grossa automobile blu: stava parcheggiata sul ciglio della strada che attraversava un bosco, a tre o quattrocento metri di distanza dalla casa di Kendrick. Era vuota. Varak era passato davanti all'ingresso della villa, che alcuni ostinati cronisti cingevano ancora d'assedio; e stava dirigendosi verso Cortez, dove intendeva pernottare. Quando vide però quella macchina blu, cambiò idea.

Proseguì fino alla curva successiva, quindi entrò nel sottobosco, dove nascose la macchina. Aveva accanto a sé una valigetta. L'aprì. Ne estrasse alcuni "attrezzi" che si infilò nelle tasche. Scese dall'auto, chiuse lo sportello senza fare rumore, quindi tornò accanto alla berlina blu. Le girò intorno, per vedere di che sistemi di allarme fosse munita.

Ne scoprì almeno tre. E ciò lo convinse di una cosa: quell'auto conteneva segreti assai più preziosi che non abiti o gioielli o persino documenti riservati. Notando alcuni forellini sul telaio degli sportelli, si rese conto che la macchina era anche dotata di un dispositivo di difesa molto particolare. Da quei fori sprizzava, infatti, verso l'esterno della vettura, un gas non mortale che avrebbe tramortito gli aggressori per un certo periodo di tempo. Inizialmente il sistema era stato concepito per le auto di diplomatici di stanza in Paesi turbolenti, dove era importante non solo salvare delle vite, ma, quasi altrettanto, poter interrogare dei falliti attentatori. Quel sistema di difesa poteva venire attivato dall'autista, durante un assalto, oppure mediante un congegno d'allarme, quando l'auto era vuota. Adesso, quel dispositivo veniva acquistato e fatto installare dai ricchi di tutto il mondo, e si diceva che i fabbricanti non riuscivano a produrne abbastanza, tante erano le richieste.

Varak, dopo essersi guardato intorno, si sdraiò in terra e strisciò sotto la vettura. Si mise alacremente al lavoro, sulla marmitta. Novanta secondi dopo, uscì fuori, si rialzò e corse a nascondersi nel bosco. La caccia era cominciata, adesso cominciava l'attesa.

Quarantun minuti dopo vide, dal suo nascondiglio, un uomo alto e smilzo avvicinarsi, lungo la strada. Indossava un completo scuro, con gilè, sotto il cappotto sbottonato. Aveva i capelli ben ravviati, più rossicci che bruni. I suoi superiori – pensò Varak – avrebbero dovuto dargli migliori consigli, in fatto di cosmesi. Non va in giro, un agente segreto, con i capelli rossi. È una follia, pura e semplice. L'uomo aprì, con la chiave, lo sportello di destra, poi, girando intorno al cofano, quello di sinistra, dalla parte del guidatore. Ma prima di aprire armeggiò con un terzo dispositivo. Finalmente salì a bordo e mise in moto.

Il potente motore tossì ripetutamente, poi si udì un forte crepitìo sotto lo chassis, una fuoruscita di gas fu seguita da schianti metallici. L'ammortizzatore e la marmitta erano scoppiati, e simultaneamente c'era stata diffusione di vapore tutt'intorno all'automobile. Varak, con il viso coperto da un fazzoletto, aspettava acquattato tra le frasche. Lentamente si alzò in piedi, quando la nube si fu diradata.

L'autista, mascherina chirurgica sul viso e pistola in mano, si rigirava ripetutamente sul sedile, guardando in ogni direzione, aspettando un assalto. Non venne nessuno, e la sua confusione era evidente. Prese il telefono. Ma esitò. Varak capì perché: se si trattava di un semplice guasto meccanico, sarebbe stato severamente criticato dai suoi superiori, lontani di lì trenta o trecento o tremila miglia, per aver dato un falso allarme. Allora depose il telefono e ingranò la marcia. Il motore si mise a fare un rumore infernale. Lo spense subito.

Non si richiama così l'attenzione su una vettura del genere, in nessun posto, mai; si scelgono altre soluzioni: per esempio raggiungere un'officina e farsi rimorchiare, per portare la macchina a riparare.

Quindi un'altra attesa cominciò. Durò quasi venti minuti. Nonostante i capelli rossi, l'uomo era un professionista. Evidentemente persuaso che non era in arrivo alcun assalto, scese cautamente dall'auto e vi girò intorno. Pistola in una mano, torcia nell'altra, continuava a guardare in tutte le direzioni. Varak rimase acquattato tra i cespugli. L'uomo dai capelli rossi si chinò e diresse il raggio della torcia sotto lo chassis. Milos sapeva di avere pochi secondi a disposizione, prima che l'uomo scoprisse l'ordigno inserito nel tubo di scappamento o si accorgesse che la marmitta era stata manomessa. E fece rumore con le frasche, a meno di tre metri dall'uomo chinato a guardare sotto la macchina.

«*Cristo!*» esclamò lo smilzo, facendo un balzo all'indietro, girandosi prima a destra, poi a sinistra, la pistola puntata, volgendo sempre le spalle a Milos. Questi sollevò un aggeggio che aveva prelevato dalla sua valigetta: una sparadardi ad aria compressa. Sparò. Il dardo narcotizzante colpì il bersaglio: andò a conficcarsi nel collo dell'uomo dai capelli rossi. Questi si girò violentemente su se stesso, lasciò cadere la torcia, e tentò disperatamente di estrarre la siringa. Più frenetici erano i suoi movimenti, più rapido il sangue gli affluiva alla testa, affrettando anche la circolazione del siero. Ci vollero otto secondi. L'uomo cadde a terra, dibattendosi contro l'inevitabile effetto e poi, finalmente, giacque immobile sulla strada di campagna. Varak uscì dal bosco e, rapidamente, trascinò l'uomo fra gli alberi; poi tornò a raccattare la pistola e la torcia. Quindi perquisì l'uomo narcotizzato, convinto di trovargli indosso documenti falsi.

Non erano falsi. L'uomo esanime sotto di lui era un agente speciale dell'FBI, la polizia investigativa federale. Dai documenti risultava anche a quale nucleo era stato assegnato, due mesi e dieci giorni prima: all'indomani, cioè, della riunione della Inver Brass a Cynwid Hollow, cui anche Varak aveva preso parte.

Dopo aver estratto il dardo, Varak sollevò di peso il corpo inerte dell'agente e lo collocò al volante dell'auto. Chiuse lo sportello, dopo aver nascosto torcia e pistola sotto il sedile. Tornò alla propria macchina, dietro la curva. Ora doveva trovare un telefono e chiamare un amico all'FBI di Washington.

«Non ne so niente, di quel nucleo investigativo» disse a Varak il suo informatore presso l'FBI, quando lo ebbe raggiunto per telefono. «Opera in California; a San Diego, mi pare. Per conto della Presidenza della Repubblica.»

«*Cosa?*»

«Prima che ti dica altro, Checkman, devo chiederti un favore. Devi fornirci alcuni dati. Si tratta di un'operazione che ha preso l'avvio a Praga e che sta dando frutti, qui da noi. Niente di grosso, ma irritante. Ci aiuterai?»

«Sì, certo. Vedrò di scoprire tutto quello che posso. Allora? Qual è il motivo che ha indotto l'FBI a creare un nucleo speciale in California?»

«Semplice, Checkman. A San Diego c'è una residenza del Vicepresidente degli Stati Uniti.»

Siamo d'accordo, dunque. Evan Kendrick sarà il prossimo Vicepresidente degli Stati Uniti. Ne diverrà Presidente undici mesi dopo la rielezione dell'attuale Presidente.

In silenzio, Milos Varak riappese il ricevitore.

Capitolo ventiseiesimo

La cerimonia nella Sala Azzurra della Casa Bianca fu un disastro. A renderla ancora più disastrosa furono gli incessanti tentativi di Dennison, in veste di cerimoniere, per convogliare l'attenzione di tutti su colui che consegnava la medaglia della Libertà anziché su chi la riceveva. Il direttore della Banda dei *marines* aveva capito male le istruzioni ricevute. Quindi, invece di suonare in sordina *America Bella* durante il discorso del Presidente, lo sovrastò con le note altisonanti dell'inno *Stelle e Strisce*, sommergendone praticamente le parole. Quando poi prese la parola Kendrick, per ringraziare, la banda attaccò una melodia dolcissima, che aggiunse efficacia emotiva a quel breve contegnoso discorso. Kendrick infatti si rifiutò di leggere il "fervorino" che Dennison gli aveva preparato, consegnandoglielo dieci minuti prima della cerimonia. Sicché, invece di osannare il Presidente per la sua «segreta ma straordinaria assistenza», ringraziò tutti coloro che l'avevano effettivamente aiutato durante la crisi di Masqat, anche se – purtroppo – non poteva rivelare i loro nomi. A questo punto risuonò un'imbarazzante imprecazione, «*Merda*», sul podio dove si trovavano gli assistenti di Langford Jennings. Fra essi, Dennison era su tutte le furie.

Come se non bastasse, questi fece una figuraccia nell'ultima fase della cerimonia. Durante la sessione fotografica, il Capo di Gabinetto distrattamente tirò fuori di tasca una bottiglietta di Maalox e la portò alle labbra. Immediatamente, tutti gli obiettivi furono puntati su di lui e lampeggiarono i flash. Il Presidente si volse a guardarlo con occhi di fuoco. Fu troppo, per il povero Herbert Dennison, sofferente di acidità di stomaco. Si versò quel liquido bianco, biaccoso, sulla giacca dell'abito da sera.

Alla fine, Langford Jennings mise un braccio intorno alle spalle di Evan e uscirono insieme dalla sala. «È andata magnificamente!» esclamò il Presidente, quando furono nel corridoio. «A parte un certo stronzo che dovrebbe organizzarle meglio, queste cose.»

«Ha molte incombenze, signore. Non sarei quindi troppo severo con lui.»

«Con Herbert?» disse Jennings, sottovoce, confidenzialmente. «Lasciamo stare. Ah... Mi risulta che le ha dato da leggere qualcosa ma lei non ha voluto saperne.»

«Proprio così, signore.»

«Bene! Si sarebbe capito, che era una cosa preparata. Grazie, Evan, l'apprezzo molto.»

«Non c'è di che» disse Kendrick a quell'uomo potente e carismatico, che non cessava di sorprenderlo.

Nei giorni e nelle settimane seguenti tutto andò come previsto. I media reclamavano la sua attenzione, ma Kendrick mantenne la parola data a Dennison. E avrebbe continuato a stare ai patti. Rifiutò tutte le interviste adducendo, come scusa, semplicemente che, se ne avesse accordata una, avrebbe poi dovuto accontentare tutti gli altri, quindi non avrebbe avuto tempo sufficiente da dedicare al suo collegio elettorale. In realtà, avrebbe vinto il seggio a mani basse: l'opposizione, nella Nona Circoscrizione del Colorado, non era neppure riuscita a trovare un candidato da opporgli. Molti giornalisti, della stampa e della Tv, tornavano di continuo alla carica, per avere da lui un'intervista.

«Brutto figlio di puttana» lo apostrofò un giorno Ernest Foxley, il conduttore del celebre programma che portava il suo nome «sono stato io a offrirle la prima grande occasione! Io, a lanciarla!»

«Non ci siamo capiti» gli rispose Kendrick. «Io non volevo nessuna occasione, nessun lancio.»

Dopo una pausa, il famoso commentatore replicò: «Vuole saperne una? Le credo. Ma perché?».

«Mi crede perché le dico la verità e lei sa fare bene il suo mestiere.»

«Grazie, giovanotto. Passerò parola e cercherò di richiamare i segugi. Ma non ci faccia più sorprese, okay?»

Non ci sono sorprese da fare a nessuno, pensò Kendrick, con ira, filando per una strada di campagna, in Virginia, un pomeriggio, ai primi di dicembre. La sua casa a Fairfax era diventata, virtualmente, la base operativa di Khalehla. Mitchell Payton della CIA aveva provveduto a corredarla del necessario e ad apportare le necessarie modifiche. Innanzitutto aveva fatto costruire un alto muro davanti all'ingresso: si entrava solo passando attraverso un cancello di ferro manovrato elettronicamente. Tutt'intorno alla villa era stato eretto un recinto di rete metallica, così robusto che, per aprirvi un varco, sarebbe occorsa la fiamma ossidrica, una carica di tritolo, oppure una sega elettrica: e il rumore avrebbe richiamato l'attenzione delle guardie. Payton aveva inoltre fatto installare un telefono a prova di intercettazione nello studio di Evan con segnali luminosi in ogni stanza, cosicché chi li vedeva lampeggiare si precipitava all'apparecchio. Un computer era stato messo accanto al telefono, collegato direttamente con l'ufficio di Payton. Quando questi disponeva di informazioni sulle quali desiderava il parere di Kendrick o di Khalehla, le trasmetteva a quel computer. I relativi tabulati venivano bruciati subito dopo.

In ottemperanza alle istruzioni pubblicamente impartite dal Presidente, la Progetti Speciali si era mossa rapidamente sin dall'inizio e si era assunta la piena responsabilità per tutte le misure di sicurezza atte a proteggere l'eroe dell'Oman da rappresaglie di terroristi. Tali misure lì per lì sbigottirono Kendrick. Nel giro di un'ora, dopo che una limousine presidenziale lo aveva prelevato dalla "casa sterile" del Maryland per portarlo alla sua villa di Fairfax in Virginia, Mitchell Payton aveva assunto il completo controllo dei suoi movimenti: in un certo senso, della sua vita. Le apparecchiature elettroniche arrivarono in un secondo tempo. Notevolmente più tardi, anzi. Ciò fu dovuto alla cocciutaggine di Khalehla. Essa infatti all'inizio si era opposta al trasferimento: non voleva andare ad abitare nella villa di Kendrick. E per diciotto giorni, era rimasta in albergo. Ma ciò creava molti inconvenienti. Quindi lo zio Mitch, alla fine, aveva puntato i piedi.

«Dannazione, mia cara, non posso assolutamente giustificare il costo di una "casa sterile" per una sola persona, inoltre non sarebbe possibile installare tutte le attrezzature che ci occorrono in una camera d'albergo. Ho informato ufficialmente chi di dovere che ti sei dimessa dalla CIA. Non possiamo più tenerti al Cairo, ormai. Pertanto non hai proprio altra scelta.»

«Ho cercato di convincerla» interloquì Kendrick. Si trovavano in una saletta riservata, in un ristorante presso il confine del Maryland. «Se vogliamo salvare le apparenze, farò pubblicare un trafiletto sul *Congressional Record*: dirò che è venuta a trovarmi mia zia. Che ne dici?»

«Oh, razza di scemo. D'accordo, mi arrendo.»

«Di che attrezzature parla?» domandò Evan rivolto a Payton. «Cosa vi occorre?»

«Tutta roba che non si trova nei negozi» rispose il dirigente della CIA. «E che soltanto noi possiamo installare.»

Il mattino dopo un camion di quelli addetti alle riparazioni delle linee telefoniche arrivò a casa di Kendrick, scortato da agenti della CIA. Uomini in divisa della società telefonica si misero al lavoro, mentre più di venti muratori costruivano il muraglione e altri dieci erigevano l'impenetrabile recinto. Piantarono pali in profondità e fra l'uno e l'altro tesero una robusta rete metallica. Arrivò poi un secondo camion dal quale altri uomini scaricarono il computer e lo portarono nello studio a pianterreno. Circa tre ore e mezzo dopo tutte le attrezzature di Payton erano installate e funzionanti.

Quello stesso pomeriggio, Evan andò a prendere Khalehla all'albergo, in Nebraska Avenue.

«Salve, zia.»

«Voglio un robusto chiavistello, alla porta della mia stanza» ella ribatté, ridendo, e salì in macchina.

«Non avere paura. Non do mai noia alle vecchie zie.»

«È successo una volta, ma adesso non più.» Si volse verso di lui e aggiunse con dolce ma severa sincerità: «Dico sul serio, Evan. Qui non siamo nel Bahrain. Siamo insieme per lavoro, non per andare a letto. Oaky?».

«È per questo che non sei venuta prima?»

«Sì, certo.»

«Non mi conosci molto bene, allora» disse Kendrick dopo qualche minuto di silenzio.

«Questo è uno dei motivi.»

«C'è una cosa che volevo domandarti da tempo, ma temevo che ti offendessi.»

«Dì pure.»

«Quando entrasti in quella "casa sterile" del Maryland, il mese scorso, una delle prime cose cui accennasti fu il Bahrain. Tuttavia, poco dopo, mi dicesti che c'erano microspie dappertutto, in quella casa, e tutto quello che si diceva veniva sentito. Perché parlasti del Bahrain, allora?»

«Perché volevo che l'argomento venisse chiuso al più presto e il più completamente possibile.»

«Tuttavia altri – le persone che avrebbero letto quelle trascrizioni – avrebbero intuito o sospettato quello che c'era stato nel Bahrain fra noi due.»

«Sì. Volevo infatti che la mia posizione fosse chiara. Le mie successive affermazioni furono poi coerenti.»

«Il caso è chiuso» disse Evan imboccando la strada per la Virginia.

«Grazie.»

«A proposito, ho detto tutto di te ai coniugi Hassan... Scusa, non proprio tutto. Non vedono l'ora di vederti.»

«Sono quei tuoi domestici del Dubai, vero?»

«Molto più che "domestici": amici di lunga data.»

«Non intendevo sminuirli. Lui è professore, vero?»

«Se tutto va bene, avrà una cattedra, la primavera prossima, o a Georgetown o a Princeton. Si sono dovute sbrigare, prima, delle pratiche burocratiche. A proposito, lui ha una grande stima di tuo padre. Lo ha incontrato una volta al Cairo. Quindi, preparati: avrai molte attenzioni, da lui.»

«Gli passerà presto» disse Khalehla ridendo. «Non ci metterà molto a scoprire che non sono della classe di mio padre, e nemmeno della sua.»

«Sai usare un computer, però, non è vero?»

«Sì. Devo farne frequentemente uso.»

«Io non lo so adoperare. Neanche Kashi, la moglie di Sabri Hassan. E neppure Sabri. Quindi tu sei, in questo, di classe superiore alla nostra.»

«L'adulazione non ti si addice, Evan. Non scordarti il chiavistello alla mia porta.»

Arrivarono alla villa e, qui, Khalehla fu calorosamente accolta da Kashi Hassan. Un'amicizia istantanea si instaurò, com'è tradizione fra le donne arabe.

«Dov'è Sabri?» domandò Kendrick. «Voglio presentargli Khalehla.»

«È nel tuo studio, caro Evan. Sta insegnando a un funzionario della CIA come usare il computer in caso di emergenza.»

Trascorsero altre tre settimane, durante le quali non avevano appreso nulla, più di quanto non sapessero già fin dal principio. Decine di persone che avrebbero potuto anche solo *minimamente* avere accesso al dossier Oman furono messe, per così dire, sotto il microscopio di Payton e dei Servizi Segreti. Venne studiato ogni aspetto della procedura relativa ai documenti segreti, per scoprire eventuali falle; non se ne trovò alcuna. Il dossier stesso era stato compilato da Frank Swann del Dipartimento di Stato in tandem con Lester Crawford della CIA. Era stato usato un unico mezzo meccanico – un elaboratore di parole – alla cui tastiera si erano avvicendate diverse dattilografe, ciascuna delle quali non aveva battuto più di mille parole. Erano stati omessi tutti i nomi propri, che, in un secondo tempo gli stessi Swann e Crawford avevano reinserito a penna nel testo.

La decisione di classificare quel dossier "Maximum" (massima segretezza) era stata presa, con rito sommario, dietro raccomandazione del Ministro della Difesa, del Segretario di Stato e dei Capi di Stato Maggiore, nonché della CIA. Il rito sommario, denominato "*overview*", si era svolto senza che venissero fatti i nomi di Kendrick né delle altre persone coinvolte. Le informazioni di fondo erano state fornite alle competenti Commissioni ristrette della Camera e del Senato, per il nullaosta, dopo la conclusione della crisi di Oman quindici mesi prima. Entrambe le Commissioni diedero il nullaosta immediatamente. Si presumeva che la notizia riportata dal *Washington Post*, relativa a un "americano ignoto" a Masqat, fosse stata lasciata trapelare da un membro poco discreto di queste Commissioni parlamentari.

Chi? Come? Perché? Si era ancora al punto di partenza: in teoria, in base alla logica e procedendo per eliminazione, il dossier Oman era irraggiungibile. E tuttavia era stato trafugato.

«C'è qualcosa di *non* logico» sentenziò Payton. «Un buco nel sistema, una falla che non riusciamo a scoprire.»

«Proprio così» convenne Kendrick.

Ma poi restò di stucco quando Payton decise che né il Partridge né lo Speaker della Camera andavano interpellati direttamente, riguardo alla loro improvvisa decisione di inserire Kendrick nella Commissione Partridge, prima, e poi nella Sottocommisione per i Servizi Segreti.

«Perché no?» obiettò Kendrick. Se era lui quello che veniva *programmato*, aveva ogni diritto di affrontare coloro che si erano prestati al gioco. Sia Partridge sia lo Speaker erano due noti "intrallazzatori". «Perché no?» ripeté.

«No» rispose Payton. «Se sono stati ricattati, può star certo che fanno muro ed emetteranno segnali di allarme. Il nostro "biondo" europeo scenderà ancor più nel "sottosuolo" e coloro per i quali lavora diverranno ancora più prudenti. Per fermarli, bisogna prima scoprirli. Glielo ricordo: è il "perché" che ci sta maggiormente a cuore. Perché mai lei, proprio lei, una matricola della Camera, relativamente "apolitico", viene sospinto alla ribalta politica?»

«Le acque però adesso si sono calmate...»

«Dici? Non guardi molto la televisione, tu!» interloquì Khalehla. «La scorsa settimana, ben due reti hanno trasmesso una "retrospettiva" su di te.»

«*Cosa?*»

«Non te l'ho detto, perché era inutile. Ti avrebbe solo fatto infuriare.»

Kendrick abbassò il finestrino della Mercedes e mise fuori un braccio, per segnalare alla macchina di scorta che, più avanti, c'erano alcune curve pericolose. Gli parve abbastanza divertente il fatto che fosse lui ad avvertire le sue guardie del corpo. Dopodiché tornò a rimuginare sullo "schifoso enigma", come lui e Khalehala avevano deciso di definire tutta quella vicenda, quel pastrocchio che gli aveva incasinato la vita.

La sera prima, lui e Payton – che adesso si chiamavano confidenzialmente "Evan" e "Mitch" – avevano avuto un lungo colloquio.

«Stiamo lavorando su qualcosa di nuovo» aveva detto il direttore della Progetti Speciali, nello studio di Kendrick. «Sul presupposto, cioè, che il famigerato "biondo" fu costretto a mettersi in contatto con un buon numero di persone, al fine di raccogliere tutte quelle informazioni su di te, sui tuoi trascorsi. Non ti offendere, ma anche noi della CIA abbiamo dovuto indagare, risalire agli anni addietro.»

«Per quanti anni?»

«A partire da quando ne avevi diciotto. È improbabile che ciò che avvenne prima possa avere rilevanza.»

«Diciotto? Cristo! Non c'è niente di sacro?»

«Vorresti che ci fosse? In tal caso, è inutile continuare.»

«No, s'intende che no. Ma è un colpo, per me. Riuscite a reperire informazioni di questo tipo?»

«Molto meno difficile di quanto comunemente non si creda. Sono indagini che, peraltro, svolgono regolarmente le agenzie di credito, le assicurazioni e così via.»

«Ma lo scopo qual è?»

«Sono svariati. Nel tuo caso, fondamentalmente, due. Innanzi tutto, ci interessa scoprire chi è quel "biondo" che indaga così accanitamente su di te. Se noi riusciamo ad avvicinare le persone da lui contattate, ci avvicineremo di più a lui. Il personaggio chiave è certamente lui, su questo non c'è dubbio. Inoltre, c'è una seconda possibilità. Nel dare la caccia alla "primula bionda", se così posso chiamarlo, e a chi sta dietro di lui, ci siamo concentrati sui fatti di Oman e sul relativo dossier. Finora abbiamo puntato sugli ambienti governativi. Ma...»

«Dove altro vorreste frugare?» domandò Kendrick.

«Sulla tua vita personale, purtroppo. Potrebbe esserci, nel tuo passato, qualcosa, o qualcuno – un fatto, o persone da te conosciute, un caso fortuito magari – qualcosa insomma che abbia galvanizzato degli amici, oppure dei nemici, i quali ora vogliono dare spicco alla tua figura, oppure – all'opposto – fare di te un bersaglio. Intendiamoci bene, Evan: tu sei un potenziale bersaglio, non c'è da scherzare al riguardo.»

Intervenne Khalehla: «Ma anche ammesso, MJ, di riuscire a trovare le persone che gli volevano bene o lo odiavano, esse debbono essere per forza connesse con Washington. Un tizio qualsiasi, un Mr. Jones di Ann Arbor nel Michigan – fosse suo amico o suo nemico – non poteva certo presentarsi alla banca dei dati o agli archivi segreti e dire: "C'è un certo dossier che mi servirebbe, per ricavarne un memorandum da distribuire ai giornali". Non capisco».

«Neanch'io, Adrienne... O devo chiamarti Khalehla? Mi ci vorrebbe del tempo, per abituarmici.»

«Non c'è nessun motivo di chiamarmi Khalehla...»

«Non interrompere» disse Evan sorridendo. Poi aggiunse: «Khalehla va benissimo».

«Insomma, non capisco, veramente» riprese a dire Payton. «Ma, come dicevo, c'è una falla nel sistema. Un buco di cui non ci siamo accorti. E bisogna tentare di tutto.»

«Allora, perché non star dietro a Partridge e allo Speaker?» insistette Kendrick. «Se ho saputo fare quel che ho fatto a Masqat, non sarà poi così difficile aver ragione di costoro.»

«Non ancora, giovanotto. Non è il momento giusto. Inoltre lo Speaker sta andando in pensione.»

«Proprio non capisco.»

«Mitchell sta lavorando su entrambi, indirettamente» gli spiegò Khalehla.

Questo colloquio era avvenuto la sera prima.

Ora, Evan, al volante della sua Mercedes, dopo aver superato una serie di curve, rallentò finché non vide l'auto di scorta raggiungerlo; quindi lasciò la strada asfaltata per inoltrarsi in un tratturo che portava dietro la sua villa. Aveva fretta. Per questo prese quella scorciatoia. Khalehla gli aveva telefonato in ufficio, alla Camera, per dirgli che la lista di Mitchell Payton era arrivata, via telescrivente. Quella lista riguardava il suo passato.

Milos Varak percorse la passerella che portava alla spiaggia antistante l'Hotel del Coronado, distante tre miglia da San Diego in California. Aveva lavorato con estrema diligenza, in quelle ultime tre settimane, per trovare una via attraverso la quale penetrare nell'entourage del Vicepresidente degli Stati Uniti, Orson Bollinger. Gran parte del tempo lo aveva trascorso a Washington. Non era stata un'impresa facile. Finalmente era riuscito a trovare l'uomo che faceva al caso suo. Costui faceva parte dei Servizi Segreti, e precisamente del nucleo preposto alla sicurezza degli organi di Governo.

Era un uomo solerte, dal fisico forte e la mente disciplinata. Però c'era in lui una magagna che, se fosse stata rivelata, avrebbe distrutto la sua carriera e forse anche la sua vita. Era uno che procacciava sollazzi erotici a certi alti papaveri del Governo, insomma un ruffiano d'alto bordo. Era stato avviato a questa redditizia attività dagli anziani della sua famiglia i quali, individuato questo suo talento, lo avevano ben bene affinato, provvedendo anche alla sua educazione universitaria, al fine di fare di lui un uomo di qualità, e poterlo quindi piazzare in un impiego adatto. Un posto, cioè, dove fosse in grado di dispensare favori di una certa natura in cambio di altri favori. Lui aveva dimostrato di saperci fare, come "procacciatore"; era stato un buon investimento, e gli anziani erano soddisfatti di lui. Da diversi anni ormai. Quell'uomo veniva dalla Mafia; faceva parte della Mafia; serviva la Mafia.

Milos Varak si avvicinò alla figura solitaria, in impermeabile, che attendeva presso gli scogli di un molo, a poca distanza dalla base aeronavale di San Diego.

«Grazie, per essere venuto all'appuntamento» disse Varak, affabile.

«Mi era parso, per telefono, che avessi un certo accento straniero» disse l'uomo che si esprimeva correttamente. Era bruno, dai lineamenti marcati, ma dall'atteggiamento signorile. «Sei forse un falco rosso? In tal caso, hai sbagliato passero.»

«Un comunista, intendi? Niente affatto. Sono anzi talmente americano che i tuoi *consiglieri* potrebbero tranquillamente presentarmi in Vaticano.»

«Ciò è insultante, oltreché del tutto inesatto. Per telefono mi hai detto tante... stupidaggini... da provocare la mia curiosità. Per questo sono qui.»

«Quale che sia il motivo, ti sono grato di essere venuto.»

«La battuta finale era abbastanza chiara» interruppe l'agente dei Servizi Segreti. «In sostanza mi hai minacciato.»

«Mi spiace che ti sia offeso. Non intendevo affatto minacciarti. Ho detto, semplicemente, che ero al corrente di certi "servizi" extra da te offerti...»

«Smettila di fare tanto l'educato...»

«Non c'è motivo di non esserlo» disse Varak garbatamente. «Volevo solo farti capire la mia posizione.»

«Tu *non ce l'hai*, una posizione» lo corresse l'altro con enfasi. «E io ho la fedina pulita, non so se mi spiego.»

Varak, trapestando sulla sabbia, attese che il rombo di un aviogetto che sorvolava la base si fosse dileguato. «Vuoi dire che tu sei a posto, e che non intendi parlare con me di niente di concreto perché temi che abbia, indosso, un registratore.» Si sbottonò la giacca. «Fa' pure, perquisiscimi. Personalmente, non ci terrei ad aver la mia voce registrata sul medesimo nastro con la tua... Ti prego, accomodati. Estrarrò, s'intende, la pistola e la terrò impugnata, ma non ti fermerò.»

Il guardiano della Casa Bianca esitò, era perplesso, cupo. «Sei troppo accomodante» disse senza muoversi.

«D'altro canto» soggiunse Varak rapidamente «possiamo anche fare a meno di una perquisizione, se avrai la bontà di leggere una cosa che ho preparato per te.» Ciò detto, tirò fuori di tasca alcuni fogli ripiegati. Li dispiegò e li porse all'agente.

Mentre questi leggeva, gli occhi gli si restrinsero e le labbra gli si dischiusero, in uno strano ghigno: nel giro di pochi secondi, un viso ragionevolmente forte e attraente divenne brutto. «Tu sei un uomo morto» disse con calma.

«Sarebbe poco lungimirante, non trovi? Perché, se sono un uomo morto io, lo sei anche tu. Fedina pulita? E questa cos'è? Lì sopra ci sono nomi e cognomi, date e località, genere di prestazione e – accanto a ogni favore sessuale reso – ciò che è stato ottenuto in cambio – o meglio in seguito al ricatto: multe cancellate, appalti concessi, intrallazzi vari. È una gran bella fedina, direi. E a che cosa conduce, tutto questo? Lasciami indovinare. Alla fonte più improbabile che si possa immaginare... Un numero di telefono che non figura sull'elenco, registrato sotto falso nome e falso indirizzo, ma dislocato nell'appartamento di un certo agente dei Servizi Segreti del Governo.»

«Roba da matti...»

«Dammi retta. Ti conviene aiutarmi, piuttosto che metterti contro di me. A me, le tue attività "sottobanco" non interessano. Tu fornisci un servizio che, se non lo fornissi tu, lo fornirebbe qualcun altro, più o meno per le stesse contropartite. Tutto quello che voglio da te, sono delle informazioni. In cambio, darò fuoco a quei fogli che hai in mano. Naturalmente, hai solo la mia parola, come garanzia; ma, da esperto quale sei, capisci bene che sarei stupido a divulgare quella roba; e ti assicuro che non sono stupido.»

«No, naturalmente» convenne quello, con voce appena percettibile. «Perché gettare via una pistola, quando puoi ancora adoperarla?»

«Sono contento che tu capisca la mia posizione.»

«Che razza di informazioni vai cercando?»

«Roba innocua, niente che ti sconvolga. Cominciamo da quel nucleo dell'FBI che è stato assegnato al Vicepresidente. Perché? Non bastavate voi? Non fate bene il vostro mestiere di "guardiani"? Avete bisogno di rincalzi dall'FBI: un nucleo speciale, addirittura!»

«Non ha niente a che fare con noi. Noi abbiamo il compito di proteggere. Loro, di investigare.»

«Non si può proteggere, senza investigare.»

«I livelli di attività sono diversi. Se noi scopriamo qualcosa, lo comunichiamo all'FBI.»

«Cosa avete scoperto, di tanto grave, da consigliare la creazione di quel nucleo speciale?»

«Noi, niente» rispose l'uomo. «Se non fosse che, un paio di mesi fa, vennero fatte delle minacce contro la Vipera e...»

«La Vipera?»

«Il Vicepresidente Bollinger.»

«Non è molto gentile, il nome in codice.»

«È solo un soprannome. Lo usiamo fra noi.»

«Capisco. Va' avanti. Minacce: da parte di chi?»

«È appunto questo che il nucleo speciale cerca di scoprire. Comunque, le minacce continuano ad arrivare.»

«In che modo?»

«Per telefono, per telegramma, per posta... Arrivano da diverse parti. I "federali" hanno il loro bel da fare.»

«Nessun risultato?»

«Niente, finora. Brancolano nel buio.»

«Quindi, il nucleo è *vagante*. Cioè: un giorno qui, il giorno dopo altrove. E i movimenti vengono coordinati con Washington?»

«Quando la Vipera è là, sì, certo. Quando invece è qui, qui. Quand'è in viaggio, dovunque si trovi. Il nucleo viene insomma controllato dallo staff personale di Bollinger. Altrimenti, si perderebbe troppo tempo a passare, ogni volta, attraverso Washington.»

«Eravate qui, cinque settimane fa?»

«Sì. Adesso siamo qui da dieci giorni. La Vipera trascorre qui, in California, buona parte del tempo. Come è solito dire: il Presidente si occupa dell'Ovest, lui dell'Est. E gli conviene, dice, perché questo gli permette di essere spesso lontano da Washington.»

«Non mi sarei mai aspettato, da un Vicepresidente, una sciocchezza del genere.»

«La Vipera è fatta così. Ma non è un fesso. No, no.»

«Perché lo chiamate Vipera?»

«Diciamo che non ci va tanto a genio, a essere proprio sinceri. Né ci piacciono i tipi di cui si circonda. Specie qui in California. Quei bastardi ci trattano come fossimo servi negri. L'altro ieri uno mi dice: "Ragazzo, portami un altro gin". Gli ho risposto per le rime.»

«Non temevi di offendere il Vi... la Vipera?»

«Cristo, lui non ha a che fare con noi. Noi, come quelli del nucleo dell'FBI, facciamo capo al suo Capo di Gabinetto.»

«Chi è costui?»

«Costei. È una donna. Abbiamo un soprannome anche per lei. La chiamiamo Gran Puttana, ma solo fra di noi. Invece, il nome in codice è Munifica Dama ed è quello che compare sui registri.»

«Parlami di lei» disse Varak drizzando le orecchie.

«Si chiama Ardis Vanvlanderen. È stata assunta un anno fa, al posto di un Capo di Gabinetto veramente coi fiocchi. Talmente bravo, che ottenne un'offerta di lavoro più vantaggiosa, da parte di un amico della Vipera. Lei, questa Ardis, è sulla quarantina. Una di quelle donne-manager che, come ti vedono, hanno l'aria di volerti tagliare le balle, solo perché sei un uomo.»

«È brutta?»

«Non direi proprio. Anzi, a suo modo è attraente. Ha un bel

viso, è ben fatta di corpo. Piuttosto sensuale. Ma devi essere il suo tipo, per combinarci qualcosa. Scopare, comunque, scopa.»

«È sposata?»

«Il marito non conta. Nessuno gli bada.»

«Che fa, lui?»

«Fa parte del giro mondano di Palm Springs. Si occupa di titoli in Borsa, quando questo non intralcia il golf o il bridge. Questa però è la mia impressione.»

«Quattrini ne ha?»

«A bizzeffe. È quel che si dice un grosso "contributore", cioè uno che foraggia uomini politici in cambio di favori. Il tipo classico: capelli canuti ondulati, pancione, denti smaglianti. Prende parte a tutte le feste, alla Casa Bianca. Se fosse capace di leggere un libro da cima a fondo, magari lo nominerebbero ambasciatore a Londra o... Mi correggo. Coi soldi che ha, basterebbe mezzo libro.»

Varak scrutò il suo interlocutore. L'uomo era visibilmente sollevato, nel sentirsi rivolgere domande così innocue. Le sue risposte erano più esaurienti di quanto non fosse strettamente necessario, e avevano quella falsa confidenzialità del pettegolezzo. «Mi domando perché mai un uomo come questo Vanvlanderen manda sua moglie a lavorare, sia pure per il Vicepresidente.»

«Non credo che abbia voce in capitolo. Non la comandi certo a bacchetta, una donna così. Inoltre, è la sua terza o quarta moglie. Quindi, avrà imparato a lasciarle fare quello che vuole.»

«E lei, mi dicevi, fa bene quello che fa?»

«Molto in gamba, molto professionale. La Vipera non fa una mossa, senza di lei.»

«E lui che tipo è?»

«La Vipera?» Un altro aviogetto sorvolò la base aeronavale, e per un po' il rumore fu assordante. «La Vipera è la Vipera» disse l'emissario della Mafia non appena il rombo si fu dileguato. «Orson Bollinger è un tipo molto festaiolo ma è anche addentro a tutte le segrete cose. Pappa e ciccia con certi tipi della California cui dispensa favori e che, a loro volta, si prendono cura di lui.»

«Sei un tipo molto astuto, tu.»

«Sono uno che osserva.»

«Non ti limiti a osservare. Solo, ti consiglio di essere più cauto, in futuro. Come t'ho scoperto io, potrebbero scoprirti anche altri.»

«Come hai fatto? Accidenti a te, *come*?»

«Frutto della mia diligenza. Per settimane ho atteso che qualcuno, nel vostro entourage, commettesse qualche passo falso. Avrebbe potuto capitare a un altro, siamo tutti esseri umani. Nessuno di noi è infallibile. È toccato a te: forse eri stanco, o avevi bevuto un po' troppo, o semplicemente ti sentivi troppo sicuro di te. Comunque sia, hai fatto una certa telefonata a Brooklyn, senza servirti, come avresti dovuto, di un telefono pubblico. Fu questo il tuo errore.»

«*Frangie!*» bisbigliò il mafioso.

«Appunto: telefonasti a tuo cugino Joseph Frangiani, detto "Fingers", secondo sotto-boss della famiglia Ricci, a Brooklyn, uno degli ebrei di Genovese. Era quello di cui avevo bisogno, amico.»

«Brutto figlio di puttana!»

«Non sprecare improperi, con me. Devo farti un'ultima domanda. Ti conviene rispondermi in modo civile.»

«*Cosa?*» gridò furioso, l'uomo della Mafia, inarcando le brune sopracciglia, portando istintivamente una mano alla pistola.

«*Stop!*» ruggì Varak. «Togli la mano di là, o sei morto.»

«Dov'è la tua pistola?» domandò l'agente a denti stretti.

«Non ne ho bisogno» replicò Varak trafiggendo con gli occhi l'uomo che voleva ucciderlo. «E sono sicuro che questo lo sai.»

Lentamente, l'uomo dei Servizi Segreti riportò la mano destra davanti a sé, disarmata. «Solo una domanda ancora» disse, e lo stato d'animo gli si leggeva in faccia. «Ti concedo solo un'ultima domanda.»

«Riguarda questa Ardis Vanvlanderen. La sua nomina a Capo di Gabinetto del Vicepresidente, a voi, come è stata spiegata? Vi avranno pur detto qualcosa, fornito qualche ragione. Dopotutto, siete i guardaspalle di Bollinger. E con il predecessore di lei lavoravate in buona armonia.»

«Siamo agenti di sorveglianza, non funzionari esecutivi. Non ci forniscono tante spiegazioni.»

«Non vi fu detto nulla? È insolito, che un incarico del genere venga affidato a una donna.»

«Molte cose sono state dette, ma nessuna spiegazione. Orson Bollinger ci convocò e ci disse che era lieto di annunciare che il nuovo Capo di Gabinetto era una persona molto in gamba, fra i migliori dirigenti d'azienda del Paese, la quale aveva accettato l'incarico a prezzo di grossi sacrifici personali, quindi noi – noi tutti – dovevamo ringraziare i poteri costituiti per il patriottismo di costei. Fu così che venimmo a sapere che era una donna.»

«Interessante frase: "i poteri costituiti".»

«Lui parla in questo modo.»

«E non fa un passo, non fa una mossa senza di lei.»

«Non oserebbe, credo.»

«È tutto, per adesso, amico. Sii tanto gentile da andartene per primo. Se avrò bisogno di te, ti chiamerò.»

Il mafioso, sentendosi salire il caldo sangue mediterraneo alla testa, puntò l'indice contro il cecoslovacco e parlò con voce rauca: «Tienti alla larga da me, per il tuo bene».

«Spero proprio di stare il più possibile lontano da te, *signor Mezzano*.»

«Non darmi del ruffiano!»

«Ti chiamo come mi pare e piace ma – per quanto riguarda il mio bene – sono giudice io. Intesi? Adesso, fila!»

Milos Varak guardò il suo riluttante informatore allontanarsi, sulla spiaggia, con furia silenziosa, finché scomparve alla vista. Ripensò a certe frasi assai significative: È stata assunta circa un anno fa... Lui è un grosso "contributore"... La Vipera non fa una mossa senza di lei. Erano passati, appunto, tredici mesi da quando la Inver Brass aveva cominciato a cercare un nuovo Vicepresidente degli Stati Uniti, dato che Orson Bollinger era considerato una pedina in mano ai "contributori" ignoti del Presidente Jennings: uomini che intendevano impadronirsi del Paese.

Erano le quattro del mattino ma Khalehla non accennava ancora a smettere. Era infaticabile, continuava a infilare cassette nel registratore, tornava a spulciare gli elenchi, gli rileggeva quei nomi, ripetutamente, insistendo perché Kendrick le dicesse, via via, tutto quello che riusciva a ricordare al loro riguardo: *ogni cosa*. L'elenco che Mitchell Payton aveva loro fatto pervenire, attraverso il computer-telescrivente, dalla sede centrale della CIA, comprendeva 127 nomi. Si trattava di persone che erano entrate – nel corso degli anni – in rapporti di vario genere con Kendrick e che potevano avere influito sulle sue decisioni, a scuola o sul lavoro.

«Dove diavolo è andato a pescare tutta questa gente?» domandò Evan camminando su e giù nello studio. «Giuro che di una buona metà di costoro io non ricordo assolutamente nulla. Quanto all'altra metà, a parte alcuni amici, ho un ricordo sfocato di quasi tutti. Cristo! Ho avuto tre compagni di stanza all'università; due altri al corso di specializzazione; con un sesto, coabitai a Detroit, nel periodo in cui lavorai là. Nella lista sono inclusi anche certi tizi con cui entrai in contatto quando cercavo soci per l'impresa. Perché vi figurino, non lo so. So però che tutti costoro abitavano in ville suburbane, con giardino e piscina. E che non hanno niente a che vedere con il mio presente.»

«Allora, torniamo al Gruppo Kendrick.»

«Non c'è più nessun Gruppo Kendrick» proruppe Evan adirato. «Sono stati tutti uccisi, sepolti sotto le macerie. Siamo rimasti solo Manny e io, lo sai.»

«Mi spiace» disse Khalehla, gentilmente, seduta sul divano a bere tè. Il tabulato stava sul tavolinetto davanti a lei. «Intendevo alludere ai tuoi rapporti di affari, qui negli Stati Uniti, *prima* della costituzione del Gruppo Kendrick.»

«Li abbiamo già passati in rassegna. Per lo più, trattammo con case produttrici di attrezzature e macchine per l'edilizia.»

«Ripassiamo questa lista ancora una volta.»

«È una perdita di tempo. Ma, se vuoi, facciamolo pure.»

Khalehla lesse il primo nome sull'elenco: «Sonar Electronics, Palo Alto, California. Il loro rappresentante era un certo Carew...»

«Ci fornirono delle apparecchiature che non funzionavano e le rimandammo indietro. Loro volevano essere pagati lo stesso. "Che Carew vada a farsi fottere" fu il commento di Manny.»

Khalehla continuò a leggere: «Drucker Graphics, di Boston. Rappresentante: G.R. Shulman. Ti ricorda niente?»

«Un brav'uomo, Gerry Shulman. Ci servimmo dalla Drucker per anni. Mai nessun problema.»

«Morseland Oil, Tulsa. Rappresentante, un certo Arnold Stanhope.»

«Te ne ho già parlato.»

«Parlamene ancora.»

«Eseguimmo, per la Morseland Oil, alcune prospezioni petrolifere negli Emirati. Volevano molto ma non erano disposti a pagare abbastanza. Li mandammo al diavolo.»

«Ci furono dissapori? Acrimonia?»

«Sicuro. Come sempre, quando agli imbroglioni non va per il loro verso. Ma niente, però, che il silenzio non potesse guarire. Inoltre, non tardarono a trovare chi faceva al caso loro: una ditta greca, che a sua volta li imbrogliò.»

«Filibustieri, tutti» disse Khalehla sorridendo. Poi lesse il nome successivo sulla lista: «Off Shore Investments, Limited, con sede a Nassau, nelle Bahama. Rappresentante: Ardis Montreaux, di New York. Questi vi reperirono ingenti capitali».

«Cui però non attingemmo, poiché era una frode» interruppe Evan brusco. «Prendi nota di questo.»

«Già annotato: "Lasciar perdere".»

«Cosa?»

«Ho scritto quello che mi hai detto tu: di lasciar perdere. Cos'è la Off Shore Investments, Limited?»

«Era» corresse Kendrick. «Era una società finanziaria d'alta classe, internazionale, fraudolenta. Compivano grosse operazioni di compravendita, tramite fittizie società svizzere, e alla fine lasciavano i loro acquirenti con un pugno di mosche in mano.»

«E *tu* hai avuto a che fare con gente del genere?»

«Non lo sapevo, all'inizio, che erano dei lestofanti. Ero molto più giovane di adesso e mi lasciai incantare quando mi dissero che volevano farci entrare in compartecipazione con loro... Ancor più restai impressionato dal denaro che ci misero a disposizione presso una banca di Zurigo. Finché Manny non disse: "Proviamo a prelevarne un po', tanto per sfizio". Sapeva esattamente quello che faceva. Non riuscimmo a prelevare neanche due franchi. Ci voleva la controfirma della Off Shore per ogni prelievo. Controllavano tutto loro.»

«Un'organizzazione fantasma con voi come fantocci.»

«Esattamente.»

«Come ci cascaste?»

«Stavamo a Riad e Ardis Montreaux venne da noi e mi incastrò. Non avevo ancora imparato che non ci sono scorciatoie. Non di quel genere, almeno.»

«Ardis... strano nome per un uomo.»

«Infatti non è un uomo. È più dura d'un uomo.»

«Una donna?»

«Appunto.»

«Scettico come sei per natura, deve essere stata davvero molto persuasiva.»

«Era abile nel raggirare. Poi voleva le nostre teste, quando ci tirammo fuori. Disse che le eravamo costati milioni. Weingrass le chiese: i milioni *di chi*, questa volta?»

«Forse dovremmo...»

«Lasciar perdere» interruppe Evan con fermezza. «Ha sposato un banchiere inglese e vive in Inghilterra. Si è dileguata.»

«Come lo sai?»

Con un lieve imbarazzo, Kendrick rispose: «Mi ha telefonato un paio di volte... per scusarsi, in effetti. Lasciamo perdere».

«Va bene.» Ma, prima di passare al nome successivo della lista, accanto alla Off Shore Investments, Khalehla annotò: *Controllare.*

Ardis Montreaux Frazier-Pyke Vanvlanderen, nata Ardisolda Wojak a Pittsburgh (Pennsylvania) entrò nel marmoreo foyer della lussuosa suite che insieme al marito occupava al Westlake Hotel di San Diego. Gettò la stola di zibellino sulla spalliera di una sedia e gridò: «Eccomi qua. Sono tornata, Andy. Fra un'ora dobbiamo essere a La Jolla, quindi sbrigati, dolcezza!».

Andrew Vanvlanderen, un uomo atticciato, coi capelli canuti ondulati, entrò vestito di tutto punto, in abito da sera, con un bicchiere in mano: «Sono già pronto, baby».

«Io sarò pronta fra dieci minuti» disse Ardis, guardandosi a uno specchio del foyer, e si passò una mano sui capelli perfettamente acconciati. Era vicina ai cinquanta e di media statura, ma sembrava più giovane e più alta grazie al portamento eretto, alla snella figura. Aveva il petto abbondante, un viso armonioso, con grandi occhi verdi, penetranti. «Chiama intanto la macchina, caro.»

«C'è tempo. La Jolla può pure aspettare. Dobbiamo parlare, prima.»

«Eh?» Il Capo di Gabinetto del Vicepresidente guardò suo marito. «Che tono serio!»

«Appunto. Mi ha telefonato il tuo vecchio *boyfriend*.»

«Quale di loro, *darling*?»

«L'unico che conta.»

«Buon dio! Ha telefonato qui?»

«Gliel'ho detto io.»

«Che stupido, Andy-boy, veramente, che stupido!» Ardis Vanvlanderen, tutta stizzita, uscì dal foyer e andò a sedersi su una poltrona di seta rossa, nell'attiguo salotto. Accavallò le gambe. Teneva gli occhi fissi sul marito. «Corri pure tutti i rischi che vuoi in Borsa, ma non con me. Intesi, *darling*?»

«Senti, bagascia! Dopo tutto il denaro che ho sborsato, se voglio informazioni di prima mano, le raccolgo. Siamo intesi?»

«D'accordo, d'accordo. Calmati, Andy.»

«Cominci tu a sbraitare e poi dici a me, di calmarmi?»

«Scusa.» Ardis si adagiò contro lo schienale. Respirava pesantemente a bocca aperta, con gli occhi chiusi. Dopo un po' li riaprì, si raddrizzò sul busto e soggiunse: «Davvero, mi spiace. Oggi Orson è stato davvero pestifero. Una giornataccia».

«Che ha combinato, la Vipera, adesso?» domandò Andrew Vanvlanderen bevendo.

«Sta' attento, coi nomi» disse sua moglie ridacchiando sommessamente. «I nostri "gorilla" non devono sapere che li controlliamo, quando parlano fra loro.»

«Insomma, cosa gli rode a Bollinger?»

«Si sente di nuovo insicuro. Vuole che gli si garantisca per iscritto che verrà ricandidato alla Vicepresidenza, per le prossime elezioni. Altrimenti, dice, vuole dieci milioni di dollari depositati a suo nome in una banca svizzera.»

Vanvlanderen tossì e il whisky gli andò di traverso. «Dieci milioni?» ansimò. «Chi cavolo si crede di essere, quel buffone?»

«Il Vicepresidente degli Stati Uniti, con alcuni segretucci dentro la zucca» rispose Ardis. «Gli ho detto che non avremmo accettato nessun altro candidato, ma non gli è bastato. Secondo me, sente che Jennings non lo considera un buon Numero Due e vuole mollarlo.»

«Il nostro beneamato, telegenico Langford Jennings non ha voce in capitolo, al riguardo. Ma credi che Orson abbia ragione, a dire che Jennings lo detesta?»

«No, non lo detesta. Ma intende mollarlo, a quanto mi riferisce Dennison.»

«Lui sì, che deve andarsene. Si va facendo troppo curioso, Dennison, per i nostri gusti.»

«Lascia perdere» l'interruppe la moglie. «Lascia perdere Dennison e Bollinger e anche i tuoi stupidi cavalli. Cosa aveva da dirti, il mio vecchio *boyfriend*, di tanto importante... da rischiare di telefonarti qui?»

«Rilassati. Mi ha telefonato dall'ufficio del mio avvocato, a Washington. Ma, prima, finiamo il discorso su Orson Bollinger. Dagli la garanzia scritta che chiede. Due righe, e io le firmo. Lo farai contento, e più contento è meglio è.»

«Ma sei pazzo?» esclamò Ardis dando un balzo sulla poltrona.

«Nient'affatto. Innanzi tutto, o sarà candidato o – semplicemente – scomparirà, come si addice a tutti gli ex Vicepresidenti.»

«Oh, mio dio!» fece Ardis con grande ammirazione. «Sei proprio il mio tipo, tu, Andy-boy. Hai le idee così chiare e concise!»

«Dopo anni e anni di buona scuola, *baby*.»

«Insomma, che ti ha detto il mio ex *boyfriend*? Chi vuole la sua pelle, adesso?»

«Non la sua: la nostra.»

«Che è lo stesso, non dimenticarlo. La nostra pelle è la sua. È per questo che io sono qui, tesoro. È per questo che ci ha messi insieme.»

«Dunque, mi ha detto che quel piccolo gruppo di illusi superuomini sta per partire in quarta. Nel corso dei prossimi tre mesi il loro "eroe" sarà argomento di articoli di fondo sui maggiori giornali. Gli editorialisti lo "sottoporranno a esami", e lui li supererà tutti. Lo scopo è, ovviamente, quello di innalzarlo. Il nostro amico è preoccupato, è veramente in ansia. E, a dire la verità, non sto tanto tranquillo neanch'io. Quei "benemeriti" pazzi sanno quello che fanno. Ma l'impresa potrebbe sfuggir loro di mano. Ardis, noi abbiamo milioni e milioni di dollari, in ballo. Sono maledettamente preoccupato!»

«Senza motivo» disse la donna, perfettamente acconciata, alzandosi dalla poltrona. Si fermò e guardò il marito, con uno sguardo leggermente divertito. «Dal momento che conti di risparmiare dieci milioni, rifiutandoli a Bollinger, mi sembra ragionevole chiederti di dare *a me* una somma analoga... non ti pare, tesoro?»

«Non ne vedo il motivo.»

«Diciamo che sborsi dieci milioni per amor mio. Per una strana coincidenza. Una delle più straordinarie che siano capitate nel corso di un'esistenza – la mia – trascorsa in mezzo a gente ricca, bella, potente e politicamente molto ambiziosa.»

«Cosa intendi dire?»

«Non starò a recitarti la litania dei motivi per cui facciamo quello che facciamo, o per cui mi sono accoppiata con te; mi limiterò a rivelarti un piccolo segreto che, finora, ho tenuto sempre tutto per me.»

«Ardo dalla curiosità» disse Vanvlanderen, deponendo il bicchiere su un tavolino di marmo e guardando fisso la sua quarta moglie. «Di che si tratta?»

«Io conosco Evan Kendrick.»

«Tu... cosa?»

«La nostra breve amicizia risale a diversi anni fa, più di quanti ci tenga a calcolare, francamente. Ma, allora, per alcune settimane, noi abbiamo avuto qualcosa in comune.»

«A parte ciò che è ovvio, cos'altro?»

«Oh, la parte sesso fu piacevole ma poco importante... per entrambi. Eravamo giovani, avevamo fretta e non c'era tempo per una profonda relazione. Ricordi la Off Shore Investments?»

«Se Kendrick fece parte di quell'impresa, possiamo tranquillamente accusarlo di truffa aggravata. Ce n'è abbastanza per levarcelo di torno, se darà fastidio. Ebbene?»

«Entrò a far parte dell'impresa, sì, ma non lo si può accusare. Ne uscì quasi subito gettando alte grida di indignazione morale. E fu proprio l'inizio del crollo di quel bel castello di carte. Inoltre, non dovresti essere tanto propenso a denunciare i soci della Off Shore, tesoro... a meno che tu non intenda disfarti di me.»

«Di te?»

«Sì. C'ero dentro anch'io. Ero la loro principale missionaria. Fui io a reclutare tutti gli adepti.»

«Mi venga un colpo!» Vanvlanderen sbottò a ridere. Prese il bicchiere e lo levò alla moglie. «Quei ladri sapevano bene chi ingaggiare per certi lavori! Ma... un momento. Hai conosciuto Kendrick, sei andata a letto con lui e... non mi hai mai detto niente?»

«Avevo le mie ragioni...»

«Fa' in modo che siano buone!» esplose Vanvlanderen. «Altrimenti, ti spacco il muso, brutta vacca! Metti che ti veda, metti che ti riconosca e, ricordandosi della Off Shore, faccia due più due uguale quattro. Non mi va di correre rischi del genere!»

«Tocca a me dirti di rilassarti, ora, Andy» disse la donna. «Le persone dell'entourage di un Vicepresidente non fanno notizia. Ricordi forse il nome di uno solo dei collaboratori di uno qualsiasi dei Vicepresidenti del passato? Essi formano un gruppo grigio, amorfo. I Presidenti non vogliono che sia diversamente. Inoltre, il mio nome non è mai apparso sui giornali, se non come signora Vanvlanderen, in qualche cronaca mondana. Kendrick mi conosce come Frazier-Pyke, moglie di un banchiere, abitante a Londra.

Quando fummo invitati a quella cerimonia per la Medaglia della Libertà, ricorderai, tu ci andasti da solo. Io non venni.»

«Ma questo non spiega perché, finora, non mi avevi detto niente di Kendrick!»

«Perché prevedevo la tua reazione. Mi avresti fatta togliere di mezzo. Invece io ero convinta di poterti essere molto più utile se restavo al mio posto.»

«In che modo, in nome del cielo?»

«Perché io l'ho conosciuto. Inoltre, dovevo indagare su di lui. Ma non potevo servirmi di un'agenzia di investigatori privati che, poi, magari, mi avrebbero ricattata. Quindi ho preso la strada ufficiale. Mi sono rivolta all'FBI.»

«E... le minacce contro Bollinger?»

«Cesseranno domani. Il nucleo speciale verrà richiamato a Washington, tranne per un unico elemento, che resterà qui. Le minacce risulteranno essere opera di un pazzo inoffensivo, fantasie di un paranoico. Il quale, nel frattempo, è scappato all'estero. Intanto però, tesoro, ho scoperto quello che mi premeva sapere.»

«E cioè?»

«C'è un vecchio ebreo israeliano a nome Weingrass, che Kendrick adora. È un padre, per lui. Ai tempi del Gruppo Kendrick, questo Weingrass era considerato la loro "arma segreta".»

«Munizioni?»

«Macché!» Ardis rise. «Era un architetto, un bravissimo architetto, che progettò edifici spettacolari, per gli arabi.»

«E allora?»

«Weingrass dovrebbe trovarsi a Parigi, invece no: abita presso Kendrick, nel Colorado. Senza visto d'ingresso, senza alcun documento ufficiale.»

«E allora?»

«Kendrick ha portato il vecchio con sé, quando è tornato dal Bahrain, per un'operazione chirurgica. Questa operazione gli ha salvato la vita.»

«E allora?»

«Emmanuel Weingrass avrà una ricaduta, che lo ridurrà in fin di vita. Kendrick non lo lascerà. Resterà accanto a lui. Quando sarà finita, sarà ormai troppo tardi. Voglio *per me* quei dieci milioni, Andy-boy.»

Capitolo ventisettesimo

Varak scrutava attentamente in volto i membri della Inver Brass, che sedevano intorno al tavolo, nel cono di luce delle rispettive lampade d'ottone. La sua concentrazione era tesa fino allo spasimo, poiché doveva esercitarsi su due livelli.

Il primo livello era quello delle informazioni che lui era venuto a dare; il secondo era quello delle reazioni immediate che le sue notizie avrebbero provocato, di volta in volta, negli ascoltatori. Doveva cogliere al volo momentanei trasalimenti, brevissimi moti di stupore, di paura quasi impercettibile, via via che riferiva i fatti, da lui appurati, riguardo al Vicepresidente e al suo entourage, al suo staff. Al contempo Varak doveva sorvolare su certi "innocui" dettagli appresi dalla "talpa" della Mafia in seno ai Servizi Segreti. Però, i cinque volti intorno al tavolo non tradivano – man mano che lui parlava – alcuna emozione: i loro sguardi erano fissi e imperturbabili.

Varak parlava con estrema convinzione, rivelando all'incirca l'ottanta per cento della verità. Mentre li osservava a uno a uno, il secondo livello della sua mente andava ricordando i fatti salienti del passato di ciascuno degli Inver Brass.

E, nell'osservarli, si rendeva conto di trovarsi in presenza di cinque giganti. La luce delle lampade dava un particolare risalto, in chiaroscuro, ai loro visi. Cinque giganti: ma uno di essi era un traditore. Uno di essi aveva rivelato l'esistenza di Emmanuel Weingrass a Mesa Verde, nel Colorado, e questo era un segreto ignoto anche ai più agguerriti servizi di vigilanza di Washington. Chi era il traditore?

Samuel Winters? Dinastia di baroni americani del petrolio e delle ferrovie, antica ricchezza risalente al tardo Ottocento e via via consolidata. Uno studioso soddisfatto della propria vita privilegiata. Consigliere di Presidenti, senza coloratura partitica. Un grand'uomo in pace con se stesso. O forse no?

Jacob Mandel? Un genio della finanza, venerato da tutti, il quale aveva dato una nuova impronta alla SEC (la Commissione che tutela le Borse Valori e i mercati finanziari USA) facendone un organo essenziale per Wall Street. Di umili origini: era nato da povera famiglia ebraica, e dai bassifondi era salito alle più alte sfere del potere economico. Nessun galantuomo – si diceva in giro – poteva considerarlo suo nemico. Al pari di Winters, portava bene le onorificenze, ed era assurto ai più alti onori. O ve n'erano altri cui, segretamente, ambiva?

Margaret Lowell? Aristocrazia e ricchezza; alta società di New York e Palm Beach; ma con un risvolto insolito in tali circoli. Era un avvocato che – rifuggendo da redditizi incarichi e parcelle – lavorava febbrilmente in difesa degli oppressi, dei poveri, degli emarginati. Sia brillante teorico di giurisprudenza che abile nella pratica legale, era data per certa la sua nomina alla Corte Suprema. Oppure la sua attività di avvocato era semplicemente una copertura per la sua dedizione ad altre cause recondite?

Eric Sundstrom? Grande scienziato, esperto della tecnologia terrestre e aerea, detentore di oltre venti redditizi brevetti, buona parte dei quali redditi veniva devoluta a favore di istituti di ricerca nel campo dell'ingegneria e della medicina, per l'avanzamento di queste scienze. Il suo era un intelletto sublime, nascosto dietro un viso da cherubino, sotto una zazzera di capelli color carota, un sorriso sbarazzino e un forte senso dell'umorismo – quasi che le sue doti lo mettessero in imbarazzo – persino pronto a fingersi leggermente offeso quando gli venivano lodate. O era tutta una finzione? L'ingenuità era soltanto una facciata?

Gideon Logan? Forse il più complesso del quintetto. Il che, per il fatto che era negro, era comprensibile. Aveva accumulato enormi fortune in campo immobiliare, ma non aveva mai dimenticato le sue origini: dava lavoro a società di negri, nelle sue imprese di appaltatore. Si diceva anzi che, alla chetichella, aveva fatto più lui, per l'avanzamento della gente di colore, di qualsiasi altra singola organizzazione, negli Stati Uniti. L'attuale Presidente, come pure il suo predecessore, gli aveva offerto svariati incarichi di Governo, ma lui li aveva tutti rifiutati, convinto di poter ottenere di più come rispettato indipendente, nel settore privato, piuttosto che come uomo di parte. Lavoratore indefesso, si permetteva un unico svago: possedeva una lussuosa villa nelle Bahama e lì trascorreva spesso il week-end andando a pesca su un battello insieme alla moglie, cui era sposato da dodici anni. O c'era dell'altro? Be', sì. Forse. Diversi anni della sua turbinosa esistenza erano, semplicemente, sconosciuti: un buco nero. Era come se, in quegli anni, non fosse esistito.

«Milos» chiese Margaret Lowell «come ha fatto il Governo a tenere nascoste le minacce rivolte a Bollinger? Specie se si considera che è stato costituito, per questo, un nucleo speciale dell'FBI?»

Cancellare Margaret Lowell? Così dicendo essa apriva il classico barattolo di vermi, entro cui si trovava Ardis Vanvlanderen, Capo di Gabinetto del Vicepresidente.

«Se nessuno ne ha saputo nulla è grazie alla signora Vanvlanderen, alla sua esperienza manageriale, per così dire.» *Osserva i loro occhi. I muscoli del viso, le mascelle... Niente! Sono rimasti tutti imperturbabili. Eppure uno di loro sa. Chi?*

«Mi risulta che Ardis è la moglie di Andrew Vanvlanderen» osservò Gideon Logan «e "Andy-boy", come lo chiamano, è un grande elemosiniere, per così dire, un contributore, un "reperitore di fondi". Ma perché mai è stata nominata, la moglie, Capo di Gabinetto?»

Cancellare Gideon Logan? Stava agitando i vermi.

«Forse posso rispondere a questo» replicò Jacob Mandel. «Prima che sposasse Vanvlanderen, la Ardis era il sogno dei cacciatori di teste. Di due compagnie sull'orlo della bancarotta aveva fatto, fondendole insieme, una società redditizia. Mi risulta che sia disgustosamente aggressiva, però nessuno può negare il suo talento manageriale. Quindi, era indicata per il posto da Capo di Gabinetto: per tenere alla larga gli importuni.»

Cancellare Jacob Mandel? Non si vergognava di lodarla.

«L'ho incontrata una volta» disse Eric Sundstrom con enfasi «e, a dire la verità, è una peste. Avevo assegnato un brevetto alla scuola di medicina John Hopkins e lei pretendeva una senseria, nientemeno!»

«Che bisogno c'era di un sensale?» domandò la Lowell.

«Nessunissimo bisogno» rispose Sundstrom. «Ma lei cercò di convincermi che per una donazione così ingente occorreva una persona fidata che gestisse quel denaro e lo convogliasse dove era giusto che andasse, e non prendesse vie traverse.»

«Forse aveva ragione» disse la Lowell, annuendo, con la sua esperienza di donna di legge.

«No, per me no. Se aveste sentito come parlava! Inoltre il direttore della Hopkins era un mio caro amico. Lei lo avrebbe messo tante di quelle volte con le spalle al muro che lui avrebbe finito per restituirmi il brevetto. È una peste, una vera peste!»

Cancellare Eric Sundstrom? Non si vergognava di dirne peste e corna.

«Io non l'ho mai incontrata, ma» interloquì Samuel Winters «era sposata a Emory Frazier-Pyke, un accorto banchiere di Londra. Ti ricordi di Emory, vero, Jacob?»

«Certamente. Giocava a polo e, nel presentarmi, gli dicesti che io ero un socio segreto dei Rothschild. Credo che, purtroppo, ci credette.»

«Mi hanno detto» continuò Winters «che il povero Frazier-Pyke perse un mucchio di quattrini in un'impresa gestita da questa

Ardis, che poi divenne – appunto – sua moglie: la Off Shore Investments.»

«Altro che accorto, il nostro banchiere» commentò Mandel. «Erano un branco di filibustieri, quelli della Off Shore. Avrebbe dovuto fare accertamenti, l'accorto banchiere.»

«Magari li fece, sia pure in ritardo. Comunque, la Ardis non restò a lungo sua moglie. Emory non è il tipo da deviare dalla retta via. Lei era probabilmente una ladra.»

Cancellare Samuel Winters? Il traditore della Inver Brass non avrebbe azzardato questa ipotesi.

«In un modo o nell'altro» disse Milos Varak pacatamente «lo conoscete tutti quanti.»

«Io no» precisò Margaret Lowell. «Ma la conosce il mio ex marito, Walter. La conobbe tramite Frazier-Pyke.»

«Walter la conosce?» domandò Sundstrom con una punta di divertito sarcasmo.

«Anni fa, quando eravamo ancora insieme, Walter si recava tanto spesso a Londra, che io pensavo avesse una consulenza con la Regina, e accennava a questo Frazier-Pyke come al suo banchiere inglese. Poi una mattina la domestica mi telefonò in ufficio per dirmi che era arrivata una telefonata urgente da Londra, da un non meglio specificato "FP", ma lei non sapeva dove Walter fosse. Mi diede il numero. Telefonai io e dissi a qualcuno – una segretaria, presumo – che c'era Mr. Walter Lowell in linea, per "FP". A rispondermi fu, allora, una voce di donna: "*Darling*, sarò a New York domani e potremo passare cinque interi giorni insieme!". Io: "Che bello!", e riappesi.»

«Questa Ardis si muove negli ambienti giusti» disse Gideon Logan ridacchiando. «Andy-boy la manterrà a visoni e caviale finché non le verrà a noia.»

Varak doveva cambiare subito argomento! Se era giusta la sua ipotesi, se c'era un traditore fra quei cinque, ed era sicuro di non sbagliarsi, tutto quello che si sarebbe detto, lì, sarebbe stato poi riferito ad Ardis Vanvlanderen, e lui non poteva permetterlo. Disse quindi affabilmente: «È evidente, che a questo mondo ci sono degli opportunisti estremamente capaci. Comunque, non importa poi tanto». *Osservali bene. Guardali in faccia.* «La Vanvlanderen serve bene il Vicepresidente Bollinger, ma questo non ha alcuna importanza per noi... Torniamo a Kendrick. Tutto procede regolarmente, per quanto lo riguarda. I giornali del Midwest, cominciando da quelli di Chicago, saranno i primi a parlarne, sia in cronaca sia negli editoriali. A tutti è stato fornito abbondante materiale su Kendrick e sui suoi trascorsi, nonché registrazioni su videonastro delle sue famose apparizioni alla Tv, mesi fa. I giornali di Chicago daranno il "la", altri faranno eco, sia all'Est che all'Ovest.»

«In che modo sono stati avvicinati, Milos?» domandò Samuel Winters. «I giornalisti, dico, i commentatori politici.»

«Tramite un comitato che si è legalmente costituito a Denver. Il seme, una volta piantato, crescerà in fretta. Quelli del partito, nel Colorado, sono entusiasti della cosa, specialmente dal momento che ingenti contributi sono stati largiti da donatori che preferiscono restare anonimi. I funzionari di partito del Colorado vedono un ottimo candidato, in Kendrick. Inoltre, il comitato pro Kendrick porterà il loro Stato alla ribalta. Vinca o perda, per loro va sempre benone.»

«Quei "contributi" potrebbero costituire un problema legale» obiettò la Lowell.

«Niente di eccessivo, signora: in simili casi si resta al di sotto del massimo consentito dalla legge elettorale... che peraltro è alquanto oscura, sencondo me, se non addirittura confusa.»

«Se avrò bisogno di un avvocato, Varak, chiamerò lei» disse la Lowell, sorridendo.

«Ho fornito a ciascuno di voi un elenco dei giornali e dei giornalisti coinvolti in questa fase...»

«Da bruciarsi poi nella stufetta» interruppe Winters sottovoce.

E tutti gli altri in coro: «Sì, certo. È ovvio».

Chi era, dei cinque, a mentire?

«Mi dica, Varak» disse il brillante e angelico Sundstrom. «A quanto ci consta, Kendrick non ha finora dato prova di quel "fuoco nelle vene", di cui tanto si parla. Secondo me è estremamente importante che lui *voglia*, quell'incarico.»

«Lo vorrà, signore. A quel che mi consta, è uno che se ne sta rintanato, ma esce fuori dalla tana al momento del bisogno e, allora, si dà attivamente da fare.»

«Ne è sicuro?»

Varak si concesse un sottile sorriso. «Quello che sto cercando di dire, sia pure con parole inadeguate...»

«Le sue parole sono molto precise, Milos.»

«Grazie, signore, lei è troppo gentile. Insomma, quello che sto cercando di dire è che in due drammatiche occasioni – una delle quali estremamente pericolosa per lui – egli decise di prendere la strada più ardua, convinto di agire per il meglio. La prima, fu la decisione di rimpiazzare un uomo politico corrotto. La seconda, Oman. In breve: dovrà essere di nuovo convinto che la sua persona e le sue capacità sono necessarie. Indispensabili, per il bene del Paese.»

«Non è roba da poco» disse Gideon Logan. «È certo un uomo sensato e realistico, che valuta realisticamente le sue doti. Quindi potrebbe rispondere: "Non sono qualificato, non sono all'altezza". Come prevenire o scavalcare questa obiezione?»

Varak girò lo sguardo intorno: la sua espressione era quella di un uomo che vuole essere compreso. «Simbolicamente, suggerirei, signore.»

«Cioè?» domandò Mandel togliendosi gli occhiali cerchiati d'acciaio.

«Per esempio, l'attuale Segretario di Stato, sebbene i colleghi di Governo lo considerano, malignamente, un accademico testardo, è la voce più ragionevole in seno al Governo. So, in via privata, che è stato in grado di bloccare un certo numero di azioni avventate, raccomandate dai consiglieri del Presidente, poiché il Presidente stesso lo rispetta...»

«Buon per lui!» esclamò Margaret Lowell.

«Credo che l'alleanza europea andrebbe in pezzi, senza di lui» disse Winters.

«Non vi sarebbe proprio, un'alleanza, senza di lui» convenne Mandel collerico. «Egli è un faro di razionalità in un mare di irragionevolezza, l'unico che abbia una logica fra tutti quei trogloditi.»

«Posso intendere allora, signore, questa parola "faro" come un simbolo?»

«Certo» rispose Logan. «Il nostro Segretario di Stato è, senz'altro, un simbolo di intelligente moderazione. Anche il Paese lo rispetta.»

«Egli intende dimettersi» disse Varak con semplicità.

«Cosa?» Sundstrom si sporse in avanti. «La sua fedeltà a Jennings non glielo può permettere.»

«La sua integrità non gli consente di restare» disse Winters perentorio.

«Per lealtà, tuttavia» spiegò Varak «ha acconsentito di prendere parte alla conferenza della Nato sul Medio Oriente che si terrà a Cipro fra tre settimane. In tal modo, oltre a dare prova di unità di intenti in seno al Governo, darà tempo al Presidente e ai suoi collaboratori per trovare un adeguato successore. Dopodiché lascerà l'incarico "per motivi personali", e soprattutto per le frustrazioni che gli procura il Consiglio Nazionale per la Sicurezza, che continua a boicottarlo.»

«Lo ha spiegato, questo, al Presidente?» domandò la Lowell.

«Stando alle mie fonti, no» rispose Varak. «Come ci fa notare Mr. Mandel, è un uomo razionale. Si rende conto che è più facile rimpiazzare un uomo solo che non un intero collegio di consiglieri presidenziali.»

«Tragico» disse Winters «ma inevitabile, immagino. Tuttavia, che c'entra il Segretario di Stato con Kendrick? Non riesco a vedere il nesso.»

«Il nesso sta nel simbolo, per così dire» disse Sundstrom. «Egli deve capirne l'importanza. Giusto, Milos?»

«Giusto, signore. Se Kendrick si convincesse che è di cruciale importanza, per il Paese, avere un Vicepresidente forte, nel quale alleati e nemici, ugualmente, vedano un paladino della ragione in seno a una presidenza imperiale – in cui il benevolo imperatore spesso è nudo – e che il mondo, per questo, starebbe più tranquillo, ebbene, a mio giudizio, Kendrick farebbe di nuovo la scelta difficile e si renderebbe disponibile.»

«Da quel che ne sappiamo, credo proprio di sì» convenne Gideon Logan. «Ma chi riuscirà a persuaderlo di questo?»

«L'unico uomo cui dà retta» disse Milos Varak chiedendosi al contempo se non stesse firmando una condanna a morte. «Emmanuel Weingrass.»

Ann Mulcahy O'Reilly non si inquietava facilmente. Da anni faceva la segretaria di uomini politici, fin da quando lei e il marito Paddy si erano trasferiti da Boston a Washington. Qui, aveva lavorato per vari membri della Camera, brillanti o meno, galantuomini e aspiranti ladri: niente ormai la sorprendeva. Ma non aveva lavorato mai per uno come Kendrick. Questi era allergico a Washington, restio a risiedervi, svogliato come uomo politico, eroe troppo modesto e schivo. Aveva più mezzi lui, per eludere l'ineluttabile, che non un gatto con nove vite al quadrato; e riusciva a scomparire con l'agilità dell'Uomo Invisibile. Ma, nonostante la sua propensione a dileguarsi, lasciava sempre qualche linea di comunicazione aperta: o telefonava *lui* a intervalli più o meno regolari, oppure lasciava un numero di telefono dove poteva essere raggiunto.

Invece, da due giorni non si avevano più sue notizie, né aveva lasciato alcun recapito. Questi due fatti, in sé e per sé, non avrebbero, normalmente, allarmato la sua segretaria. Se non ci fossero stati due altri fatti concomitanti: sia il telefono della casa di Kendrick a Fairfax in Virginia, sia quello della sua villa a Mesa Verde in Colorado, erano isolati. In entrambi i casi, dalle centrali rispondevano che c'erano guasti, nell'una e nell'altra zona. Alle sette di sera, la situazione non era cambiata. E questo inquietava la signora O'Reilly. Quindi decise di chiamare il marito al comando di polizia.

«O'Reilly» disse la voce burbera. «Squadra investigativa.»

«Sono io, Paddy.»

«Ciao tigre. C'è stufato di manzo per cena?»

«Sono ancora in ufficio.»

«Bene. Fammi parlare con Evan. Mi ha telefonato Manny un paio di giorni fa, riguardo a un'auto dalla strana targa...»

«È questo il punto» l'interruppe la moglie. «Devo parlargli anch'io, ma non lo trovo.» E gli raccontò della curiosa coincidenza dei telefoni entrambi guasti, in Virginia e in Colorado; del fatto che lui non si faceva vivo da due giorni, né aveva lasciato un altro recapito. «Non è da lui, Paddy.»

«Chiama la Congressional Security, che tutela appunto i rappresentanti» disse con fermezza il poliziotto.

«Col cavolo. Se bisbigli il nome di quel ragazzo alla Security, si mettono a squillare tutti i campanelli. Evan chiederebbe la mia testa su un vassoio d'argento, in mancanza di una spiegazione appena plausibile.»

«Cosa vuoi che faccia?»

«Potresti andare a dare un'occhiata, alla chetichella, a Fairfax, tesoro?»

«Certo. Telefono a Kearns in Arlington e gli dico di mandare un'auto là. L'indirizzo, qual è?»

«No, Paddy» disse la signora O'Reilly decisa. «Mi pare di sentire già i campanelli. Capirai, la polizia!»

«Come credi che mi guadagni la vita? Con la danza classica?»

«Non voglio la polizia di mezzo, per via dei verbali e tutto il resto. Là ci sono guardie della CIA. Vacci tu, tesoro. Tu sei un amico che, guarda caso, fa parte della polizia e fa un favore alla moglie che, guarda caso, è la segretaria di Kendrick.»

«Ci sono un sacco di "guarda caso", tigre. Ma che diavolo! Mi piace lo stufato di manzo.»

«Con tante patate, Paddy.»

«E cipolle. Un bel po' di cipolle.»

«Le più grosse che trovo.»

«Vado subito.»

«Un'altra cosa, Paddy. Se è stato Evan stesso a staccare tutt'è due i telefoni, digli che so della sua ragazza d'Egitto e potrei spargere la voce, se non mi telefona.»

«Quale ragazza d'Egitto?»

«Tienilo per te» ordinò la O'Reilly. «Manny se l'è lasciato sfuggire, ieri, perché era un po' seccato, non riuscendo neppure lui a trovare Evan. Su, ora spicciati. Aspetto qui la tua telefonata.»

«E lo stufato?»

«Ce l'ho già, surgelato» mentì Ann Mary O'Reilly.

Dopo aver sbagliato strada due volte, col buio, il detective di primo grado O'Reilly imboccò finalmente quella che conduceva a casa di Kendrick. L'aveva fatta già altre quattro volte, quella strada, ma mai di notte quando era andato a trovare Weingrass, appena dimesso dall'ospedale, di nascosto, per portargli del whisky. Le infermiere glielo proibivano ma O'Reilly la pensava diversamente: se Manny, che aveva quasi ottant'anni e avrebbe potuto tirare le cuoia in sala operatoria, voleva sbronzarsi un po', che male c'era? Cristo, in tutta la sua gloria, trasformò l'acqua in vino, quindi perché non avrebbe dovuto, un peccatore a nome O'Reilly, trasformare una boccetta di acqua borica in scotch? Non faceva che seguire un santo esempio, lui, e anche la sua era una buona causa.

Non v'erano lampioni, in quella strada, e, se non fosse stato per i fari, Paddy non avrebbe visto il muro e il cancello di ferro battuto davanti alla villa. Allora capì perché. Non c'erano luci accese in casa. Doveva apparire disabitata, deserta, in assenza dei proprietari. Tuttavia il proprietario non era via e, se anche fosse stato assente, c'erano pur sempre quei due arabi del Dubai che tenevano in ordine la casa. Qualsiasi cambiamento in questo tran-tran oppure l'allontanamento delle guardie sarebbe stato senz'altro riferito ad Annie O'Reilly, segretaria di Kendrick. Paddy parcheggiò sul ciglio della strada, prese una torcia e scese dall'auto. Istintivamente, portò una mano alla pistola. Si avvicinò al cancello, aspettandosi da un momento all'altro che scattasse qualche allarme. Tali erano i metodi della CIA: per la protezione totale.

Invece niente.

O'Reilly scosse le sbarre del cancello. Niente. Il cancello si aprì.

Entrò, avanzò cautamente, con la torcia nella sinistra e la destra sul calcio della pistola. Quel che vide di lì a pochi secondi lo fece sobbalzare. Indietreggiò e andò a mettersi con le spalle al muraglione. Estrasse la pistola dalla fondina.

«Santa Maria, madre di Dio, perdona i miei peccati!» bisbigliò.

A tre metri di distanza giaceva il cadavere di un giovane in abiti civili, una guardia della CIA, tutto lordo di sangue, con la testa quasi staccata di netto dal busto. O'Reilly si abbassò con la schiena contro il muro, spense subito la torcia, cercando di calmare i propri espertissimi nervi. La morte violenta gli era familiare e, pertanto, sapeva che c'era dell'altro, da trovare. Si mosse lentamente e cominciò a cercare altri morti. Sapeva anche che gli assassini si erano già dileguati.

Trovò tre altri cadaveri, tutti orrendamente sfigurati. *Gesù! Come?* Si chinò a esaminare il quarto cadavere. Quello che trovò lo riempì di sgomento. Infilzato nel collo della guardia c'era un ago: era quel che restava di un dardo. Le quattro guardie erano state prima immobilizzate da un narcotico e poi barbaramente uccise. Non si erano resi conto di quello che accadeva, nessuno di loro.

Patrick O'Reilly si avviò lentamente, cautamente, verso l'ingresso della villa, ma sapeva che la cautela era inutile. L'opera era stata compiuta. Non restava altro che contare i morti.

Ce n'erano sei. Ognuno con la gola squarciata, ogni cadavere era lordo di sangue raggrumato, ogni faccia contorta dal tormento. Però i più osceni erano i corpi nudi della coppia di arabi. Il marito stava sopra la moglie, in posizione di coito, le due facce insanguinate erano premute l'una contro l'altra. E sulla parete, scritte col sangue umano, c'erano le parole:

Morte ai traditori di Dio! Morte ai fornicatori amici di Satana!

Dov'era Kendrick? Madre di Dio! Dov'era? O'Reilly corse da una stanza all'altra, per tutta la casa, dalla cantina alla soffitta, accendendo tutte le luci che riuscì a trovare, finché l'intera villa risplendette illuminata a giorno. Nessuna traccia di Kendrick! Paddy O'Reilly corse fuori passando per il garage, dove notò che la Mercedes di Evan non c'era, e che la Cadillac era vuota. Cominciò di nuovo a cercare dappertutto, perlustrando ogni metro quadrato di giardino, a palmo a palmo, all'interno del recinto: fra gli alberi, fra i cespugli, dovunque. *Niente.* Nessun segno di lotta, né rami schiantati, né squarci nel recinto, né graffi sul muro di recente costruzione. La Scientifica! La polizia scientifica avrebbe trovato delle tracce... *No!* Lui pensava alle procedure di polizia ma ciò andava al di là della polizia... molto, *molto* oltre! Di corsa O'Reilly tornò al cancello di ferro smaltato, e raggiunse la sua auto. Vi saltò dentro e sollevò il ricevitore del radiotelefono, sotto il cruscotto. Formò un numero. Solo adesso si accorse che aveva la faccia e la camicia zuppa di sudore, nell'aria fresca della notte.

«Ufficio di Mr. Kendrick.»

«Annie! Lascia che sia io a parlare» interruppe il detective, rapidamente, sottovoce. «E non fare domande...»

«Conosco quel tono di voce, Paddy, quindi debbo farne una: è sano e salvo?»

«Non c'è traccia di lui. La sua auto è sparita. Lui qui non c'è.»

«Ma ci sono gli altri...»

«Non più domande, tigre. Ora ne faccio una io a te; e, per tutti i santi, spero che tu sappia rispondere.»

«Cosa?»

«Chi è il "contatto" di Kendrick alla CIA?»

«Tratta direttamente con la squadra...»

«No. Qualcun altro. Più in alto. Deve esserci qualcuno!»

«Un momento!» gridò Annie alzando la voce. «Sì, certo che c'è. Solo che non ne parla... Un uomo di nome Payton. Un mese fa, più o meno, mi disse che se questo Payton avesse chiamato, dovevo passarglielo immediatamente. "Se non sono in ufficio, rintracciami al più presto", mi disse.»

«Sei sicura che Payton è della CIA?»

«Sì, sì, ne sono sicura» disse Annie pensosamente. «Una mattina Evan mi telefonò dal Colorado per dirmi che gli occorreva il numero di questo Payton e mi disse dove potevo trovarlo, nella sua scrivania: nel cassetto più basso, sotto un libretto di assegni. Il prefisso era quello di Langley.»

«Pensi che sia ancora là?»

«Vado a guardare. Aspetta.» L'attesa, benché non durasse più di venti secondi, fu intollerabile per O'Reilly, resa ancor peggiore dalla vista della enorme villa illuminata a giorno oltre il cancello. Era sia un invito sia un bersaglio. «Paddy...»

«Sì, pronto!»

«Ce l'ho!»

«Dammelo. Presto!» Lei glielo diede e il tenente O'Reilly emanò un ordine che non poteva venire disobbedito. «Resta in ufficio finché non ti richiamo o passo a prenderti. *Capito?*»

«C'è un motivo?»

«Diciamo che non so fino a che punto arrivi questa cosa... e si dà il caso che mi piace lo stufato di manzo.»

«Oh mio dio» sussurrò Annie.

O'Reilly non udì sua moglie piché aveva già riappeso e, pochi secondi dopo, formò il numero che Annie gli aveva dato. Dopo otto tormentosi squilli, rispose una voce di donna: «Central Intelligence Agency, ufficio di Mr. Payton».

«Lei è la segretaria?»

«No, signore, qui è il centralino. Mr. Payton non è in ufficio.»

«Mi ascolti, per favore» disse il detective con assoluta padronanza di sé. «È urgente, devo immediatamente parlare con Mr. Payton. Quali che siano i regolamenti, possono venire violati, mi capisce, ragazza? È un caso di emergenza.»

«La prego, si identifichi, signore.»

«E va bene, anche se non vorrei. Sono il tenente Patrick O'Reilly, detective di primo grado, Dipartimento di Polizia del Distretto di Columbia. Lei *deve* trovarmelo!»

D'un tratto si inserì una voce d'uomo. «O'Reilly?» disse questi. «Come la segretaria di un certo uomo politico?»

«Stesso nome, signore. Come mai lei non risponde al suo *dannato* telefono – scusi il mio linguaggio?»

«Mi trovo a casa mia, Mr. O'Reilly, e questa è una prolunga. Centralino... Potete escludervi.»

«Sta bene, signore» rispose la centralinista. E si udì uno scatto.

«Dunque, Mr. O'Reilly? Siamo soli, adesso.»

«Io no. Io sono in compagnia di sei cadaveri, distanti dieci metri dalla mia auto.»

«*Cosa?*»

«Venga subito qui, Mr. Payton. A casa di Kendrick a Fairfax. E se non vuole finire in cronaca, disdica la venuta di qualsiasi rimpiazzo.»

«Rimpiazzi?» ripeté lo sbalordito direttore della Progetti Speciali. «La squadra di rimpiazzo verrà a mezzanotte a dare il cambio ai quattro che attualmente sono lì.»

«Morti. Sono morti anche loro. Tutti morti.»

Mitchell Payton si chinò sul cadavere della guardia più vicino al cancello, facendo una smorfia sotto il raggio della torcia di O'Reilly. «Buon dio, era così giovane! Sono tutti così giovani!»

«Erano, signore» disse il detective piattamente. «Non è rimasto vivo nessuno, né qui fuori né dentro casa. Ho spento quasi tutte le luci, ma io l'accompagnerò, naturalmente.»

«Devo... naturalmente.»

«Però non se ne fa niente se lei non mi dice dov'è Kendrick. Altrimenti avverto la polizia di Fairfax. Come del resto sarebbe mio dovere. Sono chiaro?»

«Chiarissimo, tenente. Per il momento questo deve restare un problema della CIA – una catastrofe, se vogliamo. Sono chiaro, a mia volta?»

«Risponda alla mia domanda altrimenti chiamo la polizia di Fairfax. Dov'è Kendrick? La sua auto non c'è, in garage. Ma non so se rallegrarmi di questo, oppure no.»

«Se lei riesce a rallegrarsi in questa situazione, è davvero uno strano tipo...»

«Mi dispiace per questi morti – a me estranei – come mi è dispiaciuto per centinaia di altri, come loro. Ma Evan Kendrick lo conosco. È diverso! Ora, se lei sa dove si trova, me lo dica subito, se non vuole che telefoni alla polizia di Fairfax.»

«Per amor del cielo, non mi minacci, tenente. Se vuole sapere dov'è Kendrick, lo chieda a sua moglie.»

«A sua moglie?»

«Segretaria della persona in questione, semmai le fosse sfuggito di mente.»

«Pezzo di fesso!» esplose Paddy. «Perché diavolo mi troverei qui, secondo lei? Per fare una visita mondana a un amico altolocato, il milionario del Colorado? Eh, no, ragazzo mio, mi trovo qui perché Annie, mia moglie, non ha più notizie di Evan da due giorni, e perché dalle nove di stamani sia il telefono di questa casa, che quello della villa in Colorado sono isolati. Orbene, secondo lei, si tratta di una pura e semplice coincidenza?»

«Entrambi i telefoni...» Payton girò di scatto la testa guardando in alto.

«Non si dia pena» disse O'Reilly seguendo lo sguardo di Payton. «Una linea è stata tagliata e deviata su un'altra. Il grosso cavo che arriva sul tetto è invece intatto.»

«Buon *dio*!...»

«Secondo me c'è bisogno del suo aiuto immediato. Insomma, dov'è Kendrick?»

«Alle Bahama. A Nassau.»

«Perché pensava che mia moglie lo sapesse? E le conviene addurre una buona ragione per credere questo, amico mio, poiché, se si trattasse di una sporca manovra per coinvolgere Annie Mulcahy in una delle vostre montature, farò venire qui più poliziotti di quanti agenti avete voi in Iran!»

«Lo credevo per il semplice fatto che Kendrick stesso me lo disse, tenente O'Reilly» disse Payton con voce fredda, sgranando gli occhi, con la mente evidentemente in fermento.

«Invece non le ha detto niente!»

«È ovvio» convenne il dirigente della CIA, fissando ora la villa. «Tuttavia, Kendrick fu esplicito. L'altro ieri mi disse che, andando da casa all'aeroporto, si sarebbe fermato in ufficio, e avrebbe informato la sua segretaria, Ann O'Reilly, del viaggio che stava per intraprendere, per Nassau. In ufficio si è fermato infatti, ne abbiamo la conferma della scorta.»

«A che ora?»

«Verso le quattro e mezzo, se ben ricordo. Risulta dal verbale della scorta.»

«Le quattro e mezzo di mercoledì?»

«Sì.»

«Annie non c'era, in ufficio. Ogni mercoledì, alle quattro del pomeriggio, va a scuola di ginnastica aerobica. E Kendrick lo sa, questo.»

«Evidentemente, se n'era dimenticato.»

«Improbabile. Venga con me, signore.»

«Prego?»

«Alla mia macchina.»

«Abbiamo del lavoro da fare, qui, tenente, e devo fare diverse telefonate, io: dalla *mia* macchina. Da solo.»

«Lei non farà un cavolo di niente, finché io non avrò parlato con la segretaria di Kendrick.»

Un minuto e cinque secondi più tardi, mentre Payton stava in piedi accanto allo sportello aperto, la voce della moglie di Patrick O'Reilly rispose al telefono: «Ufficio di Mr. Kendrick».

«Annie» l'interruppe il marito. «Quando sei uscita dall'ufficio, per andare a ginnastica, mercoledì, chi c'era?»

«Soltanto Phil Tobias. C'è poco da fare, in questi giorni. Le ragazze se n'erano già andate.»

«Phil chi?»

«Tobias. È il principale assistente di Kendrick.»

«E non ti ha riferito niente, questo Tobias? Né ieri né oggi? Non ti ha detto di Kendrick, cioè?»

«Non l'ho rivisto, Paddy. Non è venuto in ufficio, né ieri né oggi. Ho lasciato una dozzina di messaggi sulla sua segreteria telefonica, ma lui non si è fatto vivo...»

«Ti richiamo più tardi, tigre. Resta lì, non muoverti dall'ufficio. Capito?» O'Reilly depose il ricevitore e si rigirò sul sedile, guardando l'uomo della CIA. «Ha sentito, signore. Le mie scuse sono quindi di rigore. Gliele porgo, Mr. Payton.»

«Non le pretendevo e non le voglio, tenente. Abbiamo combinato tanti di quei pasticci, noi, a Langley, che, se uno teme che sua moglie sia stata coinvolta in uno di essi, non mi offendo di certo, se me lo dice in faccia.»

«Purtroppo, era proprio questo il mio timore. Dunque... chi va alla ricerca di Phil Tobias? Io o lei?»

«Non posso incaricarla, tenente. La legge non lo prevede e, anzi, lo vieta espressamente. Tuttavia posso chiederle aiuto. E ne ho infatti un disperato bisogno. Posso mettere tutto a tacere, per questa notte, adducendo fondatissimi motivi di sicurezza nazionale; quindi lei è scusato, se non fa rapporto. Ma per quanto riguarda Phil Tobias, posso solo pregarla.»

«Di cosa?» domandò il detective, uscendo dall'auto e richiudendone piano lo sportello.

«Di tenermi informato.»

«Non occorre che mi preghi, per questo...»

«Prima di fare qualsiasi rapporto ufficiale» aggiunse Payton.

«Per questo, sì, occorre che lei mi preghi» disse Paddy scrutando l'uomo della CIA. «In primo luogo, non potrei garantire niente. Se Kendrick venisse segnalato in Svizzera, mettiamo, o sul fiume Potomac, io non verrei necessariamente a saperlo.»

«Stavo, ovviamente, pensando sulla stessa falsariga, tenente. Ma lei ha quel che si dice influenza. Mi perdoni, ma ho dovuto assumere informazioni su tutti quelli che stanno intorno a Kendrick. Quindi ho indagato anche su di lei. Il Dipartimento di Polizia del Distretto di Columbia ha, virtualmente, brigato molto affinché lei, dodici anni fa, si trasferisse da Boston a Washington...»

«Mi hanno offerto una buona paga, niente sottobanco.»

«Uno stipendio quasi equivalente a quello del capo degli investigatori. E quattro anni fa lei rifiutò la promozione a capo poiché, disse, non voleva fare vita sedentaria in ufficio.»

«Dio Cristo...»

«Era giocoforza, che mi informassi. E dato che sua moglie lavora per Kendrick, credo che un uomo nella sua posizione possa insistere, per venire informato, se si viene a scoprire qualcosa sul conto di Phil Tobias, dato che anch'egli lavora – o lavorava – nell'ufficio di Kendrick.»

«Penso di poter insistere, sì, trattandosi di mia moglie. Ma, allora, devo farle un paio di domande.»

«Dica pure. Le sue domande potrebbero anzi aiutarmi.»

«Perché Kendrick è andato alle Bahama?»

«Li ho mandati là io.»

«*Li?* Lui e l'egiziana? Il vecchio Weingrass ne ha parlato a mia moglie.»

«Quella donna lavora per noi. C'era anche lei, nell'Oman. A Nassau, nelle Bahama, c'è un tale che servì da prestanome a una società di cui fece, brevemente, parte lo stesso Kendrick, anni fa. Quest'uomo non ha una gran reputazione, e neanche quella ditta era tanto per la quale. Quindi abbiamo ritenuto opportuno dare una controllata.»

«A quale scopo?»

Il direttore della Progetti Speciali guardò verso la villa di Kendrick, le cui finestre erano adesso fiocamente illuminate. «Glielo dirò in un secondo tempo, O'Reilly. Non le terrò nascosto proprio nulla, glielo prometto. Ma ora ho cose più urgenti da fare. Bisogna chiamare subito la squadra-sudario e posso solo chiamarla dalla mia auto.»

«La squadra-sudario? Che diavolo è?»

«Un gruppo di uomini del quale né io né lei gradiremmo far parte. Raccattano cadaveri dei quali non dovranno dir mai niente a nessuno, compiono esami scientifici che hanno giurato di non rivelare. Sono necessari e li rispetto, dal primo all'ultimo, ma non vorrei proprio essere uno di loro.»

D'un tratto squillò il radiotelefono a bordo dell'auto di O'Reilly. Poiché era stato messo su "*emergency*", gli squilli echeggiarono nella notte fredda e serena, rimbalzando dal muraglione, diffondendosi fino al bosco retrostante la villa. O'Reilly aprì lo sportello e agguantò il ricevitore. Lo portò all'orecchio. «Sì?»

«Oh, Gesù, Paddy!» strillò Ann Mulcahy O'Reilly, la voce amplificata dall'altoparlante. «Lo hanno trovato! Hanno trovato Phil Tobias. Nello scantinato. Dio Cristo, Paddy! Lo hanno sgozzato! Gesù, Giuseppe e Maria, è morto, Paddy!»

«Lo "hanno" trovato, dici. Chi?»

«Harry e Sam – guardiani notturni – mi hanno avvertita poco fa, spaventati da morire, e mi hanno detto di chiamare la polizia.»

«E l'hai chiamata, Annie. Sono io la polizia. Dì a quei due di restare dove sono. Non tocchino niente, fino al mio arrivo. E non dicano niente a nessuno. Intesi?»

«Non devono dire niente...?»

«Ti spiegherò poi. Acqua in bocca nel frattempo. Chiama subito la Congressional Security e digli che mandino cinque uomini armati a piantonare l'ufficio di Kendrick. Dì che tuo marito è un poliziotto e che la richiesta parte da lui, a causa di minacce personali rivolte a Kendrick. Capito?»

«Sì, Paddy» rispose la signora O'Reilly in lacrime. «Oh, Gesù santo, Evan è morto!»

Il detective si rigirò sul sedile. Il direttore della CIA stava correndo verso la propria auto.

Capitolo ventottesimo

Erano le quattro e venti del pomeriggio in Colorado, ed Emmanuel Weingrass era arrivato al limite della sua pazienza. Erano quasi le sette di mattina, quando si era accorto che il telefono non funzionava. In seguito aveva appreso che le infermiere se ne erano accorte prima di lui. Una di esse era andata a Mesa Verde e da un apparecchio pubblico aveva segnalato il guasto. Le avevano assicurato che l'avrebbero riparato al più presto. Ma ormai erano passate cinque ore. E ciò era inaccettabile per Manny. Un membro della Camera – per non dire un eroe nazionale come Kendrick – esigeva un miglior trattamento: era un affronto che Weingrass non avrebbe tollerato. E, sebbene non dicesse nulla alle sue "tre streghe" come chiamava abitualmente le infermiere che lo accudivano, aveva brutti presentimenti. Era inquieto.

«Udite! Udite, oh voi profetesse del Duca di Cawdor!» gridò, con quanto fiato aveva in gola, alle due infermiere che giocavano a ramino nella veranda vetrata.

«Ma che diavolo sta dicendo, Manny?» domandò la terza infermiera che stava leggendo il giornale in soggiorno.

«È una battuta del *Macbeth*, ignorante. Dunque, statemi a sentire. Non intendo restare più a lungo isolato dal mondo. Orbene: o una di voi tre mi porta al paese – da dove telefonerò al presidente di questa dannata società telefonica – oppure farò la pipì in cucina.»

«E noi le metteremo la camicia di forza» disse una delle due ragazze che giocavano a carte.

«Un momento» disse l'altra. «Può telefonare a Mr. Kendrick, il quale a sua volta potrà fare pressione. Io ho urgenza di telefonare a Frank. Parte domani e devo salutarlo.»

«D'accordo» disse l'infermiera in soggiorno. «Potrà telefonare dalla drogheria di Abe Hawkins.»

«No, no. Telefonerò da Gi-Gi. Non mi fido di chi si chiama Abe, o Abraham. Magari avrà venduto armi all'Ayatollah, dimenticando di trarne un profitto. Vado subito a mettermi il maglione e la giacchetta.»

«Lo porto io, in macchina» si offrì la ragazza che stava leggendo il giornale in soggiorno, alzandosi dalla poltrona. «Si metta il soprabito, Manny. Fa freddo e tira un ventaccio, dalle montagne.»

Weingrass borbottò un epiteto tra i denti passando accanto alla donna, diretto verso la propria camera da letto nell'ala sud del pianterreno. Appena arrivò nel corridoio, allungò il passo: doveva prendere qualcos'altro, oltre al maglione. Entrato in camera sua – una stanza assai vasta, con porte scorrevoli che si aprivano sulla terrazza – andò rapidamente all'armadio. Salì sopra una seggiola e, a tastoni, afferrò una scatola da scarpe in cima a quel mobile alto, dal tetto scolpito. Scese, depose la scatola sul letto e la aprì. Conteneva una pistola calibro .38 e tre caricatori.

Doveva tenerla nascosta, poiché Kendrick non permetteva armi da fuoco in casa. Il motivo del divieto era troppo penoso perché se ne parlasse apertamente. Kendrick era convinto che, se il cancro si fosse riformato, Weingrass si sarebbe tolto la vita. Ma per Emmanuel Weingrass era impossibile vivere senza un'arma a portata di mano. Quella pistola gliel'aveva procurata Ci Ci.

Vi infilò dentro un caricatore, mise gli altri due in tasca, rimise a posto la seggiola. Dentro l'armadio, prese poi un maglione lungo e pesante e lo indossò: copriva egregiamente i gonfiori. Controllò che le serrature delle porte scorrevoli fossero ben chiuse, quindi attivò l'allarme. Uscì dalla camera, ne chiuse la porta, raggiunse l'infermiera all'ingresso. Questa gli porse il soprabito, dicendo:

«Bello, quel maglione, Manny».

«L'ho comprato a Montecarlo, in liquidazione, in un negozio *après-ski*.»

«Deve sempre dare una risposta scherzosa?»

«No, sul serio.»

«Qua, si metta il cappotto.»

«Sembro una *hasid*, con quello.»

«Una che cosa?»

«Una donna.»

«Oh, no. Anzi è molto virile.»

«*Oy*, usciamo di qui.» Weingrass si diresse verso il portone, poi si soffermò. «*Ragazze!*» gridò alle altre due infermiere in veranda.

«Sì, Manny?»

«Che c'è?»

«Statemi a sentire, prego, signore. Parlo sul serio. Mi sentirei molto più tranquillo – tanto più che il telefono è guasto – se accendeste l'allarme centrale. Accontentatemi, carine mie. Per voi sono un vecchio imbecille, me ne rendo conto, ma davvero mi sentirei più tranquillo, se mi deste retta.»

«Che gentile...»

«Senz'altro, Manny.»

Con un po' di umiltà si ottiene sempre tutto, pensò Weingrass, proseguendo verso il portone. «Su, si sbrighi» disse all'infermiera, che si stava infilando il *parka*. «Voglio arrivare da Gi-Gi prima che la compagnia telefonica chiuda per ferie.»

Dai monti soffiava un vento veramente molto forte. Dal portone alla macchina dovettero camminare a testa bassa, investiti da raffiche violente. La Saab di Kendrick parcheggiata nel vialetto. Manny si riparava il viso con la mano sinistra, volgendo la testa a destra, quando, d'un tratto, il vento e il fastidio che gli procurava passarono in secondo piano. Lì per lì pensò che i mulinelli di foglie e i turbini di polvere gli distorcessero la visuale; poi comprese che non era così. C'era un movimento – un movimento umano – dietro l'alta siepe di fronte alla villa. Una figura si era precipitata sulla destra, infilandosi in un punto dove le foglie erano particolarmente fitte. E poi un'altra! La seconda figura seguì la prima e si spinse più oltre.

«Come va, Manny?» gli gridò l'infermiera mentre si avvicinavano alla macchina.

«Questo è uno zucchero, in confronto al vento che tira sulle Alpi Marittime!» le rispose Weingrass gridando. «Salga. Svelta!»

«Oh, mi piacerebbe tanto vedere le Alpi, un giorno!»

«Anche a me» borbottò Weingrass salendo a bordo della Saab. Infilò la mano destra sotto il cappotto per impugnare la pistola. La estrasse e la infilò fra il sedile e lo sportello, mentre l'infermiera metteva in moto. «Appena uscita sulla strada, svolti a sinistra» le disse.

«No, Manny, si sbaglia. Si arriva prima prendendo a destra.»

«Lo so, bellezza, ma voglio che svolti a sinistra.»

«Se ha in mente qualche scherzo, alla sua età, Manny, è la volta che divento furiosa.»

«Prenda a sinistra e, appena dopo la curva, si fermi.»

«Mr. Weingrass, se lei pensa, per un attimo solo...»

«Devo scendere» interruppe il vecchio architetto con calma. «Non voglio allarmarla, le spiegherò tutto poi, ma adesso avanti.» L'infermiera stupefatta non capiva le parole, pronunciate a bassa voce, di Weingrass ma capiva lo sguardo dei suoi occhi. Non c'era nulla di istrionesco: le stava semplicemente impartendo un ordine. «Grazie» egli soggiunse, mentre lei, immessasi sulla strada, svoltava a sinistra. «Lei adesso prenderà la strada che porta a Mesa Verde passando per Mancos.»

«Ma così la si allunga di dieci minuti almeno...»

«Lo so, ma è così che deve fare. Vada dritto da Gi-Gi e gli dica di chiamare subito la polizia...»

«Manny!» esclamò l'infermiera interrompendolo.

«Sarà senz'altro una roba da niente» disse Weingrass rassicurandola. «Forse qualcuno che ha subìto un guasto alla macchina, oppure un autostoppista che si è smarrito. Nondimeno, è meglio controllare queste cose, non le pare?»

«Non so cosa pensare, ma non la lascerò certo scendere da questa macchina!»

«Invece sì» disse Weingrass, e sollevò la pistola, come per esaminarne il grilletto, senza alcuna minaccia.

«Buon dio!» strillò l'infermiera.

«Non abbia alcun timore per me, mia cara, sono un uomo prudente, fino alla codardia. Ecco... si fermi qui, prego.» La donna in preda quasi al panico obbedì, i suoi occhi spaventati guardavano rapidamente ora l'arma ora la faccia del vecchio. «Grazie» disse Manny aprendo lo sportello. Il rumore del vento fu d'un tratto molto forte. «Probabilmente troverò il nostro innocuo visitatore che prende il tè con le sue colleghe» soggiunse. Richiuse lo sportello. Le raffiche di vento coprivano il rumore.

E coprirono pure il rumore che faceva tornando verso casa, tenendosi nascosto oltre il ciglio della strada. Rumori inevitabili, come lo scricchiolìo di rametti sotto i piedi ai margini del bosco. Era tanto grato alle nuvole nere su in cielo quanto al proprio cappotto scuro: l'uno e le altre lo rendevano poco visibile. Cinque minuti dopo, e diversi metri più addentro nel bosco, si soffermò presso un grosso tronco d'albero, poco lontano dalla strada. Cercando di non farsi scorgere, guardò.

Erano là! E non erano smarriti. I suoi sospetti erano fondati. Gli intrusi stavano aspettando, in agguato. Erano due, entrambi indossavano giubbotti di pelle. Acquattati dietro la siepe parlavano rapidamente fra loro. Uno dei due guardava di continuo l'orologio, con impazienza. Era chiaro che aspettavano qualcuno. A fatica – sentendo il peso dell'età, fisicamente, ma non nell'immaginazione – Weingrass si mise a camminare carponi. Non sapeva cosa stesse cercando ma sapeva che doveva trovarlo, qualunque cosa fosse.

Vide un grosso ramo, di recente spezzato dal vento. La linfa colava ancora dalle schegge, dove era stato schiantato dal tronco. Era lungo circa un metro. Era maneggevole. Lentamente, con fatica e dolore, il vecchio si alzò in piedi e tornò presso l'albero, che non distava, in diagonale, più di una quindicina di metri dai due intrusi.

Era un azzardo ma, d'altronde, quello che gli restava della vita era tutto un azzardo, e le probabilità, lì, erano infinitamente migliori che non alla roulette o a chemin de fer. I risultati, anch'essi, sarebbero stati noti più rapidamente, e il giocatore d'azzardo in

Weingrass era disposto a puntare una discreta somma, scommettendo che uno dei due intrusi, obbedendo al buon senso, sarebbe rimasto dov'era. Il vecchio architetto si mosse fra gli alberi del bosco, scegliendo la propria posizione con la stessa cura che avrebbe messo nel rifinire una planimetria per il più importante dei suoi clienti. Era lui stesso. Era lui, il proprio cliente. *Fare un uso totale dell'ambiente circostante*: un assioma era stato, questo, per tutta la sua vita professionale. Non si discostava, adesso, da quella regola.

C'erano due pioppi, entrambi grossi, distanti circa due metri e mezzo l'uno dall'altro, che formavano una specie di porta. Weingrass si nascose dietro quello di destra, e, stringendo forte il ramo, lo sollevò appoggiandolo al tronco, sopra la sua testa. Il vento soffiava tra gli alberi e, unendosi ai molteplici rumori del bosco, egli aprì la bocca e ruggì una breve cantilena, per un terzo umana, per due terzi animalesca. Piegò il collo e stette a guardare.

Fra i due tronchi e il fogliame più basso, riusciva a vedere le due figure stupefatte di là dalla strada. Entrambi gli uomini girarono su ste stessi, restando acquattati. Poi l'uno dei due afferrò il compagno per una spalla, evidentemente impartendo ordini. Infatti. L'altro si alzò in piedi e, estratta una pistola di tasca, si avviò verso il bosco, attraversando la strada.

Tutto adesso dipendeva dalla scelta del tempo. Tempismo e direzione: quel breve suono seducente guidava la preda verso il fatale mare di verzura, come le sirene avevano allettato Ulisse. Ancora due volte Weingrass emise quel bizzarro richiamo: talmente distinto che l'intruso si mise a correre, schiantando rami davanti a sé, la pistola spianata, i piedi che affondavano nel molle terreno: verso quella specie di porta.

Con tutta la forza, Weingrass vibrò una randellata in testa all'uomo. Gliela spaccò come una zucca. Il sangue sprizzò. Il cranio fu ridotto a un ammasso di ossa rotte e cartilagini. L'uomo morì sul colpo. Weingrass gli si inginocchiò accanto.

Era un arabo.

Il vento continuava a soffiare a violente raffiche. Weingrass tolse la pistola dalla mano ancora calda del morto e, faticosamente, più indolenzito di prima, tornò verso la strada. Il compagno del morto era un fascio di nervi scoordinati: continuava a girare la testa verso il bosco, poi verso la strada per Mesa Verde, poi guardava l'orologio. Non impugnava un'arma, però. E questo disse a Weingrass qualcos'altro: quel terrorista – ed era un terrorista; erano entrambi terroristi – o era un dilettante in erba o un professionista esperto.

Sentendo il cuore martellargli nel fragile petto, Weingrass si concesse una breve pausa per riposare. Solo pochi istanti per riprendere fiato. L'occasione poteva non ripresentarsi di nuovo. Si mosse verso nord, di tronco in tronco, finché fu a trenta metri di distanza dall'uomo ansioso, che continuava a guardare verso sud. Occorreva ancora tempismo. Weingrass attraversò la strada più rapidamente che poté, e rimase immobile, a guardare. L'aspirante killer èra adesso sull'orlo dell'apoplessia. Due volte si avviò verso il bosco oltre la strada, entrambe le volte tornò poi ad acquattarsi nella siepe, guardando l'orologio. Manny si mosse, avanzò cautamente, pistola in pugno. Quando fu a quattro metri dal terrorista, si mise a gridare.

«*Jezzar!*» ruggì, dando all'uomo del macellaio, in arabo. «Se fai una mossa, sei morto! *Fahem?*»

L'uomo di pelle scura si rigirò di scatto, rotolandosi sul terreno. Del terriccio schizzò sulla faccia del vecchio architetto. Attraverso quei frantumi scagliati, Weingrass comprese perché il terrorista non impugnasse un'arma: questa si trovava in terra, accanto a lui, a pochi centimetri dalla sua mano. Manny cadde sulla sinistra, verso strada, mentre l'uomo afferrava la pistola, ora scagliandosi all'indietro, e, lì tra il groviglio di frasche, fece fuoco due volte. Gli spari si udirono appena! Furono due sputacchi, stranamente attutiti, nel vento. Un silenziatore era inserito alla pistola del terrorista. Le pallottole, però, non furono silenziose: una sibilò nell'aria sopra Weingrass, la seconda rimbalzò dall'asfalto accanto alla sua testa. Manny alzò l'automatica e premette il grilletto; la calma dell'esperienza, nonostante gli anni, gli rese ferma la mano. Il terrorista urlò, nel vento che imperversava, e cadde a bocca avanti, con gli occhi spalancati. Un rivolo di sangue gli colava dalla base della gola.

Spicciati, su, decrepito bastardo! gridò Weingrass a se stesso rialzandosi in piedi a fatica. *Aspettavano qualcuno! Vuoi far da tirassegno? Se ti spaccassero la testa, meshuga, ti starebbe bene. Zitto. Tutte le ossa sono indolenzite.* Manny avanzò verso il cadavere incuneato fra gli arbusti. Si chinò. Lo tirò in avanti, poi lo afferrò per i piedi e, con il volto contratto, usando ogni briciola di energia che era in lui, lo trascinò di là dalla strada, dentro il bosco.

Aveva solo voglia di sdraiarsi in terra e riposare, lasciare che il martellamento dentro il torace si calmasse, inghiottire aria, ma sapeva di non poterlo fare. Doveva continuare a muoversi; doveva essere pronto; soprattutto, doveva prendere qualcuno vivo. Quella gente stava appresso a suo *figlio*! Bisognava assumere informazioni... soltanto dopo poteva venire la morte.

Sentì un motore in lontananza. Poi il rumore scomparve. Sbigottito, avanzò lento, cauto, fra gli alberi, fino al limitare del bosco. Sbirciò fuori. Un'auto sopraggiungeva silenziosamente. Si avvertiva solo lo stridìo dei pneumatici. Procedeva lentamente, verso l'alta fratta di cinta. Si arrestò presso l'imboccatura del vialetto d'accesso alla villa di Kendrick. A bordo, due uomini. Al volante, un uomo tarchiato, non giovane, ma non tanto oltre la quarantina. Questi scese per primo e si guardò intorno. Ovviamente si aspettava di vedere qualcuno, o di udire un segnale. Strizzò gli occhi nella fioca luce pomeridiana. Non vedendo nessuno, attraversò la strada diretto verso il limitare del bosco. Weingrass infilò la propria pistola nella cintura e si chinò a raccattare quella munita di silenziatore, del secondo killer. Era troppo grossa per una tasca, quindi, così come aveva fatto l'arabo, la depose ai propri piedi. Si raddrizzò e indietreggiò nel folto sottobosco. Controllò il tamburo dell'arma. C'erano ancora quattro pallottole. L'uomo si avvicinava. Era adesso di fronte a Manny.

«*Yosef!*» Questo nome, d'un tratto portato dal vento, fu gridato dal compagno dell'autista, il quale era sceso a sua volta dall'auto e stava correndo giù per la strada. Correva a fatica poiché era zoppo. Manny restò perplesso. Yosef era un nome ebraico. Tuttavia, quei killer non erano israeliani.

«Sta' zitto, ragazzo!» ordinò il più anziano dei due, burbero, in arabo. Il suo compagno si fermò, ansante, accanto a lui. «Se alzi di nuovo la voce così – *dovunque* – ti rispedisco nella Bekaa dentro una bara!»

Weingrass guardava e ascoltava i due uomini, distanti non più di sette metri da lui, sul ciglio della strada. Era leggermente stupefatto, ma adesso capiva perché l'uomo tarchiato aveva chiamato "ragazzo", il suo compagno. Questi era veramente un ragazzo, di appena sedici o diciassette anni, forse meno.

«Non mi manderai da nessuna parte» rispose il giovane con ira. Aveva un difetto di pronuncia, dovuto indubbiamente al labbro leporino. «Io non camminerò mai più spedito come prima, a causa di quel porco! Sarei potuto diventare un grande martire della nostra santa causa, se non fosse stato per lui!»

«D'accordo» disse l'arabo dal nome ebraico, non senza una sfumatura di compassione. «Versati dell'acqua fredda sul collo, altrimenti ti esploderà la testa. Dunque, che c'è?»

«La radio ha dato proprio adesso la notizia... ne ho sentito abbastanza per... capire!»

«Che i nostri... all'altra *casa*...?»

«No! Ha detto che gli *ebrei* hanno giustiziato il vecchio Khouri. Lo hanno impiccato!»

«Cosa ti saresti aspettato, Aman? Quarant'anni fa, lavorava ancora per i tedeschi nazisti rimasti nel Nordafrica. Ha ucciso degli ebrei. Ha fatto saltare in aria dei kibbutzim, persino un albergo a Haifa.»

«Allora noi dobbiamo uccidere l'assassino Begin e tutti i vecchi dell'Irgun e della Stern! Khouri era, per noi, un simbolo di grandezza.»

«Oh, sta' zitto, ragazzo. Quei vecchi combatterono più contro gli inglesi che contro di noi. Né essi né il vecchio Khouri hanno niente a che fare con quello che dobbiamo fare oggi. Noi dobbiamo dare una lezione a uno sporco uomo politico che si finse dei nostri. Si travestì da arabo e usò la nostra lingua e tradì l'amicizia che gli avevamo offerta. Coraggio, ragazzo. Concentrati sul presente!»

«Dove sono gli altri? Dovevano aspettarci qui.»

«Non lo so, dove sono. Può darsi che abbiano appreso qualcosa, o visto qualcosa, e siano entrati in casa. Le luci si sono accese, adesso. Le vedi, attraverso quegli alti cespugli. Ora noi ci avvicineremo pian piano, di nascosto. Per sbirciare dentro, dalle finestre. Probabilmente vedremo i nostri compagni che prendono il tè in compagnia di chiunque si trovi là, in casa, prima di scannarli.»

Weingrass sollevò la pistola munita di silenziatore, appoggiandola al tronco d'un albero. La puntava ora sull'uno, ora sull'altro terrorista. Li voleva vivi entrambi. Le parole in arabo relative all'"*altra casa*" lo avevano talmente scosso che, nella sua furia, avrebbe fatto saltare a entrambi le cervella. Essi volevano uccidere *suo figlio*! Se l'avevano già ucciso, l'avrebbero pagata cara, tra i tormenti, nonostante l'età tarda o giovanile. Una pena atroce sarebbe stata loro inflitta. Puntò la pistola, ora, verso l'addome dell'uno, poi dell'altro. Avanti e indietro...

Sparò quando un'improvvisa raffica di vento investì la strada: due colpi contro il più vicino, uno contro il più giovane. Né l'uno né l'altro parvero comprendere. Il ragazzo crollò urlando, torcendosi al suolo. L'altro era di stoffa più forte, molto più forte. Si rialzò barcollando, volgendosi in direzione degli spari, e avanzò, malfermo, la mole massiccia, un mostro furioso in preda al dolore.

«Non avvicinarti oltre, Yosef!» gridò Weingrass, esausto quasi al di là della sopportazione, appoggiandosi all'albero. «Non vorrei ucciderti, ma ti ucciderò. Tu hai un nome ebraico ma uccidi gli ebrei!»

«Mia madre!» esclamò quell'uomo gigantesco che veniva avanti. «Essa ha ripudiato tutti voi! Voi siete gli assassini del mio popolo. Voi ci avete tolto tutto ciò che era nostro e ci sputate in faccia. Io sono per metà ebreo, ma chi ha dato diritto agli ebrei di uccidere mio padre e di rapare a zero mia madre perché aveva amato un arabo? Ti porterò con me all'inferno!»

Weingrass si appoggiava al tronco dell'albero. Gli sanguinavano le unghie che conficcava nella corteccia. Il lungo ampio cappotto si gonfiava al vento. La figura massiccia, scura, si slanciò; nell'oscurità del bosco, le sue enormi mani afferrarono il vecchio alla gola.

«No!» gridò Weingrass rendendosi conto all'istante che non aveva scelta. Sparò l'ultima cartuccia, la pallottola penetrò dentro la fronte rugosa dell'uomo sopra di lui. Yosef cadde. Il suo ultimo gesto era stato di sfida. Tremando, col respiro affannoso, Weingrass si appoggiò all'albero, guardando, giù in terra, il corpo inerte di un uomo che si era tormentato per un insignificante ordinamento territoriale che costringeva esseri umani a uccidersi a vicenda. In quel momento, Emmanuel Weingrass arrivò a una conclusione che gli era sempre sfuggita, fin da quando aveva cominciato a pensare; adesso conosceva finalmente la risposta. L'arroganza della fede cieca determina e guida tutte le menzogne del pensiero umano. Essa mette malignamente l'uomo contro l'uomo, alla ricerca del supremo inconoscibile. Chi ha il *diritto*?

«Yosef... Yosef» gridò il ragazzo rotolandosi nel sottobosco presso il ciglio della strada. «Dove sei? Mi hanno colpito! Mi hanno colpito!»

Il ragazzo non sa, pensò Weingrass. Da dove giaceva ferito, non poteva vedere; e il vento dai monti aveva ulteriormente attutito gli spari. Quel giovane terrorista maniaco non si era reso conto che il suo compagno Yosef era morto, che lui era l'unico superstite. E la sua sopravvivenza occupava ora il primo posto, nella mente di Weingrass: non poteva esserci un altro martire della santa causa, un martire suicida. Non lì, non in quel momento. C'erano dati di fatto da apprendere, fatti che potevano salvare la vita a Evan Kendrick. Specialmente adesso!

Weingrass ficcò le dita sanguinanti nella tasca del cappotto e lasciò cadere in terra la pistola col silenziatore. Chiamando a raccolta quel poco di forze che gli restavano, si staccò dall'albero e si diresse il più rapidamente possibile verso sud, attraverso il bosco, inciampando ripetutamente, scansando con le deboli braccia i rami dalla faccia e dal corpo. Girò verso la strada; la raggiunse e vide l'auto dei killer a poca distanza, nella sera che imbruniva. Si era allontanato abbastanza. Si girò e tornò indietro, camminando sulla liscia superficie della strada, per fortuna. *Più svelto... più svelto! Muovi queste dannate gambe stecchite! Il ragazzo non deve muoversi, non deve strisciare, non deve vedere!* Manny sentiva il sangue salirgli alla testa, il martellare dentro la sua cassa toracica era assordante. Eccolo là, il giovane arabo. Si era mosso, si stava muovendo, strisciava verso il bosco. Tra pochi istanti avrebbe visto il compagno morto. Non doveva accadere!

«Aman!» gridò Weingrass ricordando il nome usato dal mezzo ebreo Yosef. «*Ayn ent? Kaif el-ahwal?*» soggiunse, in arabo, chiedendo concitatamente al ragazzo dove fosse e come stesse. «*Itkallem!*» ruggì, controvento, ordinando al giovane terrorista di rispondere.

«Qui, sono qui!» gridò l'adolescente nella propria lingua.

«Sono stato colpito. Mi hanno sparato. Sono ferito all'anca. Non riesco a trovare Yosef!» Si girò sulla schiena, per salutare l'inatteso compagno. «E tu chi sei?» strillò annaspando, per estrarre da sotto la giubba una pistola, all'avvicinarsi di Weingrass. «Io non ti conosco!»

Weingrass diede un calcio al gomito del ragazzo e, quando questi tirò fuori da sotto la giubba la mano vuota, ci mise sopra un piede. «Basta così, scemo!» disse, e il suo arabo era quello di un ufficiale saudita che rimprovera una recluta di basso rango. «Ti stiamo dietro per proteggerti, non perché ci procuri altre rogne. È chiaro che ti hanno sparato e spero che tu ti renda conto che sei solo ferito, non morto, quando sarebbe stato facilissimo ucciderti.»

«Cosa stai dicendo?»

«E tu cosa fai?» urlò Manny di rimando. «Corri per strada, alzi la voce, strisci intorno al nostro obiettivo come un ladro di notte! Yosef aveva ragione. Dovresti essere rimandato nella Bekaa.»

«Yosef?... Dov'è Yosef?»

«Su, alla villa, con gli altri. Vieni, ti aiuto. Li raggiungiamo.» Temendo di cadere, Weingrass si teneva aggrappato a un ramo. Il giovane terrorista si alzò in piedi aggrappandosi a lui. «Prima, dammi la tua arma.»

«Cosa?»

«Ti ritengono stupido abbastanza. Non ti vogliono armato.»

«Non capisco...»

«Non occorre.» Weingrass diede un ceffone al giovane fanatico e, simultaneamente, gli infilò la mano destra sotto la giubba per prendergli la pistola. Era adeguata: una calibro .22. «Ci puoi sparare ai moscerini, con questa» disse Weingrass afferrando il giovane per un braccio. «Vieni. Cammina zoppicando, se ti riesce più facile. Ti rimetteremo in sesto.»

Quel che restava del tardo sole pomeridiano venne oscurato da una massa di nubi temporalesche sbucate da dietro le montagne. Il vecchio esausto, stremato, e il giovane ferito erano a metà strada quando si sentì il rombo d'una macchina che sopraggiungeva e, poco dopo, i fari li investirono. L'auto proveniva da Mesa Verde e si fermò accanto a loro con gran stridore di freni, sbandando. Weingrass e il suo prigioniero si stavano dirigendo verso la fratta, quand'ecco un uomo saltar fuori dall'automobile. Vacillando, incespicando, Weingrass fece per afferrare la propria automatica .38. La figura che si stava avvicinando era, ai suoi occhi, tutta sfocata. Spianò la pistola, per sparare.

«Manny!» gridò Gi-Gi.

Weingrass si accasciò a terra, senza mollare il terrorista ferito. «Agguantalo!» ordinò a Gi-Gi con quel che sembrava l'ultimo rimasuglio di fiato nei polmoni. «Non mollarlo. Tienilo per le braccia. Certe volte, hanno con sé il cianuro!»

Una delle due infermiere praticò un'iniezione al giovane arabo: sarebbe rimasto privo di conoscenza fino all'indomani. La ferita, sebbene avesse perso molto sangue, non era grave. Era stato colpito di striscio. Lo medicarono, gli stagnarono il sangue, lo fasciarono. Quindi fu portato in una camera per gli ospiti. Gonzalez lo legò mani e piedi al letto. Le infermiere lo ricoprirono con un paio di coperte.

«È terribilmente giovane» disse una delle due infermiere mettendogli un guanciale sotto la nuca.

«È un killer» ribatté Weingrass, gelido, fissando il giovane terrorista in faccia. «Capace di ucciderti senza pensarci due volte. Non desidera altro che uccidere ebrei. Se lo lasciamo vivere, ucciderà ancora.»

«È rivoltante, Mr. Weingrass» disse l'altra infermiera. «È un ragazzino.»

«Ditelo, questo, ai genitori di innumerevoli bambini ebrei cui non è stato neanche consentito di arrivare alla sua età.» Weingrass lasciò la stanza per tornare da Gonzalez, il quale era uscito per mettere in garage la sua auto, troppo riconoscibile. Era già rientrato e si stava versando un buon bicchiere di whisky, sulla veranda coperta.

«Serviti pure» disse l'architetto entrando e dirigendosi verso la sua abituale poltrona. «Te lo metterò senz'altro in conto, come fai tu con me.»

«Vecchio pazzo!» sputò Gi-Gi. «*Loco!* Lei è proprio *loco*, lo sa? Avrebbe potuto essere ucciso. *Muerto!* Lei comprende? *Muerto, muerto*... morto, morto, *morto*, vecchio pazzo. Non che me ne importi, ma potrebbe venirmi un infarto. Non mi sorride l'idea di un infarto che mi fa secco. Comprende?»

«Okay, okay. Allora bevi pure, offre la casa.»

«*Loco!*» gridò di nuovo Gonzalez ingollando il suo whisky d'un sorso.

«Ti sei spiegato» convenne Manny. «Bevine un altro. Comincerò a farteli pagare solo dal terzo.»

«Non so se andarmene via oppure restare» disse Gi-Gi versandosi un altro cicchetto.

«E la polizia?»

«Come le ho detto, chi ha avuto tempo per la polizia? E anche se li avessi chiamati, arriverebbero tra un mese... La sua ragazza, la *ama de cría* – l'infermiera – la chiamava lei. Spero solo che abbia trovato uno di quei *payasos*. Certe volte bisogna telefonare a Durango, per far venire qualcuno qui.»

Squillò il telefono, sul mobile-bar. Squillò, ma non era lo squillo di un telefono. Era, invece, un suono ronzante, costante. Weingrass diede un tale soprassalto che a momenti cadeva dalla poltrona.

«Vuole che risponda io?» domandò Gonzalez.

«*No!*» ruggì Manny e si diresse rapidamente, vacillando, verso l'apparecchio.

«Non mi stacchi la *cabeza* con un morso!»

«Pronto?» disse il vecchio al telefono controllandosi a stento.

«Parlo con Mr. Weingrass?»

«Forse sì, forse no. Chi è lei?»

«Mi chiamo Mitchell Payton...»

«So tutto di lei» interruppe Weingrass. «Mio figlio è sano e salvo?»

«Sì. Ho parlato con lui poco fa, nelle Bahama. È stato inviato un aereo militare, dalla base aerea di Holmstead, per prelevarlo, e portarlo a Washington. Sarà qui fra poche ore.»

«E ce lo tenga, lì. Lo circondi di guardie! Non lo lasci avvicinare da nessuno!»

«È successo qualcosa, lì? Lì da voi, in Colorado? Oh... mi sento così inutile, così incompetente! Avrei dovuto mettere delle guardie intorno alla villa. Quanti i morti?»

«Tre» rispose Weingrass.

«Oh, mio dio! La polizia è stata informata?»

«No. Non sanno ancora niente. Non è venuto nessuno finora.»

«Nessuno? Allora mi ascolti, Mr. Weingrass. Quello che sto per dirle le sembrerà strano, se non pazzesco addirittura, ma so quello che dico. Per il momento, questo tragico fatto deve essere messo a tacere. Sarà molto più facile per noi pigliarli, quei bastardi, se si evita il panico, se i nostri esperti possono lavorare tranquilli. Lo capisce, questo, Mr. Weingrass?»

«Lo capisco e sono d'accordo» rispose il vecchio, che aveva lavorato con il Mossad, con una sfumatura di condiscendenza nel tono di voce. «Alla polizia, quando arriva, diremo che si è trattato di un falso allarme. Non li lasceremo neanche entrare in casa.»

«Dimenticavo» disse, calmo, il direttore della Progetti Speciali. «Lei è vecchio del mestiere.»

«Sono vecchio del mestiere» convenne Weingrass.

«Un momento» disse Payton. «Tre morti, mi diceva. Escludendo lei che è vivo, dal momento che parla con me.»

«I morti sono tre di loro, non tre di noi, Mr. Incompetente della CIA.»

«Cosa?... Gesù *Cristo*!»

«Non è stato di grande aiuto. Provi con Abramo.»

«La prego, sia più chiaro, Mr. Weingrass.»

«Li ho uccisi io. Sono stato costretto. Ma il quarto è ancora vivo. Sotto sedativi. Mandi subito i suoi esperti. Prima che ammazzi anche lui.»

Capitolo ventinovesimo

Il caposettore CIA alle isole Bahama – un uomo di bassa statura, molto abbronzato, dai lineamenti marcati – non perse tempo. Dal suo ufficio, presso l'Ambasciata USA in Queen Street, diede tutte le disposizioni necessarie. La polizia di Nassau inviò subito un reparto di agenti all'Hotel Cable Beach, prospiciente la baia. Quattro agenti armati salirono al settimo piano e scortarono un uomo dai capelli castani e una donna dalla pelle olivastra fino a un'auto in attesa davanti a un'uscita laterale, passando per scale e corridoi di servizio. Questo itinerario di sicurezza era stato predisposto dal direttore dell'albergo, un oriundo scozzese, molto sveglio, a nome MacLeod. I suoi due assistenti – un uomo corpulento, sempre di buon umore, dalla risata fragorosa, dall'incredibile nome di Vernal, e una giovane hostess – cortesemente spiegarono agli ospiti dell'albergo in arrivo o in partenza che dovevano pazientare un momento: il ritardo sarebbe stato brevissimo. Cinque poliziotti in motocicletta, dopo aver perlustrato i dintorni, erano pronti per scortare l'automobile. Il caposettore della CIA aveva personalizzato ogni cosa: a lui non si negavano favori; conosceva per nome tutti quelli che valeva la pena di conoscere, alle Bahama. E tutti conoscevano lui.

Al riparo di quel muro di poliziotti, Evan e Khalehla salirono a bordo della vettura governativa. L'uomo della CIA sedette davanti. Kendrick non riusciva a parlare; Khalehla poteva soltanto tenergli stretta una mano, ben sapendo purtroppo quello che egli provava. Aveva il cervello offuscato dal dolore e dalla collera. Gli si erano riempiti gli occhi di lacrime, quando aveva appreso della morte di Kashi e Sabri Hassan. Non era stato necessario che gli descrivessero le mutilazioni: poteva facilmente immaginare di che si trattasse. Tuttavia quelle lacrime erano state rapidamente, impulsivamente deterse da un pugno serrato. Una resa dei conti era imminente: anche questo gli si leggeva negli occhi, nel profondo delle pupille.

«Capirà, Mr. Kendrick» disse il caposettore, girandosi parzialmente, sul sedile accanto all'autista. «Non so cosa stia succedendo, ma posso dirle che un aereo è partito dalla base di Holmstead, in Florida, per riportarla a Washington. Atterrerà cinque o dieci minuti dopo il nostro arrivo all'aeroporto.»

«Lo sappiamo, questo» disse Khalehla affabilmente.

«Dovrebbe, anzi, essere già arrivato ma hanno segnalato maltempo al largo di Miami. Se c'è qualcosa che pensate di aver dimenticato in albergo, sarò lieto di occuparmene io.»

«No, non abbiamo lasciato nulla» esclamò Kendrick con asprezza.

«Vuol dire che abbiamo provveduto a tutto, grazie» disse Khalehla stringendo ancor più forte la mano di Evan. «Si tratta, ovviamente, di un caso di emergenza e Mr. Kendrick ha molti pensieri per la testa. Posso ritenere che le pratiche doganali siano state espletate?»

«La nostra auto passerà da un ingresso laterale riservato alle merci» rispose l'uomo della CIA gettando una rapida occhiata a Kendrick, ma distogliendo subito lo sguardo, come se avesse, senza volerlo, invaso l'intimità di un'altra persona. Il resto del tragitto fu compiuto in silenzio. I cancelli dell'ingresso riservato alle merci si aprirono e il corteo raggiunse direttamente la pista d'imbarco. «L'F-106 proveniente da Holmstead dovrebbe arrivare tra poco» disse il caposettore.

«Io scendo» disse Evan e fece per aprire lo sportello. Era chiuso a chiave.

«Sarà meglio restare a bordo, Mr. Kendrick.»

«Mi lasci scendere da questa macchina.»

«Lui fa il suo dovere, Evan» gli disse Khalehla trattenendogli il braccio con gentile fermezza. «Deve attenersi alle regole.»

«Deve per questo anche farmi soffocare?»

«Io respiro perfettamente...»

«Tu non sei *me*!»

«Lo so, tesoro. Nessuno può essere te, in questo momento.» Khalehla si volse a guardare dal lunotto posteriore, osservando gli edifici dell'aerostazione e il terreno circostante. «Il nostro status è pulito al massimo» disse poi rivolta all'uomo della CIA. «Gli lasci fare due passi. Resterò accanto a lui. E così pure gli uomini di scorta.»

«Uno "status pulito"?» L'uomo della CIA ripeté quelle parole di gergo, quindi chiese: «Lei è una dei nostri?».

«Sì. Ma lei si è già dimenticato di me, per favore. Il volo da qui a Washington sarà duro abbastanza.»

«Sicuro. Sta bene. L'uomo che ha dato quest'ordine non è qui, ora. Ha detto soltanto: "Non farlo scendere da quella vettura", con voce tonante.»

«MJ esagera, a volte.»

«MJ...? Andiamo pure a prendere una boccata d'aria. Tolga la sicura agli sportelli, autista, per favore.»

«Grazie» disse Evan sottovoce a Khalehla. «Mi spiace, scusami...»

«Non devi scusarti di niente. Solo, non farti sparare. Guasterebbe la giornata... Ora sono io, a chiederti scusa. Non è il momento per fare stupide battute di spirito.»

«Un momento.» Il suo viso era vicino a quello di lei nella penombra. «Un momento fa hai detto che nessuno potrebbe essere "me" in questo frangente, e sono d'accordo. Ma, detto questo, sono immensamente contento che tu sia tu. Specie adesso.»

Passeggiarono, sotto una lieve pioggerella, chiacchierando sottovoce, seguiti dal funzionario della CIA a beneducata distanza e affiancati dalle guardie di scorta, con le armi in pugno. D'un tratto, ecco arrivare, a gran velocità, un'automobile scura, di piccola cilindrata. Le guardie si precipitarono su Kendrick e Khalehla, li gettarono a terra; l'uomo della CIA si buttò sopra Kendrick per fargli scudo, tenendo al suo fianco la ragazza. Con la stessa rapidità con cui era nato, il panico cessò. Risuonò una sirena a due note: quel veicolo era un mezzo dell'aeroporto. Il comandante della scorta rinfoderò la pistola e si avvicinò all'uomo in divisa che era sceso dalla vettura. Parlarono sottovoce, poi il poliziotto si rivolse ai tre sbigottiti americani, che stavano rialzandosi.

«C'è una chiamata telefonica urgente per il suo amico, signore» disse rivolto al caposettore della CIA.

«La passi qui, su un apparecchio volante.»

«Non ne abbiamo.»

«La cosa non mi convince.»

«Mi è stato detto di riferire le lettere "MJ".»

«Tanto basta» disse Khalehla. «Vado io con lui.»

«Ehi, suvvia» obiettò l'uomo della CIA. «Ci sono regole che lei conosce bene quanto me. È molto più facile proteggere una singola persona, che non due. Quindi vado io con lui e mi porto quattro uomini. Lei resta qui e mi copre, d'accordo? È questo il luogo dell'appuntamento. Potrebbe capitarle un pilota nervoso, che si innervosirebbe ancor di più, non vedendo nessuno.»

Il telefono si trovava in un magazzino deserto, appeso alla parete. Gli passarono lì la comunicazione. Alle prime parole che sentì da Mitchell Payton, Kendrick avvertì i muscoli irrigidirglisi, la mente avvampare.

«Hanno assaltato la tua villa a Mesa Verde...»

«Cristo, *no*!»

«Weingrass è sano e salvo. È illeso, Evan.»

«Neppure ferito?»

«No. Anzi, è stato lui a ferire... a uccidere gli aggressori. Uno dei terroristi però è ancora vivo.»

«Lo voglio!» urlò Kendrick.

«Anche noi lo vogliamo. I nostri stanno dirigendosi là.»

«Quella di Mesa Verde è stata un'azione parallela a quella di Fairfax, non è così?»

«Senza dubbio. Ma attualmente è la nostra unica speranza di scoprire gli altri. Il superstite ci dirà tutto quello che sa.»

«Tenetelo in vita.»

«A questo provvede il tuo amico Weingrass.»

«Perquisitelo: che non abbia del cianuro addosso.»

«Già fatto.»

«Non lasciatelo solo un momento.»

«Lo sappiamo, questo.»

«Sì, certo che lo sapete, è ovvio» disse Evan chiudendo gli occhi. Il suo viso era madido di sudore. «Non sto pensando. Non riesco a pensare. Come l'ha presa Manny?»

«Con considerevole arroganza, a dire la verità.»

«È la prima buona notizia che sento.»

«Ne hai diritto. È stato molto in gamba, per la sua età.»

«È sempre stato in gamba, lui... a qualsiasi età. Devo raggiungerlo subito. Lasciamo perdere Washington. Portatemi direttamente in Colorado.»

«Prevedevo questa richiesta...»

«Non è una richiesta, Mitch, è un'esigenza.»

«Si capisce. È anche la ragione per cui il tuo aereo è in ritardo. Si è dovuto rifornirlo per arrivare fino a Denver. E si sta studiando un piano di volo, al di sopra delle rotte commerciali. Il velivolo ha una velocità massima di 2,3 mach. Sarai a casa fra tre ore. Ricorda, non dire nulla a nessuno di Fairfax. Weingrass ha già messo a tacere i fatti di Mesa Verde.»

«Come?»

«Te lo dirà lui stesso.»

«Sei davvero convinto di poter passare tutto sotto silenzio?»

«Sì. A costo di andare io stesso dal Presidente. A questo punto non credo ci siano alternative.»

«E come le superi, le guardie di palazzo?»

«Ci sto lavorando su. C'è un uomo con il quale ho studiato da giovane, quando volevo fare lo storiografo. Ci siamo poi tenuti in contatto, saltuariamente. È molto influente. Credo che tu lo conosca di nome. Si chiama Samuel Winters.»

«Winters? È quello che suggerì a Jennings di conferirmi la Medaglia della Libertà, a quella pazzesca cerimonia.»

«Infatti me ne sono ricordato. Per questo ho pensato a lui. Ti auguro buon viaggio. Salutami la nipotina.»

Kendrick si diresse verso la porta del magazzino dove stava ad aspettarlo la scorta, due dentro, due fuori, con le armi spianate. Persino il caposettore della CIA impugnava una pistola. «Li portate sempre quegli arnesi?» gli domandò Evan senza eccessivo interesse.

«Lo chieda alla sua amica» rispose quello.

«Come ha fatto a salire in aereo, negli Stati Uniti? Come ha potuto superare la dogana, il rivelatore di metalli e tutti i controlli che ci sono?»

«Uno dei nostri piccoli segreti, che non è poi tanto segreto. Quando noi passiamo attraverso il rivelatore di metalli, c'è lì, guarda caso, un supervisore di dogana il quale spegne, per un paio di secondi, l'apparecchio. Alla dogana, un ispettore viene debitamente avvertito, circa quello che *non* deve trovare.»

«Un sistema precario» disse Kendrick salendo a bordo della vettura.

«No, non in luoghi come questo. I supervisori sono persone fidate.» Il caposettore sedette accanto a Evan sul sedile posteriore della piccola auto e l'autista mise in moto, per raggiungere la pista di decollo.

L'enorme, aerodinamico aviogetto militare noto come F-106 Delta Dart era arrivato, i motori rombavano in folle. Khalehla stava ai piedi della rampa, parlando con un ufficiale dell'Aeronautica. Fu solo quando fu giunto a poca distanza da quei due che Kendrick riconobbe il tipo di apparecchio su cui si accingeva a salire; e ciò non valse a calmarlo. L'aviogetto era simile a quello che lo aveva portato in Sardegna, un anno addietro, prima tappa del suo viaggio per l'Oman. Si volse all'uomo della CIA che gli camminava al fianco e gli porse la mano.

«Grazie di tutto» gli disse. «Mi dispiace di non essere stato di piacevole compagnia.»

«Lei avrebbe anche potuto sputarmi in faccia e io, comunque, mi sarei sentito orgoglioso di conoscerla, Mr. Kendrick.»

«Come si chiama, lei?»

«Mi chiami Joe, signore.»

Mi chiami Joe. Un giovanotto a bordo di un aereo dello stesso tipo, un anno prima, gli aveva detto: «Mi chiami Joe». C'era dunque un altro Oman, un altro Bahrain, nel suo futuro?

«Grazie, Joe.»

«Non abbiamo ancora finito Mr. Kendrick. Uno di questi ufficiali d'aviazione, un colonnello o qualcuno ancora più alto in grado, deve firmare una carta.»

L'ufficiale in questione non era un colonnello, bensì un brigadier generale, ed era negro. «Salve di nuovo, dottor Axelrod» disse il pilota dell'F-106. «Si direbbe che io sia il suo chauffeur personale.» Quell'uomo grande e grosso gli porse la mano. «Così piace al potere costituito.»

«Salve, generale.»

«Mettiamo in chiaro una cosa, Mr. Kendrick. Io ho esagerato l'altra volta, e lei mi ha redarguito: e aveva ragione. Le assicuro che, se mi trasferissero in Colorado, domani, voterei per lei.»

«Grazie, generale» disse Evan tentando di sorridere. «Però non avrò più bisogno di voti.»

«Sarebbe un vero peccato. Io l'ho seguita alla Tv, alla radio. Mi piace il suo colpo d'ala, ed è una cosa della quale m'intendo.»

«Credo che lei ora debba firmare una carta.»

«Non firmai nessuna carta, invece, in Sardegna» disse il brigadiergenerale, mentre il caposettore gli porgeva un foglio. «È sicuro che l'accetta volentieri, questo documento, da un negro cinquantenne vestito da generale?»

«Chiuda il becco, *ragazzo*» disse l'uomo della CIA. «Io sono per metà indiano paiute. Lei crede di avere problemi?»

«Scusi, *figliolo*.» Il generale firmò la carta. E Kendrick salì a bordo.

«Che è successo?» chiese Khalehla quando raggiunsero i loro posti. «Perché ha telefonato MJ?»

Con le mani che gli tremavano, con voce rotta dall'emozione, Kendrick le raccontò tutto. C'era un'impotente disperazione sia nei suoi occhi che nella sua voce, mentre raccontava, spaventato, interrompendosi più volte. «*Cristo*, deve pur cessare tutto questo. Altrimenti, causerò la morte di tutti coloro cui voglio bene!»

Khalehla poté solo afferrargli una mano, per fargli sapere che era lì. Non poteva battersi contro i fulmini nella sua mente. Era una faccenda troppo personale, gli lacerava troppo l'anima.

Erano in volo da mezz'ora, quando Evan fu preso da un convulso e, balzato su dal sedile, corse alla toilette. Qui vomitò, rigettando tutto quello che aveva mangiato nelle ultime dodici ore. Khalehla gli corse appresso, gli tenne la fronte, dicendogli di buttar fuori tutto.

«Per favore» tossì Kendrick. «Per favore, esci di qui.»

«Perché? Perché tu sei diverso da noi? Soffri ma non vuoi piangere. Tieni tutto chiuso dentro. Ma alla fine qualcosa deve pur cedere.»

«Non ci tengo alla pietà di nessuno...»

«E non la ricevi, neanche. Tu sei un uomo adulto che ha subìto una terribile perdita, e stava per subirne un'altra ancora più grave... la più grande di tutte, per te. Spero di essere tua amica, Evan, e in quanto amica non ho pietà di te – ti rispetto troppo, per averne – però mi fai pena.»

Kendrick si rialzò, afferrando salviette di carta dal distributore, pallido e visibilmente scosso. «Sai fare sentire in colpa la gente» disse pentito.

«Lavati il viso e pettinati. Sei un pastrocchio.» La Rashad uscì dalla toilette. A due aviatori in uniforme che la guardarono sbigottiti, disse: «Quello scemo ha mangiato del pesce andato a male. Uno di voi chiuda la porta, per favore».

Trascorse un'ora. Furono serviti dei drink da attendenti dell'Aeronautica, e poi un pasto cotto a microonde; lei lo divorò con gusto ma lui piluccò appena. «Hai bisogno di cibo, tu» gli disse Khalehla. «Questo pasto è migliore di quelli che servono sugli aerei di linea.»

«Goditelo.»

«E tu? Lo cincischi, ma non mangi.»

«Berrò un altro drink.»

Le loro teste si alzarono di scatto, al suono penetrante di un cicalino che si sentì facilmente al di sopra del rombo esterno dei motori. Per Evan era un *déja vu*: un cicalino aveva ronzato così, come quello, un anno addietro, e lui era stato chiamato in cabina di pilotaggio. Adesso, però, il caporale che rispose all'intercom si rivolse a Khalehla: «C'è una trasmissione radio per lei, signorina».

«Grazie» rispose lei, poi, voltandosi, scorse l'espressione allarmata di Kendrick. Allora gli disse: «Se fosse qualcosa di importante, avrebbero chiesto di te. Rilassati». Si avviò per il corridoio, sorreggendosi alle spalliere dei sedili, assai distanziati fra loro, per tenersi in equilibrio, e si sedette sul sedile di fronte alla paratia cui stava appeso l'apparecchio. Il caporale le porse il ricevitore: il cordone a spirale era abbastanza lungo. Lei accavallò le gambe. «Pronto?»

«Non voglio parlare con Evan» disse Payton. «È troppo sconvolto per poter pensare chiaramente. Tocca a te.»

«Tenterò. Qual è la domanda?»

«Mi occorre la tua valutazione circa le informazioni che avete raccolte da quel tizio che siete andati a trovare a Nassau, il vecchio esponente della Off Shore Investments... Siete convinti che ci si possa fidare di lui, non è vero?»

«Le informazioni sono attendibili. Non è un tipo affidabile, in genere. Ma ci ha detto la verità. È ridotto a uno straccio, un ubriacone che vive di quel che gli avanza del proprio cervello... che era molto più acuto prima che il whisky non l'infradiciasse. Evan gli ha mostrato duemila dollari in contanti e, credimi, l'amico avrebbe tradito subito i segreti del traffico di droga, per averli.»

«Ricordi esattamente cosa ha detto riguardo ad Ardis Montreaux?»

«Certo. Ha detto che lui si tiene aggiornato su quella "puttana di danari" – così la definisce – perché gli deve dei soldi; e un giorno o l'altro li riscuoterà.»

«E cosa ha detto circa il suo stato coniugale? Lo ricordi?»

«Certo. Ma te l'ha già detto Evan, per telefono.»

«Dimmelo anche tu. Non si possono commettere errori.»

«D'accordo. Ardis divorziò dal banchiere Frazier-Pyke per sposare un ricco californiano di San Francisco un certo Von Lindemann.»

«Ha detto proprio di San Francisco?»

«No, veramente. Ha detto: "di San Francisco o Los Angeles", mi pare. Ma è stato preciso sulla California, questo è il punto. Il nuovo marito di Ardis è californiano e tremendamente ricco.»

«E il nome... Cerca di ricordarlo esattamente. Sei sicura che sia Von Lindemann?»

«Be'... sì. Ci siamo incontrati in un separé al Junkanoo e c'era una banda che suonava, nei paraggi, ma... sì, il nome è questo. Se non proprio esattamente, pressappoco.»

«Pressappoco, mia cara» disse Payton. «Il nome dell'uomo che Ardis ha sposato è Vanvlanderen. Andrew Van-vlan-de-ren, di Palm Springs.»

«Colpa di una lingua ispessita dal whisky.»

«Al diavolo il whisky, agente Rashad! Andrew Vanvlanderen è uno dei maggiori finanziatori di Langford Jennings, quello che ha maggiormente contribuito alle spese per la sua campagna elettorale. Insomma, una miniera d'oro per il nostro Presidente.»

«Interessante.»

«Oh, altroché. Ma non basta. Ardisolda Wojak Montreaux Frazier-Pyke Vanvlanderen è, oggi, il Capo di Gabinetto del Vicepresidente Orson Bollinger.»

«Affascinante.»

«Credo, dunque, che sia opportuna una visita, informale ma nondimeno alquanto ufficiale, da parte di uno dei nostri specialisti in affari mediorientali. Andrai tu. Dal Colorado alla California, il viaggio è breve.»

«Perché io? Inoltre, con quale scusa?»

«Sono pervenute minacce a Bollinger, un nucleo speciale dell'FBI è stato creato a bella posta e dislocato presso di lui. Alla chetichella. Troppo in sordina, a mio avviso. Adesso, questo nucleo è stato sciolto, inaspettatamente. È arrivato all'improvviso il cessato allarme.»

«In coincidenza con gli attacchi contro la villa di Fairfax e quella di Mesa Verde?» suggerì Khalehla interrompendolo bruscamente.

«Sembrerebbe pazzesco, lo so, ma è così. Sarà una mia fissazione, ma mi sembra di sentire puzzo di bruciato, proveniente dalla residenza di Bollinger a San Diego.»

«E l'FBI vi sarebbe implicato?»

«No. Sarebbe stato solo strumentalizzato. Sto lavorando al riguardo. Intendo interrogare ogni singolo membro di quel nucleo speciale dell'FBI.»

«Non mi hai ancora detto, però, perché devo recarmi a San Diego.»

«Il motivo è lo stesso per cui io, da parte mia, interrogherò gli agenti del nucleo speciale. La giustificazione è la seguente: in relazione alle minacce rivolte a Bollinger, stiamo indagando su un eventuale coinvolgimento dei terroristi. Dio sa che, se saremo costretti a rivelare i fatti di ieri sera, di giustificazioni ne avremo a bizzeffe. Dove non so ma, mia cara, sono certo che da qualche parte c'è un nesso, fra il Vicepresidente e questi attentati. Inoltre, c'è un uomo biondo dall'accento mitteleuropeo.»

Khalehla girò lo sguardo intorno. I due attendenti conversavano tranquilli fra loro ed Evan guardava fisso fuori dell'oblò. «Farò come dici, s'intende. Ma certo non mi rendi più facile la vita. È ovvio che Evan ha avuto in passato una storia con quella donna, quella Ardis Vanvlanderen. A me non dà noia, la cosa, però a lui sì, gli secca.»

«Perché? Mi pare un moralismo fuori luogo. Per di più, è una storia di tanto tempo fa.»

«Non capisci, MJ. Non gli secca per via del rapporto sessuale che ebbero. Ciò che gli brucia è che, allora, venne sedotto e truffato: quella donna riuscì quasi a far di lui un delinquente internazionale. E non riesce a scordarlo. Né a perdonarselo, forse.»

«Ti sarà di sollievo, sapere che Kendrick va tenuto – per ora – all'oscuro di questo. Non gli devi dire niente di San Diego, in questro frangente. Nello stato mentale in cui si trova, solo Dio sa cosa combinerebbe, se sospettasse un nesso del genere. Dobbiamo evitare colpi di testa. Inventa qualche scusa, digli che si tratta di un viaggio d'affari urgente. E cerca di essere convincente. Quello che voglio da te, è che interroghi quella strana donna. Ti preparerò io stesso la "scaletta", entro domani mattina.»

«Me la caverò.»

«Hai portato, dal Cairo, i documenti falsi?»

«S'intende.»

«Forse dovrai usarli. Camminiamo su una lastra di ghiaccio estremamente sottile. Fra parentesi, nessuno dei nostri ti conosce, né tu conosci loro. All'occorrenza, mi metterò in contatto con te tramite Weingrass. Il ghiaccio è *molto* sottile.»

«Persino Evan se ne rende conto.»

«Posso chiederti come vanno le cose fra voi due? Ti avverto, gli voglio molto bene, a quel ragazzo.»

«Mettiamola così. Al Cable Beach occupavamo una suite. E ieri sera l'ho sentito camminare su e giù, nel salottino fra le due camere da letto, fino a tarda ora. Sono stata lì lì per aprire la porta e farlo entrare da me.»

«Perché non l'hai fatto?»

«Perché tutto è così confuso, fra di noi. E lui si angoscia talmente... Inoltre, dopo la tragedia di ieri sera... No, non credo proprio che, né io né lui, potremmo affrontare complicazioni d'ordine personale.»

«D'accordo. Segui pure il tuo istinto, agente Rashad. È stato sempre provvidenziale, per la Progetti Speciali, finora. Ti telefono domattina, per impartirti le disposizioni. Buona caccia, nipotina cara.»

Khalehla tornò a sedersi accanto a Kendrick, che la guardò ansioso. Allacciandosi la cintura, gli disse: «Gli altri mondi vanno avanti e sono, purtroppo, altrettanto mortali. Ho parlato con il caposettore CIA del Cairo. Due nostri informatori sono scomparsi nel distretto di Sidi el Barrani. C'è lo zampino dei libici. Io gli ho detto chi bisogna tenere d'occhio, cosa cercare... eccetera. Tu come ti senti?».

«Bene» le rispose scrutandola in volto.

In quel momento si sentì, dall'altoparlante, la voce del pilota, sonora e profonda: «Attenzione, signori passeggeri e gente dell'equipaggio!». Una pausa, poi: «A quanto pare la storia si ripete, dottor Axelrod. Ricorda la Sardegna?». Quindi, il pilota spiegò che – per evitare pubblicità – anziché a Durango o a Cortez, l'aereo sarebbe atterrato direttamente all'aeroporto di Mesa Verde. Là, la pista, precisò, era ritenuta adeguata. «Ma» soggiunse «l'atterraggio potrà essere alquanto accidentato. Quindi, al mio segnale, vi allaccerete ben bene le cinture di sicurezza, non appena inizieremo la discesa. L'arrivo è previsto fra 45 minuti. Se riuscirò a trovare il campo d'aviazione, beninteso... Ricorda, dottore?»

Come previsto, anzi molto peggio, l'apparecchio non appena toccò terra cominciò a squassarsi e a sobbalzare, vibrando per tutto il fasciame, tanto che sembrava sul punto di andare in pezzi. Lo stridore dei freni riempì la fusoliera. Dopodiché, scesi tutti a terra, seguì uno scambio di saluti, di ringraziamenti, e il pilota affidò i suoi passeggeri a un agente della CIA. Khalehla ed Evan salirono su un'auto blindata venuta apposta da Denver e partirono, con sei motociclisti armati di scorta. Erano agenti della Polizia di Stato del Colorado e il Governatore stesso li aveva spediti all'"aeroporto dei milionari" presso il Parco Nazionale di Mesa Verde.

«Lasci che la metta al corrente, Mr. Kendrick» disse l'uomo

della CIA che sedeva, come già il suo collega di Nassau, accanto all'autista. «Ce ne sono cinque, dei nostri, qui, ma due torneranno in Virginia assieme al prigioniero e alle tre salme. Le parlo tranquillo di fronte alla signora perché mi hanno detto che anch'essa ha compiti ufficiali.»

«Grazie per la fiducia» disse l'agente della Progetti Speciali.

«Sì, signora. Abbiamo arruolato una mezza dozzina di guardie forestali per questa notte. Hanno tutti dei precedenti noti, tutti sono veterani di guerra. Sorveglieranno la casa e il giardino circostante, fino a domani. Allorché arriverà un nucleo da Langley, a sostituirli.»

«Cristo, e se ci fosse un'altra Fairfax?» bisbigliò Evan.

Khalehla gli diede di gomito, tossicchiando.

«Prego?»

«Niente. Scusi. Continui pure.»

«Un paio di cose. Non mi trattengo dal dirle che quel vecchio ebreo dovrebbe trovare posto in qualche famedio, a meno che non finisca prima in una cella imbottita... Ma voi due dovete conoscere i fatti. Weingrass ci ha pensato lui, prima che arrivassimo noi. È proprio una sagoma!»

«D'accordo» disse Kendrick. «Quali sono dunque i fatti?»

«Le infermiere sanno ben poco. Credono che di terroristi ce ne fosse uno solo: un fanatico delirante. I tre cadaveri sono stati nascosti nel bosco e lì sono rimasti finché la polizia non se n'è andata; dopodiché sono stati portati, dal vostro amico messicano, Gonzalez, in garage: senza farsi vedere dalle tre infermiere. Loro si trovavano sulla veranda coperta, dall'altra parte della casa, insieme a Manny. Gesù! Come ha potuto indurmi a chiamarlo "Manny"? Comunque, Gonzalez ha chiuso a chiave le porte del garage ed è tornato in auto nel suo caffè-osteria. Mr. Weingrass garantisce che non fiaterà.»

«Esatto» confermò Evan.

«Non ci piace questa sistemazione, ma immagino che voi tre vi conoscete da parecchio.»

«Sì, da molto tempo» disse Kendrick.

«Dunque, Mr. Kendrick non dovrà fare alcun accenno alla vera entità dell'assalto» intervenne Khalehla. «È questo che vuole dire?»

«È esattamente questo che voglio dire. Bisogna passare ogni cosa sotto silenzio, Mr. Kendrick: questo è l'ordine da Langley. Quanto ai presenti qui, siamo tutti, genericamente, funzionari governativi: non si parla né di CIA, né di FBI. Hanno troppa paura, tutti quanti, per andare in cerca di complicazioni, che già non mancano in casi del genere. Arriverà qui un aereo verso le tre di questa notte. Vi saranno caricati il prigioniero e i suoi tre compari morti. L'uno per essere interrogato, alla sede della CIA, gli altri per gli esami di laboratorio del caso, a cura della Scientifica. Manny mi ha detto... Chiedo scusa: Weingrass mi ha detto di mettere in chiaro questo, con voi.»

«È chiaro.»

«Grazie, signore. Ragazzi, quel Manny! Lo sa che mi ha dato un pugno nello stomaco quando gli ho detto che prendevo io il comando? Un cazzotto, mi ha dato, nello stomaco!»

«Normale» disse Kendrick guardando fuori dal finestrino. Erano a dieci minuti da casa. Da Manny.

Si abbracciarono sulla soglia. Evan strinse il vecchio assai più forte di quanto questi non stringesse lui. Poi Weingrass diede a Kendrick una tiratina d'orecchio e gli disse: «Non t'hanno insegnato l'educazione, i genitori? Dietro di te c'è una signora che non vedo l'ora di conoscere».

«Oh, scusa, scusa» disse Evan arretrando. «Manny, questa è Khalehla... Khalehla Rashad.»

Il vecchio Weingrass fece un passo avanti e prese la mano di Khalehla nella sua. «Proveniamo da una terra senza pace, lei e io. Lei è araba, io sono ebreo, ma non si fanno distinzioni del genere in questa casa, non ci sono preconcetti, e devo dirle subito che le voglio molto bene, per la gioia che procura a mio figlio.»

«Mio dio, lei è una meraviglia!»

«Sì, sì» convenne Weingrass annuendo.

«Anch'io le voglio bene, per tutto ciò che lei significa per Evan.» Khalehla gettò le braccia intorno al fragile vecchio, premendo il viso contro il suo. «Mi sembra di conoscerla da una vita.»

«Talvolta faccio questo effetto alla gente. E altre volte invece l'effetto opposto: come se le loro vite giungessero a un tratto a una svolta; per il peggio.»

«La mia no» disse Khalehla staccandosi da Manny ma continuando a cingergli le spalle con un braccio. «Ho incontrato quest'uomo leggendario e lo trovo affascinante» soggiunse sorridendo con calore.

«Non sparga la voce, miss Agente Segreto. Mi rovinerebbe la reputazione... Veniamo al dunque, prima di raggiungere le altre.» Weingrass si sporse a guardare oltre l'arcata. «Bene. Le ragazze sono sulla veranda. Abbiamo qualche altro minuto per noi.»

«L'uomo della CIA ci ha dato ragguagli» disse Kendrick. «Quello che è venuto a prenderci all'aeroporto.»

«Ah, vuoi dire Joe.»

«Joe?»

«Sono tutti Joe, John, Jim, ci hai fatto caso? Nessun Irving o Milton. Lasciamo perdere. Payton mi ha detto che sai già, degli Hassan.»

«Sì, lo sa» interruppe Khalehla afferrando distrattamente una mano a Evan e stringendogliela. «Orribile...»

«Tutto è orribile, mia cara figliola. *Animali* che uccidono i loro simili. Kashi e Sabri parlavano con tanto affetto di lei, Adrienne Khalehla Rashad, e non occorre che le dica cosa pensassero di mio figlio.» Manny aveva notato il gesto di Khalehla e ne era rimasto commosso. «Quindi li piangeremo privatamente, ciascuno per proprio conto, ricordando cosa essi significavano per noi. Ma questo più tardi, non ora.»

«Manny» interruppe Kendrick. «Devo dare disposizioni...»

«Ho già provveduto a tutto io. Ci sarà un servizio funebre islamico, in forma privata, e le loro spoglie verranno mandate in aereo a Dubai, per essere sepolte in Ash Sharigah. I feretri verranno sigillati, naturalmente.»

«Mr. Weingrass...»

«Non mi chiami "Mr.", per carità! Altrimenti non le voglio più bene.»

«D'accordo. Manny. MJ non è stato chiaro. MJ, cioè Payton.»

«Lo so, lo so» l'interruppe Weingrass. «Gli ho detto che, se avesse fatto riparare il telefono, sarebbe aumentata la nostra cordialità, quindi penso che abbia fatto ammazzare qualcuno e adesso funziona. Lui mi chiama Emmanuel, io chiamo lui Mitchell, ormai, ma telefona un po' troppo spesso. Scusi. Mi stava chiedendo qualcosa?»

«Qual è la mia copertura, qui? L'agente in auto ha detto che sono qui in veste ufficiale, ma in che senso? In che modo? Chi sono, io, per costoro?»

«Mitchell le suggerisce di dire che è un esponente del Dipartimento di Stato che accompagna il rappresentante.»

«Dipartimento di Stato?»

«Forse vuole scaricare la colpa su qualcuno se le cose non funzionano a dovere. Mi risulta che è un passatempo molto in voga a Washington.»

«No, non è il tipo, lui. Oh... ho capito. Se dovrò impartire ordini, sarò in grado di farlo.»

«Ma non dovresti esibire una tessera del Dipartimento di Stato, se qualcuno te lo chiedesse?» domandò Evan.

«Be'... sì.»

«Vuoi dire che ce l'hai?»

«Be', pressappoco.»

«È illegale...»

«Ci si regola a seconda delle circostanze, lo sai, Evan.»

«E hai anche una pistola. Il caposettore delle Bahama me l'ha detto.»

«Non avrebbe dovuto.»

«Non è che lavora anche per il Mossad?» domandò Weingrass sorridendo.

«No. Lei invece sì. Una volta. E ho molti amici, nel Mossad.»

«Sei in buone mani, *bubbelah*. Ma torniamo al dunque. Mitchell vuole che Evan dia un'occhiata alla "mercanzia", qui: a quello in camera da letto e ai tre morti. Le salme si trovano nel garage, coperte da lenzuola, e partiranno per via aerea stanotte stessa.»

«E le infermiere non ne sanno niente?» domandò Kendrick incredulo.

«Il tuo amico Payton ha dato ordini precisi. "Tutto sotto silenzio" non faceva che ripetere, come un fanatico.»

«Come farete con le guardie forestali, qui fuori?»

«Si è noleggiato un furgone a Durango. Qualcuno lo porterà qui. I cadaveri verranno caricati a bordo di questo furgone dentro il garage. Presenti solo quelli della CIA. A quanto pare sanno quel che fanno, gli uomini di Payton.»

«Altroché» disse Kendrick sottovoce. «Qualcuno ha detto alle infermiere cosa devono dire o, piuttosto, cosa non devono dire?»

«Sì, io. E una volta tanto mi hanno preso sul serio. Ma non so quanto a lungo reggerà. Sono ancora scosse e non sanno neanche una quarta parte di quello che è accaduto.»

«Parlerò io, alle ragazze» disse Khalehla «mentre voi due andate a fare il macabro sopralluogo. E vi darò man forte – ufficialmente. MJ ha ragione. Mi spaccerò per una del Dipartimento di Stato.»

«Perché?» domandò Evan. «Così, per curiosità, te lo chiedo.»

«Tanto per tener fuori la CIA. Non abbiamo giurisdizione, noi, all'interno. E se una delle infermiere lo sapesse... No, meglio non correre rischi.»

«Molto professionale» disse Weingrass ammirato. «Quindi come la presento, adesso? Come segretaria di Evan?»

«Non puoi» obiettò Kendrick. «Hanno tutte parlato con Annie O'Reilly per telefono.»

«No» interloquì Khalehla. «Sono, semplicemente, una miss Adrienne del Dipartimento di Stato. Le dispiace dire bugie?»

«Mi lasci pensare» disse Manny accigliandosi. «Una volta la dissi, una bugia. Fu, credo, nel luglio del 1937... Andiamo!» Prese Evan sottobraccio e Khalehla per mano e li condusse in soggiorno, gridando alle infermiere: «C'è qui, brutte streghe, il vero *stregone*! Venite a rendere omaggio all'uomo che paga per tutti gli sfizi sessuali che vi concedete e per tutte le bottiglie di moscatello che vi scolate!».

«*Manny!*»

«Mi amano» disse Weingrass sottovoce. «Si giocano ai dadi il mio letto.»

«Per amor del cielo...!» sbottò Kendrick.

«Zitto, tesoro. Manny *è* una meraviglia!»

«Si è rotto una gamba saltando giù dal camion, quando siamo evasi insieme, a Jabal Sham» disse Kendrick, guardando il giovane esanime, legato al letto.

«Ne è sicuro?» domandò il funzionario della CIA che stava accanto a Weingrass. «Era con lei nell'Oman? Nessun dubbio al riguardo?»

«Nessunissimo. Non lo dimenticherò mai. C'era un tal fuoco in lui! Come se ne trova in pochi adolescenti qui da noi...

«Scendiamo in garage, passando per la porta posteriore.»

«Quello è Yosef» disse Evan chiudendo gli occhi. «Sua madre era ebrea... e per alcune ore egli fu mio amico. Mi protesse... Oh, Cristo!»

«Smettila!» gridò Weingrass. «È venuto qui per ucciderti!»

«S'intende. Perché no? Io mi finsi dei loro, mi spacciai per un adepto della loro dannata santa causa... A sua madre raparono a zero i capelli. Te l'immagini?»

«Me lo gridò, questo, quando tentò di uccidermi» disse Weingrass con semplicità. «Se ciò ti fa sentire meglio, sappi che non volevo ucciderlo. Avrei voluto prenderli tutti vivi.»

«Conoscendo Yosef, non ci saresti riuscito.»

«Eh, no.»

«Questi altri due» interruppe spazientito il funzionario della CIA sollevando le lenzuola. «Li riconosce?»

«Sì. Erano entrambi in quel carcere di Masqat. Ma non ho mai saputo i loro nomi. Quello a destra aveva pantaloni sudici; l'altro lunghi capelli scarmigliati sembrava in preda a una sorta di complesso messianico. Forse era uno psicotico. È tutto quello che posso dirle.»

«Ci ha già detto quello che volevamo sapere. Tutti questi uomini da lei identificati erano con lei in Oman.»

«Sì, li conobbi tutti là, allora. E adesso erano venuti qui per fare vendetta. Io, fossi stato in loro, non avrei agito diversamente.»

«Lei non è un terrorista, Mr. Kendrick.»

«Che differenza c'è fra un terrorista e un combattente per la libertà?»

«In primo luogo, signore, i terroristi uccidono deliberatamente persone innocenti. Uomini e donne che si trovano per caso sul luogo dell'attentato, ragazzini con lo zainetto in spalla, lavoratori –

giovani o vecchi – che fanno semplicemente il loro mestiere. Come può perorare la loro causa, signore?»

Kendrick scrutò l'agente della CIA e, d'un tratto, diede un sussulto, ricordando Fairfax e gli Hassan. «Chiedo scusa, ho detto una sciocchezza. Me ne pento profondamente.»

«Che diamine» disse l'uomo della CIA, scrollandosi di dosso la momentanea collera. «Siamo tutti tesi e, poi, si applicano troppe etichette, a destra e a manca.»

Tornarono in casa. Khalehla stava parlando con le infermiere. Qualunque cosa stesse loro dicendo, le tre donne la stavano ascoltando rapite, in estasi. Sedevano immobili in poltrona, con gli occhi fissi sulla "esponente del Dipartimento di Stato". Evan e Manny raggiunsero in silenzio il mobile-bar, mentre il funzionario della CIA andava a controllare il prigioniero.

«Ho spiegato ogni cosa, Mr. Kendrick» disse Khalehla in tono di voce ufficiale «nella misura in cui mi era consentito, s'intende. E queste signore sono disposte a collaborare. Una di loro aspettava visite, domani. Ma telefonerà alla persona di non venire, a causa di un'emergenza sanitaria.»

«Grazie tante» disse Weingrass servendosi un drink sotto gli occhi guardinghi di Kendrick. «Tra un po' mi farete passare per cadavere.»

«Non c'è di che, Manny» ribatté l'infermiera in questione in tono acido.

«Voglio ringraziarvi tutte» disse Evan prontamente.

«A Washington sono convinti che si tratti di un incidente isolato. Un esaltato che ha agito per conto suo...»

«Così era Sirhan-Sirhan» interloquì l'infermiera che era andata a Mesa Verde da Gonzalez «ma la definizione non cambiò i risultati.»

«Ho detto loro» continuò Khalehla «che il prigioniero verrà trasferito stanotte stessa, via aerea, a Washington, alla chetichella. E di non spaventarsi, se sentiranno rumori in garage o in giardino.»

«Molto professionale» borbottò Weingrass.

«Una domanda, prego» disse la terza infermiera guardando Khalehla. «La "quarantena", ha detto, è temporanea. Be'... non che aspetti un invito al Gran Prix di Montecarlo... ma posso sapere quanto durerà?»

«C'è troppa folla, troppa confusione, al Grand Prix» interloquì Manny trincando. «Non si divertirebbe.»

«Pochi giorni, non più» rispose Kendrick di nuovo parlando con rapidità. «Si faranno solo i soliti controlli di prammatica... E se lei riceverà quell'invito, l'accompagnerà Manny personalmente, a Montecarlo.»

«Non lo dica neanche per scherzo.»

«*Mishegoss!*»

D'un tratto si sentì un trambusto all'esterno. Risuonarono grida, suonò un clacson. «Toglietevi dalle finestre!» urlò l'agente della CIA, attraversando di corsa il soggiorno. «A terra! Tutti a terra!»

Evan si slanciò su Khalehla e, con grande stupore, si accorse che lei, buttatasi sul tappeto, stava già rotolando su se stessa, verso una porta scorrevole, con in mano una rivoltella.

«Tutto a posto!» urlò una voce dal giardino.

«È uno dei nostri» disse l'uomo della CIA, riconoscendo quella voce. Stava in giardino, pistola in pugno. «Ma che diavolo...?» Si alzò in piedi e corse verso l'ingresso seguito da Kendrick. Il portone, di legno massiccio, si aprì e una figura ben vestita, stupefatta, entrò, a passi incerti, seguita da una guardia forestale. Portava una valigetta nera: aperta, poiché era stata perquisita.

«Non mi sarei mai aspettato un'accoglienza simile» disse l'uomo, che era un medico. «Lo so, non siamo sempre i benvenuti, noi, ma questo è un po' troppo. Ah, Mr. Kendrick... quale onore!»

Si strinsero la mano. L'agente della CIA guardava ugualmente confuso.

«No, non c'eravamo mai incontrati. Anche se siamo vicini di casa. Se così può dirsi di uno che abita a sette miglia di distanza, sui colli. Mi chiamo Lyons.»

«Mi scuso per l'accoglienza. Ne dia la colpa a un Presidente troppo protettivo. Che c'è, dottor Lyons? Perché è qui?»

«Perché lui non è venuto da me» rispose l'intruso sorridendo affabilmente. «Sono il nuovo medico curante di Mr. Weingrass. Se controlla sull'agenda, troverà che avrebbe dovuto venire da me, nel mio ambulatorio a Cortez, alle quattro di oggi pomeriggio. Non si è presentato e non ho potuto raggiungerlo telefonicamente, quindi, siccome questa villa è sulla mia strada, ho pensato bene, rincasando, di fare una capatina per vedere se ci fosse qualche problema.» Il medico tacque e infilò una mano in tasca per estrane una busta. «A proposito, in ottemperanza a quelle misure iperprotettive, ecco qua il mio nullaosta, rilasciato dall'Ospedale Walter Reed e controfirmato dalle competenti autorità governative. Mi è stato detto di mostrarlo a Mr. Weingrass e alle sue infermiere, o almeno a quella che l'avrebbe accompagnato da me all'ambulatorio. Sta bene, non è vero?»

«*Manny!*» urlò, irritato, Kendrick.

Weingrass comparve sulla soglia, proveniente dalla veranda, con un bicchiere in mano. «Perché strilli?»

«Non dovevi andare dal medico oggi pomeriggio?»

«Oh, sì. Qualcuno ha telefonato la settimana scorsa...»

«La mia segretaria, appunto» spiegò il dottor Lyons. «Mi ha detto che lei se l'era segnato e che sarebbe venuto.»

«Be', sì... Ma poi ci ho ripensato. Mi sento benone. Inoltre, lei non è il mio medico curante.»

«Mr. Weingrass, il suo medico curante è defunto diverse settimane fa, in seguito a un infarto. La notizia è apparsa sui giornali e lei ha anche ricevuto un invito al funerale.»

«Ah, ma non ci vado mai, io, ai funerali. Per il mio, è ancora presto.»

«Tuttavia, dato che sono qui, perché non dare un'occhiatina?»

«A che cosa?»

«Roba da niente: due colpetti sul costato, e le preleverò quattro gocce di sangue per l'analisi.»

«Ma io sto benone.»

«Non ne dubito» convenne il dottor Lyons annuendo. «Si tratta di una visita di controllo, semplicemente. Non porterà via più di un paio di minuti. Hmm... È davvero un onore, per me, averla incontrata, Mr. Kendrick.»

«La ringrazio. Su, va', Manny. Vuole che una delle infermiere l'assista, dottore?»

«Non occorre, veramente...»

«Perché guardi lasciva il mio torace nudo?» protestò Weingrass interrompendo. «Venga, dottore. Dia pure due colpetti al mio costato, poi vada a comprarsi una Cadillac.»

«Come minimo una Ferrari» ribatté Lyons sorridendo a Kendrick.

Weingrass e il suo nuovo medico curante si avviarono verso la camera da letto, in fondo al corridoio lastricato in pietra.

Capitolo trentesimo

Mezzanotte era passata da oltre un'ora e la stanchezza gravava su tutti, nella villa di Mesa Verde, come una pesante nebbia. L'agente della CIA, con gli occhi cerchiati e il volto tirato, entrò nella veranda coperta, dove Evan e Khalehla sedevano sul divano di pelle di fronte a Manny, sprofondato nella sua poltrona. Le tre infermiere si erano ritirate, ciascuna nella sua stanza, dopo essere state tutte esonerate dal servizio per il resto della notte: la presenza di guardie armate in giardino aveva disteso i loro nervi. Il paziente avrebbe dormito tranquillo, non aveva bisogno di assistenza per la notte: così aveva assicurato il dottor Lyons.

«A Washington stanno in ansia» annunciò l'esausto funzionario dei Servizi Segreti. «Si vogliono accelerare i tempi. Quindi, vado subito a prelevare quel furgone che abbiamo noleggiato. L'aereo arriverà fra un'ora circa, il che significa che abbiamo poco tempo. Vogliono che riparta immediatamente.»

«La torre di controllo non è in funzione per tutta la notte, qui, se non si preavverte» disse Kendrick. «Ci avete pensato?»

«Sì, ore fa: in tempo per il vostro arrivo dalle Bahama. L'Aeronautica militare ha mandato un'équipe di controllori di volo da Colorado Springs. La copertura è: una manovra d'addestramento dell'Aviazione militare. Nessuno ha mosso obiezioni, nessuno ha fatto domande.»

«C'è altro che possiamo fare, qui?» domandò Khalehla.

«Sì» rispose l'agente. «Se non vi dispiace, preferirei non trovare nessuno ancora alzato, al mio ritorno col furgone. Abbiamo organizzato tutto in tempi strettissimi, quindi meno distrazioni vi saranno, meglio sarà.»

«Come ve la spiccerete, con quei tizi in giardino, qui fuori?» domandò Weingrass, con una smorfia, ma non certamente per via della domanda che faceva. «Un paio di volte ho messo la testa fuori della porta, prima che arrivassero questi due, e quelli si sono precipitati verso di me, come se fossi un orso fuggito dalla riserva.»

«È stato loro detto che sta venendo un VIP straniero a trovare il rappresentante... anzi, è proprio questa la ragione per cui sono qui. E siccome l'incontro è strettamente confidenziale – e per deferenza verso il visitatore, che vuole così – le guardie si terranno in disparte. Non si faranno vedere. Si apposteranno ai lati della villa e giù, al gazebo.»

«E l'hanno bevuta, questa panzana?» domandò Weingrass.

«Non avevano motivo di metterla in forse.»

«Poiché si tratta *di lui*» convenne Manny sorridendo.

«E poiché riceveranno 300 dollari a testa, per il sonno perduto di una notte.»

«Molto professionale. Lei è più bravo di quanto non pensassi.»

«Mi tocca esserlo. Be', arrivederci. Se non la rivedessi, è stato un vero piacere incontrarla, Mr. Kendrick. Un giorno potrò raccontarlo ai miei figli. No, prego, non si scomodi. Credo proprio che convenga, trovarsi dalla sua parte. Tanti saluti a tutti.»

«Le conviene sì. A lei serve tutto l'aiuto che può ottenere. Salve, giovanotto. Buona caccia. E stia tranquillo, se anche le probabilità sono cinque contro una a suo sfavore, vincerà lei» osservò Weingrass.

«Grazie, Manny, intendo vincere, infatti.» L'agente segreto si rivolse a Kendrick e a Khalehla. «Ho sentito quell'allusione a Fairfax, in macchina, e ho lasciato correre, ma non è stato facile. Vedete, sono l'unico, qui, che sappia di quell'eccidio. È ben per questo che ho insistito per comandare io questa squadra. Il figlio di mia sorella – mio nipote – che avevo fatto entrare io alla CIA – faceva parte della pattuglia sterminata. Intendo davvero fare buona caccia, perdio!» Ciò detto, l'uomo della CIA uscì rapidamente.

«Che cosa terribile, per lui!» disse Khalehla. «Deve provare un atroce dolore e un senso tremendo di colpa.»

«Chi di noi ne è esente?» domandò Kendrick con voce tremante. Tacque d'un tratto e ingoiò forzatamente una boccata d'aria.

«Non puoi incolpare te stesso per quanto è accaduto» gli disse Khalehla.

«Sta accadendo» la corresse Kendrick. «Sta *accadendo*! Come diavolo hanno fatto, costoro, a entrare negli Stati Uniti? Chi gli ha consentito l'ingresso? Dove sono le nostre conclamate *brillanti* misure di prevenzione e sicurezza? Siamo bravi a beccare agenti sovietici di quinto rango, per scambiarli con giornalisti incastrati a Mosca, perché ciò serve alle pubbliche relazioni, ma non siamo capaci di prendere una dozzina di assassini che vengono qui per uccidere? Chi rende possibile questo?»

«Stiamo cercando di scoprirlo.»

«Siete in leggero ritardo, non ti pare?»

«Basta!» ordinò Weingrass, sporgendosi in avanti, puntando

un dito. «La ragazza non ha niente a che fare con quello di cui stai parlando, e io non lo tollero, questo!»

«Lo so!» disse Kendrick, prendendo una mano a Khalehla. «E lei lo sa che lo so. Il fatto è che tutto è così pazzesco che io mi sento impotente e spaventato. Dannazione! Quanti altri devono ancora venire uccisi? Non possiamo fermare questa gente. Sono dei maniaci, a piede libero, e non li troveremo mai!» Evan abbassò la voce, i suoi occhi erano pieni di dolore. Guardò la ragazza. «Così come non abbiamo mai scoperto quei bastardi che hanno rubato il dossier Oman "a prova di furto" e reso me famoso in tutto il mondo. Quanto tempo fa è stato? Otto, dieci settimane? E siamo ancora al punto di partenza. Perlomeno adesso sappiamo perché l'hanno fatto. Non per fare di me un eroe, né per favorire la mia carriera politica e far di me un concorrente a dio sa quale alta carica... no, soltanto per farmi ammazzare. Una "morte per vendetta" credo sia la traduzione letterale, dall'arabo. Fatto sta che non arriviamo a capo di nulla!»

«Ascoltami» disse Khalehla sottovoce. «Sto per dirti qualcosa che, probabilmente, non dovrei, ma talvolta noi violiamo una regola perché riteniamo che ne valga la pena. Insomma, sono accadute altre cose, che tu ignori – stanno *accadendo*, come dici tu – e ogni informazione ci avvicina di un passo alla verità, riguardo a questo orribile pasticcio.»

«Sei piuttosto enigmatica, mia cara» disse Weingrass.

«Manny, cerca di capire. Evan capisce, perché c'è un accordo fra noi. Egli sa che, in certe occasioni, io non posso spiegare come stanno le cose.»

«Può un vecchio, che ha risieduto un paio di volte nel tuo territorio in passato, domandare perché?»

«Se per "territorio" intendi i Servizi Segreti, e alludi alla tua appartenenza al Mossad, ebbene, non occorre che lo chieda. Perdona, se sono brusca. Ma il fatto è che nessuno può rivelare quello che non sa.»

«Alludi all'amytal e al pentothal?» domandò Weingrass. «Ai vecchi tempi, si usava la scopolamina. Suvvia, mia cara, non siamo nei vicoli di Marrakesh o sui monti di Ashot Yaaqov. Chi userebbe sostanze chimiche, su di noi, qui?»

«Sono certa che il prigioniero identificato da Evan, quello che sta per essere spedito in Virginia, dove verrà interrogato in una "clinica" specializzata, probabilmente la pensava allo stesso tuo modo. Fra 24 ore, l'intera sua vita sarà registrata su nastro.»

«Non è l'esempio adatto. Non si può applicare al nostro caso» insistette Weingrass.

«Forse no, ma qualcos'altro sì. Da sei ore a questa parte abbiamo una traccia – una *eventuale* pista da seguire – che potrebbe portarci più in alto, nelle sfere del potere, di quanto non vorremmo. Se la pista è sbagliata, Kendrick non può essere coinvolto nel nostro errore. Insomma, non può sapere niente, lui. Dovrà essere in grado di smentire tutto, da cima a fondo. Quindi, anche tu, Manny, devi essere tenuto all'oscuro.»

«Quella conversazione per radiotelefono, a bordo dell'aereo» disse Kendrick guardando duramente Khalehla. «Non era con il caposettore del Cairo, che stavi parlando?»

Khalehla si strinse nelle spalle. Gli mollò la mano e prese il bicchiere sul tavolinetto da tè.

«D'accordo, non dirmi niente di specifico» proseguì Kendrick «ma parliamo un po' della verità. Lascia perdere la mia facoltà di smentita, poiché non me ne frega proprio niente. A che tipo di verità stai correndo dietro? Dimmelo, in poche parole. Sommariamente. Che razza di persone fanno *che cosa* a *chi*? Chiunque siano, costoro hanno ucciso i miei amici... i *nostri* amici. Ho il diritto di sapere.»

«Sì, ce l'hai» disse Khalehla lentamente, sedendo rigida sul sofà, guardando ora Evan ora Weingrass e infine posando lo sguardo su Kendrick. «Lo hai detto tu stesso, hai posto tu la domanda. È solo *una parte* della verità. Ma sta di fatto che *qualcuno* ha permesso a quegli assassini di entrare negli Stati Uniti, ha consentito loro di uccidere. Sono stati forniti passaporti, senza alcuna restrizione, e – dato che io posso figurarmi facilmente che aspetto avevano, poiché sono una di loro – quei falsi documenti dovevano essere proprio a regola d'arte, per superare l'esame di esperti dell'antiterrorismo, di cui noi e i nostri Alleati disponiamo, in ogni aeroporto, qui e all'estero, compresi i sovietici, posso aggiungere. I documenti falsi non bastano: ci vogliono appoggi, ci vogliono rifornimenti, senza i quali i terroristi non possono operare. Armi, munizioni, danaro, patenti di guida e veicoli pre-noleggiati. Covi dove essi possano nascondersi e prepararsi. Devono persino procurarsi indumenti confezionati in America, nel caso che venissero fermati e interrogati. Poi ci sono posti da prenotare in treno, in aereo, biglietti da acquistare in anticipo, da consegnare in tempo utile e non all'ultimo momento, prima dell'imbarco. Insomma, nulla riveste scarsa importanza per costoro: ogni cosa è vitale, fino all'ultimo insignificante dettaglio, per il successo di qualsiasi missione.» Khalehla fece una pausa, spostando lo sguardo dall'uno all'altro. «Qualcuno ha provveduto a tutte queste cose. E chiunque siano costoro, non dovrebbero trovarsi dove si trovano, non dovrebbero occupare i posti che occupano nella pubblica amministrazione, non dovrebbero usufruire delle facilitazioni di cui invece usufruiscono. È della massima importanza che questi traditori vengano snidati e smascherati.»

«Hai detto la stessa cosa riguardo a quelli che rubarono il dossier Oman.»

«E credi che siano le stesse persone?»

«Mi pare ovvio.»

«A me no.»

«Si tratta di un'operazione diretta contro di me. Per uccidermi, a scopo di vendetta.»

«Metti invece che si tratti di due operazioni distinte» insistette Khalehla. «Che l'una nasca dall'altra. Insomma, sono passate dieci settimane dal furto del dossier a questi attentati. Se si fosse trattato fin dall'inizio, semplicemente, di una *jaremat thaár*, i vendicatori non avrebbero lasciato passare tanto tempo!»

«L'hai detto tu stessa che c'erano tante cose da predisporre, in ogni dettaglio. E ciò richiede tempo.»

«Se loro hanno le risorse per fare quello che hanno fatto in dieci settimane, avrebbero potuto farlo benissimo, Evan, anche in dieci giorni.»

Weingrass alzò una mano, palma in fuori: era un ordine di tacere, ed egli s'aspettava di venir obbedito. «Vuoi dire, Khalehla, che invece di un nemico solo, mio figlio ne ha due? Gli arabi della Valle della Bekaa da una parte e, dall'altra, qualcun altro qui in America che lavora con loro oppure contro di loro? Ha un senso ciò che dici, mia amabile figliola?»

«Due forze, entrambe elusive, l'una senz'altro un nemico mortale e l'altra... non lo so, ecco tutto. Quando MJ non trova una risposta, dà la colpa a quelle che chiama le "falle". Anch'io adotterò questo termine, ora. Temo che ci siano troppe falle.»

Weingrass fece di nuovo una smorfia. «Accetto le tue percezioni» disse. «Se Mitchell ti sbattesse fuori, ti troverei io un discreto posto al Mossad, evitando però un certo contabile che, se fosse per lui, ti farebbe morire di fame.» Il vecchio architetto d'un tratto cominciò a respirare affannosamente e si appoggiò allo schienale della poltrona.

«Manny, che c'è?» domandò Khalehla.

Kendrick si allarmò, a quelle parole. «Ti senti poco bene?» chiese.

«Sono pronto per le Olimpiadi» rispose Weingrass. «Se non fosse che ho delle vampate di caldo e, subito dopo, brividi di freddo. Ma è perché mi sono strapazzato, correndo per il bosco come un ragazzino. Il dottor Lyons mi ha detto che ho la pressione sistolica alta... o forse l'altra, la diastolica, non mi ricordo. E mi ha trovato qualche ammaccatura, qua e là. Gli ho detto che ho preso parte a un rodeo, nel Texas. Fatto sta però, ragazzi, che devo riposare queste quattro ossa.» Il vecchio si alzò dalla poltrona. «Ci crederesti, Khalehla, che non sono più un ragazzino?»

«Credo che tu sia, non soltanto molto giovane, ma anche molto in gamba.»

«Straordinario è più esatto, effettivamente» corresse Manny. «Ma adesso, risento gli effetti dei miei virtuosismi. Vado subito a letto.»

«Vado a chiamare una delle infermiere» disse Kendrick alzandosi.

«Per *cosa*? Perché si approfitti di me e mi violenti? Io voglio riposare, ragazzo. E lasciare riposare anche loro. Ne hanno passate molte e neppure lo sanno. Io sto benone, sono solo stanco. Provati tu, a correre alle Olimpiadi, a sessant'anni.»

«Sessanta?»

«Zitto, figliolo. Sprizzo energia da tutti i pori.»

«Non sarà per via di qualcosa che ti ha dato il medico?» domandò Khalehla.

«Macché, non mi ha dato niente. Mi ha solo prelevato qualche goccia di sangue, per le analisi di laboratorio. Mi ha poi offerto delle pillole, ma gli ho detto che le avrei gettate nel cesso. Magari erano campioni di medicinali, che lui ha avuto gratuitamente, e a me li avrebbe fatti pagare salati, tanto per aggiungere una nuova ala alla sua villa di lusso. Saluti, miei cari.»

I due lo seguirono con lo sguardo. Posava con fermezza un piede avanti all'altro, come se chiamasse a raccolta le forze che non aveva più. «Credi stia bene?» domandò Evan dopo che Weingrass fu uscito.

«È esausto» disse Khalehla. «Provaci tu a fare quello che ha fatto lui oggi – lascia perdere che abbia sessanta oppure ottanta anni – sì, provaci domani.»

«Andrò a vedere come sta, di tanto in tanto.»

«Faremo a turno. In tal modo, ci sentiremo meglio, tutt'e due, senza svegliare le infermiere.»

«Il che equivale a dire che, così, staranno lontane dalle finestre.»

«Credo di sì» ammise lei. «Ma ci sentiremo meglio, noi, per entrambi i motivi.»

«Vuoi un altro drink?»

«No, grazie...»

«Io sì.» Kendrick si alzò dal divano.

«Non ho finito.»

«Cosa?» Evan si volse.

Khalehla si alzò, rimase in piedi di fronte a lui. «Non voglio un drink... ma voglio te.»

In silenzio, Evan la guardò, i suoi occhi vagarono sul viso di lei, e infine la fissarono negli occhi. «Per pietà? Ti fa compassione un uomo confuso e dolente?»

«Non avrai mai pietà da me, te l'ho già detto. Ti rispetto troppo, per commiserarti. Anche questo te l'ho detto. E dato che parli tu stesso di un "pover'uomo confuso e dolente", chi ha pietà di chi?»

«Non intendevo in questo senso...»

«Lo so. Ma non so bene in quale senso lo intendevi.»

«Te l'ho già detto. Non vado cercando avventure. Non con te. Se è tutto quel che c'è, lo prendo. Ma non è quello che cerco.»

«Parli maledettamente troppo, Evan.»

«Tu sei troppo elusiva. Mi sfuggi. Da sei settimane cerco di avvicinarti, cerco di parlare con te di noi due. Ho cercato di abbattere la parete di cristallo che hai eretto fra di noi, ma inutilmente. "Niente da fare" dice la bella signora.»

«Perché ho paura, accidenti a te.»

«Di cosa?»

«Di entrambi noi!»

«Adesso sei tu quella che parla troppo.»

«Be', tu certo non parlasti, la notte scorsa. Credi che non t'abbia sentito? Camminare su e giù come uno scimmione in gabbia, davanti alla mia porta?»

«Perché non l'hai aperta?»

«E tu perché non l'hai sfondata?»

Risero entrambi sommessamente e si strinsero fra le braccia.

«Vuoi un drink?» ella chiese.

«No... Voglio te.»

Non fu la frenesia del Bahrain. C'era irruenza, certo, ma era l'irruenza degli amanti, non la fretta di due estranei disperati che cercano affannosamente sfogo in un mondo impazzito. Il loro mondo non era sano di mente – se ne rendevano purtroppo conto – tuttavia essi avevano trovato una parvenza di ordine fra di loro, e tale scoperta era splendida e calda e sufficientemente piena di promesse, dove prima c'era solo un vuoto pieno di incertezza. L'uno incerto dell'altra.

Era come se fossero entrambi insaziabili. Seguì un tranquillo colloquio, e a turno andarono a sorvegliare Weingrass, poi ripresero a chiacchierare, finché i corpi non tornarono a unirsi, a cercare la soddisfazione cui entrambi anelavano. Nessuno dei due poteva smettere di stringere l'altro a sé, di accarezzare, palpare, rotolare, finché non furono esauriti. E tuttavia non riuscirono a staccarsi, finché il sonno non sopraggiunse.

L'indomani, al primo sole, prima ancora di riaprire gli occhi – esausto ma stranamente in pace, entro la calda tana temporanea che essi s'erano scavati – Evan allungò una mano verso Khalehla.

Ma non la trovò. Aprì gli occhi: non c'era. Si sollevò su un gomito. Gli abiti di lei erano sulla spalliera di una sedia. Trasse un sospiro di sollievo. La porta del bagno e gli sportelli dell'armadio erano aperti. Allora ricordò e rise fra sé. L'Eroe di Oman e l'esperta agente segreto del Cairo erano andati alle Bahama con una valigia ciascuno e, nella fretta della partenza, le avevano dimenticate, o a bordo dell'auto della polizia a Nassau o dell'aereo militare F-106. Né l'uno né l'altra se n'erano accorti se non dopo essere corsi in camera da letto.

Allora Khalehla aveva detto, con aria sognante: «Ho portato una camicia da notte molto osée, per questo viaggio – mossa più dalla speranza che non da realistiche aspettative – ma credo che adesso l'indosserò».

Poi si erano guardati in faccia, a bocca aperta, sgranando tanto d'occhi.

«Oh mio dio!» aveva esclamato lei. «Dove diavolo abbiamo lasciato i bagagli?»

«Avevi qualcosa di compromettente, nella tua valigia?»

«Solo quella camicia da notte... non certo da educanda. Oh, mio dio! Che bei professionisti siamo, fra tutt'e due!»

«Io non ho mai preteso di esserlo.»

«Ci avevi forse...»

«Calzini sporchi e un manuale di sesso, che m'ero portato più per la speranza che per realistiche aspettative.» Si erano abbracciati ed era sembrato loro di conoscersi meglio, a causa di quella situazione umoristica. Poi lui aveva detto: «Te l'avrei strappata subito di dosso, quella camicia da notte, dopodiché avresti chiesto il rimborso al Governo per la perdita di effetti personali. In questo modo, i contribuenti risparmiano perlomeno sei dollari. Dài... vieni qui!».

Ora, Kendrick scese dal letto e andò all'armadio a muro. Possedeva due accappatoi: uno mancava; allora andò al bagno a rendersi presentabile. Dopo essersi fatto la barba e la doccia, si diede fin troppa acqua di colonia. Del resto – rifletté – non gli aveva nuociuto, vent'anni fa, all'università, con una collega svampita. Tanto tempo era passato da quando contava per lui fare impressione? Si mise l'accappatoio, uscì dalla stanza e percorse il corridoio.

In soggiorno, Khalehla stava parlando al telefono. Lo vide e gli sorrise, poi tornò a concentrarsi sulla persona all'altro capo.

«Tutto chiaro» disse mentre Evan si avvicinava. «Mi terrò in contatto. Arrivederci.» Si alzò. L'accappatoio di Kendrick le andava troppo largo. Se l'attillò e gli si accostò. Gli posò le mani sulle spalle. «Baciami, Kendrick» ordinò gentilmente.

«Non toccherebbe a me, dirlo?»

Si baciarono, finché Khalehla si rese conto che, tra un momento, sarebbero finiti di nuovo in camera. «Ho da dirti alcune cose, King.»

«Kong?»

«Volevo che sfondassi una porta, ricordi?... Santo cielo, tu dimentichi le cose.»

«Sarò incompetente ma non inadeguato, spero.»

«Probabilmente sarai incompetente, ma non certo inadeguato, tesoro mio.»

«Sapessi quanto mi piace sentirti dire così!»

«Che cosa?»

«Tesoro mio.»

«È un modo di dire, Evan.»

«In questo momento sarei capace di uccidere, se pensassi che l'hai detto ad altri.»

«Ti prego!»

«L'hai detto? Lo dici?»

«Mi chiedi se mi piace andare a letto col primo che capita, vero?» chiese Khalehla con calma togliendogli le braccia dal collo.

«Sarebbe molto sgradevole. No, certo, no.»

«Giacché ne parliamo, e io ci ho pensato parecchio, parliamone pure. Ho avuto degli affetti, come ne hai avuti tu, e ho chiamato "tesoro" diversi uomini, qualcuno anche "carissimo", ma, se vuoi sapere la verità, insopportabile egoista che non sei altro, non ho mai chiamato nessuno "tesoro mio". È esauriente la risposta, scimunito?»

«Può andare» disse Evan, sorridendo, e fece per abbracciarla.

«No, Evan, ti prego. Limitiamoci a parlare.»

«Credevo mi avessi dato l'ordine di baciarti, poco fa. Cos'è cambiato?»

«Tu dovevi parlare e io dovevo rimettermi a pensare... Inoltre non credo di essere pronta per te.»

«Perché no?»

«Perché sono una professionista e ho un lavoro da svolgere e, se mi legassi a te, non ci riuscirei.»

«Di nuovo, perché no?»

«Perché, idiota, sono molto vicina a innamorarmi di te.»

«Non chiedo di meglio. Perché io ti amo.»

«Oh, queste parole sono così facili, vengono così spontanee. Ma non nel mio mestiere, non nel mio mondo. Arriva un ordine: Far uccidere il tal-dei-tali, o lasciare che venga ucciso... e in questo modo si risolvono un mucchio di problemi. E che succederebbe, se mi ordinassero di far uccidere te... tesoro mio? Lo faresti, tu, se fossi in me?»

«Potrebbe mai veramente succedere, una cosa del genere?»

«Sì, potrebbe succedere. È successa. Vedi... Tu sei un essere umano – stupendo o spregevole, a seconda dei punti di vista – e, tradendoti, noi potremmo salvare duecento o trecento persone, a bordo di un aereo, dal momento che *loro* non potrebbero prenderti, sempre che noi non ti tradissimo prima che tu salga a bordo di quell'aereo. Capisci? Oh, il mio piccolo mondo è pieno di moralità benignamente negletta poiché noi non trattiamo altro che immoralità malvagia.»

«Perché restarci? Perché non uscirne?»

Khalehla fece una pausa. Lo guardava, senza battere ciglio. «Perché noi salviamo vite» rispose alla fine. «E di tanto in tanto accade qualcosa che riduce la malvagità, mostrandola per quello che è, e la pace è un po' più vicina. Più spesso di quanto non credi abbiamo operato a tal fine.»

«Oh, ma tu hai diritto ad avere una vita tutta tua!»

«Un giorno l'avrò. Poiché un giorno non sarò più utile, perlomeno là dove voglio esserlo. Sarò un agente non più segreto... Al principio si è sospettati, poi si viene scoperti e, quindi, si diventa inutili. A questo punto ti conviene piantare baracca e burattini. I miei superiori tenteranno di convincermi che potrei essere utile, preziosa, altrove; mi offriranno un'ampia scelta di settori... Ma non credo che abboccherò.»

«E che farai, allora?»

«Gran dio! Parlo sei lingue correttamente, ne leggo e scrivo quattro. Dati i miei precedenti, direi di avere ampie qualificazioni per una vasta gamma di impieghi.»

«Mi sembra ragionevole, tranne per una cosa. C'è un ingrediente che manca.»

«A cosa alludi?»

«A me. Alludo a me.»

«Oh, dài, Evan.»

«No» disse Kendrick scuotendo la testa. «Niente più "oh, dài", "suvvia", "ti prego, Evan". Non mi accontento. So quello che provo e credo di sapere cosa provi tu; e non tenere conto di questi reciproci sentimenti sarebbe sia una stupidaggine che uno spreco.»

«Te l'ho detto, non sono pronta...»

«Io ero convinto che non sarei mai stato pronto» l'interruppe Kendrick, con voce sommessa e neutra. «Vedi, anch'io ho riflettuto, e sono stato molto severo con me stesso. Per tutta la vita, mi sono comportato da egoista. Ho sempre amato la mia libertà, poter andare dove mi pareva, fare quel che mi andava di fare: male o bene non faceva poi tanta differenza, purché fossi in grado di farlo. Autosufficiente, credo sia il termine: bastare a sé. A sé, a se stessi. Poi sei arrivata tu e hai mandato tutto all'aria. Tu mi hai mostrato quello che mi manca e, nel mostrarmelo, mi hai fatto sentire come un idiota. Non ho nessuno con cui condividere alcunché: in sostanza, questo è quanto. Nessuno cui voler bene e cui dire "Guarda, ce l'ho fatta" oppure magari "Purtroppo non ce l'ho fatta". Certo, c'è Manny. Quando c'è. Ma, nonostante la sua opinione in contrario, Manny non è immortale. Ieri sera tu mi hai detto che hai paura... Ebbene, sono io quello che ha paura, adesso: spaventato per la paura che non avrei mai pensato di provare. È, appunto, la paura di perdere te. Non sono molto bravo a implorare e strisciare, tuttavia ti prego e ti imploro, in ginocchio, per favore, *per favore* non lasciarmi.»

«Oh, accidenti» disse Khalehla, chiudendo gli occhi, e due lacrime le scorrevano lungo le guance. «Brutto figlio di puttana.»

«È un inizio.»

«Io ti amo!» Gli si buttò fra le braccia. «Ma non dovrei! Non dovrei!»

«Puoi sempre cambiare idea, di qui a venti o trent'anni.»

«Tu mi hai incasinato la vita...»

«Tu non hai certo reso più facile la mia.»

«Bene! Bravi!» tuonò una voce dalla porta.

«Manny!» esclamò sorpresa Khalehla sciogliendosi da Evan e voltandosi.

«Da quanto sei lì?» domandò Kendrick, aspro, girando di scatto la testa.

«Sono arrivato quando imploravi strisciando» rispose Weingrass in accappatoio scarlatto. «Funziona sempre, ragazzo. La scena dell'uomo forte in ginocchio non fallisce mai.»

«Sei impossibile!» gridò Evan.

«È adorabile» disse Khalehla.

«Sono entrambe le cose, ma non gridate, altrimenti svegliate le streghe. Che ci fate, qui, a quest'ora?»

«Sono già le otto, a Washington» rispose Khalehla. «Come ti senti?»

«*Ahnnh*» rispose il vecchio, alzando il palmo dischiuso della mano destra, mentre veniva avanti dalla soglia. «Ho dormito ma non ho dormito, non so se mi spiego. E voi buffoni non mi siete stati d'aiuto, a furia di aprire la porta ogni cinque minuti, non so – di nuovo – se mi spiego.»

«Non ogni cinque minuti» precisò Khalehla.

«Voi avete il vostro orologio, io ho il mio... Dunque, che ha detto il mio amico Mitchell? Alludevi a lui dicendo che a Washington sono le otto, se non sbaglio.»

«Non ti sbagli» convenne l'agente segreto del Cairo. «Stavo appunto spiegando a Evan...»

«Che razza di spiegazione! Bocca a bocca!»

«Manny!»
«Zitto. Lasciala parlare.»
«Devo andare. Starò via un giorno, forse due.»
«Andare dove?» domandò Kendrick.
«Non posso dirtelo... tesoro mio.»

Capitolo trentunesimo

Benvenuti all'Aeroporto Stapleton di Denver, signore e signori. Per informazioni relative alle coincidenze, potete rivolgervi al nostro personale, che sarà lieto di assistervi, all'interno dell'aerostazione. Qui in Colorado sono le tre e cinque del pomeriggio.

Fra i passeggeri che stavano sbarcando c'erano cinque preti i cui tratti somatici erano caucasici ma la cui pelle era più scura di quella della maggior parte degli Occidentali. Si muovevano insieme e parlavano sommessamente fra loro. Potevano provenire da qualche diocesi nel sud della Grecia, o dalle isole dell'Egeo, o magari dall'Egitto, o dalla Sicilia. Avrebbero potuto, ma non era così. Erano palestinesi e non erano preti. Erano invece terroristi, appartenenti alla fazione più estremista della *jihad* islamica. Ognuno di loro aveva in mano una valigetta di tela nera; insieme, appena entrati nell'aerostazione, si diressero verso un chiosco di giornali.

«*La!*» esclamò il più giovane tra i denti, prendendo un giornale e scorrendone i titoli di prima pagina. «*Laish!*»

«*Iskut!*» bisbigliò un suo compagno più anziano, per dirgli di stare zitto. Poi, tirandolo via di là, soggiunse: «Se parli, parla in inglese».

«Niente, non c'è niente ancora sui giornali. Qualcosa non va.»

«Lo sappiamo, imbecille, che c'è qualcosa che non va» disse il loro capo, noto con il soprannome di Ahbyahd, che vuol dire "canuto", nonostante i suoi capelli fossero solo brizzolati, non canuti. «È proprio per questo che noi siamo qui. Tieni... porta tu la mia valigetta. Andate tutti all'uscita 12. Vi raggiungo là tra poco. Ricorda» aggiunse rivolto al suo vice «se qualcuno vi ferma, parla tu. Spiega che gli altri non parlano inglese. Ma non dilungarti.»

«Impartirò loro una benedizione cristiana e gli squarcerò la gola in nome di Allah!»

«Tieni a freno la lingua e il pugnale. Non voglio rogne.» Ciò detto Ahbyahd si allontanò, circospetto, dirigendosi all'ufficio informazioni.

Qui, una donna di mezz'età, sorridendo, gli chiese: «Posso aiutarla, Padre?».

«Mi hanno detto di rivolgermi qui...»

«Cerchiamo appunto di essere utili ai viaggiatori» disse la donna, affabile, notando l'espressione sbigottita del sacerdote.

«Hanno per caso lasciato una busta per me? Il mio nome è Demopolis.»

«Oh, sì» disse la donna aprendo un cassetto della scrivania. «Padre Demopolis. Certo, lei è molto lontano dal suo Paese. È greco, se non sbaglio.»

«Siamo qui per il ritiro francescano. Una rara occasione per visitare il vostro splendido Paese.»

«Ecco qua.» La donna gli porse una busta. «Ci è stata consegnata a mezzogiorno.

«Lei è molto gentile.» L'arabo tastò la busta e sentì sotto le dita un oggetto duro. «Che il Dio degli Eserciti la benedica!»

«Grazie, Padre. E buona permanenza.»

Ahbyahd si allontanò, affrettando il passo. In un angolo, si soffermò. Senza dare nell'occhio, lacerò la busta: fissata con lo scotch a un cartoncino, c'era una chiave. Serviva ad aprire una cassetta, al deposito bagagli di Cortez, Colorado.

Le armi e gli esplosivi erano stati loro consegnati puntualmente, così pure il denaro, gli indumenti, un'automobile noleggiata e non rintracciabile, passaporti alternativi di origine israeliana intestati a nove sacerdoti maroniti, e biglietti aerei per Riohacha (Colombia), poi avrebbero proseguito per Cuba e di qui per il Medio Oriente. L'appuntamento, per il viaggio di ritorno in patria (patria eppure non patria: non la Bekaa, quella non era la patria!) era in un motel nei pressi dell'aeroporto di Cortez. Di qui l'indomani un aereo di linea li avrebbe condotti a Los Angeles, dove nove religiosi avevano già un posto prenotato su un aereo dell'Avianca per Riohacha.

Tutto si era svolto secondo i piani prestabiliti minuziosamente elaborati non appena era pervenuta, nella Valle della Bekaa, in Libano, quella sorprendente offerta: *Trovatelo. Uccidetelo. Rendete onore alla vostra causa, vendicatevi. Avrete da noi assistenza e tutto quello che vi occorre, ma non saprete mai la nostra identità.*

Ma avevano dato frutti, tutti quei piani così precisi, quei doni così preziosi? Ahbyahd non lo sapeva. Non poteva saperlo. E appunto per questo aveva telefonato a un certo numero di Vancouver che nuovi e micidiali rifornimenti venissero inclusi nella consegna al deposito bagagli di Cortez. Erano trascorse quasi 24 ore dall'attacco alla villa di Fairfax (Virginia) e circa 18 dall'attacco all'altra villa dell'odiato nemico, in Colorado. La missione era stata concepita come un assalto simultaneo, contro due obiettivi lontani fra loro, in modo da sgomentare e sbigottire il mondo occidentale, con l'orrore del sangue e della morte, vendicando così i fratelli uccisi e dimostrando inoltre, che le eccezionali misure di sicurezza predisposte dal Presidente degli Stati Uniti in persona per proteggere un singolo uomo non erano valse a nulla di fronte alla decisione e all'abilità di un popolo calpestato ed espropriato. La missione dei nove palestinesi era denominata "Operazione Azra". E il suo scopo era quello di eliminare un eroe americano, un impostore che si era finto loro amico fraterno, che aveva spezzato il pane e condiviso il dolore con i palestinesi e che, alla fine, li aveva traditi. Quell'uomo doveva morire, insieme a tutti coloro che gli erano vicini, che lo proteggevano. Una lezione doveva essere impartita!

Kendrick, l'odiatissimo nemico, non era stato trovato alla villa di Fairfax. Si presumeva quindi che il drappello capeggiato da Yosef lo avesse trovato e ucciso nella sua abitazione di Mesa Verde, alle pendici delle Montagne Rocciose. Invece, niente. Niente!

I cinque del drappello del Canuto avevano atteso invano, nelle loro stanze d'albergo, che il telefono squillasse e che, dai quattro capeggiati da Yosef, arrivasse la buona notizia: *Operazione Azra compiuta. L'odiato porco è stato ucciso!*

Invece, nessuno aveva telefonato. E, quello che era più strano, i media di massa tacevano: non erano apparsi titoli cubitali, urlanti, sui giornali, né alla televisione annunciatori e testimoni scossi, angosciati, avevano annunciato un ulteriore trionfo della santa causa. Cosa era accaduto?

Ahbyahd aveva ripassato ogni fase della missione e non aveva riscontrato nessun errore. Ogni possibile problema era stato previsto e risolto in anticipo, o ricorrendo alla corruzione in seno alla burocrazia federale, a Washington, o mediante sofisticate tecnologie. Erano stati comprati, o ricattati, alcuni tecnici dei telefoni, sia in Virginia che in Colorado. Tutti i problemi erano dunque stati previsti, tranne uno.

L'imprevisto era stato l'assistente di Kendrick, un certo Phil Tobias, il quale si era d'un tratto insospettito. Ma era stato prontamente ucciso. Questo era accaduto nel pomeriggio di mercoledì, poco prima dell'attacco contro la villa di Fairfax.

I fatti si erano svolti nel modo seguente. Il Canuto aveva mandato uno dei suoi "preti" (l'unico che non si trovava in Oman all'epoca dell'insurrezione) nell'ufficio di Kendrick, presso la Camera, allo scopo di avere la conferma che il rappresentante si trovasse a Washington. La copertura del "prete" era impeccabile: i suoi documenti – religiosi e civili – erano in ordine. Portava i "saluti" di numerosi "vecchi amici" di Kendrick.

Ma il "prete" era stato sorpreso da Tobias mentre spulciava un'agenda, nell'ufficio (deserto) della segretaria di Kendrick. Tobias si era subito ritirato nel proprio ufficio. Il falso prete, accostatosi all'uscio, aveva sentito il giovane assistente telefonare alla Polizia del Congresso. Quindi Tobias doveva morire. Ed era stato ucciso, con la massima efficienza, dopo essere stato condotto, sotto la minaccia di una pistola, negli scantinati del Campidoglio. Eppure, neanche della sua morte i giornali avevano dato notizia.

Che cosa era accaduto? Cosa stava accadendo? I componenti della missione, votati al martirio, non potevano tornare nella Valle della Bekaa senza il trofeo della vendetta, una vendetta a lungo desiderata e completamente meritata. Era impensabile. Se i quattro di Yosef non fossero venuti all'appuntamento, a Cortez, sarebbe scorso altro sangue, a profusione.

Il Canuto infilò la chiave in tasca, buttò via la busta e il cartoncino, e si diresse verso l'uscita 12.

«*Dolcezza!*» esclamò Ardis Vanvlanderen, entrando nel salotto della suite all'Hotel Westlake di San Diego, in California.

«Che c'è, baby?» le domandò il marito, che sedeva su una poltrona di velluto, di fronte a un televisore.

«I tuoi problemi sono risolti. Non dovrai sborsare tutti quei milioni, nei prossimi cinque anni. Continua a fabbricare missili e supersonici, finché le vacche cacheranno uranio. Dico sul serio, amore, le tue preoccupazioni sono finite!»

«Lo so, baby, lo so» disse Andrew Vanvlanderen, senza muoversi, continuando a fissare il teleschermo. «E ne avrò la conferma da un momento all'altro.»

«Ma che dici? Di che parli?» Ardis rimase, immobile, fissando il marito.

«La notizia verrà data ormai tra poco. Non possono tenere tutto nascosto ancora a lungo. Gesù! Il silenzio-stampa dura da quasi 24 ore!»

«Non ho idea di quello che passa per quella tua torbida mente, ma, per quanto mi riguarda, posso assicurarti che Emmanuel Weingrass è sul piede di partenza. Abbiamo assoldato un certo medico. Il quale gli ha praticato una iniezione di...»

«Dunque è spacciato. E così pure Kendrick.»

«*Cosa?*»

«Non potevo aspettare te, amore. Nessuno di noi poteva aspettare oltre. Si è adottato così un sistema migliore, più spiccio.»

«Cosa diavolo hai combinato?»

«Ho dato a un popolo afflitto l'opportunità di vendicarsi di un uomo che aveva beffato i palestinesi. Sapevo a chi rivolgermi. E sono ricorso ai sicari adatti.»

«Andy-boy» disse Ardis sedendosi di fronte al marito e fissando su di lui i grandi occhi verdi «voglio sapere subito che cosa hai combinato.»

«Ho eliminato un ostacolo, tolto di mezzo un uomo che avrebbe indebolito gli Stati Uniti, riducendo, in misura inaccettabile, la loro potenza militare – al punto di trasformare il più potente gigante del mondo libero in un nano. Quest'impresa è costata a me, personalmente, circa 800 milioni di dollari. E al nostro gruppo parecchi miliardi.»

«Oh, Cristo... Non potevi aspettare! Non potevate aspettare. E sei ricorso agli *arabi*!»

«Signor Presidente, ho bisogno di questi pochi giorni» implorò Mitchell Payton, sporgendosi in avanti sulla sedia. Si trovava in un salotto della residenza privata di Langford Jennings, alla Casa Bianca. Erano l'una e venti della notte e il Presidente era in pigiama e vestaglia. A gambe accavallate, una pantofola gli ciondolava da un piede. Il suo sguardo interrogativo era fisso sul viso del dirigente della CIA. Questi continuò: «Mi rendo conto che venendo direttamente da lei ho infranto un centinaio di regole e norme, ma sono allarmato, come mai nella mia lunga carriera. Anni fa un giovanotto disse al suo comandante in capo che un cancro stava divorando la Presidenza degli Stati Uniti. Adesso, un uomo assai più anziano le dice essenzialmente la stessa cosa. Tranne che, in questo caso, lei è stato finora tenuto all'oscuro della malattia. Se esiste. E io sono sicuro che esista.»

«Per questo lei è qui, dottor Payton» disse Jennings, con voce piatta, indubbiamente venata di paura. «Sì, *dottor* Payton, ho dovuto rendermi rapidamente edotto su molte cose. Poiché Sam Winters mi ha detto, chiaro e tondo, che là dove lei si dice "allarmato", molti altri, al suo posto, sarebbero in preda a sgomento. Da quel che lei mi ha detto finora, capisco cosa intende Winters. E sono sgomento.»

«Sono lieto che un mio vecchio amico sia intervenuto. Lo sapevo che Winters si sarebbe ricordato di me. Non pensavo però che mi prendesse sul serio.»

«L'ha presa sul serio. E lei... è sicuro di avermi detto ogni cosa? Tutto, riguardo a questo tremendo pasticcio?»

«Tutto quello che so, signore, tutto quello che siamo riusciti a mettere insieme. Devo ammettere, naturalmente, che non c'è – come suol dirsi – alcuna "pistola fumante": cioè, nessuno è stato colto in flagrante.»

«Non è questa la frase prediletta, qui da noi.»

«Glielo dico sinceramente, signor Presidente: se pensassi che questa frase potesse applicarsi, in qualsiasi maniera, alla Casa Bianca, non sarei qui.»

«Apprezzo la sua sincerità.» Jennings abbassò la testa ammiccando, poi tornò a sollevarla e, accigliandosi, parlò con aria pensosa. «Ha ragione, non si applica a noi. Ma come fa, lei, a esserne sicuro? I miei avversari mi attribuiscono ogni sorta di inganni e imbrogli. Lei non è contagiato da loro? In base a quel che so, sul suo conto, non si può certo dire che lei sia un mio accanito sostenitore.»

«Non occorre essere d'accordo in tutto e per tutto con qualcuno, per ritenerlo un galantuomo.»

«Il che significa che io sono "okay", ma lei non voterebbe per me, esatto?»

«Posso parlare, di nuovo sinceramente?»

«Sì, certo, parli pure sinceramente» disse il Presidente con un lieve sorriso.

«Ebbene, no: non voterei per lei» ammise Payton restituendo il sorriso.

«Perché non si fida del mio Quoziente d'Intelligenza?»

«Buon dio, no! La storia sta là a dimostrare che una mente troppo complessa, a capo del Governo, può venire consumata da un'infinità di dettagli. Al di sopra di un certo livello, un intelletto immenso è, non solo irrilevante, ma spesso pericoloso. Un uomo la cui mente scoppia di dati contrastanti fra loro, di teorie e controteorie, tesi e antitesi, tenderà a dibattere all'infinito ogni questione, senza mai arrivare a prendere una decisione. No, signore. Non ho problemi per quanto riguarda il suo Quoziente d'Intelligenza, il quale è peraltro più che sufficiente.»

«È per via della mia filosofia, allora?»

«Devo essere ancora candidamente sincero?»

«Certo. Vede, devo decidere al più presto se votare per lei o no. E non si tratta di un *do ut des*.»

«Credo di capirlo, questo» disse Payton annuendo. «E va bene. La sua retorica, a volte, mi dà noia. Si direbbe che lei tenda a ridurre alcune questioni molto complicate a... a...»

«Insomma, semplificherei troppo» suggerì Jennings.

«Il mondo oggi è tanto complicato e tumultuoso quanto l'atto della creazione stessa, comunque sia avvenuta» replicò Payton. «Basterebbero poche mosse false da parte di pochi per ritornare al punto di partenza: una palla di fuoco senza vita, che ruota nella galassia. Non vi sono più risposte facili, soluzioni semplici, signor Presidente. Lei mi ha chiesto sincerità.»

«E altroché se l'ho avuta!» Jennings rise sommessamente e si piegò in avanti, coi gomiti sulle ginocchia. «Ma lasci che le dica una cosa. Si provi lei a dilungarsi su quei complessi, tumultuosi problemi durante una campagna elettorale, e non sarà mai in grado di cercare le complesse soluzioni. Finisce sulle gradinate, non prende parte alla partita, non fa parte della squadra.»

«Vorrei credere diversamente.»

«Anch'io, ma non posso. Ho visto troppi uomini colti e brillanti fare fiasco perché descrivevano il mondo così come è veramente, a un elettorato che invece non vuol sentirne parlare.»

«Direi allora che erano gli uomini sbagliati, signor Presidente. La cultura e il fascino politico non si escludono necessariamente a vicenda. Un giorno una nuova razza di politici affronterà un diverso elettorato, capace di accettare la realtà e ascoltare chi ne parla realisticamente.»

«Bravo» disse Jennings, e tornò ad agitarsi contro lo schienale. «Lei ha proprio descritto la ragione per cui sono quello che sono: perché faccio quel che faccio. Il governare, dottor Payton, fin da quando i primi consigli tribali si riunirono intorno al fuoco, nelle caverne, è sempre stato un "processo di transizione": anche i marxisti sono d'accordo. Non c'è alcuna utopia: in cuor suo, Tommaso Moro, lo sapeva, poiché nulla è oggi come era la settimana scorsa, lo scorso anno, il secolo scorso. Ecco perché usò la parola "Utopia": luogo che non esiste... Io sono l'uomo giusto per il mio tempo, questo è il mio momento nel mutare delle cose, e io spero proprio che si tratti del mutamento da lei previsto. Se io sono il ponte che ci porta vivi di là, scenderò felice nella tomba, e i miei critici possono andare all'inferno.»

Mentre osservava l'uomo più potente della terra, l'ex professore Mitchell Jarvis Payton tradì un leggero stupore. «È una dichiarazione estremamente dotta» disse infine.

«Non sparga la voce. Mi toglierebbero il mandato. Io ne ho bisogno, di quei critici. Lasciamo perdere. Lei ha superato l'esame, MJ. Voterò per lei.»

«MJ?»

«Gliel'ho detto. Ho dovuto informarmi, alla svelta.»

«Perché sono stato "promosso", signor Presidente? La domanda è sia personale sia professionale, se posso porla.»

«Perché non ha battuto ciglio.»

«Prego?»

«Lei non sta parlando con Langford Jennings, un contadino dell'Idaho la cui famiglia fece qualche soldo perché il suo papà ebbe la ventura di comprare 48 acri di terreno, in montagna, che in seguito fecero gola a certi appaltatori. Lei sta parlando con il capo supremo del mondo occidentale, l'uomo che potrebbe ritrasformare questo pianeta in una palla di fuoco. Fossi in lei, mi verrebbe la tremarella, di fronte a un uomo quale sono io. Avrei paura e ci andrei cauto.»

«Io cerco di non dare prova di paura, né di mostrarmi troppo cauto. E non sapevo niente di quei 48 acri.»

«Lei crede che un uomo relativamente povero potrebbe mai diventare Presidente degli Stati Uniti?»

«Probabilmente no.»

«Probabilmente mai. Il potere va ai ricchi, oppure agli squattrinati, ai disperati che non hanno niente da perdere e molto da guadagnare. Nonostante questo, dottor Payton, lei è venuto da me, passando per le scale di servizio, e mi ha fatto una richiesta oltraggiosa: mi ha chiesto di sanzionare l'operato recondito, l'attività svolta clandestinamente nel nostro Paese dalla CIA, alla quale è vietato per legge di operare all'interno degli Stati Uniti. Non basta. Lei vuole che io le permetta di mettere a tacere una notizia relativa a una tragedia nazionale: un eccidio perpetrato da terroristi i quali miravano a sopprimere un uomo cui il Paese deve moltissimo. In sostanza, lei mi chiede di violare un buon numero di regole che, assumendo il potere, ho giurato solennemente di far rispettare. Dico bene, finora?»

«Le ho esposto i miei motivi, signor Presidente. C'è una ragnatela di circostanze che si estende dall'Oman alla California. Non si tratta, è chiaro, di semplici coincidenze. Questi fanatici, questi terroristi uccidono per uno scopo che trascende qualsiasi altra motivazione. Essi vogliono fare scalpore, vogliono l'attenzione del pubblico, esigono titoli cubitali sulla stampa, servizi speciali alla Tv. A costo di suicidarsi. L'unica speranza che abbiamo di acciuffarli, e smascherare chi sta dietro di loro, è dunque il silenzio della stampa. Seminando fra loro confusione e frustrazione, indurremo qualcuno a commettere qualche errore, a ricorrere a qualche protettore o fiancheggiatore cui non dovrebbe invece rivolgersi, a spezzare la catena della segretezza... E una catena c'è, signore, c'è. Per entrare negli Stati Uniti, quei sicari, quei killer, hanno dovuto contare su potenti complici, innanzi tutto. Si muovono da un capo all'altro del Paese, armati. Il che non è cosa da poco, considerate le nostre misure di sicurezza. Io ho spedito un nostro agente a San Diego, e un altro, da Beirut, nella Valle della Bekaa. Entrambi sanno che cosa cercare. Sono due dei nostri migliori agenti.»

«*Gesù!*» esclamò Jennings, balzando dal divano e mettendosi a camminare avanti e indietro. «Non posso credere che Orson sia implicato in questa faccenda. Non è il mio prediletto compagno di cordata, ma non è un pazzo... E non ha tendenze suicide.»

«Può darsi che non vi sia implicato, signore. Il potere, anche quello di un Vicepresidente, attrae coloro che aspirano a conquistarlo, o ad accrescerlo.»

«Dannazione!» gridò il Presidente, e si diresse verso una scrivania sulla quale erano sparse alcune carte. «No, aspetti un momento» disse poi girandosi. «Secondo lei, c'è una rete o ragnatela di circostanze che in qualche modo si estende dall'Oman fino a San Diego. Lei dice che non può trattarsi di una semplice coincidenza, ma non ne ha alcuna prova. Né la famosa "pistola fumante" né niente altro, solo un paio di persone che si conoscevano, anni fa, in Medio Oriente e una che all'improvviso compare dove lei non se l'aspettava.»

«La donna in questione ha un passato di imbrogli finanziari ai limiti della legalità, con un'alta posta in gioco. Non avrebbe mai accettato un lavoro politico oscuro e piuttosto mal retribuito, se non ci fossero in ballo altre considerazioni.»

«Andy-boy» disse il Presidente come fra sé. «Il generoso Andy. Io non conoscevo questi precedenti di Ardis, s'intende. Credevo che fosse una funzionaria di banca, o qualcosa del genere, che Andy conobbe in Inghilterra. Prima di tutto perché mai Vanvlanderen avrebbe persuaso sua moglie a lavorare per Orson Bollinger?»

«Secondo me, fa parte della ragnatela, della catena.» Payton si alzò. «Mi occorre la sua risposta, signor Presidente.»

«"Signor Presidente"» ripeté Jennings scuotendo la testa come se non potesse accettare quel titolo. «Chissà come la pensa...»

«Prego?»

«Lo sa cosa voglio dire. Lei arriva qui all'una dopo mezzanotte con questo scenario paranoico e mi chiede di commettere reati che potrebbero portare alla mia destituzione. Poi, quando le faccio alcune domande, lei mi dice che: A, non voterebbe per me; B, sono semplicistico; C, tutt'al più, posso sperare di essere il predecessore di uomini migliori di me; D, non riesco a vedere la differenza fra semplici coincidenze e valide prove circostanziate...»

«Non ho detto questo, signor Presidente.»

«Lo ha sottinteso.»

«Mi ha chiesto sincerità, candore. Se...»

«Oh, la pianti» disse Jennings, tornando alla scrivania. «Si rende conto che non c'è una sola persona, nell'intero staff della Casa Bianca, comprendente più di mille persone, che direbbe *a me* le cose che lei mi ha detto? Non v'includo mia moglie e mia figlia che, d'altronde, non fanno parte dello staff, e sono entrambe, fra parentesi, assai più dure di lei.»

«Se l'ho offesa, le chiedo scusa.»

«No, la prego. Le ho detto che ha superato l'esame e non mi rimangio la parola. Inoltre non permetterei a nessuno, tranne che a uno come lei, di chiedermi quello che lei mi ha chiesto di fare. Semplicemente, non mi fiderei di nessun altro... Lei ha il mio nullaosta. Faccia quello che le pare, ma mi tenga sempre al corrente.

Ora le darò un numero di telefono, che conoscono solamente i miei familiari.»

«Mi occorre anche un verdetto presidenziale di non-denuncia. L'ho già preparato.»

«Per pararsi il culo?»

«No di certo, signore. Lo controfirmerò anch'io, assumendomi tutta la responsabilità di questa richiesta.»

«Allora, perché?»

«Per proteggere i miei sottoposti, che vengono coinvolti senza sapere perché.» Payton estrasse di tasca un foglio ripiegato. «Qui è detto chiaro e tondo che il suo staff non è stato consultato.»

«Grazie mille. Così impiccheranno soltanto noi due.»

«No, signor Presidente. Ci andrò di mezzo solo io. La cosiddetta "non-denuncia", è prevista dalla legge che nel 1947 istituzionalizzò la CIA. Essa consente alla CIA stessa di compiere azioni straordinarie in periodi di crisi nazionale.»

«Una tale dispensa deve avere un limite di tempo.»

«Infatti, signore. Mi occorre per cinque giorni.»

«Firmerò la dispensa» disse Jennings prendendo il foglio. «Nel frattempo» soggiunse porgendo a sua volta un foglio a Payton «lei legga questo. Mi è stato consegnato oggi pomeriggio.»

«Cos'è?»

«Un rapporto riservato. Relativo a una campagna pubblicitaria per fare di Evan Kendrick, il prossimo giugno, il candidato del mio partito alla vicepresidenza. Al mio fianco» aggiunse sottovoce.

«Dia pure» disse Payton allungando una mano. «Lo leggerò.»

«Lo sapevo, che le avrebbe interessato» disse Jennings consegnando il foglio al direttore della Progetti Speciali. «Chissà se la prenderà sul serio, la cosa, come Sam Winters ha preso sul serio lei.»

«Senz'altro, signore» disse Payton dopo aver dato una rapida scorsa al rapporto.

«Se la sua paranoia ha un fondamento, lì troverà di che suffragarla» disse il Presidente osservando attentamente l'ospite inatteso. «Il mio ufficio stampa dice che Kendrick potrebbe decollare e volare molto alto. Alto e veloce. A partire dalla settimana prossima, sette rispettabili quotidiani del Midwest scenderanno in campo in favore di Kendrick, con una serie di articoli di fondo. Avrà praticamente il loro avallo. Tre di questi giornali sono abbinati a stazioni radiotelevisive locali, molto prestigiose, al Nord e al Sud. A proposito di coincidenze, sono state fornite loro registrazioni, su nastro, delle comparse di Kendrick alla televisione.»

«Chi ha fornito quei nastri? Qui non lo dice.»

«È stato formato, a Denver, un Comitato apposito, per sostenere la candidatura di Kendrick. Ma sono un branco di mezze calzette. C'è chi li imbecca.»

«Incredibile! Questo è incredibile!»

«Non proprio» disse Jennings. «Kendrick potrebbe rivelarsi un candidato accettabile. Ha del magnetismo, l'uomo. Ispira fiducia. Dà l'idea di un uomo forte. Sì, potrebbe decollare... e volare alto e veloce, come dicono quelli del mio ufficio stampa. Ai fautori di Bollinger, che sono i miei stessi fautori, suppongo, verrà un accidente collettivo.»

«Non alludevo a questo, dicendo che la cosa è incredibile. Quando mi si presenta un nesso così ovvio, persino io devo tirarmi indietro. È troppo semplice, *troppo* ovvio. Non posso credere che i fautori di Bollinger siano stupidi a tal punto. La cosa è troppo pericolosa. Rischiano un'incriminazione.»

«Non la seguo. Credevo che lei mi dicesse qualcosa come: "Ah ah, mio caro Watson, ecco dunque la prova!". Invece, lei non è di questo avviso?»

«No, signore.»

«Dal momento che mi accingo a firmare questo pezzo di carta che potrebbe portare alla mia destituzione, ho diritto di sapere perché.»

«Perché, gliel'ho detto, è veramente troppo ovvio. I fautori di Bollinger vengono a sapere che Evan Kendrick potrebbe rimpiazzare lo stesso Bollinger, come candidato alla vicepresidenza e, allora, che fanno? Assoldano dei terroristi palestinesi perché lo facciano fuori? Eh, via! È troppo banale. Solo un maniaco potrebbe inventare un simile scenario. Basterebbe un piccolo errore, una semplice svista... un sicario catturato vivo – e ne abbiamo appunto preso uno – e potrebbero venire scoperti. Verranno scoperti, se mi firma quel foglio.»

«Chi? Chi scoprirà, lei? Che cosa scoprirà?»

«Non lo so, signore. Partiremo da quel Comitato di Denver. Da mesi Kendrick viene sospinto verso le luci della ribalta politica. Lui non vuole, anzi si schermisce, evita, scappa via. Adesso, alla vigilia di un vero e proprio lancio, abbiamo avuto l'eccidio di Fairfax e l'assalto, fallito, alla villa di Mesa Verde. Fallito, badi bene, grazie a un testardo vecchio di ottant'anni che non permette alla sua vecchiaia di interferire con le sue azioni. Costui ha ucciso tre terroristi.»

«A proposito, voglio conoscerlo» interruppe Jennings.

«Provvederò, ma lei potrebbe pentirsene.»

«Vale a dire?»

«Vi sono due fazioni, due campi avversi, entrambi agguerriti. Tuttavia, alla superficie, uno può aver commesso un errore straordinario, che non ha senso.»

«Di nuovo non la seguo.»

«Sono smarrito io stesso, signor Presidente... Vuol firmare quella carta? Mi dà quei cinque giorni?»

«D'accordo, Payton, ma perché ho la sensazione di andare incontro alla ghigliottina?»

«Previsione errata. Il pubblico non permetterà mai che le venga mozzata la testa.»

«Il pubblico può sbagliarsi di grosso» disse il Presidente degli Stati Uniti chinandosi sulla scrivania per firmare il documento. «Anche questo ci insegna la Storia, professore.»

I lampioni lungo il viale Lake Shore a Chicago lampeggiavano fra la neve che cadeva fitta, creando mutevoli bagliori sul soffitto della stanza del Drake Hotel. Erano da poco passate le due dopo mezzanotte e l'uomo biondo, muscoloso, dormiva respirando regolarmente, come se l'autocontrollo non lo abbandonasse neanche nel sonno. D'un tratto il respiro si interruppe, allorché squillò il telefono. L'uomo si rizzò a sedere, gettando le gambe oltre la sponda del letto e afferrò il ricevitore. «Sì?» disse Milos Varak senza traccia di sonno nella voce.

«Abbiamo un problema» disse Samuel Winters dal suo studio a Cynwid Hollow, nel Maryland.

«Possiamo discuterne ora, signore?»

«Non vedo perché no. Brevemente. Questa linea è pulita e non credo che il suo telefono sia sotto controllo.»

«Ma non sia troppo esplicito, la prego.»

«Circa sette ore fa, è successo qualcosa di orribile in una villa della Virginia...»

«Una tempesta?» interruppe il cecoslovacco.

«Sì. Una tremenda tempesta che ha fatto enormi danni.»

«*Icaro?*» gridò, quasi, Milos Varak.

«Lui non c'era. E non era neanche in Colorado, dove un simile assalto è stato compiuto, ma è fallito.»

«Emmanuel» bisbigliò Varak. «Era lui il bersaglio. Me l'immaginavo.»

«Non sembrerebbe. Ma perché dice questo?»

«A suo tempo, signore. Sono arrivato a Chicago, da Evanston, a mezzanotte e mezza.»

«Infatti, ho cercato di chiamarla, diverse volte. Ma non ho lasciato detto niente. Tutto regolare?»

«Siamo anzi in anticipo, sulla tabella di marcia. Ma non è questo il punto. La radio non ha parlato né dell'uno né dell'altro avvenimento. È stupefacente, non trova?»

«Se le cose andranno come io mi aspetto» rispose Winters «non vi sarà *nulla* per diversi altri giorni ancora.»

«Questo è ancora più stupefacente. Come lo sa, signore?»

«Perché credo di essere stato io, a organizzare tutto. Un uomo di cui mi fido completamente è andato, privatamente, dietro mia sollecitazione, dal Primo Cittadino. Si trova là, in questo momento. Per poter acciuffare i colpevoli, occorre il silenzio-stampa. Solo così si può sperare di riuscirci.»

Con enorme sollievo, Milos Varak capì, all'istante, che Sam Winters non era il traditore, all'interno della Inver Brass. Un traditore, infatti, non avrebbe mai fatto in modo di prolungare la caccia agli assassini. Inoltre, il coordinatore cecoslovacco aveva adesso qualcuno con cui confidarsi.

«Mi stia bene a sentire, signore. È della massima importanza – è indispensabile – convocare una riunione, per domani: di giorno, non di sera. Il fattore tempo è essenziale.»

«Mi sorprende questa richiesta.»

«Si tratta di un'emergenza, signore. Inoltre, in qualche modo, dovrò creare un'altra emergenza: per costringere qualcuno a fare una mossa.»

«Senza entrare nel merito, può fornirmene una ragione?»

«Sì. L'unica cosa che credevamo non potesse mai succedere, in seno al gruppo, è successa. C'è una persona fra i cinque che non dovrebbe esserci.»

«Gran Dio! Ne è sicuro?»

«Sicurissimo. Solo pochi secondi fa ho escluso che possa trattarsi di lei.»

Erano le 4,25 del mattino, in California; le 7,25 sulla costa orientale degli Stati Uniti. Andrew Vanvlanderen sedeva davanti al televisore, sprofondato nell'ampia poltrona di velluto, gli occhi vitrei, i bianchi capelli scompigliati, in stato di evidente inquietudine. D'un tratto, in un impeto di collera, scagliò il bicchiere di whisky contro il teleschermo. Il proiettile colpì di striscio uno spigolo del mobile e rimbalzò sul tappeto. Allora, infuriato, afferrò un pesante portacenere di porfido e lo lanciò. Il vetro dello schermo andò in frantumi e l'apparecchio esplose con un botto sonoro, netto, mentre del fumo nero si sprigionava dalle viscere elettroniche. Vanvlanderen ruggì invettive incoerenti, contro niente e contro tutto, senza riuscire a spiccicare chiaramente una sola parola. Accorse sua moglie, dalla camera da letto.

«Ma che ti prende?» gli urlò.

«Non... *augh!*... Non c'è niente! Nessuna notizia!» gridò lui, impappinandosi, balbettando, viso e collo paonazzi, le vene rigonfie sulle tempie. «Assolutamente niente! Cos'è accaduto? Costa sta accadendo? Non possono fare così! Ho sborsato due milioni di dollari, sull'unghia!»

Poi, senza che sembrasse in preda ad altro che a una furibonda collera, Vanvlenderen balzò dalla poltrona, agitando le braccia, le mani tremanti, gli occhi fuori dalle orbite. Stette un attimo in bilico, annaspando l'aria, poi cadde in avanti e stramazzò sul pavimento. Un grido furioso, gutturale, fu l'ultimo suono che gli uscì dalla gola.

La sua quarta moglie, Ardis Wojak Montreaux Frazier-Pyke Vanvlanderen, avanzò di alcuni passi, bianca in volto, la pelle tirata, incartapecorita come una maschera, gli occhi sbarrati, fissi sul marito morto.

«Brutto figlio di puttana» bisbigliò. «In che razza di pasticcio mi hai lasciato? Cos'hai fatto? Cosa diavolo hai combinato?»

Capitolo trentaduesimo

Ahbyahd convocò i suoi quattro compagni nella camera del motel che divideva con il più giovane del drappello: quello che parlava inglese e che non si trovava in Oman all'epoca dell'insurrezione. Erano le 5 e tre quarti del mattino, in Colorado, e la lunga attesa era finita: non ci sarebbe stato un *rendez-vous*. Il secondo drappello, capeggiato da Yosef, non si era messo in contatto: ciò significava che erano morti tutti e quattro. Non v'era nessun'altra spiegazione. Yosef, che per metà era ebreo ma odiava visceralmente Israele e il mondo occidentale, non avrebbe consentito ad alcun membro della sua squadra di essere preso vivo. Per questo aveva voluto che il ragazzo zoppo, dal labbro leporino, restasse sempre al suo fianco.

Prima che tu venga catturato, io ti farò saltare le cervella, ragazzo. Hai capito?

Lo farò da me. Ci tengo più a una morte gloriosa che non a questa miserabile vita.

Ti credo, giovane fesso. Ma ti prego, ricorda le parole di Azra. Vivi si può combattere, morti no.

Il martire Azra aveva ragione, pensò Ahbyahd. Però Azra non aveva definito il supremo sacrificio cui anelavano tutti i veri credenti. Bisognava morire combattendo. Ecco perché la *jihad* era destinata al trionfo: perché i suoi adepti non avevano paura della morte. Il silenzio che aveva avvolto l'attacco alla villa di Kendrick in Virginia, e l'assenza di Yosef e dei suoi tre uomini, poteva solo essere un tranello. Era il modo di pensare dell'Occidente: negare i fatti, non ammettere nulla; costringere i cacciatori a cercare ancora e condurli verso una trappola. Non aveva alcun senso. Se la trappola significava uccidere il nemico – in questo caso, la possibilità di uccidere un acerrimo nemico – che cosa importava la morte? Nel martirio essi avrebbero trovato una felicità che in vita non avevano mai conosciuto. Non v'è maggior gloria, per il vero credente, che salire nel cielo di Allah con le mani lorde di sangue nemico, in una giusta guerra.

Era questo ragionamento a confondere Ahbyahd. Non parlavano forse i cristiani, incessantemente, di andare in grembo a Cristo per la causa di Cristo, dichiarando guerre in suo nome? Non si esaltavano forse gli ebrei all'idea di essere il popolo eletto del Dio di Abramo, a esclusione di tutti gli altri, combattendo per la libertà come avevano fatto i maccabei, morendo per la fede come in cima al Masada? Era forse da considerarsi, Allah, indegno di tale compagnia? Chi l'aveva decretato? I cristiani e gli ebrei? Ahbyahd non era uno studioso, ma solo uno studente di una così difficile materia, ma, in verità, queste erano cose che venivano insegnate dagli anziani, da persone imbevute del santo Corano. Le lezioni erano chiare: i loro nemici erano abili a inventare motivi per combattere in nome delle loro rivendicazioni ma più abili ancora erano nel negare i diritti e le pene altrui. I cristiani e gli ebrei erano liberissimi di invocare l'Altissimo Onnipotente in qualsiasi conflitto che minacciasse *loro*, ma avrebbero sempre continuato a negare la giusta causa dei palestinesi. Però, non avrebbero potuto negare, a lui, il martirio. E questo sarebbe avvenuto a Mesa Verde, un luogo lontano migliaia di chilometri dalla Mecca.

«Fratelli miei» prese a dire il Canuto rivolto ai suoi quattro compagni nella squallida camera del motel «la nostra ora è venuta. Dobbiamo affrontarla estatici, ben sapendo che un mondo assai migliore ci attende, un paradiso dove saremo liberi, né schiavi né pedine altrui come qui sulla terra. Se, per grazia di Allah, sopravviveremo per combattere ancora, porteremo a casa, ai nostri fratelli e sorelle, il trofeo di questa vittoria, di questa sacra vendetta, che ci spetta giustamente. E il mondo saprà che siamo stati noi, saprà che alcuni uomini di valore sono penetrati, per seminare morte e distruzione, in due fortezze costruite dal nostro nemico. Ora dobbiamo prepararci. Innanzi tutto, pregando. Poi, sul piano pratico. A seconda di quanto avremo appreso, colpiremo quando essi meno si aspetteranno il nostro attacco: non con il favore delle tenebre, ma alla piena luce del sole. Prima del tramonto, saremo o raccolti in preghiera per il santo *Salat el Maghreb*, oppure in grembo ad Allah.»

Era da poco passato mezzogiorno quando Khalehla scese dall'aereo, all'aeroporto di San Diego in California, e si diresse verso la sala d'aspetto. Si accorse subito di essere osservata poiché colui che l'osservava lo faceva in modo molto evidente. Era un uomo obeso, e indossava un abito di gabardine tutto sgualcito e troppo stretto per lui; stava mangiando popcorn da un sacchetto di carta. Le rivolse un cenno col capo, si volse e si avviò per l'ampio, affollato corridoio, verso l'uscita. Era un segnale, quel cenno. Lei lo raggiunse e, quando gli fu a fianco, rallentò il passo.

«Non sei venuto a prendermi, presumo» gli disse senza guardarlo.

«In tal caso, mi pregheresti in ginocchio di portarti a casa mia, cosa che probabilmente mi toccherà fare.»

«La tua modestia è irresistibile, almeno come te.»

«È quello che dice mia moglie, con la differenza che lei aggiunge anche "bellezza".»

«Che c'è?»

«Chiama Langley. Ho la sensazione che si sia scatenato l'inferno. Telefona da un apparecchio pubblico. Non da casa mia. Se è a casa mia che andremo. Io ti aspetto più avanti. Se dobbiamo far pariglia, fammi un cenno. Poi seguimi. A rispettosa distanza, s'intende.»

«Vorrei sapere il tuo nome. Uno qualsiasi.»

«Diciamo Shapoff.»

«Sei *Gingerbread*, allora?» disse Khalehla, gettando una breve occhiata in tralice all'agente segreto che, all'interno della CIA, era praticamente una leggenda. «Berlino Est... Praga... Vienna...»

«In effetti» interruppe l'uomo in abito di gabardine «sono un dentista di Cleveland.»

«Ti immmaginavo diverso.»

«Va' a telefonare.»

La Rashad si diresse verso una cabina telefonica. Ansiosa, poco familiare con le più recenti procedure telefoniche, schiacciò il pulsante per chiamare il centralino e, fingendo uno sbigottito accento francese, chiamò – a carico del destinatario – un numero che aveva da tempo impresso nella memoria.

«Sì?» disse Mitchell Payton all'altro capo.

«Sono io, MJ. Cos'è successo?»

«Andrew Vanvlanderen è morto questa mattina all'alba.»

«Ammazzato?»

«No, d'infarto. È assodato. C'era una gran quantità di alcol nel suo sangue e lui era un disastro: barba lunga, occhi arrossati, puzzo di sudore e peggio... Ma si è trattato di un infarto.»

«Dannazione... *dannazione*!»

«In questa faccenda c'è un insieme di circostanze interessanti. Sempre circostanze, nulla di preciso. Sedeva da ore davanti a un apparecchio televisivo e, alla fine, lo ha spaccato con un portacenere di marmo.»

«Molto suscettibile» disse l'agente segreto del Cairo. «Che dice la moglie?»

«Fra lacrime in abbondanza e preghiere di essere lasciata in pace, la stoica vedova afferma che Andrew era molto depresso a causa di gravi perdite in Borsa. Insiste nel dire che di questo lei non ne sa nulla. Ma naturalmente mente. Il loro matrimonio aveva basi finanziarie.»

«Hai controllato?»

«S'intende. I titoli che Andrew possedeva basterebbero a colmare il deficit di bilancio di molti piccoli Paesi. Due dei suoi cavalli hanno persino vinto un paio di corse importanti, a Santa Anita, la settimana scorsa, e, insieme ad alcuni altri, si avviano galoppando a diventare stalloni profumatamente pagati.»

«Quindi Ardis mentiva.»

«Ha mentito» convenne Payton.

«Ma non, necessariamente, per quanto riguarda la depressione del marito.»

«Più che depressione, direi collera. Collera maniacale in aggiunta a una paura isterica.»

«Qualcosa *non* è successo?» suggerì Khalehla.

«Qualcosa non è stato reso noto. Sarà successo? Non sarà successo? Forse, è stato messo a tacere. Forse, e questo potrebbe aver fatto scattare il meccanismo, *forse* alcuni sicari sono stati presi vivi. E infatti, uno è stato catturato, a Mesa Verde.»

«E le persone catturate possono essere costrette a parlare a ruota libera, a loro insaputa.»

«Esattamente. Basta accennare a una località, a un viaggio, a un appuntamento. Ci sono troppe complicazioni, per poter nascondere tutto. Chiunque ci sia, dietro questi assassinii, deve rendersene conto, o quanto meno sospettarlo. Questo forse ossessionava Andrew Vanvlanderen. E gli ha procurato l'infarto.»

«Come va col prigioniero?»

«Lo stanno interrogando adesso. È un maniaco. Ha tentato di uccidersi, asfissiandosi, inghiottendo la lingua. Quindi, hanno dovuto somministrargli dei calmanti, prima di iniettargli il siero della verità. Ciò ha rallentato i tempi. Avremo il primo resoconto, dai medici inquisitori, fra un'oretta circa.»

«Che devo fare, io? Non posso presentarmi alla vedova inconsolabile...»

«Al contrario, mia cara» interruppe Payton. «È esattamente quello che farai. Trasformeremo questa contrarietà in un vantaggio. Quando una persona come Ardis Vanvlanderen accetta un posto di lavoro che comporta stretti legami con il potenziale successore del Presidente degli Stati Uniti, ebbene, le considerazioni personali passano in secondo piano... Dunque, tu ti profonderai in scuse, naturalmente, ma ti atterrai alla sceneggiatura che abbiamo predisposta.»

«A pensarci» disse Khalehla «date le circostanze, l'opportunità non potrebbe essere migliore. Io sono l'ultima persona che Ardis si aspetta. Ciò la scuoterà.»

«Sono contento che tu sia d'accordo. Ricorda, puoi mostrare compassione, ma il freddo dovere e la sicurezza nazionale vengono prima.»

«E Shapoff? Facciamo pariglia?»

«Solo se hai bisogno di lui. Lo abbiamo prestato ai Servizi Segreti della Marina, con status di consulente, e sono lieto che sia lì a San Diego; però preferirei che tu agissi da sola, almeno all'inizio. Comunque tieniti in contatto con lui.»

«Immagino che non sia stato informato.»

«No. Gli è solo stato chiesto di darti tutto l'aiuto che ti serve.»

«Capisco.»

«Adrienne» disse il direttore della Progetti Speciali. «C'è un'altra cosa che devi sapere. Può darsi che siamo vicini al biondo europeo e, altrettanto importante, a quello che lui rappresenta.»

«Chi è? Cosa avete scoperto?»

«Non sappiamo chi sia, ma direi che lavora per gente che vuol vedere Kendrick alla Casa Bianca... o perlomeno assai vicino a essa.»

«Mio dio! Lui non ci terrebbe affatto, ma neanche per sogno. Chi sono queste persone?»

«Molto ricche e piene di risorse, immagino.» In breve Payton le parlò dell'imminente campagna di stampa per avviare Kendrick alla vicepresidenza. «Jennings mi ha detto che i suoi collaboratori ritengono che potrebbe decollare e "volare alto e veloce", testuali parole. Secondo me, non incontrerebbe alcuna obiezione.»

«Nemmeno da parte di Jennings» disse Khalehla e la sua voce era calma. «Ogni passo, ogni mossa compiuta o da compiersi è stata predisposta e analizzata. Ogni incognita è stata prevista. Tranne una.»

«Cioè?»

«La reazione di Kendrick, MJ. Lui non vorrà mai saperne.»

«Forse cercheranno di convincerlo, in qualche modo.»

«Hmm... Sarà un'impresa ardua. Dunque... vi sono due gruppi: uno che spinge il nostro eroe verso la vicepresidenza, l'altro che tenta di farlo fuori, a ogni costo.»

«Sono arrivato anch'io alla stessa conclusione, e l'ho detto al Presidente. Va' al lavoro, agente Rashad. Telefonami, appena ti sarai sistemata in albergo. Forse avrò qualche notizia dai medici inquisitori.»

«Che dici, potrei farmi viva coi nonni? Abitano proprio qui vicino, lo sai.»

«Ma ti va di scherzare? Non sei una bimba dodicenne. Assolutamente no!»

«Ho capito.»

Erano le tre del pomeriggio, sulla costa orientale degli Stati Uniti. Tre limousine erano parcheggiate davanti alla villa di Sam Winters, a Cynwid Hollow. Gli autisti fumavano, parlando sottovoce fra di loro. All'interno la conferenza era iniziata.

«Sarà breve, questa riunione» esordì Milos Varak, rivolto ai membri della Inver Brass che sedevano intorno al tavolo. Le loro facce erano crudamente illuminate dalle lampade messe davanti a ciascuno di loro, nella vasta sala in penombra. «Quello che ho da comunicarvi è di tale importanza, che non ho potuto fare a meno di pregare il dottor Winters di convocarvi subito, per potervi ragguagliare.»

«Un'emergenza, è ovvio» disse Eric Sundstrom acido. «Ho lasciato in fretta e furia il mio laboratorio, senza il tempo neanche di impartire istruzioni ai collaboratori.»

«Mi ha trascinata via dal tribunale, Milos, a metà di una causa» disse Margaret Lowell. «Avrà avuto, presumo, le sue buone ragioni. Come sempre.»

«Io sono tornato con il primo aereo da Nassau» disse Gideon Logan ridendo sommessamente. «Peraltro, non stavo facendo niente, tranne che pescare, quando quel dannato telefono si è messo a squillare, a bordo della barca. Inoltre, non stavo prendendo niente.»

«Vorrei poter dire che io ero perlomeno altrettanto produttivo, ma non posso» disse Jacob Mandel. «Stavo infatti assistendo a una partita di pallacanestro, quando il cicalino si è messo a ronzare. A momenti neppure lo sentivo.»

«Credo che dovremmo procedere, senza indugi» disse Samuel Winters con la voce venata di impazienza ma anche di qualcos'altro: presumibilmente collera. «Le novità sono sconvolgenti.»

Margaret Lowell guardò lo storiografo dai capelli d'argento. «Certo, Sam, cominciamo subito. Stiamo tutti col fiato sospeso.»

«È vero, ho parlato di pesca» disse Gideon Logan «ma non stavo certo pensando al pesce, io, Samuel.»

Il Presidente della Inver Brass annuì, senza riuscire a sorridere. «Perdonate, se vi sembro irritabile. Fatto sta che sono molto spaventato. E anche voi lo sarete.»

«Dunque, il mio laboratorio passa in secondo piano» disse Sundstrom come se fosse stato giustamente redarguito. «La prego, Milos, proceda.»

Osserva ogni faccia, ogni paio d'occhi. Studia i muscoli delle loro mascelle, ogni lineamento, ogni minimo tratto. Cogli al volo ogni sussulto, ogni involontario inghiottire saliva, ogni rigonfiarsi delle vene sul collo. Uno di questi quattro accanto a me sa la verità. Uno dei quattro è il traditore.

«I terroristi palestinesi hanno attaccato sia la villa di Kendrick in Virginia sia la sua residenza in Colorado. C'è stata una notevole perdita di vite umane.»

Una sorta di pandemonio controllato scoppiò, in quella straordinaria sala, all'interno della villa di Winters, sulla Baia di Chesapeake. Chi si gettò all'indietro, contro la spalliera, chi si sporse in avanti, per lo sgomento. Esclamazioni gutturali emesse da labbra tirate, occhi dilatati dall'orrore o affessurati dall'incredulità, e poi le domande investirono Varak a mitraglia.

«È stato ucciso Kendrick?»

«Quand'è accaduto?»

«Non ne avevo saputo nulla!»

«È stato preso vivo, qualcuno?» Quest'ultima domanda fu posta da Gideon Logan, il cui viso denotava furore... oppure paura?

«Risponderò come meglio posso» disse il coordinatore della Inver Brass. «Ma devo premettere che non sono pienamente informato. Mi consta che Kendrick è scampato all'eccidio e si trova sotto custodia protettiva. Gli attacchi hanno avuto luogo nel tardo pomeriggio di ieri, oppure, forse, in serata...»

«*Forse?*» urlò Margaret Lowell. «Ieri? Perché non lo sa di preciso? Perché noi non sappiamo niente? Perché non sa nulla il Paese?»

«C'è un totale blackout. A quanto pare il silenzio-stampa è stato chiesto dai Servizi Segreti e accordato dal Presidente in persona.»

«Allo scopo, è ovvio, di spiazzare gli arabi» disse Mandel. «Quelli uccidono per fare scalpore, e se non si dà pubblicità alle loro gesta, diventano più pazzi di quanto già non sono. I pazzi fanno spicco...»

«Inoltre, se sono ancora vivi, devono uscire dagli Stati Uniti» soggiunse Sundstrom. «Possono uscire, Varak?»

«Dipende, signore, dalla precisione dei loro piani organizzativi; e da chi li ha fatti entrare.»

«È stato preso vivo, qualcuno di questi palestinesi?» insistette Logan.

«Posso solo fare congetture» rispose Varak. I suoi occhi erano neutri; ma dietro questa neutralità c'era uno sguardo intensamente scrutatore. «Ho potuto apprendere quello che ho appreso, per fortuna, prima che il blackout fosse totale.»

«Quali sono le sue congetture?» domandò Sundstrom.

«Ci sono, al massimo, dieci o quindici probabilità su cento che qualcuno degli assalitori sia stato catturato vivo. Tale percentuale si basa sulle statistiche mediorientali. I terroristi, quando vanno in missione, portano abitualmente con sé capsule di cianuro, cucite sotto il bavero, lamette nascoste, siringhe fissate col cerotto in varie parti intime del corpo, insomma, tutte cose che consentono loro di suicidarsi piuttosto che venir presi prigionieri, e rischiare così di tradire i loro segreti sotto tortura oppure per effetto di droghe. Tenete presente, che la morte non è un sacrificio per costoro. La morte, anzi, è un rito di passaggio, dopo di che godranno le gioie dell'aldilà. Mentre nell'aldiquà hanno poco di che gioire.»

«È possibile, però, che qualcuno di questi terroristi sia stato catturato» insistette ancora Logan.

«Sì, è possibile. Si cerca sempre di prenderne qualcuno vivo.»

«Perché è tanto importante, Gideon?» domandò Samuel Winters.

«Poiché tutti sappiamo che sono state adottate misure eccezionali, per proteggere Kendrick» rispose l'imprenditore negro scrutando Varak in faccia. «Quindi ritengo sia essenziale sapere in che modo questi fanatici sono riusciti a eludere le misure di sicurezza. Si sa qualcosa, al riguardo?»

«Io ho una mia ipotesi, signore. E gli investigatori non tarderanno a formularla a loro volta.»

«Di che diavolo si tratta?» gridò Margaret Lowell con voce aspra e sonante.

«Presumo che saprete di Andrew Vanvlanderen...»

«No» interruppe la Lowell.

«Cosa gli è successo?» domandò Logan.

«Che cosa dovremmo sapere?» disse Mandel.

«Che è morto» disse Eric Sundstrom reclinando contro lo schienale.

«*Cosa?*» esclamarono tre voci all'unisono.

«È morto stamattina, in California. Troppo tardi per i giornali dell'Est» spiegò Sam Winters. «Morto in seguito a un infarto. Così ha detto la radio.»

«Io appunto dalla radio l'ho saputo» disse Sundstrom.

«Non l'ho ascoltata» disse la Lowell.

«Io ero in barca, poi in aereo» disse Logan.

«Io mi trovavo a una partita di basket» disse Mandel, con aria colpevole.

«Non è la notizia più rilevante del giorno, naturalmente» disse Sundstrom sporgendosi. «Roba da quarta pagina. Vanvlanderen non era una celebrità, per il vasto pubblico. Anzi, fuori da Washington e da Palm Springs, ben pochi conoscevano il suo nome.»

«Qual è il nesso fra lui e i palestinesi?» domandò Logan fissando Varak.

«Il presunto infarto lascia adito a dubbi, signore.»

Tutte quante le facce intorno al tavolo sembravano scolpite nel granito: dure, immobili. Poi lentamente tutti si scambiarono occhiate. L'enormità di ciò che era sottinteso li aveva investiti come un'enorme, potente ondata.

«È una straordinaria asserzione, la sua, Mr. Varak» disse Winters pacato. «Vuole spiegare, come ha già spiegato a me?»

«Gli uomini che stanno intorno al Vicepresidente Orson Bollinger – tutti grossi finanziatori del partito, con enormi interessi da proteggere – sono in conflitto tra loro. Ho appreso che vi sono opposte fazioni. Alcuni vogliono rimpiazzare Bollinger con un altro candidato di loro scelta. Altri invece vogliono che si ripresenti lui. Una terza fazione insiste perché si aspetti che il quadro politico si chiarisca maggiormente.»

«E allora?» tuonò Jacob Mandel togliendosi gli occhiali cerchiati d'argento.

«L'unica persona sgradita a tutte e tre le fazioni è, ovviamente, Evan Kendrick.»

«E poi?» domandò la Lowell.

«Qualsiasi cosa noi si faccia comporta un tanto di rischio, signora» rispose Varak. «Non ho mai cercato di minimizzare, al riguardo, sebbene abbia garantito la vostra anonimità. Nondimeno, per poter lanciare una campagna in favore di Kendrick, abbiamo dovuto mettere in piedi un Comitato politico, tramite il quale convogliare materiale informativo e fondi, emolumenti eccetera, senza che alcuno di voi figuarasse in prima persona. Sono occorse diverse settimane. Ed è quindi possibile che la notizia sia giunta a San Diego. Non è a questo punto difficile immaginare la reazione dei fautori di Bollinger! Kendrick è un eroe americano, a buon diritto, un uomo che potrebbe venire trascinato alla candidatura dal favore popolare, come appunto ci prefiggiamo noi. I sostenitori di Bollinger, presi dal panico, potrebbero essere ricorsi a drastici ripari. Fra questi figurano i Vanvlanderen. Lei, la moglie del defunto miliardario, Ardis, è Capo di Gabinetto del Vicepresidente. Non solo: ha stretti legami sia in Europa che nel Medio Oriente.»

«Buon dio!» esclamò Sundstrom. «Lei insinuerebbe che il Vicepresidente Bollinger è il mandante di questi attentati terroristici? Di questi eccidi?»

«Non direttamente, no, signore. Potrebbe trattarsi piuttosto di qualcosa di analogo a quello che re Enrico disse ai suoi cortigiani riguardo a Thomas Becket: "Non mi sbarazzerà nessuno di questo prete impiccione?". Il re non impartì alcun ordine, non diede istruzioni, semplicemente pose una domanda retorica, magari ridendo, ma i suoi cortigiani capirono l'antifona. E l'antifona anche in questo caso era chiara. Sicché quelle persone influenti si adoperarono per fare entrare i killer nel Paese e rifornirli una volta entrati.»

«È incredibile!» disse Mandel con voce appena percettibile.

«Un momento» interruppe Gideon Logan, inclinando il testone, gli occhi sempre fissi su Varak. «Lei ha anche ipotizzato che l'infarto di Vanvlanderen potrebbe essere un'altra cosa. Che cosa la spinge a sospettare questo? E, se lei è nel vero, in che rapporto sta questo "infarto" con i palestinesi?»

«Ho cominciato a sospettare, riguardo a quell'infarto, quando ho appreso che, nel giro di un'ora, dopo l'arrivo della salma all'obitorio, la vedova aveva già dato disposizioni per l'immediata cremazione, asserendo che esisteva fra lei e il defunto un patto in tal senso.»

«La cremazione esclude che si possa fare un'autopsia» disse la Lowell, annuendo, tanto per mettere in chiaro una cosa ovvia. «Qual è il nesso con i palestinesi, Milos?»

«In primo luogo, il tempismo: un uomo costituzionalmente sano, dedito allo sport, senza precedenti clinici, muore di colpo meno di 24 ore dopo gli attacchi alle due ville di Kendrick. Inoltre, ovviamente, ci sono i legami di Ardis con il Medio Oriente. Ho indagato, in merito, dopo quanto si è detto, qui, nel corso dell'ultima riunione. Ci sono indizi che gli investigatori federali non mancheranno di collegare fra loro, entro qualche giorno, e quindi, se i riscontri saranno validi, metteranno queste cose in relazione con gli eccidi.»

«Ma se Vanvlanderen trattava con i terroristi, perché questi lo avrebbero ucciso?» domandò uno sbigottito Sundstrom. «Era quello che teneva in mano le fila.»

«Ti rispondo io, Eric» disse la Lowell. «Il miglior modo per rendere inaccessibili le prove è distruggerle. Viene ucciso il corriere, non colui che spedisce il messaggio. In tal modo il mandante non viene rintracciato.»

«È troppo! È troppo!» esclamò Jacob Mandel. «Può annidarsi tanta *nefandezza* nelle più alte sfere del potere?»

«Sappiamo bene che questo è possibile, amico mio» gli rispose Samuel Winters. «Altrimenti noi stessi non faremmo quello che stiamo facendo.»

«Che tragedia!» disse il finanziere scuotendo desolato la testa. «Una nazione tanto promettente e così marcia all'interno. Cambieranno tutte le leggi, tutte le regole. Per cosa?»

«Per se stessi» rispose Gideon Logan pacato.

«Milos, cosa crede che avverrà?» domandò Margaret Lowell.

«Se le mie congetture sono esatte e se il blackout funzionerà, credo che verrà montata una storia di comodo in cui verrà omesso qualsiasi riferimento a contatti fra esponenti del Governo e terroristi. Si troveranno dei capri espiatori. Washington non può permettersi di fare diversamente: la politica estera USA andrebbe a carte quarantotto.»

«E Bollinger?» domandò Sundstrom.

«Se i capri espiatori saranno abbastanza convincenti, lui potrà cavarsela con poco. Sul piano ufficiale, cioè. Non per quanto ci concerne.»

«Interessante, questa asserzione. Ma non tanto convincente» disse Winters. «Le dispiacerebbe illuminarci meglio?»

«Volentieri, signore. Poiché devo ritornare a Chicago, ho preso accordi con alcuni dipendenti della società telefonica di San Diego, affinché mi forniscano la registrazione di ogni telefonata che arriva a casa di Bollinger, nel suo ufficio e a casa di tutti i suoi collaboratori. Mi verranno forniti tutti i numeri da cui le telefonate provengono, incluse quelle dai telefoni a gettone. Avremo, credo, sufficienti carte in mano – grazie a queste intercettazioni – per persuadere Bollinger a rinunciare a presentarsi candidato per la rielezione a Vicepresidente.»

L'ultima delle limousine era già ripartita e, nella villa, erano rimasti soli Samuel Winters e Milos Varak. Dopo aver fatto una telefonata, Winters si avvicinò a Varak che sostava presso una delle grandi finestre del soggiorno.

«Chi sarà, di loro quattro?» disse il cecoslovacco.

«Lo saprà, credo, prima di domattina in California. L'elicottero sarà qui fra pochi minuti. C'è un aviogetto pronto a decollare alle 4,30 da Easton per San Diego.»

«La ringrazio, signore. Spero che tutti questi preparativi non vengano fatti per niente.»

«La sua ipotesi è molto logica, Milos. Chiunque sia l'informatore, non oserà telefonare. Dovrà recarsi a San Diego di persona. Tutto è stato predisposto, là, all'albergo?»

«Sì. Il mio autista, all'aeroporto di San Diego, avrà con sé le chiavi sia dell'ingresso di servizio che della mia suite. Userò l'ascensore delle merci.»

«Mi dica» soggiunse l'aristocratico storiografo dai bianchi capelli. «Potrebbe, lo scenario da lei delineato, essere quello giusto? È possibile che Andrew Vanvlanderen si sia messo, effettivamente, in contatto con i palestinesi?»

«No, non è possibile. La moglie non glielo avrebbe mai permesso. L'avrebbe ucciso lei stessa, se ci avesse provato. Sono trame complicate e qualche traccia la si lascia sempre. Le indagini sono ardue, ma non di rado fruttuose, in simili casi. No, Ardis non avrebbe mai corso questo rischio. È una professionista.»

In lontananza, sopra le acque della Baia di Chesapeake, si udì il caratteristico rombo di un elicottero. Il rumore si faceva via via più distinto e vicino.

Khalehla lasciò cadere a terra la borsetta, gettò le due scatole e le tre borse sul letto, poi vi si sdraiò a sua volta. Aveva pregato

"Gingerbread" Shapoff di scaricarla presso un grande magazzino. Qui aveva acquistato diversi capi di vestiario, poiché tutti i suoi indumenti si trovavano al Cairo, a Fairfaix e alle Bahama, a bordo di un'auto della polizia oppure di un aereo militare.

«*Fiddle-dee-dee*» mugulò fra sé, in una stanca imitazione di Rossella O'Hara di *Via col vento*, fissando il soffitto. «Mi piacerebbe rimandare tutto a domani» continuò ad alta voce, fra sé e sé «ma, *goddamnit*, non posso.» Allungò una mano verso il telefono, e chiamò Payton a Langley.

«Sì?»

«Ma non vai mai a casa, tu, MJ?»

«E tu, mia cara, sei forse a casa tua?»

«Non so più neanche dov'è. Ma ti confiderò un segreto, zio Mitch.»

«Zio...? Santo cielo, dev'essere che vuoi fare un giro in giostra. Che c'è?»

«Può darsi che "casa mia" sarà a casa di un certo nostro amico comune.»

«Accipicchia! Hai fatto progressi.»

«No, li ha fatti lui. Ha parlato persino di venti o trent'anni.»

«Di cosa?»

«Non so. Una vera casa, con bambini e roba del genere, immagino.»

«Allora, facciamolo uscire vivo, Adrienne, da questa storia.»

Khalehla scosse la testa, non per negare, ma per riportare se stessa alla realtà. «Ho divagato. Scusami.»

«Non scusarti. Tutti abbiamo diritto a briciole di felicità. Lo sai che, a te, io la auguro intera.»

«Tu non l'hai mai avuta, però, vero?»

«Per mia scelta, agente Rashad.»

«Capisco...»

«Stammi a sentire. È arrivato il primo rapporto dalla "clinica". Il prigioniero, sottoposto al siero della verità, ha detto che i palestinesi viaggiano travestiti da sacerdoti maroniti e hanno passaporti israeliani. Il ragazzo non sa molto, però. È un comprimario. È stato incluso nella missione per via di Kendrick. Restò zoppo durante quella "evasione" insieme al nostro amico, in Oman.»

«Sì, lo so. Evan mi ha raccontato tutto. Sono "evasi" da un camion che li portava al Jabal Sham. Per essere giustiziati, pensavano.»

«Il quadro è piuttosto sfocato. Il ragazzo sa poche cose. Non gli dicevano quasi niente, i compagni. A ragion veduta, dato che è del tutto instabile. Da quanto i nostri "medici inquisitori" sono riusciti a mettere insieme, tuttavia, risulta che: le due squadre dovevano riunirsi in prossimità di un aeroporto. Il "Commando Uno" qui doveva raggiungere il "Commando Due". Probabilmente, si intendono la squadra che compì l'eccidio a Fairfax e la squadra che tentò un analogo attacco a Mesa Verde. Le due squadre dovevano, dunque, ricongiungersi "in prossimità di un aeroporto".»

«Quanti spostamenti, MJ! Quante predisposizioni! Certo, devono avere alle spalle una grossa agenzia di viaggi, a elaborare i loro itinerari!»

«Molto abile e molto ben nascosta. Si direbbe anzi che abbia agganci nella burocrazia!»

«A proposito, qui in albergo io alloggio due piani sopra la suite della vedova inconsolabile.»

«È stata avvertita del tuo arrivo. Ti aspetta.»

«Allora, mi metto subito all'opera. A proposito, ho dovuto comprare qualche indumento, per essere all'altezza della parte. Ma non intendo pagarli di tasca mia. Oltretutto, questi abiti non sono adatti a me. Diciamo, un po' troppo austeri.»

«Pensavo che, dato i precedenti di Ardis, potevi anche metterti un po' sullo chic.»

«Be', non sono certo monacali, infine!»

«Lo supponevo. Telefonami, appena finito.»

Khalehla riagganciò. Poi raccattò la borsetta, sul pavimento. L'aprì, ne estrasse un foglietto sul quale si era segnata il numero di telefono di Evan a Mesa Verde. Formò quel numero.

«Casa Kendrick» rispose una voce che Khalehla riconobbe: era una delle tre infermiere.

«Posso parlare con Mr. Kendrick, prego? Qui miss Adrienne, del Dipartimento di Stato.»

«Senz'altro, ma deve attendere un momento in linea. È qui fuori, a salutare quel simpatico giovane greco.»

«Chi?»

«Credo sia greco. Conosce un sacco di gente che Mr. Kendrick conosceva in Arabia, quando era là.»

«Ma di che parla?»

«Il prete. È un giovane prete di...»

«*Tiri via Evan di là!*» gridò Khalehla balzando in piedi. «Chiami subito le guardie! Gli *altri* sono appostati *là fuori*! Intendono ucciderlo!»

Capitolo trentatreesimo

È stato così semplice – pensò Abiyad. Stava appostato fra gli alberi del bosco, assieme agli altri tre compagni, di fronte alla villa dell'odiato nemico. Semplicissimo, infatti: un giovane prete, dall'aria simpatica, coi documenti in regola, senza armi indosso, si presenta a casa del grand'uomo, per portargli i saluti di amici lontani. Chi avrebbe potuto negare una breve udienza a quell'ingenuo religioso, proveniente da un remoto Paese, ignaro di tutte le formalità inerenti alle visite ai grandi uomini? Dapprincipio era stato respinto, all'ingresso, ma, poi, lo stesso nemico lo aveva fatto richiamare e ammettere alla sua presenza. Il resto, toccava all'inventiva del falso giovane sacerdote. Poi sarebbero entrati in scena loro. E non avrebbero fallito.

Eccolo: il loro giovane compagno sta uscendo dalla villa. Ora sta stringendo la mano all'odiato "Amal Bahrudi", sotto gli occhi guardinghi di alcune guardie, in abiti civili, munite di armi automatiche. Il Canuto poteva solo tirare a indovinare, circa il numero delle guardie. Come minimo dodici, lì intorno alla casa. Altre, probabilmente, dentro. Con l'aiuto di Allah, il primo assalto ne avrebbe eliminate parecchie: uccise la maggior parte, gravemente ferite e messe fuori uso le altre.

Ecco, adesso il finto sacerdote viene scortato lungo il vialetto d'accesso semicircolare, verso l'auto parcheggiata a ridosso dell'alta siepe. Mancano pochi istanti, ormai. L'amatissimo Allah li protegge, benigno. Compaiono altre tre guardie. Sono sette, in tutto, adesso, quelle davanti all'ingresso della villa. Fa' il tuo lavoro, fratello nostro! Guida *con cura*!

Ecco: il loro compagno ha raggiunto l'automobile, si inchina educatamente, tracciando il segno della croce, di nuovo stringe le mani. Tutti si allontanano, resta solo una guardia accanto a lui. La siepe fa da schermo, fra l'auto e la villa. Apre lo sportello, si sporge verso l'interno della vettura, sorreggendosi allo schienale del sedile. Allunga una mano. Poi, d'un tratto, con la rapidità e la sicurezza del vero credente, si volge di scatto. Impugna un pugnale. Fulmineo, lo immerge nella gola della guardia, prima che questi possa rendersi conto di quello che accade. Sprizza il sangue, la guardia cade, il terrorista, dopo aver recuperato il pugnale, trascina il cadavere di là dalla strada, verso il limitare del bosco, lo nasconde fra i cespugli. Si erge, guarda in direzione del Canuto, annuisce, poi riattraversa la strada e raggiunge l'automobile. Il Canuto a sua volta fa un cenno, schiocca le dita, e gli altri tre fratelli, appostati fra gli alberi alle sue spalle, vengono avanti. Indossano tutti una tuta mimetica paramilitare e sono muniti di mitragliette, con bombe a mano appese alla giubba.

Il loro compagno, intanto, è salito a bordo dell'automobile. Ne avvia il motore. Parte. Poi, d'un tratto, col motore ora al massimo dei giri, sterza deciso sulla destra e imbocca il vialetto d'accesso. Infila la mano sotto il cruscotto e abbassa una leva. Apre lo sportello. Punta l'auto, lanciata a tutta velocità, contro il gruppetto di guardie che circondano Kendrick, sul prato davanti alla villa. Fulmineo, balza fuori dall'abitacolo, sulla ghiaia. L'auto prosegue la sua folle corsa. Nell'attimo in cui piomba a terra, il palestinese sente una donna urlare, al di sopra del rombo del motore e delle esclamazioni delle guardie sbigottite. Una delle infermiere è comparsa sulla soglia della villa, urlando frasi incoerenti. Alla vista dell'auto senza autista, si volta e urla di nuovo, adesso rivolta a Kendrick. Questi si trova poco lontano dal portone di casa.

«Si tolga di lì!» grida, ripetendo le parole che ha – ovviamente – sentito poco fa. «Vogliono ucciderla!»

Kendrick spicca una corsa verso il portone, afferra l'infermiera per un braccio e la sospinge, davanti a sé, all'interno della casa. Le guardie aprono il fuoco contro il mostro d'acciaio che, a pazzesca velocità, punta verso le porte di cristallo della veranda. Intanto, Kendrick ha varcato la soglia e richiude il pesante portone, con una spallata. Giusto in tempo. Il portone di legno massiccio rinforzato d'acciaio gli salva la vita.

L'auto esplode. Tre scoppi si susseguono, fragorosi. Vanno in frantumi i vetri, crolla un tratto di muro, divampano le fiamme, vanno a fuoco tende e mobilia. Davanti all'ingresso, i sette uomini della CIA sono tutti stramazzati a terra, colpiti da schegge di vetro e metallo, in seguito all'esplosione di novanta libbre di dinamite, di cui l'auto dei terroristi era imbottita. Quattro uomini sono morti sul colpo, orrendamente smembrati. Due sono moribondi, perdono sangue da numerosi squarci, per tutto il corpo. Il settimo ha avuto asportata, di netto, la mano sinistra. Con il moncherino sanguinante, l'arma automatica nella destra, spinto da una rabbia sovrumana, costui si slancia attraverso il prato verso il terrorista travestito da sacerdote. Questi sta sghignazzando come un pazzo, col mitra imbracciato. Fa fuoco. I due uomini si uccidono a vicenda sotto il cielo sereno ma gelido del Colorado, sotto il sole accecante, nella fredda giornata d'inverno.

Kendrick si gettò contro la parete del vestibolo, appiattendosi contro di essa. Abbassò gli occhi sull'infermiera. «Resti dov'è!» le ordinò. Cautamente, rasente il muro, avanzò verso l'angolo del soggiorno. Dovunque c'erano nuvole di fumo agitate dal vento che entrava dalla finestre fracassate. Si sentivano grida, all'esterno. Le guardie appostate ai lati della casa stavano adesso precipitandosi verso l'ingresso. Si coprivano a vicenda via via che occupavano nuove posizioni. Seguirono quattro detonazioni, l'una dopo l'altra: *bombe a mano*! Si udirono altre voci, che urlavano in arabo.

«Morte ai nostri nemici! Morte a un grande nemico! Il sangue chiama sangue!»

Armi automatiche si misero a sparare da diverse direzioni. Esplosero altre due granate: una, scagliata attraverso una finestra direttamente nel soggiorno, andò a schiantarsi contro la parete di fronte, demolendola. Kendrick si acquattò. Quando i calcinacci si furono depositati, gridò:

«Manny! Manny! Dove sei? Rispondimi!».

Nessuna risposta. Il telefono aveva preso a squillare, e quel suono insistente aveva un che di perverso, fra il fumo e le macerie. La sparatoria, in giardino, aumentò di intensità, si fece assordante, raffica dopo raffica. Le pallottole rimbalzavano dai muri, si conficcavano nel legno, sibilavano nell'aria.

Manny si trovava nella veranda coperta, la veranda dalle pareti di cristallo. Kendrick doveva arrivare là. Doveva assolutamente! Si precipitò in mezzo al fumo e alle fiamme del soggiorno, coprendosi gli occhi e tappandosi le narici. D'un tratto una figura scavalcò la finestra sfasciata, piombò sopra i vetri frantumati. Dopo essere ruzzolato sul pavimento, l'uomo si rialzò in piedi.

«*Ahbyahd!*» urlò Kendrick, paralizzato.

«*Tu!*» ruggì il palestinese, spianando l'arma. «La mia vita finisce in gloria! Gloria! Sia lodato Allah! Tu mi procuri una gran felicità!»

«Valgo così tanto per te? Tutti questi morti! Ne vale realmente la pena, per me? Il tuo Allah richiede tutte queste morti?»

«Tu parli di morte?» urlò il terrorista. «Azra morto! Zaya uccisa dagli ebrei nella Bekaa! Tutti gli altri... centinaia e centinaia... morti. Adesso, Amal Bahrudi, abile traditore, io ti spedisco all'inferno!»

«Non ancora!» disse una voce, mezzo bisbigliata, mezzo gridata dall'arcata d'ingresso alla veranda. Le parole furono accompagnate da due colpi di pistola il cui rimbombo sommerse momentaneamente la sparatoria all'esterno.

Ahbyahd, si inarcò all'indietro, sotto l'impatto della possente arma, una parte del cranio gli schizzò via.

Emmanuel Weingrass, il viso e la camicia macchiati di sangue, con la spalla sinistra appoggiata allo stipite dell'arco, scivolò a terra.

«Manny!» gridò Kendrick accorrendo presso il vecchio architetto. Si inginocchiò accanto a lui, ne sollevò il busto dal duro pavimento. «Dove sei ferito?»

«Da tutte le parti» rispose Weingrass, raucamente, con estrema difficoltà. «Controlla le due ragazze. Quando... tutto è cominciato sono andate alla finestra. Ho cercato di fermarle. Controlla, accidenti a te!»

Evan guardò e vide due cadaveri nell'attigua veranda. Della vetrata era rimasta solo l'intelaiatura, contorta, divelta. Esse giacevano in mezzo ai vetri frantumati. L'auto-bomba aveva compiuto il suo lavoro: non restavano, di due esseri umani, che brandelli di carne sanguinolenta. «Non c'è niente da controllare, Manny. Mi dispiace.»

«Oh, puoi rallegrarti, Iddio, nel tuo fottuto paradiso!» strillò Weingrass con le lacrime agli occhi. «Che cosa vuoi di più, razza di imbroglione?» Ciò detto, il vecchio perse i sensi.

Fuori, gli spari cessarono. Kendrick, preparato al peggio, tolse la Magnum .357 di mano a Weingrass, chiedendosi come se la fosse procurata. All'istante, immaginò che gliel'avesse data Gonzalez. Delicatamente, adagiò Weingrass e si alzò in piedi. Cautamente avanzò nella stanza di soggiorno fra i calcinacci e le schegge di vetro.

Uno sparo! Si gettò a terra.

«Quattro!» gridò una voce da dietro la finestra demolita. «Ne ho contati quattro.»

«Uno è entrato dentro!» gridò un altro. «Avvicinati e spara contro qualunque cosa che si muove! Cristo, non mi va di contare i nostri morti. E non voglio neanche che nessuno di questi farabutti ne esca vivo! Mi hai capito?»

«Capito.»

«È morto!» gridò Evan, con quel po' di voce che gli restava. «Ma c'è un ferito, qui. Gravemente ferito, ma vivo. Ed è uno dei nostri!»

«È lei, Mr. Kendrick?»

«Sono io.»

Di nuovo il telefono prese a suonare. Evan si alzò in piedi a fatica e si diresse verso il tavolo di pino bruciacchiato. D'un tratto, vide l'infermiera che gli aveva salvato la vita dirigersi, esitante, verso la veranda coperta.

Le disse: «Non vada di là!».

«Ho sentito che qualcuno è ferito, signore. Il mio mestiere è curare i feriti.»

Il telefono continuava a squillare.

«Si prenda cura di Weingrass. Ma non voglio assolutamente che veda le altre.»

«Non sono una novellina, Mr. Kendrick. Sono stata nel Vietnam, durante la guerra.»

«Ma queste erano sue amiche!»

«Miei amici erano innumerevoli altri» disse l'infermiera senza alcuna inflessione nella voce. «Mi occuperò di Manny, adesso.»

Il telefono squillava.

L'infermiera soggiunse: «Quando ha parlato, signore, chiami il dottor Lyons».

Kendrick sollevò il ricevitore. «Sì?»

«Evan! Meno male! Sono MJ. Ho appena saputo tutto quanto, da Adrienne...»

«Va' all'inferno!» disse Kendrick. E buttò giù. Poi chiamò il Servizio informazioni.

Dapprima, la stanza prese a girargli intorno, poi tuoni lontani si fecero via via più fragorosi e fulmini gli si schiantarono nella testa. «Vuole ripetere, centralinista? Voglio essere certo di avere capito bene.»

«Certamente, signore. Non risulta, fra gli abbonati del distretto di Mesa Verde, un dottor Lyons. Anzi, non c'è nessun Lyons – L-y-o-n-s – nella zona.»

«Era questo il suo nome! L'ho letto sul nullaosta del Dipartimento di Stato!»

«Prego?»

«Niente... Niente!» Evan sbatté il ricevitore sulla forcella. Subito il telefono tornò a squillare. «Sì?»

«Tesoro mio! Stai bene?»

«Il tuo fottuto MJ ha fatto fiasco. Non so quanti sono i morti. Manny è gravemente ferito. Non solo è moribondo ma non ha neppure un medico!»

«Chiama Lyons.»

«Non esiste!... Come hai saputo di qui?»

«Ho parlato con l'infermiera. Mi ha detto che c'era un prete e... tesoro, stammi a sentire. Abbiamo scoperto solo pochi minuti fa che viaggiavano travestiti da preti. Ho parlato con MJ. È fuori di sé. Ha messo in moto mezzo Colorado. Tutti agenti federali, che hanno giurato di mantenere il segreto.»

«L'ho mandato all'inferno poco fa.»

«Non è tuo nemico, Evan.»
«Chi diavolo lo è?»
«Stiamo cercando di scoprirlo.»
«Siete un po' lenti.»
«E loro molto svelti. Che posso dirti?»

Kendrick guardò l'infermiera, che stava medicando Weingrass. Aveva gli occhi colmi di lacrime, serrava i denti per non mettersi a urlare istericamente, alla vista delle sue due colleghe maciullate sulla veranda. Evan disse, sottovoce: «Dimmi che torni da me. Dimmi che finità tutto. Dimmi che non sto per diventare pazzo».

«Posso dirti tutte queste cose, ma tu devi crederci. Sei vivo e questo è tutto quel che conta per me, al momento.»

«E gli altri, che non sono più vivi? E Manny? Non contano?»

«Manny ha detto una cosa ieri sera che mi ha fatto una profonda impressione. Stavamo parlando di Sabri e Kashi Hassan. Ha detto che noi tutti li ricorderemo e li piangeremo, ciascuno a suo modo... Ma più in là. Ad alcuni ciò può sembrare cinico, a me no. Lui è stato dove io sono stata, tesoro mio, e lo so, da dove viene lui. Nessuno verrà dimenticato, ma per il momento dobbiamo dimenticarli e fare quel che va fatto. Ha un senso per te, questo, tesoro?»

«Sto tentando di cavarne fuori un senso. Quando torni?»

«Lo saprò fra un paio d'ore. Ti richiamo.»

Evan riappese e sentì le sirene e il rombo degli elicotteri che si avvicinavano. Tutti questi mezzi convergevano su un punto infinitesimale della terra erroneamente chiamato Mesa Verde, in Colorado.

«È un bellissimo appartamento» osservò Khalehla sottovoce, entrando nella suite dei Vanvlanderen, all'Hotel Westlake di San Diego in California.

«È comodo» disse la neo-vedova, che stringeva un fazzoletto fra le dita. «Il Vicepresidente è molto esigente, a volte. O ci sistemavamo così, in questo albergo, oppure dovevo mettere su un'altra casa. Quando lui è in California anch'io devo risiedere qui. E due case sono troppe, capirà. La prego, si accomodi.»

«Sono tutte così, le suite?» domandò Khalehla guardandosi intorno. L'appartamento constava di due camere da letto, un soggiorno, un ufficio un salottino d'ingresso.

«No. Mio marito e io l'abbiamo riarredata, questa, a nostro gusto.» La vedova portò il fazzoletto agli occhi, brevemente. «Bisogna che mi abitui a dire "il mio defunto marito"» soggiunse, sedendosi mestamente sul sofà, di fronte alla poltrona dove sedeva Khalehla.

«Mi dispiace moltissimo. E torno a chiederle scusa per essermi intromessa in un simile frangente. L'ho fatto presente, ai miei superiori. Ma hanno insistito.»

«Hanno fatto bene. Gli affari di Stato devono andare avanti, miss Rashad. Me ne rendo conto.»

«Io, non tanto. Questo nostro colloquio avrebbe potuto svolgersi anche domani, secondo me. Ma, ripeto, altri la pensavano diversamente.»

«È proprio questo, che mi affascina» disse Ardis, rassettandosi il vestito di seta nera, firmato Balenciaga. «Cosa può esserci di tanta vitale importanza?»

«Innanzitutto» disse Khalehla, accavallando le gambe e spianando una grinza sul tailleur grigioferro acquistato ai Grandi Magazzini Robinson di San Diego «quello di cui parleremo ora dovrà restare fra noi. Non vogliamo che il Vicepresidente Bollinger si allarmi.» L'agente segreto del Cairo estrasse un block-notes dalla borsetta e si sistemò i neri capelli, raccolti severamente in uno chignon sulla nuca. «Come le è stato detto, io sono di sede oltremare e sono stata richiamata improvvisamente negli Stati Uniti apposta per questo incarico.»

«Mi hanno detto infatti che lei è un'esperta in affari mediorientali.»

«È un eufemismo. Sta per: attività terroristiche. Sono per metà araba.»

«Lo si vede, questo. Lei è molto bella.»

«Lei, è bellissima signora Vanvlanderen.»

«Tiro avanti, fin quando non penso agli anni che passano.»

«Abbiamo più o meno la stessa età.»

«Non soffermiamoci neanche su questo. Dunque... qual è il suo problema? Perché tanta urgenza di vedermi?»

«I nostri agenti nella Valle della Bekaa, ci hanno fornito inquietanti informazioni. Lei sa cos'è una "squadra d'assalto", vero, signora?»

«Chi non lo sa?» rispose la vedova prendendo un pacchetto di sigarette sul tavolino da tè. Ne estrasse una e prese un accendino di marmo bianco. «È un gruppo di uomini – e donne, a volte – che viene inviato in missione, con il compito di assassinare qualcuno.» Si accese la sigaretta. La mano destra le tremava, sia pure impercettibilmente. «Questo, per quel che concerne le definizioni. Ma che cosa c'entra il Vicepresidente?»

«Per via di quelle minacce rivolte contro di lui. In seguito alle quali fu richiesto l'invio di un nucleo speciale dell'FBI.»

«Acqua passata» disse Ardis inalando profondamente. «È risultato trattarsi di uno squilibrato, che forse non possedeva neppure una pistola. Ma quando quelle lettere e quelle telefonate oscene cominciarono ad arrivare, io ritenni opportuno non correre rischi.

Sta tutto scritto, nel mio rapporto. Gli abbiamo dato la caccia in una dozzina di città, finché lui non ha preso un aereo a Toronto. Diretto a Cuba, mi risulta.»

«Può darsi che non fosse un pazzo, signora.»

«Cosa intende dire?»

«Non lo avete mai trovato, vero?»

«L'FBI ne elaborò un profilo esauriente, miss Rashad. Si stabilì che l'uomo era uno squilibrato, un classico caso di schizofrenia, con in più il complesso di Capitan Vendetta, o qualcosa di ugualmente ridicolo. Era essenzialmente innocuo. Il caso è chiuso.»

«Noi intendiamo riaprirlo.»

«Perché?»

«Dalla Valle della Bekaa ci hanno fatto sapere che due "squadre d'assalto" sono state inviate negli Stati Uniti con il compito, probabilmente, di assassinare il Vicepresidente Bollinger. Può darsi che il suo squilibrato fosse la loro staffetta. Volente o nolente. Ma pur sempre la loro punta avanzata.»

«Staffetta? Punta avanzata? Ma che dice! Non capisco neanche il suo linguaggio, che mi sembra assurdo.»

«Nient'affatto» replicò Khalehla con calma. «I terroristi operano in base al principio della massima pubblicità. Massima "esposizione", come diciamo in gergo. Spesso preannunciano quelli che sono i loro obiettivi, i loro bersagli, le loro vittime designate. E questo lo fanno in modi diversi. Il tema è unico, le variazioni numerose.»

«Ma perché mai dovrebbero volere la morte di Orson... del Vicepresidente Bollinger?»

«Perché lei ritenne, che le minacce contro di lui andavano prese sul serio?»

«Perché esistevano. Non potevo non prenderne atto.»

«E aveva ragione» Khalehla, guardando la vedova spegnere la sigaretta nel portacenere e subito estrarne un'altra dal pacchetto. Le porse prontamente da accendere. Poi aggiunse: «Per rispondere alla sua domanda: nel caso che il Vicepresidente venisse assassinato, verrebbe a crearsi un vuoto politico, ma anche una notevole destabilizzazione».

«E lo scopo?»

«Massima pubblicità. Sarebbe un assassinio molto spettacolare, no? Tanto più, se si considera che l'FBI era stato preavvertito. E poi beffato, da una superiore strategia.»

«Strategia?» esclamò Ardis. «Quale strategia?»

«Uno squilibrato che invece non era affatto tale, ma costituiva bensì un diversivo strategico. Prima si dirige l'attenzione su un "matto" innocuo. Il caso viene chiuso. I veri killer entrano, allora, in azione.»

«È pazzesco!»

«È accaduto più volte. Secondo la mentalità araba, ogni cosa procede geometricamente, per fasi. Un passo conduce a un altro, il terzo non necessariamente correlato con il primo, ma il nesso c'è, se si guarda bene. Insomma, questo diversivo è molto abile. Come in altri casi classici del genere.»

«Non era un diversivo. Sono giunte diverse telefonate, da città diverse. Sono arrivate lettere, piene di oscenità.»

«Caso classico» ripeté Khalehla.

«Cosa intendete fare?»

«Riaprire il caso. E, intanto, prendiamo nota delle sue convinzioni. Posso farle una domanda?»

«Certo» rispose la vedova, con voce controllata, ma tesa.

«Fra i numerosi sostenitori di Bollinger – molti dei quali amici suoi, qui in California – può individuarne qualcuno che non sia né suo fautore né suo amico?»

«Cosa?»

«Non è un segreto che il Vicepresidente frequenta persone ricche. C'è qualcuno con cui ha avuto divergenze? Una data persona, un dato gruppo? Per motivi di politica finanziaria, opere pubbliche o altro?»

«Buon dio, che sta dicendo?»

«Siamo arrivate al dunque, signora Vanvlanderen. È questa la ragione per la quale sono qui. Ci sono persone, qui in California, che vorrebbero un altro candidato alla vicepresidenza. Insomma, un altro Vicepresidente.»

«Non credo alle mie orecchie. Come osa?»

«Non sono io a osare, signora Vanvlanderen. Bensì qualcun altro. Si riesce sempre a rintracciare le comunicazioni internazionali e a decifrarle, per quanto oscure, alla fine. Magari non sarà possibile, lì per lì, risalire a un dato individuo, o gruppi di individui, ma a un settore, a una località, sì. Ci sono dei "terzi" coinvolti in questa terribile faccenda. E questi "terzi" si trovano in California. I nostri agenti nella Valle della Bekaa hanno rintracciato, infatti, alcuni cablogrammi giunti a Beirut da Zurigo e a Zurigo da San Diego.»

«Da San Diego? Via Zurigo?»

«Denaro. Convergenza di interessi. Vi sono due parti interessate: la prima vuole uno spettacolare omicidio, da rivendicare con massima pubblicità; l'altra vuole lo stesso omicidio, ma restando nell'ombra. Per compiere l'impresa ci vogliono molti quattrini. "Seguire la pista dei soldi" è una massima-chiave, nel nostro mestiere. La stiamo seguendo, appunto.»

«Seguendo?»

«E arriveremo alla fonte: è una questione di giorni. Le banche svizzere sono pronte a collaborare, quando si tratta di droga o di terrorismo. I nostri agenti nella Bekaa ci invieranno i connotati dei killer, qui in America. Altre volte li abbiamo fermati, li fermeremo anche adesso. Solo pensavamo che lei potesse avere qualche idea.»

«Idee?» esclamò la vedova, sbigottita, spegnendo la sigaretta. «Non riesco neanche a pensare. È così incredibile! È certa che da qualche parte non si sia commesso un errore madornale?»

«Non facciamo mai errori, in queste faccende.»

«Mi sembra presuntuoso, dire questo» disse Ardis. «Cioè, non siete infallibili, miss Rashad!»

«In certi casi è giocoforza esserlo: non possiamo permettercelo, di fallire.»

«Questa è una sciocchezza! Voglio dire, cioè, che se vi sono queste "squadre d'assalto" e se sono pervenuti cablogrammi a Beirut, via Zurigo, da... dalla zona di San Diego, chiunque avrebbe potuto spedirli usando il nome che gli pareva. Cioè, potrebbero avere usato anche il *mio* nome, perbacco!»

«Da scartare all'istante un'ipotesi del genere.» Khalehla richiuse il block-notes e lo rimise nella borsetta. «Sarebbe una montatura troppo ovvia per prenderla sul serio.»

«Ecco, appunto: una montatura. Qualcuno potrebbe spacciarsi per un amico di Orson, non è forse possibile?»

«Allo scopo di assassinare il Vicepresidente?»

«Magari il... come lo chiama?... L'obiettivo è qualcun altro. Non è possibile, questo?»

«Qualcun altro?» domandò Khalehla facendo una smorfia impercettibile, come punta sul vivo.

«Sì.» La vedova si accese un'altra sigaretta. «Qualcuno invia cablogrammi da San Diego, per mettere di mezzo un innocente amico di Bollinger. Questo è certo possibile, miss Rashad.»

«Questa ipotesi è interessante, signora Vanvlanderen. La riferirò ai miei superiori. Dobbiamo considerare anche questa eventualità. Una duplice omissione con un falso inserto.»

«*Cosa?*»

«Gergoss» disse Khalehla alzandosi. «Vuol dire: camuffare il bersaglio, omettere la fonte e fornire una falsa identità.»

«Voi parlate in modo maledettamente buffo.»

«Ha il suo scopo... Ci terremo in costante contatto con lei. Conosciamo l'agenda del Vicepresidente. I nostri uomini, tutti esperti di antiterrorismo, daranno man forte alle forze di sicurezza dovunque Mr. Bollinger si recherà.»

«Sì... d'accordo.» La signora Vanvlanderen, sigaretta in mano, fazzoletto dimenticato sul sofà, accompagnò la Rashad alla porta.

«Oh, per quanto riguarda la teoria della doppia omissione» disse questa nel mamoreo foyer. «È interessante, e ce ne avvarremo per indurre le banche svizzere a procedere d'urgenza. Ma non credo che regga, però.»

«*Cosa?*»

«Tutti i conti cifrati, nella banche svizzere, hanno codici sigillati – e quindi non dissigillabili – che conducono ai punti di origine. Spesso i percorsi sono labirinti, ma quei punti possono essere rintracciati. Persino il più avido capintesta della Mafia, o il mercante saudita di armi, sa di non essere immortale. Quindi non è disposto a lasciare i suoi milioni agli gnomi di Zurigo... Buona notte e, di nuovo, le mie più sentite condoglianze.»

Dopo aver percorso un tratto di corridoio, Khalehla tornò sui suoi passi. Accostando l'orecchio alla porta chiusa della suite dei Vanvlanderen poté udire un grido attutito di panico avvolto in oscenità, dall'interno: la vedova era in preda a una crisi di nervi. Lo scenario aveva funzionato. MJ aveva ragione! Si era fatto buon uso di un fattore negativo come la morte di Vanvlanderen. Ciò che prima era uno scacco si era trasformato in un vantaggio. La vedova stava andando in pezzi.

Milos Varak stava nascosto nell'ombra, in un androne, a trenta metri dall'ingresso principale dell'Hotel Westlake di San Diego, a dieci metri dall'angolo della traversa in cui era l'ingresso di servizio. Erano le 19,35, in California. Era arrivato prima lui, in aviogetto privato, di qualsiasi aereo di linea proveniente dal Maryland o dalla Virginia. Il momento della rivelazione era imminente. E tutto era stato predisposto, all'interno dell'albergo. Il personale addetto alle pulizie includeva adesso un nuovo elemento: una persona esperta, che aveva ricevuto precise istruzioni da Varak. Erano state collocate microspie in ogni stanza della suite dei Vanvlanderen. Tutto quello che vi venisse detto sarebbe stato intercettato e registrato da apparecchi ultrasensibili nella suite accanto che era stata affittata da Varak stesso.

Un taxi in media ogni tre minuti si fermava davanti all'ingresso del Westlake. Milos osservava attentamente ogni passeggero che ne scendeva. Ne aveva visti arrivare fra venti e trenta, finora. Non si era distratto mai neppure per un attimo. D'un tratto il suo istinto gli disse che la sua attesa non era stata vana. Un taxi andò a fermarsi a una trentina di metri dall'albergo, alla sua sinistra. Un uomo ne scese e, nel dirigersi verso l'albergo, passò proprio davanti a lui, Varak indietreggiò, nell'ombra dell'androne. L'uomo, con il bavero del cappotto rialzato, il cappello calcato sulla fronte, a testa bassa, camminava a passi rapidi. Il coordinatore della Inver Brass non stentò a riconoscerlo. Il traditore era Eric Sundstrom. Ed era chiaramente in preda al panico.

Capitolo trentaquattresimo

Ardis Vanvlanderen sussultò. «Santo dio, che ci fai qui?» gridò. E diede uno strattone al paffuto Erico Sundstrom, per tirarlo letteralmente dentro. Richiuse subito la porta della suite. «Ma, dico, sei diventato matto?»

«Mai stato più in senno di così. Tu, piuttosto! Ma che stupidi! Stupidi, *stupidi*! Cos'avete combinato, fra te e quell'imbecille di tuo marito?»

«Agli arabi, alludi? Alle squadre d'assalto?»

«Sì. Pezzi di cretini...»

«È assurdo!» esclamò la vedova. «Perché mai avremmo... perché avrebbe *Andy* voluto far uccidere Bollinger? È quanto di più strampalato...»

«Macché Bollinger! Si tratta di Kendrick, brutta troia. I terroristi palestinesi hanno assaltato le sue case, sia in Virginia che in Colorado. È stato imposto il silenzio stampa. Sono state uccise un mucchio di persone. Lui però no.»

«Kendrick?» bisbigliò Ardis con i grandi occhi verdi pieni di paura. «Oh, mio dio... Quelli credono invece che siano venuti in America per assassinare Bollinger. Hanno capito tutto al contrario.»

«Quelli chi?» Sundstrom si fece terreo in volto. «Di che parli?»

«Sarà meglio sederci» disse Ardis. E si diresse verso il salotto. Sedette sul divano, prese una sigaretta.

Lo scienziato, pallidissimo, la seguì. Poi sterzò verso il mobile-bar, dov'erano bottiglie, caraffe, bicchieri e un secchiello col ghiaccio. Senza badare alle etichette, prese una bottiglia a casaccio e si versò da bere. Poi tornò a chiedere, con calma, volgendosi a guardare la donna seduta: «Quelli chi?».

Ardis si accese la sigaretta. «Era qui fino a un'ora e mezza fa...»

«Chi?»

«Una donna di nome Rashad. Esperta in antiterrorismo. Fa parte di un nucleo che comprende sia elementi della CIA che del Dipartimento di Stato. Ma non ha mai menzionato Kendrick!»

«Gesù! Hanno mangiato la foglia. L'ha detto, Varak, che avrebbe fatto due più due quattro.»

«Chi è questo Varak?»

«Un emissario della Inver Brass. Noi lo chiamiamo il nostro "coordinatore". Lo aveva detto, lui, che avrebbero scoperto i tuoi agganci con il Medio Oriente.»

«I miei cosa?» urlò la vedova, con il viso distorto, la bocca aperta.

«La Off Shore Company...»

«Off Shore Investments» completò Ardis di nuovo inebetita. «Una cosa che in tutto è durata otto mesi.»

«E altri agganci, altri tuoi contatti con il mondo arabo...»

«Non ho nessun contatto!» urlò la vedova. «Ho mollato tutto dieci anni fa e non ci sono nemmeno più tornata, da quelle parti. Gli unici arabi che conosco sono alcuni giocatori d'alto bordo, che ho incontrato a Londra e a Divonne. Ma perché... perché penserebbero questo, di me?»

«Gline hai dato motivo tu stessa, di sospettare, quando hai fatto cremare in fretta e furia quello stronzo!»

«Andy?»

«Chi altri era presente, quand'è schiattato? O non sarà stato avvelenato, magari?»

«Ma che dici? Di che parli?»

«Della salma del tuo quarto o quinto marito, ecco di cosa parlo. Non appena arriva in camera mortuaria, tu telefoni per ordinarne l'immediata cremazione. La cosa ha ovviamente insospettito... certe persone che sono pagate apposta per sospettare. Niente autopsia, le ceneri sparse al vento.»

«Non ho mai fatto quella telefonata, io!» ruggì Ardis, balzando in piedi. «Non ho mai dato un simile ordine!»

«Sì, invece!» urlò Sundstrom. «Hai detto che c'era un patto, fra te e Andy.»

«Non l'ho detto! E non c'era nessun patto fra noi!»

«Varak non ci fornisce informazioni false» dichiarò con fermezza lo scienziato.

«Allora qualcuno gli ha raccontato una fandonia.» La vedova abbassò la voce. «Oppure ha mentito lui.»

«Perché avrebbe dovuto mentire? Non era mai successo.»

«Non lo so» disse Ardis tornando a sedersi. Spense la sigaretta. «Eric» aggiunse poi alzando gli occhi sul traditore della Inver Brass. «Perché sei venuto dall'altro capo dell'America fin qui, per dirmi questo? Non bastava che mi telefonassi? Hai il mio numero privato.»

«Varak, di nuovo. Nessuno lo sa, veramente, come fa a fare quello che fa. Tuttavia, lui lo fa. Adesso si trova a Chicago, ma ha predisposto tutto quanto in modo che gli vengano segnalati i numeri telefonici di ogni chiamata in arrivo all'ufficio di Bollinger, a casa sua nonché agli uffici e alle residenze di ogni membro del suo staff. Capirai che in queste condizioni, non mi azzardo a usare il telefono.»

«Nel tuo caso, sarebbe difficile spiegarlo a quel consesso di pazzi rimbambiti di cui fai parte. E le uniche telefonate che ho ricevuto, io, oggi, erano di condoglianze, da collaboratori e amici. Poi la Rashad. Niente di tutto questo potrebbe interessare Varak o la tua benemerita società di ricchi imbecilli.»

«La Rashad. Non ha fatto alcun cenno, mi dicevi, agli assalti alle case di Kendrick. Perché mai? Presumendo che Varak si sbagli, che gli investigatori non abbiano fatto certe deduzioni, relative a te e magari ad alcuni altri del tuo ambiente, ripeto: perché nessun cenno agli assalti? Lei, certo, ne era al corrente.»

Ardis prese una sigaretta. I suoi occhi ora tradivano uno sgomento a lei finora ignoto. «Potrebbero esserci varie ragioni» disse, senza troppa convinzione, facendo scattare l'accendino. «In primo luogo, il Vicepresidente viene spesso tenuto all'oscuro, per quel che riguarda un blackout imposto per motivi di sicurezza: Truman, per esempio, non fu messo al corrente del Progetto Manhattan. Inoltre, si sarà voluto evitare il panico fra la popolazione, tacendo di questi attentati – ammesso che abbiano davvero avuto luogo. E io non sono disposta ad ammetterlo, questo. Il tuo Varak l'ha detta certamente, una bugia; quindi potrebbe averne dette anche altre. Sia come sia, se l'entità dei danni provocati in Virginia e in Colorado venisse pienamente resa nota, si potrebbero verificare casi di insubordinazione. A nessuno piace pensare che potrebbe venire ucciso da terroristi votati al suicidio... Infine, per tornare agli attentati stessi: io non credo che abbiano mai avuto luogo.»

Sundstrom rimase immobile, stringendo il bicchiere fra le mani, a fissare la sua antica amante. «L'ha fatto, non è vero? È stato lui, eh, Ardis?» disse sottovoce. «Quel megalomane della finanza non poteva tollerare l'idea che un piccolo gruppo di "benemeriti imbecilli" togliesse di mezzo il suo Bollinger, per mettere un altro al suo posto. Uno che, probabilmente, gli avrebbe poi rotto le uova nel paniere. Erano in gioco affari di milioni, no?»

La vedova si accasciò contro la spalliera del divano, il lungo collo inarcato, gli occhi chiusi. «Ottocento milioni» bisbigliò in risposta. «Così diceva. Ottocento milioni per lui solo, miliardi per il resto di voi.»

«Non ti ha mai detto nulla, dei suoi intrallazzi coi palestinesi?»

«Perdio, no! Se me l'avesse detto, gli avrei fatto saltare le cervella. Dopodiché avrei chiamato qualcuno di voi, perché ne facesse sparire il cadavere in Messico.»

«Ti credo.»

«Mi crederanno gli altri?» Ardis si tirò su, il suo sguardo era implorante.

«Credo di sì. Ti conoscono.»

«Te lo giuro, Eric. Non ne sapevo assolutamente nulla.»

«Ti ho già detto che ti credo.»

«La Rashad mi ha detto che stanno seguendo la traccia del denaro spedito da Andy a Beirut, via Zurigo. Possono riuscirci?»

«Conoscendo Andrew, direi che ci vorranno mesi e mesi. Lui usava un'infinità di vie traverse, dal Baltico al Sudafrica. Sotterfugi d'ogni sorta. E tutto quanto in codice. Ci vorrà forse un anno, per ricostruire l'iter di quei soldi.»

«Lo sapranno, questo, gli altri?»

«Sentiremo tra poco cosa dicono.»

«Eh?»

«Ho telefonato a Grinell, dall'aeroporto di Baltimora. Lui non fa parte dello staff di Bollinger – e gli piace restare dietro le quinte – ma è l'uomo più adatto, per noi, al momento.»

«Eric! Cosa mi stai dicendo?»

«Che Grinell sarà qui, fra pochi minuti. Ha accettato un colloquio a tre. Io sono venuto in anticipo perché prima volevo parlarti a quattr'occhi.» Sundstrom guardò l'orologio. «A momenti sarà qui.»

«Hai l'occhio vitreo, amore mio» disse Ardis alzandosi dal sofà.

«Oh, sì» convenne lo scienziato. «Come quando... come quando non mi riusciva di... di funzionare, a letto. E tu ridevi di me.»

«Capitava quando avevi la mente altrove. Sei un uomo così intelligente!»

«Sì, lo so. Quando avevo da risolvere un problema d'altro genere, mi... mi ammosciavo.»

«Amavo il tuo cervello. Lo amo ancora.»

«Come puoi? Non ce l'hai, veramente, un cervello. Quindi come puoi intendertene?»

«Eric, quel Grinell mi mette paura.»

«A me, no. Lui ha un cervello.»

In quel momento si sentì il campanello alla porta della suite.

Kendrick sedeva su una sedia pieghevole di tela, accanto alla brandina, a bordo dell'aviogetto che li stava portando a Denver. Weingrass – le cui ferite erano state medicate e bendate dall'infermiera superstite, a Mesa Verde, affinché non perdesse altro sangue – batteva di continuo le palpebre e faceva smorfie di dolore. I suoi occhi erano resi ancora più scuri dal pallore del viso rugoso.

«Ho pensato...» disse, a fatica, tossendo quasi le parole.

«Non parlare» l'interruppe Evan. «Risparmia le forze. Per favore.»

«Oh, smettila» replicò il vecchio. «Cos'ho da perdere? Cos'è la vita, se non fai l'amore?»

«La vuoi smettere?»

«No, non posso stare zitto. Per cinque anni non ci siamo visti. Quando ci ritroviamo, che succede? Ti attacchi a me. Troppo! Ma cosa sei, un *feygele*? Gerontofilo, per giunta? Niente niente, ti piacciono i vecchi?...»

«Perché non parli mai come una persona normale?»

«Perché la normalità mi annoia. Proprio come incominci ad annoiarmi anche tu. Lo sai, o non lo sai, perché avvengono tutte queste cose? Ho forse allevato un bamboccio? Non riesci dunque a capirlo?»

«No, non mi raccapezzo. Va bene?»

«Khalehla ha colto nel segno. Qualcuno vuol renderti molto importante, in questo Paese. Ma a qualcun altro gli vien la cacarella, a tale prospettiva. Lo capisci, questo?»

«Comincio a capirlo. E spero che a vincere siano quegli altri. Non voglio diventare importante.»

«Forse invece dovresti volerlo.»

«Chi lo dice? Chi la pensa così?»

«Le persone che *non* ti vogliono – pensaci su. Khalehla ci ha detto che quei luridi maniaci che sono venuti in America apposta per ammazzarti non sono semplicemente saliti su un aereo a Parigi, né sono arrivati a bordo di una nave da crociera. Potevano bensì contare sul valido aiuto di persone influenti. Come ha detto, lei?... Passaporti, armi, denaro, persino patenti di guida e indumenti e nascondigli. Tutte cose che – specie i documenti falsi – non le compri ai Grandi Magazzini Walgreen. Occorrono invece contatti con le alte sfere del potere, occorre conoscere gente importante. E sono, questi, i bastardi che ti vogliono morto. Perché? Evidentemente, per loro, rappresenti una minaccia.»

«Come può essere? Io voglio anzi abbandonare la politica.»

«Loro questo non lo sanno. Quello che loro vedono, è un uomo politico in gamba che, quando apre bocca tutta Washington tace e l'ascolta.»

«Non parlo tanto. Quindi l'ascolto è molto limitato. Praticamente nullo, anzi.»

«Il punto è che quando parli tu, loro tacciono. Tu hai quelle che io chiamo le "credenziali d'ascolto". Come le ho, francamente, anch'io.» Weingrass tossì, portò una mano tremula alla gola.

Evan si chinò preoccupato su di lui. «Non affannarti, Manny.»

«Zitto» gli ordinò il vecchio. «E ascolta quello che ho da dirti. Insomma... Quei bastardi vedono un vero eroe americano, insignito di una importante medaglia dal Presidente e inserito in importanti Commissioni parlamentari...»

«Le Commissioni sono venute prima della medaglia...»

«Non interrompermi. Col tempo la cronologia si fa confusa. Dunque, dicevo, questo eroe attacca gli alti papaveri del Pentagono, alla televisione, prima ancora di essere riconosciuto come eroe, e ci manca poco che non li fa incriminare, tutti quanti, assieme a vari complessi industriali che riforniscono le forze armate. Che fa, allora, l'eroe? Chiede dei *rendiconti*. Tremenda parola, "rendiconto"! Quei bastardi la odiano, tutti quanti! Incominciano a sudare freddo, figliolo. Forse – si dicono – questo buffone-eroe diverrà più potente, forse – pensano – arriverà a essere Presidente di Commissione, oppure potrebbe venir eletto al Senato, dove arrecherebbe – dicono – seri danni.»

«Stai esagerando.»

«Khalehla non esagerava!» obiettò Weingrass a gran voce fissando Kendrick negli occhi. «E ci ha detto che la pista potrebbe condurre fino alle più alte sfere del potere. Più in alto di quanto non vorremmo credere. Ebbene, non ti dice niente tutto questo?»

«Sì, certo» rispose Evan, annuendo lentamente. «Non c'è Paese al mondo che non abbia un suo grado di corruzione.»

«Oh, corruzione?» intonò Weingrass, roteando gli occhi, come se quella parola facesse parte di un inno talmudico. «Come dire, qua c'è uno che ruba matite in ufficio, e là un altro che intasca mazzette da un milione di dollari... è questo che vuoi dire?»

«In sostanza, sì. Anche dieci milioni, se vuoi.»

«Roba da nulla! Bruscolini! Bazzecole!» urlò Weingrass. «Persone del genere non trattano con i terroristi palestinesi, a migliaia di miglia di distanza, al solo scopo di non commettere personalmente un omicidio. Non saprebbero proprio *come* fare! Inoltre, non hai guardato quella dolce fanciulla negli occhi, tu. O forse non sapevi che cosa cercarvi. Tu non ci sei mai stato, *là*.»

«Essa dice che sa da dove vieni perché tu, *là*, ci sei stato. D'accordo, io non ci sono mai stato. Quindi, di che cosa stai parlando?»

«Quando sei *là*, hai paura» disse il vecchio. «Ti avvicini a un drappo nero e ti accingi a tirarlo giù. Sei eccitato. Muori di curiosità, ma anche di paura. Cerchi disperatamente di superare l'una e l'altra. Tenti di sopprimerle, magari di nasconderle a te stesso, e questo fa parte del gioco, poiché non puoi permetterti di perdere neppure un'oncia di autocontrollo. Ma tutto sta *là*. Poiché, una volta tolto il drappo nero, tu sai che vedrai qualche cosa di così *pazzesco* che ti chiedi: ci crederà nessuno?»

«Tu hai letto tutto questo negli occhi di Khalehla?»

«Abbastanza, sì.»

«Perché?»

«Essa sta avvicinandosi al limite estremo, figliolo.»

«Perché?»

«Perché non abbiamo a che fare – essa non ha a che fare – con la semplice corruzione, sia pure una tremenda corruzione. Quello che c'è dietro quel drappo nero è un Governo nel Governo, un branco di servi che spadroneggiano nella casa del padrone.» Il vecchio architetto fu colto, d'un tratto, da un accesso di tosse spasmodica. Tremeva per tutto il corpo. Quando il convulso cessò, riprese a dire, in un bisbiglio: «Dammi ascolto, bamboccio. Aiutala. Aiutala sul serio. E aiuta Payton. Trova quei bastardi e falli a pezzi!».

«Lo farò senz'altro. Lo sai, questo.»

«Io li odio. Quel giovane sottoposto al siero della verità, quell'Ahbyahd che tu conoscesti a Masqat... avremmo potuto essere amici, in un'altra epoca. Ma quest'epoca non verrà mai, fintanto che ci saranno dei bastardi che, mettendoci gli uni contro gli altri, lucreranno miliardi dall'odio fra i popoli!»

«Non è così semplice, Manny...»

«Essi hanno una parte più importante di quanto non credi. L'ho visto, io!... "Essi hanno più di voi, più di loro" – questa è una delle solfe. Oppure: "Vi ammazzeranno, se non li uccidete prima voi. Quindi, eccovi qua le armi... A buon prezzo". E così via, fino alle più alte sfere del potere. "*Loro* hanno speso 20 milioni per un missile, *noi* allora ne spenderemo 40!" Vogliamo veramente fare saltare questo fottuto pianeta? Danno retta, tutti quanti, a dei pazzi che a loro volta danno retta a uomini che vendono soltanto odio e paura?»

«A quel livello, è così» disse Evan sorridendo. «Potrei averlo menzionato io stesso.»

«Continua a menzionarlo, figliolo. Non scendere dalla tribuna... da quel podio di cui parlavamo... in particolare per quanto riguarda un certo Herbert Dennison, di cui pure abbiamo parlato, e al quale tu hai messo una fifa del diavolo. Non scordartelo: tu hai, come me, credenziali d'ascolto. Usale.»

«Dovrò pensarci su, Manny.»

«Giacché ci pensi, allora» tossì Weingrass comprimendosi una mano sul petto «perché non pensi anche a un'altra cosa? Che bisogno c'era che mi mentiste, tu e i medici?»

«Cosa?»

«È tornato, Evan. È tornato ed è peggio di prima, perché non se n'era mai andato.»

«Cosa è tornato?»

«Il cancro. E si sta diffondendo dappertutto.»

«Non è vero. Si sono fatte tutte le analisi del caso. Il cancro non c'è più. Sei pulito.»

«Vallo a dire, questo, a quei polipi che mi tolgono il fiato.»

«Non sono un medico, Manny, ma non credo che la tosse sia un sintomo del cancro. Nelle ultime trentasei ore sei passato per un paio di guerre. Anzi, c'è da stupirsi che respiri ancora.»

«Sì, ma adesso, appena arriviamo all'ospedale di Denver, mi farai rifare tutti i controlli. E non mi mentirai, intesi? Ci sono persone, a Parigi, cui debbo provvedere. Cose che ho racchiuse da qualche parte e che debbo far loro avere. Quindi, dimmi la verità. Me lo prometti?»

«Non ti mentirò» disse Kendrick mentre l'aereo iniziava la discesa su Denver.

Crayton Grinell era un uomo snello, di media statura, dal viso perennemente grigiastro, dai tratti molto marcati. Quando salutava qualcuno, per la prima o per la cinquantesima volta, fosse un cameriere o fosse un amministratore delegato, quell'uomo di 48 anni, quell'avvocato specializzato in diritto internazionale, salutava quella persona con un timido sorriso che ispirava fiducia e calore. Quella modestia e quel calore venivano rapidamente accettati, finché l'interlocutore non guardava Grinell negli occhi. Non che fossero freddi, però non erano neanche particolarmente cordiali: erano inespressivi, neutri, gli occhi sornioni di un gatto cautamente curioso.

«Ardis, mia cara Ardis» disse l'avvocato, entrando nel vestibolo e abbracciando la vedova, e dandole dei colpetti sulla spalla, come per consolare una zia leggermente antipatica che abbia perduto un marito assai più simpatico di lei. «Cosa posso dirti? Cosa può dire, chiunque? Una tal perdita, per noi tutti! Ma più che altro per te.»

«Così all'improvviso, Cray! Troppo improvvisamente!»

«Sì, certo. Ma bisogna guardare il lato positivo delle cose, anche nel dolore, non è vero? A lui e a te è stata risparmiata una lunga e penosa malattia. Poiché la fine deve venire, meglio che sia rapida, no?»

«Suppongo che tu abbia ragione. Ti ringrazio di avermelo ricordato.»

«Non c'è di che.» Disimpegnatosi, Grinell si rivolse a Sundstrom, che era rimasto in piedi nel salotto. «Che piacere, Eric, rivederti» disse solennemente, andando a stringere la mano allo scienziato. «In un certo senso è giusto che ci si trovi, entrambi, qui da Ardis in un frangente simile. Fra parentesi, i miei uomini sono qui fuori, nel corridoio.»

«Fottuta puttana!» borbottò Sundstrom tra i denti abbastanza sommessamente perché la donna non lo udisse.

«Bevi qualcosa, Cray?» domandò questa.

«No, grazie.»

«Io, sì» disse Ardis dirigendosi verso il mobile-bar.

«Ne hai motivo» convenne l'avvocato. Poi aggiunse: «Posso fare qualcosa per te? Sul piano legale, voglio dire».

«Sì, certo. Il povero Andy-boy aveva un sacco di avvocati, da ogni parte, ma tu eri il suo legale principale.»

«Sì, appunto. E mi sono già messo in contatto con gli altri: a New York, Washington, Londra, Parigi, Marsiglia, Oslo, Stoccolma, Berna, Zurigo, Berlino Ovest... Mi occupo io di tutto, personalmente, s'intende.»

La vedova stava immobile, con una caraffa a mezz'aria, e un bicchiere nell'altra mano, guardando Grinell. «Quando ho detto "da ogni parte" non credevo che li avesse veramente dappertutto!»

«I suoi interessi erano molto estesi.»

«Zurigo...?» disse Ardis come se il nome di questa città le fosse sfuggito senza volerlo.

«È in Svizzera!» interruppe, aspro, Sundstrom. «E diamo un taglio alle cazzate.»

«Veramente, Eric...»

«Smettila di fare il tonto. Quel fesso ha fatto un'ultima fesseria. Si è messo in contatto con i palestinesi. E gli ha inviato somme, tramite Zurigo. Te l'ho detto a Baltimora, Cray. È stato lui a...»

«Non sono riuscito ad avere conferma degli assalti alle ville di Fairfax e Mesa Verde» disse Grinell con calma.

«Perché non c'è stato nessun assalto!» strillò la vedova. La mano le tremava, nel versarsi da bere dalla pesante caraffa di cristallo.

«Non ho detto questo, Ardis» obiettò l'avvocato sommessamente. «Ho semplicemente detto che non sono riuscito ad avere una conferma. Tuttavia ho ricevuto una telefonata, poco fa. All'altro capo c'era un ubriaco. Uno sconosciuto. Qualcuno, dopo aver fatto il mio numero, deve avergli passato il ricevitore. Eliminando, così, l'identità della fonte. L'ubriaco, ovviamente ripetendo parole che gli erano state suggerite, mi ha detto: "Essi seguono la pista dei soldi" – testualmente.»

«Oh, *Cristo*!» esclamò la Vanvlanderen.

«Quindi adesso abbiamo due crisi» continuò Grinell, andando verso un apparecchio telefonico di marmo su un tavolo di marmo a ridosso del muro. «Il nostro Segretario di Stato è in viaggio per Cipro, per firmare un accordo che potrebbe azzoppare l'industria bellica degli Stati Uniti, e uno dei nostri si è messo in combutta con i terroristi palestinesi... In un certo senso, vorrei proprio sapere come ha fatto, il povero Andrew...»

Formò un numero. «Si conferma il passaggio dal Piano Sei al Piano Dodici – Mediterraneo» disse poi, quando gli fu risposto all'altro capo. «Si proceda. E si tenga pronta la squadra di riserva, per favore.»

Capitolo trentacinquesimo

Varak entrò all'Hotel Westlake dall'ingresso laterale e salì con l'ascensore di servizio. Raggiunse rapidamente la sua suite, aprì la porta e si precipitò sul sofisticato apparecchio di registrazione collegato con le microspie disposte nella suite accanto. Si stupì nel vedere che così tanto nastro era stato già inciso. Pensò quindi che Ardis Vanvlanderen avesse ricevuto parecchie telefonate. Pigiò il pulsante che consentiva, al medesimo tempo, di registrare e ascoltare dal vivo, si mise la cuffia e rimase in ascolto.

Era qui fino a un'ora e mezza fa.

Chi?

Una donna di nome Rashad. Esperta in antiterrorismo. Fa parte di un nucleo che comprende...

Varak guardò la bobina già incisa: almeno 25 minuti di conversazione. Che cosa ci faceva la Rashad a San Diego? Ciò non aveva senso, per lui. Si era dimessa dalla CIA; ne aveva avuto la conferma, sia da Washington sia dal Cairo. Il motivo: "aperta a compromessi". Dal che lui aveva arguito che fosse a causa dell'Oman, e aveva preso per buona la sua messa in disparte. La Rashad doveva dileguarsi... E invece, no, non si era eclissata! Continuò ad ascoltare la conversazione che si svolgeva nella suite accanto. Stava parlando Sundstrom, adesso.

L'ha fatto, non è vero? È stato lui, eh, Ardis? Quel megalomane della finanza non poteva tollerare l'idea che un piccolo gruppo di "benemeriti imbecilli" togliesse di mezzo il suo Bollinger, per mettere un altro al suo posto. Uno che, probabilmente, gli avrebbe poi rotto le uova nel paniere. Erano in gioco affari di milioni, no?

Quindi Ardis Vanvlanderen:

Ottocento milioni. Così diceva. Ottocento milioni per lui solo, miliardi per il resto di voi.

... Te lo giuro, Eric. Non ne sapevo assolutamente nulla.

Varak era sbigottito. Aveva commesso due enormi errori! Il primo riguardava l'attività clandestina di Adrienne Khalehla Rashad. Per quanto gli riuscisse difficile, poteva tuttavia accettare questo errore dal momento che la Rashad era un abile agente segreto, molto esperto. Il secondo errore invece non poteva accettarlo. Il falso scenario da lui prospettato alla Inver Brass si era adesso rivelato vero! Varak non aveva creduto possibile che Andrew Vanvlanderen agisse indipendentemente da sua moglie. Come avrebbe potuto? Il loro era un matrimonio di convenienza, d'interesse reciproco, non certo d'amore, e neppure d'affetto. Andy-boy aveva violato le regole, accordandosi con i palestinesi. Un toro infoiato dal denaro aveva sfondato la porta della stalla ed era corso al macello. Varak si rimise all'ascolto.

Un'altra voce, un altro nome. Un uomo di nome Crayton Grinell. Il nastro continuava a srotolarsi e registrava la conversazione che, nel frattempo, Milos Varak ascoltava dal vivo. Finalmente:

Quindi adesso abbiamo due crisi. Il nostro Segretario di Stato è in viaggio per Cipro, per firmare un accordo che potrebbe azzoppare l'industria bellica degli Stati Uniti... Si conferma il passaggio dal Piano Sei al Piano Dodici-Mediterraneo.

Varak si tolse la cuffia. Il resto del colloquio, nella suite accanto, sarebbe stato registrato. Lui, intanto, doveva agire in fretta. Corse al telefono che si trovava sul lato opposto della stessa stanza. Sollevò il ricevitore e formò il numero di Cynwid Hollow, nel Maryland.

«Sì?»

«Sono Varak, signore.»

«Che c'è, Milos? Cosa ha appreso?»

«È Sundstrom...»

«Cosa?»

«Questo può attendere, Mr. Winters. Un'altra cosa no. Il Segretario di Stato si reca a Cipro. Può scoprire quando?»

«Non occorre scoprirlo. Lo sanno tutti. Dalla radio e dalla Tv. È una svolta...»

«*Quando*, signore?»

«È partito da Londra un'ora fa, circa. Hanno diramato il solito comunicato: il mondo è ora più vicino alla pace... e così via.»

«Nel Mediterraneo!» esclamò Varak controllando a stento la voce. «Accadrà nel Mediterraneo.»

«Che cosa?»

«Non lo so. Una strategia denominata Piano Dodici: è tutto quello che ho sentito. Avverrà in cielo oppure a terra. Vogliono fermarlo.»

«Chi?»

«I sostenitori di Bollinger. Un uomo di nome Grinell. Crayton Grinell. Se tentassi di fare irruzione, per scoprire di cosa si tratta, potrebbero sopraffarmi. Ci sono guardie fuori della porta. Inoltre non posso spaventare il gruppo. Se mi prendessero, io non parlerei. Ma ci sono droghe che...»

«Sì, lo so.»

«Telefoni lei a Frank Swann, al Dipartimento di Stato. Dica al centralino di scovarglielo, dovunque si trovi. Usi la frase "massimo riserbo".»

«Perché Swann?»

«È uno specialista. Ha diretto lui l'Operazione Oman, per il Dipartimento di Stato.»

«Sì, lo so. Però dovrei dirgli più di quanto non voglio rivelare. Hmm... C'è un sistema migliore, Milos. Resti in linea, non riagganci.» Trascorsero alcuni minuti di silenzio, ciascuno dei quali parve un secolo a Varak. Che stava facendo, Winters? Non avevano tempo da perdere! Finalmente: «Pronto, Milos? Ora la includerò su un'altra linea. Sarà un colloquio a tre. Resta inteso che né lei né la terza persona dovrete conoscere le rispettive identità. Io mi fido completamente dell'uomo. E lui accetta questa condizione di reciproco anonimato. Anche lui è un fautore di quello che lei chiama "massimo riserbo" e ha più risorse di Swann». Si udirono due clic. Poi Winters disse: «Parlate pure fra di voi, signori: Mr. A e Mr. B».

«Mi risulta che lei ha qualcosa da dirmi, Mr. A.»

«Sì, esatto, Mr. B» rispose Varak. «Le circostanze non sono rilevanti ma l'informazione è attendibile. Il Segretario di Stato corre immediato pericolo. Ci sono persone che non vogliono che egli partecipi alla conferenza di Cipro e intendono fermarlo. Esse si avvalgono di un piano strategico denominato "Piano Dodici – Mediterraneo". L'uomo che ha impartito l'ordine si chiama Grinell, un certo Crayton Grinell di San Diego. Non so assolutamente niente sul suo conto.»

«Capisco... Glielo chiedo con la massima delicatezza possibile, Mr. A: è in grado, di dirci dove si trova in questo momento, questo Grinell?»

«Non ho scelta, Mr. B. Grinell si trova all'Hotel Westlake di San Diego. Nella suite 3-C. Non so quanto a lungo vi si tratterrà. Si sbrighi. Mandi gente armata. Ha le sue guardie.»

«Vuol farmi la cortesia, Mr. A, di restare in linea un minuto o due?»

«Affinché lei rintracci la provenienza di questa telefonata?»

«Non lo farei mai. Ho dato la mia parola.»

«E la manterrà» interloquì Sam Winters.

«È difficile, per me...» disse Varak.

«Farò presto.»

Si sentì un singolo clic. Poi parlò Winters: «Non aveva veramente altra scelta, lei, Milos. Il Segretario di Stato è l'uomo più sano che abbiamo al Governo».

«Lo so, signore.»

«Non riesco a capacitarmi, di Sundstrom. *Perché?*»

«Per una serie di motivi, certo. Non ultimo, quello relativo ai suoi brevetti di tecnologia spaziale. È il Governo, il principale acquirente: lo spazio è oggi sinonimo di difesa nazionale.»

«Non può desiderare altri soldi! Ne dà via la maggior parte, di quelli che guadagna.»

«Ma se le vendite rallentassero, rallenterebbe anche la produzione; quindi, anche gli esperimenti. E sono questi, la sua grande passione.»

Un altro clic.

«Eccomi a lei, Mr. A» disse la terza voce. «Tutti sono stati messi in stato di allerta, nel bacino del Mediterraneo orientale. È stato predisposto per l'arresto di Grinell a San Diego. Con meno scalpore possibile, s'intende.»

«Perché è stato necessario che io restassi all'apparecchio?»

«Se non fossi stato in grado di organizzare l'arresto di Grinell a San Diego» rispose Mitchell Payton «ebbene, avrei fatto appello al suo patriottismo, Mr. A, e le avrei chiesto un ulteriore aiuto. Lei è, ovviamente, un uomo molto esperto.»

«Che genere di aiuto mi avrebbe chiesto?»

«Semplicemente, di pedinare Grinell – se questi avesse lasciato l'hotel – e di telefonare, poi, al nostro intermediario, per le informazioni del caso. Il che, come vede, non avrebbe comportato la rottura del nostro patto di anonimità reciproca.»

«Cosa le fa pensare ch'io sarei stato in grado di effettuare tale pedinamento?»

«Non ne ero certo. Semplicemente lo speravo.»

«Per sua informazione, non mi sarebbe stato possibile. Poiché» mentì Varak «non mi trovo in prossimità dell'Hotel Westlake.»

«Mi ero sbagliato, dunque. E ho anche sbagliato a parlare di "patriottismo". Dal suo accento, lei non è americano.»

«Adesso gli Stati Uniti sono la mia patria» disse Varak.

«Questo Paese le deve molto, Mr. A.»

«La saluto.»

Varak riappese e tornò rapidamente al registratore. Si mise la cuffia. Notò subito che il nastro aveva smesso di girare. Si mise in ascolto. Niente. Silenzio! Disperato, pigiò diversi pulsanti, ripetutamente. Niente, nessun suono, né voci né rumori. Il registratore si era fermato perché, semplicemente, nella suite accanto non c'era più nessuno.

Doveva muoversi. Alla svelta! Prima di tutto, doveva trovare

Eric Sundstrom. Per il bene della Inver Brass, il traditore doveva essere ucciso.

Khalehla percorse l'ampio corridoio diretta verso gli ascensori. Aveva telefonato a Payton e, dopo aver parlato della tragedia di Mesa Verde, gli aveva fatto ascoltare la sua conversazione con Ardis Vanvlanderen, da lei registrata mediante un apparecchio in miniatura inserito nel block-notes nero. Entrambi erano soddisfatti: la vedova inconsolabile era adesso in preda all'isteria. Era chiaro che non sapeva niente dei rapporti fra il marito e i terroristi: ne era venuta a conoscenza dopo la sua morte. Le informazioni svisate ad arte che Khalehla le aveva fornite erano bastate a farle perdere la testa. Lo zio Mitch non si era sbagliato.

«Ora riposati, agente Rashad.»

«Dopo aver fatto la doccia, mi concederò un lauto pasto. È dalle Bahama, che non mangio.»

«Fattelo servire in camera. Offre la ditta. Te lo sei davvero guadagnato.»

«Odio mangiare in camera. Il cameriere che ti serve in tavola, se sei una donna sola, ha sempre l'aria di avere la risposta giusta a tutte le tue fantasie erotiche. Se non posso andare a mangiare da mia nonna...»

«E non puoi.»

«D'accordo. Allora, andrò, al ristorante.»

«Va' pure. Entro mezzanotte, avrò l'elenco di tutti i numeri telefonici chiamati dalla vedova. Buon appetito, mia cara. Rimettiti in forze. C'è caso che ti tocchi lavorare tutta notte.»

«Sei troppo generoso. Posso telefonare a Evan, dato che ormai è il mio promesso sposo?»

«Potresti, ma sarebbe inutile. È in volo per Denver, in questo momento. Per portare Weingrass all'ospedale. Hanno mandato un aviogetto da Colorado Springs, a prenderli.»

«Pazienza. Grazie di nuovo.»

«Non c'è di che.»

«Troppo gentile.»

Khalehla chiamò l'ascensore. Lo stomaco le gorgogliava. L'ultima volta che aveva mangiato era stato a bordo di quell'aereo militare, in volo da Nassau al Colorado. E le era pure andato di traverso, il pasto, per via di Evan che aveva vomitato... Caro Evan, brillante Evan, stupido Evan. Aveva più scrupoli morali di quanti gliene conveniva avere, dato i rischi che correva. Si chiese, brevemente: sarebbe altrettanto integro, se avesse fallito? La domanda restava senza risposta. Evan era un uomo per natura competitivo, il quale guardava il mondo con una certa arroganza, dall'alto, perché non aveva mai fallito. E non era difficile capire perché mai si era lasciato incantare da Ardis Montreaux, in Arabia Saudita, dieci o dodici anni fa. Quella donna doveva essere molto affascinante, oltreché spregiudicata. Tuttavia era fuggito subito da lei. Quello era il *suo* Evan.

L'ascensore arrivò. Le porte si aprirono. Per fortuna, era vuoto. Khalehla entrò e pigiò il pulsante dell'atrio. Le porte si richiusero. L'ascensore partì ma al terzo piano si fermò. Il terzo piano era quello dove si trovava la suite della Vanvlanderen.

Dopo che le porte si furono riaperte salì un uomo, dai capelli chiari, dalle spalle enormi. Khalehla lo guardò in tralice. C'era un nonsoché di strano, in lui. Chiusi insieme nel minuscolo abitacolo, ella sentiva una gran quantità di energia emanare da quell'uomo. Collera e ansietà sembravano diffondersi nell'atmosfera dell'ascensore. Poi sentì che l'uomo la guardava, non come di solito la guardavano gli uomini – furtivamente, ammirandola segretamente – c'era abituata, ma in modo aperto, fisso, intenso.

L'ascensore ripartì. Khalehla sorrise fra sé: l'espressione incerta di chi potrebbe aver dimenticato qualcosa. Aprì la borsetta per controllare. Emise un sospiro di sollievo; il suo viso si rilassò. L'oggetto era lì: la pistola. Alzò gli occhi sullo sconosciuto.

Si sentì raggelare! I suoi occhi erano due globi di colore bianco e i capelli corti, ben pettinati, erano biondi. Non poteva essere che *lui* e nessun altro! Il biondo europeo. Era uno dei *loro*! Khalehla si sporse verso la bottoniera, impugnò la pistola e, contemporaneamente, lasciando cadere la borsa in terra, pigiò il pulsante d'allarme. L'ascensore si fermò, squassandosi. L'uomo biondo fece un passo avanti.

Khalehla fece fuoco. Lo sparo echeggiò assordante nel chiuso della cabina. La pallottola sfiorò la testa dello sconosciuto, come era nelle intenzioni della donna.

«Fermo là!» ordinò. «Se sai qualche cosa di me, sai che il prossimo colpo ti entrerà dentro la fronte.»

«Tu sei la Rashad» disse il biondo, con accento straniero, la voce tirata.

«Io non so chi tu sia, ma so *che cosa* sei. La schiuma della feccia, ecco che cosa sei. Evan aveva ragione. Tutto quello scalpore, nei mesi scorsi, non serviva ad altro che ad attirare su di lui l'ira dei palestinesi! Per farlo uccidere, ecco tutto!»

«No. Ti sbagli. Ti sbagli» protestò l'europeo, mentre l'allarme, fuori, continuava a suonare. «E non devi fermarmi adesso. Una cosa terribile sta per succedere e io mi sono messo in contatto, poco fa, con i tuoi superiori a Washington.»

«Con chi precisamente?»

«Noi non diamo nomi...»

«Stronzate!»

«Prego, miss Rashad. Un uomo sta scappando...»

«Ma tu no, biondo!»

Da dove venissero i colpi e in che modo fossero assestati con tanta rapidità, Khalehla non lo avrebbe mai saputo. Per un attimo c'era stato un gran movimento sulla sua sinistra, poi una mano montante, più veloce di qualsiasi mano umana che avesse mai vista, le percosse il braccio destro, seguì una torsione del polso in senso antiorario per strapparle la pistola. Sentì un gran bruciore al braccio, come se si fosse trattato di una scottatura con acqua bollente. L'europeo stava davanti a lei, impugnando la pistola. «Non volevo farti male» disse.

«Sei molto bravo, schiuma della feccia, te lo concedo.»

«Non siamo nemici, noi, miss Rashad.»

«Chissà perché, faccio fatica a crederlo.» Squillò il citofono che si trovava in una nicchia, sotto la bottoniera dell'ascensore. Il suono echeggiò assordante nello spazio ristretto. «Tu non esci di qui» soggiunse Khalehla.

«Aspetta» disse il biondo mentre gli squilli persistevano. «Hai visto la Vanvlanderen.»

«Te l'ha detto lei. E con questo?»

«No, non me l'ha detto lei. Non l'ho mai incontrata, ma l'ho registrata su nastro. Ha avuto altre visite, dopo la tua. Hanno parlato di te. Lei e due uomini. Uno a nome Grinell.»

«Mai sentito nominare.»

«Sono entrambi traditori, nemici del Governo, del tuo Paese.» Il citofono continuava a suonare insistente.

«Parole, parole.»

«Basta con le parole!» esclamò il biondo, infilando una mano sotto la giacca ed estraendo la sua grossa pistola automatica, nera. Porse entrambe le pistole alla donna, tenendole per la canna. «Ecco. Prendile. Dammi un'opportunità, miss Rashad!»

Stupefatta, Khalehla prese le pistole e lo guardò negli occhi. Aveva visto già, in molti occhi, quell'implorazione. Non era lo sguardo di un uomo che ha paura di morire per una causa, bensì quello di uno che è furioso alla prospettiva di non poter più servire la causa stessa. «D'accordo» disse lentamente. «Forse che sì, forse che no. Girati, appoggia le mani alla parete, braccia in alto. Là indietro... tutto il peso sulle mani.»

Il citofono era adesso uno squillo costante, assordante. Khalehla fece scorrere, da esperta, le mani lungo il corpo del biondo, concentrandosi sotto le ascelle, intorno alla vita, agli inguini, alle caviglie. Non aveva armi addoso. «Resta lì» gli ordinò. Allungò una mano e prese il ricevitore. «Non si riusciva ad aprire lo sportello del porta-citofono. Si era incastrato!» esclamò a mo' di spiegazione.

«Il tecnico degli ascensori sta arrivando, signora. Era momentaneamente assente, ma adesso l'abbiamo chiamato d'urgenza. Ci scusiamo tanto. Tuttavia, dai nostri segnalatori risulta che non si tratta di un incendio o...»

«Dobbiamo essere noi a scusarci» l'interruppe Khalehla. «È stato un errore. Un mio errore. Ho pigiato il pulsante sbagliato. Se solo mi dice come farlo ripartire, tutto è a posto.»

«Eh? Sì, sì, certo» disse la voce maschile reprimendo la sua irritazione. «Nella nicchia del citofono c'è una leva...»

L'ascensore riprese la discesa. Le porte si aprirono sull'atrio. Il direttore dell'albergo stava lì ad aspettare. Varak gli disse: «Dovevo incontrarmi qui, poco fa, con un socio in affari. Ma non mi sono svegliato... ero troppo stanco del viaggio, da Parigi. Il suo nome è Grinell. Lo ha visto?».

«Mr. Grinell e l'affranta signora Vanvlanderen sono usciti poco fa, signore, assieme ad altri amici. Presumo si siano recati alle esequie del defunto marito. Un vero gentiluomo!»

«Sì, anche lui era mio socio. Dovremmo recarci alle esequie anche noi, ma non so dove si svolgono. Lei conosce per caso l'indirizzo?»

«No, signore.»

«C'è qualcuno che lo sa? Magari il portiere, se ha sentito le istruzioni date al taxi?»

«Sono andati con la limousine di Mr. Grinell.»

«Andiamo» disse Khalehla, con calma, prendendolo sottobraccio. «Ti stai mettendo troppo in evidenza» aggiunse, mentre si dirigevano all'uscita.

«Forse ho fatto fiasco, e questo è più grave.»

«Come ti chiami?»

«Milos. Chiamami semplicemente Milos.»

«Mi occorre di più. Ho io il coltello dalla parte del manico, non scordartelo.»

«Se raggiungiamo un accettabile accomodamento, ti dirò di più.»

«Mi dirai *un bel po'* di più, Mr. Milos, e non provarti a fare altri scherzi. La tua pistola è nella mia borsa. La mia, sotto il cappotto, puntata contro il tuo petto.»

«Cosa facciamo, adesso, miss agente della CIA?»

«Andiamo a mangiare, ficcanaso bastardo. Muoio di fame. Ma mangerò con la sinistra. Se farai una mossa falsa, a tavola, non sarai più in grado di avere figli, e non perché sarai morto. Mi spiego?»

«Devi essere molto brava.»

«Brava abbastanza, Milos, brava abbastanza. Sono per metà araba, non scordartelo, questo.»

Sedevano l'uno di fronte all'altra, a un tavolo appartato, nel ristorante italiano prescelto da Khalehla a due isolati di distanza dall'Hotel Westlake. Varak le aveva riferito dettagliatamente tutto quello che aveva sentito, grazie alle microspie, dalla suite della Vanvlanderen. Concluse dicendo: «Sono rimasto di stucco. Non avrei pensato, neppure per un attimo, che Andrew Vanvlanderen potesse agire da sé, unilateralmente».

«Cioè, senza che sua moglie gli facesse saltare le cervella e poi chiamasse qualcuno degli altri per farne scomparire il cadavere in Messico?»

«Esatto. L'avrebbe fatto davvero, sai. Lui era uno stupido.»

«Non sono d'accordo. Agì in maniera molto intelligente, invece, visto e considerato qual era il suo scopo: uccidere Evan, inscenando una *jaremat tháar*, che in arabo significa "uccisione per vendetta". Lo spunto lo hai fornito tu, Milos, a partire dal primo momento in cui ti incontrasti con Frank Swann al Dipartimento di Stato.»

«Non era quella la mia intenzione, te l'assicuro. Non credevo, anzi, che fosse remotamente possibile.»

«Ti sbagliavi.»

«Mi sbagliavo.»

«Torniamo a quel momento... Anzi, torniamo a ripassare tutta la faccenda.»

«Non c'è niente da ripassare. Non ti ho detto ancora nulla di concreto.»

«Ma noi ne sappiamo più di quanto tu non creda. Abbiamo saputo sbrogliare la matassa. Insomma... Una riluttante matricola della Camera viene inserita in importanti Commissioni del Congresso, cariche per avere le quali altri venderebbero le loro figlie. Poi il "Nostro" appare alla televisione e si fa una vasta popolarità. A questo punto viene fuori la storia sensazionale della sua missione segreta in Oman. Il Presidente lo insignisce della più alta onorificenza che un civile possa ricevere. La trama è abbastanza chiara, no?»

«È stata organizzata molto bene, secondo me.»

«E adesso sta per essere lanciata una campagna nazionale per far di lui il candidato del partito alla vicepresidenza, al posto di Bollinger e al fianco di Jennings.»

«Dunque lo sai, questo?»

«Sì, e non si tratta certo di un atto spontaneo da parte della classe politica.»

«Confido che tale appaia, però.»

«Da dove vieni?» domandò Khalehla, sporgendosi, tagliando la carne con la sinistra, la mano destra sempre sotto il tavolo.

«Devo dirti, Rashad, che mi fai pena, vederti mangiare così scomodamente. Non sono una minaccia per te e non scapperò.»

«Come posso esserne sicura?»

«Perché in certe aree i nostri interessi sono identici e io sono disposto a lavorare con te, su base limitata.»

«Mio dio, quanta arroganza! Vuole Sua Eminenza essere tanto cortese da definire queste "aree" e questi "limiti" della sua generosa assistenza?»

«Certo. Tanto per cominciare, la sicurezza del Segretario di Stato e la denuncia dei suoi avversari. Inoltre, conoscere i motivi per cui lo vorrebbero morto. Anche se possiamo facilmente intuirli. Quindi: la cattura dei terroristi che assaltarono le case di Kendrick, provocando eccidi; nonché la conferma del doppio gioco di Vanvlanderen.»

«Tu sai di Fairfax e Mesa Verde?»

Varak annuì.

«Ma il blackout è totale!» disse Khalehla.

«Il che ci riconduce ai limiti della mia partecipazione. Io devo restare, infatti, sullo sfondo. Non parlerò delle mie attività, se non in termini generali. Posso però, se necessario, deferirti – per nome in codice – a certi individui nelle sfere di Governo i quali attesteranno la mia affidabilità in materia di sicurezza nazionale, qui e all'estero.»

«Non hai una grande opinione di te stesso, vero?» domandò Khalehla con ironia.

Milos sorrise cautamente. «Veramente, non ho alcuna opinione. Tuttavia, provengo da un Paese il cui Governo fu sottratto al popolo e, diversi anni fa, ho deciso che farne, della mia vita. Le ho dato uno scopo preciso, cioè. Ho fiducia nei sistemi da me adottati. Se si tratta di arroganza, sia pure. E chiedo scusa. Ma non credo che lo sia.»

Khalehla lentamente ritirò la mano di sotto al tavolo e, con la sinistra, prese la borsetta che aveva al fianco. Vi infilò dentro la pistola e si appoggiò allo schienale, scuotendo la mano per riattivare la circolazione. «Credo di poter abbassare la guardia. Hai ragione, è molto difficile tagliare la carne con la forchetta usando solo la mano sinistra, con l'altro polso paralizzato.»

«Stavo per suggerirti di ordinare qualcosa di più semplice, magari un antipasto, oppure un piatto che potessi mangiare con le mani, ma non mi è sembrato che toccasse a me.»

«C'è una vena di umorismo in questa severa circonlocuzione?»

«Un tentativo, forse, ma non mi sento molto spiritoso, al momento. No, finché il Segretario di Stato non sarà arrivato sano e salvo a Cipro.»

«Hai messo all'erta chi di dovere. Non puoi fare nient'altro. Se ne occuperanno loro.»

«Ci conto, infatti.»

«Veniamo al dunque, Milos» disse Khalehla, rimettendosi a mangiare lentamente, senza staccare gli occhi dell'interlocutore. «Perché Kendrick? Perché l'hai fatto? Soprattutto, *come* hai fatto? Hai attinto a fonti che si ritenevano irraggiungibili. Sei arrivato dove nessuno sarebbe potuto arrivare, hai scoperto segreti, rubato un dossier a prova di furto. Chiunque ti ha aiutato dovrebbe essere preso e mandato in missione, perché possa imparare cosa vuol dire agire senza protezioni, essere nudi e inermi nelle buie strade di una città ostile.»

«L'assistenza che ho avuto mi è stata prestata da qualcuno che si fida di me, qualcuno che sa da dove provengo, per usare la tua frase.»

«Ma perché?»

«Ti darò una risposta limitata, miss Rashad, e parlerò solo in termini generali.»

«Su, avanti.»

«Questo Paese ha assolutamente bisogno di alcuni cambiamenti in seno al Governo che verrà, senza dubbio, rieletto.»

«A chi spetta dire questo, se non ai votanti?»

«Altolà, vietato l'accesso. Posso parlare solo in generale. Ma non ce n'è bisogno. Puoi vederlo da te.»

Khalehla depose la forchetta e lo guardò. «San Diego? Vanvlanderen? Grinell?»

«San Diego, Vanvlanderen e Grinell» ripeté Varak, con calma. «Per chiarire meglio: sono stati spediti dei soldi, via Zurigo, a Beirut, nella Valle della Bekaa allo scopo di assoldare terroristi per eliminare un avversario politico, cioè Mr. Kendrick. E adesso è in corso il tentativo di impedire che un ottimo Segretario di Stato prenda parte a una conferenza sul disarmo il cui scopo è di ridurre la proliferazione – quindi la produzione – di armi nucleari.»

«San Diego» disse Khalehla lasciando il cibo nel piatto. «Orson Bollinger?»

«Un enigma» rispose Varak. «Cosa sa? Cosa non sa? Comunque, è lui che sta all'incrocio; è intorno a lui che si ordisce la trama; è lui il tramite fra i faccendieri e il Governo. Bollinger va rimpiazzato, onde eliminare quelli che lo circondano e lo manovrano.»

«Ma perché Evan Kendrick?»

«Perché è ormai un contendente imbattibile.»

«Non accetterà mai. Vi manderà all'inferno. Voi non lo conoscete, io sì.»

«Non è necessario che un uomo voglia farlo, quello che deve fare, miss Rashad. Ma lui lo farà se gli saranno messe bene in chiaro le ragioni per cui dovrebbe farlo.»

«Credi che basti?»

«Non conosco Mr. Kendrick di persona, naturalmente, ma non esiste – credo – altro essere umano che io abbia studiato più da vicino. È un uomo notevole, e tuttavia estremamente modesto. Realisticamente, lo è. Ha fatto molti quattrini in Medio Oriente, quando là l'economia era in forte espansione, poi se ne allontanò, rinunciando ai milioni, perché moralmente offeso e sentimentalmente affranto. Quindi entrò nell'arena politica al solo scopo di scacciarne uno che era... qual è l'epiteto che hai dato a me poco fa?... La schiuma della feccia, uno che si riempiva le tasche di soldi, in Colorado. Infine, si recò in Oman pur sapendo che avrebbe potuto non farne ritorno, poiché era convinto che poteva contribuire alla soluzione della crisi, là. Non è uomo da prendere alla leggera. Qualunque cosa lui pensi di se stesso, per eccesso di modestia.»

«Oh, buon dio» disse Khalehla. «Quello che sento è una variazione del mio stesso tema.»

«A sostegno della sua carriera politica?»

«No, per spiegare perché non è un bugiardo. Ma devo dirti che c'è un altro motivo, per cui andò in Oman. Per sete di vendetta, anche. Era convinto di sapere chi ci fosse dietro i terroristi di Masqat: lo stesso mostro che era stato la causa dell'eccidio delle 78 persone che formavano il Gruppo Kendrick, comprese mogli e figli. Aveva ragione: l'uomo fu giustiziato, in base alla legge araba.»

«Ciò depone ulteriormente a suo favore, miss Rashad.»

«D'accordo, ma altera, in qualche modo, le circostanze.»

«Direi piuttosto che aggiunge una dimensione al suo carattere, al suo animo assetato di giustizia. Il che conferma ulteriormente quanto fu giusta la nostra scelta.»

«Nostra... Di chi?»

«Altolà. Non si può andare oltre.»

«Ripeto: rifiuterà l'offerta.»

«La rifiuterà senz'altro se verrà a sapere di essere stato manovrato. Può darsi di no, se si convincerà che di lui c'è bisogno.»

Khalehla di nuovo si adagiò contro lo schienale, studiando Varak. «Se ho ben capito, suggerisci qualcosa che è molto offensivo, secondo me.»

«Non dovrebbe essere così.» Varak si sporse in avanti. «Nessuno può costringere un uomo ad accettare una carica elettiva, miss Rashad. Egli deve aspirarvi. Viceversa nessuno può costringere i senatori e i rappresentanti di un partito ad accettare un nuovo candidato: essi devono averne bisogno, volerlo. È vero che sono state create circostanze favorevoli a quest'uomo, affinché emergesse, ma non potevamo creare l'uomo: egli era là, fin dal principio, come punto di partenza.»

«Mi chiedi di non riferirgli questo colloquio, di non dirgli nulla di te... Hai idea, da quante settimane ti stavamo cercando?»

«E tu, ne hai idea, per quanti mesi noi abbiamo cercato Evan Kendrick?»

«Non me n'importa proprio un accidente! Lui è stato manipolato e lo sa. Non puoi nasconderti, non te lo consentirò. Gliene avete fatte passare troppe. Amici cari gli sono stati uccisi e, adesso, rischia di perdere anche un vecchio che è stato come un padre per lui, per quindici anni. I suoi progetti sono andati in fumo. È troppo. Troppo!»

«Non posso cambiare quello che è avvenuto, posso solo rammaricarmi per i miei errori di giudizio e nessuno se ne dispiace più di me. Ma ti chiedo di pensare al tuo Paese, che è anche il mio Paese adesso. Se abbiamo contribuito a formare una forza politica, è solo perché questa forza esisteva già, per conto suo, in modo informe, ma dotata di istinti suoi propri. Varie altre persone sarebbero accettabili, al posto di Kendrick, ai dirigenti del partito, perché sono dei galantuomini, ma costoro non sarebbero una forza... Mi spiego?»

«Una volta, un Vicepresidente degli Stati Uniti disse che la sua carica non valeva "un secchio di sputacchi caldi".»

«Oggi, no. E certamente non nel caso che la carica venisse rivestita da Kendrick. Tu eri al Cairo, all'epoca in cui lui apparve alla televisione...»

«Ero al Cairo» l'interruppe Khalehla «ma abbiamo un canale americano. Registrato, naturalmente. L'ho visto infatti. E poi l'ho rivisto, qui, ripetutamente, grazie anche senza dubbio a... alle vostre trame. Molto bravo, molto intelligente, molto affascinante.»

«È più unico che raro, miss Rashad. È incorruttibile e dice quello che pensa e il Paese ne è affascinato.»

«Grazie a te.»

«No, grazie a *lui*. Lui ha fatto le cose che ha fatto, non sono state inventate. Lui ha detto le cose che ha detto, le parole non gli sono state suggerite. Cosa posso dirti? Ho analizzato oltre 400 possibilità, usando i computer più moderni, e solo un uomo ha superato tutti gli esami: Evan Kendrick.»

«Voi non volete niente da lui?»

«Dici di conoscerlo. Se così fosse, cosa credi che farebbe?»

«Vi denuncerebbe per tentata corruzione e vi farebbe andare in galera.»

«Esattamente.»

Khalehla scosse la testa. «Mi andrebbe un bicchiere di vino, Mr. Milos. Devo riflettere su alcune cose.»

Varak fece segno a un cameriere e ordinò due calici di vino bianco ghiacciato, lasciando la scelta al cameriere stesso. Quindi disse: «Fra le mie deficienze, c'è anche l'ignoranza in fatto di vini. A parte quelli del mio Paese».

«Non ci credo. Magari sei un sommelier patentato.»

«Macché. Sento certi miei amici precisare, quando ordinano un vino, anche l'annata e la vigna di provenienza. E mi stupiscono.»

«Davvero hai amici? Penso a te, piuttosto, come a una *éminence grise*.»

«*Je comprends*, ma ti sbagli. Io conduco una vita alquanto normale. I miei amici credono che faccia il traduttore. Lavorando autonomamente, naturalmente, a casa mia.»

«*Bien*» disse l'agente segreto. «Anch'io ho cominciato come traduttrice.»

«Non mi occorre un ufficio, mi basta una segreteria telefonica, che posso raggiungere dovunque mi trovi.»

«Idem per me.»

Il vino arrivò e, dopo avere sorseggiato, Khalehla parlò. «Non può tornare là» disse come se parlasse fra sé e sé. Poi aggiunse: «Per alcuni anni almeno, non potrà tornare nel mondo arabo. Una volta tolto il blackout, gli animi saranno molto infiammati, contro di lui, nella Valle della Bekaa.»

«Presumo che tu alluda a Kendrick.»

«Sì. I terroristi sono stati sgominati. C'è stato un terzo assalto, diverse ore fa. Contro la villa di Mesa Verde. Un assalto disastroso come quello alla villa di Fairfax.»

«Diverse ore fa? E Kendrick era là?»

«Sì.»

«E allora?»

«È sano e salvo. Per un pelo. Ma, come già in Virginia, molti dei nostri sono stati uccisi.»

«Mi spiace... Weingrass è stato gravemente ferito, quindi. Alludevi a lui, quando parlasti di "un vecchio", poco fa, non è vero?»

«Sì. Lo stanno portando in aereo all'ospedale, a Denver. Evan è con lui.»

«Dimmi dei terroristi» disse Varak.

«In tutto erano nove. Otto sono stati uccisi. Uno è sopravvissuto. È in nostre mani. Il più giovane dei nove.»

«E una volta tolto il blackout, dicevi, ci sarà molto fermento nella Bekaa. È per questo, quindi, che Kendrick non potrà tornare da quelle parti.»

«Non sopravviverebbe 48 ore. Non vi sarebbe modo di proteggerlo dai pazzi.»

«Qui invece sì, e la protezione migliore è quella dei Servizi

Segreti del Governo. In questo campo nulla è perfetto, ma quelli funzionano bene.»

«Lo so» disse Khalehla. Finì di bere il vino.

«Capisci cosa intendo dire, vero, Rashad?»

«Credo di sì.»

«Lasciamo che gli eventi seguano il loro corso naturale. C'è un Comitato apposito, che si è costituito a Denver, e che ha come scopo quello di favorire la carriera politica di Evan Kendrick. Lasciamo che questi amici lavorino tranquilli, e il Paese reagisca – in un modo o nell'altro. E se abbiamo ragione noi, per quanto riguarda i Vanvlanderen e i Grinell e compagnia bella, ebbene, lasciamo che Kendrick decida di testa sua. Poiché, anche se li denunciassimo e li smascherassimo, vi sarebbero altri, centinaia di altri, pronti a pretendere il loro posto... Occorre una *forza*, occorre una *voce*.»

Khalehla alzò gli occhi. E annuì gravemente due volte.

Capitolo trentaseiesimo

Kendrick camminava per la 70ª Strada di Denver, diretto verso il Brown Palace Hotel, senza badare al nevischio che cadeva dal cielo notturno. Si era fatto lasciare dal tassì a diversi isolati di distanza, poiché aveva voglia di camminare; doveva schiarirsi la mente.

I medici dell'Ospedale Centrale di Denver avevano rappezzato Manny ben bene e avevano, in un primo tempo, tranquillizzato Kendrick spiegandogli che le ferite erano superficiali, provocate più che altro da piccoli frammenti di vetro e metallo. La perdita di sangue era stata considerevole, per un uomo di quell'età, ma non critica: si sarebbe provveduto con una trasfusione. Poi Kendrick aveva preso in disparte uno dei medici e gli aveva detto dei timori di Weingrass, che il cancro fosse tornato. Nel giro di venti minuti, allora, erano stati trasmessi elettronicamente, da Washington, tutti i referti delle ultime analisi. Il primario oncologo di Denver aveva parlato per telefono con il chirurgo di Washington che aveva operato il vecchio architetto. Dopo circa un paio d'ore, un tecnico era arrivato di corsa, da un laboratorio, e aveva parlato con un altro medico. Era seguito un piccolo trambusto ed Evan era stato pregato di lasciare la stanza, mentre venivano prelevati vari campioni dal corpo di Weingrass, per essere analizzati. Un'ora più tardi, il primario patologo, un uomo esile dagli occhi penetranti, si era avvicinato a Kendrick nella sala d'attesa.

«Mi dica, Mr. Kendrick, è stato all'estero, di recente, Mr. Weingrass?»

«No, da un anno a questa parte, no.»

«E in precedenza?»

«A Parigi e nell'Asia di sud-ovest.»

Il medico aveva inarcato le sopracciglia. «Dove, di preciso?»

«È necessario?»

«Sì.»

«Oman e Bahrain.»

«Era con lei?... Mi scusi. Ma le sue imprese sono di dominio pubblico.»

«Era con me» rispose Evan. «È una delle persone che non ho potuto ringraziare pubblicamente, poiché ciò non sarebbe stato nel suo interesse.»

«Capisco. Qui non abbiamo un ufficio stampa.»

«Grazie. Perché me lo chiede?»

«Se non mi sbaglio – e potrei sbagliarmi – è stato infettato da... diciamo da un virus, che, a quel che ne so, è indigeno dell'Africa Centrale.»

«Non può essere.»

«Allora probabilmente mi sbaglio. Le nostre apparecchiature sono fra le migliori del mondo, ma ve ne sono anche di più perfette. Invierò campioni di tessuto polmonare e di sangue al CCM di Atlanta.»

«Al cosa?»

«Centro per il Controllo delle Malattie.»

«*Malattie?*»

«È solo una precauzione, Mr. Kendrick.»

«Le spedisca via aerea stasera stessa, dottore. Ci sarà un aviogetto in attesa all'aeroporto Stapleton entro un'ora. Dica ad Atlanta che si mettano subito al lavoro, non appena i reperti arriveranno. Pagherò io tutte le spese, naturalmente. Anche se dovessero lavorare 24 ore su 24.»

«Farò quello che posso...»

«Se dovesse servire» disse Evan senza sapere se stesse bluffando o no «farò telefonare dalla Casa Bianca.»

«Non credo che sia necessario» disse il patologo.

Uscendo dall'ospedale, dopo aver augurato la buona notte a Manny, sotto sedativi, Kendrick si era ricordato del misterioso dottor Lyons di Mesa Verde, il medico senza telefono né indirizzo, ma provvisto di un nullaosta governativo, da esibirsi a un rappresentante e/o al suo staff. Che razza di nullaosta? Era forse, un nullaosta, necessario?... O non era semplicemente uno stratagemma, quel documento, per insinuarsi nel mondo privato di un certo Evan Kendrick? Evan decise di non dire niente a nessuno per ora. Prima intendeva consultarsi con Khalehla. Lei avrebbe saputo come regolarsi.

Ora, avvicinandosi al Brown Palace Hotel, si accorse d'un tratto, fra la neve che cadeva, degli addobbi natalizi che si estendevano attraverso l'ampio viale, dall'antica struttura classica dell'hotel al modernissimo grattacielo di fronte. Poi sentì le note di un inno natalizio diffondersi tutt'intorno. Rimase un momento soprapensiero, ritornando agli avvenimenti di un anno prima a Masqat.

«Dove diavolo sei stata?» gridò Payton.

«A cena» rispose Khalehla al telefono.

«Lui è là. Il nostro europeo biondo è all'Hotel Westlake!»

«Lo so. Ho cenato con lui.»

«Tu... *cosa*?»

«Anzi, è qui con me, adesso, in camera mia. Stiamo ripassando quello che sappiamo. Lui non è quello che si pensava.»

«Accidenti a te, Adrienne! Dì a quel figlio d'un cane che Mr. B vorrebbe parlare con Mr. A.»

«Buon dio, eri tu?»

«Piantala, Rashad. Passami lui.»

«Sarà senz'altro d'accordo.» Si rivolse a Varak: «Mr. B desidera parlare con Mr. A».

«Avrei dovuto immaginarlo» disse Varak alzandosi dalla poltrona. Andò al telefono accanto al letto. «Salute, Mr. B. Nulla è cambiato. Niente nomi, né identità.»

«Come la chiama mia nipote? Badi, è mia nipote.»

«Mi chiama Milos, ma non è il mio vero nome.»

«Milos? Un nome slavo.»

«Io sono americano.»

«Dimenticavo, me lo aveva detto chiaro.»

«E il Segretario di Stato?»

«È arrivato a Cipro.»

«Meno male.»

«È un sollievo per noi tutti. Ammesso che vi fosse realmente motivo di stare in allarme.»

«L'informazione era precisa.»

«Purtroppo, non abbiamo potuto averne conferma dai nostri. Grinell non era all'hotel e non è rientrato a casa.»

«È con la Vanvlanderen.»

«Sì, lo sappiamo. C'erano altri, con loro, all'Hotel Westlake, a quanto ci risulta.»

«Gli altri erano le guardie del corpo di Grinell, stando a quanto ho potuto appurare. Gliel'avevo detto, che c'erano uomini armati con lui, affinché foste preparati.»

«Sì, me l'ha detto. Lavoriamo insieme?»

«Da lontano.»

«Cos'ha da offrire lei?»

«La prova materiale di certe cose che ho dette alla Rashad» rispose Varak alludendo ai nastri delle conversazioni nella suite 3-C. Li avrebbe consegnati però solo dopo averli "emendati": per far sì che Eric Sundstrom restasse un cospiratore anonimo. A un morto non occorre identità. «Forse nient'altro, ma mi pare abbastanza.»

«La ringrazio.»

«C'è un prezzo però, Mr. B.»

«Io non pago...»

«Ma sì, invece» interruppe Varak. «Paga sempre.»

«Cosa chiede in cambio?»

«Poiché le mie richieste sono un po' complicate, lascerò che gliele esponga con parole sue la Rashad, la quale le conosce già. Le ritelefonerò domani e noi due comunicheremo tramite lei. Se le richieste stesse saranno accettate, provvederò alla consegna del materiale.»

«E se non le accettassi?»

«La pregherei di calcolare bene le conseguenze, Mr. B.»

«Mi passi mia nipote, per favore.»

«Come vuole.» Varak porse il telefono a Khalehla e tornò a sedersi in poltrona.

«Eccomi» disse la Rashad.

«Rispondi solo sì o no e se non sai rispondere resta zitta per due secondi. D'accordo?»

«Sì.»

«Sei sana e salva? Al sicuro?»

«Sì.»

«Il materiale in questione ci sarebbe davvero utile?»

«Sì – moltissimo.»

«Basta un "sì", agente Rashad. Lui alloggia all'Hotel Westlake. Vi resterà ancora?»

«No.»

«Ti ha detto come s'è procurato il dossier Oman?»

«No.»

«Infine, possiamo accettare le sue richieste?»

«Le dobbiamo accettare... Scusa, ho infranto le regole.»

«Capisco» disse, stupefatto, il direttore della Progetti Speciali. «Mi spiegherai perché hai detto così, commettendo oltretutto un atto d'insubordinazione.»

«Ne parleremo poi.» Khalehla riappese e si rivolse a Varak. «Il mio superiore è sconvolto.»

«Ce l'ha con te o con me? Non mi è stato difficile intuire il succo delle sue domande.»

«Ce l'ha con entrambi.»

«È davvero tuo zio?»

«Lo conosco da vent'anni, e basta questo, sul suo conto. Parliamo di te, invece. Non è stato difficile intuire cosa ha chiesto a te.»

«Sii breve, devo davvero andare» disse Varak.

«Gli hai detto che Grinell era con la Vanvlanderen e che gli altri erano sue guardie del corpo.»

«Infatti.»

«Però a me hai detto che c'erano *due* uomini nella suite 3-C e che le guardie stazionavano fuori.»

«È vero.»

«Chi era l'altro uomo? Perché lo proteggi?»

«Lo proteggo?... Ti ho detto che sono, tutt'e due, traditori. Saprai tutto dai miei nastri, se il tuo superiore accetterà le condizioni alle quali glieli cedo.»

«Cercherò di convincerlo.»

«Allora sentirai da te.»

«Ma tu lo conosci! Chi è, il secondo uomo?»

Varak si alzò dalla poltrona, con le mani sporte in fuori. «Di nuovo, altolà, miss Rashad. Ti dirò solo questo. È per via di quest'uomo che, adesso, devo andarmene. È un essere abbietto, un verme, merita i peggiori epiteti. È mio! Lo cercherò per tutta la città, questa notte, finché non l'avrò trovato. Se non lo trovassi a San Diego questa sera, so dove trovarlo domani, o dopodomani. Te lo ripeto: quell'uomo è *mio*.»

«Una *jaremat thaár*?»

«Non parlo arabo.»

«Ma lo sai cosa vuol dire. Te l'ho detto.»

«Buonanotte» disse Varak andando alla porta.

«Mio zio vuole sapere come hai fatto a procurarti il dossier Oman. Non smetterà di darti la caccia, credo, finché non lo avrà scoperto.»

«Tutti abbiamo le nostre priorità» disse Varak, girandosi con la mano sulla maniglia. «Digli che non ha nulla da temere, da parte del mio "principale". Scenderebbe nella tomba piuttosto che mettere a rischio uno di voi, uno di noi.»

«Accidenti a te! Non ha forse messo a rischio Kendrick?»

Il telefono squillò.

Entrambi girarono di scatto la testa.

Rispose Khalehla: «Sì?».

«È accaduto!» gridò Payton, da Langley, in Virginia. «Oh, mio dio, l'hanno fatto!»

«Che cosa?»

«L'Hotel Larnaca a Cipro. L'ala destra è saltata in aria. Non resta nulla, solo le macerie. Il Segretario di Stato è morto. Sono morti tutti.»

«L'hotel a Cipro» ripeté Khalehla guardando Varak. La sua voce era carica di paura. «L'hanno fatto saltare. Il Segretario di Stato è morto. Sono morti tutti.»

«Dammi quel telefono!» ruggì Varak precipitandosi. «Nessuno ha controllato le cantine, l'impianto dell'aria condizionata, le intercapedini...?»

«La polizia cipriota assicura di avere controllato dovunque.»

«La polizia cipriota?» urlò, furioso, Varak. «È piena di elementi ostili. Fessi, fessi, fessi!»

«Vuole lei il mio posto, Mr. A?»

«Non lo prenderei mai» disse Varak dominando la sua collera e abbassando la voce. «Non lavoro con i dilettanti» soggiunse sprezzante. Riagganciò. Si diresse alla porta. Si volse e parlò a Khalehla. «Ci sarebbe voluto, oggi, qui, il cervello del Kendrick dell'Oman. Lui sì, che avrebbe saputo dirvi cosa fare, a tutti quanti, cosa cercare. E voi, probabilmente, non gli avreste dato retta.» Aprì la porta, uscì, la richiuse sbattendola.

Il telefono squillò.

«Se n'è andato» disse la Rashad istintivamente sapendo chi c'era all'altro capo.

«Gli ho offerto il mio posto, ma lui mi ha risposto chiaro e tondo che non lavora con dilettanti. Strano, no? Un uomo privo – che noi si sappia – di credenziali ci mette all'erta, e noi facciamo fiasco. Un anno fa, abbiamo mandato Kendrick in Oman e lui, da solo, ha fatto quello che 500 professionisti di almeno sei diversi paesi non erano riusciti a fare. Ti dà da pensare, non è vero? Sto diventando vecchio.»

«Macché, MJ!» esclamò Khalehla. «Loro sono tipi in gamba e hanno fatto centro, ecco tutto. Tu hai fatto più di quanto *loro* non faranno mai.»

«Vorrei tanto crederci. Ma in questo momento quello che rimane del mio ego non ci riesce.»

«Tirati su, dài! Ora, se vuoi, ti spiego meglio cosa intendevo dire poco fa.»

«Dimmi pure.»

«Quelli per cui Milos lavora, chiunque siano, non vogliono niente da Evan. Il ragionamento di Milos è logico. Se quelli gli chiedessero qualcosa, Evan li manderebbe al diavolo. Proprio così.»

«Sono d'accordo. Sicché, cosa vuole?»

«Che ci si tiri indietro e si lasci che le cose seguano il loro corso. Vogliono che lasciamo che la gara continui.»

«Evan non concorrerà.»

«Può darsi di sì, quando saprà come stanno le cose: che razza di farabutti stanno intorno a Bollinger, qui in California. Se anche noi li fermassimo, altri prenderebbero il loro posto. Milos ha ragione: ci vuole un uomo forte, una voce forte.»

«Tu che dici, nipote?»

«Io lo voglio vivo, non morto. Evan non può tornare negli Emirati: verrebbe ucciso non appena sceso dall'aereo. Lui può anche pensarla diversamente, ma è così. D'altronde non può certo vegetare a Mesa Verde. Con le sue energie, con la sua fantasia! No, sarebbe una forma di morte, anche quella, lo sai. Il Paese ha bisogno di lui.»

«Fessi! Fessi!» bisbigliò Varak fra sé. Aveva in mano una piantina della suite 3-C, sulla quale erano segnate crocette rosse. Formò un numero. Il telefono squillò all'altro capo.

Gli rispose subito una voce a lui nota. «Sì?»

«Pronto, Fonico?»

«Pronto, Praga.»

«Ho bisogno di te.»

«I tuoi soldi mi fanno sempre comodo. Paghi bene, tu.»

«Vieni qui al Westlake e aspettami, tra una trentina di minuti, davanti all'ingresso di servizio. Poi ti spiego che cosa mi occorre da te... Quella piantina è esatta? Non ci sono stati cambiamenti?»

«No, nessuna variazione. Hai trovato la chiave?»

«Sì. Grazie.»

«Mi hai pagato. Allora, tra trenta minuti.»

Varak riappese. Aveva già smontato l'apparecchiatura di cui s'era servito per registrare i colloqui nella suite accanto; e fatti i bagagli. Non doveva restare alcuna traccia della sua presenza al Westlake.

Aveva ascoltato la registrazione del colloquio fra Ardis Vanvlanderen e la Rashad. Nonostante la sua collera per la tragica morte del Segretario di Stato, non aveva potuto fare a meno di sorridere – sia pure tetramente – e ammirare la strategia messa in atto dalla Rashad e da "Mr. B". Essi avevano giocato una partita assai brillante, fingendo di credere che il bersaglio dei terroristi assoldati da Andrew Vanvlanderen fosse Bollinger, e non Kendrick. Una mossa molto astuta!

Varak andò alla porta, l'aprì cautamente e sgusciò nel corridoio. Raggiunse a rapidi passi la porta della suite 3-C, l'aprì con la chiave che gli aveva fornito il "Fonico" ed entrò. Aveva ancora in mano la piantina: quelle crocette indicavano i punti in cui erano state messe le microspie. Varak cominciò a toglierle a una a una, di stanza in stanza: erano state nascoste sotto i tavoli, fra i cuscini del sofà, dietro gli specchi, e in vari altri posti. Via via Varak controllava le "x" sulle piantina. Per ultimo entrò nello studio di Ardis. Accese la lampada sul tavolo. In pochi secondi, rimosse e intascò le quattro microspie dislocate in quella stanza e nell'attiguo bagno. Guardò l'orologio. Aveva impiegato in tutto nove minuti, a eliminare le "cimici" dalla suite 3-C. Gli restavano una quindicina di minuti, per frugare nel sancta sanctorum della vedova.

Cominciò dai cassetti della scrivania, aprendoli uno dopo l'altro. Esaminò rapidamente documenti vari – senza trovare niente di interessante – niente che fosse in relazione con le oscure trame che si tessevano in California.

Si guardò intorno: gli scaffali, i mobili, le foto in cornice alle pareti... Ce n'erano una trentina, di fotografie. Cominciò a esaminarle da vicino. Molte di esse mostravano i coniugi Vanvlanderen in compagnia di pezzi grossi, dal Presidente in giù. Altre invece mostravano Ardis senza il marito ed erano, evidentemente, ricordi del suo passato. Sullo sfondo, vi erano auto di lusso, piste di sci, paesaggi esotici. Nell'insieme, uno sfoggio di *grandeur* personale, uno spocchiosa esibizione.

Varak stava per desistere quando lo sguardo gli cadde su un'istantanea ingrandita – scattata a Losanna, a giudicare dallo sfondo – in cui, accanto ad Ardis, c'era un uomo di pelle scura. Gli pareva di conoscere quella faccia, ma non riusciva a ricordare chi fosse. Lì accanto, un'altra foto – sempre scattata a Losanna, con l'Hotel Beau-Rivage sullo sfondo – poi una terza – scattata evidentemente in Olanda – con gli stessi due personaggi in primo piano: Ardis e... Ma *chi era* quell'uomo? Varak si concentrò. Gli vennero in mente delle immagini, frammenti di elusive impressioni... ma nessun nome. Riad... Medina... Arabia Saudita... Una famiglia saudita... una condanna a morte... una fuga. Tutto ciò gli balenò, confusamente, nella memoria. Cose risalenti a una decina di anni prima. Ma *chi era* quell'uomo? A Varak venne l'impulso di trafugare una di quelle foto, ma si rese subito conto che non era possibile. Chiunque fosse, quell'uomo faceva certo parte delle oscure trame tessute intorno a Bollinger. Una foto mancante avrebbe fatto scattare un segnale d'allarme.

Milos tornò alla scrivania. Era ora di andare. Doveva prelevare i bagagli e recarsi all'appuntamento con il Fonico davanti all'ingresso di servizio. Stava per muoversi, quando udì aprirsi la porta d'ingresso della suite. Spense subito la luce. Si recò presso la porta, la socchiuse a fessura, per spiare.

Vide entrare un uomo alto, che si muoveva con disinvoltura, in un luogo a lui certo familiare. Lo riconobbe: era l'agente dell'FBI, dai capelli rossi, facente parte del nucleo speciale inviato a San Diego su richiesta della Vanvlanderen, l'uomo – insomma – che, da lui incastrato, gli aveva rivelato la pista di Bollinger. Lo sbalordimento di Varak durò pochi attimi. La squadra era stata richiamata in sede, un solo giocatore era rimasto in California. Costui era, evidentemente, al soldo della Vanvlanderen fin da prima che Varak lo incastrasse a Mesa Verde.

L'uomo, adesso, si stava aggirando in salotto come se cercasse qualcosa. Varak lo vide raccattare un bicchiere, sul tavolo accanto al sofà, poi andare in cucina. Ritornò poco dopo con uno spruzzatore in una mano, uno strofinaccio nell'altra. Andò al mobile-bar.

Dopo di che cominciò a pulire tutti i mobili del salotto, tutte le superfici. Lo scopo fu subito chiaro a Varak: l'agente dell'FBI stava cancellando le impronte lasciate da Eric Sundstrom.

Quando finì di pulire in salotto, l'uomo si diresse verso l'ufficio. Varak corse in silenzio a nascondersi nel bagno, chiudendo la porta a fessura. L'agente dell'FBI accese la lampada, si sedette alla scrivania e, aperto un cassetto, pigiò un bottone provocando così l'apertura di un scomparto segreto.

Vi guardò dentro e, evidentemente, trovandolo vuoto gettò un'esclamazione di disappunto. «Cristo!» Dopodiché si attaccò al telefono.

«Non c'è!» gridò quando gli fu risposto. Pausa, poi: «No, ne sono sicuro. Non c'è niente! Che posso farci?... Sì, certo... Ho seguito a puntino le istruzioni... No, niente! Non c'è assolutamente niente... *Cosa?* E va bene. Va bene... Sì, sì, richiamo subito».

Dopo aver riagganciato, l'uomo dai capelli rossi riprese il ricevitore e formò un numero: dodici cifre, teleselezione.

«Pronto? Base Cinque, qui Blackbird. Inviato speciale a San Diego. Codice 6-6-0. Confermate, prego... Grazie. Abbiamo mandato a La Jolla dei nostri automezzi, senza che io sapessi niente?... No, eh?... No, no, niente di urgente... Saranno venuti a sapere che il V.P. andava a una mostra d'arte... Sì, un ambiente di froci. Oh... Lui non saprebbe distinguere un Rembrandt da una crosta, ma gli tocca far finta. Sì, sì... Controllerò.»

Riappese e, subito dopo, formò un altro numero.

«Niente di nuovo» disse con calma quasi immediatamente. «Cosa?... No, non c'è nessuna legge che li obbliga a informarci... Chi? La CIA?... Saremmo allora gli ultimi a saperlo, noi dell'FBI... D'accordo, allora chiamo l'aeroporto. Devo chiamare direttamente il pilota e...? Intesi. Poi me ne vado subito via di qua... Eh, già... La CIA e l'FBI non sono andati mai d'accordo.»

Ciò detto, come commento finale, l'uomo dai capelli rossi depose il ricevitore.

Varak uscì dalla stanza da bagno, pistola in pugno. «No, che non te ne vai via di qua tanto in fretta.»

«Cristo!» esclamò l'agente dell'FBI. E fulmineo si slanciò contro Varak. Gli afferrò il polso destro, con la forza di un animale in preda al panico, e lo spinse indietro, mandandolo a sbattere contro la tazza del cesso. Varak reagì prontamente. Gli torse il braccio sinistro, fin quasi a staccarglielo dal tronco. L'uomo dai capelli rossi crollò a terra, afferrandosi il braccio dolorante.

«Alzati» gli ordinò Varak, senza neanche puntargli contro la pistola che teneva ancora nella mano destra, penzoloni lungo il fianco.

L'altro si rialzò stringendo i denti, sostenendosi all'orlo del lavandino.

«Torna di là, e siediti» ordinò Varak sospingendolo verso la scrivania nello studio.

«Chi diavolo sei?» chiese l'uomo quasi senza fiato accasciandosi sulla poltroncina, sempre stringendosi il braccio, di cui aveva temporaneamente perso l'uso.

«Ci siamo già incontrati. A Mesa Verde. In una strada di campagna. Vicino alla villa di un certo uomo politico.»

«Ah! Eri tu?» E si sporse in avanti di scatto.

Varak lo risospinse indietro. «Ti sei venduto, agente federale?»

L'agente dell'FBI scrutò Varak in volto al riverbero della lampada da tavolo. «Se sei della CIA, meglio mettere in chiaro una cosa, subito: mi trovo qui in missione speciale presso il Vicepresidente.»

«Macché CIA! Quegli automezzi, a La Jolla, intorno alla casa di Grinell, sono stati mandati là da Washington...»

«No! Ho controllato poco fa, in sede. Non ne sanno niente, i miei.»

«Può darsi che l'FBI non ne sia stato informato. O forse la persona con cui hai parlato ti ha mentito. Ma non importa. Poiché sei un "soldato" puoi sempre sostenere che stavi eseguendo degli ordini. Che sei venuto a ripulire quelle impronte perché così ti hanno ordinato. E che, dei documenti che ti hanno incaricato di prelevare da un comparto segreto della scrivania, per quanto ti riguarda, non ne sai nulla.»

«Infatti, non ne so nulla.»

«Resta il fatto però che ti sei venduto. E che fai il doppio gioco, approfittando delle tue mansioni di agente FBI. Hai accettato denaro, da certe persone. Ma – ti domando – sei anche disposto a morire per loro?»

«*Cosa?*»

«Intendiamoci» disse Varak accostando la pistola alla tempia dell'agente «che tu viva o muoia, a me, non importa assolutamente nulla. Ma c'è un uomo che devo trovare, questa sera stessa.»

«Non conosci Grinell...»

«Di Grinell non me ne frega niente. Lo lascio ad altri. L'uomo che voglio è quello di cui hai, con tanta cura, cancellato qui le impronte digitali. Dimmi dove si trova costui, ora, altrimenti il cervello ti schizzerà su questa scrivania – e non mi darò poi certo la briga di ripulirla. La macabra scena aggiungerà una coerente sfumatura horror alle trame che si ordiscono qui. Dov'è quell'uomo?»

Tremando come una foglia, col respiro affannoso, l'uomo dai capelli rossi sputò fuori rapidamente: «Non lo so. Sul serio, non lo so. Non ti dico bugie, te lo giuro! Mi è stato ordinato di aspettarli in una stradina, nei pressi della spiaggia, a Coronado. Là infatti li ho incontrati. Poi se ne sono andati per conto loro. Ma non so dove. Non lo so!».

«Hai telefonato a Grinell, poco fa.»

«Sì. Ma a bordo della sua auto, munita di radiotelefono.»

«Chi è venuto all'appuntamento, a Coronado?»

«Grinell e quell'altro tizio. Che mi ha ordinato appunto di venire qui a cancellare le sue impronte. Mi ha elencato tutti gli oggetti che aveva toccato. Loro due soli.»

«E lei non c'era? Dov'era, la Ardis?»

«Non lo so. Non ne ho idea. Magari si sarà sentita male. C'era infatti un'ambulanza, accanto alla limousine di Grinell.»

«Invece lo sai, dove andavano, da Coronado. Lo sai. Hai parlato di un aeroporto, con Grinell. Che istruzioni ti ha impartito?»

«Di avvertire... che l'aereo fosse pronto fra un'ora.»

«Di quale aeroporto si tratta?»

«L'aeroporto internazionale di San Diego. C'è una pista per aerei privati, all'estremità sud del campo d'atterraggio.»

«Qual è la destinazione?»

«La conoscono solo Grinell e il pilota. Non dice mai niente a nessuno, lui.»

«Ti sei offerto di telefonare al pilota. A quale numero?»

«Non lo so. Se Grinell avesse voluto che gli telefonassi, me l'avrebbe dato il numero. Invece no.»

«Dammi il numero del radiotelefono di Grinell.»

L'agente glielo disse.

Varak lo memorizzò. «È esatto? Sei sicuro?»

«Su, provalo.»

Varak rinfoderò la pistola. «Ho sentito un epiteto, oggi, che si attaglia giusto a te: schiuma della feccia. Ecco che cosa sei. Ma, ripeto, non me ne importa nulla, di te. Quindi ti lascio andare. Puoi magari cominciare a organizzare la tua difesa, come un obbediente soldato tradito dai suoi superiori. O forse ti conviene scappare in Messico, o anche più a sud. Non me ne frega niente, te l'ho detto. Ma se chiami Grinell per radiotelefono, sei un uomo morto. Lo capisci, questo?»

«Voglio soltanto andarmene di qui» disse l'agente. Si alzò di scatto e spiccò una corsa verso l'uscita.

«Io pure» mormorò Varak fra sé. Guardò l'ora. Era in ritardo, per l'appuntamento con il Fonico. Non importa, pensò, l'amico è sveglio e avrà aspettato. Intendeva farsi prestare la macchina da lui. E recarsi con essa all'aeroporto di San Diego. Là, presso la pista privata, all'estremità sud, avrebbe trovato il traditore della Inver Brass. E lo avrebbe fatto secco.

Il telefono squillò, svegliando Kendrick di soprassalto da un sonno agitato. Disorientato, si guardò intorno. Si trovava in una stanza d'albergo. Dalla finestra vide che nevicava a larghe falde. Il telefono continuava a squillare. Sbattendo le palpebre, sollevò il ricevitore, dopo aver acceso la luce sul comodino. Diede un'occhiata all'orologio: le 5,20 del mattino.

«Sì. Pronto?»

«Ad Atlanta sono stati alzati tutta la notte» disse il primario patologo dell'ospedale. «Mi hanno telefonato poco fa. Ho pensato bene di avvertirla subito.»

«Grazie, dottore.»

«Purtroppo, tutti gli esami hanno dato esito positivo.»

«Cancro?» domandò Evan deglutendo.

«No. Una rara malattia tropicale. Potrei dirle il nome scientifico, ma non significherebbe niente per lei. È una specie di salmonellosi. Virus che attacca i polmoni, causando il coagulo del sangue, fino a impedire la respirazione. Posso capire perché Mr. Weingrass abbia pensato al cancro.»

«Può guarire?» domandò Kendrick stringendo forte il telefono.

Dopo un breve silenzio il medico rispose pacatamente: «Non c'è nessuna cura. È un male irreversibile. In Africa tropicale uccidono il bestiame che ne è affetto e lo bruciano, radono al suolo interi villaggi, per via di...».

«Non me ne frega un corno dei villaggi africani!... Mi scusi, non volevo alzare la voce con lei.»

«La capisco. La scuso. Probabilmente, in Oman, Mr. Weingrass avrà mangiato in qualche ristorante dove servono cibi africani. Per gli operai immigrati, forse. Piatti sporchi, roba del genere. Il virus si trasmette così.»

«Lei non conosce Weingrass. Non andrebbe mai a mangiare in un locale simile. No, dottore. Non gli è stato trasmesso. Ma inoculato, il virus.»

«Prego?»

«Niente. Quanto tempo gli resta?»

«Dipende, da individuo a individuo. Un mese, tre. Forse quattro. Al massimo sei.»

«Posso dirgli che può averne ancora per un paio di anni?»

«Gli dica quello che vuole. Ma lui non si lascerà ingannare. Il respiro gli mancherà sempre più, via via. Dovrà avere l'ossigeno sempre a portata di mano.»

«Senz'altro. Grazie, dottore.»

«Mi spiace, Mr. Kendrick.»

Evan scese dal letto, si mise a camminare su e giù, in preda alla collera. Un medico fantasma, sconosciuto a Mesa Verde ma non ignoto a certi funzionari del Governo USA. Un simpatico medico di provincia, che dice di voler solo prelevare un po' di sangue... e poi svanisce. Kendrick si mise a urlare, raucamente, con le lacrime agli occhi: «Dove sei, Lyons? Ti troverò!».

Preso da frenesia, diede un pugno alla finestra, mandando il vetro in frantumi. Il vento e la neve turbinarono dentro la stanza.

Capitolo trentasettesimo

Varak si avvicinò all'ultimo degli hangar nel settore privato dell'aeroporto internazionale di San Diego. Era un viavai di poliziotti e doganieri, a bordo di carrelli e motociclette, per le stradine del vasto complesso di capannoni e bassi edifici. Si sentivano voci e scariche elettriche dalle radio dei veicoli. I funzionari di grandi società – che erano i clienti di quel settore – potevano evitare le lungaggini e le irritazioni del normale viaggio aereo ma non i controlli della polizia federale e municipale, i cui agenti pattugliavano tutta la zona. Ogni aereo che si accingeva al decollo, dopo aver ottenuto il nullaosta per il piano di volo, veniva ispezionato da cima a fondo. Tutte le persone che salivano a bordo potevano venire perquisite. Insomma i controlli erano molto severi.

Appena arrivato all'aeroporto, Varak si era diretto verso la lussuosa sala d'attesa del settore privato, dove i passeggeri attendevano comodamente l'ora dell'imbarco. Lì aveva chiesto dell'aereo privato di Grinell e un'impiegata si era mostrata più loquace del previsto.

«Parte anche lei?» gli aveva chiesto, pronta a inserire il suo nome nel computer.

«No, sono qui solo per consegnare certi documenti legali.»

«Oh, allora le suggerisco di recarsi all'hangar 7. Di rado Mr. Grinell si sofferma qui, prima dell'imbarco. Va direttamente là, appena sbrigate le formalità di rito.»

«Se vuole gentilmente indicarmi la strada...»

«Può usufruire di uno dei nostri carrelli.»

«Preferisco sgranchirmi le gambe.»

«Faccia pure. Ma si tenga sul ciglio della strada. I sorveglianti qui sono nervosi, e scattano ogni sorta di allarmi.»

«Correrò da lampione a lampione» disse Milos sorridendo. «Okay?»

«Non è una cattiva idea» disse la ragazza. «La settimana scorsa, un tizio di Beverly Hills si è sbronzato, qui, e anche lui ha voluto fare due passi per sgranchirsi. Ha sbagliato strada e si è ritrovato in prigione.»

«Per essersi solo sgranchito?»

«Be', aveva strane pillole indosso...»

«Io non ho neanche aspirine.»

«Allora: appena uscito, giri subito a destra, poi di nuovo a destra alla prima traversa. Il 7 è l'ultimo hangar, sul bordo della pista. Mr. Grinell ha il posto migliore. Vorrei tanto che venisse qui più spesso.»

«È una persona molto riservata.»

«È invisibile, altro che storie.»

Annuendo, Varak badava a scoccare intorno delle occhiate ai carrelli, carretti e scooter che passavano davanti alla sala d'attesa. Sulla destra della strada sorgevano gli hangar; sulla sinistra non c'era niente, tranne una vasta distesa di erba alta e, più oltre, una pista ausiliaria: per di là egli sarebbe scappato, una volta compiuta la "faccenda".

L'impiegata della sala d'aspetto aveva detto il vero, pensò Varak, mentre si avvicinava all'hangar 7. Infatti l'aereo di Grinell aveva il posto migliore. Una volta avuta via libera poteva raggiungere direttamente, dalla porta opposta dell'hangar, la pista di decollo, senza perdere neanche un minuto.

Due guardie in uniforme sostavano presso l'ingresso dell'hangar 7. All'interno c'era un aviogetto Rockwell intorno al quale si affaccendavano vari meccanici in tuta. Quell'uccello d'acciaio si accingeva a spiccare il volo nella notte.

Milos osservò le divise dei due: non erano né federali né municipali, bensì appartenevano a un corpo di vigilanza privato. Questo gli suggerì un'idea. Una delle due guardie era un uomo corpulento. Tentar non nuoce, si disse. Era deciso a uccidere il traditore, ma tanto meglio se poteva farlo a colpo sicuro, da distanza ravvicinata.

Si avvicinò con aria disinvolta all'ingresso dell'hangar. Le due guardie si mossero entrambe verso di lui. Uno dei due spense un mozzicone di sigaretta sotto il piede.

«Che ci fa lei, qui?» domandò il corpulento.

«Sono qui per affari» rispose Varak molto gentile. «Affari piuttosto riservati, direi.»

«Vale a dire?» domandò il guardiano più basso.

«Questo dovreste chiederlo a Mr. Grinell, temo. Io sono soltanto un messaggero. Mi è stato detto di lasciare un'ambasciata. Ma a una sola persona; la quale la riferirà a Mr. Grinell, appena arriva.»

«Un'altra di quelle fregnacce» disse il guardiano più basso. «Se si tratta di carte o soldi, bisogna passare la dogana, altrimenti, se trovano a bordo qualcosa di cui non sanno niente, l'aereo non parte. E allora lo senti, Mr. Grinell. Mi sono spiegato?»

«Forte e chiaro, amico mio. Non ho né carte né soldi, io. Soltanto parole, che dovranno essere riferite esattamente. Mi sono spiegato, a mia volta?»

«Allora, parli.»

«A una persona sola» disse Varak. «E la scelgo io aggiunse, indicando l'uomo corpulento.

«Lui è scemo. Prenda me.»

«Mi è stato indicato, chi scegliere.»

«Merda!»

«La prego, venga con me» disse Varak indicando con un gesto una zona buia lì accanto. «Devo registrare la nostra conversazione, senza che nessuno la senta.»

«Perché non parla direttamente con Mr. Grinell?» obiettò il guardiano basso. «Sarà qui fra un paio di minuti.»

«Perché non dobbiamo mai incontrarci a faccia a faccia, lui e io, da nessuna parte. Può chiedere il motivo a lui, se vuole.»

«Un'altra fregnaccia.»

Appena girato l'angolo dell'hangar, Varak alzò la mano sinistra a coppa. «Parli qui dentro, prego» disse sempre gentilmente.

«Senz'altro.»

Furono le ultime parole che la guardia avrebbe ricordato. Varak gli diede una botta con la mano destra piatta sulla schiena, seguita da tre sventole alla gola e quindi un colpo con le nocche sulle palpebre. La guardia crollò. Varak cominciò rapidamente a spogliarla. Un minuto e venti secondi dopo aveva indosso, sopra i propri vestiti, la divisa della guardia giurata. Si rimboccò i pantaloni e le maniche. Era pronto.

Quaranta secondi dopo una limousine nera arrivò davanti all'ingresso dell'hangar 7. Varak uscì dall'ombra e avanzò lentamente. Un uomo scese dalla grande automobile. Benché non lo avesse mai visto, Varak riconobbe in lui Crayton Grinell.

«Salve capo!» lo salutò il guardiano piccoletto. «C'è un messaggio per lei. Benny lo sta registrando...»

«Perché non è in pista il dannato apparecchio?» ruggì Grinell. «Hanno già dato via libera, idioti!»

«Ci ha parlato Benny, con loro, non io. Cinque, dieci minuti, gli hanno detto. Sarebbe diverso, se ci avessi parlato io, per telefono. Cribbio! A me non contano balle, mi spiego? Lei gli doveva dire, a quel tizio, di parlare con me, non con Benny. Benny è...»

«Zitto! Va' a chiamare il mio autista e digli di mettersi lui al posto del pilota, e portare l'apparecchio sulla pista. Lui è bravo, a guidarlo!»

«Certo, capo. Tutto quello che vuole lei, capo!... Stanno avviando i motori, adesso!»

Il guardiano piccoletto si mise a urlare all'indirizzo dell'autista della limousine. Varak, travestito, si diresse rapidamente verso l'automobile.

L'autista che era intanto sceso e si dirigeva verso l'hangar, incrociandolo, disse a Varak, notando la sua uniforme: «Grazie. Quello là» soggiunse indicando l'uomo rimasto in macchina «sale all'ultimo momento, sull'aereo».

Varak girò intorno alla limousine e aprì lo sportello posteriore, dalla parte della strada. Salì a bordo. Si sedette su uno strapuntino, rigido, guardando in faccia lo stupefatto Eric Sundstrom. «Salve, professore» disse sottovoce.

«Era una trappola... Mi hai teso una trappola!» gridò lo scienziato, nell'oscurità dell'abitacolo, mentre il rombo dei motori a reazione riempiva la notte, all'esterno. «Ma non sai quello che fai, tu, Varak! Siamo alla vigilia di una grande svolta, nello *spazio*! Tante di quelle cose meravigliose da imparare! Abbiamo sbagliato... La Inver Brass si è sbagliata! Bisogna andare *avanti*!»

«Anche a costo di fare saltare mezzo pianeta?»

«Non dire stupidaggini!» implorò Sundstrom. «Nessuno farà saltare in aria niente! Siamo persone civili, da entrambe le parti. Civili e spaventate. Più armi costruiamo, e più paura incutiamo... È proprio questa la suprema protezione del mondo, non capisci?»

«E questa la chiama civiltà?»

«Lo chiamo progresso. Progresso scientifico! Tu non ti rendi conto, ma più costruiamo, più impariamo.»

«Mediante ordigni distruttivi, armi letali?»

«Armi? Sei tanto ingenuo che fai pena! "Armi" è solo un'etichetta. Come "pesci" o "verdura". È la scusa che adoperiamo per finanziare il progresso scientifico su vasta scala, per giustificare costi che altrimenti sarebbero proibitivi. La teoria del "botto più grosso per far quattrini" è superata! Obsoleta! Abbiamo già tutti i "botti" che ci servono. Si tratta di nuovi sistemi di recapito... guida orbitale e agganci, laser direzionali che possono venir rifratti nello spazio e puntati con estrema precisione su un minuscolo bersaglio da migliaia di miglia d'altezza.»

«E "recapitare" una bomba?»

«Soltanto nel caso che qualcuno tentasse di fermarci» rispose lo scienziato, con voce tesa, come se quella prospettiva bastasse da sola a suscitare la sua furia. Poi la furia scoppiò. La sua fisionomia da cherubino si trasformò in una maschera mostruosa, grottesca. «Ricerca, ricerca, *ricerca*!» e le sue parole stridenti erano come gli strilli di un maiale infuriato. «Che nessuno osi fermarci! Stiamo entrando in una nuova epoca, in cui sarà la scienza a dominare il mondo civile. Tu stai, ora, intralciando una fazione politica che ha *capito* i nostri bisogni! Voi non potete essere tollerati! Kendrick è pericoloso! Lo abbiamo visto, lo abbiamo sentito... Lui terrebbe udienze, porrebbe stupide domande, ostacolerebbe il nostro progresso!»

«Era quanto m'aspettavo di sentirti dire.» Lentamente Varak infilò una mano sotto l'uniforme. «Conosci qual è la pena universalmente inflitta ai traditori, professore?»

«Di che stai parlando?» Con le mani che gli tremavano, tutto il corpo tremante, la faccia madida di sudore, Sundstrom si spostò verso lo sportello. «Non ho tradito nessuno, io... Sto cercando di rimediare a un terribile errore commesso da pazzi malguidati. Dovete venir fermati, tutti voi. Non potete interferire con la più grande macchina scientifica che il mondo abbia mai conosciuto!»

Nell'ombra, Varak estrasse la pistola. «Hai avuto mesi e mesi, per dire queste cose. Invece sei rimasto zitto, mentre gli altri si fidavano di te. A causa del tuo tradimento, sono state perdute delle vite, corpi sono stati mutilati... Tu sei una schifezza, professore!»

«No!» urlò Sundstrom, gettandosi contro la porta, cercando di aprirla con mani tremanti. Lo sportello si aprì. Il corpo rubicondo dello scienziato sgusciò fuori, in preda a frenetico panico. Milos fece fuoco. La pallottola colpì Sundstrom alla base della spina dorsale. Il traditore stramazzò sull'asfalto, gridando: «Aiuto! Aiutatemi! Sta cercando di uccidermi! Oh, mio dio, mi ha sparato!... Uccidetelo! Uccidetelo!».

Varak sparò di nuovo, con mira accurata stavolta, mettendo il proiettile a segno. Spaccò il cranio allo scienziato.

Dopo pochi secondi, fra grida confuse, fu risposto al fuoco, dall'hangar. Varak venne colpito al torace e alla spalla sinistra. Saltò fuori dalla limousine, dalla parte della strada, ruzzolando sull'asfalto, ripetutamente, rotolandosi dietro la macchina, finché non ebbe raggiunto il marciapiede opposto. A fatica, vi salì, dirigendosi carponi verso l'oscurità, fra l'erba alta che cresceva ai bordi di una pista ausiliaria. Rischiava di non farcela. Da ogni parte si sentivano sirene e motori in corsa. Tutte le forze di sicurezza stavano convergendo sull'hangar 7. Sull'altro lato della strada, la guardia e l'autista di Grinell, avvicinatisi alla limousine, sparavano alla vettura, ripetutamente. Varak fu colpito di nuovo. Da un proiettile vagante, di rimbalzo, non diretto a lui. Fu colpito allo stomaco. Doveva andare via di lì! Scappare! La sua missione non era ancora conclusa!

Si mise a correre fra l'erba alta, togliendosi prima la giubba dell'uniforme, poi soffermandosi brevemente per togliersi anche i calzoni. Il sangue gli sporcava la camicia e aveva le gambe malferme. Doveva conservare le forze! Doveva attraversare quel campo e raggiungere una strada, trovare un telefono. Doveva!

Riflettori. Da una torre alle sue spalle! Era di nuovo in Cecoslovacchia, in carcere, correva per un campo recintato verso la libertà, verso un muro da scavalcare. Un raggio lo sfiorò e, come aveva già fatto in quella prigione nei pressi di Praga, Varak si gettò a terra, stette immobile, finché il raggio non fu passato oltre. Poi si rialzò a fatica, e, pur sapendo che stava indebolendosi, non poteva fermarsi. In lontananza c'erano altre luci – lampioni stradali! E un altro recinto...! La libertà, la *libertà*.

Sforzando ogni muscolo, diede la scalata al recinto, ma trovò alla sommità un filo spinato. Non importava. Con quel che sembrava l'ultimo rimasuglio di forze, si spinse al di là, lacerandosi i vestiti e la carne, e ricadde sul lato opposto. Giacque a terra, respirando profondamente, comprimendosi alternativamente lo stomaco e il torace. Su, avanti! *Adesso!*

Raggiunse la strada. Era una di quelle strade strette, mal tenute, che sovente circondano gli aeroporti, senza abitazioni intorno a causa del rumore. Tuttavia, passavano macchine, a gran velocità: era una scorciatoia nota agli abitanti della zona. Goffamente, malfermo, si portò in mezzo alla strada, fece segno a un'auto in arrivo. L'autista però non si fermò. Sterzò per evitarlo e passò oltre. Pochi istanti dopo arrivò un'altra macchina. Tenendosi diritto come meglio poteva, Varak alzò una mano: segnalando civilmente che era in difficoltà. L'auto rallentò. Si fermò. Varak portò una mano alla pistola.

«Qual è il problema?» domandò l'uomo in divisa della Marina militare che sedeva al volante. Aveva il distintivo da pilota: ali d'oro.

«Ho avuto un incidente, purtroppo» rispose Varak. «Sono uscito di strada, a un miglio circa da qui, e nessuno si è fermato per aiutarmi.»

«Lei è piuttosto mal ridotto, amico... Salga, che la porto all'ospedale. *Gesù!* Com'è conciato! Venga, le do una mano.»

«Non si disturbi, ce la faccio» disse Varak girando intorno al cofano. Aprì lo sportello e salì a bordo. «Se le sporco la macchina, pagherò volentieri...»

«Ce ne preoccuperemo dopo» disse l'ufficiale di Marina mettendo in moto.

Varak, senza farsi vedere, rimise la pistola dentro la fondina. Poi disse: «Lei è molto gentile». Quindi estrasse di tasca un foglietto di carta e una penna. Scrisse al buio alcune parole e un numero di telefono.

«È gravemente ferito, amico. Tenga duro.»

«Per favore, mi occorre un telefono. La prego.»

«La fottuta assicurazione può attendere, amico.»

«No, non l'assicurazione» balbettò Varak. «Mia moglie. Mi aspettava ore fa... Ha problemi psicologici.»

«Non ce l'hanno forse tutte?» domandò il pilota. «Vuole che faccia io la telefonata?»

«No, grazie tante. L'interpreterebbe come una disgrazia peggiore di quella che è stata.» Varak inarcò indietro la schiena, facendo una smorfia.

«C'è un chiosco di fruttivendolo, a un miglio da qui. Conosco il proprietario. Ha il telefono.»

«Non so come ringraziarla.»

«Mi offrirà una cena quando esce dall'ospedale.»

Il perplesso fruttivendolo consegnò a Varak il telefono mentre l'ufficiale pilota stava a guardare, preoccupato per il suo passeggero lesionato.

Milos formò il numero dell'Hotel Westlake. «Stanza 51, per favore.»

«Pronto? Pronto!» esclamò Khalehla svegliandosi da un sonno profondo.

«Hai risposta per me?»

«Milos?»

«Sì.»

«Che c'è che non va?»

«Non mi sento tanto bene, Rashad. Ce l'hai, la risposta?»

«Sei ferito?»

«La risposta!»

«Luce verde. Payton si ritirerà. Se Evan otterrà la candidatura, sarà sua. La gara è in corso.»

«C'è bisogno di lui più di quanto non pensi.»

«Non so se lui è d'accordo.»

«*Deve.* Tieni libero il telefono. Ti richiamo fra poco.»

«Tu sei ferito!»

Varak abbassò la forcella del telefono, poi, subito dopo, formò un altro numero.

«Sì?»

«Fonico?»

«Praga?»

«Come vanno le cose?»

«La trascrizione sarà pronta fra un paio d'ore. La dattilografa ha la cuffia e sta pestando sui tasti come una pazza. Lavoro straordinario... notturno.»

«Quali che siano i costi... saranno pagati.»

«Che cos'hai? Ti sento appena.»

«Un po' di raffreddore... Troverai diecimila dollari nella cassetta delle lettere.»

«Oh, dài, non sono un ladro.»

«Io pago bene... l'hai detto tu, ricordi?»

«Non stai bene, però, Praga. Lo sento.»

«Domattina, porta tutto al Westlake. Stanza 51. Il nome della donna è Rashad. Consegna la roba solo a lei.»

«Rashad. Stanza 51. Capito.»

«Grazie.»

«Senti, se sei nei guai, fammelo sapere, okay? Cioè, nel caso che possa fare qualcosa...»

«La tua auto è all'aeroporto. Da qualche parte, nel settore C» disse Varak. E riappese.

Formò subito un altro numero. «Stanza 51» ripetè.

«Pronto?»

«Riceverai... tutto quanto domattina.»

«Dove sei? Lascia che mandi ad aiutarti.»

«Domattina... Fa' avere il tutto a Mr. B!»

«Accidenti a te, Milos. Dov'è che sei?»

«Non importa... Dillo a Kendrick. Lui forse lo conosce.»

«Dirgli cosa?»

«Fotografie... La Vanvlanderen insieme a quel tipo... Losanna, il lago di Lemano. L'albergo Beaurivage... Il Rozengracht di Amsterdam. Le foto... al Westlake... Nella suite 3-C... Dillo a Kendrick. L'uomo che è... con quella donna in albergo in alcune foto è... è... un saudita... uno che... un saudita! Bisogna identificarlo! Milioni e milioni di...» Varak non riusciva quasi più a parlare. «Milioni... Una fuga... Forse è lui la...»

«Ma di che diavolo parli?»

«È lui la... chiave... dell'enigma. Lui! Vedi che nessuno le... faccia... sparire... quelle... foto. Falle vedere a Kendrick. Forse... lui... ricorda!»

Varak perse il controllo dei suoi movimenti. Depose il ricevitore, ma mancò la forcella. Poi cadde a terra, davanti al chiosco del fruttivendolo. In una strada secondaria alle spalle dell'aeroporto di San Diego.

Era morto.

Capitolo trentottesimo

I titoli sulle prime pagine erano a caratteri cubitali, e ogni altra notizia passava in secondo piano. Il Segretario di Stato e l'intera delegazione statunitense ai colloqui per il disarmo erano stati brutalmente assassinati in un albergo di Cipro. La Sesta Flotta era in rotta per l'isola. La nazione era sgomenta. L'orrore di una qualche incontrollabile forza del male sembrava stagliarsi all'orizzonte, sospingendo gli Stati Uniti verso l'orlo di un confronto a tutto campo, provocando il Governo a reagire con altrettanta brutalità. Ma grazie a un raro colpo di intuitiva genialità politica, il Presidente Langford Jennings scongiurò la tempesta. Telefonò a Mosca e il risultato di quelle conversazioni fu un duplice comunicato: le due superpotenze condannavano senza mezzi termini l'attentato di Cipro. Questo mostruoso evento fu etichettato come isolato atto di terrorismo, ai danni dell'intera umanità. Furono espresse parole di lode e cordoglio per lo statista assassinato, da tutte le capitali del mondo, sia alleate che avversarie.

Nella pagine interne, il *San Diego Union* e il *Los Angeles Times* riferirono le seguenti, assai meno clamorose, notizie:

> *San Diego, 22 dicembre* - La signora Ardis Vanvlanderen, Capo di Gabinetto del Vicepresidente Orson Bollinger, il cui marito, Andrew Vanvlanderen, è morto ieri in seguito a infarto, si è tolta la vita questa mattina all'alba, in un evidente eccesso di sconforto. Il suo corpo è stato restituito dal mare sulla spiaggia di Coronado. La causa del decesso: annegamento. Il suo avvocato, Crayton Grinell di La Jolla, che si stava recando all'aeroporto, l'aveva accompagnata alla camera ardente, per un estremo saluto al defunto. A quanto si è appreso, la vedova era in stato di estrema prostrazione, a stento coerente. Sebbene una limousine la stesse aspettando, alle Pompe Funebri, è sgusciata evidentemente fuori da una porta laterale e ha preso un taxi per Coronado, per poter mettere in atto l'insano proposito.

Città del Messico, 22 dicembre - Eric Sundstrom, uno dei maggiori scienziati americani, specializzato in alta tecnologia spaziale, è morto in seguito a emorragia cerebrale mentre si trovava in vacanza a Puerto Vallarta. Pochi particolari sono noti, al momento. Domani pubblicheremo un ampio servizio su di lui e sulle sue invenzioni.

San Diego, 22 dicembre - Un uomo non identificato, privo di documenti, armato di pistola, è morto in seguito a ferite da arma da fuoco in una strada secondaria alle spalle dell'aeroporto internazionale di San Diego. Il tenente d'aviazione della Marina John Demartin, che lo aveva soccorso per strada, ha detto alla polizia che lo sconosciuto asseriva di essere rimasto vittima di un incidente stradale. Data anche la prossimità dell'aeroporto di San Diego, gli inquirenti non escludono che possa trattarsi di un regolamento di conti fra elementi della malavita e spacciatori di droga.

Evan decise di recarsi a San Diego, da Denver, con il primo volo. Prima di partire, alle sei del mattino, andò a salutare Weingrass.

«Guarirai» gli disse mentendo.

«E tu sei un gran bugiardo» rispose il vecchio. «Dove vai?»

«A San Diego. Khalehla ha bisogno di me.»

«E allora dài, spicciati. Levati dalle scatole. Non voglio vedere la tua brutta faccia un secondo di più. Va' da lei, aiutala. Prendi quei bastardi!»

Il tragitto in taxi dall'aeroporto di San Diego all'albergo pareva interminabile. Il tassista, avendolo riconosciuto, si mise a imbastire chiacchiere inutili, invettive contro gli arabi e tutte le cose arabe.

«Li dovrebbero prendere a uno a uno e fucilarli, dal primo all'ultimo, giusto?»

«Comprese le donne e i bambini, naturalmente.»

«Giusto! I marmocchi crescono e le donne fanno altri marmocchi.»

«Ottima, come soluzione. Potremmo definirla "finale".»

«È l'unico modo, *giusto*?»

«Sbagliato. Considerato il prezzo delle munizioni, e il quantitativo occorrente, il costo risulterebbe troppo alto. Aumenterebbero le tasse.»

«Sul serio! Cribbio, già ne pago abbastanza, di tasse. Bisogna trovare un'altra maniera, allora.»

«Sono sicuro che lei la troverà... Se mi perdona, adesso, vorrei mettermi a leggere.» Kendrick tornò alla lettura del *Denver Post* e delle terribili notizie da Cipro. Il tassista, forse offeso, accese la radio. Anche il giornale-radio, come i quotidiani, era quasi per intero dedicato all'azione di terrorismo nel Mediterraneo orientale, con registrazioni *in loco* e interviste con personaggi di spicco nel mondo che condannavano, in varie lingue, il barbaro eccidio. Poi, come se alla morte non potesse seguire altro che morte, Evan udì l'annunciatore dire:

«Un'altra tragedia è accaduta qui da noi, a San Diego. La signora Ardis Vanvlanderen, Capo di Gabinetto del Vicepresidente Bollinger, è stata trovata morta questa mattina sulla spiaggia di Coronado. Si ritiene che si sia suicidata».

Kendrick diede un balzo sul sedile. Ardis? Ardis Vanvlanderen? Ardis Montreaux? Le Bahama... Una donna dissoluta... La Off Shore Investments... Poi Ardis aveva sposato un ricchissimo californiano. Cristo! Ecco perché Khalchla era andata a San Diego: perché Ardis era il Capo di Gabinetto di Bollinger.

La radio stava dicendo che il gesto della vedova era stato forse causato dal dolore e dallo sconforto. Ipotesi che a Kendrick sembrava assai dubbia.

Giunto all'Hotel Westlake, ne attraversò l'atrio e salì in ascensore al quinto piano. Era al tempo stesso ansioso e depresso: ansioso di abbracciare la donna amata, depresso per Manny, per l'eccidio di Cipro, per tante altre cose; ma soprattutto per Weingrass, vittima designata di un omicidio. Giunse alla stanza di Khalehla, bussò quattro volte. Udì passi veloci. La porta si spalancò. La donna gli si gettò fra le braccia.

«Dio mio, ti amo» le sussurrò fra i bruni capelli. «Tutto il resto è così marcio, così schifoso.»

«Presto. Entra.» Khalehla, dopo aver chiuso la porta, si strinse di nuovo a lui, prendendogli il volto fra le mani. «Manny?»

«Gli restano da tre a sei mesi di vita» rispose Evan con voce spenta. «Sta morendo di un virus che non può assolutamente aver preso: gli è stato inoculato.»

«Il dottor Lyons» disse Khalehla.

«Lo troverò, mi ci volessero dieci anni, o venti.»

«Avrai tutto l'aiuto che Washington potrà darti.»

«Le notizie sono schifose, dovunque. A Cipro... il miglior elemento del Governo... fatto a pezzi!»

«La matrice è qui, Evan. Qui a San Diego.»

«Cosa?»

Khalehla si scostò, lo prese per mano. «Vieni, siediti qui, tesoro. Ho un sacco di cose da dirti. Poi tu dovrai fare qualcosa. È per questo che ti ho chiesto di venire qui a San Diego.»

«Credo di saperla già, una delle cose che stai per dirmi» disse Kendrick sedendosi. «Ardis Montreaux, vedova Vanvlanderen. L'ho sentito alla radio. Si è suicidata, dicono.»

«Sì, quando sposò Andrew Vanvlanderen.»

«Sei venuta qui per vedere lei, vero?»

«Sì.» Annuì sedendosi a sua volta. «Sentirai e leggerai ogni cosa. Ci sono nastri e trascrizioni. Me li hanno consegnati appena un'ora fa.»

«Che mi dici di Cipro?»

«L'ordine è partito da qui. Da un certo Grinell.»

«Mai sentito.»

«Pochi lo conoscono. Evan, è peggio di quanto si potesse immaginare.»

«L'hai appreso da Ardis?... Sì, era Ardis e io ero Evan.»

«Lo so. No, non l'ho appreso da lei. Con lei, intravvidi appena il contorno, ed era già abbastanza spaventoso. La nostra fonte principale è un uomo che è stato ucciso ieri sera nei pressi dell'aeroporto.»

«Per amor di Dio, *chi*?»

«L'europeo biondo, tesoro.»

«Cosa?» Kendrick diede un balzo rosso in viso.

«Ha registrato non solo il colloquio fra me e Ardis, ma anche una conversazione successiva. Il coperchio è saltato, così. Tranne Grinell, non abbiamo altri nomi. Ma si riesce a mettere insieme un quadro, a pezzo a pezzo, con figure sfocate. Ed è terrificante.»

«Un Governo nel Governo» disse Evan calmo. «Queste, le parole di Manny: "I servi spadroneggiano in casa del padrone".»

«Al solito, Manny ha ragione.»

Kendrick si alzò e andò alla finestra. Appoggiato al davanzale, guardò fuori. «Il biondo, chi era?»

«Non l'abbiamo appurato. Chiunque fosse, è morto nel darci l'informazione.»

«Il dossier dell'Oman. Come lo ebbe?»

«Non ha voluto dirmelo. Mi ha detto solo che il suo mandante è un galantuomo, e tuo sostenitore in politica.»

«Questo non mi dice niente!» gridò Evan girandosi di scatto. «Dev'esserci dell'altro!»

«Non c'è, invece.»

«Aveva idea di quello che hanno fatto? Le vite che sono andate perdute, i massacri!»

«Ha detto che si doleva più di chiunque altro per quegli "errori di giudizio". Non sapeva che il suo dolore sarebbe durato solo un paio d'ore.»

«*Goddamnit!*» ruggì Kendrick alle pareti della camera. «E questo Grinell? L'hanno preso?»

«È scomparso. Il suo aereo è partito da San Diego per Tucson. Nessuno lo sapeva, fino a questa mattina. A Tucson sostò un'ora. Poi decollò senza piano di volo... È per questo che si è saputo.»

«Gli aerei rischiano di scontrarsi in questo modo.»

«No, se si inseriscono nel traffico aereo messicano oltre la frontiera. Secondo Payton, le guardie del corpo di Grinell si sono accorte che c'erano automezzi federali ad aspettarlo nei pressi della sua villa di La Jolla.»

Evan tornò a sedersi. Era esausto. «E adesso che si fa?»

«Si scende al terzo piano, alla suite 3-C. Il nostro europeo mi ha detto di dirti che devi guardare bene certe fotografie. Non so perché. Ma ha parlato di un saudita, che forse tu conosci. La suite è sorvegliata. Nessuno può entrare. Potrebbero esserci documenti riservati, trattandosi del Capo di Gabinetto di Bollinger.»

«D'accordo. Andiamo.»

Scesero in ascensore al terzo piano e raggiunsero la porta della suite 3-C, l'appartamento dei Vanvlanderen. C'erano due piantoni, sulla soglia. Uno dei due inserì la chiave e aprì la porta.

«È un onore incontrarla, Mr. Kendrick» disse l'agente di destra, tendendo impetuosamente la mano.

«Un piacere incontrarti» disse Kendrick stringendogli la mano ed entrando.

«Che effetto fa essere una celebrità?» gli domandò Khalehla richiudendo la porta.

«Non è né comodo né gratificante» rispose Kendrick mentre attraversavano il vestibolo marmoreo ed entravano nel salotto. «Dove sono le fotografie?»

«Non ha precisato... Nello studio, suppongo. E devi guardare quelle scattate a Losanna e Amsterdam.»

«Di là, allora» disse Kendrick indicando.

Entrarono nello studio. Evan accese la luce. Cominciò a passare in rassegna le varie foto appese alle pareti, e non tardò a trovare quelle indicate.

«Questa è stata scattata a Losanna» disse osservando l'istantanea ingrandita con il lago Lemano sullo sfondo. «Lei è Ardis e lui... no, non può essere.»

«Non può essere chi?»

«Aspetta un momento.» Osservò un'altra foto, dove le facce erano più chiare. «Losanna. I giardini del Beau-Rivage... È mai possibile?»

«Che cosa... Ha menzionato per l'appunto il Beau-Rivage, il biondo.»

«Eccola qua.» Evan indicò una terza foto, in cui le due persone erano ancora più nitide. «Mio dio, è proprio lui.»

«Chi?»

«Abdel Hamendi. Lo conobbi a Riad, alcuni anni fa. Era ministro del regno fin quando la famiglia reale non lo colse in fallo. Faceva milioni falsificando contratti e fatture. Fu condannato a morte, ma riuscì a evadere e fuggire all'estero... Si costruì una fortezza, dicono, da qualche parte nelle Alpi, presso Divonne, e intraprese una nuova attività. Commercio di armi. Divenne rapidamente il maggior mercante di armi del mondo, ma sempre restando nell'ombra.»

«La Vanvlanderen menzionò Divonne, infatti. Di sfuggita. Ma adesso il conto torna.»

Evan guardò Khalehla. «Il biondo non si era sbagliato. Non ricordava i dettagli, ma vide il sangue su Hamendi come se effettivamente sgorgasse da queste foto. Hmm... Un Governo nel Governo che tratta con un grosso mercante di armi.» Kendrick si accigliò. «Questo traffico è legato a Bollinger?»

«Secondo il biondo, non si può asserire con certezza. Cosa sa, lui, cosa non sa? È un mistero. È certo tuttavia che Bollinger costituisce il polo di attrazione per i maggiori faccendieri del Paese.»

«Mio dio, sono ben trincerati...»

«C'è dell'altro che devi sapere. È stato Andrew Vanvlanderen a mettersi in contatto con i terroristi. Lui, a organizzare gli attentati contro le tue case.»

«*Gesù!*» ruggì Evan. «*Perché?*»

«Eri tu, il bersaglio» rispose Khalehla sottovoce. «Voleva che restassi ucciso. Agì da solo. Ecco perché la moglie è stata assassinata, quando gli altri hanno mangiato la foglia. Per non esserci immischiati. Hanno tutti paura di te. La prossima settimana comincerà una campagna di stampa mirante a portare te alla vicepresidenza, al posto di Bollinger.»

«Una campagna ispirata dagli amici del biondo?»

«Sì. E i fautori di Bollinger non lo tollerano, questo. Temono che li emarginerai, che ridurrai a zero la loro influenza.»

«Farò di più» disse Evan. «Non mi accontenterò di emarginarli, li sventrerò!... Cipro, Fairfax, Mesa Verde... *bastardi!* Chi sono? C'è un elenco?»

«Possiamo compilarne uno con moltissimi nomi, ma non sappiamo chi c'è immischiato e chi no.»

«Lo scopriremo!»

«Come?»

«Entrerò nel campo di Bollinger. E gli farò vedere io, chi è Kendrick!»

Seduto alla scrivania, Mitchell Jarvis Payton guardò fuori dalla finestra del suo ufficio, nella sede centrale della CIA, a Langley,

Virginia. Aveva tante cose cui pensare che non poteva darsi pensiero delle imminenti feste di Natale. Meno male. Non aveva rimpianti, né rimorsi, per avere scelto una vita da scapolo, tutta dedita al lavoro. Però il Natale lo metteva sempre a dura prova. Aveva due sorelle sposate, nel Midwest, e un assortimento di nipoti, ai quali aveva mandato i soliti regali (scelti dalla sua fedele segretaria), ma non aveva alcun desiderio di trascorrere le feste con loro. Non sapeva di che parlare, da troppo tempo apparteneva a un mondo diverso dal loro, del quale, ovviamente, non poteva dire nulla; e non c'erano interessi comuni. Inoltre i nipoti, alcuni dei quali ormai grandi, non erano tipi interessanti: non c'era alcuno studioso, fra loro, erano tutti anelanti a una stolida, solita vita e alla sicurezza finanziaria. Meglio restare solo. Probabilmente era per questo che si era affezionato a quella nipote fittizia, Adrienne Rashad. Sarà meglio che mi abitui – si disse – a chiamarla Khalehla. Lei faceva parte del suo mondo, non per sua scelta, ma quasi per destino. Per un istante, Payton desiderò che fossero tutti di nuovo al Cairo, ai tempi in cui i Rashad lo invitavano sempre da loro, la sera di Natale, e c'era l'albero addobbato e, sul giradischi, il Mormon Tabernacle Choir cantava inni natalizi.

«Veramente, MJ» esclamava la moglie di Rashad. «Io sono della California, ricordi? Io sono quella dalla pelle chiara!»

Dove erano andati quei giorni? Sarebbero mai più tornati? Naturalmente, no. Lui adesso mangiava da solo, a Natale.

Il telefono rosso squillò. Allungò di scatto una mano. «Sì?»

«È completamente impazzito» urlò Adrienne-Khalehla. «Cioè è proprio matto, MJ!»

«Ti ha scaricata?»

«Ma va'! Vuole andare da *Bollinger*!»

«Per quale motivo?»

«A far l'ammazzasette. Riesci a crederci?»

«Forse, se ti spiegassi più chiaramente.»

Ci fu una sorta di tiro alla fune col telefono, all'altro capo, e vari improperi furono scagliati da una parte e dall'altra.

Poi: «Pronto, Mitch. Sono Evan».

«Dimmi.»

«Io vado *là dentro*.»

«Da Bollinger?»

«È logico. Ho fatto lo stesso a Masqat.»

«Una volta puoi spuntarla, ragazzo, la seconda ci rimetti. Non puoi vincere sempre. Quella gente gioca duro.»

«E io pure. Li voglio fregare. Li fregherò.»

«Noi ti staremo dietro...»

«No. Devo agire da solo. Hanno occhi e orecchi dappertutto.

Devo giocare d'astuzia, facendo assegnamento solo su di me. Il punto è, vedi, che io posso venire persuaso a lasciare la politica.»

«È una contraddizione troppo grossa, dato quello che hanno visto, e quello che hanno sentito, da parte tua. Non funzionerà, Kendrick.»

«Invece sì, se dirò loro una parte della verità. Una parte essenziale.»

«E quale, Evan?»

«Che sono andato in Oman esclusivamente per interesse personale. È una cosa che loro capiranno, altroché se la capiranno.»

«Non regge. Ti faranno troppe domande, e pretenderanno riscontri e conferme alle tue risposte.»

«Non c'è domanda cui non possa rispondere» interruppe Evan. «Sempre parte della verità, tutte cose che possono trovare conferma facilmente. Io ero convinto di sapere chi ci fosse dietro i palestinesi, in Oman, e perché: costui avesse usato la stessa tattica contro la mia società edile. Ed è la verità. Avevo legami con gli uomini più potenti del Sultanato di Oman e la piena protezione del Sultano. Che controllino pure, con il giovane Ahmat: questi sarà felicissimo di confermarglielo. E anche questa è la verità. Io avevo la protezione della polizia omanita anche quando ero rinchiuso nel carcere con i terrosisti: ero sorvegliato a vista, là. Il mio scopo – dirò – era soltanto quello di ottenere informazioni, per poter inchiodare un maniaco che si faceva chiamare il Mahdi. La verità, di nuovo.»

«Ci saranno senz'altro delle lacune, e potrai cadere in contraddizione» disse Payton, prendendo appunti che poi, naturalmente, avrebbe distrutto.

«Non ne vedo. E questo è tutto quello che conta. Ho ascoltato i nastri del biondo: quella gente ha in ballo miliardi di dollari, nei prossimi cinque anni. E non possono permettersi di indebolire il loro *status quo*. Non importa che si sbaglino, fatto sta che in me vedono una minaccia. E, in altre circostanze, potrei benissimo esserlo, per loro.»

«In quali circostanze, per esempio?» chiese l'uomo della CIA.

«Cosa...? Oh, se restassi a Washington, poniamo. Metterei alla frusta tutti i figli di puttana che pescano a piene mani nelle casse dell'erario pubblico e che trovano la maniera di aggirare la legge per arraffare qualche milione qua, qualche milione là.»

«Un vero Savonarola.»

«Non un fanatico, MJ, bensì un semplice contribuente maledettamente incazzato, stanco di tutte quelle tattiche miranti a spaventare i cittadini e, quindi, a salassarli, a tartassarli, per trarre profitti eccessivi... Dove ero rimasto?»

«Una minaccia per loro.»

«Esatto. Vogliono che io mi tolga dai piedi e io li convincerò che sono disposto ad andarmene, che non voglio avere nulla a che spartire con questa campagna mirante a portarmi alla vicepresidenza... Ma, gli dirò: ho un problema.»

«Ed è questo, presumo, l'inghippo.»

«Io sono, prima di tutto, un uomo d'affari, un ingegnere edile di professione, e la carica di Vicepresidente degli Stati Uniti mi offrirebbe una notorietà, una posizione cui non potrei mai, altrimenti, arrivare. Sono relativamente giovane. Fra cinque anni sarò ancora sulla quarantina e, in qualità di ex Vicepresidente, avrei appoggi e influenza in tutto il mondo. Questa è una prospettiva molto allettante, per un costruttore edile che intende, poi, tornare al settore privato, alla testa della sua impresa... Quale credi che sarebbe, Mitch, la reazione di Bollinger e dei suoi consiglieri, a questo punto?»

«È ovvio: ti offriranno una scorciatoia per arrivare a questa tua meta senza passare per la Casa Bianca. Insomma, ti offriranno ponti d'oro: tutte le risorse finanziarie che ti occorrono, se lasci la politica. Tu, così ragionando, emuli il loro modo di pensare» rispose il vecchio direttore della Progetti Speciali.

«Lo sapevo che avresti risposto così. Ed è esattamente quello che diranno loro. Ma c'è un altro problema...»

«Pendo dalle tue labbra.»

«Ho bisogno di una garanzia, gli dirò, da prudente uomo d'affari. Soltanto se l'avrò – e subito – rinuncerò a scendere in lizza e smantellerò quel comitato apposito di Denver. Prima che decolli e che, magari, sfugga di mano.»

«Insomma, chiederai loro un impegno.»

«Da prudente uomo d'affari.»

«Lo sono anche loro. Non ti metteranno mai niente per iscritto, naturalmente.»

«Tutto è negoziabile, fra uomini di buona volontà. Chiederò un colloquio con i capintesta della fazione, amici e fautori di Bollinger. E intavoleremo delle trattative. Io esporrò i miei piani, per vaghi che siano. Se loro riusciranno a convincermi e a conquistare la mia fiducia, io agirò di conseguenza. Saranno, ritengo, molto convincenti. Ma, a quel punto, non avrà più importanza.»

«Perché avrai già in mano qualcosa: saprai, cioè, da chi è formata la combriccola» disse Payton sorridendo. «Devo dirti, Evan, che il tuo piano mi sembra realizzabile. Addirittura geniale.»

«È soltanto saggia prassi in affari, Mitch.»

«C'è un problema, però. Non ti crederanno, lì per lì, quando dirai loro che intendi tornare in Medio Oriente. La situazione, là, è troppo instabile. E pericolosa, per te.»

«Non dirò certo che intendo tornarci la settimana prossima. Dirò: "Un giorno o l'altro". Inoltre non parlerò dei Paesi più caldi, come il Libano e la Siria. Parlerò degli Emirati, del Bahrain, Kuwait, Qatar, persino Oman e Arabia Saudita, tutti i Paesi del Golfo Persico dove il Gruppo Kendrick ha lavorato in passato. Tutti Paesi in cui regna la normalità. Lo sai, una volta che l'OPEC si sarà rimessa in sesto, ci saranno da fare affari d'oro, da quelle parti. Come altre imprese edili occidentali, anche la mia aspetterà il momento più propizio. E io intendo essere pronto. Insomma – dirò ai bollingeriani – ritorno armi a bagagli al settore privato.»

«Santo cielo, come sei persuasivo!»

«Sul piano degli affari, è la verità. Ho buone carte in mano, Mitch. E intendo giocarle.»

«Quando cominci?»

«Subito. Tra pochi minuti telefono a Bollinger. Non credo che si farà negare.»

«No, certo. Langford Jennings gli farebbe il culo nero.»

«Intendo dargli alcune ore di tempo per convocare i suoi accoliti. Perlomeno quelli che contano di più: il fior fiore della combriccola. Quindi, la riunione si terrà nel tardo pomeriggio.»

«La sera, meglio» disse il funzionario della CIA. «Al termine della giornata lavorativa. Sii esplicito: dì che vuoi arrivare alla chetichella, senza che nessuno lo sappia, né la stampa, né il suo staff. Capirà meglio l'antifona.»

«È un ottimo consiglio, Mitch.»

«È soltanto saggia prassi in affari.»

Il tenente d'aviazione della Marina John Demartin, in jeans e maglietta, stava pulendo la tappezzeria della sua auto, sporca di sangue. Con poco successo. Avrebbe dovuto portarla dal tappezziere. Tuttavia continuava a strofinare.

Aveva letto la notizia di cronaca, in cui era citato lui stesso: la polizia era convinta che l'uomo da lui soccorso fosse un trafficante di droga. Demartin non ne era affatto persuaso. Non riusciva a immaginare un uomo della malavita che fosse tanto educato e cortese, al punto di offrirsi di pagare i danni, per avergli sporcato il sedile. Gente del genere – secondo lui – sarebbe stata in preda al panico, in quelle condizioni. Non così gentile, così controllata.

Continuando a strofinare, trovò qualcosa, incastrato fra il sedile e lo schienale. Lo tirò fuori. Era un foglietto di carta, macchiato di sangue. Lesse quello che c'era scritto:

Urgt. Mssm sgrtzza. Rif 3016211133 S-elim

La scrittura era malferma e le ultime lettere tracciate da uno che ha perso le forze del tutto. Demartin lesse e rilesse quel criptico messaggio, poi si diresse verso casa. Sapeva a chi telefonare. Chiamò infatti la base aeronavale di San Diego e si fece passare il capo dei Servizi di sicurezza.

«Pronto, Jim? Sono Demartin.»

«Ho letto, di quella faccenda, sul giornale. Cosa non farebbero, certi ragazzi, per un po' d'erba... Si va a pesca, sabato?»

«Sì, ma adesso ti ho telefonato per un'altra cosa. Riguardo alla faccenda di ieri sera.»

«Ebbene?»

«Non credo, Jim, che quel tale avesse a che fare con il mondo della droga. Poco fa ho trovato un biglietto insanguinato, sul sedile della macchina. Te lo leggo.»

«Aspetta che prendo una matita.»

Demartin gli lesse il biglietto. «Ha un senso, per te?» domandò.

«Può darsi» rispose l'ufficiale dei Servizi di sicurezza. «Ora, John, dimmi esattamente cos'è avvenuto ieri sera. Sul giornale c'è poca roba.»

Demartin gli riferì tutto per filo e per segno, senza tralasciare il particolare dell'accento straniero. «Ecco tutto» disse alla fine del racconto.

«Secondo te, sapeva di essere ferito gravemente?»

«Non so, ma si vedeva a occhio nudo. Ho cercato di dissuaderlo dal fare quella sosta e andare dritti all'ospedale. Ma lui ha insistito tanto. Sempre chiedendo *per favore*... ti rendi conto? Non tanto con le parole, quanto con lo sguardo. Non me li scorderò per un pezzo, quegli occhi.»

«Ma, secondo te, intendeva tornare alla macchina?»

«Senz'altro. Credo però che volesse fare un'altra telefonata, prima. Stava per riprendere il ricevitore, quando è crollato a terra. Ma, certamente, sarebbe tornato alla macchina.»

«Non allontanarti. Ti richiamo tra un po'.»

Demartin riappese e andò alla finestra che dava sul giardino dietro casa. Stette a guardare i suoi due figli che giocavano e sua moglie che leggeva il giornale su una sdraio. Il telefono squillò di lì a poco.

«Jim?»

«Sì, io. Senti, John. Mi sono consultato con un collega di Washington, che è qui in missione, e che è più addentro di me a queste cose. Sai che cosa mi ha detto di dirti?... Oh, mamma mia.»

«Che cosa?»

«Di bruciare quel pezzo di carta e scordartelo.»

Attaccato al telefono, l'agente della CIA dagli abiti sgualciti, ovvero Shapoff alias "Gingerbread", domandò: «Capito tutto?».

«Sì» rispose Payton, che era rimasto alquanto sbigottito da quello che Shapoff gli aveva comunicato.

«Secondo me, quell'uomo – chiunque fosse – si è premurato di lasciare quel biglietto, nel caso che non ce l'avesse fatta a fare lui stesso un'ultima telefonata. Ha scritto "urgente" e "massima segretezza" confidando che l'uomo che gli aveva dato il passaggio, ufficiale d'aviazione della Marina, avesse tanta perspicacia da avvertire, non la polizia, ma l'ufficio di sicurezza della base aeronavale.»

«E così infatti quel Demartin ha fatto» disse Payton.

«Dopodiché, il Servizio di sicurezza della base avrebbe telefonato al numero indicato sul biglietto stesso, per "riferire" il messaggio, presupponendo che si trattasse della persona giusta.»

«E il messaggio è "S-elim", cioè: qualcuno, indicato in codice come S, è stato eliminato.»

«E il prefisso "301" è quello del Maryland e...»

«Sì, lo so. E purtroppo so anche a chi corrisponde quel numero di telefono. Non c'è, sull'elenco. Ma io lo conosco.»

Payton si appoggiò contro lo schienale e, per un momento, si rese conto di quello che devono provare gli alcolizzati quando sentono di non poter resistere un'altra ora senza bere, vale a dire allontanarsi di un passo dalla realtà. Una cosa così ridicolmente, così illogicamente *logica*! Il consigliere di diversi Presidenti, un uomo il cui interesse preminente era il bene del Paese e la salute pubblica, un pensatore rispettato dai *leaders* di ogni parte politica, un uomo senza macchia e senza paura, imparziale, onesto... Costui aveva scelto il futuro degli Stati Uniti. Aveva individuato un rappresentante poco noto ma di spiccate qualità, protagonista di un'impresa che avrebbe magnetizzato le masse, una volta resa nota; lo aveva guidato per i labirinti della politica e portato alla ribalta. Poi, con la rapidità e l'audacia di un fulmine, la sua storia era stata raccontata e la nazione, insieme a buona parte del mondo intero, era rimasta a bocca aperta. Un'ondata gigantesca era stata messa in moto, trascinando l'eroe, il principe, verso una terra che egli non aveva mai preso in considerazione, verso le alte sfere del potere, verso una reggia di tremenda responsabilità: la Casa Bianca. Samuel Winters aveva violato le regole, causando ingenti perdite umane. Mr. A non era piovuto dal cielo nel bel mezzo di una crisi. Il biondo europeo aveva lavorato esclusivamente per Samuel Winters.

Il direttore della Progetti Speciali si attaccò al telefono e formò un numero sulla tastiera.

«Sì?»

«Dottor Winters, sono Payton.»
«Che giornata terribile, eh, professore?»
«È un titolo che non mi spetta, da anni.»
«Peccato. Lei era un eccellente studioso.»
«Ha più sentito Mr. A, dopo ieri sera?»
«No... Sebbene la sua informazione fosse tragicamente profetica, non aveva motivo di chiamarmi ancora. Come le ho già detto, Mitchell, l'uomo che si avvale di lui – mio conoscente, più alla lontana di lei – gli aveva suggerito di rivolgersi a me... Più o meno come ha fatto anche lei. La mia reputazione supera la mia presunta influenza.»
«Per merito suo ho visto il Presidente» disse Payton chiudendo un occhio sulle bugie dell'interlocutore.
«Be', sì. Le notizie da lei recate erano sconvolgenti, come pure lo erano quelle di Mr. A. Nel caso di Mr. A, ho pensato di rivolgermi a lei, piuttosto che al Presidente. Non credo che i collaboratori di Langford abbiano l'esperienza che ha lei...»
«Torniamo a Mr. A, dottor Winters.»
«Ebbene?»
«È morto.»
Il sussulto fu come una scossa elettrica lungo la linea. Trascorsero diversi secondi prima che Winters parlasse. E quando parlò la sua voce era sorda. «Cosa mi sta dicendo?»
«È morto. E una persona a lei nota, il cui nome in codice è "S", è stata uccisa.»
«Oh, mio dio» sussurrò Winters con voce tremante. «E come lo sa?»
«Non posso dirlo. Neppure a lei.»
«Perdio! Io l'ho messa a tu per tu con Jennings! Con il Presidente degli Stati Uniti!»
«Ma non mi disse perché. Non mi ha detto che a starle supremamente a cuore era l'uomo da lei prescelto: Evan Kendrick.»
«No!» protestò Winters. «Lei non deve immischiarsi in queste faccende! Non sono affari suoi! Non è stata violata alcuna legge.»
«Vorrei credere che lei ci crede ma, se è così, lei si sbaglia di grosso. Quando si avvale del talento di uno come Mr. A, lei ne accetta i metodi, implicitamente. E questi metodi, stando alle nostre accurate ricostruzioni, comprendono: l'estorsione politica mediante ricatto, la corruzione di magistrati, il furto di documenti segretissimi... tutte cose che, indirettamente, hanno comportato la morte di numerosi pubblici ufficiali... E infine si è ricorsi all'omicidio. Questo "S" è stato infatti assassinato.»
«Oh, santo cielo...!»
«Della cui parte lei si è investito.»

«Lei non capisce, Mitchell, non è così che le cose sono avvenute.»

«Invece sono avvenute proprio così.»

«Non ne so niente, di queste cose. Lei *deve* credermi!»

«Le credo, poiché lei ha ingaggiato un abile professionista, per i suoi fini, senza badare ai mezzi, senza chiedergli spiegazioni: le bastavano i risultati.»

«Dire "ingaggiato" è troppo semplicistico. Era un uomo devoto, che aveva una sua missione nella vita.»

«Così mi è stato detto» interruppe Payton. «Veniva da un Paese il cui Governo era stato sottratto al popolo.»

«E cosa crede che stia accadendo qui da noi?» disse il capo della Inver Brass. Le sue parole erano adesso controllate, ma il loro significato era chiaro.

Trascorsero diversi secondi, prima che Payton replicasse, di nuovo a occhi chiusi. «Lo so» disse sommessamente. «Stiamo indagando anche su queste trame.»

«Hanno ucciso il Segretario di Stato e l'intera delegazione USA a Cipro. Non hanno coscienza, né rispetto per nessuno, pensano solo ad accrescere le loro ricchezze, il loro potere. Io invece non voglio niente. Noi non vogliamo niente, per noi.»

«Capisco. Non lo otterreste, da lui, anche se lo voleste.»

«Appunto per questo è stato prescelto, Mitchell. Abbiamo trovato un uomo straordinario. È troppo attento per venir ingannato, troppo onesto per vendersi. Inoltre, ha requisiti personali che impongono l'attenzione.»

«Non trovo pecche nella sua scelta, dottor Winter.»

«Quindi?»

«È un dilemma» disse Payton. «Ma, al momento, più per me che per lei.»

San Diego, ore 19,30. Stavano abbracciati. Khalehla si sporse indietro e, accarezzandogli i capelli, lo guardò. «Tesoro, puoi farcela?»

«Dimentichi, *ya anisa*, che ho passato buona parte della vita a trattare con gli arabi, sempre propensi a mercanteggiare.»

«Erano negoziati, quelli – esagerazioni, certo – non menzogne. Adesso invece devi sostenere una menzogna con persone estremamente sospettose.»

«Esse vogliono disperatamente credermi: e questo è un punto a mio favore. Inoltre, quando li avrò individuati, non m'importa che mi credano o no.»

«Non ti consiglio di pensarla così, Evan» disse Khalehla scostandosi da lui. «Finché non li avremo incastrati – finché non avremo prove sufficienti – loro opereranno come al solito: in modo vile e sporco. Se pensassero per un attimo che si tratta di un tranello, tu verresti ritrovato sulla spiaggia. O magari non più ritrovato affatto: sepolto nel Pacifico.»

«Come nelle acque infestate di squali del Qatar.» Kendrick annuì, rammentando il Bahrain e il Mahdi. «Capisco cosa vuoi dire. Allora, farò loro sapere che ho lasciato detto, in ufficio, dove vado questa sera.»

«Non ti farebbero fuori stasera, tesoro. Vile e sporco non significa stupido. Alla riunione, da Bollinger, ci sarà una miscela di persone: alcuni saranno membri legittimi dello staff, altri no. Ci saranno, probabilmente, vecchi amici che fungono da consiglieri di Bollinger: è su questi che devi puntare l'attenzione. Usa il tuo tanto stimato sangue freddo e riuscirai convincente. Non lasciare che nulla ti butti a terra.»

Squillò il telefono ed Evan andò a rispondere. «È la limousine» disse. «Grigia, con i cristalli tinteggiati, come si addice alla residenza del Vicepresidente, in collina.»

San Diego, ore 20. L'uomo snello, appena sceso dall'aereo all'aeroporto internazionale di San Diego, si diresse verso il posteggio dei taxi. Aveva con sé una valigia e una valigetta nera, da medico. Rimase un momento soprapensiero, all'uscita, poi si diresse verso il primo taxi della fila. Aprì lo sportello.

«È libero, presumo» disse brusco, salendo a bordo, gettando la valigia sul sedile e deponendo la valigetta ai suoi piedi.

«Purché non debba andare troppo lontano» disse il tassista. «Smonto fra un'ora.»

«Ci stiamo.»

«Dove la porto?»

«Verso le colline. Conosco la strada. La dirigerò io.»

«Deve darmi un indirizzo, signore. È la legge.»

«Che ne dice della residenza californiana del Vicepresidente degli Stati Uniti?» chiese il passeggero, scocciato.

«È un indirizzo come un altro» replicò il tassista senza lasciarsi impressionare.

Il taxi partì, con uno scossone che gli venne impresso a bella posta, per dispetto; e l'uomo, per breve tempo conosciuto nel Colorado meridionale come dottor Eugene Lyons, fu sbattuto contro lo schienale. Non prese atto di quell'insulto, tuttavia, poiché la collera gli annebbiava tutte le altre percezioni. Aveva scoperto di essere stato ingannato.

Capitolo trentanovesimo

Le presentazioni furono brevi e Kendrick ebbe la netta impressione che non tutti i nomi e i titoli fossero quelli veri. Quindi, cominciò a studiare ogni volto come se avesse dovuto raffigurarlo su una tela che era incapace di dipingere. Khalehla aveva detto bene: quel concilio di sette persone era una miscela, ma non tanto difficile a discernersi quanto essa aveva pensato. Un impiegato che guadagna fra i 30 e i 40 mila dollari all'anno non si veste e non si comporta come uno che spende quella stessa cifra per un week-end a Parigi – o a Divonne. Kendrick giudicò che i membri dello staff erano in minoranza: tre assistenti ufficiali contro quattro consiglieri esterni. Questi ultimi facevano parte del sottogoverno di Bollinger in California.

Il Vicepresidente Bollinger era un uomo di media statura, media taglia, mezz'età, afflitto da una voce di media intensità, né del tutto trascurabile né del tutto convincente. Era... mediocre: l'ideale comandante in seconda, fintantoché il Numero Uno fosse nel pieno della salute e del vigore. Era vagamente considerato un parassita che eventualmente avrebbe potuto rivelarsi all'altezza della situazione, ma solo eventualmente. Non era né una minaccia né uno stupido. Politicamente era un "sopravvivente", poiché conosceva le regole non scritte dei comprimari.

Salutò Kendrick con calore e lo condusse nella sua imponente biblioteca privata, dove i suoi "collaboratori" erano riuniti, su poltrone e divani di cuoio scuro.

«Abbiamo disdetto le festività natalizie, qui» disse Bollinger, sedendo sulla poltrona più prominente e facendo segno a Evan di sedere accanto a lui «per rispetto verso Ardis e Andrew. Che tragedia! Due magnifiche persone, due patrioti. Lei, semplicemente, non poteva vivere senza di lui, sa. Avrebbe dovuto vederli insieme per capire.»

Cenni e spazientiti grugniti di assenso vennero da vari punti della stanza.

«Capisco, signor Vicepresidente» disse Kendrick mestamente.

«Come forse saprà, conobbi la signora Vanvlanderen diversi anni fa, in Arabia Saudita. Era una donna notevole e molto sensibile.»

«No, Mr. Kendrick, non lo sapevo.»

«Non la dimenticherò mai. Era davvero notevole.»

«Come pure lo è la sua richiesta di una riunione questa sera» osservò uno degli assistenti ufficiali, seduto su un divano accanto a un collega. «Siamo tutti al corrente del movimento in atto, per contestare l'attuale Vicepresidente, ma ci risulta che esso non ha, forse, il suo avallo. È vero, Mr. Kendrick?»

«Come ho spiegato al Vicepresidente questo pomeriggio, sono venuto a conoscenza di questo movimento, che ha il suo fulcro a Chicago, solo una settimana fa... No, non ha il mio avallo. Ho in mente altri progetti, che escludono la mia partecipazione alla politica attiva.»

«Allora perché non dichiarare, semplicemente, che non intende candidarsi?» chiese un secondo assistente.

«Be', le cose non sono mai così semplici come vorremmo che fossero, dico bene? Non sarei sincero se dicessi che la proposta non mi ha lusingato. Inoltre, negli ultimi cinque giorni, il mio staff ha effettuato estesi sondaggi, sia sul piano regionale, sia in seno alla dirigenza del partito. Si è giunti alla conclusione che la mia candidatura ha buone prospettive.»

«Ma ha detto lei stesso, poco fa, che ha altri progetti» interruppe un uomo tarchiato, in pantaloni grigi di flanella e blazer blu dai bottoni dorati. Non era certo uno dello staff.

«Credo di aver detto di aver preso in considerazione altri progetti, altre mete. Nulla di deciso.»

«Qual è il suo problema?» domandò lo stesso membro dello staff che aveva suggerito a Kendrick di dichiararsi non-candidato.

«Potrebbe essere qualcosa che deve restare fra il Vicepresidente e me, non le pare?»

«Questi sono miei collaboratori» dichiarò Bollinger untuosamente, con un sorriso.

«Capisco, signore. Ma non ci sono, qui, i miei collaboratori... Magari per guidarmi.»

«Lei non ha l'aspetto, né si esprime come uno che abbia bisogno di essere guidato» osservò un uomo basso, tarchiato, seduto in una poltrona troppo ampia per lui. «L'ho vista alla televisione. Lei ha alcune opinioni alquanto forti.»

«Non potrei cambiarle, più di quanto una zebra potrebbe cambiare le sue strisce, ma potrebbero verificarsi, tuttavia, circostanze attenuanti, per cui tali opinioni resterebbero *in pectore*, senza il bisogno di sbandierarle pubblicamente.»

«Lei commercia in cavalli?» chiese un terzo faccendiere, un uomo alto e dinoccolato, dalla camicia aperta e il viso abbronzato.

«No, e non frequento neanche il mercato delle vacche» ribatté Kendrick con fermezza. «Sto solo cercando di illustrare una situazione che non è stata chiarita, ma che dovrebbe assolutamente venir precisata.»

«Non occorre inquietarsi, giovanotto» disse Bollinger accigliandosi, rivolto al suo abbronzato consigliere. «Non c'è niente di disonorevole in un "mercato" e gli scambi, le trattative, le mediazioni, sono concetti intrinsechi alla democrazia, al contratto sociale democratico. Ebbene, qual è la situazione che va chiarita?»

«La crisi dell'Oman... Masquat e Bahrain. La ragione di fondo, cioè, per la quale io sono stato prescelto per una carica politica più alta.» D'un tratto fu evidente che i collaboratori del Vicepresidente si aspettavano, dal primo all'ultimo di udire qualcosa che avrebbe spazzato via il mito dell'Oman, inficiando così la maggior attrattiva del potenziale candidato, togliendogli lustro. Tutti gli occhi erano fissi su Kendrick. Ed egli continuò: «Andai a Masqat perché sapevo chi c'era dietro i terroristi palestinesi. Costui aveva usato la stessa tattica contro di me, per cacciare la mia impresa dalla zona e defraudarmi, così, di *milioni*».

«Lei voleva vendetta, dunque?» suggerì il consigliere tarchiato dal blazer coi bottoni d'oro.

«Vendetta un corno! Volevo indietro la mia impresa edile. E la voglio ancora. Intendo tornare là e rimetterla in piedi.»

Il quarto consigliere, un uomo dalla faccia rubiconda, dall'accento di Boston, si sporse in avanti. «Lei intende tornare in Medio Oriente?»

«No, nei Paesi del Golfo Persico: c'è differenza. Gli Emirati, Bahrain, Qatar, Dubai, non sono il Libano, la Siria o la Libia di Gheddafi. Là, presto si ricomincerà a costruire. E io voglio essere presente.»

«Lei aveva venduto la sua impresa» disse il consigliere alto, abbronzato, con la camicia aperta, che parlava in modo laconico ma preciso.

«Fu una *vendita forzata*. Valeva cinque volte il prezzo pagato. Ma questo non è un problema troppo grande, per me. Sarò in concorrenza con i tedeschi, i francesi e i giapponesi e potrò quindi avere dei problemi all'inizio; ma le mie conoscenze sono estese come quelle di chiunque altro. Inoltre...» Kendrick illustrò il suo scenario con convinzione, senza strafare, accennando ai suoi rapporti con le case regnanti e i ministri in Oman, Bahrain, Abu Dhabi e Dubai, citando le protezioni di cui godeva e sulle quali aveva potuto infatti contare in Oman e nel Bahrain durante la crisi di Masqat. Poi, bruscamente come aveva cominciato, tacque. Aveva disegnato un quadro abbastanza preciso; di più, sarebbe stato troppo. I presenti si guardarono l'un l'altro. A un cenno quasi impercettibile di Bollinger, parlò quello in blazer blu. «Mi pare che i suoi piani siano abbastanza solidi. Che se ne farebbe, quindi, di una carica pubblica che le renderebbe 150.000 dollari l'anno e la costringerebbe a prendere parte a troppe cene di gala? Lei non è un politico.»

«Vista e considerata la mia età, il fattore tempo potrebbe essere interessante. Di qui a cinque anni sarò ancora sulla quarantina e, a mio avviso, anche se cominciassi domani, là, mi ci vorrebbero due, forse tre anni, prima di essere pienamente funzionante. E forse mi converrebbe aspettare un anno, per prudenza, prima di trasferirmi in quella zona. Non vi sono garanzie. D'altra parte, se brigassi attivamente per ottenere la candidatura, potrei effettivamente farcela... Ciò non ha a che fare con lei, signor Vicepresidente: è semplicemente il risultato del trattamento che mi hanno riservato i mass media.»

Quando si misero a parlare tutti assieme, Bollinger alzò una mano, pochi centimetri al di sopra del bracciolo della poltrona. Bastò a farli stare zitti. «Poi, Mr. Kendrick?»

«Be', credo sia abbastanza ovvio. Nessuno dubita che Jennings vincerà le prossime elezioni. Se io fossi tanto fortunato da venire candidato in coppia con lui, otterrei quindi la vicepresidenza, dopodiché, trascorso il quadriennio, mi troverei ad avere assai maggiore influenza internazionale di adesso – e, francamente – molte più risorse.»

«Questo, Mr. Kendrick» gridò il terzo assistente, un giovane seduto su una seggiola accanto ai due colleghi sul sofà «significa usare la fiducia inerente a un pubblico ufficio a fini personali.»

Tutti i consiglieri abbassarono la fronte o distolsero lo sguardo.

«Se non fossi del parere che lei ha parlato così impetuosamente ed erroneamente perché non capisce nulla» disse Evan con calma «mi offenderei. Io ho detto una cosa ovvia perché desidero essere completamente sincero con il Vicepresidente Bollinger, uomo che rispetto profondamente. Quello che ho detto è la verità: è la carica che lo comporta. Ma in nessun modo tale verità toglie alcunché dall'energia o dall'impegno che io dedicherei a tale carica, se fossi al servizio della nazione. Quali che siano i vantaggi derivanti da tale posizione – e qualsiasi forma essi assumano – non verrebbero largiti a un uomo che non si assume le proprie responsabilità. Al pari del Vicepresidente Bollinger, io non potrei operare a quella maniera.»

«Ben detto, Evan» commentò il Vicepresidente sottovoce, guardando severamente l'impulsivo giovane assistente. «Le sono dovute delle scuse.»

«Chiedo scusa» disse il giovane. «Lei ha ragione, s'intende. La carica comporta tutto il resto.»

«Non si profonda troppo in scuse» l'ammonì Kendrick sorridendo. «La fedeltà al proprio capo non è cosa di cui ci si debba vergognare.» Poi, rivolto a Bollinger: «Se quello lì è cintura nera, io me la svigno subito da qui» soggiunse alleggerendo la tensione venuta a crearsi.

«È bravo a ping-pong» disse l'aiutante più anziano, seduto a sinistra sul sofà.

«Ha molta inventiva nel segnare i punti» soggiunse quello di destra. «Imbroglia.»

«In ogni modo» continuò Evan, dopo aver atteso che i sorrisi – perlopiù forzati – fossero scomparsi dai volti dei presenti «parlavo sul serio quando ho affermato di voler essere completamente sincero con lei, signor Vicepresidente. Queste sono le cose su cui devo riflettere. Ho perso quattro anni, quasi cinque, dopo aver tanto faticato a impiantare la mia impresa. Mi ha tolto di mezzo un pazzo assassino, costringendomi a vendere perché la gente aveva paura di lavorare con me. Costui è morto e le cose sono cambiate. Si sta tornando alla normalità. Ma la concorrenza europea è pesante. Posso farcela da solo o mi conviene impegnarmi attivamente in questa campagna politica per ottenere la candidatura e, una volta arrivato alla Casa Bianca, ottenere certe garanzie che conseguono alla carica di Vicepresidente? D'altra parte, ho davvero voglia di trascorrere lunghi anni alla Casa Bianca e dedicare tanta energia a questa carica? Queste sono domande alle quali posso rispondere soltanto io, signore. Spero che lei capisca.»

Quindi Kendrick sentì le parole che aveva sperato di sentire.

«Si è fatto tardi, Orson, e i tuoi assistenti non vedranno l'ora di andare a casa» disse l'uomo alto e dinoccolato, dalla camicia aperta sul torace abbronzato «però io vorrei parlare ancora un po'.»

«Sì, certo» convenne il Vicepresidente, rivolgendosi ai suoi assistenti. «Questi poveretti sono in piedi da questa mattina all'alba, anche a causa della tragica fine di Ardis. Andate a casa, ragazzi, e trascorrete il Natale con le vostre famiglie. Ho fatto venire le loro mogli e figli con un aereo militare, Evan, affinché potessero stare tutti insieme.»

«Molto premuroso, signore.»

«Premuroso un corno. Magari sono cintura nera tutti quanti... Voi potete andare. Domani è la Vigilia e, se ricordo bene, il giorno dopo è Natale. Quindi, a meno che i *ruski* non invadano Washington, ci vediamo fra tre giorni.»

«Grazie, signor Vicepresidente.»

«Lei è molto gentile, signore.»

«Possiamo anche restare, se occorre» disse il più anziano dei tre alzandosi in piedi anche lui.

«Vuoi farti sbranare dai tuoi colleghi?» gli domandò Bollinger, sorridendo, quando vide l'espressione degli altri due. «No, non occorre. Uscendo, mandatemi il maggiordomo. Possiamo anche berci un brandy, mentre risolviamo tutti i problemi del mondo.»

I tre assistenti uscirono dalla stanza, come robot programmati che reagiscono a una marcetta loro familiare.

L'uomo dal blazer blu con i bottoni d'oro si sporse in avanti, cosa che il pancione gli rendeva difficile, sulla poltrona. «Vuole parlare francamente, Mr. Kendrick? Con vera franchezza e vera onestà? Ebbene, sia.»

«Non capisco, mister... Scusi, non ho afferrato il suo nome.»

«Basta con le fregnacce!» esclamò il rubicondo bostoniano. «Ho sentito stronzate migliori dai galoppini di Boston Sud!»

«Lei può trarre in inganno i politici di Washington» disse il piccoletto nella poltrona troppo grande per lui «ma siamo uomini d'affari anche noi, Kendrick. Lei ha qualcosa da offrire e noi forse – dico forse – abbiamo qualcosa da offrire a nostra volta.»

«Le piace la California meridionale?» domandò l'uomo alto dalla camicia sbottonata, ad alta voce, per cambiare discorso, poiché stava entrando il maggiordomo in livrea.

«Niente, niente» esclamò Bollinger, rivolto a quest'ultimo. «Non occorre niente. Vada pure.»

«Chiedo scusa, signore» disse il maggiordomo consegnandogli un biglietto. «Ho un messaggio per lei.»

Bollinger lesse il foglio. Si fece rosso in faccia, poi impallidì. «Gli dica di aspettare» ordinò al maggiordomo, il quale uscì dalla stanza. «Dove eravamo rimasti?»

«Al prezzo» disse l'uomo di Boston. «È di questo che stavamo parlando, non è vero, Mr. Kendrick?»

«È un termine un po' rozzo, ma credo» rispose Kendrick «che rientri nel novero delle possibilità.»

«Lei deve sapere» disse il piccoletto «che è passato attraverso due diversi, potenti rivelatori di metalli. Noi quindi sappiamo che non ha indosso alcun registratore.»

«Sarebbe l'ultima cosa di cui avrei bisogno.»

«Benissimo» disse quello alto, alzandosi dalla poltrona, se non altro per far impressione con la sua aitante figura. Andò accanto al caminetto. «Poco fa lei ha accennato alla concorrenza di francesi, tedeschi e giapponesi. Quanto sono alte le onde, in mare aperto?»

«Temo di non essere un marinaio. Deve parlare un po' più chiaramente.»

«Che difficoltà ha di fronte a sé?»

«Sul piano finanziario?» domandò Evan. Fece una pausa. Poi scosse la testa. «Posso cavarmela. Sono in grado di impiantare fino a dieci milioni di dollari, se occorre. E godo di cospicue linee di credito. Ma, naturalmente, anche gli interessi sono cospicui.»

«Metta che le si rendano disponibili dei crediti agevolati, senza alcun interesse?» disse l'uomo che aveva familiarità coi "galoppini" e i "faccendieri" di Boston Sud.

«Signori!» interruppe Bollinger bruscamente. Si alzò in piedi. Si alzarono anche gli altri, in segno di deferenza, dato che era ovvio che stava andandosene. «Ho una faccenda urgente da sbrigare. Se vi occorre qualcosa, mandatemi pure a chiamare di là.»

«Non staremo molto, signor Vicepresidente» disse Kendrick, intuendo perché Bollinger volesse defilarsi e non sentire la conversazione che sarebbe seguita: per poter poi smentire tutto, eventualmente. «Come ho già detto, questo è un problema che posso risolvere solo io in modo adeguato. Volevo semplicemente essere franco con lei.»

«Apprezzo molto la sua franchezza, Evan. Passi da me, nel mio studio, prima di andarsene. L'aspetto.»

Ciò detto, il Vicepresidente degli Stati Uniti lasciò quella stanza imbottita di libri e, come sciacalli sulla preda, i quattro "consiglieri" si gettarono su Kendrick.

«Parliamoci chiaro, adesso, figliolo» disse l'uomo alto appoggiato alla mensola del caminetto.

«Non sono suo parente, grazie, e non mi piace tanta familiarità» replicò Evan.

«Big Tom parla così con tutti, ma senza cattiveria» osservò il bostoniano.

«Non è tollerabile, la sua presunzione nei confronti di un membro della Camera.»

«Oh, via!» disse l'obeso in blazer blu.

«Calma, calma» intervenne il piccoletto. «Siamo tutti qui per il medesimo scopo. Veniamo al dunque. Insomma, noi vogliamo che lei, Kendrick, esca dalla lizza. Dovremmo essere più chiari di così?»

«Credo di sì.»

«D'accordo» continuò il piccoletto. «Dunque: noi rappresentiamo una linea politica in tutto e per tutto legittima, come lei ritiene legittima la sua; ma poiché è la nostra, è naturale che noi la si ritenga migliore, più realistica e consona ai tempi in cui viviamo. Fondamentalmente, crediamo in un sistema difensivo assai più forte di quello che voi promettete al Paese e diamo assai maggiore spicco, che non voi, alle esigenze della difesa nazionale.»

«Anch'io credo in una difesa forte» disse Evan. «Ma non sono un fautore di quei sistemi eccessivamente *offensivi* e tali da incidere troppo sulle finanze pubbliche. Tanto più che il 40% delle spese militari va in cose superflue e inutili.»

«Giusta l'obiezione» disse il piccoletto. «Infatti tali pecche verranno emendate, le storture verranno rettificate dalle forze di mercato stesse.»

«Ma non prima che vengano spesi miliardi.»

«Naturalmente. Se fosse diversamente, si avrebbe un diverso sistema di Governo che non permette la legge malthusiana del fallimento economico. Le forze del libero mercato correggeranno quegli eccessi. Concorrenza, Mr. Kendrick. Concorrenza!»

«Non c'è vera concorrenza quando le aste sono truccate, o dal Pentagono o da quei consigli d'amministrazione dove si annidano troppi adepti del Dipartimento della Difesa.»

«*Diavolo!*» esclamò quello accanto al caminetto. «Se sono così fottutamente sfacciati, che si impicchino!»

«Big Tom ha ragione» disse il rubicondo bostoniano. «Quei colonnelli da quattro soldi servono solo da lubrificante, dopotutto. Ci si sbarazzi pure di loro, ma non si fermi tutto il meccanismo, perdio!»

«Sentito?» disse "bottoni d'oro". «Non ci si fermi finché non saremo così forti che i russi non ci penseranno neppure, a colpire.»

«Perché pensate che prenderebbero in considerazione l'eventualità di far saltare il mondo intero?»

«Perché sono fanatici marxisti!» rispose quello del caminetto, le mani sui fianchi.

«Perché sono stupidi» corresse il piccoletto con calma. «La stupidità è la strada che conduce alla tragedia globale, il che vuol dire che sopravviveranno i più forti e i più furbi... Possiamo sopportare dei critici al Senato e alla Camera, Mr. Kendrick, ma non ne vogliamo in seno al Governo. Questo non lo possiamo tollerare. Sono chiaro?»

«Veramente pensate che io sia una minaccia, per voi?»

«Certamente. Lei sale sul podio e tutti la stanno a sentire. E quello che dice lei – con molta efficacia, devo aggiungere – non gioca a nostro favore.»

«Credevo che aveste rispetto per le forze del mercato.»

«Sì, sulla lunga distanza. Sulla breve distanza, invece, si rischiano lungaggini, per quanto riguarda le spese per la difesa nazionale. Non è il momento di buttare il bambino insieme all'acqua sporca.»

«Vale a dire, rinunciare ai profitti.»

«Fanno parte integrante del mestiere, come ha detto lei stesso alludendo al mestiere di Vicepresidente, poco fa... Vada per la sua via, Mr. Kendrick. Rimetta in piedi la sua impresa nell'Asia di sud-ovest.»

«Con che cosa?» domandò Evan.

«Cominciamo con una linea di credito di 50 milioni di dollari presso la Banca Gemeinschaft di Zurigo.»

«Molto convincenti, ma sono solo parole. Chi garantisce il prestito? Chi firma le cambiali?»

«Alla Gemeinschaft ci conoscono. Basta la parola.»

Era tutto quello che Kendrick voleva sapere. Il Governo degli Stati Uniti avrebbe usato tutta la sua forza contro quella banca svizzera – che aveva rapporti con uomini che trattavano con i terroristi, dalla Valle della Bekaa a Cipro – per scardinare il segreto bancario svizzero. Alzandosi, disse infine: «Chiederò conferma di questa linea di credito a Zurigo tra 36 ore. È sufficiente per voi, il tempo?».

«Più che sufficiente» rispose il piccoletto. «E, non appena avrà ottenuto questa conferma, farà la cortesia di mandare al Vicepresidente Bollinger copia conforme del telegramma in cui lei, formalmente e irrevocabilmente, si ritira dalla lotta per l'investitura.»

Kendrick annuì, poi gettò un'occhiata agli altri tre consiglieri. «Buonasera, signori» disse tranquillamente. E si diresse verso la porta.

Nel corridoio, un uomo bruno e muscoloso, dai tratti marcati e con il distintivo dei Servizi Segreti all'occhiello, si alzò da una sedia accanto a una massiccia porta chiusa. «Buonasera, Mr. Kendrick» disse affabilmente, facendo un passo avanti. «Sarebbe un onore, stringerle la mano, signore.»

«Piacere mio.»

«Lo so, non dovremmo fare parola con nessuno su chi viene e chi va in questo posto. Ma» continuò il poliziotto, stringendo la mano a Evan «a mia madre, violando la consegna, lo dirò, di averla vista. Le sembrerà pazzesco ma mia madre, a New York, pensa che lei dovrebbe essere fatto Papa.»

«La Curia pontificia potrebbe trovarmi poco adatto, però. Senta... il Vicepresidente mi ha pregato di passare da lui, prima di andarmene. Dovrebbe essere nel suo ufficio.»

«Sì, certo. E me lo lasci dire, sarà contento dell'interruzione. C'è da lui un tipo irascibile... un rompiscatole. Un esaltato. Quasi quasi, non fidandomi di quelle macchine, l'avrei perquisito nudo, prima di farlo passare. Comunque, non gli ho consentito di portare di là, con sé, le sue valigie.»

Solo ora Evan Kendrick notò la valigia su una seggiola accanto alla porta. Lì vicino, c'era anche una valigetta nera, di quelle che portano i medici. Evan la fissò: l'aveva già vista. Sullo schermo interiore della sua mente passarono rapide immagini, frammentarie, convulse. Un uomo... alto e snello... dal sorriso sempre pronto... anche troppo affabile... un *medico* che dice, disinvolto, divertito, che si limiterà a dare una bussatina sul torace e a prelevare un campione di sangue da analizzare.

«Se non le dispiace» disse Kendrick attraverso la nebbia che gli offuscava la vista, a voce bassissima, quasi impercettibile «prego, apra la porta.»

«Devo prima bussare.»

«No, la prego. Per favore, faccia come le ho detto.»

«La Vipe... il Vicepresidente si irriterà poi con me. Dobbiamo sempre bussare, prima.»

«Apra quella porta» ordinò Kendrick, in un sussurro, gli occhi dilatati, fissi sull'uomo dei Servizi Segreti. «Mi prendo io la piena responsabilità.».

«Va bene. Se qualcuno ne ha diritto, direi che è lei.»

Il battente si aprì, silenziosamente.

Le parole sibilate a labbra strette da Bollinger si udirono allora distintamente: «Quello che lei dice è assurdo! Pazzesco!... Sì, che c'è?».

Kendrick entrò, deciso, guardando fisso il volto sgomento, atterrito del dottor Eugene Lyons.

«*Tu!*» gli gridò. E immediatamente, come se fosse diventato pazzo, si slanciò su di lui con entrambe le mani protese, adunche, come gli artigli di un animale da preda, bramoso soltanto di sangue. «Morirà per colpa tua! Gli tocca morire per via *di voi tutti*!»

In un impeto confuso di violenza, due braccia lo afferrarono, da dietro. Una botta lo colpì, fulmineamente, alla nuca. Poi ricevette una ginocchiata agli inguini. Altri colpi furono assestati da mani esperte. Sui suoi occhi calò l'oscurità. Nonostante i dolori lancinanti, Evan Kendrick sentiva distintamente le voci concitate, soffocate, intorno a lui.

«L'ho immobilizzato. Non si muoverà.»

«Chiudi la porta!»

«Vammi a prendere la valigetta!»

«Non fare entrare nessuno!»

«Oh, Gesù, costui sa *tutto*!»

«Che facciamo?»

«... Conosco gente che potrebbe incaricarsene.»

«Chi diavolo sei tu?»

«Sì, è opportuno che io mi presenti, *Vipera*!»

«L'ho già sentito questo soprannome. È un insulto! Chi sei tu?»

«Per il momento, sono quello che comanda, ecco chi sono!»

«Oh, Cristo...!»

Kendrick perse i senti.

Capitolo quarantesimo

Sentì il vento e gli spruzzi, poi percepì il moto delle onde e infine si accorse di essere legato a una sedia di metallo e di trovarsi sul ponte di un battello che rollava e beccheggiava. Aprì gli occhi, nel buio. Si trovava a poppa. La scia della barca gli stava di fronte. Alle spalle aveva la cabina. Si volse, torcendo il collo: per vedere, per capire.

D'un tratto, si trovò a faccia a faccia con l'agente dei Servizi Segreti, bruno, dai tratti marcati, la cui madre voleva che lo facessero Papa... e la cui voce aveva sentito proclamare: "Sono quello che comanda". L'uomo ora sedeva accanto a lui, su una sedia di metallo identica, fissata al ponte. Aveva una cintura di sicurezza intorno alla vita.

«Si è svegliato, Mr. Kendrick?» domandò educatamente.

«Cosa diavolo hai fatto?» ruggì Kendrick dibattendosi contro le cinghie che lo tenevano avvinto.

«Spiacente per quelle, ma non volevamo che lei cadesse in acqua. Il mare è piuttosto agitato. Abbiamo soltanto voluto proteggerla... e farle prendere un po' d'aria fresca.»

«Proteggermi? Maledetti voi! Mi avete drogato, brutti bastardi, e mi avete portato fuori di là contro la mia volontà! Mi avete sequestrato! In ufficio, da me, sanno dov'ero andato questa sera... Ti beccherai vent'anni, per questo. E quel figlio d'un cane di Bollinger verrà destituito e passerà...»

«Piano, piano!» l'interruppe l'uomo, alzando le mani e protestando. «Lei si sbaglia in pieno, Mr. Kendrick. Ha capito male. Nessuno l'ha drogata, le è stato semplicemente somministrato un sedativo. Dava fuori, lei, là. Ha aggredito un ospite del Vicepresidente. Avrebbe potuto ucciderlo.»

«L'avrei senz'altro ucciso, infatti. E l'ucciderò! Dov'è? Dov'è quel medico?»

«Quale medico?»

«Stronzo bugiardo!» gridò Kendrick nel vento cercando ancora di divincolarsi. Poi gli venne un'idea. «La limousine! L'autista! Mi aspettava all'uscita... e non mi ha visto!»

«L'ha vista, invece – quando lei è uscito. Non si sentiva tanto bene, quindi non parlò quasi e indossava un paio di occhiali scuri. Però gli ha lasciato una mancia generosa.»

Mentre il battello rollava e beccheggiava, Kendrick si guardò gli abiti che aveva indosso, aguzzando gli occhi al tenue riverbero di luce proveniente dalla cabina alle sue spalle. I calzoni erano di velluto a coste e la camicia di rozza tela. Non erano i suoi abiti! «Bastardi!» ruggì di nuovo. E di nuovo gli venne un'idea. «Allora, mi avranno anche visto arrivare all'albergo.»

«Spiacente, ma lei non è andato in albergo. L'unica cosa che disse all'autista fu, infatti, di lasciarla al Balboa Park, perché aveva appuntamento con qualcuno, là, poi sarebbe tornato in albergo in taxi.»

«Avete preso tutte le precauzioni, eh. Siete delle carogne, voi sicari prezzolati!»

«Lei continua a fraintendere. Abbiamo preso precauzioni solo per il suo bene. Chissà cosa si era iniettato, nelle vene. Ma, come direbbe mio nonno, lei stava dando fuori. Capisce cosa intendo?»

«Lo capisco esattamente.»

«Quindi, per il suo stesso bene, non potevamo permettere che la vedessero in pubblico in quelle condizioni. Si rende conto di questo?» soggiunse, in italiano.

«*Va bene*» disse Kendrick a sua volta in italiano. «L'ho capito che sei della Mafia. Hai detto che sei quello che comanda. Ti ho sentito. E hai detto anche che conosci gente che poteva "incaricarsene". Così hai detto, sporca canaglia!»

«Lo sa, Mr. Kendrick, sebbene io l'ammiri molto, mi offendono le generalizzazioni anti-italiane.»

«Vallo a dire, questo, al procuratore distrettuale di New York» replicò Kendrick mentre il battello si sollevava sulla cresta di un'onda e poi ripiombava giù. «Giuliani ne sbatte in galera a carrettate di mafiosi come te!»

«Fatto sta che diverse persone hanno visto a Balboa Park un uomo che le somigliava molto – vestito come lei – entrare al Balthazar.»

«Eh?»

«È un locale di Balboa. Sa, ci sono molti studenti, qui da noi. Venuti da ogni dove. Fra loro, ci sono anche molti arabi. Sauditi, egiziani... e anche alcuni palestinesi. Certe volte gli animi si infiammano, in quel locale – per motivi politici – e deve intervenire la polizia. Confiscano allora pistole e coltelli. Quegli arabi sono molto emotivi.»

«E io sono stato visto entrare al Balthazar. Naturalmente, ci sarà qualcuno pronto a giurare che *c'ero*, là dentro!»

«Il suo eroismo non è mai stato messo in dubbio, Mr. Kendrick. Lei è uno che si reca, arditamente, in luoghi pericolosissimi. A cercarvi soluzioni, non è vero? Nell'Oman, nel Bahrain... e persino in casa del Vicepresidente degli Stati Uniti.»

«Quella è la casa della corruzione!»

«Un momento! Io non ho niente a che fare con i motivi, quali che siano, per cui lei è andato a casa della Vipera. Questo sia chiaro. Io sto solo rendendo un servizio che esula dai miei doveri d'ufficio, ecco tutto.»

«Eh, già: "Conosco gente che può incaricarsene" hai detto. E questa gente ti ha aiutato, infatti. Uno di loro, con indosso i miei vestiti, si è fatto vedere a Balboa Park. Un altro paio di tuoi compari mi avranno portato via dalla casa di Bollinger senza che nessuno se ne accorgesse.»

«Conviene servirsi, in certi casi, di un'ambulanza privata, quando un ospite si sente male, o ha bevuto troppo. Massima discrezione.»

«Inoltre, senz'altro, ci saranno stati altri compari, là, per sviare i giornalisti o gli addetti alle pulizie che si trovassero nei paraggi.»

«I miei "compari", come lei li chiama, sono sempre pronti, e accorrono subito, in casi di emergenza. Noi siamo lieti di fornire la nostra assistenza, ogni qual volta possiamo.»

«A pagamento, naturalmente.»

«Senza dubbio. Essi *pagano*. Pagano bene e in molti modi, e adesso più che mai.»

«Il servizio include anche una barca veloce e un esperto nocchiero?»

«Oh, non ci arroghiamo meriti che non ci spettano» protestò l'uomo della Mafia divertito. «Questa barca non è nostra, no. E il "nocchiero" è uno di loro. Eh, sì, ci sono cose che conviene fare da sé. Specie quando si tratta di uscire in mare aperto, con il rischio di incappare in qualche guardiacoste. Sa, le acque, al confine fra Stati Uniti e Messico, sono molto pattugliate. C'è chi è adatto a fare un mestiere, chi è adatto a farne un altro, non so se mi spiego.»

Kendrick avvertì una terza presenza ma, giratosi sulla sedia, non vide nessun altro sul ponte. Poi alzò gli occhi sulla plancia. Una figura si ritrasse prontamente nell'ombra. Ma non abbastanza rapidamente. Riconobbe l'uomo alto, abbronzato; e, da quel poco che si poteva vedere alla scarsa luce, il suo viso era contorto dall'odio.

«Ci sono tutti e quattro, a bordo, gli ospiti di Bollinger?» chiese Kendrick al mafioso.

«Quali ospiti?»

«Sei furbo, tu.»
«C'è il capitano e un uomo d'equipaggio. Mai visti prima d'ora, né l'uno né l'altro.»
«Dove stiamo andando?»
«In crociera.»

Il battello rallentò. Un riflettore si accese sulla plancia. L'uomo della Mafia si sciolse la cintura e si alzò. Attraversò il ponte e scese in cabina, sottocoperta. Evan lo sentì parlare all'intercom, ma non riuscì ad afferrare le parole. Poco dopo tornò. Aveva in mano una Colt .45. Reprimendo il panico che provava, Kendrick pensò agli squali del Qatar e si chiese se un altro Mahdi non stesse per eseguire la condanna a morte pronunciata nel Bahrain. Se così doveva essere, Evan prese la stessa decisione che aveva preso allora: si sarebbe battuto. Meglio morire alla svelta, per una pallottola in testa, che non annegare lentamente o venire divorato dai pescicani del Pacifico.
«Siamo arrivati» disse il mafioso cortesemente.
«Dove?»
«Che sia dannato se lo so. Tranne che è un'isola.»
Kendrick chiuse gli occhi, rivolgendo un ringraziamento a chiunque si degnasse di riceverlo, e cominciò di nuovo a respirare senza tremare. L'eroe dell'Oman è un impostore, disse fra sé e sé. Semplicemente, non aveva alcuna voglia di morire. Paura a parte, c'era di mezzo Khalehla. L'amore che lo aveva sfuggito per tutta la vita, adesso era suo; e ogni minuto in più che gli fosse concesso di vivere era un altro minuto di speranza. Disse, accennando col mento alla pistola: «A giudicare dal tuo aspetto, non credo che quella ti serva, veramente».
«Non si sa mai» rispose l'agente dei Servizi Segreti che occupava anche un posto nelle alte sfere della Mafia. «Adesso la sciolgo. Ma, se fa una sola mossa falsa, non metterà piede a terra.» Soggiunse in italiano: «Capisce?».
«Molto bene» rispose Kendrick in italiano.
«Non se la prenda con me. Io eseguo gli ordini ricevuti. Quando si presta un servizio, si deve fare come desidera chi paga.»
Ciò detto, sciolse le fibbie che tenevano legato Kendrick alla seggiola.
«Ti è mai passato per la testa che, per aver eseguito certi ordini, potresti non tornare vivo a casa?»
«Sicuro» rispose il mafioso con disinvoltura. «È per questo che abbiamo incastrato la Vipera.
«Presumo che "Vipera" sia il Vicepresidente.»
«Esatto. E lui ha detto che l'aveva già sentito questo sopranno-

me, e che lo ritiene un insulto. Si rende conto? Quei bischeri hanno avuto la sfacciataggine di spiare noi del controspionaggio!»

«Ne sono esterrefatto» disse Kendrick, alzandosi dalla sedia e muovendo gli arti per sgranchirli.

«Piano!» esclamò l'uomo dei Servizi Segreti, facendo un balzo all'indietro e spianando la .45.

«Provaci tu a stare seduto con le mani e i piedi legati, per tutto il tempo che ci sono stato io, e vedrai, se ti viene da sgranchirti.»

«Okay, okay. Ora si muova. Per di là» aggiunse, indicando verso la murata, dov'erano le scalette. «Tra poco si sbarca.»

Lo yacht virò di bordo per entrare in un'insenatura, poi – fra sussulti e scossoni, con le eliche che giravano ora a marcia avanti ora a marcia indietro – andò ad attraccare a un molo lungo forse trenta metri. Sull'altro lato c'erano tre motoscafi. La darsena era illuminata da lampioni protetti da reti metalliche. Due figure sbucarono dall'oscurità e andarono a porsi accanto a due piloni d'ormeggio. Mentre il battello veniva espertamente manovrato e si affiancava al molo – protetto da pneumatici – furono gettate due gomene, l'una a prua e l'altra a poppa. La gomena di poppa venne legata dal mafioso, che teneva la pistola nella sinistra; e quella di prua dal marinaio dello yacht.

«Scenda!» gridò il mafioso a Kendrick quando il battello fu ormeggiato.

«Vorrei personalmente ringraziare il capitano per la piacevole gita...»

«Molto spiritoso. Su, scenda. Lei non deve vedere nessuno.»

«Vuoi scommettere, Luigi?»

«E lei, vuole lasciare le balle a bordo? Inoltre non mi chiamo Luigi.»

«Le va bene Reginald?»

«*Scenda!*»

Kendrick percorse il molo e poi si inoltrò lungo un sentiero in salita, seguito dal mafioso. Passò in mezzo a due cartelli, entrambi dipinti a mano: lettere bianche su legno scuro. La scritta era precisa, di buon gusto, eseguita in maniera professionale. Il cartello sulla sinistra era in spagnolo, quello sulla destra in inglese.

PASAJE A CHINA
PROPRIEDAD PRIVADA
ALARMAS

PASSAGE TO CHINA
PRIVATE PROPERTY
ALARMS

«Altolà!» ordinò l'uomo dei Servizi Segreti. «Non si giri. Guardi davanti a sé.»

Kendrick sentì un rumore di passi sul molo, poi voci sommesse, che parlavano inglese con accento spagnolo. Vennero impartite istruzioni.

«Okay» continuò il mafioso. «Ora salga su per quel sentiero e poi, al bivio, prenda a destra. Non si volti indietro!»

Evan ubbidì. Gli riusciva difficile inerpicarsi per quel ripido sentiero, poiché aveva le gambe intorpidite dalla lunga costrizione a bordo dello yacht. Cercò di osservare l'ambiente circostante, nella semioscurità. Veniva un riverbero dai lampioni sul molo e c'erano piccole luci color ambra che bordavano il sentiero di pietra. Il fogliame era fitto, lussureggiante, umido; alberi ovunque, alti fino a dieci metri, con pesanti tralci che sembravano balzare da un tronco all'altro, come braccia che avvincono corpi. Gli arbusti e i cespugli del sottobosco erano stati potati con precisione, in modo da formare come due siepi, alte fino alla vita, ai lati del sentiero. Alla selva era stato imposto un certo ordine. Poi la sua visuale venne a essere bruscamente ridotta dalla ripida erta e dall'aumentata oscurità, via via che si allontanava dal molo, e i rumori divennero preminenti. Ciò che gli arrivava alle orecchie non differiva molto dal rumore delle rapide, allorché percorreva in canoa i fiumi montani, ma questo aveva un ritmo tutto suo, un fragore particolare. *Onde*, naturalmente. Quello che sentiva era il fragore di onde che si infrangono su una scogliera. Non doveva venire da tanto lontano, o forse era amplificato dagli echi fra le rocce e la selvaggia vegetazione.

Le luci color ambra si biforcarono: Kendrick svoltò, come gli era stato ordinato, sulla destra. Il sentiero divenne pianeggiante. Poi, d'un tratto, la visibilità aumentò. Fra gli alberi comparve una capanna. Due finestre illuminate, ai due lati d'una porta. No, non era una capanna qualsiasi. E lì per lì Kendrick non capì perché non gli sembrasse tale. Poi, quando fu più vicino, comprese. Era per via delle finestre. Non ne aveva mai viste di simili. Era di là che veniva il riverbero. Il vetro era spesso, almeno dieci centimetri: come due enormi prismi rettangolari che accentuavano la luce dell'interno. E c'era qualcos'altro: le due finestre erano impenetrabili agli sguardi, da entrambi i lati.

«La sua suite, Mr. Kendrick» disse l'uomo dei Servizi Segreti, che prestava servizi fuori ordinanza. «O forse dovrei dire "la sua villa", non le pare?»

«Non potrei veramente accettare un alloggio così di lusso. Perché non mi procura qualcosa di più modesto?»

«Lei è un comico nato... Apra pure la porta, non occorre la chiave.»

«Niente chiave?»

«La stupisce, non è vero?» rise il mafioso. «Sono rimasto stupito io stesso, finché una guardia non me l'ha spiegato. Tutto quanto è *elettronico*. Io ho un aggeggio, come quelli che servono ad aprire i garage, e, quando premo un pulsante, un paio di sbarre d'acciaio rientrano, dallo stipite, dentro il battente, e la porta si apre: basta spingere. Lo stesso, per aprire dall'interno.»

«Col tempo, l'avrei capito da me.»

«Lei ha sangue freddo, Mr. Kendrick.»

«Non tanto quanto te» disse Kendrick.

Aprì la porta. Il suo sguardo fu allietato dal rustico splendore di uno chalet montano del New England, che non ricordava affatto né la California meridionale né il Messico settentrionale. Le pareti erano formate da grossi tronchi cementati assieme, con due finestre per ognuna delle quattro pareti. Al centro della parete di fondo si apriva il bagno. Ogni comodità era stata presa in considerazione: una zona cucina era dislocata in fondo a destra, completa di mobile-bar con specchio; in fondo a sinistra c'era un letto a due piazze e, di fronte a esso, un salottino con diverse poltrone imbottite e un televisore. Evan pensò che quella casetta poteva appartenere piuttosto al nevoso Vermont che non a una località costiera a sud di Tijuana, in Messico. Tuttavia, era bucolicamente graziosa e, senza alcun dubbio, molti ospiti, sull'isola, se la godevano. Ma aveva un altro scopo: era anche una prigione.

«Molto piacevole» disse l'uomo di Bollinger, entrando nella vasta stanza, sempre con la pistola puntata su Kendrick. «Che ne dice di un drink, signore?» domandò, dirigendosi verso il mobile-bar. «Non so lei, ma io ne ho voglia.»

«Perché no?» rispose Evan, girando lo sguardo intorno, in quella stanza progettata per un clima nordico.

«Cosa gradisce?»

«Whisky canadese con ghiaccio» disse Kendrick, spostandosi lentamente da un punto all'altro del monolocale, esaminandone la costruzione. Il suo occhio pratico cercava qualche via di fuga. Niente: il luogo era ermetico, a prova di evasione. Gli infissi erano imbullonati, la porta aveva cardini interni: impossibile scardinarla senza un potente trapano. Il bagno era senza finestra, con due piccole prese d'aria.

«Un gran bel nascondiglio, eh?» osservò il mafioso, levando il bicchiere, quando Evan uscì dal bagno.

«Finché non ti viene nostalgia del panorama» rispose Evan esplorando con lo sguardo la zona cucina. C'è qualcosa di strano, pensò; ma non gli venne in mente nulla di specifico. Il mafioso lo teneva sempre sotto tiro. Evan si accostò al tavolo ovale, di rovere, dove presumibilmente venivano serviti i pasti. L'arredo della cucina consisteva in una fornelliera, un frigo, un lavello, una credenza a vari sportelli. Cos'era, a turbarlo? Allora vide un piccolo forno a microonde, sulla sinistra. Tornò a guardare la fornelliera. Ecco.

Elettrico. Tutto era elettrico. Questa era la stranezza. Nella grande maggioranza dei rustici, il gas propano viene erogato da bombole portatili, allo scopo di eliminare la necessità della elettricità per apparecchi come fornelliere e forni. Il motivo è: tenere l'amperaggio il più basso possibile, non per risparmiare sulla spesa ma per convenienza, nel caso che manchi la corrente. Allora pensò ai lampioni sul molo e alle luci color ambra rasoterra lungo i sentieri. Elettricità. Abbondanza di energia elettrica su un'isola distante almeno venti miglia, se non cinquanta, dal continente. Non sapeva che cosa significasse, ma era qualcosa su cui riflettere.

Dalla zona cucina passò alla zona soggiorno. Guardò il grande televisore e si chiese che razza di antenna fosse necessaria per captare segnali provenienti da tanto lontano, provenienti da tante miglia di mare aperto. Si sedette. Era conscio, adesso, soltanto vagamente della guardia armata, poiché aveva tante altre cose per la testa fra cui dolorosamente Khalchla rimasta all'albergo. Lo aspettava di ritorno tante ore fa. Cosa stava facendo? Cosa *poteva* fare? Evan alzò il bicchiere e bevve alcuni sorsi di whisky, grato per la sensazione di calore che gli diffuse per tutto il corpo. Guardò il mafioso, il quale stava in piedi vicino al tavolo di rovere, su cui aveva fiduciosamente posato la pistola, ma sull'orlo, vicino alla sua mano destra.

«Alla sua salute» disse l'uomo della Mafia alzando il bicchiere con la sinistra.

«Perché no?» Senza rispondere al brindisi, Kendrick bevve, e di nuovo sentì il rapido effetto del whisky... No! Era troppo rapido, troppo aspro, non riscaldava bensì bruciava! Gli oggetti della stanza d'un tratto si misero a pulsare, a fuoco e fuori fuoco. Tentò di alzarsi in piedi, ma non riusciva a controllare braccia e gambe. Guardò il mafioso che sorrideva oscenamente. Fece per urlare ma non gli uscì alcun suono dalla bocca. Il bicchiere gli cadde di mano, lo sentì andare in frantumi sul pavimento. Avvertì un terribile peso gravare su di lui. Per la seconda volta quella sera si fece tutto buio intorno mentre lui continuava a cadere, a cadere dentro un vuoto nero e infinito.

L'uomo dei Servizi Segreti andò al citofono che si trovava accanto al mobile-bar. Accigliandosi, per ricordare, pigiò i tre numeri che gli erano stati dati sullo yacht.

«Pronto, chalet?» rispose una voce maschile.

«Il ragazzo si è di nuovo addormentato.»

«Bene, siamo pronti.»

«Devo farvi una domanda» disse il mafioso «perché lo avete fatto rinvenire?»

«Procedura medica, non è affar tuo.»

«Non userei quel tono, fossi in te. Noi siamo in credito e voi siete i debitori.»

«D'accordo. Le dosi giuste variano da individuo a individuo, e bisogna stabilirlo.»

«Meglio due dosi moderate, a distanza di tempo, che non una che potrebbe risultare eccessiva?»

«Qualcosa del genere. Il nostro medico se ne intende.»

«Se è lo stesso che era a San Diego, fate in modo che Kendrick non lo veda. È sulla sua lista nera. E manda i tuoi scagnozzi, naturalmente, perché il mio contratto non contempla anche il trasporto di pesi morti.»

«Certamente. E quanto a quel medico, non stare a preoccuparti. Era su un'altra lista nera, quello.»

«Non è ancora tornato, Mitch. E sono le tre e un quarto del mattino!» disse Khalehla al telefono. «Hai saputo qualcosa?»

«Niente che abbia un senso» rispose Payton con voce stanca e tesa. «Non t'ho chiamato per non svegliarti.»

«Non mentire, zio Mitch. Non te ne sei mai fatto un problema, di farmi lavorare tutta la notte. Si tratta di Evan!»

«Lo so, lo so... Ti ha accennato a un appuntamento che aveva con qualcuno a Balboa Park?»

«No. E non credo che sappia neppure dov'è.»

«Tu lo sai?»

«Certo. I miei nonni sono di qui, ricordi?»

«Conosci un locale chiamato Balthazar?»

«È un caffè, frequentato da teste calde. Arabi. Per lo più studenti. Ci sono stata una sola volta. Perché me lo chiedi?»

«Lascia che ti spieghi» disse Payton. «Dopo la tua telefonata di qualche ora fa, abbiamo telefonato a casa di Bollinger – spacciandoci per l'ufficio di Kendrick, naturalmente – dicendo che avevamo un urgente messaggio per lui. Ci hanno risposto che se n'era andato di là verso le nove. Ma tu nel frattempo ci avevi detto che alle undici non era ancora rientrato in albergo. Al massimo, in auto si impiegano trenta minuti, dalla casa di Bollinger al centro di San Diego. Allora ho sguinzagliato "Gingerbread" – Shapoff – che è bravissimo in queste situazioni. Shapoff ha subito rintracciato l'autista della limousine, il quale gli ha detto che Kendrick si era fatto lasciare a Balboa Park. Shapoff ha indagato e ha appurato due fatti singolari. Primo: un uomo corrispondente ai connotati di Kendrick è stato visto camminare per Balboa Park. Secondo: diverse persone, al Balthazar, hanno detto che lo stesso uomo, con gli occhiali scuri, è entrato nel locale e, dopo aver sostato a lungo presso il bancone, si è seduto a un tavolo.»

«Mitch!» strillò Khalehla. «I suoi occhiali scuri sono qui, sul comò. Sì, talvolta li porta, per non farsi riconoscere, ma solo di giorno. Di notte, dice, servono solo ad attirare l'attenzione. Quell'uomo non era Evan. Si tratta di una montatura. Lo tengono prigioniero da qualche parte!»

«Gioco duro» disse Payton con calma. «Dobbiamo prendere parte alla partita.»

Kendrick aprì gli occhi come fa una persona che non sa dove si trovi, né in quali condizioni, e neppure se sia sveglio o stia ancora dormendo. C'era solo sbigottimento, nuvole di confusione che gli vorticavano nella testa, e un intontimento causato da spaventosa incertezza. Una lampada era accesa da qualche parte, il riverbero rischiarava il soffitto a travi. Mosse una mano, sollevò un braccio. Si trovava su un letto estraneo, in una stanza non familiare. Si studiò la mano destra poi, di scatto, sollevò il braccio sinistro. Che cosa era successo? Gettò le gambe fuori dal letto e, barcollando, si alzò in piedi: era in preda a terrore e curiosità.

I pantaloni di velluto a coste e la camicia di rozza tela erano spariti. Indossava i propri abiti: il completo blu, lo stesso che indossava in casa di Bollinger! Aveva la camicia bianca di cotone e la cravatta a strisce. Il tutto lavato e stirato di fresco. Che cosa era accaduto? Dove si trovava adesso? Dov'era lo chalet in stile rustico con tutti quegli elettrodomestici e il mobile-bar in una nicchia, con lo specchio? Questa era una vasta camera da letto che lui non aveva mai visto prima.

Lentamente, riacquistato l'equilibrio, si mosse, si aggirò nell'ambiente sconosciuto; e una parte di lui si chiedeva se stesse vivendo un sogno, o ne avesse vissuto uno in precedenza. Vide un'alta portafinestra a due battenti. Andò ad aprirla. Dava su un balcone abbastanza grande per prenderci il caffè in due. C'erano, per questo rituale, un tavolo rotondo e due seggiole. Si accostò al parapetto e guardò giù: il giardino era avvolto nell'oscurità, se non fosse stato per un inesistente chiardiluna e alcune luci color ambra che si diramavano in varie direzioni. Poi qualcos'altro. In lontananza, al tenue riverbero di riflettori, c'era una zona recintata, non diversa da un'immensa gabbia metallica. E là c'erano dei macchinari, massicci, alcuni neri e lucenti, altri argentati o cromati, ugualmente risplendenti a quel po' di chiarore che filtrava tra le nuvole. Evan si concentrò su quello spettacolo, poi girò la testa per ascoltare: si sentiva un costante ronzìo. Capì di aver trovato la risposta a un quesito che lo aveva confuso. Non occorreva leggere i cartelli, "PERICOLO Alta Tensione", per capire di cosa si trattasse. Quei macchinari, nella zona recintata, erano parti componenti di un enorme generatore alimentato, senza dubbio, da giganteschi serbatoi sotterranei di carburante e da pannelli di cellule fotoelettriche che captavano, alternativamente, l'energia solare dei tropici.

Sotto il balcone c'era un patio lastricato di mattoni, a otto metri almeno di distanza, il che significava una caviglia slogata o un femore fratturato, se una persona avesse tentato di fuggire per quella via, facendo un salto. Kendrick esaminò i muri esterni: la più vicina grondaia si trovava sull'angolo dell'edificio, fuori portata, e non c'erano rampicanti cui aggrapparsi: solo intonaco liscio... Coperte? *Lenzuola!* Annodandoli saldamente insieme, poteva calarsi a terra. Doveva affrettarsi...

D'un tratto si fermò, rimase immobile, senza più pensare a correre in camera e prendere le coltri, poiché era comparsa una figura, giù in basso: camminava lungo un sentiero illuminato dalle luci color ambra e aveva un fucile a spall'arm. Costui alzò un braccio. Era un segnale. Evan guardò sulla sinistra. Un secondo uomo rispose al segnale del primo. Erano sentinelle che si scambiavano segnali. Kendrick portò l'orologio vicino agli occhi, cercando di leggere la lancettta dei secondi. Se avesse cronometrato le coordinate delle sentinelle, e poi predisposto ogni cosa per... Di nuovo fu costretto a interrompere i piani che la disperazione gli dettava. La porta della camera da letto si era aperta. E la realtà trovava adesso una conferma.

«Mi era parso di sentirla muovere» disse l'uomo che lavorava sia per i Servizi Segreti che per la Mafia.

«Avrei dovuto immaginarlo, che c'erano "cimici", in questa stanza» disse Evan rientrando dal balcone.

«Lei non ha capito, Mr. Kendrick. Questa è una stanza per gli ospiti, nella villa principale. Crede che i padroni di casa spierebbero le conversazioni – e le effusioni – private dei loro ospiti?»

«Credo che farebbero di tutto. Altrimenti, come avresti fatto a sapere che mi ero alzato?»

«Facile» rispose il mafioso. Andò al comò e raccattò un oggetto piatto che c'era sopra. «Grazie a questo aggeggio. Servono per i bambini. Mia sorella, nel New Jersey, ne fa uso abitualmente. Se ne mette uno in una stanza, un altro – gemello – in un'altra: e così si può sentire – da lontano – se il bambino piange. Gliel'assicuro, i bambini di mia sorella strillano un bel po'. Li si sente fino a Manhattan.»

«Molto interessante. Quand'è che ho riavuto i miei vestiti?»

«Non lo so. Di lei si sono occupati gli indigeni, non io.»

«Di nuovo, interessante... Ti rendi conto di quello che hai fatto? In cosa sei coinvolto? Hai sequestrato un membro della Camera, un uomo politico non del tutto sconosciuto...»

«Buon dio! A sentire lei, si direbbe che è stato sequestrato il maître d'hotel del Vinnie's Pasta Palace.»

«Non sei divertente.»

«Lei sì» replicò lo scagnozzo estraendo la pistola dalla fondina. «Inoltre, Mr. Kendrick, la desiderano giù da basso.»

«Metti che io non accetti l'invito?»

«Allora le traforo lo stomaco e faccio scendere a calci un cadavere giù per le scale. L'uno o l'altro, per me pari sono. Sono pagato per un servizio, non già per una consegna garantita. Faccia la sua scelta, eroe!»

La stanza sembrava l'incubo di un naturalista. C'erano teste imbalsamate di animali, alle pareti: i loro occhi finti, abilmente applicati, riflettevano il terrore della morte imminente. C'erano pelli di leopardi, tigri e leoni appese a mo' di drappi. C'erano zanne di elefante. Se non altro era l'affermazione della potenza delle pallottole dell'uomo sugli animali selvatici senza sospetto, e non erano tanto imponenti quanto malinconici, quei trofei: tristi come la vanagloria dei vincitori.

L'uomo dei Servizi Segreti, dopo aver aperto la porta, fece cenno a Kendrick di entrare, quindi la richiuse, restando in anticamera. Smaltita la prima impressione della sala, Evan si rese conto che un uomo stava seduto a una grande scrivania. Solo la nuca era visibile. Qualche attimo dopo che la porta si fu richiusa, come per accertarsi che fossero soli, l'uomo si volse, sulla poltrona girevole.

«Non ci siamo mai incontrati prima d'ora, Mr. Kendrick» disse Crayton Grinell, con la sommessa, affabile cadenza dell'avvocato, «e, per scortese che possa apparire, io preferisco restare senza nome... La prego, si sieda. Non v'è motivo di stare più scomodi di quanto non sia necessario. È per questo che i vestiti le sono stati restituiti.»

«Immagino che siano già serviti allo scopo, in un luogo chiamato Balboa Park.» Kendrick si era seduto davanti alla scrivania. La sedia era ammantata da una pelle di pantera.

«Fornendo a noi delle opzioni, sì» convenne Grinell.

«Capisco.» Evan d'un tratto riconobbe la voce che aveva già sentito, sul nastro registrato dall'europeo biondo. L'uomo di fronte a lui era Crayton Grinell, l'avvocato responsabile per l'eccidio di Cipro, l'assassino del Segretario di Stato. «Ma dal momento che non vuole dirmi chi è, devo dedurne che una di queste "opzioni" mi consentirebbe di tornare a casa sano e salvo?»

«È possibile, ma non sicuro. Sarò franco con lei.»

«Come lo erano i suoi amici, a casa di Bollinger.»

«E così anche lei, non ne dubito.»

«Occorreva che arrivaste a tanto?»

«A che cosa?»

«A uccidere un vecchio.»

«Non abbiamo nulla a che fare, noi, con quella faccenda. Inoltre, il "vecchio" non è morto.»

«Morirà.»

«Tocca a tutti, prima o poi. Hmm... Si è trattato di uno stupido atto gratuito di quella scema. Tanto stupido quanto certi incredibili maneggi del marito, tramite Zurigo. Noi saremo magari molte cose, Mr. Kendrick, ma stupidi no. Comunque, stiamo perdendo tempo in chiacchiere. I Vanvlanderen sono morti, e qualunque cosa sia accaduta è sepolta con loro. Il "dottor Lyons" non si farà più vedere...»

«Io lo voglio!» interruppe Kendrick.

«Lo abbiamo processato noi e gli abbiamo inflitto la pena più severa che un tribunale può infliggere.»

«Come posso esserne certo?»

«Come può dubitarne? Potrebbe forse il Vicepresidente tollerare una simile associazione? Potrebbe tollerarla uno qualsiasi di noi?... Ci rammarichiamo profondamente per quanto è successo a Mr. Weingrass, ma non abbiamo assolutamente nulla a che farci. Ripeto: sia quel dottore sia i Vanvlanderen sono defunti. È un libro chiuso. Lo può accettare, questo?»

«Era necessario drogarmi e portarmi fin qui, per convincermi?»

«Non potevamo lasciarla a San Diego, a dire le cose che stava dicendo.»

«Allora, di cosa parla adesso?»

«Di un altro libro» rispose Grinell sporgendosi in avanti sulla sedia. «Lo vogliamo indietro, e in cambio lei sarà libero. Verrà ricondotto al suo albergo, con i suoi vestiti. Non sarà cambiato nulla. È mattina, ora, a Zurigo: una linea di credito per 50 milioni di dollari è stata già aperta a suo nome.»

Sbalordito, Kendrick cercò di non mostrare il suo stupore. «Un altro libro?... Non la seguo.»

«Lo ha rubato Varak.»

«Chi?»

«Milos Varak!»

«L'europeo...?» L'improvviso riconoscimento di quel nome gli scappò inconsciamente dalla bocca. Era Milos, il biondo.

«Milos Varak, il defunto lacché della Inver Brass.»

«La Inver *che*?»

«I suoi fautori, Mr. Kendrick. Non penserà di essere arrivato al punto in cui si trova da solo, vero?»

«Lo so che qualcuno mi sta spingendo...»

«Spingendo? Diciamo piuttosto, catapultando... Quei pazzi impiccioni! Non sapevano che uno dei loro era anche uno dei nostri.»

«Cosa le fa pensare che l'europeo... che questo Varak sia morto?» domandò Evan, se non altro per guadagnare qualche istante e assuefarsi alle rivelazioni che arrivavano troppo in fretta.

«C'era sul giornale. Non il nome, s'intende. Ma indubbiamente lui. Poche ore prima di morire, questo Varak si è incontrato con un uomo che lavorava per *noi*. Questo è certo: altrimenti non si spiega come sarebbe arrivato all'aeroporto. Insomma, lo ha rubato Varak.»

«Questo altro libro?» disse Kendrick esitante.

«Si tratta di un registro scritto in codice, un testo cifrato, che non significa niente per nessuno, tranne che per poche persone.»

«E lei crede che ce l'abbia io, quel libro» disse Kendrick.

«Credo che lei sappia dove si trova.»

«Perché?»

«Perché Varak era convinto che dovesse essere *lei* ad averlo in mano. Infatti non poteva più fidarsi della Inver Brass.»

«Dal momento che aveva appreso che uno dei loro era anche uno dei vostri.»

«In sostanza, sì» disse Grinell. «Ipotizzo, s'intende. È una mia abitudine professionale. Ma mi è tornata spesso utile, nel corso degli anni.»

«Stavolta, no. Non ne so nulla di quel libro, o registro che sia.»

«Non mentirei, se fossi in lei. Sarebbe inutile in ogni caso. Ci sono molte maniere, oggi, per sciogliere la lingua alla gente.»

No! Non posso lasciarmi drogare! Sotto l'effetto della droga, rivelerei tutto. Firmerei la condanna a morte di Khalehla. Inoltre fornirei agli amici di Bollinger tutte le informazioni che occorrono loro per creare cortine di fumo, oppure dileguarsi. Manny merita di più! Mai come adesso ho avuto bisogno di credibilità! Mi trovo in un carcere, come già a Masqat; questa volta in un'isola messicana. Devo, quindi, essere tanto convincente quanto lo fui coi terroristi nell'Oman. Poiché questi uomini, questi assassini in doppiopetto, non sono da meno dei terroristi stessi!

«Mi stia a sentire» replicò Evan con fermezza, adagiandosi contro lo schienale e accavallando le gambe, gli occhi fissi su Grinell. «Lei può pensare quel che diavolo le pare sul mio conto, ma io non voglio la vicepresidenza degli Stati Uniti; preferisco un credito agevolato di 50 milioni di dollari a Zurigo. È chiaro?»

«Chiarissimo.»

«Bene. Allora, siamo tutt'e due nella stessa barca, non è vero?»

«Stessa barca, Mr. Kendrick. Dunque dov'è quel libro-mastro?»

«Non ne ho la più pallida idea. Ma, se questo Varak lo ha mandato a me, so in che modo potete trovarlo. Telefonerò al mio ufficio a Washington, e dirò alla mia segretaria, Annie O'Reilly, di spedirlo per corriere espresso a chiunque voi vogliate.»

I due negoziatori si guardarono in faccia, né l'uno né l'altro esitarono un attimo.

«È una soluzione equa e leale» disse Grinell infine.

«Se lei ne escogita una migliore, ci sto.»

«Questo è più leale ancora.»

«Affare fatto?»

«Affare fatto, e lei partirà per Zurigo» rispose Grinell sorridendo. «Una volta sistemate alcune pendenze, come il suo ritiro dalla lotta politica.»

«Il telegramma partirà domattina. Lo farò spedire dalla O'Reilly, dall'ufficio.»

«Con copia conforme allo stimatissimo Vicepresidente, naturalmente.»

«Naturalmente.»

Grinell sospirò affabilmente. «Ah, quanto siamo venali, tutti quanti» disse. «Lei, per esempio, è un fascio di contraddizioni. Il suo "personaggio" pubblico non accetterebbe mai questo accomodamento.»

«Se state registrando su nastro...»

«Sì, certo.»

«Ebbene, allora vi rilascio una dichiarazione. Sono stato bruciato. Se ho fatto del mio meglio per spegnere il fuoco in Oman è perché avevano bruciato *me*, uccidendo molti miei amici. Non vedo, quindi, alcuna contraddizione. Ho sempre agito per interesse personale.»

«Ne prendiamo atto, Mr. Kendrick.»

D'un tratto, quel tranquillo colloquio fu interrotto da una violenta irruzione. La porta si spalancò ed entrò l'uomo alto, l'abbronzato laconico Big Tom.

«Che ti prende?» ruggì Grinell.

«Bisogna farlo fuori!» gridò indicando Evan Kendrick. «Lo sapevo che era un impostore, fin dall'inizio. E non mi sbagliavo! La casa di Bollinger è stata invasa poco fa da agenti federarali, mandati da Washington, per cercare costui! Stanno interrogando tutti quanti, come fosse una retata!»

«*Cosa?*»

«Questo è niente. Possiamo cavarcela. Ma c'è un problema anche più grave: il registro! Bollinger ha ricevuto una telefonata. Quel libro-mastro è in mano all'avvocato della fu Ardis Vanvl...»

«Sta' zitto!» ordinò Grinell.

«Chiede dieci milioni, l'amico. È la somma, dice, che Andy-boy aveva promesso alla moglie. Ora la vuole intascare lui!»

«T'ho detto di stare zitto!... Cosa intendevi, dicendo che gli agenti federali stanno interrogando tutti?»

«Esattamente quello che ho detto. Non solo li torchiano, ma hanno anche un mandato di perquisizione. Non troveranno niente, va bene, ma... è lo stesso inammissibile!»

«La casa del Vicepresidente? È inaudito!»

«Fanno i furbi. A Bollinger hanno detto che è per proteggerlo dai suoi subordinati. Ma nessuno mi potrà mai convincere!» Big Tom si volse verso Kendrick. «Questo figlio d'un cane ci ha teso un tranello. La parola dell'eroe contro quella di tutti gli altri!»

Grinell guardò fisso Kendrick. «Non potrà esserci parola d'eroe, se non ci sarà l'eroe. Dunque, *adiós*, Mr. Kendrick.» Pronunciate queste parole di inappellabile condanna a morte, Grinell pigiò un pulsante sulla scrivania.

La porta si aprì.

Entrò il mafioso, pistola in pugno.

«Portalo via» gli ordinò Grinell. «I messicani ti diranno dove condurlo.» Quindi, rivolto a Kendrick: «Era davvero riuscito a farmi fesso. Ricorderò la lezione. Mai fidarsi dei voltagabbana, per quanto persuasivi».

Con la pistola del mafioso alle reni, Evan Kendrick uscì da quella stanza piena di trofei.

Si avviarono. Il fragore delle onde che si frangevano sulla costa rocciosa si faceva via via più distinto, mentre procedevano lungo un sentiero illuminato dalle luci color ambra. Là dove quei minuscoli lampioni terminavano sorgeva una barriera bianca. C'erano due cartelli, a malapena visibili nella fioca luce ambrata. Quello a sinistra in spagnolo, quello a destra in inglese.

¡Peligro!... Danger!

Oltre quella barriera bianca c'era un promontorio a picco sul mare. Il mare infuriato si scagliava contro la rupe, le onde ribollivano schiumose sotto l'incerto lume della luna. Il fragore divenne assordante. Evan Kendrick veniva condotto là, oltre quella barriera, per essere "giustiziato".

Capitolo quarantunesimo

Gli spruzzi volavano a grande altezza, dalle rocce del promontorio sul Pacifico. Kendrick represse la paura, ricordando il patto che aveva stipulato con se stesso: non sarebbe morto passivamente. Non si sarebbe lasciato uccidere senza lottare, per inutile che la lotta fosse. Si guardò intorno. La vegetazione era folta, su entrambi i lati del sentiero. Non mancavano tratti scoperti, fangosi.

Il mafioso aveva chiesto a un messicano di indicargli la strada e accompagnarlo sul luogo dell' "esecuzione". Quindi costui li precedeva di qualche passo, ma appariva piuttosto riluttante. Non doveva sorridergli l'idea di prendere parte a quell'omicidio.

Quando furono vicini alla barriera bianca, il messicano gridò, nervosamente: «*¡Al frente, al frente! ¡Adelante!*».

«Su, Mr. Kendrick: la scavalchi o ci giri intorno» disse l'uomo dei Servizi Segreti, in tono freddo e professionale. Stava facendo il suo mestiere: era uno per il quale vita e morte non volevano dire nulla.

«Non posso» rispose Kendrick. «È troppo alta. E c'è del filo spinato, ai lati.»

«Dove?»

«Lì» rispose Kendrick indicando fra i cespugli del sottobosco.

«Non vedo!»

Adesso! gridò la voce all'interno della gola di Kendrick, mentr'egli si girava su se stesso, allungando di scatto le mani verso la grossa pistola. L'afferrò e torse il polso al mafioso. Gli diede una spallata in pieno petto e uno strattone al braccio, con la forza della disperazione. Riuscì a fargli perdere l'equilibrio e lo scagliò a terra, fra gli sterpi e la fanghiglia.

La pistola fece fuoco. Lo sparo si confuse col fragore delle onde sulla scogliera.

Kendrick, tenendo ferma con la sinistra la mano che impugnava l'arma, premuta contro il suolo molle, afferrò con la destra una manciata di fango e la sbatté sul viso del mafioso, sugli occhi.

Quello, urlando confuse parole di furore, tentava simultaneamente di stropicciarsi gli occhi, di sollevare la mano armata, inchiodata al suolo, e di liberarsi dalla stretta di Kendrick. Questi gli stava sopra e, ripetutamente, vibrava ginocchiate agli inguini della guardia, il quale si torceva e si divincolava. Altre manciate di fango... Le nocche di Kendrick urtarono contro un oggetto duro, ruvido... una *pietra*!

Era quasi troppo grossa per poterla afferrare. Ma niente poteva fermarlo! Niente l'avrebbe fermato! Tendendo muscoli che non esercitava da mesi, da anni, tenendo a bada i convulsi assalti sotto di lui, Evan scalzò la pietra dal fango, la sollevò, la sbatté sulla testa del suo aspirante carnefice. La guardia si afflosciò di botto, il corpo affondò inerte nel molle terreno, fra gli sterpi.

Kendrick impugnò la pistola e si voltò di scatto verso il messicano. Questi era rimasto a guardare, da rispettosa distanza, senza muovere un dito. Quando vide che aveva vinto il prigioniero, girò sui tacchi e fece per darsi alla fuga.

«*Alt!*» gli gridò dietro Kendrick slanciandosi all'inseguimento. «Fermati o t'ammazzo! *Alt!*»

Il Messicano si fermò, si girò lentamente. Guardò Evan. «*I am no part of these things, señor*» gli disse, in un inglese sorprendentemente corretto: Io non c'entro, non prendo parte a queste cose, signore.

«Vuoi dire che non premi il grilletto, ma indichi ad altri la strada.»

«Non prendo parte» ripeté l'uomo. «Sono un pescatore. Ma non si guadagna abbastanza, oggigiorno, andando a pesca, *señor*. Devo arrangiarmi per guadagnare qualche *peso* in più. E dopo torno dalla mia famiglia, a El Descanso.»

«Vuoi rivederla, la tua famiglia?»

«Sì, *very much*» rispose il messicano. Gli tremavano le labbra e le mani. «Se qui succedono queste cose... io non ci torno più, su quest'isola!»

«Vuoi dirmi, che in passato, non era mai successo niente del genere?»

«Mai, *señor*!»

«Come mai, allora, conoscevi la strada?» gridò Evan al di sopra del fragore delle onde e dei sibili del vento. Stava riprendendo fiato. Era tutto sporco di fango e malamente ammaccato, dolorante per tutto il corpo.

«Veniamo condotti qui e ci consegnano una mappa dell'isola, che dobbiamo conoscere completamente entro due giorni, altrimenti ci rimandano a casa.»

«Perché? A quale scopo?»

«Gliel'ho detto, *señor*. Queste acque sono molto pericolose... traffici di droga – *narcóticos* – e l'isola va sorvegliata – anche se le pattuglie messicane e americane possono accorrere rapidamente... *summoned quickly.*»

«Chiamate celermente?»

«Il proprietario è un uomo potentissimo.»

«Si chiama Grinell?»

«Non lo so, *señor*. Conosco solo l'isola, io.»

«Parli inglese bene. Perché non lo parlavi, prima? Con lui?» domandò Evan indicando il cadavere del mafioso.

«Lo ripeto: non volevo prender parte. Mi è stato chiesto di accompagnarvi in un certo posto. Via via che ci si avvicinava, cominciavo a capire a quale scopo... *No part señor*. Ma ho famiglia a El Descanso. E gli uomini che vengono qui sono uomini molto potenti.»

Evan guardò l'uomo, indeciso. Sarebbe stato facile spegnere quella vita ed eliminare un rischio, e tuttavia c'era anche la possibilità di trarre vantaggio dal messicano, se questi non mentiva. Kendrick sapeva di star negoziando per la sua vita, ma c'era anche un'altra vita di mezzo, e ciò rendeva più facile il negoziato.

«Capisci bene» prese a dire, avvicinandosi al pescatore, alzando la voce per farsi sentire chiaramente, «che se torni alla villa senza di *lui*, e lui non si rivede, o se scoprono qui il suo cadavere, ebbene, tu verrai ucciso. Lo capisci, questo, non è vero?»

Il messicano annuì due volte. «Sì.»

«Se non ti uccido io, però, una speranza di scamparla ce l'hai, non è vero?» domandò Kendrick alzando la pistola del mafioso.

Il messicano chiuse gli occhi e annuì.

«Quindi ti conviene unirti a me, no?»

«Sì» rispose il messicano. «Unirmi a lei in che cosa?»

«Andare via da qui... scappare via. C'è una barca, laggiù nella darsena.È grande abbastanza, per compiere il viaggio.»

«Loro hanno altre barche» interruppe la guida del carnefice. «Corrono più veloci dei motoscafi antidroga del Governo, inoltre c'è un elicottero, munito di potentissimi riflettori.»

«*Cosa?* Dove?»

«Dall'altra parte dell'isola. C'è un campo d'atterraggio in cemento... Lei è pilota, *señor?*»

«Magari lo fossi. Come ti chiami?»

«Emilio.»

«Vieni con me?»

«Non ho altra scelta. Voglio andarmene di qui e tornare dalla mia famiglia a El Descanso. Poi ci trasferiremo in un altro paese, in montagna. Altrimenti io muoio e i miei fanno la fame.»

«Ti avverto: se mi dai motivo di credere che mentisci, non vedrai più né El Descanso né la tua famiglia.»

«Siamo intesi.»

«Sta' al mio fianco... Prima voglio controllare il mio boia.»
«Il suo... cosa, *señor*?»
«Il mio simpatico carnefice. Sbrighiamoci! Abbiamo un mucchio di cose da fare e non molto tempo per farle.»
«Alla barca?»
«Non ancora» disse Kendrick. Un piano vago e frammentario andava formulandosi nella sua mente. «Dobbiamo mettere fuori uso questa maledetta isola. Non soltanto per noi due ma per tutti quanti. *Tutti quanti*... C'è una rimessa, un capannone, o che, dove tengono gli attrezzi? Picconi, pale, roba del genere?»
«*El mantenimiento*» rispose Emilio. «Per i giardinieri. A noi spesso ordinano di aiutarli.»
«Poi mi condurrai là» disse Evan. «Ma prima devo sbrigare un'altra faccenda. Vieni.» E tornò presso il mafioso stecchito.
«Bisogna essere cauti, *señor*.»
«Lo so. Le guardie. Quante sono?»
«Due per ciascuna delle quattro spiaggette e due sul molo. Dieci, ogni turno. Tutti hanno con sé un allarme che fa suonare *las sirenas*.»
«Quanto dura ogni turno?» domandò Kendrick chinandosi sul cadavere dell'uomo dei Servizi Segreti.
«Dodici ore. Venti *guardas* e quattro *jardineros*. Quelli che non sono in servizio si trovano in un edificio, a nord della villa principale, chiamato "la caserma".»
«Gli attrezzi dove sono?»
«In un garage di metallo, cinquanta metri a sud del *generador*.»
«*The generator?*»
«Sì.»
«Benissimo.» Kendrick tolse di tasca al mafioso il portafogli e il portadocumenti di plastica. Il portafogli conteneva oltre mille dollari, certo non provenienti dallo stipendio federale. Si impadronì anche della "chiave" elettronica che apriva la porta dello chalet, nel bosco. Ciò fatto, disse: «Andiamo».
Si avviarono per il sentiero delineato dalle luci ambrate.
«Un momento!» bisbigliò Emilio. «Le luci. Meglio spegnerle a calci, *señor*. Più buio è, meglio è per noi.»
«Buona idea» convenne Kendrick. Tornarono indietro fino alla barriera bianca, e fracassarono a calci i lampioncini.
Raggiunsero il bivio: un sentiero scendeva alla darsena, un altro saliva alla villa, in cima al colle. Quest'ultimo si biforcava ancora, più oltre, e, svoltando a destra, si arrivava allo chalet rustico, a prova di evasioni.
I due uomini correvano da un lampioncino all'altro, fracassandoli, finché arrivarono al bivio per lo chalet.

«Da questa parte» ordinò Kendrick, piegando sulla destra. «Lascia perdere i lampioni. Li spegneremo tornando indietro.»

Raggiunsero la radura, illuminata dal forte riverbero che proveniva dalle finestre della piccola solida casa. Evan pigiò il pulsante della "chiave" elettronica e udì le sbarre di ferro rientrare dallo stipite dentro il battente. Abbassò la maniglia, spinse, entrò.

«Vieni» disse a Emilio.

Il messicano lo seguì.

Kendrick richiuse il portone a catenaccio. Andò nella zona cucina. Cominciò ad aprire sportelli e cassetti l'uno dopo l'altro, per scegliere le cose che riteneva potessero essere utili: una torcia elettrica, un grosso coltello da scalco, altri coltelli, una piccola mannaia, tre barattoli di *Sterno*, una scatola di fiammiferi da cacciatore – rivestiti di paraffina, che si accendono stropicciandoli su qualsiasi superficie ruvida – e un pacco di tovaglioli. Mise tutto sul tavolo. Guardò Emilio che stava a guardarlo. Prese uno dei coltelli, glielo porse dalla parte del manico: «Spero che tu non lo debba usare, questo. Ma, all'occorrenza, non fallire, non sgarrare!».

«Ci sono uomini che non potrei uccidere senza avere prima ragionato con loro, poiché sono gente disperata e bisognosa di guadagno come me. Ma ce ne sono altri, quelli che sono qui da più lungo tempo, verso i quali non avrei scrupoli.»

«*Goddamn you!* Non puoi avere scrupoli in nessun caso! Se viene dato l'allarme...»

«Non verrebbe dato *alcun* allarme dai miei amici, *señor*. No, se sanno che sono io, Emilio, non danno l'allarme. Inoltre, la maggior parte di loro sono a dormire, nella "caserma". Per la vigilanza notturna si servono perlopiù dei *veteranos*. Hanno paura delle barche, la notte.»

«Fa' che sia vero. Ti conviene.»

«Desidero tornare a casa. Mi creda.»

«Prendi qualche tovagliolo, un barattolo di *Sterno* e una manciata di fiammiferi. Svelto!» Kendrick raccattò le altre cose e se le mise nelle tasche. Per ultima lasciò la piccola mannaia. L'agguantò, andò al citofono e lo spaccò con un colpo. Poi fracassarono tutte le luci.

Meno di un minuto dopo, quei due disperati erano all'aperto. La radura non era più illuminata dal riverbero proveniente dallo chalet.

«Gli attrezzi! Gli attrezzi dei giardinieri. Conducimi là!»

«*Con mucho cuidado!* Dobbiamo essere cauti, quando giriamo intorno all'edificio. Romperemo le luci soltanto fin dove dico io. Quelli che si trovano nella villa se ne accorgerebbero, se i lampioni fossero spenti, e darebbero l'allarme. Se incontriamo pattuglie, lasci fare a me.»

«Andiamo. Hanno grossi problemi, quelli là alla villa; ma tra non molto qualcuno si chiederà che fine ha fatto il mio carnefice. Su, svelto!»

Fracassarono lampioni fino a mezza costa e smisero quando furono a livello del pianterreno della villa. Più che una villa, era un manièro, come quelli che si trovano nella zona dei Caraibi.

D'un tratto, il messicano agguantò Kendrick per un braccio e lo tirò in disparte, tra il fogliame, e, con un pizzicotto lo invitò ad acquattarsi. Di lì a poco passò davanti a loro una guardia, fucile a bandoliera, procedendo in direzione opposta.

«Svelti, adesso, *señor!* Non c'è nessuno fino alla *galeria* sul retro, dove bevono vino e arrostiscono il pesce.»

Un vasto patio con forno e graticola, pensò Evan seguendo Emilio attraverso la folta vegetazione, rammaricandosi di non avere con sé un machete per farsi largo fra la vegetazione. Girarono intorno alla casa: e un altro rumore si intromise. Era il grosso generatore, il cui ronzìo costante, sordo, incuteva un certo timore. Kendrick cercò di calcolare la quantità di energia che il generatore produceva e il carburante che consumava...

Di nuovo il messicano lo agguantò per una spalla, con più forza di prima. La mano gli tremava. Di nuovo si acquattarono nel sottobosco. Kendrick guardò e, con spavento improvviso, capì. Più avanti, sulla sinistra, una guardia aveva visto qualcosa, sentito qualcosa. La si vedeva distintamente, al riverbero delle luci ambrate. Costui si mosse in avanti, rapidamente, imbracciando il fucile e spianandolo davanti a sé. Venne, dritto, verso di loro. A pochi metri di distanza, rovistò con la canna del fucile fra i cespugli.

«*¿Quién es?*» gridò.

D'un tratto, Emilio si slanciò, rapido come un felino, agguantò il fucile per la canna e trascinò la guardia fra i cespugli. Non gli diede neanche il tempo di gridare. L'uomo cadde, con la gola squarciata. Gli aveva vibrato un colpo di coltello.

«Buon dio!» bisbigliò Evan.

Trascinarono il morto più addentro, nel sottobosco.

«Non ho avuto scrupoli, con questo *perro*!» disse Emilio. «Questo cane, tempo fa, ha spaccato la testa a un ragazzo, un giovane giardiniere, che non voleva accontentarlo, non so se mi spiego, *señor.*»

«Ho capito. E ho anche capito che mi hai salvato la vita... Aspetta un momento! Il fucile, il berretto. Possiamo risparmiare tempo. Non portano divisa, queste guardie. Indossano abiti da lavoro. L'arma *è* l'uniforme. Mettiti in testa il suo berretto, e il fucile in spalla. Va' avanti e accertati che il sentiero sia sgombro.»

«*Bueno*» disse il messicano prendendo il berretto e il fucile. «Se mi fermano, dirò che questo *perro* mi ha costretto a rimpiazzarlo per un'ora o giù di lì. Rideranno certamente ma nessuno dubiterà... Vado. Lei mi stia poco lontano. Quando le farò un cenno, esca dai cespugli e proceda per il sentiero. Così camminerà più spedito. Parla spagnolo?»

«Non abbastanza bene.»

«Allora non dica niente. Stia vicino!»

Emilio si avviò per il sentiero, col fucile a spall'arm. Aprendosi un varco fra il fogliame, Kendrick faceva del suo meglio per procedere alla velocità di Emilio e ogni tanto gli bisbigliava di rallentare il passo. A un certo punto, essendo più fitta la vegetazione, Evan impugnò la mannaia e cominciò a menar fendenti sui tralci tropicali, ma Emilio gli gridò tra i denti: «*¡Silencio!*». E dopo un po' soggiunse: «Adesso, *señor*! Esca fuori e cammini con me. Presto!».

Kendrick obbedì e, sbucato dal verde, raggiunse il messicano. Questi accelerò subito l'andatura.

«Ma conviene camminare così svelti?» chiese Evan col respiro affannato. «Se ci vedono, penseranno che stiamo scappando.»

«Siamo giunti sul retro della villa» rispose Emilio, accelerando ancora. «Non c'è nessuno qui a quest'ora, tranne due guardie, che percorrono due sentieri diversi e si incontrano alla *galeria*, poi procedono l'uno su per la collina e l'altro giù verso la spiaggia. Sono appena passati. Abbiamo tempo prima che ripassino. Possiamo quindi tranquillamente attraversare di corsa la *galeria* e salire per il sentiero che porta fino al *mantenimiento* – gli attrezzi, *señor*.»

Raggiunsero il patio lastricato di mattoni, lo stesso patio che Kendrick aveva visto dal balcone della camera per gli ospiti. Ricordò le due guardie che si erano scambiate un segnale dai rispettivi sentieri. Il messicano, che ora aveva preso il comando, agguantò Evan per un braccio e, dopo aver accennato a sinistra, spiccò una corsa. Percorsero correndo il patio lastricato: era assai più vasto di quanto Kendrick non pensasse. Si estendeva per tutta la lunghezza della villa e, al centro, c'erano mobili in ferro battuto attorno a un grosso forno da barbecue in muratura. Corsero lungo il fianco della casa, sotto i balconi, poi tagliarono diagonalmente verso il sentiero bordato da lumini ambrati, e raggiunsero una zona piatta, bordata da erba alta, quindi un poggio prospiciente l'oceano e due spiaggette, separate da un costone di roccia, circa duecento metri più sotto. Le luci ambrate si trovavano adesso alle loro spalle. Davanti a loro un sentiero scosceso, di terra battuta, stretto, scendeva verso il mare.

Da quel punto predominante si vedeva gran parte del versante sud dell'isola. Sulla destra, a trecento metri di distanza, c'era l'enorme generatore. Più oltre, si delineava un edificio lungo e basso: la cosiddetta "caserma". In fondo alla discesa, c'era l'eliporto –

una spianata di cemento, biancheggiante – su cui posava un grosso elicottero militare: ridipinto con colori civili e recante contrassegni messicani, ma inconfondibilmente statunitense.

«Venga!» bisbigliò Emilio. «E non dica niente, perché le voci si sentono bene, da questa parte dell'isola.»

Ciò detto, prese a discendere lungo il sentiero che si addentrava nel bosco. Kendrick si rese conto di quello che intendeva dire Emilio solo dopo un po': il fragore delle onde e i sibili del vento lì, su quel versante, erano pressoché svaniti. Le voci quindi si potevano sentire a grande distanza.

Quello che Emilio aveva chiamato "garage di metallo" era assai più grande di qualsiasi garage che Evan avesse mai visto, a parte le sontuose rimesse dove alloggiano le varie automobili di una famiglia principesca araba. Questo era una rozza struttura di alluminio ondulato. Dentro, c'erano diversi trattori, tosaprati, seghe circolari e numerose altre macchine. Appesi a ganci, c'erano asce, accette, scuri, falci, trinciafili, machete e svariati altri attrezzi da giardinaggio.

Kendrick, mollata la piccola mannaia, si appropriò di un'accetta, di due machete, uno per sé e uno per Emilio, di una tranciafili, di una potatrice e di una latta di benzina.

«All'elicottero!» disse poi.

«C'è un sentiero, sotto il *generador*. Presto! Le guardie hanno raggiunto le spiaggette, ormai, e presto torneranno indietro.»

Corsero fuori del magazzino dei giardinieri, con gli attrezzi trafugati in spalla e sottobraccio, o precariamente affardellati con cinghie. Emilio fece strada. Corsero fra l'erba alta e raggiunsero lo stretto sentiero scosceso.

«*¡Cigarrillo!*» bisbigliò il messicano, sospingendo Evan in un canneto.

Infatti, si vedeva la punta accesa d'una sigaretta rosseggiare nell'oscurità. Trattennero il fiato. La guardia passò a meno di tre metri da loro. Quand'ebbe raggiunto la sommità dell'altura, i due si rimisero in cammino verso l'eliporto.

L'enorme elicottero militare ridipinto sembrava pronto a spiccare il volo contro un nemico che solo lui poteva vedere nella notte. Pesanti catene lo tenevano ancorato alla piattaforma di cemento: nessuna burrasca avrebbe potuto smuoverlo. Kendrick si avvicinò all'enorme apparecchio mentre Emilio, rimasto fra l'erba, stava di guardia, pronto ad avvertire il compagno nel caso che la sentinella tornasse.

Evan studiò l'elicottero. Aveva un solo pensiero in mente: immobilizzarlo, senza fare tanto rumore. Non poteva usare la torcia elettrica, l'avrebbero vista.

Cavi... I cavi sotto il rotore, i cavi in coda. Aggrappandosi prima a una maniglia, poi al telaio di un finestrino, si issò sull'elicottero. La lunga trinciafili gli spuntava dalla cintola. In pochi secondi si inerpicò in cima alla fusoliera. Carponi, cautamente, avanzò fino alla base delle pale. Estrasse la trinciafili. Si alzò in piedi. Tre minuti dopo aveva reciso tutti i cavi che era riuscito a vedere al lume della luna.

Un breve, acuto sibilo. Il segnale di Emilio. La guardia aveva raggiunto la cresta del colle e, tra pochi minuti, sarebbe arrivata all'eliporto. Kendrick non era, però, ancora soddisfatto. Aveva paralizzato l'elicottero o lo aveva soltanto ferito? Doveva portarsi in coda, danneggiarlo ulteriormente. Al giorno d'oggi, tutte le macchine volanti hanno dispositivi sussidiari, che entrano in funzione in caso di guasti durante il volo. Strisciò carponi lungo la fusoliera, il più rapidamente possibile, a rischio di slittare e fare un tonfo di sette metri sulla piattaforma di cemento, e raggiunse la coda. Non riusciva a vedere nessun cavo, però... erano tutti inguainati nel metallo... no! Non tutti! Ne vide due, simili a funi, che andavano a inserirsi nell'alettone di destra. Tenendosi saldo alla coda, sporgendosi in fuori, lavorò furiosamente. Grondava sudore. La trinciafili mordeva il cavo, ne recideva a uno a uno i fili di cui era formato. D'un tratto, uno schiocco sonoro – troppo forte, un *crac* che echeggiò reboante nella notte – allorché un'intera sezione a persiana dell'alettone si abbatté con fracasso in posizione verticale. Ce l'aveva fatta. L'elicottero non avrebbe potuto levarsi in volo.

Via, di corsa.

Grida, da sotto. «*¿Qúe cosa? ¡Quédese!*»

Sotto la coda dell'elicottero, sulla piattaforma di cemento, una guardia stava prendendo Evan di mira col fucile, imbracciato soltanto con la destra, mentre con la sinistra si accingeva a schiacciare il pulsante d'allarme, sull'apparecchio radio che gli pendeva dalla cintura.

Capitolo quarantaduesimo

Non poteva accadere! Come se avesse d'un tratto perso l'equilibrio e ogni controllo, Kendrick alzò le braccia mentre slittava sulla fusoliera. Aveva però scagliato, con forza, la trinciafili. Questa andò a colpire il calcio del fucile, che sfuggì di mano alla guardia e cadde a terra. La guardia lanciò un urlo, che però venne subito smorzato da Emilio che gli diede un colpo sul cranio usando l'accetta di piatto.

Evan era caduto malamente sulla spianata di cemento.

«Riesce a muoversi?» gli chiese il messicano in un bisbiglio. «Dobbiamo andare via da qui. Alla svelta! L'altra guardia arriverà di corsa.

Evan annuì e, a fatica, si rialzò. Raccattò il fucile e la trinciafili. «Portalo via da qui» disse e, subito, si rese conto che quell'ordine non era necessario. Infatti Emilio stava trascinando la guardia, tramortita, verso l'erba folta che circondava la spianata. Zoppicando – con la caviglia sinistra e il ginocchio destro che gli bruciavano dolorosamente – Kendrick lo seguì.

«Ho commesso un errore» disse il messicano, sempre a bassa voce, scuotendo la testa. «Abbiamo una sola speranza... Non possiamo raggiungere la darsena senza essere visti – con lei così azzoppato – prima che l'altra guardia si accorga di essere senza *compañero*.» E indicò il suo connazionale tramortito. «Dovrò quindi fare finta di essere *lui*, e arrivare abbastanza vicino prima che l'altro s'accorga che non lo sono.»

«Però quello ti chiederà, ancor prima di riconoscerti, che cosa è successo. Tu cosa risponderai?»

«Gli dirò che sono andato a fare un bisogno, fra l'erba, e nella fretta ho urtato contro una pietra aguzza. Camminerò zoppicando come lei.»

«Credi di poterla fare franca?»

«Preghiamo la Vergine che ci riesca. Altrimenti siamo morti tutt'e due.» Il messicano si rialzò e si mise il fucile in spalla. «Una richiesta, prego» soggiunse indicando l'uomo tramortito fra l'erba folta. «Questa *guardia* non è un cattivo uomo, e ha famiglia a El Zuazal, dove non c'è lavoro per nessuno. Lo leghi, mani e piedi, e lo imbavagli. Non me la sento di ucciderlo.»

«E l'altra guardia sai chi è?» domandò Evan aspro.

«No.»

«Metti allora che non te la senti di uccidere neanche quello?»

«Non c'è problema. Lo sopraffaccio – sono forte abbastanza – e lo lego. Oppure ritorno con un altro *compañero* per noi.»

Ciò detto, Emilio si avviò zoppicando lungo la stradina che fiancheggiava l'eliporto. Di lì a poco la seconda guardia sopraggiunse di corsa. Kendrick stava acquattato fra l'erba.

Udì un breve colloquio fra i due messicani, poi un grido strozzato. Il grido di un uomo che muore. Seguì un cupo silenzio. Dopo pochi istanti, Emilio tornò.

«Niente *compañero*» disse Kendrick.

«Era una carogna, quello.»

«L'hai ammazzato, dunque.»

«Sì, *señor*, e l'ho nascosto fra l'erba. Ora però abbiamo soltanto mezz'ora, prima che spunti il giorno.»

«Andiamo, dunque. Quello là» soggiunse indicando fra l'erba «è legato come un salame.»

«Alla darsena, allora? Alle barche?»

«Non ancora, *amigo*. Abbiamo da sbrigare, prima, un'altra faccenda.»

«Gliel'ho detto, fra poco farà giorno.»

«Se quello che ho in mente mi riesce, farà chiaro anche prima dell'alba. Prendi quel bidoncino di benzina e la potatrice. Io non ce la faccio a portare altre cose, oltre il peso che ho già.»

Un passo dolorante dietro l'altro, preceduto dal messicano, Evan si inerpicò sul ripido sentiero che portava al generatore di corrente. Vi arrivarono. Il ronzìo costante e sordo faceva vibrare fastidiosamente i timpani. C'erano qua e là cartelli di *¡Peligro!... Danger!* Il cancello che immetteva nel recinto era chiuso con pesanti chiavistelli. Zoppicando, Kendrick si portò nel punto meno illuminato del recinto. Consegnò a Emilio la trinciafili. «Apri un varco nella rete» gli ordinò. «Un metro basta. Dacci dentro.»

«E lei, *señor*?»

«Devo dare un'occhiata in giro.»

Li trovò! Tre dischi di ferro avvitati nel cemento a dieci metri di distanza l'uno dall'altro: le bocche di tre enormi serbatoi sotterranei, tre cisterne per il carburante. Per svitare quei dischi occorreva una chiave inglese esagonale, a T, ma c'era anche un altro sistema. Kendrick lo conosceva, grazie alla sua esperienza in Arabia: una procedura di emergenza, cui ricorrere nel caso che mancasse l'attrezzo adatto. Ciascuno di quei dischi di ferro aveva 14 creste, o rughe, e non era molto dissimile – sebbene assai più piccolo – dal coperchio di un tombino, di quelli in uso nella maggior parte delle città americane. Picchiando con un martello, lentamente, in senso antiorario, la volta-a-tutto-centro si poteva allentare e, quindi, infilando le dita ai lati, svitare.

Kendrick tornò da Emilio. Questi aveva trinciato la rete in due punti, verticalmente, e adesso stava trinciando in senso orizzontale, rasoterra.

«Vieni con me!» gli gridò Evan nell'orecchio, a causa dell'assordante ronzìo del generatore. «Hai l'accetta?»

«*Pues sí.*»

«Ce l'ho anch'io.»

Kendrick condusse il messicano al primo disco di ferro e gli insegnò come servirsi dei tovaglioli prelevati nello chalet, per attutire il rumore delle martellate.

«Lentamente!» gli disse. «Una scintilla può incendiare le esalazioni, *comprende*?»

«No, *señor.*»

«Meglio, se non capisci. Piano, adesso. Una martellata alla volta. Non così forte!... Si muove!»

«Più forte, ora?»

«Cristo, no! Piano, amico. Come se lavorassi un diamante.»

«Non ho mai avuto il piacere...»

«Lo avrai, se la scampiamo. Ecco! È abbastanza lento. Ora svita il coperchio. Dammi quei tovaglioli.»

«Per cosa, *señor*?»

«Te lo spiegherò, non appena avremo varcato quella porta che stai ritagliando nel recinto.»

«Ci vorrà tempo...»

«Ti dò due minuti, *amigo*!»

«*Madre de Dios...*»

«Dove hai messo la benzina?»

«Là» rispose il messicano, indicando a sinistra della "porta" che stava aprendo nella rete metallica.

Acquattato nell'ombra, Evan legò insieme i tovaglioli, stringendo ben bene ciascun nodo, ottenendo così una corda lunga più di tre metri. Con il corpo che gli dava lancinanti fitte a ogni movimento, svitò il coperchio della latta di benzina, vi immerse la fune e ottenne così una miccia. Il ginocchio gli bruciava, la caviglia gli si stava gonfiando rapidamente. Strisciò fino al serbatoio di carburante, trascinandosi dietro la miccia. Con sforzo, sollevò il coperchio, inserì un metro di miccia. Rimise a posto il coperchio, ma scentrato, in modo che passasse aria. Fatto questo, dopo aver spianato i tovaglioli al suolo, li cosparse di polvere, appena appena, in modo da ritardare la velocità della fiamma, una volta accesa la miccia.

Si rialzò e – chiedendosi, per un attimo, quanto ancora avrebbe potuto resistere in piedi – tornò zoppicando da Emilio. Questi stava tirando a sé il rettangolo di rete ritagliato dal recinto, per consentire l'ingresso.

«Ora ascoltami bene» gli disse Evan all'orecchio. «Se non capisci, fermami. D'ora in avanti quello che conta è il fattore tempo. Le nostre azioni devono susseguirsi con cronometrica precisione, *comprende?*»

«Sì, *señor.*»

Evan estrasse la torcia elettrica dalla tasca della giacca incrostata di fango. «Prendi questa» disse. Accennò col mento al pertugio nel recinto. «Io entro lì dentro e spero, perdio, di sapere quel che faccio – questi macchinari sono diversi da quelli che installavo io – ma, se non altro, riuscirò a bloccarli. Ci sarà un gran rumore e molte scintille...»

«*¿Cómo?*»

«Come piccoli fulmini e un rumore come di forti scariche atmosferiche. Hai capito?»

«Basta....»

«Non basta. Non avvicinarti al recinto. Non toccare la rete metallica. Al primo scoppio, girati e chiudi gli occhi... Se abbiamo fortuna, si spegneranno tutte le luci. Tu, allora, punta il raggio della torcia sul varco nella rete. Okay?»

«Okay.»

«Non appena sarò sbucato nuovamente fuori, punta il raggio là.» Kendrick indicò l'estremità della miccia. «Metti il tuo fucile in spalla, e porgi a me l'altro. Hai il berretto che hai tolto all'altra guardia? Se ce l'hai, dammelo.»

«Sì. Eccolo.» Emilio si tolse di tasca un secondo berretto e lo consegnò a Evan.

Questi se lo mise in testa. «Uscito dal recinto, io vado là e accendo un fiammifero, dando fuoco ai tovaglioli. Dopodiché corriamo sull'altro lato della strada.»

«Capisco, *señor.* Ci buttiamo in mezzo all'erba sull'altro lato della strada. Ci nascondiamo.»

«Ci nascondiamo. Nascosti fra l'erba, saliamo su per la collina, e, quando tutti quanti accorreranno, ci uniamo a loro.»

«*¿Cómo?*»

«Fingeremo di essere due di loro» disse Kendrick. Si tolse dalle tasche della giacca i due barattoli di *Sterno*. Li infilò nelle tasche dei calzoni. Si tolse la giacca e la cravatta. «Nell'oscurità, non ci vedranno. Raggiungeremo la darsena, sull'altro versante della collina. Con due carabine e una Colt .45.»

«Capisco.»

«Andiamo» disse Evan. A gran fatica, con gran dolore, si chinò a raccattare la potatrice e un machete.

Si infilò attraverso il pertugio nel recinto. Dall'altra parte si rialzò in piedi. Studiò quelle macchine ronzanti, minacciose. Alcune cose non erano cambiate, nella loro fattura; non sarebbero mai cambiate. In alto, sulla sinistra, imbullonato a un palo coperto di catrame alto cinque metri, c'era il trasformatore principale; i derivatori portavano energia alle varie diramazioni; i cavi erano rivestiti di gomma di almeno cinque centimetri di diametro per impedire infiltrazioni d'acqua – pioggia e umidità – che avrebbero provocato un corto circuito. A tre metri di distanza, diagonalmente opposti, sopra le due nere tozze dinamo principali, c'erano le piastre a griglia, che giravano su volani alla sommità dei macchinari, trasformando un campo di energia in un altro, protette da un pesante traliccio di fili metallici e raffreddate ad aria. Le avrebbe studiate ulteriormente, quelle macchine, ma non ora.

C'erano cose più urgenti. Si spostò sulla sinistra ed estese al massimo la potatrice allungabile. Attanagliò, con essa, il derivatore più in alto. E, come aveva fatto con la trinciafili per recidere i cavi dell'elicottero, manovrò adesso la potatrice, furiosamente, su e giù, finché l'istinto professionale non gli disse che era giunto a pochi millimetri dal filamento di rame. Appoggiò la potatrice al recinto e si accostò alla prima delle due dinamo principali.

Se si fosse trattato soltanto di provocare un corto circuito, avrebbe continuato a tagliare il cavo del trasformatore: la potatrice aveva i manici rivestiti di gomma, quindi lui non avrebbe ricevuto la scossa elettrica. Ora, per provocare il corto circuito, bastava appoggiare la parte metallica della potatrice alla rete di recinzione, una volta toccato il filo di rame. Sarebbe allora seguita una breve scarica elettrica e sarebbe cessata l'erogazione di energia. Però, c'era un problema: doveva prendere in considerazione l'evenienza che né lui né Emilio sopravvivessero; un trasformatore danneggiato poteva venire riparato nel giro di pochi minuti. Doveva invece arrecare un danno maggiore: doveva mettere fuori uso l'intero sistema. Non poteva sapere cosa stesse succedendo in quel frattempo a San Diego: poteva solo dare alle forze di Payton più tempo, danneggiando quei macchinari in modo tale che occorressero giorni, non per ripararli, ma per sostituirli. Quell'isola messicana era la sede di un Governo dentro il Governo degli Stati Uniti. Bisognava quindi paralizzarlo, isolarlo, privare i suoi membri di ogni mezzo di comunicazione e di trasporto. Ora, il tempo era tutto.

Si avvicinò alla dinamo, cautamente guardò il volano dentro la gabbia metallica. C'era uno spazio orizzontale, non più largo di un centimetro e mezzo, fra il volano e il traliccio, che impediva a oggetti di grossa dimensione di cadere all'interno. Era proprio un'intercapedine del genere che Kendrick si era augurato di trovare: per questo aveva il machete con sé. Le sezioni di qualsiasi generatore hanno aperture di piccola dimensione, verticalmente e orizzontalmente. Era ciò che gli occorreva. Per la buona riuscita o la morte istantanea. Uno sgarro, un minimo errore, e sarebbe abbrustolito all'istante. O, se anche avesse evitato la morte per alta tensione, sarebbe rimasto accecato dal lampo di luce abbagliante, se non fosse riuscito a girarsi in tempo da un'altra parte, tenendo gli occhi strettamente chiusi. Ma, se fosse riuscito nell'intento, il generatore sarebbe stato messo fuori uso, irreparabilmente.

Sfilò il machete dalla cintura. Il viso gli grondava di sudore, nonostante il vento dal volano. Diresse pian piano la lama verso l'intercapedine orizzontale... Tremando, ritrasse il machete. Doveva avere le mani più ferme! Non poteva toccare i bordi della stretta intercapedine. Tentò di nuovo. L'inserì di un centimetro, di due, di tre... Spinse dentro la pesante lama, ritraendo ambo le mani prima che la lama stessa facesse contatto, e arretrò, si gettò a terra, nascondendo gli occhi sotto le braccia. Seguirono assordanti detonazioni. Nonostante avesse le palpebre ben serrate, una luce bianca abbagliante era dovunque, nell'oscurità. Il volano non voleva fermarsi! Continuava a divorare il metallo del machete spargendo scintille e scariche elettriche, sputandole violentemente contro il recinto.

Kendrick balzò in piedi, facendosi scudo agli occhi, e cautamente passo dopo passo, tornò alla potatrice, le cui mascelle seghettate erano incastrate nel rivestimento di gomma del cavo di derivazione del trasformatore. Ne agguantò i manici e, alla disperata, li manovrò finché la scossa non lo fece sobbalzare. Aveva toccato il filamento di rame. La potatrice cadde sulla rete metallica di cinta. L'intero complesso del generatore impazzì. Le luci si spensero ovunque, sull'isola. Ma lì continuavano a scoccare scintille accecanti, erratiche, frastagliate scariche elettriche all'interno del pericoloso recinto. Doveva uscirne!

Strisciando sul ventre, con le braccia e le gambe che lo spingevano come le zampe di un ragno in corsa, raggiunse il pertugio nella rete di cinta, guidato dal raggio della torcia elettrica. Quando si fu rialzato, Emilio gli mise in mano il fucile.

«*Fiammiferi!*» gridò Evan, non riuscendo a prendere i propri. Il messicano gliene diede una manciata, poi diresse il raggio della torcia sull'estremità della miccia formata dai tovaglioli imbevuti di benzina. Kendrick corse là, zoppicando. Accese uno dopo l'altro una mezza dozzina di fiammiferi stropicciandoli su una pietra. Via via li accostava al tavolo di coda. La fiamma si accese e iniziò il suo viaggio mortale lentamente, implacabilmente, non più che un barlume fra la polvere.

«Svelto!» gridò Emilio, aiutando Evan a rialzarsi. Lo condusse quindi non sulla stradina di terra battuta, bensì fra l'erba alta. «In molti sono usciti dalla casa e stanno venendo di corsa!»

Corsero, letteralmente tuffandosi nell'erba, mentre uno stuolo di uomini in preda al panico, perlopiù armati di fucile, sopraggiungeva, coprendosi gli occhi, gridandosi l'un l'altro, in prossimità del generatore in eruzione, accecante. Durante il caos, Kendrick e il suo compagno strisciarono fra l'erba e raggiunsero la strada, più a valle, proprio mentre un'altro gruppo, ugualmente stupefatto e atterrito, usciva di corsa dal basso edificio che serviva da "caserma" per le guardie. Molti erano vestiti a metà, molti in mutande, non pochi denunciavano gli effetti di eccessive libagioni.

«Stammi a sentire» bisbigliò Evan all'orecchio di Emilio. «Noi andremo per di là, adesso... Tu mettiti a urlare in spagnolo, come se noi eseguissimo degli ordini. Su, dài, adesso!»

«*¡Traenos agua!*» ruggì il messicano, balzando fuori dall'erba, seguito da Kendrick, e andando a unirsi alla masnada uscita dalla caserma. «*¡Agua! ¡Traenos agua!*»

Passarono oltre, ma di lì a poco si trovarono di fronte un altro drappello di guardie, in preda al panico, provenienti dalla villa.

L'oscurità era terrificante, resa ancora più strana dalle voci che si levavano stridule da tutte le parti. Poi raggi di torce elettriche guizzarono dalla villa su in alto.

«Il sentiero!» gridò Kendrick. «Raggiungiamo il sentiero che porta alla darsena. Per amor del cielo, spicciati! Quel serbatoio esploderà da un momento all'altro e ci sarà un fuggi-fuggi verso le barche.»

«Il sentiero è più oltre. Dobbiamo attraversare la *galeria*.»

«Cristo! Staranno alle finestre, affacciati ai balconi!»

«Non c'è altra via, non c'è una via più rapida.»

«Andiamo!»

Si misero a correre per lo stretto sentiero. Kendrick barcollava, trafitto da dolori lancinanti, ma continuava a correre. Raggiunsero il patio lastricato – che Emilio chiamava *galeria* – e corsero oltre, verso gli scalini che portavano al sentiero principale.

«*Stop!*» ruggì una voce profonda. Il raggio di una torcia li investì. «Dove state an...? *Cristo*, sei *tu!*»

Evan alzò gli occhi. Sul balcone dal quale si era affacciato lui, appena un'ora prima, c'era adesso Big Tom. Aveva in mano una pistola e stava prendendo la mira.

Evan sparò col fucile nell'attimo stesso in cui l'altro faceva fuoco. Sentì la pallottola rovente penetrargli nella spalla sinistra. Barcollò. Si riprese. Sparò ancora, poi ancora.

L'uomo alto si compresse una mano sullo stomaco. Urlò a squarciagola: «È lui! È Kendrick!... Fermate quel figlio d'un cane! Fermatelo! Sta andando giù alle barche!».

Kendrick prese meglio la mira e sparò l'ultimo colpo. Big Tom portò la mano alla gola, inarcò il collo all'indietro, poi cadde in avanti e, superato il basso parapetto, precipitò sul lastricato sottostante.

A Evan cominciavano a chiudersi gli occhi. La nebbia gli vorticava nel cervello.

«No, *señor*! Bisogna correre! Si alzi in piedi!»

Kendrick si sentì tirare per le braccia, schiaffeggiare il viso, ripetutamente.

«O viene con me o muore. E io non intendo morire con lei. Ho famiglia a El Descanso...»

«*Cosa?*» gridò Evan. La spalla gli bruciava, il sangue gli bagnava la camicia. Si alzò in piedi. Si mosse barcollando verso i gradini. In qualche modo, nei recessi della mente, ricordò la Colt .45 che aveva tolto al mafioso. L'estrasse dalla tasca, lacerando la stoffa, e la impugnò. «Vengo con te!» gridò dietro a Emilio.

«Venga, l'aiuto a salire i gradini. Si appoggi a me... È ferito e il sentiero è buio... Quindi devo usare la *linterna* – la torcia elettrica.»

D'un tratto la terra esplose, come se una grossa meteora si fosse abbattuta a poca distanza da lì. I vetri alle finestre della villa andarono in frantumi. Guizzarono fiamme nel cielo notturno. Il serbatoio aveva preso fuoco. I due fuggiaschi si misero a correre giù per il sentiero in discesa. Kendrick barcollava, tentava disperatamente di mettere a fuoco il raggio della torcia davanti a lui, la caviglia e il ginocchio gli procuravano dolori lancinanti, la spalla gli pulsava.

Spari. Colpi d'arma da fuoco. Fischiarono proiettili sopra le loro teste, andando a conficcarsi nel terreno davanti a loro. Emilio spense la torcia e prese Evan per mano. «Non manca più molto. Conosco la strada e non l'abbandonerò.»

«Se la scampiamo, avrai il peschereccio più grande di El Descanso!»

«No, *señor*. Mi trasferirò con la famiglia in montagna. Questi uomini mi daranno la caccia. A me e ai miei *niños*.

«Che ne dici allora di una fattoria? Un *rancho*!»

La luna sbucò all'improvviso, da uno squarcio fra le nuvole, rivelando il porticciolo dell'isola: distava sì e no 70 metri.

La sparatoria era cessata. Ricominciò. Ma di nuovo la terra parve squarciarsi.

Erano quasi arrivati al molo.

«*¡Señor!*» esclamò il messicano, atterrito da quella inattesa esplosione, spaventato dalla palla di fumo e dalle lingue di fiamma che si erano levate dietro la villa. «L'isola sprofonderà in mare! Cos'è accaduto?»

«Il secondo serbatoio è scoppiato! Non potevo prevederlo, potevo soltanto sperarlo.»

Un singolo sparo. Dalla darsena. Emilio fu colpito. Si piegò su se stesso, comprimendosi la coscia, da cui sgorgava sangue. Un uomo armato di fucile, a cinquanta metri di distanza, si stagliò nella luce della luna. Aveva in mano una ricetrasmittente portatile. Evan si inginocchiò, impugnò la pistola a due mani, prese la mira. Il suo corpo era tutto un dolore, una piaga infetta. Sparò due volte. Colpì il bersaglio, forse con entrambe le pallottole. La guardia vacillò. Lasciò cadere sia la radio che il fucile. Quindi stamazzò sull'assito del molo e restò immobile.

«Vieni, *amigo*!» gridò Kendrick afferrando Emilio per un braccio.

«Non posso muovermi! Non ho le gambe!»

«Ebbene, io non intendo morire insieme a te, brutto bastardo. Ho un paio di persone care, anch'io, che mi aspettano a casa. Alzati su, e vieni con me. Altrimenti ci torni a nuoto, a El Descanso dai tuoi *niños*!»

«*¿Cómo?*» gridò il messicano, su tutte le furie. E si rialzò faticosamente.

«Così va meglio. Arrabbiati! Entrambi abbiamo di che essere arrabbiati.» E gli cinse la vita con un braccio. A fatica si reggeva in piedi lui stesso. Il dolore alla spalla, al ginocchio e alla caviglia era intollerabile.

Si inoltrarono sul molo.

«La barca grande a destra!» gridò Evan indicando lo yacht da diporto, contento che la luna fosse andata di nuovo sotto una nuvola. «T'intendi di barche, *amigo?*»

«Sono un pescatore!»

«Voglio dire – anche di barche così?» domandò Kendrick aiutando Emilio a salire a bordo.

«Non si prendono pesci con queste barche, si prendono solo *turistas*.»

«C'è un'altra definizione...»

«*Es igual*... Comunque, ho guidato diverse barche. Posso provare anche con questa qui. Però *señor*, ci inseguiranno. E quei motoscafi sono tutti più veloci di uno yacht.»

«Si può arrivare fino al continente con un motoscafo?»

«Mai. Non reggono il mare agitato. E consumano troppo carburante. Trenta, quaranta chilometri, poi devono tornare indietro. È questa la barca che fa al caso nostro.»

«Allora ci penso io. Dammi il tuo barattolo di *Sterno*!» gridò Evan sentendo delle grida lungo il sentiero principale.

Il messicano estrasse il piccolo barattolo dalla tasca. Kendrick tirò fuori i suoi due. Ne scalzò i coperchi con la lama del coltello da scalco. «Apri il tuo, se ci riesci!»

«Già fatto! Ecco, *señor*. Vado sulla plancia.»

«Ce la fai?»

«Devo, per forza... El Descanso.»

«Oh, Cristo! La chiavetta del motore!»

«In questi porticcioli privati è consuetudine lasciare la chiave a bordo, nel caso che una burrasca renda necessario spostare la barca.»

«Metti che non ci sia?»

«Tutti i bravi marinai sanno cavarsela. Basta sfondare un pannello e incrociare un paio di fili. Pensi lei a mollare gli ormeggi, *señor*!»

Emilio salì, barcollando, sulla plancia.

Kendrick cominciò a estrarre, con le dita, pezzi di carburante solido da un barattolo di *Sterno*. Correndo lungo il molo, ne gettava manciate sulle barche. Vuotò in breve tutti i barattoli. Allora tirò fuori una manciata di fiammiferi. Li accendeva e, uno dopo l'altro, li gettava, accesi, sui vari grumi di quella gelatina infiammabile. Questa prendeva subito fuoco. In poco tempo, divampò un incendio a bordo di ciascuna delle barche ormeggiate. Non contento, si mise a sparare colpi di pistola sugli scafi, a pelo d'acqua, praticandovi dei fori. I motoscafi erano fatti d'una lega leggerissima, che permetteva loro di filare veloci.

Intanto Emilio era riuscito a mettere in moto lo yacht. Il rauco ruggito del motore proruppe nell'acqua, le eliche presero a girare schiumando.

Grida! Alcuni uomini stavano correndo giù per il sentiero, dalla villa in cima al colle. L'incendio sullo sfondo era adesso un bagliore costante.

«Presto, *señor*!... Gli ormeggi!»

Le gomene erano legate ai due piloni! Kendrick corse verso quello di destra e trafficò con il canapo annodato. Riuscì a scioglierlo. La cima scivolò in acqua. Avanzò barcollando, reggendosi in piedi a malapena, fino all'altro pilone di attracco. Diede strattoni, finché anche la seconda gomena si sciolse.

«Fermateli. Uccideteli!» A gridare così, freneticamente, era Crayton Grinell, Presidente del consiglio di un Governo nel Governo.

Alcuni uomini sciamarono sul molo. Aprirono il fuoco. Gli spari si susseguivano rapidi, a raffiche.

Evan spiccò un salto dal molo sulla poppa dello yacht, mentre questo si staccava dall'attracco, coi motori a pieno regime, sotto sforzo, lasciandosi dietro una scia ribollente. Descrisse una curva per uscire dall'insenatura e raggiungere la fitta oscurità del mare aperto.

Una terza immensa esplosione detonò oltre il colle, dietro la villa. Il cielo notturno divenne una nuvola gialla, poi strie frastagliate di bianco e di rosso si intromisero. L'ultimo serbatoio era saltato in aria. L'isola del micidiale Governo nel Governo era tagliata fuori completamente. Nessuno poteva partirne. Ce l'avevano fatta!

«*Señor!*» urlò Emilio dalla plancia.

«*Cosa?*» gridò Kendrick rotolando sul ponte. Tentò di alzarsi, senza riuscirvi. Era allo stremo delle forze. Il dolore era lancitante, in ogni parte del corpo. Le ferite continuavano a perdere sangue.

«Deve venire quassù, *señor*!»

«Non ce la faccio!»

«Deve! Sono ferito. *El pecho* – il torace!»

«È alla gamba che...»

«No! Mi hanno colpito ancora. Sto cadendo, *señor*. Non reggo più il timone!»

«Tieni duro!»

Carponi, Evan raggiunse la scaletta, e, facendo appello alle ultime riserve di forza, si inerpicò, di piolo in piolo, fino alla plancia. Qui giunto, guardò il messicano. Questi si teneva aggrappato alla ruota del timone, ma il suo corpo si era completamente afflosciato. Kendrick si tirò in piedi, sostenendosi alla ringhiera. Riusciva sì e no a tenersi ritto. Barcollando raggiunse il timone, sgomento per la fitta oscurità e per le onde agitate che sballottavano il battello. Emilio cadde a terra, mollando il timone.

«Cosa posso fare?» urlò Evan.

«La... radio» balbettò il messicano. «Io sono un pescatore... non un capitano... ma le ho sentite, nel cattivo tempo... C'è un canale per *urgencia, numero dieciséis*!»

«Cosa?»

«*Sedici!*»

«Dov'è la radio?»

«Sulla destra del timone. La manopola è sulla sinistra. Presto!»

«Come li chiamo?»

«Tiri fuori il microfono e prema il bottone. Dica che è *el primero de mayo*!»

«May Day? SOS?»

«*¡Sí!... Madre de Dios...*» Emilio si accasciò, svenuto o morto.

Kendrick sollevò il microfono dalla forcella. Accese la radio e studiò il quadrante sotto la consolle. Era incapace di pensare. La barca, in balia delle onde, si squassava lungo tutto il suo fasciame. Alla fine Evan riuscì a distinguere il pulsante numero 16 e lo pigiò.

«Qui il rappresentante Evan Kendrick!» gridò. «Mi sente nessuno?»

«Qui, la Guardia Costiera di San Diego» risposero.

«Può mettermi in comunicazione telefonica con l'Hotel Westlake a San Diego? È un'emergenza!»

«Chiunque può dire qualsiasi cosa, signore. Non siamo un centralino telefonico, noi.»

«Lo ripeto: sono Evan Kendrick della Nona Circoscrizione del Colorado, e questa è un'emergenza. Sono sperduto in mare da qualche parte a ovest o a sud di Tijuana.»

«In acque messicane, allora!»

«Chiamate la Casa Bianca. Ripetete quello che vi ho detto... Kendrick del Colorado.»

«Lei è quello che andò nell'Oman?»

«Chiamate la Casa Bianca!»

«Tenga aperta la radio, prenderò le sue coordinate...»

«Non ho tempo e non so di che parla!»

«Per rilevare la sua posizione...»

«Per amor del cielo, mi metta in comunicazione con l'Hotel Westlake! E, intanto, chiami la Casa Bianca. Devo parlare subito con quell'albergo.»

«Signorsì, guastatore Kendrick!»

«Qualunque cosa, purché funzioni» borbottò Evan fra sé, mentre strani rumori dall'altoparlante scoppiettavano su toni differenti. Il centralino rispose. «Stanza 51, prego. Faccia presto!»

«Sì?» disse la voce tirata di Khalehla.

«Sono io!» gridò Kendrick.

«Per amor di Dio, dove sei?»

«In mezzo all'oceano, da qualche parte. Lascia perdere. C'è un avvocato... l'avvocato di Ardis... costui ha un libro... un registro... su cui è scritto tutto. Trovatelo! Prendetelo!»

«Sì, certo, telefono subito a MJ. Ma tu come stai? sei...»

Un'altra voce si intromise. Il tono di comando inconfondibile. «Sono il Presidente degli Stati Uniti. Trovate quella barca. Trovate quell'uomo!

Le onde sballottavano il battello come un guscio di noce insignificante, nel mare infuriato. Evan non riusciva più a tenersi aggrappato alla ruota del timone. La nebbia ritornò ed egli cadde sopra il corpo esanime del pescatore di El Descanso.

Capitolo quarantatreesimo

Ci furono scosse violente, vagamente percepite, poi si sentì afferrare, sollevare, e zaffate di vento lo percossero, seguite da un fragore assordante. Aprì gli occhi, vide due figure sfocate muoversi, freneticamente, intorno a lui, slacciando cinghie... Poi, una trafitta nella carne, sul braccio. Tentò di sollevarsi ma fu trattenuto. Alcuni uomini lo trasportarono su una piatta superficie imbottita, dentro una vasta, vibrante gabbia di metallo.

«Stia fermo, Mr. Kendrick!» gridò un uomo in uniforme bianca della Marina, che gradualmente venne a fuoco. «Io sono un medico e lei è alquanto malconcio. Non mi renda le cose più difficili, altrimenti il Presidente in persona presiederà la Corte marziale, per me, se non faccio a puntino il mio lavoro.»

Altra puntura. «Dove sono?»

«Domanda pertinente» rispose l'ufficiale medico, vuotando la siringa dentro la spalla di Kendrick. «Si trova su un elicottero a novanta miglia dalle coste del Messico. Lei era in viaggio per la Cina, amico, e quei mari sono molto agitati.»

«Ecco!» Evan cercò di alzare la voce ma riusciva a malapena a sentire se stesso.

«Ecco cosa?» Il medico si chinò, mentre un infermiere accanto a lui reggeva una bottiglia di plasma.

«Passage to China... Un'isola chiamata Passage to China. Bisogna bloccarla!»

«Io sono un medico e...»

«Faccia come le dico!... Chiami San Diego per radio, mandino là aerei, mandino navi. Arrestino tutti!»

«Ehi, amico, io non sono un esperto, ma queste sono acque messicane...»

«*Goddamnit*, chiami la Casa Bianca! No... Si metta in contatto con un uomo di nome Payton, alla CIA... Mitchell Payton, alla CIA. Gli dica quello che le ho detto io. Faccia il nome di Grinell.»

«Non è roba da poco, questa» disse il giovane medico, guardando un terzo uomo ai piedi del giaciglio di Kendrick. «Ha sentito, tenente. Vada su dal pilota. Un'isola chiamata Passage to China, un uomo di nome Payton alla CIA di Langley, e qualcun altro di nome Grinell. Si spicci, tenente, questo è il pupillo del Presidente!... Ehi, si tratta di qualcosa di analogo a quello che lei ha fatto agli arabi?»

«Emilio?» domandò Evan anziché rispondere. «Come sta?»

«Il messicano?»

«Il mio amico... L'uomo che mi ha salvato la vita.»

«È qui accanto a lei. Lo abbiamo appena caricato.»

«Come sta?»

«Peggio di lei, molto peggio. Ha poche probabilità di cavarsela, Mr. Kendrick. Stiamo volando verso l'ospedale della base, più veloci possibile.»

Kendrick si sollevò su un gomito e guardò la figura supina di Emilio, privo di conoscenza, a meno di un metro da lui, dietro il medico. Il suo viso era terreo, simile a una maschera di morte. «Mi dia la sua mano!» ordinò Kendrick. «Me la dia!»

«Sì, signore» disse il medico e, sollevata una mano di Emilio, la porse a Kendrick.

«El Descanso!» ruggì questi. «El Descando e la tua famiglia... tua moglie e i *niños*! Ehi, maledetto figlio di puttana, non morirmi, adesso. Fottuto pescatore ignorante, devi mettercela tutta, hai capito?»

«*¿Cómo?*» La testa del messicano si dimenò qua e là mentre Kendrick serrava la stretta delle dita.

«Così va meglio, *amigo*. Ricordati, siamo arrabbiati. Restiamo arrabbiati. Tieni duro, tu, bastardo, altrimenti t'ammazzo io. *Comprende?*»

Con il viso rivolto verso Evan, Emilio aprì parzialmente gli occhi, un sorriso gli increspò le labbra. «Pensa di farcela, ad ammazzare questo forte pescatore?»

«Mettimi alla prova!... Be', forse non ce la farei, però posso regalarti una grossa barca.»

«Lei è *loco*, *señor*» tossì il Messicano. «Tuttavia, c'è pur sempre El Descanso.»

«Tre *ranchos*, ti regalo» disse Kendrick, mollando la presa, sotto l'effetto dell'iniezione ipodermica.

A una a una, le eleganti limousine percorsero le buie strade di Cynwid Hollow dirette verso la villa nella Baia di Chesapeake. Nelle occasioni precedenti, le limousine erano quattro, quella sera non ce n'erano che tre. La quarta mancava: quella di Eric Sundstrom.

I membri della Inver Brass sedevano intorno al grande tavolo rotondo, nella biblioteca, una lampada di ottone di fronte a ciascuno di loro. Tutte le lampade sul tavolo erano accese, tranne una, quella posta davanti a una sedia vuota. La quinta luce, spenta, sottintendeva morte senza onore; anzi, forse, era un “memento”: serviva a ricordare l'umana fragilità in un mondo fin troppo umano. Quella sera non vi furono spiritose chiacchiere preliminari.

«Conoscete i fatti» disse Samuel Winters. «Vorrei ora sentire i vostri commenti.»

«Ne ho da fare uno soltanto» disse Gideon Logan, con estrema fermezza. «Non possiamo fermarci. L'alternativa è troppo devastante. I lupi, scatenati, si impadronirebbero del Governo. Usurperebbero quello che non hanno già usurpato.»

«Ma non v'è nulla da fermare, Gideon» corresse Margaret Lowell. «Il povero Milos ha messo tutto quanto in moto a Chicago.»

«Non aveva ancora completato l'opera, Margaret» disse Jacob Mandel, magro e sparuto in viso. «C'è Kendrick stesso. Deve accettare la candidatura, convincersi ad accettarla. Se ben ricordate, la questione fu sollevata proprio da Sundstrom. Anzi, adesso mi chiedo perché. Avrebbe potuto lasciar perdere, dato che potrebbe trattarsi proprio del nostro tallone d'Achille.»

«Eric era divorato, al solito, dalla sua insaziabile curiosità» disse Winters mestamente. «La stessa curiosità che, applicata alla tecnologia spaziale, lo ha indotto a tradirci. Detto questo, tuttavia, non abbiamo ancora risposto al quesito di Jacob. Il nostro rappresentante potrebbe ritirarsi.»

«Non credo che Milos questo lo considerasse un problema molto grave» osservò Lowell, sporgendosi in avanti, con un gomito sul tavolo. «Che lo abbia effettivamente detto, o no, non ha alcuna importanza, fatto sta che, senza dubbio, lasciava intendere che Kendrick è un uomo intensamente morale, un moralista forse fuori moda. Kendrick odia la corruzione. È entrato in politica apposta, per rimpiazzare un corruttore.»

«Ed è andato in Oman» aggiunse il negro Logan «poiché era convinto che, grazie alla sua esperienza, avrebbe potuto essere d'aiuto, là, senza pensare ad alcuna ricompensa per se stesso. Ne abbiamo le prove.»

«E fu proprio questo a convincerci che era lui l'uomo adatto» disse Mandel annuendo. «Tutti i conti tornavano, tutto calzava perfettamente. L'uomo straordinario che fa spicco in una rosa di ordinari candidati. Ma basta, questo? Accetterà, lui?»

«Il presupposto era che, se genuinamente invocato, egli avrebbe risposto all'appello» disse Winters. «Ma è esatto, mi chiedo, questo presupposto?»

«Io credo di sì» rispose la Lowell.

«Anch'io» disse Logan, annuendo con la grossa testa e sporgendosi verso la luce. «Tuttavia, su un punto Jacob ha ragione. Non possiamo essere *sicuri* e, se ci sbagliamo, Bollinger riavrà la candidatura e tutto tornerà come prima, peggio di prima: i lupi saliranno al potere, l'anno venturo.»

«Supponiamo che Kendrick venga posto di fronte all'alternativa di questi tuoi "lupi", che gli vengano fornite le prove della loro avidità e venalità, del loro potere occulto, che ha permeato l'intera struttura di Washington?» domandò Winters, la cui voce non era più monotona, ma molto animata. «In tali circostanze, pensate che egli risponderebbe alla chiamata?»

Il massiccio appaltatore negro si adagiò contro lo schienale, nell'ombra. «Sì, credo di sì. In base a tutto quello che sappiamo, direi proprio di sì.»

«E tu che dici, Margaret?»

«Sono d'accordo con Gideon. Kendrick è un uomo notevole e ha, credo, una coscienza politica.»

«Tu, Jacob?»

«Sì, senz'altro. Ma come fare? Non abbiamo nessuna documentazione, nessun registro ufficiale... Santo cielo, bruciamo perfino i nostri appunti, noi! Quindi, a parte il fatto che lui non avrebbe alcun motivo per crederci, noi non possiamo esporci, rivelarci, e Varak non c'è più.»

«Un altro è pronto a prendere il suo posto. Un uomo che, se necessario, può far sì che a Kendrick venga resa nota la verità, su quei farabutti. Tutta la verità, se già non la conoscesse.»

Stupiti, tutti gli occhi si posarono su Winters.

«Che diavolo stai dicendo, Sam?» gridò la Lowell.

«Varak ha lasciato istruzioni, in caso di morte. Io gli diedi la mia parola di non aprirle, se non nel caso in cui venisse ucciso. Mantenni la parola perché, in tutta sincerità, non ci tenevo a sapere certe cose che avrebbe potuto rivelarmi... Ho aperto la busta soltanto ieri sera. Dopo la telefonata di Mitchell Payton.»

«Come ti regolerai con Payton?» domandò Margaret Lowell, d'un tratto, ansiosa.

«Ci incontreremo domani. Nessuno di voi ha nulla da temere, Payton non sa niente di voi. Dunque: o arriveremo a un'intesa, oppure no. In quest'ultimo caso, ho vissuto una vita lunga e produttiva... non sarà un sacrificio.»

«Perdonami, Samuel» disse Logan spazientito «ma tutti noi siamo di fronte a quelle decisioni: non saremmo qui, altrimenti. Quali sono le istruzioni lasciate da Varak?»

«Di metterci in contatto con l'unico uomo in grado di tenerci completamente e ufficialmente informati. Quest'uomo era, fin dall'inizio, l'informatore di Varak. Senza di lui Varak non avrebbe mai potuto fare quello che ha fatto. Quando il nostro Milos scoprì quella discrepanza nei registri del Dipartimento di Stato, sedici mesi fa... vale a dire quando si accorse che era stato registrato debitamente l'ingresso di Kendrick al Dipartimento di Stato, ma si era omesso di registrarne l'uscita... ebbene, Varak capì subito dove cercare. E quel che trovò non fu solo un volonteroso informatore, ma un uomo devoto... Varak, naturalmente, è insostituibile. Ma l'uomo di cui vi parlo, e che sarà il nostro nuovo "coordinatore", è un giovane funzionario governativo, in rapida ascesa. Non v'è ministero, o agenzia federale, o ente di Stato, che non miri ad accaparrarselo. Ed egli ha ricevuto, dal settore privato, offerte di contratti che, di solito, si offrono solo a ex presidenti, ex ministri, aventi il doppio della sua età.»

«Deve trattarsi dunque di un brillante avvocato, oppure del più giovane esperto in affari esteri che si conosca» interloquì Margaret Lowell.

«Non è né l'una cosa né l'altra» rispose il canuto storiografo. «È considerato il massimo tecnologo di scienza dei computer del Paese, e magari di tutto l'Occidente. Per nostra fortuna, egli è di famiglia ricca e non è tentato dall'industria privata. A suo modo, è impegnato quanto Varak a far sì che il nostro sia un Paese eccellente... In sostanza, è dei nostri.» Winters pigiò un pulsante d'avorio. «Venga, per favore.»

La pesante porta di quella straordinaria biblioteca si aprì e sulla soglia comparve un uomo sotto la trentina. Quello che lo distingueva, a parte l'età, era l'aspetto strabiliante: sembrava uscito dalla patinata pubblicità per la moda maschile su una rivista di lusso. Tuttavia i suoi abiti erano dimessi: né su misura né scadenti, solo normalmente eleganti. Era il viso ben cesellato, d'una bellezza ideale, quasi greca, a colpire.

«Dovrebbe lasciar perdere i computer» disse Jacob Mandel sommessamente «e mettersi a fare l'attore.»

«Entri, prego» disse Winters. «E si presenti da sé.»

Il giovane avanzò, sicuro ma senza arroganza. Rimase un istante a guardare, poi disse:

«È un onore per me trovarmi qui. Mi chiamo Gerald Bryce. Lavoro al Dipartimento di Stato, dove dirigo la sezione GCO».

«GCO?» domandò Mandel. «Di che cosa si occupa?»

«Global Computer Operations – operazioni globali al computer» rispose.

Il sole della California si riversava attraverso le stecche della serranda nella stanza d'ospedale. Khalehla si sciolse gradualmente dall'abbraccio di Evan e sedette sulla sponda del letto, gli occhi lucenti di lacrime, la pelle olivastra pallidissima. «Bentornato fra i vivi» gli disse stringendogli la mano.

«Sono lieto di essere qui» bisbigliò Kendrick, debolmente, fissandola. «Quando ho aperto gli occhi, lì per lì, non ero sicuro se fossi tu o se... se mi avessero fatto un altro dei loro scherzi.»

«Scherzi?»

«Mi tolsero i vestiti... mi misero calzoni di velluto e camicia di tela... poi di nuovo avevo indosso il mio completo blu...»

«Il tuo "abito da membro della Camera", mi pare lo chiamassi» interruppe Khalehla dolcemente. «Dovrai comprarti un vestito nuovo, mio caro. Vedessi come sono ridotti, quei pantaloni!»

«Ragazza stravagante... *Cristo*, che bello che è, rivederti! Credevo che non ti avrei più rivista... e ciò mi faceva una rabbia da matti.»

«Anche per me è bello rivederti. Sapessi!... Ma ora riposa, parleremo poi. I medici dicono...»

«No! Al diavolo i medici. Voglio sapere cos'è successo. Come sta Emilio?»

«Se la caverà, ma con un polmone in meno, e sciancato. Però vivrà.»

«Non occorre che cammini. Siederà comodamente su una poltrona da capitano.»

«Cosa?»

«Lasciamo perdere. Quell'isola! È chiamata Passage to China...»

«Lo sappiamo» interruppe Khalehla con fermezza. «Dato che sei tanto cocciuto, lascia che parli io. Quello che avete fatto tu e Carallo ha dell'incredibile...»

«Carallo?... Emilio?»

«Sì. Ho visto le foto. Mio Dio, che macello! L'incendio si è diffuso dappertutto, specie sul versante est dell'isola. La villa, il parco, persino la darsena – dove le altre barche sono esplose... Tutto distrutto. Quando arrivarono gli elicotteri della Marina, carichi di truppe d'assalto, tutti quanti, sull'isola, erano spaventati a morte e stavano ad aspettarli, sulle spiagge occidentali. Hanno accolto i nostri come se fossero liberatori.»

«Allora hanno preso Grinell.»

Khalehla scosse la testa. «No. Mi dispiace, tesoro.»

«Come...?» Kendrick fece per alzarsi, e il viso gli si contrasse per il dolore alla spalla. Di nuovo Khalehla lo aiutò ad adagiarsi. Egli soggiunse: «Non può essere scappato. Non hanno cercato bene!».

«Non occorreva cercarlo. Gliel'hanno detto i messicani.»

«Cosa? *Come?*»

«È venuto un idrovolante, a prelevare il *patrón.*»

«Non capisco. Tutte le comunicazioni erano interrotte.»

«Non tutte. Quel che non sapevi... non potevi saperlo... è che Grinell disponeva di un piccolo generatore ausiliario, nella cantina della villa principale. Così ha potuto chiamare in soccorso i suoi amici, a San Felipe. Lo abbiamo appreso, questo, dalle autorità messicane. Non *chi*, soltanto *dove*. Grinell si è dunque dato alla fuga, potrà stare nascosto per un po', ma non per sempre...»

«E l'avvocato di Ardis? E il registro di cui ti ho parlato?»

«Gli stiamo dando la caccia. È partito, per ignota destinazione. Tutti i suoi telefoni sono sotto controllo. Prima o poi si farà vivo. E allora lo beccheremo.»

«Lui lo sa che lo state ricercando?»

«Questa è la grossa incognita. Può darsi che Grinell lo abbia avvertito, da San Felipe. Non lo sappiamo, ecco.»

«E Manny?» domandò Evan esitante. «Magari non avrai avuto tempo...»

«Ti sbagli. Di tempo ne avevo. Anzi, non avevo altro che tempo. Tempo di disperazione, per essere esatti. Ho telefonato ieri sera all'ospedale di Denver. Le sue condizioni sono stazionarie, mi ha detto l'infermiera. Solo questo. E che lui è una peste.»

«A dir poco.» Kendrick chiuse gli occhi. «Sta morendo, Khalehla. Sta morendo e nessuno può fare niente.»

«Tutti dobbiamo morire, Evan. Ogni giorno che passa è un giorno in meno di vita. Non è tanto consolante, ma Manny ha più di ottant'anni e poi finché c'è vita c'è speranza.»

«Lo so» disse Kendrick guardandola in viso. «Sei una bella donna, tu, non è vero?»

«Non è una cosa su cui mi soffermo molto, ma credo di poter passare per discreta. E tu, non sei male neanche tu.»

«No. Non sarò molto modesto, ma credo che i nostri figli abbiano una discreta probabilità di essere dei piccoli bastardi niente male.»

«D'accordo sulla seconda parte, e tu scoprirai quanto sono brava, veramente, con la pistola.»

«Carina, questa. "Oh, signora Jones, le presento mia moglie, la pistolera. Se qualcuno le da noia, lei gli pianta una palla in mezzo agli occhi." Oh, sì, sì.»

«Sono anche cintura nera, di prima classe, casomai la pistola faccia troppo rumore.»

«Ehi! Sei formidabile. Nessuno mi darà fastidio. Se qualcuno attacca briga con me, io sguinzaglio te.»

«*Grrr*» ringhiò Khalehla, scoprendo i candidi denti. Poi ricompose il viso, e lo guardò, con tenerezza. «Ti amo. Lo sa Iddio, cos'abbiamo intenzione di fare, noi due disadattati, ma ho l'impressione che lo faremo, un tentativo.»

«No, non un tentativo» disse Evan allungando la mano. «Per tutta la vita» soggiunse.

Lei si chinò. Si baciarono. Si tennero stretti, come due che hanno rischiato di perdersi.

Il telefono squillò.

«Dannazione!» esclamò Khalehla balzando su.

«Sono dunque irresistibile a tal punto, io?»

«Diamine, no. Non te. È che non dovrebbe squillare qui. Ho dato ordini in tal senso!» Prese il ricevitore e parlò con asprezza. «Sì. E chiunque sia, vorrei una spiegazione. Come ha fatto ad arrivare in questa camera?»

«La spiegazione, agente Rashad,» disse Mitchell Payton da Langley «è relativamente semplice. Ho revocato l'ordine di un subalterno.»

«Tu non hai visto quest'uomo, MJ! Sembra un Godzilla nuclearizzato!»

«Sei una donna adulta, Adrienne, mi hai confessato di avere più di trent'anni suonati, eppure ti esprimi come un'adolescente, certe volte. Inoltre, ho parlato anch'io coi medici. Evan ha bisogno di riposo assoluto per un paio di giorni, poi di costanti medicazioni, ma, a parte questi inconvenienti, dopotutto secondari, tra poco potrà tornare sulla breccia.»

«Sei matto, zio Mitch! Riesce sì e no a parlare!»

«Allora, perché tu ci parli?»

«Come fai saperlo?»

«Me l'hai detto tu stessa. Vogliamo tornare alla realtà, mia cara?»

«Cos'è Evan? Irreale, forse?»

«Passami il telefono» disse Kendrick. E, maldestramente, tolse il ricevitore di mano a Khalehla. «Sono io, Mitch. Che succede?»

«Come stai Evan?... È una domanda stupida, suppongo.»

«Molto. Rispondi tu alla mia.»

«L'avvocato di Ardis Vanvlanderen si trova nella sua casa di campagna a San Jacinto. Ha telefonato al suo ufficio per sapere se c'erano messaggi, e abbiamo intercettato la comunicazione, individuato la provenienza della telefonata. Una squadra si sta dirigendo là, per valutare. Ci saranno fra pochi minuti.»

«Valutare? Cosa diavolo c'è da valutare? Ha il libro, ce l'ha lui! È ovvio che, su quel libro, c'è specificata, per filo e per segno, tutta la loro struttura, compreso il nome di uttti i fetenti mercanti d'armi di cui si sono serviti, dal primo all'ultimo! Grinell può avere cercato rifugio presso uno qualsiasi di loro. Prendete quel registro!»

«Non tieni conto dello spirito di conservazione di Grinell, mio caro. Presumo che Adrienne... Khalehla... te lo abbia detto.»

«Sì. Un idrovolante è andato a prelevarlo. E con questo?»

«Lui vuole quel libro mastro come lo vogliamo noi e, senz'altro, si sarà già messo in contatto con l'avvocato della Vanvlanderen. Grinell non rischierà di andarci di persona, ma manderà qualcuno di cui si fida, a ritirarlo. Ebbene, se si accorgesse della nostra presenza, quali credi che sarebbero le istruzioni impartite al fido corriere, il quale poi dovrebbe, dopo tutto, portare quel libro in Messico?»

«E quindi potrebbe essere fermato alla frontiera, oppure a un aeroporto...»

«Dunque, cosa pensi che ordinerebbe al corriere, se sapesse che abbiamo rintracciato l'avvocato?»

«Di bruciare quel dannato registro» disse Kendrick.

«Proprio così.»

«Spero proprio che i nostri siano all'altezza del loro compito, a San Jacinto.»

«Ne ho mandati due. E uno dei due è uno dei migliori elementi di cui disponiamo. Si chiama Gingerbread. Chiedi alla tua amica, di lui.»

«Gingerbread? Che razza di stupido nome!»

«Lasciamo stare» interruppe Payton. «Ho da dirti un'altra cosa. Verrò a San Diego, questo pomeriggio, e ne parleremo a voce. Spero che tu sia in forma, poiché è urgente.»

«Non dubitare. Ma perché non possiamo parlarne fin d'ora?»

«Perché non saprei cosa dire, per adesso. Non so neppure se lo saprò questa sera, ma perlomeno qualcosa di più avrò appreso nel frattempo. Devo incontrare un tizio, fra un'oretta. Un uomo molto influente. Uno che si interessa a te... da almeno un anno.»

Kendrick chiuse gli occhi. Si sentiva debole. Affondò nel guanciale. «Fa parte di un gruppo denominato... Inver Brass.»

«Lo *sai?*»

«So questo e non di più. Non ho idea chi siano, né cosa vogliono. So solo che mi hanno incasinato la vita.»

L'auto color avana, la cui targa in codice significava CIA, varcò l'imponente cancello della villa di Chesapeake e percorse il vialetto d'accesso, andando a fermarsi davanti ai gradini di marmo del portico. L'uomo alto, in impermeabile aperto e, sotto, abiti tutti sgualciti – poiché non se li toglieva da almeno 72 ore – scese dal sedile posteriore e salì stancamente i gradini. Rabbrividì appena, alla fredda aria del mattino, che recava una minaccia di neve imminente. Ci sarà la neve, per Natale, pensò Payton. Era la Vigilia. Un giorno come un altro, per il direttore della Progetti Speciali, e tuttavia un giorno che gli metteva sempre sgomento. Inoltre stava recandosi a un colloquio per evitare il quale avrebbe dato volentieri dieci anni di vita. Nel corso della sua lunga carriera, aveva fatto molte cose che gli avevano provocato travasi di bile. Ma quella mattina il suo compito era quello di distruggere un uomo di alta moralità, un vero galantuomo. Avrebbe distrutto quell'uomo, tra poco, e odiava se stesso per questo; però non aveva alternativa. Poiché esisteva un bene più alto, una moralità superiore, e la si trovava nelle ragionevoli leggi di una nazione di gente perbene. Abusare di quelle leggi equivaleva a rinnegare certi principi morali. Tutti devono rendere conto, in democrazia. Suonò il campanello.

Una domestica lo fece entrare in un enorme salotto prospiciente la Baia di Chesapeake e, di lì, in biblioteca. Payton cercò di assorbire tutto quello che i suoi occhi vedevano. L'ernome consolle che occupava l'intera parete a sinistra, con la sua panoplia di teleschermi, manometri e altri apparecchi; lo schermo argenteo sulla destra; la stufa Franklin in un cantuccio; le grandi finestre a ogiva; il tavolo circolare al centro.

Samuel Winters si alzò dalla poltrona e gli andò incontro. «È un pezzo che non ci si vedeva, MJ. Posso chiamarla così?» disse lo storiografo di fama mondiale. «Se ben ricordo, la chiamavano tutti MJ, ai bei tempi.»

«Senz'altro, dottor Winters.»

Si strinsero la mano. Il settuagenario fece un gesto circolare. «Volevo che vedesse tutto questo. Che sapesse come noi tastiamo il polso al mondo intero. Ma non a fini di lucro personale. Questo deve capirlo.»

«Lo capisco. Chi sono gli altri?»

«La prego, si sieda» disse Winters indicando una poltrona. «Si tolga il soprabito. Quando si arriva alla mia età, tutte le stanze sono eccessivamente riscaldate.»

«Se non le dispiace, lo terrò. Non sarà un lungo colloquio.»

«Ne è sicuro?»

«Sì» rispose Payton sedendosi.

«Ebbene» disse Winters, sottovoce, ma con enfasi, sedendosi a sua volta «è proprio l'intelletto insolito a scegliere la propria posizione senza tenere conto dei parametri della discussione. E lei ce l'ha, un intelletto, MJ.»

«Grazie per il generoso, ancorché un pochino condiscendente, complimento.»

«Il suo tono è piuttosto ostile, o mi sbaglio?»

«Non più di quanto non lo sia la sua pretesa di decidere chi debba guidare il Paese e venire eletto alle supreme cariche di Governo.»

«Kendrick è l'uomo giusto, al momento giusto, per giuste ragioni.»

«Sono pienamente d'accordo con lei. È il modo in cui ha agito, che non tollero. Quando si scatenano forze del male a scopo di bene, non si sa mai dove si va a finire.»

«Lo fanno *gli altri*. Lo stanno facendo adesso.»

«Ciò non le da il diritto di fare altrettanto. Li denunci se può – e date le sue risorse so che potrebbe benissimo – ma non li imiti.»

«Questi sono sofismi! Viviamo in un mondo feroce, un mondo in cui predominano, in campo politico, gli animali da preda.»

«Non occorre diventare predatori, per combatterli. Denuncia, non imitazione!»

«Prima che il popolo possa venire informato, prima che la gente possa aprire gli occhi, quelli ci avranno messo già i piedi sulla testa, ci avranno calpestato di proposito. Avranno cambiato le regole, modificato le leggi. Saranno diventati, nel frattempo, intoccabili.»

«Non sono d'accordo, dottor Winters.»

«Guardi il Terzo Reich!»

«Guardi che fine ha fatto. Guardi Runnymede e la Magna Charta, guardi la tirannia dei Re di Francia, consideri le angherie degli Zar. Per amor del cielo, pensi a Filadelfia nel 1787! Alla *Costituzione*, dottore! Il popolo reagisce rapidamente all'oppressione e ai soprusi!»

«Vada a dirlo ai cittadini dell'Unione Sovietica.»

«Scacco matto. Ma non cerchi di spiegarlo, questo, ai dissidenti i quali, ogni giorno di più, stanno rendendo il mondo edotto sulle nefandezze della politica del Cremlino. Essi fanno *davvero* differenza, dottore.»

«Eccessi!» gridò Winters. «Dovunque, su questo povero pianeta condannato, si verificano eccessi. Salteremo tutti in aria!»

«Non accadrà, se persone ragionevoli denunceranno tali eccessi e non si lasceranno prendere dall'isteria. La sua causa avrebbe potuto essere sacrosanta, ma anche lei è ricorso a eccessi, violando le leggi – scritte e non scritte – causando la morte di persone innocenti, poiché considerava se stesso al di sopra della legge. Anziché dire alla nazione quello che sapeva, lei ha deciso di manipolarla.»

«È questa la sua opinione?»

«Sì. Chi sono gli altri membri della Inver Brass?»

«Ah, conosce questo nome?»

«L'ho pronunciato, no? Chi sono gli altri?»

«Non verrà mai a saperlo da me.»

«Li troveremo... alla fine. Ma, per mia curiosità, da dove ha avuto inizio e in che modo, la Inver Brass? Se non vuole rispondermi, non importa.»

«Oh, ci tengo a risponderle» disse il vecchio storiografo, le cui esili mani erano scosse da un tremito. «Decenni fa, la Inver Brass nacque dal caos, allorché la nazione era lacerata, sull'orlo dell'autodistruzione. Fu all'apice della grande Depressione. Il Paese si era fermato e la violenza scoppiava dovunque. Chi ha fame non bada a vuoti slogan e vuote promesse. E le persone produttive che hanno perso i loro beni, non per colpa propria, sono ridotte alla furia... La Inver Brass venne formata da un ristretto gruppo di uomini immensamente ricchi e influenti, i quali seguivano i consigli di Baruch e di altri come lui, senza lasciarsi spaventare dal crollo dell'economia. Erano inoltre uomini dotati di una coscienza civile. Sicché unirono le loro risorse e le utilizzarono in maniera pratica, sedando i tumulti e placando la violenza non soltanto mediante massicce infusioni di capitali e provvidenza nelle zone più calde, ma anche promuovendo, sotto sotto, delle leggi che permisero poi di varare misure atte a dare sollievo. È questa la tradizione che noi seguiamo.»

«Davvero?» domandò Payton, con calma, studiando il vecchio con occhi glaciali.

«Sì» rispose con enfasi Winters.

«Inver Brass... cosa significa?»

«È il nome di un lago paludoso, nelle Highlands, che non si trova su nessuna mappa. È stato coniato dal primo presidente, un banchiere di origine scozzese, il quale si rendeva conto che il gruppo doveva agire in segreto.»

«Quindi, senza dover rendere conto a nessuno.»

«Lo ripeto: non perseguiamo fini di lucro.»

«Allora, perché tanta segretezza?»

«È necessaria. Sebbene le nostre decisioni vengano prese spassionatamente, per il bene del Paese, esse non sono sempre gradevoli o, agli occhi di molti, neppure difendibili. Tuttavia mirano al bene della nazione.»

«"Neppure difendibili", eh?» ripeté Payton sbigottito da ciò che sentiva.

«Le faccio un esempio. Anni fa, i nostri immediati predecessori si trovarono di fronte a un vero despota, il quale intendeva modificare le leggi del Paese. Costui si chiamava John Edgar Hoover ed era il capo della CIA. Un gigante, che in vecchiaia divenne ossessionato, e varcò i limiti della razionalità, ricattando Presidenti e senatori – galantuomini – con dossier, zeppi di pettegolezzi e allusioni. La Inver Brass lo fece eliminare, prima che riuscisse a mettere in ginocchio il potere esecutivo e quello legislativo, insomma il Governo. Allora un giovane giornalista, Peter Chancellor, si mise a indagare e arrivò troppo vicino alla verità. Fu lui, con quel suo intollerabile manoscritto, a provocare la fine della Inver Brass, allora. Ma non poté impedirne la resurrezione.»

«Oh, mio dio!» esclamò il direttore della sezione Progetti Speciali, sottovoce. «Il bene e il male, decretati soltanto da voi, sentenze emesse da voi, inappellabilmente. Quanta arroganza!»

«Non è giusto. Non c'era un'altra soluzione. Lei si sbaglia!»

«È la verità.» Payton si alzò. «Non ho più niente da dire, dottor Wingers. Me ne vado.»

«Che intende fare?»

«Quel che va fatto. Farò rapporto al Presidente, al Ministro di Grazia e Giustizia e alla Commissione di vigilanza della Camera. Così prescrive la legge. Lei ha chiuso, dottore. Non si scomodi ad accompagnarmi alla porta.»

Payton uscì, nell'aria grigia e fredda del mattino. Respirò profondamente, cercando di riempirsi i polmoni, ma non vi riusciva. C'era troppa stanchezza, troppe cose che erano tristi e offensive... la vigilia di Natale. Si diresse verso la sua auto. D'un tratto, si sentì uno sparo.

L'autista di Payton si slanciò fuori dell'auto, pistola in pugno.

Payton scosse lentamente la testa. E continuò a camminare verso l'automobile. Era stremato. Non c'erano riserve di energia cui attingere. E adesso non c'era nessuna urgenza di recarsi a San Diego. La Inver Brass era finita. Il suo capo si era suicidato. E senza la statura e l'autorità, senza il carisma di Samuel Winters, l'organizzazione era finita. Si sarebbe sciolta automaticamente.

Evan Kendrick? Bisognava raccontargli tutto, da cima a fondo. Decidesse poi lui, di testa sua. Tutto quello cui Payton riusciva a pensare, per il momento – mentre l'autista gli apriva lo sportello – era tornarsene a casa, bere qualche bicchiere, poi farsi una dormita.

«Mr. Payton» disse l'autista. «C'è un messaggio urgente. È arrivato via radiotelefono, poco fa.»

«E cosa dice?»

«Di raggiungere subito San Jacinto. È urgente.»

«Riportami a Langley.»

«Sì, signore.»

«Oh, casomai me ne scordassi: Buon Natale.»

«Grazie, signore.»

Capitolo quarantaquattresimo

«Andremo a dargli un'occhiata almeno una volta ogni ora, miss Rashad» disse l'infermiera di mezz'età. «Stia tranquilla. Lo sapeva che il Presidente stesso ha telefonato, oggi pomeriggio?»

«Sì, ero presente. A proposito, non gli devono passare telefonate in camera, per nessun motivo.»

«Intesi. Tutte le chiamate verranno passate a lei, al Westlake. Il centralino è stato avvertito.»

«Grazie mille.»

«Che peccato, vero? È la vigilia di Natale e, invece di spassarvela con amici, lui qui, in ospedale, e lei sola soletta, in una camera d'albergo.»

«Le dirò una cosa, Nurse. Il fatto stesso che lui sia qui, vivo, rende bellissimo questo Natale.»

«Lo so, cara. Vi ho visti, voi due insieme.»

«Abbia cura di lui. Se non dormo qualche oretta, domattina sarò impresentabile.»

«Lui è il nostro paziente numero Uno. Si riposi, bella signorina. Ha l'aria un tantino sciupata.»

«Altroché! Sono un disastro.»

«Magari fossi io, *così* un disastro.»

«Lei è molto dolce.» Khalehla le posò una mano sul braccio. «Buonanotte. A domani.»

«Buon Natale, cara.»

«Anche a lei.»

In ascensore, la Rashad pigiò il pulsante del pianterreno. Sul serio, aveva bisogno di una buona dormita. A parte un pisolino di venti minuti, in poltrona, non chiudeva occhio da quasi 48 ore. Non vedeva l'ora di infilarsi a letto, dopo una cenetta in camera e una doccia. L'indomani avrebbe trovato certamente un negozio aperto – ce ne sono, di quelli che restano aperti anche a Natale, a beneficio degli smemorati – e avrebbe comprato un regalo per il suo... promesso sposo. Mio dio! pensò! Sono fidanzata. È troppo!

Buffo, però, come il Natale faccia affiorare le migliori qualità, gli aspetti più gentili della gente – senza differenze di razza o di fede. Quell'infermiera, per esempio. Era davvero dolce. Magari era una donna molto sola, troppo grossa di corpo, e con quel faccione paffuto. Tuttavia aveva cercato di essere carina e piena di calore umano. Non l'aveva mai vista, prima di quella sera, anche se lei aveva detto di aver visto lei ed Evan insieme. Comunque, aveva avuto parole davvero gentili. L'ascensore si aprì, a piano terra. Khalehla si sentiva tranquilla, in pace con se stessa, ben disposta verso il prossimo.

Kendrick aprì gli occhi, nel buio. Qualcosa lo aveva svegliato. Che cosa? La porta? Sì, certo, si era aperta la porta. Khalehla gliel'aveva detto, che sarebbero venuti a dare un'occhiata ogni tanto. Temeva forse che se ne andasse a una festa da ballo? Affondò nel cuscino, respirando profondamente. Si sentiva molto stanco, privo di forze.

No. Non era la porta che si era aperta e richiusa. Era entrato qualcuno. Qualcuno era lì, presente, nell'oscurità!

Lentamente spostò la testa sul cuscino. Vide una confusa chiazza bianca...

«Chi è?» chiese con voce appena percettibile. «Chi c'è?»

Silenzio.

«Chi diavolo sei? Cosa vuoi?»

Poi, d'un tratto, quella chiazza bianca si abbatté su di lui in pieno viso. Un guanciale. Non riusciva più a respirare! Alzò la mano destra, incontrò un braccio muscoloso, salì ancora, fino a un viso... una testa... capelli di donna! Ne afferrò un ciuffo e lo tirò con tutta la forza che riuscì a radunare, rotolandosi sulla destra nello stretto lettino, quindi giù, in terra, tirandosi dietro l'aggressore. Mollò i capelli e si diede a tempestarle il viso di pugni. I punti di sutura si scucirono, la spalla riprese a sanguinare, il tormento era atroce, il sangue si spargeva oltre le bende. Cercò di urlare, ma riuscì solo a emettere un suono gutturale, strozzato. La donna gli artigliò il collo, gli lacerava la pelle con le unghie aguzze... poi prese a graffiargli la fronte, gli occhi.

Evan si tirò su, sfuggendo alla stretta, e si scostò violentemente, andando a sbattere contro la parete. Il dolore era intollerabile. Si diresse barcollando verso la porta. Ma la donna gli fu addosso, lo spinse contro la sponda del letto. La sua mano urtò contro la caraffa dell'acqua, sul comodino. Allora la afferrò e diede una botta alla cieca. La donna rimase intontita. Lui le diede una spallata, con la spalla destra, sbattendola contro la parete. Dopodiché si slanciò sulla porta e la spalancò. Nel corridoio le luci erano tenui. Di nuovo cercò di gridare.

«Aiuto! Aiuto!»

Ma le parole andarono perse: grida attutite, gutturali. Zoppicava: la caviglia e il ginocchio, gonfi, doloranti, lo reggevano a stento. Non c'era nessuno... Nessuno nella guardiola. Poi due infermiere uscirono, per caso, da una porta in fondo al corridoio. Evan alzò la mano destra, agitandola freneticamente. Finalmente la voce gli uscì dalla strozza. «Aiuto!»

«Oh mio dio!» esclamò una delle due infermiere ed entrambe accorsero.

Simultaneamente, Kendrick sentì altri passi allontanarsi. Si voltò di scatto e vide l'infermiera muscolosa appena uscita dalla sua stanza correre dalla parte opposta. In men che non si dica, scomparve oltre una porta che dava sulle scale.

«Chiama il medico di turno!» gridò una delle due alla compagna. «Svelta! Sta perdendo sangue!»

«Sarà meglio telefonare alla Rashad» disse l'altra. «Ci ha detto di avvertirla subito se...»

«No!» gridò Evan. E la sua voce era finalmente chiara, sebbene afona. «La lasci in pace.»

«Ma, Mr. Kendrick...»

«Per favore, faccia come le dico. *Non la chiami!* Non dorme da due o tre notti. Vada a chiamare il medico e basta. Ma prima aiutatemi a tornare in camera... Devo usare il telefono.»

Quaranta minuti dopo, la ferita alla spalla era di nuovo suturata; Kendrick formò un numero di Washington che sapeva a memoria. Vincendo le loro strenue obiezioni, aveva ordinato al medico e alle infermiere di non avvertire la polizia. Era stato accertato che nessuno conosceva l'infermiera che lo aveva aggredito: era stata trasferita lì quel giorno stesso, sotto un nome evidentemente falso, da un'altra base aeronavale, quella di Pensacola in Florida. Nessuno aveva ostacolato la sua fuga. Finché il quadro non fosse più chiaro, Kendrick non voleva indagini ufficiali che avrebbero scatenato nuovi servizi giornalistici. Il blackout era ancora in vigore.

«Mi spiace svegliarti, Mitch.»

«Sei tu, Evan?»

«Devo metterti al corrente.» E gli raccontò dell'ultima disavventura. Gli disse poi che aveva preso la decisione di non informare la polizia, né militare né civile. «Avrò magari sbagliato, ma ho pensato che, tanto, le probabilità di prenderla sono scarse...»

«Hai fatto bene» convenne Payton. «Quella è una pistola prezzolata...»

«Cuscino prezzolato» corresse Evan.

«Altrettanto letale, se non ti fossi svegliato. I sicari agiscono secondo piani prestabiliti, che prevedono diverse vie di fuga e travestimenti. Hai fatto bene.»

«Chi l'ha assoldata, Mitch?»

«Ovvio, direi: Grinell. Si è dato da fare, da quando ha lasciato quell'isola.»

«Cosa vuoi dire? Khalehla non mi ha detto nulla.»

«Khalehla non sa niente, al riguardo. È già abbastanza stressata. Come ha preso la cosa di questa sera?»

«Non le è stato detto niente.»

«Sarà furiosa.»

«Ma riposata. Che mi dici di Grinell?»

«L'avvocato di Ardis è morto e quel registro non si trova da nessuna parte. A San Jacinto sono arrivati gli uomini di Grinell prima di noi.»

«*Goddamnit!*» gridò Kendrick raucamente. «L'abbiamo perso!»

«Così sembrerebbe. Però c'è dell'altro. Sta' a sentire. Grinell aveva, naturalmente, incaricato qualcuno di sorvegliare la casa di campagna dell'avvocato, allo scopo di venire informato se fossimo arrivati noi.»

«Mi pare ovvio.»

«Ebbene, Gingerbread l'ha individuato.»

«Ha beccato il "piantone"?»

«Sì. Allora mi chiedo: se, dopo aver ucciso l'avvocato, si fossero impadroniti di quel registro, perché piazzare il piantone? Perché correre questo rischio?»

«Costringete il piantone a dirvelo lui, il perché. O con le buone o con le cattive. Con la droga, magari.»

«Gingerbread non lo ritiene opportuno.»

«Perché?»

«Per due motivi. L'uomo potrebbe essere un semplice "palo", e non sapere niente. Inoltre, Gingerbread vuole pedinarlo.»

«Cioè, lui ha scoperto il piantone ma il piantone non sa di essere stato scoperto?»

«Esatto. Il piantone non sa neppure che abbiamo scoperto che l'avvocato è stato ucciso. Non ha visto altro che un paio di giardinieri, in tuta della Green Thumb, arrivare in furgone e mettersi al lavoro nel giardino della villetta.»

«Ma se il piantone non sa nulla, cosa spera di sapere Gingerbread... dio, che razza di nome!... pedinandolo?»

«Ho detto che *potrebbe* non sapere nulla. Ma può anche darsi che non sia proprio di basso rango. In tal caso, potrebbe condurci da altri.»

«Cristo santo, Mitch! Drogatelo e fatelo cantare!»

«Non mi stai seguendo, Evan. Questi piantoni telefonano periodicamente, a ore stabilite, a qualcuno che funge da relè. Orbene, se le telefonate cessassero, metteremmo Grinell all'erta.»

«Siete troppo complicati, tutti voi» disse Kendrick esasperato.

«E non è una gran bella vita, la nostra. Senti, farò mettere un paio di piantoni davanti alla tua porta. Ora cerca di riposare.»

«E tu non riposi mai? Sei ancora in ufficio, a quest'ora!»

«Aspetto notizie da Gingerbread.»

«Non mi dici niente del tuo colloquio di ieri mattina con il capo della Inver Brass?»

«Domani, magari. Non è più urgente. Senza di lui, non c'è più la Inver Brass.»

«Senza di lui?»

«Si è suicidato. Buon Natale, Evan.»

Khalela Rashad lasciò cadere i pacchi che aveva in mano e gridò: «Cosa è successo?».

«Ma... niente» rispose Evan.

«Ci sono due piantoni, qui davanti alla tua porta. E giù nell'atrio mi hanno chiesto i documenti, quando ho detto che salivo da te... Cosa è accaduto?»

Lui glielo raccontò, omettendo di dirle soltanto che la ferita si era riaperta e aveva dovuto essere risuturata. «Mitch è d'accordo» concluse.

«E io voglio la sua testa!» gridò Khalehla. «Avrebbe dovuto avvertirmi subito!»

«Allora, non avresti adesso il bellissimo aspetto che hai. I cerchi intorno agli occhi sono quasi scomparsi. Hai dormito.»

«Dodici ore filate» ammise lei sedendo sulla sponda del letto. «Quella dolce infermiera paffuta? Non riesco a crederci.»

«Mi avrebbe fatto comodo essere, come te, cintura nera. Non faccio spesso la lotta e, con le donne, quasi mai...»

«Avrei dovuto insistere, Evan, per avere una camera a due letti, e dormire qui con te.»

«Non essere troppo protettiva, mia cara. Sono io l'uomo, non scordartelo.»

«D'accordo, ma – se mai venissimo aggrediti per rapina a mano armata – tù lascia fare a me tutte le mosse. Intesi?»

«Addio, mio orgoglio mascolino...»

Khalehla si chinò a baciarlo. «Ti amo tanto... ecco il mio guaio.»

«Non il mio.» Si baciarono ancora.

Puntuale, squillò il telefono.

«Non arrabbiarti» ella disse. « Sarà Mitch.»

Era lui infatti. «Ti ha detto, Evan, di Grinell?»

«No, niente» rispose Khalehla.

«Passamelo, adesso. E...»

«Perché non mi hai telefonato, questa notte?»

«Passami Evan!»

«Signorsì.»

«Che c'è, Mitch?» domandò Kendrick.

«Abbiamo trovato una pista!»

«Grazie a Gingerbread?»

«No. In modo del tutto imprevisto. Sta' a sentire. Ho mandato un agente nell'ufficio del defunto avvocato della defunta signora Vanvlanderen, munito di un documento falso che l'autorizzava a consultare la pratica relativa a detta signora. In assenza del principale, la segretaria non sapeva che pesci pigliare. Allora telefonò alla casa di campagna in San Jacinto. Naturalmente, non sapeva che l'avvocato era morto. Il nostro agente – che invece lo sapeva – si è messa a recitare la parte del funzionario zelante e impaziente, che ha ricevuto ordini precisi dal Consiglio per la Sicurezza Nazionale e non sopporta intralci. La segretaria badava a telefonare ogni cinque minuti. Era genuinamente stravolta. Non riusciva a spiegarsi come mai il principale non rispondesse... Alla fine, non si sa se per frustrazione, o per autodifesa – non lo sappiamo e non ce ne importa – la ragazza s'è lasciata sfuggire qualcosa di molto importante. "Forse lei cerca – ha detto al nostro uomo – un certo registro, di cui ho fatto alcune xerocopie giorni fa... Ma non si trova qui. L'avvocato lo ha depositato in una cassetta di sicurezza, alla banca".»

«Bingo» disse Evan, con calma, ma urlando internamente.

«Certo. La segretaria lo ha persino descritto, quel libro mastro... Insomma, l'astuto avvocato era disposto a vendere a Grinell quel registro, poi aveva cominciato a ricattarlo con le xerocopie. Il "palo" di Grinell si trovava a San Jacinto per pura e semplice curiosità, e nient'altro. Quel registro sarà in nostre mani entro un'ora.»

«Fallo subito decifrare, Mitch. Cerca un uomo di nome Hamendi, su quel libro: Abdel Hamendi.»

«Il mercante di armi» disse Payton. «Adrienne me ne ha parlato. Quelle foto di lui con la Vanvlanderen...»

«Appunto. Il suo nome, ovviamente, ricorrerà in codice, sul libro-mastro. Ma segui la traccia dei soldi. La banca di cui si servono è la Gemeinschaft.»

«Naturalmente.»

«C'è dell'altro, Mitch. Ricapitoliamo. Un uomo come Hamendi vende armi a chiunque gliele paga. Gli uni uccidono gli altri, così, con le armi acquistate dallo stesso fornitore. E lui cerca sempre nuovi clienti... La produzione aumenta, via via. C'è chi le fomenta, le guerre, allo scopo di fare quattrini. C'è chi attizza il fanatismo... Bisogna fermare questo Hamendi, Mitch. Bisogna toglierlo di mezzo. È dare così un po' di respiro a questo mondo martoriato... Senza le sue forniture, scorrerà meno sangue.»

«Non è un'impresa da ridere, Evan.»

«Dammi qualche giorno per rimettermi in sesto, poi spediscimi di nuovo nell'Oman.»

«*Cosa?*»

«Intendo comprare armi da Hamendi. L'acquisto più grosso che lui si sia mai sognato!»

I giorni della convalescenza trascorrevano lenti.

Il quarto giorno, Kendrick si recò a trovare Emilio e gli consegnò le foto di un bellissimo peschereccio, nuovo, insieme ai documenti attestanti la sua proprietà. Gli assicurò che nessuno gli avrebbe dato noia a El Descanso. Ed era la verità: tutti coloro che avevano frequentato l'isola di Passage to China, sede dell'insidioso Governo nel Governo, avevano ogni interesse a non farlo sapere. Si trinceravano dietro i loro avvocati, e alcuni avevano lasciato il Paese. Non gliene importava niente, comunque, di un pescatore sciancato di El Descanso. A loro premeva soltanto salvare la pelle e i quattrini.

L'ottavo giorno, da Chicago, partì la campagna di stampa in favore di Kendrick, orchestrata dal defunto Milos Varak. Quattro giornali del Midwest proposero simultaneamente, nei loro articoli di fondo, la candidatura dell'eroe dell'Oman alla vicepresidenza. Poco dopo altri tre giornali parlarono di lui. E sei stazioni televisive fecero eco. La proposta prendeva via via corpo. Dall'Illinois, l'ondata dilagò nel resto degli Stati Uniti. Da New York a Los Angeles, da Dallas a Walla-Walla, da Boston a Miami, sempre più numerose e decise erano le voci che si levavano in favore di Kendrick. L'idea sorrideva anche ai grandi giornali. Le redazioni dei settimanali *Time* e *Newsweek* indissero riunioni d'emergenza.

Kendrick era stato trasferito in un'ala isolata dell'ospedale militare di San Diego e il suo nome eliminato dal registro dei ricoverati. A Washington, Annie Mulcahy O'Reilly rispondeva a tutti che il rappresentante del Colorado si trovava all'estero e non era rintracciabile.

L'undicesimo giorno, Kendrick fu dimesso. Tornò a Mesa Verde insieme a Khalehla. Qui, con grande sorpresa, trovarono Weingrass. Aveva una bomboletta d'ossigeno alla cintura, in caso di emergenza. Un esercito di carpentieri, sotto la sua sorveglianza, stava riparando la villa. Manny si stancava facilmente, adesso, ma la malattia non aveva mitigato la sua irascibilità. Abbassava la voce soltanto quando parlava con Khalehla, la sua «amabile nuova figlia, che valeva assai di più di quel buono a nulla che le stava sempre intorno».

Il quindicesimo giorno, Mitchell Payton, lavorando insieme a un giovane genio del computer, Gerald Bryce, preso in prestito da Frank Swann del Dipartimento di Stato, riuscì a decifrare il libromastro di Grinell. E inviò un dettagliato rapporto al Presidente Jennings. Questi disse quante copie, esattamente, dovevano tirarne. Ma ne venne tirata, all'insaputa di Payton, una copia in più: da Gerald Bryce.

A una a una le limousine arrivarono, nella notte. Non alla villa di Chesapeake bensì alla Casa Bianca. I passeggeri furono scortati da *marines* nella Sala Ovale del Presidente degli Stati Uniti.

Langford Jennings sedeva alla scrivania. A ciascuno rivolse un saluto, man mano che entravano. A tutti, meno che al Vicepresidente. A Orson Bollinger, riservò solo una fredda occhiata di disprezzo.

I presenti sedettero a semicerchio davanti alla scrivania presidenziale. C'erano: il Segretario di Stato ad interim, il Ministro della Difesa, i *leaders* della maggioranza e della minoranza sia della Camera sia del Senato, il direttore della CIA, il direttore della NSA (National Security Agency), i capi di Stato Maggiore, il Ministro della Giustizia e Mitchell Jarvis Payton, direttore della sezione Progetti Speciali della CIA. Tutti avevano con sé una busta di carta grezza. Tutti sedevano in silenzio, aspettando. L'attesa non fu lunga.

«Siamo nella merda fino al collo» esordì il Presidente degli Stati Uniti. «Come sia successo, che io sia dannato se lo so, ma ora esigo da voi delle risposte precise, in caso contrario molti dei presenti finiranno in galera. Sono stato chiaro, fin qui?»

Alcuni annuirono, altri mugugnarono.

«Un momento» soggiunse Jennings rivolto ai dissenzienti. «Voglio che le regole siano chiare a tutti. Ciascuno di voi ha ricevuto una copia del rapporto compilato da Mr. Payton. Lo avrete letto tutti, presumo. E presumo altresì che, come vi è stato raccomandato, non ne abbiate fatto copie. È così? Vi prego di rispondere a uno a uno. A cominciare dal Guardasigilli.»

A uno a uno i presenti risposero. Ciascuno di loro, sollevando la busta di *Manila* disse: «Niente copie, signor Presidente».

«Bene.» Jennings si sporse in avanti, con i gomiti sulla scrivania. «Quelle buste sono numerate, signori. Il loro numero è limitato, circoscritto alle persone qui presenti. Le buste resteranno in questa stanza, quando voi ve ne andrete. Intesi?» Cenni e borbottii d'assenso. «Bene... Non occorre che vi dica che le informazioni contenute in queste pagine sono tanto incredibili quanto devastanti. Si tratta di una rete di ladri e assassini, di immondizia umana, farabutti che hanno assoldato sicari e hanno prezzolato dei terroristi. Eccidi a Fairfax, in Colorado e – mio dio – a Cipro, dove un uomo che valeva quanto cinque qualsiasi di voi bastardi è stato ucciso, insieme a tutta la nostra delegazione... È una litania di orrori, di corruzione, di collusioni, di interessi privati in atti di ufficio, di aste truccate, di forniture fasulle, di appalti ottenuti con frode, di mazzette versate... eccetera eccetera. L'intera industria bellica del Paese è stata trasformata in un albero della cuccagna, in un bordello, in una associazione per delinquere. È, altresì, una litania di inganni, di truffe, di transazioni illegali con mercanti di armi in tutto il mondo, di menzogne giurate, di falsi resoconti, rapporti truccati. Insomma, perdio, un casino infernale! E non c'è alcuno, fra i presenti, che non abbia la sua parte di colpa.»

Si levarono proteste, borbottii, lamentele.

«Ma, signor Presidente...»

«Non può essere che...»

«Da trent'anni faccio parte della pubblica amministrazione e nessuno finora aveva mai osato...»

«Io oso!» ruggì Jennings. «E chi è *lei* per dirmi che non posso? Altre obiezioni?»

«Sì, signor Presidente» disse il Ministro della Difesa. «Per usare il turpiloquio che lei usa, le dirò che non so a che *cazzo* lei allude, e protesto contro le sue insinuazioni!»

«Allusioni? Insinuazioni? Vaffanculo, Mac! Leggi le cifre! Tre milioni di dollari per un carrarmato che ne costa sì e no la metà. Trenta milioni cadauno per aerei da caccia che non corrispondono ai requisiti sulla carta... e debbono essere modificati al costo di dieci milioni cadauno. E non parliamo delle ciambelle dei cessi e delle chiavi inglesi, che sono quisquilie di pochi milioni di dollari!»

«Si tratta di piccole spese, in confronto al totale in bilancio, signor Presidente.»

«Come un mio amico ha detto alla Tv, lo vada a raccontare, questo, al poveraccio che fa i salti mortali per sbarcare il lunario. Forse lei ha sbagliato mestiere, signor Ministro. Badiamo a dire all'America che l'economia sovietica è un macello, che la loro tecnologia è indietro di dieci anni alla nostra e – ciò nonostante – quando si tratta di stilare il bilancio di previsione, lei, anno dopo anno, salta su a dire che siamo nella merda perché i sovietici sono più efficienti di noi, economicamente e tecnologicamente. C'è una leggera contraddizione, in ciò, non trova anche lei?»

«Io non capisco le complessità...»

«Neanch'io. Ma colgo al volo le contraddizioni. E che dire di voi, signori *leaders* della Camera e del Senato – membri sia del mio partito sia della leale opposizione? Non avete mai fiutato odore di bruciato, voi?»

«Lei gode del favore popolare, signor Presidente» disse il *leader* dell'opposizione al Senato. «È politicamente difficile opporsi alle sue posizioni.»

«Anche quando il pesce puzza?»

«Anche quando il pesce è marcio.»

«Allora anche lei dovrebbe dimettersi! E la nostra astuta élite militare che dice? Che dicono gli olimpici capi di Stato Maggiore? Chi controlla le forniture? O siete tanto svampiti da esservi scordati l'indirizzo del Pentagono?»

«Protesto!» gridò il Capo degli Stati Maggiori riuniti. «Non è compito nostro indagare sui rapporti fra ogni singolo ufficiale e l'industria privata.»

«Forse no, ma dipende da voi l'approvazione delle nomine! E che hanno da dire le nostre superspie della CIA e della NSA? Escluso Payton... e chi tentasse di scalzarlo dovrà vedersela con me nei prossimi cinque anni... a eccezione di Payton, dicevo, dove diavolo eravate tutti voi della CIA e della NSA? Armi spedite da ogni parte del mondo... anche in zone proibite per legge! Possibile che le nostre superspie non abbiano mai avuto sentore di questi vasti, loschi traffici?»

«In molti casi,» rispose il capo della CIA «quando avevamo motivo di sospettare di certe attività, presumevamo che esse si svolgessero con il suo beneplacito, signor Presidente. Poiché esse erano consone alla sua politica. Laddove venivano violate delle leggi, ritenevamo che lei si fosse consigliato in merito con il Guardasigilli – secondo una procedura accettata.»

«Quindi avete chiuso gli occhi dicendo: "Che se la veda un po' lui, con le patate bollenti" – molto opportuno, per salvarvi il culo – ma, perdio, perché non avete controllato con me? Perché non mi avete mai consultato?»

«Parlo a nome della NSA» disse il direttore della Agenzia per la Sicurezza Nazionale. «Spesse volte noi abbiamo consultato il suo Capo di Gabinetto Dennison e altri suoi consiglieri, allorché ci venivano segnalate delle procedure poco ortodosse. Ma essi ci hanno sempre detto che si trattava di "voci malevole". In particolare, Mr. Dennison ci disse una volta – cito le sue precise parole – che si trattava di "un mucchio di frottole messe in giro da smidollati ultraliberali". Parole sue, signore.»

«Avrete notato» disse Jennings freddamente «che né Dennison né gli altri consiglieri menzionati sono presenti qui, questa sera. Quei consiglieri sono stati "dimissionati" e quanto al mio Capo di Gabinetto si trova in vacanza, per motivi personali. Si possono anche dire molte cose in sua difesa. Per ora, lasciamo perdere...

Veniamo al Ministro di Grazia e Giustizia. Ebbene, sono state violate o aggirate delle leggi. Ho idea che lei, signor Ministro, sia uscito per andare a pranzo, tre anni fa, e non sia più tornato in ufficio. Di che cosa si occupa, al suo dicastero? Passa il tempo a fare parole incrociate, o a giocare a bingo? Paghiamo profumati onorari a fior di avvocati, per scoprire truffe ai danni dello Stato, ed è possibile che nessuno di loro si è mai accorto dei crimini elencati in questo rapporto?»

«Essi esulano, signor Presidente, dall'ambito delle nostre...»

«Ma è roba da matti! Di che ambito parla? Non sarebbero di vostra competenza, certi reati? Fatture maggiorate, spese eccedenti e via discorrendo? Le dico una cosa, caro signore! Le faccia subito rientrare nel suo ambito, altrimenti sarà peggio per lei!... E veniamo al mio egregio Vice... a questo leccapiedi e leccapiatti disgustoso. Sono tutti tuoi amici, Orson, quelli di cui parla il rapporto Payton. Come hai potuto arrivare a tanto?»

«Essi sono anche *suoi* collaboratori, signor Presidente. Sono gli stessi che hanno reperito i fondi per finanziare anche la *sua* campagna elettorale. Hanno messo assieme più soldi che non l'opposizione, assicurandole la vittoria. Lei sposò le loro cuase, sostenne le loro tesi per quanto riguarda la libertà di impresa, l'espansione industriale senza troppe pastoie burocratiche e via discorrendo...»

«Ma tutto ciò in misura ragionevole, senza imbrogli, senza manipolazioni, senza percorrere vie traverse o illegali addirittura!» disse Jennings, con le vene rigonfie sulle tempie. «Espansione, d'accordo, ma senza corruzione! Niente traffici di armi e, men che meno, nessuna collusione con i terroristi!»

«Non ne sapevo niente, di queste cose!» gridò Bollinger.

«Può darsi, signor Vicepresidente, indaffarato come è sempre a estendere la sua influenza. Se i trafficanti non le hanno detto niente, è perché non si fidavano di lei, temevano insomma che, preso dal panico, li mettesse nei guai. Ma, senz'altro, lei sapeva che c'era più carne sul fuoco che fumo in cucina. Semplicemente, non voleva sentirla, la puzza! Si sieda!» Bollinger tornò a sedersi, mogio. Jennings allora continuò: «Sia chiara una cosa, Orson. Tu non verrai ricandidato alla vicepresidenza. Anzi, non parteciperai neppure al Congresso del Partito. Hai chiuso. Sei finito. E se vengo a sapere che porti i tuoi maneggi... Be', uomo avvisato mezzo salvato!».

«Signor Presidente!» saltò allora su a dire il Capo degli Stati Maggiori riuniti. «Alla luce delle sue rampogne, io rassegno le dimissioni!»

Una mezza dozzina di altri dissero lo stesso, con enfasi, turbati, accalorati, sbigottiti.

Langford Jennings si appoggiò allo schienale e parlò con estrema calma, con gelida voce: «Oh, no. Non vi dimetterete. Nessuno se la squaglia così facilmente. Nessun topo abbandona la nave. Resterete tutti a bordo. E farete in modo che la nave si rimetta sulla giusta rotta. Capitemi bene! Parlerò con brutale chiarezza. Non me ne importa di quel che la gente pensa di me, o di voi, o della Casa che temporaneamente occupo. Ma mi sta a cuore il Paese, mi sta profondamente a cuore la Nazione. Tanto profondamente, infatti, che questo rapporto preliminare – si tratta soltanto di un prologo, credete a me – resterà di proprietà unica e indivisibile del sottoscritto, come è consentito dalla legge, laddove parla di segreto di Stato fino a quanto riterrò, io, opportuno renderlo di pubblica ragione. Ciò avverrà a suo tempo. Una denuncia dei misfatti elencati nel rapporto Payton in questo momento sarebbe prematura: azzopperebbe il Governo, la presidenza più forte che gli Stati Uniti abbiano mai avuto in questi ultimi quarant'anni, e, in ultima analisi, nuocerebbe al Paese, irreparabilmente. Ma, lo ripeto, tutti i misfatti saranno *a suo tempo* denunciati». Una pausa. «Lasciate che vi spieghi una cosa. Quando un uomo arriva alla Casa Bianca, gli resta solo una cosa cui aspirare, nel suo futuro: e cioè un posto nella Storia. Ebbene, io dedicherò i prossimi cinque anni della mia vita a far sì che questo rapporto venga completato e che tutti gli orrori in esso contenuti vengano, alla fine, resi di pubblico dominio. Ciò non avverrà, però, se non quando tutti i torti saranno stati raddrizzati, tutti i crimini puniti, tutti i colpevoli assicurati alla giustizia. Vorrà dire lavorare giorno e notte. E giorno e notte noi lavoreremo. Tutti quanti. Tranne quel sicofante, quel ruffiano del Vicepresidente Bollinger, il quale deve scomparire dalla scena politica. E, anzi, farebbe bene a tirarsi una revolverata.» Pausa. «Un'ultima cosa, signori. Se qualcuno di voi fosse tentato di abbandonare questa marcia nave – la nave che noi tutti abbiamo contribuito, con opere od omissioni, a rendere marcia – ebbene ricordi, costui, che io, in quanto Presidente degli Stati Uniti, ho vastissimi poteri, poteri incredibilmente vasti. Fra essi, il potere di vita o di morte – in senso lato. È un dato di fatto. Ma, se volete intenderla come una minaccia, padronissimi di farlo. Adesso, andatevene tutti. E cominciate subito a riflettere. Payton, lei resti.»

«Sì, signor Presidente.»

«Avranno recepito il messaggio, Mitch?» domandò Jennings, quando furono soli, versando da bere in due bicchieri, presso il mobile-bar, in un angolo della Sala Ovale.

«Direi proprio di sì» rispose Payton. «E per quanto mi riguarda, se non inghiotto subito quel whisky, mi rimetterò a tremare.»

Il Presidente sfoderò il suo famoso sorriso e gli porse il bicchiere. «Niente male, per uno che ha fama di avere lo stesso quoziente d'intelligenza d'un palo telegrafico, eh?»

«È stato grande, signor Presidente. Una *performance* davvero straordinaria!»

«A questo è ridotta la più alta carica, temo.»

«Non intendevo "performance" nel senso di "recita", signore.»

«Sì, certo. È per questo che il re – vestito o nudo che sia – ha bisogno di un forte primo ministro il quale, a sua volta, si crei una propria famiglia reale – attingendo a entrambi i partiti, fra parentesi.»

«Non capisco...»

«Kendrick. Lo voglio candidato a mio Vice.»

«Allora, le toccherà convincere *lui*, temo. Secondo mia nipote... La chiamo nipote ma non lo è veramente...»

«Sì, so tutto su di lei. Cosa dice, la Rashad?»

«Che Evan è perfettamente consapevole di quello che è accaduto – e sta accadendo – ma non ha ancora preso una decisione. Il suo amico più caro, Emmanuel Weingrass, è molto malato, in fin di vita.»

«So anche questo. Non ne fa il nome, ma ne parla, nel suo rapporto, ricorda?»

«Oh, scusi. Non ho dormito abbastanza, ultimamente. Dimentico le cose. Comunque, Kendrick ora vuole tornare in Oman. Non c'è verso di dissuaderlo. È ossessionato dal mercante di armi Abdel Hamendi. Ritiene, giustamente, che Hamendi venda almeno l'80% del materiale bellico adoperato in Medio Oriente e in Asia di sud-ovest, per distruggere i suoi diletti Paesi arabi. A suo modo, è un moderno Lawrence d'Arabia, che tenta di salvare i suoi amici dal disprezzo internazionale e dall'estremo oblio.»

«Cosa crede di poter fare, esattamente?»

«A quel che mi ha detto, si tratta fondamentalmente di una "operazione stangata". Non credo che il piano sia ancora del tutto chiaro, a lui stesso. Ma lo scopo lo è: smascherare Hamendi, denunciarlo, metterlo alla berlina, rivelare a tutti quello che realmente è: uno che guadagna miliardi vendendo morte a chiunque la compri.»

«Come può credere, Evan, che a questo Hamendi gliene freghi qualcosa, di quello che i suoi compratori pensano di lui? Lui è un uomo d'affari, non un missionario.»

«Mah... gliene fregherà, invece – senz'altro – se una buona metà delle armi da lui vendute non funzioneranno, se gli esplosivi non esploderanno, se i fucili e i cannoni non spareranno.»

«Buon dio!» esclamò il Presidente. Tornò a sedersi alla scrivania. Fissò lungamente la parete di fronte. Poi si volse verso Payton e gli disse: «Lo faccia partire, Mitch. Non ci perdonerebbe mai, se lo fermassimo. Gli dia tutto quello che gli occorre. Ma faccia in modo che ritorni. Voglio che torni. Il Paese ha bisogno di lui».

Banchi di nebbia si levavano dalle acque del Golfo Persico e ammantavano la litoranea Tujjar, nel Bahrain, rendendo più scura la notte. Erano le quattro e mezzo di mattina. Una limuosine nera filava per la strada deserta.

Andò a fermarsi davanti a un edificio noto come Sahalhuddin, che fino a sedici mesi prima era il qurtier generale di un mostro umano che si faceva chiamare il Mahdi. Due arabi in barracano scesero dall'imponente vettura e raggiunsero la porta vetrata. La limuosine ripartì.

Il più alto dei due bussò, piano, sul vetro. La guardia, all'interno, guardò l'orologio. Vennero ad aprire. Si inchinò ai due visitatori.

«Tutto è pronto, illustrissimi» disse. «Le guardie notturne all'esterno sono smontate in anticipo. Il turno di mattina non arriva che alle sei.»

«Un'ora ci basta e avanza» disse il più basso dei due, che era ovviamente il capo. «Sei stato ben pagato, per predisporre tutto. C'è una porta, di sopra, che non è chiusa a chiave?»

«Senz'altro, signore»

«E soltanto un ascensore è in funzione?» domandò l'arabo più alto e più anziano.

«Sì, signore.»

«Lo bloccheremo su.» Detto questo, il più giovane dei due arabi si diresse verso gli ascensori. «Se non sbaglio, l'ultima rampa si sale a piedi, vero?» domandò strada facendo.

«Sì, grande signore. Tutti gli allarmi sono stati staccati. La stanza è esattamente come era... prima di quella terribile mattina. Inoltre, l'oggetto da lei richiesto è stato portato su. Si trovava in cantina. Come certo saprà, le autorità smantellarono quella stanza, la misero a soqquadro, poi la tennero sigillata per molti mesi. Non si è capito perché, grande signore.»

«Non era necessario che si capisse. Ci avvertirai subito, se qualcuno cerca di entrare nell'edificio o solo si avvicina alla porta d'ingresso.»

«Non dubiti, grande signore!»

Il più alto dei due arabi pigiò un bottone. La porta dell'ascensore si aprì. I due entrarono.

«È competente, quell'uomo?» domandò l'arabo più basso, mentre l'ascensore partiva.

«Fa quello che gli si dice di fare e quello che gli è stato detto non è affatto complicato» rispose il subordinato. «Perché l'ufficio del Mahdi è rimasto sigillato tanto a lungo?»

«Perché le autorità aspettavano la venuta di qualcuno... come noi.»

«Hanno smantellato la stanza...?»

«Perché non sapevano dove cercare.»

L'ascensore si fermò. I due uscirono. Salirono a piedi le scale che portavano al "tempio" del Mahdi. Ne raggiunsero la porta.

L'uomo più basso posò una mano sulla maniglia. «È più di un anno che attendo questo momento» disse respirando profondamente. «Adesso che è arrivato, tremo.»

Entrati nella vasta sala, simile a una moschea, dal soffitto a cupola, i due intrusi rimasero in silenzio, come in presenza di uno spirito terribile. I pochi mobili di legno scuro sembravano statue di feroci soldati di guardia al sepolcro di un grande faraone. L'enorme scrivania sembrava il sarcofago di un riverito sovrano defunto. Alle pareti c'erano piastrelle arabescate. Addossato a una parete c'era un moderno scaffale di metallo alto tre metri. Vi si poteva montare sopra, salendo per le sbarre laterali.

L'arabo più alto disse: «Potrebbe essere l'estrema dimora di Allah, questa».

«Tu non conoscevi il Mahdi, mio ingenuo amico» disse l'altro. «Diciamo piuttosto che sembra il sepolcro di Re Mida... Ma non perdiamo tempo! Su, svelto. Sposta quello scaffale... là» aggiunse indicando accanto a una finestra. «E salici sopra.»

«Proprio non ti capisco» disse il subalterno salendo in cima allo scaffale.

«Molte cose non capisci e non c'è motivo che tu le capisca. Ora, conta sei mattonelle, a sinistra, partendo dalla sommità della finestra, e poi altre cinque, verso l'alto.»

«Sì, sì... Ci arrivo a malapena. Eppure sono molto alto!»

«Il Mahdi era più alto di te, molto più imponente... Ma aveva i suoi difetti.»

«Prego?»

«Non importa... Premi con le dita su tutti e quattro gli angoli di quella piastrella. Con tutta la forza. *Dài!*»

La mattonella arabescata venne, letteralmente, espulsa dal suo alvo. L'arabo la tenne salda in mano, ma per poco non perdeva l'equilibrio. «Allah adorato!» esclamò.

«Semplice suzione bilanciata da contrappesi» disse l'uomo più basso senza precisare oltre. «Ora infila una mano lì dentro e preleva le carte che ci sono in quella nicchia.»

Il subordinato obbedì. Estrasse un rotolo di tabulati tenuto insieme da due elastici.

«Dallo a me» disse il capo «poi rimetti la piastrella dov'era, premendo al centro.»

Maldestramente l'arabo alto eseguì l'ordine, poi scese dallo scaffale. Si avvicinò al suo superiore.

Questi aveva dispiegato quei fogli e li stava scorrendo avidamente.

«È questo il tesoro di cui mi parlavi?» domandò il subalterno a bassa voce.

«Dal Golfo Persico a Gibilterra non ne esiste uno più grande» rispose l'uomo più giovane, continuando a scorrere quei fogli. «Hanno giustiziato il Mahdi, ma non hanno potuto distruggere ciò che lui ha creato. Bisognava ritirarsi, era opportuna una tregua. Ma non c'è stato alcuno smembramento. Le varie imprese e le loro filiali non sono state smembrate; e neppure scoperte. Sono semplicemente entrate in letargo, in attesa dell'immancabile risveglio.»

«Lo desumi, questo, da quei fogli?»

L'altro annuì, continuando a leggere.

«In nome di Allah, cosa dicono?»

L'uomo più basso guardò il suo compagno. «Perché no?» disse sorridendo. «Qui sono elencati tutti gli uomini e le donne, tutte le ditte e le società che collaborarono con il Mahdi; qui è registrato ogni contatto che egli stabilì coi terroristi. Ci voranno mesi, forse anni, per rimettere tutto quanto insieme, ma ci si riuscirà. Vedi, essi aspettano. Poiché il Mahdi aveva ragione: questo è il nostro mondo, davvero. Non lo cederemo mai a nessuno.»

«La parola si diffonderà, amico mio!» esclamò il subordinato. «Si diffonderà, non è vero?»

«Molto cautamente» rispose il più giovane. «Viviamo in tempi diversi» soggiunse enigmaticamente. «Le attrezzature della settimana scorsa sono già vecchie.»

«Non ti capisco.»

«Di nuovo, non è necessario.»

«Da dove vieni?» domandò lo sbigottito subalterno. «Ci hanno detto di obbedirti ciecamente. Tu sai cose che noi non abbiamo il privilegio di sapere. Ma come le sai? E dove le hai apprese?»

«A migliaia di miglia da qui. Da anni aspettavo questo momento. Lasciami, adesso. Svelto. Scendi a pianterreno e dì al custode di riportare lo scaffale giù in cantina. Poi fa' un cenno alla macchina, che tra poco passerà qui davanti. L'autista ti condurrà a casa. Ci rivedremo domani. Stesso posto, stessa ora.»

«Che Allah e il Mahdi siano con te» disse l'arabo alto, inchinandosi. Dopodiché uscì e richiuse la porta.

Allora il suo più giovane compagno tirò fuori da sotto il barracano una piccola ricetrasmittente. Pigiò un pulsante e parlò: «Sarà qui fuori fra due o tre minuti. Prendilo su e conducilo sugli scogli della costa meridionale. Uccidilo, spoglialo completamente e butta la pistola in mare».

«Sarà fatto» rispose l'autista della limousine, parcheggiata a poca distanza.

Il giovane si avvicinò, solennemente, alla grande scrivania d'ebano. Si tolse il *ghotra*, lo lasciò cadere a terra. Si sedette sulla poltrona simile a un trono. Aprì un cassetto e ne estrasse il copricapo del Mahdi, tempestato di pietre preziose. Se lo mise in testa a mo' di corona e parlò sottovoce, rivolto alle pareti arabescate.

«Ti ringrazio, Padre mio» disse l'erede, laureato in scienza dei computer all'Università di Chicago. «Essere stato prescelto fra tutti i tuoi figli è un onore, per me, e anche un onere. La mia debole madre bianca non capirà mai ma – come tu mi dicevi sempre, chiaro e tondo – lei fu semplicemente un vaso, un recipiente, una matrice... Tuttavia devo dirti, Padre, che le cose stanno diversamente, oggi. Occorre un'astuzia sottile, si deve mirare lontano. Impiegheremo i tuoi sistemi laddove converrà – uccidere non è un problema per noi – ma è più grande il nostro obiettivo, noi vogliamo una parte del globo assai più vasta di quella che volevi tu. Avremo cellule in tutta Europa, in tutto il bacino del Mediterraneo, e useremo mezzi di comunicazione che tu neanche sognavi: segretamente... via satellite... impossibile, l'intercettazione. Vedi, Padre mio, il mondo non appartiene più all'una o all'altra razza. Esso appartiene ai giovani, ai forti, agli intelligenti. E tali noi siamo.»

Il nuovo Mahdi tacque e chinò gli occhi sulla scrivania. Ben presto egli avrebbe ottenuto ciò di cui aveva bisogno. Il figlio del Mahdi, più potente del Mahdi, ne avrebbe portato avanti l'opera.

Noi dobbiamo dominare.

Dovunque!

Libro Terzo

Capitolo quarantacinquesimo

Erano passati 32 giorni dai fatti dell'isola Passage to China, ed Emmanuel Weingrass entrò a passi lenti nella veranda chiusa, a Mesa Verde, e chiese: «Dov'è quel bamboccio?».

«È andato a fare jogging» gli rispose Khalehla che stava prendendo il caffè e leggendo il giornale.

«Sono le due del pomeriggio, a Gerusalemme» disse Weingrass.

«E le quattro a Masqat» disse la Rashad. Poi, battendo una mano sul cuscino, accanto a sé: «Siediti qui».

Manny respirava con affanno. Aveva con sé la bomboletta di ossigeno. «È in forma, il bamboccio.»

«Diresti che si prepara per le Olimpiadi.»

«A proposito, hai una sigaretta?»

«Non devi fumare.»

«Allora dammela.»

«Sei proprio impossibile.» Khalehla prese un pacchetto di sigarette dalla borsetta e gliene offrì una. Gliel'accese. Ripeté: «Sei proprio impossibile».

«E tu sei la mia madre superiora araba» disse Manny respirando il fumo con l'avidità di un bambino goloso che divora una terza porzione di dolce proibito. «Come vanno le cose in Oman?»

«Il mio vecchio amico, il Sultano, è un po' confuso, ma la mia giovane amica, sua moglie, lo raddrizzerà. A proposito, Ahmat ti manda i suoi saluti.»

«Doverosi. Li deve a me, i suoi voti a Harvard. E non mi ha mai pagato, per le donne che gli ho procurato a Los Angeles.»

«Chissà come, tu arrivi sempre al cuore delle cose... Come stanno tutti quanti, a Gerusalemme?»

«Tanti saluti da Ben-Ami.»

«Benny?» esclamò la Rashad. «Non pensavo a lui da anni! Porta sempre quei blue-jeans fantasia?»

«A spese del Mossad, sì.»

«È un tipo in gamba. Uno dei migliori agenti che Israele abbia mai avuto. Abbiamo lavorato insieme a Damasco. È un po' cinico, ma un brav'uomo. Duro come il muro. Ci raggiungerà a Masqat?»

«Sì, vi vedrete là. Me, mi avete invece escluso!»

«Suvvia, Manny...»

«Lo so, lo so, sono un peso morto.»

«Ma che dici!»

«D'accordo, sono un peso, non ancora morto. Quindi dovreste tenermi informato.»

«Ti diciamo tutto! Dunque, Ban-Ami verrà a Masqat. Dove ci si vedrà?»

«Lascerà un messaggio, alla reggia, per una certa miss Adrienne. Con lui, verrà un altro.»

«Chi?»

«Un pazzo.»

«Tutto fa. Non ha un nome?»

«In codice, è Azzurro.»

«Azra!»

«No, quello era quell'altro.»

«Lo so. L'Azzurro d'Israele ha ucciso Azra, l'Azzurro arabo. Me l'ha raccontato Evan. Due ragazzi così pieni di odio! Che pena!»

«I ragazzini fanno sempre pena, quando invece di mazze da baseball portano fucili e bombe a mano... Ha provveduto, Payton, per il vostro viaggio?»

«Ne abbiamo parlato ieri. Un aereo militare ci porterà da Francoforte al Cairo. Da qui, un piccolo aereo ci porterà a Dubai. L'ultima tappa, in elicottero. Arriveremo in Oman nottetempo, atterreremo nel deserto di Jabal Sham, dove sarà ad attenderci un'auto – senza contrassegni – di Ahmat, e ci porterà alla reggia.»

«Veramente alla macchia» disse Weingrass, annuendo, molto impressionato.

«Per forza. Evan deve scomparire. Si darà a intendere che è in vacanza alle Hawaii. In una villa di Maui. L'ufficio grafico della CIA sta preparando una falsa documentazione fotografica a uso della stampa.»

«La fantasia di Mitchell va migliorando.»

«Non c'è nessuno migliore di lui, Manny.»

«Forse dovrebbe dirigere lui la CIA.»

«No. Odia il lavoro amministrativo ed è un macello, come politico. Se qualcuno e qualcosa non gli va a genio, non ha peli sulla lingua. No, sta meglio dove sta.»

Si sentì aprire il portone.

Lesto lesto, Weingrass infilò la sigaretta fra le labbra di Khalehla e, quando Kendrick entrò, fece finta di scacciare il fumo con la mano e disse: «Oy! La perfida *shiksa*! Fuma in mia presenza!».

«Sei proprio impossibile» disse Khalehla spegnendo la cicca nel portacenere.

«Non fumerebbe mai, così vicino a te» disse Evan.

«Hai le orecchie d'un doberman?»

«E tu, il cervello di una gallina.»

«Nobile animale.»

«Scusa» disse Khalehla con calma. «A volte è molto esigente, lui.»

«A chi lo dici!»

«Costui ha un complesso di superiorità. Il che è molto irritante, per gli intellettuali davvero superiori. Ebbene, bamboccio, hai fatto un buon allenamento?»

Kendrick, che indossava una tuta blu e grondava sudore, sorrise. Andò al mobile-bar e si versò un bicchiere di succo d'arancia. «Ha telefonato qualcuno?» domandò.

«Sono appena le sette, tesoro.»

«A Zurigo è l'una dopo mezzogiorno. Ho parlato infatti, prima di uscire, con il direttore della Banca Gemeinschaft.»

«Mitch gli deve aver messo fifa.»

«Infatti, ora è disposto a collaborare. Un momento... Avete controllato la telex, in studio?»

«No, ma l'ho sentita ronzare venti minuti fa» rispose Weingrass.

Evan depose il bicchiere e corse via.

Khalehla e Weingrass si scambiarono un'occhiata, poi si strinsero nelle spalle.

Evan tornò, di lì a poco, con un foglio di telex in mano, l'aria eccitata. «Ci siamo!» esclamò.

«Che cos'è nato?» domandò Weingrass.

«Ricordate quella linea di credito da 50 milioni di dollari che Grinell e la sua banda di ladroni aprirono a mio nome, per comprarmi?»

«Mio Dio!» esclamò Khalehla. «Non l'avranno mica lasciata aperta.»

«No, certo. Fu disdetta non appena Grinell mangiò la foglia.»

«E allora?» domandò Manny.

«In quest'era di complicate telecomunicazioni, anche i computer possono sbagliare. E un errore madornale è stato, appunto, compiuto. L'ordine di cancellazione non è mai pervenuto. Non ve n'è alcuna traccia, nei registri. Naturalmente, dietro questo "errore" del computer c'è lo zampino delle più alte autorità di Washington. Dunque, quel credito è ancora aperto. Solo, non più a mio nome. La somma è stata trasferita su un conto cifrato, presso un'altra filiale della Gemeinschaft, a Berna.»

«Grinell farà ricorso» disse Khalehla con enfasi.

«In tribunale? Ne dubito. Preferirà non esporsi.»

L'elicottero Cobra privo di contrassegni sorvolava il deserto a meno di 300 metri d'atlezza. Evan e Khalehla, esausti, dopo 26 ore di viaggio, sedevano l'uno accanto all'altra. Dormivano entrambi.

Un uomo in tuta kaki scese dalla cabina di pilotaggio e andò a scuotere Kendrick per un braccio. «Fra quindici minuti ci siamo, signore.»

«Eh?» Kendrick alzò la testa di scatto, aprì gli occhi, batté le palpebre. «Grazie.»

«Io, per quanto mi riguarda» disse Khalehla senza aprire gli occhi «continuo a dormire fino all'ultimo minuto.»

Trascorse un quarto d'ora.

Si sentì la voce del pilota all'intercom: «Avvistati i fari di segnalazione. Allacciarsi le cinture. Si atterra».

L'elicottero decelerò. Si librò a bassa quota. Il terreno era illuminato dai fari di due auto disposte l'una di fronte all'altra. Lentamente l'elicottero si abbassò, toccò terra.

«Sbarcate al più presto, perché io devo ripartire subito» disse il pilota.

Infatti, non appena essi furono scesi dalla scaletta, il Cobra si levò di nuovo nel cielo notturno, sollevando un turbinìo di polvere e sabbia. Accelerò, puntando verso nord, e si allontanò rapidamente.

Il giovane Sultano dell'Oman era là ad aspettarli. Avanzò nella luce dei fari. Indossava un paio di blue-jeans e una camicia bianca, aperta.

«Lascia che parli io per primo, okay?»

«Okay» rispose Kendrick.

«Le prime reazioni possono essere inconsulte, giusto?»

«Giusto» convenne Evan.

«Ma io sono tenuto a essere sensato, d'accordo?»

«D'accordo.»

«Tuttavia, la coerenza è la virtù degli animi meschini, non è vero?»

«Entro certi ragionevoli limiti.»

«Non precisare.»

«E tu non giocare al leguleio. Vieni al sodo, Ahmat.»

Il giovane sovrano respirò profondamente e parlò rapidamente. «Conosco tutta la storia adesso e mi dispiace di aver fatto la figura dell'idiota.»

«Tutta la storia?»

«Da cima a fondo. La Inver Brass, Bollinger e i suoi amici farabutti, quel bastardo di Hamendi... Tutta la storia, insomma. Avrei dovuto intuirlo che tu non eri il tipo da fare quello che credevo avessi fatto. Non è da te, un atteggiamento ostile agli arabi. Mi spiace, Evan.»

Si abbracciarono.

«Mi farete piangere» disse Khalehla sorridendo di gusto a quella scena.

«Oh, tu! Tigre del Cairo!» esclamò il Sultano. Mollò Kendrick e la prese fra le braccia. «Abbiamo avuto una femminuccia, sai? Metà americana, metà araba. Ti ricorda qualcuno?»

«Lo sapevo. Ma non mi era consentito contattarti.»

«Ce ne siamo resi conto.»

«Mi ha molto commosso il fatto che le avete messo nome Khalehla.»

«Se non fosse stato per te, Khalehla Uno, non ci sarebbe Khalehla Due... Su, andiamo.»

Si diressero verso la limousine del Sultano.

Questi disse, rivolto a Evan: «Mi sembri in splendida forma, per uno che ne ha passate tante!».

«Guarisco rapidamente, pur essendo vecchio, io» rispose Kendrick. «Dimmi, Ahmat. Chi ti ha raccontato "tutta la storia"?»

«Mitchell Payton della CIA. Mi ha telefonato il Presidente Jennings e mi ha preavvertito, pregandomi di accettare la telefonata di Payton, che era urgente. Ehi, quel Jennings è un simpaticone, nen è vero?... Non lo so però, se lo sa, Jennings, tutto quello che Payton mi ha detto.»

«Perché dici questo?»

«Non saprei. È solo una sensazione.» Il giovane Sultano guardò Kendrick. «Se metti a segno questo colpo, amico mio, gioverai più tu, al Medio Oriente e al Golfo Persico, che tutti i diplomatici dell'ONU!»

«Lo metterò a segno. Ma solo con il tuo aiuto.»

«Contaci.»

Ben-Ami e "Azzurro" arrivarono al bazar di Al Kabir e cercarono un certo caffè. Erano vestiti in abiti civili, sobriamente eleganti, come si conviene a due funzionari della Banca d'Inghilterra a Manama, nel Bahrain: tali risultavano infatti dai loro documenti falsi. Arrivati al caffè, sedettero a un tavolo all'aperto.

Tre minuti dopo un uomo alto, in barracano bianco e copricapo arabo, li raggiunse. Era Kendrick travestito.

«Avete ordinato il caffè?» domandò.

«Non ancora» rispose Ben-Ami. «Come va Mr. Kendrick?»
«Chiamami "Evan" o, meglio ancora, "Amal". Se sono qui, vuol dire che va tutto bene, finora.»
«E Weignrass?»
«Non sta tanto bene, purtroppo. Salve, Azzurro.»
«Salve» disse il giovane fissandolo.
«Hai un'aria assai poco militaresca, così vestito da uomo d'affari. Non ti avrei riconosciuto.»
«Non sono più militare. Ho dovuto lasciare la Brigata.»
«Sentirà la tua mancanza.»
«Io ne ho nostalgia. Ma le mie ferite non sono guarite completamente. Alcuni tendini sono rimasti lesi. Azra era un buon combattente.»
«Ancora l'odio?»
«Non c'è odio, in me. Collera sì, per molte cose. Ma non odio, verso l'uomo che ho dovuto uccidere.»
«Cosa fai adesso?»
«Lavoro per il Governo.»
«Lavora per noi. Per il Mossad» precisò Ben-Ami.
«A proposito, Ahmat si scusa se non vi ha invitato alla reggia...»
«Non sarà matto! Gli ci mancherebbe solo il Mossad in casa. E poi non gioverebbe tanto neanche a noi, se qualcuno venisse a saperlo.»
«Cosa ti ha detto Manny?»
«Con quella lingua lunga, cosa *non* mi ha detto! Anzi, ha telefonato anche dopo la tua partenza dagli USA e ha fornito preziose informazioni, ad Azzurro.»
«Azzurro... A proposito, non hai un altro nome?»
«Non posso rivelarlo a un americano. Non per mancanza di rispetto, ma...»
«Capisco. Cos'ha detto, dunque, Weingrass?»
Il giovane si sporse in avanti. «Ha parlato di 50 milioni...»
«Una brillante manipolazione!» interloquì Ben-Ami. «Non credo che l'idea sia partita da Manny.»
«Cosa...? Be', potrebbe darsi. E allora, questi 50 milioni?»
«Yemen del Sud» rispose Azzurro.
«Non capisco.»
«50 milioni sono una gran bella somma» disse Yaakov «ma altri dispongono di somme anche più grandi, specie nel loro insieme. Iran, Irak eccetera. Lo Yemen del Sud invece è un Paese povero. Ma la sua posizione geografica, fra il Golfo di Aden e il Mar Rosso, le sue località quasi inaccessibili, lo rendono strategicamente importante agli occhi di organizzazioni terroristiche. Queste – che dispongono di cospicui, occulti finanziamenti – sono sempre

alla ricerca di territori segreti dove addestrare le loro forze. La Valle della Bekaa, nel Libano, pullula di infiltrati; di Gheddafi c'è poco da fidarsi. E da un giorno all'altro potrebbe venir rovesciato.»

«Devo precisare» disse Ben-Ami «che Azzurro è diventato uno dei nostri maggiori esperti in anti-terrorismo».

«Me ne sto accorgendo. Continua, giovanotto.»

«Tu non sei molto più vecchio di me.»

«Di una ventina d'anni, diciamo. Su, avanti.»

«Se ho ben capito, il tuo piano prevede che le armi, acquistate dai fornitori di Hamendi in Europa e in America, facciano scalo all'aeroporto di Masqat – dove funzionari corrotti chiuderanno un occhio – e quindi proseguano per il Libano. Ho capito bene?»

«Sì» rispose Kendrick. «A Masqat, però, le armi verranno manomesse e sabotate dalle guardie del Sultano, travestite da palestinesi, con la scusa di controllare le forniture pagate a Hamendi. Ciascun aereo trasporta una settantina di casse. Queste casse verranno aperte dai falsi palestinesi e saturate di acido corrosivo. L'operazione richiederà una quindicina di minuti per ogni aereo. Un tempo accettabile. La guarnigione di Masqat circonderà la zona e non lascerà passare nessuno, tranne i nostri uomini.»

«Un bel piano» disse Azzurro «ma troppo rischioso. Oltretutto, per dar modo e tempo ai falsi palestinesi di sabotare le armi, occorre allontanare dagli aerei i rispettivi equipaggi. E ciò potrebbe ingenerare sospetti. Io avrei una proposta migliore. Perché non convincere i maggiori *leaders* palestinesi della Valle della Bekaa a recarsi nello Yemen del Sud con i loro seguaci più fedeli? Gli si dà a intendere che si tratta di una manovra finanziata dai nemici di Israele. Nemici così non mancano certo. Gli si dice che là, nello Yemen del Sud, saranno messe a loro disposizione armi e materiale bellico per 50 milioni di dollari, con cui addestrarsi, per poi scatenare un'offensiva contro Gaza e le Alture di Golan. Altre armi verranno fornite in un secondo tempo. Sarà un'offerta irresistibile, per quei sanguinari maniaci! Inoltre, anziché spedire le armi a bordo di diversi aerei, queste verranno tutte caricate su una singola nave. La nave partirà dal Bahrain e farà rotta per il porto di Nishtun, nello Yemen del Sud.»

«E qualcosa avverrà durante il viaggio?» disse Kendrick.

«Sì. Al largo di Ras el Hadd, mettiamo.»

«Che *cosa* avverrà?»

«Pirati» rispose l'Azzurro, e un tenue sorriso gli increspò le labbra. «Questi si impadroniranno della nave e avranno due giorni di tempo per sabotare le armi in maniera più subdola e completa; potranno insomma fare un lavoro assai migliore di quello che farebbero in fretta e furia all'aeroporto di Masqat. Dove, peraltro, Hamendi potrebbe dislocare alcuni suoi osservatori.»

Arrivò un cameriere. Ben-Ami ordinò tre caffè al cardamomo.

Dopodiché Evan, fissando il giovane controterrorista israeliano, disse: «Tu dici "si impadroniranno della nave". Ma metti che questo non sia possibile. Metti che qualcosa vada storto. O che dalla nave riescano ad avvertire Bahrain. Basta una parola: "pirati". E addio! I nostri non si impadroniscono della nave e le armi arrivano intatte ai palestinesi, Hamendi resta a piede libero e, anzi, diventa più ricco di prima. Il rischio mi pare eccessivo, da parte nostra».

«Secondo me, il rischio è maggiore all'aeroporto di Masqat» controbatté Azzurro. «Devi assolutamente darmi retta. Tu non sai quanta sorveglianza c'è, adesso, negli aeroporti del mondo arabo. Pullulano di spioni. I quali a Masqat non mancheranno di chiedersi: perché questa insolita prassi? Chi ci sarà dietro?... Insomma, nulla sfugge agli occhi di certi sciacalli avidi di denaro. E certe "soffiate" si pagano bene. Insomma, credimi, trasportare le armi via mare è assai meno rischioso.»

«Sei convincente.»

«Azzurro ha ragione» disse Ben-Ami. «Ma devi essere tu a prendere una decisione, Amal Bahrudi.»

L'arrivo del cameriere con i caffè causò un'altra interruzione.

Poi Evan domandò: «E dove li troviamo, quei pirati? Ammesso che si possano trovare e ammesso che siano accettabili».

«Convinto della validità del mio piano» rispose Azzurro «ho già prospettato la cosa ai miei ex commilitoni della Brigata Masada. Si sono offerti volontari in molti. Come tu odiavi il Mahdi, così noi odiamo Abdel Hamendi – il quale fornisce le armi che uccidono i nostri. Ho scelto sei uomini.»

«Solo sei?»

«Non deve essere condotta soltanto da israeliani, questa operazione. Ho interpellato altre sei persone che conoscevo in Cisgiordania: sei palestinesi. Palestinesi che non sono meno stufi di noi dei vari Hamendi di questo mondo. Sei più sei, dodici. Ma non bastano ancora. Ne occorrono altri sei.»

«Di dove?»

«Di un paese arabo che è disposto a spezzare le reni ad Abdel Hamendi: l'Oman. Questi sei può fornirceli il Sultano, scegliendoli fra le sue guardie del corpo. Che dici?»

«Senz'altro» rispose Kendrick. «Tanto più che fra quelle guardie ci sono alcuni suoi parenti. Cugini, credo.»

«Tanto meglio.»

L'acquisto illegale di armi sul mercato internazionale è una procedura relativamente semplice, tant'è vero che persone relativamente "semplici", a Washington come a Beirut, vi si destreggiano. I prerequisiti sono, fondamentalmente, tre. Il primo è: immediato accesso a fondi "neri", segreti. Il secondo è: il nome di un intermediario, di solito fornito da qualsiasi funzionario esecutivo di una fabbrica di armi oppure da un membro corrotto dei Servizi Segreti. Il suddetto intermediario deve essere in grado di entrare in contatto con il mercante vero e proprio, o con il "sensale primario", il quale coordinerà tutto quanto, provvederà alla spedizione e sbrigherà le pratiche: licenze export e via dicendo. Naturalmente, se il carico d'armi parte dagli Stati Uniti, esso è – sulla carta – indirizzato a qualche Paese amico. È durante il viaggio che la merce cambia destinatario.

Il terzo prerequisito dovrebbe essere il più facile ma è invece, di solito, il più difficile, a causa della straordinaria varietà e complessità della merce. Si tratta di compilare una lista di armi da acquistare. A quanto sembra, i compratori e i venditori stentano a mettersi d'accordo, e le discordie vertono sulla efficacia e convenienza delle armi stesse. Ne seguono accesi dibattiti e non di rado ci scappa qualche morto, prima di decidere, poiché i compratori sono, di frequente, inclini ad accessi di isteria.

Ecco perché risultò provvidenziale il talento organizzativo di "Azzurro". Gli agenti segreti del Mossad compilarono una lista delle armi che i guerriglieri della Valle della Bekaa prediligevano in quel periodo: mitra, bombe a mano, ordigni esplosivi a orologeria, mezzi da sbarco, mortai elettronici, lanciafiamme, lanciamissili antiaerei eccetera. Un elenco impressionante. Cui Azzurro aggiunse, di testa sua, tre piccoli carri armati. Il tutto per circa 50 milioni di dollari. L'elenco era adesso completo. Non solo: era anche credibile.

Della ricerca dell'intermediario si incaricò Ben-Ami, il quale aveva come base, per questa operazione, una tana del Mossad presso il cimitero portoghese nello Jabal Saali. Purtroppo – cosa che lo mandò in bestia – l'intermediario di Hamendi risultò essere un israeliano di Bet Shemes.

Ben-Ami, tenendo nascosto il suo disprezzo, negoziò la compravendita. Ma intanto, dentro di sé, aveva deciso che, se fossero sopravvissuti, l'israeliano di Bet Shemesh avrebbe pagato con la vita il suo nefando crimine.

I due commando di sei uomini ciascuno (gli uni israeliani della Masada, gli altri palestinesi della Cisgiordania) arrivarono, l'uno dopo l'altro, nottetempo, in Oman, a bordo di due elicotteri i quali atterrarono – come quello che aveva portato Kendrick e Khalehla – nel deserto di Jabal Sham. Lì, a ricevere le due squadre, c'era lo stesso Sultano di Oman. Il quale presentò ai dodici volontari stranieri i sei volontari omaniti, appartenenti alla guarnigione di Masqat.

I diciotto uomini – israeliani, palestinesi e omaniti – si strinsero la mano. Il loro obiettivo era comune: Morte al mercante di morte!

L'addestramento cominciò l'indomani mattina, nel braccio di mare antistante Al Ashkarah.

Adrienne Khalehla Rashad entrò nell'ufficio di Ahmat con in braccio la bambina a nome Khalehla. Accanto a lei c'era la madre della bimba, Roberta Yamenni, di New Bedford, Massachusetts, detta Bobbie.

«È bellissima!» esclamò l'agente segreto del Cairo.

«Per forza» disse il Sultano. «Deve dimostrarsi all'altezza del suo nome.»

«Oh, sciocchezze.»

Il giovane Sultano sedeva alla scrivania. Accanto a lui c'era Kendrick, il quale disse: «Io parto stasera».

«Anch'io» disse Ahmat.

«No! non puoi» disse Khalelha.

«Non puoi!» fece eco la moglie.

«Invece sì» ribatté Ahmat con fermezza. «È una mia prerogativa di sovrano. E non debbo consultarmi con nessuno.»

«Sciocchezze!» esclamò sua moglie.

«Lo so. Ma faccio come mi pare.»

L'addestramento dei "pirati" fu portato a termine entro sette giorni. L'ottavo, ventitré persone si imbarcarono su un motopeschereccio al largo di Ras al Hadd. Il nono giorno la nave carica di armi proveniente dal Bahrain fu avvistata per mezzo del radar. Al calar delle tenebre, il peschereccio puntò la prua verso sud, per intercettarla.

Morte al mercante di morte.

Capitolo quarantaseiesimo

La nave carica di armi rollava e beccheggiava sul mare agitato, nell'oscurità. Il peschereccio partito a Ras al Hadd si portò a mezzo miglio da essa. Furono calate due scialuppe. A dordo della prima c'erano dodici uomini, sulla seconda dieci uomini e una donna.

Khalehla Rashad sedeva fra Kendrick e il Sultano di Oman.

Indossavano tutti mute da sommozzatori, con le facce dipinte di nero. Erano pressoché invisibili. Avevano uno zaino sulle spalle e le armi, in custodie stagne, alla cintura. Inoltre, avevano grosse ventose ai ginocchi e agli avambracci.

Col favore delle tenebre, le due scialuppe si affiancarono alla nave da carico. A uno a uno i "pirati" si attaccarono alla murata con le loro potenti ventose.

Lentamente, raggiunsero la murata. Qui giunti, si sbarazzarono delle ventose e le gettarono in mare.

«Sei a posto?» sussurrò Khalehla a Evan che le stava accanto.

«A posto?» protestò Kendrick. «Mi fanno male le braccia! Le gambe non me le sento più!»

«Bene, allora sei a posto.»

«Fai cose del genere, per vivere, tu?»

«Non tanto spesso» rispose Khalehla. «D'altronde, ne ho fatte di peggio.»

«Siete un branco di maniaci.»

«Non ci sono andata io, in un carcere zeppo di terroristi. Voglio dire, quello sì che fu pazzesco!»

«*Ssst!*» ordinò Ahmat Yamenni, Sultano dell'Oman, alla destra della Rashad. «Zitti, voi due!»

I palestinesi si incaricarono dei marinai di guardia a poppa e a prua; gli israeliani scesero sotto coperta e catturarono i cinque uomini dell'equipaggio che stavano lì a bere vino; gli omaniti salirono sulla plancia e notificarono formalmente al capitano che la nave era posta – per decreto del Sultano – sotto il loro controllo e che la rotta doveva restare invariata.

Gli uomini dell'equipaggio furono rinchiusi tutti nel loro alloggio sotto coperta, dopo essere stati perquisiti. A turno tre uomini (un palestinese, un omanita e un israeliano) montavano la guardia ai consegnati.

Il capitano, un macilento fatalista dalla rada barbetta, accettò la cosa con un'alzata di spalle e non oppose resistenza, né mosse obiezioni. Restò alla ruota del timone. Chiese solo che il secondo di bordo gli desse il cambio, alla scadenza del turno. La richiesta fu accettata e lui fece, allora, un commento che riassumeva tutta la sua filosofia:

«Arabi ed ebrei insieme si sono dati alla pirateria. Il mondo è un po' più matto di quanto non credessi».

Il marconista, però, riservò la sorpresa maggiore. Cautamente, Kendrick, Khalehla e due uomini della Masada raggiunsero la sala-radio. A un cenno di Khalehla, la porta venne sfondata. Le armi furono puntate sul marconista. Costui estrasse di tasca una bandierina di Israele e sorrise. «Come sta Manny Weingrass?» domandò.

«Accidenti!» fu tutto quel che Kendrick riuscì a dire.

«C'era da aspettarselo» disse Khalehla.

Per due giorni, mentre la nave procedeva verso il porto yemenita di Nishtun, i "pirati" lavorarono ininterrottamente nella stiva. La loro opera fu accurata e completa. Ciascuno conosceva la mercanzia con cui aveva a che fare. Le armi vennero tutte sabotate, con perizia ed estrema afficacia. Le casse furono poi richiuse, senza lasciare alcuna traccia di effrazione. Le armi stesse sembravano intatte, come se fossero appena uscite dalla fabbrica, per essere accaparrate da Abdel Hamendi, mercante di morte.

All'alba del terzo giorno, la nave entrò nel porto di Nishtun, nello Yemen del Sud. I "pirati" nel frattempo si erano travestiti. Indossavano gli abiti che avevano portato negli zaini, onde spacciarsi per marinai reclutati qua e là: gente che si arrabatta per sopravvivere in un mondo ostile.

Cinque palestinesi, spacciandosi per scaricatori bahrainensi, stavano accanto alla passerella, in attesa che venisse calata. Gli altri guardavano impassibili dal ponte. Sul molo si era radunata una folla enorme. C'era molta isteria nell'aria. Dovunque. Quella nave era un simbolo di liberazione: significava che c'erano persone ricche e potenti, da qualche parte, le quali consideravano *importanti* gli orgogliosi combattenti dello Yemen del Sud, così provati dalle avversità. Era un carnevale di vendetta. Su che cosa, non avrebbero saputo dirlo, concordemente. Ma tutti lanciavano grida selvagge, inneggiando alla violenza. La frenesia, sul molo, quando la nave carica di armi attraccò, era assordante.

Membri scelti dell'equipaggio, sorvegliati a vista dai "pirati", furono messi all'opera – dato che i macchinari erano loro noti – e la massiccia operazione di scarico cominciò. Le casse venivano sollevate dalla stiva mediante gru e depositate sulla banchina. Rapide grida salutavano ogni consegna. Ci vollero in tutto due ore. Per ultimi vennero scaricati i tre piccoli carri armati. L'entusiasmo salì allora alle stelle. Soldati in cenciose uniformi dovevano tenere indietro i loro compatrioti che altrimenti si sarebbero gettati su quei mezzi corazzati. Anche essi erano il simbolo della grande importanza degli yemeniti. Il segno di un'enorme riconoscenza – da parte di qualcuno.

«*Cristo!*» disse Kendrick afferrando Ahmat per un braccio. «Guarda là.»

«Dove?»

«Eccolo!» disse Khlehla, in pantaloni, con in testa un cappellaccio. «È lui, vero?»

«Chi?» domandò il giovane Sultano.

«Hamendi!» rispose Evan, indicando un uomo in abito bianco di seta, circondato da uomini in uniforme e in barracano. Stavano venendo nella loro direzione, sul molo. I soldati, in testa al piccolo corteo, facevano largo tra la folla festante.

«È vestito come in una di quelle foto!» disse la Rashad.

«Ne avrà a dozzine, di vestiti bianchi così» spiegò Kendrick. «Secondo me è convinto che gli danno un'aria pura e immacolata, molto simile a un dio... Riconosco però che ha del fegato. Ha lasciato il suo campo fortificato sulle Alpi per venire qui, a poche ore d'aereo da Riad – dove pende su di lui una condanna a morte.»

«Fegato? Macché!» disse Ahmat. «Qui si sente protetto. I sauditi non oserebbero mai effettuare un'azione oltre frontiera, per catturarlo. Infiammerebbero gli animi di questi pazzi.»

«Inoltre» interloquì Kahlehla «Hamendi sente l'odore di altri milioni. È convinto che questo carico sia solo l'inizio. Altri ne seguiranno. Quindi, vale la pena per lui di correre un certo rischio.»

«Sì, d'accordo» disse Kendrick. «I sauditi non oserebbero. E neppure gli omaniti...»

«Ci sono ragionevoli motivi» disse il Sultano sulla difensiva «per non intromettersi, quando ci sono in ballo dei fanatici. Meglio lasciarli annegare nel loro fango.»

«Non è questo il punto.»

«E qual è?»

«Noi facciamo assegnamento sul fatto che quando tutti i destinatari di queste armi – in primo luogo i *leaders* della Valle della Bekaa – si accorgeranno di aver ricevuto una fregatura, considereranno Hamendi un ladro, lo accuseranno di aver rubato 50 milioni di dollari. Non c'è peggior farabutto, per loro, di un arabo che tradisce la fiducia di altri arabi, per denaro.»

«La notizia si diffonderà, "veloce come un falcone nel vento", come avrebbero detto le mie genti appena un paio di decenni fa» convenne il Sultano. «Dalla Bekaa, allora, partiranno squadre della morte, a decine, per uccidere Hamendi. Non tanto per i soldi, quanto perché lui li ha presi per fessi.»

«Appunto» disse Kendrick. «Questo sarebbe l'*optimum*. Ed è in questo che speriamo. Però, lui è ricco, ricchissimo, e nel mondo ci sono molti luoghi in cui nascondersi.»

«Cosa suggerisci allora, Evan?» gli domandò Khalehla.

«Di accelerare i tempi e far sì che si realizzi, appunto, l'*optimum*.»

«Non parlare latino» insistette l'agente segreto del Cairo.

«Qui c'è molta eccitazione. I soldati riescono a malapena a trattenere la folla. Basta un nonnulla perché scoppi un moto incontrollabile. Gli animi allora si scateneranno. E tutti si metteranno a gridare all'unisono, a intonare in cantilena, finché le loro voci scuoteranno l'intera dannata città, ripetendo: "*Farjunna! Farjunna! Farjunna!*"».

«Cioè: "Fateci vedere"» tradusse il Sultano.

«Appunto. E un paio di casse verranno schiodate. Dei fucili verranno branditi, agitati trionfalmente... Poi verranno trovate delle munizioni...»

«E quindi dei pazzi si metteranno a sparare in aria, per tripudio» completò Khalehla. «Ma i colpi non partiranno. I fucili faranno cilecca!»

«Allora verranno schiodate altre casse» continuò il Sultano, lasciandosi contagiare dall'entusiasmo. «La folla farà man bassa di tutto, inferocita. E Hamendi sarà là, a portata di mano... Andiamo! Scendiamo sul molo anche noi.»

«No. Voi due restate a bordo!»

Ciò detto con fermezza, Kendrick chiamò, con un gesto imperioso, un membro della Masada. L'israeliano accorse.

E Kendrick, senza lasciare il tempo ad Ahmat e alla Rashad di fiatare, gli disse: «Tu lo sai chi sono io, vero?».

«Non dovrei saperlo ma sì, certo che lo so.»

«Sono considerato il capo di questa spedizione, vero?»

«Sì, ma per fortuna ci sono altri...»

«Irrilevante! Il capo sono io.»

«D'accordo. Il comandante è lei.»

«Voglio che queste due persone, siano messe immediatamente agli arresti.»

Il Sultano e Khalehla protestarono, sbigottiti.

L'israeliano della Masada esclamò: «Ma lei è matto? Quest'uomo è...».

«Fosse pure Maometto in persona, e questa donna fosse pure Cleopatra, ti ordino di metterli sotto chiave!»

Ciò detto, Kendrick spiccò una corsa e, imboccata la passerella, scese sul molo, fra la folla isterica.

Kendrick trovò uno dei cinque "scaricatori" palestinesi e lo prese in disparte, da un gruppo di soldati e civili urlanti che circondavano uno dei carri armati. Gli parlò in fretta all'orecchio. Il palestinese annuì, indicando i suoi compagni, fra la folla. Quindi li raggiunse, per trasmettere loro le istruzioni ricevute.

Poco dopo, tutti e cinque si misero a correre da un gruppo all'altro, passando parola. E, come un'enorme onda che si ingrossa via via, rotolando attraverso un mare umano, il grido proruppe, mille voci si unirono al coro.

«*Farjunna! Farjunna! Farjunna! Farjunna!...*»

I vari gruppi conversero, in massa, sulla banchina dove le armi, appena scaricate, stavano accatastate. Il piccolo corteo di Abdel Hamendi venne letteralmente travolto, sospinto dentro il magazzino che sorgeva su un lato del molo. Furono gridate parole di scusa. Le scuse vennero accettate con malagrazia da Hamendi. Questi aveva adesso l'aria di uno che, capitato in un posto sbagliato, non vede l'ora di andarsene. E tuttavia l'avidità lo induceva a restare.

«Per di qua!» gridò un voce che Kendrick conosceva bene.

Era Khlehla! E accanto a lei c'era Ahmat, in mezzo alla folla frenetica e tumultuosa.

«Che diavolo ci fate, voi, qui?» ruggì Evan raggiungendoli.

«Mr. Kendrick» disse il Sultano, imperiosamente «lei sarà il capo della spedizione – il che è del tutto opinabile – ma la nave la comando *io*! Le mie truppe l'hanno catturata!»

«Lo sai cosa succede, se lei perde il berretto o la camicia, e questi fanatici si accorgono che è una donna? E lo sai quali accoglienze ti aspettano, se qualcuno di costoro ti riconosce, eh?»

«Volete smetterla voi due!» gridò la Rashad. Era un ordine, non una domanda. «Svelti! I soldati potrebbero perdere il controllo da un momento all'altro. E dobbiamo far sì che ciò avvenga a modo nostro!»

«In che modo?» gridò Evan.

«Le casse!» rispose Khalehla. «Quella catasta, là, sulla sinistra. Le casse con i contrassegni rossi. Fammi strada. Io non riesco a passare da sola. Ti seguo.»

«Che graziosa concessione! Su, andiamo.»

Tutti e tre si fecero largo fra la fitta folla agitata, urlante, finché raggiunsero la catasta di casse da imballaggio, alta meno di tre metri, tenuta assieme da larghe cinghie di metallo nero. Un cordone di soldati, prossimi al panico, circondava quella letale mercanzia. Si tenevano per mano: erano troppo pochi per poter intrecciare le braccia. A stento tenevano a bada la folla sempre più impaziente, che scandiva la parola d'ordine:

«*Farjunna! Farjunna!...*».

Chiedevano con quella salmodia che venissero loro mostrate le armi. Le armi che stavano a dimostrare la loro importanza.

«Lì dentro a quelle casse ci sono i fucili e tutti lo sanno» gridò Kendrick all'orecchio della Rashad.

«E le munizioni dove sono?» domandò Ahmat estraendo due piccoli strumenti prolungati dalle tasche.

«Se ne stanno occupando i palestinesi» rispose la Rashad facendosi schermo come poteva dal mulinello di braccia che l'attorniava.

«Andiamo, allora» gridò il giovane Sultano, consegnando a Evan uno degli strumenti che aveva estratto di tasca.

«Che...?»

«Pinze! Dobbiamo recidere le cinghie delle casse, per essere certi che si sfascino.»

«Oh... Si sfascerebbero comunque, ma... non importa! Dobbiamo sospingere questo branco di maniaci e spezzare il cordone. Mettiti qui, tu, Ahmat! E tu, dietro di noi» disse Kendrick a Khalehla. «A un mio cenno» continuò, rivolto al Suntano di Oman, mentre si facevano largo fra quei corpi in frenesia, che tentavano tutti di arrivare alle casse, «tu buttati all'attacco, come se t'avessero ingaggiato i Patriots!»

«No, *ya Shaikh*» gridò Ahmat. «Come se mi avesse ingaggiato l'Oman. Questi sono i nemici del mio popolo!»

«*Via!*» ruggì Kendrick. Allora lui e il muscoloso giovane sovrano si slanciarono contro le figure davanti a loro. A spallate sospinsero gli urlanti terroristi verso il cerchio dei soldati. Il cordone si spezzò!

L'assalto alla duplice catasta di pesanti cassette era ormai totale. Evan e Ahmat si misero a tagliare le cinghie di metallo con le pinze, lavorando furiosamente, attorniati da un tumulto forsennato. Le cinghie saltarono e le cassette ruzzolarono, come se la catasta fosse esplosa. Il peso e la forza di centinaia di assalitori accelerò la loro violenta caduta. Saltarono stecche di legno, alcune cassette si sfasciarono. Le altre furono squarciate da mani furiose. Poi, come locuste affamate che attaccano le dolci foglie di un albero, i terroristi dello Yemen del Sud e della Valle della Bekaa si inerpicarono sulle cassette, si avventurarono sui fucili, presero a scagliarne ai fratelli più lontani, sempre urlando, a cavalcioni di quelle casse che assumevano adesso la grottesca immagine di feretri.

Simultaneamente, la squadra dei palestinesi della Cisgiordania aveva scoperchiato le cassette di munizioni.

I fucili erano di vario tipo, di varie dimensioni. Molti non li conoscevano. Non sapevano quindi con quali proiettili andassero caricati. Altri invece – specie quelli della Bekaa – lo sapevano. E impartirono quindi insegnamenti ai loro meno sofisticati fratelli dello Yemen del Sud.

Il primo mitra che sparò, in segno di giubilo, in cima a quella specie di piramide della morte, esplose sulla faccia del terrorista che premette il grilletto. Altri fucili spararono. Ci furono diverse centinaia di *clic* infruttuosi. Cilecche su cilecche. Ma anche alcune dozzine di esplosioni. E saltarono via teste, braccia, mani! *Saltarono via!*

L'isteria si alimentava di isteria! Alcuni terroristi gettarono a terra i fucili e i mitra, atterriti, mentre altri continuavano, con le mani o con attrezzi di fortuna, a sballare altre casse, dappertutto. Avvenne quello che il giovane Sultano di Oman aveva previsto. Varie apparecchiature militari furono trascinate qua e là sul molo, tolte dagli imballaggi o estratte dai loro astucci di plastica, messe in mostra – perché tutti le vedessero. Via via che ciascun pezzo veniva esaminato, la folla si faceva più selvaggia. Non era più ebbra di giubilo, bensì folle di furia bestiale.

Quello che trovavano dentro le case erano binocoli a raggi infrarossi dalle lenti incrinate, scale di corda dai pioli recisi, rampini spuntati, serbatoi subacquei bucati, lanciafiamme dalla bocca compressa che avrebbero incenerito all'istante chi li avesse usati e chi si fosse trovato in un raggio di trenta metri, lanciamissili privi di detonatore e, inoltre, mezzi da sbarco sbullonati e così via. Ciò gettò tutti in un parossismo di collera per il tradimento.

In quel caos, Kendrick solcò la folla isterica dirigendosi verso il magazzino, su un lato dell'ampio molo. Vi entrò, appena entrato, si appiattì contro la parete.

Hamendi stava dicendo a gran voce, in arabo, che ogni arma difettosa sarebbe stata sostituita. Il sabotaggio – gridava – era opera di comuni nemici, i quali sarebbero stati uccisi. Dal primo all'ultimo! Coloro ai quali si rivolgeva lo osservavano con sospetto, affessurando gli occhi.

Poi comparve un uomo in vestito scuro, a righini, proveniente dall'esterno. Kendrick s'irrigidì. Era Crayton Grinell, il capo del Governo nel Governo. Si riebbe subito dallo stupore. Non c'era infatti di che sorprendersi. Dove altro poteva trovare riparo, Grinell, se non al centro della rete internazionale di mercanti d'armi? Era il suo ultimo rifugio, l'unico rifugio sicuro.

L'avvocato Grinell parlò brevemente a Hamendi. Questi subito tradusse. Disse ai presenti che il suo socio aveva già parlato con il Bahrain e aveva, quindi, appreso quanto era accaduto.

«Sono stati gli ebrei!» esclamò in arabo. «Terroristi israeliani, penetrati nel magazzino, hanno ucciso le guardie e sabotato le armi dirette a voi, fratelli miei!»

«Come è possibile?» domandò un uomo tarchiato, in divisa, dal petto adorno di medaglie. «I rifornimenti sono giunti qui imballati, intatti! Come può essere?»

«Gli ebrei sono ingegnosi!» gridò Hamendi. «Lo sai come lo so io. Ora, tornerò immediatamente nel Bahrain. E saprò la verità, per filo e per segno. Provvederò subito a sostituire le armi inutilizzabili!»

«E noi, nel frattempo, che facciamo?» domandò l'uomo tarchiato che era ovviamente il capo del regime rivoluzionario dello Yemen del Sud. «Cosa gli racconto, ai nostri fratelli della Valle della Bekaa? Siamo stati disonorati, tutti quanti!»

«Avrete la vostra vendetta, come pure riavrete le vostre armi, lo giuro!»

Grinell parlò di nuovo.

Di nuovo Hamendi tradusse. «Il mio socio mi informa che il nostro corridoio aereo resterà sgombro soltanto altre tre ore. Fra parentesi, mi è costato un occhio della testa. Dobbiamo partire immediatamente.»

«Ridacci la nostra dignità, fratello, altrimenti ti troveremo e ti toglieremo la vita.»

«Avete la mia parola. Ora me ne vado.»

La scamperanno! Pensò Kendrick. Maledizione, stavano per farla franca. Grinell aveva suggerito a Hamendi untuose parole e ora entrambi sarebbero fuggiti, sani e salvi, da quel luogo, da quel fulcro di follia, per tornare ai loro turpi traffici. Lui doveva fermarli! Doveva muoversi!

Mentre i due mercanti d'armi, usciti dal magazzino, si avviavano lungo il molo, diretti verso la loro vettura, Kendrick si mise loro alle costole – un terrorista isterico fra i tanti. Giunse a pochi passi da Grinell. Poi a pochi palmi da lui. Estrasse il pugnale dalla guaina e si slanciò. Gli mise il braccio sinistro intorno al collo e lo costrinse a rigirarsi. Si trovarano così a faccia a faccia.

«Tu!» gridò Grinell.

«Prendi questa! Per un vecchio moribondo e per migliaia d'altri da te uccisi!»

La lama si immerse nella pancia dell'avvocato. E la squarciò fino alla bocca dello stomaco.

Grinell cadde sull'assito del molo, in mezzo a una moltitudine di scalmanati.

Hamendi era corso avanti, senza badare al socio, deciso ad arrivare all'automobile che l'avrebbe condotto all'aereo, a bordo del quale – lungo un corridoio sgombro, senza timore dei radar sauditi – sarebbe volato in salvo, lontano dallo Yemen del Sud.

No! Non deve raggiungere quell'aereo disse Kendrick fra sé, stringendo i denti. Al mercante di morte non deve essere consentito di riprendere i suoi traffici!

Si mise a correre, aprendosi un varco tra la folla, verso la base del molo. Più oltre c'era una scarpata di cemento. In cima alla scarpata, su una strada di terra battuta, c'era una limousine ad attendere Hamendi. Aveva il motore acceso. Hamendi si inerpicò per la scarpata. Era ormai a pochi passi dalla salvezza.

Kendrick fece appello a tutte le sue forze. Si inerpicò a sua volta per la scarpata. Hamendi aveva già la mano sulla maniglia. Kendrick sentì le gambe mancargli, a dieci metri dalla limousine. Cadde lungo disteso. Da quella posizione, tenendo la pistola con entrambe le mani tremanti, fece fuoco. Poi ancora. Poi ancora.

Abdel Hamendi, il re dei mercanti d'armi, portò le mani alla gola e stramazzò a terra.

Non è ancora finita! gridò una voce nella mente di Kendrick. C'era qualcos'altro da fare ancora. Scese dalla scarpata. Estrasse di tasca un foglietto di carta e un mozzicone di matita. In fretta e furia, scrisse in arabo quanto segue:

Hamendi, il menzognero, è morto. Ben presto morranno tutti gli altri mercanti d'armi. Poiché, dovunque, il tradimento ha preso campo, come avete visto voi stessi quest'oggi. Dovunque essi sono stati pagati da Israele e dal Grande Satana America per venderci armi difettose. Ditelo a tutti i nostri fratelli, dovunque, quello che avete visto voi stessi, qui, oggi. Da oggi in poi non ci si potrà fidare più di nessun'arma. Firmato – Un Amico Che Sa.

Dolorosamente, come se tutte le ferite infertegli nell'isola al largo del Messico si fossero riaperte, Kendrick si mise a correre, più veloce che poteva, verso il magazzino sul molo. Simulando isteriche invocazioni ad Allah per la morte di un suo fratello, si prostrò davanti al gruppetto dei capi, che adesso includeva anche quelli venuti dalla Valle della Bekaa. Molte mani si protesero a offrirgli conforto. Egli allora porse loro quel foglio di carta. Poi si rialzò e, urlando, corse via, fuori del magazzino, e scomparve tra la folla. Molti adesso piangevano e levavano lamenti, inginocchiati accanto ai corpi maciullati di amici e congiunti.

Kendrick sentì la sirena della nave che stava per riprendere il largo. Accelerò l'andatura. Vide Khalehla e Ahmat ai piedi della scaletta.

«Dove diavolo sei stato?» urlò la Rashad appena lo vide, con gli occhi furiosi.

«Stavano per scappare!»

«Hamendi?» domandò Khalehla.

«E Grinell.»

«Grinell?» gridò la Rashad mentre tutti e tre salivano a bordo. «Ma, sì, certo, Grinell. Dove altrimenti...»

«Sei un dannato imbecille!» ruggì il Sultano dell'Oman, mentre già la nave si staccava dal molo. «Se avessi tardato un altro mezzo minuto, saresti rimasto a terra. Da un momento all'altro quella folla avrebbe potuto rivoltarsi contro di noi, e io non potevo rischiare la vita di questi uomini!»

«Cristo! Sei davvero cresciuto.»

«Tutti cresciamo, quando tocca a noi... Che fine ha fatto Hamendi, insieme a come-si-chiama?»

«Li ho uccisi.»

«Così, semplicemente?» disse Ahmat sbigottito.

«Tutti facciamo quello che va fatto, quando tocca a noi, Vostra Altezza.»

Gerald Bryce entrò nello studio (a casa sua, a Georgetown) e andò a sedersi davanti al computer. Lo accese. Lo schermo si illuminò. Bryce batté i tasti di un codice. Sullo schermo apparve a caratteri verdi la scritta:

Ultra Maximum Secure
Nessuna intercettazione
Procedete

Il giovane, bellissimo esperto sorrise fra sé e continuò a battere sui tasti.

Ho letto poco fa i rapporti ultra-segreti pervenuti alla CIA, in un cifrario accessibile solo a Payton. In una parola: incredibile! E già gli effetti dell'operazione si vedono. Ad appena due settimane dai fatti dello Yemen del Sud, sette mercanti d'armi, fra i maggiori del mondo, sono stati assassinati. Si calcola che l'afflusso di armi in Medio Oriente sia diminuito finora del 60%. Il nostro uomo è invincibile!

La Casa Bianca deve – ripeto: deve – dare retta a noi, se ci parrà opportuno far sentire la nostra voce. Noi ci avvarremo, s'intende, di questa prerogativa con la massima circospezione. Nondimeno a noi spetta avvalercene. Poiché, indipendentemente dai risultati, positivi o negativi, sono state violate leggi nazionali e internazionali, il Governo è stato, direttamente o indirettamente, complice di assassini, terrorismo, corruzione e, anzi, è giunto sull'orlo di crimini contro l'umanità.

Siamo d'accordo: dovrà esserci sempre un benigno potere altruistico al di sopra della Casa Bianca, per indicare a essa la strada, e questo potere deve essere al corrente dei più reconditi segreti di qualsiasi Governo. A tale riguardo, noi stiamo ottenendo risultati che i nostri predecessori non si sarebbero mai sognati di ottenere.

Se c'è un Dio, possa Egli far sì che noi e i nostri successori restiamo sempre fedeli ai nostri princìpi, e non perdiamo mai la nostra fede. Per quanto mi riguarda, sto lavorando intorno a vari altri progetti. Vi terrò informati.

A bordo di uno yacht al largo di Glorious Cay, nelle Bahama, un negro corpulento stava guardando lo schermo di un computer. Sorrise alle parole che vi lesse. La Inver Brass era in buone mani. Quel Bryce era un giovane molto capace, intelligente e onesto.

Gideon Logan, che aveva dedicato gran parte della sua vita e delle sue ricchezze al miglioramento del suo popolo (al punto che era scomparso, per tre anni, per prestare la sua opera, silenziosamente, in Rhodesia quando questa era diventata indipendente, col nome di Zimbabwe), ora provava un senso di sollievo: la successione era assicurata. A lui restava poco tempo da vivere, e così pure a Margaret Lowell e a Jacob Mandel. Essendo mortali, dovevano venire rimpiazzati. E Bryce, quel giovane di bell'aspetto, di intelletto geniale, avrebbe scelto i loro successori. La Nazione e il mondo intero se ne sarebbero avvantaggiati.

Il tempo stringeva.

Gerald Bryce sorseggiò un bicchiere di Madeira, quindi tornò al computer. Era euforico per diversi motivi. Ma soprattutto per il brillante futuro che prevedeva per la Inver Brass, questa confraternita di intelligenza. Era qualcosa di straordinario, semplice e ineluttabile. La confraternita traeva le sue origini da ciò che v'è di più comune: la coesione di persone aventi i medesimi interessi. L'elevatezza dei loro interessi richiedeva intelletti superiori. E, a essere schietti, essi avevano scarsa tolleranza con una società governata dalla mediocrità. Una cosa conduceva a un'altra, sempre in modo obliquo, ma nondimeno inevitabilmente.

Quando ne aveva tempo, Bryce teneva conferenze e dirigeva seminari. Era molto richiesto, nel settore della scienza dei computer. Stava attento a non rendere pubbliche certe sue esperienze, condotte ai limiti estremi di questa scienza. Ma di tanto in tanto, Bryce si imbatteva nella persona di intelligenza superiore, che poteva capirlo e con cui si poteva confidare. A Londra, a Stoccolma, a Los Angeles, a Chicago. Queste persone venivano da lui studiate attentamente. Con quattro di loro andava già allacciando rapporti. Una nuova Inver Brass andava delineandosi all'orizzonte. Ora,

Bryce si sarebbe messo in contatto con la più straordinaria di quelle quattro persone.

Inserì infatti il suo codice nel computer, premette il tasto *Addendum*, e sullo schermo apparvero queste parole:

Trasmissione via satellite.
Sahalhuddin, Bahrain
Procedete

Capitolo quarantasettesimo

Emmanuel Weingrass lasciava perplessi i medici. Non che fosse guarito, questo no. Però non peggiorava neppure in maniera rilevante. Il ritmo di declino era molto più lento del previsto. Gli specialisti non ritenevano che la malattia si fosse arrestata, questo no: erano semplicemente confusi.

Un giorno, il primario patologo di Denver disse: «Su una scala graduata da uno a meno 10 – in cui meno 10 rappresenta la fine – possiamo dire che Weingrass è stazionario a quota meno 6, e non discende».

«Ma il virus è sempre là» disse Kendrick.

«Sì, e molto attivo. Ma non lo debilita nella misura in cui ci si aspetterebbe.»

«Forse dipende dalle sigarette che fuma di nascosto e dal whisky che sgraffigna» disse Khalehla.

«Mah!...» disse il medico ancor più stupefatto.

«È un tipo bellicoso» disse Kendrick «e ha più sale in zucca di chiunque, ma è anche un gran furfante.»

«Intendiamoci, Mr. Kendrick, non voglio darle più speranze del lecito. Per un uomo di 86 anni...»

«Ottanta*sei*?» esclamò Evan.

«Non lo sapeva?»

«No. Diceva di averne 81!»

«Magari ci crederà lui stesso, ormai. È di quelli che, dopo la sessantina, cominciano a calarsi gli anni. Niente di male, in questo. Noi siamo venuti a saperlo da certi documenti che abbiamo richiesto a New York, sua città natale, per completare il quadro clinico. Lo sapeva che, a 32 anni, aveva già avuto tre mogli?»

«Lo staranno ancora cercando.»

«Oh no. Sono defunte... Be', adesso devo andare. Devo essere a Denver entro mezzogiorno. E grazie, Mr. Kendrick, per aver messo a mia disposizione il suo aviogetto.»

«Era il minimo che potessi fare. Apprezzo quel che lei fa per Manny, dottore.»

Il patologo si soffermò. «Spero proprio di poterla chiamare "signor Vicepresidente", fra non molto. La maggior parte del Paese è del mio stesso avviso. Se non si presenta candidato lei, io non andrò neppure a votare. E le assicuro, Mr. Kendrick, che molti miei colleghi la pensano allo stesso modo.»

«Non è encomiabile astenersi dal voto, dottore. Fatto sta che non ho ancora preso una decisione. Venga.. L'accompagno alla macchina.»

Khalehla gli strinse la mano. «Grazie di tutto» disse.

«Veda lei di convincerlo, miss Rashad.»

«Ripeto» disse Kendrick. «La questione è ancora lungi dall'essere risolta.»

«La questione va risolta al più presto» disse Weingrass seduto sulla sdraio in veranda. «Cosa ti credi? Che sia tutto finito? Sì, Bollinger e i suoi ladroni sono stati tolti di mezzo. Ma ci sono tanti altri, pronti a prendere il loro posto.»

«Piantala, Manny» disse Kendrick. «Sono troppe le divergenze fra me e Langford Jennings...»

«Lang lo sa, tutto questo!» disse Weingrass.

«Lang?»

L'architetto si strinse nelle spalle. «Be', saresti venuto a saperlo, prima o poi...»

«A sapere che cosa?»

«Ecco, Jennings si è invitato a pranzo qui, un paio di settimane fa, quando tu e Khalehla eravate a Washington. Quindi... che potevo fare? Dire al Presidente degli Stati Uniti che non volevo pranzare con lui?»

«Oh, merda!» disse Kendrick.

«Calma, tesoro» interruppe Khalehla. «Io sono veramente affascinata!»

«Racconta, Manny» disse Evan.

«Be', abbiamo chiacchierato di molte cose... Non è un intellettuale, d'accordo, ma è molto intelligente e capisce tutto, a grandi linee. È in questo che è bravo, sai.»

«Ma tu! Come hai osato intercedere per me?»

«Perché sono tuo padre, ingrato idiota. L'unico padre che tu abbia mai conosciuto. Senza di me, saresti ancora un ingegneruco-lo... E va bene, va bene. Non avremmo potuto fare quello che abbiamo fatto, insieme, senza il tuo fegato, senza la tua forza. Ma per fortuna, io ero sempre là, a darti consigli.»

Kendrick chiuse gli occhi, esasperato. Poi disse: «Se cambi tono, ti sto a sentire. Altrimenti no».

«D'accordo.» Weingrass strizzò l'occhio a Khalehla. Poi: «Puoi pure lasciare il campo e nessuno avrà diritto di dire o pensare male di te. Non sei in debito con nessuno, e semmai gli altri ti sono debitori. Ma io ti conosco meglio di chiunque, amico mio. L'uomo che io conosco ha delle qualità delle quali cerca di non tenere conto, ma non ci riesce – perché fanno parte integrante di lui. Il coraggio, per esempio. Inoltre, a dirla spiccia, tu sei uno a cui non piacciono le persone bacate, marce, ed è una fortuna, per questo nostro mondo balordo, che vi siano persone come te: ce ne sono fin troppe, dell'altro tipo... Tuttavia, c'è un problema. Ed è – per dirla in due parole – che non molti, fra quelli del *tuo* stampo, possono fare qualcosa perché nessuno li sta a sentire. Perché dovrebbero dar loro retta, del resto? Chi sono costoro? Piantagrane? Rompiballe? Insignificanti agitatori?... Li si mette in disparte facilmente, comunque. Perdono l'impiego, non vengono promossi, e, se fanno davvero sul serio, finiscono in tribunale – dove vengono imbrattati di fango a opera di avvocati che conoscono più trucchi di Houdini – fango che non ha niente a che fare con la causa in discussione... E se questo non basta, magari finiscono sotto un camion, o sotto la metropolitana... Invece tu sei uno che tutti stanno a sentire, al quale tutti danno retta... Guarda i sondaggi: tu saresti il primo cardinale del Paese, posto che Jennings ne fosse il Papa... E non c'è nessuno disposto a trascinarti in tribunale, men che meno fra i membri della Camera. Secondo me, tu hai l'opportunità di parlare dalla vetta in nome di un bel po' di gente, giù nella valle, che non riesce a farsi sentire. Lang ti darà ragguagli su ogni cosa...»

«Lang, di nuovo» borbottò Evan interrompendolo.

«Non è colpa mia!» esclamò Weingrass tendendo le palme. «Io ho cominciato alla maniera giusta, chiamandolo "signor Presidente"... ma, dopo un paio di drink, lui stesso mi ha invitato a chiamarlo familiarmente "Lang" e mi ha detto, testuale, che io sono uno che ha della stoffa.»

«Perché ti ha detto questo?» domandò Khalehla.

«Be', parlando del più e del meno, gli ho detto che un certo edificio, che stanno costruendo adesso a Washington, e di cui ho visto le foto sul *New York Times*, non è certo la fine del mondo. E lui non avrebbe dovuto congratularsi con l'architetto, come ha fatto alla Tv, recentemente. Quel palazzo, gli ho detto, sembra un misto fra neoclassico e Art Deco, il che – gli ho detto – non funziona. Inoltre, gli ho detto: che ne sa lei, di costi edilizi per metro cubo? Vi hanno fregato, gli ho detto. Lang ha detto che darà una controllata alla fattura.»

«Oh, *Cristo*!» gemette Evan come chi si sente sconfitto.

«Torniamo al punto» disse Weingrass d'un tratto serissimo in volto. «Forse tu hai già fatto abbastanza. Forse potresti tranquillamente ritirarti dalla politica e vivere felice e contento con Khalehla, e fare un mucchio di altri soldi. Il rispetto del Paese, e del mondo, te lo sei già guadagnato. Ma devi anche pensare che tu sei in grado di fare ciò che a non molti riesce. Piuttosto che dare la caccia ai corrotti, forse tu riusciresti a fermarli prima che si corrompano, che facciano danni, che provochino morte e disastri. Almeno, alcuni di loro. Forse più che solo "alcuni". Insomma, io ti chiedo soltanto una cosa: da' retta a Jennings. Ascolta quello che ti dirà.»

Occhi negli occhi, padre e figlio presero atto l'uno dell'altro al livello più profondo del loro rapporto. Poi Evan disse: «Va bene. Gli telefono e gli chiedo un colloquio. Sei contento?».

«Non occorre» disse Weingrass. «È già fissato.»

«Cosa?»

«Jennings sarà a Los Angeles, domani, al Central Plaza, per una manifestazione in onore del compianto Segretario di Stato. Ti aspetta alle sette. Insieme a Khalehla.»

I due agenti dei Servizi Segreti che piantonavano la suite del Presidente, al Plaza di Los Angeles riconobbero subito Kendrick e la sua compagna. Uno di loro bussò alla porta. Venne lo stesso Jennings ad aprire. Era pallido, scavato in volto, con cerchi neri sotto gli occhi. Il famoso sorriso gli riuscì a metà. Porse la mano.

«Salve, miss Rashad. È un piacere e un privilegio, conoscerla. Si accomodi, prego.»

«Grazie, signor Presidente.»

«Sono lieto di rivederla, Evan.»

«È un piacere rivedere lei» disse Kendrick. Entrando, pensò che Jennings appariva invecchiato, non lo aveva mai visto così giù di corda.

«Sedete, vi prego.» Il Presidente precedette gli ospiti in salotto. «Prego» ripeté indicando un divano. «Mi fa piacere trovarmi di fronte a bella gente» soggiunse mentre sedeva davanti a loro. «I miei detrattori diranno, suppongo, che è un altro segno della mia superficialità, ma Harry Truman una volta disse: "Preferisco guardare la testa piuttosto che il culo di un cavallo"... Perdoni l'espressione, signora.»

«Non ho sentito niente che abbia bisogno di essere perdonato.»

«Come sta Manny?»

«Non vincerà, ma si difende bene» rispose Evan. «So che è andato a trovarlo, un paio di settimane fa.»

«Una cattiveria, da parte mia?»

«Nient'affatto. Cattivo lui, semmai, a non farmene parola.»

«L'ho pregato io, di non dire niente. Volevo dare tempo, sia a lei che a me, per riflettere. Chiedo scusa.»

«Non occorre, signore.»

«Weingrass è un uomo coraggioso. Sa che sta per morire... e fa finta di trattare la morte imminente come se fosse un dato statistico in un qualsiasi progetto edilizio. Io non ci arriverò, a 81 anni, ma, se ci arrivassi, vorrei avere il suo stesso coraggio.»

«Ne ha 86» disse Kendrick. «Anch'io credevo che ne avesse 81. Ho saputo la verità solo ieri. E sì che lo conosco da vent'anni!»

«È un tipo originale» disse Khalehla.

«Se n'è perso lo stampo...» disse Jennings. Poi, rivolto a Khalehla: «Lo zio Mitch la saluta».

«Oh!»

«Payton era qui, fino a un'ora fa. È venuto a Los Angeles apposta da Washington, per parlarmi, prima che io mi incontrassi con Kendrick.»

«Perché?» domandò Evan inquieto.

«Mi ha raccontato, finalmente, tutta la storia della Inver Brass, per filo e per segno. Morti Winters e Varak, non sapremo mai, forse, chi trafugò il dossier Oman. Ma non importa, adesso. La Inver Brass è finita.»

«Non gliel'aveva detto *prima*?» Kendrick era stupefatto. Poi ricordò che Ahmat gli aveva infatti espresso il dubbio che Payton non avesse detto, a Jennings, tutto quello che aveva detto a lui.

«No. E infatti, per correttezza, mi ha presentato poco fa le sue dimissioni. Che ho respinto... Payton si è giustificato dicendo che, se mi avesse raccontato tutto, io avrei potuto mandare all'aria la sua candidatura. Non lo so. Questo adesso comunque è irrilevante. Ora ho appreso quel che avevo da apprendere e lei, Kendrick, è ormai in gara. Ha già ricevuto un mandato dal popolo.»

«Signor Presidente» protestò Evan «c'è stato un artifizio...»

«Cosa diavolo credeva di fare, Sam Winters?» disse Jennings, interrompendolo, con fermezza. «Non me ne frega un accidente di quanto nobili fossero le sue intenzioni. Fatto sta che egli avrebbe dovuto ricordare una lezione della storia. E cioè: ogni qual volta delle persone, sia pure oneste e benintenzionate, formano un gruppo elitario che si considera superiore alla volontà del popolo sovrano – e questa élite manipola, di nascosto, la volontà popolare senza rendere conto a nessuno – ebbene, costoro mettono in moto un meccanismo molto pericoloso. Poiché basta che nel gruppo ci siano solo un paio di persone dalle intenzioni non tanto oneste, dalle idee non tanto nobili, basta questo perché la "cosa pubblica" vada al diavolo. Sam Winters e la Inver Brass non erano affatto migliori di Bollinger e dei suoi ladroni. Sia gli uni che gli altri volevano fare tutto a modo loro.»

Evan sbottò: «Ed è appunto per questo...».

Suonò il campanello d'ingresso: quattro brevi squilli. Jennings disse: «È un segnale convenuto. So chi è...».

Poco dopo Gerald Bryce entrò nella stanza.

«Chiedo scusa se interrompo, signor Presidente. Ma è giunta proprio ora da Pechino comunicazione che...»

«Pechino può attendere, Gerry. Le presento...»

«Joe!» scappò detto a Kendrick, riconoscendo in Bryce il giovane funzionario del Dipartimento di Stato che aveva incontrato in Sardegna, quando si era recato in Oman per vie traverse.

«Salve, Mr. Kendrick» disse Bryce stringendogli la mano. Poi, rivolto a Khalehla: «Miss Rashad».

«Esatto» disse Jennings. «Gerry mi ha raccontato di quel vostro incontro in Sardegna. Adesso lavora per me. Payton lo ha portato via a Frank Swann, e io l'ho portato via a Payton. È formidabile, il nostro Gerry, in fatto di comunicazioni via computer. Eh, sì! se le donne non lo svieranno, Gerald Bryce ha un futuro davanti a sé.»

«Lei mi mette in imbarazzo, con la sua gentilezza, signor Presidente» disse Bryce. Poi, professionista efficiente, soggiunse: «Pechino ha risposto che accetta. Devo confermare la sua offerta?».

«Si tratta di una faccenda che riguarda Hong Kong che, come sapete, nel '97 tornerà alla Cina. E io voglio che il trapasso...»

«Signor Presidente!» interruppe Bryce, con la dovuta cortesia, ma in tono ammonitore.

«Oh, scusa, Gerry. Lo so che è un segreto di Stato. Ma spero che, tra breve, la Casa Bianca non avrà segreti per il nostro Kendrick.»

«A proposito, signore» disse Bryce. «Poco fa Mr. Bollinger ha diramato il comunicato ufficiale del suo ritiro dalla politica.»

«Intende suicidarsi? Magari in diretta Tv?»

«No. D'ora in poi – dice il comunicato – Bollinger si dedicherà "alla fame nel mondo".»

«Se lo becco a rubare una tavoletta di cioccolata, lo sbatto in galera per il resto dei suoi giorni!»

«Allora, signore, confermo a Pechino?»

«Sì, certo.»

Bryce rivolse un cenno di commiato a Kendrick e a Khalehla e uscì dalla stanza.

«Dove eravamo rimasti?» disse Jennings.

«Alla Inver Brass» rispose Evan. «Mi hanno creato loro, artificialmente. Mi hanno fatto apparire al pubblico diverso da quello che sono. In tali circostanze, la mia candidatura non può dirsi, di certo, espressione della volontà popolare. Si è trattato di una messinscena, di una finzione, di quel che da noi si dice una "sciarada".»

«Lei sarebbe una "sciarada"?» fece Jennings.

«Lo sa cosa intendo. Non l'ho né cercata né desiderata, questa candidatura. Sono stato manovrato, sospinto, messo a mia insaputa in gara, imposto alla gente. Non ho conquistato da me, né mi merito, quello che mi viene offerto.»

Langford Jennings scrutò attentamente Kendrick in viso. Il suo silenzio era, insieme, pensieroso ed elettrico. «Si sbaglia, Evan» disse alla fine. «Lei si è conquistato e si merita tutto. Non alludo all'Oman, non alludo al Bahrain e neppure allo Yemen del Sud... là si è trattato, semplicemente di atti di coraggio personale, gesta eroiche, eroici sacrifici, che sono stati usati per attirare, inizialmente, l'attenzione su di lei. È già accaduto che un eroe di guerra, o un astronauta, venissero portati alla ribalta politica. Non approvo il modo in cui, nel suo caso, si è agito, perché si è agito segretamente: alcuni uomini hanno violato la legge e causato, senza volerlo, una perdita di vite umane. Ma non è stato lei: *lei* non è *loro*. Lei si è meritato il favore popolare per quello che ha detto alla televisione. Nessuno ha truccato quelle trasmissioni televisive, nessuno l'ha imbeccata. Lei ha posto domande imbarazzanti e molti burocrati, abituati a fare a modo loro, si sono visti spiazzati. Inoltre, lei ha sbarazzato il Paese da una banda di corrotti, di "finanziatori" interessati, di ladri e corruttori, i quali ci avrebbero fatto imboccare una strada alla quale non voglio neppure pensare. Questo glielo dico io: Lang Jennings dell'Idaho. Lei ha salvato il Paese!»

«Li avrebbe smascherati lei stesso. A un certo punto, in qualche modo, uno di loro si sarebbe spinto troppo oltre, avrebbe spinto *lei* troppo oltre, e, allora, lei si sarebbe risentito e li avrebbe scoperti. Altrimenti, prenda il caso di Dennison. Quando ha capito che con lei non si scherza, si è tirato indietro, prima che un fulmine gli piombasse sulla testa.»

«Oh, Herb Dennison...» Quel sorriso di fama mondiale riapparve, brevemente, sul viso di Jennings. «Herb era un duro, ma in fondo un innocuo. Mi ha tolto parecchie castagne dal fuoco, però. Adesso è tornato a Wall Street, al suo vecchio lavoro di agente di Borsa.»

«Insomma, signor Presidente» disse Kendrick «lasci che le dica una cosa che già sappiamo bene, tutti e due: io non ho la qualifica necessaria per...»

«La *qualifica*? Perdio – o per il diavolo! – e chi è mai qualificato... chi è mai *adeguato* alla mia carica? Nessuno ne è all'altezza, ecco tutto!»

«Non sto parlando della *sua* carica...»

«Un giorno potrebbe spettarle» disse Jennings.

«Ebbene, io non sono pronto a questa eventualità. Non potrei esserlo mai.»

«Invece, è già pronto.»

«*Cosa?*»

«Mi stia a sentire, Evan. Io non mi prendo in giro da solo. Mi rendo conto di non avere né la fantasia né le capacità intellettuali, né l'acume o la lungimiranza di un Jefferson, di un Lincoln, di un Wilson e neppure di un Hoover – sì, ho detto proprio Hoover, quest'uomo brillante, sul quale si è tanto malignato – né di un Roosevelt, né di un Truman, né di un Nixon – sì, Nixon, i cui difetti erano nel carattere dell'uomo, non nell'intelligenza del politico – né di un Kennedy e neppure di un Carter. Quest'ultimo aveva troppe cellule cerebrali, in testa, per riuscire in politica. Insomma, io non sono in gamba come la maggior parte dei miei predecessori. Ma adesso viviamo in un'epoca diversa. Non l'età dell'Acquario, ma – diciamo – l'era della televisione: comunicazione immediata, istantanea, diretta. Io godo della fiducia del popolo perché tutti vedono e sentono in me *l'uomo* che sono. Ho visto una nazione mortificata e disfatta, e mi sono irritato. Churchill disse una volta che la democrazia avrà un mucchio di difetti, ma è pur sempre il sistema migliore che l'uomo abbia mai escogitato. Io ci credo. E credo anche in certi clisché sull'America: che è il paese più grande, più forte e benevolo del mondo. Mi chiami pure Simplicio, ma io ci credo davvero. Ed è questo che il popolo vede e capisce, per questo mi apprezza e mi elegge. Meglio così, per tutti... Io sono stato a guardarla, Evan, l'ho ascoltata, ho letto tutto quello che è stato scritto su di lei, ho parlato di lei con persone che la conoscono bene, come il mio amico Emmanuel Weingrass. Ho constatato che lei mi assomiglia, per molti versi. E a mio giudizio, questa è la carica che fa per lei... lo voglia o non lo voglia.»

«Signor Presidente» disse Kendrick a bassa voce «io apprezzo quel che lei ha fatto per il Paese, ma, in tutta sincerità, vi sono divergenze, fra noi due. Lei è sostenitore di certe tesi politiche che io non condivido.»

«Gran dio! Non le chiedo di condividerle!... Be', diciamo che preferirei che lei non ne parlasse pubblicamente, di tali divergenze, prima di averne discusso con me in separata sede. Mi fido di lei, Evan, e non la taglierò mai fuori. Anzi, l'ascolterò. Mi convinca. Mi faccia vedere dove sbaglio e le darò retta. È ben di questo che il potere ha bisogno. Io posso lasciarmi trascinare, su alcune questioni, e so che debbo, allora, venire trattenuto. Lo chieda a mia moglie. Dopo l'ultima conferenza stampa, due mesi fa, entrai in cucina, su al piano di sopra, da noi, alla Casa Bianca, e mi aspettavo di ricevere le sue congratulazioni. Macché! Mia moglie mi ha aggredito con queste precise parole: "Chi diavolo ti credi di essere? Re Luigi XIV di Francia? Hai detto un mucchio di fesserie!". E mia figlia, tempo fa, mi ha promesso di regalarmi una grammatica inglese, per il mio compleanno... Insomma, sono consapevole dei miei limiti, Evan. Ma so anche che cosa posso fare quando ho, al fianco, buoni consiglieri. Lei, Evan, ha spazzato via l'immondizia. Entri dunque in scena, al mio fianco.»

«Gliel'ho detto: non sono attrezzato.»

«Il popolo è convinto che lo sia, invece. E ne sono convinto anch'io. È per questo che la candidatura è sua, se solo l'accetta. Sarà stato spinto a forza alla ribalta ma, se ora tornasse dietro le quinte, lei farebbe un affronto alla nazione. Quelli delle PR lo dicono chiaro e tondo.»

«PR? Pubbliche Relazioni? Tutto quanto si riduce dunque a questo?»

«Più di quanto io e lei non gradiremmo, sì; oggigiorno le pubbliche relazioni, l'immagine pubblica, la pubblicità, sono cose che contano molto. Dire altrimenti equivarrebbe a negare la realtà. Meglio però persone come lei e me che non come un Gengis Khan o un Adolf Hitler. Al di là delle nostre differenze, noi siamo, entrambi, persone che vogliono costruire e salvare, non distruggere.»

Fu Kendrick, adesso, a scrutare bene in volto l'uomo che aveva di fronte a sé. «Gran dio! Lei è davvero un incantatore!»

«È la mia specialità, signor Vicepresidente» disse Jennings sorridendo. «Questa, e alcuni princìpi in cui credo sinceramente.»

«Non so che dirle...»

«Io sì» interloquì Khalehla prendendogli una mano. «Credo che l'agente segreto Rashad debba dare davvero le sue dimissioni.»

«Non solo» disse il Presidente Jennings, inarcando le sopracciglia. «Dovete anche sposarvi. Non è decoroso, un Vicepresidente che vive nel peccato. Voglio dire, che cosa direbbero tutti questi predicatori, che tanta influenza hanno sull'elettorato, se si venisse a sapere del vostro attuale rapporto? Scaglierebbero fulmini dal pulpito! E questo non si addice alla mia immagine!»

«Signor Presidente...»

«Dica, signor Vicepresidente.»

«Acqua in bocca.»

«Volentieri, signore. Stia tranquillo. Non dirò nulla a nessuno. Ma vorrei che venisse posto riparo a... a questa anomalia. Inoltre, vi rivelerò un segreto... Ma per carità! Non ditelo a mia moglie, che ve l'ho detto. Dovete sapere che, una volta divorziati entrambi, siamo vissuti insieme per dodici anni. E abbiamo avuto due figli. Solo alla vigilia delle elezioni presidenziali siamo andati in Messico a regolarizzare la nostra unione. E il matrimonio è stato antedatato: un falso in atti d'ufficio. Si tratta di un vero e proprio segreto di Stato.»

«Non dirò niente a nessuno, signor Presidente.»

«Lo so. Mi fido di lei. Ho bisogno di lei. E tanto meglio per il nostro Paese, se saremo noi due a guidarlo.»

«Ho i miei dubbi, signore» disse Evan Kendrick.

«Io no... signor Presidente.»

Suonarono di nuovo alla porta d'ingresso. Quattro brevi squilli, secchi.

Finito di stampare nel mese di aprile 1993
presso lo stabilimento Allestimenti Grafici Sud
Via Cancelliera 46, Ariccia RM

Printed in Italy

BUR
Periodico settimanale: 19 maggio 1993
Direttore responsabile: Evaldo Violo
Registr. Trib. di Milano n. 68 del 1°-3-74
Spedizione abbonamento postale TR edit.
Aut. n. 51804 del 30-7-46 della Direzione PP.TT. di Milano

BIBLIOTECA UNIVERSALE RIZZOLI
Ultimi volumi pubblicati

743. Achille Campanile, *Tragedie in due battute*
pp. 208

744. Livia De Stefani, *La stella Assenzio*
Introduzione di Ruggero Guarini
pp. 192

745. Ennio Flaiano, *La solitudine del satiro*
Introduzione di Claudio Marabini
pp. 288

746. Isaac Asimov, *Il delitto è servito*
pp. 432

747. Ignazio Silone, *Fontamara*
Introduzione di Raffaele La Capria
pp. 256

748. Ignazio Silone, *Il segreto di Luca*
Introduzione di Geno Pampaloni
pp. 224

749. Riccardo Pazzaglia, *Partenopeo in esilio*
pp. 192

750. Elisabetta Leslie Leonelli, *Coccole e carezze*
pp. 208

751. Daphne du Maurier, *Il generale del re*
pp. 480

753. Patrizia Carrano, *Baciami stupido*
Introduzione di Beniamino Placido
pp. 222

754. Carlo Castellaneta, *Vita di Raffaele Gallo*
pp. 254

755. Emilio Tadini, *Le armi l'amore*
Introduzione di Giuliano Gramigna
pp. 484

756. J. Averbach - M. Bejlin, *Lezione di scacchi*
pp. 496

757. Tony Soper, *La gabbia senza sbarre*
Prefazione di Fulco Pratesi
Illustrazioni di Robert Gilmor
pp. 180

758. Manuela Pompas, *Reincarnazione*
pp. 240

759. Serena Foglia, *Streghe*
12 illustrazioni
pp. 222

760. Brunella Gasperini, *Le note blu*
pp. 222

761. Sandro Liberali, *La cucina russa*
con illustrazioni
pp. 156

762. Gelindo Bordin, *L'anello rosso*
pp. 228

763. Malcom Bosse, *Un uomo finito*
pp. 220

764. Georgette Heyer, *Un contratto conveniente*
pp. 424

765. Lalla Kezich, *La preparazione*
Introduzione di Michele Prisco
pp. 144

766. Mary Westmacott (Agatha Christie), *La rosa e il tasso*
pp. 244

767. Nunzia Monanni (a cura di), *Pasta e riso all'italiana*
pp. 240

768. James Fenimore Cooper, *L'ultimo dei Moicani*
Introduzione di Nico Orengo
pp. 506

769. Nunzia Monanni (a cura di), *Carni all'italiana*
pp. 262

770. Adriana Zarri, *Dodici lune*
pp. 286

771. Giuseppe Marotta, *Gli alunni del sole*
pp. 216

772. Anna Bartolini, *Consumatore difenditi*
pp. 344

773. Luce d'Eramo, *Deviazione*
Introduzione di Mario Spinella
pp. 368

774. Nunzia Monanni (a cura di), *Pesci all'italiana*
pp. 256

775. Lino Sardos Albertini, *Dall'Aldilà la Fede*
Prefazione di Padre Pasquale Magni e
di Paola Giovetti
pp. 302

776. Danielle C. Lapp, *L'arte di ricordare*
pp. 266

777. Asimov e altri, *Alieni!*
11 incontri ravvicinati di tipo molto particolare
A cura di Gianni Montanari
pp. 394

778. Giampaolo Dossena, *La zia era assatanata*
edizione integrata
pp. 148

779. Ovidio, *L'arte d'amare*
Tradotta per puntiglio da Giovanni Mosca
pp. 172

780. Luciano, *I dialoghi*
Tradotti da Giovanni Mosca col dovuto rispetto
pp. 220

781. Blackwood e altri, *Investigatori dell'occulto*
11 indagini nel soprannaturale
A cura di Gianni Montanari
pp. 362

782. J. P. Donleavy, *Zenzero*
Introduzione di Piero Sanavio
pp. 390

783. Nunzia Monanni (a cura di), *Verdure all'italiana*
pp. 270

784. Nunzia Monanni (a cura di), *Antipasti all'italiana*
pp. 266

785. Giovanni Goria, Bruno Massa, *Grasso Magro*
pp. 464

786. Nunzia Monanni (a cura di), *Dolci all'italiana*
pp. 256

787. Roberto Pinotti, *UFO. Visitatori da altrove*
Con illustrazioni
pp. 560

789. Edward de Bono, *Sei cappelli per pensare*
pp. 208

790. Giovannino Guareschi, *Noi del Boscaccio*
pp. 204

791. Luciano Rinero, Claudia Nervi, *Vacanze e lavoro in Europa*
pp. 536

792. André Clot, *Harun al-Rashid, il califfo delle «Mille e una notte»*
pp. 336

793. Raffaele Fiengo, *Breviario per il mare e per i monti*
Disegni di Ugo Guarino
pp. 240

794. Elio Bartolini, *La bellezza d'Ippolita*
Introduzione di Roberto Damiani
pp. 160

795. Francesca Duranti, *Effetti personali*
pp. 170

796. Victor Serebriakoff, *I quiz del Mensa Club*
A cura di Menotti Cossu
pp. 142

798. Arthur C. Clarke, *Incontro con Rama*
Introduzione di Gianni Montanari
pp. 246

799. Jurij Nagibin, *Alzati e cammina*
pp. 182

800. Michele L. Straniero, *Manuale di musica popolare*
Storia e metodologia della ricerca folklorica
19 illustrazioni
pp. 168

801. Fabio Magrino, Antonio Bellomi, *L'inglese degli affari*
pp. 412

803. Romano Battaglia, *Notte infinita*
Con illustrazioni
pp. 208

NELLA STESSA COLLANA

Richard Adams
La collina dei conigli

Giulio Andreotti
Visti da vicino

Richard Bach
Straniero alla terra
Biplano
Un ponte sull'Eternità
Illusioni
Un dono d'ali
Uno

J.G. Ballard
L'Impero del Sole

Pierre Benoit
L'Atlantide

Lucien Bodard
La valle delle rose

Tony Cape
Il Teorema di Cambridge

Diane Carey
Harem

Carlo Cassola
La ragazza di Bube
Fausto e Anna
Monte Mario

Tom Clancy
La grande fuga dell'Ottobre Rosso
Uragano Rosso
Attentato alla corte d'Inghilterra
Il Cardinale del Cremlino

William J. Coughlin
I Dodici Apostoli

Clive Cussler
Recuperate il Titanic!
Salto nel buio

Iris Rainer Dart
Un uomo per te

Len Deighton
Gioco a Berlino
La grande spia
Mexico City
L'ultima partita

Maurice Denuzière
Louisiana

Robert L. Duncan
Fuga a Shangai

Marilyn French
Mia madre non mi ha mai spazzolato i capelli

Catherine Gaskin
Promesse

Eileen Goudge
Il giardino delle menzogne

Noah Gordon
Medicus

James Grady
Gli artigli dell'aquila

Andrew M. Greeley
I peccati del Cardinale

Giovannino Guareschi
Don Camillo
Il compagno don Camillo

Nicholas Guild
L'Assiro
Ninive

Hella S. Haasse
Vagando per una selva oscura

Alex Haley
Radici

Emily Hanlon
San Pietroburgo

James Herriot
Creature grandi e piccole

Gary Jennings
L'Azteco
Il viaggiatore
Nomadi

Joseph Joffo
Un sacchetto di biglie

Ken Kesey
Qualcuno volò sul nido del cuculo

Johanna Kingsley
Profumi

NELLA STESSA COLLANA

Karleen Koen
Come in uno specchio

Heinz G. Konsalik
L'angelo dei dimenticati
Il medico di Stalingrado
Dieci vite vendute
Gli amanti
Un matrimonio felice
Il fiore magico
Una famiglia per bene

Robert Ludlum
Il mosaico di Parsifal
Il Circolo Matarese
Aquitania
Il patto
Un nome senza volto
Doppio inganno
Striscia di cuoio
Il dossier Matlock
L'Agenda Icaro
Il ritorno dello sciacallo
L'ultima verità
Il manoscritto

Peter Maas
Serpico

Alistar MacLean
San Andreas

Gabriella Magrini
Incontro al destino
Mille autunni

Stephen Marlowe
Il Viceré del Nuovo Mondo

Colleen McCullough
I giorni del potere

Mino Milani
Fantasma d'amore

Hubert Monteilhet
Neropolis

Kenizé Mourad
Da parte della principessa morta

Riccardo Pazzaglia
Il brodo primordiale

Erin Pizzey
First Lady
La svolta

Giorgina Salonia
Delitti amorosi

Justin Scott
Il killer dei mari

Erich Segal
La classe

Anya Seton
Verde oscurità

Johannes Mario Simmel
La trama dei sogni
Il codice Cesare
Amore è solo una parola
La risposta la sa il vento
Un uomo tra due fuochi
Il Codice genetico

Piero Soria
Colpo di coda

Mary Stewart
La grotta di cristallo
Le grotte nelle montagne
L'ultimo incantesimo
Il giorno fatale
La foresta incantata

Thomas Thompson
La traccia del serpente

Eric Van Lustbader
Ninja
Quattro pezzi di giada
Shan

Maria Venturi
La moglie nella cornice

Irving Wallace
Sette lunghi minuti

Mika Waltari
Sinuhe l'Egiziano
Turms l'Etrusco

Joseph Wambaugh
I segreti di Harry Bright
Echi nel buio
I ragazzi del coro

L. 15.000